JACK LONDON

Die großen Romane

Der Seewolf Die Insel Berande

Meuterei auf der Elsinore

Ruf der Wildnis Abenteurer des Schienenstrangs

Universitas

Abenteurer des Schienenstranges, Meuterei auf der Elsinore,
Die Insel Berande, Der Seewolf
aus dem Amerikanischen übersetzt von Erwin Magnus

Ruf der Wildnis
aus dem Amerikanischen übersetzt von Lisa H. Löns

1980 unter dem Sammeltitel
DAS GROSSE BUCH DER ABENTEUER

2. Auflage 1995

Schutzumschlag: Dieter Zembsch' Werkstatt, München
Druck und Bindung: Ebner Ulm
Printed in Germany
ISBN: 3-8004-1191-1

Abenteurer des Schienenstranges

Ein Bekenntnis

Im Staat Nevada wohnt eine Frau, die ich einmal bewußt und schamlos mehrere Stunden hintereinander belogen habe. Ich will mich nicht bei ihr entschuldigen, keineswegs. Aber ich möchte ihr eine Erklärung geben. Unglücklicherweise kenne ich ihren Namen nicht und noch weniger ihre jetzige Adresse. Sollten ihr jedoch diese Zeilen zufällig vor Augen kommen, so hoffe ich, daß sie mir schreiben wird.

Es war in Reno (Nevada) im Sommer 1892. Dazu war Jahrmarkt und die ganze Stadt voller Spitzbuben und Taschendiebe, gar nicht zu reden von einer ungeheuren Horde hungriger Landstreicher. Diese hungrigen Landstreicher waren es, die die Stadt so ungastlich machten. Sie belagerten die Hintertüren der Bürgerhäuser, bis sich keine mehr öffnete.

Eine schlechte Stadt für »brave Leute« – so nannten die Landstreicher sie damals. Ich weiß noch, daß ich manches liebe Mal herumlief, ohne einen Bissen zu bekommen. Ja, so schlimm ging es mir in dieser Stadt, daß ich eines Tages dem Schaffner einen Streich spielte und den Salonwagen eines reisenden Millionärs enterte. Als ich auf der Plattform stand, fuhr der Zug ab, und ich stürzte auf besagten Millionär los, der Schaffner hinter mir her, um mich zu packen. Es wurde aber ein totes Rennen, ich erreichte den Millionär in demselben Augenblick wie der Schaffner mich. Ich hatte keine Zeit, viele Umstände zu machen. »Geben Sie mir einen Vierteldollar, damit ich mir Essen kaufen kann«, platzte ich heraus. Und so wahr ich lebe: Der Millionär fuhr in die Tasche und reichte mir . . . gerade . . . genau einen Vierteldollar. Ich bin überzeugt, er war so verblüfft, daß er automatisch gehorchte, und ich habe später bitter bereut, daß ich nicht einen Dollar verlangte. Ich weiß, daß ich ihn bekommen hätte. Ich sprang vom Trittbrett, während der Schaffner versuchte, mir einen Tritt ins Gesicht zu versetzen. Es gelang ihm nicht. Man ist nicht mehr viel wert, wenn man von einem fahrenden Zuge abspringen muß, von dem Tritt eines Negerstiefels – Nummer fünfzig! – bedroht; aber jedenfalls: Ich erhielt meinen Vierteldollar! Wahrhaftig!

Doch um wieder von der Frau zu erzählen, die ich so schamlos belog: Es war mein letzter Abend in Reno. Ich war auf der Rennbahn gewesen und hatte dabei mein Mittagessen eingebüßt. Ich war hungrig, und zudem war gerade eine Art Wohltätigkeitsverein gegründet worden, um die Stadt von hungrigen Menschen meiner Art zu befreien. Die Polizei hatte sich schon eines Teils meiner Kollegen bemächtigt, und ich konnte gleichsam die sonnigen Täler Kaliforniens mich über die eisigen Zinnen der Sierra rufen hören. Zweierlei hatte ich noch zu tun, ehe ich den Staub Renos von meinen Füßen schütteln konnte. Erstens: einen Platz auf dem blinden Gepäckwagen des abends abgehenden Überlandzuges nach Westen zu erwischen. Zweitens: eine Mahlzeit zu erbetteln. Selbst ein junger Mann bedenkt sich, ehe er sich darauf einläßt, mit leerem Magen die ganze Nacht hindurch außen auf einem Zuge zu verbringen, der durch Tunnels und ewigen Schnee auf himmelanstrebenden Bergen dahinsaust. Aber dieses »Eine-Mahlzeit-Erbetteln« war keine Kleinigkeit. Ich hatte ein Dutzend Häuser vergebens abgeklappert. Zuweilen machte man unangenehme Bemerkungen über schwedische Gardinen, hinter die ich gehörte, wenn es mir nach Verdienst ginge. Das schlimmste von allem war aber, daß solche Behauptungen nur allzusehr stimmten. Deshalb wollte ich gerade am Abend machen, daß ich nach dem Westen kam. Das Auge des Gesetzes suchte sehr eifrig in der Stadt nach Hungrigen und Obdachlosen, denn für sie war das Haus mit den schwedischen Gardinen bestimmt.

Anderswo wurde mir die Tür vor der Nase zugeschlagen, so daß ich mein höflich und demütig vorgebrachtes Ersuchen, mir etwas zu essen zu geben, jäh unterbrechen mußte. In einem Hause öffneten sie nicht einmal die Tür. Ich stand davor und klopfte an, und sie beguckten mich durchs Fenster. Ja, sie hoben sogar einen kräftigen kleinen Jungen hoch, damit er über die Schultern seiner Eltern den Vagabunden sehen konnte, der in ihrem Hause nichts zu essen haben sollte.

Es sah aus, als müßte ich zu den ganz Armen gehen, um mein Essen zu bekommen. Die ganz Armen sind die letzte, aber sichere Hoffnung des Vagabunden. Auf die ganz Armen kann man sich stets verlassen. Sie jagen niemals einen Hungrigen von ihrer Tür. Immer habe ich etwas zu essen bekommen, wenn ich zu den Hütten kam, wo die Löcher in den zerschlagenen Scheiben mit Lumpen verstopft sind. Ihr Wohltätigkeitskrämer! Geht zu den Armen und lernt von ihnen, denn nur die Armen sind wirklich wohltätig. Sie geben weder vom Überfluß, noch versagen sie ihn, denn sie haben keinen Überfluß. Sie geben – und sie versagen nie – von dem, was sie selbst nötig und oft bitter nötig haben Einem Hunde einen Knochen zuzuwerfen ist keine Wohltätigkeit. Wohltätigkeit ist, den Knochen mit dem Hunde zu teilen, wenn man selbst ebenso hungrig ist wie der Hund.

Besonders aus einem Hause wurde ich an diesem Abend regelrecht hinausgeworfen. Die Fenster der Vorhalle gingen ins Speisezimmer, und drinnen sah ich einen Mann, der Pastete aß – eine große Fleischpastete. Ich stand in der offenen Tür, und er aß weiter, während er mit mir sprach. Er hatte Glück gehabt, und aus seinem Glück war Groll gegen seine weniger glücklichen Brüder erwachsen. Er unterbrach meine Bitte, mir etwas zu geben, mit einem schnarrenden: »Ich glaube, Sie haben keine Lust zum Arbeiten.«

Nun hatte das gar nichts mit der Sache zu tun. Ich hatte nichts von Arbeit gesagt. Der Gegenstand, auf den ich das Gespräch gebracht hatte, war lediglich »Essen«. Und ich hatte in der Tat keine Lust zum Arbeiten. Ich wollte heute nacht mit dem Überlandzug weg.

»Ich glaube, Sie würden nicht einmal arbeiten, wenn Sie Gelegenheit dazu hätten«, knurrte er. Ich sah das bedrückte Gesicht seiner Frau und wußte, daß ich eine gute Portion von der Fleischpastete bekommen haben würde, wenn der Bursche nicht dagesessen hätte. Aber der Kerl saß da und schaufelte die Pastete in sich hinein, und ich sah, daß ich mich bei ihm beliebt machen mußte, wenn ich etwas erreichen wollte. Folglich ging ich seufzend auf seine moralischen Betrachtungen über die Arbeit ein.

»Natürlich möchte ich gern arbeiten«, schwindelte ich.

»Das glaube ich nicht«, schnaubte er.

»Versuchen Sie es«, antwortete ich und wurde jetzt selber warm.

»Schön«, sagte er. »Kommen Sie morgen früh an die und die Ecke.« – Ich habe die Adresse vergessen. – »Sie wissen, wo das Haus abgebrannt ist. Da werde ich Ihnen Arbeit geben; Sie können Steine tragen.«

»Schön, ich werde kommen.«

Er grunzte und aß weiter. Ich wartete. Nach einigen Minuten blickte er auf mit einem Ausdruck, als wolle er sagen: »Ich denke, Sie sind längst fort!«, und fragte: »Nun?«

»Ich . . . ich warte darauf, daß ich etwas zu essen bekomme«, sagte ich höflich.

»Ich wußte ja, daß Sie nicht arbeiten wollen!« brüllte er.

Er hatte recht, selbstverständlich; aber er muß durch Gedankenlesen auf seinen Schluß gekommen sein, denn er konnte es durch nichts belegen. Aber der Bettler an der Tür muß demütig sein, und so beugte ich mich vor seiner Logik, wie ich mich vor seiner Moral gebeugt hatte.

»Sehen Sie, ich bin jetzt hungrig«, sagte ich immer noch höflich. »Morgen früh bin ich noch hungriger. Denken Sie sich, wie hungrig ich sein werde, wenn ich einen ganzen Tag Steine geschleppt habe, ohne etwas zu essen zu bekommen. Wenn Sie mir jetzt aber etwas zu essen geben, werde ich morgen ganz anders arbeiten können.«

Er erwog ernsthaft meinen Einwand, während er gleichzeitig weiteraß

und seine eingeschüchterte Frau beinahe ein paar freundliche Worte gesagt hätte, sich aber beherrschte.
»Ich werde Ihnen sagen, was ich tun will«, sagte er zwischen zwei Bissen. »Sie kommen morgen früh, und mittags gebe ich Ihnen einen Vorschuß, so daß Sie etwas essen können. Dann kann ich ja sehen, ob Sie es ernst meinen oder nicht.«
»Aber inzwischen . . .«, begann ich, doch er unterbrach mich.
»Wenn ich Ihnen jetzt etwas zu essen gäbe, so bekäme ich Sie sicher nie mehr zu sehen. Oh, ich kenne Leute Ihres Schlages. Sehen Sie mich an! Ich schulde keinem Menschen etwas. Ich habe mich nie so weit erniedrigt, daß ich einen Menschen um Essen gebeten hätte. Ich habe mir mein Essen immer redlich verdient. Das Schlimme bei Ihnen ist, daß Sie faul und liederlich sind. Das kann ich Ihnen ansehen. Ich habe gearbeitet und bin ein anständiger Mensch. Was ich bin, habe ich mir selbst zu verdanken. Und Sie können es ebenso haben, wenn Sie arbeiten und ein anständiger Mensch sind.«
»So wie Sie?« fragte ich.
Ach, nie hatte auch nur ein Funken Humor die düstere, durch Arbeit abgebrühte Seele dieses Menschen erhellt.
»Ja, wie ich«, antwortete er.
»Wir alle?« fragte ich.
»Ja, ihr alle«, entgegnete er mit innerlicher Überzeugung.
»Aber wenn es uns allen so wie Ihnen ginge«, sagte ich, »so müssen Sie mir schon erlauben, Sie darauf aufmerksam zu machen, daß es dann keinen gäbe, der Mauersteine für Sie schleppte.«
Ich schwöre darauf, daß ein Anflug von Lächeln in den Augen der Frau zu sehen war. Was ihn betrifft, so war er einfach entsetzt – ob aber über die schreckliche Aussicht, daß er bei einer Reform der Menschheit niemand mehr bekommen könnte, der Steine für ihn schleppte, oder über meine Frechheit, das werde ich nie erfahren.
»Ich will meine Worte nicht an Sie verschwenden«, brüllte er. »Machen Sie, daß Sie wegkommen, Sie undankbarer Lümmel!«
Ich machte einen Kratzfuß, um ihm meine Absicht zu gehen kundzutun, und fragte: »Und ich bekomme also nichts zu essen?«
Er sprang auf. Er war ein großer Kerl. Ich war ein Fremder in einem fremden Lande, und das Auge des Gesetzes suchte nach mir. Ich machte, daß ich fortkam. »Aber warum undankbar?« fragte ich mich, als ich die Gartenpforte hinter mir schloß. »Was, zum Kuckuck!, hat er mir gegeben, daß ich undankbar sein könnte?« Ich blickte mich um. Durchs Fenster konnte ich ihn noch sehen. Er war zu seiner Pastete zurückgekehrt.
Jetzt hatte ich fast den Mut verloren. Ich ging an vielen Häusern vorbei, ohne mich hineinzuwagen. Alle Häuser sahen gleich aus, aber keines

einladend. Nachdem ich ein halbes Dutzend Ecken weitergekommen war, schüttelte ich meine Niedergeschlagenheit ab und nahm mich zusammen. Ich entschloß mich, mein Glück im nächsten Hause zu versuchen. Es begann schon dunkel zu werden, als ich es erreichte und nach hinten an die Küchentür ging.

Ich klopfte vorsichtig an, und als ich das freundliche Gesicht einer Frau in mittleren Jahren sah, die mir öffnete, fiel mir plötzlich die »Geschichte« ein, die ich ihr erzählen mußte. Denn man muß wissen, daß für einen Bettler viel vom Erzählen einer guten Geschichte abhängt.

Vor allem, und zwar im ersten Augenblick, muß der Bettler sein Opfer »abschätzen«. Hierauf muß er eine Geschichte erzählen, die sich nach der Persönlichkeit des jeweiligen Opfers zu richten hat.

Und gerade hier beginnt die Hauptschwierigkeit: Man muß im selben Augenblick das Opfer abschätzen und seine Geschichte anfangen. Man hat nicht eine Minute zur Vorbereitung. Blitzschnell muß man die Eigenart des anderen erraten und eine Geschichte ausdenken, die Eindruck macht. Der erfolgreiche Landstreicher muß ein Künstler sein. Er muß sofort und ohne sich zu bedenken erfinden – und darf nicht aus dem Überfluß seiner Phantasie schöpfen, sondern aus dem, was er in dem Gesicht der Person liest, die ihm die Tür öffnet, einerlei, ob es Mann, Frau oder Kind, ob das Gesicht freundlich oder mürrisch, freigebig oder geizig, gutmütig oder boshaft, schwarz oder weiß, von Rassenvorurteilen geprägt oder von brüderlichem Geist beseelt, von Kurzsichtigkeit oder Weitblick oder was es sonst sein kann, gezeichnet ist. Ich habe oft gedacht, daß ich meine Erfolge als Schriftsteller der Erfahrung zu verdanken haben muß, die ich in meinen Vagabundentagen gesammelt habe. Um die Nahrung zu erhalten, die ich zum Leben brauchte, war ich genötigt, Geschichten zu erzählen, die wahrscheinlich klangen. Wenn man, von einem unerbittlichen Zwange getrieben, an der Küchentür steht, entwickelt sich die Fähigkeit, zu überzeugen und aufrichtig zu wirken, die von den Kritikern als erste Voraussetzung, gute Erzählungen zu schreiben, betrachtet wird. Ich bin auch fest davon überzeugt, daß es meine Lehrzeit als Vagabund war, die mich zu einem Realisten gemacht hat. Realismus ist die einzige Ware, die man gegen Nahrungsmittel an der Küchentür eintauschen kann. Kunst, sagt man, ist nur vollendete Kunstfertigkeit, und Kunstfertigkeit hat schon manche »Geschichte« gerettet. Ich weiß noch, wie ich einmal auf einer Polizeistation in Winnipeg (Manitoba) log. Ich wollte mit der Kanada-Pazifik-Bahn nach dem Westen. Natürlich verlangte die Polizei eine Geschichte, und die erfand ich denn auch – stehenden Fußes. Sie waren Landratten, mitten im Festlande, also was konnte ich Besseres tun als eine Geschichte von der See erzählen? Dabei konnten sie mich nie fangen. Und so erzählte ich ihnen denn eine herzerweichende Geschichte von meinem Leben auf dem Höllenschiff »Glenmore«. (Ich hatte die »Glenmore« einmal in San Franzisko vor Anker liegen sehen.) Ich wäre englischer Schiffsjunge, sagte ich. Aber da sagten sie, ich spräche nicht wie ein Engländer, und so mußte ich sofort eine neue Geschichte erfinden. Ich wäre in den Vereinigten Staaten geboren und erzogen worden. Dann wären meine Eltern gestorben, und man hätte mich zu meinen Großeltern nach England geschickt. Die hätten mich auf die »Glenmore« gegeben. Ich hoffe, der Kapitän der »Glenmore« wird es mir verzeihen, daß ich seinen guten Namen an jenem Abend auf der Polizeistation in Winnipeg angeschwärzt habe. Solche Grausamkeit! Solche Roheit! So teuflisch in der Erfindung von Strafen! Das erklärte, daß ich von der »Glenmore« weggelaufen war, als sie in Montreal lag.

Aber weshalb ich mich denn mitten in Kanada befände und nach dem Westen wollte, wenn meine Großeltern in England wohnten? Ich erdichtete sofort eine verheiratete Schwester in Kalifornien. Sie würde für mich sorgen. Ich verbreitete mich weitläufig über ihr liebevolles Gemüt. Aber sie waren noch nicht mit mir fertig, diese hartherzigen Polizisten. Ich war in England auf die »Glenmore« gekommen; was hatte ich in den beiden Jahren getan, ehe ich weggelaufen war, was hatte die »Glenmore« getan, und wo war sie gewesen? Und so hatte ich mit diesen Landratten eine Reise um die Welt unternommen. Von gewaltigen Seen umhergeworfen, während der Schaum ihnen das Gesicht peitschte, hatten sie mit mir gegen einen Orkan an der japanischen Küste angekämpft. Sie luden und löschten mit mir in allen Häfen der sieben Meere. Ich nahm sie mit nach Indien, Rangoon und China, ließ sie mir das Eis bei Kap Horn aufbrechen, und schließlich vertäuten wir in Montreal.

Und dann sagten sie, ich sollte einen Augenblick warten, und einer der Polizisten ging in die Nacht hinaus, während ich mich am Ofen wärmte und mir den Kopf darüber zerbrach, was sie mir jetzt für eine Falle stellen würden.

Ich stöhnte inwendig, als ich ihn auf den Fersen des Polizisten zur Tür hereinkommen sah. Diese winzigen Goldringe in seinen Ohren waren kein Zigeunerschmuck, diese Haut war nicht vom Präriewind zu runzligem Leder verwittert, und nicht Schneegestöber und Bergeshänge hatten seinen Gang so wiegend gemacht. In diesen Augen, die mich jetzt anblickten, sah ich den unverkennbaren Sonnenglanz des Meeres. Ach, das war eine schwere Aufgabe für mich! Hier standen fünf oder sechs Polizisten und sahen mich an – und ich hatte nie das Chinesische Meer befahren, war nie bei Kap Horn gewesen, hatte nie Indien und Rangoon gesehen.

Ich war verzweifelt. Der Zusammenbruch grinste mich an in Gestalt dieses alten verwitterten Seebären mit den goldenen Ringen in den Ohren? Wer war er? Was war er? Das mußte ich ergründen, ehe er mich ergründete. Ich mußte eine neue Richtung einschlagen, sonst gaben mir diese bösen Polizisten die Richtung an, in eine Zelle, vor Gericht in andre Zellen. Wenn er mich fragte, ehe ich wußte, wieviel er wußte, so war ich verloren.

Aber glauben Sie, daß ich etwas von der verzweifelten Lage, in der ich mich befand, vor diesen wachsamen Hütern des öffentlichen Wohles von Winnipeg verriet? Nicht die Spur. Ich begegnete dem alten Seemann froh und lächelnd, mit all der gutgespielten Erleichterung über die Befreiung aus einer Gefahr, die ein Ertrinkender an den Tag legen mag, wenn er in seinem letzten Verzweiflungskampf einen Retter findet. Hier war ein Mann, der mich verstand und der den Bluthunden, die mich nicht verstanden, meine wahre Geschichte bestätigen würde, das war die Rolle, die ich zu spielen hatte. Ich bemächtigte mich seiner, bombardierte ihn mit Fragen über ihn selber. In Gegenwart meiner Richter wollte ich den Charakter meines Retters erforschen, ehe er mich rettete.

Er war ein freundlicher Seemann – eine »leichte Beute«. Die Polizisten wurden ungeduldig, als ich ihn so ausfragte. Zuletzt sagte einer von ihnen, ich sollte den Mund halten. Ich hielt den Mund; aber während ich den Mund hielt, dichtete ich eifrig, arbeitete fieberhaft an dem Text für den nächsten Akt. Ich hatte genug erfahren, um vorläufig mit ihm fertig zu werden. Er war Franzose. Er war immer auf französischen Kauffahrteischiffen gefahren, mit Ausnahme einer einzigen Reise auf einem englischen Segler. Und schließlich – welches Glück! – war er seit zwanzig Jahren nicht mehr auf See gewesen.

Der Polizist bat ihn, mich nachdrücklich zu verhören.

»Du hast Rangoon angelaufen?« fragte er.

Ich nickte. »Wir mußten den dritten Steuermann an Land schicken. Fieber.«

Hätte er mich gefragt, welche Art Fieber, so würde ich »gastrisches« gesagt haben, obgleich ich keine Ahnung hatte, was gastrisches Fieber war. Aber das fragte er nicht. Statt dessen war seine nächste Frage:

»Und wie ist Rangoon?«

»Wie es sein soll. Es regnete ziemlich stark, als wir da waren.«

»Hast du Landurlaub gehabt?«

»Gewiß«, antwortete ich. »Drei von uns Schiffsjungen waren zusammen in der Stadt.«

»Erinnerst du dich des großen Tempels?«

»Welches Tempels?« wich ich aus.

»Des großen, oben auf der Treppe.«

Ich wußte, hätte ich mich des Tempels erinnert, so wäre ich genötigt worden, ihn zu beschreiben. Ein gähnender Schlund öffnete sich vor mir.
Ich schüttelte den Kopf.
»Du kannst ihn vom Hafen aus sehen«, sagte er. »Man braucht nicht einmal Landurlaub, um ihn zu sehen.«
Nie in meinem Leben habe ich mich so über einen Tempel geärgert. Aber mit dem Tempel in Rangoon wurde ich doch fertig.
»Er ist nicht vom Hafen aus zu sehen«, widersprach ich. »Er ist auch weder von der Stadt noch oben von der Treppe aus zu sehen, weil« – ich machte eine Pause, um die Wirkung zu steigern – »weil gar kein Tempel da ist.«
»Ich habe ihn aber mit eigenen Augen gesehen!« rief er.
»Wann war das?« forschte ich.
»Einundsiebzig.«
»Aber der ist doch bei dem großen Erdbeben achtzehnhundertundsiebenundachtzig zerstört worden«, erklärte ich. »Er war sehr alt.«
Es trat eine Pause ein. Er versuchte eifrig, sich das Bild des schönen Tempels am Meere, den er in seiner Jugend gesehen hatte, vor seine alten Augen zurückzurufen.
»Die Treppe ist noch da«, sagte ich, gleichsam um ihm zu helfen. »Man kann sie vom Hafen aus sehen. Und erinnern Sie sich der kleinen Insel rechts von der Hafeneinfahrt?« Ich denke mir, daß dort irgendwo eine Insel gewesen war (ich war entschlossen, sie gegebenenfalls auf die linke Seite zu versetzen), denn er nickte. »Die ist weg«, sagte ich. »Sieben Faden Wasser, wo sie lag.«
Ich konnte einen Augenblick Atem schöpfen. Während er darüber nachgrübelte, wie die Zeit alles verändert, bereitete ich mich auf den Rest meiner Geschichte vor.
»Kennen Sie das Zollgebäude in Bombay?«
Er kannte es.
»Bis auf den Grund abgebrannt«, teilte ich ihm mit.
»Kennst du Jim Wan?« drang er auf mich ein.
»Tot«, sagte ich; aber ich hatte nicht die leiseste Ahnung, wer Jim Wan war.
Jetzt befand ich mich wieder auf Glatteis. »Kennen Sie Billy Harper in Schanghai?« fragte ich meinerseits schnell.
Der alte Seemann dachte angestrengt nach, um sich Billy Harpers zu erinnern, aber diese Ausgeburt meiner Phantasie war zuviel für sein geschwächtes Gedächtnis.
»Selbstverständlich kennen Sie Billy Harper«, sagte ich eindringlich. »Den kennt doch jedermann. Er ist seit vierzig Jahren dort. Na ja, und er ist immer noch da, das ist alles, was ich darüber sagen kann.«

Und da geschah das Wunderbare. Der Seemann erinnerte sich Billy Harpers. Vielleicht gab es einen Billy Harper, und vielleicht hatte er vierzig Jahre in Schanghai gelebt und war noch da, aber ich hörte jedenfalls zum erstenmal von ihm.
Eine gute halbe Stunde sprachen der Seemann und ich weiter auf diese Art. Schließlich sagte er zu den Polizisten, ich wäre der, für den ich mich ausgäbe, und nachdem ich freies Logis für die Nacht und Frühstück erhalten hatte, wurde ich in Freiheit gesetzt und konnte nach San Franzisko zu meiner verheirateten Schwester fahren.
Aber nun zurück zu der Frau in Reno, die mir in der Dämmerung die Tür öffnete. Sobald ich den ersten Schimmer ihres freundlichen Gesichtes sah, war mir gleich klar, wie ich mich zu verhalten hatte. Ich wurde ein lieber, unschuldiger, unglücklicher Junge. Ich konnte nichts herausbringen. Ich öffnete den Mund und schloß ihn wieder. Noch nie hatte ich einen Menschen um Essen gebeten. Ich, der ich das Fechten als eine angenehme, lustige Beschäftigung betrachtete, machte aus mir einen braven Bürgerknaben, mit der ganzen Moral des Bürgerstandes belastet. Und ich versuchte, mein Gesicht in müde und traurige Falten zu legen, wie es sich für einen treuherzigen, hungrigen Burschen schickte, der nicht gewohnt war zu betteln.
»Sie sind hungrig, armer junger Mann«, sagte sie. Ich hatte sie dazu gebracht, das erste Wort zu sprechen. Ich nickte und schluckte.
»Es ist das erstemal, daß ich je . . . gebettelt habe«, sagte ich mit zitternder Stimme.
»Kommen Sie herein!« Die Tür wurde weit geöffnet.
»Wir haben selbst gerade fertiggegessen, aber es ist noch Feuer auf dem Herde, und ich kann Ihnen schnell etwas machen.«
Als ich ins Licht trat, betrachtete sie mich forschend.
»Ich wünschte, mein Junge wäre so gesund und stark wie Sie«, sagte sie. »Aber er ist nicht stark. Manchmal fällt er hin. Gerade heute nachmittag ist er wieder hingefallen und hat sich bös gestoßen, der arme Junge!«
In ihrer Stimme lag eine unsagbare Mütterlichkeit und Milde, und ich sehnte mich sehr, teil daran zu haben.
Ich sah ihn an. Er saß dünn und blaß, mit verbundenem Kopfe an der anderen Seite des Tisches. Er regte sich nicht, aber seine Augen, die im Schein der Lampe schimmerten, ruhten anhaltend und verwundert auf mir.
»Gerade wie mein armer Vater«, sagte ich. »Er hatte die Fallsucht. Eine Art Schwindel. Die Ärzte waren ratlos. Sie konnten nicht herausbekommen, was mit ihm los war.«
»Ist er tot?« fragte die Frau sanft und legte mir ein halbes Dutzend weichgekochte Eier vor.

»Tot«, schluchzte ich. »Vor vierzehn Tagen. Ich war bei ihm, als es geschah. Wir wollten über eine Straße gehen. Auf einmal fiel er hin. Er kam nicht wieder zum Bewußtsein. Man trug ihn in eine Apotheke, und dort starb er.«

Und so verbreitete ich mich über die mitleiderregende Geschichte meines Vaters – wie er mit mir nach dem Tode meiner Mutter den Hof verlassen hatte und nach San Franzisko gegangen war; wie seine Pension (er war alter Soldat) nicht ausreichte und wie er sein Glück als Buchhändler versucht hatte. Auch von meinen traurigen Erlebnissen in den wenigen Tagen nach seinem Tode erzählte ich, die ich allein und verlassen in den Straßen San Franziskos verbracht hatte. Die gute Frau briet Speck und kochte noch mehr Eier, und ich aß alles, was sie mir vorsetzte, und dabei verbreitete ich mich mit immer größerer Beredsamkeit über den armen elternlosen Jungen. Immer mehr Einzelheiten erzählte ich. Ich wurde wirklich dieser arme Junge. Ich hätte selbst über mich weinen können. Ich weiß, daß meine Stimme zuweilen von Tränen erstickt war. Es war sehr wirkungsvoll.

Tatsächlich: Bei jedem neuen Zuge, mit dem ich das Bild ausstattete, gab mir die gute Seele mehr. Sie packte mir etwas zum Mitnehmen ein, viele gekochte Eier, Pfeffer und Salz und einen großen Apfel. Sie versah mich mit drei Paar dicken rotwollenen Socken. Sie schenkte mir reine Taschentücher und andere Sachen, die ich vergessen habe. Und unterdessen gab sie mir immer mehr zu essen, und ich stopfte immer mehr in mich hinein. Ich fraß wie ein Wilder, aber es war doch eine weite Strecke in einem blinden Güterwagen über die Sierra, die vor mir lag, und ich wußte nicht, wann und wo ich das nächste Mal etwas zu essen bekommen würde. Und die ganze Zeit über saß ihr eigener unglücklicher Junge, wie ein Totenkopf beim Feste, stumm und unbeweglich da und starrte mich von der andern Seite des Tisches an. Für ihn stellte ich wohl die Mystik, die Romantik, das Abenteuer dar – alles, was ihm bei seiner schwach zuckenden Lebensflamme versagt war. Und doch schoß es mir ein paarmal durch den Kopf, daß er mich vielleicht bis auf den Grund meiner verlogenen Seele durchschaut hätte.

»Wohin gehen Sie jetzt?« fragte die gute Frau mich.

»Nach Salt Lake City«, sagte ich. »Dort habe ich eine Schwester, eine verheiratete Schwester.« (Ich dachte nach, ob ich sie zur Mormonin machen sollte, ließ es dann aber bleiben.) »Ihr Mann ist Unternehmer.«

Nun wußte ich gut, daß Unternehmer in der Regel viel Geld verdienen. Aber ich hatte es einmal gesagt. Ich mußte es nach Möglichkeit wiedergutmachen.

»Sie würden mir das Reisegeld geschickt haben, wenn ich darum gebeten hätte«, erklärte ich, »aber sie haben Krankheit und geschäftliches

Unglück gehabt. Sein Kompagnon hat ihn betrogen. Und da wollte ich nicht schreiben und um Geld bitten. Ich wußte, daß ich schon irgendwie hinkommen würde. Ich ließ sie in dem Glauben, daß ich genug hätte, um nach Salt Lake City zu kommen. Sie ist lieb und gut. Sie ist immer gut gegen mich gewesen. Ich denke, ich werde zu meinem Schwager in die Lehre kommen und später in sein Geschäft eintreten. Sie haben zwei Töchter. Die sind jünger als ich. Eine ist noch ganz klein.«

Von allen verheirateten Schwestern, die ich über die Vereinigten Staaten ausgestreut habe, ist die Schwester in Salt Lake City sicher die beste. Sie steht ganz lebendig vor mir. Wenn ich von ihr erzähle, kann ich sie, ihre beiden kleinen Mädchen und ihren Mann, den Unternehmer, gleichsam vor mir sehen. Sie ist eine große, mütterliche Frau, die ein wenig stark zu werden beginnt, wie es oft der Fall bei gutmütigen Frauen ist, die gut kochen können und nie böse werden. Sie ist dunkel. Ihr Mann ist ein ruhiger, bequemer Mensch. Manchmal ist mir fast, als kennte ich ihn. Und wer weiß, ob ich ihm nicht eines Tages begegnen werde? Wenn der alte Seemann sich Billy Harpers erinnern konnte, so sehe ich nicht ein, warum ich nicht eines Tages dem Unternehmer begegnen sollte, der mit meiner Schwester verheiratet ist, die in Salt Lake City wohnt.

Andererseits habe ich das sichere Gefühl, daß ich nie meinen vielen Eltern und Großeltern begegnen werde – denn sehen Sie, die habe ich unweigerlich ums Leben gebracht. Ein Herzleiden war meine Lieblingsmethode, um meine Mutter loszuwerden, aber in geeigneten Fällen habe ich sie auch an Schwindsucht, Lungenentzündung und Typhus sterben lassen. Allerdings: Die Polizei in Winnipeg kann bezeugen, daß ich Großeltern habe, die in England wohnen; aber das ist lange her, und warum sollten sie nicht seither gestorben sein? Auf jeden Fall haben sie mir nie geschrieben.

Ich hoffe, daß die Frau in Reno diese Zeilen lesen und mir meine Frechheit und Verlogenheit verzeihen wird. Ich entschuldige mich nicht, denn ich schäme mich nicht. Es waren Jugend, Lebensfreude und heiße Abenteuerlust, die mich an ihre Tür führten. Es tat mir gut. Es lehrte mich, wie herzensgut Menschen sein können. Ich hoffe auch, daß es ihr guttat. Jedenfalls kann sie einmal tüchtig lachen, wenn sie den wirklichen Zusammenhang erfährt. Für sie war meine Geschichte »wahr«. Sie glaubte an mich und meine ganze Familie und war von Sorge erfüllt bei dem Gedanken an die beschwerliche Reise, die meiner wartete, ehe ich nach Salt Lake City kam. Diese Besorgnis hätte mich fast in Verlegenheit gebracht. Gerade als ich, den Arm voller Pakete mit Essen und die Taschen von wollenen Socken strotzend, aufbrach, fiel ihr ein Onkel, Neffe oder ein sonstiger Verwandter ein, der bei der

Post angestellt war und noch dazu mit demselben Zuge, mit dem ich mich aus dem Staube machen wollte, ankommen sollte.
Das war eine schöne Bescherung! Sie wollte mich zum Bahnhof begleiten, ihm meine Geschichte erzählen und ihn veranlassen, mich im Postwagen zu verstecken. So käme ich ohne Gefahr und Mühe nach Ogden. Von dort seien es nur noch ein paar Meilen bis Salt Lake City. Das Herz sank mir. Sie wurde ganz erregt, setzte ihren Plan in allen Einzelheiten auseinander, und unglücklich, wie ich war, mußte ich tun, als wäre ich entzückt und begeistert über diese Lösung! Lösung! Ich hatte mich entschlossen, am Abend nach dem Westen zu reisen, und nun war ich gefangen und mußte nach dem Osten. Ja, geradezu gefangen, und ich wagte nicht, ihr zu erzählen, daß alles Lüge und Erfindung gewesen war. Und während ich auszusehen versuchte, als sei ich entzückt, zerbrach ich mir den Kopf, um einen Ausweg zu finden. Aber es gab keinen. Sie wollte mich selbst zum Postwagen bringen, und dann sollte mich der Postbeamte, der mit ihr verwandt war, nach Ogden mitnehmen. Und dann war ich gezwungen, mich diese Hunderte von Meilen Wüste zwischen den beiden Stationen wieder zurückzuschleppen.
Aber an diesem Abend stand mir das Glück bei. Gerade in dem Augenblick, als sie ihren Hut nehmen wollte, um mich zum Bahnhof zu begleiten, fiel ihr ein, daß sie sich geirrt hatte. Der Postbeamte, der mit ihr verwandt war, kam an diesem Abend gar nicht durch die Stadt. Sein Zugplan war verändert. Er kam erst in zwei Tagen. Ich war gerettet, denn selbstverständlich erlaubte meine schrankenlose Jugend mir nicht, zwei Tage zu warten. Ich versicherte ihr mit großem Aufwand, daß ich schneller nach Salt Lake City käme, wenn ich gleich aufbräche, und verließ sie mit ihren Segenswünschen im Ohr.
Aber die wollenen Socken waren wirklich großartig. Ich trug ein Paar von ihnen, als ich in derselben Nacht auf dem »blinden« Güterwagen mit dem Überlandzuge nach dem Westen fuhr.

Blinde Passagiere

Wenn er kein Pech hat, kann ein tüchtiger, junger und gewandter Vagabund trotz aller Versuche des Zugpersonals, ihn zu »schmeißen«, an einem Zuge hängen, vorausgesetzt natürlich, daß es Nacht ist. Das ist unbedingt erforderlich. Wenn ein Vagabund dieser Art sich unter solchen Bedingungen zum Anhängen entschließt, so führt er es auch aus, wenn das Schicksal ihm nicht einen Streich spielt. Außer Mord hat das Zugpersonal keine gesetzlichen Mittel, ihn zu »schmeißen«. Daß das Zugpersonal nicht immer vor Mord zurückschreckt, ist ein allgemeiner Glaube in der Landstreicherwelt. Da ich jedoch in meiner Vagabundenzeit keine diesbezüglichen persönlichen Erfahrungen gemacht habe, kann ich nicht dafür einstehen.

Aber ich habe folgendes über die »schlechten« Linien gehört. Wenn ein Vagabund »nach unten gegangen« ist und der Zug sich in Bewegung gesetzt hat, gibt es offenbar keine Möglichkeit mehr, ihn zu vertreiben, ehe der Zug hält. Der Landstreicher, der bequem, von den vier Rädern und dem ganzen Rahmen umgeben, auf dem Wagengestell liegt, hat das Personal hinters Licht geführt – oder er glaubt es wenigstens, bis er eines Tages mal auf einer »schlechten« Linie fährt. Eine schlechte Linie ist in der Regel eine Eisenbahn, auf der vor kurzem einer oder mehrere Beamte von Vagabunden totgeschlagen worden sind. Gnade Gott dem Landstreicher, der auf einer solchen Linie unter dem Wagen gefaßt wird – denn gefaßt wird er, und wenn der Zug sechzig Meilen in der Stunde macht. Der Bremser nimmt einen Koppelungsbolzen und eine Signalschnur und geht auf die Plattform vor dem Wagen, unter dem der Vagabund hängt. Dann bindet er den Bolzen an die Schnur, läßt den Apparat zwischen die Plattformen fallen und wirft die Leine aus. Der Bolzen schlägt auf die Schwellen zwischen den Schienen, springt zurück gegen den Wagenboden und schlägt dann wieder gegen die Schwellen. Der Bremser läßt die Schnur hin und zurück, bald nach der einen, bald nach der andern Seite laufen, läßt ein wenig nach, holt wieder ein, so daß seine Waffe Gelegenheit zu jeder Art Stoß und Rückschlag erhält. Jeder Schlag des tanzenden Bolzens kann den Tod bringen, und bei einer Fahrt von sechzig Meilen in der Stunde trommelt er einen reinen Zapfenstreich des Todes. Am nächsten Tag findet man die Überreste des Landstreichers am Bahnkörper, und eine Zeile im Lokalblatt berichtet von dem Unbekannten, zweifellos einem Vagabunden, der vermutlich betrunken und wahrscheinlich auf dem Gleis eingeschlafen war.

Als ein kennzeichnendes Beispiel, wie ein gewandter Vagabund »anhängen« kann, möchte ich folgende Begebenheit erzählen: Ich war in Ottawa und wollte mit der Kanada-Pazifik-Bahn nach dem Westen. Eine Fahrt von dreitausend Meilen lag vor mir; es war Herbst, und ich mußte über Manitoba und die Rocky Mountains. Kaltes Wetter war zu erwarten, und der geringste Aufschub hätte die Reise nur noch kälter und beschwerlicher gemacht. Dazu kam, daß ich schlechter Laune war. Die Entfernung zwischen Montreal und Ottawa beträgt hundertundzwanzig Meilen. Das mußte ich wohl wissen, denn ich hatte eben die Strecke zurückgelegt und sechs Tage dazu gebraucht. Durch ein Versehen war ich von der Hauptstrecke abgeirrt und auf eine kleine Seitenlinie gekommen, auf der nur zwei Lokalzüge täglich verkehrten. Und die sechs Tage hatte ich von trockenem Brot gelebt, das ich, nicht einmal reichlich, von den französischen Bauern erbettelt hatte.

Mein Ärger wuchs noch, weil ich den ganzen Tag, den ich in Ottawa verbrachte, herumlaufen mußte, um mir Kleidung für die lange Reise zu verschaffen. Ich möchte hier einschieben, daß Ottawa die Stadt ist, wo es am schwersten ist, sich Kleidung zu erbetteln; die andere große Ausnahme ist Washington.

Diese schöne Stadt ist der Höhepunkt. Dort verbrachte ich einmal vierzehn Tage mit vergeblichen Versuchen, mir ein Paar Schuhe zu erbetteln, und schließlich mußte ich nach Jersey City reisen, ehe ich sie bekam.

Doch zurück nach Ottawa. Pünktlich um acht Uhr morgens begann meine Kleiderjagd. Ich arbeitete energisch den ganzen Tag. Ich schwöre, daß ich vierzig Meilen lief. Ich besuchte tausend Hausfrauen und nahm mir nicht einmal die Zeit, um Mittagessen zu fechten. Und um sechs Uhr nachmittags, nach zehn Stunden unablässiger, harter Arbeit, fehlte mir noch ein Hemd, während die Hosen, die ich endlich ergattert hatte, zu eng waren und dazu alle Anzeichen einer baldigen Auflösung trugen.

Um sechs Uhr stellte ich die Arbeit ein und steuerte auf das Eisenbahngelände los, in der Erwartung, unterwegs etwas zu essen zu bekommen. Aber ich war immer noch vom Unglück verfolgt. In einem Haus nach dem andern wurde ich abgewiesen. Endlich bekam ich ein »Futterpaket«. Meine Laune besserte sich gleich, denn es war das größte Futterpaket, das ich je in meinem langen, ereignisvollen Leben gesehen hatte.

Es war in Zeitungspapier gewickelt und so groß wie ein ausgewachsener Handkoffer. Ich machte, daß ich auf ein unbebautes Grundstück kam,

und öffnete es. Das erste, was ich sah, war Kuchen, immer mehr Kuchen, alle Arten Kuchen und wieder Kuchen.
Es war alles Kuchen. Kein Butterbrot mit ordentlichen Fleischstücken – nichts als Kuchen, und ich verabscheute auf der ganzen Welt nichts so sehr wie Kuchen! Ich armer Bursche setzte mich auf einen Baugrund in der stolzen Hauptstadt Kanadas und weinte . . . über einen Berg Kuchen. Wie man das Antlitz eines toten Sohnes betrachtet, so betrachtete ich diese Menge verschiedenen Backwerks. Ich war wohl ein undankbarer Landstreicher, daß ich mich nicht des Überflusses freute, von dem mir eine Familie geschenkt hatte, bei der am Abend zuvor Gesellschaft gewesen war. Den Gästen hatte der Kuchen offenbar auch nicht geschmeckt.
Dieser Kuchen bezeichnete jedoch den Wendepunkt in meinem Schicksal. Schlimmer konnte es nicht werden; jetzt mußten bessere Zeiten kommen. Und sie kamen denn auch. Im nächsten Hause wurde ich »hereingebeten«. Und das »Hereingebetenwerden« ist der Höhepunkt der Glückseligkeit. Man kommt unter Dach und Fach, hat gewöhnlich Gelegenheit, sich zu waschen und an einem richtigen Tische zu essen. Vagabunden lieben es, die Beine unter einen Tisch zu strecken. Das Haus war geräumig und gut eingerichtet und lag inmitten eines großen Gartens mit schönen Bäumen, ein gut Stück von der Straße ab. Man hatte gerade fertiggegessen, und ich wurde ins Speisezimmer geführt – an sich schon etwas höchst Ungewöhnliches, da Vagabunden, die das Glück haben, »hereingebeten zu werden«, in der Regel in der Küche essen müssen. Ein grauhaariger, liebenswürdiger Engländer, seine matronenhafte Gattin und eine hübsche, lebhafte junge französische Dame unterhielten mich, während ich aß. Als ich den Bahnhof erreichte, fand ich zu meinem großen Ärger eine Bande von mindestens zwanzig Vagabunden vor, die alle darauf warteten, auf dem »blinden« Güterwagen des Überlandzuges zu fahren. Nun lasse ich mir zwei oder drei Vagabunden auf einem »Blinden« gefallen. Die bemerkt man nicht. Aber zwanzig! Das mußte zu Unannehmlichkeiten führen. Kein Zugpersonal würde uns alle fahren lassen.
Ich möchte hier gleich erklären, was ein »Blinder« ist. Gewisse Postwagen sind ohne Türen an den Schmalseiten gebaut; daher werden sie blind genannt. Gesetzt nun, ein Vagabund ist, nachdem sich der Zug in Bewegung gesetzt hat, auf die Plattform eines blinden Wagens gesprungen, so kann kein Schaffner oder Bremser kommen und das Geld für die Fahrkarte verlangen oder ihn hinunterschmeißen. Es ist klar: Der Vagabund ist vollkommen sicher, bis der Zug das nächste Mal hält. Dann muß er abspringen, in der Dunkelheit vor den Zug laufen und, wenn er vorbeikommt, wieder auf den »Blinden« springen. Aber es gibt viele Arten, es zu machen, wie wir sehen werden.

Als der Zug zum Bahnhof hinausfuhr, stürzten sich die Vagabunden auf die drei »Blinden«. Einige krochen hinauf, als der Zug noch keine Wagenlänge vom Bahnhof entfernt war. Das waren Anfänger, und ich sah denn auch, wie sie mit größter Schnelligkeit wieder herunterflogen. Selbstverständlich hatte das Zugpersonal aufgepaßt, und als der Zug das erstemal hielt, ging der Spektakel los. Ich sprang ab und lief ein Stück an den Schienen entlang voraus. Ich bemerkte, daß mir mehrere Vagabunden auf den Hacken waren. Sie wußten offenbar gut Bescheid, wie man es machen mußte. Wenn man sich an einen Überlandzug »anhängen« will, muß man an den Haltestellen immer ziemlich weit vorauslaufen. Ich tat es, und allmählich gab einer nach dem andern von denen, die mir folgten, den Wettlauf auf. Aus der Art, wie sie zurückblieben, konnte man auf ihre Gewandtheit und ihren Mut im Aufspringen auf einen Zug schließen.
Das muß nämlich folgendermaßen gemacht werden: Wenn der Zug sich in Bewegung setzt, fährt der Bremser auf dem »Blinden« zum Bahnhof hinaus. Um zu den andern Wagen zurückzukommen, muß er von dem »Blinden« abspringen und die Plattform eines nichtblinden Wagens entern. Wenn der Zug also die Schnelligkeit erreicht hat, die der Bremser für gut befindet, springt er von dem »Blinden« herunter, läßt ein paar Wagen vorbeifahren und springt dann wieder auf. Und deshalb muß der Vagabund so weit vorauslaufen, daß der Bremser den »Blinden« schon verlassen hat, wenn er aufspringt.
Ich hatte einen Vorsprung von ungefähr fünfzig Fuß vor dem letzten Vagabunden und wartete nun. Der Zug setzte sich in Bewegung. Ich sah die Laterne des Bremsers auf dem ersten »Blinden«. Und ich sah die Dummköpfe verlassen neben dem Gleis stehen, während der »Blinde« vorbeifuhr. Sie versuchten gar nicht erst hinaufzukommen. Dann kamen, weiter vorn, die Vagabunden, die einigermaßen wußten, was man zu tun hatte. Sie ließen den ersten »Blinden«, auf dem der Bremser stand, vorbeifahren und sprangen dann auf den zweiten und dritten. Natürlich sprang der Bremser vom ersten »Blinden« ab und auf den zweiten, und während der Zug weiterfuhr, räumte er auf und warf die Hinaufgesprungenen wieder hinunter. Aber die Hauptsache war, den andern so weit vorauszukommen, daß der Bremser den ersten »Blinden«, wenn er bei mir vorüberkam, schon verlassen hatte und sich in einem eifrigen Handgemenge mit den Vagabunden auf dem zweiten »Blinden« befand. Ein halbes Dutzend der geübteren Vagabunden, die weit genug vorausgelaufen waren, gelangte denn auch auf den ersten »Blinden«.
Als wir das erstemal hielten und am Gleis entlang vorliefen, zählte ich nur fünfzehn Vagabunden. Fünf von uns waren »geflogen«. Die Ausrottungsarbeit war also gut im Gange und wurde Station auf Station

fortgesetzt. Jetzt waren wir vierzehn, dann neun, schließlich acht. Es erinnerte mich an die zehn Negerlein im Kinderlied. Ich war fest entschlossen, das letzte Negerlein zu sein. Und warum auch nicht? War ich nicht mit Kraft, Gewandtheit und Jugend gesegnet? Ich war achtzehn Jahre alt und in glänzender Form. Und Nerven hatte ich auch nicht. War ich nicht zudem ein Vagabund von Gottes Gnaden? Waren die andern nicht die reinen Dummköpfe und Anfänger neben mir? Wenn ich nicht das letzte Negerlein wurde, so konnte ich ebensogut das ganze Spiel aufgeben und mich auf irgendeiner Farm anstellen lassen.

Mit der Zeit war unsere Zahl auf vier vermindert worden, und nun begann sich das ganze Zugpersonal dafür zu interessieren. Es wurde ein Kampf zwischen Witz und Gewandtheit, bei dem die Bremser natürlich die besseren Aussichten hatten. Einer nach dem andern verschwand, bis ich schließlich allein übrig war. Nun ja, ich war nicht wenig stolz darauf! Kein Krösus ist je stolzer auf seine erste Million gewesen. Ich hing fest trotz der beiden Bremser, eines Schaffners, eines Heizers und eines Lokomotivführers.

Hier ein paar Beispiele, wie ich mich anhängte: Weit voraus in der Dunkelheit – so weit, daß der Bremser, der auf dem »Blinden« fährt, ihn bestimmt verlassen hat – springe ich auf. Schön, bis zur nächsten Station bin ich sicher. Dann wiederhole ich das Manöver. Der Zug fährt zum Bahnhof hinaus. Ich sehe ihn herankommen. Es ist kein Licht zu sehen auf dem »Blinden«. Hat das Personal den Kampf aufgegeben? Ich weiß es nicht. Das weiß man nie, und man muß immer auf alles vorbereitet sein. Sobald der »Blinde« neben mir ist, springe ich auf und strenge meine Augen an, um zu sehen, ob der Bremser auf der Plattform steht. Vielleicht steht er tatsächlich mit abgeblendeter Laterne da, um sie mir an den Kopf zu schlagen. Ich kenne das! Ich habe zwei- oder dreimal eine Laterne an den Kopf bekommen.

Aber nein, der erste »Blinde« ist leer. Der Zug beschleunigt seine Fahrt. Jetzt bin ich sicher bis zur nächsten Station. Aber bin ich wirklich sicher? Ich spüre, wie der Zug seine Schnelligkeit vermindert. Im selben Augenblick bin ich auf der Hut. Man führt etwas im Schilde gegen mich, und ich weiß nicht, was. Ich versuche, nach beiden Seiten gleichzeitig Ausguck zu halten, und vergesse auch nicht, den Tender vor mir zu beobachten. Von jeder dieser drei Seiten, vielleicht auch von allen dreien auf einmal, kann der Angriff erfolgen.

Ah, jetzt kommt es! Der Bremser ist auf der Lokomotive gefahren. Das wird mir erst in dem Augenblick klar, als er seine Füße auf das rechte Trittbrett des »Blinden« setzt. Wie der Blitz bin ich unten und laufe vor die Lokomotive. Ich verschwinde im Dunkel. Genauso war die Situation, als der Zug Ottawa verließ. Jedenfalls bin ich vorn, und der

Zug muß an mir vorbeifahren, wenn er seine Reise fortsetzt. Meine Chancen hinaufzuspringen sind so gut wie je.
Ich passe genau auf. Ich sehe, wie eine Laterne sich auf die Lokomotive zu bewegt, und sehe sie nicht wieder zurückkommen. Folglich muß sie sich noch auf der Lokomotive befinden, und es liegt nahe, daß an dem Handgriff der Laterne ein Bremser hängt. Dieser Bremser muß faul sein, sonst hätte er seine Laterne ausgelöscht, als er nach vorn ging, statt nur die Hand vorzuhalten. Der Zug fährt wieder schneller. Der erste »Blinde« ist leer, und es gelingt mir hinaufzukommen. Wie zuvor fährt der Zug langsamer, der Bremser von der Lokomotive klettert von der einen Seite auf den »Blinden« hinauf, und ich springe auf der andern Seite hinunter und laufe vor.
Wie ich im Dunkel warte, fühle ich mich von unsagbarem Stolz durchbebt. Der Überlandzug hat zweimal meinetwegen gehalten – meinetwegen, des armseligen Landstreichers auf der Walze. Ich allein habe zweimal den Überlandzug mit seinen vielen Passagieren und Wagen, seiner Regierungspost und seinen zweitausend Pferdekräften, die in der Lokomotive arbeiten, aufgehalten. Und dabei wiege ich nur hundertsechzig Pfund und habe keine fünf Cent in der Tasche.
Wieder sehe ich, wie die Laterne zur Lokomotive kommt. Aber diesmal ganz offensichtlich. Ein wenig zu offensichtlich für meinen Geschmack, und ich denke nach, was das bedeuten kann. Auf jeden Fall habe ich etwas andres zu fürchten als den Bremser auf der Lokomotive. Der Zug fährt vorbei. Im letzten Augenblick, ehe ich den Sprung wage, sehe ich eine dunkle Gestalt auf dem ersten »Blinden« – einen Bremser ohne Licht. Ich lasse ihn vorbeifahren und will auf den zweiten »Blinden« springen. Aber der Bremser vom ersten ist abgesprungen und läuft hinter mir her. Im Fluge sehe ich auch die Laterne jenes Bremsers, der sich auf der Lokomotive befand. Er ist ebenfalls abgesprungen, und nun sind beide Bremser neben dem Gleis, auf derselben Seite wie ich. Im nächsten Augenblick kommt der dritte »Blinde« an mir vorbei, und ich springe hinauf. Aber ich bleibe nicht oben. Ich habe meinen Gegenzug berechnet. Ich laufe über die Plattform und höre im selben Augenblick, wie der Bremser auf das Trittbrett springt. Ich springe auf der andern Seite ab und laufe in der Richtung des Zuges nach vorn. Ich will einen kleinen Vorsprung bekommen und dann auf den ersten »Blinden« springen. Es gelingt mir gerade noch im letzten Augenblick, denn der Zug beschleunigt jetzt seine Fahrt. Der Bremser ist mir wieder auf den Hacken und läuft weiter. Ich glaube, daß ich der bessere Schnelläufer von uns beiden bin, denn ich erreiche den ersten »Blinden«. Ich stehe auf dem Trittbrett und sehe mich nach meinem Verfolger um. Er ist nur zehn Fuß hinter mir und läuft schnell, aber die Schnelligkeit des Zuges ist jetzt ungefähr ebenso groß wie seine eigene, und der Abstand

zwischen ihm und mir verringert sich nicht. Ich rede ihm ermutigend zu, strecke die Hand aus, um ihm zu helfen; aber er bricht in einen mächtigen Fluch aus, gibt den Kampf auf und springt ein paar Wagen weiter hinten auf den Zug.

Der Zug fährt jetzt mit voller Fahrt, und ich lache vor mich hin, als ich ganz unvorbereitet von einem Wasserstrahl getroffen werde. Es ist der Heizer, der von der Lokomotive aus den Wasserschlauch auf mich richtet. Ich gehe auf das hinterste Trittbrett des Tenders, wo ich unter dem vorspringenden Dach vollkommen geschützt bin. Das Wasser fährt über meinen Kopf hin, ohne mir etwas zu tun. Es juckt mir in den Fingern, dem Heizer ein Stück Kohle an den Kopf zu werfen, aber ich weiß, daß ich, wenn ich es tue, von ihm und dem Lokomotivführer totgeschlagen werde, darum beherrsche ich mich.

Kaum hält der Zug das nächste Mal, so bin ich wieder unten und laufe in der Dunkelheit nach vorn. Als der Zug diesmal die Station verläßt, befinden sich beide Bremser auf dem ersten »Blinden«. Ich errate, was sie vorhaben. Der Wiederholung des Spiels von vorhin haben sie einen Riegel vorgeschoben. Ich kann nicht wieder auf den zweiten Wagen springen, auf die andere Seite laufen und dann den ersten einholen. Sobald der erste »Blinde« vorüber ist, springen sie, jeder auf einer Seite des Zuges, ab. Ich aber springe auf den zweiten Wagen, und indem ich das tue, weiß ich, daß die Bremser mich jetzt von beiden Seiten angreifen werden. Es ist eine sichere Falle. Beide Auswege sind versperrt. Und doch gibt es noch einen Weg: nach oben. Darum warte ich nicht, bis meine Verfolger mich eingeholt haben. Ich klettere auf das eiserne Geländer der Plattform und stehe auf dem Rad der Handbremse. Damit bin ich aber auch am Ende meiner Weisheit angelangt, und ich höre die Bremser von beiden Seiten die Stufen heraufstürmen. Ich lasse mir nicht die Zeit, mich nach ihnen umzusehen. Ich hebe die Arme über den Kopf, bis sie den Rand der herabgebogenen Wagendächer erreichen. Die eine Hand liegt natürlich auf dem einen, die andere auf dem andern Dache. Unterdessen kommen beide Bremser die Treppe herauf. Ich weiß es gut, obwohl ich keine Zeit habe, mich nach ihnen umzusehen, denn alles das geschieht im Laufe weniger Sekunden. Ich springe mit den Füßen ab und schwinge mich hoch. Gerade als ich die Beine unter mir hochziehe, strecken beide Bremser die Hände aus und greifen in die leere Luft. Ich weiß das sehr gut, denn ich blicke hinunter und verfolge mit Interesse ihre Bewegungen. Und ich höre sie auch fluchen.

So zwischen den äußersten Rändern der zwei abwärts gewölbten Wagendächer hängend, befinde ich mich jetzt in einer äußerst gefährlichen Stellung. Mit einer schnellen Anspannung aller Kräfte schwinge ich beide Beine auf das eine und beide Hände auf das andere Dach. Dann fasse ich den Rand, klettere über die Rundung auf das flache Dach, setze mich hin und schöpfe Luft, während ich mich die ganze Zeit an einem Ventilator, der über das Dach ragt, festhalte. Jetzt bin ich auf dem Dach – auf »Deck«, wie wir Vagabunden es nennen, und den hier beschriebenen Vorgang nennt man unter Brüdern »decken«. Und ich will noch sagen, daß nur ein junger, kräftiger Vagabund einen Passagierzug dekken kann und daß besagter junger, kräftiger Vagabund keine Nerven haben darf.

Der Zug fährt immer schneller, und ich weiß, daß ich sicher bin, bis er das nächste Mal hält, aber auch nur so lange. Ich weiß, daß die Bremser mich mit Steinen bombardieren werden, wenn ich nach dem Halten des Zuges noch auf dem Dache bin. Ein tüchtiger Bremser kann einen ziemlich schweren Stein auf das Wagendeck »fallen lassen« – einen Stein von, sagen wir, fünfundzwanzig Pfund Gewicht. Andererseits werden die Bremser sehr wahrscheinlich erwarten, daß ich an derselben Stelle, wo ich hinaufgekrochen bin, wieder herunterkomme, und ich muß also dafür sorgen, daß ich auf eine andere Plattform gelange.

In der stillen Hoffnung, daß die erste halbe Meile kein Tunnel kommt, stehe ich auf und gehe den Zug ein halbes Dutzend Wagen hinunter. Man darf nicht ängstlich sein, wenn man eine solche Reise macht. Die Dächer der Passagierwagen sind nicht für nächtliche Spaziergänge eingerichtet. Und wenn jemand glaubt, daß sie es doch sind, so rate ich ihm, es selbst einmal zu versuchen. Ich möchte ihn gern über das Dach eines rumpelnden, schleudernden Wagens spazieren sehen, wo es nichts gibt, an das er sich anklammern kann, als die dunkle leere Luft. Und wenn er dann an das gewölbte Dachende kommt, das feucht und glatt vom Tau ist, so muß er schnell machen, daß er auf die nächste Dachwölbung gelangt, die auch feucht und glatt ist. Glauben Sie mir: Wenn man das gemacht hat, so weiß man, ob das Herz in Ordnung ist oder ob man zu Schwindel neigt.

Als der Zug sein Tempo ermäßigt, krieche ich auf eine Plattform, ein halbes Dutzend Wagen hinter der, auf die ich gesprungen war. Es ist niemand dort. Als der Zug hält, lasse ich mich zu Boden gleiten. Vorn, zwischen mir und der Lokomotive, sind zwei Laternen, die sich vor und zurück bewegen. Die Bremser sehen sich auf den Dächern nach mir um. Ich bemerke, daß der Wagen, neben dem ich stehe, vier Räder hat. (Wenn man »unten« auf dem Gestell fahren will, muß man sorgfältig die sechsrädrigen Wagen vermeiden – die bringen Unheil.) Ich ducke mich unter den Zug und krieche an den Stangen entlang. Es ist das erstemal, daß ich unter einen Zug der Kanada-Pazifik-Bahn gekrochen bin, und ich kenne seine innere Einrichtung noch nicht. Ich versuche, oben auf den Rahmen zwischen ihn und den Boden des Wagens zu kriechen, aber es ist nicht genügend Platz, daß ich mich hineinzwängen könnte. Das habe ich noch nie erlebt. In den Vereinigten Staaten ist man gewohnt, auf richtigen Schnellzügen »unten« zu fahren, und ich pflege es so zu machen, daß ich das Geländer fasse, die Füße nach der Bremsstange schwinge und von dort auf den Rahmen hinaufkrieche. Innerhalb des Rahmens kann ich dann auf der Kreuzstange sitzen. Indem ich mich in der Dunkelheit immer weiter mit den Händen vorfühle, merke ich schließlich, daß zwischen der Bremsstange und der Erde Platz ist. Mit großer Mühe kann ich mich hineinzwängen. Ich muß mich flach hinlegen und durchwinden. Sobald ich innerhalb des Rahmens bin, setze ich mich auf die Stange und denke darüber nach, ob der Bremser jetzt wohl herauskriegt, wo ich geblieben bin. Der Zug setzt sich in Bewegung. Sie haben es endlich aufgegeben, nach mir zu suchen.

Aber haben sie es wirklich aufgegeben? Schon als wir das nächste Mal halten, sehe ich, wie eine Laterne unter den Rahmen gehalten wird, der dem meinen am nächsten ist, aber am andern Ende des Wagens. Sie suchen die Stangen ab, um mich zu finden. Ich muß schnell machen, daß ich wegkomme. Auf dem Bauche krieche ich unter die Bremsstange. Sie sehen mich und laufen mir nach, aber ich krieche auf Händen und Füßen quer über die Schienen nach der entgegengesetzten Seite und verstecke mich hier in dem schirmenden Dunkel. Wieder die alte Kriegslage. Ich bin wieder vor dem Zuge, und der Zug muß an mir vorbeifahren.

Der Zug fährt an. Auf dem ersten »Blinden« ist eine Laterne. Ich liege auf dem Boden und sehe den Bremser vorbeifahren und nach mir ausschauen. Auf dem zweiten »Blinden« ist auch eine Laterne. Der Bremser erblickt mich und ruft es dem Bremser, der auf dem ersten Wagen vorbeigefahren ist, zu. Beide springen ab. Schön, dann muß ich eben den dritten »Blinden« nehmen. Aber – lieber Gott – auf dem dritten »Blinden« ist auch eine Laterne! Das ist der Schaffner. Ich lasse ihn vorbeifahren. Jedenfalls habe ich jetzt das ganze Zugpersonal vor mir. Ich drehe mich um und laufe in der dem Zuge entgegengesetzten Richtung. Über die Schulter sehe ich zurück. Alle drei Laternen sind jetzt auf der Erde und schwanken auf der Suche nach mir umher. Ich nehme einen Anlauf. Die Hälfte der Wagen ist schon vorbei, und der Zug fährt ziemlich schnell, als ich aufspringe. Ich weiß, daß die beiden Bremser und der Schaffner in zwei Sekunden wie rasende Wölfe über mich herfallen werden. Ich springe wieder auf die Handbremse, fasse die gewölbten Dachenden und bin im nächsten Augenblick auf »Deck«, während meine enttäuschten Verfolger sich auf der Plattform zusammendrängen wie heulende Hunde, die eine Katze auf einen Baum gejagt haben, und da stehen sie nun und fluchen und erzählen mir Unliebenswürdigkeiten über meine Vorfahren.

Aber was mache ich mir schon daraus? Einschließlich Lokomotivführer und Heizer sind sie fünf gegen einen, und obwohl die Majestät des Gesetzes und eine große, mächtige Körperschaft hinter ihnen stehen, führe ich sie alle an. Ich bin ganz hinten auf dem Zuge, und so laufe ich über die Wagendächer vor, bis ich mich über der fünften oder sechsten Plattform von der Lokomotive befinde. Dann spähe ich vorsichtig hinunter. Auf der Plattform steht ein Bremser. Daß er mich bemerkt hat, kann ich aus der Art sehen, wie er sich in größter Eile in den Wagen schleicht, und ich weiß auch, daß er jetzt hinter der Tür steht und darauf wartet, über mich herzufallen, wenn ich hinunterklettere. Aber ich tue, als wüßte ich es nicht, und bleibe dort, um ihn in seinem Irrtum zu bestärken. Ich sehe ihn nicht, weiß aber gut, daß er hin und wieder die Tür öffnet, um sich zu vergewissern, daß ich immer noch da bin.
Der Zug fährt langsamer, wir nähern uns einer Station. Ich lasse die Beine hinunterhängen, um mich vorzufühlen. Der Zug hält, ich baumele immer noch mit den Beinen. Da höre ich den Bremser vorsichtig die Tür öffnen. Er ist zu meinem Empfang gerüstet. Plötzlich springe ich auf und laufe über das Dach, gerade über dem Kopfe des Mannes, der da unten auf mich lauert. Der Zug hält; die Nacht ist ruhig und ich sorge dafür, daß meine Füße auf dem eisernen Dache so viel Lärm wie nur möglich machen. Ich weiß natürlich nicht, nehme aber an, daß er jetzt hinläuft, um mich zu fassen, wenn ich auf die nächste Plattform hinunterkomme. Aber ich komme gar nicht hinunter. Als ich die Mitte des Zuges erreicht habe, mache ich kehrt und schleiche schnell und vorsichtig zu der Plattform zurück, die der Bremser und ich eben verlassen haben. Die Bahn ist frei. Ich klettere auf der andern Seite des Zuges hinunter und verstecke mich im Dunkeln. Keine Seele hat mich gesehen.
Ich steige über die Einfriedigung neben dem Bahnkörper, lege mich hin und passe auf. Aha! Was ist das? Ich sehe eine Laterne, die sich oben auf den Dächern von einem Wagen zum andern bewegt. Sie meinen, ich sitze noch oben, und suchen mich nun. Und noch besser – auf dem Boden, zu beiden Seiten des Zuges, bewegen sich zwei Laternen in derselben Richtung und mit derselben Schnelligkeit wie die auf den Dächern. Es ist die reine Hasenjagd, und ich bin der Hase. Sobald der Bremser auf dem Dache mich erblickt, wollen die beiden andern mich packen. Ich drehe mir eine Zigarette und sehe die Herren vorüberziehen. Sobald sie vorbei sind, kann ich mich in aller Ruhe vorn zum Zuge begeben. Der Zug setzt sich in Bewegung, und ohne Widerstand komme ich auf den ersten »Blinden«. Aber ehe noch der Zug richtig in Gang gekommen ist und als ich mir gerade die Zigarette anzünden will, sehe ich, daß der Heizer über die Kohlen hinten auf den Tender geklettert ist und mich betrachtet. Ich bekomme einen furchtbaren

Schreck. Von seinem Platz aus kann er nach mir mit Kohlenstücken werfen und mich zu Hackfleisch machen. Statt dessen spricht er mich an, und ich höre zu meiner großen Erleichterung Bewunderung in seiner Stimme.

»Du verfluchter Schweinehund!« sagt er.

Das ist eine große Schmeichelei, und ich werde von Stolz durchschauert wie ein Schulknabe, der ein Lob erhält. »Hör mal«, rufe ich zu ihm hinüber, »mach das nicht wieder mit dem Schlauch.«

»Nein«, antwortet er und geht wieder an die Arbeit. Mit der Lokomotive habe ich mich befreundet, aber die Bremser lauern immer noch auf mich. Als wir das nächste Mal halten, sind alle »Blinden« mit Bremsern besetzt, und wie früher lasse ich sie vorüber und klettere in der Mitte des Zuges auf Deck. Aber jetzt ist das Personal daraufgekommen, was ich vorhabe, und der Zug hält. Die Bremser wollen mich »schmeißen«, eher haben sie keine Ruhe. Dreimal hält der mächtige Überlandzug meinetwegen an dieser Station, und jedesmal entwische ich den Bremsern und klettere wieder auf Deck. Aber es ist hoffnungslos, denn endlich haben sie doch die Situation erfaßt. Ich habe ihnen gezeigt, daß sie den Zug nicht vor mir schützen können. Sie müssen etwas anderes machen.

Und das tun sie. Als der Zug das letztemal hält, setzen sie in voller Fahrt hinter mir her. Ja, ich weiß schon, was sie wollen. Sie wollen versuchen, mich müde zu hetzen. Im Anfang drängen sie mich bis zu den letzten Wagen des Zuges zurück. Ich bin mir ganz klar über die Gefahr, die mir droht. Sobald sie mich hinter den Zug bekommen haben, wollen sie losfahren und mich stehenlassen. Ich mache kehrt, laufe in einer Schlangenlinie, schlüpfe zwischen meinen Verfolgern hindurch und gelange so zu den vordersten Wagen. Einer der Bremser ist mir beständig auf den Hacken. Na schön, ich will ihn tüchtig laufen lassen, denn ich bin glänzend in Form. Ich laufe am Gleis entlang. Mir macht es nichts aus. Selbst wenn er mich zehn Meilen jagt, so muß er doch zum Zuge zurück, und ich kann immer genausogut aufspringen wie er selbst.

So laufe ich weiter, halte mich immer ein kleines Stück vor ihm und strenge meine Augen an, damit ich in der Dunkelheit etwaige Wildfallen oder Weichen sehen kann, die mir Schaden bringen könnten. O weh! Ich bemühe mich zu sehr, das zu sehen, was weiter voraus liegt, stolpere über einen kleinen Gegenstand gerade vor mir und falle hin. Im nächsten Augenblick bin ich wieder auf den Beinen, aber schon hat der Bremser mich am Kragen. Ich leiste keinen Widerstand. Ich muß Luft schöpfen und ihn mir ansehen. Er ist schmalschultrig, und ich wiege wenigstens dreißig Pfund mehr als er. Außerdem ist er ebenso müde wie ich, und wenn er boxen will, soll er mich kennenlernen. Aber er boxt nicht, so daß ich dieses Problem nicht zu erörtern brauche. Statt dessen beginnt er, mich nach dem Zuge zurückzuziehen, und jetzt erhebt sich eine neue Frage. Ich sehe die Laternen des Schaffners und des anderen Bremsers. Wir nähern uns ihnen. Nicht umsonst habe ich die Bekanntschaft der New Yorker Polizei gemacht. Nicht umsonst habe ich in Güterwagen, bei Wasserbehältern und in Gefängniszellen blutige Geschichten von Mißhandlungen gehört. Wenn diese drei Männer mich nun mißhandelten? Der Himmel weiß, daß ich ihnen Anlaß genug dazu gegeben habe. In aller Eile überdenke ich die Lage. Immer mehr nähern wir uns den beiden Eisenbahnmännern. Ich sehe mir Bauch und Kiefer des Mannes, der mich festhält, an, und denke mir aus, was ich mit der rechten und mit der linken Faust machen werde, wenn er das erste Zeichen von Unfreundlichkeit gibt.

Pah! Ich kenne einen Trick, den ich schon an ihm versuchen möchte, und es tut mir ordentlich leid, daß ich es nicht schon in dem Augenblick tat, als er mich packte. Ich könnte ihm einen tüchtigen Denkzettel erteilen, und das gerade, weil er mich am Kragen packt. Er hat die Finger fest in meinen Kragen gekrallt. Mein Rock ist zugeknöpft. Ich weiß nicht, ob ihr je eine Aderpresse gesehen habt. Da habt ihr sie: Ich brauche nur den Kopf unter seinen Arm zu ducken und mich herumzudrehen. Das muß schnell gehen – sehr schnell. Ich weiß schon, wie ich es machen muß – ich muß mich schnell und ruckweise drehen und bei jeder Umdrehung den Kopf unter seinen Arm ducken. Ehe er es weiß, sitzen seine Finger, die mich jetzt festhalten, selbst fest. Er kann sie nicht herausziehen. Es wirkt wie ein kräftiger Hebel. Wenn ich mich zwanzig Sekunden lang gedreht habe, wird ihm das Blut unter den Nägeln hervorspritzen, die feinen Sehnen werden reißen und alle Muskeln und Nerven zerquetscht werden, bis alles eine einzige blutige, schmerzende Masse ist. Versucht es mal, wenn euch jemand am Kragen hat. Aber ihr müßt schnell sein – schnell wie der Blitz. Und ihr müßt euch selber gut halten, während ihr euch herumdreht – das Gesicht mit dem linken und den Unterleib mit dem rechten Arm schützen. Es könnte ja sein, daß der andere versucht, euch durch einen Stoß mit seinem freien Arm anzuhalten. Es wäre auch gut, sich von dem freien Arm ab- statt sich ihm zuzudrehen. Ein Stoß in der Richtung der eigenen Bewegung ist nie so schlimm wie umgekehrt.

Der Bremser wird nie erfahren, wie nahe er daran gewesen ist, einen sehr, sehr ernsten Denkzettel zu erhalten. Seine Rettung ist, daß er offenbar nicht die Absicht hat, mir etwas zu tun. Als wir nahe genug sind, ruft er, daß er mich hat, und man gibt das Signal, daß der Zug anfahren soll. Die Lokomotive und die drei »Blinden« fahren vorbei. Dann springen der Schaffner und der zweite Bremser auf. Aber der Mann, der mich am Kragen hält, hat mich immer noch gepackt. Ich weiß ganz genau, was sie wollen. Er soll mich festhalten, bis die letzten Wagen uns erreicht haben. Dann soll er aufspringen, und ich werde zurückgelassen – im Graben.

Aber der Zug fährt schnell, denn der Lokomotivführer muß die verlorene Zeit wieder einholen. Es ist auch ein langer Zug. Die Sache ist nicht so einfach, und ich weiß, daß der Bremser die Schnelligkeit des Zuges mit Besorgnis mißt.

»Glaubst du, daß du's machen kannst?« frage ich unschuldig.

Er läßt meinen Kragen los, springt rasch zu und ist auf dem Zuge. Es fehlen noch mehrere Wagen. Das weiß er, und so bleibt er auf dem Trittbrett stehen, streckt den Kopf vor und sieht nach mir aus. In diesem Augenblick wird mir klar, was ich jetzt zu tun habe. Ich will auf die hinterste Plattform springen. Ich weiß, daß der Zug immer schneller und schneller fährt, aber wenn es schiefgeht, kann ich nur in den Dreck geworfen werden, und ich besitze den ganzen Optimismus der Jugend. Nicht mit einer Miene verrate ich, was ich im Sinne habe. Mutlos und mit hängenden Schultern stehe ich da und zeige, daß ich jede Hoffnung aufgegeben habe. Aber gleichzeitig untersuche ich mit dem Fuß den Kies. Er gibt einen ausgezeichneten Halt. Ich sehe auch nach dem Bremser, der immer noch den Kopf vorstreckt. Jetzt zieht er ihn zurück. Er ist ganz sicher, daß der Zug zu schnell fährt, als daß ich ihn noch erwischen könnte.

Und der Zug fährt wirklich schnell – schneller als je ein Zug, auf den ich es abgesehen hatte. Als der letzte Wagen vorbeifährt, laufe ich in der Fahrtrichtung mit. Es ist ein kurzer, schneller Anlauf. Ich kann nicht hoffen, dieselbe Geschwindigkeit wie der Zug zu erreichen, aber ich kann den Unterschied zwischen meiner und seiner Schnelligkeit auf ein Mindestmaß bringen und den Stoß, wenn ich das Trittbrett erreiche, dadurch weniger fühlbar machen. In dem flüchtigen Augenblick kann ich das Geländer der hintersten Plattform in der Dunkelheit nicht sehen; ich habe auch keine Zeit, mich zu unterrichten. Ich packe aufs Geratewohl zu, und im selben Augenblick verlieren meine Füße den Boden. Es ist der reine Glückstreffer. Im nächsten Augenblick könnte ich mit gebrochenen Rippen, gebrochenen Armen oder zerschmetterter Hirnschale über den Kies rollen. Aber meine Finger umklammern das Geländer, ein Ruck in meinem Arm, ich werde halb herumgeschleudert, und meine Füße landen mit einer starken Erschütterung auf dem Trittbrett. Ich setze mich nieder und bin sehr stolz. In meiner ganzen Vagabundenzeit ist dies das beste Stück Arbeit, das ich im Aufspringen auf einen Zug je geleistet habe. Ich weiß, daß man in der Nacht auf der letzten Plattform immer sicher ist, jedenfalls für ein paar Stationen, aber ich wage mich nicht zu den vorderen Wagen. Als der Zug das erstemal hält, laufe ich auf der dem Bahnsteig entgegengesetzten Seite an ihm entlang, an den Pullmanwagen vorbei, ducke mich und finde einen Platz unter einem der anderen Wagen. Beim nächsten Aufenthalt laufe ich wieder vor und finde einen neuen Platz.

Jetzt bin ich einigermaßen sicher. Die Bremser glauben, daß ich endgültig geschmissen bin. Aber der lange Tag und die anstrengende Nacht fangen an, ihre Wirkung auszuüben. Da es weder windig noch kalt hier unten ist, nicke ich ein. Das geht nicht. Auf dem Wagengestell einzuschlafen bedeutet den sicheren Tod, und als wir an eine Station kommen, krieche ich daher heraus und gehe zum zweiten »Blinden«. Hier kann ich mich hinlegen und schafen, und hier schlafe ich – wie lange, weiß ich nicht –, bis ich erwache, weil mir jemand eine Laterne vors Gesicht hält. Die beiden Bremser stehen da und starren mich an. Ich springe auf, um mich zu verteidigen, während ich darüber nachdenke, wer von den beiden mich wohl zuerst angreifen wird. Aber sie denken gar nicht daran.

»Ich glaubte, ich hätte dich geschmissen«, sagt der Bremser, der mich am Kragen gepackt hatte.

»Wenn du mich nicht losgelassen hättest, wärst du zusammen mit mir geflogen«, antworte ich.

»Wieso?« fragt er.

»Ich hätte dich festgehalten, das ist alles«, erwidere ich ihm.

Sie beraten sich, und zuletzt kommen sie zu folgendem Ergebnis: »Na, dann wollen wir dich fahren lassen, Kamerad! Es hilft ja nichts, daß wir versuchen, dich runterzukriegen.«

Und dann gehen sie ihres Weges und lassen mich bis zu ihrer Zweigstation in Frieden.

Ich habe hier ein Beispiel davon gegeben, was »anhängen« heißt. Selbstverständlich habe ich eine Nacht gewählt, in der meine Bemühungen von Glück gekrönt waren, und nichts von den Nächten – und ihrer sind viele – gesagt, in denen ich Pech hatte und geschmissen wurde.

Zum Schluß möchte ich nur noch erzählen, was geschah, als wir die Zweigstation auf der Strecke erreichten. Auf den eingleisigen Überlandstrecken warten die Güterwagen an der Weiche und folgen dann den Personenzügen. Als ich an die Zweigstation kam, stieg ich ab und sah mich nach dem Güterzug um, der hinterherfahren sollte. Ich fand ihn, stellte mich an einem Nebengleis auf und wartete. Dann schlüpfte ich in einen geschlossenen Güterwagen, der halb voll Kohlen war, und legte mich nieder. Fast im selben Augenblick war ich eingeschlafen.

Ich erwachte dadurch, daß die Tür zurückgeschoben wurde. Der Tag brach an, kalt und trübe, und der Güterzug war noch nicht abgefahren. Der Schaffner steckte den Kopf zur Tür herein. »Mach, daß du rauskommst, du verfluchter Schlingel!« brüllte er. Das tat ich, und als ich

herauskam, sah ich, wie er den Zug entlangging und jeden Wagen untersuchte. Sobald er außer Sehweite war, sagte ich mir, er würde nie im Leben darauf verfallen, daß ich so frech wäre, wieder in denselben Wagen zu kriechen, aus dem er mich eben herausgejagt hatte. Ich kletterte also ganz ruhig wieder hinein und legte mich schlafen.
Nun muß aber der Schaffner genauso überlegt haben wie ich, denn er dachte sich, daß ich es geradeso machen würde. Folglich kam er zurück und schmiß mich wieder hinaus.
Na, dachte ich bei mir, es wird ihm doch nie in den Sinn kommen, daß ich es zum drittenmal tue. Ich kehrte also zum selben Wagen zurück, beschloß aber, mich gegen weitere Überraschungen zu sichern. Nur eine der Seitentüren konnte geöffnet werden, die andere war vernagelt. Ich machte mich gleich an den Kohlenhaufen, grub ein Loch neben der vernagelten Tür und legte mich hinein. Der Schaffner kletterte herauf und guckte ins Loch. Sehen konnte er mich nicht. Er rief, ich sollte machen, daß ich wegkäme. Ich versuchte, ihn anzuführen, indem ich ganz still liegen blieb; als er aber anfing, Kohlenstücke in das Loch zu werfen, gab ich es auf und wurde zum drittenmal hinausgeschmissen. Dann teilte er mir in großer Erregung mit, was geschehen würde, wenn er mich noch einmal fände.
Jetzt veränderte ich meine Taktik. Wenn ein anderer genauso denkt wie man selber, so muß man abbrechen und eine neue Taktik versuchen. Das tat ich.
Ich versteckte mich zwischen ein paar Wagen auf einem anstoßenden Nebengleis und wartete. Gewiß, der Schaffner kam wieder zum Wagen zurück! Er schloß die Tür auf, kletterte wieder hinein, warf Kohlen in das Loch, das ich gemacht hatte, ja, er kroch ganz auf die Kohlen hinauf und spähte in das Loch hinunter. Damit war er befriedigt. Fünf Minuten später fuhr der Güterzug zur Station hinaus, und der Schaffner war nirgends zu sehen. Ich lief neben dem Wagen her, riß die Tür auf und kletterte hinein. Der Schaffner kam nicht wieder, und ich fuhr mit dem Kohlenwagen genau tausendundzweiundzwanzig Meilen. Die meiste Zeit schlief ich; nur an den Zweigstationen, wo die Güterzüge stets etwa eine Stunde halten, stieg ich ab, um mir etwas Essen zu erbetteln. Und am Ende der tausendundzweiundzwanzig Meilen verlor ich den Wagen durch einen glücklichen Zufall. Ich wurde hereingebeten, um etwas zu essen zu bekommen, und ich möchte den Vagabunden sehen, der nicht jeden Zug wegfahren läßt, wenn er »hereingebeten« wird.

Zigeuner

Der größte Reiz des Vagabundenlebens liegt vielleicht darin, daß es nie eintönig wird. Dem Vagabunden bietet das Dasein ein farbenprächtig wechselndes Bild – das Unmögliche wird zum Ereignis, und das Unerwartete springt bei jeder Wegbiegung aus den Büschen. Der Landstreicher weiß nie, was im nächsten Augenblick geschehen wird; darum lebt er stets dem Augenblick. Er hat gelernt, wie müßig es ist, Pläne zu schmieden, und weiß nur die Freude, sich von den Launen des Zufalls treiben zu lassen.

Oft denke ich an meine Vagabundentage, und immer wieder wundere ich mich über die schnelle Reihenfolge, in der die Bilder in meiner Erinnerung auftauchen. Es ist einerlei, wo ich beginne, denn jeder einzelne Tag ist ein Tag für sich und hat seine eigenen, schnell wechselnden Bilder. So erinnere ich mich zum Beispiel eines sonnigen Sommermorgens in Harrisburg (Pennsylvanien) und wie glücklich er begann. Ich wurde »hereingebeten« zu zwei alten Fräuleins, und zwar nicht in die Küche, sondern ins Speisezimmer, und sie saßen selbst mit mir am Tische. Wir aßen Eier aus Eierbechern! Es war das erstemal, daß ich Eierbecher sah oder von Eierbechern hörte. Ich gestehe, daß ich zuerst ein bißchen linkisch war; aber ich hatte Hunger und ließ mich nicht in Verlegenheit bringen. Ich wurde mit den Eierbechern fertig und gleichfalls mit den Eiern, jedoch auf eine Art, daß die beiden alten Damen die Augen aufsperrten.

Freilich, sie selber aßen wie ein paar Kanarienvögel, nippten an den Eiern und pickten winzige Stückchen von den fast oblatendünnen Scheiben gerösteten Brotes. Lebenskraft besaßen sie nicht viel; ihr Blut war dünn, und sie hatten die ganze Nacht in ihrem warmen Nest gelegen. Ich aber kam aus der frischen Luft und hatte auf dem Wege von Emporium, einem Ort im Norden des Staates, ein gut Teil der in meinem Körper steckenden Feuerung verbraucht. Geröstetes Brot, so dünn wie Oblaten! Es war großartig! Aber jede Oblate war nur ein Bissen für mich, und so mußte ich leider nach jedem Stück erst wieder umständlich zulangen. Als ich ein ganz kleiner Junge war, hatte ich einen ganz kleinen Hund namens Punch. Ich sorgte immer selbst für sein Futter. Einmal hatte einer vom Hausstand eine Menge Enten geschos-

sen, und es gab ein herrliches Essen. Als ich fertig war, machte ich Punchs Mittag zurecht – einen großen Teller Knochen und allerlei Lekkerbissen. Ich ging hinaus, um es ihm zu geben. Nun war aber gerade ein Gast von einem Hofe in der Nähe herübergeritten und hatte einen Neufundländer, so groß wie ein Kalb, mitgebracht. Ich setzte den Teller auf den Boden. Punch wedelte mit dem Schwanze und machte sich darüberher. Mindestens eine halbe Stunde Glückseligkeit lag vor ihm. Da kam plötzlich ein Sturmwind angebraust. Punch wurde beiseite gefegt wie ein Strohhalm, und der Neufundländer stürzte sich über den Teller her. Im Nu – noch ehe ihn mein Fußtritt beiseite schleuderte – hatte er den ganzen Teller geleert. Er räumte gründlich auf. Ein letztes nachdenkliches Lecken entfernte selbst die Fettflecke.
Wie der große Neufundländer es mit dem Fleisch gemacht hatte, das für Punch bestimmt gewesen war, so machte ich es jetzt mit dem Essen der beiden alten Damen in Harrisburg. Ich räumte gründlich auf. Ich zerbrach nichts, aber ich vertilgte alle Eier, das geröstete Brot und den Kaffee. Das Mädchen brachte mehr, aber ich hielt sie in Atem, und sie mußte immer mehr bringen. Der Kaffee war prachtvoll, aber warum schenkte man ihn in so winzige Täßchen? Wie sollte ich Zeit zum Essen haben, wenn ich immerfort Zucker und Sahne in die vielen Tassen Kaffee tun mußte?
Jedenfalls bekam ich dadurch Zeit, meiner Zunge freien Lauf zu lassen. Die beiden alten Damen mit ihren roten Bäckchen und ihren weißen Locken hatten nie zuvor das leuchtende Antlitz des Abenteurers gesehen. Sie hatten, um einen Vagabundenausdruck zu gebrauchen, ihr ganzes Leben auf demselben Gleis gearbeitet. In ihr ereignisloses enges Dasein mit dem feinen Lavendelduft kam ich, ein frischer Luftzug aus der großen Welt, eine gesunde, kräftige Erinnerung an Schweiß und Kampf, auf Geschmack und Geruchssinn wirkend wie der Hauch ferner Länder und ferner Erde. Und ich rieb ihre weichen Handflächen gründlich mit der harten Haut meiner eigenen Hände – der halbzölligen, hornartigen Haut, die von dem ständigen Rucken des Taus und den langen angestrengten Stunden herrührte, da die Hand sich zärtlich um den Spatenschaft geschlossen hatte. Das tat ich nicht nur aus jugendlichem Übermut, sondern um zu zeigen, daß ich zufolge meiner Arbeit Anspruch auf ihre Barmherzigkeit hatte.
Oh, ich sehe sie noch vor mir, diese lieben alten Damen, an deren Frühstückstisch ich vor zwölf Jahren saß und denen ich erzählte, wie mein Leben sich geformt hatte. Ich überhörte ihre freundlichen Ratschläge, wie so ein verteufelter Kerl es tun muß, und fesselte sie durch spannende Berichte nicht nur der Abenteuer, die ich selbst erlebt hatte, sondern auch solcher, die all den andern begegnet waren, die ich kannte und mit denen ich Eindrücke gewechselt hatte. Ich eignete sie mir alle

an, ich meine die Abenteuer, die all den andern begegnet waren, und wenn die beiden alten Damen weniger vertrauensvoll und unschuldig gewesen wären, hätten sie mich bezüglich der zeitlichen Reihenfolge schlimm in die Enge treiben können. Nun ja, und wennschon? Es war ein anständiges Geschäft. Ich bezahlte prompt für die vielen Tassen Kaffee, die Eier und die feinen Schnitten gerösteten Brotes. Ich verschaffte ihnen eine königliche Unterhaltung. Daß ich gekommen war und an ihrem Tisch saß, war ihr Abenteuer. Und Abenteuer sind unbezahlbar.
Als ich mich von den beiden alten Damen verabschiedet hatte und die Straße hinunterbummelte, fand ich vor der Tür eines Hauses, wo man offenbar spät aufstand, eine Zeitung und legte mich damit auf den Rasen in einem Park, um zu sehen, was in den letzten vierundzwanzig Stunden in der Welt vorgegangen war. In diesem Park traf ich einen andern Landstreicher, der mir seine Lebensgeschichte erzählte und mich quälte, in die Armee der Vereinigten Staaten einzutreten. Er hatte sich selbst eben anwerben lassen und konnte nicht begreifen, warum ich nicht dasselbe tun wollte. Er war in Coxeys Armee gewesen und vor ein paar Monaten mit nach Washington marschiert, und dabei schien er Geschmack am Soldatenleben bekommen zu haben. Ich war selbst Veteran, denn war ich etwa nicht Gemeiner in der Kompanie L der zweiten Division von Kellys Arbeiterheer – die Kompanie war überall unter dem Namen »Nevada-Stoßtrupp« bekannt – gewesen? Meine Erfahrungen in bezug auf das Soldatenleben hatten just die entgegengesetzte Wirkung auf mich ausgeübt, und so ließ ich den Landstreicher seinen eigenen Weg – vor die Hunde oder ins Heer, wie es nun kam – wandern, während ich »meine Füße warf«, wie wir sagen, um zu einem Mittagessen zu kommen.
Als diese Arbeit besorgt war, schlenderte ich über die Brücke, die über den Susquehanna nach dem westlichen Ufer führte. Ich kann mich nicht erinnern, wie die Eisenbahn dort drüben hieß, aber als ich da so an diesem Morgen im Grase lag, kam mir der Einfall, nach Baltimore zu fahren, und zwar mit dieser Eisenbahn, wie sie nun auch heißen mochte. Es war ein heißer Nachmittag, und von der Brücke sah ich eine Bande von Kerlen, die um einen der Brückenpfeiler herumschwamm. Ich warf die Kleider ab und stürzte mich in den Fluß. Das Wasser war herrlich; als ich aber wieder an Land war und mich anzog, entdeckte ich, daß ich bestohlen worden war. Irgendeiner hatte meine Taschen durchsucht. Nun frage ich: Ist Bestohlenwerden nicht Abenteuer genug für einen Tag? Ich habe Leute getroffen, die bestohlen wurden und davon redeten, solange sie lebten. Allerdings hatte der Dieb, der meine Taschen durchsuchte, nicht viel von seiner Mühe – dreißig oder vierzig Cent in Kupfer und meinen Tabak nebst Zigarettenpapier; aber es war alles, was ich besaß, und das ist mehr, als man den meisten Menschen

stehlen kann, denn sie haben immer noch etwas zu Hause liegen, während ich kein Zuhause hatte. Es war eine hübsche Gesellschaft, die in dem Flusse herumschwamm. Ich sah mir einen von ihnen an und kam zu dem Ergebnis, daß es besser sei, keinen Lärm zu schlagen. Folglich bat ich um Tabak, und ich könnte darauf schwören, daß es mein eigenes Zigarettenpapier war, in das ich meine Zigarette drehte.

Jenseits der Brücke nahm ich meinen Weg am Ufer entlang. Hier lief die Eisenbahn, auf die ich es abgesehen hatte. Aber so weit das Auge reichte, war keine Station zu erblicken. Und wie ich einen Güterzug außerhalb einer Station erwischen sollte, das war eben die Frage. Ich bemerkte, daß das Gleis über eine steile Anhöhe führte, von deren höchstem Punkt ich gerade herabgekommen war, und ich wußte, daß ein schwerer Güterzug da nicht sehr schnell hinauffahren konnte. Aber wie schnell?

Jenseits des Gleises erhob sich eine hohe Böschung. An ihrem Rande sah ich den Kopf eines Mannes aus dem Grase herauslugen. Vielleicht wußte er Bescheid, wie schnell die Güterzüge über die Anhöhe fuhren und wann der nächste Zug in südlicher Richtung vorbeikam. Ich rief ihm meine Fragen hinauf, und er machte mir ein Zeichen, daß ich näher kommen solle.

Ich gehorchte, und als ich den Gipfel der Anhöhe erreichte, fand ich außer ihm noch vier andere Männer, die rings im Grase lagen. Ich wußte gleich, was sie waren – amerikanische Zigeuner. Auf dem freien Platz zwischen den Bäumen, ein Stück vom Rande der Böschung, standen ein paar Wagen verschiedenster Art. Ein ganzer Schwarm zerlumpter, halbnackter Kinder lief im Lager herum, aber ich bemerkte, daß sie sich wohl hüteten, in die Nähe der Erwachsenen zu kommen und sie zu stören. Ein paar hagere, abgearbeitete, häßliche Frauen waren mit verschiedenen Dingen im Lager beschäftigt, und mir fiel dabei besonders eine auf, die für sich mit gebeugtem Kopf auf einem der Wagen saß und das Kinn auf die Knie stützte, die sie kraftlos mit den Armen umschloß. Alles Leid, das einem Menschen widerfahren kann, stand in ihrem Gesicht geschrieben, über dem ein tragischer Ausdruck lag, als hätte sie die Fähigkeit zu leiden verloren. Sie sah aus, als wäre ihr alles gleichgültig – aber hierin irrte ich mich, denn ich sollte später erfahren, daß es etwas gab, was ihr nicht gleichgültig war.

Ich lag im Grase am Rande der Böschung und redete mit den Männern. Wir waren wie Blutsverwandte, wie Brüder. Ich, der amerikanische Landstreicher, und sie, die amerikanischen Zigeuner. Ich kannte ihren Jargon, und sie kannten den meinen genügend, daß wir uns verständigen konnten. Es waren noch zwei Männer mehr in der Bande, die sich drüben auf der anderen Seite des Flusses befanden. Sie beschäftigten sich mit »Kesselflicken«, aber was eigentlich hinter diesem »Kesselflik-

ken« steckte, das erfuhr ich nicht, und es wäre unhöflich von mir gewesen zu fragen.
Es war ein herrlicher Tag. Nicht ein Lüftchen regte sich, und wir sonnten uns in der flimmernden Wärme. Von allen Seiten ertönte das einschläfernde Summen der Insekten, und die balsamische Luft war von dem süßen Duft der Erde und all des sprießenden Grüns erfüllt. Wir waren zu faul, um etwas anderes zu tun, als hin und wieder ein Wort zu murmeln, damit die Unterhaltung nicht einschlief. Und da wurden, ganz plötzlich, der Frieden und die Ruhe unangenehm unterbrochen. Zwei barfüßige Knaben von acht bis neun Jahren hatten gegen eine der Verordnungen verstoßen, die für das ganze Lager galten – was es war, wußte ich nicht –, und ein Mann, der neben mir lag, erhob sich plötzlich und rief sie. Es war der Stammeshäuptling, ein Mann mit schmaler Stirn und mandelförmigen Augen. Seine dünnen Lippen und der sardonische Ausdruck seines Gesichts erklärten hinreichend, warum die beiden Knaben sich plötzlich beim Klang seiner Stimme aufrichteten und wie erschreckte Rehe erstarrten. Ängstliche Spannung lag auf ihren Gesichtern, sie machten entsetzt kehrt und liefen fort. Er rief sie zurückzukommen, und der eine blieb auch zögernd und widerwillig zurück. Seine magere, kleine Gestalt zeigte deutlich den Kampf, der in seinem Innern tobte, einen Kampf zwischen Furcht und warnendem Verstand. Der Stammeshäuptling verfolgte ihn nicht. Er schlenderte nur zu einem Wagen und holte eine schwere Peitsche. Dann kam er auf die Mitte des freien Platzes zurück und blieb stehen. Er sagte nichts. Er regte sich nicht. Er war das Gesetz, unbarmherzig, allmächtig. Er stand bloß da und wartete. Und ich und alle, auch die beiden Knaben im Schatten der Bäume, wußten, worauf er wartete. Der Knabe, der zurückgeblieben war, kam jetzt langsam heran. Ein schwerer, unter Angst und Beben gefaßter Entschluß war auf seinem Antlitz zu lesen. Er zögerte nicht. Er hatte sich entschlossen, seine Strafe auf sich zu nehmen. Und wohlgemerkt: Hier handelte es sich nicht um die Strafe für sein ursprüngliches Vergehen, sondern für das Verbrechen, dessen er sich durch die Flucht schuldig gemacht hatte. Und in diesem Punkt benahm sich das Oberhaupt des Stammes nur so, wie die erhabene Welt es verlangt, in der er lebte. Wir strafen unsere Verbrecher, und wenn sie uns entwischen und fortlaufen, so holen wir sie wieder und strafen sie noch härter.
Gerade auf den Häuptling zu ging der Knabe und blieb in der richtigen Entfernung stehen, daß er die Peitsche schwingen konnte. Der Hieb zischte durch die Luft, und unwillkürlich fuhr ich erschreckt auf, als ich den scharfen Schlag hörte. Das magere kleine Bein war ja so mager und klein! Wo die Peitschenschnur getroffen hatte, wurde das Fleisch ganz weiß, und dann erschien dort ein häßlicher dicker Striemen, an

dessen Seite winzige rote Blutstropfen hervorquollen und zeigten, wo die Haut zerrissen war. Wieder wurde die Peitsche erhoben, und das ganze Körperchen zitterte in Erwartung des Schlages, obwohl der Knabe sich nicht von der Stelle rührte. Er wollte aushalten. Ein neuer Striemen erschien auf seinem Bein, dann ein dritter. Erst als die Peitsche zum vierten Male traf, schrie der Knabe laut. Jetzt konnte er auch nicht mehr stillstehen, und von diesem Augenblick an hüpfte er, vor Schmerz und Qualen schreiend, umher, versuchte aber nicht wegzulaufen. Wenn er bei seinem verzweifelten Hüpfen außer Reichweite der Peitsche war, hüpfte er gleich wieder zurück. Erst dann, als alles vorüber war – es waren zwölf Schläge –, kroch er wimmernd zwischen die Wagen. Der Häuptling blieb stehen und wartete. Jetzt erschien der andere Knabe zwischen den Bäumen, kam aber nicht geradewegs zum Häuptling. Er kam wie ein kriechender Hund, machte jeden Augenblick in plötzlichem Entsetzen kehrt und wich ein halbes Dutzend Schritte zurück. Aber er kehrte immer wieder um, näherte sich dem Manne in immer engeren Kreisen, wimmerte und stieß unverständliche Kehllaute aus wie ein Tier. Seine Augen wichen nicht von der Peitsche, und es lag ein Ausdruck von Entsetzen in ihnen, der mich ganz krank machte – von einem wahnsinnigen Entsetzen, das bezeugte, wie unfaßbar dieses Kind mißhandelt wurde. Ich habe starke Männer rechts und links von mir im Kampfe fallen und sich in Todesqualen winden, ich habe sie zu Dutzenden durch Bomben und Granaten in die Luft gesprengt, zerfetzt und zerrissen werden sehen, aber glaubt mir, das war der reine Scherz gegen den Anblick dieses armen Kindes.
Die Auspeitschung begann. Die Strafe des ersten Knaben war Spielerei gewesen im Vergleich mit dieser. In wenigen Sekunden strömte das Blut über die dünnen Beinchen herab. Er hüpfte und wand sich, fiel zusammen, bis er fast aussah wie eine Marionette an der Schnur. Ich sage »fast«, denn sein Geschrei strafte diesen Eindruck Lügen und zeigte, daß alles Wirklichkeit war. Sein Geschrei war gellend und durchdringend; nicht heiser, sondern bebend und dünn, wie es der geschlechtslosen Kinderstimme eigen ist. Dann kam ein Zeitpunkt, da der Knabe es nicht mehr ertragen konnte. Sein letzter Rest von Vernunft verschwand, und er versuchte fortzulaufen. Aber jetzt folgte ihm der Mann, schnitt ihm den Rückzug ab und trieb ihn, immer mit Peitschenschlägen, nach dem freien Platz zurück.
Da gab es eine Unterbrechung. Ich hörte einen wilden, halberstickten Schrei. Die auf dem Wagen sitzende Frau war heruntergesprungen. Mit einem Satz stand sie zwischen dem Manne und dem Knaben.
»Willst du auch was abhaben, he?« sagte der Mann mit der Peitsche. »Na schön, meinetwegen.«
Er schwang die Peitsche über ihr. Ihre Röcke waren lang, so daß er nicht

versuchte, ihre Beine zu treffen. Er zielte nach ihrem Gesicht, und sie wehrte den Schlag, so gut sie es vermochte, mit Händen und Armen ab, während sie den Kopf zwischen die mageren Schultern duckte und die Peitschenschläge auf die dünnen Arme und Schultern regnen ließ. Heldenmütige Mutter! Sie wußte gut, was sie tat. Der Knabe entlief, immer noch schreiend, zu den Wagen.

Und die ganze Zeit lagen die vier Männer neben mir und sahen zu. Aber sie regten sich nicht, und ich gestehe, daß ich mich auch nicht regte, und das ohne Scham, obwohl meine Vernunft einen schweren Kampf mit meinen natürlichen Gefühlen kämpfte, die mich trieben, aufzustehen und mich dazwischenzulegen. Ich kannte das Leben. Was hätte es der Frau oder mir genützt, wenn ich mich hier am Ufer des Susquehanna von fünf Männern hätte totprügeln lassen? Ich habe einmal gesehen, wie ein Mann gehängt wurde, und obwohl meine ganze Seele empört dagegen aufschrie, kam kein Wort über meine Lippen. Hätte ich Einspruch erhoben, so hätte man mir aller Wahrscheinlichkeit nach die Hirnschale mit einem Revolver zertrümmert, denn das Gesetz gebot, daß der Mann gehängt werden sollte. Und in dieser Zigeunerbande gebot das Gesetz, die Frau auszupeitschen.

In beiden Fällen war der Grund, daß ich mich nicht dazwischenlegte, nicht das Gesetz an sich, sondern der Umstand, daß das Gesetz stärker war als ich. Hätten die vier Männer nicht neben mir im Grase gelegen, so würde ich mit Freuden auf den Mann mit der Peitsche losgegangen sein. Und hätte mich dann nicht eine der Frauen im Lager mit einem Messer oder einer Keule angefallen, so bin ich überzeugt, daß ich ihn kurz und klein hätte schlagen können. Aber die vier Männer *lagen* nun einmal neben mir im Grase. Sie waren die Ursache, daß das Gesetz stärker war als ich.

Glaubt mir, ich litt auch mein Teil dabei! Ich hatte früher gesehen, wie Frauen geprügelt wurden, aber noch nie, wie diese Frau es wurde. Ihr Kleid hing in Fetzen von den Schultern. Einen der Schläge hatte sie nicht abwehren können, und er riß ihr einen blutigen Striemen von der Backe bis zum Kinn. Nicht ein Schlag, nicht zwei, nicht ein oder zwei Dutzend Schläge, ein endloser Schauer von Schlägen regnete auf sie herab. Ich war in Schweiß gebadet; ich atmete schwer und griff mit beiden Händen ins Gras, bis ich es mit der Wurzel herausriß. Und unterdessen flüsterte mir mein gesunder Menschenverstand ins Ohr: »Du Narr! Du Narr!« Der blutunterlaufene Striemen im Gesicht der Frau hätte meiner Selbstbeherrschung fast ein Ende gemacht. Ich machte Miene aufzuspringen, aber der Mann neben mir legte mir die Hand auf die Schulter und hielt mich zurück.

»Ruhig, Kamerad, ruhig!« warnte er mich leise. Ich sah ihn an, und sein Blick begegnete dem meinen ohne Zögern. Er war ein großer, breitschultriger und muskulöser Mann, und sein Gesicht war schlaff, phlegmatisch, träge, nicht unfreundlich, aber ohne Leidenschaft und ganz ohne Intelligenz; eine Seele, die in der Finsternis tappte, nicht schlecht, aber bar aller Moral und dumpf und starrsinnig wie die eines Büffels. Wie ein Tier war er, mit einem schwachen Funken von Verstand, ein gutmütiges, sprachloses Tier mit den Körper- und Geisteskräften eines Gorillas. Seine Hand lag schwer auf meiner Schulter, und ich fühlte das Gewicht der Muskeln hinter diesem Griff. Ich betrachtete die beiden andern, die auch nichts sprachen – zwei waren ganz teilnahmslos und uninteressiert, der dritte freute sich offenbar über den Anblick, und da erwachte mein gesunder Menschenverstand, meine Muskeln erschlafften, und ich sank wieder ins Gras zurück.

Meine Gedanken gingen zurück zu den beiden alten Damen, bei denen ich an diesem Morgen gefrühstückt hatte. Kaum zwei Meilen in gerader Linie lagen zwischen ihrer Wohnung und dem Ort, wo dieser Auftritt stattfand. Und hier wurde an einem schönen, stillen Tage, bei strahlendem Sonnenschein, eine ihrer Schwestern von einem meiner Brüder gepeitscht. Dies war ein Blatt im Buche des Lebens, das sie nie zu sehen bekommen sollten – und das war auch das beste, eben weil sie es nicht sahen und nie diese ihre Schwestern verstehen konnten, die aus so ganz anderem Stoff gemacht waren. Denn es ist einem Weibe nicht gegeben, sein Leben in duftenden, engen Zimmern zu verbringen und gleichzeitig das »Schwesterlein« der ganzen Welt zu sein.

Die Auspeitschung war beendet, und die Frau, die jetzt nicht mehr schrie, kehrte zu ihrem Platz auf dem Wagen zurück. Keine der Frauen näherte sich ihr – jedenfalls nicht gleich. Sie hatten Angst. Aber sie kamen später, als eine geraume Weile vergangen war. Der Mann legte die Peitsche weg, kam zu uns zurück und warf sich auf der andern Seite neben mich. Er atmete schwer vor Anstrengung. Dann trocknete er sich den Schweiß mit dem Rockärmel aus den Augen und sah mich herausfordernd an. Ich begegnete seinem Blick mit größter Gleichgültigkeit; was er getan hatte, ging mich nichts an. Ich brach nicht sofort auf. Ich blieb noch eine halbe Stunde liegen, was unter den vorliegenden Umständen allgemeiner Höflichkeit und Vorsicht entsprach. Ich drehte mir Zigaretten aus Tabak, den sie mir borgten, und als ich mich die Böschung zur Eisenbahn hinuntergleiten ließ, war ich mit allen Kenntnissen versehen, die ich brauchte, um den nächsten Zug nach dem Süden zu erwischen. Es war ein Blatt im Buche meines Lebens, das war alles, und es gibt viele Blätter, die schlimmer, weit schlimmer sind als die, welche ich gesehen habe. Ich habe zuweilen behauptet – Leute, die es hörten, glaubten stets, es sei ein Scherz –, daß der Unterschied zwischen Menschen und Tieren darin besteht, daß die Menschen die Weibchen ihrer Art mißhandeln. Das läßt sich weder ein Wolf noch der feigste Kojote je zuschulden kommen. Selbst der Hund, der doch durch sein Zusammenleben mit dem Menschen verkommen ist, wird das nie tun. In diesem Punkte hat der Hund sich den Instinkt des wilden Tieres bewahrt, während der Mensch die meisten Instinkte des wilden Tieres – jedenfalls die meisten guten – verloren hat.

Schlimmere Blätter im Buche des Lebens als das, welches ich beschrieben habe? Lest die Berichte über die Kinderarbeit in den Vereinigten Staaten – im Osten, Westen, Norden und Süden, einerlei wo –, und denkt daran, daß wir alle, wir, die wir von der Arbeit anderer leben, viel schlimmere Blätter in das Buch des Lebens fügen, als das ist, das einfach von einer Frau erzählt, die am Ufer des Susquehanna gepeitscht wurde.

Ich ging hundert Meter die Böschung hinunter bis zum Gleis, wo eine gute Stelle war, um den Zug zu entern, wenn er sich langsam die Anhöhe hinaufarbeitete, und hier stieß ich auf ein halbes Dutzend Landstreicher, die gleich mir warteten. Ein paar von ihnen spielten mit einem alten Spiel Karten. Ich machte mit. Ein Neger sollte mischen. Er war dick und jung und hatte ein rundes Gesicht. Er strahlte vor Wohlwollen. Er triefte förmlich davon. Als er mir die erste Karte gab, hielt er inne und sagte: »Sag, Kamerad, hab' ich dich nicht schon mal gesehen?«

»Ja, darauf kannst du Gift nehmen!« antwortete ich. »Und damals hattest du auch nicht dieselben Fetzen an.«

Er wurde verlegen.

»Erinnerst du dich an Buffalo?« fragte ich.

Da erkannte er mich und begrüßte mich mit Lachen und Ausrufen als alten Kameraden, denn in Buffalo war sein Zeug gestreift gewesen, wo er eine Strafe im Zuchthaus verbüßte. Übrigens war mein Zeug auch gestreift gewesen.

Das Spiel ging weiter, und ich erfuhr, um was wir spielten. Zum Flusse ging ein schmaler, steiler Pfad hinunter. Ungefähr fünfundzwanzig Fuß unterhalb der Stelle, wo wir saßen, führte er an einer Quelle vorbei. Wer verlor, sollte in einer kleinen Dose, in der sich kondensierte Milch befunden hatte, Wasser für die Gewinner holen.

Das erste Spiel wurde zu Ende gespielt, und der Neger verlor. Er nahm die kleine Milchdose und kroch den Abhang hinunter, während wir oben saßen und uns über ihn lustig machten. Wir tranken wie die Schwämme. Für mich allein mußte er den Weg viermal machen, und die andern waren ebenso verschwenderisch mit der Flüssigkeit. Der Abhang war sehr steil, und manchmal stolperte der Neger, wenn er schon halb oben war, vergoß das Wasser und mußte wieder zurück und mehr holen. Aber er wurde nicht ärgerlich. Er lachte ebenso herzlich wie wir – daher stolperte er immer wieder. Und immer wieder versicherte er uns, welche ungeheure Menge Wasser er trinken wollte, wenn einer von uns verlieren würde.

Als unser Durst gelöscht war, begannen wir ein neues Spiel. Wieder verlor der Neger, und wieder tranken wir, soviel wir konnten. Ein drittes und viertes Spiel endete auf dieselbe Weise, und jedesmal lachte sich der rundgesichtige Neger halbtot bei dem Gedanken an das Schicksal, das der Zufall beständig ihm zuteil werden ließ. Und wir waren auch halbtot vor Lachen, so freuten wir uns. Wir lachten wie frohe, sorglose Kinder oder Götter, während wir am Rande des Abhanges lagen. Ich weiß noch, daß ich lachte, bis ich ein Gefühl hatte, als ob mein Kopf in Stücke gehen sollte, und ich trank aus der Milchdose, bis ich so voller Wasser war wie ein leckes Boot. Wir begannen ernsthaft zu besprechen, ob wir noch aufspringen könnten, wenn der Zug die Anhöhe heraufkam, so viel Wasser hatten wir getrunken. Dieser Gedanke war zuviel für den Neger. Er mußte mindestens fünf Minuten aufhören mit dem Wasserholen, legte sich auf den Boden und wand sich vor Lachen.

Die Schatten wurden tiefer und reichten immer weiter über den Fluß hinaus; die milde, kühle Dämmerung kam, und immer noch saßen wir da und tranken Wasser, und immer noch mußte unser schwarzer Mundschenk uns mehr holen. Vergessen war die Frau, die ich vor einer Stunde hatte gepeitscht werden sehen. Diese Seite des Lebens war umgeblättert; ich war dabei, ein neues Blatt zu lesen, und wenn die Lokomotive sich pfeifend die Anhöhe heraufarbeitete, war auch diese Seite beendet, und wieder eine neue begann. Und so liest man das Buch des Lebens Blatt für Blatt, zahllose Blätter – solange man jung ist.

Aber dann kam ein Spiel, das der Neger einmal nicht verlor. Das Opfer war ein magerer Landstreicher, der aussah, als wäre er magenleidend. Er hatte am wenigsten gelacht. Wir sagten, daß wir kein Wasser mehr haben wollten, was auch vollkommen der Wahrheit entsprach. Nicht für alle Schätze Indiens, und wenn es mit der Luftpumpe in mich hineingepumpt worden wäre, hätte ich meinen sündigen, überfüllten Leib zwingen können, auch nur noch einen einzigen Tropfen aufzunehmen.

Der Neger machte ein enttäuschtes Gesicht, dann aber faßte er Mut und sagte, er möchte gern noch etwas Wasser haben. Und er meinte es auch so. Er verlangte Wasser, mehr und immer mehr Wasser.

Immer wieder mußte der melancholische Landstreicher den steilen Abhang auf und nieder klettern, und immer verlangte der Neger noch mehr. Er trank mehr Wasser als wir andern alle zusammen. Die Dämmerung wich der dunklen Nacht. Die Sterne kamen zum Vorschein, und er trank immer weiter. Ich glaube, wenn der Güterzug nicht gepfiffen hätte, so würde er noch dasitzen und sich mit Wasser und Rache

berauschen, während sich der melancholische Landstreicher mühselig den Abhang hinauf- und wieder hinunterschleppte.
Aber der Zug pfiff. Diese Seite war fertig. Wir sprangen auf und stellten uns in einer Reihe am Bahndamm auf. Der Zug kam fauchend und schnaubend die Höhe herauf, die Laterne auf der Lokomotive machte die Nacht zum Tage und warf unsere Gestalten als dunkle Silhouetten auf den Abhang. Die Lokomotive kam vorüber, und wir liefen alle in der Richtung des Zuges, um mitzukommen. Einige erkletterten die eisernen Leitern an der Seite des Zuges, andere »sprengten« die Seitentüren leerer, geschlossener Güterwagen und krochen hinein. Ich selbst erwischte einen offenen Güterwagen mit Stückgut und fand einen netten, geschützten Winkel. Ich lag auf dem Rücken, eine Zeitung als Kopfkissen unter dem Kopfe. Über mir schimmerten die Sterne wie Heerscharen, sie schwangen hin und her, wenn der Zug die Kurven nahm, und während ich so dalag und sie betrachtete, schlief ich ein.
Der Tag war vorbei – einer von allen meinen Tagen. Morgen kam wieder ein anderer Tag, und ich war jung.

Geschnappt

Ich kam nach Niagara Falls in einem »Pullman mit Seitentüren« oder, wie es in der bürgerlichen Umgangssprache heißt, in einem geschlossenen Güterwagen. Ein offener Güterwagen heißt, nebenbei bemerkt, unter Brüdern eine »Gondel«. Ich kam also am Nachmittage an und machte mich gleich vom Güterzuge nach dem Wasserfall auf. Sobald meine Augen dies Wunder stürzender Wasser sahen, war ich verloren. Ich konnte mich lange nicht losreißen, konnte mich nicht entschließen, bei den »Eingeborenen« zum Abendessen zu fechten. Selbst die Aussicht, »hereingebeten« zu werden, hätte mich nicht weglocken können. Die Nacht senkte sich herab, und ich blieb bis elf Uhr am Wasserfall sitzen. Dann mußte ich sehen, irgendwo unterzukriechen.

Schlafen mußte ich, aber ich hatte eine Ahnung, daß Niagara Falls keine sehr geeignete Stadt für Landstreicher war, und so wanderte ich aufs Land hinaus. Ich kletterte über einen Zaun und legte mich auf das freie Feld. Ich schmeichelte mir, daß die Polizei mich hier nicht finden würde. Ich lag auf dem Rücken im Grase und schlief wie ein Kind. Die Luft war so mild und balsamisch, daß ich die ganze Nacht nicht ein einziges Mal aufwachte. Aber mit dem ersten Tagesgrauen schlug ich die Augen auf und erinnerte mich an den wundervollen Wasserfall. Ich kletterte wieder über den Zaun und machte mich auf den Weg, um ihn noch einmal zu sehen. Es war früh – erst fünf Uhr –, und vor acht konnte ich nicht anfangen, für das Frühstück zu »arbeiten«. Ich konnte also mindestens drei Stunden am Flusse verbringen. Aber ach, das Schicksal wollte, daß ich nie den Fluß oder den Wasserfall wiedersehen sollte.

Die Stadt schlief noch. Als ich die stille Straße hinabging, sah ich drei Männer mir auf dem Bürgersteig entgegenkommen. Sie gingen nebeneinander. Landstreicher, dachte ich, wie ich selber, die auch zeitig aufgestanden waren. Aber meine Annahme stimmte nicht oder doch nur zu zwei Drittel. Die beiden an den Seiten waren allerdings Landstreicher, der Mann in der Mitte aber nicht. Ich drückte mich ganz an den Rand des Bürgersteiges, um die drei vorbeizulassen. Aber sie gingen nicht vorbei. Der Mann in der Mitte sagte den andern etwas, worauf alle drei stehenblieben, und dann wandte er sich an mich.

Im selben Augenblick wußte ich, woher der Wind wehte. Es war ein Polizist, und die beiden Landstreicher waren seine Gefangenen. Die Polizei war auf frühe Vögel aus. Ich war ein früher Vogel. Hätte ich gewußt, was mir im nächsten Monat widerfahren sollte, so würde ich kehrtgemacht haben und gelaufen sein, als wäre der Teufel hinter mir her. Vielleicht würde der Polizist auf mich geschossen haben, aber er hätte mich jedenfalls treffen müssen, um mich zu kriegen. Er wäre nie hinter mir hergelaufen, denn zwei Landstreicher in der Hand sind mehr wert als einer auf der Flucht. Aber als er mich anhielt, stand ich da wie ein Ölgötze. Unsere Unterredung war kurz.
»In welchem Hotel sind Sie abgestiegen?« fragte er. Jetzt hatte er mich. Ich war in keinem Hotel abgestiegen, und da ich nicht ein einziges Hotel der Stadt auch nur dem Namen nach kannte, konnte ich nicht den Anspruch erheben, in einem von ihnen zu wohnen. Außerdem war ich verdächtig früh auf den Beinen. Es hatte sich also alles gegen mich verschworen.
»Ich bin eben angekommen«, sagte ich.
»Schön, dann machen Sie kehrt, und gehen Sie vor mir her, aber nicht zu weit voraus. Es wünscht Sie jemand zu sprechen.«
Ich war also »geschnappt«. Wer mich zu sprechen wünschte, wußte ich gut. Den Polizisten und die beiden Landstreicher hinter mir und dem Bescheid, den er mir gegeben, entsprechend, ging ich voraus nach dem städtischen Gefängnis. Dort wurden wir visitiert und unsere Namen eingetragen. Unter welchem Namen ich eingetragen wurde, habe ich vergessen. Ich gab den Namen Jack Drake an, bei der Visitation fanden sie jedoch Briefe, die an Jack London adressiert waren. Das verursachte natürlich Schwierigkeiten und erforderte Erklärungen, aber alles das habe ich längst vergessen, und noch heute weiß ich nicht, ob ich unter dem Namen Jack Drake oder Jack London geschnappt wurde. Aber einer von den beiden Namen muß jedenfalls heute noch im Gefängnisregister von Niagara Falls stehen, und man kann sich leicht Gewißheit darüber verschaffen. Es war Ende Juni achtzehnhundertundvierundneunzig. Ein paar Tage nach meiner Verhaftung brach der große Eisenbahnerstreik aus.
Vom Büro aus wurden wir ins »Landstreicherloch« gebracht und dort eingesperrt. Das »Landstreicherloch« ist der Teil des Gefängnisses, wo die leichteren Verbrecher in einem großen eisernen Käfig eingesperrt werden, und da die Landstreicher den größten Teil der leichteren Verbrecher ausmachen, hat man besagten eisernen Käfig nach ihnen benannt. Hier fanden wir schon mehrere Landstreicher vor, die alle am selben Morgen geschnappt worden waren, und jeden Augenblick öffnete sich die Tür, und zwei oder drei neue flogen herein. Als wir schließlich alles in allem sechzehn Mann waren, wurden wir in den

Gerichtssaal gebracht. Und jetzt werde ich genau berichten, was im Gerichtssaal vorging, denn Sie müssen wissen, daß meine Vaterlandsliebe und mein Bürgerstolz dort einen Stoß erhielten, den sie nie ganz überwunden haben.

Im Gerichtssaal befanden sich die sechzehn Gefangenen, der Richter und die beiden Gerichtsdiener. Der Richter war offenbar auch sein eigener Schreiber. Zeugen gab es nicht. Von den Bürgern von Niagara Falls war keiner anwesend, um zu sehen, wie die Gerechtigkeit in ihrer Gemeinde gepflegt wurde. Der Richter sah in die ihm vorgelegte Liste der Verbrecher und rief einen Namen auf. Ein Landstreicher erhob sich. Der Richter sah einen der Gerichtsdiener an. »Landstreicherei, Euer Gnaden«, sagte der Gerichtsdiener. »Einen Monat«, sagte Seine Gnaden. Der Landstreicher setzte sich. Der Richter rief einen neuen Namen auf, und ein neuer Landstreicher erhob sich. Das Verhör des ersten Landstreichers hatte genau fünfzehn Sekunden gedauert. Das des zweiten Landstreichers ging ebenso schnell. Der Gerichtsdiener sagte: »Landstreicherei, Euer Gnaden!«, und Seine Gnaden sagte: »Einen Monat.« Und so ging es wie ein Uhrwerk: Fünfzehn Sekunden pro Landstreicher – und einen Monat.

Das ist doch blödes Vieh, dachte ich bei mir. Aber wartet nur, bis ich an der Reihe bin; ich werde Seiner Gnaden schon Bescheid sagen. Im weiteren Verlaufe der Vorstellung hatte Seine Gnaden plötzlich den Einfall, dem einen von uns Gelegenheit zu geben, etwas zu sagen. Dieser Mann war zufällig kein richtiger Landstreicher. Er besaß keines der Kennzeichen, die dem gewerbsmäßigen Strolch eigentümlich sind. Wenn er zu uns gekommen wäre, während wir an einem Wasserbehälter saßen und auf einen Güterzug warteten, so würden wir ihn gleich als Außenseiter erkannt haben. Er schien nicht mehr ganz jung zu sein – meiner Schätzung nach etwa fünfundvierzig. Seine Schultern waren ein wenig schief, seine Züge verwittert.

Viele Jahre lang war er, seinem Bericht nach, Kutscher in einem Fuhrgeschäft, wenn ich mich recht entsinne, in Lockport (New York) gewesen. Es war bergab mit dem Geschäft gegangen, und als schließlich die schlechten Zeiten von achtzehnhundertdreiundneunzig kamen, war es verkracht. Er war als einer der letzten von der Firma entlassen worden, wenn er auch in der letzten Zeit nur sehr unregelmäßig Arbeit gehabt hatte. Nun erklärte er des langen und breiten, wie schwierig es ihm in der letzten Zeit geworden sei, Arbeit zu erhalten (es gab ja so viele Arbeitslose). Schließlich war er zu dem Ergebnis gekommen, daß es leichter sein würde, an den Seen Arbeit zu finden, und nun war er auf der Reise nach Buffalo. Das war alles.

»Einen Monat«, sagte Seine Gnaden und rief den Namen eines anderen Landstreichers.

Der Aufgerufene erhob sich.
»Landstreicherei, Euer Gnaden«, sagte der Gerichtsdiener, und Seine Gnaden sagte: »Einen Monat.«
Und so ging es weiter: fünfzehn Sekunden – und einen Monat für jeden verhafteten Landstreicher. Die Maschine arbeitete glatt und fließend. Aller Wahrscheinlichkeit nach – es war ja ganz frühmorgens – hatte Seine Gnaden noch nicht gefrühstückt und hatte Eile.
Aber mein amerikanisches Blut begann zu kochen. Hinter mir standen viele Generationen amerikanischer Vorfahren. Eine der Freiheiten, für die diese Vorfahren gekämpft und das Leben gewagt hatten, war das Recht, von einer Jury abgeurteilt zu werden. Das war mein Erbteil, heilig, weil sie ihr Blut dafür vergossen hatten, und jetzt war es meine Sache, dafür einzustehen. Schön, sagte ich bei mir: Warte nur, bis du zu mir kommst.
Und er kam zu mir. Mein Name, wie er nun war, wurde aufgerufen, und ich erhob mich. Der Gerichtsdiener sagte: »Landstreicherei, Euer Gnaden«, und dann begann ich zu reden. Aber gleichzeitig begann auch der Richter zu reden und sagte: »Einen Monat.« Ich wollte dagegen protestieren, aber schon war Seine Gnaden bei dem nächsten Landstreicher auf der Liste angelangt. Seine Gnaden hielt gerade so lange inne, um »Halt den Mund!« zu mir sagen zu können.
Und im selben Augenblick hatte der nächste Landstreicher seinen Monat bekommen, und der folgende war an der Reihe.
Als wir alle unser Teil hatten – jeder Mann einen Monat – und Seine Gnaden schon im Begriff stand, uns wegzuschicken, wandte er sich plötzlich nochmals an den Kutscher aus Lockport – dem einzigen, dem er erlaubt hatte, etwas zu sagen.
»Warum haben Sie Ihre Arbeit aufgegeben?« fragte Seine Gnaden.
Nun hatte der Kutscher schon erklärt, warum er seine Arbeit verloren hatte, und er war daher etwas bestürzt über die Frage.
»Euer Gnaden«, begann er verwirrt, »ist das nicht eine merkwürdige Frage?«
»Noch einen Monat, weil Sie Ihre Arbeit verlassen haben«, sagte Seine Gnaden, und damit war die Gerichtssitzung geschlossen. Das war also das Ergebnis. Der Kutscher bekam zwei Monate, wir andern einen.
Ich war vollkommen verstört. Ich war zu Gefängnis verurteilt nach einer verrückten Art von Verhör, bei dem mir nicht nur mein Recht, von einer Jury abgeurteilt zu werden, sondern auch das Recht versagt worden war, mich schuldig zu bekennen oder nicht. Noch eines war mir eingefallen, wofür meine Väter gekämpft hatten – die Habeaskorpusakte. Ich wollte es ihnen schon zeigen! Als ich aber einen Rechtsanwalt verlangte, wurde ich ausgelacht. Die Habeaskorpusakte war selbstverständlich sehr gut, aber was nützte sie mir, wenn ich mit niemand

außerhalb des Kittchens in Berührung kommen konnte? Aber ich wollte es ihnen doch schon zeigen! Man konnte mich ja nicht in alle Ewigkeit im Gefängnis behalten. Sie sollten nur warten, bis ich herauskam! Ich wollte ihnen tüchtig eins auswischen. Ich kannte das Gesetz und meine eigenen Rechte, und ich wollte der Welt zeigen, wie elend das Recht verwaltet wurde. Visionen von Schadenersatzprozessen und schreienden Zeitungsüberschriften tanzten mir vor Augen, als die Gefängniswärter hereinkamen und damit anfingen, uns ins Hauptbüro zu treiben.

Ein Polizist ließ ein Handeisen um mein rechtes Handgelenk zusammenschnappen. (Aha, dachte ich, eine neue Schändlichkeit. Wartet nur, bis ich wieder draußen bin!) Das andere Handeisen, das mit dem ersten durch eine Kette verbunden war, schloß er um das linke Handgelenk eines Negers. Es war ein sehr großer Neger, reichlich sechs Fuß hoch – so groß war er, daß seine Hand, als wir Seite an Seite dastanden, die meine an dem Handeisen ein wenig hochhob. Dazu war er der vergnügteste und zerlumpteste Neger, den ich je gesehen habe.

Wir wurden alle auf gleiche Art paarweise aneinandergefesselt. Als dies geschehen war, wurde eine blanke Nickelstange geholt, durch die Gelenke der Handeisen gesteckt und an beiden Enden der doppelten Reihe verschlossen. Jetzt waren wir eine Horde von Kettensträflingen. Der Befehl zum Abmarsch wurde gegeben, und wir gingen, von zwei Polizisten bewacht, auf die Straße. Der große Neger und ich hatten den Ehrenplatz. Wir führten den Zug an.

Nach dem Grabesdunkel, das im Gefängnis geherrscht hatte, war das Sonnenlicht geradezu blendend. Noch nie war mir das Sonnenlicht so wunderbar erschienen wie jetzt, da ich als Gefangener mit klirrenden Ketten dastand und wußte, daß ich es für einen ganzen Monat zum letzten Male sah. Durch die Straßen von Niagara Falls marschierten wir zum Bahnhof, angestarrt von neugierigen Fußgängern und namentlich von einer Schar Touristen, die, als wir vorbeimarschierten, auf der Veranda eines Hotels saß.

Die Kette hing ziemlich lose, und unter Rasseln und Klirren setzten wir uns, je zwei und zwei, auf die Sitze eines Raucherabteils. Wenn ich auch von glühendem Haß über den Hohn erfüllt war, der mir und meinen Vorfahren erwiesen worden, war ich doch zu prosaisch und praktisch, als daß ich deswegen den Kopf verloren hätte. Alles war neu für mich. Dreißig in einen geheimnisvollen Schleier gehüllte Tage lagen vor mir, und ich sah mich nach jemand um, der mir einige Auskünfte erteilen konnte. Ich hatte nämlich erfahren, daß unser Bestimmungsort nicht ein elendes kleines Gefängnis mit so um hundert Gefangenen, sondern ein ausgewachsenes Zuchthaus war, in dem mehrere tausend Gefangene von zehn Tagen bis zu zehn Jahren saßen.

Auf dem Sitz hinter mir saß, das Handgelenk an die Kette geschlossen, ein vierschrötiger, schwergebauter Mann mit mächtigen Muskeln. Er mochte zwischen fünfunddreißig und vierzig Jahre alt sein. Ich sah ihn mir an. In seinen Augenwinkeln waren Humor, Lachen und Freundlichkeit versteckt. Im übrigen sah er aus wie ein brutales Tier, gänzlich unmoralisch und mit der ganzen Leidenschaftlichkeit und zügellosen Heftigkeit eines Tieres. Was ihn rettete, was ihn in meinen Augen brauchbar für mich machte, waren eben die Augenwinkel – der Humor, das Lachen und die Freundlichkeit des Tieres, solange es nicht gereizt ist.

Es war ein gefundenes Fressen für mich. Ich machte mich beliebt bei ihm. Während sich der große Neger, mein Kettenkamerad, kichernd und lachend über seine Wäsche beklagte, die er durch die Verhaftung verlor, und während der Zug weiter nach Buffalo fuhr, sprach ich mit dem Manne hinter mir. Seine Pfeife war leer. Ich stopfte sie ihm mit meinem teuren Tabak – es ging so viel drauf, daß ich mir ein Dutzend Zigaretten daraus hätte drehen können. Aber je mehr wir miteinander sprachen, um so überzeugter wurde ich, den Mann, den ich suchte, gefunden zu haben, und so teilte ich meinen Tabak mit ihm.

Nun ist mein Organismus zufällig leichtflüssig genug geartet, um dem Leben selbst genügend verwandt zu sein und sich fast jeder Lage anzupassen. Ich bemühte mich nun auch, mich dem Manne anzupassen, obwohl ich noch keine Ahnung hatte, welchen Wert er für mich haben würde. Er war noch nie in dem Zuchthaus gewesen, in das wir kommen sollten, aber er hatte ein, zwei oder drei Jahre in verschiedenen andern Zuchthäusern gesessen und wußte fabelhaft Bescheid. Wir wurden gute Freunde, und mein Herz klopfte vor Freude, als er mir riet, ihm in allem zu folgen. Er nannte mich »Jack«, und ich nannte ihn ebenfalls »Jack«. An einer Station, ungefähr fünf Meilen vor Buffalo, hielt der Zug, und wir, die Kettensklaven, standen auf. Ich weiß nicht mehr, wie die Station heißt, aber ich bin überzeugt, daß es so etwas wie Rocklyn, Rockwood, Black Rock, Rockcastle oder Newcastle war. Wie sie nun auch heißen mochte, jedenfalls mußten wir eine ganze Strecke marschieren und wurden dann in einen Straßenbahnwagen gesetzt. Es war ein alter Wagen mit einer Bank an jeder Seite. Alle Fahrgäste, die auf der einen Seite saßen, wurden ersucht, sich auf die andere zu begeben, und wir nahmen mit vielem Kettenrasseln und -klirren ihre Plätze ein. Wir saßen, wie ich mich entsinne, ihnen gerade gegenüber, und ich erinnere mich auch noch, wie erschrocken einige Frauen aussahen, die uns zweifellos für Mörder und Bankräuber hielten. Ich versuchte, so grimmig wie möglich auszusehen, aber mein Kettenkamerad, der lustige Neger, rollte die Augen, wobei er lachte und immer wieder »Ogottogott!« sagte.

Als wir den Wagen verließen, mußten wir noch ein Stück laufen und wurden dann in das Büro des Erie-County-Zuchthauses gebracht. Hier sollten wir wieder eingetragen werden, und im Register dort wird man also einen oder den andern meiner Namen finden können. Dann wurde uns gesagt, daß wir alle unsre Wertsachen im Büro abgeben müßten: Geld, Tabak, Streichhölzer, Taschenmesser und so weiter. Mein neuer Freund sah mich an und schüttelte den Kopf.

»Wenn ihr eure Sachen nicht hier laßt, so werden sie im Gefängnis selbst beschlagnahmt«, warnte der Beamte.

Aber mein Freund schüttelte immer noch den Kopf. Er hatte etwas mit seinen Händen vor, tat es aber hinter dem Rücken der andern Gefangenen, so daß der Beamte es nicht sehen konnte. Die Handeisen waren uns abgenommen. Ich betrachtete ihn aufmerksam, und seinem Beispiel folgend, knüpfte ich alles, was ich mit ins Gefängnis nehmen wollte, in mein Taschentuch. Das Bündel steckten wir dann ins Hemd. Ich bemerkte, daß keiner unsrer Mitgefangenen dem Manne im Büro sein Eigentum übergab, mit Ausnahme von einigen, die Uhren hatten. Alle waren fest entschlossen, die Sachen auf irgendeine Weise einzuschmuggeln, und verließen sich auf ihr gutes Glück, waren aber nicht so klug wie mein Freund, denn sie knüpften die Sachen nicht zusammen.

Unsre bisherigen Wächter nahmen Handschellen und Ketten und fuhren nach Niagara Falls zurück, während wir, unter der Obhut neuer Wächter, ins Gefängnis geführt wurden. Wir waren noch im Büro, als man schon ganze Schwadronen neuer Gefangener brachte, so daß wir eine Ansammlung von vierzig bis fünfzig Mann bildeten.

Euch, die ihr nicht im Gefängnis sitzt, sei gesagt, daß aller Verkehr in einem großen Gefängnis ebenso beschränkt ist wie der Handelsverkehr im Mittelalter. Alle paar Schritte stößt man auf schwere eiserne Türen und Tore, die immer verschlossen sind. Wir wurden jetzt in die Barbierstube gebracht, aber immer wieder stießen wir auf Hindernisse in Form von Türen, die erst aufgesperrt werden mußten. So wurden wir gleich in der »Halle« aufgehalten. Eine »Halle« ist kein Korridor. Stellt euch einen länglichen Kubus vor, der aus Mauersteinen erbaut und ganze sechs Stock hoch ist. Jedes Stockwerk enthält eine Reihe – sagen wir fünfzig Zellen. Kurz, stellt euch einen mächtigen rechteckigen Bienenkorb vor. Setzt ihn auf den Boden und baut ein Haus herum mit einem Dach darüber und Mauern ringsum, und ihr habt eine »Halle« des Erie-County-Zuchthauses. Um das Bild zu vervollständigen, denkt euch noch eine schmale Galerie mit eisernem Geländer, das an all diesen Zellenreihen entlangläuft, und stellt euch vor, daß alle diese Galerien an beiden Enden des Rechtecks durch ein System eiserner Feuerleitern verbunden sind.

Gleich in der ersten Halle mußten wir haltmachen und auf einen Beamten warten, der die Tür aufschließen sollte. Hier und dort sahen wir Sträflinge mit kurzgeschorenem Haar, glattrasiertem Gesicht und in der gestreiften Anstaltskleidung. Mir fiel namentlich ein Gefangener auf, der oben auf der Galerie vor der dritten Zellenreihe stand. Er lehnte sich mit aufgestützten Armen über das Geländer, scheinbar ohne sich im geringsten um unsere Anwesenheit zu bekümmern. Es sah aus, als starre er nur ins Leere. Mein Freund stieß einen gedämpften Zischlaut aus. Der Sträfling sah herunter. Die beiden machten sich Zeichen mit der Hand. Dann sah ich das Bündel meines Freundes durch die Luft sausen. Der Sträfling ergriff es, hatte es schnell wie der Blitz ins Hemd gesteckt und starrte nun wieder ins Leere. Mein Freund hatte gesagt, ich solle ihm alles nachmachen. Ich paßte einen Augenblick ab, als der Wärter mir den Rücken zukehrte, und schon befand sich mein Bündel neben dem andern im Hemd des Sträflings.

Eine Minute später wurde die Tür geöffnet, und wir marschierten in einer langen Reihe in die Barbierstube. Hier befanden sich mehrere Leute in gestreifter Sträflingskleidung. Es waren die Gefängnisbarbiere. Hier gab es auch Badewannen, warmes Wasser, Seife und Bürsten. Wir erhielten Befehl, uns auszuziehen und zu baden, wobei einer immer den andern abschrubbte – eine unnötige Sicherheitsmaßregel, denn das Gefängnis wimmelte von Ungeziefer. Nach dem Bade erhielt jeder einen Leinensack für seine Kleider.

»Tut alle Kleider in die Säcke«, sagte der Aufseher. »Versucht nicht, etwas einzuschmuggeln. Ihr müßt euch nackt untersuchen lassen. Alle, die zu einem Monat oder weniger verurteilt sind, behalten ihre Schuhe und Hosenträger. Wer zu mehr als einem Monat verurteilt ist, behält nichts.«

Diese Mitteilung löste große Bestürzung aus. Wie konnte man nackt etwas an einem untersuchenden Aufseher vorbeischmuggeln? Nur mein Freund und ich waren sicher. Aber jetzt traten die Gefängnisbarbiere in Aktion. Sie gingen unter den Neuankömmlingen umher, erboten sich freundlich, all ihr teures Eigentum aufzubewahren und es ihnen später am Tage wiederzugeben. Die Barbiere waren die reinen Menschenfreunde – wenn man sie reden hörte. Sofort waren alle Taschen leer. Streichhölzer, Tabak, Zigarettenpapier, Pfeifen, Messer, Geld – alles verschwand in den geräumigen Hemden der Barbiere. Sie schwollen geradezu unter der Beute, und die Aufseher taten, als sähen sie nichts. Um kurz zu sein: Es wurde nicht das geringste zurückgegeben. Die Barbiere hatten nie die Absicht gehabt, das, was sie genommen hatten, wiederzugeben. Das sahen sie für ihren berechtigten Gewinn an. Es war ein kleiner Nebenverdienst der Barbiere. Wie ich bald erfahren sollte, gab es mancherlei Nebeneinnahmen im Gefängnis, und

dank meinem neuen Freunde lernte auch ich bald, wie man sie sich verschaffen konnte.
Es waren mehrere Stühle da, und die Barbiere arbeiteten schnell. Ich habe noch nie Leute so schnell rasiert und geschoren werden sehen. Die Gefangenen seiften sich selbst ein, und die Barbiere rasierten sie mit einer Geschwindigkeit von einer Minute pro Mann. Das Haarschneiden dauerte eine Kleinigkeit länger. In drei Minuten war mein Gesicht von den Daunen meiner achtzehn Jahre befreit und der Kopf so glatt wie eine Billardkugel, mit einer leichten Andeutung von Borsten. Vollbärte, Schnurrbärte, Kleider, alles verschwand. Auf mein Wort: Wir boten einen schlimmen Anblick, als wir fertig waren.
Ich merkte erst jetzt so recht, was für gottverlassene Menschen wir in Wirklichkeit waren.
Dann mußten wir vierzig bis fünfzig Mann uns nackt aufstellen. Es war nicht schwer, uns zu untersuchen. Es waren nur unsre Schuhe und wir selber. Zwei, drei unbesonnene Geister, die der Redlichkeit der Barbiere mißtraut hatten, trugen ihre Sachen bei sich – und diese Sachen, nämlich Tabak, Pfeifen, Streichhölzer und Kleingeld, wurden sofort beschlagnahmt. Als das besorgt war, wurden uns unsre neuen Kleider ausgeliefert: solide Sträflingshemden nebst Jacken und Hosen mit sehr auffallenden Streifen. Ich hatte immer geglaubt, daß man erst, wenn man wegen eines schweren Verbrechens verurteilt sei, die gestreifte Sträflingstracht tragen müsse. Jetzt wußte ich besser Bescheid, und nachdem ich die Zeichen der Schande angelegt hatte, bekam ich den ersten Vorgeschmack von einem »Kettenmarsch«.
Einzeln, dicht hintereinander, jeder die Hände auf den Schultern seines Vordermannes, marschierten wir in eine andre große Halle. Hier wurden wir in einer langen Reihe an die Mauer gestellt und erhielten Befehl, den linken Arm zu entblößen. Ein junger Mann, Student der Medizin, der sich an solchem Viehzeug wie wir üben sollte, schritt die Reihe entlang. Er impfte ungefähr viermal so schnell, wie die Barbiere rasiert hatten. Mit einer letzten Ermahnung, daß wir uns nicht kratzen und daß wir das Blut eintrocknen lassen sollten, so daß eine Kruste entstände, wurden wir in unsere Zellen geführt. Jetzt wurde ich von meinem Freunde getrennt, aber vorher konnte er mir noch zuflüstern: »Saug es aus.«
Sobald ich eingesperrt war, sog ich die Impfstelle aus. Und hinterher sah ich Leute, die es nicht getan und nun furchtbare Löcher im Arm hatten, Löcher, in die ich die geballte Faust hineinstecken konnte. Es war eigene Schuld. Sie hätten es aussaugen können.
Die Zelle hatte außer mir noch einen Bewohner, einen jungen, kräftigen Burschen, der nicht sehr gesprächig, aber sehr tüchtig war. Ja, er war ein so netter Bursche, wie man ihn sich an einem solchen Orte nur

wünschen kann, und das, obgleich er eben erst seine zwei Jahre im Zuchthaus von Ohio abgesessen hatte.

Wir waren kaum eine halbe Stunde in der Zelle, als ein Sträfling die Galerie herabgeschlendert kam und hereinguckte. Es war mein Freund. Er durfte sich, wie er erklärte, frei in der Halle bewegen. Morgens um sechs Uhr wurde er aus seiner Zelle gelassen und erst abends wieder eingesperrt. Er hatte sich mit dem Oberaufseher der Halle befreundet und war zum Vertrauensmann, wie man im Gefängnis sagte, ernannt worden. Der Mann, der ihn ernannt hatte, war ebenfalls Sträfling und erster Vertrauensmann. Es gab dreizehn derartige Vertrauensmänner in der Halle. Zehn von ihnen hatten die Aufsicht über je eine Galerie, und über ihnen standen der erste, zweite und dritte Vertrauensmann.

Wir Neuankömmlinge sollten den Rest des Tages über in unseren Zellen bleiben, wie mein Freund mir sagte, damit die geimpften Stellen aufgehen konnten. Am nächsten Morgen sollten wir dann an die schwere Arbeit im Gefängnishof gehen.

»Aber ich werde dich von der Arbeit freimachen, sobald ich kann«, versprach er. »Ich werde es schon kriegen, daß einer der Vertrauensmänner rausgeschmissen wird, und dann kannst du seine Stelle bekommen.«

Er steckte die Hand ins Hemd, zog das Taschentuch, das mein teures Eigentum enthielt, heraus, reichte es mir durch die Eisenstangen und ging weiter die Galerie hinunter.

Ich knüpfte das Bündel auf. Es war alles da. Nicht ein Streichholz fehlte. Ich teilte eine Zigarette mit meinem Zellengenossen. Als ich ein Streichholz anstecken wollte, um Feuer zu erhalten, hinderte er mich daran. Auf jeder der bloßen Pritschen lag eine dünne, dreckige, baumwollene Decke – das war alles Bettzeug, das uns zustand. Er riß einen schmalen Streifen von dem dünnen Stoff und drehte ihn zu einer langen dünnen Rolle zusammen. Die zündete er mit einem unsrer teuren Streichhölzer an. Die dicht zusammengedrehte Stoffrolle flammte nicht auf, sondern glimmte langsam an dem einen Ende, und die schwache Glut schwelte weiter. Es konnte mehrere Stunden anhalten, und mein Kamerad nannte es eine Lunte. Wenn sie aufgebrannt war, brauchten wir nur eine neue Lunte zu machen, das Ende an die alte zu halten, darauf zu blasen und die Glut auf diese Weise von einer auf die andre Rolle zu übertragen. Wirklich, wir hätten Prometheus einen guten Rat für die Bewahrung des Feuers erteilen können.

Um zwölf Uhr gab es das Mittagessen. In der Tür unseres Käfigs befand sich unten am Boden eine kleine Luke, wie die Schiebetür eines Hühnerstalles. Durch diese Öffnung wurden zwei tüchtige Stücke trockenen Brotes und zwei Krüge Suppe hereingeschoben. Eine Portion Suppe bestand aus etwa einem Liter warmen Wassers, auf dessen

Oberfläche ein einsames Fettauge schwamm. Und dann war übrigens auch noch etwas Salz im Wasser. Wir tranken die Suppe, aßen aber nicht das Brot. Das taten wir nicht etwa, weil wir keinen Hunger hatten oder das Brot ungenießbar war. Es war in Wirklichkeit ganz gutes Brot. Aber wir hatten unsre Gründe. Mein Kamerad hatte nämlich entdeckt, daß die ganze Zelle von Wanzen wimmelte. In allen Spalten und Fugen zwischen den Mauersteinen, wo der Kalk herausgefallen war, gediehen große Kolonien, ja, sie wagten sich sogar bei vollem Tageslicht heraus und schwärmten zu Hunderten über Wände und Decke. Mein Kamerad wußte gut Bescheid mit der Lebensweise dieser Tiere. Er kämpfte wie ein rasender Roland. Eine solche Schlacht war noch nicht dagewesen. Sie dauerte mehrere Stunden. Es war die wildeste Metzelei, und als die letzten Überlebenden in ihre feste Burg von Stein und Kalk geflohen waren, war die Arbeit erst halb getan. Wir kauten unser Brot, bis es fest und klebrig wie Kitt war. Jedesmal, wenn einer unserer Feinde in eine Mauerritze entkam, vermauerten wir sie gleich mit dem Brotmörtel. Wir arbeiteten, bis es dunkel wurde und jedes Loch, jeder Winkel und jede Ritze geschlossen war. Mich schaudert bei dem Gedanken an die furchtbaren Tragödien mit Hungertod und Kannibalismus, die sich hinter den mit Brot verkleisterten Mauern abgespielt haben müssen.
Dann warfen wir uns ermattet und hungrig auf unsre Pritschen und warteten auf unser Abendessen. Wir hatten ein sehr befriedigendes Tagewerk auf besonders befriedigende Weise ausgeführt. In den kommenden Wochen hatten wir nicht unter diesen Heerscharen von Ungeziefer zu leiden. Wir hatten unser Mittagessen geopfert, hatten unsre Haut auf Kosten unsrer hungrigen Magen gerettet und waren zufrieden. Aber ach, wie müßig sind alle menschlichen Bemühungen! Kaum war unsre große Arbeit beendet, als ein Gefängniswärter die Tür öffnete. Die Gefangenen wurden neu verteilt, man führte uns zwei Galerien höher in eine andre Zelle und sperrte uns dort ein. Früh am nächsten Morgen wurden unsere Zellen geöffnet, und im Kettenmarsch mußten wir – mehrere hundert Gefangene – in die Halle hinuntertraben, von wo wir in den Gefängnishof marschierten, um an unsere Arbeit zu gehen. Gerade im hinteren Hof des Erie-County-Zuchthauses läuft der Erie-Kanal vorbei. Unsere Arbeit bestand darin, Kanalboote zu lotsen und schwere Ankerbolzen, ähnlich wie Eisenbahnschienen, auf unsern Schultern ins Gefängnis zu tragen.
Während der Arbeit erwog ich dann meine Lage und berechnete die Möglichkeit einer Flucht. Es gab nicht die geringste Möglichkeit. Auf dem obersten Rande der Mauer marschierten immer Gefängniswärter mit Repetiergewehren, und ich erfuhr außerdem, daß in den Wachttürmen Maschinengewehre aufgestellt waren.
Ich zerbrach mir nicht weiter den Kopf darüber. Ein Monat war keine

Ewigkeit. Ich blieb eben den Monat da und sammelte noch mehr Material gegen die Henker der Gerechtigkeit, mit denen ich abrechnen wollte, wenn ich wieder herauskam. Ich wollte zeigen, was ein junger Amerikaner vermochte, wenn seine Rechte und Vorrechte mit Füßen getreten wurden, wie es mir geschehen war. Es war mir verwehrt worden, von einer Jury abgeurteilt zu werden; mein Recht, mich schuldig zu bekennen oder zu leugnen, war mir verweigert worden, ja, man hatte mir nicht einmal nach Gesetz und Recht mein Urteil gesprochen – denn das, was ich in Niagara Falls erlebt hatte, konnte ich nicht Gesetz und Recht nennen. Ich hatte nicht Erlaubnis erhalten, mich mit einem Anwalt in Verbindung zu setzen, und darum war mir auch mein Recht auf die Habeaskorpusakte versagt worden. Ich war rasiert, das Haar war mir bis auf die Haut abgeschoren worden, man hatte mir die gestreifte Sträflingstracht angezogen. Ich wurde zu schwerer Arbeit gezwungen, ohne etwas anderes als Wasser und Brot für meinen Lebensunterhalt zu bekommen, und mußte im Kettenmarsch unter Aufsicht bewaffneter Wächter gehen – und warum? Was hatte ich getan? Welches Verbrechen hatte ich an den guten Bürgern in Niagara Falls begangen, daß ich eine solche Strafe erdulden mußte? Ich hatte nicht einmal ihr Verbot, auf ihrem Boden zu schlafen, verletzt. Ich hatte die Nacht außerhalb der Stadt, ganz draußen auf dem Lande geschlafen. Ich hatte nicht einmal um ein Mittagessen gefochten oder jemand in ihren Straßen um einen Pfennig angebettelt. Alles, was ich tat, war, daß ich den Bürgersteig entlangspaziert war und mir ihren blöden Wasserfall angesehen hatte. War das eine Sünde? Nein, ich hatte mich keines Verbrechens schuldig gemacht. Aber das wollte ich ihnen schon zeigen, wenn ich herauskam!

Am nächsten Tage sprach ich mit einem Wärter. Ich verlangte, daß nach einem Rechtsanwalt geschickt würde. Der Wärter lachte mich aus, und das taten die andern Wärter auch. Ich war tatsächlich ohne die geringste Verbindung mit der Außenwelt. Ich versuchte einen Brief zu schreiben, erfuhr aber, daß alle Briefe von den Gefängnisbeamten gelesen, zensuriert oder beschlagnahmt wurden und daß Leute, die zu kürzerer Gefängnisstrafe verurteilt waren, unter keinen Umständen Briefe schreiben durften. Kurz darauf versuchte ich, Briefe durch entlassene Sträflinge hinauszuschmuggeln, erfuhr aber, daß sie untersucht worden waren und daß man die Briefe gefunden und vernichtet hatte. Nun ja, auch das war gleichgültig. Um so schlimmer für die Behörden, wenn ich herauskam.

Aber mit den Tagen – im folgenden Kapitel werde ich einen ganzen Monat im Gefängnis beschreiben – lernte ich mancherlei. Ich hörte Geschichten von der Polizei, von Gerichten und Anwälten, die einfach unglaublich und haarsträubend waren. Gefangene erzählten mir von persönlichen Erlebnissen mit der Polizei in großen Städten, die geradezu fürchterlich waren. Und noch fürchterlicher waren die Erzählungen, die sie von andern gehört hatten über Leute, die geradezu von der Polizei ermordet worden waren und daher nicht selber Zeugnis ablegen konnten. Viele Jahre später sollte ich im Bericht der Lexow-Kommission Geschichten lesen, die vollkommen wahr und noch entsetzlicher waren als die, die meine Mitgefangenen mir erzählten. Aber in den ersten Tagen meines Aufenthalts im Gefängnis lachte ich über das, was ich hörte.

Mit der Zeit begann ich indessen überzeugt zu werden. Ich sah mit eigenen Augen hier im Gefängnis einfach unglaubliche und haarsträubende Dinge. Und je überzeugter ich wurde, desto mehr verlor ich die Achtung vor den Bluthunden des Gesetzes und der ganzen Einrichtung, die sich mit Leuten beschäftigt, welche sich gegen die Gesetze vergangen haben.

Meine Erbitterung schwand langsam, und eine Flut von Angst ergoß sich über mich. Ich sah plötzlich klar und deutlich, welcher Macht ich gegenüberstand. Ich wurde demütig und bescheiden. Mit jedem Tag wurde mein Entschluß, keinen Spektakel zu machen, wenn ich herauskam, fester und sicherer. Alles, was ich verlangte, war eine Möglichkeit, aus der Gegend zu verschwinden, sobald ich wieder in Freiheit war. Ich hielt den Mund und schlich mich, klüger und demütiger, als ich je gewesen war, vorsichtig aus Pennsylvanien hinaus.

In gestreifter Tracht

Zwei Tage schuftete ich im Gefängnishof. Es war schwere Arbeit, und obwohl ich mich drückte, wo es ging, war ich bald vollkommen fertig. Daran war jedoch hauptsächlich das Essen schuld. Niemand konnte bei solcher Kost schwere Arbeit leisten. Wasser und Brot, das war alles, was wir erhielten. Einmal in der Woche sollten wir Fleisch bekommen; aber es reichte nicht immer für alle, und da man doch schon allen Nährwert für die Suppe herausgekocht hatte, war es ziemlich gleichgültig, ob man einmal in der Woche den Geschmack von Fleisch in den Mund bekam oder nicht.

Ein weiterer, sehr wesentlicher Mangel an der Wasser-und-Brot-Kost war, daß wir zwar sehr viel Wasser, aber nicht genug Brot bekamen. eine Brotration war ungefähr so groß wie zwei geballte Fäuste, und von diesen Rationen erhielt jeder Gefangene drei am Tage. Ein Gutes hatte das Wasser, das muß ich sagen: Es war warm. Morgens hieß es Kaffee, mittags wurde es mit der Bezeichnung Suppe beehrt, während es abends unter dem Namen Tee auftrat. Aber deshalb war es doch immer dasselbe Wasser. Die Gefangenen nannten es »Zauberwasser«. Morgens war es schwarz, was daher kam, daß es mit gebrannten Brotkrumen gekocht wurde. Mittags wurde es ohne Farbe, aber mit Salz und einem kleinen Fettauge und abends mit einer dunkelviolett-kastanienbraunen Farbe serviert, die uns unlösbare Rätsel aufgab; kurz, es war verflucht schlechter Tee, aber herrlich warmes Wasser.

Wir waren eine hungrige Gesellschaft im Erie-County-Zuchthaus. Nur die für längere Zeit Eingesperrten wußten, was reichliches Essen war; denn hätten sie die Kost erhalten, die uns, den nur zu kurzer Haft Verurteilten, zustand, so wären sie kaum in der Lage gewesen, ihre Strafe lebend zu verbüßen. Sie erhielten also ein bedeutend nahrhafteres Essen, und da wir ihrer mehrere in unserer Halle hatten, so konnte ich als Vertrauensmann beim Austeilen der Rationen mancherlei für mich beiseite bringen. Der Mensch kann eben nicht von Brot allein leben, wenn er davon nicht mal genug bekommt.

Mein Kamerad hielt Wort. Nach zweitägiger Arbeit auf dem Gefängnishof wurde ich aus meiner Zelle herausgeholt und zum Vertrauensmann gemacht. Morgens und abends mußten wir den Gefangenen das

Brot in die Zellen bringen, um zwölf aber geschah die Verteilung auf eine andere Weise: Die Gefangenen kamen in einer langen Reihe von der Arbeit hereinmarschiert. Beim Eintreten wurde die Kette aufgelöst, und jeder nahm die Hände von den Schultern seines Vordermannes. Drinnen hatten sich der erste Vertrauensmann und die beiden Vertrauensmänner zweiten Ranges mit großen Mulden voll Brot aufgestellt. Ich war einer der beiden. Wir mußten die Mulden halten, während die Sträflinge vorüberzogen. Sobald die Mulde, die der eine hielt, leer war, nahm der andere seinen Platz mit einer vollen Mulde ein. Und so kam die ganze Bande, einer nach dem andern, vorbeigetrabt, und jeder streckte die linke Hand aus und nahm eine Ration Brot aus der Mulde.

Der erste Vertrauensmann hatte ein besonderes Amt. Er trug eine Keule, stand neben der Mulde und paßte auf. Die hungrigen armen Teufel konnten nie von der irrigen Vorstellung abgebracht werden, daß sie gelegentlich Glück haben und zwei Rationen aus der Mulde erwischen könnten. Solange ich da war, hatten sie nie das Glück. Schnell wie die Tatze eines Tigers fuhr die Keule des ersten Vertrauensmannes herab und traf die Hand, die so kühn gewesen war, den Versuch zu wagen. Der erste Vertrauensmann hatte einen guten Blick für Entfernungen, und seine Keule mochte schon viele Hände getroffen haben. Er traf nie daneben, und dazu strafte er den Sünder in der Regel noch, indem er ihm die eine ihm gebührende Ration auch noch nahm und ihn in die Zelle schickte, wo er seinen Hunger mit dem warmen Wasser stillen konnte.

Manchmal habe ich, während alle diese Leute in ihren Zellen lagen und hungerten, gesehen, wie an hundert Rationen in die Zellen der Vertrauensmänner wanderten. Es mag sinnlos scheinen, daß wir all das Brot zurückhielten. Aber das war eine unserer kleinen Nebeneinnahmen. In wirtschaftlicher Beziehung beherrschten wir unsere Halle, und die Art, wie wir unser Geschäft betrieben, hatte viel Ähnlichkeit mit den Methoden, die die großen Finanzmänner unter zivilisierten Verhältnissen anwenden. Wir beherrschten die Lebensmittelzufuhr der ganzen Bevölkerung, und genau wie die andern Banditen draußen ließen wir das Volk ganz wahnsinnige Preise dafür bezahlen. Mit dem Brot machten wir Geschäfte. Einmal wöchentlich erhielten die Leute, die im Hofe arbeiteten, für fünf Cent Kautabak. Dieser Kautabak war die Landesmünze. Zwei bis drei Rationen Brot für ein Stück Kautabak – das war die Regel, und sie ließen sich auf das Geschäft ein, nicht, weil sie sich weniger aus dem Tabak, sondern weil sie sich mehr aus dem Brot machten. Oh, ich weiß gut, daß es dasselbe war, als wenn man einem kleinen Kind Bonbons stehlen wollte; aber was soll man dazu sagen? Man mußte doch leben. Und selbstverständlich muß man doch gewisse Vorteile davon haben, daß man im Besitz von Tatkraft und Unternehmungslust ist. Zudem taten wir ja nur, was Leute, die weit über uns standen, außerhalb der Gefängnismauern taten; Leute, die es in größerem Maßstabe und respektablen Verkleidungen als Kaufleute, Bankiers und Industriefürsten ganz ebenso wie wir machten. Wie schrecklich sich übrigens das Dasein für die armen Teufel geformt hätte, wenn wir nicht gewesen wären, kann ich mir gar nicht vorstellen. Der Himmel weiß, daß wir im Erie-County-Zuchthaus Brot in Umlauf brachten. Und dabei mahnten wir zur Genügsamkeit und Sparsamkeit – natürlich die armen Teufel, die sich daran gewöhnten, ihren Tabak zu entbehren. Und schließlich unser Beispiel! In jedem Sträfling erweckten wir den Ehrgeiz, unserm Beispiel zu folgen und sich selbst einen solchen Posten zu verschaffen. Retter der Gesellschaft – wahrhaftig!

Da war ein Hungriger, der keinen Tabak hatte. Vielleicht ein Verschwender, der seine ganze Ration selbst verbraucht hatte. Schön, aber er besaß ein Paar Hosenträger. Ich gab ihm ein halbes Dutzend Rationen Brot dafür. Nun trug ich zwar selbst nie Hosenträger, aber das machte nichts. Um die Ecke wohnte ein Mann, der zehn Jahre wegen Totschlags abzusitzen hatte. Er brauchte ein Paar Hosenträger. Ich konnte etwas Fleisch von ihm dagegen eintauschen, und Fleisch war etwas, was ich brauchte. Oder vielleicht hatte er einen zerlesenen Roman in Heften. Das war ein wahrer Schatz. Ich konnte ihn selber lesen und dann wieder bei den Bäckern für Kuchen oder bei den Köchen gegen Fleisch und Gemüse eintauschen, oder ich konnte von den Heizern eine ordentliche Tasse Kaffee oder bei irgend jemandem eine der Zeitungen dafür erhalten, die hin und wieder ins Gefängnis kamen – der Himmel mochte wissen, wie. Köche, Bäcker und Heizer waren Gefangene wie ich, sie wohnten in unserer Halle in der ersten Zellenreihe über uns. Kurz, es wurde ein umfangreicher Tauschhandel im Erie-County-Zuchthaus betrieben. Sogar bares Geld war im Umlauf. Es wurde hin und wieder von den Gefangenen eingeschmuggelt, die nur kurze Zeit zu sitzen hatten; ein Teil kam aus der Barbierstube, wo die Neuen ihren Zoll entrichten mußten, weitaus das meiste aber brachten die Gefangenen, die lange Strafen hatten – obwohl ich keine Ahnung habe, wie sie dazu kamen.

Der erste Vertrauensmann sollte durch seine Stellung zu Wohlstand gekommen sein. Außer seinen verschiedenen anderen »Bantjes« bezog er auch von uns seine Sporteln. Wir nutzten das allgemeine Elend aus, und der erste Vertrauensmann war unser Hauptmann. Wir hatten unsere Nebeneinnahmen durch seine Gnade und mußten für die Konzession bezahlen. Wie gesagt, er sollte wohlhabend sein, aber wir hatten nie sein Geld gesehen, und er wohnte in einer Zelle für sich, in einsamer Majestät.

Daß man aber Geld im Gefängnis verdienen konnte, das hatte ich bald heraus, denn ich war eine Zeitlang Zellenkamerad des dritten Vertrauensmannes, und er besaß rund sechzehn Dollar. Er pflegte sein Geld jeden Abend nach neun zu zählen, wenn wir eingeschlossen worden waren. Er erzählte mir auch jeden Abend, was er mit mir machen wolle, wenn ich zu den andern Vertrauensmännern aus der Schule plauderte. Er war bange, bestohlen zu werden, und ihm drohte tatsächlich von mehreren Seiten Gefahr. Erstens von den Gefängniswärtern. Ein paar von ihnen konnten zusammen über ihn herfallen und ihm unter dem Vorwand, daß er aufsässig geworden wäre, eine tüchtige Tracht Prügel versetzen. Dann konnten sie ihn in die Dunkelzelle werfen, und bei der Gelegenheit wären seine sechzehn Dollar verduftet. Ferner konnte der erste Vertrauensmann ihm die ganze Summe durch die Drohung abpressen, ihn zu verabschieden und zu der schweren Arbeit im Gefängnishof zurückzuschicken, und dann waren schließlich noch wir zehn gewöhnlichen Vertrauensmänner da. Wenn wir etwas von seinem Reichtum merkten, so bestand die große Möglichkeit, daß wir ihn eines Tages gemeinsam in einen Winkel lockten und kurz und klein schlugen. Oh, wir waren Wölfe, das könnt ihr mir glauben – genau wie die Geschäftsleute in Wall Street.

Ja, er hatte seine Gründe, sich vor uns zu fürchten, und ich hatte die meinen, vor ihm bange zu sein. Er war ein mächtiger Kerl und ein unwissendes Geschöpf, ein früherer Austernräuber von der Chesapeakebai, ein alter Sträfling, der fünf Jahre in Sing-Sing gesessen hatte und ein blödes, gefräßiges Vieh war. Er pflegte Schlingen für die Spatzen zu legen, die zwischen den Eisenstangen hindurch in unsere Halle flogen. Fing er einen, so machte er, daß er damit in seine Zelle kam, wo ich gesehen habe, wie er sie verschlang, wobei er die Knochen zwischen den Zähnen zermalmte und die Federn ausspuckte. O nein, ich hütete mich, zu den anderen Vertrauensmännern aus der Schule zu plaudern! Dies ist das erstemal, daß ich etwas von seinen sechzehn Dollar sage.

Aber ich verschaffte mir doch einen kleinen Verdienst durch ihn. Er war verliebt in eine Insassin des Frauengefängnisses. Er konnte weder lesen noch schreiben, und so pflegte ich ihm ihre Briefe vorzulesen und seine Antworten zu schreiben. Und ich ließ mich dafür gut bezahlen. Aber die Briefe waren auch schön! Ich legte mein ganzes Herz hinein, brachte meine besten Schlager an und mehr noch, ich half ihm, sie zu gewinnen, obwohl ich eine geheime Ahnung habe, daß sie eigentlich nicht in ihn, sondern in den demütigen Briefschreiber verliebt war. Und ich sag' es noch einmal: Die Briefe waren großartig.

Eine andere unserer kleinen Nebeneinnahmen war das »Luntenmachen«. Wir waren die Himmelsboten, die den Kameraden in dieser unerbittlichen Welt von Riegeln und Eisenstangen das Feuer brachten.

Wenn die Gefangenen des Abends von der Arbeit kamen und in ihre Zellen gesperrt wurden, so wollten sie gern rauchen. Dann schenkten wir ihnen den himmlischen Funken, liefen von Zelle zu Zelle mit unsern glimmenden Lunten die Galerien entlang. Die Gewitzten oder die, mit denen wir Geschäfte machten, hielten ihre eigenen Lunten bereit. Aber nicht alle profitierten von dem himmlischen Funken. Wer so dumm war, daß er nichts dafür geben wollte, mußte ohne Feuer und Tabak in die Falle gehen. Doch was ging das uns an? Wir hatten ihn in der Klemme; muckte er auf, so gaben wir ihm zu zweit oder dritt eine Portion Hiebe.

Die Richtlinien, nach denen wir Vertrauensmänner vorgingen, waren folgende: Wir waren im ganzen dreizehn Mann. In unserer Halle hatten wir gegen tausend Gefangene. Wir mußten die Arbeit verrichten und Ordnung halten. Letzteres war eigentlich Sache der Wärter, aber sie überließen es uns. Folglich hatten wir für Ordnung zu sorgen; taten wir es nicht, so wurden wir wieder an die schwere Arbeit befördert und erhielten vielleicht noch als Zugabe einen Vorgeschmack von der Dunkelzelle. Solange wir aber Ordnung hielten, konnten wir unsere kleinen Geschäfte betreiben.

Man denke einmal ruhig nach und überlege, was für ein Problem wir zu lösen hatten. Wir waren dreizehn Bestien, die tausend andere Bestien zu bewachen hatten. Es war eine Hölle auf Erden, dies Gefängnis, und wir dreizehn sollten für Ordnung darin sorgen. Wenn man das Wesen dieser Bestien bedenkt, so ist es klar, daß wir sie unmöglich mit Milde regieren konnten. Wir regierten kraft der Angst, die sie vor uns hegten. Selbstverständlich hatten wir die Wärter im Rücken. Im Notfalle konnten wir Hilfe von ihnen bekommen, aber sie wurden gereizt, wenn wir uns zu früh an sie wandten, und dann konnten wir sicher sein, daß sie bald handfestere Vertrauensmänner als Ersatz für uns finden würden. So wandten wir uns also nicht oft an sie, nur in aller Friedlichkeit dann, wenn sie uns eine Zelle aufschließen sollten, damit wir einen widerspenstigen Sträfling drinnen zur Vernunft bringen konnten. In solchen Fällen hatten die Wärter nichts weiter zu tun, als die Tür aufzuschließen und ihres Weges zu gehen; sie brauchten nicht zu sehen, was geschah, wenn ein halbes Dutzend Vertrauensmänner einem Manne eine kleine Zurechtweisung erteilte.

Bezüglich der näheren Einzelheiten bei diesen Zurechtweisungen sage ich nichts. Und schließlich gehören sie auch nur zu den weniger schlimmen Schrecken des Erie-County-Zuchthauses, Schrecken, die einfach nicht im Druck wiederzugeben sind. Ich sage, daß sie nicht im Druck wiederzugeben sind, und ehrlich gestanden, muß ich sagen, daß man sie sich nicht einmal denken kann. Ich hätte sie mir jedenfalls nicht denken können, wenn ich sie nicht selbst erlebt hätte, und ich war doch kein grüner Junge in bezug auf die Vorkommnisse in dieser Welt und die fürchterlichen Abgründe menschlicher Schlechtigkeit. Es gehörte eine lange Lotleine dazu, um den Grund des Erie-County-Zuchthauses zu erreichen, und ich bewege mich hier nur ganz leicht und spielend an der Oberfläche alles dessen, was ich an diesem Orte sah.

Manchmal, zum Beispiel morgens, wenn die Gefangenen herunterkamen, um sich zu waschen, waren wir dreizehn tatsächlich ganz allein zwischen ihnen, von denen jeder einzelne ein Hühnchen mit uns zu rupfen hatte. Dreizehn gegen fünfhundert, die wir nur durch die Furcht vor uns im Zaume hielten! Wir durften nicht die kleinste Ordnungswidrigkeit, nicht die geringste Unverschämtheit durchlassen. Taten wir es, so waren wir verloren. Für uns galt nur eine Regel: Sobald ein Mann den Mund aufmachte, loszuschlagen, und zwar kräftig mit dem, was wir gerade zur Hand hatten. Ein Besenstiel, direkt ins Gesicht gestoßen, übte eine sehr beruhigende Wirkung aus. Aber das war nicht alles. In solchem Falle mußte ein Exempel statuiert werden, und daher war unsere nächste Regel, daß wir auf den Mann losgingen und unsern Sieg verfolgten. Natürlich war man sicher, daß jeder Vertrauensmann, der in der Nähe war, sofort herbeilief und sich an der Abstrafung beteiligte; das war auch ein Gesetz. Wenn ein Vertrauensmann mit einem Gefangenen etwas vorhatte, so war es die Pflicht jedes andern Vertrauensmannes in der Nähe, ihm zu helfen. Um was es sich auch handeln mochte – man mußte drauflosfahren und sofort zuschlagen –, kurz, der Mann mußte sein Teil kriegen.

Ich erinnere mich eines hübschen jungen, etwa zwanzigjährigen Mulatten, der die verrückte Idee hatte, daß er sein Recht haben wollte. Und eigentlich war er auch im Recht, aber das half ihm nicht das geringste. Er gehörte zur obersten Galerie. Acht Vertrauensmänner erledigten seine Zuversicht in ungefähr anderthalb Minuten, so lange dauerte es, bis er von der Galerie die fünf Eisentreppen hinuntergestoßen war. Er legte diese Strecke auf jedem Körperteil mit Ausnahme der Füße zurück, und die acht Vertrauensmänner waren nicht faul. Der Mulatte landete auf den Fliesen, wo ich stand und den Auftritt verfolgte. Er kam auf die Beine und stand einen Augenblick aufrecht da. Dann breitete er die Arme aus und stieß einen Schrei aus, in dem sich Schrecken, Schmerz und völlige Hoffnungslosigkeit mischten, und im selben Augenblick – es war wie die Nummer eines Verwandlungskünstlers – fielen die Lumpen, die von seiner schweren Gefängnistracht übriggeblieben waren, und er stand vollkommen nackt mit blutüberströmtem Körper da. Er hatte seine Lehre erhalten, und jeder Gefangene, der ihn schreien hörte, mit ihm. Und ich auch. Es war kein schöner Anblick, wie der Mann in anderthalb Minuten vollkommen gebrochen wurde.

Das Folgende soll zeigen, wie wir das Geschäft mit dem »Luntenmachen« betrieben. Eine ganze Schar Neuer wird in die Zellen gebracht. Man geht mit seiner Lunte an den Eisenstangen vorbei. »He, Kamerad, gib mir ein bißchen Feuer!« ruft einer. Daraus ersieht man natürlich, daß der Mann Tabak bei sich hat. Man reicht die Lunte hinein und geht weiter. Kurz darauf kommt man zurück und lehnt sich nachlässig gegen das Gitter. »Sag, Kamerad, kannst du mir ein bißchen Tabak leihen?« Wenn er nicht sehr gerissen ist, wird er aller Wahrscheinlichkeit nach feierlich erklären, daß er keinen Tabak mehr hat. Soweit ist alles gut. Man bedauert ihn und geht seines Weges. Aber man weiß, daß seine Lunte nur für den einen Tag reicht. Wenn man am nächsten Tage vorbeikommt, sagt er wieder: »He, Kamerad, gib mir ein bißchen Feuer!« Und man antwortet: »Du hast ja keinen Tabak, da brauchst du auch kein Feuer.« Und man gibt ihm nichts. Wenn man eine halbe Stunde oder eine ganze oder zwei oder drei Stunden später wieder vorbeikommt, dann ruft derselbe Mann mit einschmeichelnder Stimme heraus: »Komm mal her, Kamerad!« Und man geht zu ihm. Man streckt die Hand durch das Gitter, und sie wird mit teurem Tabak gefüllt. Dann erst gibt man ihm Feuer.
Zuweilen kommt aber auch ein Neuer, mit dem man es nicht so machen darf. Dann geht insgeheim der Bescheid von Mann zu Mann, daß er ordentlich behandelt werden soll. Wo dieser Bescheid ursprünglich herkommt, habe ich nie erfahren können. Es ist aber einleuchtend, daß der Mann die richtigen Verbindungen hat. Vielleicht mit einem der ersten Vertrauensmänner, vielleicht mit einem der Wärter in einem andern Teil des Hauses; vielleicht haben ihm auch wohlhabende Bekannte unter den Sträflingen für Geld eine gute Behandlung gesichert. Wie dem auch sei, so wissen wir jedenfalls, daß wir diesen Mann ordentlich zu behandeln haben, wenn wir uns nicht selbst Unannehmlichkeiten zuziehen wollen.
Wir Vertrauensmänner waren die Zwischenhändler und überbrachten im allgemeinen die Nachrichten von einem zum andern. Wir vermittelten den Tauschhandel zwischen den Gefangenen, die in verschiedenen Abteilungen des Gefängnisses saßen, und selbstverständlich nahmen wir unsere Anteile vom Absender wie vom Empfänger. Zuweilen waren wenigstens sechs Vermittler nötig, ehe etwas den erreichte, der es haben sollte. Und jeder von ihnen beanspruchte seinen Teil an der Beute oder machte sich selbst irgendwie für seine Mühe bezahlt. Zuweilen war man anderen für geleistete Dienste etwas schuldig, aber dann konnte es wieder umgekehrt kommen. So war ich, als ich ins Kittchen kam, dem Sträfling, der meine Sachen hereingeschmuggelt hatte, etwas schuldig. Etwa eine Woche darauf steckte mir ein Heizer einen Brief in die Hand. Er hatte ihn von dem Barbier erhalten, und der Bar-

bier hatte ihn wieder von dem Sträfling bekommen, der meine Sachen eingeschmuggelt hatte. Weil ich sein Schuldner war, sollte ich den Brief weiterbesorgen. Aber er hatte den Brief nicht selbst geschrieben. Der ursprüngliche Absender war ein Sträfling, der eine längere Reihe von Jahren hatte. Der Brief war an eine Gefangene im Frauengefängnis gerichtet. Ob er aber für sie bestimmt oder ob sie selbst nur ein Glied in der langen Kette von Zwischenhändlern war, das wußte ich nicht. Ich wußte nur, wie sie aussah, und hatte dafür zu sorgen, daß der Brief in ihre Hände gelangte.

Zwei Tage trug ich den Brief mit mir herum, aber dann fand ich doch Gelegenheit, ihn abzuliefern. Die Arbeit der Frauen bestand im Flicken und Stopfen der Kleider aller Sträflinge. Mehrere Vertrauensmänner aus unserer Halle sollten zur Frauenseite hinüber, um mächtige Bündel Kleider zu holen. Ich vereinbarte mit dem ersten Vertrauensmann, daß ich mitgehen durfte. Tür auf Tür wurde uns aufgeschlossen, und wir durchwanderten das ganze Gefängnis bis zur Frauenseite. Wir kamen in einen großen Raum, wo die Frauen bei ihrer Flick- und Stopfarbeit saßen. Ich starrte mir beinahe die Augen aus dem Kopf, um die Frau zu finden, die mir beschrieben worden war, und schließlich fand ich sie und richtete es so ein, daß ich in ihre Nähe kam. Zwei Wärterinnen beobachteten mit Falkenblicken alles, was wir taten. Ich hielt den Brief in meiner Hand verborgen, und ich sah der Frau an, daß sie in mir den Überbringer einer Nachricht erkannte. Sie wußte, daß ich etwas für sie hatte; sie mußte es erwartet und im selben Augenblick, als wir eintraten, erraten haben, wer der Überbringer war. Aber die eine Wärterin stand kaum zwei Fuß von ihr entfernt. Die Vertrauensmänner hoben schon die Bündel auf, die sie mitnehmen sollten. Ich übereilte mich nicht, tat aber, als wäre mein Bündel nicht richtig zugebunden. Wollte die Wärterin denn gar nicht wegschauen? Oder sollte der Versuch mißglücken? Aber im selben Augenblick begann eine andere Frau ein scherzhaftes Scharmützel mit einem der Vertrauensmänner – sie stellte ihm ein Bein, kniff ihn oder sonst etwas. Die Wärterin drehte sich um und erteilte der Frau eine scharfe Zurechtweisung. Selbstverständlich weiß ich nicht, ob es ein abgekartetes Spiel war, um ihre Aufmerksamkeit abzulenken, aber ich wußte jedenfalls, daß ich jetzt eine Gelegenheit hatte, die ich mir nicht entgehen lassen durfte. Die Frau, die ich im Auge hatte, ließ die Hand, die bisher in ihrem Schoß geruht, an der Seite heruntergleiten. Ich beugte mich herab, um mein Bündel aufzunehmen, und während ich so gebückt dastand, stecke ich ihr den Brief in die Hand und erhielt einen andern von ihr wieder. Im nächsten Augenblick hatte ich das Bündel auf dem Rücken. Die Wärterin hatte mir wieder ihre Aufmerksamkeit zugewandt, weil ich der letzte war, und ich machte, daß ich meine Kameraden einholte. Den Brief, den ich

von der Frau erhalten hatte, lieferte ich dem Heizer ab; von ihm aus ging er an den Barbier und an den Sträfling, der meine Sachen eingeschmuggelt hatte, und schließlich an den ursprünglichen Absender des ersten Briefes.
Wir besorgten oft Briefe, bei denen das Vermittlungssystem so verwikkelt war, daß wir weder Absender noch Empfänger kannten, wir waren nur Glieder in der Kette. Irgendwo und irgendwie konnte mir ein Gefangener einen Brief in die Hand stecken mit dem Bescheid, ihn an das nächste Glied der Kette weitergehen zu lassen. Alle diese Dinge waren Gefälligkeiten, für die man später gelegentlich bezahlt wurde, wenn man in direkte Verbindung mit dem eigentlichen Vermittler trat. Das ganze Gefängnis war ein einziges Netz von Verbindungslinien. Und wir, die wir das Verbindungssystem kontrollierten, forderten selbstverständlich hohe Abgaben von unseren Kunden – hierin, wie in vielen anderen Dingen, folgten wir ja nur dem Beispiel der kapitalistischen Gesellschaft. Des Gewinnes wegen taten wir diese Arbeit, und der Verdienst war nicht zu verachten, wenn wir es auch andererseits zuweilen nicht verschmähten, diese Arbeit aus reiner Freundschaft zu tun.
In der Zeit, die ich im Kittchen war, schlossen mein Kamerad und ich uns immer enger aneinander. Er hatte viel für mich getan und erwartete dafür, daß ich ebensoviel für ihn tun sollte. Wenn wir herauskamen, wollten wir uns zusammentun und selbstverständlich gemeinsam »arbeiten«. Denn mein Kamerad war Verbrecher – o nein, kein Schwerverbrecher, nur so ein kleiner elender Verbrecher, dessen Lieblingsbeschäftigung es war, zu stehlen, zu plündern und einzubrechen, und der sich im Notfalle nicht bedacht hätte, einen Mord zu begehen. Manche Stunde saßen wir zusammen und sprachen miteinander. Er hatte ein paar Dinge vor, die wir in der nächsten Zukunft drehen wollten, und ich mußte ihm bei den Vorbereitungen helfen. Ich war oft mit Verbrechern zusammen gewesen, und mein Kamerad ließ sich nicht einen Augenblick träumen, daß ich ihn den ganzen Monat nur zum besten hielt. Er glaubte, ich sei von der richtigen Sorte, ich gefiel ihm, weil ich nicht dumm war und vielleicht auch ein wenig um meiner selbst willen. Selbstverständlich hatte ich nicht einen Augenblick die Absicht, ihm auf seiner schmutzigen, elenden Bahn zu folgen, aber ich wäre blödsinnig gewesen, wenn ich nicht die Annehmlichkeiten mitgenommen hätte, die seine Freundschaft mir verschaffen konnten. Wenn man mitten in der rotglühenden Lava der Hölle ist, kann man es nicht so genau damit nehmen, wo man hintritt, und so ging es mir im Erie-County-Zuchthaus. Man mußte sehen, die Machthaber zu Freunden zu haben, wenn man nicht schwere Arbeit bei Wasser und Brot leisten wollte, und daher blieb ich gut Freund mit meinem Kameraden.

Eintönig war das Leben im Gefängnis jedenfalls nicht. Jeden Tag geschah etwas Neues; ein Gefangener hatte einen Anfall, wurde verrückt und begann um sich zu schlagen, oder ein Vertrauensmann betrank sich. In dieser Beziehung stand Wander-Jack, einer der Vertrauensmänner, an der Spitze. Er war ein ganz ausgekochter, ein waschechter Bandit, und daher waren die ersten Vertrauensmänner sehr geneigt, ihm in jeder Beziehung durch die Finger zu sehen. Pittsburg-Joe, der zweite Vertrauensmann, genehmigte oft einen zusammen mit Wander-Jack, und die beiden sollen gesagt haben, daß das Erie-County-Zuchthaus, der einzige Ort sei, wo man wirklich noch mal über die Stränge schlagen konnte, ohne daß einem etwas passierte. Ich weiß nicht, wie sie es machten, aber ich hörte, daß Bromkalium, das sie sich in großen Mengen auf Umwegen aus der Apotheke verschafften, ihr Lieblingsmittel war, um sich einen Rausch anzutrinken. Was sie nun auch tranken, bei passender Gelegenheit waren sie jedenfalls stets prachtvoll betrunken.

Unsre Halle war eine menschliche Latrine, angefüllt von dem ärgsten Dreck und Bodensatz der Gesellschaft, von heruntergekommenen Burschen, Wracks, Irrsinnigen, Idioten, Epileptikern, Ungeheuern und Schwächlingen, kurz, einer Menschheit, die aus einem bösen Traum zu stammen schien. Daher gediehen auch unheimliche Anfälle so ausgezeichnet unter uns. Begann einer, so folgten gleich andere nach. Ich habe einmal gesehen, wie sieben Männer gleichzeitig Anfälle erlitten. Sie stießen das widerwärtigste Geheul aus und schlugen wie toll um sich. Für die Gefangenen, die solche Anfälle hatten, wurde nie etwas anderes getan, als daß man sie mit kaltem Wasser begoß. Es hatte keinen Zweck, nach dem Studenten der Medizin oder dem Arzt zu schikken; die konnte man doch nicht wegen solcher gleichgültigen und alltäglichen Vorkommnisse bemühen.

Ein achtzehnjähriger Holländer hatte diese Anfälle am häufigsten. Meist täglich einen. Deswegen hatten wir ihn im Erdgeschoß ein Stück weiter unten in der Zellenreihe, zu der wir gehörten, einquartiert. Als er ein paar Anfälle im Gefängnishof erlitten hatte, erklärten die Wärter, daß sie nun keine Scherereien mehr mit ihm haben wollten, und seitdem blieb er in einer Zelle eingesperrt, wo ihm ein geborener Londoner Gesellschaft leistete. Nicht daß der Londoner irgendwie geholfen hätte: Jedesmal, wenn der Holländer seinen Anfall hatte, war der Engländer vor Schrecken vollkommen gelähmt. Der junge Holländer konnte nicht ein einziges Wort Englisch. Er hatte auf einem Bauernhof gearbeitet und drei Monate wegen einer Prügelei bekommen. Jedesmal, wenn die Anfälle kamen, fing er zuerst an zu heulen. Er heulte wie ein Wolf. Während der Anfälle stand er steif wie ein Stock da, was sehr unangenehm für ihn war, da der Anfall stets damit endete, daß er der

Länge nach hinfiel. Sobald ich die ersten Töne des langen Wolfsgeheuls hörte, pflegte ich einen Besen zu ergreifen und nach seiner Zelle zu laufen. Die Vertrauensmänner durften keine Schlüssel zu den Zellen haben, so daß es mir unmöglich war, zu ihm hineinzukommen. Er konnte mitten in seiner Zelle steif dastehen, über den ganzen Körper zittern und die Augen rollen, daß nur das Weiße sichtbar war, und dazu heulte er die ganze Zeit wie eine verlorene Seele. Trotz aller Mühe konnte ich nie den Londoner bewegen, ihm zu helfen. Während er dastand und heulte, kroch der Londoner zitternd in der oberen Koje zusammen, den entsetzten Blick starr auf die fürchterliche Gestalt, auf dieses Wesen gerichtet, das immer nur heulte und heulte. Es war schließlich auch keine Kleinigkeit für den elenden kleinen Londoner. Sein eigener Kopf war auch nicht ganz taktfest, und es war nur merkwürdig, daß er nicht völlig den Verstand verlor.

Alles, was ich tun konnte, war, daß ich dem Holländer, so gut ich konnte, mit dem Besenstiel half. Ich steckte ihn durch das Eisengitter, richtete ihn auf seine Brust und wartete ab. Wenn die Krisis sich näherte, begann er hin und her zu schwanken. Ich folgte den Bewegungen mit dem Besen, denn es war nicht vorauszusehen, was Furchtbares geschehen konnte, wenn er nach vorn aufs Gesicht fiel. Wenn er es aber tat, paßte ich mit dem Besen auf und versuchte damit den Fall zu dämpfen. Aber wie ich es auch machte, ich konnte es doch nie dahin bringen, daß er wirklich sachte fiel, und meistens wurde sein Gesicht von dem Fall auf den Steinboden schlimm zugerichtet. Wenn er hingefallen war, pflegte ich einen Eimer Wasser über ihn auszugießen. Ich weiß nicht, ob das kalte Wasser ihm guttat oder nicht, aber so machten wir es immer im Erie-County-Zuchthaus. Etwas andres geschah nicht für ihn. Dann konnte er stundenlang triefend daliegen, und schließlich kroch er in seine Koje. Ich war doch nicht so dumm, daß ich hinauslief und die Wärter bat, mir zu helfen.

Und was hatte es auch zu sagen, wenn ein Mann einen Anfall hatte?

In der anstoßenden Zelle wohnte ein merkwürdiger Mensch – ein Mann, der zwei Monate hatte, weil er aus dem Schweinetrog von Barnum gegessen hatte – so erklärte er es jedenfalls. Es war ein elendes, blödes Geschöpf und im Anfang sehr friedlich und ruhig. Es verhielt sich übrigens auch so, wie er gesagt hatte. Er war hinter den Zirkus gekommen, und da er sehr hungrig war, war er geradewegs auf den Trog losgegangen, in dem sich der Abfall vom Tisch der Zirkusleute befand. »Und es war wirklich gutes Brot«, versicherte er mir ein Mal über das andre, »gar nicht zu reden vom Fleisch.« Ein Polizist hatte ihn gesehen und festgenommen, und nun saß er hier. Einmal ging ich mit einem Stückchen dünnen, festen Stahldrahts an seiner Zelle vorbei. Er bat mich so inständig darum, daß ich es ihm durch das Gitter hineinreichte.

Ohne andres Werkzeug als seine Finger brach er es schnell in kleine Stücke und machte dann ein halbes Dutzend sehr brauchbare Sicherheitsnadeln daraus. Die Spitzen schliff er auf dem Steinboden scharf. Von jetzt an betrieb ich ein richtiges Geschäft mit Sicherheitsnadeln. Ich lieferte das Rohmaterial und verhandelte die Fertigware, und er verrichtete die Arbeit. Ich bezahlte ihn dafür mit Extrarationen und gelegentlich einem Stückchen Fleisch oder einem Markknochen.

Aber das Gefängnisleben nahm ihn sehr mit, und allmählich wurde er ganz unlenkbar. Die Vertrauensmänner machten sich ein Vergnügen daraus, ihn zu necken. Sie füllten seinen schwachen Kopf mit Geschichten von einem großen Vermögen, das ihm irgend jemand hinterlassen hätte. Um es ihm zu rauben, wäre er festgenommen und ins Gefängnis gebracht worden. Selbstverständlich gäbe es, wie er selbst wohl wüßte, kein Gesetz, das verbot, aus einem Schweinetrog zu essen. Daher wäre er zu Unrecht ins Gefängnis gekommen. Es sei eine Verschwörung, die man begonnen habe, um ihn um sein Geld zu bringen.

Ich erfuhr erst davon, als ich die andern über die Geschichte lachen hörte, die sie ihm aufgebunden hatten. Dann besprach er es sehr ernsthaft mit mir und erzählte mir von seinen Millionen und der Verschwörung, und im Laufe des Gesprächs ernannte er mich zu seinem Privatdetektiv. Ich tat, was ich konnte, um ihn sanft aus seinem Wahn zu reißen, machte einige dunkle Andeutungen, daß es wohl ein Irrtum und daß ein andrer Mann mit dem gleichen Namen der Erbe wäre. Als ich ihn verließ, war er ganz abgekühlt, aber ich konnte die andern nicht von ihm weghalten, sie machten sich weiter über ihn lustig, und zwar schlimmer als je. Zuletzt hatte ich eine Szene mit ihm, in der er ganz mit mir brach, mir erklärte, daß er mich nicht mehr als Privatdetektiv haben wolle, und die Arbeit niederlegte. Damit hörte mein Geschäft mit den Sicherheitsnadeln auf. Er weigerte sich, weitere Nadeln zu machen, und bombardierte mich jedesmal, wenn ich bei ihm vorbeikam, durch das Gitter mit Drahtstücken.

Unsere Freundschaft war für immer aus. Die andern erzählten ihm, ich wäre ein Detektiv, der im Solde derer stehe, die sich gegen ihn verschworen hatten. Und unterdessen machten sie ihn ganz verrückt mit ihren Geschichten. Das eingebildete Unrecht, das man ihm zugefügt hatte, nagte an ihm, und zuletzt wurde er vollkommen toll und gefährlich für seine Umgebung. Die Wärter weigerten sich, seine Geschichten von den gestohlenen Millionen anzuhören, und wurden daher von ihm beschuldigt, mit in der Verschwörung zu sein. Eines Tages warf er einem von ihnen eine Kanne heißen Tees ins Gesicht, und nun wurde die Sache untersucht. Der Gefängnisinspektor sprach ein paar Minuten mit ihm durch das Gitter.

Dann wurde er fortgeführt, daß sich die Ärzte eine Meinung von ihm bilden konnten. Er kam nie wieder, und ich denke oft darüber nach, ob er tot ist oder ob er immer noch in irgendeiner Irrenanstalt von seinen Millionen erzählt.

Schließlich kam der große Tag, an dem ich in Freiheit gesetzt werden sollte. Zur selben Zeit wurde auch der dritte Vertrauensmann losgelassen, und das Mädchen, das ich ihm verschafft hatte, stand vor der Mauer und wartete auf ihn. Mein Kamerad und ich gingen zusammen hinaus, und wir gingen miteinander nach Buffalo. Sollten wir beide nun nicht immer zusammenbleiben, jetzt und in aller Zukunft?

An diesem Tage gingen wir die Hauptstraße entlang und fochten gemeinsam, und was wir an Kupfergeld erbettelten, verbrauchten wir für Bier; ein Glas kostete drei Cent. Aber die ganze Zeit wartete ich auf eine Möglichkeit, um zu entwischen. Ich traf einen Vagabunden in der Straße, und es glückte mir, von ihm zu erfahren, wann ein bestimmter Güterzug die Stadt verließ. Hiernach berechnete ich meine Zeit. Als der Augenblick kam, saßen mein Kamerad und ich in der Wirtschaft, vor uns standen zwei Glas schäumenden Bieres. Ich hätte mich gern von ihm verabschiedet, aber ich wagte es nicht. Ich schlich mich zur Hintertür hinaus und sprang über das Gitter. Es ging aber schnell, und ein paar Minuten später befand ich mich in einem Güterzug der Western-New-York–Pennsylvania-Bahn und fuhr nach dem Süden.

Nächtliche Fahrten

Auf meinen Fahrten habe ich Hunderte von Landstreichern getroffen, mit denen ich gesprochen und an Wasserbehältern zusammen gewartet, mit denen ich an der »Linie« oder in den Häusern um Geld für Unterkunft und Essen gefochten und gemeinsam Züge geentert habe, die aber in der Nacht verschwunden sind und sich nie wieder haben sehen lassen. Andererseits gab es Landstreicher, die ich mit erstaunlicher Häufigkeit getroffen und immer wieder gesehen habe, und andre, die geisterhaft und unsichtbar in der Nacht an mir vorbeigefahren sind. Ein solcher war es, dem ich quer durch Kanada, dreitausend Meilen weit nachjagte, ohne ihn auch nur ein einziges Mal erblickt zu haben. Seine »Monica« war »Jack Skysegel«. Ich stieß erst in Montreal auf sie. Da war mit einem Klappmesser die Skysegelrahe eines Schiffes eingeschnitten, und zwar in glänzender Ausführung. Darunter stand »Skysegel-Jack«, oben drüber »F. W. 15. 10. 94«. Das hieß, daß er Montreal auf dem Wege nach Westen am 15. Oktober 1894 passiert habe. Er hatte einen Vorsprung von einem Tage vor mir. »Jack Seemann« war damals meine »Monica«, und ich schnitt sie gleich neben der seinen ein, ebenfalls mit dem Datum und der Anzeige, daß ich auch nach Westen fuhr.

Die nächsten hundert Meilen hatte ich verschiedentlich Pech, und erst vierzehn Tage später stieß ich wieder auf Jack Skysegels Spur, diesmal dreihundert Meilen westlich von Ottawa. Hier stand das Zeichen in einen Wasserbehälter geschnitten, und aus dem Datum konnte ich sehen, daß auch er sich verspätet hatte. Er hatte diesmal zwei Tage Vorsprung vor mir. Ich war ein »Komet«, ein »königlicher Landstreicher«, aber das war er auch, und es war Ehrensache für mich, ihn einzuholen. Tag und Nacht hing ich auf der Eisenbahn und überholte ihn, aber dann erhielt er wieder einen Vorsprung und kam mir zuvor. Zuweilen war er einen Tag vor mir, zuweilen ich einen Tag vor ihm. Von ostwärts reisenden Vagabunden hörte ich manchmal etwas über ihn, wenn er zufällig vor mir war, und sie erzählten mir, er fange an, sich für »Jack Seemann« zu interessieren und sich nach mir zu erkundigen. Wir wären gewiß ein prächtiges Paar gewesen, wenn wir je zusammengekommen wären, aber wir konnten nicht zusammenkommen. Ich behielt meinen Vorsprung vor ihm durch ganz Manitoba, aber er führte durch Alberta, und an einem bitterkalten grauen Morgen erfuhr ich an einer Zweigstation dicht östlich vom Kicking-Horse-Paß, daß er am Abend zuvor zwischen diesem und dem Rogers-Paß gesehen worden sei. Diese Auskunft erhielt ich auf eine recht eigentümliche Weise.

Ich war die ganze Nacht in einem »Pullman mit Seitentüren« – geschlossenen Güterwagen – gefahren und schließlich halbtot vor Kälte an der Station herausgekrochen, um mir etwas Essen zu erfechten. Es war eisig kalt und nebelig, und ich faßte ein paar Heizer im Lokomotivschuppen ab. Sie schenkten mir die Überbleibsel aus ihren Frühstückseimern und außerdem fast einen ganzen Liter himmlischen »Java« (Kaffee). Ich wärmte ihn mir, und gerade, als ich mich ans Essen machen wollte, kam ein Güterzug vom Westen. Ich sah, wie eine Seitentür geöffnet wurde und ein junger Vagabund herauskroch. Durch die treibenden Nebelschwaden hinkte er zu mir hin. Er war starr vor Kälte, seine Lippen waren blau. Ich teilte meinen Java und meinen Proviant mit ihm, erhielt Bescheid über Jack Skysegel und übrigens auch über ihn, den Ankömmling, selber. Denkt euch, er war aus meiner eigenen Stadt, Oakland (Kalifornien), und Mitglied der berühmten Boo-Bande – einer Bande, der auch ich mich gelegentlich angeschlossen hatte. In der nächsten halben Stunde unterhielten wir uns eifrig, während wir ins Essen einhieben. Dann fuhr mein Güterzug weiter, und ich folgte Jack Skysegel auf den Hacken westwärts.

Zwischen den Pässen verspätete ich mich, bekam zwei Tage lang nichts zu essen, mußte am dritten Tag elf Meilen laufen, ehe ich etwas erhielt, aber dennoch glückte es mir, Jack Skysegel am Fraser River in Britisch-Kolumbien zu überholen. Ich fuhr die beiden Tage als »Passagier« und kam sehr schnell vorwärts, aber er hatte es ebenso gemacht oder mehr Glück gehabt, oder er war gewandter gewesen, denn er erreichte die Mission vor mir.

Die Mission war ein Knotenpunkt, vierzig Meilen östlich von Vancouver. Ich ging zum Wasserbehälter, um nachzusehen, und da stand mit dem heutigen Datum Jack Skysegels »Monica«. Ich machte, daß ich weiter nach Vancouver kam, aber er war verschwunden. Er war gleich an Bord gegangen und flog jetzt immer weiter nach Westen auf seiner weltumspannenden Abenteurerbahn. Wahrhaftig, Jack Skysegel, du warst ein königlicher Vagabund, und dein wahrer Kamerad war der »sausende Wind, der von Ort zu Ort fährt«! Ja, ich ziehe meinen Hut vor dir! Du warst einer von der richtigen, waschechten Sorte. Eine Woche später hatte auch ich mein Schiff gefunden, befand mich an Bord des Dampfers »Umatilla« und arbeitete mich als Matrose die Küste nach San Franzisko hinunter. Jack Skysegel und Jack Seemann – Hallo! Wenn wir uns je getroffen hätten!

Die Wasserbehälter sind Wegweiser für die Vagabunden, und es geschieht nicht aus purem Übermut und um nichts und wieder nichts, wenn ein Landstreicher seine »Monica«, Datum und Reiseweg in diese Behälter schneidet. Ich habe oft Vagabunden getroffen, die eifrig fragten, ob ich nicht irgendwo diesen oder jenen Landstreicher oder seine »Monica« gesehen hätte. Und mehr als einmal habe ich Auskunft über seine letzte »Monica« am Wasserbehälter und über die Richtung, in der er damals reiste, geben können. Und im selben Augenblick stürzte dann der Landstreicher, dem ich die Auskunft gab, hinaus, um seinen Kameraden zu suchen. Ich habe Landstreicher getroffen, die, um einen Kameraden einzuholen, quer über den ganzen Kontinent und wieder zurück fuhren.

»Monicas« sind die Spitznamen, die die Landstreicher sich zulegen oder die ihnen von Kameraden angehängt werden. Es gibt sehr wenige Landstreicher, die sich gern an ihre Vergangenheit erinnern, in der sie die Würdelosigkeit besaßen zu arbeiten, aber ich entsinne mich doch, ganz vereinzelt auf Namen gestoßen zu sein, die sich auf dieses oder jenes Handwerk bezogen; ich erinnere mich, daß ich auf folgende Namen stieß: Maler Rot, Chi-Kesselschmied, Schiffsjunge, Freund Drucker. »Chi-« ist im Landstreicherjargon die Abkürzung von Chicago.

Sehr beliebt ist es dagegen unter den Landstreichern, ihre »Monica« nach den Orten zu wählen, aus denen sie stammen, zum Beispiel: New-York-Tommy, Pazifik-Slim, Buffalo-Smithy, Canton-Tim, Pittsburg-Jack, Troy-Mickey, K.-L.-Bill und Connecticut-Jimmy. »Blank« bedeutet immer einen Neger, und er wird möglicherweise so genannt wegen des blanken Schimmers, der auf seinem Gesicht liegt. Texas-Blanker oder Toledo-Blanker bezeichnet sowohl Rasse wie Heimat.

Von solchen, deren »Monica« von ihrer Rasse und Nationalität hergeleitet war, entsinne ich mich folgender: Frisco-Däne, New-York-Irländer, Michigan-Franzose, Engländer-Jack, Londoner Junge und Milwaukee-Holländer. Andre haben ihre »Monica« den Farben entlehnt, mit denen die Natur sie ausgestattet hat, und wieder andre körperlichen Eigentümlichkeiten, etwa ihrer Größe, ihrer Korpulenz oder besonderen Kennzeichen, wie einer gebrochenen Nase oder ähnlichem, während wieder andre nach ihrem besonders großen Mundwerk oder ihrer Gewandtheit hießen.

An einem Wasserbehälter in San Marcial (New Mexico) stand vor einem Dutzend Jahren folgender »Speisezettel« für Landstreicher:

1. Hauptstraße gut.
2. Polizei nicht schlimm.
3. Lokomotivschuppen gute Schlafstelle.

4. Nordbahnzüge nicht gut.
5. Private nicht gut.
6. Restaurants nur gut für Köche.
7. Eisenbahnhotel nur gut für Nachtarbeit.

Nummer eins enthält die Mitteilung, daß in der Hauptstraße mit gutem Erfolg gefochten werden kann; Nummer zwei, daß die Polizei Landstreicher nicht belästigt; Nummer drei, daß man im Lokomotivschuppen schlafen kann; Nummer vier ist indessen zweideutig. Es kann heißen, daß es keinen Zweck hat, in nördlicher Richtung laufende Züge zu entern, und es kann auch bedeuten, daß es ein schlechtes Feld für Fechtbrüder ist. Nummer fünf besagt, daß die Privatleute in der Stadt Bettlern nicht wohlgesinnt sind, und Nummer sechs, daß nur Landstreicher, die Köche gewesen sind, in den Restaurationen etwas zu essen bekommen. Aus Nummer sieben werde ich nicht recht klug. Ich weiß nicht, ob am Abend das Eisenbahnhotel überhaupt gut für Fechtbrüder ist oder ob nur frühere Köche mit Erfolg abends fechten können oder ob jeder Landstreicher, Koch oder nicht, abends dem Küchenpersonal des Eisenbahnhotels gegen ein bißchen Essen bei der schmutzigen Arbeit helfen kann.

Um aber wieder von den Landstreichern zu reden, die nachts kommen und gehen, so entsinne ich mich eines, den ich in Kalifornien traf. Er war Schwede, hatte aber so lange in Kalifornien gelebt, daß man nicht mehr hören konnte, welcher Nation er angehörte. Er mußte es schon selbst erzählen. Tatsächlich war er als kleines Kind nach den Vereinigten Staaten gekommen. Ich stieß zuerst in der Gebirgsstadt Truckee mit ihm zusammen.

»Wohin, Kamerad?« fragten wir beide gleichzeitg. Und »Ostwärts!« lautete die Antwort, die wir beide gaben.

Wir waren eine ganze Bande, die an diesem Abend versuchte, mit dem Überlandzug mitzukommen, und in dem Handgemenge kamen der Schwede und ich auseinander. Ich kam übrigens nicht mit.

Ich erreichte Reno (Nevada) in einem Güterwagen, der sofort auf ein Nebengleis gefahren wurde. Es war ein Sonntagmorgen, und nachdem ich ein bißchen Frühstück erwischt hatte, wanderte ich nach dem Piute-Lager hinüber, um die Indianer spielen zu sehen. Und da stand der Schwede, ungeheuer interessiert. Selbstverständlich taten wir uns zusammen. Er war der einzige Bekannte, den ich, und ich der einzige, den er in der Gegend hatte. Wir fielen uns in die Arme wie ein Paar Eremiten, die der Einsamkeit müde geworden sind, und verbrachten den Tag miteinander, liefen herum, um Mittagessen zu kriegen, und versuchten spät am Nachmittag, denselben Güterzug zu erwischen. Er wurde jedoch geschmissen, und so fuhr ich allein ab, aber nur, um selbst irgendwo mitten in der Wüste, ungefähr zwanzig Meilen hinter

Reno, geschmissen zu werden. Von allen Einöden der Welt war die, in der ich geschmissen wurde, sicher die schlimmste. Sie nannte sich Signalstation und bestand aus einem Schuppen, der aufs Geratewohl mitten zwischen die Salbeibüsche in den Sand gepflanzt war. Ein kalter Wind wehte, die Nacht brach an, und der einsame Telegraphist, der in dem Schuppen wohnte, fürchtete sich vor mir. Ich wußte, daß ich weder Essen noch Unterkunft aus ihm herauspressen konnte. Weil er sich so offensichtlich vor mir fürchtete, glaubte ich ihm nicht, als er mir erzählte, daß ostwärts gehende Züge hier nie hielten. Zudem war ich ja selbst von einem ostwärts gehenden Zug am selben Ort vor kaum fünf Minuten geschmissen worden. Er versicherte mir, daß der nur auf besondere Order gestoppt hätte und daß ein ganzes Jahr vergehen könnte, ehe ein zweiter Zug hier hielte. Er teilte mir mit, daß es nur zwölf bis fünfzehn Meilen bis Wadsworth seien und daß es am besten wäre, wenn ich mich aus dem Staube machte. Ich zog es indessen vor, zu warten, und hatte nun das zweifelhafte Vergnügen, zwei Güterzüge nach Westen und einen nach Osten ohne Aufenthalt vorbeifahren zu sehen. Ich dachte darüber nach, ob der Schwede sich vielleicht auf dem Zuge befunden haben sollte. Es blieb mir also nichts übrig, als die Strecke entlang nach Wadsworth zu traben, und das tat ich denn auch zur großen Erleichterung des Telegraphisten, da ich weder seinen Schuppen in Brand steckte noch ihn ermordete. Telegraphisten haben manche Ursache, dankbar zu sein.

Als ich etwa die Hälfte des Weges hinter mir hatte, mußte ich beiseite treten, um den Zug nach Osten vorbeizulassen. Er fuhr sehr schnell, aber ich konnte eben noch eine Gestalt auf dem ersten »Blinden« erkennen, die dem Schweden glich.

Ehe ich ihn wiedersah, sollten viele langweilige Tage vergehen. Ich arbeitete mich durch die Wüste von Nevada, die sich Hunderte von Meilen nach allen Richtungen erstreckte, hing nachts an den Überlandzügen, um schneller weiterzukommen, und fuhr am Tage in geschlossenen Güterwagen, um ein bißchen Schlaf zu bekommen.

Es war früh im Jahre und in dieser hochgelegenen Gegend sehr kalt. Hier und dort lag Schnee auf der Ebene, alle Berge waren in Weiß gekleidet, und nachts wehte ein kalter Wind – der ungemütlichste, den man sich denken konnte. Es war kein Land, das zu einem längeren Aufenthalt verlockte. Und vergiß nicht, lieber Leser, daß der Landstreicher durch ein solches Land ohne Schutz vor der Witterung und ohne Geld reist, daß er gezwungen ist, sich durchzubetteln und nachts ohne Decken zu schlafen. Das versteht man jedoch nur hinreichend, wenn man es aus Erfahrung kennt.

Früh am Abend kam ich zum Bahnhof in Ogden. Der Überlandzug der Union-Pazifik-Linie sollte gleich in östlicher Richtung abfahren, und ich war entschlossen, mit ihm in Verbindung zu kommen. In dem Labyrinth von Gleisen vor der Lokomotive stieß ich auf eine Gestalt, die in der Dunkelheit herumschlich. Es war der Schwede. Wir drückten uns die Hände wie zwei Brüder, die lange getrennt gewesen waren, und entdeckten bei dieser Gelegenheit, daß wir beide Handschuhe trugen.

»Wo hast du sie aufgegabelt?« fragte ich.

»Auf einer Lokomotive«, antwortete er. »Und wo hast du deine her?«

»Sie gehörten einem Heizer«, sagte ich. »Er war ein bißchen unvorsichtig.«

Als der Überlandzug den Bahnhof verließ, sprangen wir auf den »Blinden«. Es war grimmig kalt. Das Gleis durchlief eine enge Felsenschlucht zwischen schneebedeckten Bergen, und wir zitterten beide vor Kälte, während wir dalagen und uns erzählten, wie wir die Strecke von Reno nach Ogden zurückgelegt hatten. Ich hatte in der vorigen Nacht nur eine Stunde geschlafen, und unser jetziger Aufenthalt war nicht so angenehm, daß er zu einem Schläfchen verlockt hätte. Bei einer Station ging ich etwas weiter nach vorn zur Lokomotive. Wir hatten »doppelte Besetzung« (zwei Lokomotiven), um uns die Steigung hinaufzuziehen.

Ich wußte, daß es auf dem Kuhfänger der ersten Lokomotive, die den Wind spaltete, zu kalt sein würde, und deshalb wählte ich den Kuhfänger der zweiten Lokomotive, der von der ersten geschützt wurde. Als ich hinaufkletterte, entdeckte ich, daß er schon besetzt war. Ich tastete mich in der Dunkelheit zurecht und bemerkte einen ganz jungen Burschen. Mit Mühe und Not reichte der Platz eben für zwei; ich veranlaßte den Jungen, sich eng zusammenzukauern, und kletterte neben ihn. Es war eine »gute« Nacht; die Bremser belästigten uns nicht, und in wenigen Minuten waren wir fest eingeschlafen. Ab und zu wurde ich dadurch geweckt, daß warme Asche auf uns herabfiel oder daß es einen heftigen Ruck im Zuge gab, dann drückte ich mich nur enger an den Jungen und wurde von dem Fauchen der Lokomotiven und dem Kreischen der Räder wieder in Schlummer versetzt.

Der Überlandzug erreichte Evanston (Wyoming), aber dann ging es auch nicht weiter. Etwas voraus war ein Eisenbahnunglück passiert, und die Linie war gesperrt. Der Zugführer war getötet worden, und seine Leiche, die zu uns gebracht wurde, zeigte, wie gefährlich die ganze Strecke war. Auch ein Vagabund war umgekommen, aber seine Leiche wurde nicht gebracht.

Ich redete mit dem Jungen. Er war dreizehn Jahre alt, seinen Eltern fortgelaufen, die irgendwo in Oregon wohnten, und befand sich nun auf dem Wege nach Westen zu seiner Großmutter. Er erzählte mir, wie furchtbar er in dem Heim, das er soeben verlassen hatte, mißhandelt

worden war, und seine Erzählung klang sehr wahr; übrigens hatte er ja auch keinen Grund, mir, einem namenlosen Landstreicher, der von Ort zu Ort zog, etwas vorzulügen.
Und der Junge hatte auch Eile. Er konnte nicht schnell genug weiterkommen. Als sich die Bahnaufseher entschlossen, den Überlandzug denselben Weg, den er gekommen war, zurückzuschicken und ihn dann auf einer Seitenlinie nach Oregon und von dort nach der Union-Pazifik, jenseits von dem entgleisten Zuge, zu leiten, kletterte der Junge wieder auf den Kuhfänger und sagte, daß er dort bleiben wolle. Das war jedoch zuviel für den Schweden und mich. Es bedeutete, daß wir die ganze eisige Nacht hindurch reisen sollten, ohne mehr als vielleicht ein Dutzend Meilen zu gewinnen. Wir sagten, wir wollten warten, bis die Strecke frei gemacht wäre, und in der Zwischenzeit ordentlich ausschlafen.
Aber es war keine Kleinigkeit, um Mitternacht, ohne Geld, in furchtbarer Kälte, in einer fremden Stadt eine Schlafstelle zu bekommen. Der Schwede besaß nicht einen Pfennig. Mein Gesamtvermögen belief sich auf zwei Zehncentstücke und ein Fünfcentstück. Wir hatten von einigen Eingeborenen gehört, daß ein Glas Bier fünf Cent koste und daß die Schanklokale die ganze Nacht geöffnet wären. Das war gerade das richtige für uns. Zwei Glas Bier kosteten zehn Cent, es gab einen Ofen und Stühle, auf denen wir bis zum Morgen schlafen konnten. Mit raschen Schritten steuerten wir auf eine erleuchtete Schankwirtschaft los, der Schnee knirschte unter unseren Füßen, während ein kalter Wind uns durchwehte.
Ach, ich hatte die Eingeborenen mißverstanden. Es gab nur eine Wirtschaft in der ganzen Stadt, wo das Bier fünf Cent kostete, und wir hatten nicht das Glück, sie zu finden. Aber sonst war es ausgezeichnet. Es gab einen herrlichen, vor Hitze weißglühenden Ofen; es gab bequeme Lehnstühle mit Rohrsitzen und einen nicht gerade angenehm aussehenden Kellner, der uns, als wir eintraten, mißtrauisch von der Seite ansah. Man kann nicht gut Tag und Nacht in denselben Kleidern herumlaufen, auf Züge springen, sich mit Ruß und Asche herumschlagen, schlafen, wie und wo es sich gerade trifft, und dann noch anständig aussehen. Unser Äußeres sprach entschieden gegen uns, aber was machte das? Ich hatte ja Geld in der Hosentasche, um zu bezahlen. »Zwei Glas Bier«, sagte ich nachlässig zum Kellner, und während er einschenkte, lehnten der Schwede und ich uns über die Bar und sehnten uns dabei im geheimen nach den Lehnstühlen am Ofen. Der Kellner stellte die beiden schäumenden Gläser vor uns hin, und ich legte stolz die zehn Cent auf den Schenktisch. Ich war ganz sicher. Sobald ich zu wissen bekam, daß ich mich im Preis geirrt hatte, wollte ich weitere zehn Cent aus der Tasche holen. Ich wollte mir nicht das geringste daraus machen,

daß ich dann dastand, ohne etwas auf der Welt zu besitzen außer fünf Cent. Ich wollte bezahlen, gewiß! Aber der Kellner ließ mir keine Möglichkeit. Sobald er das Zehncentstück erblickte, das ich auf den Tisch gelegt hatte, ergriff er die beiden Gläser, eines mit jeder Hand, und goß das Bier in den Aufwasch hinter der Bar. Dann sah er uns wütend von der Seite an und sagte: »Ihr habt Warzen auf der Nase! Ihr habt Warzen auf der Nase! Versteht ihr?«

Ich war mir bewußt, daß ich keine Warzen hatte und der Schwede ebensowenig. Unsern Nasen fehlte nichts. Was für einen direkten Sinn diese Worte hatten, ging weit über unsern Verstand, aber der indirekte war klar wie der Tag – unser Aussehen gefiel ihm nicht, und das Bier kostete offenbar zehn Cent das Glas.

Ich fuhr in die Tasche und legte noch zehn Cent auf die Bar, wobei ich nachlässig bemerkte: »Ach, ich glaubte, hier koste es fünf Cent.«

»Wir wollen euer Geld nicht haben!« antwortete er und schob mir die beiden Zehncentstücke über die Bar wieder hin.

Ich ließ sie mit tiefem Bedauern wieder in die Tasche gleiten; mit tiefem Bedauern dachten wir an den gesegneten Ofen und die Lehnstühle, mit tiefem Bedauern gingen wir zur Tür hinaus in die Frostnacht.

Als wir aber zur Tür hinausgingen, rief uns der Kellner noch nach: »Ihr habt Warzen auf der Nase! Versteht ihr?«

Seitdem habe ich mich viel in der Welt umgesehen, ich habe viele fremde Länder bereist und viele fremde Völker besucht, viele Bücher gelesen und viele Vorträge gehört, aber obwohl ich lange und gründlich über diese Sache nachgedacht habe, ist es mir doch nicht möglich gewesen, den Sinn der rätselhaften Äußerung des Kellners in Evanston zu erraten. Unsern Nasen fehlte nicht das geringste. Diese Nacht schliefen wir oben auf den Dampfkesseln einer elektrischen Lichtstation. Wie wir diese »Schlafstelle« entdeckten, weiß ich nicht mehr. Wir müssen gerade drauflosgesteuert sein, instinktiv, wie Pferde in der Richtung der Tränke gehen oder Brieftauben den heimischen Schlag finden. Aber es war eine Nacht, an die ich nicht gern zurückdenke. Als wir ankamen, lag schon ein Dutzend Landstreicher oben auf den Kesseln, und es war zu heiß für uns alle. Was unsre verzweifelte Lage noch verzweifelter machte, war der Umstand, daß der Heizer nicht erlauben wollte, daß wir uns unten im Raum aufhielten. Er ließ uns die Wahl zwischen den Kesseln und dem Schnee draußen.

»Du sagtest, du wolltest schlafen – so schlaf doch, zum Teufel!« sagte er zu mir, als ich in den Feuerraum kam, ganz außer mir und völlig verkommen vor Hitze.

»Wasser!« stöhnte ich und wischte mir den Schweiß aus den Augen. Er zeigte nach der Tür und versicherte mir, daß ich irgendwo draußen in der Dunkelheit den Fluß finden würde. Ich ging in der angegebenen

Richtung, verirrte mich in der Dunkelheit, fiel in einen Schneehaufen und kehrte halb erfroren zu meinem Platz auf den Kesseln zurück. Als ich wieder aufgetaut war, war ich durstiger als je. Überall lagen Landstreicher und klagten, jammerten, seufzten, japsten, stöhnten, warfen sich hin und her und schlugen in großer Qual mit Armen und Beinen um sich. Wir glichen einer Schar verlorener Seelen, die auf einem Rost in der Hölle lagen und gebraten wurden, und der Heizer – der leibhaftige Satan selbst – bot uns keine andere Wahl, als draußen zu erfrieren. Der Schwede erhob sich und verfluchte mit großer Leidenschaft die Wanderlust, die im Menschen schlummert und ihn in die Welt hinausgeschickt hatte, um solche Leiden auszustehen.

»Wenn ich nach Chicago zurückkomme«, erklärte er feierlich, »will ich sehen, Arbeit zu bekommen, und sie festhalten, bis die Hölle zufriert. Dann kann ich wieder anfangen zu wandern.«

Und durch eine wahre Ironie des Schicksals mußten der Schwede und ich am nächsten Tage – als die Schienen von dem verunglückten Zuge freigemacht waren – Evanston in dem Eisbehälter eines »Apfelsinenzuges«, eines Gütereilzuges, verlassen, der mit Obst beladen aus dem sonnigen Kalifornien kam. Selbstverständlich waren die Eisbehälter leer wegen des kalten Wetters, aber das machte sie für uns nicht wärmer. Wir schlüpften durch die Luken ins Dach hinein; sie waren aus galvanisiertem Eisen gemacht und in der beißenden Kälte nicht angenehm anzufassen. Zitternd vor Kälte lagen wir da und hielten Kriegsrat, und wir entschlossen uns, Tag und Nacht in den Eisbehältern zu bleiben, bis wir von den ungastlichen Hochebenen in das Tal des Mississippi hinunterkämen.

Aber wir mußten selbstverständlich essen, und so beschlossen wir denn, bei der nächsten Zweigstation auszugehen, um etwas Essen zu ergattern, und dann zu unseren Eisbehältern zurückzukehren. Spät am Nachmittag erreichen wir die Stadt, die Green River heißt, aber es war noch ein wenig vor Abendbrotzeit. Vor den Mahlzeiten ist es immer am schwersten, von den Leuten etwas zu essen zu bekommen, aber wir nahmen allen Mut zusammen, stürzten die eisernen Leitern am Wagen hinunter, während der Güterzug in den Bahnhof einfuhr, und liefen nach den Wohnhäusern. Wir wurden bald voneinander getrennt, aber wir hatten verabredet, uns in den Eisbehältern zu treffen. Anfangs hatte ich Pech, aber schließlich bekam ich doch ein paar Futterpakete zusammen, steckte sie ins Hemd und begann dem Zuge nachzulaufen. Der befand sich schon in Bewegung und fuhr sehr schnell. Der Kühlwagen, in dem ich mich mit dem Schweden treffen wollte, war schon vorbeigefahren, aber fünf oder sechs Wagen dahinter kletterte ich die eiserne Leiter hinauf, erreichte in größter Eile das Dach und ließ mich in einen Eisbehälter hinabgleiten.

Aber ein Bremser hatte mich von seinem Häuschen aus gesehen, und an der nächsten Station, Rock Springs, ein paar Meilen weiter, steckte er den Kopf herein und sagte: »Mach, daß du rauskommst, du Sohn einer Kröte! Mach, daß du rauskommst!« Dann packte er mich bei den Beinen und holte mich ans Tageslicht. Ich kam richtig heraus, während der Apfelsinenzug mit dem Schweden ohne mich weiterfuhr.
Es hatte angefangen zu schneien, und es sah aus, als sollte es eine kalte Nacht werden. Als es dunkel geworden war, begann ich zwischen den Eisenbahnwagen herumzusuchen, bis ich einen leeren Kühlwagen gefunden hatte. Ich kroch hinein – nicht in den Eisbehälter, sondern in den Wagen selbst. Ich schloß die schweren Türen, und da sie mit Gummileisten versehen waren, schlossen sie vollkommen luftdicht. Die Wände waren dick, und es gab keine Ritzen, durch die die Kälte in den Wagen dringen konnte. Aber drinnen war es ebenso kalt wie draußen. Die Erhöhung der Temperatur war mein nächstes Problem. Aber ein richtiger Landstreicher weiß immer Rat. Ich zog drei oder vier Zeitungen aus der Tasche. Die verbrannte ich eine nach der andern auf dem Boden des Wagens. Der Rauch stieg in die Höhe. Nicht das kleinste bißchen Wärme konnte entwischen, und ich lag warm und gut da und verbrachte eine wunderbare Nacht. Ich wachte nicht ein einziges Mal auf.
Am Morgen schneite es immer noch. Während ich draußen war, um etwas Frühstück zu erwischen, entging mir ein ostwärts fahrender Güterzug. Später am Tage erwischte ich zwei andere Güterzüge und wurde von beiden geschmissen. Es schneite jetzt stärker als je, aber in der Dämmerung fuhr ich auf dem ersten »Blinden« des Überlandzuges ab. Im selben Augenblick, als ich von der einen Seite aufsprang, sprang einer von der andern Seite auf. Es war der Junge, der aus Oregon weggelaufen war. Aber auf dem ersten »Blinden« eines Schnellzuges in einem mächtigen Schneesturm zu fahren ist keine Vergnügungsreise. Der Wind fährt durch einen hindurch, prallt von der Vorderseite des Wagens ab und kommt wieder zurück. Als wir das erstemal hielten und es dunkel geworden war, ging ich nach vorn und redete mit dem Heizer. Ich bot ihm an, Kohlen zu schaufeln bis zu der Station, wo er abgelöst wurde – es war Rawlins –, und er nahm mein Angebot an. Meine Arbeit bestand darin, daß ich draußen auf dem Tender im Schnee stand, die Kohlenklumpen mit einem Vorhammer zerstückelte und sie ihm zur Lokomotive hinüberschaufelte. Da ich aber nicht die ganze Zeit zu tun hatte, konnte ich hin und wieder zu ihm hinüberkommen und mich ein bißchen wärmen.
»Hör«, sagte ich in der ersten Pause zu ihm, »auf dem ersten ›Blinden‹ liegt ein kleiner Kerl. Er friert sehr.«
Hinten auf den Lokomotiven der Union-Pazifik ist ziemlich viel Platz,

und wir räumten dem Jungen einen warmen Winkel vor dem Feuerloch ein, wo er augenblicklich einschlief. Gegen Mitternacht kamen wir in Rawlins an. Es schneite mehr als je. Hier sollte die Lokomotive in den Schuppen gefahren und eine neue Maschine vorgespannt werden. Als der Zug hielt, sprang ich hinunter und gerade einem Mann in einem großen Mantel in die Arme. Er begann mich auszufragen, und ich fragte ihn prompt, wer er wäre. Er teilte mir ebenso prompt mit, daß er der Sheriff wäre. Ich zog meine Fühler ein, hörte und antwortete. Nun begann er den kleinen Kerl zu beschreiben, der auf der Lokomotive lag und schlief. In aller Eile überdachte ich die Situation. Es war klar, daß die Familie dem Bengel auf der Spur und der Sheriff telegraphisch von Oregon aus unterrichtet war. Ja, ich hätte den Jungen gesehen. Zuerst hätte ich ihn in Oregon getroffen. Das Datum stimmte mit dem überein, das dem Sheriff aufgegeben worden war. Aber der Junge mußte immer noch irgendwo auf der Strecke hinter uns sein, denn er wäre gerade von diesem Zuge geschmissen worden, als wir Rock Springs verließen. Und unterdessen betete ich, daß der Junge nicht aufwachen und den Schauplatz betreten möchte, denn dann war ich geliefert. Der Sheriff verließ mich, um mit den Bremsern zu reden; ehe er ging, sagte er noch: »Kamerad, diese Stadt ist nichts für dich. Verstanden? Sorge dafür, daß du mit dem Zuge wieder fortkommst. Erwische ich dich, wenn der Zug abgefahren ist, dann –«
Ich versicherte ihm, daß ich mich nicht zum Vergnügen in seiner Stadt befände und daß der einzige Grund, weshalb ich da wäre, der sei, daß der Zug haltgemacht hätte, daß ich aber so schnell aus seiner verfluchten Stadt verschwinden würde, daß er mich vor lauter Rauch nicht sähe.
Während er weiterging, um die Bremser auszufragen, sprang ich wieder auf die Lokomotive. Der Junge war aufgewacht und rieb sich die Augen. Ich erzählte ihm, was geschehen war, und riet ihm, mit der Lokomotive in den Schuppen zu fahren. Und so geschah es – auf dem Kuhfänger desselben Zuges fuhr der Junge zum Bahnhof hinaus mit dem Bescheid, wenn der Zug das nächste Mal hielt, den Heizer zu bitten, ihn auf der Lokomotive mitfahren zu lassen. Ich selbst wurde geschmissen. Der neue Heizer war jung und noch nicht menschlich genug, um die Vorschriften der Gesellschaft, denen zufolge kein Vagabund sich auf der Lokomotive aufhalten darf, unbeachtet zu lassen. Er schlug also mein Angebot, Kohlen für ihn zu schaufeln, ab. Ich hoffe, daß der Junge mehr Glück bei ihm hatte, denn die ganze Nacht im Schneesturm auf dem Kuhfänger zu verbringen ist gleichbedeutend mit dem Tode. Merkwürdigerweise kann ich mich heute nicht mehr der Einzelheiten entsinnen, wie es zuging, als ich in Rawlins geschmissen wurde. Ich weiß nur, daß ich dastand und dem Zuge nachsah, der fast

im selben Augenblick vom Schneesturm verschlungen wurde, und daß ich auf eine Schankwirtschaft lossteuerte, um mich etwas zu wärmen. Hier gab es Licht und Wärme. Alles war in vollem Betrieb. Pharo-, Roulette- und Pokertische waren besetzt, und ein paar tolle Cowboys waren losgelassen. Ich hatte das Glück, mich mit ihnen zu befreunden, und wollte gerade das erste Glas für ihre Rechnung hinuntergießen, als sich eine schwere Hand auf meine Schulter legte. Ich sah mich um und seufzte. Es war der Sheriff.

Ohne ein Wort zu sagen, zog er mich in den Schnee hinaus.

»Am Bahnhof hält ein Apfelsinenzug«, sagte er.

»Es ist eine verflucht kalte Nacht«, sagte ich.

»In zehn Minuten geht er ab«, sagte er.

Das war alles. Es kam zu keiner Aussprache. Und als der Apfelsinenzug abfuhr, befand ich mich im Eisbehälter. Als der Morgen graute, schien es mir fast, als ob mir die Füße abgefroren wären, und die letzten zwanzig Meilen bis Laramie stand ich im Türrahmen und hüpfte von einem Fuß auf den andern, um mich zu erwärmen. Es schneite zu stark, als daß die Bremser mich hätten sehen können, und übrigens wäre es mir auch einerlei gewesen.

Ich hatte fünfundzwanzig Cent in der Tasche, dafür verschaffte ich mir ein warmes Frühstück in Laramie, und unmittelbar darauf sprang ich auf den »Blinden« des Überlandzuges, der durch den Paß kroch, welcher das Rückgrat der Rocky Mountains durchschneidet. Man fährt sonst nicht bei hellichtem Tage auf dem »Blinden«, aber ich konnte nicht glauben, daß die Bremser in einem Schneesturm hoch oben in den Rocky Mountains es übers Herz bringen würden, mich zu schmeißen. Und sie taten es auch nicht. Dagegen kamen sie jedesmal, wenn der Zug hielt, zu mir, um zu sehen, ob ich noch nicht erfroren sei.

Bei Ames' Monument, auf dem First der Rocky Mountains – wie hoch es war, weiß ich nicht mehr –, kam der Bremser zum letzten Male zu mir.

»Hör, Kamerad«, sagte er, »kannst du den Güterzug sehen, der auf das Nebengleis gefahren ist, um uns vorbeizulassen?«

Ja, ich konnte ihn sehr gut sehen. Er hielt auf dem nächsten Gleis, sechs Fuß von uns entfernt. Ein paar Fuß weiter fort hätte ich ihn in dem Schneesturm nicht sehen können.

»In einem von den Wagen ist der Nachtrab von Kellys Armee. Sie haben zwei Fuß Stroh unter sich, und es sind so viel Menschen in dem Wagen, daß sie sich leicht warm halten können.«

Es war ein guter Rat, und ich befolgte ihn, war allerdings darauf vorbereitet, falls es nur ein Trick des Bremsers gewesen sein sollte, wieder auf den »Blinden« des Überlandzuges zu springen, wenn er den Bahnhof verließ. Aber es stimmte. Ich fand den Wagen, einen großen Kühlwagen, dessen Tür auf der Leeseite, der Lüftung wegen, weit offen stand. Ich kletterte in den Wagen. Ich trat auf das Bein eines Mannes, dann auf den Arm eines andern. Das Licht war sehr schlecht, und ich konnte nichts sehen außer einem unentwirrbaren Knäuel von Armen, Beinen und Körpern. Nie habe ich eine solche Verwirrung menschlicher Körper gesehen. Sie lagen im Stroh unter-, über- und durcheinander. Vierundachtzig große starke Landstreicher nehmen viel Platz ein, wenn sie flach nebeneinander liegen. Die Männer, auf die ich trat, wurden böse. Ihre Körper hoben sich unter mir wie die Wogen des Meeres, und ich wurde ganz unwillkürlich vorwärts gestoßen. Ich wollte auf Stroh treten, konnte aber keins finden und trat immer nur auf Menschen. Sie wurden immer wilder, und ich wurde immer weiter geschoben. Plötzlich verlor ich das Gleichgewicht und setzte mich hin. Unglücklicherweise auf den Kopf eines Mannes. Im nächsten Augenblick hatte er sich in großer Wut auf Hände und Füße erhoben, und ich flog durch die Luft. Was hochgeworfen wird, muß wieder herunterkommen, und so landete ich denn auch auf dem Kopf eines andern Mannes.

Von dem, was dann geschah, habe ich nur eine sehr dunkle Erinnerung. Es war, als wäre ich in eine Dreschmaschine geraten. Wie ein Ball flog ich von einem Ende des Wagens zum andern. Die vierundachtzig Landstreicher siebten mich, bis das bißchen, was von mir übrig war, ein Plätzchen im Stroh finden konnte. Damit war ich aber auch in die Brüderschaft aufgenommen, und es war eine lustige Versammlung. Den ganzen Tag fuhren wir durch den Schneesturm, und um uns die Zeit zu vertreiben, wurde bestimmt, daß jeder eine Geschichte erzählen sollte. Es wurde zur Bedingung gemacht, daß jede eine gute Geschichte sein müßte, die noch keiner gehört hätte. Wer diese Bedingung nicht erfüllte, sollte zur Strafe in die Dreschmaschine. Es gab keinen, der die Bedingung nicht erfüllte. Und das muß ich sagen, ehe ich fortfahre, daß ich nie im Leben mit so guten Geschichten überschüttet worden bin. Hier lagen vierundachtzig Mann aus allen Himmelsgegenden – mit mir waren es fünfundachtzig –, und jeder erzählte eine Geschichte, die ein Meisterwerk war. Es war die Not, die uns trieb, denn es hieß entweder Meisterwerk oder Dreschmaschine.

Erst spät am Nachmittag kamen wir in Cheyenne an.

Der Schneesturm hatte jetzt seinen Höhepunkt erreicht, und obwohl keiner von uns seit dem Frühstück etwas zu essen bekommen hatte, wollte doch niemand hinausgehen, um etwas zum Abendbrot zu ergattern. Die ganze Nacht fuhren wir durch den Sturm, und am nächsten Tage befanden wir uns auf den schönen Ebenen von Nebraska und fuhren immer weiter. Schneesturm und Berge lagen hinter uns. Die gesegnete Sonne schien auf die lächelnde Landschaft herab, und wir hatten

seit vierundzwanzig Stunden nichts zu essen bekommen. Wir berechneten, daß der Güterzug gegen Mittag in einer Stadt sein mußte, die, wenn ich mich recht erinnere, Grand Island hieß.
Wir legten zusammen und schickten ein Telegramm an die Obrigkeit der Stadt. Der Inhalt des Telegramms besagte, daß fünfundachtzig starke, ausgehungerte Landstreicher gegen Mittag hinkämen und daß es eine gute Idee wäre, Mittagessen für sie bereitzuhalten. Zweierlei konnte die Obrigkeit in Grand Island tun: uns Essen geben oder uns ins Gefängnis setzen. In diesem zweiten Falle war sie unter allen Umständen gezwungen, uns Essen zu geben, und sie kam klugerweise zu dem Ergebnis, daß eine Mahlzeit das billigste wäre.
Als der Güterzug gegen Mittag in Grand Island einfuhr, saßen wir auf den Wagendächern im Sonnenschein und ließen die Beine herabbaumeln. Die ganze Polizeimacht der Stadt gehörte mit zum Empfangskomitee. Sie ordneten uns zu Kompanien und begleiteten uns in die verschiedenen Hotels und Restaurationen, wo für uns gedeckt war. Wir hatten seit sechsunddreißig Stunden nichts zu essen bekommen und bedurften keiner Belehrung, was wir zu tun hatten. Dann wurden wir wieder zum Bahnhof transportiert. Die Polizei war so fürsorglich gewesen, Weisung zu geben, daß der Güterzug auf uns warten solle. Langsam fuhr er zum Bahnhof hinaus, und wir standen alle fünfundachtzig in einer Reihe am Bahnkörper und ergriffen Besitz von dem Zuge. Wir bekamen an diesem Tage kein Abendessen – oder vielmehr, der Nachtrab bekam keines, wohl aber ich. Als der Zug zur Abendbrotzeit eine kleine Station verließ, kletterte ein Mann in den Wagen, in dem ich mit drei andern Pedro spielte. Das Hemd des Mannes bauschte sich höchst verdächtig. In der Hand hielt er einen verbeulten, dampfenden Blechtopf. Ich konnte riechen, daß »Java« darin war. Ich überließ meine Karten einem der Kerle, die zusahen, und entschuldigte mich. Dann setzte ich mich, von neidischen Blicken gefolgt, an das andere Ende des Wagens mit dem Manne, der auf den Zug gesprungen war und jetzt seinen »Java« und seine verschiedenen Fettigkeiten mit mir teilte. Es war der Schwede. Gegen zehn Uhr abends kamen wir in Omaha an. »Laß uns sehen, daß wir den Nachtrab loswerden«, sagte der Schwede zu mir.
»Gemacht!« sagte ich.
Als der Zug in Omaha einfuhr, waren wir bereit, unsern Vorsatz auszuführen. Aber die Bevölkerung von Omaha war auch bereit. Der Schwede und ich hingen an den eisernen Leitern an der Seite des Zuges und wollten abspringen. Aber der Güterzug hielt gar nicht. Ferner standen dort lange Reihen von Polizisten, deren Messingknöpfe und Sterne in dem elektrischen Licht blitzten, zu beiden Seiten des Fahrdammes. Der Schwede und ich wußten, was wir zu gewärtigen hatten,

wenn wir ihnen in die Arme sprangen. So hielten wir uns an den eisernen Leitern fest, während der Zug weiter über den Missouri nach Council Bluffs fuhr.
»General« Kelly lagerte mit einem Heer von zweitausend Landstreichern im Chautauquapark, ein paar Meilen weiter. Es war sein Nachtrab, in den wir geraten waren. Nachdem wir in Council Bluffs ausgestiegen waren, ging es nach dem Lager. Es war kalt geworden, und schwere Sturmböen durchnäßten uns und ließen uns erschauern. Eine große Anzahl Polizisten paßte auf und trieb uns nach dem Lager. Der Schwede und ich fanden glücklich eine Gelegenheit zu entwischen.
Jetzt begann es in Strömen zu regnen, und wir tappten in der Finsternis weiter, ohne auch nur eine Hand vor Augen sehen zu können. Es galt ja, Unterkunft für die Nacht zu finden, und unser Instinkt half uns, denn ehe wir es zu sagen wußten, standen wir vor einer Schankwirtschaft. Es war kein eigentliches Restaurant, das nur in der Nacht geschlossen hatte, nicht einmal eine Wirtschaft mit fester Adresse, sondern eine Wirtschaft, die auf einer schweren Holzunterlage mit Walzen darunterstand und von einem Ort zum andern gefahren werden konnte. Die Türen waren verschlossen. Eine mächtige Bö peitschte uns den Regen ins Gesicht. Wir bedachten uns nicht einen Augenblick. Ein Krach – die Tür war eingeschlagen, wir traten ein. Ich habe in meinem Leben manches in bezug auf schlechtes Nachtlogis erlebt. Ich habe im Höllenpfuhl der Hauptstädte kampiert, in Wasserpfützen genächtigt, im Schnee geschlafen, wenn das Spiritusthermometer vierundsiebzig Grad unter Null zeigte – eine Bagatelle von hundertundsechs Grad Kälte Fahrenheit –, aber ich muß sagen, daß ich nie eine scheußlichere Unterkunft gehabt, nie eine verzweifeltere Nacht verbracht habe als die mit dem Schweden in der rollenden Gastwirtschaft bei Council Bluffs. Erstens hatte das Gebäude, das ein Stück über dem Boden lag, eine Menge Spalten im Fußboden, so daß der Wind ungehindert hindurchsausen konnte. Zweitens war die Bar leer, und es gab nicht eine einzige Flasche Feuerwasser, die uns erwärmen und uns unser Elend vergessen machen konnte. Wir hatten keine Decken, und in unserm nassen Zeug, bis auf die Haut durchweicht, versuchten wir einzuschlafen. Ich legte mich unter den Schanktisch, und der Schwede kroch unter den Tisch. Aber es war nicht auszuhalten bei all den Löchern und Spalten im Fußboden, und nach Verlauf einer halben Stunde war ich oben auf den Schanktisch geklettert. Etwas später kletterte auch der Schwede auf seinen Tisch.
Und da lagen wir nun zitternd vor Kälte und beteten, daß der Tag bald kommen möchte. Ich weiß, daß ich zitterte, bis ich nicht mehr zittern konnte, bis die Muskeln, die das Erschauern bewirkten, vollkommen schlaff waren und wahnsinnig schmerzten. Der Schwede jammerte und

stöhnte und murmelte jeden Augenblick mit klappernden Zähnen: »Nie wieder, nie wieder!« Er murmelte diesen Satz immer wieder, unaufhörlich, mindestens tausendmal, und als er schließlich ein bißchen einnickte, murmelte er ihn noch im Schlaf.

Bei Tagesanbruch verließen wir dies Haus der Qual und gerieten in einen sehr dichten und kalten Nebel.

Wir tappten weiter, bis wir die Schienen erreichten. Ich wollte nach Omaha zurück, um möglichst etwas Frühstück zu erwischen, und mein Begleiter wollte weiter nach Chicago. Die Stunde der Trennung war gekommen. Die Hand des einen suchte, völlig gelähmt, die ebenso kraftlose des andern. Wir zitterten beide am ganzen Körper. Wenn wir etwas sagen wollten, klapperten unsere Zähne, so daß wir kein Wort hervorbringen konnten. Allein, von aller Welt abgeschnitten, standen wir da; alles, was wir sahen, war ein Stückchen Gleis, das zu beiden Seiten vom Nebel umschlungen wurde.

Wir starrten uns an, ohne etwas zu sagen, und als wir uns die Hände drückten, zitterten sie wie in beiderseitigem Einverständnis. Das Gesicht des Schweden war blau vor Kälte, und ich weiß, daß meins es auch gewesen ist.

»Nie wieder, was?« brachte ich endlich heraus.

Die Kehle des Schweden bewegte sich, und er versuchte etwas zu sagen, und dann erklang, schwach und fern, mit einem Flüstern, das so leise war, als käme es aus der Tiefe seiner erfrorenen Seele:

»Nie wieder Landstreicher.«

Er hielt inne, und als er fortfuhr, wurde seine Stimme immer kräftiger und immer heiserer, je mehr sein Wille die Herrschaft über sie erhielt:

»Nie wieder Landstreicher. Ich will versuchen, Arbeit zu bekommen. Das solltest du auch tun. Von solchen Nächten bekommt man ja nur Rheumatismus.«

Er schüttelte mir die Hand.

»Leb wohl, Kamerad«, sagte er.

»Leb wohl, Kamerad«, sagte ich.

Im nächsten Augenblick hatten wir uns im Nebel verloren. Es war unsere letzte Begegnung. Ich trinke auf dein Wohl, Herr Schwede, wo immer du bist. Ich hoffe, du hast die gesuchte Arbeit gefunden.

Wie ich Landstreicher wurde

Hin und wieder stoße ich in Zeitungen, Zeitschriften und biographischen Handbüchern auf meine eigene Lebensbeschreibung, in der zart angedeutet wird, daß ich Vagabund wurde, um Menschen zu studieren. Das ist sehr hübsch und aufmerksam von den Biographen, aber es stimmt nicht. Ich wurde Vagabund – weil ich einmal so war, weil ich Wanderblut in den Adern hatte, das mir keine Ruhe ließ. Das Studium der Verhältnisse kam eigentlich zufällig; es kam hinterher, genauso, wie man naß wird, wenn man ins Wasser fällt. Ich kam zum Schienenstrang, weil ich es nicht lassen konnte, weil ich kein Geld hatte, mir eine Fahrkarte zu kaufen, weil ich so beschaffen war, daß ich nicht mein ganzes Leben »auf demselben Gleis« arbeiten konnte, weil – nun ja, weil es mir leichter fiel, es zu tun, als es zu lassen.

Es begann in meiner Vaterstad Oakland, als ich sechzehn Jahre alt war. Ich hatte mir damals einen fabelhaften Ruf in dem Kreise von Abenteurern erworben, die ich mir zu meinem nächsten Umgang erwählt und – die mir den Namen »König der Austernräuber« verliehen hatten. Es ist wahr, daß die andern, die nicht zu meinem Kreise gehörten, wie die ehrbaren Seeleute rings um die Bucht, die Hafenarbeiter, Jachtbesitzer und die gesetzmäßigen Eigentümer der gestohlenen Austern mich »Bandit«, »Spitzbube«, »Dieb« und »Räuber« nannten und verschiedene andere Bezeichnungen für mich hatten, die nicht gerade schön waren, aber als Schmeichelei aufgefaßt wurden und nur dazu beitrugen, die hohe Stellung, die ich einnahm, noch zu festigen. Damals hatte ich noch nicht »Das verlorene Paradies« gelesen, und als ich später »Lieber Herrscher in der Hölle als Sklave im Himmel« las, war ich fest überzeugt, daß große Geister stets dieselbe Bahn ziehen. Zu dieser Zeit war es, daß eine zufällige Verkettung von Umständen mich zum ersten Male in das Abenteuer des Schienenstranges warf. Der Austernfang war damals gerade schlecht; in Benicia, vierzig Meilen von Oakland, lagen einige Decken, die ich gern holen wollte, und bei Port Costa, ein paar Meilen von Benicia, lag ein gestohlenes Boot im Gewahrsam des Polizisten. Nun war der Besitzer des Bootes ein Freund von mir, namens Dinny McCrea. Der Dieb, der es bei Port Costa zurückgelassen hatte, war Whisky-Bob, auch einer meiner Freunde. (Armer Whisky-

Bob! Letzten Winter wurde seine Leiche, von vielen Kugeln durchbohrt, an der Küste gefunden – niemand wußte, woher sie angeschwemmt war.)

Ich war vor kurzem von irgendwo »oben am Fluß« zurückgekehrt und hatte Dinny McCrea mitgeteilt, wo sein Boot sich befand, und Dinny McCrea hatte mir gleich zehn Dollar geboten, wenn ich es ihm nach Oakland bringen würde.

Zeit spielte für mich keine Rolle. Ich saß auf dem Kai und beredete die Sache mit dem Griechen Nickey, auch einem arbeitslosen Austernräuber. »Gehen wir«, sagte ich, und Nickey war bereit. Er war vollkommen ausgepumpt. Ich aber besaß fünfzig Cent und eine kleine Jolle. Das Geld setzte ich in Zwieback, Büchsenfleisch und ein Zehn-Cent-Glas französischen Senf (wir waren damals wild auf französischen Senf) um und transportierte diese Gegenstände an Bord der Jolle. Spät am Nachmittag heißten wir unser kleines Sprietsegel und fuhren los.

Wir fuhren die ganze Nacht, und am nächsten Morgen kamen wir mit einer prachtvollen Flut und frischem Achterwind glanzvoll durch die Carquinez-Straße nach Port Costa. Dort lag das gestohlene Boot, keine fünfundzwanzig Fuß vom Kai entfernt. Wir gingen längsseits und ließen unser kleines Sprietsegel fallen. Dann schickte ich Nickey nach vorn, um den Anker zu lichten, während ich selbst daranging, die Beschlagseisinge loszumachen.

Da kam ein Mann auf den Kai gelaufen und rief uns an. Es war der Polizist. Mir fiel plötzlich ein, daß ich vergessen hatte, mir eine schriftliche Vollmacht von Dinny McCrea geben zu lassen. Ich wußte ferner, daß der Polizist wenigstens fünfundzwanzig Dollar dafür verlangen würde, daß er Whisky-Bob das Boot weggenommen und dann darauf aufgepaßt hatte. Und ich hatte meine letzten fünf Cent für Büchsenfleisch und französischen Senf ausgegeben, und schließlich betrug die Belohnung ja auch nur zehn Dollar. Ich warf einen hastigen Blick auf Nickey. Er hatte den Anker schon halb über Bord und schuftete mächtig.

»An Bord damit«, flüsterte ich ihm zu, wandte mich um und rief zu dem Polizisten zurück. Das Ergebnis war, daß wir beide durcheinanderredeten und daß unsere ausgesprochenen Gedanken zu lauter Unsinn wurden.

Der Polizist steckte eine immer drohendere Miene auf, und ich war gezwungen, ihn anzuhören. Nickey mühte sich so mit dem Anker ab, daß ich glaubte, die Adern müßten ihm platzen. Als der Polizist mit seinen Drohungen und Warnungen fertig war, fragte ich ihn, wer er wäre. Die Zeit, die er auf die Erklärung verwandte, ermöglichte es Nickey, den Anker klarzukriegen. Ich machte eine schnelle Berechnung. Vor dem Polizisten war eine Leiter, die vom Kai ins Wasser hinunterführte, und an der Leiter lag eine Jolle vertäut. Die Riemen lagen darin. Aber sie war mit einem Vorlegeschloß festgemacht. Ich setzte meine ganze Hoffnung auf das Vorlegeschloß. Ich fühlte den Wind an meiner Backe, sah das Wachsen der Flut, blickte auf die Seisinge, die das Segel hielten, ließ meinen Blick die Fallen hinauf zu den Blöcken gleiten und wußte, daß alles klar war. Da ließ ich alle Verstellung fahren.

»Los!« rief ich Nickey zu, sprang selbst an die Seisinge und warf sie los, während ich meinem Schöpfer dankte, daß Whisky-Bob richtige Knoten statt »Altweiberknoten« gemacht hatte.

Der Polizist war die Leiter hinuntergeklettert und arbeitete mit einem Schlüssel am Schloß. Der Anker wurde an Bord geheißt und das letzte Seising losgeworfen; im selben Augenblick bekam der Polizist die Jolle klar und sprang an die Riemen.

»Piekfall!« kommandierte ich und machte gleichzeitig die Klaufall los. Hoch kam das Segel im Handumdrehen. Ich machte fest und lief nach achtern ans Ruder.

»Leg aus!« rief ich Nickey zu, der an der Piek stand. Der Polizist war dicht an unserm Achterende. Da kam ein Windstoß, und wir sausten los. Es war großartig. Wenn wir eine schwarze Flagge gehabt hätten, so weiß ich, wir hätten sie gehißt, so stolz war ich auf meinen Sieg. Der Polizist stand in der Jolle aufgerichtet, und die strahlenden Farben des Tages erblaßten neben der Lebendigkeit der Flüche, die er uns nachschickte. Dazu jammerte er nach einem Schießeisen. Ihr seht, daß wir wieder mal Glück hatten.

Nun, jedenfalls hatten wir das Boot nicht gestohlen. Es gehörte nicht dem Polizisten. Wir hatten nur die Belohnung gestohlen, die er erwartet hatte und die eine besondere Art von Nebeneinnahme war. Und die stahlen wir ihm ja nicht im eigenen Interesse, sondern nur in dem meines Freundes Dinny.

In ein paar Minuten waren wir in Benicia, wieder ein paar Minuten später hatten wir die Decken an Bord. Ich ließ das Boot ans andre Ende des Dampferkais laufen, von wo wir Ausguck halten konnten, ob es jemand einfallen sollte, uns zu verfolgen. Man konnte ja nicht wissen. Vielleicht dachte der Polizist daran, an seinen Kollegen in Benicia zu telefonieren. Nickey und ich hielten Kriegsrat. In dem warmen Sonnenschein lagen wir auf Deck, während die frische Brise unsere Wangen kühlte und die Wellen plätschernd gegen die Seiten des Bootes schlugen. Es war unmöglich, vor Eintritt der Ebbe am Nachmittag nach Oakland zurückzukehren. Aber wir dachten uns, daß der Polizist, sobald die Ebbe kam, die Carquinez-Straße im Auge behalten würde, so daß uns nur übrigblieb, bis zur nächsten Ebbe um zwei Uhr morgens zu warten, um dem Burschen in der Dunkelheit zu entwischen.

Daher lagen wir auf Deck, rauchten Zigaretten und freuten uns des Lebens. Ich spuckte über die Reling des Bootes und maß die Fahrt der Strömung.

»Bei dem Wind könnten wir mit dieser Flut nach Rio Vista kommen«, sagte ich.

»Und es ist Obstzeit«, sagte Nickey.

»Und Niedrigwasser auf dem Fluß«, sagte ich. »Es ist die beste Jahreszeit, um nach Sacramento zu kommen.«

Wir richteten uns auf und sahen uns an. Der herrliche Westwind ergoß sich wie berauschender Wein über uns. Wir spuckten beide über die Reling und maßen die Strömung. Heute weiß ich, daß die Strömung und der herrliche Wind schuld an der ganzen Sache waren. Sie wandten sich an unsere seemännischen Instinkte. Wären sie nicht gewesen, so würde die ganze Kette von Ereignissen, die mich auf den Schienenstrang trieben, gebrochen sein.

Wir sprachen nicht ein Wort, wir warfen die Leinen los und heißten die Segel. Unsere abenteuerlichen Erlebnisse auf dem Sacramento River gehören nicht hierher. Aber schließlich kamen wir nach Sacramento und vertäuten am Kai. Das Wetter war prachtvoll, und wir verbrachten die meiste Zeit mit Schwimmen. An der Sandbank gegenüber der Eisenbahnbrücke stießen wir auf eine Horde junger Burschen, die ebenfalls herumschwammen. Zwischendurch lagen wir am Strande und unterhielten uns mit ihnen. Sie redeten anders als die jungen Burschen, mit denen ich bisher zusammen gewesen war. Es war eine ganz neue Sprache. Es waren »Vagabundenlämmer«, und mit jedem Wort, das sie sagten, war es mir, als locke mich das freie Leben eines Vagabunden mit immer unwiderstehlicherer Macht.

»Als ich mal unten in Alabama war«, begann einer, und ein anderer sagte: »Als ich mit C. und A. von K. C. kam«, worauf ein dritter mit einem »Auf der C. und A. haben die Blinden keine Treppen« einfiel. Und ich lag ganz still im Sande und hörte ihnen zu. »Es war mal in einer kleinen Stadt in Ohio am Lake Shore und dem südlichen Michigan«, bemerkte eines der Vagabundenlämmer, und wieder ein anderes sagte: »Bist du je mit der Kanonenkugel bei Wabash gefahren?«, worauf ein drittes einfiel: »Nein, aber mit dem ›weißen‹ Postzug von Chicago.« – »Da wir gerade von Eisenbahnen reden – wartet erst, bis ihr die Pennsylvania probiert habt – feine Linie, keine Wasserbehälter, nehmen Wasser im Fahren ein – ja, der Zug, der kann fahren! Die Nord-Pazifik ist eine ganz schlechte Linie geworden, da passen die Polizisten auf.« – »Ich wurde in El Paso geschnappt – zusammen mit einem Niggerjungen.« – »Da wir gerade vom Fechten reden – habt ihr es schon mal bei den Franzosen von Montreal versucht – nicht einen Ton Englisch verstehen die – und man sagt: ›Mongee, Madame, mongee, no spika da

French‹, reibt sich den Magen und sieht verhungert aus, und dann geben sie einem ein Stück Schweinebauch und einen trockenen Schnaps.«
Und ich blieb im Sande liegen und hörte ihnen zu. Im Vergleich mit den Abenteuern dieser fahrenden Gesellen nahmen sich meine Austernräubereien ungeheuerlich armselig aus. Mit jedem ihrer Worte eröffnete sich mir eine neue Welt, aber alles war für mich immer nur die Umschreibung eines einzigen Wortes: Abenteuer. Schön! Ich wollte diese neue Welt kennenlernen. Ich verglich in Gedanken meine Kräfte mit denen der Vagabunden. Ich war so stark wie nur einer von ihnen, ebenso gewandt, ebenso mutig, und mein Verstand war so scharf wie der ihre. Als es zu dunkeln begann, zogen sie sich an und gingen in die Stadt. Ich ging mit ihnen. Die Jungens begannen in der Hauptstraße um Geld zu fechten. Ich hatte noch nie im Leben zu betteln versucht, und das mitzumachen wurde mir am schwersten in der ersten Zeit, als ich in das Heer der Vagabunden eingetreten war. Ich hatte ganz lächerliche Vorstellungen vom Betteln. Bisher war ich der Meinung gewesen, daß es feiner sei zu stehlen, als zu betteln, und daß Raub noch feiner sei, weil sowohl Gefahr wie Strafe verhältnismäßig größer waren.
Als Austernräuber hatte ich mir schon Anschauungen über Recht und Unrecht erworben, die mir, wenn ich ihnen gefolgt wäre, sicher tausend Jahre Zuchthaus eingebracht hätten. Stehlen war ein Begriff, der sich für einen Mann ziemte, Betteln war gemein und verächtlich. Aber in der folgenden Zeit entwickelte ich mich: ja, das tat ich, bis ich so weit war, daß ich Bettelei als einen netten Spaß betrachtete, als einen Wettkampf, bei dem der Klügste den Sieg davontrug, als eine geradezu nervenstärkende Beschäftigung.
Aber am ersten Abend konnte ich mich nicht überwinden, es zu tun, und das Ergebnis war, daß die andern Jungens in eine Wirtschaft gehen und etwas essen konnten und ich nicht, weil ich nichts hatte. Einer von ihnen gab mir etwas ab, und wir aßen zusammen. Aber beim Essen dachte ich über die Sache nach. Der Hehler, sagt man, sei ebenso schlimm wie der Stehler; der andre bettelte, und ich hatte nun den Nutzen davon. Ich kam zu dem Ergebnis, daß der Hehler viel schlimmer als der Stehler sei und daß es nicht wieder so gehen sollte. Und das tat es auch nicht. Am nächsten Tage ging ich los und focht geradeso gut wie die andern um Essen und Geld.
Der Ehrgeiz des Griechen Nickey erstreckte sich nicht auf den Schienenstrang. Er eignete sich nicht zum Vagabunden, und eines Abends schlich er sich an Bord eines Prahms und fuhr flußabwärts nach San Franzisko. Ich traf ihn – übrigens erst vor einer Woche – bei einem Boxkampf wieder. Er hatte es zu etwas gebracht. Er saß auf dem Ehrenplatz

am Ring. Er veranstaltet Boxkämpfe und ist sehr stolz darauf. In der lokalen Sportswelt ist er auf seine Weise ein großer Mann.
Kein Vagabund ist »fertig«, bevor er über den »Hügel« gekommen ist – so lautete das Gesetz für Vagabunden, wie ich es in Sacramento auslegen hörte. Nun ja, da mußte ich eben sehen, über den »Hügel« zu kommen und meine Prüfung zu bestehen. Der »Hügel« war, nebenbei bemerkt, die Sierra Nevada. Die ganze Bande wollte einen kleinen Ausflug über den »Hügel« machen, und selbstverständlich wollte ich mit. Es war die erste Vagabundenleistung des Franzosen-Charley. Er war eben erst seiner Familie in San Franzisko durchgegangen. Er und ich, wir sollten zeigen, was wir taugten.
Ich will hier nur erwähnen, daß ich nicht mehr meinen alten Königstitel trug. Ich hatte meine »Monica« bekommen. Ich war jetzt der »Seemannsjunge«, und später, als ich erst die Rocky Mountains zwischen mich und meine Vaterstadt gelegt hatte, wurde ich unter dem Namen »Frisco-Junge« bekannt.
Um zehn Uhr zwanzig fuhr der Central-Canada-Überland zum Bahnhof von Sacramento hinaus nach dem Osten, und dieser Zeitpunkt ist meinem Gedächtnis unauslöschlich eingeprägt. Wir waren etwa ein Dutzend, und wir standen in einer langen Reihe in der Dunkelheit vor dem Zuge, zum Aufspringen bereit. Alle Vagabunden der ganzen Stadt waren gekommen, um uns abfahren zu sehen oder uns – wenn es ihnen glückte – zu schmeißen. Das war für sie ein guter Witz, und an vierzig von ihnen standen kampfbereit da. Der Anführer der Bande war ein echter, tüchtiger Vagabund namens Bob. Sacramento war seine Vaterstadt, aber er war schon viel »gefahren« und fast überall im ganzen Lande gewesen. Er zog Franzosen-Charley und mich beiseite und gab uns einige gute Ratschläge, die etwa so lauteten: »Wir wollen versuchen, eure Bande zu schmeißen, verstanden? Ihr beide seid Schwächlinge. Die andern können selber sehen, wie sie fertig werden. Sobald ihr einen ›Blinden‹ erwischt habt, klettert ihr auf Deck, verstanden? Und ihr bleibt oben, bis ihr bei Roseville vorbei seid, denn dort fallen die Polizisten mit besonderem Vergnügen über jeden her, den sie sehen.«
Die Lokomotive pfiff, und der Zug setzte sich in Bewegung. Er hatte drei »Blinde«, so daß es für alle Platz gab. Wir würden sämtlich vorgezogen haben, ganz leise hinaufzuklettern, aber unsre vierzig Freunde drängten sich um uns zusammen und stellten sich selbst und uns auf die verblüffendste und frechste Weise zur Schau. Ich folgte Bobs Rat und kletterte auf Deck. Da lag ich nun, und mein Herz klopfte etwas schneller als gewöhnlich, während ich den Lärm unten mit anhörte. Das ganze Zugpersonal war vorn, und das Schmeißen war mit Eifer und Leidenschaft im Gange. Nach einer Fahrt von einer halben Meile hielt der Zug, und das Personal ging wieder nach vorn und schmiß alle, die

das erstemal Glück gehabt hatten, herunter. Ich war der einzige, den sie nicht erwischten.

Auf dem Bahnhof, von einigen andern Vagabunden umgeben, die Zeugen des Unfalls gewesen waren, lag Franzosen-Charley, dem beide Beine abgeschnitten waren. Er war gestolpert oder ausgeglitten – das war alles –, und die Räder hatten das Weitere besorgt. Das war meine erste Bekanntschaft mit dem Schienenstrang. Erst zwei Jahre später traf ich Franzosen-Charley wieder und besah mir seine »Stümpfe«. Es war einfache Höflichkeit. Krüppel mögen es so gern, daß man ihre Stümpfe besieht.

Eine der bemerkenswertesten Szenen des Vagabundenlebens ist eine Begegnung zwischen zwei Krüppeln. Ihre Gebrechen sind ein ausgezeichneter Unterhaltungsstoff; sie erzählen sich, wie es zugegangen ist, was sie von der Amputation wissen, äußern sich herabsetzend über die Ärzte und ziehen sich schließlich ein bißchen zurück, entfernen die verschiedenen Verbände und Lappen und vergleichen die Stümpfe.

Aber erst einige Zeit später, oben in Nevada, wo der Rest der Bande mich einholte, hörte ich von dem Unglück, das den Franzosen-Charley betroffen hatte. Die Bande selbst befand sich in trauriger Verfassung. Sie hatte ein Eisenbahnunglück mitgemacht, das durch die Schneepflüge veranlaßt worden war; der »Lustige Joe« ging an Krücken mit gebrochenen Beinen, und alle andern hatten mehr oder weniger ernste Schrammen und Quetschungen davongetragen.

Unterdessen lag ich auf dem Dach des Postwagens und dachte darüber nach, ob Roseville, die Stadt, vor der Bob mich gewarnt hatte, die erste oder die zweite Station wäre. Um ganz sicherzugehen, kletterte ich weder das erstemal noch das zweitemal, als der Zug hielt, auf die Plattform hinunter. Und selbst dann tat ich es noch nicht. Die Geschichte war ja neu für mich, und ich fühlte mich sicherer, wo ich lag. Aber ich erzählte der Bande nie, daß ich die ganze Nacht auf Deck geblieben und quer über die Sierra Nevada, durch Schneeschirme und Tunnels ganz bis nach Truckee auf der andern Seite gefahren war, wo ich um sieben Uhr morgens ankam. Ich hätte mich nämlich blamiert und wäre von der ganzen Gesellschaft ausgelacht worden. Ich habe hier zum erstenmal gestanden, wie es mit meiner ersten Reise über den »Hügel« ging. Aber die Bande erklärte, ich könnte noch ganz gut werden, und als ich wieder über den »Hügel« nach Sacramento zurückkam, galt ich als »fertiger« Vagabund.

Aber deshalb hatte ich immer noch viel zu lernen. Bob war mein Mentor, und er verstand seine Sache. Ich erinnere mich noch eines Abends – es war Markt in Sacramento, und wir trieben uns herum und amüsierten uns köstlich –, als ich meinen Hut bei einer Prügelei verlor. Ich stand barhaupt auf der Straße, und da war es wieder Bob, der mir zu

Hilfe kam. Er zog mich beiseite und sagte mir, was ich tun sollte. Ich war ein bißchen ängstlich in bezug auf seinen Rat. Ich war eben aus dem Kittchen entlassen, wo ich drei Tage gesessen hatte, und ich wußte, daß ich, wenn ich wieder geschnappt wurde, nicht so billig davonkommen würde. Andererseits durfte ich mir natürlich nicht merken lassen, daß ich Angst hatte. Ich war über dem »Hügel« gewesen, hatte mich mit der Bande herumgetrieben und war »fertig«, und jetzt sollte ich zeigen, was ich taugte. Folglich richtete ich mich nach Bobs Rat, und er ging mit, um zu sehen, ob ich es fertigbrächte.

Wir nahmen Aufstellung in der K-Straße, wenn ich nicht irre, an der Ecke der Fünften. Es war früh am Abend und wimmelte von Menschen. Bob betrachtete forschend jeden vorbeikommenden Chinesen oder richtiger seine Kopfbedeckung.

Ich hatte so oft darüber nachgedacht, woher es kam, daß die Vagabunden immer »Fünf-Dollar-Stetson-Hüte mit steifer Krempe« trugen, aber jetzt wußte ich es. Sie bekamen sie – wie ich jetzt einen bekommen sollte – von den Chinesen. Ich war nervös – es waren so viele Leute in der Nähe; aber Bob war so kühl wie ein Eisberg. Ein paarmal, wenn ich mich schon zusammengerafft hatte und auf einen Chinesen losfahren wollte, packte Bob mich und hielt mich zurück. Er wollte, daß ich einen guten und passenden Hut haben sollte. Bald kam ein Hut vorbei, der zwar die richtige Größe hatte, aber nicht neu war, dann, nach einem Dutzend unmöglicher Hüte, vielleicht einer, der zwar neu war, aber nicht die richtige Größe hatte. Und wenn einmal einer vorbeikam, der neu war und zugleich die richtige Größe hatte, dann war die Krempe zu groß oder nicht groß genug. Du lieber Gott, wie wählerisch war Bob! Ich war so nervös, daß ich jeden beliebigen »Deckel« genommen hätte.

Aber schließlich kam der Hut, der einzige Hut in Sacramento, der für mich paßte. Sobald ich ihn sah, wußte ich, daß es ein Haupttreffer war. Ich schielte zu Bob hinüber. Er sah sich forschend nach der Polizei um und nickte dann.

Ich nahm den Hut vom Kopfe des Chinesen und pflanzte ihn auf meinen eigenen. Er paßte, als wäre er für mich gekauft. Dann machte ich mich eilends aus dem Staube. Ich hörte noch einen Ausruf von Bob und sah, wie er dem aufgebrachten Mongolen ein Bein stellte, um ihn daran zu hindern, mir nachzulaufen. Ich lief, was ich konnte. Ich bog um die nächste Ecke und wieder um die nächste. Hier war es nicht so belebt wie in der K-Straße, und ich ging in aller Ruhe weiter, schöpfte Luft und beglückwünschte mich zu meinem Hut und meiner gelungenen Flucht.

Aber plötzlich bog der barköpfige Chinese hinter mir um die Ecke. Ihm folgten ein paar andere Chinesen und ihnen auf den Fersen ein Dutzend Männer und Jungens. Ich jagte zur nächsten Ecke, setzte mit einem

Sprung über die Straße und bog dann wieder um die Ecke. Ich war überzeugt, ihn müde gelaufen zu haben, und ging wieder in aller Ruhe weiter. Aber wer kam um die Ecke dicht hinter mir? Der hartnäckige Mongole. Es war die alte Geschichte vom Hasen und dem Swinegel. Er konnte nicht so schnell laufen wie ich, aber er war immer da, trottete in einem schleichenden, trügerischen Zuckeltrab hinter mir her und verschwendete dazu noch ein gut Teil seiner kostbaren »Luft«, um mich laut zu verfluchen. Er rief ganz Sacramento zum Zeugen der ihm zugefügten Schande auf, und ein großer Teil Sacramentos hörte ihn und scharte sich um ihn. Und ich lief weiter, wie der Hase, und immer näher kam mir der energische Mongole mit einem stets größer werdenden Pöbelschwarm auf den Fersen. Als aber zuletzt ein Polizist mit dazugekommen war, legte ich mich mächtig ins Zeug. Ich bog bald rechts, bald links ab, und ich möchte darauf schwören, daß ich um mindestens zwanzig Häuserblocks herumlief. Gott sei Dank, den Chinesen sah ich nie wieder. Der Hut war prachtvoll, ein funkelnagelneuer »Stetson«, der eben erst aus dem Laden gekommen war und ein Gegenstand des Neides für die ganze Bande wurde. Ferner war er ein Symbol für meine Tüchtigkeit. Ich trug ihn länger als ein Jahr.

Vagabundenlämmer sind wirklich nette Kerlchen – wenn sie allein sind und einem erzählen, »wie es zuging«, aber ihr könnt mir glauben: Man muß vorsichtig sein, wenn sie hordenweise auftreten. Dann sind sie wie Wölfe, und wie Wölfe sind sie imstande, selbst den stärksten Mann zu werfen. Bei solchen Gelegenheiten fürchten sie nichts. Sie werfen sich über einen Mann, klammern sich an ihn mit der ganzen Kraft ihrer starken, zähen Knabenkörper, bis er fällt und völlig hilflos ist. Ich habe selber einmal dabei zugesehen, und ich weiß daher, was ich sage. Sie tun es meistens, um ihr Opfer auszuplündern. Und man hüte sich vor dem »Starken Arm«. Jeder einzelne in der Bande, zu der ich gehörte, war ein wahrer Meister auf diesem Gebiete. Selbst Franzosen-Charley konnte es, ehe ihm die Beine abgefahren wurden.

Mir steht noch ein Auftritt vor Augen, den ich einmal im »Weidengehölz« erlebte. Das »Weidengehölz« war eine Baumgruppe auf freiem Feld in der Nähe des Bahnhofs und nur fünf Minuten vom Herzen Sacramentos. Es war Nacht, und der ganze Auftritt spielte sich beim schwachen Schimmer der Sterne ab. Ich sehe noch den großen starken Arbeiter mitten in der Bande von Vagabundenlämmern. Er ist wütend, flucht und schimpft, aber er ist nicht die Spur bange, denn er verläßt sich auf seine Kraft. Er mag hundertundsiebzig Pfund wiegen, und seine Muskeln sind wie Eisen, aber er weiß nicht, mit wem er es zu tun hat. Die Jungens umschleichen ihn knurrend, und es sieht nicht gerade schön aus. Plötzlich stürzen sie von beiden Seiten auf ihn los, und er langt aus und wirbelt herum. Das »Barbierlamm« steht neben mir, und als der Mann herumwirbelt, springt es zu und zeigt, was es kann. Es stößt dem Mann das Knie in den Rücken, schlingt ihm von hinten den rechten Arm um den Hals, so daß der Handknöchel gegen die Halsschlagader gepreßt wird. Dann wirft es sich mit seinem ganzen Gewicht hintenüber. Es ist ein guter Griff, und dazu kann der Mann keine Luft bekommen. Das ist der »Starke Arm«.

Der Mann leistet Widerstand, ist aber schon hilflos im wahrsten Sinne des Wortes. Die Jungens fahren von allen Seiten auf ihn los, klammern sich ihm an Arme, Beine und Körper, und das »Barbierlamm« hängt fest wie ein Wolf, der einen Elch an der Kehle gepackt hat und ihn hintenüberzieht. Der Mann fällt, und die ganze Bande stürzt sich über ihn. Das »Barbierlamm« ändert die Stellung, läßt aber nicht einen Augenblick los. Während einige Jungens ihm die Taschen durchsuchen, halten andre ihm die Beine fest, damit er nicht um sich treten kann. Sie verbessern ihre Situation noch, indem sie ihm die Schuhe ausziehen. Der Mann hat jetzt Luft bekommen. Er röchelt, als wäre er am Erstikken, und die Jungens beeilen sich. Sie haben nicht die Absicht, ihn zu töten. Jetzt sind sie fertig. Auf ein Kommando lassen sie alle auf einmal los und zerstreuen sich, einer nimmt die Schuhe mit, denn er weiß eine Stelle, wo er einen halben Dollar dafür kriegt. Der Mann setzt sich auf und sieht sich um, verwirrt und hilflos. Selbst wenn er wollte, wäre es hoffnungslos, in der Dunkelheit und auf Strümpfen eine Verfolgung zu versuchen. Ich bleibe einen Augenblick zurück und sehe, was er macht. Er betastet seine Kehle, stößt einige trockene Töne aus, räuspert sich, wackelt auf höchst merkwürdige Weise mit dem Kopfe, wie um sich zu überzeugen, ob der Hals nicht ausgerenkt ist. Aber nun laufe ich selber weg, bin bald wieder bei der Bande und sehe nichts mehr von dem Mann – obgleich ich ihn immer vor mir sehen werde, wie er dasitzt im Schein der Sterne, verwirrt, ein bißchen erschrocken, furchtbar zerzaust, und Kopf und Hals mit seltsamen kleinen Rucken bewegt.

Namentlich Betrunkene sind ein gefundenes Fressen für Vagabundenlämmer, und nach ihnen halten sie stets Ausschau. Betrunkene sind ihre besondere Beute, wie die Fliege die besondere Beute der Spinne ist. Es ist oft amüsant zu sehen, wie sie mit einem Betrunkenen umspringen, besonders wenn er hilflos ist und niemand ihnen ihre Beute streitig machen kann. Beim ersten Angriff gehen sein Geld und seine andern Kostbarkeiten flöten. Dann setzen sich die Jungens in einem Kreise um ihr Opfer wie eine Schar von indianischen Medizinmännern. Ein Junge bekommt plötzlich Appetit auf den Schlips des Mannes. Da geht er hin, und Ärmel und Hosen werden mit dem Messer verkürzt. Zeitweise wird auch ein befreundeter erwachsener Vagabund hinzugerufen; er kann sich Jacke und Hose nehmen, die für die Jungens zu groß sind. Und zuletzt verschwinden sie, und ihre ausrangierten Lumpen liegen in einem Haufen neben dem Betrunkenen. Ein andrer Vorgang taucht in meiner Erinnerung auf. Es ist ein dunkler Abend. Meine Bande kommt den Bürgersteig in einer Vorstadt entlang. Vor uns geht, im Schein der elektrischen Lampe, ein Mann, der gerade die Straße überqueren will. Etwas Vorsichtiges und Tastendes liegt über seinem Gang. Die Jungens wittern gleich Beute. Der Mann ist betrunken. Er wankt auf die andre Seite hinüber, schlägt einen Richtweg über ein unbebautes Grundstück ein und wird vom Dunkel verschlungen. Es ertönt kein Kampfgeschrei, aber die ganze Bande macht sich mit einem Satz an die Verfolgung.

Doch was ist das? Zwischen der Bande und ihrer Beute steht eine Horde seltsamer, knurrender Gestalten, klein, undeutlich und drohend. Es ist eine andre Bande junger Vagabundenlämmer, und in der feindseligen Pause, die jetzt eintritt, erfahren wir, daß der Mann ihre Beute ist, die sie schon ein weites Stück verfolgt hat, und daß wir nichts damit zu tun haben. Aber dies ist die Urzeit selbst.

Diese Wölfe sind Wolfsjunge. (Ich glaube wirklich, daß keiner von ihnen älter als zwölf bis dreizehn Jahre war. Von einigen, die ich später traf, hörte ich, daß sie am selben Tage von jenseits des »Hügels« gekommen und in Denver und Salt Lake City zu Hause waren.) Unsere Bande stürzt vor. Die Wolfsjungen heulen und schreien und schlagen sich wie kleine Teufel. Und rings um den Betrunkenen rast der Kampf um seinen Besitz. Mitten im Handgemenge fällt er zu Boden, und der Kampf wirbelt über seinen gefallenen Körper wie der Kampf zwischen Griechen und Trojanern um Leib und Rüstung eines gefallenen Helden.

Unter Geschrei, Tränen und Klagen werden die Wolfsjungen von der Beute vertrieben, und jetzt nimmt meine Bande den Mann in Behandlung.

Nie aber werde ich den armen Kerl und sein verschwommenes Erstaunen über diese Schlacht vergessen, die so plötzlich hier auf der Baustelle entbrannt war. Ich sehe ihn noch, wie er dasaß, ganz undeutlich in der Dunkelheit, taumelnd in seiner dumpfen Verwunderung, gutmütig versuchend, als Friedensstifter aufzutreten in der großen Prügelei, deren wahre Bedeutung er nicht erfaßte, sehe noch den wirklich gekränkten Ausdruck, als er, das unschuldige Wesen, von so vielen Händen mitten im rasenden Kampfgetümmel gepackt und umgerissen wurde.

»Bündel-Krämer« sind auch eine beliebte Beute für die Vagabundenlämmer. Ein »Bündel-Krämer« ist ein Vagabund, der arbeitet, und der Name kommt von einem Bündel Decken, mit dem er herumläuft. »Bündel-Krämer« arbeiten, wie gesagt, und daher ist anzunehmen, daß sie Kleingeld bei sich haben, auf das die Jungens es abgesehen haben. Das beste Jagdgebiet, wenn es gilt, »Bündel-Krämer« zu finden, sind

Schuppen und Scheunen, Holzplätze, Eisenbahnwerkstätten und dergleichen im Weichbild einer Stadt, und man muß ihn des Nachts fangen, wenn er diese Orte aufsucht, um sich in seine Decken einzupacken und zu schlafen.

»Vergnügungsreisende« sind auch den Übergriffen der Vagabundenlämmer ausgesetzt. »Vergnügungsreisende« sind solche Landstreicher, die, im Gegensatz zum Vagabundenlamm, sich erst als ausgewachsene Männer aufs Vagabundieren gelegt haben. Die nächste Stufe ist der »Komet«, und dann kommt der »Professionelle«. Ich selbst wurde sehr bald aus einem Vagabundenlamm ein »Professioneller«. Kurze Zeit – als ich meine erste Monica »Frisco-Junge« mit einer andern, »Jack Seemann«, vertauschte – stand ich allerdings zuweilen in dem Verdacht, »Vergnügungsreisender« zu sein. Wenn aber die, die mich verdächtigten, meine nähere Bekanntschaft machten, gaben sie sehr bald ihre ungünstige Meinung von mir auf, und in kürzester Zeit hatte ich es so weit gebracht, daß ich nach außen hin ganz als waschechter »Professioneller« auftrat.

Und an dieser Stelle sei gleich gesagt, daß die »Professionellen« die Aristokratie des Schienenstranges bilden. Sie sind die Herren und Meister der andern, die Angreifer, der Uradel.

Als ich aus Nevada über den »Hügel« zurückkam, entdeckte ich, daß irgendein Flußpirat Dinny McCreas Boot gestohlen hatte. (Es ist komisch, aber ich kann mich heute noch nicht entsinnen, was aus der Jolle wurde, in der der Grieche Nickey und ich von Oakland nach Port Costa fuhren. Ich weiß nur, daß der Polizist sie nicht kriegte und daß wir vielleicht mit ihr den Sacramento hinauffuhren, aber das ist auch alles.) Weil Dinny McCreas Boot weg war, mußte ich mich dem Schienenstrang weihen, und als ich Sacramentos müde war, sagte ich der Bande Lebewohl (auf ihre liebenswürdige Art versuchten sie mich von dem Zuge zu schmeißen, mit dem ich die Stadt verließ) und begab mich auf einen Ausflug durch das San-Joaquin-Tal. Der Schienenstrang hatte mich gepackt und ließ mich nicht wieder los, und als ich später zur See gefahren und verschiedene andre Dinge versucht hatte, kehrte ich immer wieder zeitweise zu ihm zurück, um als »Professioneller« zu leben und mich in das Bad des Studiums der Menschen und der Verhältnisse zu stürzen, das mich bis auf die Haut durchnäßte.

General Kellys Armee

Ich hatte einmal das Glück, einige Wochen mit einer Bande zu reisen, die zweitausend Mann zählte. Sie war bekannt unter dem Namen »General Kellys Armee«. Im wilden Westen, ganz in Kalifornien, hatten General Kelly und seine Heldenschar Züge gekapert; als sie aber über den Missouri nach dem lebensmatten Osten kamen, waren sie mit ihrer Weisheit zu Ende. Der Osten hatte nicht die leiseste Absicht, den zweitausend Vagabunden freie Beförderung zuzugestehen. General Kellys Armee lag einige Zeit hilflos vor Council Bluffs. An dem Tage, als ich zu ihr stieß, marschierte sie, durch die Verspätung ganz verbittert, los, um einen Zug zu kapern.

Es war ein imposanter Anblick. General Kelly saß auf einem imposanten schwarzen Schlachtroß, und mit wehenden Fahnen und beim kriegerischen Schall von Trommeln und Pfeifen traten seine zweitausend Landstreicher, eine Kompanie neben der andern, in zwei Divisionen vor ihm an und marschierten dann sieben Meilen auf der Fahrstraße nach dem Städtchen Weston. Als letzter Rekrut befand ich mich im letzten Regiment, in der zweiten Division und in dem letzten Glied des Nachtrabs. In Weston schlug das Heer sein Lager neben dem Gleis oder vielmehr den Gleisen auf, denn es liefen zwei Linien durch Weston: die Chicago–Milwaukee–St.-Paul-Bahn und die Rock-Island-Bahn.

Wir hatten die Absicht, uns des ersten Zuges, der zum Bahnhof hinausfuhr, zu bemächtigen, aber das Eisenbahnpersonal vereitelte sie und trug den Sieg davon. Es gab keinen »ersten Zug«. Man sperrte die beiden Linien und ließ keinen Zug mehr ab. Während wir aber so am toten Gleis lagen, faßten die guten Leute in Omaha und Council Bluffs einen Entschluß. Es wurden Vorbereitungen getroffen, einen Volkshaufen zu mobilisieren, sich eines Zuges in Council Bluffs zu bemächtigen, ihn zu uns herunterzufahren und uns zu schenken. Aber auch das vereitelte das Zugpersonal. Es ließ dem Volkshaufen nicht Zeit, sich zu sammeln. Früh am nächsten Morgen kam eine Lokomotive mit einem einzigen Salonwagen zur Station und fuhr auf ein Seitengleis. Bei diesem Zeichen, daß jetzt wieder Leben in die toten Eisenbahnlinien kam, stellte sich die ganze Armee längs des Gleises auf.

Aber nie ist ein so ungeheuerliches Leben in eine tote Eisenbahn gefahren wie in diese beiden Linien. Im Westen hörten wir eine Lokomotive pfeifen. Sie kam in unserer Richtung ostwärts. Die ganze Reihe traf Vorbereitungen zum Aufspringen. Das Pfeifen klang unheilverkündend und rasend, und der Zug sauste in voller Fahrt vorbei. Der Landstreicher war noch nicht geboren, der bei dieser Fahrt hätte aufspringen können. Da ertönte ein neuer Pfiff, und ein neuer Zug sauste in voller Fahrt vorbei, dann wieder einer und noch einer, Zug auf Zug, Zug auf Zug. Die letzten bestanden aus Personenwagen, Postwagen, Loren, toten Maschinen, Arbeitswagen, Rettungsgeräten und dem ganzen Gerümpel von ausrangiertem und unbrauchbarem Material, das sich an großen Eisenbahnstationen ansammelt. Als der Bahnhof von Council Bluffs vollkommen ausgeräumt war, fuhren der Salonwagen und die Lokomotive nach Osten, und jetzt waren die Linien im Ernst tot. Dieser Tag verging, der nächste ebenfalls; es geschah immer noch nichts, und die ganze Zeit lagen die zweitausend Landstreicher in Dreck, Regen und Hagel an der Strecke. In der folgenden Nacht führten die guten Leute in Council Bluffs aber doch die Eisenbahnbeamten an. Ein Volkshaufen sammelte sich in Council Bluffs und marschierte über den Fluß nach Omaha, wo er auf einen andern Volkshaufen stieß; gemeinsam machten sie jetzt einen Angriff auf die Werkstätten der Union-Pazifik. Zuerst bemächtigten sie sich einer Lokomotive, dann setzten sie einen Zug zusammen und fuhren damit über den Missouri und die Rock-Island-Linie hinab, um ihn uns zu übergeben. Das Eisenbahnpersonal versuchte, das Vorhaben zu verhindern, aber es mißglückte ihm zum unsagbaren Schrecken des Stationsvorstehers und eines Eisenbahnarbeiters, der in Weston die Wache hatte. Diese beiden versuchten, ihren geheimen telegraphischen Anweisungen gemäß, die Schienen aufzureißen und den Zug, der voll von hilfsbereiten Freunden zu uns fuhr, zum Entgleisen zu bringen. Aber wir hatten Verdacht geschöpft und Patrouillen ausgeschickt. Auf frischer Tat ergriffen und von zweitausend wütenden Landstreichern umringt, bereiteten sich die beiden Männer zum Tode vor. Ich weiß nicht mehr, was sie rettete, es sollte denn der Umstand gewesen sein, daß der Zug im selben Augenblick kam.

Jetzt waren wir an der Reihe, eine lange Nase zu bekommen, und das geschah denn auch gehörig. In ihrer Eile hatten die beiden Volkshaufen nicht dafür gesorgt, einen hinreichend langen Zug zu beschaffen. Es war nicht Platz für die zweitausend Landstreicher. Folglich veranstalteten die Pöbelhaufen und die Landstreicher ein großes Palaver, und sie verbrüderten sich, sangen Lieder und schieden voneinander, indem die beiden Volkshaufen mit ihrem Zuge wieder nach Omaha zurückfuhren und die Landstreicher am nächsten Morgen zu dem hundertundvierzig Meilen langen Marsch nach Des Moines aufbrachen. Erst als General

Kellys Armee über den Missouri gekommen war, begann sie zu marschieren, und nun fuhr sie nie wieder. Es kostete die Eisenbahn ein unmenschliches Geld, aber sie tat es aus Prinzip, und sie siegte.
Wie lebendig stehen mir die Städte vor Augen, wenn ich die Karte studiere und unsere Route durch das fette Iowa verfolge!
Und die gastfreien Iowa-Bauern!
Sie kamen mit ihren Wagen und transportierten unser Gepäck; sie hielten warmes Frühstück längs des Weges bereit!
Die Bürgermeister der wohlhabenden Städtchen begrüßten uns mit Ansprachen und taten alles, um unsere Reise zu beschleunigen.
Deputationen von Kindern und jungen Mädchen kamen uns entgegen, und die guten Bürger erschienen zu Hunderten vor ihren Türen, faßten uns unter den Arm und marschierten mit uns durch die Hauptstraßen.
Und jedesmal, wenn wir in eine Stadt kamen, war Zirkustag, und da es viele Städte waren, gab es jeden Tag Zirkus.
Des Abends wogte eine ganze Völkerwanderung in unser Lager. Jede Kompanie hatte ihre Lagerfeuer, und um jedes Feuer war irgend etwas los. Die Köche in meiner Kompanie, Kompanie L, waren die reinen Gesangs- und Tanzkünstler und übernahmen den größten Teil der Unterhaltung. In einem andern Abschnitt des Lagers sang der Gesangverein mehrstimmige Lieder – eine der besten Stimmen besaß der »Zahnarzt«, der der Kompanie L angehörte. Wir waren ungeheuer stolz auf ihn.
Er zog auch der ganzen Armee die Zähne aus, und da das Zahnziehen gewöhnlich während der Mahlzeiten vor sich ging, gab es genügend Abwechslung in den Ereignissen, um unsern Appetit anzuregen. Der Zahnarzt hatte keine Betäubungsmittel, aber zwei oder drei von uns waren immer bereit, zuzupacken und den Patienten festzuhalten.
Außer den künstlerischen Leistungen der Kompanien und des Gesangvereins wurde gewöhnlich Gottesdienst abgehalten – die Ortsgeistlichen traten auf –, und es wurden eine Menge politischer Reden gehalten. Alles das lief nebeneinanderher; es war genug los. Aus zweitausend Landstreichern kann eine Masse Talent herausgepreßt werden.
Ich erinnere mich, daß wir eine ausgesuchte Baseball-Abteilung hatten, und Sonntags pflegten wir die lokalen Klubs gründlich zu erledigen. Zuweilen siegten wir zweimal am Sonntag.
Als ich mich voriges Jahr auf einer Vortragsreise befand, kam ich in meinem Pullman nach Des Moines – ich meine nicht einen »Pullman mit Seitentüren«, sondern einen richtigen Pullman. Vor der Stadt sah ich die alte Gießerei, und das Herz klopfte mir bei ihrem Anblick. Bei dieser Gießerei hatte die Armee haltgemacht und einen gewaltigen Eid geschworen, daß sie wunde Füße hätte und nicht weitermarschieren würde. Wir nahmen die Gießerei in Besitz und erzählten Des Moines,

daß wir gekommen wären, um zu bleiben – daß wir hereinspaziert wären, aber uns lieber hängen lassen wollten, als wieder hinauszuspazieren. Des Moines war gastfrei, aber das war des Guten denn doch zuviel. Mach eine kleine Rechenaufgabe, lieber Leser! Zweitausend Landstreicher, die drei volle Mahlzeiten täglich essen, das macht zweiundvierzigtausend Mahlzeiten in der Woche oder hundertundachtundsechzigtausend Mahlzeiten selbst in den kürzesten Monaten. Das ist doch schon etwas. Wir hatten kein Geld. Des Moines mußte die Kosten tragen.

Des Moines war verzweifelt. Wir lagen in unserm Lager, hielten politische Reden, gaben göttliche Konzerte, zogen Zähne, spielten Baseball und Poker und verzehrten unsere sechstausend Mahlzeiten täglich, und Des Moines mußte für uns bezahlen. Des Moines wandte sich hilfesuchend an die Eisenbahnen, aber die waren unerbittlich. Sie hatten gesagt, daß wir nicht fahren sollten, und dabei blieb es. Wenn sie uns zu fahren erlaubten, würden sie damit ein Beispiel schaffen, und das wollten sie nicht. Und wir aßen weiter – das war es eben, was die Situation so ungemütlich machte. Wir wollten nach Washington, und um Fahrkarten, selbst zu herabgesetzten Preisen, für uns zu kaufen, mußte Des Moines eine kommunale Anleihe aufnehmen; blieben wir aber noch länger, so war die Stadt unter allen Umständen gezwungen, eine Anleihe aufzunehmen, um uns beköstigen zu können.

Da fand ein Lokalgenie die Lösung des Problems. Wir wollten nicht gehen. Schön. So sollten wir befördert werden. An Des Moines vorbei floß der Des Moines River nach Keokuk am Mississippi. Dieser Fluß war dreihundert Meilen lang. Wir könnten auf ihm befördert werden, sagte das Lokalgenie, und wären wir einmal mit schwimmendem Material ausgestattet, so könnten wir uns selbst den Mississippi hinunter nach Ohio und von dort den Ohio hinauf befördern, bis wir schließlich nach einer kurzen Wanderung über die Berge nach Washington kämen. Des Moines veranstaltete eine Sammlung. Bürger, denen das Wohl ihrer Stadt am Herzen lag, beteiligten sich mit mehreren tausend Dollar. Planken, Tauwerk, Nägel und Twist zum Kalfatern wurden in großer Menge gekauft, und an den Ufern des Des Moines wurde eine mächtige neue Ära in der Geschichte des Schiffsbaus eingeleitet.

Des Moines River ist ein elender kleiner Wasserlauf, der zu Unrecht die Bezeichnung »Fluß« führt; im Westen, wo alles so viel größer ist, würde man ihn einfach einen Bach nennen. Die ältesten Einwohner schüttelten den Kopf und sagten, daß wir es nie fertigbringen würden, da es nicht Wasser genug gäbe, um ihn zu befahren. Des Moines zerbrach sich nicht den Kopf, die Stadt wollte uns nur loswerden, und wir waren so gemästet und optimistisch, daß wir uns auch nicht den Kopf zerbrachen.

Am Mittwoch, dem 9. Mai 1894, brachen wir auf. Des Moines war noch verhältnismäßig billig davongekommen, und sicher hat das Lokalgenie, das der Stadt aus der Verlegenheit half, eine Bronzestatue verdient. Allerdings mußte Des Moines unsere Boote bezahlen, wir hatten sechsundsechzigtausend Mahlzeiten in der Gießerei verzehrt, und außerdem holte sich die Intendantur noch zwölftausend Mahlzeiten – wir mußten uns ja gegen eine Hungersnot in der Wüste sichern –, aber was hätte es andererseits für Des Moines bedeutet, wenn wir elf Monate statt elf Tage geblieben wären! Übrigens versprachen wir bei der Abreise, daß wir nach Des Moines zurückkehren würden, wenn sich der Fluß als unbefahrbar erwiese.
Es war selbstverständlich sehr schön, daß die Intendantur zwölftausend Mahlzeiten hatte, und zweifellos ging es den Jungens in der Intendantur großartig, denn die Herren kamen uns andern sehr schnell aus den Augen, und jedenfalls mein Boot sah nie wieder etwas von ihr. Die kompanieweise Einteilung ging bei dieser Flußfahrt hoffnungslos in die Brüche. In jedem Lager ist immer ein gewisser Prozentsatz Faulenzer, Hilfloser, Durchschnittsmenschen und tüchtiger Kerle. In meinem Boot befanden sich zehn Mann, und sie waren die Blüte der Kompanie L. Jeder einzelne von ihnen war ein tüchtiger Kerl. Ich war aus zwei Gründen unter ihnen. Erstens war ich so tüchtig, wie nur irgendein Landstreicher je gewesen, und zweitens war ich »Jack Seemann«. Ich wußte Bescheid mit Booten und allem, was mit Schiffahrt zusammenhängt. Wir zehn vergaßen die andern vierzig Mann, die mit uns zusammen die Kompanie L gebildet hatten, und als wir eine Mahlzeit hatten entbehren müssen, vergaßen wir sofort die Intendantur. Wir waren unabhängig. Wir fuhren für eigene Rechnung den Fluß hinunter, verschafften uns unser eigenes Essen, überholten jedes einzelne Boot der Flotte und – es tut mir leid, es sagen zu müssen – beschlagnahmten zuweilen die Vorräte, die die Bauern für die Armee gesammelt hatten.
Den größten Teil der dreihundert Meilen langen Strecke waren wir dem übrigen Heer durchschnittlich einen halben bis einen ganzen Tag voraus. Wir hatten ein paar amerikanische Flaggen aufgegabelt, und wenn wir uns einem Städtchen näherten oder eine Schar Farmer am Ufer versammelt sahen, hißten wir die Flagge, sagten, daß wir der Vortrab wären, und erkundigten uns, was sie an Lebensmitteln für die Armee gesammelt hatten. Selbstverständlich repräsentierten wir die Armee, und die Vorräte wurden uns übertragen. Aber wir waren nie kleinlich. Wir nahmen nie mehr, als wir mitnehmen konnten. Dagegen nahmen wir das Beste von dem, was da war. Hatte zum Beispiel ein menschenfreundlicher Farmer für mehrere Dollar Tabak gestiftet, so war das unser Fall. Ebenso Butter und Zucker, Kaffee und Konserven; wenn die aufgespeicherten Vorräte jedoch aus Säcken mit Mehl und

Bohnen oder einigen Stück geschlachtetem Vieh bestanden, so besaßen wir die Seelenstärke, sie nicht anzurühren, und fuhren weiter, nachdem wir Order gegeben hatten, daß diese Art Waren den Intendanturbooten abgeliefert werden sollte, die uns folgten.

Wahrhaftig – wir zehn hatten damals gute Tage! Lange suchte General Kelly vergebens, uns anzuhalten. Er schickte uns zwei Ruderer in einem leichten, kiellosen Boot nach, um unsern Seeräubertaten ein Ende zu machen. Sie holten uns auch ein, gewiß, aber sie waren zwei und wir zehn. General Kelly hatte ihnen Vollmacht erteilt, uns gefangenzunehmen, und das sagten sie uns. Als wir uns nicht recht geneigt zeigten, uns gefangennehmen zu lassen, ruderten sie schleunigst nach der nächsten Stadt voraus, um Hilfe bei der Obrigkeit zu suchen. Wir gingen indessen an Land, und obwohl es noch ein wenig früh war, aßen wir zu Abend. Dann fuhren wir im Schutze der Dunkelheit an der Stadt mitsamt ihrer Obrigkeit still vorbei.

Während eines Teiles der Fahrt führte ich Tagebuch, und wenn ich es jetzt lese, so stoße ich immer wieder auf einen Satz: »Lebten großartig.« Und wir lebten wirklich großartig. Wir begnügten uns nicht einmal damit, uns unseren Kaffee mit Wasser zu kochen, sondern bereiteten ihn mit Milch, und das wunderbare Getränk nannten wir »hellen Wiener«. Während wir in dieser Weise voranzogen und während die Intendantur irgendwo weit hinten herumirrte, hungerte die Hauptarmee, die sich zwischen diesen beiden Punkten befand. Es war schlimm für das Heer, das will ich gern einräumen, aber wir zehn waren Einzelgänger. Wir waren ebenso energisch wie unternehmend, und wir hegten die glühende Überzeugung, daß der Proviant für den, der zuerst kam, und der »helle Wiener« für den Stärksten war.

Einmal blieb die Armee zwei ganze Tage ohne Essen, und dann kam sie an ein kleines Dorf mit dreihundert Einwohnern, auf dessen Namen ich mich nicht mehr besinne, obwohl es mir so ist, als ob es Red Rock hieß. Dies Dorf hatte wie alle andern Ortschaften, die die Armee passierte, eine Art Wohlfahrtskomitee ernannt. Nach der Berechnung, daß auf jede Familie fünf Mitglieder kommen, bestand die Bevölkerung von Red Rock aus etwa sechzig Familien. Das Wohlfahrtskomitee erstarrte vollkommen vor Schrecken, als nun zweitausend hungrige Landstreicher hereinbrachen und ihre Boote in zwei bis drei Reihen längs dem Ufer vertäuten. General Kelly war ein gerechter Mann. Er beabsichtigte nicht, hart gegen das Dorf zu verfahren. Er erwartete nicht, daß die sechzig Familien zweitausend Mahlzeiten lieferten. Zudem hatte die Armee ihr Barvermögen. Aber die Wohlfahrtsabgeordneten verloren den Kopf. »Die Eindringlinge nicht ermutigen« lautete ihr Programm, und als General Kelly Nahrungsmittel kaufen wollte, schlugen sie es ab. Sie hätten nichts zu verkaufen. Sie brauchten General Kellys Geld nicht. Da sammelte General Kelly sein Heer. Die Hörner gellten, die Armee verließ die Boote und stellte sich in Schlachtordnung am Ufer auf. Das Komitee konnte nichts tun als zusehen. Die Rede des Generals war kurz und bündig. »Kameraden«, sagte er, »wann habt ihr zuletzt etwas zu essen bekommen?«

»Vorgestern!« riefen sie.

»Seid ihr hungrig?«

Eine so mächtige Zustimmung erscholl aus zweitausend Kehlen, daß die Luft zitterte. Dann wandte sich General Kelly an das Wohlfahrtskomitee. »Meine Herren, Sie sehen selbst, wie die Situation ist. Meine Leute haben seit achtundvierzig Stunden nichts zu essen bekommen. Wenn ich sie loslasse, kann ich nicht für die Folgen einstehen. Sie sind ganz verzweifelt. Ich schlug Ihnen vor, Nahrungsmittel zu verkaufen, aber Sie wollten nicht. Ich ziehe mein Angebot zurück. Statt dessen fordere ich jetzt Essen. Ich lasse Ihnen fünf Minuten, um Ihre Entschlüsse zu fassen. Entweder schlachten Sie sechs Ochsen und geben mir viertausend Rationen, oder ich lasse meine Leute los. In fünf Minuten, meine Herren!«

Die erschrockenen Wohlfahrtsmänner sahen die zweitausend hungrigen Vagabunden an und ergaben sich vollständig. Sie warteten nicht einmal die fünf Minuten ab. Sie wollten nichts riskieren. Das Schlachten des Viehs begann sofort, und die Armee bekam zu essen.

Und immer noch fuhren wir zehn Einzelgänger voraus und sammelten alles ein, dessen wir habhaft werden konnten. Aber General Kelly wurde doch mit uns fertig. Er schickte Reiter beide Ufer entlang, und die warnten Farmer und Städter vor uns. Sie taten ihre Arbeit gründlich, das stimmt. Die früher so gastfreien Bauern bezeigten uns jetzt eisige Kälte. Sie riefen sogar Polizisten, wenn wir am Ufer anlegten, und ließen die Hunde auf uns los. Ich muß es wohl wissen. Zwei von den Hunden packten mich, als sich gerade ein Stacheldrahtzaun zwischen mir und dem Fluß befand. Ich war mit zwei Eimern Milch für den »hellen Wiener« beladen. Dem Zaun tat ich nichts, aber wir mußten Plebejerkaffee mit gewöhnlichem Wasser trinken, und ich mußte mich auf die Suche nach einem Paar neuer Hosen machen. Lieber Leser, ich möchte gern wissen, ob du je versucht hast, in größter Eile mit einem gefüllten Milcheimer in jeder Hand über einen Stacheldrahtzaun zu klettern. Seit jenem Tage hege ich einen tiefen Widerwillen gegen Stacheldraht.

Da wir uns, solange General Kelly die beiden Reiter vor uns herreiten ließ, unmöglich unser Brot auf ehrliche Weise verdienen konnten, kehrten wir zur Armee zurück und machten Revolution.

Es war eine ganz kleine Revolution, aber sie vernichtete doch die Kompanie L der zweiten Division. Der Hauptmann der Kompanie L weigerte sich, uns anzuerkennen; er nannte uns Deserteure, Verräter und Banditen, und als er von der Intendantur Proviant erhielt, wollte er uns nichts abgeben. Der Hauptmann kannte uns nicht, sonst hätte er uns nicht den Proviant vorenthalten. Sofort steckten wir uns hinter den Oberleutnant. Er schloß sich uns mit den zehn Mann an, die er in seinem Boot hatte, und zum Dank ernannten wir ihn zum Hauptmann der Kompanie M. Der Hauptmann der Kompanie L wollte sich das nicht gefallen lassen. General Kelly, Oberst Speed und Oberst Baker wuschen uns den Kopf. Aber wir zwanzig hielten stand, und unsre Revolution wurde anerkannt.

Aber wir kümmerten uns auch jetzt nicht um die Intendantur. Die Tüchtigsten von uns konnten viel bessere Rationen bei den Bauern rings erhalten. Dagegen verließ sich unser neuer Hauptmann nicht recht auf uns. Wenn wir zehn Mann morgens losfuhren, wußte er nie, wann er uns wiedersehen würde; darum schickte er nach einem Grobschmied, um seinen Hauptmannsrang festhämmern zu lassen. In das Achterende unseres Bootes wurde auf jeder Seite ein schwerer Eisenbolzen getrieben. Ebenso wurden am Bug seines Bootes zwei mächtige eiserne Haken angebracht. Dann wurden die Boote dicht aneinandergezogen, so daß wir hinter dem andern lagen. Die Haken wurden durch die Augen der Bolzen getrieben, und da saßen wir denn gut und sicher verankert. Wir konnten nicht loskommen von unserm Hauptmann. Aber wir waren unverbesserlich. Unsere Fesseln selbst wurden für uns das Mittel zu einer unfehlbaren Erfindung, die uns in den Stand setzte, jedes andere Boot in der Flotte nach unserer Pfeife tanzen zu lassen. Wie alle großen Erfindungen war auch diese rein zufällig. Wir machten sie, als wir in einer kleinen Stromschnelle auf einen aufrecht stehenden Baumstamm aufstießen. Das erste Boot saß fest, während sich das hintere in der Strömung herumschwang, wobei das vordere auf dem Baumstamm die Achse bildete. Ich stand am Achterende des hinteren Bootes und steuerte. Wir versuchten vergebens abzukommen. Da gab ich Order, daß die Mannschaft des vorderen Bootes in das hintere klettern sollte. Sofort kam das vordere Boot klar, und die Mannschaft nahm wieder ihre Plätze ein. Von diesem Augenblick an boten uns Baumstämme, Riffe und Bänke keinen Schrecken mehr. Wenn das erste Boot aufstieß, sprang im selben Augenblick die Mannschaft in das zweite hinüber. Natürlich nahm das erste Boot jetzt das Hindernis, und nun saß das zweite fest. Ganz mechanisch sprangen nun die zwanzig Mann, die jetzt in dem zweiten Boot saßen, in das erste, und das zweite kam klar.

Die Boote, die die Armee gebrauchte, waren alle gleich, nach der Elle gemessen und in gleich lange Stücke zugeschnitten. Es war eine Art rechteckiger Flöße. Alle Boote waren sechs Fuß breit, zehn Fuß lang und anderthalb Fuß tief. Waren unsere beiden Boote zusammengekoppelt, so saß ich also als Steuermann im Achterende eines Fahrzeuges, das zwanzig Fuß lang war und zwanzig stramme Landstreicher enthielt, die mit Riemen umzugehen verstanden. Außerdem war das Fahrzeug mit Decken, Kochgeräten und unserer eigenen Privat-Intendantur beladen.

Wir machten General Kelly immer noch Sorge. Er hatte seine Reiter eingezogen und verwendete statt deren drei Polizeiboote, die vorausfuhren und kein anderes Boot vorließen. Das Fahrzeug, das die Kompanie M enthielt, bedrängte die Polizeiboote indessen schwer. Wir hätten leicht vorbeikommen können, aber das wäre gegen die Vorschrift gewesen. Darum hielten wir uns in ehrerbietigem Abstand und warteten. Wir wußten, daß vor uns jungfräuliches, nicht gebrandschatztes, gastfreies Bauernland lag, aber wir warteten. Schäumendes Wasser war alles, was wir brauchten, und als wir eine Biegung des Flusses passierten und ein Wasserfall voraus auftauchte, wußten wir, was geschehen würde. Klatsch! Polizeiboot Nummer 1 rennt gegen eine Klippe und sitzt fest. Krach! Polizeiboot Nummer 2 macht es ebenso. Wupp! Polizeiboot Nummer 3 teilt das Schicksal der andern. Selbstverständlich tut unser Boot dasselbe, aber eins, zwei, drei sind die Leute aus dem ersten Boot im zweiten; eins, zwei, drei sind alle vorn, und wir fahren weiter. »Halt! Ihr verdammten Kerle!« schreien die Polizeiboote. »Wie sollen wir das machen? Schimpft lieber auf den verdammten Fluß!« jammern wir im Vorbeifahren, von der unbarmherzigen Strömung erfaßt, die uns mitreißt und entführt, weit fort, außer Sehweite und in das gastfreie Bauernland, das unsere Intendantur mit den Erstlingen der aufgespeicherten Vorräte versorgt. Und wieder trinken wir »hellen Wiener« und sagen uns, daß der Proviant für den bestimmt ist, der zuerst zur Stelle ist.

Armer General Kelly! Er machte einen neuen Versuch. Die ganze Flotte setzte sich in Bewegung, und wir mußten warten. Kompanie M fuhr ihrer Stellung im Heere gemäß ab, das heißt als letzte. Aber es dauerte nur einen Tag, und wir hatten den gut ausgedachten Plan zuschanden gemacht. Zwischen uns und dem nächsten fahrbaren Stück lag eine Strecke von fünfundzwanzig Meilen – lauter Stromschnellen, Sandbänke, Riffe und Klippen. Diese Strecke war es, über die die ältesten Einwohner von Des Moines die Köpfe geschüttelt hatten. Fast zweihundert Boote erreichten sie vor uns und stauten sich hier auf die merkwürdigste Weise. Wir gingen durch die gescheiterte Flotte wie der Schierling durchs Feuer. Man konnte den Klippen, Riffen und Baumstämmen nicht entgehen, wenn man nicht landete. Auch wir entgingen ihnen nicht. Wir gingen geradewegs über sie hinweg, eins, zwei, drei, eins, zwei, drei, erstes Boot, zweites Boot, erstes Boot, zweites Boot, alle Mann nach hinten, nach vorn und wieder nach hinten. In dieser Nacht waren wir allein im Lager, und wir blieben den ganzen nächsten Tag dort liegen und sahen zu, wie die Armee ihre beschädigten Boote flickte und eins nach dem andern ankam.

Unser Hohn kannte keine Grenzen. Wir takelten einen Mast auf, versahen ihn mit Segeln (das heißt Decken) und machten ganz kurze Tagesreisen, während das Heer sich Tag und Nacht abrackerte, um uns nur im Auge zu behalten. Da nahm General Kelly seine Zuflucht zur Diplomatie. Auf dieser Strecke konnte uns kein Boot einholen. Wir waren ohne Vergleich die hitzigste Kompanie, die je den Des Moines River befahren hatte. Waren wir seinerzeit in Acht und Bann getan, so wurde der Bann jetzt gehoben. Oberst Speed wurde an Bord geschickt, und mit diesem hohen Offizier hatten wir nun die Ehre, die ersten zu sein, die Keokuk am Mississippi erreichten. Und alles, was recht ist: General Kelly und Oberst Speed, hier meine Hand! Ihr wart beide Helden, ihr wart Männer. Und ich bedaure wenigstens zehn Prozent der Sorgen, die das erste Boot der Kompanie M euch machte.

Bei Keokuk wurden alle Boote zu einem riesigen Floß zusammengekoppelt, und nachdem wir eines Sturmes wegen einen Tag lang dort festgelegen hatten, nahm uns ein Dampfer in Schlepp und brachte uns den Mississippi abwärts nach Quincy (Illinois), wo wir auf Goose Island an der andern Seite des Flusses unser Lager aufschlugen. Hier wurde die Idee mit dem Floß aufgegeben, die Boote wurden in Gruppen zu je fünf verbunden und überdeckt. Einer erzählte mir, daß Quincy die reichste Stadt ihrer Größe in den Vereinigten Staaten sei. Als ich das hörte, wurde ich sogleich von einem unwiderstehlichen Drang ergriffen, mein Glück zu versuchen. Keinem echten Vagabunden konnte es einfallen, eine so vielversprechende Stadt unbehelligt zu lassen. Ich setzte in einem Kanu über den Fluß nach Quincy, kam aber mit einem großen Flußboot zurück, das fast bis zur Reling im Wasser lag, so beladen war es mit allem, was wir »verdient« hatten. Selbstverständlich behielt ich selbst alles Geld, das ich bekommen hatte, wenn ich auch die Bootsmiete bezahlte, und nahm mir zudem alles, was ich an Unterwäsche, Socken, gebrauchtem Zeug, Hemden, Mützen und Hüten verwenden konnte, und als die Kompanie M alles genommen hatte, nach dem sie Verlangen trug, blieb immer noch ein sehr ansehnlicher Haufen übrig, der der Kompanie L überlassen wurde. Ach, ich war jung und verschwenderisch in jenen Tagen! Ich erzählte den guten Leuten in Quincy »Geschichten« zu Tausenden, und jede Geschichte war gut, aber seit ich angefangen habe, für Zeitschriften zu schreiben, habe ich oft mit Bedauern an den Reichtum von Geschichten, an die Fruchtbarkeit meiner Phantasie gedacht, die ich damals in Quincy verschwendete.

In Hannibal (Missouri) trennten sich die zehn »Unüberwindlichen«. Nicht etwa nach einem bestimmten Plan. Jeder ging einfach seines Weges. Der Kesselmacher und ich desertierten heimlich. Am selben Tage verschwanden Scotty und Davy, und auch McAvoy und Fish glückte es, unbemerkt zu verschwinden. Das waren sechs von den zehn. Was aus den vier andern wurde, weiß ich nicht. Als Probe des Vagabundenlebens will ich hier folgende Zitate aus meinem Tagebuch anführen. Es sind die Aufzeichnungen von den nächsten Tagen nach meiner Fahnenflucht:

»Freitag, den 25. Mai. Der Kesselmacher und ich verließen das Lager auf der Insel. Wir setzten in einer Jolle nach Illinois über und gingen sechs Meilen an der C. B. & Q. entlang nach Fell Creek. Wir waren sechs Meilen weit von unserm Wege abgekommen, erwischten aber eine Draisine und fuhren sechs Meilen nach Hull bei Wabash. Während wir uns noch dort aufhielten, trafen wir McAvoy, Fish, Scotty und Davy, die auch ausgerissen waren.

Sonnabend, den 26. Mai. Um 2 Uhr 11 erwischten wir die ›Kanonenkugel‹, als sie bei der Überführung losdampfte. Scotty und Davy wurden geschmissen. Wir vier andern wurden bei Bluffs, vierzig Meilen weiter, geschmissen. Am Nachmittage fanden Fish und McAvoy einen Güterzug, während der Kesselmacher und ich versuchten, etwas Essen für die Reise zu ergattern.

Sonntag, den 27. Mai. 3 Uhr 21 morgens kriegten wir die ›Kanonenkugel‹ und trafen Scotty und Davy auf dem Blinden. Bei Tagesanbruch wurden wir alle in Jacksonville geschmissen. Hier führt die C. & A. hindurch, und wir wollen sehen, sie zu erwischen. Der Kesselmacher ging fort und kam nicht wieder. Ich denke mir, daß er einen Güterzug gefunden hat.

Montag, den 28. Mai. Der Kesselmacher hat sich nicht wieder gezeigt. Scotty und Davy gingen fort, um sich irgendwo Nachtlogis zu verschaffen, und kamen nicht rechtzeitig zum K.-C.-Personenzug um 3 Uhr 30 zurück. Ich enterte ihn und fuhr damit bis nach Sonnenaufgang nach Masson City, 25000 Einwohner. Erwischte einen Viehzug und fuhr die ganze Nacht.

Dienstag, den 29. Mai. 7 Uhr morgens Ankunft in Chicago . . .«

Und mehrere Jahre später mußte ich zu meinem Kummer in China erfahren, daß der Trick, den wir uns erdacht hatten, um die Stromschnellen auf dem Des Moines zu nehmen – die Idee mit eins, zwei, eins, zwei, erstes Boot, zweites Boot –, gar nicht neu war. Ich erfuhr, daß chinesische Flußschiffer seit Jahrtausenden ein ähnliches System anwandten, um über »schlechtes Wasser« zu kommen. Aber es war doch ein ausgezeichneter Einfall, wenn wir auch nicht die Ehre der Erfindung hatten.

Der Polizist

Verschwände der Vagabund plötzlich aus den Vereinigten Staaten, so würde in vielen Familien des Landes große Not herrschen. Der Vagabund ermöglicht es Tausenden, ihr Brot auf ehrliche Weise zu verdienen und ihre Kinder zu gottesfürchtigen, arbeitsamen Mitbürgern zu erziehen. Davon kann ich ein Lied singen! Es gab eine Zeit, da mein Vater Polizist war und Vagabunden jagte, um sich auf diese Weise sein Brot zu verdienen. Der Staat bezahlte ihm soundso viel für jeden Landstreicher, den er fing, und wenn ich nicht irre, wurde er auch nach Meilen bezahlt. Es war stets ein schweres Problem in unserm Haushalt, wie wir mit dem Geld auskommen sollten, ob wir uns viel oder wenig Fleisch, ein Paar neue Schuhe, den gewünschten Tagesausflug oder den in der Schule gebrauchten Leitfaden leisten konnten; das alles hing davon ab, ob mein Vater auf diesen Jagden Glück hatte. Oh, ich erinnere mich gut des unterdrückten Eifers und der Spannung, mit denen ich allmorgendlich darauf wartete, das Ergebnis seiner Mühe in der vergangenen Nacht zu hören – wieviel Vagabunden er gefangen hatte und wie die Aussichten für ihre Verurteilung standen. Daher kam es, daß mir später, wenn ich als Vagabund das Glück hatte, einen Polizisten, der auf Raub aus war, anzuführen, immer ganz unwillkürlich die kleinen Jungen und Mädchen im Hause des Polizisten leid taten; mir war, als brächte ich diese kleinen Jungen und Mädchen um einige Güter des Lebens.

Aber so ist es nun einmal. Der Landstreicher trotzt der Gesellschaft, und die Kettenhunde der Gesellschaft leben von ihm. Es gibt Landstreicher, die Wert darauf legen, von den Kettenhunden eingefangen zu werden – namentlich im Winter. Selbstverständlich wählen nun diese Landstreicher solche Gemeinden, wo die Gefängnisse »angenehm« sind, wo nicht gearbeitet werden muß und wo es ordentliches Essen gibt. Ferner gab es – und gibt es aller Wahrscheinlichkeit nach noch – Polizisten, die ihren Verdienst mit den eingefangenen Landstreichern teilen. Ein solcher Polizist braucht nicht zu jagen. Er pfeift, und das Wild kommt geradewegs zu ihm. Es ist erstaunlich, wieviel Geld an elenden, zerlumpten Vagabunden zu verdienen ist. In allen südlichen Staaten gibt es – oder gab es jedenfalls in meinen Landstreichertagen

– Gefangenenlager und Plantagen, wo die Farmer die Zeit der verurteilten Landstreicher kaufen und wo die Landstreicher einfach arbeiten müssen. Dann gibt es Plätze, wie die Steinbrüche in Rutland (Vermont), wo der Landstreicher ausgenützt wird, indem die unverdiente Lebenskraft, die er durch das Fechten auf den Straßen und an den Türen in sich aufgespeichert hat, zugunsten dieser besonderen Gemeinde aus ihm ausgesogen wird.

Nun weiß ich zwar nichts von den Steinbrüchen in Rutland. Wie glücklich bin ich, wenn ich bedenke, daß nicht wenig gefehlt hätte, und ich wäre hingekommen. So etwas pflegt unter Vagabunden von Mund zu Mund zu gehen, und ich hörte zum ersten Male von den Steinbrüchen, als ich in Indiana war. Als ich aber nach Neuengland kam, hörte ich noch mehr davon, und zwar immer wie von einer drohenden Gefahr. »Sie brauchen Leute in den Steinbrüchen«, sagten die Landstreicher, die ich unterwegs traf, »und sie geben einem nie weniger als drei Monate.« Als ich nach Newhampshire kam, war ich ziemlich nervös wegen dieser Steinbrüche, und ich war so vorsichtig wie noch nie und hielt mich in gemessenem Abstand von Eisenbahnbeamten und Polizisten.

Eines Abends fand ich auf dem Bahngelände in Concord einen abfahrbereiten Güterzug. Ich entdeckte einen leeren Wagen, öffnete die Seitentüren und kletterte hinein. Ich hoffte, gegen Morgen nach White River zu kommen; das lag in Vermont und kaum tausend Meilen von Rutland. Dann aber wurde, je weiter ich mich nordwärts arbeitete, die Entfernung zwischen mir und dem gefährlichen Punkt immer größer. Im Wagen traf ich einen »Vergnügungsreisenden«, der furchtbar erschrak, als er mich kommen hörte. Er hielt mich für einen Bremser, und als er merkte, daß ich auch nur ein Landstreicher war, begann er von den Steinbrüchen in Rutland zu reden und sagte, daß er ihretwegen so erschrocken sei. Er war ein junger Bursche vom Lande, der bisher nur auf Lokalbahnen gereist war. Der Zug setzte sich in Bewegung, wir legten uns an das eine Ende des Wagens und schliefen ein. Zwei bis drei Stunden später hielt der Zug, und ich erwachte dadurch, daß die Tür auf der rechten Seite des Wagens ganz vorsichtig aufging. Der »Vergnügungsreisende« schlief weiter. Ich rührte mich nicht, sondern lag mit geschlossenen Augen da und spähte nur durch einen schmalen, von den Augenbrauen überschatteten Spalt. Eine Laterne wurde schnell durch die Türspalte hereingehalten, und dahinter erschien der Kopf eines Bremsers. Er bemerkte uns und betrachtete uns einen Augenblick. Ich war darauf vorbereitet, daß er fluchen oder das übliche »Raus mit euch, ihr verfluchten Kröten!« sagen würde, statt dessen zog er aber die Laterne zurück und schob die Tür ungeheuer vorsichtig zu. Das fiel mir als äußerst merkwürdig und verdächtig auf. Ich lauschte und hörte, wie er leise den Riegel vorschob. Jetzt war die Tür von außen verschlossen. Wir konnten sie nicht von innen öffnen. Der eine der beiden Ausgänge, die wir bei plötzlicher Flucht aus dem Wagen benutzen konnten, war versperrt. Das durfte nicht sein. Ich wartete ein paar Sekunden, schlich mich dann an die Tür auf der linken Seite und untersuchte sie. Sie war noch nicht verschlossen. Ich öffnete sie, sprang auf den Boden und schloß die Tür wieder hinter mir. Dann kletterte ich über die Puffer auf die andre Seite des Zuges, schob den Riegel wieder auf, kletterte hinein und schloß die Tür hinter mir. Jetzt waren beide Ausgänge wieder benutzbar. Der »Vergnügungsreisende« schlief immer noch.

Dann setzte sich der Zug in Bewegung. Wir erreichten die nächste Station. Ich hörte Fußtritte im Kies. Dann wurde die Tür auf der linken Seite mit großem Lärm geöffnet. Der »Vergnügungsreisende« erwachte; ich tat auch, als ob ich erwachte, und wir erhoben uns und starrten den Bremser und seine Laterne an. Er verlor keine Zeit, sondern begann gleich von Geschäften zu reden.

»Ich will drei Dollar haben«, sagte er.

Wir sprangen auf und kamen näher zu ihm, um die Angelegenheit zu erörtern. Wir erklärten unsere grenzenlose opferwillige Bereitschaft, ihm die drei Dollar zu geben, setzten aber gleichzeitig auseinander, daß unsere Situation es uns ganz unmöglich mache, unseren Wünschen entsprechend zu handeln. Der Bremser war ungläubig. Er handelte mit uns. Er wollte sich mit zwei Dollar begnügen. Wir bedauerten, so unsäglich arm zu sein. Er sagte uns wenig schmeichelhafte Dinge, nannte uns Kröten und verfluchte uns in die Hölle. Dann begann er zu drohen. Er erklärte, wenn wir nicht mit dem Draht herausrückten, würde er uns einsperren, mit nach White River nehmen und uns dort den Behörden übergeben. Er gab uns auch eine umständliche Beschreibung von den Steinbrüchen in Rutland.

Jetzt glaubte der Bremser, er hätte uns todsicher. Bewachte er etwa nicht die eine Tür, und hatte er nicht die andre vor ein paar Minuten verriegelt? Als die Rede auf die Steinbrüche kam, versuchte sich der erschrockene »Vergnügungsreisende« seitwärts zu der andern Tür zu stehlen. Der Bremser lachte lange und herzlich. »Nicht so schnell, Kamerad«, sagte er. »Als der Zug das letztemal hielt, hab' ich die Tür von außen verriegelt.« Er glaubte selbst so fest, daß die Tür verschlossen war, daß es vollkommen überzeugend klang; der »Vergnügungsreisende« glaubte ihm und war ganz verzweifelt.

Der Bremser stellte sein Ultimatum. Entweder gaben wir ihm die zwei Dollar, oder er schloß uns ein und übergab uns dem Polizisten in White River, und das bedeutete drei Monate Steinbrüche. Gesetzt, lieber Leser, die andre Tür wäre wirklich verriegelt gewesen! Da siehst du die

Unsicherheit des menschlichen Lebens! Weil ich den einen Dollar nicht hatte, sollte ich in die Steinbrüche geschickt werden und drei Monate als Sträfling arbeiten. Und der »Vergnügungsreisende« auch. Laß mich einmal ganz aus dem Spiel und denke nur an den »Vergnügungsreisenden«. Wenn er nach den drei Monaten herausgekommen wäre, würde ihm vielleicht gar nichts anderes übriggeblieben sein, als die Verbrecherlaufbahn einzuschlagen. Und dann hätte er dir vielleicht bei dem Versuch, sich des Geldes, das du in der Tasche hattest, zu bemächtigen, den Schädel eingeschlagen, nicht wahr? Und wenn nicht gerade dir, dann vielleicht irgendeinem andern armen, unschuldigen Geschöpf.
Aber die Tür war nicht verriegelt, und das wußte nur ich allein. Der »Vergnügungsreisende« und ich flehten um Gnade. Ich bettelte und jammerte mit, wohl zumeist, um den Bremser zu necken. Und ich tat es, so gut ich konnte. Ich erzählte eine Geschichte, die das härteste Herz erweicht haben würde, nicht aber das dieses dreckigen, geldgierigen Bremsers. Als er sich schließlich überzeugt hatte, daß wir kein Geld hatten, schob er die Tür zu und legte den Riegel vor.
Dann blieb er noch einen Augenblick draußen stehen für den Fall, daß wir ihn angeführt hätten und ihm jetzt die zwei Dollar bieten würden.
Aber da legte ich los. Ich nannte ihn eine Kröte. Ich gab ihm alle die andern Namen, die er mir gegeben hatte, und noch einige dazu. Ich kam aus dem Westen, wo man besonders tüchtig im Fluchen ist, und ein räudiger Bremser auf einer lausigen Kleinbahn in Neuengland sollte mich nicht übertreffen an Kraft und Reichhaltigkeit der Sprache! Anfangs versuchte der Bremser darüber zu lachen. Dann beging er den Fehler, daß er antworten wollte. Jetzt legte ich noch kräftiger los. Ich schnitt Riemen aus seiner Haut und rieb ihm flammende, geflügelte Beinamen ins Fleisch. Und dieser großartige Wutanfall war auch nicht nur Laune und Literatur; ich war schrecklich erbittert auf diesen niederträchtigen Menschen, der mich, weil ich keinen Dollar hatte, dreimonatiger Sklaverei ausliefern wollte. Ferner hegte ich einen geheimen Verdacht, daß er einen Anteil vom Verdienst des Polizisten bekam. Aber ich sagte ihm gehörig die Meinung. Ich zerfleischte sein Selbstgefühl und seinen Stolz, daß sie für mehrere Dollar im Werte sanken. Er versuchte mich mit der Drohung einzuschüchtern, daß er hereinkommen und mir die Eingeweide aus dem Leibe treten würde. Dafür sagte ich, daß ich ihm einen Tritt ins Gesicht versetzen würde, wenn er hereinklettere. In diesem Falle befand sich der Vorteil durchaus auf meiner Seite, und das sah er auch ein. Daher hielt er die Tür verschlossen und rief das übrige Zugpersonal zu Hilfe. Ich konnte hören, wie sie antworteten und wie der Kies unter ihren Füßen knirschte, als sie angelaufen kamen. Und dabei war die andre Tür gar nicht verschlossen; aber das

wußten sie nicht, und der »Vergnügungsreisende« starb beinahe vor Angst.

Oh, ich war ein großer Held – mit meiner Rückzugslinie gerade hinter mir. Ich schimpfte auf den Bremser und seine Kameraden, bis sie die Tür aufrissen und ich im Schein der Laterne ihre erbitterten Gesichter sehen konnte. In ihren Augen war die Sache ungeheuer einfach. Sie hatten uns in der Falle, und jetzt wollten sie heraufkommen und uns verprügeln. Sie kletterten herauf. Ich trat keinem ins Gesicht. Ich riß die Tür gegenüber auf, und der »Vergnügungsreisende« und ich verdufteten. Das Zugpersonal setzte uns nach.

Wenn ich mich recht entsinne, sprangen wir über eine eiserne Einfriedigung. Aber eines weiß ich noch ganz deutlich, nämlich, wo wir uns befanden. In der Dunkelheit fiel ich über einen Grabstein. Der »Vergnügungsreisende« taumelte gegen einen andern Grabstein. Und dann liefen wir, wie wir noch nie gelaufen waren, über den Kirchhof. Die Geister müssen sich gedacht haben: Die können aber laufen! Und das dachte das Zugpersonal offenbar auch, denn als wir zum Kirchhof herauskamen und quer über den Weg in einen dunklen Wald liefen, gaben sie die Verfolgung auf und kehrten zu ihrem Zuge zurück. Als die Nacht etwas vorgeschritten war, befanden wir uns bei einem Brunnen in der Nähe einer Farm. Wir wollten Wasser haben, bemerkten aber einen kleinen Strick, der an der einen Seite des Brunnens herabhing. Wir zogen ihn herauf und fanden an seinem Ende einen Eimer Sahne. Und näher bin ich den Steinbrüchen in Rutland nicht gewesen.

Wenn die Landstreicher die Parole ausgeben, daß die Polizisten in der und der Stadt »feindlich« sind, so muß man die Stadt meiden oder, wenn man sie doch passieren muß, verdammt vorsichtig sein. Eine solche Stadt war Cheyenne an der Union-Pazifik-Linie. Sie war im ganzen Lande dafür bekannt, daß sie »feindlich« war, und diesen Ruf verdankte sie einer einzigen Persönlichkeit, die, wenn ich nicht irre, Jeff Carr hieß. Sobald Jeff Carr einen Landstreicher erblickte, wußte er Bescheid. Er ließ sich nie auf eine Unterhaltung ein. In einem Augenblick sah er sich den Landstreicher an, und im nächsten langte er aus, mit beiden Händen, mit seinem Stab oder was er gerade zur Hand hatte. Und wenn der Landstreicher seine Prügel weg hatte, wurde er aus der Stadt geschickt mit dem Versprechen, daß es ihm noch schlimmer ergehen würde, wenn er sich je wieder sehen ließe. Jeff Carr verstand sein Geschäft. Im Norden, Süden, Osten und Westen, bis an die Grenzen der Vereinigten Staaten erzählten verprügelte Landstreicher, wie »feindlich« Cheyenne war. Ich habe Jeff Carr glücklicherweise nie getroffen. Ich passierte Cheyenne in einem Schneesturm. Damals waren wir vierundachtzig Landstreicher. Wegen unserer Anzahl war uns das meiste ziemlich gleichgültig, nur Jeff Carr nicht. Schon der Name Jeff

Carr lähmte unsere Einbildungskraft und erstickte unsern Mut, und die ganze Bande hatte eine Todesangst, ihn zu treffen.

Es lohnt sich selten, stehenzubleiben und sich mit einem Polizisten auf Erklärungen einzulassen, wenn er »feindlich« aussieht. Dann heißt es nur dafür sorgen, so schnell wie möglich wegzukommen. Es dauerte einige Zeit, bis ich das gelernt hatte, aber ein Polizist in New York gab meiner Erziehung in dieser Hinsicht den letzten Schliff. Seitdem fange ich ganz mechanisch zu laufen an, wenn ich einen Polizisten nach mir auslangen sehe. Dieser ganz mechanische Vorgang ist eine der Haupttriebfedern meines Wesens geworden, und sie ist stets aufgezogen und zu sofortiger Funktion bereit. Ich werde das nie überwinden. Und wenn ich achtzig Jahre alt würde und auf Krücken über die Straße humpelte, so weiß ich: In dem Augenblick, wenn ein Polizist die Hand nach mir ausstreckte, würde ich die Krücken wegwerfen und laufen wie ein Hirsch.

Was meiner Erziehung in bezug auf Polizisten noch fehlte, wurde mir, wie gesagt, an einem warmen Sommernachmittage in New York beigebracht. Die ganze Woche war es glühend heiß gewesen. Ich hatte mir angewöhnt, vormittags loszugehen und das tägliche Brot zu erfechten und den Nachmittag in einem kleinen Park zu verbringen, der in der Nähe des Zeitungsviertels und des Rathauses liegt. Hierherum konnte man auf der Karre neue Bücher (die beim Druck oder Einbinden beschädigt waren) für wenige Cent das Stück kaufen. Dann gab es mitten im Park selbst kleine Buden, wo man herrliche eiskalte, sterilisierte Milch und Buttermilch für zwei Cent das Glas bekommen konnte. Jeden Nachmittag setzte ich mich auf eine Bank, las und schwelgte in Milch. Jeden Nachmittag verdrückte ich fünf bis zehn Glas Milch. Es war schrecklich heiß. Ich war nur ein demütiger, wißbegieriger, milchtrinkender Landstreicher, und wie erging es mir dafür? Eines Nachmittags wollte ich den Park mit einem eben gekauften Buch unterm Arm und dem fürchterlichsten Buttermilchdurst unterm Hemd betreten. Mitten auf der Straße vor dem Rathause war ein Auflauf, genau an der Stelle, wo ich über die Straße mußte, um zur Buttermilchbude zu kommen. Ich blieb daher stehen, um zu sehen, was los sei. Anfangs konnte ich nichts sehen. Dann konnte ich aus dem Geräusch, das ich hörte, und einem Schimmer, den ich hin und wieder sah, erkennen, daß es eine Schar Straßenjungen war, die Murmeln spielte. Nun ist das Murmelnspielen auf den Straßen von New York nicht erlaubt. Das wußte ich nicht, sollte es aber bald erfahren. Ich stand vielleicht eine halbe Minute, als ich einen Jungen »Polizei!« schreien hörte. Die Jungen wußten, was sie zu tun hatten. Sie liefen. Ich tat es nicht.

Die Volksmenge verlief sich sofort und begab sich auf den Bürgersteig zu beiden Seiten der Straße. Ich ging auf den Bürgersteig nach der

Parkseite zu. Ungefähr fünfzig Menschen, die sich in dem Schwarm befunden hatten, bewegten sich in derselben Richtung. Wir waren ziemlich weit verstreut. Ich sah mir den Polizisten an, einen großen starken Burschen in grauem Zeug. Er kam in der Mitte der Straße angeschlendert, scheinbar ohne die geringste Eile zu haben. Ganz zufällig bemerkte ich, daß er den Kurs änderte und schräg auf den Bürgersteig zusteuerte, dem auch ich gerade zustrebte. Er schlenderte ruhig durch den Schwarm, und ich merkte, daß sein Kurs den meinen schneiden mußte. Ich hatte ein reines Gewissen, und obwohl ich sonst gut mit Polizisten Bescheid wußte, war ich durchaus nicht bange. Ich ließ mir nicht träumen, daß der Polizist es auf mich abgesehen hatte. Aber weil ich so von Respekt vor dem Gesetz erfüllt war, war ich gewissermaßen darauf vorbereitet, im nächsten Augenblick stehenzubleiben und ihn vorbeizulassen. Und ich blieb auch ganz richtig stehen. Da geschah es! Ohne eine Warnung hatte der Polizist mich plötzlich mit beiden Händen bei der Brust gepackt, und im selben Augenblick begann er sich in recht unfreundlicher Weise über meine Herkunft auszulassen.

All mein freies amerikanisches Blut begann zu kochen. All meine freiheitliebenden Vorfahren erhoben ihre Stimmen in mir. »Was wünschen Sie?« fragte ich. Seht, ich wollte eine Erklärung haben. Und die bekam ich. Krach! Sein Stab traf meinen Scheitel, und ich taumelte hintenüber wie ein Betrunkener, während sich die neugierigen Gesichter der Zuschauer rings wie die Wogen eines erregten Meeres bewegten und mein teures Buch in den Schmutz fiel. Der Polizist hatte den Stab zu einem neuen Schlage erhoben und ging auf mich los, und in diesem Augenblick, wo mir alles vor den Augen tanzte, hatte ich eine Vision: Ich sah seinen Stab auf meinen Kopf fallen, immer wieder. Ich sah mich selbst blutig, zerschlagen und frech vor dem Polizeigericht, hörte die Anklage wegen Herumtreiberei, unziemlicher Sprache, Widerstandes gegen die Staatsgewalt und einige andere Dinge von einem Schreiber vorlesen und sah mich auf Blackwell Island. O ja, ich wußte Bescheid. Ich verlor alles Interesse an Erklärungen. Ich bückte mich nicht, um mein teures Buch aufzuheben. Ich machte kehrt und lief. Mir war ziemlich schlecht, aber ich lief. Und laufen werde ich bis zu meinem Todestage jedesmal, wenn ein Polizist anfängt, Erklärungen mit seinem Stabe zu erteilen.

Mehrere Jahre später, als ich das Vagabundenleben verlassen hatte und an der California-Universität studierte, war ich eines Abends im Zirkus. Nach der Vorstellung und dem Konzert blieb ich noch da, um zu sehen, wie die Maschinerie, die zu einem großen Zirkus gehört, abtransportiert wurde. Der Zirkus sollte noch am selben Abend weiterreisen, und an einem Feuer traf ich eine Schar kleiner Jungen. Es moch-

ten an zwanzig sein, und aus dem, was sie redeten, merkte ich, daß sie mit dem Zirkus durchgehen wollten. Die Zirkusleute hatten nicht viel Lust, sich mit der ganzen Bande Straßenjungen abzugeben, und ein telefonischer Anruf im Hauptquartier machte ihnen einen Strich durch die Rechnung. Eine Kompanie Polizisten wurde geschickt, um die Jungen zu verhaften unter dem Vorwand, daß jedes Feuer um neun Uhr ausgelöscht sein muß und sie diese Bestimmung übertreten hatten. Die Polizisten umzingelten das Feuer und schlichen sich in der Dunkelheit nahe heran. Auf ein Signal gingen sie drauflos, und jeder Polizist griff zwischen die Jungen wie in einen Korb mit lebenden Aalen.
Nun wußte ich nichts davon, daß die Polizei gerufen war, und als ich plötzlich alle diese Polizisten mit Messingknöpfen und Helmen sah, die nach den Jungen auslangten, schwand alle Kraft und Festigkeit, deren ich mich sonst rühmen kann. Das einzige, was mir einfiel, war, ganz mechanisch zu laufen. Und ich lief. Ich wußte gar nicht, daß ich lief. Ich wußte überhaupt nichts. Es geschah, wie gesagt, ganz mechanisch. Ich hatte gar keine Ursache zu laufen. Ich war kein Landstreicher. Ich war ein ehrenwerter Bürger im Staate, ich war in der Stadt zu Hause. Ich hatte mir nichts zuschulden kommen lassen. Ich war Student. Man hatte sogar angefangen, meinen Namen in den Zeitungen zu nennen, und ich trug gute Kleider, in denen ich nie geschlafen hatte. Und dennoch lief ich – blind, wahnsinnig wie ein gehetztes Wild – ein weites Stück. Und als ich zur Besinnung kam, merkte ich, daß ich immer noch lief. Es bedurfte einer tatsächlichen Willensanspannung, um meine Beine zum Stehen zu bringen.
Nein, ich komme nie darüber hinweg. Ich kann nichts dafür. Wenn ein Polizist nach mir auslangt, laufe ich. Nebenbei bemerkt, habe ich ein ausgerechnetes Pech, ins Gefängnis zu kommen. Seit ich nicht mehr Vagabund bin, war ich häufiger im Gefängnis als damals. Eines Sonntagmorgens mache ich mit einer jungen Dame einen Radausflug. Ehe wir das Weichbild der Stadt erreichen, werden wir verhaftet, weil wir an einem Fußgänger auf dem Bürgersteig vorbeigefahren sind. Ich beschließe, jetzt vorsichtiger zu sein. Als ich das nächste Mal auf dem Rad sitze, ist es Nacht, und meine neue Azetylenlampe brennt nicht. Ich bemühe mich liebevoll um das kleine Flämmchen, behandle es, der Polizeivorschrift wegen, mit der größten Sorgfalt. Ich habe Eile, aber ich fahre wie eine Schnecke, um das schwache Licht nicht auszulöschen. Ich erreiche die Stadtgrenze. Jetzt bin ich außerhalb des Gebietes, wo die Polizeiverordnung gilt, und beginne loszulegen, um die verlorene Zeit wiederzugewinnen. Eine halbe Meile weiter werde ich von einem Polizisten geschnappt, und am nächsten Morgen verscherze ich meine Kaution beim Polizeigericht. Die Stadt hat heimtückisch ihre Grenze weiter hinausgeschoben, und das wußte ich nicht – das war alles. Dann

fällt mir ein, daß ich ein unverletzliches Recht habe, frei zu reden und in aller Friedlichkeit Zuhörer um mich zu sammeln, und ich klettere auf eine Kiste, um mein letztes Steckenpferd, zum Beispiel irgendein wirtschaftliches Problem, zu reiten, und sofort holt mich ein Polizist herunter und bringt mich ins städtische Gefängnis, wo ich gegen Kaution losgelassen werde. Es nützt alles nichts.

In Korea wurde ich seinerzeit so etwa einen Tag um den andern verhaftet. Ebenso in der Mandschurei. Als ich das letztemal in Japan war, brach ich unter dem Vorwand, russischer Spion zu sein, in ein Gefängnis ein. Ich war es nicht, der diesen Vorwand erdachte, aber ich kam doch daraufhin ins Gefängnis. Es ist hoffnungslos. Ich bin vom Schicksal für die Rolle des Gefangenen ausersehen. Dies ist eine Tatsache.

Im Bostoner Volkspark hypnotisierte ich einmal einen Polizisten. Es war Mitternacht, und er hätte mich leicht überwältigen können; aber ehe ich fertig war, hatte er mir einen Vierteldollar und die Adresse einer Gastwirtschaft gegeben, die die ganze Nacht geöffnet war. Und der Polizist in Bristol (New Jersey)! Er fing mich und ließ mich wieder laufen, obwohl der Himmel wissen mag, daß er genügend Ursache hatte, mich ins Gefängnis zu bringen. Ich gab ihm die kräftigste Ohrfeige, die er – darauf möchte ich schwören – in seinem ganzen Leben bekommen hat. Das ging so zu: Um Mitternacht erwischte ich einen Güterzug auf dem Bahnhof von Philadelphia. Der Bremser schmiß mich. Der Zug fuhr ganz langsam durch das Labyrinth von Gleisen und Weichen, das den Güterbahnhof umgab. Ich kriegte ihn wieder und wurde wieder geschmissen. Ihr versteht, ich mußte einen »Außenplatz« ergattern, denn es war ein durchgehender Zug, und alle Türen waren verschlossen und versiegelt.

Als ich das zweitemal geschmissen wurde, hielt mir der Bremser einen richtigen kleinen Vortrag. Er erzählte mir, daß ich das Leben riskierte, daß es ein sehr schnell fahrender Zug wäre. Ich erzählte ihm, daß ich gewohnt sei, sehr schnell zu fahren; aber das half alles nichts. Er sagte, er erlaube mir nicht, Selbstmord zu begehen, und ich wurde wieder geschmissen. Aber ich kriegte den Zug zum dritten Male und kletterte auf die Puffer. Es waren die magersten Puffer, die ich je gesehen hatte – ich meine nicht die richtigen Puffer, die eisernen, die gegeneinanderscheuern und stoßen, sondern die Balken, die wie mächtige Klammern gerade über den eigentlichen Puffern die Enden des Güterwagen verbinden. Wenn man auf den Puffern fährt, steht man mit je einem Fuß auf diesen Klammern, und die Puffer liegen unter einem.

Aber die Balken oder Klammern, auf denen ich mich hier befand, waren nicht die breiten, soliden Balken, wie man sie gewöhnlich an geschlossenen Güterwagen hatte. Im Gegenteil: Sie waren schmal – nicht mehr als anderthalb Zoll breit. Nur eine halbe Fußsohle hatte Platz auf jedem.

Und dazu gab es nichts, woran ich mich mit den Händen halten konnte. Allerdings hatte ich die Enden der beiden Wagen, aber das waren glatte, senkrechte Flächen. Ich konnte nur die Handflächen gegen die Wagen pressen, um einen Halt zu finden. Aber auch das hätte genügt, wenn die Klammern nur einigermaßen breit genug für meine Füße gewesen wären.

Als der Zug Philadelphia verlassen hatte, begann er die Fahrt zu beschleunigen. Da verstand ich, was der Bremser mit Selbstmord gemeint hatte. Der Zug fuhr immer schneller. Es war ein durchgehender Zug, und nichts hielt ihn auf. Auf diesem Teil der Pennsylvania-Bahn laufen vier Gleise nebeneinander, und mein ostwärts gehender Zug brauchte sich also nicht damit aufzuhalten, westwärts fahrende Züge passieren oder sich von Expreßzügen einholen zu lassen. Er hatte ein Gleis für sich und nutzte es aus. Ich befand mich in einer heiklen Lage. Mit jedem Fußrand stand ich auf einem schmalen Vorsprung und preßte verzweifelt die Handflächen gegen die glatten, senkrechten Wagenseiten. Und jeder der beiden Wagen hatte seine eigene Bewegung, auf und ab, hin und her. Habt ihr je einen Zirkusreiter auf zwei Pferden stehen gesehen, die sich in vollem Lauf befinden, je einen Fuß auf dem Rücken eines jeden Pferdes? Dasselbe tat ich eben, aber mit einem gewissen Unterschied. Der Zirkusreiter hat seine Zügel zum Festhalten, ich aber hatte nichts; er steht auf der ganzen Sohle, und ich mußte auf der Kante der meinen stehen; er kann die Beine und den ganzen Körper beugen und so durch die Biegung seines Körpers eine gewisse Stärke erhalten und sich die Stabilität verschaffen, die ein tiefliegender Schwerpunkt zur Folge hat, ich aber mußte ganz gerade und mit ausgestreckten Beinen stehen. Er kann mit vorwärtsgewandtem Gesicht reiten, und ich ritt seitwärts, und endlich kollert er, wenn er fällt, nur auf Sägespäne, während ich von den Rädern zermalmt worden wäre. Und wahrhaftig, der Güterzug fuhr! Er brüllte und heulte, schwang sich wie rasend um die Kurven, ratterte über die Schwellen, wobei der eine Wagen hochhüpfte und der andere niederkrachte oder im selben Augenblick einen Ruck nach rechts bekam, wenn der andere nach links fuhr. Die ganze Zeit stand ich da und betete, daß der Zug halten möchte. Aber er hielt nicht. Er hatte keinen Grund zu halten. Zum ersten, letzten und einzigen Male in meiner Vagabundenzeit bekam ich des Guten zuviel. Ich verließ die Puffer und kam auf eine der eisernen Leitern an der Seite des Zuges. Es war eine gefährliche Arbeit, ich habe nie einen Wagen gesehen, der so sparsam mit Handgriffen und Platz für die Füße versehen war wie die Wagen dieses Zuges.

Da hörte ich die Lokomotive pfeifen und fühlte, wie die Fahrt verlangsamt wurde. Ich wußte, daß der Zug nicht hielt, aber ich war entschlossen, den Versuch zu wagen, wenn er nur ein klein wenig langsamer fuhr. Der Bahndamm machte hier einen Bogen, dann fuhren wir auf einer Brücke über einen Kanal und durch die Stadt Bristol. Diese verschiedenen Umstände veranlaßten zusammen die Herabsetzung der Schnelligkeit. Alles, was ich wußte, war, daß ich hinunter wollte. Ich spannte meine Sinne aufs äußerste an, um trotz der Dunkelheit eine Straßenkreuzung zu erblicken, wo ich abspringen konnte. Ich war ziemlich weit hinten im Zuge, und ehe mein Wagen die Stadt erreichte, war die Lokomotive schon zum Bahnhof hinaus, und ich konnte merken, daß es wieder schneller ging. Da kam die Straße. Es war zu dunkel, um zu sehen, wie breit sie war oder was sich auf der andern Seite befand. Ich wußte, daß ich die ganze Straßenbreite brauchte, wenn ich nach dem Abspringen das Gleichgewicht bewahren wollte. Ich sprang ab. Das klingt einfach.

Mit »Abspringen« meine ich folgendes: Zuerst beugte ich, auf der eisernen Leiter stehend, den Oberkörper in der Fahrtrichtung vor, um mir soviel Raum wie möglich zu verschaffen, damit ich mich bei dem Abspringen genügend zurückschwingen konnte. Dann schwang ich, schwang aus aller Kraft vor und zurück und ließ los, indem ich mich gleichzeitig hintenüberwarf, als ob ich die Absicht hätte, den Nacken auf den Boden zu schleudern. Alles das tat ich, um soviel wie möglich dem Stoß zu begegnen, den die Bewegung des Zuges mir im ersten Augenblick vornüber geben mußte. Als meine Füße den Boden berührten, fuhr mein Körper hintenüber, so daß er einen Winkel von fünfundvierzig Grad bildete. Ich hatte die Vorwärtsbewegung ein wenig abgeschwächt, denn sonst wäre ich gleich vornüber aufs Gesicht gefallen. Statt dessen hob mein Körper sich bis zur Senkrechten und neigte sich dann wieder zurück. Tatsächlich hatte mein Körper immer noch dieselbe Bewegung, während meine Füße durch die Berührung mit dem Boden die ihre verloren hatten. Diese verlorene Bewegung mußte ich meinen Füßen wieder verschaffen, indem ich sie so schnell wie möglich hob und vorwärts trieb, wenn ich meinen sich vorwärts bewegenden Körper auf den Beinen halten wollte. Das Ergebnis war, daß sich meine Füße so schnell wie Trommelschlegel quer über die Straße bewegten. Ich wagte nicht anzuhalten. Hätte ich es getan, so wäre ich vornübergefallen. Ich mußte in Bewegung bleiben.

Ich war ein willenloses Geschoß, und die ganze Zeit fürchtete ich mich davor, was sich auf der andern Seite der Straße befände, und hoffte, daß es keine Steinmauer und kein Telegraphenpfahl wäre. Aber im selben Augenblick stieß ich mit etwas zusammen. Barmherziger Gott! Ich sah es einen Augenblick, ehe das Unglück geschah: Wahrhaftig, es war ein Polizist, der hier in der Dunkelheit stand! Wir stürzten beide und kollerten herum – immer weiter –, aber der automatische Prozeß, der im Augenblick des Zusammenstoßes in dem armen Geschöpf vorging,

war, daß es nach mir auslangte, sich an mich klammerte und nicht loslassen wollte. Wir waren beide ganz verstört, und es war ein lammfrommer Landstreicher, an den er sich klammerte, während er wieder zur Besinnung zu kommen suchte.
Hätte der Polizist auch nur die geringste Phantasie gehabt, so hätte er mich für ein Wesen aus einer andern Welt, für einen soeben angekommenen Marsbewohner halten müssen, denn er hatte mich in der Dunkelheit nicht abspringen sehen. Und das erste, was er mich fragte, war denn auch tatsächlich: »Wo kommst du her?« Seine nächsten Worte, die er sprach, ehe ich Zeit zum Antworten hatte, lauteten: »Ich hätte die größte Lust, dich mit zur Polizei zu nehmen.« Auch das geschah – davon bin ich fest überzeugt – ganz mechanisch. Er war ein gutherziger Mensch, denn nachdem ich ihm die Geschichte erzählt und ihm geholfen hatte, seine Kleider abzubürsten, gab er mir Frist bis zum nächsten Güterzug – aber dann mußte ich auch versprechen zu verschwinden. Ich stellte zwei Bedingungen: Erstens, daß der Zug nach Osten ginge, und zweitens, daß es kein durchgehender Schnellzug mit verschlossenen und versiegelten Türen wäre. Darauf ging er ein und schloß mit mir den Frieden von Bristol, demzufolge ich vor dem Eingesperrtwerden bewahrt wurde.
Ich entsinne mich einer andern Nacht in derselben Gegend, als ich beinahe wieder mit einem Polizisten zusammengestoßen wäre. Hätte ich ihn getroffen, so würde ich ihn wie ein Opernglas zusammengeschoben haben, denn ich kam durch die Luft gefahren ohne jeden Halt, und ein paar Bahnbeamte waren hinter mir her und wollten mich gerade packen. Das ging so zu: Ich hatte eine Zeitlang bei einem großen Fuhrmann in Washington logiert, wo ich einen Stand und zahllose Pferdedecken zu meinem persönlichen Gebrauch hatte. Als Entgelt für eine so üppige Unterkunft mußte ich jeden Morgen eine ganze Menge Pferde besorgen. Ich wäre vielleicht noch dort, wenn die Polizei nicht eingegriffen hätte.
Als ich eines Abends gegen neun Uhr in den Stall zurückkam, um mich zur Ruhe zu begeben, war ein Spiel in vollem Gange. Es war Markttag gewesen, und alle Neger hatten Geld.
Es wäre vielleicht gut, eine Bemerkung über die Örtlichkeit vorauszuschicken. Der Stall hatte Eingänge von zwei verschiedenen Straßen. Ich kam zur Haupttür herein, ging durchs Kontor und einen kleinen Gang, der zwischen den zwei Reihen Ständen durch das ganze Gebäude bis zu dem Ausgang nach der andern Straße lief. Mitten im Gange lagen unter einer Gasflamme und zwischen den zwei Reihen Pferden etwa vierzig Neger. Ich schloß mich ihnen als Zuschauer an. Ich war pleite und konnte nicht spielen. Der Bankhalter paßte andauernd, obwohl er gut hätte melden und die Bank nehmen können, aber er versuchte im-

mer wieder sein Glück, und jedesmal, wenn er paßte, wurde der Einsatz verdoppelt. Es lag eine Menge Geld auf der Erde. Es war ungeheuer spannend. Und gerade in diesem Augenblick wurde mächtig gegen die großen Türen gehämmert, die zu der wenig belebten Straße hinausführten.

Ein paar von den Negern rissen in der entgegengesetzten Richtung aus. Ich hielt einen Augenblick in der Flucht inne, um das viele Geld, das auf dem Boden lag, zu nehmen. Das war kein Diebstahl. Es war selbstverständlich. Alle, die nicht ausgerissen waren, nahmen sich, soviel sie konnten. Die Türen flogen mit einem Krach auf, und herein kam eine ganze Kompanie Polizisten. Wir stürzten nach der andern Tür. Es war dunkel im Kontor, und die Tür war so schmal, daß wir nicht alle auf einmal auf die Straße kommen konnten. Es gab ein furchtbares Gedränge. Ein Neger stürzte sich durch ein Schiebefenster hinaus, wobei er den untersten Teil davon mitnahm, und andere folgten seinem Beispiel. Hinter uns waren die Polizisten eifrig beschäftigt, Gefangene zu machen. Ein großer Neger steuerte gleichzeitig mit mir auf die Tür los. Er war größer als ich, wirbelte mich herum und kam zuerst hinaus. Im nächsten Augenblick traf ihn der gewaltige Schlag eines Polizeistabes, und er stürzte wie ein Stier. Draußen stand eine neue Kompanie Polizisten und wartete auf uns. Da sie wußten, daß sie den herausstürmenden Schwarm nicht mit den Händen zum Halten bringen konnten, schwangen sie ihre Stäbe. Ich stolperte über den gefallenen Neger, der mich herumgewirbelt hatte, duckte mich, um einem Schlage zu entgehen, kroch zwischen den Beinen eines Polizisten hindurch und war frei. Und wie ich lief! Gerade vor mir raste ein magerer Mulatte, und ich folgte ihm. Er kannte die Stadt besser als ich, und wenn ich sicher sein wollte, tat ich am besten, in derselben Richtung wie er zu laufen. Aber er dachte wiederum, daß ich ein Polizist wäre, der ihn fangen wollte. Er sah sich nicht ein einziges Mal um. Er lief nur. Ich hatte gut Luft geholt und blieb ihm auf den Fersen, bis ich ihn fast zu Tode gehetzt hatte. Schließlich stolperte er vor Ermattung, sank ins Knie und ergab sich mir. Und als er dann entdeckte, daß ich kein Polizist war, rettete mich nur der Umstand, daß er so außer Atem war. Dies war der Grund, daß ich Washington verließ – nicht des Mulatten, sondern der Polizisten wegen. Ich ging nach dem Bahnhof und erwischte den ersten Blinden des Pennsylvania-Expreßzuges. Als sich der Zug in Bewegung gesetzt hatte und ich seine Schnelligkeit spürte, wurde ich plötzlich bedenklich. Es war eine viergleisige Linie, und die Lokomotive nahm während der Fahrt Wasser ein. Landstreicher hatten mich längst davor gewarnt, auf dem ersten Blinden von Zügen zu fahren, deren Lokomotive während der Fahrt Wasser einnimmt. Darf ich es näher erklären? Zwischen den Schienen befinden sich niedrige Metallrinnen. Wenn die

Lokomotive in voller Fahrt darüber hinwegfährt, fällt ein Rohr in die Rinne. Das Resultat ist, daß alles Wasser aus der Rinne durch das Rohr in den Tender hinaufgesogen wird.

Irgendwo zwischen Washington und Baltimore merkte ich, als ich so auf der Plattform des Blinden saß, wie die Luft von einem feinen Sprühregen gesättigt wurde. Das machte mir nichts aus. Aha, dachte ich, es ist also nur Bluff, wenn man sagt, daß das Wassereinnehmen während der Fahrt so unangenehm für den Landstreicher auf dem ersten Blinden sei. Was hat das bißchen Sprühregen zu sagen? Dann begann ich die Einrichtung zu bewundern. Das war eine Eisenbahn! Das war doch etwas anderes als die primitiven Bahnen drüben im Westen – und im selben Augenblick war der Tender voll, aber die Rinne noch nicht leer. Eine mächtige Woge ergoß sich über den hinteren Teil des Tenders und über mich. Ich war so naß, als wäre ich über Bord gefallen.

Der Zug fuhr in Baltimore ein. Wie gewöhnlich in den großen Städten des Ostens lief die Eisenbahn unter der Straßenlinie, auf dem Grund eines tiefen Einschnitts. Als der Zug in den erleuchteten Bahnhof einfuhr, machte ich mich auf dem Blinden so klein wie möglich. Aber ein Bahnbeamter sah mich doch und machte sich an meine Verfolgung. Zwei andere schlossen sich ihm an. Auf der andern Seite des Bahnhofs sprang ich ab und lief das Gleis entlang. Es war die reine Falle. Zu beiden Seiten erhoben sich die steilen Wände des Einschnitts, und ich wußte, daß ich, wenn ich sie zu erklimmen versuchte und es mißglückte, unweigerlich einem Polizisten in die Klauen geraten mußte. Ich lief und lief und war die ganze Zeit auf dem Ausguck nach einer Stelle, wo ich hinaufklettern konnte. Zuletzt fand ich eine. Sie befand sich gerade unter einer Brücke, auf der eine Straße, die auf der gewöhnlichen Höhe der Stadt lag, über den Einschnitt führte. Auf Händen und Füßen klomm ich die steile Wand hinauf. Die drei Bahnbeamten klommen mir, ebenfalls auf Händen und Füßen, nach. Als ich oben war, befand ich mich auf einem unbebauten Grundstück, das auf einer Seite durch eine niedrige Mauer von der Straße getrennt war. Ich hatte keine Zeit, eingehende Untersuchungen anzustellen. Sie waren mir auf den Fersen. Ich stürzte auf die Mauer los und sprang hinüber. Und da hatte ich die große Überraschung meines Lebens! Man nimmt gewöhnlich an, daß die eine Seite der Mauer ebenso hoch wie die andere ist. Aber bei dieser Mauer war es nicht so. Das Grundstück lag viel höher als die Straße. Auf meiner Seite war die Mauer niedrig, auf der andern Seite aber – schön, als ich so in voller Fahrt über die Mauer kam, war es, als fiele ich, mit den Beinen voran, geradewegs in einen tiefen Abgrund.

Unter mir, im Schein einer Straßenlaterne, ging ein Polizist auf dem Bürgersteig. Ich nehme an, daß die Höhe neun bis zehn Fuß betrug,

aber in meinem Schrecken und Erstaunen kam sie mir aus meiner schwebenden Lage doppelt so groß vor.
Ich streckte mich in der Luft aus und kam hinunter. Zuerst glaubte ich, ich sei dem Polizisten auf den Kopf gefallen, und meine Kleider berührten ihn auch, als meine Füße mit einem mächtigen Krach auf den Bürgersteig sausten. Es war ein Wunder, daß er nicht tot umfiel, denn er hatte mich nicht kommen hören. Es war eine neue Auflage des Marsbewohners. Und der Schutzmann fuhr denn auch wirklich zusammen. Er machte einen Satz zur Seite, wie ein Pferd vor einem Automobil, und dann langte er nach mir aus. Ich ließ mir keine Zeit, ihm die Sache zu erklären. Das überließ ich meinen Verfolgern, die sich ganz vorsichtig über die Mauer schwangen. Aber ich lief gehörig. Ich lief eine Straße hinunter und noch eine, schlüpfte um ein paar Ecken und entkam schließlich.
Nachdem ich etwas von dem Geld, das ich bei den Spielern erwischt hatte, durchgebracht und eine Stunde totgeschlagen hatte, kehrte ich zum Bahneinschnitt zurück und wartete dicht vor den Bahnhofslichtern auf einen Zug. Mein Blut hatte sich etwas abgekühlt, ich zitterte vor Kälte in meinem nassen Zeug. Schließlich fuhr ein Zug in den Bahnhof ein. Ich gebrauchte die größte Vorsicht und hatte das Glück mitzukommen, aber diesmal sorgte ich dafür, daß ich auf den zweiten Blinden kam. Ich hatte genug vom Wassereinnehmen während der Fahrt. Der Zug fuhr vierzig Meilen, ehe er hielt. Ich stieg ab und befand mich bei einem Bahnhof, der mir bekannt vorkam. Bei der Geschichte in Baltimore und meiner beschwerlichen Flucht durch unbekannte Straßen hatte ich mich in der Richtung geirrt und einen falschen Zug erwischt. Ich hatte eine Nacht Schlaf verloren, war bis auf die Haut durchnäßt worden, hatte laufen müssen, als ob der Teufel hinter mir her sei, und befand mich trotz allem immer noch am selben Fleck. O nein, es ist nicht immer ein Vergnügen, Vagabund zu sein! Aber ich kehrte nicht zu dem Fuhrmann zurück. Ich hatte einen ganz guten Griff getan, und mir lag nichts an einer Abrechnung mit den Negern. Daher verließ ich die Stadt mit dem ersten Zuge und frühstückte in Baltimore.

Meuterei auf der Elsinore

Von Anfang an hatte ich Pech auf dieser Reise. An einem eisigen Märzmorgen war ich früh aus dem Bett geholt worden, hatte ganz Baltimore durchquert und das Molenhöft genau zur festgesetzten Stunde erreicht. Punkt neun Uhr hätte der Schlepper mich dort abholen sollen, um mich über die Bucht an die Elsinore zu bringen . . . und jetzt saß ich im Auto und wartete, zitternd vor Kälte und wachsendem Ärger. Auf dem Führersitz hockten der Chauffeur und mein Diener Wada, eng aneinandergepreßt, in einer Temperatur, die vielleicht um einen halben Grad kälter als die im Wagen war. Und vom Schlepper keine Spur! Possum, der junge Foxterrier, den Galbraith mir so unüberlegt aufgedrängt hatte, lag unter Mantel und Pelzdecke auf meinem Schoß. Trotzdem winselte und zitterte er vor Kälte. Seine Unruhe und seine unaufhörlichen Klagen wirkten alles eher als beruhigend auf meine angegriffenen Nerven. Erstens liebte ich das Tier nicht im geringsten – es bedeutete mir nichts –, ich kannte es ja auch noch gar nicht. Während dieser trostlosen Wartezeit war ich ein Mal über das andere drauf und dran, das Tier dem Chauffeur zu schenken.

Am Abend zuvor war der Hund als Eilpaket aus New York in mein Hotel gebracht worden – als eine Abschiedsüberraschung meines Freundes Galbraith. Das war so ganz seine Art. Er hätte sich ebenso anständig wie andere Leute benehmen und mir Obst schicken können . . . oder meinetwegen auch Blumen. Aber nein – sein freundlicher Gedanke mußte die Gestalt eines kläffenden und winselnden, zwei Monate alten Hundes annehmen. Mit der Ankunft des Tieres hatte das Pech denn auch begonnen. Der Zimmerkellner betrachtete mich als einen Verbrecher, noch ehe ich Zeit gehabt hatte, ein Verbrechen auszuknobeln. Ganz auf die eigene Faust und aus eigener Dummheit hatte Wada dann den Versuch gemacht, den Hund in sein Zimmer zu schmuggeln. Er war dabei vom Hausdetektiv erwischt worden. Sofort vergaß Wada sein ganzes Englisch und hatte einen Rückfall in ein aufgeregtes Japanisch, und der Hausdetektiv erinnerte sich seinerseits nur an sein Irisch – während der Zimmerkellner mir in nicht mißzuverstehender Weise klarmachte, daß dies alles nicht mehr und nicht weniger sei, als er von mir erwartet habe.

Hol der Teufel den Köter! Galbraith meinetwegen dazu! Und als ich nun im Auto in der beißenden Kälte auf dem öden Molenhöft dasaß, verfluchte ich sogar mich selbst und den verrückten Einfall, Kap Horn mit einem Segelschiff umfahren zu wollen.

Um zehn kam zu Fuß ein junger Mann von unbestimmbarem Äußern. Er trug einen Koffer, den der Kaimeister mir einige Minuten später überreichte. Der Koffer gehöre dem Lotsen, sagte er und gab gleichzeitig dem Chauffeur Bescheid, wie er eine andere Mole finden könnte, von wo mich ein anderer Schlepper zur Elsinore bringen sollte. Diese Programmänderung diente natürlich nicht dazu, meinen Ärger zu beschwichtigen.

Als ich eine Stunde darauf in meinem Wagen auf dem neuen Molenhöft saß, kam der Lotse. Unmöglich, sich ein Wesen vorzustellen, das einem Lotsen weniger ähnlich sähe. Ein feiner Herr mit sanfter, gebildeter Stimme, in jeder Beziehung der Typ des erfolgreichen Geschäftsmannes, stellte sich vor, und ich lud ihn ein, meine eiskalte Droschke mit Possum und dem Gepäck zu teilen. Alles, was er wußte, war, daß Kapitän West seine Anordnungen aus irgendeinem Grunde geändert hatte; im übrigen aber war er der Ansicht, daß der Schlepper jeden Augenblick kommen müsse.

Das tat er denn auch, um ein Uhr nachmittags – nach vier Stunden tödlichen Wartens und Frierens. Unterdessen war es mir vollkommen klargeworden, daß dieser Kapitän West mir nie gefallen würde. Ich kannte ihn zwar noch gar nicht persönlich, aber sein Benehmen gegen mich war von Anfang an, milde gesagt, reichlich anmaßend. Als die Elsinore, die soeben mit einer Ladung Gerste aus Kalifornien gekommen war, im Erie-Dock lag, war ich von New York herübergefahren, um das Schiff zu besichtigen, das für mehrere Monate mein Heim sein sollte. Ich hatte das Schiff selbst und die ganze Einrichtung der Kajüten entzückend gefunden. Selbst die für mich bestimmte Kabine war sehr befriedigend und weit größer, als ich erwartet hatte. Als ich aber in die Kajüte des Kapitäns hineinguckte, war ich verblüfft über ihre komfortable Einrichtung. Wenn ich erzähle, daß an den Schlafraum ein Badezimmer anstieß und daß es unter vielen andern schönen Dingen auch ein mächtiges Messingbett gab, etwas, das man nie auf einem Segelschiff zu finden erwartet hätte – ja, dann glaube ich genug gesagt zu haben.

Selbstverständlich war für mich sofort ausgemacht, daß ich Baderaum und Messingbett haben mußte. Als ich aber die Vertreter ersuchte, diese Angelegenheit zu regeln, waren sie recht zurückhaltend, als ob es ihnen ein wenig peinlich sei . . .

»Ich muß die Kabine haben«, sagte ich, »ob es hundert oder hundertfünfzig Dollar kostet . . .«

Harrison und Gray, die Vertreter, besprachen die Sache miteinander, glaubten aber, daß es kaum möglich sein werde, Kapitän West dazu zu bewegen. »Das wäre das erstemal, daß ein Kapitän einen solchen Vorschlag ablehnte«, erklärte ich zuversichtlich, »selbst die Kapitäne der Europalinien verkaufen jederzeit ihre Kajüten ...«

»Schon möglich, aber Kapitän West ist nicht Kapitän auf einem Europadampfer«, meinte Harrison höflich.

»Vergessen Sie nicht, daß ich viele Monate auf diesem Schiff zubringen muß«, antwortete ich. »Bieten Sie ihm tausend Dollar, wenn es sein muß.«

»Ich werde es versuchen«, sagte Gray, »aber verlassen Sie sich nicht zu sehr darauf. Kapitän West ist augenblicklich in Searsport, und wir werden ihm noch heute schreiben.«

Einige Tage darauf rief Gray mich an und teilte mir zu meinem Erstaunen mit, daß Kapitän West mein Angebot glatt abgelehnt habe. Am nächsten Tage erhielt ich einen Brief von Kapitän West. Er bedauerte, mich noch nicht kennengelernt zu haben, und versicherte, persönlich Sorge dafür tragen zu wollen, daß meine Räume komfortabel eingerichtet würden. Er hätte bereits dem ersten Steuermann der Elsinore entsprechende Anweisungen erteilt und ihn beauftragt, die Wand zwischen meiner Kabine und dem danebenliegenden Reserveraum herauszunehmen. Ferner teilte er mir mit – und von dieser Bemerkung stammt meine Abneigung gegen Kapitän West –, wenn wir erst auf hoher See wären, würde er mit Vergnügen seine Kabine mit mir tauschen, falls ich nicht zufrieden sein sollte.

Nach einer solchen Abfuhr war es mir natürlich klar, daß nichts mich je bewegen konnte, von dem Messingbett des Herrn Kapitän Nathaniel West Besitz zu ergreifen. Es war überhaupt meine feste Überzeugung, daß es um so besser für mich sein würde, je weniger ich auf der Reise von ihm sähe. Und mit nicht geringer Freude dachte ich an all die Bücherkisten, die ich mir von New York an Bord hatte schicken lassen; ich war also, Gott sei Dank, auf hoher See nicht auf die Unterhaltung des Herrn Kapitäns angewiesen.

Ich übergab Wada den winselnden Possum, und während die Matrosen des Schleppers mein Gepäck an Bord schafften, führte mich der Lotse zu Kapitän West, um mich ihm vorzustellen. Gleich auf den ersten Blick stellte ich fest, daß er nicht mehr Seekapitän war als der Lotse Lotse. Ich hatte die Besten seines Berufs, die Kapitäne der Europadampfer, kennengelernt, und er glich ihnen nicht mehr als den befahrenen, barschen Schiffern, von denen ich in Büchern gelesen hatte. Neben ihm stand eine Frau, von deren Gesicht nur wenig zu sehen war. Mit ihrem roten Fuchskragen, in dem sie halb verschwand, wirkte sie wie ein warmer, strahlender Farbenfleck.

»Du großer Gott!« sagte ich leise zum Lotsen. »Seine Frau . . . reist die etwa mit?«
»Es ist seine Tochter«, flüsterte der Lotse. »Ich denke, sie ist gekommen, um ihn abfahren zu sehen. Seine Frau ist seit über einem Jahre tot. Man sagt, daß er deshalb wieder fahren will. Er hatte sich ja schon zur Ruhe gesetzt, wissen Sie.«
Kapitän West ging mir entgegen. Doch schon ehe unsere ausgestreckten Hände sich berührten, ehe sein ruhiges Gesicht sich zu einem lächelnden Gruß verzog und seine Lippen sich öffneten, um zu sprechen, erhielt ich den ersten überraschend starken Eindruck von seiner Persönlichkeit. Hochgewachsen, schlank, mit rassigem Gesicht, erschien er mir ebenso kühl, wie der Tag es war. Selbstsicher wie ein König oder Kaiser. Fern und fremd wie der fernste Stern. Und dann glomm in seinen Augen der Funke einer unnahbaren und wohlwollend-kühlen Freundlichkeit auf und verlieh den vielen feinen Runzeln um die Augenwinkel Leben. Das klare Blau seiner Augen nahm einen warmen Ton an, der sie tief und reich machte; die schmalen Lippen, die soeben noch fest verkniffen waren, schienen jetzt anmutig und mild.
So seltsam war der Eindruck, den Kapitän West bei dieser ersten Begegnung auf mich machte, daß ich mich über der Erwartung ertappte, Worte unsagbarer Weisheit und Güte seinen Lippen entströmen zu hören. Aber er sprach nur in den alltäglichsten Worten sein Bedauern über die Verzögerung aus, wenn auch mit einer Stimme, die neues Erstaunen in mir hervorrief. Sie war leise und sanft, fast zu gedämpft, aber klar wie ein Glocke.
»Und hier ist die junge Dame, die die Verspätung veranlaßt hat«, fügte er hinzu, indem er mich seiner Tochter vorstellte, »Margaret . . . Herr Pathurst.«
Ihre behandschuhte Rechte tauchte sofort aus dem Muff auf, um die meine zu schütteln, und gleichzeitig sah ich ein Paar grauer Augen, die mich mit ernstem, ruhigem Blick betrachteten. Er verwirrte mich, dieser kühle, durchdringende, prüfende Blick. Nicht, daß er herausfordernd gewesen wäre, aber er schien mir beleidigend, geschäftsmäßig. Er erinnerte an den Blick, womit man einen neuen Diener mißt, den man anstellen will. In diesem Augenblick wußte ich noch nicht, daß sie die Reise mitmachen sollte und daß daher ihre Neugierde einem Manne gegenüber, mit dem sie ein halbes Jahr zusammen verbringen sollte, ganz natürlich war. Doch als sie zu sprechen begann, lag ihr ein freundliches Lächeln um Mund und Augen.
Als wir uns anschickten, in die Kajüte des Schleppers zu treten, hörte ich das ängstliche Winseln Possums zu lautem Heulen werden und ging deshalb nach vorn, um Wada zu befehlen, das kleine Tier mit in die Wärme zu nehmen. Ich fand ihn mit meinem Gepäck beschäftigt – er

legte gerade mein kleines automatisches Gewehr unter die Toilettentasche, damit es nicht umfalle. Ich war aber ganz erschrocken, als ich ein wahres Gebirge von Koffern entdeckte, mit dem verglichen mein eigenes Gepäck nur eine Kleinigkeit war. Die Buchstaben auf einem Gegenstand, der eine verdächtige Ähnlichkeit mit einer Damenhutschachtel hatte, fielen mir auf: »M. W.« Kapitän West hieß aber mit Vornamen »Nathaniel«, und als ich genauer hinsah, entdeckte ich, daß es freilich einzelne Stücke mit den Buchstaben »N. W.« gab, sonst aber überall nur die Buchstaben »M. W«. – und dann fiel mir plötzlich ein, daß er seine Tochter »Margaret« genannt hatte.
Ich war zu aufgebracht, um gleich in die Kabine zurückzukehren, und ging deshalb trotz der Kälte an Deck auf und ab, während ich mir ärgerlich die Lippen zerbiß. Ich hatte doch ausdrücklich mit den Vertretern ausgemacht, daß die Frau des Kapitäns nicht mitkommen durfte, denn das letzte, das ich mir in Anbetracht des ohnehin beschränkten Raumes auf einem Schiffe wünschte, war die Anwesenheit einer Frau. An eine Tochter des Kapitäns hatte ich natürlich keinen Augenblick gedacht. Ich war drauf und dran, die ganze Reise aufzugeben und mit dem Schlepper nach Baltimore zurückzukehren.
Als der kalte Wind mich gründlich durchgeweht hatte, sah ich Fräulein West über das schmale Deck kommen, und unwillkürlich fiel mir ihr federnder, lebenskräftiger Gang auf. Ihr Gesicht wirkte zart, es stand in einem gewissen Gegensatz zu ihrem, nach ihrem Gang zu schließen, kräftigen Körper.
Ich drehte mich um und betrachtete verdrießlich das Gepäckgebirge. Eine riesige Kiste erregte meine Aufmerksamkeit, als ich hinter mir die Stimme Fräulein Wests hörte.
»Das ist der eigentliche Anlaß unserer Verspätung«, sagte sie.
»Was ist es denn?« fragte ich gleichgültig.
»Das Klavier der Elsinore – es mußte repariert werden. Als ich mich zum Mitfahren entschloß, telegraphierte ich Herrn Pike – das ist unser Steuermann, wie Sie vielleicht wissen. Er tat, was er konnte – es war Schuld der Klavierfirma.«
Sie begann unter dem Gepäck zu suchen, als wollte sie einen bestimmten Gegenstand finden. Als sie ihren Zweck erreicht hatte, schritt sie weiter, blieb aber plötzlich stehen und sagte:
»Wollen Sie nicht mit in die Kajüte kommen? Dort ist es schön warm. Und es dauert mindestens eine halbe Stunde, bis wir an Bord der Elsinore sind.«
»Wann haben Sie sich eigentlich zum Mitfahren entschlossen?« fragte ich plötzlich.
Der schnelle Blick, den sie mir zuwarf, zeigte mir, daß sie in diesem Augenblick erkannt hatte, wie aufgebracht und ärgerlich ich war.

»Vor zwei Tagen«, antwortete sie. »Weshalb?«
Die Schnelligkeit ihrer Entgegnung verblüffte mich, und ehe ich antworten konnte, sagte sie: »Nun sollen Sie aber nicht allzu böse sein, weil ich mitgekommen bin, Herr Pathurst. Ich weiß, daß wir es alle recht schön gemütlich haben werden. Sie werden mich nicht stören, und ich verspreche Ihnen, daß ich Sie nicht belästigen werde. Ich bin früher schon mit Passagieren zusammen gefahren. Lassen Sie uns nur auf die richtige Art anfangen – dann wird es nicht schwer werden. Ich weiß schon, was mit Ihnen ist: Sie glauben verpflichtet zu sein, mich zu unterhalten. Ich habe noch nie Zeit gehabt, mich zu langweilen . . . und . . . außerdem . . . klimpern tue ich auch nicht.«

Die Elsinore, die Kohlen geladen hatte, lag sehr tief, als wir längsseits kamen. Ich verstand zu wenig von Schiffen, um ihre Linien bewundern zu können, und war außerdem durchaus nicht in der Stimmung. Ich konnte mich immer noch nicht entscheiden, ob ich die ganze Geschichte aufgeben und mit dem Schlepper zurückkehren sollte oder nicht. Daraus darf man indessen nicht schließen, daß ich von Natur wankelmütig sei. Ganz im Gegenteil!
Das Unglück war nur, daß ich auf diese Reise gar nicht versessen war. Wenn ich mich entschlossen hatte, so eigentlich nur, weil ich zu etwas anderm auch keine Lust hatte. Ich war nicht blasiert, und ich langweilte mich eigentlich auch nicht, aber das Leben hatte seinen Reiz für mich verloren. Ich interessierte mich nicht mehr für meine Mitmenschen und ihr dummes, kleinliches Streben, das sie selbst so ernst nahmen. Und schon seit langem war ich unzufrieden mit den Frauen. Ich hatte sie geduldet, war aber doch stets zu sehr geneigt gewesen, alle Mängel, die in ihrem Wesen wurzelten, zu ergründen, als daß ich mich von ihnen hätte betören lassen. Endlich hatte ich mich auch in der letzten Zeit davon bedrückt gefühlt, daß selbst die Kunst mir belanglos erschien – als ob sie nur Scharlatanerie sei, die nicht allein ihre Anhänger, sondern sogar ihre Ausüber hinter das Licht führte.
Kurz – ich begab mich an Bord der Elsinore, weil das einfacher war, als es zu lassen; und dennoch war alles andere ebenso einfach . . . und darin lag eben die Gefahr. Das war der Fluch der Situation, in die ich unversehens geraten war. Das war auch der Grund, daß ich im selben Augenblick, als ich meinen Fuß auf das Deck der Elsinore setzte, schon halb entschlossen war, den Kapitän zu bitten, mein Gepäck an Bord des Schleppers zu lassen.
Was mich zum Bleiben bewog, war, so glaube ich fast, das gastfreie Lächeln, mit dem Fräulein West mich willkommen hieß, und vielleicht auch das Bewußtsein, wie herrlich warm es in der Kabine sein mußte.

Den Steuermann, Herrn Pike, hatte ich schon kennengelernt, als ich das Schiff im Erie-Dock besichtigte. Er lächelte ein steifes Nußknackerlächeln, von dem ich den Eindruck hatte, daß es weh tun müßte. Er reichte mir aber nicht die Hand, sondern drehte sich sofort wieder um und begann, einem halben Dutzend frierender Männer, die aus der Kuhle des Schiffes auftauchten, laute Befehle zu erteilen. Herr Pike hatte getrunken – das stand fest. Sein Gesicht war aufgedunsen und rot, seine großen grauen Augen waren böse und blutunterlaufen.

Ich blieb stehen und sah sinkenden Mutes, wie mein Gepäck an Bord der Elsinore gebracht wurde, während ich meine Willensschwäche verfluchte, die mich hinderte, die paar Worte zu sprechen, denen zufolge Koffer und Kisten drüben geblieben wären. Die Männer, die jetzt das Gepäck nach achtern in die Kajüte trugen, wichen in jeder Beziehung von der Vorstellung ab, die ich mir von Seeleuten gemacht hatte.

Einer von ihnen, ein junger Mensch von achtzehn Jahren mit lebhaften Zügen, lächelte mich aus eigentümlichen Augen an, die ganz italienisch anmuteten. Er war aber leider ein wahrer Zwerg. So klein war er, daß er nur aus Seestiefeln und Südwester zu bestehen schien. Er war auch kein reiner Italiener. So sicher fühlte ich mich in dieser Beziehung, daß ich den Steuermann fragte, der mürrisch antwortete:

»Der da? Knirps? Ist halber Dago. Die andere Hälfte ist malaiisch oder japanisch.«

Ein alter Mann – wie ich erfuhr, der Bootsmann – machte einen so gebrechlichen Eindruck, daß ich dachte, er müsse vor kurzem einen Unfall gehabt haben. Sein Gesicht war blöde und tierisch, und wenn er seine ungeschlachten Stiefel schlürfend über das Deck schleifen ließ, blieb er alle paar Schritte stehen, drückte die Hände gegen den Unterleib und machte eine komische Bewegung, als ob er die Därme zurechtrücken oder heben wolle. Viele Monate sollten vergehen, bis ich lernte, daß gar nichts dahintersteckte und daß diese Bewegung lediglich eine sonderbare Angewohnheit war. Er hieß, wie ich später erfuhr, Sundry Buyers. Er war Bootsmann des amerikanischen Segelschiffes Elsinore, das als eines der feinsten Segelschiffe der Welt galt.

Unter all diesen Männern und Jünglingen sah ich nur einen einzigen, namens Henry, einen Knaben von sechzehn Jahren, der annähernd dem Bilde entsprach, das ich mir von Seeleuten gemacht hatte. Er kam denn auch – wie mir der Steuermann erzählte – von einem Schulschiff, diese Reise war seine erste selbständige. Sein Gesicht war scharf geschnitten und gescheit, seine Bewegungen waren rasch und lebhaft. Wie ich später erfahren sollte, war er tatsächlich der einzige vorn und achtern, der etwas von einem Seemann hatte.

Der größte Teil der Mannschaft war noch nicht an Bord gekommen, mußte aber – wie mir der Steuermann knurrend und in einem Ton, der böse Vorahnungen enthüllte, versicherte – jeden Augenblick eintreffen. Die bereits an Bord Befindlichen waren mehr zufällige Leute, die in New York ohne Vermittlung eines Heuerbaas angemustert hatten. Und wie die eigentliche Mannschaft sein würde, das wüßte Gott allein, sagte der Steuermann. Knirps, der japanisch-(oder malaiisch-)italienische Mischling, erzählte der Steuermann, sei ein tüchtiger Seemann, obgleich er bisher nur auf Dampfschiffen gefahren und dies seine erste Reise auf einem Segler sei.

»Richtige Seeleute«, schnaufte Pike höhnisch, als ich ihn fragte, »die kriegen wir überhaupt nicht! Nur Landratten! Jeder Bauerntölpel und Kuhtreiber nennt sich heutzutage Seemann. Das ist der Dreh, womit sie ihre Ansprüche begründen und sich bezahlen lassen. Der Kauffahrteidienst ist zum Deibel gegangen. Es gibt überhaupt keine Seeleute mehr.«

Ich merkte, daß der Atem des Steuermanns stark nach Whisky roch. Aber er taumelte nicht und schien überhaupt nicht berauscht zu sein. Erst später sollte ich erfahren, daß seine Gesprächigkeit bei dieser Gelegenheit etwas Außergewöhnliches war und daß nur der Alkohol ihm die Zunge gelöst hatte.

»Aber ich hörte doch«, meinte ich, »daß die Elsinore als eines der besten Segelschiffe gilt.«

»Ist sie auch. Aber was ist sie schließlich? Nur eine verfluchte Warenkiste. Herrgott! Ja, die guten alten Klipper – das war noch was anderes! Wenn ich an die denke! Und wenn ich an die Flotten der Teeklipper denke, die in Hongkong zu laden pflegten! Ein schöner Anblick! Herrlich!«

Ich lauschte mit lebhaftem Interesse. Hier war tatsächlich ein Mensch, ein lebender Mensch. Ich hatte es durchaus nicht eilig, in die Kajüte zu kommen, wo Wada meine Sachen auspackte. Deshalb setzte ich meinen Spaziergang mit Herrn Pike an Deck fort. Er war ein Riese, breitschultrig, von schwerem Knochenbau. Trotz seiner schlechten Haltung maß er reichlich seine sechs Fuß. Ich warf einen verstohlenen Blick auf seine knochigen Hände. Jeder von seinen Fingern wog drei von den meinen auf. Sein Handgelenk war dreimal so stark wie das meine.

»Wieviel wiegen Sie?« fragte ich.

»Hundertneunzig. Aber in alten Tagen, in meiner besten Zeit, da kam ich beinahe auf zweihundertzwanzig.«

»Und die Elsinore kann also nicht laufen?« sagte ich, auf das Thema zurückkommend, das ihn so sehr interessiert hatte.

»Ich wette, was Sie wollen – von einem Pfund Tabak bis zu einer Monatsheuer –, daß sie mindestens ihre hundertfünfzig Tage um Kap Horn herum braucht«, antwortete er. »Aber mit der Flying Cloud habe ich die Fahrt in achtundneunzig Tagen gemacht ... achtundneunzig Tage, mein Herr, von Sandy Hook bis Frisco. Und sechzig Mann vor dem Mast, sechzig Mann, die Männer waren, und acht Jungens! Dreihundertvierundsiebzig Meilen an einem Tag unter Bramsegeln, und in den Böen genügten achtzehn Knoten der Logleine nicht zum Messen. Achtundneunzig Tage – ein Rekord, der nie geschlagen und auch nur einmal erreicht wurde, neun Jahre später von dem alten Andrew Jackson.«

»Wann hat dieser Andrew Jackson denn den Rekord erreicht?« fragte ich. Denn ich begann den Verdacht zu hegen, daß er mich gründlich aufziehen wollte.

»Achtzehnhundertsechzig«, antwortete er prompt.

»Und Sie segelten mit der Flying Cloud neun Jahre früher? Und jetzt haben wir 1913. Dann wäre es also zweiundsechzig Jahre her ...«

»Und ich war erst sieben Jahre alt«, sagte er und lachte. »Meine Mutter war Stewardeß auf der Flying Cloud. Ich kam auf hoher See zur Welt. Mit zwölf Jahren wurde ich Schiffsjunge auf der Herald, als sie Kap Horn in neunundneunzig Tagen machte ... die halbe Mannschaft lag die meiste Zeit in Eisen, fünf Mann gingen über Bord, drei Mann wurden an einem Tage von den Offizieren niedergeknallt, der Untersteuermann totgeschlagen, und kein Mensch ahnte, von wem. Aber die Mannschaft wurde angetrieben und gehetzt, unaufhörlich, neunundneunzig Tage von Land zu Land, eine Fahrt von siebzehntausend Meilen, und zwar Ost zu West um das verfluchte Kap herum!«

»Dann wären Sie ja neunundsechzig Jahre alt«, wandte ich ein.

»Bin ich auch«, erklärte er stolz. »Und doch ein anderer Kerl als die Waschlappen von heute. Die würden samt und sonders verrecken bei dem, was ich durchgemacht habe.«

Ich trottete neben diesem mächtigen Überbleibsel vergangener Zeiten an Deck auf und nieder und lauschte seinen Erinnerungen aus jenen Tagen, da man noch Männer getötet und wie Vieh zur Arbeit angetrieben hatte. Es war kaum zu glauben – und doch, wenn ich seine schlechte Haltung und die Art, wie er beim Gehen die riesigen Füße nachschleppte, betrachtete, war ich geneigt zu glauben, daß er so alt war, wie er sagte. Er sprach jetzt von Kapitän Sonurs.

»Das war ein großer Seemann ...«, sagte er. »Und in den beiden Jahren, die ich mit ihm fuhr, gab es nicht einen einzigen Hafen, den wir anliefen, ohne daß ich von Bord ging und mich versteckte ... wenn das Schiff aber den Hafen verlassen sollte, schlich ich mich wieder an Bord ...«

»Aber warum in aller Welt taten Sie das?«

»Na, der Mannschaft wegen ... die Mannschaft hatte blutige Rache geschworen, sie drohte mit Haufen von Anzeigen gegen mich, weil ich meine eigene Art habe, die Leute zu Seeleuten zu erziehen. Ich weiß nicht mehr, wie oft ich auf frischer Tat gefaßt bin und wie viele Strafen der Schiffer meinetwegen hat zahlen müssen . . . aber ich hatte doch dafür zu sorgen, daß das Schiff so viel Geld verdiente . . .«

Er hielt seine riesigen Pranken in die Höhe; als ich die zerkämpften und mißgestalten Knöchel sah, wußte ich, welcher Art seine Arbeit gewesen war . . .

»Aber jetzt ist es aus damit«, klagte er. »Heutzutage ist der Seemann ein feiner Herr. Man darf keine Hand, nicht mal die Stimme gegen ihn erheben.«

In diesem Augenblick wurde er vom Kampanjebogen aus angerufen. Vom Untersteuermann – einem starkknochigen, glattrasierten, blonden Mann von Mittelgröße.

»Schlepper mit der Mannschaft in Sicht, Steuermann!« meldete er.

Der Steuermann grunzte bestätigend; dann fügte er hinzu:

»Kommen Sie mal, Herr Mellaire, ich möchte Sie mit unserm Fahrgast bekannt machen.«

Es war auffallend, wie der Untersteuermann, Herr Mellaire, die Kampanjetreppe herunterkam, um sich an unserer Unterhaltung zu beteiligen. Er war von einer altmodischen Höflichkeit, seine Stimme war sanft und angenehm. Seiner Sprache nach stammte er unzweifelhaft aus der Gegend südlich von Mason und Dixon.

»Aus dem Süden?« fragte ich.

»Aus Georgia, Herr.« Er verbeugte sich und lächelte, wie nur ein Mann aus dem Süden katzbuckeln und lächeln kann. Sein Gesicht und seine Manieren waren liebenswürdig und nett – und doch hatte ich nie einen solchen Mund gesehen! Dieser Mund war ein klaffender Spalt. Es gibt einfach kein anderes Wort, womit man diesen herben, verzerrten Mund mit den dünnen Lippen, die so liebenswürdig sprachen, hätte bezeichnen können. Unwillkürlich sah ich mir seine Hände an – sie ähnelten denen des Steuermanns. Auch sie waren zerschlagen. Dann sah ich ihm tief in die blauen Augen. Auf ihrer Oberfläche lag eine leuchtende Schicht, ein strahlender Überzug von sanfter Liebenswürdigkeit. Aber ich spürte, daß hinter dieser Oberfläche etwas anderes liegen mußte, etwas, was weder Wahrheit noch Gnade kannte. Unter diesem sanften Glanz barg sich etwas Katzenhaftes, Feindliches, Mörderisches. Hinter dieser Schicht von liebenswürdigem Lächeln und gesellschaftlichem Schein lebte das Furchtbare, das diesen Mund zu dem klaffenden Spalt gemacht hatte. Was ich in diesen Augen an Widerstand und Fremdheit fühlte, ließ mich frösteln.

Als ich so Angesicht zu Angesicht mit Mellaire stand und mich freundlich mit ihm unterhielt, hatte ich das Gefühl, das uns ergreift, wenn wir im Walde oder in der Dschungel merken, daß wilde Tiere uns beob-

achten, ohne daß wir selbst sie sehen. Offen gestanden fürchtete ich mich vor diesem Etwas, das tief im Schädel Mellaires auf der Lauer lag.
Ich sah Wada in der Kajütentür. Offenbar wartete er auf eine Gelegenheit, mich um Anweisungen zu bitten. Ich schickte mich an, zu ihm zu gehen. Pike warf mir einen schnellen Blick zu und sagte:
»Nur einen Augenblick, Herr Pathurst!«
Er gab dem Untersteuermann einige Aufträge. Der drehte sich um und ging voraus. Ich blieb stehen und wartete, was Pike mir mitzuteilen hätte. Aber er schien nicht sprechen zu wollen, ehe der Untersteuermann außer Hörweite war. Dann beugte er sich zu mir herüber und sagte:
»Bitte erzählen Sie keinem, was ich Ihnen über mein Alter gesagt habe. Bei jeder Anmusterung habe ich mich um ein Jahr jünger gemacht. Ich bin jetzt vierundfünfzig – nach der Musterrolle.«
»Sie sehen auch nicht um einen Tag älter aus«, warf ich hin, und ich meinte wirklich, was ich sagte.
»Ich fühle mich auch nicht älter. Ich kann mit den kräftigsten jungen Burschen um die Wette arbeiten. Aber lassen Sie bitte keinen Menschen etwas von meinem Alter ahnen. Die Schiffer sind nicht besonders scharf auf Steuermänner, die um die Siebzig sind. Die Reeder auch nicht, Herr Pathurst! Ich habe mir ja Hoffnung auf dieses Schiff gemacht, ich glaube, ich hätte es auch gekriegt, wenn der Alte sich nicht plötzlich entschlossen hätte, wieder in See zu stechen. Als ob er noch Geld nötig hätte, der alte Geizkragen!«
»Hat er denn so viel?« fragte ich.
»Na, und ob! Wenn ich nur ein Zehntel von seinem Geld hätte, könnte ich mich zurückziehen, mir eine Hühnerfarm in Kalifornien kaufen und wie ein Fürst leben – ja wenn ich nur ein Fünfzigstel hätte. Er hat Anteile von der Blackwood-Reederei, und die hat immer Schwein gehabt und viel Geld verdient. Ich fange an, alt zu werden, und es wird Zeit, daß ich ein Kommando kriege. Aber nein – der Alte mußte es sich in den Kopf setzen, wieder zu fahren, gerade als die Koje für mich gemacht war! Sie sagen also nichts von meinem Alter, Herr Pathurst – kein Wort, nicht wahr?«
»Kein Wort, Herr Pike!«

Reichlich durchfroren, wie ich war, überraschte mich die Wärme und Behaglichkeit in der Kajüte. Alle Türen standen offen, so daß man eine lange Zimmerflucht vor sich zu haben schien. Der Eingang von Deck auf Backbord führte in eine breite Diele, die mit schönen Teppichen ausgelegt war. Von hier aus gelangte man – ebenfalls auf Backbord –

in fünf Räume: Dem Eingang am nächsten lag die Kabine des Steuermanns, daneben befanden sich die beiden Räume, die für mich in ein einziges großes Zimmer umgeändert waren, ferner die Kabine des Stewards und schließlich, unmittelbar daneben, ein Reserveraum, der für das Gepäck diente.

Die Räume auf der anderen Seite der Diele kannte ich noch nicht, aber ich wußte, daß dort der Speisesaal war, die Badezimmer, die »große Kajüte«, die wirklich ein richtiger Salon war, die Kapitänskabine und zweifellos die Kabine Fräulein Wests. Ich konnte sie singen hören, während sie mit ihrem Gepäck herumhantierte. Die Pantry des Stewards, die durch einige Kreuzgänge und durch die zum Navigationshaus auf der Kampanje führende Treppe mehrfach geteilt wurde, war mit strategischem Weitblick in die Mitte gelegt, so daß sie das Zentrum bildete.

Ich ging vorsichtig durch die Diele achteraus und sah, daß sie unmittelbar in die Achterpiek der Elsinore führte. Das war ein einziger großer, fünfunddreißig Fuß breiter und fünfzehn bis achtzehn Fuß langer Raum, dessen Seitenwände den geschwungenen Linien des Achterstevens folgten. Sie wurde offenbar als eine Art Vorratskammer verwendet – ich sah dort Aufwascheimer, ganze Rollen von Segeltuch, viele Kisten, auch Schinken und Speckseiten in Mengen. Eine Leiter führte durch ein enges Luk zur Kampanje hinauf. Im Fußboden war noch ein Luk zu sehen.

Ich redete den Steward an – einen alten Chinesen mit glattem Gesicht und schnellen Bewegungen. Seinen Namen habe ich nie lernen können. Nach der Musterrolle war er fünfundsechzig Jahre alt.

»Was ist da unten?« fragte ich und zeigte auf das Luk.

»Das Lazarett«, antwortete er.

»Und wer ißt hier?« Ich wies auf einen Tisch mit zwei Stühlen, die am Boden festgenagelt waren.

»Dies zweiter Tisch. Hier Untersteuermann und Zimmerbaas essen.«

Als ich Wada die nötigen Anweisungen zur Ordnung meiner Sachen erteilt hatte, sah ich auf meine Uhr. Es war noch ganz früh nachmittags, erst wenige Minuten nach drei. Ich ging deshalb wieder auf das Deck, um die Ankunft der Mannschaft zu beobachten. Leider kam ich zu spät, um sie aus dem Schlepper an Bord klettern zu sehen, traf aber vor dem Mittschiffshaus einige Nachzügler, die sich nach der Back begaben. Sie hatten offenbar reichlich Schnaps getrunken; in keinem Verbrecherviertel habe ich je eine verlumptere, elendere und abstoßendere Gesellschaft gesehen. Ihre Kleidung bestand nur aus Lumpen. Ihre Gesichter waren aufgedunsen, blutverschmiert und dreckig. Ich will nicht gerade behaupten, daß sie wie Verbrecher aussahen, aber sie waren unbeschreiblich verwahrlost und widerlich.

»Na los, ein bißchen dalli! Schmeißt euren Dreck ins Vorderkastell, aber schnell!«

Herr Pike rief diese Worte scharf von der Brücke herunter. Leicht und elegant aus Stahl und Holz erbaut, lief diese durch die ganze Elsinore, von der Kampanje über das Mittschiffshaus und die Back bis zum Bug. Bei den gebieterischen Worten des Steuermanns drehten die Männer sich taumelnd um und glotzten zu ihm hinauf. Ein paar von ihnen versuchten, mit ungeschickten Bewegungen zu gehorchen. Die andern starrten den Steuermann feindselig an. Einer, dessen Gesicht ein übermütiger Gott bei der Schöpfung zerschlagen zu haben schien, lachte roh und spie höhnisch aufs Deck – später erfuhr ich, daß er Larry hieß. Dann wandte er sich in aller Ruhe zu den Kameraden und sagte laut und mit heiserer Stimme:

»Wer, zum Deubel, ist der alte Schuft da oben?«

Ich sah, wie der gewaltige Körper des Steuermanns sich unwillkürlich straffte und seine riesigen Hände sich um das Brückengeländer krallten. Im übrigen aber bewahrte er seine Selbstbeherrschung.

»Los, da unten«, sagte er. »Ich habe nicht die Absicht, so was zu dulden. Marsch, ins Vorderkastell!«

Zu meinem Befremden drehte er sich dann ruhig um und schlenderte achteraus über die Brücke bis zu der Stelle, wo der Schlepper gerade die Leine einholte. Mehr steckt also nicht hinter seinen großmächtigen, gewaltigen Worten von Töten und Hetzen, dachte ich. Erst als ich von achtern an Deck zurückkehrte, erinnerte ich mich, bemerkt zu haben, daß Kapitän West, an den Kampanjebogen gelehnt, nach der Back geblickt hatte.

Der Schlepper wollte gerade loswerfen, und ich beobachtete das Manöver, bis er klargeschert war. Im selben Augenblick entstand eine babylonische Verwirrung von Johlen und Brüllen, und eine Menge schnapsheiserer Stimmen schrie, ein Mann sei über Bord gegangen. Der Untersteuermann sprang die Kampanjetreppe herunter und lief hinter mir her über das Deck. Der Steuermann, der immer noch auf der schlanken, weißgestrichenen Brücke stand, die leicht wie ein Spinngewebe wirkte, überraschte mich durch die Schnelligkeit, mit der er über die Brücke bis zum Mittschiffshaus lief, auf die Segeltuchdecke des großen Bootes sprang und sich von dort aus außenbords schwang, um besser sehen zu können, was es gab. Ehe die anderen Männer auf die Reling geklettert waren, hatte der Untersteuermann schon eine Leine über Bord geworfen.

Was solchen Eindruck auf mich machte, war die geistige und körperliche Überlegenheit dieser beiden Offiziere. Trotz ihrem Alter – der Steuermann war neunundsechzig und der Untersteuermann wenigstens fünfzig – hatten ihre Gehirne und ihre Körper mit der Schnelligkeit und Genauigkeit von Stahlfedern funktioniert. Sie schienen von ganz anderer Art als die übrigen Seeleute, die ihnen unterstellt waren. Die hatten in ihrer Ratlosigkeit nur um Hilfe gerufen, aber ihren langsamen Gehirnen und ihren noch langsameren Körpern war es nicht einmal gelungen, auf die Reling zu klettern. Der Untersteuermann hingegen war die Treppe von der Kampanje heruntergesprungen, zweihundert Fuß weit über Deck gelaufen und auf die Reling geklettert. Er hatte sofort die Lage erfaßt und die Leine ins Wasser geworfen. Und was Pike getan, konnte sich damit messen. Er und Mellaire meisterten diese Taugenichtse von Seeleuten durch ihre ungeheure Überlegenheit an Tatkraft und Willen.

Ich selbst war unterdessen auf ein großes hölzernes Betingsknie geklettert, so daß ich den Mann im Wasser sehen konnte. Er schwamm offenbar absichtlich vom Schiff weg. Er war ein dunkelhäutiger Mann aus den Ländern des Mittelmeeres, sein Gesicht, das ich nur flüchtig sah, war wie im Wahnsinn verzerrt. Der Untersteuermann hatte die Leine so genau geworfen, daß sie über die Schulter des Mannes fiel und sich um seine Arme schlang, bis es ihm nach einigen Schwimmzügen gelang, sich klarzumachen. Als das geschehen war, begann er unter wildem Gejohl irgendein noch wilderes Lied zu grölen. Als er einmal die Arme hob, um seinen Worten mehr Nachdruck zu verleihen, sah ich die Klinge eines langen Messers in seiner Hand blinken.

Glocken läuteten schrill an Bord des Schleppers, als er hindampfte, um Hilfe zu bringen. Ich warf einen verstohlenen Blick auf Kapitän West – er war auf die Backbordseite der Kampanje getreten, stand jetzt, mit den Händen in den Taschen, da und starrte bald voraus nach dem kämpfenden Mann, bald achteraus nach dem Schlepper. Er gab keine Befehle, zeigte nicht die geringste Erregung und erschien mir – so darf ich ruhig sagen – als der gleichgültigste Zuschauer, den man sich denken kann.

Der Mann im Wasser wollte sich jetzt ausziehen. Ich sah zuerst den einen nackten Arm und dann den anderen erscheinen. Infolge seiner Anstrengungen verschwand er zuweilen ganz unter Wasser, tauchte aber immer wieder auf, schwang sein blitzendes Messer, johlte und heulte.

Ich schlenderte nach vorn und kam gerade rechtzeitig, um zu sehen, wie der Mann über die Reling der Elsinore gezogen wurde. Er war splitternackt, mit Blut beschmiert und vollkommen wild. Er hatte sich selbst an zahlreichen Stellen geschnitten und zerfleischt. Aus einer Wunde am Handgelenk spritzte das Blut bei jedem Pulsschlag. Er war ein widerliches, kaum menschliches Geschöpf. Ich habe einmal einen gereizten Gorilla in einem Zoo gesehen, und daran erinnerte mich dieses tiergesichtige, zitternde Wesen . . . Die Seeleute umringten ihn, packten ihn und zerrten an ihm, während sie lachten und hurra brüllten. Die beiden Offiziere stießen sie beiseite, zogen den Verrückten über das Deck und verschwanden mit ihm in einem Raum mittschiffs. Unwillkürlich fiel mir die Kraft der beiden Offiziere auf. Ich hatte viel von der übermenschlichen Kraft von Irren gehört, aber dieser Verrückte war wie ein Strohhalm in ihren Händen. Als sie ihn in die Koje geschleppt hatten, hielt Pike den strampelnden Mann ohne Mühe mit einer Hand fest, während er den Untersteuermann nach Marlileinen schickte, um dem Verrückten die Arme zu binden.

»Säuferwahnsinn« – sagte Pike grinsend zu mir –, »ich habe manchen von der Sorte kennengelernt, aber der hier schlägt doch jeden Rekord.«

»Was wollen Sie mit ihm machen?« fragte ich. »Der Mann verblutet ja.«

»Um so besser«, sagte er ohne Zögern. »Der wird uns noch genug zu schaffen machen, bis wir ihn loswerden können. Wenn er wieder vernünftig geworden ist, werde ich ihn zusammenflicken . . . Selbst wenn ich ihm erst einen tüchtigen Kinnhaken geben muß, damit er stillliegt.«

Ich betrachtete seine Riesenpranken und verstand, daß er imstande war, einen Mann mit ihnen zu betäuben. Dann ging ich wieder auf Deck. Da bemerkte ich Kapitän West auf der Kampanje, noch immer mit den Händen in den Taschen; ohne jedes Interesse für alles, was um ihn her geschah, starrte er auf eine blaue Lichtung im nordwestlichen Himmel. Mehr noch als die Steuerleute und der Verrückte, mehr als die Empfindungslosigkeit der besoffenen Mannschaft machte diese ruhige Gestalt mir klar, daß ich mich in einer Welt befand, die sich vollkommen von allem unterschied, was ich bisher kennengelernt hatte.

Wada riß mich aus meinen Gedanken, Fräulein West schickte ihn, um mich zu einer Tasse Tee in die Kajüte zu bitten.

Der Gegensatz, der sich mir bot, als ich in die Kajüte trat, war überwältigend. Anstelle der kalten harten Decksplanken fühlten meine Füße jetzt einen weichen Teppich, in dem sie versanken. Statt in dem elenden engen Raum mit vier Wänden aus bloßem Eisen, wo ich den Verrückten verlassen hatte, sah ich mich jetzt in einem großen, schönen Salon. Noch immer mit den aufgedunsenen und dreckigen Gesichtern vor meinen Augen, sah ich jetzt eine schöne Dame in elegantem Kleid vor mir. Sie saß an einem chinesischen Lacktischchen, auf dem ein Teeservice aus feinstem chinesischem Porzellan stand. Hier atmete alles Ruhe und Behaglichkeit. Mit lautlosen Schritten und ausdruckslosem Gesicht bewegte sich der Steward wie ein Schatten; ohne daß man es

merkte, kam er, besorgte irgend etwas und verschwand dann ebenso schweigsam und still.
Ich konnte mich nicht gleich von meinen Gedanken befreien, und als Fräulein West den Tee eingoß, lachte sie:
»Sie sehen aus, als hätten Sie Gespenster gesehen. Der Steward erzählte mir, daß ein Mann über Bord gefallen war. Aber ich denke, das kalte Wasser hat ihn wieder nüchtern gemacht.«
Ihre Gleichgültigkeit berührte mich unangenehm.
»Der Mann ist verrückt«, sagte ich. »Das Schiff ist nicht der rechte Ort für ihn. Man hätte ihn an Land in ein Krankenhaus schaffen müssen.«
»Ich fürchte, wenn wir erst damit anfangen, werden wir bald zwei Drittel unserer Mannschaft an Land setzen müssen. Ein Stück Zucker, Herr Pathurst?«
»Ja, bitte sehr!« antwortete ich. »Der Mann hat sich aber furchtbar zugerichtet. Er wird wahrscheinlich verbluten.«
Einen Augenblick sah sie mich an, während sie mir meine Tasse reichte. Ihre grauen Augen waren ernst und prüfend. Dann tauchte ein Lächeln in ihnen auf, und sie schüttelte tadelnd den Kopf.
»Nun fangen Sie aber bitte die Reise nicht gleich damit an, daß Sie sich entrüsten, Herr Pathurst. Solche Dinge sind etwas ganz Alltägliches. Sie werden sich bald daran gewöhnen. Vergessen Sie nicht, daß es oft die seltsamsten Leute sind, die zur See gehen. Der Mann ist wirklich in guten Händen. Pike versteht sich darauf, seine Wunden zu behandeln. Ich bin nie mit Herrn Pike gefahren, aber ich habe genug von ihm gehört. Herr Pike ist ein tüchtiger Chirurg. Auf der letzten Reise, erzählte man mir, soll er eine erfolgreiche Amputation vorgenommen haben, von der er selbst so entzückt war, daß er daraufhin seine ganze Aufmerksamkeit dem Zimmermann widmete, der an irgendwelchen Darmbeschwerden litt. Herr Pike war von der Richtigkeit seiner Diagnose so felsenfest überzeugt, daß er den Zimmermann ständig damit verfolgte, sich von ihm seinen Blinddarm entfernen zu lassen.« Sie hielt inne, um herzlich zu lachen, und fügte dann hinzu: »Die Leute erzählen, er soll dem armen Mann Tabak und noch einmal Tabak, viele Pfunde, geboten haben, nur um seine Einwilligung zur Operation zu erhalten.«
»Aber ist es denn gut . . . gut für die Arbeit an Bord« – wandte ich ein –, »wenn man so einen Verrückten behält?«
Sie zuckte die Achseln, als ob sie nicht die Absicht hätte zu antworten. Dann sagte sie dennoch:
»Was wollen Sie? Das Leben auf See ist hart, Herr Pathurst. Als Matrosen bekommen wir nur das übelste Gesindel, das man sich denken kann. Wir tun tatsächlich unser Bestes für sie, und irgendwie krie-

gen wir sie ja schließlich immer so weit, daß sie uns ein bißchen bei der Arbeit helfen. Aber es ist und bleibt Gesindel . . . Gesindel!«

Ich saß sa, lauschte und sah sie an. Und als ich ihre weiblich-empfindsamen Züge und ihr schönes geschmackvolles Kleid mit den tierischen Fratzen und den schmutzigen Lumpen der Männer verglich, die ich soeben gesehen hatte, kam mir trotz allem, ob ich wollte oder nicht, die Überzeugung, daß ihr Standpunkt richtig war. Und dennoch fühlte ich mich abgestoßen – vielleicht hauptsächlich, weil sie ihre Ansichten so derb und unbewegt zum Ausdruck brachte.

»Mir fiel die Kaltblütigkeit auf, mit der Ihr Herr Vater die Sache betrachtete«, sagte ich vorsichtig.

»Er nahm gar nicht erst die Hände aus den Taschen, nicht wahr?«

Ihre Augen leuchteten, als ich das bestätigte.

»Oh, das wußte ich, so ist er immer! Das habe ich so oft gesehen . . . ich erinnere mich einmal – ich war damals zwölf Jahre alt – Mutter war allein zu Hause geblieben – wir liefen eben in San Franzisko ein – mit der Dixie, die beinahe ebenso groß wie dieses Schiff war. Der Wind war sehr günstig, und Papa nahm deshalb keinen Schlepper. Wir segelten geradewegs durch das Goldene Tor und den Hafen von Frisco.

Nun, es war Schuld des Kapitäns auf dem Dampfer. Er schätzte unsere Schnelligkeit falsch ein und versuchte, unsern Bug noch zu kreuzen. Dann kam der Zusammenstoß, der Bug der Dixie schnitt den Dampfer einfach durch, durch Kajüte und Rumpf. Es waren Hunderte von Passagieren an Bord, Männer, Frauen und Kinder. Papa nahm nicht einen Augenblick die Hände aus der Tasche. Aber er schickte den Steuermann voraus, um die Rettung der Passagiere zu überwachen, die schon anfingen, Bugspriet und Back bei uns zu erklettern, und mit einer Stimme, genau wie wenn ein anderer bittet, ihm Butter zu reichen, befahl er dem Untersteuermann, alle Segel zu setzen. Und er sagte ihm, mit welchen Segeln er anfangen sollte . . .«

»Aber warum mehr Segel setzen?« unterbrach ich sie.

»Weil er die Lage überblickte. Der Dampfer stand doch sperrangelweit offen! Nur der Bug der Dixie, der in seiner Seite stak, hinderte ihn am Sinken. Indem mein Vater mehr Segel setzte und sie platt vor dem Winde hielt, blieb der Bug im Rumpf des Dampfers stecken. Ich war furchtbar aufgeregt. Aber wenn ich Papa anguckte, wie er, die Hände in den Taschen, dastand oder ganz ruhig auf und ab ging . . . Hin und wieder gab er dem Mann am Ruder einen Befehl. Sehen Sie, er mußte ja auch die Dixie an allen Schiffen, die im Hafen lagen, vorbeimanövrieren. Selbstverständlich ertranken einige, aber er rettete doch viele Hunderte vorm Ertrinken. Erst als der letzte den Dampfer verlassen hatte – er schickte einen Mann an Bord, um nachzusehen –, ließ er die Segel bergen. Und dann sank der Dampfer sofort.«

»Prachtvoll«, räumte ich ein. »Ich hege die größte Bewunderung für den ruhigen Mann der Tat, wenn ich auch gestehen muß, daß eine solche Ruhe unter so kritischen Verhältnissen mir fast übermenschlich erscheint. Ich kann mir nicht denken, daß ich selbst so handeln könnte, und ich bin überzeugt, daß ich vorhin mehr litt als der arme Teufel im Wasser, ja als sämtliche Zuschauer zusammen.«

»Papa leidet auch«, verteidigte sie redlich ihren Vater. »Er zeigt es nur nicht.«

Ich antwortete durch eine Verbeugung, denn ich merkte, daß sie gar nicht begriffen hatte, worauf ich hinauswollte.

Als ich wieder an Deck kam, war der Schlepper Britannia bereits in Sicht. Er sollte uns durch die Chesapeakebucht ins offene Meer hinausschleppen. Als ich vorausschlenderte, sah ich, wie Sundry Buyers die Matrosen aus dem Vorderkastell trieb. Ein anderer Mann half ihm, die Leute aus der Back zu holen. Ich fragte Pike, wer das sei.

»Nancy – mein Bootsmann. Ein Prachtkerl, nicht wahr?« lautete die Antwort. Aus der Art, wie der Steuermann sprach, konnte ich seinen Spott heraushören.

Nancy konnte kaum mehr als dreißig Jahre alt sein, sah aber viel älter aus. Er hatte keine Zähne, machte einen trübseligen Eindruck und hatte müde Bewegungen. Seine Augen waren schiefergrau und matt, sein glattrasiertes Gesicht hatte eine gelbe, ungesunde Farbe. Mit den schmalen Schultern, der eingefallenen Brust und den tief ausgehöhlten Wangen glich er einem Schwindsüchtigen im letzten Stadium. Und solche Leute waren Bootsmänner – Bootsmänner des schönen Segelschiffes Elsinore!

Es war mir ganz klar, daß diese beiden einfach die Männer fürchteten, die sie leiten und antreiben sollten. Und die Mannschaft selbst? Es war das erstemal, daß ich sie in ihrer Gesamtheit kennenlernte, und ich kann die beiden Bootsmänner tatsächlich nicht einmal tadeln, wenn sie Angst hatten. Diese Seeleute schlichen und schlotterten, einzelne schwankten und taumelten sogar, aus Schwäche oder Trunkenheit. Aber das Schlimmste waren doch ihre Gesichter. Unwillkürlich mußte ich daran denken, was Fräulein West mir soeben gesagt hatte: daß alle Schiffe einzelne Verrückte oder Schwachköpfe unter ihrer Mannschaft hätten. Diese aber sahen aus, als ob sie alle verrückt oder schwachsinnig wären . . . Unwillkürlich mußte ich mich fragen, wo man überhaupt eine solche Sammlung menschlicher Wracks hatte ausfindig machen können! Irgendein Gebrechen hatte jeder von ihnen. Einer – ein großer Bursche, offenbar irischer Abstammung – war unverkennbar verrückt. Er sprach und murmelte beständig vor sich hin. Ein kleines, buckliges

Männlein, das immer den Kopf schief hielt, fahle blaue Augen und das pfiffigste und bösartigste Gesicht hatte, das mir je vorgekommen war, erzählte dem verrückten Iren, den er O'Sullivan nannte, einen gemeinen Witz. Aber O'Sullivan nahm keine Notiz davon, sondern murmelte weiter. Dicht hinter dem Männchen erschien ein übergroßer, dicker, junger Trottel, und nach ihm ein anderer junger Bursche, so lang aufgeschossen und ausgehungert, daß man sich nur wundern konnte, wie sein bißchen Fleisch noch die Knochen zusammenhielt. Nach diesem wandelnden Skelett aber kam das seltsamste Geschöpf, das ich je im Leben gesehen. Gesicht und Körper waren wie von tausendjährigen Martern verzerrt. Er glich einem mißhandelten und blödsinnigen Faun. Seine großen schwarzen Augen leuchteten mit einem merkwürdig eifrigen und schmerzlichen Ausdruck: Sie glitten fragend von Gesicht zu Gesicht, von einem Gegenstand zum andern. Sie waren schmerzhaft wach, diese Augen, als suchten sie stets den Schlüssel zu einem überwältigenden und verhängnisvollen Rätsel. Erst später lernte ich den Grund dieses merkwürdigen Blickes kennen – der Mann war stocktaub, sein Trommelfell war bei der Kesselexplosion geplatzt, die auch sonst seinen Körper verunstaltet hatte.

Ich bemerkte den Steward, der in der Kombüsentür stand und die Männer aus der Ferne beobachtete. Sein scharfes asiatisches Gesicht mit dem lebhaften und gescheiten Ausdruck war ein wahres Labsal für das Auge; und ebenso das des Knirpses, der jetzt mit einem heiteren Lachen aus dem Vorderkastell kam. Und dennoch stimmte auch bei ihm nicht alles. Er war ein Zwerg, und ich erfuhr allmählich, daß seine strahlende Laune in Verbindung mit seinem allzu geringen Verstand ihn zu einem wahren Clown machte.

Pike blieb einen Augenblick neben mir stehen. Während er die Männer musterte, beobachtete ich ihn. Er hatte den Ausdruck eines Viehhändlers, es war klar, daß er mit der Qualität des gelieferten Viehs höchst unzufrieden war.

»Irgendwas hat jeder von den Kerlen«, knurrte er. Immer neue kamen zum Vorderkastell heraus: Da war ein blasser Bursche mit lauerndem Blick, dem ich es gleich ansehen konnte, daß er dem Opium verfallen war. Nun kam ein anderer, ein winziger, welker Greis mit einem runzligen, vertrockneten Gesicht und stechenden, boshaften blauen Augen. Ein dritter tauchte auf – ein kleiner Mann in guter Form, der meinen unerfahrenen Augen als das normalste und gescheiteste Exemplar der ganzen Gesellschaft erschien. Aber die Augen des Steuermanns waren besser geschult als die meinen.

»Was ist denn mit *dir* los?« knurrte er den Mann mürrisch an.

»Gar nichts, Steuermann . . .«, antwortete der Bursche, der sofort stehengeblieben war.

»Wie heißt du?« Wenn Pike zu den Matrosen sprach, geschah es immer mit einem Fauchen.
»Charles Davis, Steuermann.«
»Warum humpelst du?«
»Ich humple nicht, Steuermann«, antwortete der andere respektvoll. Als der Steuermann ihm durch ein Nicken mit dem Kopfe angedeutet hatte, daß er verschwinden dürfte, marschierte er flott über das Deck mit einem Schwung der Schultern, wie man ihn sonst nur bei Zuhältern sieht.
»Ein richtiger Seemann«, brummte der Steuermann; »aber ich wette ein Pfund vom besten Tabak oder ein Monatsgehalt, daß etwas mit ihm nicht stimmt.«
Die Back schien sich jetzt geleert zu haben, aber der Steuermann wandte sich zu den Bootsmännern und fauchte sie an:
»Was macht ihr denn, verflucht noch mal? Schlaft ihr? Bildet ihr euch vielleicht ein, daß dies ein Sanatorium ist? Marsch hinein mit euch, und jagt sie heraus!«
Sundry Buyers drückte beständig die Hände gegen den Unterleib und blieb zögernd stehen, während Nancy, dessen Gesicht störrische und leidende Hoffnungslosigkeit ausdrückte, sich widerwillig ins Vorderkastell begab. Dann hörte man drinnen gemeine, widerwärtige Flüche und von Nancy eindringliche und eifrige, in bittendem und demütigem Ton vorgebrachte Versicherungen.
Ich bemerkte die erboste Miene des Steuermanns und war darauf vorbereitet, Gott weiß was für Ungeheuer aus der Back auftauchen zu sehen. Zu meiner Überraschung erschienen drei Burschen, die erstaunlich besser wirkten als das Gesindel, das ich bisher gesehen hatte. Ich dachte, daß das Gesicht des Steuermanns sich nunmehr erhellen und eine gewisse Befriedigung zeigen würde. Aber nein – seine blauen Augen zogen sich zu schmalen Schlitzen zusammen, das fauchende Knurren schien zu einem Zähnefletschen zu werden, so daß er aussah wie ein Hund, der beißen will.
Die Burschen waren alle drei klein. Und jung, zwischen fünfundzwanzig und dreißig. Trotz ihrem derben Zeug wirkten sie gut gekleidet. Die Gesichter waren scharfgeschnitten und klug.
Sie gehörten nicht zu dem unterernährten, alkoholvergifteten Typ jener Seeleute, die ihre letzte Heuer versaufen und dann hungern, bis sie einen Vorschuß auf die neue Fahrt erhalten und wieder versaufen können. Die drei waren durchtrainiert und kräftig. Ihre Bewegungen waren von Natur lebhaft und sicher. Ich war überzeugt, daß sie gar keine Seeleute waren. Sie vertraten einen Typ, dem ich noch nie begegnet war. Vielleicht kann ich ein besseres Bild von ihnen geben, indem ich einfach schildere, was jetzt geschah.

Als sie an uns vorbeigingen, beehrten sie Pike mit demselben gleichgültigen, kühlen Blick wie mich.
»Wie heißt du . . . du da?« kläffte der Steuermann den ersten an. Er war augenscheinlich ein jüdisch-irischer Mischling. Seine Nase war unverkennbar jüdisch. Ebenso unverkennbar war aber das irische Element in seinen Augen, seinem Kinn und seiner Oberlippe. Die drei waren unwillkürlich stehengeblieben, und obgleich sie sich nicht etwa ansahen, hatte man doch den Eindruck, daß sie eine stumme Besprechung miteinander abhielten. Ein anderer des Trios, in dessen Adern, Gott weiß es allein, was für Blut floß, gab ein Warnungszeichen. Oh, beileibe nichts so Derbes wie einen Wink oder ein Nicken, nur etwas wie der Schatten eines Ausdrucks war über sein Gesicht geflogen oder ein Leuchten plötzlich in seinem Antlitz aufgeflackert.
»Murphy –«, antwortete der andere dem Steuermann.
»Steuermann«, fauchte Pike ihn an.
Murphy zuckte die Achseln zum Zeichen, daß er nicht begriff, was der Steuermann meinte. Es war das sichere Auftreten dieser Leute, ihre kaltblütige, selbstsichere Haltung, die Eindruck auf mich machte.
»Wenn du einen Offizier hier auf dem Schiff anredest, hast du den Rang zu sagen«, erklärte Pike mit rauher Stimme. »Verstanden?«
»Jawohl . . . Steuermann.« Murphy zog die Worte mit wohlberechneter Langsamkeit in die Länge. »Hab's verstanden.«
»Steuermann«, brüllte Pike.
»Steuermann«, antwortete Murphy so sanft und gleichgültig, daß es den Steuermann zu weiterem Poltern reizte.
»Gut . . . aber Murphy paßt mir nicht«, sagte er. »Nase . . . das muß dir hier an Bord genügen. Verstanden?«
»Hab' verstanden, Steuermann«, lautete die durch ihre sanfte Gleichgültigkeit unverschämte Antwort. »Nasen-Murphy also – Steuermann.« – Und dann lachte er. Alle drei lachten. Wenn man ein Lachen ohne Laut und ohne Bewegung des Gesichts Lachen nennen kann. Nur die Augen lachten. Ein Lachen ohne Heiterkeit, ein kühles, kaltblütiges Lachen.
Sicher ist, daß Pike keinen besonderen Gefallen an diesen seltsamen Persönlichkeiten fand. Er wandte sich an den Anführer, der das Warnungszeichen gegeben hatte. »Und wie heißt du?«
»Bert Rhine, Steuermann«, lautete die Antwort in einem Ton, der ebenso sanft, gleichgültig und seidenweich war wie der des anderen.
»Und du?« Diese Frage galt dem letzten, dem Jüngsten – einem schwarzäugigen Burschen mit olivfarbener Haut und einem Gesicht, dessen kameenhafte Schönheit verblüffte.
»Twist, Steuermann«, antwortete er in genau derselben Weise wie die beiden andern.

»Viel zu unbequem«, knurrte der Steuermann. »Bub genügt für dich . . . verstanden?«
»Hab' verstanden – Steuermann. Bub Twist genügt für mich – Steuermann.«
»Bub allein genügt!«
»Bub – Steuermann.«
Und die drei lachten ihr lautloses, freudloses Lachen. Der Steuermann war jetzt außer sich vor Wut, die um so schlimmer war, als ihm kein Vorwand zu einem Ausbruch gegeben wurde.
»Nun will ich euch mal was erzählen, euch dreien, und ihr tut gut daran, zuzuhören!« Seine Stimme knirschte förmlich vor unterdrückter Wut. »Ich kenne Leute eures Schlages. Dreck seid ihr! Verstanden? Ihr seid Dreck! Aber eure Arbeit werdet ihr tun wie Männer! Sobald auch nur einer von euch mit einem Auge blinzelt oder nur so tut, als ob er blinzeln wollte, werd' ich ihm was . . . Verstanden? Und jetzt macht, daß ihr wegkommt. Voraus ans Spill!«
Pike drehte sich um, und ich blieb neben ihm, als er achteraus ging.
»Wie gefallen Ihnen die drei?« fragte ich neugierig.
»Das ist die Höhe«, murrte er. »Die Sorte kenne ich. Die haben schon hinter schwedischen Gardinen gesessen, die drei Burschen. Das ist der schlimmste Höllendreck . . .«
Hier wurde er durch ein Schauspiel unterbrochen, das sich ihm vom Großluk aus bot. Auf dem Luk lagen fünf oder sechs Männer und machten sich's bequem, unter ihnen auch Larry, die Vogelscheuche, die den Steuermann einen »alten Schuft« genannt hatte. Offenbar hatte Larry dem Befehl nicht gehorcht, denn er lehnte sich jetzt an seine Schiffskiste, die längst im Vorderkastell hätte sein müssen. Außerdem hätten sie alle schon am Bratspill arbeiten sollen. Der Steuermann sprang auf das Luk und stellte sich dort, turmhoch, neben den Mann.
»Steh auf!« befahl er.
»Ich kann nicht«, sagte er.
»Steuermann!«
»Ich kann nicht, Steuermann. Ich war heute nacht besoffen und hab' bei Jefferson gepennt. Und heute morgen war ich ganz steifgefroren. Sie mußten mich mit 'm Hammer losschlagen.«
»Steifgefroren warst du? Alter Schuft!« grinste der Steuermann.
»Wird wohl so sein, Steuermann«, antwortete Larry. Er blinzelte mit seinen trüben, streitsüchtigen Affenaugen. Eine Ahnung begann sich in ihm zu regen, daß der, welcher neben ihm stand, ein Mann war, der Männer kommandieren konnte. »Gut, ich will dir mal zeigen, was geschieht, wenn man ein alter Schuft ist.« Höhnisch ahmte der Steuermann den irischen Akzent des andern nach.
Und jetzt werde ich berichten, was ich mit eigenen Augen sah . . . und

bitte, vergeßt nicht, was ich von den riesigen Flossen des Steuermanns erzählt habe. Mit einem einzigen nach oben gerichteten Hieb der offenen Hand (es waren nur die Finger, die Larrys Gesicht trafen) schleuderte er Larry hoch, daß er rücklings auf seine Kiste fiel. Der Mann neben Larry ließ ein drohendes Knurren hören und wollte kampfbereit aufspringen. Aber er kam gar nicht erst auf die Beine. Mit dem Handrücken gab Pike dem Mann eine ungeheure Backpfeife. Das laute Klatschen des Schlages wirkte einfach verblüffend. Die Kraft des Steuermanns war wirklich ungeheuerlich! Der Schlag sah so leicht, so mühelos aus – es erinnerte an den trägen Tatzenhieb eines gutmütigen Bären, aber es lag ein solches Gewicht von Knochen und Muskeln darin, daß der Mann auf das Deck kollerte.
In diesem Augenblick kam O'Sullivan zufällig vorbei. Er murmelte plötzlich etwas lauter als sonst. Herr Pike hörte es. Sofort wandte er sich kampfbereit wie ein Raubtier zu O'Sullivan um. »Was gibt's?« Da sah Pike den blöden Ausdruck in O'Sullivans Gesicht und hielt den Schlag zurück. »Narrenhaus«, murrte er.
Unwillkürlich hatte ich nach oben geschaut, um zu sehen, ob Kapitän West auf der Kampanje war, und stellte fest, daß wir durch das Mittschiffshaus getrennt waren.
Der Steuermann nahm keine Notiz weiter von dem Mann, der stöhnend auf dem Deck lag, sondern stellte sich über Larry, der ebenfalls wimmerte. Der Rest der Bande, die auf dem Luk herumgelungert hatte, stand schon auf den Beinen, überwunden, geknechtet, voller Respekt, und auch ich war von Bewunderung für diesen furchtbaren alten Mann erfüllt. Was ich gesehen, hatte mich völlig von der Wahrheit seiner Erzählungen aus seiner männerhetzenden und männertötenden Vergangenheit überzeugt.
»Wer ist jetzt ein alter Schuft?« fragte er.
»Ich, Steuermann«, jammerte Larry reuevoll.
»Aufstehen!«
Ohne Schwierigkeiten kam Larry sofort auf die Beine.
»Und jetzt voraus ans Spill, Mann! Ans Spill!«
Sie gingen mürrisch und mit schleppenden Füßen, geknechtete Tiere, die sie waren.

Ich erstieg die Treppe zum Vorschiff (das, wie ich feststellte, das Vorderkastell, die Kombüse und den Donkey-Maschinenraum enthielt) und ging über die Laufbrücke bis zum Fockmast, von wo ich sehen konnte, wie die Mannschaft den Anker lichtete. Die Britannia lag längsseits, und wir begannen zu laufen.
Ein großer Teil der Mannschaft ging im Kreise um das Spill herum oder

war anderweitig auf der Back beschäftigt. Die eigentliche Mannschaft war in zwei Wachen eingeteilt, deren jede fünfzehn Mann zählte. Dazu kamen noch Segelmacher, Schiffsjungen, Bootsmänner und Zimmerbaas. Im ganzen waren es also nicht weniger als vierzig Mann – aber was für welche! Sie waren schlecht gelaunt und schwerfällig. Sie hatten keinen Mumm, kein Feuer, keine Spur von Energie. Jede Bewegung, die sie machen mußten, jeder Handgriff schien sie Mühe zu kosten, man hatte den Eindruck, daß sie Schwerkranke waren, die man aus Krankenhausbetten herbeigeschleppt hatte.

Und krank waren sie ja wirklich – krank vom Suff – und verhungert und unterernährt. Am schlimmsten aber war, daß sie entweder schwachsinnig oder verrückt waren.

Ich betrachtete das komplizierte Tauwerk, die stolzaufragenden Masten mit den mächtigen Rahen, die immer höher emporwuchsen, bis die stählernen Masten und Rahen durch schlanke Spieren aus Holz ersetzt waren. Die mannigfachen Taue und Stags der Takelung hoben sich wie das feinste Spinngewebe vom Himmel ab. Daß eine solche Gesellschaft von Jammergestalten imstande sein sollte, dieses wunderbare Schiff durch Sturm, Finsternis und Gefahren zu lenken, erschien mir jenseits aller Wahrscheinlichkeit. Ich dachte an die beiden Offiziere, an die geistige und körperliche Überlegenheit Pikes und Mellaires – aber sollten selbst die aus Schwächlingen so viel herausholen können?

Ich sah mir die verkrüppelte, verhungerte, verwelkte Schar von kranken Männern an, die ihren traurigen Trott im Kreise um das Spill machte. Pike hatte wirklich nicht unrecht: Diese Leute hatten nichts gemein mit den feurigen, kräftigen, verteufelten Seeleuten, die die Schiffe in den guten alten Tagen bemannten. Warum in aller Welt sangen sie nicht beim Ankerlichten, wie sich's gehört? In alten Tagen – das hatte ich tausendmal gelesen – wurde der Anker stets gelichtet, während die Männer ihre heiteren Lieder dazu sangen.

Bald wurde es mir langweilig, diese geistlose Vorstellung länger anzusehen, und ich ging auf meiner Forschungsreise wieder achteraus über die schlanke Laufbrücke. Die Kampanje, die in Wirklichkeit das Dach der gesamten Hütten bildete und den ganzen Achterteil des Schiffes einnahm, war sehr groß. Hier befanden sich das halbrunde und zur Hälfte überdeckte Ruderhaus und das Navigationshaus, dessen Türen auf jeder Seite in einen schmalen Gang führten. Ich guckte neugierig hinein und wurde von Kapitän West mit einem freundlichen Lächeln begrüßt. Er saß bequem zurückgelehnt auf einem Schlingerstuhl und hatte die Füße auf das Pult vor sich gelegt. In einem großen Sessel saß der Lotse. Beide rauchten gemütlich ihre Zigarren.

Als ich die Treppe zur Kajüte hinunterstieg, hörte ich Fräulein West leise singend in ihrer Kammer umhergehen. Ich ging an der Pantry vorbei und benutzte die Gelegenheit, den Steward zu begrüßen. Hier in seinem kleinen Reich herrschte wirklich Tüchtigkeit. Jeder einzelne Gegenstand war sauber und auf seinem Platz, man hätte vergeblich einen Diener gesucht, der lautloser sein konnte als er. Als er mir sein Gesicht zuwandte, war es ebenso ausdruckslos – oder ausdrucksvoll – wie das einer Sphinx. Aber seine schiefen, schwarzen Augen leuchteten vor Intelligenz.

»Was meinen Sie zu der Mannschaft?« fragte ich beiläufig.

»Narrenhaus«, antwortete er ohne Zögern und schüttelte unzufrieden den Kopf. »Zu viel Narrenhaus. Nicht gut. Gar nicht gut. Nur für die Hölle.«

Das war alles, was er darüber zu sagen hatte, aber es bestätigte meine eigene Beobachtung.

Meine Kabine war entzückend. Wada hatte schon alles ausgepackt, meine sämtlichen Kleidungsstücke weggelegt und unzählige Regale mit den Büchern gefüllt, die ich mit an Bord gebracht hatte. Alles war schon an seinem Platz, von meinem Rasierzeug, das im Schubfach neben der Waschschüssel lag, meinen Seestiefeln und meinem Ölzeug, das nun zum sofortigen Anziehen bereithing, bis zu meinem Schreibzeug auf dem Tisch. Vor diesem stand ein mit Leder bezogener Schlingersessel, der an den Fußboden festgeschraubt war. Meine Pyjamas waren bereitgelegt, mein Hausanzug ebenfalls wie die Morgenschuhe, die auf ihrem gewohnten Platz neben dem Bett standen.

Ich war tief verstimmt über alles, was ich an Deck erlebt hatte. Und als ich mich jetzt in meinem Sessel zurücklehnte und ein Buch aufschlug, kam es wie eine Vorahnung über mich, daß diese Reise verhängnisvoll werden sollte. Als ich mich dann aber im Raum umsah und feststellen mußte, daß ich auf keinem Personendampfer je so gut untergebracht gewesen war wie hier, da ließ ich alle dunklen Ahnungen wieder fahren und malte mir aus, wie ich Wochen und Monate all die wunderbaren Bücher lesen sollte, die ich so lange vernachlässigt hatte.

Bei Gelegenheit fragte ich Wada, ob er die Mannschaft gesehen habe. Nein, aber der Steward hätte gesagt, daß es die schlechteste Mannschaft sei, die er je auf See getroffen habe.

»Er sagen, alle verrückt«, erklärte Wada. »Er sagen, später großen Radau. Sie sehen, er sagen die ganze Zeit. Sie werden sehen, Sie werden sehen. Er guter alter Mann. Fünfundfünfzig Jahr, er sagen. Sehr kluger Chinamann. Eben jetzt, erstes Mal in viele Jahr, er gehen wieder zu See. Vorher sind er großer Geschäftsmann in San Franzisko. Dann aber großer Krach. Sie sagen, er Opiumschmuggler. Er aber kommen nicht in Gefängnis, denn er nehmen guter Anwalt, aber langer Zeit Anwalt arbeiten, und als Krach vorbei, Anwalt nehmen all sein Geld. Sein ganz Geschäft. Alles. Sehr tüchtiger Anwalt! Dann er gehen zu See. Er verdienen großen Geld. Fünfundsechzig Dollar in ein Monat. Er aber nicht froh hier. Mannschaft alles verrückt. Wenn dieser Mal Reise Schluß, er gehen von Schiff und können machen großen Geschäft in San Franzisko.«

Als Wada nachher ein Bullauge geöffnet hatte, um frische Luft hereinzulassen, hörte ich das Gurgeln und Schwappen des Wassers längsseits des Schiffes. Da wußte ich, daß wir den Anker gelichtet, daß die Britannia uns ins Schlepp genommen hatte und zur Chesapeakebucht hinausbugsierte. Unwillkürlich meldete sich bei mir der Gedanke, daß es noch nicht zu spät sei. Ich konnte noch sehr gut das Abenteuer aufgeben und mit der Britannia nach Baltimore zurückkehren. Aber da hörte ich ein leises Klappern von Porzellan aus der Pantry, wo der Steward sich anschickte, den Tisch zu decken, und außerdem war es so warm und gemütlich hier – und das Buch war spannend.

Das Mittagessen übertraf in jeder Beziehung meine Erwartungen, ich stellte fest, daß der Koch ein Meister war. Fräulein West führte den Vorsitz an der Tafel, obgleich sie und der Steward sich gar nicht kannten, arbeiteten sie doch glänzend zusammen. Nach der Art, mit der er bei Tisch bediente, hätte man glauben sollen, daß er seit vielen Jahren Diener in ihrem Hause war und sie genau kannte.

Der Lotse nahm sein Essen im Kartenhaus ein, so daß wir bei Tisch nur die vier waren, die während der langen Reise zusammen essen sollten. Kapitän West und seine Tochter saßen einander gegenüber, während ich rechts vom Kapitän und Pike gegenüber saß. Fräulein West saß also rechts von mir, aber um die Tischecke.

Pike hatte sich feingemacht und eine schwarze Jacke angezogen, die wie ein faltiger Sack über den mächtigen Muskeln hing, mit denen sein krummer Nacken gepolstert war. Er sprach während des ganzen Essens kein Wort. Er hatte indessen zu viele Jahre am Tisch des Kapitäns gegessen, als daß seine Manieren nicht in jeder Beziehung tadellos gewesen wären. Zuerst glaubte ich, daß er sich durch die Anwesenheit Fräulein Wests eingeschüchtert fühlte. Später wurde mir jedoch klar, daß es die Anwesenheit des Kapitäns war, die diesen Druck ausübte. Kapitän West hatte nämlich eine besondere Art ihm gegenüber, die ich allmählich kennenlernte. So fern Pike und Mellaire den Matrosen standen, einfach weil sie von ganz anderer, höherer Art waren, ebenso fern stand Kapitän West seinen Offizieren. Er war unbedingter Aristokrat, durch und durch Aristokrat.

Andererseits behandelte Kapitän West mich als einen gesellschaftlich vollkommen Gleichgestellten. Ich war ja freilich auch sein Passagier. Fräulein West behandelte mich in derselben Weise, war aber dem Steuermann gegenüber viel entgegenkommender als ihr Vater. Und Pike antwortete ihr höflich mit »Ja, gnädiges Fräulein« und »Nein, gnädiges Fräulein«, während er mit guten Manieren aß und mich mit seinen durchdringenden blauen Augen unter den buschigen Brauen betrachtete. Ich meinerseits betrachtete ihn auch prüfend. Trotz seiner brutalen Vergangenheit hatte ich doch Zuneigung für diesen Mann. Er war anständig und aufrecht. Aber mehr noch als das gewann mich für ihn sein knabenhaftes Lachen, das er hören ließ, als ich eine lustige kleine Geschichte zum besten gab. Kein Mann konnte so lachen und dabei ganz schlecht sein. Ich war froh, daß er und nicht Herr Mellaire mir gegenübersaß und mit uns zusammen aß.

Fräulein West war heiter, lebhaft, erfrischend. Ich bemerkte abermals, daß das feine, fast zarte Oval ihres Gesichtes nicht ganz mit ihrer Gestalt übereinstimmte. Sie war nämlich in Wirklichkeit ein durchaus kräftiges und gesundes Mädchen, ihre Formen hatten bei aller Schlankheit doch die schwellende Rundung lebendiger Kraft. Als ich ihr Gesicht näher betrachtete, entdeckte ich auch, daß es lediglich die Linien des Ovals selbst waren, die es so zart erscheinen ließen. Es war zwar fein, aber nicht schwächlich. Ihr Hals selbst war wie eine schöne gerade weiße Säule. Selbst ihre Hände zogen meine Aufmerksamkeit auf sich – sie waren nicht klein, aber wohlgeformt, weiß und stark und gepflegt.

Fräulein West erzählte, wie unerwartet ihr die ganze Reise gekommen sei – sie erklärte ihren Entschluß als eine reine Laune. Während sie sprach, rechnete ich in Gedanken aus, wie viele wirklich leistungsfähige Menschen sich auf der Elsinore befanden. Es waren Kapitän West und seine Tochter, die beiden Steuermänner, dann selbstverständlich ich selbst und Wada sowie der Steward und endlich – ganz ohne Zweifel – der Koch. Die Zahl der Leistungsfähigen betrug also acht, aber davon waren freilich der Koch, der Steward und Wada Diener und keine Seeleute und Fräulein West und ich Überzählige. Für die Arbeit selbst blieben also nur drei – drei von einer Schiffsbesatzung von fünfundvierzig Mann. Ich zweifelte nicht, daß es noch andere gab, die etwas leisten konnten, denn es erschien mir ganz unmöglich, daß mein erster Eindruck von der Mannschaft richtig sein sollte. Übrigens war ja auch der Zimmermann da – er war auf seinem Gebiet vielleicht ebenso tüchtig wie der Koch. Endlich mochten noch die beiden Segelmacher hinzukommen, die ich noch nicht gesehen hatte.

Kurz darauf begann ich – noch bei Tisch – keck von dem zu erzählen, was mich besonders interessierte und meine unumschränkte Bewunderung erregt hatte, nämlich, wie meisterhaft Pike und Mellaire sich die Herrschaft über diese traurige Mannschaft gesichert hatten. Als ich zu der Geschichte auf dem großen Luk kam, wo Pike Larry in die Luft geschleudert hatte . . . und zwar nur mit einem Klaps von seinen Fingerspitzen . . . sah ich einen warnenden, fast drohenden Ausdruck in den Augen des Steuermanns. Nichtsdestoweniger fuhr ich in meiner Erzählung fort und beschrieb das ganze Erlebnis.

Als ich geendet hatte, herrschte Schweigen. Fräulein West beschäftigte sich eifrig mit einer kupfernen Kaffeemaschine. Pike war im höchsten Maße in die interessante Tätigkeit des Nüsseknackens vertieft, vermochte aber doch nicht ein ganz leises schalkhaftes Aufleuchten seiner Augen zu verbergen. Kapitän West hingegen sah mir in die Augen – aber, mein Gott, aus welcher Ferne! Seine blauen Augen waren so klar, seine Stimme so sanft und leise wie je.

»Es gibt eine einzige Regel, die ich Sie freundlichst zu befolgen bitte, Herr Pathurst – wir reden nie von der Mannschaft.«

Das war eine tüchtige Backpfeife für mich. Und mit dem ausgesprochenen Gefühl, ein Leidensgenosse Larrys zu sein, beeilte ich mich zu bemerken: »Es war durchaus nicht die disziplinare Seite, sondern die Kraftleistung an sich.«

»Die Mannschaft macht uns Mühe genug, so daß wir nicht nötig haben, uns auch noch von ihr zu unterhalten, Herr Pathurst«, fuhr Kapitän West so ruhig und ungestört fort, als hätte ich überhaupt nichts gesagt. »Die Behandlung der Mannschaft überlasse ich meinen Offizieren. Das ist ihre Sache, und sie wissen genau, daß ich hier keine überflüssige Härte dulde.«

Über das harte Gesicht Pikes flog der fast unmerkliche Schatten eines ironischen Lächelns, während er scheinbar teilnahmslos das Tischtuch betrachtete. Fräulein West lenkte das Gespräch auf ein anderes Thema und brachte uns bald zum Lachen durch die witzige Art, wie sie einen Streit mit einem Droschkenchauffeur in Boston erzählte.

Nach dem Essen ging ich in meine Kabine, um mir Zigaretten zu holen, und benutzte die Gelegenheit, um Wada über den Koch auszufragen. Wada war nämlich stets mit Neuigkeiten versorgt.

»Er heißen Louis«, erzählte er. »Er Chinamann. Nein – eigentlich nur halb Chinamann. Andere Hälfte Englischmann. Sie wissen, Napoleon langer Zeit Insel gelebt und tot dieser Inselland?«

»Sankt Helena«, antwortete ich.

»Richtig. Dort Louis geboren. Er sprechen guter Englisch.«

In diesem Augenblick kam Mellaire vom Deck in die Kabine herunter, nachdem er vom Steuermann abgelöst worden war. Auf dem Wege nach dem großen Raum im Heck, wo er zu tun hatte, kam er an meiner Kabine vorbei. Sein Gruß, »guten Abend, Herr Pathurst«, klang würdevoll und höflich, und doch war mir der Mann unsympathisch. Selbst wenn er mit mir sprach und liebenswürdig lächelte, hatte ich das Gefühl, daß etwas in der Tiefe seines Gehirns mich prüfend überwachte

und erforschte, etwas Feindliches und Drohendes. Und irgendwie erinnerte er mich an die drei Männer, die als letzte aus dem Vorderkastell aufgetaucht waren und die Pike in Behandlung genommen hatte.
Hinter Mellaire trottete ein schüchternes und verlegenes Wesen mit dem Gesicht eines etwas blöden Jungen und dem Körper eines Riesen. Seine Füße waren fast noch größer als die des Steuermanns, aber die Hände – ich warf einen schnellen Blick auf sie – doch nicht ganz so groß wie die Pikes.
Als die beiden an mir vorbeigegangen waren, sah ich Wada fragend an.
»Er Zimmerbaas. Er schaffen zweiter Tisch. Sein Name sein Lavroff. Steward sagen, er sehr viel jung für Zimmerbaas. Vielleicht zweiundzwanzig Jahren. Vielleicht auch dreiundzwanzig.«
Als ich meinen Kopf dem geöffneten Bullauge über dem Schreibtisch näherte, hörte ich wieder das Glucksen und Schwappen des Wassers. So ruhig und lautlos bewegte sich das Schiff vorwärts, daß man, wenn man am Tisch saß, nicht auf den Gedanken kam, daß man sich nicht auf festem Boden befand. Ich war immer nur auf Dampfern gereist, und ich konnte mich eben nur schwer daran gewöhnen, daß es hier keine Schraube und daher auch nicht das unaufhörliche Zittern des Schiffskörpers gab. »Nun, und was meinen Sie?« fragte ich Wada, der ebensowenig wie ich das Reisen auf einem Segelschiff kannte.
Er lächelte höflich. »Ich wissen nicht recht. Vielleicht alles gut und schön. Vielleicht auch nicht. Wir sehen.«
»Meinen Sie auch, daß es Krawall geben wird?«
»Ich finden, Seemänner sein sehr komisch«, drückte er sich um die Antwort.

Als ich meine Zigarette geraucht hatte, ging ich an Deck und schlenderte nach vorn, um mir dort die Arbeit anzusehen. Über mir hoben sich die Formen der Segel undeutlich von dem sternenübersäten Himmel ab. Die Segel sollten gemehrt werden, aber es schien sehr langsam zu gehen. – Jedenfalls kam es selbst mir, der doch der reinste Anfänger auf diesem Gebiet war, so vor. Kaum zu erkennende Männergestalten zogen in langen Reihen an Tauen. Sie arbeiteten unter mürrischem, müdem Schweigen, obgleich der allgegenwärtige Pike Befehle fauchte und schwefelstinkende Flüche und Verwünschungen auf ihre sündigen Köpfe schmetterte.
Nach allem, was ich über Seefahrten gelesen hatte, stand unerschütterlich bei mir fest, daß kein Schiff je unter so traurigen Verhältnissen und so vielen falschen Griffen in See gestochen war. Es dauerte nicht lange, so kam auch Mellaire und half Pike, die Leute zurechtzuweisen und zu kommandieren. Es war noch nicht acht Uhr abends, und alle Mann wa-

ren an Deck. Es schien, als ob die Leute nicht einmal die Taue kannten. Hin und wieder sah ich einen der beiden Steuermänner auf die Reling springen und den Leuten das richtige Tau in die Hand drücken. Ich dachte mir schließlich, daß die Männer an Deck die unfähigsten wären. Von oben hörte ich nämlich Rufe und Geräusche, aus denen ich schloß, daß diejenigen, die als etwas befahren gelten konnten, dort oben im Begriff waren, die Segel loszumachen.

Aber an Deck! Zwanzig oder dreißig von den armen Teufeln zogen an einem Tau, um eine Rahe aufzuheißen, aber sie taten es ohne jedes Zusammenspiel der Kräfte und mit peinlich langsamen und schlaffen Bewegungen.

»Alle Mann hieven, alle zugleich, hiev ahoi!« brüllte der Steuermann. Und dann gelang es ihnen mit Mühe, ein paar Fuß weiterzukommen, bis sie wieder stehenblieben. Sobald jedoch einer der Steuermänner hinzusprang und mit seinen Kräften half, ging es ohne Halt über das ganze Deck. Denn waren die Steuermänner auch alte Leute, so wog doch jeder von ihnen ein halbes Dutzend dieser Schwächlinge auf.

»Das ist alles, was heute noch von Seeleuten übriggeblieben ist!« Pike machte eine kleine Pause, um mir das ins Ohr zu fauchen.

»Es ist sonst nicht Sache der Offiziere, hier zu hieven und zu schuften. Aber was zum Deibel soll man machen, wenn die Bootsleute schlimmer sind als die Matrosen?«

»Ich dachte, Seeleute singen immer beim Hieven?« sagte ich.

»Tun sie auch. Wollen Sie hören?«

Ich spürte den Spott in seiner Stimme, sagte aber doch, daß ich es gern hören möchte.

»Hör mal her, Bootsmann!« knurrte Pike. »Wach mal auf! Laß singen. Das große Marsfall!«

In der Pause, die jetzt folgte, hätte ich wetten mögen, daß Sundry Buyers seine Hände gegen den Unterleib drückte, während Nancy sich, das Gesicht in unendlicher Hoffnungslosigkeit erstarrt, die Lippen netzte, um mit dem Gesang zu beginnen.

Er war es auch, der jetzt begann, denn ich glaube nicht, daß ein anderer eine so klägliche Begräbnisstimme erhoben hätte. Es klang unmusikalisch und unschön, leblos und unbeschreiblich ungemütlich. Die Worte selbst aber zeigten, daß sie eigentlich vor Feuer und Wildheit brausen und jauchzen sollten, denn was Nancy so wehmütig ableierte, lautete:

»Fern, fern, fern von hier ...
Schöne Stiefel hat Paddy Doyt,
deshalb woll'n wir ihn töten heut ...«

»Halt die Schnauze! Aufhören!« brüllte Pike. »Es ist kein Begräbnislied! Ist denn keiner, der was singen kann? Na, man los, das Lied von der Großmarsrahe!« Er unterbrach sich und war mit einem Sprung auf

der Finknetzreling, um den Leuten die falschen Taue wegzunehmen und ihnen die richtigen in die Hand zu stecken.
»Und jetzt los, Bootsmann! Hiev ahoi!«
Aus der Finsternis stieg Sundry Buyers Stimme auf, heiser und hüstelnd und noch schauriger als die Nancys.

»Heißt auf die Großmarsrahe –
den Whisky her, Johnny!«

Der zweite Vers war ein Kehrreim, der im Chor gesungen werden sollte, aber nur zwei schwache Stimmen fielen ein. Mit zitternder Stimme sang Sundry Buyers die nächste Strophe:

»Am Whisky starb mein Schwesterlein –
den Whisky her, Johnny!«

Da aber griff Pike ein, nahm das Tauende, das dem Koveinnagel am nächsten hing, und erhob seine Stimme, die seltsam fremd und wild klang:

»Am Whisky starb mein Alter auch!
den Whisky her, Johnny!«

Er sang eine nach der anderen der einfachen, wilden Strophen und versetzte die Mannschaft in solche Stimmung, daß sie ihre Arbeit tat und begeistert den Kehrreim mitbrüllte.
Solange er seine Stimme hören ließ, waren sie wach und arbeiteten rasch und rührig, bis er den Gesang abbrach und zu belegen befahl. Im selben Augenblick verließ das Leben sie wie die Luft einen aufgeblasenen Ball. Sie waren wieder wimmernde, wertlose Geschöpfe, die sich gegenseitig im Wege standen, im Dunkeln strauchelten und schwankten und nicht wußten, wie sie ein Tau anfassen sollten. Und wenn sie endlich eines erwischten, war es natürlich ein falsches. Es gab selbstverständlich auch Drückeberger unter ihnen, und einmal hörte ich vom Mittschiffshaus das Klatschen von Schlägen, Flüche und Stöhnen, bis zwei Männer aus der Dunkelheit auftauchten, während Pike ihnen eine Litanei des Unheils vorsang, das sie treffen würde, wenn sie es noch einmal versuchten.
Das Ganze war viel zu entmutigend und trostlos, als daß ich Lust verspürt hätte, länger stehenzubleiben und zu warten. Ich schlenderte deshalb achteraus und stieg auf die Kampanje. In Lee des Kartenhauses spazierten Kapitän West und der Lotse friedlich auf und ab. Auf meinem Wege achteraus sah ich den welken alten Mann, den ich schon früher bemerkt hatte, am Steuerrad stehen. Im Lichtschein des Kompaßhäuschens sahen seine kleinen blauen Augen noch bösartiger aus als sonst. So jämmerlich klein war er und so groß das messingbeschlagene Rad, daß beide von gleicher Größe zu sein schienen. Sein Gesicht war welk, narbig und runzelig, er wirkte um fünfzig Jahre älter als Pike. Er war ein ausgemergelter Greis, den man sich kaum als befahrenen

Seemann auf einem der stolzesten Segler der See vorzustellen vermochte. Später erfuhr ich – natürlich durch Wada –, daß er Andy Fay hieß und nicht mehr als dreiundsechzig Jahre zählte.
Ich lehnte mich in Lee des Steuerhauses an die Reling und starrte in die windumsausten Spieren und die zahllosen Taue hinauf. Nein, entschied ich, nein . . . die Reise lockte mich nicht. Die ganze Atmosphäre an Bord war nicht, wie sie sein sollte. Zuerst die kalten Wartestunden auf den Molen. Dann, daß Fräulein West mitgekommen war. Endlich die Mannschaft aus halbverrückten Männern und Irrenhauskandidaten. Ich dachte, ob der verwundete Grieche im Mittschiffshaus vielleicht noch daläge und unverständliches Zeug schwätzte oder ob Pike ihn schon zusammengenäht hattte . . . und mir war ganz klar, daß ich keine Lust verspürte, dabeizusein, wenn der Steuermann den Doktor spielte.
Selbst Wada, der nie auf einem Segelschiff gefahren war, hegte seine Zweifel in bezug auf diese Reise. Ebenso erging es dem Steward, der den größten Teil seines Lebens auf Seeschiffen verbracht hatte. Für Kapitän West kam die Mannschaft ja nicht in Frage. Und Fräulein West war so abscheulich robust, daß sie Dinge dieser Art nur optimistisch betrachten konnte. Sie lebte: Ihr rotes Blut sang ihr in die Ohren, daß sie immer leben würde und daß ihrer prachtvollen Persönlichkeit nichts Böses geschehen könnte.
Oh, glaubt mir, ich habe die Wege des roten Blutes kennengelernt. Aber jetzt erschien mir die rotblütige Gesundheit Fräulein Wests tatsächlich als Beleidigung . . . denn ich wußte, wie gedankenlos und rücksichtslos das rote Blut ist. Und für mindestens fünf Monate – Pike hatte ja ein Pfund Tabak oder ein Monatsgehalt wetten wollen – sollte ich gezwungen sein, auf einem Schiff mit ihr zu bleiben. So gewiß der Saft, der das Weltall durchströmt, immer und ewig derselbe bleibt, so sicher wußte ich, daß sie mich, ehe die Reise zu Ende war, mit ihren Werbungen belästigen würde. Nicht etwa, daß ich so überzeugt von meiner eigenen Unwiderstehlichkeit wäre, ich hatte nur einen alles eher als erhabenen Begriff von der Frau als Männerjägerin. Nach meinen Erfahrungen mit Frauen machen sie Jagd auf Männer aus dem blinden Naturtrieb, der auch die Sonnenblume zwingt, sich nach der Sonne zu drehen, oder den wilden Wein Flächen suchen läßt, an die er sich mit seinen Ranken anklammern kann.
Nennt mich blasiert – ich habe nichts dagegen, wenn man damit weltmüde im geistigen, künstlerischen und gefühlsmäßigen Sinne meint, wie eben ein junger Mann in den Dreißigern, und ich war müde all dieser Dinge – müde und voller Zweifel. Das war auch einer der Gründe dieser Reise. Ich wünschte, von mir selbst, von all diesen Dingen fortzukommen und dadurch mit ihnen fertig zu werden.

Zuweilen schien es mir, als hätte diese ganze Weltmüdigkeit ihren Gipfel durch den Erfolg meines Schauspiels erreicht – meines ersten Stückes – wie ja alle wissen. Aber es war ein solcher Erfolg geworden, daß mir selbst Zweifel gekommen waren, ganz wie bei dem Erfolg meiner Gedichte.

Jetzt wird man vielleicht zu verstehen beginnen, was ich unter der Weltkrankheit verstehe, die mich ergriffen hatte. Tatsächlich war ich sehr krank gewesen und war es noch. Mich hatte die törichte Idee gepackt, mich von der Welt abzuschließen. Einen Augenblick hatte ich sogar daran gedacht, nach Molokai zu gehen und mein Leben den Aussätzigen zu widmen – ich, der dreißig Jahre alt, stark und gesund war –, ich, der nie etwas Tragisches erlebt und der schließlich ein Einkommen hatte, daß ich nicht wußte, wohin damit, ich, dem es gelungen war, dank selbständiger Arbeit seinen Namen auf aller Lippen zu bringen!

Vielleicht wird man denken, daß der Erfolg mir einfach den Kopf verdreht hatte. Sehr richtig. Zugegeben. Aber der verdrehte Kopf war nicht aus der Welt zu schaffen, war nicht zu ändern, war eben meine Krankheit, und zwar eine wirkliche Krankheit und eine unabweisbare Tatsache. Ich hatte einen geistigen und künstlerischen Wendepunkt erreicht, einen Wendepunkt in meinem Leben. Ich hatte selbst die Diagnose meiner Krankheit gestellt und mir als Kur diese Reise verschrieben. Und hier traf ich nun diese erschreckend gesunde und in ihrem tiefsten Wesen weibliche junge Dame – Fräulein West. Wahrhaftig das letzte, womit ich gerechnet hatte.

Eine Frau! Der Himmel mag wissen, daß die Frauen mich mit ihren Nachstellungen genug geplagt hatten, um sie gründlich kennenzulernen. Ich überlasse es Ihnen, zu urteilen: dreißig Jahre alt, von nicht gerade abschreckendem Äußern, mit einem Namen und einem wirklich beachtenswerten Jahreseinkommen . . . warum sollten die Frauen mir da nicht nachlaufen? Selbst wenn ich ein erbarmungswürdiger Buckliger gewesen wäre, würden sie mich allein meiner künstlerischen Stellung und meines Einkommens wegen verfolgt haben.

Ja . . . und die Liebe! Die Liebe? Sollte ich die Liebe nicht kennen – lyrische, leidenschaftliche, verrückte, romantische Liebe? Das alles aber gehörte für mich einer längst vergangenen Zeit an. Natürlich hatte auch ich gezittert und gesungen, geschluchzt und geseufzt – oh, ja, ich hatte auch den Schmerz kennengelernt und meine Toten begraben und beklagt! Aber das lag alles so ungeheuer weit zurück. Wie jung war ich doch damals gewesen – vierundzwanzig erst! Und nach all diesen Erfahrungen war ich zu der bitteren Weisheit gelangt, daß selbst der Schmerz, den man für unvergänglich hält, daß selbst er eines Tages vergeht und verweht. Und dann, ja, dann hatte ich wieder lachen können und hatte Liebesspiele gespielt mit den süßen abenteuerlustigen

Geschöpfen, die um das Licht meines Vermögens und meiner Künstlerschaft schwärmten, und als ich alles das hinter mir hatte, zog ich mich, angeekelt von der Schlauheit und Ränkesucht der Frauen, wieder zurück und stürzte mich in lange und kampfreiche Abenteuer im Reiche des Geistes. Und jetzt war ich also hier, an Bord der Elsinore, aus dem Sattel gehoben bei meinen Zusammenstößen mit den großen Problemen, mit zerschlagenem Schädel fortgetragen vom Schlachtfeld des Geistes.

Während ich mich an die Reling lehnte, versuchte ich mich von den Vorahnungen kommenden Unheils zu befreien. Aber immer wieder kehrten meine Gedanken zu Fräulein West zurück, die dort unten trällernd umherging, eifrig damit beschäftigt, ihr kleines Nest zu bauen. Von ihr glitten meine Gedanken weiter zu dem ewigen Geheimnis der Frau. Ja, selbst ich mit meiner ganzen Verachtung für das Weib, selbst ich wurde immer wieder von ihrem nie zu lösenden Rätsel eingefangen.

Oh, nein, ich mache mir nichts vor. Die Frau, die Liebessucherin, sie, die Quälende und Besitzende, die Zarte und doch Gewalttätige, Sanfte und doch Vergiftende, die hochmütiger als Luzifer und doch, wie er, keinen Stolz kennt, sie übt eine ständige, fast krankhafte Anziehungskraft auf jeden aus, der zu denken vermag. Was für eine Flamme ist es, die all ihre Widersprüche und ihr Unedles durchglüht? Was ist es, das ihr den unbarmherzigen, leidenschaftlichen Drang nach Leben, immer neuem Leben auf diesem Stern eingibt? Es gibt Zeiten, da diese Sucht nach Leben mir frech und schreckenerregend erscheint. Seelenlos. Nein, man entgeht der Frau nie. Wie ein Wilder nach einem tiefen Tale zurückkehrt, wo es Gespenster und vielleicht auch Götter gibt, so kehre auch ich immer wieder zu meinen Betrachtungen über die Frau zurück.

Die Stimme des Steuermanns unterbrach meine Grübelei. Ich hörte ihn vorn auf dem großen Deck fauchen:

»Ahoi, du da, auf die Großmastrahe! Wenn du das Seising kappst, haue ich dir deinen verfluchten Schädel zu Mus, verstanden?«

Dann hörte ich ihn wieder rufen, aber seine Stimme schien wie verwandelt. Da er »Henry« rief, verstand ich, daß es sich um den Jungen vom Schulschiff handelte:

»Du, Henry, die Oberbramleesegelrahe! Aber dreh mir das Seising nicht auf, hörst du? Die Rahe entlang und dann ans Drehreep.«

Das riß mich aus meinen Träumereien. Ich beschloß, zu Bett zu gehen. Als ich die Hand nach dem Türgriff des Kartenhauses ausstreckte, hörte ich wieder die Stimme des Steuermannes: »Aufwachen, ihr Affen! Und ein bißchen willig!«

Ich schlief diese Nacht schlecht. Zwar schlief ich sofort ein, wachte aber gleich wieder auf. Und dann versuchte ich vergeblich, wieder einzuschlafen, bis ich es schließlich aufgab. Aber bei meinem nervösen Zustand auch noch an Hitzepickeln leiden müssen – und noch dazu bei diesem saukalten Winterwetter, das war des Guten doch zuviel!
Um vier zündete ich das Licht wieder an, um weiterzulesen. Meine Kabine lag auf der Luvseite des Schiffes, an Deck hörte ich die Schritte des wachhabenden Offiziers, der unaufhörlich auf und ab ging. Einer wachte also dort oben. Die Arbeit ging ihren Gang, wachsame Männer paßten auf, und solange die Reise dauerte, würde – darüber war ich mir klar – diese Wachsamkeit keine Stunde aussetzen. Um halb fünf hörte ich den Wecker des Stewards Alarm schlagen, aber er wurde sofort wieder zum Schweigen gebracht, und fünf Minuten später streckte ich die Hand aus und öffnete die Tür, um den Steward zu rufen. Ich hatte Verlangen nach einer Tasse Kaffee.
Der Steward schien wirklich ein Juwel zu sein. Zehn Minuten später brachte er mir eine Tasse wundervollen Kaffees. Dann las ich weiter, bis es hell wurde. Als es halb neun war, hatte ich schon im Bett gefrühstückt, war angezogen und rasiert und an Deck. Wir wurden noch geschleppt, aber wegen des leichten Nordwindes waren schon die Segel gesetzt. Im Kartenhaus saßen der Kapitän und der Lotse und rauchten. Am Steuer stand ein Mann, dem ich sofort ansah, daß er zu den wenigen Tüchtigen an Bord gehörte. Er war nicht groß, eher etwas untersetzt. Seine Stirn war hoch und intelligent. Er hatte blaue Augen, helle Haut, Haar und Bart waren grau meliert; er schien gegen fünfzig zu sein. Er grüßte mich gut gelaunt und lächelte freundlich dabei. Er hatte freilich nicht gerade die seemännische Art des Schulschiffsjungen Henry, aber ich erkannte doch sofort, daß er nicht nur ein befahrener, sondern sogar ein tüchtiger Seemann war. Herr Pike hatte gerade Wache, und als ich ihn über Tom ausfragte, gab er mürrisch zu, daß der Mann der beste von der ganzen Schwefelbande sei.
Fräulein West tauchte mit rosigem Morgenteint auf. Als ich auf ihre Frage, wie ich geschlafen hätte, »ganz scheußlich!« antwortete, bat sie um nähere Erklärung. Ich erzählte ihr deshalb von meinen Hitzepickeln und zeigte ihr die Blasen an meinen Handgelenken.
»Sie müssen ein Blutreinigungsmittel haben«, entschied sie sofort. »Warten Sie doch bitte einen Augenblick . . . Ich will sehen, was ich habe.«
Im selben Augenblick lief sie in die Kajüte und kam gleich darauf mit einem Glase Wasser in der Hand wieder, in das sie einen Teelöffel Cremor Tartari gerührt hatte. »Nehmen Sie das sofort ein«, befahl sie wie selbstverständlich.
Ich trank. Und um elf, als ich es mir auf meinem Deckstuhl bequem

gemacht hatte, kam sie wieder und gab mir eine zweite Dosis. Bei dieser Gelegenheit rügte sie scharf, daß ich Wada erlaubt hatte, Possum Fleisch zu geben. Sie belehrte mich und Wada, daß es eine wahre Todsünde sei, so jungen Hunden Fleisch zu geben. Die Verpflegungsfrage des Hündchens erregte einen wahren Sturm in einem Wasserglas. Als alles vorbei war, hatte Fräulein West es verstanden, eine enge Verbindung zwischen uns beiden anzuknüpfen. Sie hatte in mir das Gefühl wachgerufen, daß Possum uns eigentlich gemeinsam gehörte.
Das Gabelfrühstück bestärkte mich in meiner Bewunderung für den Koch. Im Laufe des Nachmittags ging ich deshalb in die Kombüse, um seine Bekanntschaft zu machen. Er war durch und durch Chinese, jedenfalls bis er den Mund öffnete, denn da wurde er plötzlich Vollblutengländer. Seine Sprache war sehr gewählt, und ich erinnere mich bestimmt, daß sie sogar einen Oxforder Tonfall hatte. Auch er war alt, um die Sechzig, wenn er auch nur neunundfünfzig zugeben wollte. Dreierlei fiel mir besonders an ihm auf: sein Lächeln, das sein ganzes glattrasiertes Asiatengesicht mit den schiefen Augen umfaßte, seine außergewöhnlich regelmäßigen, weißen Zähne, die ich für falsch hielt, bis der allwissende Wada mich eines Besseren belehrte; endlich seine Hände und Füße. Seine lächerlich kleinen, aber schöngeformten Hände waren es, die mich veranlaßten, mir auch seine Füße anzusehen. Auch sie waren lächerlich klein und sehr gut, fast stutzerhaft beschuht.
Gegen Mittag setzten wir den Lotsen ab, aber die Britannia bugsierte uns noch einige Stunden und warf erst los, als das offene Meer vor uns lag und das Land nur noch als ein schmaler blauer Streifen am Horizont zu sehen war. Erst jetzt begann unsere Reise wirklich, wenn seit unserer Abfahrt von Baltimore auch schon gut vierundzwanzig Stunden vergangen waren.
Als der Schlepper loswarf, stand ich am Kampanjebogen und schaute voraus. Fräulein West trat zu mir. Sie hatte in der Kajüte zu tun gehabt und war nur heraufgekommen, um – wie sie sich ausdrückte – ein bißchen frische Luft zu schöpfen.
Sie beobachtete den Himmel mehrere Minuten in äußerst sachverständiger Weise und sagte dann:
»Das Barometer steht heute sehr hoch . . . Die Brise wird noch lange anhalten. Entweder schläft der Wind ein, oder er dreht sich. Dann gibt es eine Nordostkühlte.«
»Was würden Sie denn vorziehen?« fragte ich.
»Die Kühlte selbstverständlich. Sie bringt uns eher vom Lande weg und hilft mir außerdem schneller durch das Fegefeuer der Seekrankheit hindurch. Ja, ja«, fügte sie hinzu, »ich habe zwar gute Seebeine – aber am Anfang jeder Reise leide ich entsetzlich. Sie werden mich wahrscheinlich einige Tage nicht zu sehen bekommen.«

»Ich habe irgendwo gelesen, daß sogar Nelson nie eine gewisse Übelkeit überwand, wenn er auf See war«, sagte ich.
»Ich habe auch meinen Vater gelegentlich seekrank gesehen«, antwortete sie. »Auch einige von den stärksten und abgehärtetsten Seeleuten, die ich je gekannt habe.«
Pike hielt einen Augenblick in seinem unaufhörlichen Aufundabwandern an Deck inne und lehnte sich neben uns an den Kampanjebogen. Ein Teil der Mannschaft arbeitete auf dem Deck unter uns. Meinem unerfahrenen Blick erschienen sie noch abstoßender als bisher.
»Eine nette Sammlung, Herr Pike«, sagte Fräulein West.
»Die schlimmste, die ich je gesehen habe«, knurrte er, »und ich habe doch was erlebt in der Beziehung.«
»Sie sehen so verhungert aus«, bemerkte ich.
»Sind sie auch«, antwortete Fräulein West, und ihre Augen glitten mit demselben abschätzenden Viehhändlerblick, den ich bei dem Steuermann bemerkt hatte, über die Männer hin. »Aber sie werden bald dikker, wenn sie regelmäßige Mahlzeiten und keinen Whisky bekommen. Nicht wahr, Herr Pike?«
»Sicher. Sie werden sehen, wie sie aufleben werden, wenn wir sie erst richtig herannehmen. Denn es ist eine verdammt faule Gesellschaft.«
Ich sah hinauf in die mächtigen Berge von Segeltuch. Auf unseren Masten waren in allen Richtungen Segel aufgebläht, aber dennoch setzten die Matrosen unter Befehl Mellaires immer noch dreieckige klüverähnliche Segel zwischen den Masten. Die Langsamkeit und Ungeschicklichkeit der Mannschaft war dabei so groß, daß ich den Steuermann fragte:
»Was würden Sie mit dieser Mannschaft machen, Herr Pike, wenn es jetzt Sturm gäbe und Sie alle Segel gesetzt hätten?«
Er zuckte die Achseln, als ob ich ihn gefragt hätte, was er bei einem Erdbeben in New York tun würde, wenn ihm die Wolkenkratzer auf den Kopf fielen.
»Was wir machen würden?« antwortete Fräulein West an seiner Statt. »Die Segel herunterholen. Oh, das geht schon, Herr Pathurst, mit jeder Mannschaft. Sonst wäre ich schon längst ertrunken.«
»Sicher«, stimmte der Steuermann ihr bei. »Und ich auch.«
»Die Offiziere können reine Wunder vollbringen, selbst mit der schlechtesten Mannschaft«, fügte sie hinzu.
Wieder nickte Pike zustimmend. Unwillkürlich betrachtete ich seine beiden gewaltigen Fäuste, die sich ganz unbewußt ballten.
»Ich erinnere mich, wie wir einmal San Franzisko mit einer ganz hoffnungslosen Besatzung verließen«, lachte Fräulein West. »Es war die Lallah Rookh – Sie erinnern sich doch, Herr Pike?«

»Das fünfte Kommando Ihres Vaters«, nickte er. »Erlitt später Schiffbruch an der Westküste. Lief bei dem großen Erdbeben auf.«

»Ja, das Schiff meine ich. Unsere Mannschaft schien damals nur aus Kuhjungen, Maurern und Landstreichern zu bestehen. Kaum hatte der Schlepper losgeworfen, begann es zu wehen. Da vollbrachten unsere Steuermänner aber reine Wunder . . . Erinnern Sie sich an Silas Harding?«

»Ob ich mich erinnere!« rief Pike begeistert. »Das war ein Mann. Aber er muß schon alt gewesen sein!«

»Ja«, bestätigte sie. »Ein furchtbarer Mann war er.« Sie wandte sich an mich. »Er war unser Steuermann. Die Männer waren alle seekrank und lauter unbefahrene Leute. Aber Harding kriegte doch die Segel herunter. Einer von den Grünlingen, ein Landstreicher – er hatte Herrn Harding offenbar schon von der richtigen Seite kennengelernt –, fiel von der Großuntermarsrahe. Glücklicherweise ins Großsegel, überschlug sich und landete an Deck auf den Füßen, ohne daß ihm etwas passiert war, aber zu seinem Pech direkt vor Harding. Ich weiß nicht, wer erstaunter war, aber ich glaube fast, Harding, denn er stand wie versteinert da – er hatte natürlich erwartet, den Mann zerschmettert zu sehen. Dem Mann aber erging es anders – er warf nur einen Blick auf Harding, dann sprang er wie ein Wilder in die Takelung und kletterte schleunigst wieder zu seiner Rahe hinauf.«

Fräulein West und Pike lachten so herzlich wie über einen guten Witz. Daß eine Dame und noch dazu eine so entzückende wie Fräulein West solche Dinge kannte und in diese Seite des Seemannslebens so tief eingeweiht war, gefiel mir nicht recht. Es bedeutete eine Verhärtung des Feinsten in ihrem Charakter – und das behagte mir gar nicht.

Ich betrachtete sie wieder, und wieder sah ich, wie fein ihre Haut war. Das Haar war dunkler als ihre Augenbrauen, die gerade und ziemlich niedrig über den mandelförmigen Augen lagen. Die Iris war grau, von einem warmen Grau, ihr Blick war ruhig und fest, klug und lebhaft. Wenn man ihr Gesicht als Ganzes betrachtete, war das bemerkenswerteste daran vielleicht der Ausdruck von tiefer Ruhe. Sie schien immer im Gleichgewicht, im Frieden mit sich selbst und der Welt zu sein. Beim Lächeln zeigte sie nur selten ihre Zähne, denn sie schien eigentlich nur mit den Augen zu lächeln. Wenn sie aber lachte, sah man die weißen Zähne, starke, gesunde, normale Zähne. Schön würde ich sie wohl nicht genannt haben, aber sie besaß vieles von dem, was eine Frau zu einer Schönheit macht.

»Fräulein West hat soeben den Wetterpropheten gespielt«, sagte ich zu dem Steuermann. »Jetzt möchte ich gern wissen, was Sie vom Wetter denken?«

Pike ließ seinen Blick über die leise wogende Fläche des Meeres und

über dem Himmel schweifen. Einen Augenblick studierte er noch genau See und Himmel. »Bei dem hohen Barometerstand sollte ich fast meinen, daß wir eine leichte Kühlte aus Nordost bekommen werden ... oder der Wind flaut ab, was eigentlich das wahrscheinlichste ist.«
Fräulein West warf mir einen triumphierenden Blick zu, hielt sich dann aber plötzlich am Bogen fest. Die Elsinore wurde durch eine außergewöhnlich hohe Dünung gehoben, um gleich darauf wieder ins Wellental zu sinken. Dann schlingerte das Schiff unter donnerähnlichem Knattern der Segel nach Lee.
»Der Wind stillt schon, er läuft Schulen«, sagte Fräulein West, mit einem Anflug von Ärger. »Und wenn es so weitergeht, muß ich in wenigen Minuten ins Bett kriechen.«
Sie lehnte mein Mitgefühl ab.
»Machen Sie sich meinetwegen keine Sorgen. Herr Pathurst ... Die Seekrankheit ist scheußlich und unappetitlich; aber ich will lieber seekrank sein als Hitzepickel haben.«
Die Männer an Deck schienen wieder eine Dummheit begangen zu haben, nach der erhobenen Stimme Mellaires zu schließen. Ein Teil der Mannschaft trug in ihren Gesichtern deutliche Spuren von Schlägen – besonders einer von ihnen hatte ein so geschwollenes Auge, daß er es nicht einmal öffnen konnte.
»Es sieht aus, als ob er in der Dunkelheit gegen eine Deckstütze gelaufen wäre«, sagte ich.
Sehr beredt – aber auch ganz unwillkürlich und unbewußt – war der schnelle Blick, den Fräulein West auf die riesigen Fäuste des Steuermanns warf, deren Knöchel ganz frische Hautabschürfungen trugen. Dieser Blick gab mir einen tiefen Stich ins Herz: *Sie wußte Bescheid.*

An diesem Tage aßen wir drei Männer unser Mittagessen allein. Der Tisch war mit einem Schlingerbord versehen worden, denn in der Totenstille schlingerte die Elsinore hin und her. Fräulein West hatte sich schon längst zurückgezogen. »Jetzt werden wir sie erst in einigen Tagen wiedersehen«, meinte Kapitän West. »Ihrer Mutter ging es ebenso; sie hatte sonst auch Seefüße, wurde aber immer bei Beginn der Fahrt krank.«
»Man muß eben erst zurechtgeschüttelt werden.« Pike setzte mich in Erstaunen durch die längste Bemerkung, die er bisher bei Tisch gemacht hatte: »Alle müssen wir zurechtgeschüttelt werden, wenn wir den festen Boden hinter uns lassen. Wir müssen die schönen Tage an Land vergessen, und dann beginnen die Wachen – immer wieder Wachen, vier Stunden an Deck, vier Stunden Ruhe. Und es wird einem

anfangs verdammt sauer, bis man sich an die Änderung gewöhnt hat. Haben Sie übrigens zufällig diesen Winter Caruso in New York gehört, Herr Pathurst?«

Ich nickte, immer noch ganz verblüfft über seine ungewohnte Beredsamkeit bei Tisch.

»Donnerwetter ja, wenn man denkt, daß man den hören kann, und dann soll man darauf verzichten und wieder Wache schieben. Pfui Deubel!«

»Lieben Sie die See denn nicht?« fragte ich.

Er seufzte. »Ich weiß nicht recht. Aber selbstverständlich ist die See das einzige, was ich kenne.«

»Mit Ausnahme der Musik«, sagte ich.

»Ja, das ist wohl richtig, aber die See hat mich um die meiste Musik gebracht.«

»Aber die Schumann-Heink haben Sie doch sicher gehört?«

»Herrlich, herrlich!« murmelte er begeistert. »Ich habe ein halbes Dutzend Platten von ihr. Bei der zweiten Plattfußwache bin ich frei heute. Wenn Kapitän West also nichts dagegen hat und Sie hören wollen – es ist ein guter Apparat.«

Als der Steward abgedeckt hatte, brachte dieses bemooste Überbleibsel aus den alten männertötenden und männerhetzenden Tagen, dieser Vagabund der Meere, aus seiner Kammer eine einfach herrliche Sammlung von Schallplatten. Er legte sie auf den Tisch, wo er auch seinen Apparat aufstellte. Kapitän West und ich machten es uns in den großen Ledersesseln bequem, während Pike das Grammophon bediente. Sein Gesicht wurde von den Hängelampen beleuchtet, so daß ich selbst den leisesten Ausdruck, der darüberglitt, beobachten konnte. Ich erwartete irgendeinen volkstümlichen Schlager zu hören – aber nein. Seine Platten gehörten ohne Ausnahme zu den allerbesten, und die liebevolle Sorgfalt, mit der er sie behandelte, war einfach eine Offenbarung für mich. Eine Zeitlang konnte ich meinen Blick nicht von den großen, brutalen Händen lassen, die jetzt plötzlich in allen Bewegungen eine so liebevolle Sorgfalt verrieten. Jede Berührung der Platten war eine Liebkosung, und während die Platte lief, hockte er träumerisch am Apparat.

Kapitän West saß unterdessen in seinem Sessel und rauchte seine Zigarre. Sein Gesicht war ganz ausdruckslos; er schien gänzlich unberührt von der Musik zu sein. Ich glaube überhaupt kaum, daß er sie hörte. Er schien mir übernatürlich ruhig und übernatürlich fern. Und während ich ihn betrachtete, dachte ich darüber nach, worin seine Arbeit hier an Bord wohl eigentlich bestand. Ich hatte ihn bis jetzt noch nichts tun sehen. Das Einnehmen und Verstauen der Ladung hatte Pike überwacht. Erst als das Schiff in See stechen sollte, war Kapitän West an Bord gekommen. Ich hatte ihn noch keine Befehle erteilen hören. Mir kam es vor, als ob Pike und Mellaire die ganze Arbeit täten. Kapitän West rauchte Zigarren und kümmerte sich nicht um die Mannschaft der Elsinore.

Als Pike den »Halleluja-Chor« und »Er speist die Seinen . . .« gespielt hatte, bemerkte er zu mir – fast wie eine Entschuldigung –, er liebe religiöse Musik besonders und vielleicht stamme diese Vorliebe daher, daß er als Kind Chorknabe gewesen sei.

»Dann versetzte ich aber dem Herrn Pfarrer mit dem Baseballschläger eins über den Kopf«, schloß er seinen Bericht mit einem harten Lachen.

Und wieder versank er in glückliche Träume, während er »König des Himmels« spielte. Als halb acht Glasen geschlagen wurde, brachte er Apparat und Platten wieder in seine Kammer, nachdem er sie sorgfältig eingepackt hatte.

Diese Nacht schlief ich wieder sehr schlecht. Da ich in der vorigen Nacht zuwenig Schlaf bekommen hatte, klappte ich früh mein Buch zu und löschte das Licht. Aber kaum war ich eingeschlafen, als mein Hitzeausschlag mich so furchtbar plagte, daß ich wieder aufwachte. Den ganzen Tag hatte ich nichts gespürt, aber im selben Augenblick, als ich das Licht ausschaltete, begann das verdammte Jucken von neuem. Wada war noch nicht zu Bett gegangen, und ich ließ mir deshalb von ihm etwas Cremor Tartari geben. Das half indessen nicht im geringsten, und als ich um Mitternacht die Wache ablösen hörte, schlüpfte ich in meinen Hausanzug und ging auf die Kampanje.

Ich sah, daß Mellaire jetzt die Hundewache hatte und seinen regelmäßigen Trott auf und ab an der Backbordseite der Kampanje begann. Ich schlüpfte nach achtern, vorbei hinter dem Mann am Ruder, den ich nicht erkennen konnte, und suchte mir einen windgeschützten Platz in Lee des Ruderhauses. Und wieder einmal studierte ich das düstere Gewirr der segeltragenden Masten und Rahen, wieder einmal dachte ich an die verrückte, faule Mannschaft, und böse Ahnungen überfielen mich. Wie konnte eine solche Reise möglich sein mit solch einer Mannschaft, auf der großen Elsinore, einem Frachter, der nur eine einen halben Zoll dicke Stahlschale war, beladen mit fünftausend Tonnen Kohlen? Es war erschreckend, daran zu denken. Die Reise war vom ersten Tag an schiefgegangen. In der bösen Unausgeglichenheit, die jeder Schlafmangel im Gemüt eines guten Schläfers erweckt, kam ich jetzt schon zu der Erkenntnis, daß die Reise zu einem bösen Ende verdammt war. Doch wie verdammt sie in Wahrheit war, das konnten weder ich noch ein Wahnsinniger träumen.

Ich dachte an das feinhäutige Fräulein West mit dem raschen, roten Blut, das immer gelebt hatte und sicher keinen Zweifel kannte, daß sie immer leben würde. Ich dachte an den grausamen und musikliebenden Herrn Pike. Viele Sklaventreiber und Leutehetzer wie er waren auf einer letzten Reise zugrunde gegangen. Was Kapitän West anging, so zählte er nicht. Er war ein zu neutrales Wesen, zu weit weg, eine Art geschätzter Passagier, der nichts zu tun hatte. Dann erinnerte ich mich des Griechen, dessen Wunden Herr Pike genäht hatte und der jetzt fiebernd zwischen den Stahlwänden des Mittschiffshauses lag. Dieses Bild gab mir fast den Rest, denn in meiner erhitzten Phantasie stellte er die ganze verrückte, hilflose, idiotische Mannschaft dar. Nein, ich mußte nach Baltimore zurück! Gott sei Dank besaß ich die Mittel, meinen Einfall zu erfüllen. Hatte mir nicht Herr Pike auf eine Frage erwidert, daß er die laufenden Unkosten der Elsinore auf zweihundert Dollar den Tag schätzte? Ich konnte es mir leisten, zweihundert Dollar täglich zu zahlen, oder zweitausend für die Anzahl von Tagen, die erforderlich war, um mich zurück an Land oder an Bord eines Schiffes, das Kurs auf Baltimore nahm, zu bringen.

Ich war mir schon vollkommen einig darüber, hinunterzugehen, Kapitän West zu wecken und ihm meinen Entschluß mitzuteilen, als ein anderer Gedanke den ersten lähmte: Dann hast du, der Denker, der Philosoph, also Furcht, unterzugehen, Furcht, in der Dunkelheit zu erlöschen? Bah! Mein eigener Stolz auf die Stolzlosigkeit gegenüber meinem Leben rettete Kapitän Wests Schlaf vor der Unterbrechung. Natürlich würde ich das Abenteuer fortsetzen, wenn es ein Abenteuer zu nennen war, Kap Horn mit einer Schiffsladung von Narren und Tollhäuslern – oder schlimmeren – zu umsegeln; denn ich erinnerte mich der drei Babylonier und Hebräer, die Herrn Pikes Zorn erregt und die selber so schrecklich und schweigend gelacht hatten.

Nette Nächte! Schlaflose Gedanken! Ich scheuchte sie alle fort und wollte nach unten gehen, da ich ganz durchgekühlt war. Aber an der Tür des Kartenhauses stieß ich auf Herrn Mellaire.

»Ein schöner Abend, Herr Pathurst«, begrüßte er mich. »Nur dumm, daß wir keinen Wind haben, der uns auf die hohe See bringt.«

»Was halten Sie eigentlich von der Mannschaft?« fragte ich ihn, als wir einen Augenblick nebeneinander standen.

»Ich habe viele merkwürdige Mannschaften in meinem Leben gesehen, Herr Pathurst, aber noch keine wie diese. Knaben, Greise, Krüppel und . . . haben Sie nicht gesehen, wie Tony, der Grieche, vorgestern über Bord sprang? Na, das ist nur der Anfang. Haben Sie den kleinen vertrockneten Schotten bemerkt?«

»Der immer so mürrisch und bösartig aussieht und der vorgestern abend am Ruder stand?«

»Eben den – Andy Fay heißt er. Nun, Andy Fay hat sich soeben bei mir über O'Sullivan beklagt. Er sagt, daß er ihm das Leben bedrohe.

Als Andy Fay abgelöst wurde, um acht, fand er O'Sullivan dabei, sein Rasiermesser zu schleifen. Ich werde Ihnen die ganze Unterhaltung wiedergeben, wie Andy sie mir erzählte:

›Da sagte O'Sullivan zu mir: ‚Herr Fay, ich möchte Ihnen mal was sagen!' ‚Heraus damit', sagte ich. ‚Was willst du?' ‚Verkaufen Sie mir Ihre Stiefel, Herr Fay', sagte er sehr höflich zu mir. ‚Aber was willst du denn damit?' fragte ich. ‚Sie würden mir einen großen Gefallen damit erweisen, Herr Fay', sagte er. ‚Schon möglich', sagte ich. ‚Aber es sind meine einzigen, und du hast doch selbst welche.' ‚Herr Fay, die brauche ich bei schlechtem Wetter', sagte O'Sullivan. ‚Ich werde sie in Seattle bezahlen, wenn ich die Heuer kriege', sagte er. ‚Nicht zu machen. Und außerdem hast du mir gar nicht gesagt, was du damit anfangen willst', sagte ich. ‚Aber das will ich Ihnen sagen, Herr Fay', sagte er. ‚Ich will sie über Bord schmeißen.' Da drehte ich mich um und wollte weggehen, und da sagte O'Sullivan ganz höflich, und dabei schliff er weiter an seinem verdammten Rasiermesser: ‚Herr Fay', sagte er. ‚Wollen Sie so freundlich sein und mal herkommen? Ich möchte Ihnen gern die Kehle abschneiden.' Und da wußte ich, daß mein Leben in Gefahr ist, und nun komme ich vertrauensvoll zu Ihnen, Steuermann, denn dieser Mann ist verrückt, Steuermann!‹«

»Oder wird es bald«, meinte ich. »Ich habe ihn schon beobachtet – das ist doch der große Bursche, der immer vor sich hin murmelt?«

»Das ist er«, antwortete Mellaire.

»Gibt es viele von der Sorte auf See?« fragte ich.

»Mehr als mir lieb ist, Herr Pathurst.«

Er steckte sich eine Zigarette an. Mit einer raschen Bewegung nahm er die Mütze ab, beugte den Kopf und hielt das flackernde Streichholz hoch, damit ich sehen konnte.

Ich sah einen graumelierten Kopf und einen Schädel, der nicht kahl, aber doch nur teilweise mit Haar bedeckt war. Und quer über diesen Schädel lief die furchtbarste Narbe, die ich je in meinem Leben gesehen habe. Das Streichholz erlosch, ich sah die Narbe deshalb nur flüchtig, aber ich hätte schwören mögen, sie war so tief, daß ich zwei Finger hätte hineinlegen können. Sie war eine nur mit Haut überzogene Kerbe, und ich bin fest überzeugt, daß das Gehirn selbst direkt unter der Haut lag.

Er setzte die Mütze wieder auf und lachte heiter und beruhigend.

»Ein verrückter Schiffskoch war es, der mich so zurichtete, Herr Pathurst. Mit seiner verfluchten Fleischaxt! Wir waren mehrere tausend Meilen von jedem Hafen entfernt – in der Südsee –, aber der Koch hatte sich in den Kopf gesetzt, daß wir im Hafen von Boston lagen und ich ihm nicht erlauben wollte, an Land zu gehen. Ich kehrte ihm gerade den Rücken und ahnte deshalb nicht, was eigentlich mit mir geschah.«

»Aber wie haben Sie nur eine so furchtbare Verwundung überstehen können?« fragte ich ihn. »Sie müssen eine außergewöhnliche Zähigkeit besitzen.«
Er zuckte die Achseln.
»Ich lag in meiner Koje – viele Wochen lang – es war eine verdammt lange Fahrt – und als wir Hongkong erreichten, war das Ding geheilt, und ich hatte schon wieder die Wache als Dritter Steuermann übernommen – damals fuhren wir immer mit drei Steuermännern.«
Es sollten viele Tage vergehen, bis ich erfuhr, welche Rolle diese Narbe an Mellaires Kopf noch in seinem Schicksal und dem der Elsinore spielen sollte. Hätte ich es damals schon gewußt, so wäre Kapitän West auf die ungewöhnlichste Weise in seinem Leben und mit dem seltsamsten Ansinnen aus dem Schlaf geweckt worden. Ein nur halbbekleideter, aber zu allem entschlossener Passagier hätte ihm den Vorschlag gemacht, die Elsinore mitsamt ihrer ganzen Ladung zu kaufen und sie geradeswegs nach Baltimore zurückzusteuern.
Wie die Dinge aber lagen, so hielt ich es nur für eine wunderbare und höchst merkwürdige Sache, daß Herr Mellaire schon so viele Jahre mit einem Loch in seinem Schädel lebte. Wir sprachen weiter miteinander, und er erzählte mir viele andere Erlebnisse zur See – namentlich mit Verrückten, die die See in besonderem Maße unsicher zu machen schienen. Und dennoch konnte ich mich mit dem Manne nicht aussöhnen. Freilich fand ich weder in dem, was er sagte, noch in der Art, wie er es erzählte, irgend etwas, was nicht in Ordnung gewesen wäre. Es wurde mir an sich nicht schwer, seine allzu süßliche Sprechweise und seine übertrieben höflichen gesellschaftlichen Formen zu übersehen. Das war es also nicht. Obgleich ich aber hier im Dunkeln nicht einmal seine Augen sehen konnte, hatte ich doch immer das unheimliche Gefühl, daß hinter diesen Augen, in diesem Schädel ein anderes fremdes Wesen verborgen lag, das mich beobachtete, maß und studierte und stets etwas anderes sagte, als es meinte.
Als ich hinunterging, tat ich es mit dem sonderbaren Gefühl, mit der einen Hälfte eines Doppelwesens gesprochen zu haben. Die andere Hälfte hatte sich in keiner Weise geäußert, und dennoch fühlte ich, daß sie da war und sich gewandt hinter der Larve von Fleisch in Worten verbarg.

Aber ich konnte immer noch nicht schlafen. Es muß die Wärme des Bettes sein, die meine Hitzepickel verschlimmert, dachte ich. Das furchtbare Jucken hörte immer auf, wenn ich meine Leselampe wieder anzündete. Kaum aber hatte ich die Lampe wieder ausgelöscht und die Augen geschlossen, so wurde ich auch schon wieder gequält und gestört. Auf

diese Weise verrann Stunde um Stunde, in denen ich mich – abgesehen von den vergeblichen Versuchen einzuschlafen – mühselig durch ein Buch hindurchackerte.
Über meinem Kopf hörte ich das ewige Auf und Ab des Untersteuermanns. Um vier Uhr wurde die Wache abgelöst, und jetzt erkannte ich den schleppenden Gang Pikes. Eine halbe Stunde später begann die Elsinore zu krängen. Ich konnte hören, wie Pike Befehle fauchte, und bisweilen vernahm ich das Trappeln und Schleifen vieler Füße über meinem Kopf. Die Elsinore krängte immer mehr nach meiner Seite, bis ich das Wasser durch die Lichtpforte sehen konnte; dann richtete sie sich wieder auf und rauschte mit solcher Schnelligkeit durch das Wasser, daß ich durch das dicke Glas den Schaum zischen und singen hörte.
Der Steward brachte mir den Kaffee, und ich las weiter, bis es hell wurde und Wada mein Frühstück brachte. Er klagte ebenfalls darüber, daß er nicht schlafen könne. Er war in einer der Kajüten mittschiffs zusammen mit Nancy untergebracht worden. Wada beschrieb ihre Wohnung. Der winzige Raum, der aus Stahlwänden bestand, war ohne Luftzufuhr, sobald man die Tür schloß. Und Nancy bestand darauf, die Stahltür geschlossen zu halten. Darum war Wada, der in der oberen Koje schlief, fast erstickt. Er erzählte, die Luft sei so schlecht geworden, daß die Flamme der Lampe, gleichgültig, wie hoch er sie auch schraubte, nur trübe geschwelt habe und schließlich erstickt sei. Nancy aber hätte herrlich sich durch alles geschnarcht, während er nicht imstande war, auch nur ein Auge zu schließen.
»Er ist nicht sauber«, schloß Wada. »Er ist einfach ein Schwein. Ich will nie mehr dort schlafen.«
Als ich auf die Kampanje kam, sah ich, daß die Elsinore mit vielen beschlagenen Segeln durch eine grobe See unter bedecktem Himmel dahinrauschte. Und ich fand Herrn Mellaire ebenso auf und ab gehend, wie ich ihn vor Stunden verlassen hatte. Es kostete mich direkt eine Anstrengung, mir vorzustellen, daß er ja die Wache zwischen vier und acht freigehabt hatte. Aber als ob er dies wußte, sagte er im selben Augenblick, daß er von vier bis halb sieben geschlafen habe.
»Das ist es nämlich, Herr Pathurst, ich schlafe heute noch wie ein Kind, wie ein ganz kleines Kind . . . was ein gutes Gewissen bedeutet, mein Herr, ja, ein gutes Gewissen.«
Während er solche Plattheiten äußerte, wurde ich mir unbehaglich bewußt, daß das fremde Ding in seinem Schädel mich beobachtete, mich studierte . . .
In der Kajüte saß Kapitän West und rauchte seine Zigarre. Dabei las er in der Bibel. Fräulein West erschien gar nicht, und ich freute mich, daß ich zu dem Hitzeausschlag nicht auch noch seekrank geworden war. Es war ein sehr trüber Tag. Keine Sonne. Hin und wieder Regen-

schauer. Und unaufhörlich schlugen Sturzseen über die Luvreling. Wenn ich durch die runden Deckfenster der Kajüte nach vorn auf das große Deck blickte, konnte ich sehen, wie die Seeleute, wenn sie heißten und halsten, von den über das Deck schlagenden Sturzseen durchnäßt wurden. Aber zwischen diesen Männern, die sich festkrallten, wo sie konnten, gingen bald Pike, bald Mellaire umher, aufrecht, ohne zu wanken, mit der Sicherheit, die nur Kraft und Autorität verleihen. Sie verloren nie das Gleichgewicht. Sie wichen weder Schaum noch Spritzern aus, gingen keiner Sturzsee aus dem Wege. Sie waren anders ernährt, waren von einem ganz anderen Geist beseelt, waren aus Stahl im Vergleich mit den Schwächlingen, die sie zur Arbeit trieben.

Nach dem Mittagessen gab es heute leider kein Schallplattenkonzert. Diesmal hatte Pike die Plattfußwache und mußte deshalb an Deck sein.

Dieses ewige Nichtschlafenkönnen! Eine neue qualvolle Nacht, und dann wieder ein langer trüber Tag mit graubewölktem Himmel und bleierner, grober See. Und kein Fräulein West! Auch Wada war jetzt seekrank, wenn er sich auch heldenmütig auf den Beinen hielt und mir behilflich zu sein versuchte, obgleich er kaum aus den verglasten Augen sehen konnte. Ich schickte ihn zu Bett und las alle die endlos langen Stunden, bis meine Augen müde geworden waren und mein Gehirn ganz umnebelt war.

Kapitän West war übrigens nicht sehr unterhaltend. Je mehr ich von ihm sah, desto mehr wunderte ich mich. Er hatte das Gleichgewicht und das Wesen, die einem zurückhaltenden, übergeordneten Wesen ziemen, aber dennoch stellte ich mir bisweilen die Frage, ob es nicht nur äußere Form war und sonst nichts. Manchmal glaubte ich fast, daß hinter dem Gepräge edler Rasse, dem Anschein großer Kraft und der aristokratischen Haltung seiner hohen Gestalt in Wirklichkeit gar nichts Tieferes steckte.

Dann wieder grübelte ich, was sich wohl hinter diesen klaren blauen Augen verbergen mochte.

So fern die beiden Steuermänner auch ihren Leuten waren, so groß der Abstand zwischen ihnen auch sein mochte, der Abstand zwischen Kapitän West und seinen beiden Offizieren war doch größer. Ich hatte noch nicht bemerkt, daß er mit Mellaire je ein Wort über das unvermeidliche »Guten Morgen« hinaus auf der Kampanje gesprochen hätte, und mit Pike, der doch dreimal täglich am Tische mit ihm saß, schien er auch noch keine längere Unterhaltung geführt zu haben.

Noch etwas: Worin bestehen eigentlich die Obliegenheiten des Kapitäns? Vorläufig hatte er nichts getan, als dreimal täglich zu essen, sehr viele Zigarren zu rauchen und jeden Tag einen Spaziergang von insgesamt einer Meile Länge auf der Kampanje zu machen. Die Steuermänner mußten die gesamte Arbeit tun, und es ist eine verdammt schwere Arbeit . . . vier Stunden an Deck und vier Stunden Freizeit, Tag und nacht in unaufhörlichem Wechsel. Ich beobachtete Kapitän West und war tatsächlich erstaunt. Er konnte zurückgelehnt im Sessel der Kajüte sitzen und unbewegt Stunde auf Stunde vor sich hin starren, bis ich eine fast unüberwindliche Neigung verspürte, ihn zu fragen, woran er nur so lange dächte. Bisweilen zweifelte ich, daß er überhaupt an etwas dachte. Ich war nicht imstande, ihn zu ergründen.

Alles in allem war es ein trauriger Tag, mit Regenschauern und Sturzseen über das Deck. Ich begann einzusehen, daß es bedeutend schwieriger ist, als ich gedacht hatte, ein Segelschiff mit fünftausend Tonnen Kohle an Bord um Kap Horn zu führen.

Die Elsinore ging so tief, daß sie wie ein Holzklotz war, der immer wieder überspült wurde. Die sechs Fuß hohe Schanzkleidung aus Eisen konnte nicht verhindern, daß die Seen über das Deck stürzten, das Schiff wurde durch ihr Gewicht noch tiefer gedrückt, bis es ganz tot dalag.

Ja, es war ein trübseliger Tag gewesen. Die beiden Steuermänner hatten sich in Wachen und Ruhestunden abgelöst. Kapitän West hatte auf dem Diwan der großen Kajüte geschlafen oder die Bibel gelesen. Fräulein West war immer noch krank. Ich hatte mich in meinen Büchern müde gelesen, und mein Gehirn war vom Schlafmangel so umnebelt, daß ich ganz melancholisch war. Selbst Wada bot durchaus kein erheiterndes Schauspiel – mit kleinen Zwischenräumen kroch er aus dem Bett, um mit seinen kranken, glasigen Augen meine Wünsche ausfindig zu machen. Ich selbst hatte keinen anderen Wunsch, als selbst seekrank zu werden. Nie in meinem Leben hätte ich gedacht, daß eine Seereise so unbeschreiblich eintönig und so wenig ermunternd sein könnte, wie diese zu werden schien.

Wieder ein Morgen mit bewölktem Himmel und bleierner See. Die Elsinore hat die Hälfte ihrer Segel gesetzt, sie läuft mit klappernden Schlagpforten, und das Wasser strömt aus ihren Speigatten. Es geht ostwärts, immer weiter in den Atlantischen Ozean hinein. Ich hatte die letzte Nacht nur anderthalb Stunden geschlafen. Im selben Augenblick, wenn ich die Lampe auslösche und einnicken will, fängt das Jucken sofort an, überall an meinem Körper entstehen kleine Knoten oder Blasen.

Fräulein West ist immer noch seekrank, aber ganz scheint die Krankheit sie doch nicht mit Beschlag zu belegen, denn von Zeit zu Zeit schickt sie mir den Steward mit einer Dosis Cremor Tartari.

Aber heute habe ich eine Offenbarung gehabt. Ich habe endlich Kapitän West entdeckt: Er ist ein Samurai, eines dieser höheren Wesen, die die Dinge durchschauen und Herren des Lebens und ihrer Mitmenschen in einer Weise sind, die jenseits von Güte und Weisheit der gewöhnlichen Sterblichen liegt. Lassen Sie mich erzählen!
Heute schlug der Wind um. Plötzlich um acht Punkte, also um ein Viertel des ganzen Kreises. Denken Sie sich einen steifen Wind, der heulend aus Südwest kommt . . ., und dann einen anderen noch schwereren und gewaltigeren, der das Schiff mit plötzlichen Stößen aus Nordwest trifft. Wir seien durch einen Küselwind gelaufen, versicherte Kapitän West mir und fügte hinzu, es sei schon möglich, daß der Wind den ganzen Kompaß durchlaufen werde.
In Seestiefeln, Ölzeug und Südwester hatte ich einige Zeit auf der Kampanje verbracht, wo ich mich am Bogen festhielt und wie gebannt auf die armen Teufel von Matrosen starrte, die oft bis an den Hals im Wasser standen und bisweilen ganz untertauchten oder wie Strohhalme auf dem Deck herumgeschleudert wurden, während sie unaufhörlich heißten und halsten, stumpfsinnig blind, offenbar in Todesangst, und das alles zur Begleitung der schmetternden Befehle Pikes. Mir erschien es fast als ein Spaß, ihnen zuzusehen, es war beinahe wie im Zirkus. Der Wind heulte noch lauter, und die See kochte und gischte in wilder Wut. Der Ernst der Lage wurde mir erst klar, als zwei Mann auf Deck liegen blieben. Der eine war Lars Jacobsen, ein stumpfsinniger Skandinavier, der sich das Bein gebrochen hatte und vorausgetragen wurde, während man den anderen, Bub Twist, bewußtlos und mit blutendem Kopf wegschaffen mußte.
Als der Sturm seinen Höhepunkt erreicht hatte, mußte ich mich am Kampanjebogen festklammern, damit mich der Wind nicht hinunterwarf. Mein Gesicht schmerzte von den Nadelstichen der fliegenden Schaumspritzer. Ich hatte das Gefühl, daß der Wind mir das ganze Spinngewebe, das die Schlaflosigkeit über mein Gehirn gelegt hatte, wieder herausblies.
Unterdessen ging Kapitän West auf und ab, schlank, aristokratisch, voller Anmut selbst in seinem triefenden Ölzeug. Mühelos paßte er den Körper den Schlingerbewegungen an. Bei diesem Wetter nahm er sich Zeit und Muße, mir zu erzählen, daß wir durch einen Küselwind gingen und daß der Wind den ganzen Kompaß durchlaufen würde. Ich sah, daß er dauernd den bedeckten Himmel, an dem die Wolken dahinjagten, im Auge behielt. Mir schien es, als könnte der Wind nicht noch schlimmer werden. Er aber hatte offenbar am Himmel gefunden, was er suchte. Und da hörte ich zum erstenmal seine Stimme. Es war eine Stimme, wie geschaffen für das Meer: klar wie eine Glocke, rein wie Silber, von einer unsagbaren Schönheit und Kraft, mühelos und doch

alles beherrschend! Das furchtbare Brüllen des Sturmes heulte in den Stags, grölte in den Wanten, schlug die steif angesetzten Leinen klatschend gegen die stählernen Masten und gab in den unzähligen, winzigen Tauen hoch oben ein Höllenkonzert von schrillem Pfeifen und Kreischen. Und doch klang die Stimme des Kapitäns klar und deutlich durch diesen irrsinnigen Lärm hindurch, süß und weich wie Musik. Die Stimme erreichte den Mann am Steuerruder und Pike, der bis zu den Hüften im Wasser stand, und brachte ihnen Befehle. Der Mann am Steuerrad gehorchte und gab brüllend und fauchend seine Befehle weiter an die armen Teufel, die sich am Boden wälzten, aber doch gehorchten. Und wie die Stimme war auch das Gesicht – ein solches Gesicht, hatte ich nie zuvor gesehen . . . es war das Gesicht eines überirdischen Geistes, rein durch seine Weisheit, erleuchtet durch den Glanz der Macht und der Ruhe. Der Held war in Donner und Blitz auf den Flügeln des Sturmes angeritten gekommen, um die mächtige, schwer arbeitende, so komplizierte und schwerfällige Elsinore durch den Sturm zu lenken und das Menschenbündel auf ihr nach seinem Willen zu führen – nach seinem Willen, der der Wille der Weisheit war. Und dann beugte sich Kapitän West gleichgültig, unbekümmert, schlanker, größer und in seinem triefenden Ölzeug aristokratischer als je, zu mir, berührte leicht mit seiner Hand meine Schulter und zeigte achteraus über unsere Windviering. Ich blickte hin, aber ich konnte nichts sehen als See und Himmel, die ineinander verflossen, und eine dunkle Wolkenbank, die an der Brust der See riß und zerrte. In derselben Sekunde verstummte der Südweststurm. Kein Wind wehte, kein Lüftchen regte sich. Nichts war geblieben als eine ungeheure Stille in der Luft.

»Was ist denn das?« fragte ich verdutzt.

»Der Wind schlägt um«, sagte er. »Von dort kommt er.«

Jetzt kam ein Windstoß aus Nordwesten, ein sausender Sturm, ein gewaltiger atmosphärischer Schlag, der verwirrte und betäubte und die Takelung wieder ihren harfenden Protest singen ließ. So stark war der Windstoß, daß er mich gegen den Bogen preßte und mir den Atem mit solcher Kraft in die Lungen zurückdrückte, daß ich fast erstickte . . . ich mußte den Kopf drehen. Ich fühlte mich wie ein Strohhalm vor dieser gewaltigen Kraft.

Und wieder lauschte der Mann am Ruder auf die befehlende Stimme, während Kapitän West selbst, schlank und aufrecht, in stetem Gleichgewicht, das Gesicht in den Wind gerichtet, dastand oder langsam auf und ab ging.

Es war ein wundervolles Bild. Jetzt lernte ich erst die See und die Männer kennen, die sie beherrschten. Kapitän West hatte sich in seiner wahren Gestalt gezeigt. Als der Sturm auf seinem Höhepunkt und die

Lage kritisch war, hatte er die Führung der Elsinore übernommen, und Pike war das geworden, was er in Wirklichkeit nur war: der Vorarbeiter einer Arbeiterschicht, der Sklavenpeitscher.
Eine Minute ungefähr schlenderte Kapitän West noch auf und ab, dann ging er hinunter, jedoch erst, nachdem er noch, die Hand auf der Türklinke des Kartenhauses, einen letzten prüfenden Blick auf die sturmzerwühlte See und den finsteren Himmel geworfen hatte, die er sich beide unterjocht hatte.
Zehn Minuten darauf guckte ich durch die Kajütentür hinein. Seestiefel und Ölzeug waren schon fort. Die Füße in Pantoffeln auf einem Schemel, lag er zurückgelehnt in einem großen Ledersessel und rauchte träumend seine Zigarre, während er irgendwelchen Gedanken nachging. Falls seine Augen sahen, dann war es etwas, das sich jenseits der Kajütenwand, der Reling und meiner Vorstellungskraft befand. Ich hatte einen ungeheuren Respekt vor ihm bekommen, obgleich ich ihn jetzt noch weniger als früher kannte, was freilich sehr wenig besagen wollte.

Eine böse Nacht folgte – gleich schlimm für die Elsinore wie für mich. Sie wurde von den Fäusten des winterlichen Nordatlantiks schrecklich gepackt und geschüttelt. Durch Schlafmangel erschöpft, schlief ich früh ein, um nach einer Stunde wieder aufzuwachen, ganz verzweifelt über all die juckenden Blasen auf meiner Haut, wieder Cremor Tartari, wieder Lesen, immer neue Versuche einzuschlafen, bis mir der Steward kurz vor fünf den Kaffee brachte. Dann hüllte ich mich in meinen Schlafrock und schlich mich, gequält und verstört, in die große Kajüte. Ich setzte mich in einen Ledersessel und döste vor mich hin, bis ich durch einen gewaltigen Ruck des Schiffes hochgeschleudert wurde. Ich versuchte es mit dem Sofa und versank sofort in tiefen Schlaf – um mich ebenso schnell auf dem Fußboden zu finden, wohin ich gekollert war. Ich begab mich in den Speisesaal, warf mich auf einen angeschraubten Stuhl und schlief wieder ein, den Kopf auf den Armen und die Arme auf dem Tisch. Und Viertel nach sieben weckte der Steward mich durch kräftiges Rütteln, weil der Tisch gedeckt werden sollte.
Halb bewußtlos durch die Schwere, die stets nach kurzem Schlaf auf einem lastet, zog ich mich an und taumelte auf die Kampanje, in der Hoffnung, daß der Wind mein Gehirn rein wehen würde. Pike hatte die Wache und ging mit seinen schleppenden Schritten an Deck auf und ab. Der Mann ist ein wahres Wunder – neunundsechzig Jahre alt, mit einem harten Leben hinter sich und doch stark wie ein Löwe!
Ich lehnte mich an den Kampanjebogen und starrte voraus über das furchtbar mißhandelte Deck. Alle Klapp-Pforten und Speigatten hatten

genug zu tun, um das Gewicht zu erleichtern, das der Atlantik unaufhörlich an Bord schleuderte. Ein Stück der hölzernen Finknetzreling war mitsamt ihren Koveinnägeln gegen die Steuerbord-Schanzkleidung unmittelbar unter den Besanwanten geschleudert worden, und eine verblüffende Menge von Tauen und Takeln schwamm jetzt dort im Wasser herum. Nancy und fünf oder sechs Mann arbeiteten, in Todesangst zitternd, um Ordnung zu schaffen.

Ich sagte zu Pike, daß die Männer mir magerer und schwächer erschienen als im Anfang, und er zögerte einen Augenblick mit der Antwort, während er sie mit seinem kühlen Viehhändlerblick abschätzte.

»Mag schon sein«, sagte er schließlich zornig. »Es ist eben eine faule Bande, nichts mit ihnen aufzustellen. In meinen jungen Tagen wurden wir bei solcher Arbeit noch fett, das heißt fett ja nicht, dazu schufteten wir zu schwer. Aber immer in Form, das war es. Aber dieser dreckige Plunder . . . Sagen Sie mal, Herr Pathurst. Sie erinnern sich doch an den Mann, mit dem ich am ersten Tage sprach und der sagte, daß er Charles Davis heiße?«

»Von dem Sie meinten, daß etwas bei ihm nicht stimmte?« fragte ich.

»Eben der! Er liegt jetzt mit dem verrückten Griechen im Mittschiffshaus, und er wird nicht so viel Arbeit leisten, wie auf einem Fingernagel Platz hat. Er hat den ganzen Körper voll von Löchern, so groß, daß ich die Faust hineinstecken kann. Ich weiß nicht, ob es Brandgeschwüre sind, Krebsbeulen, Löcher von Kanonenkugeln oder was sonst . . . und da hat der Kerl noch die Frechheit, mir zu erklären, daß sie erst hier an Bord aufgebrochen seien. Aber ein Wunder ist der Bengel doch! Ich beobachtete ihn die ersten Tage, schickte ihn zu Topp, ließ ihn in den Vorraum klettern, um einige Tonnen Kohle zu trimmen, und er verzog nicht eine Miene. Als er dann schließlich bis zum Hals im Salzwasser stand, da war er erledigt . . . und jetzt ist er frei von aller Arbeit . . . und zwar für die ganze Reise. Jede Woche wird er seine Heuer erheben und dabei den ganzen Tag im Bett liegen und keinen Finger rühren.«

Er schwieg einen Augenblick, um seine zerschlagenen Knöchel zu betrachten, als ob er feststellen wollte, wieviel Antriebskraft noch in ihnen steckte. Dann seufzte er:

»Und dann sollten sie den buckligen Schurken sehen, der zu Mellaires Wache gehört. Der ganze Kerl wiegt kaum seine hundert Pfund und muß etwa fünfzig Jahre alt sein. So einer spielt den befahrenen Seemann an Bord der Elsinore! Und was noch schlimmer ist, schiebt der Bengel einem die Verantwortung zu – er ist ein gemeines Luder, eine Giftschlange, eine bösartige Wespe. Und er fürchtet sich nicht im geringsten, weil er genau weiß, daß man nicht den Mut hat, auf ihn loszuschlagen, aus reiner Angst, ihn zu Apfelmus zu hauen. Ja, ja, der ist eine Perle, damit Sie Bescheid wissen, falls jemand eine Pardune heruntergerutscht kommt, um Sie zu tragen. Und falls Sie es noch nicht wissen sollten, so kann ich Ihnen sagen, daß er Mulligan Jacobs heißt.«

Als ich nach dem ersten Frühstück wieder an Deck kam– Mellaire hatte eben die Wache –, sah ich noch einen, der offenbar zu den besseren Leuten gehörte. Er stand am Steuerrad – ein kleiner, kräftig gebauter, muskulöser Mann von etwa fünfundvierzig Jahren mit dunklem, an den Schläfen bereits ergrautem Haar, einem kräftigen Adlergesicht, dunkler Haut und scharfblickenden klugen schwarzen Augen. Mellaire bestätigte mein Urteil, indem er mir erzählte, daß es der beste Seemann in seiner Wache sei. Da er den Mann immer den »Malteser-Londoner« nannte, fragte ich ihn, was er damit meine, und er sagte:

»Erstens, daß er Malteser ist, Herr Pathurst, zweitens, daß er Cockney wie ein Londoner spricht. Sie können ruhig wetten, daß er die Glocken von London läuten hörte, ehe er noch ein Wort sprechen konnte.«

In diesem Augenblick erschien Fräulein West auf der Kampanje. Sie sah frisch und rosig aus wie je, und wenn sie wirklich seekrank gewesen war, so konnte man es ihr jedenfalls nicht ansehen. Als sie mich begrüßte, bemerkte ich wieder ihre lebhaften, elastischen Bewegungen und ihre zarte Haut. Das Haar, auf dem sie eine weiße Strickmütze trug, war glatt und gepflegt.

»Wie ist es Ihnen ergangen?« fragte sie, fuhr aber gleich fort: »Ich habe wundervoll geschlafen heute nacht! Eigentlich war meine Krankheit schon vorgestern vorbei, aber ich habe mir einen Tag völliger Ruhe gegönnt. Ich habe zehn geschlagene Stunden ununterbrochen geschlafen.«

»Ich wünschte, dasselbe auch von mir sagen zu können«, antwortete ich trübselig.

»Sind Sie denn krank gewesen?«

»Im Gegenteil«, erwiderte ich trocken. »Aber das wäre mir lieber gewesen. Ich habe keine vier Stunden geschlafen, seit ich an Bord kam. Dieser verfluchte Hitzeausschlag!«

Ich hielt ihr das geschwollene Handgelenk hin. Sie warf einen Blick darauf, blieb plötzlich stehen, nahm es in ihre beiden Hände und unterwarf es einer gründlichen Prüfung.

»Du lieber Gott!« rief sie und begann zu lachen.

Ich wußte nicht, was ich davon denken sollte. Ihr Lachen war wirklich eine Freude für mein Ohr, so weich, so gesund und freimütig. Andererseits fand ich es wenig erheiternd, daß die Ursache mein bedauernswertes Schicksal war.

»Sie Ärmster«, sagte sie schließlich, noch glucksend vor Lachen. »Und wenn ich daran denke, daß ich das ganze Cremor Tartari so ganz zwecklos verschwendet habe.«

»Es scheint ja . . . sehr . . . sehr komisch zu sein«, sagte ich etwas steif, aber nur, um zu merken, daß es gar keinen Zweck hatte, Fräulein West gegenüber den Steifen zu spielen. Sie begann einfach wieder zu lachen.

»Was Sie nötig haben, Herr Pathurst«, sagte sie und lachte wieder, »ist nämlich eher eine äußerliche Behandlung . . .«

»Bitte erzählen Sie mir nur nicht, daß ich die Windpocken oder Masern bekommen hätte«, rief ich entrüstet.

»Nein, nein.« Sie schüttelte ihren Kopf, während sie einen neuen Lachanfall hatte. »Sie haben nämlich einen ganz schweren Anfall –« Sie machte absichtlich eine Pause und sah mir dann in die Augen.

»Von Wanzen«, schloß sie ihren Satz.

Und dann fügte sie ganz ernst hinzu: »Das bringen wir aber gleich in Ordnung. Ich werde die Räume unten gründlich untersuchen, obwohl ich ja weiß, daß weder Papa noch ich welche haben. Obwohl es meine erste Reise mit Pike ist, weiß ich doch, daß er ein viel zu hartgesottener Seemann ist, um nicht nachzusehen, ob sein Raum sauber ist. Bei Ihnen (ich hatte wirklich Angst, daß sie sagen würde, ich hätte sie mitgebracht), bei Ihnen müssen sie wohl aus dem Vorderkastell eingeschleppt worden sein. Vorn haben sie ja immer Wanzen. Es ist am besten, wenn Sie gleich mit Wada sprechen, daß er irgendwo ein vorläufiges Nachtlager für Sie einrichtet. Die nächsten paar Nächte müssen Sie in der großen Kajüte oder im Kartenhaus verbringen. Und sorgen Sie, bitte, dafür, daß Wada alles Silber und anderes Metall, das anlaufen könnte, aus Ihrer Kabine herausnimmt. Denn jetzt räuchern wir aus, und dann müssen wir auch das Paneel abreißen und wieder aufsetzen. Sie können mir die Sache ruhig anvertrauen. Ich kenne dies Ungeziefer gründlich.«

Dann wurde gründlich reingemacht und alles auf den Kopf gestellt. Zwei Nächte konnte ich nicht in meiner Kabine schlafen – die eine verbrachte ich im Kartenhaus, die andere in der großen Kajüte. Ich schlief fast ununterbrochen, und noch jetzt bin ich ganz verblödet vor lauter Schlafen. Dank einem seltsamen Prozeß meiner Einbildungskraft scheint es mir Wochen, ja Monate zurückzuliegen, daß ich Baltimore an jenem eiskalten Märzmorgen verließ. Und doch hatten wir damals den 28. März, und heute sind wir in der ersten Woche vom April.

Fräulein West ist das tüchtigste und praktischste weibliche Wesen, das ich je getroffen habe. Unter ihrer Anleitung wurden Kojen, Schränke, Regale und alles überflüssige Holzwerk herausgerissen. Sie arbeitete mit dem Zimmerbaas von morgens bis abends. Als dann eine Nacht lang ausgeräuchert war, wurden zwei Matrosen beauftragt, die Säube-

rungsaktion mit Terpentin und Bleiweiß zu vollenden. Jetzt ist der Zimmermann eifrig dabei, meine Räume wieder instand zu setzen, in zwei bis drei Tagen hoffe ich, sie wieder zu beziehen.
Aus den zwei Leuten, die mit Terpentin und Bleiweiß arbeiten sollten, wurden freilich vier. Denn die ersten wurden von Fräulein West wieder weggeschickt, weil sie ihr für diese Arbeit weniger geeignet erschienen. Der eine von ihnen, der – wie er mir sagte – Steve Roberts hieß, war eine ganz interessante Erscheinung. Ich hatte indessen erst wenig mit ihm gesprochen, als Fräulein West ihn wegschickte und Pike mitteilte, daß sie richtige Seeleute für diese Arbeit wünschte. Das war Steve Roberts, der zum erstenmal in seinem Leben auf See war, allerdings nicht. Er erzählte nicht, wie er von einer Rinderfarm im Westen nach New York gekommen war, und ebensowenig berichtete er, wie er sich für die Elsinore hatte heuern lassen. Doch nun ist er einmal da – kein Seemann zu Pferde, aber ein Cowboy zur See. Er ist klein von Gestalt, aber sehr kräftig. Er hat breite Schultern, und seine Muskeln schwellen unter dem Hemd, aber dabei hat er schmale Hüften, schlanke Glieder und hohle Wangen. Obgleich ein Neuling auf See, erweist sich Steve Roberts als tüchtig und intelligent, und zuverlässig ist er auch. Er blickt einem freimütig ins Gesicht, wenn man mit ihm spricht, und doch habe ich gerade in solchen Augenblicken einen Eindruck von Unaufrichtigkeit. Wenn es zu Unruhen kommen sollte, ist mit ihm zu rechnen. Es scheint eine Art Verwandtschaft zwischen ihm und den drei Männern zu bestehen, gegen die Pike plötzlich ein solches Vorurteil faßte. Ich habe auch bemerkt, daß Steve Roberts in seinen Freiwachen hauptsächlich mit diesen dreien – Bub Twist, Nasen-Murphy und Bert Rhine – zusammen ist.
Der zweite, den Fräulein West ebenfalls wegschickte, nachdem sie ihn nur fünf Minuten beobachtet hatte, war Mulligan Jacobs. Vorher geschah jedoch etwas Seltsames. Ich befand mich in der Kabine, als Mulligan Jacobs kam, und unwillkürlich bemerkte ich den schnellen, gierigen Blick, den er auf meine gefüllten Bücherregale warf. Er näherte sich ihnen wie ein Räuber einem geheimen Goldschatz.
Und seine Augen! Alle Bitterkeit des Lebens lag in ihnen. Sie waren klein, diese Augen, von einem fahlen Blau, brennend und stechend. Die Lider waren entzündet und verstärkten dadurch noch die kaltflammende Bitterkeit des Blicks. Der Mann war offenbar der geborene Hasser, bald wurde mir klar, daß er tatsächlich alles in dieser Welt haßte – alles, mit Ausnahme von Büchern.
»Möchten Sie gern etwas davon lesen?« fragte ich freundlich. Der zärtliche Ausdruck seiner Augen, der nur den Büchern gegolten, erlosch sofort, als er den Kopf drehte, um mich anzusehen, und alsbald wußte ich, daß er auch mich haßte.

»Sie haben einen kräftigen Körper und lassen doch Diener Ihre Bücherhaufen schleppen, während ich mit meinem Buckel schuften muß.«
Wie soll ich die giftige Bosheit schildern, mit der er das sagte. Aber der Umstand, daß ich in diesem Augenblick durch die offene Kabinentür den schleppenden Gang Pikes hörte, schenkte mir ein dankbares Gefühl der Sicherheit, denn mit diesem Mann in einem Raum allein zu sein erschien mir ungefähr so, wie in einem Käfig mit einem Tiger eingesperrt zu werden.
»Haben Sie denn Schmerzen?« fragte ich.
»Es brennt in meinem Gehirn«, lautete seine Antwort. »Aber mit welchem Recht besitzen Sie all diese Bücher? Weshalb können Sie des Nachts in ihnen schwelgen, während ich immer wieder Wache schieben muß und mein Buckel mir nicht erlaubt, einen halben Zentner Bücher zu schleppen.«
»Noch ein Verrückter«, dachte ich. Und doch mußte ich diese Ansicht sehr schnell ändern, denn aus der Vorstellung heraus, es mit einem Verrückten zu tun zu haben, fragte ich ihn, was für Bücher er denn zentnerweise schleppen möchte und welche Schriftsteller er am liebsten lese. Seine Büchersammlung, erzählte er mir, enthielte eine vollständige Ausgabe der besten Namen der Weltliteratur.
Vielleicht war er verrückt, aber dann auf ganz andere Weise als irgendein Verrückter, den ich je getroffen habe. Ich sprach weiter mit ihm über Bücher und Schriftsteller. Er kannte alles mögliche, hatte aber einen ausgeprägten Geschmack.
Während er mit mir sprach, fühlte ich, daß er mich haßte. Er schien mir übrigens von irischer Abkunft zu sein, und es war klar, daß er sich sein Wissen nicht von selbst angeeignet hatte. Er ging zuletzt ein wenig aus sich heraus und erzählte mir, daß er in seiner Jugend Leichtathlet, ja sogar professioneller Läufer in Ostkanada gewesen war. Dann hatte die Krankheit ihn befallen, und ein Vierteljahrhundert lang war er Tramp und Vagabund gewesen. Er rühmte sich, mehr Gefängnisse und Zuchthäuser als jeder andere kennengelernt zu haben. In diesem Stadium unserer Unterhaltung zeigte sich Pike in der Türöffnung. Er würdigte mich nur eines entrüsteten und tadelnden Blickes. Offenbar mißfiel ihm, daß ich mich mit Mulligan Jacobs unterhielt. Zu Mulligan selbst sagte er mit seinem gewöhnlichen Fauchen:
»Mach, daß du an deine Arbeit kommst. Quatschen kannst du, wenn du Freiwache hast.«
Und dann sah ich, wie dieser Mulligan Jacobs eigentlich war. Der giftige Haß, den ich bereits in seinem Gesicht gesehen hatte, war das reine Nichts im Vergleich mit dem, der sich jetzt darin enthüllte.
»Geh zum Henker, alter Schuft!« knurrte er.
Wenn ich je Mord in den Augen eines Mannes gelesen habe, dann jetzt

in den Augen des Steuermanns. Mit erhobener Faust taumelte er in die Kabine. Ein einziger Schlag dieser Bärenpranke, und Mulligan Jacobs wäre in die ewige Finsternis geschleudert worden. Aber der fürchtete sich nicht. Er stand da wie eine in die Ecke gedrängte Ratte. Ohne zu blinzeln, fauchend und knurrend, sah er dem tobenden Riesen ins Gesicht. Noch mehr: Er streckte seinen Kopf auf dem verkrüppelten Hals vor, um dem drohenden Hieb zu begegnen. Das war zuviel für Pike – es war unmöglich, dies widerliche, verkrüppelte Gesicht zu schlagen.

»Nein, ich habe keine Angst, dich ›alter Schuft‹ zu schimpfen«, sagte Mulligan Jacobs. »Nur los! Warum haust du denn nicht?«

Aber Pike konnte nicht. Er, dessen ganzes Leben darin bestanden hatte, Männer an die Arbeit zu treiben wie der Viehtreiber die Rinder in das Schlachthaus, er war nicht imstande, diesen menschlichen Jammerlappen zu schlagen.

»Mach, daß du an deine Arbeit kommst, Mulligan. Ehe du an Land gehst, werde ich dich schon so weit haben, daß du mir aus der Hand frißt.«

Und Mulligan Jacobs' Kopf auf dem verkrüppelten Hals näherte sich dem Steuermann noch um einen Zoll, während seine verbissene Wut schon fast zur lodernden Flamme wurde. So gewaltig war die Raserei, die ihn schüttelte, daß er keine Worte fand, ihr Ausdruck zu verleihen. Alles, was er hervorzubringen vermochte, waren einige tiefe, tierische Kehllaute. Ich hätte mich nicht gewundert, wenn er dem Steuermann Gift ins Gesicht gespien hätte.

Pike drehte sich um und verließ den Raum. Er hatte eine Niederlage erlitten.

Ich kann es nicht aus meiner Erinnerung verbannen. Das Bild des Steuermannes und des Krüppels, die sich gegenüberstehen, taucht selbst unter geschlossenen Augenlidern auf. Diese Begegnung war anders als alles, was ich aus Büchern und von der Wirklichkeit weiß. Sie war eine Offenbarung. Das Leben ist eine höchst merkwürdige Sache. Woher stammt jene zuckende Flamme, die Mulligan Jacobs durchglüht? Wie kann er es wagen – ohne die geringste Aussicht auf Gewinn, der so gar kein Held, der nicht einmal der Führer einer verlorenen Hoffnung oder ein Märtyrer ist, sondern nur eine schmutzige, übelriechende Ratte –, wie kann er es wagen, frage ich mich, so aufbegehrend, so todesmutig zu sein?

Jetzt arbeitet ein anderer mit Terpentin und Bleiweiß in meiner Kabine. Er heißt Arthur Deacon, ein blasser Mann mit verborgenem Blick. Ich fragte Pike, was er von dem Mann hielte.

»Weißer Sklavenhändler«, lautete seine Antwort. »Hat sich aus New York drücken müssen, um seine Haut zu retten. Er wird hier schon et-

was anzetteln mit den drei Lausigeln, denen ich neulich eins ausgewischt habe.«
»Was denken Sie von denen?«
»Ich setze ein Monatsgehalt gegen ein Pfund Tabak, daß irgendein Staatsanwalt eben in diesem Augenblick auf der Suche nach ihnen ist. Wieviel hat der Mann gekriegt, der die Jungens aus New York weggeschafft hat . . .?«
»Mitglieder einer Diebesbande?« fragte ich.
»Ja – eben. Aber ich werde ihnen das Fell gerben. Ich werde schon mit ihnen fertig werden, glauben Sie mir! Ich hab' schon bessere Leute begraben müssen, und ich werde noch manchen begraben, der mich für einen alten Schuft hält.«
Er schwieg einen Augenblick und sah mich feierlich an.
»Herr Pathurst, ich habe gehört, daß Sie ein Bücherschreiber sind. Als man mir in der Agentur erzählte, daß Sie unser Passagier sein sollten, machte ich mir den Spaß, hinzugehen und mir Ihr Stück anzusehen. Ich will nichts über das Stück sagen. Aber das möchte ich Ihnen doch sagen, Herr Pathurst, daß Sie als Bücherschreiber hier an Bord Stoff genug kriegen werden. Es wird hier einen Mordskrach geben, glauben Sie mir, und hier vor Ihnen steht ein alter Schuft, der seinen Anteil daran haben wird.«

Wie herrlich habe ich geschlafen! Und das habe ich Fräulein West zu verdanken! Warum hatten weder Kapitän West noch Pike, die doch beide Erfahrungen genug haben, herausgefunden, was mit mir los war? Oder Wada? Aber nein, dazu bedurfte es ausgerechnet Fräulein Wests. Wäre sie nicht auf der Elsinore gewesen, der Mangel an Schlaf hätte mich noch verrückt gemacht.
Heute morgen nahm ich meine gewohnte scherzhafte Unterhaltung mit Mellaire wieder auf:
»Hat O'Sullivan jetzt die Stiefel von Andy Fay bekommen?«
»Noch nicht, Herr Pathurst«, lautete die Antwort, »aber fast hätte er sie heute gekriegt. Kommen Sie mal mit, Herr Pathurst, ich werde Ihnen was zeigen . . .«
Ohne sich auf weitere Erklärungen einzulassen, führte mich der Untersteuermann über die Laufbrücke, am Mittschiffshaus vorbei nach dem Vorderkastell. Als ich vom Rande der Back auf das Kabelgatsluk hinunterblickte, sah ich dort zwei Japaner mit Nadeln und Zwirn sitzen und ein großes Segeltuchbündel zusammennähen, in das offenbar ein menschlicher Körper eingewickelt war.
»O'Sullivan hat sein Rasiermesser gebraucht«, sagte Mellaire.
»Und das ist Andy Fay?« rief ich.

»Nein, Herr Pathurst, nicht Andy Fay, sondern ein Skandinavier. Christian Jespersen laut Musterrolle. Er kam zufällig O'Sullivan in die Quere, als der sich die Stiefel holen wollte, und dieser Zufall hat Andy Fay gerettet. Andy war etwas schneller, Jespersen stolperte schon über seine eigenen Füße, wie konnte er da O'Sullivan ausweichen. Dort sitzt Andy jetzt!«

Ich folgte dem Blick Mellaires und sah den ausgemergelten alten kleinen Schotten auf einem Reservespier sitzen und seine Pfeife rauchen. Den einen Arm trug er in der Schlinge, und um den Kopf hatte er einen Verband. Neben ihm hockte Mulligan Jacobs. Sie gaben ein hübsches Paar ab – beide hatten sie blaue Augen und einen bösen Blick. Beide waren gleich ausgemergelt. Es war nicht schwer zu erkennen, daß sie schon zu Beginn der Fahrt ihre Verwandtschaft in Unzufriedenheit mit dem Leben festgestellt hatten. Andy Fay war, wie ich wußte, dreiundsechzig Jahre alt, und Mulligan Jacobs, der erst gegen fünfzig war, glich den Altersunterschied durch den Haß aus, der in seinen Augen und seinen Zügen glomm.

Knirps bog soeben um die Ecke des Vorderkastells und begrüßte mich mit seinem gewohnten Clowngrinsen. Seine Hand war verbunden.

»Herr Pike muß viel zu tun gehabt haben«, sagte ich zu Mellaire, als ich es sah.

»Während seiner ganzen Wache von vier bis acht hat er Verwundete geflickt.«

»Wieso?« fragte ich. »Sind denn noch mehr verwundet?«

»Noch einer, Herr Pathurst, der Matrose I. Chantz. Ich sah nie in meinem Leben auf See so viele Kranke wie jetzt an Bord der Elsinore. Wir haben jetzt wirklich genug Drückeberger und Faulpelze im Vorderkastell, Chantz ist nicht schwer verwundet, aber Sie hätten ihn einmal jammern hören sollen.«

»Wo ist O'Sullivan jetzt?« forschte ich.

»Im Mittschiffshaus bei Davis. Und ohne einen Riß in der Haut. Herr Pike kam dazu und schlug ihn nieder, und jetzt liegt er festgezurrt unten und redet im Fieber. Er hat Davis eine Höllenangst eingejagt. Davis hockt in seiner Koje mit einem Marlpfriem in der Hand und droht, O'Sullivan den Schädel einzuschlagen, wenn er loskommt. Ach Gott ja«, seufzte der Untersteuermann. »Das ist die verrückteste Reise und die verrückteste Mannschaft, die ich je getakelt habe. Sie wird nicht gut enden, diese Fahrt. Das kann jeder mit einem halben Auge sehen. Ehe wir Kap Horn erreichen, haben wir Winter – und dabei das Vorderkastell voll von Verrückten und Krüppeln. Sehen Sie nur den da! Verrückt, wie eine toll gewordene Wanze! Er kann jeden Augenblick wieder über Bord springen!«

Ich folgte seinem Blick und sah den Griechen Tony, der am ersten Tag über Bord gesprungen war. Er schien sich wohl zu befinden, wenn er auch den einen Arm in der Schlinge trug.

Mein Blick kehrte zu der in Segelleinen gehüllten Leiche Christian Jespersens und zu den Japanern zurück, die ihm mit Segelgarn das Leichentuch nähten. Der eine von ihnen trug eine Hand in einem mächtigen Verband aus Watte und Mull.

»Ist er auch verwundet?« fragte ich.

»Nein, das ist ja der Segelmacher, beide übrigens. Der mit der Hand ist recht tüchtig. Yatsuda heißt er. Aber er hat Blutvergiftung gehabt und lag über achtzehn Monate im Krankenhaus in New York. Er wehrte sich mit Händen und Füßen gegen eine Amputation. Jetzt ist er wieder ganz in Ordnung, nur daß die Hand, mit Ausnahme von Daumen und Zeigefinger, gelähmt ist. Er lernt jetzt mit der linken Hand nähen. Er ist einer der besten Segelmacher.«

»Ein Verrückter und ein Rasiermesser sind eine gefährliche Verbindung«, bemerkte ich nachdenklich.

»Die fünf Mann außer Gefecht gesetzt hat«, seufzte Mellaire. »Erstens O'Sullivan selbst; Christian Jespersen ist schon abgemustert, und dann Andy Fay, Knirps und Chantz, und die Reise hat kaum angefangen. Und dazu Lars mit dem gebrochenen Bein und Davis, der endgültig erledigt ist . . . ja, ja, Herr Pathurst, wir werden bald so wenig Arbeitskräfte haben, daß wir beide Wachen brauchen, um ein Stagsegel zu setzen.«

Als ich später mit Possum an Deck herumschlenderte, kam ich auch an der Tür des Mannschaftslazaretts vorbei und hörte das eintönige Vorsichhinsingen O'Sullivans. Ich guckte hinein. Da lag er festgeschnürt auf dem Rücken in seiner Koje und rollte mit den Augen. In der Oberkoje über ihm lag Charles Davis und rauchte ruhig seine Pfeife. Der Marlpfriem lag griffbereit auf dem Bettrand neben dem Patienten. »Die reine Hölle, nicht wahr?« begrüßte mich Davis. »Und wie soll ich pennen, wenn der Pavian da unten liegt und ich sein verfluchtes Geschnatter anhören muß? Nicht eine Minute hält er den Rand; wenn er mit den Zähnen knirscht, ist es zum Davonrennen. Nun sagen Sie selbst, Herr, ob es recht ist, so einen verrückten Kerl mit einem Kranken zusammenzulegen? Oder bin ich vielleicht nicht krank?«

Während er noch sprach, tauchte der Steuermann neben mir auf und stellte sich so, daß Davis ihn nicht sehen konnte. Der sprach weiter:

»Wenn alles hier seine Richtigkeit hätte, sollte ich die Unterkoje haben. Es tut verflucht weh, wenn ich hier heraufklettern muß. Aber das Gesetz schützt Seeleute an Bord besser als an Land. Ich werde Sie als Zeuge vor Gericht laden, wenn wir erst in Seattle sind.«

Pike stellte sich in den Türrahmen. »Halt die Fresse, verdammter Seerechtsverdreher«, fauchte er. »Hast du uns nicht schon genügend reingelegt, als du dich in dem Zustand heuern ließest? Und wenn du noch einmal . . .« Pike war so wütend, daß er seine Drohung nicht zu Ende sprechen konnte.

»Ich kenne das Gesetz, Herr«, antwortete Davis unverzüglich. »Ich tue meine Arbeit als befahrener Seemann an Bord dieses Schiffes. Alle können es bestätigen. Ich war Toppsgast vom ersten Tag an. Jawohl. Herr, ich stand Tag und Nacht bis zum Hals im Seewasser, Herr. Sie schickten mich nach unten, um Kohle zu trimmen. Ich hab' immer meine Pflicht getan und mehr als das, bis die Krankheit kam, Herr.«

»Du warst ein stinkendes und verwestes Aas, ehe du an Bord kamst«, brauste Pike auf.

»Das wird das Gericht schon entscheiden, Herr«, antwortete Davis, den nichts aus der Ruhe bringen konnte.

»Wenn du jetzt nicht deine verdammte Fresse hältst«, fuhr Pike fort, »dann schmeiße ich dich hier hinaus und zeige dir, was arbeiten heißt.«

»Dann werden die Reeder mir eine tüchtige Entschädigung zahlen, wenn wir wieder im Hafen sind«, knurrte Davis.

»Nicht, wenn ich dich begrabe, ehe wir einlaufen, Davis«, lautete die barsche Antwort. »Du wärst nicht der erste Seerechtsverdreher, den ich mit einem Sack Kohlen an den Füßen über Bord gehen ließe.«

Pike wandte sich ab und setzte dann seinen Rundgang an Deck fort. Ich ging ihm nach, als er plötzlich stehenblieb.

»Herr Pathurst!« Er sprach nicht wie ein Schiffsoffizier zu einem Passagier – sein Ton war befehlend. Ich fuhr zusammen.

»Herr Pathurst, von jetzt an lassen Sie sich am besten sowenig wie möglich an Deck dieses Schiffes sehen. Danke.« Und wieder machte er kehrt und ging seines Weges.

Zwei Wochen auf einer wundervollen See unter einem Himmel mit weißen Wölkchen vor einer leichten östlichen Kühlte, die uns mit Leichtigkeit acht Knoten die Stunde treibt. Kapitän West sagt, daß es der Nordostpassat sei. Ich erfuhr auch, daß die Elsinore, um nicht bei Kap San Roque an der brasilianischen Küste aufzulaufen, erst ostwärts bis fast zur afrikanischen Küste steuern müßte.

Als ich heute morgen an Deck kam, fand ich den Selbstmörder Tony am Steuerrad. Er schien jetzt ganz vernünftig zu sein und grüßte mich auch freundlich, als ich ihm einen guten Morgen bot. Die verwundeten Matrosen scheinen jetzt übrigens alle in der Besserung zu sein, mit Ausnahme natürlich von Charles Davis und O'Sullivan. Der liegt noch immer festgezurrt in seiner Koje, und Davis wird von Pike gezwungen, seinen Kameraden zu bedienen und zu pflegen. Die Folge ist leider, daß

Davis sich hin und wieder an Deck zeigt, wenn er Essen und Wasser aus der Kombüse holen muß. Dann nimmt er jedesmal die Gelegenheit wahr, um den anderen Seeleuten das ihm angetane Unrecht vorzukäuen.

Wada berichtete mir heute morgen übrigens eine sehr merkwürdig anmutende Geschichte. Er scheint sich mit dem Steward und den beiden Segelmachern, die ja alle auch Asiaten sind, allabendlich in der Kabine des Kochs zu einem kleinen Klatsch zu treffen, wobei sie sämtliche Schiffsgerüchte gründlich und eifrig durchhecheln. Nur wenig entgeht ihrer Aufmerksamkeit, und ich erfahre dann von dem treuen Wada immer alles, was sie beredet haben. Und eben jetzt berichtete er mir etwas ganz Seltsames von dem Untersteuermann Mellaire. Sie hatten von ihm gesprochen und waren sich alle einig, daß seine Vertraulichkeit mit den drei Verbrechern im Vorderkastell höchst unpassend sei.

»Aber Wada«, sagte ich, »der ist doch gar nicht so! Im Gegenteil, er ist immer sehr grob und hart zu sämtlichen Matrosen. Er behandelt sie einfach wie Hunde. Das wissen Sie doch.«

»Ganz recht«, stimmte Wada mir zu. »Die andern Matrosen er behandelt so. Aber diese drei bösen Männer seine guten Freunde geworden sein. Louis sagen, Untersteuermann gehören nach achtern zu Steuermann und Kapitän. Nicht gut für Untersteuermann, als Freund mit Matrosen sprechen. Nicht gut für Schiff. Sie werden sehen!«

Wadas Worte bewogen mich immerhin, der Sache nachzugehen. Es sieht wirklich so aus, als ob die drei Banditen, Bub Twist, Nasen-Murphy und Bert Rhine, sich zu Herrschern der Back aufgeworfen hätten. Die drei halten immer zusammen, und so ist es ihnen gelungen, im Vorderkastell ein Schreckensregiment zu errichten. In New York hatten sie vermutlich die Rohlinge des Verbrecherviertels zu beherrschen verstanden, und das ist eine gute Schule gewesen. Soweit ich aus den Worten Wadas klug werden konnte, scheinen sie den Anfang mit den beiden Italienern in ihrer Wache, Guido Bombini und Mike Cipriani, gemacht zu haben. Durch Mittel, die ich nicht erraten kann, haben sie diese beiden Wracks zu ihren zitternden Sklaven gemacht.

Chantz steht ebenfalls unter dem Terror der Banditen, wenn er auch etwas besser behandelt wird. Hermann Lunkenheimer, ein an sich gutmütiger, aber nicht sehr begabter Schweizer, bekam eine tüchtige Tracht Hiebe von den dreien, weil er es abgelehnt hatte, Nasen-Murphys schmutzige Kleider zu waschen. Die beiden Bootsleute haben eine wahre Todesangst vor dieser Bande, und nicht ohne Grund, denn der Kreis der Banditen erweitert sich immer mehr. Auch Steve Roberts sowie der frühere Sklavenhändler haben sich ihm jetzt angeschlossen.

Ich bin der einzige hinter dem Mast, dem das alles bekannt ist, und ich gestehe offen, daß ich nicht recht weiß, was ich mit diesem Wissen an-

fangen soll. Pike wird mir einfach sagen, daß ich mich um meine eigenen Angelegenheiten kümmern solle. Mellaire kommt selbstverständlich nicht in Frage. Kapitän West hat ja sozusagen keine Mannschaft. Und Fräulein West? Ja, die würde mich, glaube ich, wegen meiner Ängste nur auslachen. Außerdem sehe ich ja auch ein, daß jedes Vorderkastell seinen Raufbold oder seine Bande von Raufbolden haben muß. Folglich ist das eine Sache, die nur die Back selbst und nicht die Kajüte angeht. Die Arbeit auf dem Schiff wird ja getan. Die einzige Folge einer Einmischung meinerseits wäre also, daß es den Unglücklichen, die sich der Schreckensherrschaft im Vorderkastell beugen müssen, noch schlimmer erginge als bisher.
Und noch etwas erzählte mir Wada. Die Banditen haben sich das Vorrecht angemaßt, sich die besten Stücke aus den Fleischschüsseln herauszufischen. Was sie übriglassen, erhalten dann die andern. Ich muß jedoch zugeben, daß die Mannschaft der Elsinore sehr gutes Essen erhält. Die Leute bekommen so viel, wie sie nur mögen. Auf der Back steht auch stets eine Tonne mit gutem Schiffszwieback zu freier Benutzung. Louis backt außerdem dreimal wöchentlich frisches Brot für die Mannschaft. Das Essen ist abwechslungsreich und in jeder Beziehung einwandfrei. Nicht einmal das Trinkwasser ist Einschränkungen unterworfen. Das Aussehen der Matrosen bessert sich in dieser Zeit des guten Wetters auch mit jedem Tage.
Es ist ein seltsames Leben, das man hier auf der Elsinore führt. Obgleich ich das Gefühl habe, schon monatelang an Bord zu sein, weil ich die geringste Einzelheit dieser unserer kleinen Welt kenne, muß ich doch gestehen, daß ich mich noch durchaus unsicher fühle. Mein Gehirn pendelt hin und her zwischen Dingen, die es begreift, und solchen, die ihm ganz unverständlich sind – von unserm Kapitän mit der wunderbaren Stimme, die man nur im Getöse des Sturmes zu hören bekommt, bis zu dem schwachsinnigen Faun mit den klaren, schmerzerfüllten Augen, bis zu den drei Banditen, die das Vorderkastell beherrschen und den Untersteuermann in Versuchung führen, bis zu O'Sullivan im stählernen Loch des Mannschaftslazaretts und dem ewig jammernden Davis, der in seiner Koje liegt und den Marlpfriem nicht aus der Hand läßt, ja bis zu Christian Jespersen, der irgendwo in der unendlichen Weite des Meeres mit seinem Kohlensack an den Füßen liegt. In solchen Augenblicken erscheint einem das Leben an Bord der Elsinore ganz unwirklich.

Hat es je eine solche Fahrt gegeben?
Als ich heute morgen an Deck kam, sah ich niemand am Steuerrad. Es kam mir ganz unheimlich vor: die gewaltige Elsinore mit allen Segeln beim Winde über See gleitend . . . und keine Hand, die sie lenkte.

Kein Mensch auf der Kampanje! Es war die Wache des Steuermanns, und ich eilte über die Laufbrücke, um ihn zu suchen. Er stand beim Kabelgatsluk, wo er dem Segelmacher Anweisungen erteilte. Als er fertig war, bemerkte er mich und grüßte.

»Guten Morgen«, gab ich seinen Gruß zurück. »Sagen Sie, wer steht denn heute am Rad?«

»Der verrückte Griechen-Tony«, antwortete er.

»Ich setze ein Monatsgehalt gegen ein Pfund Tabak, daß er nicht da ist.«

Pike sah mich mit einem schnellen scharfen Blick an.

»Wer steht denn am Rad?«

»Kein Mensch«, antwortete ich.

Da explodierte er. Das Alter war mit einem Schlage verschwunden, und er sprang mit einer Schnelligkeit über das Deck, die wohl kaum ein anderer an Bord hätte erreichen können. Er verschwand hinter dem Kartenhaus in der Richtung des Steuerhauses. Dann wurde mit rasender Schnelligkeit eine Reihe von Befehlen gebrüllt. Die ganze Wache wurde an die Geitaue gestellt, und alles wurde bereitgemacht, um zu brassen – dann wurde gefiert und angehalt – ich kannte bereits das Manöver . . . das Schiff sollte vor dem Winde wenden.

Als ich wieder achteraus ging, kamen Mellaire und der Zimmerbaas aus der Kajüte – sie schienen in ihrem Frühstück gestört worden zu sein, denn sie wischten sich noch den Mund. Pike trat an den Rand der Kampanje, erteilte dem Untersteuermann einige Befehle, die sofort weitergegeben wurden, und stellte den Zimmermann ans Rad.

Als die Elsinore abgefallen war, so daß sie den Wind von achtern bekam, ließ der Steuermann sie anluven, bis sie über das Backbordluk am Winde lag und denselben Weg, den sie gekommen war, wieder zurücklief. Dann zeigte Pike mit dem Finger auf das Achterluk, das zu dem großen Heckraum führt. Die Leiter war dort verschwunden.

»Er muß die Lazarettleiter mitgenommen haben«, sagte Pike.

Kapitän West kam aus dem Kartenhaus. Er grüßte ganz wie sonst und bot mir und dem Steuermann guten Morgen. Dann ging er ruhig über die Kampanje bis zum Steuerrad, wo er einen Augenblick stehenblieb, um sich das Kompaßhäuschen anzusehen. Langsam kehrte er um und blieb vorn am Bogen stehen. Wieder kam er zu uns zurück. Zwei volle Minuten vergingen, ehe er sprach.

»Was ist los? Mann über Bord?«

»Jawoll, Käpt'n!«

»Und die Lazarettleiter hat er mitgenommen?« fragte Kapitän West.

»Jawoll, Käpt'n! Es ist der Grieche, der schon in Baltimore über Bord gesprungen ist.«

Die Sache war offenbar nicht bedeutungsvoll genug, um Kapitän West in einen Helden zu verwandeln. Er zündete sich eine Zigarre an und nahm seinen gewöhnlichen Spaziergang auf. Und dennoch war nichts seiner Aufmerksamkeit entgangen, nicht einmal das Fehlen der Lazarettleiter.

Pike schickte Leute in alle Bramrahen, um Ausschau zu halten, und die Elsinore glitt wieder durch die See. Jetzt kam auch Fräulein West auf die Kampanje und stellte sich neben mich. Sie zeigte keine Aufregung und beruhigte mich auf ihre Art, indem sie mir erzählte, wie schwer es sei, einen Selbstmörder von der Art Griechen-Tonys loszuwerden.

»Ihre Verrücktheit hat nämlich die Eigentümlichkeit, die Leute immer zu überfallen, wenn schönes Wetter oder andere besonders günstige Umstände herrschen«, sagte sie lächelnd. »Zum Beispiel, wenn man leicht ein Boot aussetzen kann oder wenn ausgerechnet ein Schlepper längsseits liegt. Zuweilen nehmen sie sogar ein Rettungsgerät mit, wie jetzt die Leiter.«

Nach einer guten Stunde ließ Herr Pike die Elsinore wieder halsen, und jetzt liefen wir wieder denselben Kurs, den wir gelaufen waren, als der Grieche über Bord sprang. Kapitän West promenierte immer noch rauchend auf der Kampanje. Andy Fay wurde ans Rad gestellt, der Zimmermann begab sich wieder nach unten, um sein Frühstück zu beenden.

Mir kam ja das ganze Benehmen der Leute reichlich herzlos vor. Kein Mensch kümmerte sich wirklich um den unglücklichen Mann, der über Bord gesprungen war. Und doch mußte ich gestehen, daß man zu seiner Rettung alles getan hatte, was überhaupt möglich war. In diesem Augenblick wurde vom Ausguck auf der Kreuzbramrahe gepreit. Der Steuermann spähte nach Luv aus, ließ plötzlich das Glas sinken, rieb sich die Augen und sah dann wieder hinaus. Da ließ Fräulein West, die ein anderes Glas benutzte, einen überraschten Ausruf hören und begann zu lachen.

»Was meinen Sie dazu, Fräulein West?« fragte Pike.

»Er scheint gar nicht im Wasser zu liegen. Er steht.«

Pike nickte. »Auf der Leiter«, sagte er. Er wandte sich an den Untersteuermann. »Herr Mellaire, lassen Sie das große Boot aussetzen und bemannen. Ich gehe selbst mit. Aber nehmen Sie Männer, die einen Riemen handhaben können.«

»Gehen Sie doch auch mit«, sagte Fräulein West zu mir. »Dann haben Sie einmal Gelegenheit, die Elsinore unter vollen Segeln zu sehen.«

Pike nickte mir sein Einverständnis zu, und so ging ich mit ins Boot, wo ich mich auf die Achterducht neben den Mann setzte, der das Ruder nahm, während ein halbes Dutzend Hände uns zu dem Selbstmörder pullten, der so wunderbar auf der Oberfläche der See stand. Der Malteser-Londoner führte den Schlagriemen. Unter den andern Seeleuten befand sich einer, dessen Namen ich wenige Tage zuvor erfahren hatte – Ditman Olansen, ein Norweger. Ein guter Seemann, der aber, wie Mellaire mir gesagt hatte, ganz plötzlich ohne ersichtlichen Grund in wahnsinnige Wut geraten konnte. Ditman Olansen war der reine Berserker. Als ich ihn aber mit seinen hellblauen Augen dasitzen und in stetigem Takt pullen sah, schien er mir der letzte Mensch auf Erden zu sein, der zu Berserkerwut neigte.

Als wir uns dem Griechen näherten, begann er uns drohend anzubrüllen und sein großes Scheidemesser zu schwingen. Unter seinem Gewicht sank die Leiter immer tiefer, bis das Wasser seine Knie umspülte, und so balancierte er nun, während er wilde Grimassen schnitt und mit den Armen fuchtelte. Sein Gesicht, verzerrt wie eine Affenfratze, bot keinen angenehmen Anblick. Und als er nicht aufhören wollte, mit seinem Messer herumzufuchteln, dachte ich, wie es wohl überhaupt gelingen sollte, den Mann heil an Bord zu bekommen.

Aber die Sorge hätte ich ruhig Pike überlassen können. Er nahm den Fußstock, der unter den Füßen des Malteser-Londoners lag, und legte ihn auf die Achterducht, so daß er ihn zur Hand hatte. Pike wich dem drohenden Messer geschickt aus, wartete ruhig ab, bis eine Welle den Spiegel des Bootes hob und der Grieche in das Wellental sank. Jetzt war der Augenblick gekommen, und wieder hatte ich Gelegenheit, die Körpergewandtheit dieses alten Mannes zu bewundern. Er paßte die Zeit genau ab und ließ den Fußstock blitzschnell und mit gewaltiger Kraft auf den Kopf des Griechen sausen. Dem fiel das Messer aus der Hand, während der arme Kerl selbst bewußtlos zusammenbrach und ins Wasser fiel. Offenbar ohne die geringste Mühe holte Pike ihn dann aus dem Wasser und warf ihn in das Boot. Es war ein tüchtiger Hieb, den er dem Griechen mit dem Fußstock versetzt hatte. In dünnen Bächen rieselte das Blut durch das feuchte Haar.

Im nächsten Augenblick holten die Matrosen weit aus, und Pike steuerte das Boot zur Elsinore zurück. Da hob ich zufällig den Kopf, und das wundervolle Bild, das die Elsinore darbot, überwältigte mich. In der langen Zeit, die ich schon an Bord war, hatte ich ganz vergessen, daß sie außen weiß gestrichen war. So tief lag sie im Wasser, so anmutig und schlank war ihr Rumpf, daß die hohen Spieren und Masten, die bis in die Wolken zu ragen schienen, die gewaltigen Flächen ihrer Segel mir fast übertrieben und unmöglich, ja wie eine Herausforderung des Gesetzes der Schwere erschienen. Wie ein Wunder erschien es mir, daß Menschen einen so prachtvollen Mechanismus erfunden und konstruiert hatten, der den gewaltigen Elementen Trotz zu bieten wagte.

Als wir das Boot hochheißten, sah ich, daß Fräulein West nach unten gegangen war. Im Kartenhaus stand Kapitän West und zog die Chronometer auf. Mellaire war schon hineingetörnt, um noch ein paar Stun-

den zu schlafen, bevor er seine Wache um zwölf Uhr übernahm – ich habe übrigens vergessen mitzuteilen, daß Mellaire nicht achtern schläft. Er teilte eine Kabine im Mittschiffshaus mit Nancy, dem Bootsmann Pikes.
Keiner an Bord bezeigte Mitgefühl für den unglücklichen Griechen. Er wurde wie ein Aas auf das Großluk geworfen. Dort konnte er liegenbleiben, bis er es für gut befand, wieder zum Bewußtsein zu kommen. Ach ja . . . ich gestehe es, offen und ehrlich – so abgehärtet bin ich jetzt auch, daß ich weder Mitleid noch Sympathie für ihn empfand. Meine Augen waren zudem immer noch von der Schönheit der Elsinore erfüllt. Man wird hart auf See.

Schon viele Tage sind wir im Nordostpassat, und eine Meile nach der anderen rollt sich mechanisch hinter uns ab. Gestern waren wir, laut Log und Observation, zweihundertzweiundfünfzig Meilen gelaufen, vorgestern zweihundertvierzig und am Tage vorher zweihundertsechzig. Aber man merkt gar nicht, wie stark der Wind eigentlich ist. Es ist herrlich, ihm seine Lungen und seine Poren zu öffnen. Nachts, wenn die ganze Kajüte schläft, liebe ich es, das Buch wegzulegen und in dem dünnsten meiner Tropenpyjamas auf die Kampanje zu gehen.
Ich habe nie geahnt, was der Passat ist. Und jetzt hat er mich verzaubert. Ich spaziere zu dieser nächtlichen Zeit eine ganze Stunde auf und ab mit dem Steuermann, der gerade die Wache hat. Mellaire ist immer vollkommen angezogen, aber Pike trägt in diesen wunderbaren Nächten nur seinen Pyjama, wenn er die Wache nach Mitternacht übernimmt. Er ist einfach unheimlich muskulös. Eine wundervolle Männergestalt! Wie muß er in den strahlenden Tagen seiner Jugend vor mehr als einem Menschenalter ausgesehen haben!
Die Tage, die nur von einfacher Gewohnheitsarbeit erfüllt sind, gleiten wie im Traum dahin. Hier, wo die Zeit peinlich genau eingeteilt ist und jede Stunde und jede halbe Stunde einem unweigerlich zum Bewußtsein gebracht wird, hört trotzdem jeder Zeitbegriff auf. Die Tage gleiten ineinander über, die Wochen lösen sich unmerklich ab, ich meinerseits erinnere mich nicht, welchen Tag der Woche oder des Monats wir eigentlich haben.
Wie ich in diesem wunderbaren Wetter lese! Ich habe so wenig körperliche Bewegung, daß mein Bedarf an Schlaf nur sehr gering ist. Es gibt hier so wenig von den Unterbrechungen im Lesen, von denen es so viele an Land gibt, daß ich mich fast stumpfsinnig lese. Ich hole in dieser Beziehung das Versäumte vieler Jahre nach. Es ist eine wahre geistige Schlemmerei, ich bin überzeugt, daß unsere hohlköpfigen Matrosen mich für den Allerverrücktesten an Bord halten.

Bisweilen werde ich von dem vielen Lesen so wirr im Kopf, daß ich für jede Zerstreuung geradezu dankbar bin. Wenn wir in den stillen Gürtel zwischen Nordost- und Südostpassat kommen, werde ich mir von Wada meinen kleinen zweiundzwanzigkalibrigen Stutzen an Bord bringen lassen und versuchen, schießen zu lernen. Als kleiner Junge pflegte ich gern zu schießen. Ich erinnere mich, daß ich, wenn ich ins Gebirge ging, immer eine Schrotflinte mit mir schleppte.

Während die Kampanje reichlich Raum zum Spazierengehen bietet, kann man die Deckstühle nur unter den Sonnensegeln aufstellen, die zu beiden Seiten des Kartenhauses ausgespannt sind. Dieser Raum wird aber wiederum dadurch begrenzt, daß man je nach der Stellung der Sonne, der Frische des Windes immer nur die eine oder die andere Seite benutzen kann. Deshalb kommt es von selbst, daß Fräulein Wests Stuhl fast immer neben dem meinen steht. Kapitän West hat natürlich auch einen Deckstuhl, er benutzt ihn aber nur sehr selten. Das Manövrieren des Schiffes und die täglichen Beobachtungen machen ihm so wenig Arbeit, daß er selten mehr als eine Stunde im Kartenhaus verweilt. Er sitzt lieber in der großen Kajüte, ohne etwas anderes zu tun, als mit offenen Augen zu träumen, während der frische Wind durch die offenen Lichtpforten hereinweht.

Fräulein West sehe ich jetzt sehr viel. Ich lese ihr oft vor – natürlich namentlich aus Büchern, die mir Gelegenheit geben, sie etwas auszuforschen. Dieses Vorlesen führt außerdem zu längeren Diskussionen, und ich muß betonen, daß sie bisher nichts geäußert hat, was meine ursprüngliche Auffassung von ihr irgendwie geändert hätte.

Sie ist eine reife Frau, mit der ganzen äußeren Sicherheit einer solchen, hat aber die Frische eines jungen Mädchens. Sie ist großzügig, zuverlässig, verständig, ja, und auch empfindungsfähig. Aber ihre überströmende Lebenskraft widerspricht der Reife ihres Wesens. Bisweilen kommt es mir vor, als müßte sie schon in den Dreißigern sein. Dann aber wieder, wenn ihre Lebensgeister und ihre Lachlust angeregt sind, scheint sie kaum dreizehn.

Und . . . ja, das darf ich nicht vergessen: Ich weiß jetzt, daß nicht das Interesse für einen fremden Mann – mit anderen Worten für mich – sie bewogen hat, die Reise mitzumachen. Sie hat es um ihres Vaters willen getan. Irgend etwas stimmt nicht bei ihm. Hin und wieder habe ich bemerkt, daß sie ihn mit Blicken betrachtet, die eine unbeschreibliche Sorge, eine rührende Liebe offenbaren. Gestern erzählte ich bei Tisch eine lustige Geschichte, als mein Blick zufällig auf Fräulein West fiel. Sie hatte gar nicht zugehört. Die Hand, mit der sie ihre Gabel zum Munde führte, blieb einen Augenblick unbeweglich in der Luft, während sie ihren Vater mit Augen anstarrte, die nichts sahen als ihn. Es war ein Blick voll tiefer Angst. Als sie merkte, daß ich sie beobachtete, ließ sie mit wundervoller Selbstbeherrschung die Hand ganz langsam und natürlich sinken, aber ihr Blick wich nicht vom Gesicht ihres Vaters.

Aber ich hatte es doch gesehen, ja, ich sah noch mehr: Ich sah, wie Kapitän Wests Gesicht durchsichtig bleich wurde, wie seine Augenlider sich langsam schlossen und seine Lippen flüsterten, ohne einen Laut von sich zu geben. Dann öffneten sich die Augen wieder, seine Lippen gewannen die gewohnte Selbstbeherrschung wieder, langsam kehrte die Farbe in seine Wangen zurück.

Und doch war das derselbe Kapitän West, der sieben Stunden später die hochmütige Seemannsseele des Steuermanns züchtigte. Es war am selben Abend; es war sehr dunkel, die Mannschaft stand auf dem großen Deck und halte aus. Ich kam eben aus dem Kartenhaus und sah Kapitän West mit den Händen in den Taschen an mir vorbeigehen. Er ging bis zur Kampanje. Plötzlich hörte man vom Besanmast den scharfen Ton von reißendem Tauwerk und das Krachen von zerbrechendem Holz. Im selben Augenblick fielen die Matrosen rücklings auf das Deck und kollerten herum.

Es folgte ein kurzes Schweigen. Dann hörte ich die Stimme Kapitän Wests: »Was war denn das, Steuermann?«

»Das Fall, Käpt'n«, kam eine Antwort aus dem Dunkel.

Abermals herrschte einen Augenblick allgemeines Schweigen. Dann hörte ich wieder die Stimme Kapitän Wests: »Ein andermal fieren Sie zuerst Ihre Schot!«

Nun ist Pike zweifellos ein glänzender Seemann, aber in diesem »Fall« hatte er tatsächlich einen Fehler gemacht. Ich kann mir vorstellen, welchen Schlag diese Rüge für seinen Stolz bedeutete, um so mehr, als er durchaus keinen guten Charakter hat, sondern rachsüchtig ist, und wenn er auch mit dem gebotenen Respekt »Jawohl, Käpt'n« antwortete, so war ich doch überzeugt, daß die armen Teufel, die ihm unterstellt sind, im Laufe der Nacht seinen Zorn zu fühlen bekamen.

Es kam auch, wie ich erwartet hatte – denn heute morgen bemerkte ich, daß John Hackey, ein Friscoer Strolch, ein blaues Auge hatte und daß Guido Bombini mit einem geschwollenen Kinn herumlief, das nicht von schlechten Eltern war. Ich fragte Wada, er lieferte mir prompt die neuesten Nachrichten. Es hatte eine gehörige Tracht Hiebe auf der Back gesetzt, während wir achtern in unseren Betten schlummerten. Auch heute noch geht Pike mürrisch und verärgert herum. Er schnauzt die Männer noch mehr an als sonst und ist nur eben höflich gegen Fräulein West und mich. Er grunzt seine einsilbigen Antworten in den Bart, während sein Gesicht das Urbild von Ärger ausdrückt. Fräulein West, die von der Geschichte gestern nichts weiß, lacht und sagt, er sei »seesauer«, eine Erscheinung, die sie so getauft hat.

Aber ich kenne Pike, diesen prächtigen, eigensinnigen alten Seebären, jetzt gründlich. Es wird genau drei Tage dauern, ehe er wieder der alte ist. Er ist nämlich sehr stolz auf seine seemännische Tüchtigkeit, am meisten an der ganzen Geschichte kränkt ihn das Bewußtsein, einen Bock geschossen zu haben.

Heute, genau achtundzwanzig Tage nach unserer Abfahrt, passierten wir in früher Morgenstunde die Linie. Ich trank gerade meinen Kaffee, als es geschah. Und Charles Davis feierte die Begebenheit, indem er O'Sullivan ermordete. Bonny, ein langaufgeschossener dünner Bengel von Mellaires Wache, brachte uns die Nachricht. Der Untersteuermann und ich hatten eben den Lazarettraum betreten, als Pike selbst kam. O'Sullivans Sorgen sind jetzt überstanden. Der andere in der Oberkoje hat sein trauriges Irrendasein mit dem Marlpfriem zu einem würdigen Abschluß gebracht.

Ich begreife diesen Charles Davis nicht! Er saß seelenruhig in seiner Koje und rauchte ebenso ruhig seine Pfeife, während er Mellaire seine Antworten gab. Und dabei ist er durchaus nicht verrückt. Mit voller Überlegung und kalten Blutes hat er den Wehrlosen ermordet.

»Warum hast du es getan?« fragte Herr Mellaire.

»Weil . . . weil, Steuermann«, sagte Davis und paffte weiter, »weil . . .« paff, paff . . . »weil er meinen Schlaf störte. Weil . . .« paff, paff . . . »weil er mich reizte. Nächstes Mal« . . . paff, paff . . . »werden gewisse Herren, hoffe ich, vorsichtiger sein, wenn sie jemand zu mir hereinstecken. Es tut mir weh, wenn ich hier heraufklettern muß . . .« paff, paff . . . »und jetzt kriege ich wieder die Unterkoje.«

»Aber warum hast du es getan?« fauchte Pike.

»Ich sage es Ihnen ja, Steuermann, weil er mich reizte. Ich hatte genug davon, und da befreite ich ihn heut morgen von seinem Elend. Der Mann ist verreckt. Da ist nichts zu machen. Es war die Notwehr. Ich kenne das Gesetz. Mit welchem Recht haben Sie einen Verrückten zu einem hilflosen Kranken gelegt?«

»Bei Gott, Davis«, rief der Steuermann, »du wirst nie deinen Abmusterungstag in Seattle erleben. Du wirst schon deinen Lohn kriegen. Einen harmlosen Verrückten zu ermorden! Du wirst ihm über Bord folgen, Freundchen.«

»Wenn das geschieht, werden Sie aufgehängt, Steuermann«, antwortete Davis. Er richtete seine kalten Augen auf mich und rief: »Und Sie, Herr, ruf' ich zum Zeugen an! Sie hören, daß er mich bedroht! Sie werden vor Gericht beeiden, daß der Steuermann mein Leben bedroht hat. Er soll aufgeknüpft werden, und das von Rechts wegen.«

»Halt deine dreckige Fresse, oder ich schlage sie dir zu Brei, du ver-

fluchter Bengel!« brüllte Pike und sprang mit geballter Faust auf ihn los.
Davis wich unwillkürlich zurück. Sein Fleisch war schwach, aber seine Seele nicht. Bald hatte er sich wieder in der Gewalt und zündete sich ruhig ein Streichholz an.
»Mir machen Sie keine Angst, Steuermann«, knurrte er. »Ich habe keine Angst zu verrecken. Früher oder später muß der Mensch ja doch dran glauben. Und im übrigen werde ich jetzt nicht sterben, ich werde diese Reise zu Ende machen und die Reeder vor Gericht laden.«
Tatsächlich kämpften in mir zwei Empfindungen miteinander – eine gewisse Bewunderung für diesen Matrosen, der krank und doch so mutig war, und die Sympathie für Pike, der sich so beleidigen lassen mußte, ohne es über sich zu bringen, den Kranken zu schlagen.
Dennoch sprang er in kalter Wut auf den Mann los, packte ihn mit seinen knochigen Händen am Hals und schüttelte ihn eine ganze Minute lang. Es war ein Wunder, daß er dem Mann nicht einfach das Genick brach.
»Ich lade Sie als Zeuge vor«, wandte Davis sich keuchend an mich, sobald der Steuermann ihn wieder losgelassen hatte.
Er röchelte und räusperte sich, befühlte seine Kehle und drehte den Kopf, um zu zeigen, wie schlimm er behandelt worden war.
»Die Spuren von den Fingern werden schon in ein paar Minuten zu sehen sein«, murmelte er mit hörbarer Zufriedenheit, sobald er wieder zu Atem kam.
Das war zuviel für Pike. Er machte kehrt und verließ fluchend den Raum. Als ich mich einige Minuten später ebenfalls entfernte, stopfte Davis sich wieder seine Pfeife. Dabei erzählte er Mellaire, daß er auch ihn als Zeugen vorladen wolle.
Auf diese Weise bekamen wir unser zweites Begräbnis an Bord. Pike ärgerte sich, weil die Elsinore so schnell lief, daß man keine ordentliche Zeremonie vornehmen konnte. Unter diesen Umständen verlor man nur wenige Minuten, indem man das große Marssegel der Elsinore brackbraßte, um ihr Fahrt zu nehmen, während man O'Sullivan mit dem unvermeidlichen Sack Kohlen an den Füßen über Bord schob.
»Ach, das ist ja alles nur Kinderspiel«, meinte Mellaire gemütlich, als wir während der ersten Wache die Kampanje auf und ab gingen. »Ich machte mal eine Fahrt mit einem Lastdampfer, der vierhundert Chinesen an Bord hatte, Kulis, die nach Beendigung ihrer Vertragszeit heimkehrten. Da brach die Cholera aus. Wir warfen dreihundert von ihnen über Bord, Herr, dazu die beiden Bootsmänner, den größten Teil der Laskaren, die unsere Mannschaft bildeten, den Steuermann, den dritten Steuermann, den ersten und dritten Meister und schließlich den Kapitän selbst. Der zweite Meister und der weiße Heizer waren die ein-

zigen, die unten übrigblieben, ich selbst führte das Kommando an Deck, bis wir den Hafen erreichten. Die Ärzte wollten gar nicht an Bord kommen – sie ließen uns auf der Außenreede ankern und befahlen mir, unsere Toten über Bord zu werfen. Ich mußte selbst die Leichen einwikkeln und mit der Donkeymaschine an Deck heißen. Nach jeder Leiche, die ich über Bord warf, nahm ich einen Schnaps. Als ich mit der Arbeit fertig war, hatte ich einen tüchtigen sitzen.«

»Sie selbst bekamen keine Cholera?« fragte ich.

Mellaire zeigte mir seine linke Hand – ich hatte schon bemerkt, daß der Zeigefinger fehlte. »Das ist alles, was mir passierte. Der Alte hatte einen Foxterrier wie Sie. Als der Alte über Bord gegangen war, wurden der Hund und ich die besten Freunde. Als ich aber eben die letzte Leiche an Deck heißte, was tat das kleine Biest da? Sprang an meinen Beinen hoch und schnüffelte an meiner Hand. Ich drehte mich um und wollte ihn streicheln, aber im selben Augenblick war meine andere Hand zwischen die Räder gekommen, der Finger war weg.«

»Herrgott!« rief ich. »Welch ein Pech, den Finger zu verlieren, wenn man durch eine so gräßliche Geschichte glücklich hindurchgekommen ist.«

»Ja, das dachte ich auch«, pflichtete Mellaire bei.

»Aber was taten Sie dann?« fragte ich.

»Na, ich guckte mir den Finger an, sagte ›lieber Gott!‹ oder so was und nahm noch einen Schnaps. Ich glaube, ich war so voll vom Alkohol, daß die Bakterien tot umfielen, sobald sie nur den Geruch spürten.« Er überlegte einen Augenblick. Dann fügte er hinzu: »Offen gestanden, Herr Pathurst, ich weiß nicht, ob diese Alkoholtheorie ganz richtig ist, denn der Alte und die beiden Bootsmänner waren auch besoffen, als sie starben, der dritte Meister auch.«

Ich werde mich nie mehr wundern, daß das Leben auf See hart macht.

Es ist etwas geschehen. Aber keiner weiß, was, weder vorn noch achtern – natürlich mit Ausnahme der Beteiligten, die aus verständlichen Gründen den Mund halten. Aber das Schiff ist mit Gerüchten und Vermutungen geladen.

Aber eines ist sicher: Pike hat einen furchtbaren Schlag auf den Kopf bekommen. Gestern kam ich wieder verspätet zum Lunch, und als ich hinter seinem Stuhl vorbeiging, sah ich eine furchtbare Beule an seinem Kopf. Als ich mich ihm gegenüber gesetzt hatte, bemerkte ich, daß seine Augen ganz betäubt aussahen, ja, ich konnte sogar Schmerz darin lesen. Er beteiligte sich nicht an der Unterhaltung, aß nachlässig und benahm sich, als ob er nicht ganz bei sich wäre. Es war ganz deutlich, daß er sich mit eiserner Kraft zusammennahm.

Und keiner hatte den Mut, ihn zu fragen. Ich weiß jedenfalls, daß ich nicht den Mut dazu aufbringen konnte. Dieser furchtbare Überrest aus vergangenen Tagen des Seemannslebens hat mir einen Respekt eingeflößt, der zur Hälfte aus Furcht, zur anderen Hälfte aus wirklicher Hochachtung gemischt ist. Er benimmt sich, als litte er an den Folgen einer Gehirnerschütterung. Daß er Schmerzen hat, ist unzweifelhaft, sein ganzes Benehmen, wenn er sich unbeobachtet glaubt, beweist es. Als ich heute nacht die Kajüte verließ, um einen Augenblick frische Luft zu schnappen und mir die Sterne anzusehen, stellte ich mich auf das große Deck unterhalb der Kampanje. Unmittelbar über meinem Kopf hörte ich ein leises Stöhnen, das nicht aufhören wollte. Lautlos schlich ich mich näher. Jetzt sah ich, daß es Pike war, der gestöhnt hatte – er lehnte sich ganz zusammengebrochen an den Kampanjebogen und stützte den Kopf in die Hände. Ungesehen von andern, machte er in der einsamen Nacht seinem Schmerz Luft.

Aber er führte seine Wache durch und kam seinen Pflichten als Offizier nach, als ob nichts geschehen wäre. Ich vergaß übrigens eines: Fräulein West wagte es, ihn zu fragen, und er antwortete ihr, daß er Zahnschmerzen habe.

Wada kann nicht herausbekommen, was geschehen ist. Er erzählt, der asiatische Kreis, der in der Kabine des Kochs die Sache eifrig diskutiert hat, sei der Ansicht, daß es die drei Banditen sind, die »das Ding gedreht« haben. Bert Rhine läuft nämlich mit einer gelähmten Schulter herum, Nasen-Murphy humpelt, und Bub Twist liegt krank in der Koje. Diese Tatsachen sind das einzige, woraus man sich etwas zusammenreimen kann. Die Banditen sind ebenso verschwiegen wie Pike. Die Asiaten sind aber zu dem Schluß gekommen, daß ein Mordversuch gemacht wurde, der nur daran scheiterte, daß der Schädel des Steuermanns zu hart war.

Gestern abend bekam ich einen neuen Beweis, daß Kapitän West in Wirklichkeit den Ereignissen auf der Elsinore gegenüber nicht so ganz gleichgültig ist, wie er tut. Ich war über die Laufbrücke bis zum Besanmast gegangen und stand in dessen Schatten, so daß man mich nicht gleich sehen konnte. Von dem engen Durchgang zwischen Mittschiffshaus und Finknetzreling am Großdeck unten hörte ich die Stimmen Bert Rhines, Murphys und Mellaires. Sie unterhielten sich freundschaftlich, ja sogar vertraulich, denn ihre Stimmen hatten einen gemütlichen Klang, hin und wieder lachte einer, bisweilen alle drei. Ich dachte an den Bericht Wadas über den Verkehr des Untersteuermanns mit den Banditen und versuchte zu lauschen. Aber die Banditen sprachen sehr leise, ich konnte nur feststellen, daß die Unterhaltung äußerst freundschaftlich und vertraut vor sich ging.

Plötzlich hörte ich Kapitän Wests Stimme von der Kampanje her. Ich weiß, daß es mich durchschauerte, als ich sie hörte – sie war so wundervoll und doch so beherrscht und kalt wie das Klirren von Stahl in einer eisigen Nacht. Und ich merkte, daß die Stimme auf die Männer unten wie ein elektrischer Schlag wirkte. Ich konnte fühlen, wie sie erstarrten und erschauerten, als sie die Stimme hörten. Und doch sprach sie nur: »Untersteuermann!«

»Jawohl, Käpt'n«, antwortete Mellaire nach einem kurzen Schweigen, das voll unheimlicher Spannung war.

»Kommen Sie achteraus«, erklang die Stimme Kapitän Wests.

Ich hörte, wie der Untersteuermann an Deck lief und einen Augenblick am Fuß der Kampanjetreppe stehenblieb.

»Ihr Platz ist hinter dem Mast, Steuermann«, sagte die kalte, leidenschaftslose Stimme.

»Jawohl, Käpt'n«, antwortete der Untersteuermann. Das war alles. Kein Wort wurde weiter gesprochen. Kapitän West begann wieder, an der Luvseite der Kampanje auf und ab zu gehen, und Mellaire stieg die Treppe hinauf und begann seine Wache auf der Leeseite.

Ich selbst ging weiter über die Laufbrücke bis zum Vorderkastell und blieb eine halbe Stunde dort stehen, ehe ich über das Großdeck in die Kajüte zurückkehrte. Ohne mir über meine Gründe klar zu sein, hatte ich doch das Gefühl, daß niemand erfahren dürfe, daß ich die Begebenheit miterlebt hatte.

Wir leben in einer Welt der Gegensätze. Obgleich der Seemannsberuf die Menschen stählt und abhärtet, sind doch neunzig Prozent unserer Mannschaft unbrauchbar, weil sie keine eigentlichen Seeleute sind. Sie sind Ausgestoßene, die wie Sklaven leben, um ihre Existenz zu retten. Ihr Schicksal ist nicht beneidenswert. Und dann blickte ich auf uns vier bei Tisch, auf Kapitän West, seine Tochter, Herrn Pike und auf mich selbst, alles gesunde und pflichtbewußte Menschen, die den andern befehlen. Solange wir leben, bestimmen wir unser eigenes Geschick, aber auch das vieler anderer Menschen, die von uns abhängig sind und denen wir befehlen. Wir sind die Auserwählten des Geschicks, aber ist es unser Verdienst?

Auf der Elsinore haben wir das beste Essen, den weitesten Raum und die größte Bequemlichkeit für uns, während das Vorderkastell einem Schweinestall und einem Sklavenlager ähnelt. Wie ein König thront Kapitän West über allem. Gleich einem Feldherrn setzt Herr Pike den Willen des Kapitäns durch. Fräulein West ist beinahe wie die Prinzessin aus einem königlichen Hause. Und ich? Bin ich nicht der wohlgeborene Erbe meines Vaters, der durch Arbeit während seines Lebens das Vermögen erwarb, dessen Zinsen ich nun genieße? Wir leben wirklich in einer Welt der Gegensätze.

Der Nordostpassat hat uns jetzt fast bis zum Südwestpassat gebracht, ließ uns aber vorher mehrere Tage in der stillen Zone schlingern und halb ersticken. Während dieser Zeit machte ich indessen die Entdekkung, daß ich Talent zum Stutzenschießen habe. Pike schwor, daß ich viel Übung haben müsse, und ich war selbst ganz verblüfft, weil es mir so leicht fiel. Nachdem ich eine halbe Stunde von dem schwankenden Deck aus auf Flaschen geschossen hatte, die auf den Wogen schaukelten, war ich schon so weit, daß ich jede Flasche auf den ersten Schuß zertrümmerte.

Ich würde meine eigene Fähigkeit auf diesem Gebiet nicht als etwas Außergewöhnliches betrachtet haben, hätte ich nicht Fräulein West und Wada bewogen, auch ihr Heil zu versuchen. Keiner von ihnen hatte so viel Erfolg wie ich. Zuletzt überredete ich auch Pike, aber er ging hinter das Steuerhaus, damit keiner von der Mannschaft sehen konnte, wie schlecht er schoß. Er traf überhaupt nicht.

»Ich habe den Dreh beim Stutzenschießen nie herauskriegen können«, sagte er ärgerlich. »Aber im Nahkampf mit dem Revolver stehe ich meinen Mann. Ich glaube, es ist am besten, ich hole mir meinen herauf und schieß' ihn ein bißchen ein.« Er ging nach unten und kehrte mit einer großen vierundvierzigkalibrigen automatischen Pistole und einer Handvoll scharfer Patronen wieder.

»Es ist einfach verblüffend, Herr Pathurst, was man mit so einer Waffe machen kann, wenn man nur von rechts auf den Körper zielt, auf den Bauch zum Beispiel, auf drei bis vier Meter. Im Nahkampf können Sie die Flinte ja gar nicht verwenden. Ich lag einmal auf dem Boden, und eine ganze Bande war über mir und trampelte auf mir herum, als ich begann, mit dem Ding hier zu knallen. Das tat ihnen gut, kann ich Ihnen sagen! Einer von der Bande wollte mir gerade seine Riesenplattfüße ins Gesicht pflanzen, als ich losschoß. Die Kugel ging über seinem Knie hinein und riß ihm schließlich noch ein Ohr ab.«

»Fürchten Sie aber nicht, Ihre ganze Munition zu verbrauchen?« fragte er mich eine halbe Stunde später, als ich immer noch drauflosknallte. Er war sehr beruhigt, als ich ihm mitteilte, daß ich nicht weniger als fünfzigtausend Patronen an Bord hätte.

Während wir noch schossen, kamen zwei Haie angeschwommen. Sie waren sehr groß, Pike schätzte sie auf mindestens viereinhalb Meter. Es war Sonntag morgen, so daß die Mannschaft mit Ausnahme derer, die notwendige Schiffsarbeit erledigen mußten, freie Zeit hatte, und es dauerte deshalb nicht lange, so hatte der Zimmermann den einen Hai mittels eines Seils gefangen, an dessen Ende er einen mächtigen eisernen Haken mit einem Stück gesalzenen Specks von der Größe eines Kopfes befestigt hatte. Bald hatte er auch das andere Ungeheuer auf dem Haken. Sie wurden beide an Bord geholt. Dann sah ich ein Schau-

spiel, das mir wieder die ganze Grausamkeit, die auf See herrscht, enthüllte.
Die Mannschaft versammelte sich um die beiden Tiere, mit Scheidemessern, Äxten, Keulen und großen Schlachtmessern bewaffnet, die sie sich in der Kombüse geliehen hatten. Ich will hier keine Einzelheiten schildern, sondern nur berichten, daß sie sich wie vollkommen verrückt vor lüsterner und grausamer Aufregung gebärdeten und vor Entzücken grölten und brüllten. Schließlich wurde der erste der beiden Haie in die See zurückgeworfen, nachdem man ihm ein spitzes Holzstück zwischen Ober- und Unterkiefer gesteckt hatte, so daß er den Rachen nicht mehr schließen konnte. Ein unvermeidlicher, langsamer Hungertod mußte die Folge sein.
»Ich will euch mal was zeigen, Kinder«, brüllte Andy Fay, als sie sich anschickten, den zweiten Hai ebenso zu mißhandeln.
Ich glaube, das, was ich jetzt sah, machte mich mehr als alles andere hart und herzlos gegen diese rohen Bestien. Zum Schluß wälzte sich der unglückliche Hai ohne Eingeweide auf dem Deck. Die Matrosen hatten sie alle herausgeschnitten. Es war nichts übrig, als die Fleischkruste des unglücklichen Tieres, das noch immer nicht verenden konnte.
Plötzlich steckte mir Mulligan Jacobs, dessen Arme blutbeschmiert wie die eines Fleischers waren, ein Stück Fleisch in die Hand. Ich trat erschrocken zurück und ließ es an Deck fallen, während die zwei Dutzend Matrosen in ein wildes Geheul ausbrachen. Diese rohen Bestien hatten nur wenig Achtung vor mir.
Ich betrachtete den Fleischklumpen, den ich fortgeworfen hatte – es war das Herz des Hais. Und als ich es mir näher ansah, bemerkte ich, daß es hier auf dem brennendheißen Deck immer noch lebte und schlug. Da nahm ich mich zusammen und wagte es! Ich wollte nicht, daß diese Bestien das Vergnügen haben sollten, und hob das Herz auf, während ich mühsam meine Übelkeit beherrschte, hielt es in meiner Hand und fühlte es auch dort schlagen.
Da ließ Mulligan Jacobs mich stehen, um sich interessantere Unterhaltung zu verschaffen, indem er den Hai, der immer noch nicht sterben wollte, weiterquälte.
Aber jetzt wurde es mir doch unerträglich, ich zog mich zurück, trug aber dabei immer noch das klopfende Herz in meiner Hand.
Als ich auf die Kampanje trat, sah ich Fräulein West mit ihrem Nähkorb aus der Tür des Kartenhauses kommen. Ich schlich mich auf die Steuerbordseite, um heimlich das furchtbare Ding, das ich in der Hand trug, über Bord zu schleudern. Es war in der tropischen Hitze an der Oberfläche ganz eingetrocknet, und doch schlug es immer noch. Als ich es fortwerfen wollte, blieb es mir an der Hand kleben. Statt über Bord zu flie-

gen, fiel es auf die Finknetzreling und blieb dann im Schatten liegen. Als ich hineinging, um mir die Hände zu waschen, warf ich noch einen letzten Blick darauf und sah, daß es noch immer schlug.
Und als ich zurückkam, schlug es noch. Da hörte ich etwas plätschern, das von der Kuhl des Schiffes über Bord geworfen wurde, und ich wußte, daß es der Kadaver des Haies war. Ich blieb stehen, gebannt durch das Schauspiel, das das immer noch klopfende Herz mir bot.
Laute Rufe erregten meine Neugier. Alle waren auf die Reling geklettert und spähten in die See. Ich folgte ihren Blicken und sah etwas Seltsames. Der Hai, dem sie die Eingeweide herausgenommen hatten, war nicht verendet – er bewegte sich, er schwamm, er schlug mit dem Schwanz und versuchte zu tauchen. Bisweilen gelang es ihm, fünfzig oder hundert Fuß weit zu tauchen, dann wurde er wieder, trotz seinem vergeblichen Bemühen, an die Oberfläche getrieben. Jeder seiner zwecklosen Versuche wurde von einem wilden Gejohle der Matrosen begrüßt. Warum lachten sie? Es war ein erhabenes Schauspiel, dieser verzweifelte Kampf des Hais, dem man Herz und Eingeweide herausgenommen hatte; es war schrecklich anzusehen, aber zum Lachen war es nicht! Denn was sollte lächerlich sein an einem Tier, das, bis zum äußersten gequält, hilflos an der Oberfläche des Meeres kämpft und in verzweifelter Ohnmacht sein leeres Inneres der glühenden Sonne darbietet?
Ich wollte mich abwenden, als erneutes Gejohle meine Aufmerksamkeit auf sich zog. Ein halbes Dutzend anderer Haie war auf der Bildfläche erschienen, kleinere Tiere, etwa drei Meter lang. Sie griffen ihren hilflosen Genossen an. Sie rissen ihn in Stücke, zerfleischten ihn, verschlangen ihn. Ich sah den letzten Bissen in ihren Rachen verschwinden. Jetzt war er fort, hatte sein Grab in den lebenden Körpern von Wesen seiner eigenen Art gefunden, wo der Verdauungsprozeß schon begonnen hatte. Und doch lag hier an Deck, im Schatten der Finknetzreling, immer noch dieses furchtbare Herz und schlug und schlug.

Ja, diese Reise ist zu Tod und Verderben bestimmt. Ich kenne Pike jetzt, und wenn er entdeckt, wer Mellaire eigentlich ist, dann gibt es Mord und Totschlag. Denn Mellaire ist gar nicht Mellaire. Er ist auch nicht aus Georgia – vielmehr stammt er aus Virginia, und sein richtiger Name ist Waltham . . . Sidney Waltham. Er gehört zum virginischen Zweig der Walthams, ist zwar ein schwarzes Schaf, bleibt aber immerhin ein Waltham. Ich bin fest überzeugt, daß Pike ihn töten würde, wenn er erführe, wer Mellaire ist.
Ich werde erzählen, wie ich diese verblüffende Tatsache entdeckt habe. Es war gestern nacht. Kurz vor Mitternacht. Ich war wieder einmal auf

die Kampanje gegangen, um die Frische des Südostpassats zu genießen, der uns jetzt vor sich herfegte – wir segelten dicht beim Winde, um Kap San Roque luvwärts zu umgehen. Pike hatte die Wache, ich ging mit ihm auf und ab, während er mir Erlebnisse aus seinem bewegten Leben erzählte. Das hatte er schon oft getan, und namentlich hatte er mit Stolz – oder richtiger mit Ehrfurcht von seinem Lehrmeister gesprochen, unter dem er fünf Jahre gefahren war. Es war der »alte Kapitän Sommers«, wie er ihn immer nannte, »der feinste, aufrechteste und edelste Mann, unter dem ich je gefahren bin, Herr Pathurst«.

Nun – heute nacht kam die Rede auf traurige Ereignisse, und Pike verbreitete sich über die Schlechtigkeit der Welt und im besonderen über die Schlechtigkeit des Mannes, der Kapitän Sommers ermordet hatte.

»Er war schon ein alter Mann, über siebzig«, berichtete Pike. »Er hatte schon einmal einen kleinen Schlaganfall gehabt. Und dieser Teufel von Untersteuermann erwischte ihn einmal spät in der Nacht, als er im Bett lag, und prügelte den alten Mann zu Tode. Es war furchtbar! Sie erzählten mir damals davon! Es geschah im Hafen von San Franzisko, an Bord der Jason Harrison . . . elf Jahre ist es her. Und wissen Sie, was man tat? Erstens ließ man den Mörder am Leben, obgleich er hätte gehängt werden müssen. Er spielte den Verrückten, weil ihm mal vor vielen Jahren irgendein verrückter Schiffskoch den Schädel eingeschlagen hatte. Als er sieben Jahre im Zuchthaus gesessen hatte, ließ der Gouverneur ihn laufen, weil er aus guter Familie war, aus einer einflußreichen, alten Virginiafamilie, den Walthams – Sie haben wohl auch von ihnen gehört –, und die wandten jedes Mittel an, um ihn loszukriegen. Sidney Waltham hieß er.«

In diesem Augenblick gab ein Schlag auf die Schiffsglocke das Zeichen, daß die Wache in einer Viertelstunde abzulösen war. Der Steuermann hatte sein Bericht über den Tod seines Lehrmeisters so aufgeregt, daß er stehengeblieben war, und jetzt standen wir beide am Rand der Kampanje. Ein verhängnisvoller Zufall wollte, daß Mellaire schon eine Viertelstunde vor Beginn seiner Wache herauskam und die Kampanjetreppe heraufstieg. Während der Steuermann noch sprach, trat Mellaire zu uns.

»Daß man ihm das Leben ließ«, sagte der Steuermann, »solange er wenigstens im Zuchthaus saß – schön. Als sie ihn aber begnadigten, da schwor ich, ihn zu kriegen. Und das tue ich auch! Ich glaube weder an Gott noch an den Teufel, und es ist und bleibt eine verflucht dreckige und gemeine Welt, aber ich glaube an Vorahnungen, ich werde ihn kriegen.«

»Was werden Sie dann tun?« fragte ich.

»Tun?« Pikes Stimme war vom Staunen erfüllt: Konnte jemand so töricht sein, daß er das nicht von selbst begriff?

»Tun? Nun, was tat er mit dem alten Kapitän Sommers? Seit drei Jahren ist er zwar verschwunden. Niemand hat etwas von ihm gehört. Aber er ist Seemann und wird früher oder später auf die See zurückkehren, und dann . . .«
Der Untersteuermann steckte sich gerade die Pfeife an, und beim Schein der flackernden Flamme sah ich Pikes Gorillaarme mit den ungeheuren geballten Fäusten gen Himmel gehoben, während sein Gesicht sich vor Aufregung verzerrte. Im selben kurzen Augenblick sah ich die Hand des Untersteuermanns, der das Streichholz hielt, zittern.
»Ich habe auch nie eine Fotografie von ihm gesehen«, fügte Pike hinzu. »Aber ich habe eine ganz allgemeine Vorstellung davon, wie der Kerl aussieht, außerdem hat er ein Zeichen, das nicht irreführen kann. Ich werde ihn selbst im Dunkeln erkennen. Ich brauche nur nachzufühlen.«
»Wie, sagten Sie, hieß der Kapitän, Steuermann?« fragte Mellaire scheinbar gleichgültig.
»Sommers . . . der alte Sommers«, antwortete Pike.
Mellaire wiederholte den Namen und sagte dann verwegen:
»Hat er nicht mal die Lammermoor befehligt . . . vor dreißig Jahren, glaube ich . . .?«
»Ganz recht. Das ist er.«
»Dacht' ich doch, daß ich ihn kannte. Ich ankerte mal direkt neben ihm . . . in der Tafelbucht.«
»Oh, diese dreckige Welt«, murmelte Pike noch, als er sich langsam und mit schleppenden Schritten entfernte.
Ich sagte dem Untersteuermann gute Nacht und wollte nach unten gehen, als er mich mit leiser Stimme zurückrief.
»Herr Pathurst!«
Ich blieb stehen. Und da sagte er, überstürzt und verwirrt:
»Ach nichts . . . ich bitte um Verzeihung.«
Als ich in meiner Koje lag, fühlte ich, daß ich tatsächlich nicht imstande war zu lesen. Immer wieder kehrten meine Gedanken zu dem zurück, was soeben an Deck geschehen war, und gegen meinen Willen tauchten die unheimlichen Bilder wieder in meinem Kopfe auf.
Plötzlich kam Mellaire lautlos in meine Kajüte und hielt den Zeigefinger warnend vor den Mund. Erst als er neben meiner Koje stand, begann er flüsternd zu reden.
»Ich bitte um Verzeihung, Herr Pathurst. Ich bitte um Verzeihung, aber sehen Sie . . . ich kam zufällig vorbei und sah, daß Sie noch wach waren . . . ich dachte mir, daß es Sie nicht stören würde . . . sehen Sie, ich möchte Sie um eine Gefälligkeit bitten . . . ich . . . ich . . . äh . . .«
Ich wartete ruhig, daß er weitersprechen sollte. In der Pause, während er sich die trockenen Lippen mit der Zunge netzte, sah mich das Wesen,

das in seinem Gehirn verborgen war, durch seine Augen an und schien fast herauszuspringen und sich auf mich stürzen zu wollen.
»Es ist nur eine ganze Kleinigkeit«, begann er wieder, diesmal zusammenhängender, »eigentlich lächerlich ... aber Sie werden sich vielleicht erinnern, daß ich Ihnen zu Beginn der Reise eine Narbe auf meinem Kopf gezeigt habe ... eine ganz unbedeutende Geschichte, die ich mir einmal geholt habe ... Aber ich geniere mich, sie jemand zu zeigen. Nicht um alles in der Welt möchte ich, daß zum Beispiel Fräulein West etwas davon wissen sollte ... Sie verstehen ... Sie haben ihr doch nichts davon gesagt?«
»Nein«, sagte ich. »Zufällig nicht.«
»Auch sonst niemand? Zum Beispiel Kapitän West? Oder Pike vielleicht?«
»Ich habe es keinem gesagt«, antwortete ich.
Er konnte die Erleichterung, die er empfand, nicht ganz verbergen. Das Verstörte verschwand aus seinem Gesicht. Das verborgene Wesen zog sich wieder tiefer in sein Gehirn zurück.
»Der Gefallen, um den ich Sie bitten möchte, Herr Pathurst, besteht darin, daß Sie mir versprechen, keinem etwas von dieser Bagatelle zu erzählen. Es ist wohl« – er lächelte, und seine Stimme wurde noch süßlicher als sonst – »so etwas wie Eitelkeit von mir. Sie verstehen, nicht wahr, Herr Pathurst?«
Ich nickte und machte eine ungeduldige Bewegung zum Zeichen, daß ich allein zu sein wünschte, um weiterzulesen.
»Ich kann mich also auf Sie verlassen, Herr Pathurst?« Sein ganzes Wesen veränderte sich. Es war in Wirklichkeit ein Befehl, und ich konnte fast – so schien es mir wenigstens – sehen, wie die Fangzähne des unheimlichen Wesens hinter seinen Augen drohend gefletscht wurden.
»Sicher«, antwortete ich kalt.
»Ich danke Ihnen, Herr ... ich danke Ihnen aufrichtig«, sagte er und schlich sich aus meiner Kabine. Selbstverständlich las ich nicht weiter. Wie hätte ich es können? Ich schlief auch nicht. Meine Gedanken irrten umher und konnten keine Ruhe finden. Erst gegen Morgen fiel ich zum ersten Male in dieser Nacht in einen leichten Schlummer.
Eins scheint mir aber klar: Pike ahnt nicht, daß der Mörder seines alten Lehrmeisters an Bord der Elsinore ist. Er hat nie die furchtbare Narbe gesehen, die Mellaires – oder vielmehr Sidney Walthams – Schädel zerklüftet. Und ich werde es Pike auch nie verraten. Jetzt weiß ich aber, warum ich vom ersten Augenblick an den Untersteuermann nicht leiden mochte. Und ich verstehe jetzt auch das lebende Wesen, das hinter seinen Augen lauert. Ich habe dasselbe unheimliche Wesen in den Augen der drei Verbrecher gefunden. Sie sind ja, wie der Untersteuer-

mann, Zuchthäusler. Der Zwang, die Geheimnistuerei und die eiserne Kontrolle des Gefängnislebens haben in ihnen eine zweite, furchtbare Persönlichkeit entwickelt.
Und noch eins ist klar: An Bord dieses Schiffes sind alle Elemente einer Tragödie gegeben. Unsere Fracht besteht aus menschlichem Dynamit, das jeden Augenblick unsere kleine schwimmende Welt in tausend Stücke sprengen kann.

Wir sind jetzt schon südlich von Rio, und es geht noch immer weiter nach Süden. Das Gebiet der Passate haben wir hinter uns, und der Wind ist jetzt sehr launisch, Regenschauer und Windstöße beunruhigen die arme Elsinore. Eine Stunde können wir in einer toten Kalme schlingern, und in der nächsten Stunde schießen wir dann mit einer Geschwindigkeit von vierzehn Knoten dahin und müssen die Segel bergen, so schnell die Matrosen nur arbeiten können. Auf eine lange, träge und windstille Nacht, in der es unmöglich ist, in der stickigen schwülen Luft der Kabine zu schlafen, kann ein Tag mit einer brennendheißen Sonne und einer öligen, hohlen Dünung folgen. Und an anderen Tagen stampft dann wieder die Elsinore unter bewölktem Himmel mit beschlagenem Schleisegel und Obersegeln in einer kurzen Kappelsee.
Heute war die Kühlte gegen elf Uhr vormittags so steif, daß Pike das Großsegel bergen ließ. Das große Bramstagsegel war schon in den Vormars niedergeholt. Die Wache war aber nicht imstande, das Großsegel aufzugeien, und nachdem sie lange vergeblich gesungen und gehalt hatten, mußte schließlich die Freiwache herausgepurrt werden, um zu helfen.
»Du gütiger Himmel!« stöhnte Pike mir ins Ohr. »Zwei Wachen für so einen Fetzen, mit dem die Hälfte einer anständigen Wache ohne Mühe fertig werden könnte! Gucken Sie sich mal den Bootsmann an, der den andern ein Beispiel geben sollte.«
Der arme Nancy! Er war das traurigste, unglücklichste Geschöpf, das ich je gesehen hatte. Sundry Buyers war ebenso unfähig und kraftlos. In seinem Gesicht standen nur Verzweiflung und Hiflosigkeit geschrieben. Die Hände gegen seinen Unterleib gepreßt, lief er hoffnungslos verwirrt umher, stets Arbeit suchend und nie imstande, sie zu finden.
»Du lieber Gott«, klagte Pike. »Wie soll man mit so einem Bootsmann jemand zur Arbeit antreiben? Und wenn sie erst bei Kap Horn alle Kräfte zugesetzt haben, was soll ich dann mit den Jammerlappen anfangen?«
Wenn der Wind flau ist, macht mein kleiner Stutzen mir großes Ver-

gnügen. Ich habe schon an viertausend Patronen verschossen und betrachte mich selbst schon fast als Sachverständigen. Wenn ich einmal heimkomme, werde ich mich mit Scheibenschießen beschäftigen – es ist wirklich ein netter Sport.

»Papa kennt die See gründlich«, sagte Fräulein West heute nachmittag zu mir, als wir beisammensaßen. »Er versteht und liebt sie.«

»Vielleicht ist sie ihm auch nur eine Gewohnheit geworden«, meinte ich.

Sie schüttelte den Kopf.

»Nein, er kennt sich mit ihr aus. Er liebt sie von ganzem Herzen. Deshalb ist er auch jetzt zu ihr zurückgekehrt. Alle seine Vorfahren waren ja Seeleute. Sein Großvater, Anthony West, machte von 1801 bis 1847 nicht weniger als sechsundvierzig Reisen. Sein Vater Robert befuhr als Steuermann die Nordküste, noch ehe die Zeit des Goldfiebers eingesetzt hatte, und wurde dann Führer von einigen der größten Klipper, die Kap Horn mit Goldjägern umsegelten. Elijah West, Papas Urgroßvater, war in den Revolutionsjahren Kaperkapitän – er führte die bewaffnete Brigg New Defence. Und auch dessen Vorfahren waren Besitzer, Kapitäne oder Steuerleute auf Kauffahrteischiffen, die auf große Fahrt liefen . . . Anthony West führte 1808 und 1814 den großen Segler David Bruce und hatte Kaperbrief. Es war ein Schoner von zweihundert Tonnen, in Maine gebaut. Sie führte einen langen Achtzehnpfünder und zwei Zehnpfünder und lief wie der Wind. Er brach die Blockade von New Port, entwischte dann nach dem Kanal und der Biscaya und nahm für mehr als dreihunderttausend Dollar Prisen.

Papa liegt also die See im Blut. Jedes Schiff, mit dem er fährt, wird von ihm als eine besondere Schöpfung mit ihr eigentümlichen Eigenschaften empfunden. Ich habe ihn oft in großen und gefahrvollen Augenblicken beobachtet . . . In allem, was mit Schiffen oder der See zu tun hat, ist er wirklich ein Künstler . . . es gibt kein anderes Wort dafür.«

»Sie denken groß und schön von Ihrem Vater«, sagte ich.

»Er ist der wundervollste Mann, den ich je getroffen habe«, antwortete sie. »Vergessen Sie nicht, daß Sie ihn nicht in seinen besten Jahren gekannt haben. Er ist nie wieder der alte geworden, seit meine Mutter tot ist.« Sie brach plötzlich ab und schloß dann ebenso plötzlich:

»Sie kennen ihn nicht. Sie haben keine Ahnung, wie er ist.«

»Wir werden heute einen sehr schönen Sonnenuntergang bekommen«, sagte Kapitän West gestern nachmittag.

Fräulein West und ich saßen in der Kajüte und spielten, ließen aber die Karten liegen und eilten an Deck. Der Sonnenuntergang hatte noch nicht begonnen, war aber doch sozusagen schon in Vorbereitung. Wir sahen, wie der Himmel seine Zauberei hervorholte – wie er die grauen Wolkenmassen in langen Reihen aufstellte oder in schweren Massen aufeinandertürmte und wie er allerlei Farben auf seine Palette setzte – glühende Tinten, mit kräftigen, krassen Klecksen dazwischen.

Dann kam die große Farbenorgie, deren vorherrschender Ton grün war. Alles war grün, grün und wieder grün – das Blaugrün des Frühlings und das welke Grün, das Gelbgrün und das lohfarbene Grün des Herbstes, Orangegrün, Goldgrün und Kupfergrün. Und all diese grünen Töne waren von einem Reichtum, der jeder Beschreibung spottet . . . und dann verschwand und verwelkte der ganze Reichtum, dieses grüne Farbenspiel, und verbreitete sich über die grauen Wolken und über die See, die nun das wundervolle goldene Rot blanken Kupfers annahm, während die Tiefe in ihrer weichen, seidigen Fläche von dem duftigsten Erbsengrün getönt wurde. Dann legte sich über die Wolken ein langer schmaler Schwaden aus Rubin und Granatrot. Und über diesem Schwaden, von dem großen Farbenmassiv durch einen grauweißen Nebelstrich getrennt, lag ein anderer, noch schmälerer Streifen von rubinfeurigem Wein.

Als die Farben und die Abenddämmerung verschwanden und welkten, weinte der Mond, in Nebel gehüllt, wie funkelnde Silbertropfen fielen seine Tränen in die dunkelviolette See. Schließlich sank die Dunkelheit der Nacht auch auf uns herab, und wir erwachten aus unsern farbigen Träumen. Mit Schönheit gesättigt, standen wir beide an der Reling und lehnten uns schweigend aneinander . . .

Die Tage gleiten dahin, und die Jahreszeiten folgen ihren Spuren. Gegen Ende des Winters haben wir Baltimore verlassen, während der Fahrt wurde es Frühling und Sommer, und jetzt haben wir schon Herbst und arbeiten uns dem Winter des stürmischen Kap Horn entgegen. Wenn wir das Kap umsegelt haben und weiter nordwärts laufen, werden wir abermals durch Frühling und Sommer kommen, es wird ein langer, langer Sommer sein. Denn wir folgen der Sonne nordwärts und kommen im Sommer in Seattle an.

Wir sind jetzt auf der Höhe des La Plata, also in einem Gebiet, das wegen seiner Stürme gefürchtet ist. Pike hält Ausschau nach einem Pampero. Kapitän West scheint nach nichts Ausschau zu halten, aber ich habe doch festgestellt, daß er, sobald das Barometer oder der Himmel drohend erscheint, an Deck ist.

Die erste Probe des La-Plata-Wetters erhielten wir gestern abend. Wir hatten eine Flaute, und die Elsinore konnte ihren Kurs nur durch die hin und wieder aufkommenden Windstöße aus dem Norden halten, schlingerte aber verzweifelt in einer gläsernen, hohlen Dünung, der Nachwirkung eines Sturmes, der südlich von uns geweht hatte. Rechts voraus erhob sich schnell wie durch Zauber über dem Horizont ein dichter, schieferschwarzer Block, der eigentlich nicht die geringste Ähnlichkeit mit Wolken hatte. Es war nur eine unheimlich schwarze Masse, die immer höher stieg, bis sie über unseren Köpfen hing, um sich dann langsam nach rechts und links auszubreiten und schließlich das halbe Meer unsern Blicken zu verbergen. Immer noch kamen hin und wieder leichte Windstöße aus Norden und strafften unsere Segel. Und immer noch schlingerte die Elsinore weiter durch die hohle glatte Dünung, während wir uns langsam dieser drohenden, schwarzen Wand näherten. Im Osten tobte ein Gewitter, und Blitze flammten dort auf, aber die schwarze Masse vor uns wurde von seltsamem Flackern und Wetterleuchten zerrissen.

Bald aber legten sich auch die Windstöße. In den Pausen zwischen dem Donnern des heraufziehenden Gewitters erreichten uns die Stimmen der Männer, die auf den Rahen waren, als befänden sie sich direkt neben uns und nicht mehrere hundert Fuß von uns entfernt. Beide Quartiere arbeiteten unter dem Kommando der Steuermänner, während Kapitän West in seiner gewohnten gleichgültigen Art auf der Kampanje auf und ab wanderte. Wenn er einen Befehl erteilte, tat er es so leise, als ob er sich mit dem Steuermann privat unterhielte – und auch nur, wenn Pike selbst die Kampanje betrat, um eine Frage zu stellen.

Und dann kam der Wind. Kam aus der Dunkelheit vorn mit der Plötzlichkeit eines Blitzes. Und gleichzeitig überfiel uns auch die schwarze Dunkelheit – man konnte sie sozusagen greifen. Es gibt keinen andern Ausdruck, dies zu beschreiben, als den alten Gemeinplatz, daß man keine Hand vor Augen sehen könne.

Die erzene Stimme des Seehelden klang durch das Brüllen des Sturmes.

»Helm in Lee«, lautete sein hell klingender Sturmruf an den Rudergast.

»Helm in Lee«, rief der Rudergänger zurück, undeutlich, unklar mit halberstickter, heiserer Stimme. Dann kamen die Blitze über uns. Sie badeten uns in ihren blauen Flammen, jedesmal minutenlang. Und unterdessen brüllte und dröhnte der Donner unaufhörlich. Es war ein unheimliches Schauspiel – hoch oben das schwarze Gerüst von Spieren und Masten, von allen Segeln entblößt. Darunter die Matrosen, die wie riesige Käfer herumkletterten, um die Rahesegel zu bergen. Die wenigen Segel unter ihnen, die noch gesetzt waren, schimmerten weiß, drohend unheimlich . . . und endlich, ganz unten: Deck und Brücke und Hütten der Elsinore und ein Gewirr von wehenden Tauenden und Klumpen und Knäuel von menschlichen Wesen, die schwankend heißten und halten.

Was jetzt geschah, weiß ich nicht. Nur das weiß ich, daß ich hin und wieder die erzene Stimme hörte. Dann brach tiefe Dunkelheit über uns herein, und der Regen ergoß sich in gewaltigen Strömen. Man hatte den Eindruck, daß der Regen nicht nur von oben, sondern auch von unten kam, er durchdrang alles, bahnte sich seinen Weg in meinen Südwester durch das Ölzeug, unter meinen enggeschlossenen Kragen und in die großen Seestiefel hinein. Ich war betäubt und halb bewußtlos durch diesen gewaltsamen Angriff von Donner und Blitz, Wind, Dunkelheit und Wasser. Und doch stand die ganze Zeit neben mir auf der Kampanje der Herr und Meister ruhig und besonnen und offenbarte den elenden Geschöpfen drunten seine Weisheit und seinen Willen. Und sie gehorchten ihm. Aus aller Kraft halten sie die Brassen an, fierten Schote, braßten Rahen um, geiten Bauchgordinge auf, ließen Bulinen gehen, beschlugen und refften die mächtigen Segel oder ließen sie killen.

Genau weiß ich also nicht, was geschah, aber Fräulein West und ich klammerten uns eng aneinandergepreßt an den Bogen an. Meinen Arm hatte ich um sie gelegt, mit der anderen Hand hatte ich den Bogen gefaßt. Ihre Schulter preßte sich eng an mich, ihre eine Hand ballte sich um den Aufschlag meines Ölrocks. Eine Stunde später gingen wir über die Kampanje zum Kartenhaus – wir mußten uns gegenseitig helfen, den Halt nicht zu verlieren, weil die Elsinore in der immer schwerer werdenden See stampfte und bockte. Aber die Krisis war überstanden, das Schiff lebte, und wir lebten. Mit Gesichtern, von denen das Wasser troff und in denen unsere Augen heiter strahlten, sahen wir uns an und lachten fröhlich im hellen Licht des Kartenhauses.

Am Fuß der Treppe sagte ich ihr gute Nacht. Als ich an der offenen Tür der großen Kajüte vorbeiging, warf ich einen Blick hinein. Dort saß Kapitän West, den ich noch immer an Deck geglaubt. Seine Sturmkleidung hatte er schon abgelegt und die Seestiefel durch elegante Hausschuhe ersetzt. Er saß gemütlich zurückgelehnt in einem der großen Klubsessel. Mit weit geöffneten Augen starrte er durch den Rauch seiner Zigarre auf irgendwelche Visionen, die sich ihm vor dem Hintergrund der wild schwankenden Kajütenwand zeigten.

Um elf Uhr heute morgen erlitt der Plata aber ein Fiasko. Letzte Nacht war es ein richtiger Pampero gewesen, wenn auch ein ziemlich sanfter. Heute morgen aber hatte es ausgesehen, als sollte es schlimmer werden, und da hielt er uns schließlich nur zum Narren. Im Laufe der Nacht war der Wind so abgeflaut, daß wir heute morgen schon alle Bramsegel gesetzt hatten. Gegen zehn Uhr schlingerten wir in einer toten Kalme. Gegen elf begann es sich aber wieder verhängnisvoll im Südwesten zusammenzuballen.

Der bewölkte Himmel senkte sich immer tiefer auf uns herab. Unsere hohen Toppen schienen die Wolkendecke zu streifen. Auch der Horizont rückte immer näher, bis er nur noch eine halbe Meile entfernt schien. Die Elsinore lag wie in einem kleinen, engen Universum von

Nebel und See eingeklemmt. Blitze begannen zu spielen. Dann wurde der Himmel auf einmal vom Zenit bis zum Horizont von gespalteten Blitzen zerrissen, und die feuchte Luft verwandelte sich in ein unheimliches Grün. In der toten Stille begann der Regen erst ganz leise zu rieseln, bis er allmählich zu einer Sintflut von mächtigen Tropfen wurde. Er wurde immer dunkler und dunkler, eine grüne Finsternis . . . und obgleich es mitten am Tage war, mußten Wada und der Steward doch die Lampen der Hütte anzünden. Die grüne Finsternis wurde von den unaufhörlichen kleinen Blitzen in eine Flammenwand verwandelt, die immer wieder von den großen Blitzen zerfetzt wurde. Schließlich waren wir von einem elektrischen Wirbel umgeben, so daß es nicht möglich war, einen der Blitze in diesen unendlichen Flammenketten mit einem bestimmten Donner zu verbinden. Die Luft um uns brannte und brüllte einfach. Jeden Augenblick erwarteten wir, daß die Elsinore getroffen würde.

Immer noch kein Wind. Die Spieren der Elsinore waren nackt, nur die Unterbramsegel waren gesetzt. Schlaff und schwer vom Regen hingen sie herab. Die Wolkenmasse wurde immer dünner und leichter, der Tag brach an, die grüne Finsternis wurde zu grauem Zwielicht, das Blitzen hörte auf, der Donner entfernte sich langsam . . . aber immer noch wehte kein Wind.

Eine halbe Stunde später schien die Sonne, in der Ferne grollte hin und wieder der Donner am Horizont. Die Elsinore schlingerte noch immer in der toten Kalme . . .

»Man kann nie wissen«, knurrte Pike mir ins Ohr, »vor dreißig Jahren verloren wir hier die Masten; es war genauso ein Wind wie gestern.«

Die Wache war gerade zu Ende, und Mellaire, der den Steuermann ablösen wollte, trat neben mich.

»Es ist eins von den dreckigsten Gewässern der ganzen Welt«, meinte er. »Vor achtzehn Jahren hat mir der Plata auch eins ausgewischt. Wir verloren die halben Masten, unsere Ladung rutschte, schließlich kenterten wir. Ich war zwei Tage im Boot, ehe ein englisches Trampschiff uns auflas. Von den andern Booten wurde keines je wiedergefunden.«

»Die Elsinore hat sich aber heute nacht gut gehalten«, meinte ich zufrieden.

»Ach, es war ja auch gar nichts«, murrte Pike. »Warten Sie nur ab, bis Sie erst mal einen richtigen Pampero erleben.«

Dann wehte es wieder jeden Tag. Die mächtigen Wogen, die sich zu gewaltiger Höhe auftürmten, machten den Aufenthalt an Bord wenig gemütlich. Ich konnte es mir nur bequem machen, indem ich in die Koje törnte und mich mit Kissen umgab, die ich so fest wie möglich zwischen die Wand und meinen Körper preßte. Eines Tages stellte sich Pike in meine Kajütentür, hielt sich mit den Händen am Türrahmen fest und spreizte die Beine, um nicht bei dem unaufhörlichen, entsetzlichen Schlingern umgeworfen zu werden. Er hatte sich einen Augenblick freigemacht, um mir zu erzählen, daß er wirklich etwas Neues von diesem verdammten Pampero gelernt hätte. Der Wind sei aus einer verkehrten Ecke gekommen und hätte demzufolge überhaupt keine Daseinsberechtigung.

Er blieb immer noch stehen, und zwar in einer Weise, die ganz zufällig aussehen sollte, aber doch lächerlich durchsichtig war. Zuerst fragte er mich ganz dumm, ob der gute kleine Possum vielleicht Zeichen von Seekrankheit aufwiese. Dann erleichterte er sein erbostes Gemüt, indem er auf die Jammerlappen schimpfte, die die Fock hätten fliegen lassen. Dann bat er mich um Erlaubnis, sich eins meiner Bücher zu leihen. Unterdessen überlegte ich, was er wohl von mir wollte. Schließlich ging er geradeswegs auf sein Ziel los.

»Sagen Sie mal, Herr Pathurst«, meinte er. »Erinnern Sie sich, wie lange es her ist, daß Mellaire in dieser Gegend die Masten verlor und kenterte?«

Ich wußte gleich, wo er hinwollte.

»Acht Jahre, nicht wahr?« log ich.

Pike dachte nach. »Ich begreife nicht, was für ein Schiff das gewesen sein kann, das vor acht Jahren hier kenterte«, sagte er dann, als spräche er mit sich selber. »Ich werde Mellaire mal fragen, wie das Schiff hieß.«

Dann schritt er wieder zur Tür, blieb aber plötzlich stehen, als ob ihm etwas Neues eingefallen wäre: »Sagen Sie, Herr Pathurst, sollen es nicht zufällig achtzehn Jahre sein?«

Ich schüttelte energisch den Kopf. »Acht Jahre. Dessen erinnere ich mich ganz genau.«

Pike sah mich nachdenklich an, wartete, bis die Elsinore wieder einigermaßen gleichlastig wurde, und verabschiedete sich. Dann ging er auf die Diele hinaus.

Ich glaube seine Gedanken zu kennen. Schon seit langem kenne ich sein einfach fabelhaftes Gedächtnis für Schiffe, Offiziere, Ladungen, Stürme und Schiffbrüche.

Es ist auch klar, daß er sich in die Lebensgeschichte Sidney Walthams vertieft hat. Er läßt sich aber nicht träumen, daß Mellaire Sidney Waltham sein könne, sondern meint lediglich, Mellaire sei vielleicht vor achtzehn Jahren ein Schiffskamerad von Waltham gewesen, und zwar auf dem Schiff, das damals kenterte. Mellaire hätte wirklich vorsichtiger sein sollen.

Je öfter ich Fräulein West sehe, desto besser gefällt sie mir; ich will keine Erklärung dafür suchen, ich weiß nur, daß sie ein Weib ist, und zwar ein begehrenswertes. Eigentlich bin ich ja doch stolz darauf, ein Mann zu sein. All die Zeit, die ich nachts auf Studien verwendete, hat mich also doch nicht gänzlich verderben können. Dieser eine Satz hat mich wie mit einem Zauber gebannt: Ein Weib und begehrenswert, und er hallt unaufhörlich in meinem Hirn wider. Ich mache gern weite Umwege, nur um Fräulein West flüchtig durch eine angelehnte Kabinentür oder in der Ferne in einem Gang zu sehen, ohne daß sie eine Ahnung davon hat. Ihr Haar ist wundervoll, ihre weiche Anmut ist wie ein Zauber! Oh, ich weiß schon, wie die Frauen in Wirklichkeit sind, aber dieses Wissen macht sie nur noch wunderbarer. Ich weiß – und ich verpfände meine Seele für die Richtigkeit meiner Behauptung –, ich weiß, daß Fräulein West mich tausendmal als ihren künftigen Gatten betrachtet hat, wenn ich einmal mit diesem Gedanken gespielt habe. Und dennoch . . . sie ist ein Weib und begehrenswert!

In diesem Bericht werde ich sie überhaupt nicht mehr Fräulein West nennen. Sie hat von jetzt an aufgehört, Fräulein West zu sein. In meinen Gedanken heißt sie nur Margaret. Margaret West! Welche geheimnisvolle Zauberkraft liegt in diesem Namen! Er enthält Stolz, Herrschertum und Abenteuer auf wilden Meeren und Eroberungen wilder ferner Welten. Die Geschichte unserer westwärts wandernden Rasse ist in ihm geschrieben. Wenn ich ihn leise vor mich hinspreche, sehe ich das Bild schlanker, hochbordiger Schiffe, die Flügelhelme eisenbeschuhter, ruheloser Männer, das Antlitz königlicher Liebender, königlicher Abenteurer, königlicher Kämpfer!

Und . . da ich gerade daran denke: Sie ist vierundzwanzig Jahre alt. Ich habe nämlich Pike gefragt, wann der Zusammenstoß der Dixie mit dem Dampfer in der Bucht von San Franzisko erfolgte. Vor zwölf Jahren – und damals war Margaret zwölf Jahre alt.

Es ist so viel zu erzählen. Wo und wie diese verrückte Reise mit der verrückten Mannschaft enden wird, davon kann man sich überhaupt keine Vorstellung machen! Aber die Elsinore läuft immer weiter, jeder Tag ihrer Geschichte wird mit Blut geschrieben. Und während dieses ganze schwimmende Drama sich immer mehr den eisigen Stürmen von Kap Horn nähert, flüstere ich furchtlos und besessen immer wieder vor mich hin: Margaret – ein Weib! Margaret – und begehrenswert!

Doch zurück zu meinem Bericht. Es ist heute der erste Juni. Seit dem Pampero sind schon zehn Tage verstrichen. Seitdem sind wir durch Nebel, Regen und Sturm weitergesegelt und befinden uns jetzt fast auf der Höhe der Falklandinseln. Die Küste von Argentinien liegt westlich von uns hinter dem Horizont, und zu irgendeiner Stunde heute haben wir den fünfzigsten Grad südlicher Breite passiert. Hier beginnt die

eigentliche Fahrt um Kap Horn, denn so berechnet der Fachmann sie: vom fünfzigsten Grad im Atlantischen bis zum fünfzigsten Grad im Stillen Ozean.
Unsere Wetteraussichten sind gut. Die Elsinore läuft bei günstigem Wind weiter. Aber es wird mit jedem Tage kälter. Der große Ofen in der Kajüte prasselt, im ganzen Achterteil des Schiffes ist es warm und gemütlich. An Deck aber ist die Kälte schneidend; Margaret und ich müssen auf der Kampanje jetzt dicke Handschuhe tragen. Unsere armen Hühner! Jetzt, da wir uns dem südlichen Winter bei Kap Horn nähern, wo sie tatsächlich ihre dichteste Federtracht dringend brauchen, beginnen sie zu mausern; jetzt ist ja Sommer in dem Lande, aus dem sie stammen.
Gestern wurden für die Fahrt um Kap Horn allerlei Vorbereitungen getroffen, die nichts Gutes verheißen. Alle Brassen wurden von den Koveinnägeln des Großdecks entfernt und so angeordnet, daß man von den Decken der Hütten aus mit ihnen arbeiten kann. Offenbar erwartet man also, daß unser Deck öfters unter Wasser gerät. Ein Schiff mit voller Ladung auf hoher See ist einfach wie ein Holzklotz, der vom Wasser überspült wird, so daß man jetzt zu beiden Seiten des Decks in Schulterhöhe Rückenpaarden aufzieht. Die beiden eisernen Pforten, die von der Hütte direkt an Deck führen, sind verbarrikadiert. Erst wenn wir im Stillen Ozean nordwärts laufen, werden sie wieder geöffnet.
Während wir uns so auf unsere Fahrt um Kap Horn vorbereiten, wird die Situation an Bord mit jedem Tage dunkler und unheilverkündender. Heute morgen wurde Petro Marinkowitsch von der Wache Mellaires tot auf dem Kabelgatsluk aufgefunden. Der Körper wies zahlreiche Messerstiche auf; die Kehle war durchschnitten. Zweifellos wurde der Mord von einigen Backgasten verübt, aber es ist nicht möglich, ein Wort aus den Leuten herauszubekommen.
Die Asiaten in der Kabine des Kochs haben ihren eigenen Verdacht bezüglich des Todes von Marinkowitsch, wollen aber nichts sagen. Kopfschütteln und dunkle Andeutungen sind alles, was ich aus dem Steward und aus Wada herausbringe. Louis, der chinesische Mischling mit dem Oxforder Akzent, war indessen offenherziger.
»Wir sind von verschiedener Rasse, wir und die anderen«, sagte er. »Die beste Politik, die wir treiben können, ist, sie in Ruhe zu lassen. Bedenken Sie meine Lage. Ich arbeite vor dem Mast in der Kombüse. Ich stehe in ständiger Verbindung mit den Matrosen. Ich schlafe sogar in ihrem Teil des Schiffes und bin dabei einer gegen alle. Der einzige Landsmann, den ich an Bord habe, ist der Steward, und der schläft achtern. Ihr Diener und die beiden Segelmacher sind Japaner. Sie sind nur entfernt verwandt mit uns Chinesen, wenn wir auch zusammenhalten wollen, was auch geschehen mag.«

»Aber wie steht es mit Knirps?« sagte ich und dachte an die Diagnose, die Pike mit Bezug auf dessen Blutmischung gestellt hatte.
»Den erkennen wir nicht an«, antwortete Louis sehr freundlich. »Er ist Portugiese, Malaie, sogar Japaner, aber von gemischter Rasse, außerdem ist er ja nicht richtig im Kopf.«
»Aber wie stellen Sie sich denn das Ende vor?«
»Wir werden höchstwahrscheinlich nach Seattle kommen . . . jedenfalls einige von uns. Aber eines kann ich Ihnen sagen, mein Herr: Ich fahre schon ein langes Leben auf See, aber eine Besatzung wie diese hab' ich noch nie gesehen. Es sind nur wenige Seeleute, es sind aber auch sehr böse Leute dabei . . . und der Rest besteht aus Idioten oder noch Schlimmerem. Ich nenne keine Namen, mein Herr, aber es gibt Männer an Bord, die ich nicht gern zu Feinden haben möchte. Ich bin nur Louis, der Koch. Ich tue meine Arbeit und damit gut, mein Herr.«
Und Louis entfernte sich unter zahlreichen Bücklingen . . .

Die Lage ist indessen viel schlimmer geworden, als ich je gedacht hätte. Ich will nur zwei Episoden aus den letzten drei Tagen erwähnen. Mellaire ist im Begriff, die Nerven zu verlieren. Auf die Dauer kann er die Spannung nicht ertragen, auf demselben Schiff zu leben wie der Mann, der Rache für die Ermordung Kapitän Sommers' geschworen hat. Schon vor einigen Tagen hatten Margaret und ich bemerkt, daß Mellaire ganz blutunterlaufene Augen hatte und daß sein Gesicht sehr zerquält aussah; wir dachten, daß er krank sei. Jetzt haben wir aber das Geheimnis erfahren. Wada liebt Mellaire nicht. Als er mir heute morgen das Frühstück brachte, konnte ich aus dem lustigen, schadenfrohen Ausdruck seiner Mandelaugen sehen, daß er eine besondere Schiffsneuigkeit auf Lager hatte. Seit einigen Tagen, so erzählte er mir, hätten er und der Steward sich mit der Lösung eines Kajütengeheimnisses beschäftigt. Im Heckraum stand eine Kanne mit Holzspiritus, und in der letzten Zeit hatte ihr Inhalt bedeutend abgenommen. Zunächst stellten sie fest, daß die Verringerung immer nur nach den Mahlzeiten stattfand. Nun richtete sich ihr Verdacht auf zwei Personen, Mellaire und den Zimmermann, die allein in diesem Raum arbeiteten. Alles übrige war natürlich Kinderspiel. Kam Mellaire vor dem Zimmermann, so verschwand etwas Holzspiritus – kamen und gingen sie zusammen, so blieb der Bestand unvermindert. Der Zimmermann war nie allein in dem Raum. Die Beweiskette war also geschlossen. Und jetzt hat der Steward allen Spiritus unter seiner Koje gelagert. Nun ist Holzspiritus aber bekanntlich ein gefährliches Gift. Was für eine Konstitution muß der Untersteuermann haben! Kein Wunder, daß seine Augen blutunterlaufen waren. Ich habe Margaret natürlich kein Wort davon gesagt.

Dagegen möchte ich Pike sehr gern eine kleine Warnung zukommen lassen, andererseits weiß ich, daß die Enthüllung von Mellaires Herkunft wieder ein Menschenleben kosten würde.
Unterdessen laufen wir immer noch nach Süden, nach der ungastlichen Spitze des Kontinents. Wenn die steife Kühlte anhält, werden wir morgen vor der Küste von Feuerland, ganz in der Nähe der Straße von Le Maire sein, durch die Kapitän West laufen will, wenn der Wind günstig bleibt.
Die andere Geschichte ereignete sich heute nacht. Pike spricht zwar nicht darüber, aber er kennt sich mit der Mannschaft aus. Ich bin überzeugt, daß Pike sich seit dem Tode des Marinkowitsch nach Eintritt der Dunkelheit nicht mehr an Deck wagt. Aber er vertraut sich keinem Menschen an und spielt das gefährliche Spiel allein zu Ende.
Kurz nach der Plattfußwache ging ich gestern abend nach dem Vorderkastell, und zwar im Auftrage Margarets, die mich gebeten hatte, dem Steward einige Anweisungen von ihr zu bringen. Ich wollte mich gerade nach der Kampanje zurückbegeben, als unheimliche Schreie von Pinguinen auf dem dunklen Meer meine Aufmerksamkeit auf sich zogen. Ich kletterte hinter das Backbordboot, so daß ich in der Dunkelheit nicht zu sehen war. Kaum war ich in meinem Versteck, als ich die schleppenden Schritte des Steuermanns hörte, der von der Kampanje über die Laufbrücke kam. Es war eine finstere Nacht, und die Elsinore glitt glatt und sauber durch die leisen Wellen. Pike blieb am Rande der Hüttendecke stehen.
Nach seiner Haltung zu urteilen, schien er zu lauschen. Von dem großen Deck unten hörte man ein leises Murmeln von Stimmen, ich konnte feststellen, daß es Bub Twist, Nasen-Murphy und Bert Rhine, also die drei Banditen, waren. Jedoch waren auch Steve Roberts und Mellaire dabei, obgleich sie Freiwache hatten und um Mitternacht wieder an Deck sein mußten. Besonders unrecht war es natürlich von Mellaire, daß er sich mit den Matrosen einließ – ein schweres Vergehen gegen die Schiffsdisziplin.
Ich blieb in meinem Versteck und lauschte.
Fünf Minuten vergingen. Zehn Minuten. Die Männer sprachen immer noch miteinander. Das Schreien der Pinguine ging mir auf die Nerven. Ich sah, wie Pike den Kopf nach dem Geräusch wandte – er starrte direkt zu mir herüber, bemerkte mich aber nicht. Dann lauschte er wieder auf das Flüstern in seiner Nähe.
War es nun Zufall, daß Mulligan Jacobs auf die Brücke ging, oder tat er es, um sich zu überzeugen, ob die Luft rein sei, das weiß ich natürlich nicht. Ich kann nur berichten, was tatsächlich geschah. An der Seitenwand des Mittschiffshauses ist eine Leiter, und diese Leiter kletterte Mulligan Jacobs so lautlos hinauf, daß ich seine Anwesenheit erst be-

merkte, als ich Pike knurren hörte: »Was hast du hier zu suchen, zum Kuckuck?«
»Was geht Sie das an?« fauchte Mulligan Jacobs zur Antwort.
Pike fuhr mit so furchtbaren Verwünschungen auf ihn los, daß ich sie nicht wiederholen kann. Dann fragte er wieder, was Jacobs wolle.
»Ich hab' vorher beim Aufscheren meinen Tabak vergessen«, sagte der Krüppel. Nein, er sagte es nicht – er spie es heraus, als ob die Worte Gift wären, das seinen Gegner töten konnte.
»Mach, daß du wegkommst, oder ich schmeiß' dich hinunter«, tobte der Steuermann.
»Alter Schuft«, lautete die Antwort des Krüppels.
Pike packte ihn am Kragen und hob ihn hoch.
»Willst du jetzt gehen? Oder soll ich dich hinunterschmeißen?« fragte der Steuermann.
»Du alter Schuft . . . du alter Schuft! . . . du alter Schuft«, wiederholte Mulligan Jacobs unaufhörlich in seiner viehischen Wut.
»Sag das noch einmal, und ich schmeiß' dich über Bord«, stieß Pike schließlich mit heiserer Stimme hervor.
»Alter Schuft«, japste Mulligan Jacobs.
Der Steuermann schleuderte ihn weit von sich, und der Krüppel flog an Deck, aber selbst da knurrte er noch vernehmlich: »Alter Schuft, alter Schuft . . .«
Pike knirschte mit den Zähnen. Er lehnte seinen Arm auf das Geländer der Laufbrücke und legte seinen Kopf auf den Arm. So stand er eine volle Minute und stöhnte: »Großer Gott, großer Gott.«
Dann ging er langsam mit schleppenden Schritten wieder über die Brücke zurück.
Die Tage werden grau. Die Sonne hat ihre Wärme verloren, jeden Mittag steht sie niedriger an dem nördlichen Himmel. All die alten Sterne sind verschwunden; es ist beinahe, als ob die Sonne ihnen gefolgt wäre. Die Welt, die einzige Welt, die ich kenne, ist fern dahinten im Norden versunken, und der Berg der Erde ist zwischen ihr und uns. Dieser einsame und traurige Ozean, unendlich grau und kalt, ist das Ende aller Dinge, die große Gleitfläche, auf der alle Dinge aufhören. Alles wird kälter und grauer. Die Pinguine schreien in der Nacht, gewaltige Amphibien stöhnen und wimmern, und große Albatrosse umkreisen mit bereiften Schwingen Kap Horn.

Land ahoi! Das war der erste Ruf gestern morgen. Es lief mir kalt den Rücken hinab, als es auftauchte, das erste Land, das ich seit unserer Abreise von Baltimore vor vielen Jahrhunderten erblickte. Keine Sonne schien. Der Morgen war feucht und kalt, der frische Wind drang un-

barmherzig durch die Kleider. Hin und wieder ging ein kleiner Schneesturm über uns hin. Vom Land war nichts zu sehen als Schnee. Lange, niedrige, schneebedeckte Bergketten hoben sich aus dem grauen Ozean. Nirgends sahen wir Anzeichen von Leben, es war ein ödes, wildes, trauriges und unbewohntes Land. Als wir uns gegen elf Uhr der Le-Maire-Straße näherten, hörten die Böen auf und wurden von einer stetigen, steifen Kühlte abgelöst. Dazu setzte die Gezeitenströmung in einer uns ungünstigen Richtung ein.
Kapitän West zögerte nicht. Die Weisungen, die er Pike erteilte, waren ruhig und schnell. Der Rudergast legte das Ruder hart um, und beide Wachen enterten in die Wanten, um Reuel- und Obersegel loszumachen. Und doch wußte Kapitän West ganz genau, welche Gefahr er lief, wenn er durch diesen Friedhof verlorener Schiffe segelte.
Als wir vor allen Segeln in die schmale Straße einliefen, glitt die zackige Küste der Tierra del Fuego mit schwindelnder Schnelligkeit an uns vorüber. Wir waren ihr ganz nahe, ebenso nahe jedoch der zerklüfteten Küste von Staten-Island. Hier, in einer windumrauschten Bucht, zwischen zwei schroffen Felsen, blieb Kapitän West, der hin und wieder sein Glas benutzte, auf seiner Wanderung über Deck plötzlich stehen und beobachtete lange einen bestimmten Punkt im Meer. Ich richtete mein Glas auf dieselbe Stelle und sah schaudernd die vier Masten eines großen Schiffes aus dem Wasser ragen. Es konnte nicht lange her sein, daß es gescheitert war.
»Ein Salpeterschiff«, sagte Pike.
Kapitän West nickte.
»Es sieht so aus, als sei es längst verlassen. Schicken Sie aber doch ein paar Leute mit guten Augen in den Mars. Vielleicht sind Überlebende an Land.«
Aber wir fuhren weiter, ohne ein Anzeichen von Leben zu sehen. Pike ging händereibend auf und ab und lachte leise vor sich hin. Er erzählte mir, daß es Schiffsführer gäbe, die vierzig Reisen um Kap Horn gemacht und nicht ein einziges Mal wie wir das Glück gehabt hätten, durch die Straße laufen zu können. Gewöhnlich geht die Fahrt östlich um Staten-Island herum. Und hier, an der äußersten Spitze der Welt, wo der große Westwind, unbehindert von jeglichem Land, um die schmale Zunge schlüpfen kann, hier muß man sich den westlichen Kurs Zoll für Zoll, Meile für Meile erkämpfen. Die Bücher für Segelkunde geben immer wieder denselben Rat: Westwärts . . . was du auch tust, immer westwärts!
Als wir die Straße verließen, war es früh am Nachmittag, und immer noch wehte derselbe stetige Wind. Pike war ganz außer sich. Als seine Wache zu Ende war, konnte er sich kaum von Deck losreißen.
»Morgen sind wir auf der Höhe von Kap Horn«, sagte er vergnügt.

»Denken Sie, was das heißt! Wir werden uns herumschleichen – ganz still und leise! Die gute alte Elsinore! Vorn hat sie freilich eine gottverlassene Rasselbande, aber an ihrem Helm sitzt der liebe Gott!«
Mellaire benahm sich ganz anders.
»Das gibt es gar nicht«, sagte er zu mir. »Kein Schiff ist je auf diese Weise um Kap Horn herumgekommen. Sie werden sehen: Es gibt Sturm. Er kommt ganz sicher aus Südwest. Wetten wir um ein Pfund Tabak, Herr, daß wir binnen vierundzwanzig Stunden die Segel wieder einholen müssen. Ich setze zehn Pfund gegen fünf, daß wir in einer Woche noch nicht um das Kap herum sind, zwanzig Pfund gegen fünf, daß wir heute in vierzehn Tagen noch nicht den fünfzigsten Grad im Pazifik erreicht haben.«
Kapitän West hatte sich wieder mit seiner Zigarre in den Klubsessel gesetzt. Er verlor überhaupt kein Wort über die Sache, obgleich Margaret und ich strahlender Laune waren und während der ganzen Plattfußwache Duette sangen.

Heute morgen lag Kap Horn mehr als sechs Meilen nördlich von uns. Wir waren also da, waren an der gefährlichen Stelle und eilten weiter nach Westen.
»Was kostet der Tabak heute?« neckte ich Mellaire.
»Der Preis steigt«, gab er zurück. »Ich möchte tausend Wetten von der Sorte laufen haben.«
Ich sah mir den Himmel an, konnte aber nichts finden, was seine Bemerkung irgendwie begründete. Das Wetter war einwandfrei.
Auf der Kampanje traf ich Pike. Als Gruß ließ er nur ein Grunzen hören.
»Es geht ja herrlich vorwärts«, wagte ich fröhlich zu bemerken.
Er antwortete nicht, sondern starrte mit einem Ausdruck, der noch säuerlicher als sonst war, auf den grauen Himmel im Südwesten. Dann knurrte er: »Es zieht auf. Können Sie nicht sehen?«
Ich schüttelte den Kopf.
»Warum, glauben Sie denn, holen wir die Fetzen ein?« knurrte er.
Ich blickte hinauf. Die Obersegel waren bereits eingeholt; jetzt kam die Reihe an die Reuel. Die Bramrahen wurden heruntergenommen, während Geitaue und Gordingen die Segel blähen ließen. Dabei erschien es mir, als ob die nördliche Kühlte uns jetzt noch günstiger wäre als bisher.
»Der Teufel soll mich holen, wenn ich etwas merken kann«, sagte ich.
»Dann gucken Sie sich mal das Barometer an«, grunzte er, drehte sich um und entfernte sich.
Im Kartenraum zog Kapitän West sich schon die Seestiefel an, das allein hätte mir mehr sagen können als das Barometer, wenn das auch beredt

genug war. Letzte Nacht hatte es auf 30,10 gestanden, jetzt zeigte es 28,64. Nicht einmal während des Pamperos war es so tief gefallen.
»Das übliche Kap-Horn-Programm«, meinte Kapitän West lächelnd, während er die Hand nach seinem Ölrock ausstreckte. Und doch konnte ich es immer noch nicht glauben.
»Ist es noch weit weg?« fragte ich.
»Gleich geht es los«, sagte er. Und dann hörte ich Pike seine Befehle brüllen, während sich in meinem Herzen eine leise Ehrfurcht vor Kap Horn zu regen begann.
Eine Stunde darauf liefen wir mit Backbordhalsen und gerefftem Fock- und Großsegel. Der Wind war nach Südwest gedreht, und wir trieben gegen das Land. Kapitän West gab dem Steuermann Befehl, alles zum Halsen bereitzumachen. Beide Wachen blieben an Deck, um die nötigen Manöver vorzunehmen.
Es war erstaunlich, wie grob die See im Lauf so kurzer Zeit geworden war. Der Wind war schon zu einem Sturm angewachsen, der in gewaltigen Stößen daherkam. Wir waren in graue Finsternis gehüllt. Die Lampen in den Kajüten waren schon angezündet. Die Seen brachen sich an der Luvreling, brausten ständig über sie hinweg und hielten das Deck halb unter Wasser. Auf den Decken der beiden Hütten und auf der Kampanje stand die ganze Besatzung in mehrere Gruppen geteilt – alle in Ölzeug. Vorn führte Mellaire das Kommando. Pike leitete die Gruppe auf dem Mittschiffshaus und auf der Kampanje. Kapitän West schlenderte auf und ab, sah alles, sagte nichts. Was es jetzt zu tun gab, war Sache der Steuermänner.
Der Sturm, der immer steifer wurde, brüllte jetzt, als ob die Hölle losgelassen wäre. Immer und immer wieder wurden die Leute auf dem Mittschiffshaus, die sich mit gesenkten Köpfen gegen den Sturm beugten, in den Gischt der Wellen eingehüllt, die sich an der Reling brachen. So furchtbar waren die Windstöße, daß die Elsinore nicht vor ihrem Ruder aufkommen wollte. Sie krängte stark über, der Sturm schüttelte und peitschte sie, aber ihr Bug fiel nicht ab, und immer näher trieben wir der furchtbaren, eisernen Küste. Wir warteten. Alle drei Gruppen von Männern warteten. Ruhelos und erregt wartete auch Pike – seine grauen Augen waren ebenso hart wie die eisige Kälte, sein Mund ebenso rauh wie die Elemente, die er bekämpfte. Der Kapitän wartete ruhig, gleichgültig, fern. Auch Kap Horn wartete, wartete auf das Schiff und unsere Knochen.
Aber da fiel die Elsinore ab. Der Winkel, in dem die Stöße des Sturmes unsere Segel trafen, änderte sich, und bald flogen wir mit furchtbarer Schnelligkeit vor dem Winde dahin. Das Manöver war geglückt. Die Rahen wurden straff eingebraßt, die Bulinen angezogen, die Luvbras-

sen festgesetzt. Und die Elsinore, die jetzt auf Steuerbordhalsen lag, hatte viele tausend Meilen des Südmeeres in Lee.

Bevor ich hinunterging, hörte ich Kapitän West zum Steuermann sagen, daß die beiden Wachen, da sie ja sowieso jetzt an Deck wären, auch gleich noch ein Reff am Focksegel einstechen könnten, ehe sie es festmachten. Ich konnte die schwarzen Gestalten der Männer auf der Fockrahe sehen. Sie schienen mit dem Reffen gar nicht weiterzukommen.

»Zwei Wachen auf einer einzigen Rahe und werden nicht mal mit so 'nem Handtuch fertig«, knurrte Pike. »Was soll werden, wenn wir einen ganzen Monat hier liegen müssen?«

»Einen ganzen Monat?« rief ich erschrocken.

»Ein Monat ist gar nichts für das schlimme Vorgebirge«, sagte er barsch. »Ich habe sieben Wochen hier gelegen, dann mußten wir kehrtmachen und den andern Weg nehmen.«

»Um die Erde herum?« japste ich.

»Das war die einzige Möglichkeit, nach San Franzisko zu kommen«, antwortete er. »Kap Horn ist eben Kap Horn, hierher macht man keine Badereisen.«

»Haben Sie Lust mit aufzuentern?« fragte Margaret mich, kurz nachdem wir vom Tisch aufgestanden waren.

Sie stand verführerisch im Türrahmen meiner Kabine und hatte schon Ölzeug, Südwester und Seestiefel an.

»Solange wir unterwegs sind, habe ich noch nie erlebt, daß Sie über Deck waren«, fuhr sie fort. »Sind Sie schwindelfrei?«

Ich legte ein Lesezeichen in mein Buch, sprang aus der Koje, wo ich es mir mit Kissen auf allen Seiten bequem gemacht hatte, und klatschte in die Hände, um Wada zu rufen.

»Wollen Sie wirklich?« rief sie eifrig.

»Wenn Sie einverstanden sind, daß ich die Führung übernehme«, antwortete ich überlegen. »Und wenn Sie mir versprechen, sich gehörig festzuhalten. Wohin geht es denn?«

»Auf den Kreuzmasttopp, das ist der leichteste. Was das Festhalten betrifft, so erinnern Sie sich bitte freundlichst, daß ich schon oft oben gewesen bin. Denken Sie lieber an sich!«

»Schön«, sagte ich, »meinetwegen können Sie vorangehen. Ich werde mich schon festhalten . . .«

Sie sah mich prüfend an, während ich die Hand nach meinem Ölrock ausstreckte.

Auf der Kampanje war es wundervoll, schrecklich und düster. Der ungeheure Weltraum war uns greifbar nahe. Er hüllte uns in einen Mantel von stürmischem Wind und schäumendem Gischt. Graue Finsternis umgab uns. Über das große Deck konnte man überhaupt nicht kommen, die Ablösung am Steuer mußte deshalb über die Laufbrücke gehen. Es war jetzt zwei Uhr, seit mehr als zwei Stunden hingen die armen durchfrorenen Geschöpfe auf der vereisten Rahe, immer noch entkräftet und hoffnungslos. Kapitän West blieb einen Augenblick in Lee des Kartenhauses stehen und beobachtete die Leute.

»Wir wollen das Reffen lieber aufgeben«, sagte er zu Pike. »Machen Sie nur das Segel fest. Sie können ja meinetwegen doppelte Seisinge anlegen.«

Mit seinen schleppenden Schritten ging der Steuermann nach vorn. Hin und wieder mußte er stehenbleiben, wenn der Gischt oder die Seen über ihm zusammenschlugen. Und als er das Vorderkastell erreicht hatte, begann er seiner Verachtung über die jämmerliche Mannschaft Luft zu machen, die so elend war, daß nicht einmal beide Quartiersvölker zusammen ein Focksegel reffen konnten.

Er hatte natürlich recht. Sie konnten es nicht schaffen, so gut ihr Wille auch sein mochte – denn das habe ich erkannt, die Leute tun ihr Bestes, wenn der Befehl zum Bergen der Segel gegeben wird. Wahrscheinlich haben sie einfach Angst. Es fehlt ihnen der eiserne Charakter Pikes, die Weisheit und der stählerne Wille des Kapitäns. Das Fehlen dieser Eigenschaften ist ja eben der Grund, daß sie im Schweinekoben des Schiffslogis leben müssen.

Margaret hielt es nicht für unter ihrer Würde, sich auf meinen Arm zu stützen, als sie auf die Finknetzreling an der Leeseite der Kreuzmastwanten kletterte. Aber es war nur eine Anerkennung meiner ritterlichen Höflichkeit, denn in der nächsten Sekunde schwang sie sich kühn außenbords auf die Wewelinge. Dann begann sie zu entern. Ich folgte ihr, fast ohne daran zu denken, wie gefährlich dieser Ausflug für einen Neuling war – so regte mich ihr Beispiel und meine Verachtung der Jammergestalten des Vorderkastells an. Was andere Männer konnten, konnte ich auch. Und keine Kapitänstochter sollte das Vergnügen haben, mich zu übertreffen.

Aber es war eine langsame, mühselige Arbeit. Wenn das Schiff nach der Windseite schlingerte, wurde man hilflos wie ein Schmetterling gegen die Wanten gepreßt. Der Druck war in solchen Augenblicken so groß, daß man weder Hand noch Fuß heben konnte, man brauchte sich nicht einmal festzuhalten, man wurde vom Wind einfach an der Wante festgeklebt. Durch den Schnee, der zu fallen begann, sah ich, wie das Deck unter mir immer kleiner wurde, so klein, daß ein Sturz ein gebrochenes Rückgrat oder den Tod bedeutet hätte – wenn man nicht etwa in die See gefallen und im eisigen Wasser ertrunken wäre. Margaret kletterte inzwischen immer weiter. Ohne Aufenthalt stieg sie bis unter den Mars, ergriff mit den Händen die Püttinge und schwang sich leicht und furchtlos hinauf, wobei sie ihre Bewegungen genau dem Schlingern des Schiffes anpaßte. Dann stand sie sicher droben. Ich kam ihr nach. Ich flüsterte weder Gebete, noch kannte ich Angst oder Schwindel, als ich dem Deck den Rücken kehrte und unter die Plattform kroch, während ich mich mit den Händen vorfühlte, denn im Schneegestöber konnte ich nichts sehen. Ich befand mich wie in einer Verzückung. Ich hätte alles wagen mögen. Wäre sie durch die Luft gesprungen, um mit ausgebreiteten Armen an der Brust des Sturmes gen Himmel zu steigen – ich wäre ihr ohne Zaudern nachgesprungen.

Als mein Kopf über dem Rand des Mars auftauchte, so daß ich sie wieder sehen konnte, bemerkte ich, daß sie mich mit sturmklaren Augen betrachtete. Als ich mich mühelos um die Wanten schwang, sah ich Beifall in ihren Augen.

Dann setzte sie sich und ließ ihre Beine in den großen derben Seestiefeln im Schneegestöber hin und her baumeln. Ich setzte mich neben sie.

Hier oben waren wir ganz allein. Wir waren ans äußerste Ende der Welt gekommen. Doch sieh . . . aus dem Schnee tauchte ein mächtiger Albatros auf. Mit einer Schnelligkeit von mindestens achtzig bis neunzig Meilen die Stunde ließ er sich, ohne die Flügel zu regen, vor dem Wind treiben. Er mußte seine fünfzehn Fuß von einer Flügelspitze bis zur anderen messen. Noch ehe wir ihn sahen, hatte er die Gefahr erkannt, kippte leicht und graziös auf die Seite, machte einen kleinen Bogen und vermied auf diese Weise mühelos einen Zusammenstoß. Kopf und Hals waren ihm vom Alter oder Frost bereift, und sein klares rundes Auge sah uns an, während er vorbeiflog und durch den Sturm in Lee verschwand. Schnell, wie der Schneesturm gekommen war, legte er sich wieder. Als es klar wurde, konnten wir die lange, schmale Gestalt des Schiffes unter uns überblicken – das ganze Großdeck war von einer zischenden Flut bedeckt, das Galion von brechenden Seen überspült, und der Ausguck, der sich, um sein Leben nicht in allzu große Gefahr zu bringen, auf die Decke des Vorderkastells gelegt hatte, krallte sich fest, um nicht von den gewaltigen Wogen über Bord geschwemmt zu werden. Gerade unter uns sahen wir Mellaire, der mit einer Handvoll Leuten im Begriff stand, Steuertaljen an der Ruderpinne zu befestigen, um das Steuerreep zu entlasten. Und wir sahen den Kapitän in Lee des Kartenhauses auftauchen. Er bewegte sich mit gewohnter Sicherheit auf dem wahnsinnig rollenden Deck, während er sich mit Pike unterhielt und ihm anscheinend irgendwelche Befehle erteilte.

Der graue Kreis unserer Welt hatte sich jetzt um einige hundert Schritt erweitert, und wir konnten den tollen Tanz der See betrachten. In unendlichen Reihen rollten die Wogen gegen die Elsinore, verschlan-

gen einen Augenblick ihre schlanke und gebrechliche Gestalt, schleuderten dann Hunderte von Tonnen Wasser auf ihr Deck und warfen das Schiff schließlich gen Himmel, um mit schäumenden Kämmen wieder in der düstergrauen Dunkelheit in Lee zu verschwinden.
Die mächtigen Albatrosse kreisten unter uns, flogen gegen den Sturm und sausten erhaben, mit fast größerer Schnelligkeit als der Wind selbst, davon.
Margaret wandte ihren Blick von dem mächtigen Schauspiel ab und sah mich mit beredten und fragenden Augen an. Mit Fingern, die trotz dikken Fäustlingen ganz gefühllos geworden waren, bog ich die Ohrenklappe ihres Südwesters beiseite und rief ihr zu: »Das ist mir alles nichts Neues! Ich bin hier schon längst gewesen. In meinen Vorfahren habe ich all dies schon durchlebt. Der Frost peitscht meine Wangen, das Salz beißt meine Haut, der Wind singt in meinen Ohren, es ist ein altes Erlebnis. Ich weiß jetzt, daß meine Vorfahren Wikinger waren. Mit ihnen habe ich die Küsten Englands überfallen, den Säulen des Herkules getrotzt, das Mittelmeer geplündert und auf den Herrscherthronen sanfter, sonnenwarmer Völker gesessen. Ich bin aus dem Blute von Helden, die noch viel, viel älter als sie sind. Ich habe die vereisten Meere bekämpft und besiegt, und Tausende von Jahren davor, noch ehe die Eiszeit kam, habe ich meine Schultern in Rentierblut getaucht, das Mastodon erschlagen und den Bericht meiner Heldentat an die Wände tief verborgener Höhlen gekratzt.«
Sie lachte ein bezauberndes Lächeln. Aber ein Schneegestöber kam über uns und zerschnitt unsere Wangen. Die Elsinore wurde auf die Seite geschleudert, als sollte sie sich nie wieder aufrichten – wir aber klammerten uns fest und flogen in schwindelerregendem Bogen durch die Luft. Margaret ließ, immer noch lachend, eine Hand los und zog mich zu sich.
»Ich versteh' gar nichts davon«, rief ich. »Es klingt wie ein Gedicht. Aber ich glaube es. Es muß so sein, denn es war einmal so. Und ich habe es vor langer, langer Zeit gehört, als fellbekleidete Männer es vor Feuern sangen, die den Frost und die Nacht verscheuchen.«
»Und die Bücher?« erkundigte sie sich spöttisch, als wir uns anschickten, hinabzuentern.
»Die können zum Teufel gehen, nebst all den gehirnschwachen, weltkranken Narren, die sie geschrieben haben«, antwortete ich.
Und wieder lachte sie ihr berauschendes Lachen – aber der Wind verwehte den Laut, als sie sich in den Raum hinausschwang. Sie spannte alle Muskeln und schwebte frei in der Luft, bis ihre Füße den Halt gefunden hatten, den sie nicht sehen konnte. Dann verschwand sie unter dem gefährlichen Mars aus meinen Gesichtskreis.

»Was kostet der Tabak heute?« fragte Mellaire, als wir uns heute morgen an Deck begrüßten. Ich war müde und wie zerschlagen. Alle Knochen und Muskeln schmerzten, nachdem ich sechzig Stunden lang vom Sturm herumgeworfen worden war.
Jetzt war es wieder windstill, und die Elsinore, deren wenige Segel gegen die Masten schlugen, schlingerte schrecklicher als je. Mellaire wies nach Steuerbord – ich sah dort eine dunkle Küste mit weißen, zerklüfteten Klippen schimmern.
»Staten-Island, das östliche Ende«, sagte Mellaire.
Und ich wußte, daß wir jetzt die Position erreicht hatten, von der aus ein Schiff die Umsegelung von Kap Horn in Angriff nimmt. Wir hatten vor drei Tagen nur wenige Meilen vor Kap Horn gelegen. Jetzt konnten wir wieder von vorne anfangen!
Die Verhältnisse, unter denen die Matrosen arbeiteten, sind tatsächlich erschütternd. Während des Sturmes wurde das Mannschaftslogis zweimal unter Wasser gesetzt – und das bedeutet, daß alles, was sich darin befand, herumschwamm, daß alle Kleider, Bettdecken und Matratzen durchnäßt wurden und naß bleiben werden, bis wir Kap Horn gerundet haben! Erst wenn wir in die Gebiete kommen, wo besseres Wetter herrscht, können sie wieder trocknen. Dasselbe gilt natürlich vom Mittschiffshaus. Und es gibt keine Öfen in diesen Räumen, so daß es den Leuten unmöglich ist, ihre Sachen zu trocknen.
Die Matrosen tragen schon die Spuren der schweren Arbeit, die sie leisten müssen. Es ist verblüffend, wie mager und eingefallen ihre Gesichter in der kurzen Zeit geworden sind. Und doch – es mag seltsam klingen, trotz ihren ausgemergelten mageren Gesichtern sehen sie aus, als wären sie groß und dick geworden. Aber diese anscheinende Fettleibigkeit ist nur die Folge von den vielen Kleidungsstücken, die sie auf dem Leibe haben. Dazu bewegen sie sich wie die Elefanten, denn sie haben sich die Füße über den schweren Seestiefeln noch mit Sackleinen umwickelt.
Es ist auch wirklich kalt, obgleich das Thermometer heute gegen Mittag nur wenige Grad unter Null zeigte. Ich habe Wada die Kleidung, die ich an Deck trage, wiegen lassen – ohne Ölzeug und Seestiefel sind es schon achtzehn Pfund. Und doch ist mir durchaus nicht warm genug, wenn es weht. Wie sich Leute, die einmal eine Fahrt um Kap Horn gemacht haben, wieder für eine solche Reise anheuern lassen können, ist mir ganz unbegreiflich.
Die Tage verstreichen – wenn man das düstere Grau, das die völlige Finsternis unterbricht, überhaupt Tag nennen kann. Seit einer Woche haben wir die Sonne nicht zu sehen bekommen. Einmal trieb uns ein Sturm bis ungefähr hundert Meilen südlich von Kap Horn – dann kam aber ein anderer Sturm aus Südwesten, der unser Vormarssegel zerriß,

das nagelneue Gaffelsegel aus dem Liek zerrte und uns auf irgendeinen nur zu erratenden Längengrad östlich von Staten-Island zurückschleuderte.
Dann folgt ein Sturm dem andern, und alle kommen sie aus Westen, und wir laufen nach Osten.
In den Kajüten brennen den ganzen Tag die Lampen. Aber Pike läßt nie mehr sein Grammophon spielen. Margaret rührt nie mehr die Tasten ihres Klaviers an. Sie klagt, daß ihr alle Glieder schmerzen und wie zerschlagen sind. Ich habe mir neulich, als ich gegen die Wand geschleudert wurde, die Schulter verrenkt. Wada und der Steward humpeln. Die einzige Stelle, wo ich es mir wirklich gemütlich machen kann, ist die Koje, die ich mit Kissen so vollgestopft habe, daß selbst der wildeste Sturm mich nicht hinauswerfen kann. Da liege ich nun die ganze Zeit mit Ausnahme der Mahlzeiten und einiger kleiner Ausflüge, die ich, um frische Luft zu schöpfen, an Deck mache. Achtzehn oder neunzehn von den vierundzwanzig Stunden des Tages lese ich.

Es war Mellaires Wache. Ich las, als ich das Trappeln vieler Füße über meinem Kopfe hörte. Die Elsinore fuhr über Backbordhalsen, es waren nur sehr wenige Segel gesetzt. Ich dachte deshalb, was für ein ernstes Ereignis wohl die Wache an Deck gebracht hätte, als auch schon ein abermaliges Getrappel mir zeigte, daß jetzt auch die Freiwache an Bord kam. Aber ich hörte weder fieren noch halen, und der Gedanke an Meuterei schoß mir durch den Kopf.
Aber nichts geschah. Meine Neugier wuchs; ich schlüpfte in Seestiefel, Schafspelz und Ölrock, setzte den Südwester auf, zog die Fäustlinge an und begab mich an Deck. Pike war schon angezogen und lief mir voran. Kapitän West, der bei diesem schlechten Wetter im Kartenhaus schläft, stand in der Tür, durch die das Lampenlicht von drinnen auf die ängstlichen Gesichter der Matrosen fiel.
Die Leute vom Mittschiffshaus waren nicht mit dabei, sonst aber alle Mann aus dem Vorderkastell. Nur Andy Fay, der zur Freiwache gehörte, war ruhig in seiner Koje geblieben, und Mulligan Jacobs hatte sich in das Vorderkastell geschlichen, um sich seine Pfeife zu stopfen.
»Was ist los, Steuermann?« fragte Kapitän West.
Ehe der Steuermann antworten konnte, sagte Bert Rhine grinsend: »Der Teufel ist an Bord gekommen, Käpt'n.«
Sein Grinsen fiel indessen nicht ganz echt aus. Je mehr ich daran denke, um so mehr staunte ich, daß so verwegene Männer wie die drei Banditen sich dermaßen hatten erschrecken lassen. Aber ängstlich waren sie alle drei, so ängstlich, daß sie ihre Kojen verlassen und ihre kostbare Ruhezeit geopfert hatten.
Larry war so erschrocken, daß er wie ein Affe schnatterte. Er drängte

und kämpfte sich durch die Menge hindurch, um möglichst weit aus dem dunkeln Schatten in den sicheren Kreis des Lichts zu kommen, das aus dem Kartenhaus fiel. Der Griechen-Tony war ebenso verrückt; er murmelte vor sich hin und bekreuzigte sich immerfort. Arthur Deacon war fast zusammengebrochen, und er und Chantz stützten sich aufeinander, ohne sich ihrer Feigheit zu schämen. Bob, der große, dicke Junge, schluchzte, während Bonny, der andere Jungmann, zähneklappernd dastand. Und selbst die beiden besten Männer vor dem Mast waren dabei, wenn sie sich auch im Hintergrund hielten, den Rücken der gefährlichen Dunkelheit und die Gesichter sehnsüchtig dem beruhigenden Licht zugekehrt.

Ich beobachtete auch Mellaire. Mag sein, daß er Pike fürchtet, auch, daß er ein Mörder ist – aber jedenfalls fürchtete er sich nicht vor dem Übernatürlichen. Da zwei Männer zugegen waren, die über ihm standen, hatte er, wenn auch seine Wache war, keine Verpflichtung, sich hervorzutun. Er stand deshalb ruhig da und betrachtete den ganzen Auftritt mit spöttischen Blicken.

»Wie sieht denn der Teufel aus?« fragte Kapitän West.

Bert Rhine grinste blöd.

»Na, antworte dem Kapitän!« knurrte Pike.

Es war Mord, reiner Mord, der für eine Sekunde in den Augen des Banditen aufglomm, als er das Fauchen des Steuermanns hörte. Dann antwortete er Kapitän West: »Ich blieb nicht lange genug, um ihn mir nur genauer anzusehen, Käpt'n. Aber es war eine Riese von Teufel.«

»Er ist so groß wie 'n Elefant, Käpt'n«, erklärte Bill Quigley. »Ich hab' ihn gesehen, Käpt'n. Er hätte mich beinahe gekriegt, als ich aus der Back lief.«

»O Gott, o Gott!« stöhnte Larry. »Wie er gegen die Hütte schlug, Käpt'n. Er hat uns zum Jüngsten Gericht gerufen!«

»Deine Theologie läßt einiges zu wünschen übrig«, sagte Kapitän West ruhig, obgleich mir auffiel, wie müde und abgespannt er aussah.

Er wandte sich zum Steuermann. »Steuermann, gehen Sie mal hin, und reden Sie mit dem Teufel. Ergreifen Sie ihn, und binden Sie ihn gehörig, dann werde ich ihn mir morgen früh ansehen.«

»Jawoll, Käpt'n«, sagte Pike.

Und als ich Pike und Mellaire durch die Mauer der Dunkelheit vor uns folgte und wir über die schwanke, vereiste, von Seen umspülte Laufbrücke gingen, wagte kein einziger von den Matrosen, uns zu begleiten.

Und ich sah wie in einer großen, leuchtenden Vision Herrn Pike vor mir, den getreuen Knappen, den tüchtigen Seemann, verwittert und ergraut, gebrandmarkt und verbittert, den Knecht des Kühnen, der sich die Meere eroberte. Ich kenne ihn jetzt. Er kann mich nie wieder beleidigen. Ich verzeihe ihm alles, den Whiskydunst seines Atems, als ich in Baltimore an Bord kam, seine Gereiztheit, wenn See und Wind widrig wehen, seine Brutalität zu der Mannschaft, sein Fluchen und Lästern.

Auf der Decke des Mittschiffshauses bekamen wir eine Sturzsee, die mich schaudern läßt, sooft ich daran denke. Ich hatte mich zu sehr mit dem Ankleiden beeilt, so daß ich mein Ölzeug nicht am Hals zugeknöpft hatte, und wurde deshalb bis auf die Haut naß. Das nächste Stück der Brücke passierten wir durch fliegenden Gischt und waren endlich glücklich auf der Decke der Back angelangt, als irgend etwas mit einem mächtigen Krachen gegen die Wand des Mannschaftslogis prallte.

»Was es auch sein mag, es spielt offenbar die Rolle des Teufels«, brüllte mir Pike ins Ohr, während er versuchte, den Gegenstand mit Hilfe einer elektrischen Handlampe zu erkennen. Der dünne Lichtstreifen tanzte über das schwarze Wasser, das mit weißen Schaumkämmen über das Deck zischte.

»Da ist es!« rief Pike, als die Elsinore sich nach vorn neigte und das ganze Wasser vorausströmte.

Das Licht erlosch, während wir drei uns festhielten und unter der Sintflut, die sich über die Schiffsseite wälzte, zusammenkrochen. Wir hörten ein furchtbares Hämmern und Klopfen an dem Galion. Als der Bug sich wieder hob, sah ich eine Sekunde lang einen schwarzen Gegenstand, der jetzt das schrägstehende Deck hinabkollerte.

Pike stieg auf das Eck hinab, und Mellaire folgte ihm. Als die Elsinore dann wieder den Bug in die See tauchte und eine Woge von Seewasser nach vorn fegte, sah ich den schwarzen Gegenstand gerade auf die beiden Seemänner losstürzen. Es gelang ihnen, beiseite zu springen und sich in Sicherheit zu bringen, aber das Licht ging wieder aus, während eine neue Sturzsee über das Schiff hereinbrach.

Einen Augenblick sah ich nichts von den beiden Männern. Als das Licht aber wieder aufblitzte, hatte Pike das Ding gegen die Reling gepreßt und ein Tauende darum geworfen. Der Untersteuermann sprang hinzu, um Pike zu helfen, und endlich gelang es den beiden mit Hilfe verschiedener Tauenden, das Ding zu bewältigen.

Ich kletterte zu ihnen hinunter. Es war ein großes Faß mit einer dicken Kruste von Muscheln.

»Es muß mindestens vierzig Jahre im Wasser gelegen haben«, meinte Pike.

»Und es ist etwas drin«, sagte Mellaire. »Wollen hoffen, daß es nicht nur Wasser ist.«

»Es ist Schnaps drin«, sagte der Steuermann. »Aber wir wollen das Ding erst morgen öffnen.«

»Wo kommt es nur her?« fragte ich.
»Es kann nur über die Schiffsseite gekommen sein«, antwortete Pike und ließ das Licht darauf spielen. »Gucken Sie mal, es liegt seit Jahr und Tag im Wasser.«
»Der Schnaps scheint gut gelagert zu sein«, meinte Mellaire.
Ich überließ es ihnen, das Faß ordentlich festzuzurren, und ging in meine Kabine.
Kaum hatte ich mich gründlich getrocknet und mich mit einem Buch in die Koje gelegt, als das Gestampfe vieler Füße über meinem Kopf wieder begann. Ich wartete auf das zweite Getrappel – und es kam. Da zog ich mich wieder an.
Der Auftritt, dessen Zeuge ich auf der Kampanje wurde, war eine getreue Wiederholung der vorigen Szene, nur waren die Matrosen diesmal noch aufgeregter und ängstlicher. Sie zitterten, schnatterten und redeten alle durcheinander.
»Haltet jetzt das Maul!« brüllte Pike, als ich zu der Gruppe trat. »Immer einer auf einmal! Und dann gebt dem Kapitän Antwort.«
»Diesmal ist es bestimmt kein Faß, Käpt'n«, sagte Tom Spink. »Es ist lebendig. Und wenn's nicht der Deibel ist, dann ist's ein toter Mann. Ich hab' ihn ganz deutlich gesehen. Es ist ein Mann oder war mal einer.«
»Es waren zwei, Käpt'n«, fügte Richard Giller hinzu.
»Nein, drei, Käpt'n«, sagte Nasen-Murphy. »Es sind Ertrunkene. Sie sind über Bug an Bord gekommen. Sörensen hat sie zuerst gesehen. Er zeigte sie mir. Und da sah ich sie, auf dem Verdeck der Back. Und Olansen sah sie, und Deacon und Hackey . . . alle sahen wir sie, Käpt'n . . . auch den zweiten . . . und als die andern wegliefen und ich noch einen Augenblick stehenblieb, bekam ich auch den dritten zu sehn . . . vielleicht sind es noch mehr . . . ich hab' nicht gewartet.«
Kapitän West befahl ihm zu schweigen.
»Steuermann«, sagte er, und er schien sehr müde zu sein, »wollen Sie mal dem Unsinn gründlich nachgehen und sehen, was los ist.«
»Jawoll, Käpt'n«, antwortete der Steuermann. Dann wandte er sich zu den Leuten. »Kommt mal mit, alle zusammen!«
Aber die Matrosen schauderten vor ihm zurück – sein Befehl erfüllte sie mit Grauen.
»Bande!« hörte ich Pike vor sich hin murmeln, dann schwieg er mitten im Satz.
Er drehte sich um und ging über die Laufbrücke. In derselben Reihenfolge wie das vorige Mal folgten wir ihm, Mellaire als zweiter, ich als letzter. Auf der Decke des Vorderkastells blieben wir stehen. Vergebens ließ Pike seine Taschenlampe aufblitzen, wir konnten nichts sehen als das weiß aufschäumende schwarze Wasser an Deck, nichts hören als

das Heulen des Sturmes in der Takelung und das krachende Dröhnen der Sturzsee. Langsam gingen wir weiter bis zum Galion, wo wir stehenbleiben und uns festkrallen mußten, da eine See über uns hereinbrach. Pike leuchtete zwischen die Schaumspritzer vor uns . . . da hörte ich einen erstaunten Ausruf von ihm. Begleitet von Mellaire ging er weiter, während ich wartete. In den Pausen zwischen den Sturzseen konnte ich das Aufflackern des kleinen Lichtstrahls sehen, bald tauchte er auf, bald verschwand er wieder. Einige Minuten darauf kam der Steuermann wieder zu mir.

»Unser Vorgeschirr ist zur Hälfte dahin«, erzählte er mir. »Wir müssen einen Zusammenstoß gehabt haben.«

»Als Sie vorhin nach unten gingen, habe ich auch so etwas wie einen Stoß gemerkt, Steuermann«, sagte Mellaire; »aber ich dachte, es wäre bloß die See.«

Unter Führung Pikes durchsuchten wir das Deck und das Finknetz zwischen Galion und Back. Dann trat der Steuermann in die Tür zum Mannschaftslogis, und der Lichtschein seiner Lampe zerschnitt wie ein Dolch den dunklen Raum, der von der schlecht brennenden Funzel an der Decke kaum erhellt wurde. Und jetzt sahen wir die Teufel. Nasen-Murphy hatte recht gehabt . . . es waren drei.

Der Raum war naß und eiskalt. Die stählernen Wände, deren Farbe in großen Fetzen abgeplatzt war, waren von Rostflecken übersät, die Decke war niedrig, und doch hingen zwei Reihen Kojen übereinander. Der ganze Raum stank nach den Ausdünstungen und dem Schweiß der dreißig Matrosen. In einer Oberkoje lag Andy Fay in Ölzeug und Seestiefeln und beobachtete uns mit seinen bösen Augen. An dem ungehobelten Tisch saß Mulligan Jacobs und rauchte seine Pfeife, während er die Beine in dem zischenden Wasser hin und her baumeln ließ. Mit feierlichen Blicken starrte er die drei Männer an, die nebeneinander standen. Sie waren nicht sehr groß, diese Männer, die Seestiefel trugen und mit Blut beschmiert waren. Und sie schwankten im Takt mit den Bewegungen der Elsinore hin und her.

Aber was für Männer! Ich habe den Auswurf von allerlei Rassen gesehen, aber wo ich diese drei Männer unterbringen sollte, wußte ich wirklich nicht. Sie waren nicht blond, aber ebensowenig dunkel. Sie waren weder braun noch schwarz, noch gelb. Ihre Haut war weiß unter der Bronze, die Wetter und Sonne gebräunt hatten. Ihr Haar war naß, aber man konnte doch erkennen, daß es völlig farblos, fast sandfarbig war. Aber ihre Augen waren dunkel – und doch wieder nicht dunkel. Sie waren von der Farbe des Topas, eines bleichen Topas, und funkelten verträumt wie die Augen großer Katzen. Sie sahen uns auch an wie Menschen, die Schlafwandler sind, dieses Diebesgut des Sturmes, diese fahlhaarigen Kinder des Windes mit den fahlen, topasfarbigen Augen.

Sie grüßten nicht, sie lächelten auch nicht, sie gaben kein Zeichen, daß sie unsere Anwesenheit bemerkten, außer, daß sie uns träumerisch anstarrten.
Aber Andy Fay hatte gleich einen Gruß für uns bereit.
»Eine höllische Nacht heute, und kein Auge kann man schließen bei all der Spukerei«, sagte er.
»Wer zum Teufel hat die nur in so einer Nacht hergebracht?« klagte Mulligan Jacobs.
»Du hast ja eine Zunge im Maul – warum hast du nicht gefragt?« knurrte Pike. Dann wandte er sich zu den träumerischen Fremdlingen und sprach sie in fünf oder sechs Sprachen an, wie der Angelsachse sie auf Fahrten aufschnappt.
Die Fremdlinge gaben keine Antwort. Sie schüttelten nicht einmal den Kopf. Ihre Gesichter blieben seltsam ruhig, gleichgültig und sanft. Immerhin, Menschen waren sie jedenfalls, denn das Blut aus ihren Wunden hatte sie befleckt und bildete dicken Schorf an ihren Mänteln.
»Holländer«, fauchte Pike mit der ganzen Verachtung des Angelsachsen für andere Völker und gab ihnen ein Zeichen, daß sie es sich in den Kojen bequem machen sollten.
Pikes Kenntnisse auf dem Gebiet der Völkerkunde sind etwas begrenzt. Außer seiner eigenen Rasse kennt er nur noch drei, Nigger, Holländer und Dagos. Unsere Besucher bewiesen wieder, daß sie Menschen waren. Sie verstanden die Einladung des Steuermanns, und nachdem sie einander angesehen hatten, kletterten sie in die Oberkojen und machten es sich bequem. Sie schlossen gleich die Augen, und ich möchte schwören, daß es keine halbe Minute dauerte, so schliefen sie schon.
»Wir müssen klarmachen voraus, sonst fallen uns die Masten noch auf den Kopf«, sagte der Steuermann. »Rufen Sie alle Mann an Deck, Untersteuermann, auch den Zimmermann.«

Und noch immer kommen wir nicht westwärts! Seit der Nacht, in der die drei Fremdlinge an Bord erschienen, sind wir um drei Grad nach Osten geschleudert. Sie sind das große Geheimnis geblieben, diese drei Männer vom Meere. »Kap-Horn-Zigeuner«, nennt Margaret sie, während Pike sie die »Holländer« getauft hat. Sie haben eine Sprache für sich, die sie mit keinem andern reden. Und in dem ganzen Wirrwarr von Nationalitäten vorn und achtern gibt es keinen, der auch nur die leiseste Ahnung von ihrer Herkunft hätte.
Mellaire hat die Behauptung aufgestellt, daß sie Finnen seien, aber das bestreitet unser junger Zimmermann mit den Riesenplattfüßen entrüstet – er schwört, selbst Finne zu sein. Louis, der Koch, meint, irgendwo

in der Welt, auf irgendeiner im übrigen vergessenen Fahrt Leute dieses Schlages getroffen zu haben, kann sich aber weder der Fahrt selbst noch der Herkunft jener Männer erinnern. Die Mannschaft hat – mit Ausnahme von Mulligan Jacobs und Andy Fay – höchst abergläubische Ansichten in bezug auf die Neuankömmlinge und will nichts mit ihnen zu tun haben.

»Die bringen nichts Gutes, Herr«, sagte Tom Spink zu uns, als er am Ruder stand. Dabei schüttelte er düster den Kopf. »Wo sind sie denn hergekommen? Sie wollten es nicht sagen. Sie sind keine Menschen, sie sind Geister, Gespenster von ertrunkenen Seeleuten.«

»Aber wie erklären Sie sich die Beschädigung unseres Vorgeschirrs?« fragte ich.

»Es gibt viele Dinge, Herr, die man sich nicht erklären kann«, lautete die Antwort Tom Spinks. »Wer kann sich erklären, was das für Teufelskünste sind, die die Finnen mit dem Wetter machen. Und daß sie das tun, weiß doch jeder Mensch. Warum haben wir solch schlechte Fahrt um Kap Horn?«

Ich schüttelte den Kopf.

»Von wegen dem Zimmermann, Herr. Wir haben rausgekriegt, daß er Finne ist. Und weiß nicht jeder, daß die Finnen Hexenmeister sind, die Wetter machen können?«

»Aber sind die drei Fremden denn überhaupt Finnen?«

Der Alte schüttelte finster den Kopf.

»Nee, das sind tote Seemänner, die vor vielen Jahren ertrunken sind. Der Zimmerbaas könnte uns schon verschiedenes erzählen, wenn er bloß wollte.«

Nichtdestoweniger sind die Fremdlinge eine sehr willkommene Verstärkung unserer Mannschaft. Ich habe sie bei der Arbeit beobachtet – sie sind tüchtig und sind willig. Pike behauptet, sie seien befahrene Seeleute. Seine Theorie ist, daß sie aus irgendeinem ausländischen Hafen kommen und daß ihr Schiff von der Elsinore überrannt wurde und unterging. Ich habe vergessen zu erzählen, daß das Faß mit den vielen Muscheln einen so delikaten Wein enthielt, wie ich kaum je getrunken habe. Wada und der Steward haben den ganzen Inhalt auf Flaschen und Gebinde gefüllt. Es ist ein wunderbar gelagerter Wein, den Pike für einen ganz milden Kognak hält. Mellaire begnügt sich mit einem zufriedenen Schmatzen, während Kapitän West, Margaret und ich uns einig sind, daß es unbestreitbar richtiger Wein ist.

Es hat herzlich wenig Zweck, diese einförmigen, sich ewig wiederholenden Weststürme zu schildern. Wir sind jetzt so lange herumgeschleudert worden, daß schon der Gedanke an einen soliden Billardtisch, der fest und gerade auf den Beinen steht, einfach nicht zu fassen ist. Im früheren Leben habe ich wohl Dinge gesehen, die fest standen

und nicht hin und herschaukelten, aber, wie gesagt, in einem früheren Dasein.
In den letzten zehn Tagen wurden wir zweimal bis zu den Diego-Ramirez-Klippen zurückgetrieben. Jetzt liegen wir, nach einer allerdings unsicheren Schätzung, ein paar hundert Meilen davon. Dreimal in der letzten Woche wurden wir so stark auf die Seite geworfen, daß das Wasser bis zu den Luken ging. Sechs herrliche, aus dem besten Kanevas genähte Segel, die mit doppelten Beschlagseisingen und Bindseln festgemacht waren, rissen sich von den Rahen los. Und mehr als einmal stand es so schlecht um die Gesundheit unserer Matrosen, daß kaum die Hälfte von ihnen dem Befehl nachkommen konnte, wenn »Alle Mann an Deck, überall, überall!« gerufen wurde. Jacobsen, der sich schon zu Beginn der Reise das eine Bein brach, wurde vor einigen Tagen von den Seen zu Boden geschmettert und brach sich wieder dasselbe Bein. Ditman Olansen, der Norweger mit den verrückten Augen, hatte während der Plattfußwache einen Wutanfall und machte in seiner Hälfte das Logis gründlich klar. Wada erzählt, daß Fitzgibbon und Gilder, der Malteser-Londoner, und Steve Roberts nötig waren, um den Amokläufer zu binden. Sie gehören alle zur Wache Mellaires. In der Wache des Steuermanns hat John Hackey, der Friscoer Strolch, die Waffen gestreckt und sich den Banditen angeschlossen. Und erst heute morgen mußte der Steuermann Charles Davis aus dem Logis hinauswerfen, wo er ihn gefunden hatte, als er den Schuften dort das Seerecht erklären wollte. Was Mellaire betrifft, so beharrt er bei seiner unpassenden Vertraulichkeit mit den Banditen. Heute ist etwas Wunderbares passiert! Gegen Mittag erschien die Sonne und blieb mindestens fünf Minuten lang am Himmel sichtbar. Aber ach! Welch armselige Sonne! Ein fahler, kalter, kränklicher Ball, der auf seinem Höhepunkt nur 9 bis 10 Grad über dem Horizont stand. Und ehe noch eine Stunde vergangen war, mußten wir die Segel bergen, und jetzt liegen wir hier im Schneegestöber einer labberen Südwestkühlte.
»Was ihr auch tut, immer westwärts! Immer westwärts!«
Diese alte Navigationsregel der Seefahrer für die Reise um Kap Horn ist wie in Erz gehämmert. Ich verstehe jetzt, daß es Schiffsführer gibt, die über Bord gefallene Matrosen ihrem Schicksal überließen und nicht einmal den Versuch machten, ein Boot auszusetzen, nur weil sie endlich günstigen Wind bekommen hatten.
Und wir laufen immer nur ostwärts. Dieser verfluchte Westwind scheint ewig dauern zu wollen. Ungläubig lausche ich den Erzählungen Pikes und Mellaires, wenn sie berichten, daß es sogar Zeiten gegeben hat, da auch unter diesen Breitengraden Ostwinde wehten. Ich würde mich durchaus nicht wundern, wenn Kapitän West sich entschlösse, umzudrehen und ostwärts nach Seattle zu gehen. Aber Margaret lä-

chelt vertrauensvoll und erklärt, ihr Vater werde Kap Horn umsegeln und den fünfzigsten Grad im Stillen Ozean erreichen.

Aber was kümmert mich das ganze Wüten und Schäumen dieses eisgrauen Meeres an der äußersten Spitze der Welt! Ich habe Margaret gesagt, daß ich sie liebe. Wir standen hinter dem Windschutz und hielten uns einander fest, um nicht umzufallen. Ihr Gesicht trug die Frische und Klarheit, die der Sturm ihm geschenkt hatte. Und sie war ganz stolz – aber doch leuchteten ihre Augen so sanft und warm, und ihre Lider zitterten leise in mädchenhafter, weiblicher Scham. Es war ein großer Augenblick – unser großer Augenblick!

Wir armen Teufel von Männern sind am glücklichsten, wenn wir lieben und geliebt werden. Bitter und traurig muß das Schicksal eines Mannes sein, der liebt, ohne wiedergeliebt zu werden! Denn seht, wenn Margaret . . . nun, wenn sie eine der süßen und banalen Frauen wäre, die nur zum Kosen und zur Flucht in die starken Arme des Mannes geboren sind, ja, dann wäre es weder seltsam noch wunderbar, daß sie mich liebt. Aber Margaret ist stark, selbstbewußt, besonnen und beherrscht. Und darin besteht ja das Wunder: daß eine solche Frau mich liebt! Ich gehe allein auf der eisigen Kampanje auf und ab, singe mit leiser Stimme dem Sturm meinen Trotz entgegen und erzähle der tobenden See, daß ich liebe. Ich sende den Albatrossen, die droben in der Dunkelheit kreisen, die geheime Botschaft, daß ich liebe. Und ich betrachte die jämmerlichen Matrosen, die auf dem schaumbespritzten Deck herumkrabbeln, und weiß, daß sie nie die Liebe kennenlernen werden, die ich empfinde.

»Das einzige, was ich von der Reise ganz bestimmt wußte, war doch, daß ich dir nie erlauben würde, mir den Hof zu machen.« Dies Geständnis machte Margaret mir heute morgen in der Kajüte, als ich sie aus meinen Armen ließ.

»Also, das waren deine Gedanken schon vor Beginn der Reise?« neckte ich sie heiter. »Du betrachtetest mich schon damals mit dem Blick der Frau, die einen Mann abschätzt!«

Sie lachte übermütig.

»Ich weiß jedenfalls, wann du mich das erstemal haßtest«, sagte sie mit einem Versuch, mir auszuweichen.

»Ja«, sagte ich, »als ich dich das erstemal sah und hörte, daß du die Reise mitmachen wolltest. Aber du weißt auch, wann ich dich zuerst liebte.«

Oh, ihre Augen waren herrlich, und ihre Ruhe und Sicherheit war verblüffend, als sie ihre Hand auf meinen Arm legte und mit sanfter, stiller Stimme sagte:

»Ja, ich weiß . . . es war der Morgen, an dem der Pampero wehte und du durch die Tür in die Kabine meines Vaters geschleudert wurdest . . .

ich las es in deinen Augen . . . ich weiß es, das war der erste Augenblick . . . der allererste.«
Ich konnte nur mit dem Kopf nicken und preßte sie fester an mich. Da sah sie mich an und sagte:
»Du sahst so schrecklich komisch aus. Du saßest auf dem Bett, hieltest dich mit einer Hand fest und starrtest mich an, ärgerlich, verblüfft und ganz furchtbar töricht . . . und da . . . ich weiß nicht wie . . . da wußte ich mit einem Male, daß du . . .«
»Aber in der nächsten Sekunde wurdest du sehr steif und kühl«, unterbrach ich sehr ungalant.
»Ja, eben deshalb«, gestand sie ohne Scham. Dann bog sie sich etwas zurück, ließ aber ihre Hände auf meinen Schultern, während sie lachte und ihre Lippen sich leicht öffneten, so daß ich die starken weißen Zähne sah.

Es ist sehr seltsam! Ich weiß kaum, was ich glauben soll. Hat der Kapitän wirklich einen Fehler gemacht? Oder war es die Finsternis des kommenden Todes, die sein sternenklares Gehirn lähmte und verdüsterte und seine ganze Weisheit zunichte machte? Oder war es umgekehrt der Fehler, der vorzeitig seinen Tod veranlaßte? Ich weiß es nicht und werde es nie erfahren.
Gestern nachmittag, fünf Wochen, seit wir aus der Straße von Le Maire in dies graue Meer der Stürme tauchten, lagen wir wieder einmal über Backbordhalsen vor Kap Horn. Als die Wachen sich um vier Uhr ablösten, erteilte Kapitän West Pike den Befehl, das Schiff vor dem Winde wenden zu lassen. Wir lagen in diesem Augenblick über Steuerbordhalsen, und die Abtrift führte uns von der Küste fort. Das neue Manöver sollte uns in einen rechten Winkel zum Land bringen. Im Kartenraum blickte ich neugierig auf die Karte, maß mit den Augen den Abstand und kam zu dem Ergebnis, daß wir uns nur etwa fünfzehn Meilen von Kap Horn befanden.
»Da werden wir gegen Morgen ja ganz nahe am Land sein, nicht wahr?« meinte ich.
»Freilich«, nickte Kapitän West; »wenn die Westwindströmung nicht wäre und das Land sich nicht nach Nordosten erstreckte, würden wir morgen früh sogar das Land anlaufen. So aber werden wir gegen Tagesanbruch nahe an der Küste sein, bereit, wenn wir Glück haben, um das Horn zu schlüpfen, oder, wenn wir kein Glück haben, vor dem Winde zu wenden.«
Es fiel mir nicht ein, seinen Entschluß zu kritisieren. Was er sagte, war richtig und mußte geschehen. War er nicht der Kapitän?
Und doch sah ich Pike wenige Minuten, nachdem der Kapitän nach un-

ten gegangen war, das Kartenhaus betreten. Als ich mehrmals auf und ab gegangen war, schlenderte ich wieder nach dem Kartenhaus. Von einem unklaren Gefühl angetrieben, guckte ich durch das Fenster. Da stand Pike. Er beugte sich, Zirkel und Reißschiene in der Hand, über die Karte. Aber es war sein Gesichtsausdruck, der mich überraschte. Die gewöhnliche Verdrießlichkeit war verschwunden, alles, was ich darin lesen konnte, war Furcht und Unruhe. Nie hatte ich ihn so alt gesehen wie in diesem Augenblick. Ich entfernte mich leise von der Tür und ging über die Kampanje bis zur Brüstung. Dort blieb ich stehen und starrte über die grauen Wellen hinaus. Irgendwo drüben lag eine Küste von eisernen Klippen, gegen die sich die mächtigen Graubärte brüllend stürzten. Und hier, im Kartenhaus der Elsinore, stand über eine Karte gebeugt ein alter Seemann und maß und rechnete, um unsere Lage und unsere Abtrift festzustellen!

Aber ich wußte, daß er nicht recht haben konnte. War es doch nicht der Kapitän, sondern der Diener, der auf den Irrwegen der Schwäche wandelte. Ich mußte lachen, daß ich so töricht gewesen war, mich auch nur einen Augenblick zu beunruhigen, und ging wieder nach unten, sehr zufrieden, daß ich meine Geliebte jetzt treffen sollte, und völlig beruhigt bei dem Gedanken an die Weisheit ihres Vaters.

Beim Mittagessen war Pike sehr unaufmerksam. Er beteiligte sich nicht an der Unterhaltung und schien fortwährend auf etwas draußen zu lauschen. Um acht Uhr ging er wieder an Deck, wo er die Wache bis Mitternacht hatte. Dann ging ich zu Bett und ließ all meine Ängste und Ahnungen fahren. Ich schlief schnell ein und wachte erst gegen Mitternacht auf. Ich hörte, wie die Wachen sich ablösten, und war schon ganz wach und las bereits, als Pike die Treppe vom Kartenhaus herunterkam und an meiner offenen Kabinentür vorbeiging. Es folgte eine kleine Pause, von der ich aus langer Erfahrung wußte, daß er sie zum Zigarettenrollen benutzte. Dann hörte ich ihn husten, wie er immer tat, wenn er sich die Zigarette angesteckt hatte und die ersten Züge seine Lunge mit dem Rauch füllten.

Eine Viertelstunde später, mitten im Lesen, hörte ich Pike über die Diele gehen. Ich warf einen verstohlenen Blick über den Rand meines Buches hinweg und sah, daß er seine Seestiefel anhatte und Ölrock und Südwester trug. Es war seine Freiwache, und er hatte nur sehr wenig geschlafen. Und dennoch ging er jetzt an Deck!

Ich las und wartete eine ganze Stunde, aber er kehrte nicht zurück. Und ich wußte jetzt, daß er irgendwo dort oben stand und in die stürmische Finsternis starrte. Ich zog schnell meine ganze schwere Sturmausrüstung von Seestiefeln und Südwester bis zum Schafspelz unter dem Ölrock an. Als ich den Fuß der Treppe erreicht hatte, sah ich, daß bei Margaret noch Licht brannte. Ich guckte zu ihr hinein – sie läßt ihre

Tür wegen der Ventilation nachts immer offenstehen – und sah, daß sie las.

»Ich kann nicht schlafen«, sagte sie.

Ich glaube nicht, daß sie Befürchtungen hegte. Sie konnte einfach nicht schlafen – wenn man auch nicht wissen kann, wie die Ängste des Steuermanns in ihr Unterbewußtsein gedrungen sein mochten.

Als ich die Treppe hinaufgestiegen war und durch den engen Gang nach der Tür des Kartenhauses ging, warf ich einen Blick in den Warteraum. Auf der Bank lag Kapitän West – auf dem Rücken, den Kopf zu hoch, jedenfalls für meine Empfindung. Er schlief, der Raum war warm, und er lag ohne Decke, sonst aber angekleidet – jedoch hatte er weder Ölzeug noch Seestiefel an. Er atmete ruhig und regelmäßig, die Furchen in seinem asketischen Gesicht schienen im Licht der tief herabgedrehten Lampe schwächer als sonst. Dieser eine Blick gab mir all meine Sicherheit und all meinen Glauben an seine Weisheit wieder.

Unter dem Wetterschutz an der Brüstung der Kampanje traf ich Mellaire. Er war ganz ruhig. »Der Sturm flaut ab«, erzählte er mir und wies auf einen Streifen des sternenbedeckten Himmels, der hinter der Wolkendecke erschien.

Aber wo war Pike? Wußte der Untersteuermann überhaupt, daß er an Deck war? Ich begann Mellaire auszuhorchen, während wir zusammen über die schlingernde Kampanje nach dem Steuerhaus gingen. Ich erzählte ihm, wie schwer es mir wurde, bei stürmischem Wetter einzuschlafen, stellte fest, daß die heftigen Bewegungen des Schiffes mich nervös und schlaflos machten, und fragte schließlich, ob das schlechte Wetter auch die Offiziere am Schlafen hinderte.

»Wir schlafen gut, Herr Pathurst«, lachte der Untersteuermann. »Je härter das Wetter ist und je größere Anforderungen es an uns stellt, desto tiefer ist unser Schlaf. Ich meinerseits bin wie tot, sobald ich den Kopf auf mein Kissen lege. Pike braucht nur etwas mehr Zeit, weil er immer noch eine Zigarette raucht. Aber er zieht sich dabei aus, so daß er auch nur wenige Minuten braucht, bis er wie ein Toter daliegt. Ich halte jede Wette, daß er sich seit zehn Minuten nach zwölf nicht bewegt hat.«

Der Untersteuermann hatte also keine Ahnung, daß Pike an Deck war. Um meiner Sache ganz sicher zu werden, ging ich nach unten. Seine Koje war leer. Als ich auf die Kampanje zurückkehrte, stieß ich auf den überraschten Mellaire.

»Ich dachte, Sie schliefen schon?« rügte er.

»Ich bin zu unruhig«, erklärte ich. »Ich habe gelesen, bis meine Augen ganz müde waren, und jetzt versuche ich es damit, mich tüchtig durchwehen zu lassen. Vielleicht kann ich dann einschlafen.«

»Ich beneide Sie wirklich«, antwortete er. »Du lieber Gott! Eine so

herrlich lange Nacht zu haben und dann nicht einmal durchschlafen zu können!«
Lachend wünschten wir uns gute Nacht. Als ich wieder in den Kartenraum hineinguckte, sah ich Kapitän West wie vorher, fast in derselben Lage, schlafen. Bei Margaret brannte immer noch Licht, als ich aber hineinguckte, sah ich, daß sie eingeschlafen war. Was mochte vorgehen? Die Hälfte aller an Bord Befindlichen schlief. Der Kapitän schlief. Aber der alte Steuermann hielt eine schwere Extrawache auf der Decke des Vorderkastells. Hatte er recht mit seinen Befürchtungen? Oder war es nur die Schrulle eines alten Mannes? Führte die Abtrift uns tatsächlich in den Untergang?
Ich war zu wach, um schlafen zu können, und setzte mich deshalb mit meinem Buch an den Eßtisch. Ich behielt auch mein Ölzeug an, mit Ausnahme der Fäustlinge, die ich auswrang, ehe ich sie zum Trocknen an den Ofen hängte. Es schlug vier Glasen, es schlug sechs Glasen, Pike war immer noch nicht zurückgekehrt. Als es acht Glasen schlug und seine Wache beginnen sollte, fiel es mir ein, wie anstrengend diese Nacht für den alten Seemann sein mußte! Von acht bis zwölf hatte er Wache gehabt und dann vier Stunden seiner Freiwache dort oben verbracht. Und jetzt begann wieder seine eigene Wache, die bis acht Uhr morgens dauerte. Also zwölf Stunden ununterbrochen an Deck, im Sturm bei Kap Horn und bei einer Temperatur, die weit unter dem Nullpunkt lag!
Dann mußte ich etwas eingenickt sein, denn plötzlich hörte ich über meinem Kopf lautes Rufen, das über das ganze Schiff bis zur Kampanje wiederholt wurde. Erst später erfuhr ich, daß Pike das Steuer hatte umwerfen lassen und daß der Befehl von der Back nach dem Steuerhaus durch eine Reihe von Matrosen gegangen war, die er in regelmäßigen Abständen auf der Laufbrücke postiert hatte.
Mit einem Ruck wurde ich wach und wußte, daß an Deck etwas vorgefallen sein mußte. Als ich meine dampfenden Fäustlinge angezogen hatte und die schlingernde Treppe so schnell wie möglich hinaufkletterte, hörte ich das Trappeln der Matrosen. Als ich im Gang zum Kartenhaus stand, hörte ich Pike brüllen:
»Die Kreuzbrassen, zum Teufel! Fieren . . . Donnerwetter noch mal! . . . Fieren . . . dalli, dalli! Achteraus alle Mann – aber schnell, wenn ihr nicht alle schwimmen wollt . . . Hierher! Backbordbrassen! Aufgepaßt, daß sie nicht wappern! . . . Leebrassen . . . wenn ihr den Schlag da gehen laßt, knalle ich euch eure verfluchten Schädel ein . . . Dalli . . . dalli, zum Teufel noch mal . . . Ist der Helm luvwärts? Warum zum Teufel antwortest du nicht?«
Alles das hörte ich, während ich nach der Tür des Kartenhauses eilte. Ich wunderte mich, daß ich die Stimme des Kapitäns nicht hörte. Als

ich dann am Kartenraum vorbeiging, sah ich ihn. Er saß auf der Bank und hielt einen Seestiefel in der Hand. Sein Gesicht war ganz weiß, und mir schien, daß seine Hände zitterten. So viel sah ich – dann ging ich schnell an Deck.
Als ich aus dem erleuchteten Kartenraum herauskam, konnte ich zunächst gar nichts sehen, hörte aber die Matrosen, die an der Finknetzreling arbeiteten, und den Steuermann, der Befehle fauchte und brüllte. Das Manöver kannte ich. Mit einer kränklichen, körperlich schwachen Mannschaft mußte die Elsinore in einer hohlen See vor dem Winde wenden. Ganz langsam fühlte ich, wie sich der Winddruck gegen meine Wange änderte. Der Mond, der anfangs nur sehr schwach geschimmert hatte, wurde immer klarer, und schließlich verschwanden die letzten Fetzen der fliehenden Wolkendecke, die ihn verhüllten. Vergebens spähte ich nach einer Küste aus. »Großbrassen . . . alle Mann . . . Schnell!« brüllte Pike. Alle überstürzten sich in wilder Hast. Noch nie hatte ich sie so arbeiten sehen.
Ich begab mich nach dem Steuerrad, wo Tom Spink als Rudergast stand. Er bemerkte mich gar nicht. Seine Augen starrten wie verzaubert in eine ganz bestimmte Richtung . . . ich folgte seinem Blick über ein im Mondschein unklar und vage erscheinendes Gebirge von Seen hinweg. Und da sah ich es: Das Heck der Elsinore wurde hoch in die Luft geschleudert, und hinter dem kalten Meer erblickte ich das Land . . . schwarze Felsen und schneebedeckte Hänge und Gipfel . . . und gegen dieses Land wurde die Elsinore, jetzt fast vor dem Winde, getrieben.
Vom Mittschiffshause her tönten das Brüllen des Steuermanns und die Rufe der Matrosen zu uns herauf. Sie halten und fierten jetzt um ihr Leben. Dann kam Pike über die Kampanje gelaufen, und sein Gebrüll stürmte noch vor ihm her. »Komm auf, zum Teufel! Was glotzt du? Stütz – sag' ich dir, das ist alles, was du zu tun hast!«
Von der Back hörten wir einen Ruf, der mir zeigte, daß Mellaire auf der Decke des Vorderkastells stand und die Fockbuline gehen ließ.
»Jetzt!« brüllte Pike. »Noch ein paar Spaken . . . Stütz . . . Recht so!«
Er setzte in großen Sprüngen über die Kampanje und rief die Matrosen an die Kreuzbrassen. Die Leute waren aus dem Schlaf gepurrt und kamen ohne Mäntel, ohne Mützen, zum Teil ohne Stiefel, ihre Gesichter waren fahl vor Angst. Aber alle gehorchten eifrig, denn sie wußten, daß nur dieser eine Mann sie vor einem jämmerlichen Tode erretten konnte. Pike war wirklich prachtvoll! Auch als die Elsinore vor dem Winde aufkam, während die Rahen scharf angebraßt, die Bulinen angeholt und die Luvbrassen steif gesetzt wurden, hatte er noch Zeit, die Leute in die Wanten zu schicken.
Als alle Segel gesetzt waren, wurde die Elsinore mehr und mehr an den Wind gebracht, und dabei merkte ich, daß es immer noch sehr kräftig

wehte, wenn der Sturm auch im Abflauen war. Pike schickte jetzt den Malteser-Londoner dem Rudergast zu Hilfe. Er selbst stand neben dem Achterluk, von wo aus er gleichzeitig die Fahrt der Elsinore messen, Ausschau nach Lee halten und den Rudergast beobachten konnte. Als ich in Lee des Kartenhauses stand, konnte ich das Land jetzt rechts in Lee auftauchen sehen. Es war keine dreihundert Schritt entfernt, schwarze, drohende Felsen und eisiger Schnee, Klippen, so schroff, daß die Elsinore dort längsseits noch im tiefen Wasser hätte liegen können. Die Küste war zerrissen und zerklüftet, und mächtige Brecher donnerten gegen sie an. Ich erkannte jetzt, welche Gefahr uns drohte. See und Wind trieben uns gerade gegen die Küste. Die einzige Möglichkeit einer Rettung bestand darin, daß die Elsinore mit aller denkbaren Schnelligkeit und Kraft durch das Wasser getrieben wurde – und mir leuchtete es ein, als Pike an die Brüstung der Kampanje lief und Mellaire zurief, daß er das Großsegel heißen solle.

Man spürte den großen Unterschied, als die mächtige Leinwand sich dem Winde entgegenstellte. Die Elsinore hüpfte und zitterte, als sie vor dem Wind aufdrehte, und ich konnte merken, wie sie sich luvwärts schob, während ihre Schnelligkeit gleichzeitig sprunghaft wuchs. Pike beobachtete sie wie der Habicht seine Beute. »Land in Lee!« wurde von vorn gerufen. Und der unheilvolle Ruf ging von Mann zu Mann das ganze Deck entlang bis zur Kampanje. Ich sah Pike höhnisch mit dem Kopfe nicken.

Kein Wunder, daß ich in diesem spannenden Augenblick den Kapitän vergaß, bis er die Tür des Kartenhauses öffnete und ich ihn in meinen Armen auffing. Schwankend stand er da und betrachtete das furchtbare Bild der Felsen, des Schnees und der schäumenden Brecher.

»Es würde gut sein, das Gretchen zu setzen«, hörte ich Kapitän West mit schwacher, zitternder Stimme sagen.

»Herr Pathurst, würden Sie Herrn Pike bitten, das Gretchen zu setzen.«

Eben in dieser Sekunde hörte ich Pike von der Kampanjewand her über das Schiff brüllen: »Untersteuermann . . . das Gretchen!«

Kapitän Wests Kopf senkte sich, bis das Kinn seine Brust berührte, und er sprach so leise, daß ich mich zu seinem Mund hinabbeugen mußte, um ihn zu verstehen: »Ein sehr tüchtiger Offizier«, sagte er. »Ein hervorragender Offizier. Herr Pathurst, wollen Sie die Güte haben, mir behilflich zu sein . . . ich möchte gern wieder hineingehen . . . ich habe mir die Stiefel noch nicht angezogen.«

Es war eine wirkliche Anstrengung, die schwere eiserne Tür zu öffnen und sie bei dem Schlingern und Stampfen des Schiffes offenzuhalten. Aber es gelang mir. Als ich Kapitän West geholfen hatte, die hohe Schwelle zu übersteigen, dankte er mir und lehnte weitere Hilfe ab. Ich wußte ja auch noch nicht, daß ich es mit einem Sterbenden zu tun hatte.

Was für eine Fahrt! Die Elsinore flog über die mächtigen Graubärte hinweg, die sich brüllend gegen die Küste warfen. Es gab Augenblicke, da ich hätte schwören mögen, daß die Spitzen der Unterrahen die Wellen streiften. Wir hatten vielleicht die Aussicht eins gegen zehn, der Vernichtung zu entgehen. Wir wußten es alle und harrten stumm der Dinge, die da kommen sollten. Nur eine Stimme ließ sich hören – die des Steuermanns, der abwechselnd fluchte und drohte, wenn er seine Befehle erteilte. Ununterbrochen maß er die Stärke der Windstöße, und immer wieder suchte sein Blick die große Bramrahe. Er hätte gern noch dies eine Segel gesetzt . . . mehr als ein dutzendmal sah ich ihn schon den Mund öffnen, um den Befehl zu geben, den er doch nicht zu geben wagte. Dieser barsche, verbitterte Offizier war der einzige Mann unter diesen »Männern«. »Und wo«, so dachte ich schmerzlich, »wo ist der Kapitän?«

Eine Aussicht gegen zehn? Wir hatten nur eine gegen hundert, als wir kämpften, um den letzten gefährlichen Felsblock luvwärts zu umsegeln, der See und Sturm zwischen uns und dem freien Meere trotzig zerriß. Aber wir kamen frei vom Land. Und wie in wilder Wut darüber, daß wir ihm entschlüpften, benutzte der Sturm den Augenblick, um uns die schlimmste aller Backpfeifen auszuwischen. Der alte Steuermann fühlte, daß diese Riesenwoge es auf uns abgesehen hatte, denn noch ehe der Schlag kam, war er schon ans Steuer gesprungen. Ich sah, wie alles vorn in der ungeheuren Wassermenge verschwand, die sich über das Schiff stürzte. Dann hob sich die Elsinore und wurde wieder in ihrer ganzen Länge sichtbar, und im selben Augenblick schleuderte ein Windstoß sie auf die Seite, so daß die Hälfte der ungeheuren Wassermenge über Bord gespült wurde. Über die Laufbrücke lief von Mund zu Mund der Ruf: »Mann über Bord!« Ich sah den Steuermann an. Er schüttelte den Kopf, als ob er sich über eine so alltägliche Begebenheit ärgerte, trat an die Ecke des Kartenhauses und starrte von dort aus nach der Küste, der wir soeben entgangen waren und die kalt im Mondlicht schimmerte.

Mellaire kam achteraus, und sie trafen sich neben mir in Lee des Kartenhauses.

»Alle Mann an Deck«, sagte der Steuermann. »Bergen Sie das Großsegel und dann das Gretchen.«

»Jawohl, Steuermann«, antwortete Mellaire.

»Wer war es eigentlich?« fragte der Steuermann, als Mellaire sich schon umdrehte, um sich zu entfernen.

»Bonny . . . war sowieso nichts wert«, lautete die Antwort.

Das war alles. Bonny war verschwunden. Und alle Mann befolgten den

Befehl des Untersteuermanns, das Großsegel zu bergen. Aber sie kamen nie dazu – denn im selben Augenblick wurde es vom Wind zerrissen, und wenige Minuten später waren nur einige flatternde Fetzen übrig.
»Das Gretchen!« befahl Pike.
Auf dem Wege nach unten warf ich einen Blick in den Kartenraum. Da erhielt ich die Erklärung des Fehlers, den der Kapitän gemacht hatte, wenn man überhaupt von einem Fehler sprechen kann. Keiner wird es je entscheiden können. Er lag auf dem Boden – ein willenloser Körper, den jedes Schlingern des Schiffes hin und her schleuderte.

Es ist so viel auf einmal zu berichten. Zunächst natürlich von Kapitän West. Sein Tod kam nicht ganz unerwartet. Margaret sagte mir, sie hätte es von Anfang der Reise an befürchtet. Das war es auch, was sie bewogen hatte, ihren Vater zu begleiten.
Wie alles in Wirklichkeit vor sich ging, wissen wir freilich nicht, aber wir sind uns doch einig, daß es aller Wahrscheinlichkeit nach ein Herzschlag gewesen ist. Freilich habe ich, das muß ich offen gestehen, nie davon gehört, daß eine Art Gehirnschwäche einem Herzschlag um mehrere Stunden vorausging. Und der Verstand des Kapitäns schien mir auch ganz ungetrübt und muß es auch gewesen sein, als er gestern nachmittag den Befehl zum Halsen gab. Dann hat er freilich einen Fehler begangen. Der Seeheld beging einen Fehler – und sein Herz brach, als ihm der Fehler bewußt wurde.
Jedenfalls kommt Margaret gar nicht auf den Gedanken, daß ihr Vater vielleicht einen Fehler gemacht hätte. Sie bleibt dabei, daß alles irgendwie mit seinem bevorstehenden Tode zusammenhing. Und es ist auch keiner unter uns, der sie dieser Illusion berauben würde. Und auch ich frage mich oft, ob es nicht vielleicht doch etwas anderes gewesen ist, was sein Bewußtsein trübte und seinen klaren Verstand verdunkelte, bevor er starb.
Gegen Mittag desselben Tages, an dem wir die Elsinore noch gerade von der Küste der Tierra del Fuego abgehalten, schlingerte sie wieder in einer Windstille, kaum zehn Meilen vom Land entfernt. Um vier Uhr wurde Kapitän West bestattet, um acht Glasen am selben Nachmittag übernahm Pike das Kommando und hielt eine kleine Ansprache an die versammelte Mannschaft. Unter anderem sagte er den Matrosen, sie hätten jetzt einen neuen Herrn bekommen und müßten ganz anders arbeiten als bisher. Bis jetzt hätten sie es wie die Taugenichtse in einem feinen Hotel gehabt, von heute ab aber müßten sie schuften.
»Gott helfe dem Mann«, erklärte er, »der nicht springen will. Das ist alles, was ich zu sagen habe. Und jetzt an die Arbeit.«

Die Mannschaft befand sich jedoch wirklich in einem schrecklichen Zustand. Wir hatten wieder eine Woche mit westlichen Stürmen, die mit völliger Windstille abwechselten, und wir haben bereits sechs Wochen vor Kap Horn verbracht. Die Leute sind so entkräftet, daß weder Arbeitslust noch Mut in ihnen übrig ist ... nicht einmal in den Banditen. Sie haben eine solche Angst vor dem Steuermann, daß sie tatsächlich ihr Bestes tun, um zu »springen«, wenn er sie antreibt. Mellaire schüttelt den Kopf.

»Warten Sie nur, bis wir um Kap Horn gekommen sind und das Wetter besser wird«, sagte er zu meinem Befremden gestern nachmittag. »Warten Sie, bis sie wieder trocken und ausgeruht und ihre Wunden geheilt sind, bis sie mehr Fleisch auf ihre Knochen und etwas mehr Feuer ins Blut bekommen haben – dann werden sie sich dies Antreiben nicht mehr gefallen lassen. Herr Pike versteht nicht, daß die Zeiten sich geändert haben. Er ist ein alter Mann; ich weiß, wovon ich spreche.«

»Weil Sie auf das Gerede der Matrosen gehört haben«, schleuderte ich ihm ins Gesicht, da es meinen tiefsten Unwillen erregte, daß ein Offizier des Schiffes sich unkorrekt benahm.

Das saß, denn mit einem Schlage verschwand der süßliche Ausdruck aus seinen Augen, und das furchtbare Wesen, das in seinem Schädel lauerte, schien sich auf mich stürzen zu wollen. Dann beherrschte er sich, der Mund zog sich zusammen; die süßliche, höfliche Schicht legte sich wieder über seine Augen.

»Ich meine, Herr Pathurst«, sagte er sanft, »daß ich aufgrund langjähriger Erfahrungen sprechen darf. Die Zeiten haben sich geändert. Die alten Tage des ›Antreibens‹ sind vorbei.«

Dann kam die Unterhaltung auf etwas anderes. Aber bei alledem ist er – wie auch Pike knurrend zugibt – ein guter Seemann und Untersteuermann, abgesehen von seiner ungehörigen Vertraulichkeit mit den Leuten vor dem Mast – einer Vertraulichkeit, die selbst der chinesische Koch und der chinesische Steward als unseemännisch und gefährlich verurteilen.

Drei Leute gibt es in der Back, die so lebendig wie je sind. Das sind Andy Fay, Mulligan Jacobs und Charles Davis. Man begreift einfach nicht, welch ungeheuerliche, abgrundtiefe Lebenskraft in ihnen steckt. Viel stärkere und bessere Männer als sie sind über die Reling gegangen oder liegen jetzt in hoffnungsloser Körperschwäche in den nassen Kojen des Logis. Und Andy Fay und Mulligan Jacobs, diese beiden Jammergestalten, die von der Flamme ihres bösen Hasses durchglüht werden, tun ihre volle Pflicht und folgen ohne Rücksicht auf ihre Freiwachen jedem Ruf. Unsere drei Kap-Horn-Zigeuner, unsere Sturmgäste mit den träumerischen Topasaugen, sind auch nicht ohne Kraft und Lebenslust. Die übrige Mannschaft hält sich in törichtem Aberglauben von ihnen fern, und zudem sind sie ja auch schon wegen ihrer Sprache, die keiner versteht, den andern ganz fremd. Sie sind indessen sehr gute Seeleute und immer die ersten bei jeder Arbeit oder Gefahr. Sie sind der Wache des Untersteuermanns zugeteilt worden und halten sich völlig für sich.

Aber die andern! Der Malteser-Londoner ist nur ein Schatten seiner selbst. Tom Spink, der sonst stählerne Nerven hat und ein ausgezeichneter Seemann ist, selbst er ist in dem Maße zusammengebrochen, daß er – wenn er auch seine Pflicht tut – weder Stolz noch Scham kennt.

»Nie wieder um Kap Horn, Herr«, sagte er neulich, als er am Steuer stand und ich ihm guten Morgen wünschte. »Das habe ich freilich auch früher schon geschworen, aber diesmal soll es ernst sein. Nie wieder, Herr . . . nie wieder!«

Heute morgen hat Tom Spink mir sein Herz ausgeschüttet:

»Wenn doch bloß der Zimmermann und nicht Bonny über Bord gegangen wäre.«

Ich verstand nicht gleich, was er eigentlich meinte, aber dann fiel es mir ein. Der Zimmermann war ja Finne, also ein Hexenmeister, der allerlei geheime Kniffe mit den Winden machte und sein Spiel mit den armen Seeleuten trieb . . .

Und die Matrosen müssen springen. Pike treibt sie mit seinen Quaderblöcken von Fäusten gründlich an, wie die Gesichter mehrerer Leute zur Genüge bezeugen. So schwach sind sie, und so furchtbar ist er, daß ich schwören möchte, er könnte allein eine ganze Wache auf einmal vertrimmen. Ich muß übrigens bemerken, daß Mellaire dieses Hetzen nicht mitmacht. Und doch weiß ich, daß er selbst sehr viel Übung darin hat und daß er am Anfang der Reise gar nichts dagegen einzuwenden hatte. Jetzt scheint er sich aber auf guten Fuß mit der Mannschaft stellen zu wollen. Ich möchte wissen, was Pike davon denkt, denn er kann nicht blind für das sein, was hier vorgeht, aber ich weiß nur zu gut, was geschehen wird, wenn ich die Frage anschneide. Er wird mich einfach anschnauzen und wird dann die folgenden drei Tage »seesauer« sein.

Für Margaret und mich sind die Verhältnisse bei Tisch wie in den Kabinen, auch ohne die Ungnade des Steuermanns, schon eintönig und traurig genug.

Wieder hat sich ein brutaler Seemannsaberglaube bestätigt. Wir befinden uns westlich von den Diego-Ramirez-Klippen und laufen vor einem Oststurm mit einer Fahrt von zwölf Knoten nach Westen. Der Zimmermann ist über Bord gegangen. Sein Verschwinden erfolgte gleichzeitig mit dem Einsetzen des Ostwindes.

Als Wada mir gestern morgen beim Anziehen half, war ich von dem feierlichen Ausdruck seines Gesichtes betroffen. Mit finsterem Kopfschütteln berichtete er mir das Geschehene. Der Zimmerbaas war verschwunden. Man hatte das ganze Schiff, oben und unten, vorn und achtern, nach ihm durchsucht.
»Was meint der Steward dazu?« fragte ich. »Was Louis? Und Yatsuda?«
»Seeleute Zimmerbaas totschlagen, ganz sicher«, lautete die Antwort. »Sehr schlechter Schiff diese hier! Sehr böse Herzen! Alle dieselbe Hund! Immer totschlagen! Zum Schluß alle tot! Sie werden sehen!«
Und doch gibt es keinen Anhaltspunkt dafür, daß ein Verbrechen vorliegt. Keiner weiß, was dem Zimmermann zugestoßen ist. Es ist keine Spur vorhanden. Die Nacht war ruhig; es schneite. Keine Sturzsee überspülte das Schiff. Kein Zweifel: Der klobige Riese mit den gewaltigen Plattfüßen – trotz seiner Größe war er eigentlich nur ein Knabe – ist über Bord gefallen und tot. Die Frage ist nur: Fiel er von selber, oder wurde er geworfen? Die Matrosen sind einer nach dem andern vom Steuermann vernommen worden, alle haben dieselbe Geschichte zum besten gegeben. Mehr wissen sie nicht.
Es war ein unvergeßlicher Auftritt – der Steuermann auf der Kampanje, die Männer, mürrisch und gleichgültig, in Gruppen an Deck. Durch die stille Luft rieselte der Schnee leise und senkrecht auf das Schiff herab. Und ganz plötzlich kam er, der leise Hauch eines Ostwindes! Der Steuermann war der erste, der ihn spürte. Ich sah ihn zusammenfahren und seine Wange dem fast unmerklichen Hauch zuwenden. Dann spürte auch ich ihn. Der Steuermann wartete noch eine Minute, bis er seiner Sache sicher war, dann war der verschwundene Zimmermann vergessen, und seine Befehle an den Rudergast und an die Leute brachen wie ein Strom hervor. Die Männer sprangen, wenn das Aufentern auch langsam und mühselig vonstatten ging. Als die Beschlagseisinge von den Bramsegeln genommen waren und die Männer an Deck die Rahen aufgezogen und die Schoten anholten, waren die Toppgasten erst dabei, die Reuel loszumachen. Unterdessen begann die Elsinore mit dem Bug gegen Westen, vor dem ersten guten Wind seit anderthalb Monaten westwärts zu laufen.
Langsam wuchs die leichte Brise zu einer labberen Kühlte an, während es unaufhörlich schneite. Tom Spink, der an mir vorbeiging, warf mir einen triumphierenden Blick zu. Der Aberglaube hatte seine Bestätigung gefunden. Die Ereignisse selbst hatten ihm recht gegeben. Im selben Augenblick, als der Zimmermann von der Bildfläche verschwunden, war ein günstiger Wind aufgekommen. Jetzt mußte es doch jedem einleuchten, daß dieser verdammte Hexenmeister seinen Sack voll Windzauber mit über Bord genommen hatte.

Gegen Mittag hörte das Schneegestöber auf, und wir liefen vor einer labberen Kühlte, die sich gegen drei Uhr nachmittags zu einer steifen entwickelte. Immer westwärts! Pike guckte zu den Reuelrahen hinauf, die sich unter dem Druck des Windes auf die Segel bogen, und schwor, daß sie bersten sollten, bevor er die Segel nur um einen Zoll mindern würde. Er tat mehr als das. Er setzte das große Kreuzsegel, dann auch Besan und Brodwinner. Und er forderte Gott oder Teufel auf, eine Naht oder alle Nähte zu zerreißen. Seine Ausdauer ist einzig. Wache auf Wache, ununterbrochen, bleibt er auf der Kampanje und hetzt die Leute.

Margaret hatte nichts gegen dieses Antreiben, abgesehen davon, daß sie nicht schlafen konnte. Mellaire hingegen hegte gewisse Befürchtungen.

»Es geht nicht«, vertraute er mir an, »daß man ein Kauffahrteischiff antreibt, als wäre es eine Rennjacht. Ich weiß auch, was Hetzen heißt, aber das macht man mit Schiffen, die dazu gebaut sind. Unsere stählerne Takelung hält das nicht aus. Es ist Mord und Verbrechen, die Elsinore bei diesem Wetter mit Kreuzsegel, Besan und Leesegel laufen zu lassen. Und wenn etwas passiert, Herr, wenn das Schiff dem Steuer, wenn auch nur für Sekunden, nicht gehorcht und nicht sofort beidreht . . .«

»Was dann?« fragte oder vielmehr rief ich. Denn jedes Gespräch mußte man in dieser verrückten Kühlte einander ins Ohr brüllen.

Er zuckte die Achseln so beredt, wie wenn er das Wort ausgesprochen hätte, das verhängnisvolle Wort: Erledigt . . .

Heute morgen gegen acht Uhr gingen Margaret und ich auf der Kampanje im ewigen Kampf mit dem Winde auf und ab. Der alte unbesiegbare Mann aus Eisen war immer noch da. Er war die ganze Nacht an Deck geblieben. Und doch waren seine Augen ganz klar; er schien sich äußerst wohl zu befinden, rieb sich die Hände, begrüßte uns heiter kichernd und erzählte alte Erinnerungen.

»Wissen Sie, Fräulein West, einundfünfzig, da machte die Flying Cloud mit gesetzten Reueln dreihundertvierundsiebzig Meilen. Es war genau hier in dieser Gegend. Das kann man segeln nennen.«

»Wie schnell laufen wir jetzt, Herr Pike?« fragte Margaret, die auf das Große Deck hinunterblickte, wo sie bald die eine, bald die andere Reling in die See tauchen sah, während mächtige Wassermengen das Deck überfluteten.

»Dreizehn durchschnittlich seit fünf Uhr gestern nachmittag«, rief er begeistert. »In den Böen aber sechzehn. Das ist schon was für die Elsinore.«

Die Matrosen bekamen an diesem Tage kein Frühstück. Dreimal wurde die Kombüse überflutet, die Leute mußten sich mit Zwieback und kaltem Pökelfleisch begnügen. Gegen Mittag überholten wir ein Schiff, das rechts voraus lag. Es führte die Untermarssegel und ein Bramsegel. Von den Untersegeln nur die Fock. Unsere Schnelligkeit war so ungeheuer, daß wir fast im Augenblick das fremde Schiff erreichten und überholten.

Pike war wie ein Schuljunge. Er sprang auf die Reling und verhöhnte die Leute drüben auf der Kampanje, indem er ihnen ein Ende hinstreckte und sie einlud, sich von uns schleppen zu lassen.

Um fünf Uhr nachmittags logten wir 314 Meilen seit vorgestern um fünf – also vierundzwanzig Stunden lang zwei Meilen über eine Durchschnittsfahrt von dreizehn Knoten in der Stunde.

Wir haben Kap Horn umsegelt! Wir befinden uns tatsächlich nördlich vom fünfzigsten Grad im Stillen Ozean, auf 80° 49′ Länge. Kap Pillar und die Magellanstraße liegen schon südöstlich von uns, und wir laufen jetzt nach Nordnordwest. Kap Horn umsegelt! Die volle Bedeutung dieser Worte kann natürlich nur erfassen, wer selbst den Versuch gemacht hat, sich bei Gegenwind von Osten nach Westen um das Horn zu schleichen. Jetzt kann uns nichts mehr in die Quere kommen. Noch nie ist es geschehen, daß ein Schiff, das den fünfzigsten Grad erreicht hatte, wieder zurückgeworfen wurde. Von jetzt an gibt es glatte Fahrt, und selbst das ferne Seattle scheint uns plötzlich in greifbare Nähe gerückt. Die ganze Besatzung des Schiffes ist jetzt auch in besserer Stimmung. Die glücklich vollbrachte Umsegelung Kap Horns, das gute Wetter, das jetzt immer besser wird, die Verringerung der ewigen Schufterei und der dauernden Lebensgefahr und endlich die Aussicht auf die Wärme der Tropen und die balsamische Luft des Südostpassats . . . alles das trägt dazu bei, daß die Leute sich allmählich erholen. Es ist schon so warm, daß sie angefangen haben, ihre überflüssigen Kleidungsstücke abzulegen. Gestern abend hörte ich während der Plattfußwache einen der Matrosen singen.

Der Steward hat auch sein riesiges Fleischermesser abgeschnallt und machte es sich so weit gemütlich, daß er sich hin und wieder in seiner besonnenen Art darauf einläßt, mit Possum zu spielen. Wada geht auch nicht mehr beständig mit einem feierlichen Gesicht herum, und der Oxforder Tonfall des chinesischen Kochs ist noch honigsüßer als sonst. Mulligan Jacobs und Andy Fay sind natürlich die giftigen Kröten geblieben, die sie waren. Und die drei Banditen haben – gemeinsam mit dem Kreis, den sie um sich gesammelt haben – ihre frühere Tyrannei im Mannschaftslogis wiederaufgenommen und die Gelegenheit benutzt, um die Feiglinge und Schwächlinge zu verprügeln. Charles beharrt immer noch zäh bei seinem Entschluß, nicht sterben zu wollen.

Jedenfalls hat es selbst Pike in Erstaunen gesetzt, daß er die furchtbaren Wochen um Kap Horn in seinem eisigen und nassen stählernen Käfig ausgehalten hat.

Pike selbst hat von allen an Bord die beste Laune und befindet sich körperlich am wohlsten. Daß er jetzt die Mannschaft antreiben kann, wie er es will, bekommt ihm besser als Essen und Trinken.

»Ja, ja«, sagte er zu mir, als wir von der Mannschaft sprachen. »Ich gebe ihnen einen kleinen Begriff von der guten, alten Art zu segeln. Sie werden dieses Schiffchen nie mehr vergessen, falls sie nicht schon während unserer Fahrt mit einem Sack Kohlen an den Füßen über Bord gehen.«

»Glauben Sie denn, daß wir noch mehr Todesfälle an Bord bekommen werden?« fragte ich.

Er wandte sich rasch zu mir und sah mir einige Sekunden scharf in die Augen – dann sagte er: »Noch ist die Hölle nicht losgelassen!«

Und er drehte sich um und ging.

Er hat übrigens seine Wache als Steuermann beibehalten, obgleich er jetzt das Schiff führt, denn er ist der Ansicht, daß es keinen vor dem Mast gibt, der geeignet wäre, an die Stelle des Untersteuermanns zu treten. Er wohnt auch immer noch in seiner alten Kammer. Wahrscheinlich tut er es aus Feingefühl gegen Margaret – ich habe nämlich gehört, daß es sonst feste Regel ist, daß der Steuermann beim Tode des Kapitäns dessen Quartier übernimmt. So schläft Mellaire immer noch mit Nancy zusammen im Mittschiffshaus.

Mellaire hat recht gehabt, als er mir sagte, die Matrosen würden dies ewige Hetzen nicht länger dulden. Und Pike hat auch recht gehabt; die Hölle war wirklich noch nicht bei uns losgelassen, aber jetzt ist es soweit! Mehrere Männer sind schon über Bord gegangen, sogar ohne daß man sich die Mühe gab, ihnen auch nur einen Sack Kohlen an die Füße zu binden. Und doch sind es nicht die Matrosen, die den Aufruhr angezettelt haben, sondern Mellaire. Oder vielmehr, es war Ditman Olansen, der Norweger mit den verrückten Augen. Oder eigentlich Possum. Jedenfalls war es der reine Zufall, an dem alle Erwähnten einschließlich Possums ihren Anteil gehabt haben.

Ich will jedoch lieber mit dem Anfang beginnen. Zwei Wochen sind verstrichen, seit wir den fünfzigsten Grad passiert haben, und jetzt sind wir auf dem siebenunddreißigsten. Wir sind also ebenso weit südlich vom Äquator wie San Franzisko nördlich davon. Der Aufruhr brach gestern morgen, kurz nach neun, ganz plötzlich los. Possum brachte die Ereignisse ins Rollen. Es war während der Wache des Untersteuermanns, und Mellaire stand gerade auf der Laufbrücke unter dem Mitteltopp und erteilte Sundry Buyers Befehle, der mit Arthur Deacon und dem Malteser-Londoner in der Takelung zu schaffen hatte. Pike kam, das Thermometer in der Hand, über die Laufbrücke, nachdem er die Temperatur der Kohlen im Vorderraum gemessen hatte. Ditman Olansen kletterte gerade auf ein Fußpaard oben im Mittelmast, in den er mit einer Rolle Tau hinaufgeentert war. An dem einen Ende des Taus war ein ziemlich großer Block befestigt, der vielleicht zehn Pfund wog. Possum lief vergnügt herum und spielte eifrig auf dem Verdeck des Mittschiffshauses in der Nähe des Hühnerstalls. Die Persenning, die den Käfig bisher zugedeckt hatte, war bei dem schönen Wetter abgenommen.

Und jetzt merken Sie sich bitte genau die Situation: Ich stand an der Brüstung der Kampanje und beobachtete Ditman Olansen, der sich mit seiner unbequemen Last auf das Fußpaard hinausschwang. Pike ging soeben an Mellaire vorbei. Possum, der infolge des schlechten Wetters bei Kap Horn und auch wegen der Persenning die Hühner lange nicht gesehen hatte, untersuchte sie neugierig mit seiner aufdringlichen Schnauze. Und da geschah es, daß ein Hühnerschnabel, der ebenso aufdringlich war, Possum auf die empfindliche Nase pickte. Der Hund fuhr entsetzt vom Hühnerstall zurück und stieß ein wildes Schreckensgeheul aus. Ditman Olansen, der es hörte, blieb einen Augenblick auf dem Fußpaard stehen und beugte sich vor, um hinunterzugucken – und in diesem Augenblick, als seine Aufmerksamkeit abgelenkt war, glitt der Block mit der Taurolle, die er über die Schulter trug, ab und fiel auf das Deck hinunter. Beide Steuermänner machten einen Sprung zur Seite, um nicht getroffen zu werden. Das Tau, das an dem Block festgemacht war, wurde beim Fallen hin und her geschleudert, und obgleich der Block Mellaire nicht taf, schlug ihm doch eine Bucht des Taus die Mütze ab.

Pike wollte schon einen mächtigen Fluch nach oben schicken, als er plötzlich die furchtbare Narbe am Kopf des Untersteuermanns bemerkte. Sie war jetzt allen Augen sichtbar, wenn auch nur Pike und ich wußten, was sie bedeutete. Das dünne Haar auf dem Schädel des Untersteuermanns verdeckte die tiefe Schmarre nicht.

Die Flüche und Schimpfworte, die Pike schon für Ditman Olansen in Bereitschaft hatte, blieben ihm in der Kehle stecken. Gelähmt starrte er auf die furchtbare Narbe. Seine großen Fäuste ballten sich krampfhaft, ohne daß er es merkte, während er das unverkennbare Zeichen anstarrte, von dem er gesagt hatte, daß es ihm eines Tages den Mörder Kapitän Sommers' enthüllen würde. Im selben Augenblick erinnerte ich mich auch seiner Worte, daß er eines Tages seine Finger in dieses Zeichen legen würde.

Immer noch wie im Traum ging der Steuermann mit ganz langsamen Schritten auf Mellaire zu – die eine Hand hielt er ausgestreckt, die Finger wie Krallen einer furchtbaren Pranke gekrümmt. Offenbar hatte er unbewußt die Absicht, seine Finger in die entsetzliche Narbe zu stoßen, um das lebendige Gehirn, das darunter klopfte und pulste, herauszuzerren und zu zerfetzen. Der Untersteuermann zog sich ebenso langsam über die Brücke zurück, während Pike allmählich zum Bewußtsein zu kommen schien. Er ließ den ausgestreckten Arm sinken und blieb einen Augenblick stehen.

»Jetzt erkenne ich dich«, sagte er dann, mit seltsam bebender Stimme, die in gleichem Maße Alter und Erregung enthüllte. »Vor achtzehn Jahren warst du auf der Cyrus Thompson, als ihre Masten über Bord gingen. Sie sank, nachdem ihr lange auf der Seite gelegen hattet. Es blieb nur ein Boot übrig, das gerettet wurde, in dem du saßest. Es ist elf Jahre her, daß Käpt'n Sommers von der Jason Harrison im Hafen von San Franzisko von seinem Untersteuermann zu Tode geprügelt wurde. Der Untersteuermann war einer der Überlebenden der Cyrus Thompson . . . ein verrückter Schiffskoch hatte ihm einmal ein Loch in den Schädel geschlagen. Es blieb eine tiefe Narbe, und diese Narbe sehe ich jetzt in deinem Schädel. Der Untersteuermann hieß Sidney Waltham. Und wenn du nicht Sidney Waltham bist . . .«

In diesem Augenblick tat Mellaire – oder richtiger Sidney Waltham – trotz seinen fünfzig Jahren das einzige, was er tun konnte. Er sprang seitwärts über das Geländer der Laufbrücke, ergriff die Wewelinge des Mittelmastes und brachte sich auf dem Großluk in Sicherheit. Dann sprang er über das Luk und verschwand in der Tür seiner Kammer.

So tief war Pike in seine sinnlose Wut versunken, daß er plötzlich wie ein erwachender Schlafwandler stehenblieb und sich die Augen rieb. Im nächsten Augenblick tauchte der Untersteuermann wieder auf, hatte aber eine zweiunddreißigkalibrige Pistole in der Hand, mit der er sofort zu schießen begann.

Pike, jetzt wieder ganz der alte, blieb einen Augenblick stehen und rang offenbar mit zwei Entschlüssen. Sollte er schnell über das Geländer der Laufbrücke springen und sich auf den Mann stürzen, der ihn niederknallen wollte, oder sollte er sich zunächst zurückziehen? Er entschied sich für letzteres. Als er in weiten Sprüngen die schmale Treppe nahm, brach die Meuterei aus.

Es begann damit, daß Arthur Deacon, der oben in den Stengewanten war, sich vornüber beugte und einen stählernen Marlpfriem nach dem flüchtenden Steuermann warf. Blitzend sauste er durch die Luft, fehlte jedoch Pike, hätte aber um ein Haar Possum durchbohrt – der ganz außer sich vor Angst bellend achteraus lief. Der Marlpfriem bohrte sich tief in die hölzernen Planken des Laufbrückenbodens ein.

Wenn ich jetzt die Einzelheiten zusammenzufügen versuche, ist mir klar, daß ich vieles von dem, was geschah, übersehen habe. Ich weiß, daß die Matrosen, die in den Wanten waren, wieder herunterkamen, aber ich habe sie nicht herunterklettern sehen. Ich weiß auch, daß der Untersteuermann die Kammer seines Revolvers leerte, aber ich hörte nicht alle Schüsse. Ich weiß, daß Lars Jacobsen, der am Ruder stand, das Steuerrad verließ und trotz seinem kranken Bein in größter Eile über die Kampanje humpelte, die Leiter hinabkletterte und schnell nach dem Mannschaftslogis lief. Ich entsinne mich, daß ich das Trappeln der vielen Füße hörte, als die Matrosen im Logis über das Deck gelaufen kamen. Pike suchte hinter dem Kreuzmast Deckung. Als der Untersteuermann nach Backbord lief, um seinen letzten Schuß vom Großluk aus abzufeuern, sah ich, wie Pike sich hinter dem Kartenhaus versteckte, dann achteraus rannte und durch das Achterluk verschwand. Ich vernahm auch den Knall des letzten Schusses und hörte die Kugel gegen die stählerne Wand des Kartenhauses schlagen.

Ich selbst rührte mich nicht vom Fleck. Ich war zu begierig zu sehen, was vorging. Vielleicht war es mangelnde Geistesgegenwart, vielleicht nur mangelnde Gewohnheit, an Auftritten teilzunehmen, die so schnelle Entschlüsse erforderten, daß ich einfach auf der Kampanje stehenblieb und zuschaute.

Ich war der einzige, der sich auf der Kampanje befand, als die Leute unter Anführung des Untersteuermanns und der drei Banditen angestürmt kamen. Ich sah sie die Treppe heraufsteigen, und mir kam gar nicht der Gedanke, Widerstand zu leisten. Was natürlich auch das einzig Vernünftige war, denn sie hätten mich beim ersten Versuch getötet. Die Meuterer waren ganz verblüfft, als sie keinen Widerstand fanden. Bert Rhine holte schon zum Stoß aus, offenbar in der Absicht, mich mit seinem Scheidemesser niederzustechen. Aber dann – und ich weiß genau, daß ich ihn richtig beurteile – kam er zu dem für mich durchaus nicht schmeichelhaften Ergebnis, daß ich ganz bedeutungslos sei, und ließ mich unangetastet.

Was mir in ebendiesem Augenblick auffiel, war der völlige Mangel an Überlegung bei der Mannschaft. So unvorbereitet war sie in die Meuterei hineingesprungen, daß sie noch ganz verwirrt war, als sie sich schon mittendrin befand. Seit wir vor Monaten Baltimore verlassen hatten, war es (abgesehen von dem Selbstmordversuch Griechen-Tonys) ja nie auch nur für einen Augenblick geschehen, daß kein Mann am Steuer stand. Die Leute waren so daran gewöhnt, immer jemand dort zu sehen, daß sie jetzt, als sie das Steuerrad ohne Bedienung sahen, völlig den Kopf verloren. Einen Augenblick starrten sie entgeistert hin. Dann schickte Bert Rhine mit einer herrischen Handbewegung Guido Bombini ans Ruder, das sich hinter der Wand des Steuerhauses befand.

Ich muß gestehen, daß ich im Taumel der Ereignisse nur weniges ganz genau bemerkte. Ich sah wohl, daß mehrere Matrosen die Treppe heraufkamen und sich über die Kampanje zerstreuten, aber ich interessierte mich nur für die Gruppe achtern am Steuerhaus und sah etwas sehr Merkwürdiges, nämlich, daß es Bert Rhine und nicht der Steuermann war, der dort Befehle gab und dem man gehorchte. Auf ein Zeichen von ihm begab der Jude Isaac Chantz sich zur Steuerbordtür des Kartenhauses. Während alles das in Bruchteilen von Sekunden vor sich ging, beobachtete Bert Rhine vorsichtig durch das offene Achterluk den Proviantraum.

Isaac Chantz öffnete die nach außen gehende Tür zum Kartenhaus. Was jetzt geschah, erfolgte alles blitzschnell. Im Türspalt erschien eine welke, gelbe Hand, in der ein zwei Fuß langes Schlachtermesser blitzte. Der scharfe Stahl fuhr am Kopf des Eindringlings vorbei, traf ihn aber in die linke Schulter. Chantz taumelte gegen die Reling, und ich konnte sehen, wie das Blut in einem dunklen Strom hervorquoll. Bert Rhine beendete seine Besichtigung des Achterluks und sprang mit dem Untersteuermann, der noch immer seinen Revolver in der Hand trug, mitten in die erregte Gruppe vor der Tür hinein.

Oh, der gescheite, vorsichtige alte chinesische Steward! Er war nicht so dumm, einen Ausfall zu machen. Die Tür schlug beim Schlingern der Elsinore hin und her, und alle Matrosen mußten glauben, daß der Steward mit seinem schweren Fleischermesser dahinter lauerte. Und während sie noch die Tür anstarrten, die im Schlingern des Schiffes bald aufsprang, bald wieder zuschlug, erschien plötzlich eine Gestalt im Achterluk zwischen Steuerhaus und Kartenhaus. Es war Pike. In der Hand hielt er seine vierundvierzigkalibrige automatische Coltpistole. Jetzt war alles Chaos und Verwirrung. Es wurde viel geschossen, und doch hörte ich aus dem allgemeinen Lärm immer wieder das eintönige Knallen des Colts heraus.

Ich sah, wie Mike Cipriani sich plötzlich verzweifelt an den Unterleib griff und dann langsam aufs Deck sank. Knirps, das japanische Halbblut, tanzte abseits vom Kampf grinsend herum, und er war es auch, der mit einer letzten grotesken Grimasse und einem hysterischen Gekicher den Rückzug über die Kampanje und die Treppe einleitete. Nie habe ich ein schöneres Beispiel der Psychologie der Masse gesehen als bei dieser Gelegenheit. Knirps war sicher der unzuverlässigste unter den Männern, die hier die »Masse« ausmachten, und er ergriff denn auch zuerst die Flucht – aber alle schlossen sich ihm an. Sein Mangel an Gleichgewicht wurde entscheidend für das Gleichgewicht aller andern.

Chantz, der furchtbar blutete, war einer der ersten. Ich sah noch, daß Nasen-Murphy stehenblieb, um sein Messer nach dem Steuermann zu schleudern. Es fehlte ihn jedoch, traf mit einem metallischen Klang das

Steuerrad und schlug dann klatschend aufs Deck. Der Untersteuermann, den verschossenen Revolver in der Hand, und Bert Rhine mit seinem langen Scheidemesser flüchteten an mir vorbei.
Jetzt sprang Pike aus dem Achterluk heraus und schoß Bill Quigley nieder. Er fiel vor meine Füße. Der letzte Mann auf der Kampanje war der Malteser-Londoner. Auf der obersten Stufe der Treppe blieb er stehen, um sich noch einmal nach Pike umzusehen, der sorgfältig auf ihn zielte. Der Malteser-Londoner ließ sich keine Zeit mehr, die Treppe zu benutzen, sondern sprang direkt aufs Deck herab. Der Colt aber klickte nur. Die Kugel, die Bill Quigley getroffen hatte, war die letzte gewesen. Die Kampanje war jetzt in unserer Gewalt.
Noch immer folgte ein Ereignis dem andern so schnell, daß mir vieles entgehen mußte. Ich sah den Steward vorsichtig aus dem Kartenhaus auftauchen, das große Messer noch immer stoßbereit. Ihm folgte Margaret und hinter ihr Wada mit meinem Winchesterstutzen. Wie er mir nachher erzählte, hatte er ihn auf Befehl Margarets geholt.
Der Steuermann sah gerade nach, ob sein Revolver noch geladen wäre, als Margaret ihn nach dem Kurs fragte.
»Beim Winde«, rief er ihr zu. »Dicht beim Winde, sonst fangen wir noch eine Eule.« Selbst in diesem Augenblick vergaß er nicht, daß das Schiff seiner Führung anvertraut war. Während die Meuterei ihre blutrote Flagge hißte, vergaß er nicht das Schiff, die stolze Elsinore, dies seltsame Ding aus Stahl, Hanf und Baumwolle, das in seinen Augen ruhmreiches und wundervolles Leben bedeutete.
Margaret gab Wada ein Zeichen, daß er zu mir gehen sollte, während sie an das Steuerrad lief. Als Pike um die Ecke des Kartenhauses bog, knallte ein Schuß vom Mittschiffshaus, eine Kugel schlug klirrend gegen die stählerne Wand. Ich erkannte den Mann, der geschossen hatte. Es war Steve Roberts.
Der Steuermann suchte blitzschnell Deckung hinter dem schützenden Kreuzmast und steckte im selben Augenblick die Hand in die Tasche, um das Magazin seiner Pistole neu zu laden.
Wada reichte mir den Stutzen. »Alles in Ordnung«, sagte er. »Nur noch entsichern.«
»Knallen Sie Roberts nieder«, rief Pike mir zu. »Er ist der beste Schütze vom Mast.«
Zum erstenmal in meinem Leben sollte mir ein Mensch als Zielscheibe dienen. Der Mann stand vor mir, kaum hundert Fuß entfernt, und wollte gerade einen zweiten Schuß auf Pike geben. Das erstemal verfehlte ich Steve Roberts, aber meine Kugel kam ihm immerhin so nahe, daß er unwillkürlich einen Sprung machte. Im nächsten Augenblick hatte er mich entdeckt und richtete seinen Revolver auf mich. Aber er hatte nicht die geringste Chance. Sein Schuß ging vollkommen fehl,

weil meine Kugel ihn traf, ehe er richtig gezielt hatte. Er taumelte zurück, aber nicht weniger als zehn Kugeln sausten aus der Mündung meines Gewehrs, ehe er zusammenbrach. Selbst im Fallen als ein willenloser, rein mechanisch funktionierender Klumpen, gelang es ihm doch noch zweimal, seinen Revolver abzufeuern. Als er den Boden berührte, war er, glaube ich, schon tot.

Ich setzte mein Gewehr ab und blickte über das Großdeck, das auf einmal ganz menschenleer geworden war. Da merkte ich, daß Wada meinen Arm berührte. Ich erblickte in seiner Hand zwölf kleine, rundspitzige, rauchschwache Patronen. Ich sicherte den Stutzen, öffnete das Magazin und hielt die Waffe so, daß er die neuen Patronen nur hineinfallen zu lassen brauchte.

»Holen Sie noch mehr«, sagte ich.

Kaum war er gegangen, als Bill Quigley, der zu meinen Füßen lag, für Abwechslung sorgte. Vor Schrecken und Überraschung machte ich einen Sprung und, ja, ich gestehe, daß ich einen Schrei ausstieß, als ich merkte, wie seine Fäuste plötzlich um meine Fußknöchel griffen und seine Zähne sich in mein linkes Bein gruben. Da kam mir Pike zu Hilfe. Mit einem Sprung war er neben mir, ein Fußtritt – und Bill Quigley wurde von mir weggerissen und sauste im nächsten Augenblick in einem großen Bogen über Bord. Es war ein prachtvoller Wurf – der Körper berührte nicht einmal die Reling.

Ob Mike Cipriani, der sich bisher auf dem Deck gewälzt hatte, sich in Sicherheit bringen wollte oder ob er die Absicht hatte, Margaret, die am Ruder stand, zu belästigen, werden wir nie erfahren – er bekam keine Gelegenheit mehr, seine Absicht auszuführen. Pike schnellte über das Deck und schleuderte ihn durch einen Fußtritt in die Luft, daß er Bill Quigley über Bord folgte.

Nichts entging den Adleraugen des Steuermanns auf seinem Rückweg über die Kampanje. Es war übrigens keiner mehr auf dem Großdeck zu sehen. Selbst der Ausguck war schleunigst nach dem Mannschaftslogis geflüchtet. Die Elsinore schleppte sich, von Margaret gesteuert, träge durch die See. Pike fürchtete indessen, daß man aus einem Versteck auf ihn schießen würde, deshalb beobachtete er zuerst prüfend das Großdeck, ehe er den Revolver in die Tasche steckte und brüllte:

»Heraus mit euch, ihr verdammten Ratten! Ich hab' ein Wörtchen mit euch zu reden!«

Zuerst tauchte Guido Bombini auf, eifrig gestikulierend, um seine friedlichen Absichten zu zeigen – er war offenbar von Bert Rhine vorgeschickt worden. Als Pike ihn nicht niederknallte, kamen allmählich die andern zum Vorschein. Schließlich waren alle da, mit Ausnahme des Kochs, der beiden Segelmacher und des Untersteuermanns. Die letzten, die erschienen, waren Tom Spink, der Schiffsjunge Buckwheat

und Hermann Lunkenheimer, der gutmütige Schweizer. Die drei erschienen erst, als Bert Rhine ihnen mehrmals gedroht hatte. Es war klar, daß er und die beiden andern Banditen, Nasen-Murphy und Bub Twist, das Kommando übernommen hatten.
»Halt! Stehenbleiben!« befahl Pike, als die Mannschaft sich in einer dünnen Kette zu beiden Seiten des Kabelgatsluks aufgestellt hatte.
Es war wirklich ein spannender Auftritt. Meuterei auf hoher See! Wie oft hatte ich in meinen Knabenjahren diesen Satz gelesen! Jetzt erlebte ich es also: Meuterei auf hoher See, nahm sogar teil daran und hatte schon meinen ersten Menschen getötet. Pike lehnte sich – alt, aber unbezähmbar – an den Brüstungsbogen der Kampanje. Von hier aus blickte er auf die Meuterer hinab. Da waren zunächst die drei früheren Zuchthäusler, sie waren alles eher als Seeleute, und doch hatten sie das Kommando an sich gerissen. Neben ihnen standen Bombini und ein wenig abseits Männer, die anscheinend so wenig miteinander gemeinsam hatten, wie Sörensen, Jacobsen, Fitzgibbon und Giller. Dann Deacon, der weiße Sklavenhändler, Hackey, der Zuhälter aus Frisco, ferner der Malteser-Londoner und Tony, der Selbstmörder. Ich sah auch die drei Fremden. Sie standen etwas abseits von den andern, schwankten im Takt mit dem trägen Schlingern des Schiffes; ihre fahlen topasfarbenen Augen schienen voll von seltsamen Träumen. Und da war auch der Faun, stocktaub, aber eifrig beobachtend, um den Sinn des Ganzen zu erraten. Ja, und dann natürlich Mulligan Jacobs und Andy Fay, die erbittert und böse nebeneinanderstanden, und hinter den beiden Olansen, der Berserker mit den verrückten Augen. Und ganz vorn stand Davis, der Mann, der nach menschlichem Ermessen längst hätte tot sein müssen. Sein Gesicht mit der wachsgelben Haut bildete einen seltsamen Kontrast zu den wettergebräunten Gesichtern der andern.
Ich warf einen Blick auf Margaret, die ruhig am Ruder stand und steuerte. Sie lächelte mir zu. Liebe war in ihren Augen zu lesen, wie sie da oben stand. Ihr Platz war der hohe Platz, denn auch sie gehörte zu den Menschen, die in jedem Augenblick ihre Pflicht zu tun pflegen.
»Wo ist Sidney Waltham?« knurrte der Steuermann. »Ich will ihn haben. Bringt ihn her! Wenn ihr das tut, könnt ihr andern wieder an die Arbeit gehen . . . sonst gnade euch Gott!«
Die Matrosen an Deck traten unruhig von einem Fuß auf den andern.
»Sidney Waltham! Ich will mit dir sprechen. Komm heraus!« rief Pike und wandte sich, ohne sich um die anderen zu kümmern, an den Mörder Kapitäns Sommers'. Heldenmütiger alter Mann! Nicht einen Augenblick fiel ihm ein, daß er das Gesindel dort unten nicht beherrschte. Er hatte nur einen einzigen Gedanken: den Wunsch, seinen alten Kapitän zu rächen. »Alter Schuft«, knurrte Mulligan Jacobs zur Antwort.

»Halt die Fresse, Mulligan«, befahl Bert Rhine. Zum Dank bekam er einen giftigen Blick von dem Krüppel.
»Mit dir werde ich schon noch fertig werden, brauchst keine Angst zu haben«, fuhr Pike fort. »Aber zunächst holst du mir mal den Hund heraus, und das ein bißchen dalli. Verstanden?«
Aber Rhine und seine beiden Helfershelfer lachten ihr finsteres, lautloses Lachen.
»Ich denke, daß du erst hören willst, was wir zu sagen haben, du altes Vieh«, gab Bert Rhine zurück.
»Davis, jetzt zeig deine Kunst. Spuck dem Alten ins Gesicht, was er zu tun hat.«
»Du verfluchter Seerechtsverdreher«, fauchte Pike, als Davis den Mund öffnete, um seine Rede zu beginnen. Bert Rhine zuckte die Achseln und drehte sich halb um, während er ruhig sagte: »Meinetwegen – wenn du nicht hören willst.«
Pike gab um einen Punkt nach. »Na, dann los«, knurrte er. »Spuck dein Gift aus, aber vergiß nicht, Freundchen, daß du dafür bezahlen mußt!«
Davis räusperte sich, um besser reden zu können. Dann begann er: »Zunächst hab' ich überhaupt gar nichts mit der Sache zu tun. Ich bin ein kranker Mann und sollte von Rechts wegen in der Koje liegen. Aber sie haben mich gebeten, ihnen das Gesetz zu erklären . . .«
»Was sagt das Gesetz?« unterbrach ihn Pike.
Aber Davis ließ sich nicht einschüchtern. »Das Gesetz sagt, wenn die Offiziere nicht fähig sind, das Kommando zu führen, darf die Mannschaft durch friedliche Mittel das Kommando übernehmen, um das Schiff in den Hafen zu bringen. So steht es im Gesetz. Unser Schiffer war ein anständiger Mann, aber er ist tot. Unser Steuermann ist gewalttätig und will den Untersteuermann abmurksen. Schön, das geht uns alles nichts an. Aber wir wollen heil in den Hafen kommen. Unser Leben ist in Gefahr. Wir tun niemand was zuleide. Ihr allein habt Blut vergossen. Ihr habt geschossen und unschuldige Männer niedergeknallt und über Bord geworfen, wie wir alle vor Gericht bezeugen können.«
Die Leute murmelten beifällig.
»Du willst wohl meine Arbeit übernehmen, was?« grinste Pike. »Und was wollt ihr mit mir machen?«
»Wir werden Sie in Verwahrung nehmen, bis wir Sie den Behörden überliefern können«, antwortete Davis ohne Zögern. »Dann können Sie ja den Verrückten spielen und mildernde Umstände kriegen.«
In diesem Augenblick fühlte ich, wie jemand leicht meine Schulter berührte. Es war Margaret, die sich unterdessen mit dem langen Messer des Stewards bewaffnet und ihn selbst an das Rad gestellt hatte.

»Da mußt du dir schon einen anderen Dreh ausknobeln, Davis«, sagte Pike. »Mit dir bin ich fertig. Aber ich habe noch etwas für euch alle: Ich gebe euch zwei Minuten, um eure Wahl zu treffen. Entweder liefert ihr mir den Untersteuermann aus, geht an eure Arbeit und nehmt, was kommen wird, auf euch, oder ich lege euch alle in Eisen, und ihr könnt nachher ins Zuchthaus spazieren – und zwar für längere Zeit. Ich gebe euch zwei Minuten. Wer das Zuchthaus wählt, kann stehenbleiben, wo er ist. Wer bereit ist, seine Arbeit zu tun, kommt auf die Kampanje und stellt sich hinter mich. Zwei Minuten!«
Er drehte sich zu mir um und flüsterte: »Halten Sie Ihren Schießprügel bereit für den Fall, daß es losgehen sollte. Und zögern Sie nicht! Gleich losknallen! Die Schweinebande bildet sich ein, nach Belieben mit uns umspringen zu können.«
Buckwheat war der erste, der einen Schritt auf die Kampanje zu machte, aber so zögernd, daß er eigentlich nur die Beinmuskeln straffte und die Schultern vorschob, aber diese Andeutung genügte, um Hermann Lunkenheimer in Bewegung zu setzen. Der hob gleich den Fuß und begann vertrauensvoll achteraus zu gehen. Aber Bob Twist erreichte ihn in einem Sprung, legte ihm den Arm von hinten um den Hals, drückte die Knie gegen seine Beine, riß ihn zurück und hielt ihn fest. Im selben Augenblick, in dem ich den Stutzen anlegte, zog Bombini sein Messer durch die nach oben gestraffte Kehle Lunkenheimers. Ich hörte Pike: »Knallen Sie ihn nieder«, und drückte ab. Aber ich hatte das Pech, daß die Kugel fehlging und den Faun traf, der zurücktaumelte, sich auf das Luk setzte und zu husten anfing. Und dabei versuchten seine schmerzerquälten Augen zu verstehen, was hier vorging. Bub Twist ließ Lunkenheimer los, und die Leiche fiel schwer auf das Deck. Ich schoß nicht wieder. Bub Twist stellte sich neben Bert Rhine, auch Bombini hielt sich dicht neben ihm.
Bert Rhine lächelte – diesmal ganz offensichtlich.
»Hat noch einer von euch Trotteln Lust, nach der Kampanje zu spazieren?« fragte er mit sammetweicher Stimme.
»Die zwei Minuten sind um«, erklärte Pike.
»Was willst du jetzt tun?« knurrte Bert Rhine.
Wie ein Blitz flog der Revolver aus der Tasche des Steuermanns, und er feuerte so schnell, wie er nur den Finger bewegen konnte, während die Leute Deckung suchten. Aber er war, wie er mir ja schon vor langem erzählt hatte, kein guter Schütze und vermochte tatsächlich nur auf kurze Entfernung zu treffen.
Während wir noch das leere Deck betrachteten, wo nur die Leiche des Schweizers und der Faun, der noch auf seinem Luk saß und hustete, waren, kamen plötzlich einige Männer um die vordere Ecke des Mittschiffshauses gelaufen.

»Schieß!« rief Margaret hinter mir.
»Um Gottes willen, nein!« brüllte Pike neben mir.
Ich hatte schon angelegt, setzte aber schnell wieder ab. Louis, der Koch, führte die Schar an, die jetzt vom Dach des Mittschiffshauses über die Laufbrücke kam. Ihm folgten die beiden japanischen Segelmacher und Henry und Buckwheat, die beiden Schiffsjungen. Tom Spink bildete die Nachhut. Als er die Leiter zur Decke des Mittschiffshauses hinaufkletterte, muß ihn jemand an den Beinen gepackt und versucht haben, ihn zurückzuziehen. Wir sahen nur die Hälfte von ihm, konnten aber feststellen, daß er kämpfte und mit den Füßen trat. Schließlich gelang es ihm, sich loszureißen und mit einem Satz auf die Decke der Hütte zu springen. Dann lief er über die Brücke, bis er Buckwheat erreichte und mit ihm zusammenprallte. Der Junge schrie entsetzt auf, weil er sich von einem der Meuterer erwischt glaubte.

Wir Belagerten sind immerhin zahlreicher, als ich gedacht hätte. Das sehe ich erst jetzt, nachdem ich meine Zählung der gesamten Besatzung beendet habe. Margaret, Pike und ich vertreten die herrschende Klasse. Zu uns gehören unsere Diener und Leibeigenen, die ihren Brotgebern treu geblieben sind und von uns erwarten, daß wir ihr Leben retten und sie führen sollen. Ich gebrauche das Wort »Leibeigene« mit Überlegung. Denn Tom Spink und Buckwheat sind Leibeigene und nichts anderes. Henry, der Schulschiffsjunge, nimmt eine Stellung ein, die nicht leicht zu bezeichnen ist. Er ist eigentlich einer der Unsern, aber er ist doch noch sehr jung und hat noch nicht bewiesen, daß er das Zeug besitzt, das ihm seine Erbberechtigung sichert. Wada, Louis und der Steward sind Diener von asiatischer Herkunft. Dasselbe gilt von den beiden Segelmachern – sie sind keine richtigen Diener, beileibe keine Sklaven, aber irgend etwas dazwischen.
Alles in allem sind wir genau elf hier in unserer Festung. Unsere Anhänger werden uns bei ihrer Verteidigung gute Hilfe leisten können. Sie werden wie in die Ecke gedrängte Ratten kämpfen, wenn es ihr Leben gilt. Tom Spink ist unbedingt treu, besitzt aber keine Entschlußkraft. Buckwheat ist ein Trottel, Henry hat sich die Sporen noch nicht verdient. Es bleiben also Margaret, Pike und ich selbst. Die andern werden helfen, die Kampanje zu halten, und bis in den Tod kämpfen, aber bei einem Ausfall können wir nicht auf sie rechnen.
Die andern sind . . . nun, ich kann gleich die ganze Liste mitteilen: der Untersteuermann, ob man ihn nun Mellaire oder Sidney Waltham nennen will, ein tüchtiger Mann von unserer Klasse, aber ein Überläufer. Dann die drei Banditen, Mörder und Hyänen: Bert Rhine, Nasen-Murphy und Bub Twist. Dann der Malteser-Londoner und der ver-

rückte Griechen-Tony. Weiter Fitzgibbon und Richard Giller. Ferner Anton Sörensen und Lars Jacobsen, tölpelhafte skandinavische Seeleute. Ditman Olansen, der Berserker mit den irren Augen, John Hackey und Arthur Deacon, der weiße Sklavenhändler. Dann Knirps, Guido Bombini, Andy Fay und Mulligan Jacobs. Die drei topasäugigen Träumer, die nicht einzuordnen sind. Isaac Chantz, der verwundete Jude. Bob, der zu lang geratene Idiot. Der arme schwachsinnige und verwundete Faun, dann die beiden hilflosen Bootsmänner Sundry Buyers und Nancy und schließlich Charles Davis. Also sechsundzwanzig gegen uns elf. Aber es sind unter ihnen Männer, die durch ihre Laster stark sind. Sie haben auch ihre Leibeigenen und außerdem ihre Bravos. Bombini und Chantz sind sicher solche gedungenen Bravos. Endlich haben sie Schwächlinge wie Sörensen und Jacobsen und Bob, die für Männer dieser Art nichts als Sklaven sein können.

Unsere Lage könnte zweifellos schlimmer sein. Wir bereiten unser Essen auf dem Kohlenofen und den Spiritusbrennern. Und was mir als das Wichtigste erscheint: Aller Proviant an Bord der Elsinore befindet sich in unserm Besitz. Pike beurteilt die Situation durchaus richtig. Überzeugt, daß wir die Mannschaft vor dem Mast nicht angreifen können, nimmt er die Belagerung als etwas Unvermeidliches hin . . . und zwar um so leichteren Herzens, als die Belagerer am Rand der Hungersnot stehen.

»Wir werden die Hunde aushungern«, knurrt er. »Sie aushungern, bis sie auf allen vieren angekrochen kommen und uns die Stiefelwichse von den Schuhen lecken. Glauben Sie nicht, es sei der reine Zufall, daß die Lebensmittel achter der Hand verstaut werden, das wurde schon so gemacht, bevor Sie und ich geboren waren, und zwar, weil man aus bitterer Erfahrung gelernt hatte, daß es notwendig war. Ja, ja, sie wußten schon, was sie taten, die alten Burschen, als sie den ganzen Proviant im Heckraum verstauten.«

Louis sagt, daß in der Kombüse nur Vorräte für drei Tage sind, daß die Zwiebäcke bald alle sein werden und daß unsere Hühner, die die Leute gestern nacht aus dem Hühnerhaus gestohlen haben, höchstens für einen Tag reichen. Kurz, wir sind überzeugt, daß es kaum eine Woche dauern wird, bis die Meuterer um Gnade bitten.

Ich habe die Wache des Untersteuermanns übernommen und löse Pike deshalb regelmäßig ab, wenn es auch nur wenig zu tun gibt. Hinter dem Kartenhaus steht meine Wache – Tom Spink, Wada, Buckwheat und Louis –, bereit, jeden Angriff zurückzuschlagen. Henry, die beiden Segelmacher und der alte Steward bilden die Mannschaft des Steuermanns. Pike hat strengen Befehl gegeben, daß kein einziger vor dem Mast sich an Deck zeigen darf. Als der Untersteuermann heut hinter der Ecke des Mittschiffshauses auftauchte, sandte ich ihm eine Kugel,

die nur einen Fuß von seinem Kopfe entfernt gegen die Wand schlug; er sprang mit einem großen Satz in die Deckung zurück.
Margaret bewahrt sich ihre gute Laune. Das Deck überläßt sie dem Steuermann und mir, aber wenn sie ihn auch als Chef anerkennt, hat sie unten doch das Kommando übernommen und ist unser Proviant- und Kellermeister. Die Meuterei lenkt sie wenigstens von der Trauer um ihren Vater ab, alle ihre freien Stunden am Tage sind jetzt mit Arbeit ausgefüllt.

Inzwischen verrinnt Tag um Tag, und es geschieht nicht das allergeringste. Wir kommen nicht von der Stelle. Die Elsinore hat ja jetzt kein Segel und schlingert deshalb hilflos hin und her. Eine halbe Stunde lang trieb sie heute ab, bis sie den Wind dwars bekam, und in der nächsten halben Stunde luvte sie wieder an. Wir können unterdessen nichts tun, als die Kampanje gegen Angriffe sichern. Pike macht regelmäßig seine Observationen, aber mehr aus Gewohnheit, und stellt immer sorgfältig die Lage der Elsinore fest. Heute mittag befand sie sich acht Meilen östlich von der gestrigen Position, heute aber waren wir kaum eine Meile nördlicher als vor vier Tagen.
Die Takelung der Elsinore bietet einen traurigen Anblick. Sie befindet sich in wüster Unordnung. Wären Wind und See nicht so still, so würden die schweren eisernen Stengen nicht halten und den Meuterern auf die Köpfe fallen.
Eines können wir nicht begreifen. Jetzt ist eine ganze Woche vergangen, und die Leute scheinen immer noch nicht zu hungern. Vergebens hat Pike mehrmals unsere Leute gefragt. Alle schwören, nichts davon zu wissen, daß man vorn irgendwelche Lebensmittelbestände hätte, abgesehen von dem bißchen Proviant in der Kombüse und der Tonne mit Zwieback im Logis. Und doch sehen wir den Rauch aus der Kombüse aufsteigen und müssen daraus den Schluß ziehen, daß sie auch etwas zum Kochen haben. Zweimal hat Bert Rhine versucht, einen Waffenstillstand zu erlangen, aber beide Male hat Pike, sobald sich die weiße Flagge über der Brüstung des Mittschiffshauses zeigte, darauf gefeuert. Der Steuermann hat die Absicht, sie völlig auszuhungern, so daß sie sich bedingungslos unterwerfen, aber der Gedanke, daß sie vielleicht doch genügend Proviant hätten, beginnt ihn ängstlich zu machen.
Pike ist überhaupt nicht so recht der alte. Er ist von dem Gedanken besessen, Rache an dem Untersteuermann zu nehmen. Mehrmals habe ich ihn jetzt überrascht und bemerkt, wie er dastand und mit grimmiger Miene vor sich herflüsterte oder wie er seine mächtigen Pranken ballte und mit den Zähnen knirschte. Heute nachmittag hatte Pike mich soeben abgelöst, als der Untersteuermann auf die Decke des Vorderka-

stells kletterte und zu den Seitenklüsen hinschlenderte, wo er stehenblieb und über Bord guckte.
»Knallen Sie ihn nieder«, sagte Pike.
Die Entfernung war ziemlich groß, und ich zielte deshalb besonders lange und sorgfältig. Da legte er mir die Hand auf den Arm.
»Lieber nicht«, sagte er.
Ich ließ den Stutzen sinken und sah ihn fragend an.
»Vielleicht hätten Sie ihn getroffen«, erklärte er, »aber den möchte ich doch lieber für mich behalten.«
Das Leben ist immer anders, als man erwartet. Unsere ganze Fahrt von Baltimore südwärts bis Kap Horn und dann um das Kap herum war durch Mord und Sterben gekennzeichnet. Und jetzt, da der Höhepunkt, die offene Meuterei, erreicht ist, hören Totschlag und Gewalttätigkeit plötzlich auf. Wir bleiben für uns, und die Meuterer halten sich ebenfalls für sich. Es ist vorbei mit der Härte, vorbei mit dem ewigen Anschnauzen, dem Brüllen von Befehlen. Und bei diesem herrlichen Wetter ist es, als sei jeder Tag ein Festtag.
Bei uns lösen Margaret und Pike sich mit Grammophon und Klavier ab, während die Matrosen im Logis eine vollbesetzte Jazzband gebildet haben, die wir freilich nicht sehen können, die aber Tag und Nacht ihren schrecklichen Spektakel macht. Ein winselndes Schifferklavier, das, wie Tom Spink erzählt, dem toten Mike Cipriani gehört hat, wird von Bombini gespielt, der auch Generalmusikdirektor der Kapelle ist. Im übrigen besteht sie aus zwei stark mitgenommenen Harmonikas und einem Brummeisen. Dazu gibt es ein paar selbstverfertigte Flöten, einige Querpfeifen und Trommeln. Ferner ein paar mit Papier überzogene Kämme, improvisierte Triangeln und eine Art Xylophon, das sie sich aus den Rippen des gepökelten Pferdefleisches gemacht haben – ein Instrument, wie es die Negersänger benutzten.
Die Kapelle scheint aus der gesamten Mannschaft zu bestehen, und wie ein Affenvölkchen, das besonderes Wohlgefallen an derben Rhythmen findet, unterstreichen die Matrosen den Takt, indem sie auf Petroleumkannen, Bratpfannen und alle möglichen Metallgegenstände und andere Lärminstrumente loshämmern. Ein besonders erfindungsreiches Mitglied der Kapelle hat eine Schnur an die Schiffsglocke, die an einem Galgen auf der Back hängt, gebunden, und wenn die Jazzband so recht in Schwung und auf dem Gipfel ihrer Kunst ist, hört man die Glocke wild bimmeln, obgleich Generalmusikdirektor Bombini dies mehrmals auf das strengste gerügt hat. Um diesem musikalischen Kunstgenuß die Krone aufzusetzen, heult die Sirene in den verrücktesten Augenblicken mit ihren Nebeltönen dazwischen. Sie spielt offenbar die Rolle der großen Baßgeige.
Das soll Meuterei auf hoher See vorstellen! Fast jede Stunde meiner

Tageswache lausche ich, wenn ich an Deck bin, auf diesen höllischen Lärm und bin so wütend, daß ich mich entschließen könnte, gemeinsam mit Pike einen nächtlichen Überfall zu organisieren und diese verfluchten aufrührerischen und unmusikalischen Sklaven zur Arbeit zu zwingen.

Alle sind übrigens gar nicht so unmusikalisch. Bombini hat eine sehr beachtenswerte, wenn auch ganz ungeschulte Stimme – einen Tenor –, und er setzt mich durch sein verblüffend abwechslungsreiches Programm in Erstaunen. Bert Rhine und seine Spießgesellen kennen eine Menge moderner Schlager und Tänze, und heute morgen gab Nancy, offenbar auf dringende Aufforderung, mit der schönsten Rührseligkeit Volkslieder zum besten.

Das ist also eine Meuterei! Jetzt, da ich das Wort hinschreibe, kann ich es kaum glauben. Ich weiß zwar, daß Pike einsam die Wache auf der Kampanje hält. Aber Wada und die Segelmacher sitzen friedlich in der Pantry und sprechen über japanische Politik. Durch den Korridor höre ich Margaret beim Zubettgehen leise vor sich hinsingen.

Doch jeder Zweifel schwindet, wenn die Glocke acht Glasen schlägt und ich an Deck gehe, um Pike abzulösen. »Sagen Sie mal«, meinte er vorhin vertraulich: »Sie und ich, wir könnten doch eigentlich die ganze Bude ausräuchern. Wir brauchen uns nur voraus zu schleichen und dann loszuknallen. Sobald wir zu schießen beginnen, wird die Hälfte achteraus laufen. Dann nehmen unsere Leute sie auf der Kampanje in Empfang, und wir beide können tüchtig unter ihnen aufräumen. Was meinen Sie?«

Ich zögerte einen Augenblick, denn ich mußte an Margaret denken.

»Wissen Sie«, sagte er, »sobald ich erst in das Loch hineingekommen bin, knalle ich los und schieße die Banditen nieder.« Ehe ich ihm aber noch eine Antwort gegeben hatte, war er schon wieder zur Vernunft gekommen.

»Nein, das geht natürlich nicht. Wenn die drüben einen von uns erwischen sollten . . . nein, wir müssen hierbleiben, bis sie ausgehungert sind. Aber wo sie ihr Futter herkriegen, das möchte ich wirklich wissen. Gucken Sie sich nur die Kerle an, sie sind bald so fett, daß sie kaum noch watscheln können. Wenn es mit rechten Dingen zuginge, so hätten sie schon seit einer Woche nichts mehr ins Maul zu stopfen.«

Nein, es ist doch zweifellos eine richtige Meuterei! Als Buckwheat heute morgen während eines Regenschauers Wasser aus der Dachrinne des Kartenhauses holte, traf ihn eine Revolverkugel von der Back in die Schulter. Das Geschoß hatte durch die Entfernung an Schlagkraft eingebüßt, so daß es nur eine leichte Fleischwunde verursachte. Aber er

stellte sich an, als ob er sterben sollte, bis Pike dem Theater ein Ende machte und ihm ein paar tüchtige Backpfeifen versetzte.
Ich möchte Pike nicht zum Chirurgen haben. Er wühlte mit seinem Zeigefinger in der Wunde, um die Kugel zu suchen. Es gelang ihm auch, das Geschoß herauszuziehen, während er die andere Hand drohend bereit hielt, um dem armen Jungen im Bedarfsfall eine neue Backpfeife zu geben. Dann erst schickte er ihn nach unten, wo Margaret die Wunde reinigte und verband.
Ich sehe sie so selten, daß es ein Erlebnis ist, wenn ich einmal eine halbe Stunde mit ihr allein verbringen kann. Sie hat von morgens bis abends genug zu tun, um ihr Haus in Ordnung zu halten. Sie hat für alle aus dem Schiffersgat Reserveunterzeug holen lassen und ihnen befohlen, in dem soeben gebrachten Regenwasser zu baden. Sie hat ihnen verboten, im Heckraum Pfeife zu rauchen. Ferner hat sie die Leute angewiesen, Wände, Decke und alles übrige abzuschrubben und dann morgen mit dem Anstrich zu beginnen. Und das alles überzeugt mich wieder, daß die Meuterei nur in meiner Einbildung besteht.

Die Meuterer hungern tatsächlich immer noch nicht! Heute haben sie Albatrosse gefangen. Wenige Minuten, nachdem sie den ersten gefangen hatten, wurde der Kadaver über Bord geworfen. Es ist nicht schwer, den Schluß zu ziehen, daß Männer, die am Verhungern sind, gute Nahrung nicht in dieser Weise fortwerfen. Aber woher in aller Welt bekommen sie ihre Lebensmittel?
»Ich denke und denke darüber nach, bis ich ganz dumm im Kopf bin«, sagte Pike zu mir. »Und doch kann ich keine Erklärung dafür finden. Ich kenne jeden Zollbreit an Bord der Elsinore und weiß, daß es nicht ein Gramm Lebensmittel vor dem Mast gab, und doch futtern sie jetzt! Ich habe den ganzen Proviantraum durchsucht, soweit ich sehen kann, fehlt nicht das allergeringste.« Ich weiß, daß er heute morgen mit dem Steward und dem Koch viele Stunden im Proviantraum verbracht hat, wo sie alles durchgesehen und mit den Verzeichnissen der Agenten in Baltimore verglichen haben. Wo kriegen sie es denn her?
Ich beginne jetzt zu begreifen, was diese ewigen Wachen bedeuten. Zunächst bedeuten sie, daß ich zwölf und mehr von den vierundzwanzig Stunden an Deck verbringen muß. Ein gut Teil der übrigen zwölf vergeht mit Essen, An- und Ausziehen und dem Zusammensein mit Margaret. Die Folge ist, daß ich mehr Schlaf nötig habe, als ich bekommen kann. Ich lese jetzt fast überhaupt nicht mehr. Sobald ich meinen Kopf auf das Kissen lege, schlafe ich ein. Oh, und ich schlafe wie ein kleines Kind und esse wie ein Tagelöhner, und seit vielen Jahren habe ich mich in rein körperlicher Beziehung nicht so großartig befunden wie jetzt.

Der Faun ist übrigens nicht tot – trotz meiner unglücklichen Kugel. Heute kam er zur Ecke des Mittschiffshauses, wo er stehenblieb und mit traurigen Blicken nach der Kampanje starrte.
Es ist immer noch herrliches Wetter, und wir wissen nicht, wie lange Zeit noch vergehen soll, bis unsere Meuterer ihre geheimnisvollen Vorräte aufgegessen haben und vom Hunger zur Arbeit zurückgetrieben werden.
Wir sind jetzt beinahe recht West von Valparaiso und etwas weniger als tausend Meilen von der Westküste Südamerikas entfernt. Die leichten nördlichen Winde, die von Nordost nach West umlaufen, würden uns, wie mir Pike sagt, ohne Schwierigkeiten nach Valparaiso bringen, wenn wir nur Segel gesetzt hätten. Aber segellos, wie das Schiff jetzt ist, treibt es auf der See umher. Wir würden überhaupt nicht weiterkommen, brächte uns die schwache Abdrift nicht täglich ein kleines Stückchen nordwärts.

Bei dem Steuermann wird der Gedanke, Rache am Untersteuermann zu nehmen, immer mehr zur fixen Idee. Über die Meuterei grinst Pike nur, nennt sie einen unangenehmen Happen, den wir schlucken müssen, spricht vergnügt davon, daß seine Heuer immer mehr anwächst, und bedauert nur, daß er nicht an Land ist, um an dem spannenden Spiel mit der Rückversicherung teilzunehmen. Aber er wird wild, wenn er Sidney Waltham sieht, der seelenruhig an der Brüstung der Back steht und See und Himmel betrachtet oder auf der Lauseplicht liegt und Haie zu angeln versucht. Als Pike gestern an Deck kam, um mich abzulösen, lieh er sich meinen Stutzen und eröffnete ein Schnellfeuer auf den Untersteuermann, der in größter Ruhe seine Angelleine in Sicherheit brachte, ehe er wieder auf die Back kletterte.
Und doch ist es gar nicht so, wie man sich eine richtige Meuterei denkt. Da gibt es keinen Nahkampf, keine brüllenden Kanonen, da blitzen keine Säbel, die Matrosen saufen keinen Grog, und niemand hält brennende Fackeln an geöffnete Pulvermagazine. Du lieber Gott, es gibt gar keinen Säbel, kein Pulvermagazin an Bord. Und was den Grog betrifft, so hat keiner von den Leuten seit Baltimore einen zu trinken bekommen. Aber trotzdem ist es eine Meuterei – ich werde nie mehr daran zweifeln. Mag es auch eine Meuterei im zwanzigsten Jahrhundert an Bord eines Kohlenschiffs und mögen die Meuterer auch Schwächlinge, Trottel und Verbrecher sein – Meuterei ist es, die Zahl der Toten gemahnt schon an die Meutereien der guten alten Tage. Seit ich das letztemal Gelegenheit hatte, diese Eintragungen zu machen, ist nämlich allerlei geschehen. Jetzt führe ich das Schiffsjournal, Margaret hilft mir dabei.
Ich hätte ja eigentlich wissen müssen, daß es so kommen würde.

Gestern morgen um vier löste mich Pike ab. Als ich in der Dunkelheit an die Brüstung der Kampanje trat, wo er stand, mußte ich ihn zweimal anreden, bevor er meine Anwesenheit bemerkte. Und selbst da grunzte er nur geistesabwesend zur Antwort. Im nächsten Augenblick kam er zu sich, nur war er vielleicht ein wenig aufgeräumter als gewöhnlich. Er nahm sich sehr zusammen. Ich bemerkte es, war aber völlig unvorbereitet auf das, was jetzt folgte.

»In einer Minute bin ich wieder da«, sagte er, schwang sich über den Kampanjebogen und verschwand schnell in der Dunkelheit an Deck.

Ich konnte nichts dagegen tun. Hätte ich ihn zurückgerufen, so würde das nur die Aufmerksamkeit der Meuterer auf uns gelenkt haben. Ich hörte seine Füße auf dem Deck aufschlagen, als er sich hinabfallen ließ. Sofort lief er nach vorn. Er kannte keine Vorsicht. Ich hörte seine schleppenden Schritte bis zum Mittschiffshaus. Dann verstummte auch dies Geräusch, es war nichts mehr zu hören.

Ich wiederhole: Das war alles. Kein Laut drang von der Back herüber. Ich blieb auf meinem Posten, bis es Tag wurde. Ich blieb da, bis Margaret mit ihrem heiteren: »Wie ging es heut nacht, tapferer Seemann?« an Deck kam. Ich übernahm auch die nächste Wache, die eigentlich dem Steuermann zukam, blieb bis Mittag an Deck und aß mein Frühstück hinter dem schützenden Kreuzmast. Und hier blieb ich den ganzen Nachmittag und die ganze Plattfußwache hindurch und erhielt mein Mittagessen an Deck serviert. Und das war alles. Sonst geschah nichts. Dreimal stieg Rauch aus dem Schornstein der Kombüse auf, die Meuterer kochten also. Der Malteser-Londoner fing einen Albatros. Es gab einige Aufregung, als Tony, der Grieche, vom Butenklüwerbaum aus einen Hai harpunierte, der so groß war, daß ein halbes Dutzend von den Leuten ihn vergebens einzuholen versuchte. Aber weder von Pike noch von Sidney Waltham sah ich eine Spur.

Es war ein stiller, heller Tag mit Sonnenschein und einer sanften Kühle. Nichts ließ erraten, was dem Steuermann zugestoßen war. Hatten sie ihn gefangengenommen? War er vielleicht schon über Bord? Warum hat man kein Schießen gehört? Er hatte doch seinen großen Revolver bei sich, und es war eigentlich undenkbar, daß er ihn nicht benutzt haben sollte. Margaret und ich kamen zu keinem Ergebnis.

Sie ist eine wahre Tochter unserer Rasse. Nach der Plattfußwache bewaffnete sie sich mit dem Revolver ihres Vaters, denn sie wollte unbedingt die erste Wache übernehmen. Ich gab schließlich nach, ließ mir aber mein Bett unmittelbar vor dem Kreuzmast an Deck aufschlagen. Henry, die beiden Segelmacher und der Steward wurden mit Messern und Keulen bewaffnet und an der Brüstung der Kampanje aufgestellt. Die einzigen Feuerwaffen achtern sind jetzt der Colt, der Kapitän West gehört hat, und mein Stutzen. Der alte Steward, der eine gewisse Vor-

liebe für Hacken und Schneiden zu haben scheint, hat sein langes Messer und ein Hackmesser. Henry hat außer seinem Scheidemesser eine kurze eiserne Stange. Louis hat eine vorzügliche und reichhaltige Auswahl von Fleischmessern sowie einen riesigen Schürhaken, aber als Koch setzt er doch sein größtes Vertrauen auf kochendes Wasser, er hat deshalb immer zwei Kessel mit heißem Wasser auf dem Hüttenofen stehen. Buckwheat, der wegen seiner Verwundung ein paar Nächte in seiner Koje verbringen darf, drückt zärtlich ein Beil an seine Brust. Yatsuda, der erste Segelmacher, läuft mit einer kleinen Axt und Uchino, sein Gehilfe, mit einem großen Splitthammer herum. Tom Spink hat eine Harpune. Wada hat sich am Feuer des Hüttenofens eine scharfe eiserne Speerspitze verfertigt, die er an einer langen Stange befestigt hat. Morgen will er ähnliche Speere für die andern herstellen.
Aber es gruselt einem, wenn man an die furchtbare Auswahl von schneidenden, bohrenden, sägenden und zerschlitzenden Instrumenten denkt, mit denen die Meuterer sich aus den Beständen des Zimmermanns bewaffnet haben. Solange es heller Tag ist, wird es freilich keinem möglich sein, die Kampanje zu stürmen, da ich, Gott sei Dank, mit meinem kleinen Stutzen umzugehen weiß. Wenn sie aber stürmen wollen, so werden sie es selbstverständich nachts tun, und dann ist mein Schießprügel leider wertlos. Dann geht es Mann gegen Mann, Faust gegen Faust, und die härtesten Schädel, die stärksten Arme werden siegen müssen. Und doch braucht es nicht so schlimm zu werden. Es ist mir etwas eingefallen: Ich werde festlich beleuchten. Während ich diese Zeilen schreibe, arbeite ich den Gedanken in seinen Einzelheiten aus . . . Benzin, Kugeln aus Werg, Zündhütchen und Pulver aus einigen Patronen, Leuchtraketen und blaue, rote und grüne Sterne. Dann müssen wir noch Metallbehälter für das leicht entzündbare und explosive Material verfertigen und uns irgendeine Einrichtung ausdenken, die die Zündhütchen zur Explosion bringt, sobald man an einer Schnur zieht, so daß nicht nur die Leuchtraketen und die Sterne, sondern auch die Wergkugeln angezündet werden.
Ich habe heute den ganzen Tag geschuftet, meine Idee ist schon verwirklicht. Margaret stand mir mit guten Ratschlägen bei. Tom Spink übernahm den seemännischen Teil der Arbeit. Hoch über unsern Köpfen laufen vom Kreuzmast über Kampanje und Großdeck bis zum Mittelmast stählerne Stags, an denen die drei Kreuztrysegel festgemacht werden. Um jedes Stag haben wir eine Leine mehrmals herumgelegt, so daß sie unlösbare Knoten bildet. Als es dunkel geworden war, enterte Tom Spink hinauf und legte verschiebbare Ringe von Stahldraht gleich unterhalb der Knoten um die Stags. Er hatte auch einen Flaschenzug mit hinaufgenommen, verband die Ringe fest miteinander, so daß sie sich gleichzeitig bewegen mußten, und stellte eine feste Verbindung

zwischen Ringen und Flaschenzug her, so daß sie nicht von selbst hinuntergleiten konnten. Endlich wurde eine dünne Scherleine lose von Ring zu Ring gelegt, deren eines Ende bis an den letzten Ring, das andere durch den Flaschenzug ging, so daß die Ringe fünfzig Fuß heruntergleiten können, wenn die Leine freigemacht wird.

Sobald es ganz dunkel wird, holen wir einfach unsere drei mit Explosivstoffen gefüllten Metallbehälter in die Stags hinauf. Sie werden so eingerichtet, daß wir bei der ersten Meldung eines Angriffs nur an einer Schnur zu ziehen brauchen, um einen Hahn in Bewegung zu setzen, der das Pulver zur Explosion bringt. Und durch dieselbe Bewegung werden auch die Ringe durch den Flaschenzug in Bewegung gesetzt, so daß die Stags fünfzig Fuß hinunterrutschen. An den Ringen sind Metallkörper mit den Leuchtstoffen befestigt, und wenn sie hinunterrutschen, überfluten sie das ganze Großdeck zwischen Kampanje und Mittelmast mit Licht, während wir im Dunkeln bleiben. Selbstverständlich lassen wir jeden Morgen die ganze Apparatur wieder aufs Deck herab, damit die Meuterer vor dem Mast nichts davon merken. Und ich hoffe sehnsüchtig, daß sie bald einen Sturmangriff unternehmen, nur damit ich sehen kann, wie die Sache klappt.

Was mit Pike geschehen ist, bleibt ein Rätsel. Und ebensogut könnte ich fragen, was aus dem Untersteuermann geworden ist? Die letzten drei Tage haben wir versucht, die Zahl der Meuterer durch Augenschein festzustellen. Mit Ausnahme von Mellaire haben wir alle gesehen. Er allein hat sich nicht gezeigt und zeigt sich noch immer nicht, und wir können nur Vermutungen anstellen.

Die letzten drei Tage ist überhaupt allerlei geschehen. Margaret teilt sich Tag und Nacht in die Wachen mit mir, denn keinem andern dürfen wir die Verantwortung eines Wachkommandos anvertrauen. Ich habe selbst sogar den Steward und Wada dabei ertappt, wie sie im Begriff waren, ein Nickerchen zu machen. Henry, der Junge vom Schulschiff, ist der einzige, der noch nicht der allgemeinen Schlaffheit verfallen ist.

Und dann habe ich Tom Spink gestern nachmittag verbimst. Seit dem Verschwinden des Steuermanns hatte ich schon Anzeichen der Frechheit bei ihm bemerkt. Vorgestern unterhielt ich mich mit Margaret darüber. »Er ist ein tüchtiger Seemann, aber ein schwacher Charakter«, sagte sie. »Wenn wir es ihm hingehen lassen, wird er alle andern anstecken.«

»Schön, ich werde ihn mir vornehmen«, erklärte ich heldenmütig.

»Das mußt du auch«, ermunterte sie mich. »Du mußt hart sein. Hart und immer wieder hart.«

Die Lage war tatsächlich ziemlich peinlich. Ich hatte noch keine Übung in der Behandlung von Menschen, und das merkte Tom Spink sehr wohl. Den Steuermann hatte er gefürchtet, dabei aber das Vertrauen zu ihm gehabt, daß er ihn heil oder doch jedenfalls lebendig aus dieser Geschichte herausbringen würde. Zu mir hat er dies Vertrauen nicht. Welche Aussichten haben wohl der vornehme Herr Sommergast und die Tochter des Kapitäns gegen die Banditen vor dem Mast? Ungefähr so wird er gedacht haben, und deshalb verlor er Mut und Hoffnung. Ich überwachte Tom Spink mit Falkenaugen; er muß das auch bemerkt haben, denn er achtete sorgfältig darauf, nicht die Grenze des Erlaubten zu überschreiten, war aber doch immer nahe daran. Ich wußte auch, daß Buckwheat uns beide genau beobachtete, um zu sehen, wie die Sache ausgehen würde. Im übrigen war die Sache auch nicht der Aufmerksamkeit unserer scharfäugigen Asiaten entgangen; ein paarmal war Louis offenbar schon nahe daran, mir einen gutgemeinten Rat zu erteilen. Er kannte jedoch seine Stellung zu gut und hielt deshalb vorläufig den Mund.

Aber gestern hatte Tom Spink während meiner Wache die unerhörte Frechheit, Tabaksaft auf das Deck zu spucken. Nun muß man wissen, daß auf See ein solches Benehmen eine ebenso große Sünde ist wie eine Gotteslästerung in der Kirche. Ich stand am Kreuzmast, als Margaret zu mir trat und erzählte, was geschehen war. Sie ließ sich meinen Stutzen geben und übernahm meinen Posten, damit ich achteraus gehen konnte. Dort stand Tom Spink und kaute seelenruhig seinen Priem.

»He, du, hol schnell einen Schwapper und wisch den Dreck auf«, befahl ich so barsch, wie es mir möglich war.

Tom Spink schob den Priem in die andere Backe und guckte mich spöttisch an. Ich bin überzeugt, daß er ebenso überrascht wie ich selbst war über die Ereignisse, die sich jetzt überstürzten. Denn meine Faust flog vor, und Tom Spink taumelte zurück und schlug mit dem Kopf gegen die Peilrohrverschraubung. Nun habe ich seit meiner Knabenzeit keinen Menschen mit der bloßen Faust geschlagen, aber ich gebe gern zu, daß es mir einen Mordsspaß machte, den armen Spink zu verhauen. Natürlich war die ganze Geschichte ein bißchen lächerlich. Aber ich fühlte mich durch das Bewußtsein, daß Margaret zusah, angeregt, und meine Schläge erhielten dadurch Kraft und Nachdruck. Nun, jedenfalls habe ich Tom Spink eine Lehre erteilt, es hat auch geholfen, denn er hat versprochen, sich zusammenzunehmen.

»Jawoll, Herr«, murmelte er mit blutenden Lippen, »jawoll, Herr, ich wische es ab. Jetzt gleich, Herr, jawoll, Herr.«

Seit diesem Vorfall ist die Luft achteraus herrlich klar und rein. Tom Spink gehorcht jedem Befehl mit bewunderungswerter Eile, Buckwheat springt ebenso willig, und die fünf Asiaten stehen noch fester als bisher hinter mir, seit ich gezeigt habe, daß ich fähig bin zu herrschen.

Wieder sind zwei Tage vergangen, und es sind zwei bemerkenswerte Vorkommnisse zu verzeichnen. Erstens scheint es, als ob die Proviantbestände der Meuterer auf die Neige gingen, zweitens haben wir unsere ersten Verhandlungen mit ihnen geführt.
Durch mein Glas hatte ich gesehen, daß sie nicht mehr die ganzen Kadaver der gefangenen Seevögel über Bord warfen wie bisher. Das bedeutet, daß sie jetzt gezwungen sind, das Fleisch der Tiere zu essen, obgleich es zäh ist und schlecht schmeckt. Freilich braucht das noch nicht zu bedeuten, daß sie mit ihrem Proviant ganz am Ende sind. Und dann hat Margaret, die nach echter Seemannsart immer das Barometer und den Himmel beobachtet, festgestellt, daß das Barometer fällt und daß Wolken sich am Himmel zusammenballen. Sie sagte mir, daß wir bald einen Sturm zu erwarten hätten.
Aus diesem Grunde hißte ich die weiße Flagge. Bert Rhine und Charles Davis kamen achteraus bis zum Mittschiffshaus. Während wir miteinander sprachen, tauchten viele Köpfe über dem Rand der Back auf, und mehrere Gestalten schlichen sich an beiden Seiten des Hauses entlang.
»Na, seid ihr jetzt mürbe?« begrüßte mich Bert Rhine in seiner unverschämten Art. »Können wir Ihnen irgendwie gefällig sein?«
»Jawohl«, antwortete ich barsch. »Ihr könnt eure Köpfe in Sicherheit bringen, so daß genügend Hände übrigbleiben, wenn ihr mal wieder an die Arbeit zurückkehrt.«
»Wenn Sie drohen wollen . . .«, begann Charles Davis, aber der Zuchthäusler brachte ihn zum Schweigen.
»Na, was gibt's denn?« fragte Bert Rhine. »Heraus damit!«
»Es ist nur zu eurem eigenen Besten«, lautete meine Antwort. »Es wird bald zu wehen beginnen. Die Segel, die nicht festgemacht sind, werden euch die Rahen an den Kopf schmeißen. Wir achtern sind in Sicherheit. Ihr allein lauft Gefahr dabei, es ist deshalb eure Sache, aufzuentern und die Dinger zu beschlagen.«
»Und wenn wir es nicht tun?« knurrte der Bandit.
»Dann müßt ihr eben selbst die Folgen tragen«, sagte ich gleichgültig. »Ich wollte euch nur darauf aufmerksam machen, daß eine von den stählernen Rahen herunterfallen kann und dann die Decke der Logis zerschmettern wird wie eine Eierschale.«
Bert Rhine guckte Charles Davis an, und Davis nickte bestätigend.
»Wir werden die Sache besprechen«, sagte er.
»Ich gebe euch zehn Minuten«, antwortete ich. »Wenn ihr dann nicht angefangen habt, die Segel zu bergen, ist es zu spät. Dann schieße ich jedem, der sich zeigt, eine Kugel in den Leib.«
»Schön, wir werden die Sache besprechen.«
Als sie sich umdrehten, um voraus zu gehen, rief ich ihnen nach: »Einen Augenblick.«

Sie blieben stehen und drehten sich um.
»Was habt ihr mit Herrn Pike gemacht?« fragte ich.
Selbst der sonst so hartgesottene Bert Rhine konnte seine Überraschung nicht verbergen.
»Was habt ihr mit Herrn Mellaire gemacht?« erwiderte er. »Erzählt ihr zuerst!«
Ich bin überzeugt, daß seine Überraschung echt war. Die Meuterer haben offenbar geglaubt, daß wir schuld am Verschwinden des Untersteuermanns sind, so wie wir uns einbildeten, daß sie mit dem Verschwinden des Steuermannes zu tun hätten. Je mehr ich darüber nachdenke, desto klarer wird mir, daß die beiden Offiziere sich gegenseitig umgebracht haben.
»Noch eins«, sagte ich. »Wo habt ihr euren Proviant her?«
Bert Rhine lachte sein lautloses Lachen, während Charles Davis eine Miene geheimnisvoller Überlegenheit aufsteckte. Ich zog meine Uhr und sagte: »Ich gebe euch also zehn Minuten.«
Sie machten wieder kehrt und gingen voraus. Es dauerte nicht einmal zehn Minuten, so waren schon alle Hände dabei, die Segel zu bergen. Inzwischen begann es aus Nordwest zu wehen. Die vertrauten Harfentöne, die den kommenden Sturm verkündeten, summten schon durch die Takelung, aber die Männer schienen mir heute ganz besonders langsam zu arbeiten – vielleicht nur aus Mangel an Übung.
»Es würde richtiger sein, gleich die Ober- und Untermarssegel zu setzen, so daß wir besser beidrehen können«, schlug Margaret vor.
Ich griff den Gedanken auf und brachte ihn zur Ausführung.
»Es ist besser, daß ihr die Ober- und Untermarssegel gleichzeitig setzt, damit das Schiff wieder dem Ruder gehorcht«, rief ich dem Banditen zu, der breitspurig an der Decke des Mittschiffshauses stand und kommandierte, als ob er Steuermann wäre.
Er überlegte und gab dann die notwendigen Befehle; der Malteser-Londoner mit Nancy und Sundry Buyers führten sie aus. Ich hieß Tom Spink das Ruder nehmen, das so lange ledig gestanden hatte, und gab ihm den Kurs an – hart Ost nach dem Strichkompaß. Die Segel füllten sich, die Elsinore begann wieder durch die See zu laufen. Margaret, die neben mir stand, drückte mir in der Dunkelheit stumm, sanft und liebevoll die Hand.
»Ich hatte nie gewünscht, einen Seemann zu heiraten«, sagte sie, »und ich dachte, in dieser Beziehung mit dir sicher zu gehen, du Landratte! Und jetzt stehst du hier, und alles, was zur See gehört, lebt und pulst in deinen Adern. Es wird nicht lange dauern, so sehe ich dich mit einem Sextanten die Sonne peilen oder die Sternhöhe nehmen.«

Wieder sind vier Tage vergangen. Der Sturm ist schon abgeflaut, und wir sind nur noch dreihundertfünfzig Meilen von Valparaiso entfernt. Die Elsinore schlingert jetzt vor einer labberen Kühlte. Sie bewegt sich nicht schneller als die Drift. Als der Sturm seinen Höhepunkt erreicht hatte – er währte nicht weniger als drei Tage und Nächte –, erzielten wir acht, sogar neun Knoten. Zu meinem Befremden erhoben die Meuterer keine Einwände gegen mein Programm. Sie wußten in der Geographie doch zu gut Bescheid, um sich nicht ganz klar darüber zu sein, was ich vorhatte. Sie hatten die Segel in ihrer Gewalt, und doch erlaubten sie mir, die Küste anzulaufen. Sie gingen sogar noch weiter. Als der Sturm am Morgen des dritten Tages abgeflaut war, enterten sie hinauf, setzten Bramsegel, Reuel und Oberbramleesegel und braßten die Rahen. Das war jedoch zuviel für das angelsächsische Blut in meinen Adern, ich brachte die Elsinore in den Wind, drehte bei und zurrte das Ruder fest. Margaret und ich sind uns nämlich einig, daß sie die Absicht haben, an Land zu gehen. Sobald sie es sichten, wollen sie in die Boote gehen und desertieren.
»Aber das lassen wir nicht zu«, erklärte sie mit blitzenden Augen. »Wir wollen nach Seattle, und wir werden sie zwingen, wieder ihre Pflicht zu tun.«
Merkwürdigerweise bekamen wir eine kleine Zugabe zu dem Sturm, obgleich er längst von einer labberen Kühlte abgelöst worden war. Da die Segel nicht getrimmt waren und deshalb killten und blafterten, kann man sich leicht vorstellen, welchen Höllenlärm das Klatschen von Segeln und Tauen in unserer Takelung verursachte. Die gesamte Mannschaft kam in heller Aufregung aus dem Logis gestürzt.
»Trimmt das Takelwerk«, brüllte ich Bert Rhine zu, der tatsächlich von selbst bis zur Kampanje kam, um zu hören, was ich zu dem Spektakel meinte. Charles Davis und der Malteser-Londoner begleiteten ihn als fachmännische Ratgeber.
»Nur vor dem Winde laufen lassen, dann brauchen wir nicht zu trimmen«, rief Bert Rhine zu mir herauf.
»Ans Land wollt ihr?« brüllte ich höhnisch. »Hungrig geworden, was? Aber das gibt es nicht, und wenn es tausend Jahre dauern sollte.«
Ich habe vergessen zu erzählen, daß sich das gestern mittag abspielte.
»Wir werden die Segel bergen, so daß Sie an den Wind gehen können«, schlug Bert Rhine vor.
Ich schüttelte den Kopf und legte meinen Stutzen an.
»Der erste Mann, der in die Wanten entert, kriegt eine Kugel von mir.«
»Dann kann die Elsinore meinetwegen zum Teufel gehen. Mir ist es schnuppe«, erklärte er mit Nachdruck.
Und eben in diesem Augenblick riß die Vorbramrahe sich los, fiel auf

Deck und zerschlug die Schanzkleidung an beiden Seiten und die Laufbrücke zwischen Fockmast und Vorderkastell.

Bert Rhine hörte es, konnte aber den angerichteten Schaden nicht sehen. Er blickte mich deshalb spöttisch an und fauchte: »Noch was auf den Kopf gefällig?«

Was jetzt geschah, hätte überhaupt nicht in einem günstigeren Augenblick kommen können. Zuerst zersprangen die Backbord- und dann die Steuerbordbrassen der Bagienrahe, und als das mächtige Stück Stahl wild hin und her geschleudert wurde, drehten sich Bert Rhine und seine Kameraden schnell um und sanken buchstäblich in die Knie vor Angst. Im nächsten Augenblick zersprangen die Toppenanten und die Schoten des Mitteluntermarssegels, und als das Schiff sich beim Stampfen auf den Kopf stellte, fiel das Rundholz auf Deck und zerschlug die Laufbrücke. Das war den Banditen etwas Neues – mir übrigens auch.

»Macht lieber, daß ihr wegkommt«, brüllte ich höhnisch. Und die drei sahen erschrocken nach oben, welches Rundholz sie jetzt auf den Kopf bekommen würden.

Das Untermarssegel, dessen Schot von der fallenden Bagienrahe zerrissen worden war, hatte sich aus den Lieken gerissen, wurde nach Luv geschleudert und machte einen solchen Lärm, daß die drei Meuterer nicht ohne Grund befürchten mußten, die Rahe gleich herunterstürzen zu sehen. Der Führer der Banditen war freilich kein Seemann, aber doch gescheit genug, um die Gefahr zu erkennen. Er sah mich an. Und wenn ich ihm Gerechtigkeit widerfahren lassen will, muß ich einräumen, daß er seine Ruhe ganz bewahrte, selbst jetzt, da die ganze Takelung verloren schien.

»Ich denke, wir werden das Takelwerk trimmen«, erklärte er schließlich.

»Laß die Leute auch die Reuel und Oberbramleesegel bergen«, flüsterte Margaret mir ins Ohr.

»Wenn ihr oben seid, könnt ihr ja ebensogut gleich die Reuel und Oberbramleesegel bergen«, rief ich ihnen zu. »Aber macht die Beschlagseisinge schon fest.«

Noch nie während der ganzen Fahrt habe ich die Mannschaft mit solcher Schnelligkeit arbeiten sehen. Eile war aber auch vonnöten, um unsere Takelung zu retten. Sie konnten nichts tun, als die schäbigen Reste des Mitteluntermarssegels mit ihren Scheidemessern abzuschneiden; dann rissen sie das Großoberbramsegel aus dem Liek.

»Was hilft es eigentlich?« sagte ich zu Margaret, als die Segel ordentlich getrimmt und die Rahen angebraßt waren. »Dreihundertfünfzig Meilen von Land sind genausogut wie dreitausendfünfhundert, wenn es darum geht, die Leute auszuhungern.«

Statt die Elsinore die Räumte suchen zu lassen, ließ ich sie deshalb mit

Steuerbordhalsen beidrehen und nur durch die Abtrift nach Südwest treiben.
Unsere tüchtigen Aufrührer bekamen aber trotz allem im Laufe der Nacht ihren Willen. In der Dunkelheit hörten wir sie in der Takelung arbeiten, hörten, wie sie Rahen herunterholten, Schoten fliegen ließen, Segel halten und festmachten. Ich gab aufs Geratewohl einige Schüsse ab, aber alles, was ich damit erreichte, war, daß eine ganze Salve von Revolverschüssen gegen die Wände des Kartenhauses prasselte. Es ist wirklich eine höchst seltsame Situation. Wir haben die Steuerung in der Hand, während die Leute vor dem Mast die Bewegungskraft in ihrer Gewalt haben. Das einzige Segel, das sich ganz in unserer Gewalt befindet, ist der Besan. So aber scheint mir die Meuterei, die wir hier erleben, einfach lächerlich. Bei den guten alten Meutereien, den klassischen Meutereien, hätten die Matrosen längst wie wilde Tiger die Kampanje gestürmt, hätten die meisten von uns getötet oder wären zum größten Teil gefallen. Margaret aber schüttelt den Kopf und bleibt dabei, daß die menschliche Natur sich nicht ändere. Sie weist auf die Zahl bereits erfolgter Todesfälle hin und erklärt, wir würden sicher früher oder später in einer dunklen Nacht erleben, daß unsere Banditen, wenn der Hunger sie erst bisse, die Kampanje zu stürmen versuchten.
Romantisch ist es ja zweifellos, Tag und Nacht mit einer Frau zu wachen, die man liebt. Jede Ablösung ist ein Liebeserleben, das man nie vergessen wird. Nie gab es eine Brautzeit wie die unsere . . . mit den geflüsterten Ahnungen über Wetter und Wind, den leise gemurmelten Ratschlägen, den brennenden Küssen, den verwegenen Liebkosungen, die das Dunkel der Nacht verbirgt.
Wahrlich, wie oft habe ich, seit diese Reise begann, die Bücher zum Teufel gewünscht. Und doch stehen die Bücher hinter meinem Leben und dem meiner Vorfahren. Mein Ich ist zusammengesetzt aus zehntausend Generationen von meinesgleichen. Wer wollte dies widerlegen? Ich habe einen Mann getötet – Steve Roberts. Wäre ich ein urwäldlicher wilder Krieger gewesen, ich würde es ohne Bedenken getan haben. Als ein des Lesens und Schreibens kundiger Mann habe ich in der Notwehr getötet. Die Kultur hat mich also nicht verweichlicht. Ich bin vollständig ruhig geblieben. Es gehörte zu meiner Pflicht, es war eine harte Notwendigkeit. Die Männer meiner Art haben zu allen Zeiten ihre Pflicht getan, wie und wo es auch sein mochte, als kühne Abenteurer oder als zähe Pflüger, und sie tun es noch immer. Ich würde unter denselben Umständen Steve Roberts wieder töten. Wenn ich sage, ich bin von diesem Ereignis unberührt, dann meine ich es nicht ganz so. Ich bin schon davon berührt. Ich bin mir jedoch bewußt, daß ich etwas getan habe, was ich tun mußte, wie jeder aufrechte Mann tut, was er als seine Pflicht erkennt.

Ja, ich bin ein Kulturmensch und doch, wie ich jetzt täglich feststellen kann, bereit und imstande, unter den schwierigsten Verhältnissen meinen Mann zu stehen. Vielleicht auch deshalb, weil ich ein Liebender bin, der eine herrliche Frau sein eigen nennen wird.

Margaret hat recht gehabt. Die Meuterei widerspricht durchaus nicht den alten Regeln und Erfahrungen auf diesem Gebiet. Wir haben einige Tage und Nächte lang genug zu tun gehabt. Ditman Olansen, der Berserker mit den verrückten Augen, ist von Wada getötet worden, der Junge vom Schulschiff ging mit einem Sack Kohlen an den Füßen über Bord. Die Kampanje ist Gegenstand eines heftigen Angriffs gewesen, meine selbsterfundene Beleuchtung hat ihre Probe bestanden.

Der Angriff auf die Kampanje fand vor zwei Nächten statt. Nein, zuerst muß ich erzählen, daß ich eine Erfindung gemacht habe, mit dem Steward, der etwas von Feuerwerk versteht. Das Material entnahm ich unsern Leuchtraketen. Ich glaube freilich nicht, daß die Bomben sehr gefährlich sind, und ich weiß auch, daß meine Zündschnüre noch langsamer sind als die augenblickliche Fahrt der guten Elsinore – und das will etwas heißen. Aber nichtsdestoweniger haben die Bomben ihren Zweck erfüllt, und das ist ja schließlich die Hauptsache.

Und jetzt komme ich zu dem Angriff auf die Kampanje. Margaret hatte die Wache – von Mitternacht bis vier Uhr morgens –, als es geschah. Ich schlief an Deck neben der Hütte. Plötzlich hörte ich, daß dicht neben mir ihr Revolver abgefeuert wurde und immer weiter knallte. Ich sprang zunächst zu den Brassen meiner Beleuchtungskörper. Es klappte vorzüglich. Ich zog nur zwei Beleuchtungsbrassen an – und die beiden betreffenden Apparate explodierten mit einem Mordskrach, liefen im selben Augenblick die Kreuzmaststangen herunter und blieben hängen, als ihre Leinen ausgelaufen waren. Die Beleuchtung war tadellos. Henry, die beiden Segelmacher und der Steward kamen zu uns gestürzt und stellten sich an die Kampanjebrüstung. Wir hatten alle Vorteile auf unserer Seite, weil wir im Dunkeln standen, während unsere Feinde als Silhouetten gegen das Licht erschienen. Und was für ein Licht! Das Pulver knallte, zischte und knatterte, das Benzin quoll aus den brennenden Wergbällen, so daß Ströme von Feuer auf das Großdeck herabträufelten.

Es kam nicht zu einem richtigen Kampf, denn die Meuterer waren über unser Feuerwerk ganz verblüfft. Margaret schoß ihren Revolver auf gut Glück ab, während ich meinen Stutzen für jeden bereithielt, der die Kampanje entern wollte. Zufällig sah ich, daß Margaret über den Kopf eines Mannes hinweg schoß, der von der Backbordreling aus den Versuch machte, die Kampanje zu erklettern. Im nächsten Augenblick sah ich Wada wie einen wilden Stier vorstürmen und den Mann mit seinem Speer durchbohren, so daß er an Deck fiel und liegenblieb. Das war alles. Der Rest der Meuterer zog sich zurück, während die drei Stagsegel, die am unteren Ende der Stags festgemacht waren, von dem Feuer ergriffen wurden und in Flammen aufgingen.

Ich hatte jetzt zwei von meinen Beleuchtungskörpern abgebrannt und hatte nur noch einen übrig. Als ich eine Stunde darauf feststellte, daß der Feind wieder zum Angriff schritt, ließ ich die dritte und letzte explodieren, und vor ihrem Lichtschein flüchteten die Leute so schnell wie möglich wieder nach der Back.

Margarets Wache, die ich mit ihr an Deck verbrachte, wurde nicht weiter gestört. Gegen vier Uhr verlangte ich, daß sie in ihre Kabine gehen und sich hinlegen sollte, aber sie begnügte sich mit meinem Lager hinter dem Skylight. Um sieben – kurz vor dem Frühstück und während Margaret noch schlief – schickte ich Henry und Buckwheat zu der Leiche hinunter. Ich stand, den Stutzen in der Hand, oben am Bogen, bereit zu schießen, wenn es notwendig sein sollte. Die Leute im Mannschaftslogis gaben indessen kein Lebenszeichen, und die beiden Jungen konnten ungehindert die Leiche umdrehen, so daß wir sie erkennen konnten – es war der Norweger mit den irren Augen. Sie trugen ihn zur Reling und schoben ihn über Bord. Wadas Speer hatte den Mann vollkommen durchbohrt.

Aber vierundzwanzig Stunden später beglichen die Meuterer die Rechnung. Es begann damit, daß sich einige Matrosen, während Margaret und ich hinter dem Kreuzmast frühstückten, achteraus schlichen und tatsächlich bis unter das Deckengesims der Kampanje gelangten . . . ich hatte diese Möglichkeit übrigens vorausgesehen und deshalb die Bomben hergestellt. Buckwheat sah sie kommen und alarmierte uns, aber leider zu spät.

Zwei stählerne Pforten führten unter dem Deckengesims der Kampanje auf das Großdeck. Die drei oder vier Leute versuchten nun diese Pforten einzuschlagen, während die übrigen Meuterer in Deckung des Mittschiffshauses bereitstanden, um zu stürmen, sobald die Pforten nachgaben. Hinter den Pforten standen der Steward und Wada. Der Steward mit seinem Schlachtmesser, Wada mit seinem Speer. Ich selbst zündete, vom Kreuzmast gedeckt, die Zündschnur einer meiner Bomben an. Dann lief ich mit ihr über die Kampanje, ließ sie auf das Großdeck fallen und versuchte gleichzeitig, sie unter das Gesims zu schieben, wo die Matrosen an den Pforten tätig waren. Meine Bemühungen wurden indessen durch mehrere Revolverschüsse aus den Gängen neben dem Mittschiffshaus unterbrochen. Doch meine Beleuchtungskörper hatten den Meuterern Respekt vor meinen Feuerwerkskünsten beigebracht. Als jetzt die Zündschnur zischte und puffte, hatten die Meuterer schon genug und liefen aus ihrer gedeckten Stellung schnell nach der Back. Ich hätte ein paar von ihnen niederknallen können, war aber leider gerade im Begriff, die Zündschnur meiner zweiten Bombe anzuzünden. Margaret feuerte drei Schüsse ins Blaue hinein, die Kampanje wurde sofort das Ziel einer kräftigen Revolversalve.

Ich bin ein vorsichtiger und bequemer Mensch. Ich hatte gelernt, daß es sehr viel Zeit und Mühe kostet, Bomben als Heimarbeit herzustellen, und kniff deshalb den brennenden Teil der Zündschnur, die ich in meiner Hand hielt, ab. Die Zündschnur der ersten Bombe, die noch auf dem Großdeck herumkollerte, zischte inzwischen weiter; hätte nur einer der Männer, die geflüchtet waren, den nötigen Mut gehabt, so hätte er seelenruhig die Zündschnur abkneifen oder die Bombe über Bord werfen oder – was noch besser gewesen wäre – sie uns auf die Kampanje zurückschleudern können. Trotz der kurzen Zündschnur dauerte es volle fünf Minuten, bis die Bombe explodierte, und da war es eine traurige Enttäuschung. Wahrhaftig, ich hätte ruhig darauf sitzen können. Und doch erfüllte sie ihren Zweck insofern, als sie Schrecken verbreitete.

Es war ganz klar, daß die Meuterer anfingen, Mangel an Proviant zu leiden. Die Elsinore trieb an diesem Morgen ohne Segel als ein Spielzeug von Wind und Wellen umher, und die Bande warf viele Fangleinen über Bord, um Sturmvögel und Albatrosse zu fangen. Wie ich die hungrigen Fischer mit meinen Stutzen ärgerte! Es konnte sich kein Mensch vorne zeigen, ohne daß eine Kugel in gefährlicher Nähe von ihm in die stählernen Wände schlug. Und doch gelang es ihnen, einzelne Vögel zu fangen, freilich nicht ohne eigene Lebensgefahr.

Ihre Fangmethode bestand darin, daß sie Haken und Köder von einem gedeckten Platz aus über die Reling schleuderten, wenn die Elsinore unter dem leichten Winddruck auf ihr totes Werk, Sparren und Takel, langsam durch die See glitt. Sobald ein Vogel angebissen hatte, holten sie die Leine ein, bis er längsseits lag. Dann kam die kniffligste Arbeit. Die Haken waren nämlich nach innen gebogene spitzwinklige Dreiecke aus Kupferblech, die an Brettchen am Ende der Leinen befestigt waren: Der Vogel wurde festgehalten, weil sich sein krummer Schnabel zwischen den Ecken des kupfernen Dreiecks festklemmte. Folglich war der Vogel, sobald sich die Leine lockerte, wieder frei. War der Vogel längsseits gezogen, so kam also das Schwerste: ihn bis zur Reling zu ziehen, ohne daß die Leine sich lockerte oder der Vogel gegen die Schiffsseite schlug. In beiden Fällen konnte er sich befreien und war für die Fischer verloren.

Die Leute legten sich deshalb ein bestimmtes System zurecht. Sobald ein Vogel längsseits gezogen war, wurden alle Revolver auf mich gerichtet, während der Mann, der die Leine einholte, sie straffte und schnell mit ihr zur Reling lief, um den Vogel schleunigst an Bord zu ziehen. Ich gebe ohne weiteres zu, daß mir das Revolverfeuer trotz der Entfernung sehr unbequem war.

Nichtsdestoweniger tat ich mit meinem Stutzen, was ich konnte, um die Männer, die ohne Deckung an der Reling arbeiteten, zu ärgern, in der Hoffnung, daß sie einen oder mehrere der Vögel verlieren sollten.

Im Laufe des Tages gelang es mir indessen immer besser, sie in ihrer emsigen Arbeit zu stören. Wenn die Elsinore an den Wind kam, war es mir möglich, den Bug abfallen zu lassen, indem ich das Ruder hart umlegte. Und wenn der Wind dann dwars hereinkam, konnte ich, indem ich das Ruder wieder nach der andern Seite umlegte, ihre Bewegung nach Lee ausnutzen und sie wieder dwars vom Winde bringen. Dadurch erreichte ich, daß alle Vogelleinen mit ihren Haken längsseits geschleppt wurden.

Gleich das erstemal, als das geschah, hatte ich alles bereit, um die Leinen in Empfang zu nehmen. Mit Haken und Handloten, die an lange Leinen gebunden waren, faßten und zerrissen wir alle Fangleinen. Die Bewegungen eines großen Schiffes sind aber so langsam, daß es den Meuterern das nächste Mal doch gelang, die Leinen sicher einzuholen, bevor sie achteraus schleppten und ich sie mit meinen Haken fassen konnte.

Aber ich vervollkommnete mich immer mehr. Solange ich die Elsinore flach vor den Laken halten konnte, war es ihnen nicht möglich zu fischen. Ich machte weitere Versuche. Sobald wir das Schiff in den Wind gebracht und den Besan beigesetzt hatten, konnten wir auch vor dem Wind bleiben. Das tat ich nun, indem ich die Leute sich ununterbrochen am Ruder ablösen ließ. Die Folge war, daß das Fischen schließlich aufhören mußte.

Margaret hatte die Plattfußwache von vier bis sechs. Henry stand am Ruder. Wada und Louis waren unten und kochten das Abendessen. Ich war soeben an Deck gekommen und stand neben der Peilröhre, kaum sechs Fuß von Henry entfernt, der ja Rudergast war. Irgendein geheimnisvolles Geräusch aus dem Ventilationsschacht mußte meine Aufmerksamkeit erregt haben, denn ich starrte gerade in die Schachtmündung, als das Unglück geschah.

Der Ventilationsschacht ist ein stählernes Rohr, das vom Überdeck nach den unteren Räumen des Schiffes unter dem Proviantraum führte und durch die Rückwand des Kartenhauses mit der Außenwand in Verbindung steht. Seine Mündung, die in Mannshöhe liegt, ist mit eisernen Gardinen versehen, deren Stangen so dicht aneinandersitzen, daß nicht einmal eine Ratte imstande wäre, sich hindurchzuzwängen. Von dieser Mündung aus beherrscht man das Ruder, das kaum fünfzehn Fuß davon entfernt gerade auf der anderen Seite des Niedergangluks liegt. Es war nun einem der Meuterer gelungen, sich durch den freien Raum zwischen den Kohlen und der Decke des untersten Raumes hindurchzuschlängeln. Dann war er durch den Ventilationsschacht geklettert und hatte zwischen den eisernen Stangen hindurch mit dem Revolver gezielt.

Plötzlich sah ich Rauch aus dem Schacht aufsteigen und hörte den Knall. Im selben Augenblick vernahm ich ein leises Gurgeln, und als ich mich umdrehte, sah ich, daß Henry sich krampfhaft an die Spaken des Steuerrades klammerte, während er ganz unbewußt das Rad um die Hälfte zurückdrehte. Dann erst fiel er nieder. Die Kugel war dem Jungen durchs Herz gegangen.

Tom Spink und der Segelmachermaat Uchino sprangen sofort zu Henry hin. Der Revolver schoß immer durch die Schachtmündung, und die Kugeln schlugen über ihren Köpfen in das Halbdach des Steuerhauses. Zum Glück wurde keiner weiter getroffen, und die Leute sprangen so schnell wie möglich aus dem Bereich der Kugeln. Einige Sekunden liefen noch Zuckungen durch den Körper des Jungen, dann hörten sie auf.

Die Lage ist hoffnungslos lächerlich. Wir achtern verfügen über die Proviantbestände der Elsinore, aber die Meuterer beherrschen jetzt auch die Steuerung. Das heißt: Sie beherrschen sie, ohne im Besitz des Ruders zu sein. Weder sie noch wir sind also imstande zu steuern. Die Kampanje, die den Kommandoplatz darstellt, befindet sich in unserer Hand. Das Steuerrad ist an der Kampanje untergebracht, aber durch die vergitterte Mündung des Ventilationsschachtes können sie jeden niederknallen, der sich dem Steuer nähert. In Deckung des Kartenhauses können sie wie in einem Gefechtsturm stehen und uns auslachen.

Im Schutze der Nacht könnten wir freilich ohne allzu große Mühe das Steuerreep vom Helmstock abnehmen und statt dessen Steuertaljen anlegen. Dann wären wir imstande, ohne Gefahr von beiden Seiten der Kampanje aus zu steuern. Wir lassen aber die Elsinore in dem prächtigen Wetter treiben, wohin sie will. Laßt die Meuterer nur hungern! Der leere Magen wird sie schon wieder zur Vernunft bringen. Auf seine Weise ist es wirklich unerhört komisch! Die Sturmvögel und die Albatrosse haben die Elsinore, wie es ihre Gewohnheit ist, durch die gesamten Breitengrade, in denen sie zu Hause sind, begleitet – was bedeutet, daß lediglich eine gewisse Menge von ihnen vorhanden ist, die sich nicht vergößern kann. Die Schlußfolgerung ist klar: Erstens, ein vorhandener, aber begrenzter Bestand an Vogelfleisch. Zweitens, die Meuterer haben jetzt keinen anderen Proviant mehr als Vogelfleisch. Wenn der einzige, erreichbare Proviant vernichtet wird, haben sie also nicht

mehr zu essen und werden durch den Hunger zur Pflicht gezwungen. Nach dieser einfachen logischen Schlußfolgerung organisierte ich meine Tätigkeit. Ich begann ganz versuchsweise, Fleischbrocken und alte Brotkrusten ins Wasser zu werfen. Wenn die Vögel dann kamen, um sie zu erhaschen, schoß ich sie. Jedes Tier, das tot auf der See herumschwamm, bedeutete weniger Essen für die Meuterer. Aber ich verbesserte die Methode nach und nach. Gestern sah ich den Medizinschrank durch und bestreute meine Fettbrocken und Brotrinden mit dem Inhalt sämtlicher Schachteln und Flaschen, die ein Schild mit einem Totenkopf trugen. Auf Rat des Stewards tat ich zu dieser an sich schon tödlichen Mischung noch ein bißchen Rattengift. Heute schon gibt es keinen einzigen Vogel mehr in der Luft.
Freilich haben die Meuterer gestern einige gefangen, als ich die Vögel noch mit meinem Stutzen tötete, jetzt aber ist der gesamte Rest dahin, sie bekommen also keine Lebensmittel mehr, ehe sie reumütig an ihre Arbeit zurückkehren. Eigentlich ist es das reine Kinderspiel, und doch kämpfen wir hier auf Tod und Leben. Ich habe soeben ausgerechnet, wie viele Todesfälle seit Beginn unserer Reise erfolgt sind.
Zuerst wurde Christian Jespersen von O'Sullivan getötet, als der verrückte Kerl die Stiefel Andy Fays über Bord werfen wollte. Dann kam die Reihe an O'Sullivan selbst, der den Schlaf des Herrn Charles Davis störte und dem dieser Ehrenmann deshalb mit einem stählernen Marlpfriem den Schädel einschlug. Ferner wurde Marinkowitsch ganz zweifellos von der Banditenbande ermordet, als wir mit der Umsegelung von Kap Horn begannen – Messerstiche machten seinem Leben ein Ende: Wir fanden seine Leiche an Deck und überließen sie den Wellen. Ferner verschied der Kapitän – sein Tod war freilich nicht gewaltsam, aber er starb immerhin, als die gewalttätigen Elemente wüteten und Pike kämpfte, um zu verhindern, daß die Elsinore auf den Legerwall von Kap Horn auflief. Ihm folgte Bonny, der über Bord gespült wurde, als es uns gelang, der meerumtosten Klippe zu entrinnen, wo die südlichste Spitze des Kontinents sich in das sturmgepeitschte südliche Polarmeer verbeißt. Der junge finnische Zimmerbaas wurde von seinen abergläubischen Kameraden über Bord geworfen, weil sie glaubten, daß er über Wind und Wetter bestimmen könne. Dann kam die Reihe an Mike Cipriani und Bill Quigley, die beide auf der Kampanje niedergeknallt und von Pike mit gewaltigen Fußtritten über Bord befördert wurden. Sie blieben in der See als Futter für die hartschnäbeligen Albatrosse und für die Sturmvögel und die schwarzgefiederten Kaptauben. Steve Roberts, der ehemalige Cowboy, wurde von mir erschossen, als er mich niederknallen wollte. Die Kehle des Schweizers Hermann Lunkenheimer wurde vor unser allen Augen von Bombini durchschnitten. Die beiden Steuermänner Pike und Mellaire haben sich gegenseitig

umgebracht; es muß ein Kampf gewesen sein, eines Epos würdig, wenn auch leider keiner dabei war. Ditman Olansen wurde von dem Speer Wadas durchbohrt, als er an der Spitze der Meuterer den Berserker spielte und den Versuch machte, die Kampanje zu entern. Und als letztes Opfer wurde Henry, der Schulschiffsjunge, durch eine Kugel aus der Schachtmündung getötet.

Nein, wenn ich diese Musterungsrolle des Todes durchlese, muß ich gestehen, daß es sich tatsächlich nicht um ein Kinderspiel handelt. Wir unsererseits haben nicht weniger als ein Drittel verloren, und selbst die blutigsten Schlachten der Weltgeschichte weisen selten eine verhältnismäßig so hohe Verlustziffer auf.

Henry war der vierzehnte von uns, der in den dunklen, salzigen Wogen der völligen Auflösung entgegenging. Und noch am selben Tage wurde er gründlich gerächt, denn zwei der Meuterer haben ihm ins Meer folgen müssen. Der Steward lenkte meine Aufmerksamkeit auf etwas, das vorn vor sich ging. Er vergaß einen Augenblick seine Stellung als Diener und legte mir die Hand auf den Arm, während er grimmig nach vorn guckte, wo die Matrosen soeben zwei Leichen über Bord schoben. Da sie Kohlen an den Füßen hatten, versanken sie sofort, ohne daß wir sie erkennen konnten.

»Sie haben vermutlich einen Streit gehabt«, sagte ich. »Es ist sehr gut, daß sie auch mal miteinander kämpfen.«

Aber der alte Chinese lachte nur und schüttelte den Kopf.

»Sie glauben nicht, daß sie sich gerauft haben?« fragte ich.

»Kein Rauferei. Sturmvogel gegessen. Albatros vergiftetes Fleisch gefressen. Zwei Matrosen tot. Viele Männer krank. Verflucht große Freude für mich.«

Ich bin überzeugt, daß er recht hat. Während ich eifrig damit beschäftigt war, den Köder für die Seevögel zurechtzumachen, haben die Meuterer tatsächlich einige gefangen, und zweifellos gerade solche, die die tödlichen Köder gefressen hatten. Wir haben genau aufgepaßt. Nur zwei von der gesamten Mannschaft haben sich seitdem nicht gezeigt, und das sind Bob, der große überfette und blöde Jüngling, und der Faun. Es scheint, als ob es mir bestimmt war, den unglücklichen Faun töten zu müssen, der immer so eifrig und so fleißig war und stets nur den Wunsch hatte, alles zu unserer Zufriedenheit auszuführen.

Der Steward hat mir soeben einen Rat zugeflüstert.

»Nächstenmal wir einen wie Henry über Bord werfen, besser alter Eisen als Kohle brauchen.«

»Gehen unsere Kohlen auf die Neige?« fragte ich.

Er nickte. Wir brauchen viel Kohle zum Kochen, und wenn unser eigener Vorrat aufgebraucht ist, müssen wir ein Schott durchschlagen, um uns Kohlen aus der Fracht zu holen.

Die Situation beginnt sich zuzuspitzen. Seevögel gibt es nicht mehr, bei den Meuterern meldet sich der Hunger. Gestern hatte ich eine Unterredung mit Bert Rhine. Heute sprach ich wieder mit ihm, und diese kurze Unterredung wird er nie vergessen. – Es war gegen fünf Uhr nachmittags, als ich plötzlich seine Stimme durch die Schachtmündung in der Rückwand des Kartenhauses hörte. Ich stand an der Ecke des Hauses, also außer Schußbereich, und antwortete ihm von dort aus.
»Na, ihr habt wohl Hunger bekommen?« höhnte ich. »Ich will euch mal erzählen, was wir heute zum Mittagessen haben. Hör mal zu, mein Junge: Zuerst Kaviar mit Toast, dann Muschelsuppe, dann Hummer in Mayonnaise, Hammelkoteletts mit französischen Erbsen und dann kalifornischen Spargel mit holländischer Soße. Danach gibt es Pfirsichpudding und endlich Kaffee, richtigen Bohnenkaffee. Wirst du nicht hungrig?«
Ich habe übrigens gar nicht so sehr geflunkert. Was ich schilderte, war tatsächlich so ungefähr, was wir zu Mittag haben sollten.
»Hören Sie auf damit«, zischte er wütend. »Ich will ernsthaft mit Ihnen reden.«
»So, wirklich?« höhnte ich. »Sehr schön. Wann gedenkt ihr denn die Arbeit wiederaufzunehmen?«
»Lassen Sie den Unsinn«, fauchte er zurück. »Ich werde euch geben, was ihr in dieser Welt noch braucht. Ich will Ihnen gerade was erzählen.«
»Du mußt schon entschuldigen, mein Junge, aber ich bin ein bißchen schwer von Begriff«, antwortete ich. »Du mußt schon etwas deutlicher werden.«
Und während ich mit ihm sprach, merkte ich, wie natürlich es mir fiel, Ausdrücke zu finden, die ihm am verständlichsten waren. Ihm gegenüber mußte ich mich der elementarsten Sprache von Leben und Tod, Essen und Trinken, Roheit und Grausamkeit bedienen.
»Ich will euch eine Chance geben«, fuhr er fort. »Gebt jetzt nach, und wir werden euch nichts tun, keinem von euch!«
»Und wenn wir nun nicht darauf eingehen«, warf ich hin.
»Dann werden Sie bedauern, daß Ihre Mutter Sie je geboren hat! Sie sind kein Dummkopf! Sie haben hier an Bord ein kleines Mädchen, das ganz verrückt nach Ihnen ist. Verstehen Sie?«
O ja, ich verstand wohl, was er meinte. Und aus irgendeinem Grunde tauchte in meinem Gehirn ein Bild dessen auf, was ich über die Belagerung der Gesandtschaften in Peking gelesen hatte und was die weißen Männer in bezug auf ihre Frauen beabsichtigt hatten für den Fall, daß die Gelben die letzten Verteidigungslinien durchbrechen sollten. Und der alte Steward verstand es auch – denn in seinen schwarzen Augen

sah ich, hinter den schiefen engen Lidern, ein mörderisches Feuer aufglimmen. Er wußte nur zu gut, worauf der Bandit hinzielte.
»Verstehen Sie, was ich meine?« fragte der Bandit wieder.
Ich fühlte meinen Zorn aufsteigen. Keinen heißen Zorn, sondern eine eiskalte Wut. Und ich entflammte noch mehr. Es war kein roter, tierischer Zorn. Er entstammte dem Hirn. Er entsprang dem Denken und der Geschichte. Einem Denken und einer Geschichte, die sich zu einer besonderen Lebensweisheit entwickelt haben. Es ist kein Kraftmeiertum, sondern ein Bewußtsein des eigenen Wertes und des Wertes derjenigen, die ihre Pflicht erfüllen. Ich begriff, daß es Unterschiede gibt zwischen den Menschen, und besonders an Bord eines Kohlenfrachters wie die Elsinore. Manchmal fühlte ich mich wie ein König in seinem Reich an der Seite einer geliebten Frau im Bewußtsein der Sauberkeit meines Wollens. Ich sehe den Unterschied zwischen mir und denjenigen unter der Mannschaft, die den Weg der Rechtschaffenheit und der Pflicht verlassen haben. Darum lehne ich mich auf gegen jeden Banditen.
Mein Zorn war weiß und kalt.
Diese menschliche Bestie, diese unterirdische Ratte wagte es, durch die untersten Räume des Schiffes zu kriechen, um mir und den meinen zu drohen?
»Wenn du wie ein räudiger Köter auf deinem dreckigen Bauch über das Deck kriechst, wenn du zeigst, daß du froh bist, überhaupt arbeiten zu dürfen, erst dann werde ich weiter mit dir reden. Verstanden?«
Zehn Minuten lang warf er mir durch die Schachtmündung die gemeinsten Schimpfwörter an den Kopf, die er im Rinnstein New Yorks aufgelesen hatte. Ich gab ihm indessen keine Antwort mehr.
Als ich heute morgen sah, wie sich der Steward mit einem Behälter, der Schwefelsäure enthielt, abmühte, ahnte ich freilich nicht, was er beabsichtigte.
Ich hatte mir unterdessen eine andere Möglichkeit ausgedacht, diesen todbringenden Schacht unschädlich zu machen. Meine Idee war so einfach, daß ich mich direkt schämte, nicht früher darauf gekommen zu sein. Die Öffnung war an sich ja nicht sehr groß. Zwei Säcke Mehl in einem hölzernen Rahmen, die mit Tauen am Gesims des Kartenhauses aufgehängt wurden, so daß sie gerade vor der Öffnung herunterhingen, genügten vollkommen, um sie zu verdecken und jedes Revolverschießen wirkungslos zu machen. Kaum gefaßt, wurde der Plan auch schon zur Ausführung gebracht. Tom Spink und Louis standen mit mir auf der Decke des Kartenhauses, um die Mehlsäcke festzubinden, als wir eine Stimme aus dem Schacht hörten.
»Wer ist denn jetzt da?« fragte ich. »Sag schnell, was du willst.«
»Ich will Ihnen noch eine Chance geben«, antwortete Bert Rhine.

Gerade in diesem Augenblick kam der Steward um die Ecke des Hauses. Er trug einen großen verzinkten Eimer in der Hand, und ich dachte, daß er gekommen sei, um Regenwasser aus dem Tank zu holen. In derselben Sekunde, in der dieser Gedanke mir durch den Kopf schoß, schwang er den Eimer und schleuderte den ganzen Inhalt in den Schacht. Im selben Augenblick wußte ich, was es war: konzentrierte Schwefelsäure!

Der Bandit muß das flüssige Feuer ins Gesicht und in die Augen bekommen haben. Und infolge des plötzlichen Schmerzes muß er den Halt verloren haben, denn er fiel durch den ganzen Schacht bis auf die Kohlen im untersten Raum des Schiffes. Sein Geschrei und sein Gewimmer waren unerträglich anzuhören. Ich mußte unwillkürlich an die hungernden Ratten denken, deren Wimmern wir während der ersten Monate der Reise durch denselben Schacht hatten hören müssen. Ich ziehe es vor, daß Männer offen und redlich getötet werden.

Wir verdeckten den Schacht mit unseren Mehlsäcken. Allmählich hörte das Schreien auf – offenbar, weil das Opfer von seinen Kameraden über die Kohlen nach vorn geschleppt wurde. Und doch muß ich bekennen, daß mir den ganzen Nachmittag schlecht war. Zum Glück war Margaret unten, als es geschah. Als ich wenige Minuten später meine Selbstbeherrschung wiedergewonnen hatte, befahl ich meinen Leuten, ihr den Vorfall zu verschweigen.

Ja, wir haben auch schon dafür büßen müssen! Gestern hörten wir den ganzen Tag hindurch ein seltsames Geräusch unter dem Boden der Kajüte oder des Decks. Wir hörten es unter dem Eßtisch, unter der Pantry des Hofmeisters, unter Margarets Kajüte. Das Deck ist mit Planken belegt, aber unter den hölzernen Planken ist Stahl. Begleitet von Wada, Louis und dem Steward gingen Margaret und ich diesem seltsamen Geräusch nach, das bald wie das Klopfen von Hämmern, bald wie das Klirren von Meißeln gegen Eisen anzuhören war. Das Klopfen schien von überall zu kommen, aber wir waren uns einig, daß uns das nur ablenken sollte – die Konzentration auf eine Stelle, die notwendig war, um eine Öffnung zu schaffen, groß genug, daß ein Mann hindurchkriechen könnte, hätte unvermeidlich unsere Aufmerksamkeit auf diese Stelle lenken müssen.

Ich entband Buckwheat deshalb von aller Arbeit an Deck und stellte ihn auf Posten, um den Kajütenboden zu überwachen. Während Margarets Wache sollte ihn dann der Steward ablösen.

Spät am Nachmittag hörte jedes Geräusch auf, nachdem an verschiedenen Stellen wie wahnsinnig gehämmert und gemeißelt worden war. Als ich gegen Mitternacht auf Deck ging, löste Backwheat wieder den Steward in der Überwachung der Kajüte ab. Als ich mich an den Kampanjebogen lehnte, während meine vier Wachstunden langsam vor-

überglitten, ahnte ich nicht im geringsten, welche Gefahr uns von der Hütte her drohte. Die Schurken konnten vielleicht die Kampanje entern oder in die Wanten und von dort aus zu uns herunterspringen. Wie sie uns aber durch den Boden angreifen wollten, das wollte mir durchaus nicht einleuchten. Und doch taten sie es!
Es war gegen zwei Uhr morgens geworden, und ich hatte mir schon eine Stunde lang den Kopf zerbrochen, weil aus der Back Rauch aufstieg und ich durchaus nicht verstehen konnte, warum die Meuterer zu einer so gottverlassenen Stunde Dampf unter der Donkeymaschine aufgemacht hatten. Da kam Wada über das Deck gelaufen.
»Schlimme Geschichte mit Buckwheat«, rief er mir zu. »Kommen Sie ganz schnell.«
Ich überließ ihm meinen Stutzen und befahl ihm aufzupassen, während ich um das Kartenhaus lief. Zwischen dem Niedergang und dem Rad saß Buckwheat. Er wiegte sich hin und her und schlug mit den Armen um sich, während ihm vor Schmerzen Tränen aus den Augen liefen. Er hustete schrecklich und rang nach Luft. Ich ging zu ihm hin, und ein einziger Atemzug von dem Gas, das von unten aufstieg, ließ mich nach Luft schnappen und husten. Es war Schwefeldampf, den ich eingeatmet hatte. Im selben Augenblick vergaß ich die Elsinore, die Meuterer und alles andere und dachte nur an eines . . .
Ich schoß die Treppe des Niedergangsluks hinunter und irrte ganz schwindlig in dem großen Heckraum umher, während die Schwefeldämpfe mich fast erstickten. Bei dem trüben Schein einer Schiffslaterne sah ich den alten Steward, der, auf Händen und Füßen kriechend, hustend und keuchend den Segelmacher Yatsuda schüttelte, um ihn aus dem schweren Schlaf zu wecken. Uchino, der Segelmaat, lag noch immer da und röchelte im Schlaf.
Ich kam auf den Gedanken, daß die Luft näher am Boden vielleicht besser sein würde, und fand es sofort bestätigt, als ich mich auf Knie und Hände legte. Schnell wickelte ich Uchino aus seinen Decken, hüllte mir die Laken um Kopf, Gesicht und Mund, stand dann wieder auf und stürzte in die Diele. Nachdem ich mehrmals gegen die Holzwände geprallt war, legte ich mich wieder auf den Boden und ordnete die Laken so, daß mein Mund zwar bedeckt blieb, es mir aber doch möglich wurde, die Augen freizumachen oder zu verhüllen, wie es mir paßte. Der Schmerz, den mir die Dämpfe verursachten, war schon an sich schlimm genug, am schlimmsten aber war es, daß ich so furchtbar schwindlig wurde. Ich taumelte in die Pantry hinein und wieder heraus, konnte den Quergang nicht finden, wankte durch die nächste Steuerbordtür in den großen Korridor und stieß zuletzt kräftig mit dem Eßtisch zusammen. Ich tastete mich um den Tisch herum, stürzte dann wieder in den Quergang und suchte den Weg nach Steuerbord zu finden. Hier,

am Fuß der Treppe zum Kartenhaus fand ich endlich den hinteren Korridor. Jetzt war mein eigener Zustand offenbar so ernst geworden, daß ich in großen Sprüngen achteraus eilte.

Die Tür zu Margarets Kammer stand offen. Ich taumelte hinein. Als ich das Laken von meinen Augen nahm, erhielt ich eine Vorstellung davon, wie es sein muß, wenn man blind ist. Mein Gott, wie mir die Schwefeldämpfe Lunge, Nase, Augen, ja selbst das Gehirn verbrannten und peinigten! In Margarets Kammer brannte kein Licht. Ich konnte nur noch röcheln. Ich taumelte hinein und brach über ihrem Bett zusammen. Sie war nicht da. Ich raffte mich auf und tastete mich weiter. Meine Lunge schrie buchstäblich nach frischer Luft, und der Schmerz, den mir der Schwefel verursachte, war so groß, daß ich nahe daran war, alles aufzugeben.

Da hörte ich aus der Diele ein furchtbares Husten. Das flößte mir neues Leben, neue Kräfte ein. Ich taumelte vom Bett in den Korridor, und es gelang mir, mich auf den Beinen zu halten, bis ich die Diele erreichte. Von dort kroch ich dann auf Händen und Füßen nach dem Treppenhaus. In meiner nächsten Nähe hörte ich jemand röcheln und sich bewegen. Mit Mühe gelang es mir, mich am Geländerpfosten aufzurichten, um zu lauschen. Dann fiel ich über etwas – und fühlte unter meinen Händen den süßen, weichen Körper Margarets.

Wie soll ich den Kampf schildern, den es mich kostete, die Treppe mit ihr hinaufzuklettern? Ein Mal über das andere war ich nahe daran, das Bewußtsein zu verlieren, und immer wieder fühlte ich mich versucht, den Kampf aufzugeben und mich in die ewige Finsternis versinken zu lassen. Aber ich stritt mich von Stufe zu Stufe vorwärts. Margaret war vollkommen bewußtlos, ich mußte auch noch ihren Körper von Stufe zu Stufe hinauftragen. Doch aus all diesen Kämpfen erinnere ich mich, daß ihr warmer, weicher Körper mir das Liebste auf der Welt war ... unendlich viel lieber als das lächelnde schöne Land, das ich nur als etwas ganz Fernes vor mir sah, lieber als alle Bücher und alle Menschen, die ich je gekannt, lieber als das Deck droben mit seiner herrlichen frischen Luft und dem milden Wind unter dem kühlen, sternenübersäten Himmel.

Und dabei betete ich, daß die Türen des Kartenhauses nicht verschlossen wären! Leben und Tod hingen davon ab. Endlich erreichte ich die oberste Stufe der Treppe, aber ich war schon zu erschöpft, um aufstehen zu können. Ich schleppte mich am Boden entlang. Es waren in Wirklichkeit nur wenige Fuß von der Treppe bis zur Tür – aber während ich mich diese paar Fuß weiterschleppte, starb ich eines mehrfachen schmerzhaften Todes.

Die Tür stand offen! Sowohl die Tür nach Steuerbord wie die nach Backbord standen sperrangelweit offen. Und als die Elsinore schlingerte, sauste ein Windzug durch den Gang und füllte meine Lunge mit frischer, kühler Luft. Margaret hinter mir herziehend, schleppte ich mich über die hohe Türschwelle und hörte wie aus weiter Ferne das Brüllen kämpfender Männer und das Knallen der Revolver und meines Stutzens. Und ehe ich in Bewußtlosigkeit versank, sah ich, wenn auch nur traumhaft und entfernt, die scharfen Silhouetten von Männern auf der Kampanje, dunkle Schatten, die hieben, fochten und schlugen . . . und das alles überragte der Kreuzmast, hell von meinen Feuerwerkskörpern beleuchtet.

Es gelang den Meuterern nicht, die Kampanje zu erstürmen. Meine fünf Asiaten und die beiden Weißen verteidigten die Festung mit Erfolg, während Margaret und ich bewußtlos dalagen.

Die Sache war an sich ganz einfach. Die modernen Quarantänebestimmungen fordern, daß auf einem Schiff kein Ungeziefer geduldet wird. Im Donkey-Maschinenraum ist deshalb eine vollständige Desinfektionsanstalt eingerichtet. Die Meuterer brauchten also nichts zu tun, als Röhren achteraus über die Kohlen zu legen, ein Loch durch den Doppelboden aus Stahl und Holz in der Kajüte zu bohren, eine Verbindung mit dem Desinfektionsapparat herzustellen und dann den Kessel zu heizen. Wir wären also von unseren Banditen fast wie die Ratten ausgeräuchert worden.

Wada hatte die eine, der alte Steward die andere Tür des Kartenhauses geöffnet. Sie hatten beide den Versuch gemacht, die Treppe hinabzugelangen, waren aber von den furchtbaren Dämpfen zurückgetrieben worden. Dann hatten sie sich am Kampf beteiligen müssen, um den Sturm auf die Kampanje abzuschlagen.

Erst jetzt, nach fünf bis sechs Stunden, können Margaret und ich wieder unbehindert atmen. Aber meine Lunge war doch nicht so wund, daß ich ihr nicht hätte erzählen können, was sie nach meinem letzten Erlebnis für mich bedeutet.

Liebe ist wirklich etwas Wundervolles. Kein Mann gelangt jemals höher als zur Liebe. Tief, tief unter ihm liegen dann Streben und Streiten aller philosophischen Dunkelmänner. Denn wer nicht geliebt hat, hat die letzte und tiefste Süße des Lebens nicht gekostet.

Die letzten vierundzwanzig Stunden haben uns viele Überraschungen gebracht. Erstens hätten wir gestern während der Plattfußwache beinahe unseren alten Steward verloren. Es war einem der Meuterer gelungen, ein Messer durch die Schlitze der Schachtmündung zu stechen und die Mehlsäcke aufzuschneiden. In der Dunkelheit war dann das ganze Mehl hinausgelaufen, ohne daß wir es bemerkt hatten.

Der Mann, der dahinter stand, konnte selbstverständlich nicht durch die Hülle der leeren Säcke sehen, als er aber den Steward in seinen Pantoffeln vorbeischlurfen hörte, schoß er, ohne zu zielen, auf so kurze Entfernung, daß er hätte treffen müssen. Zum Glück schoß er dennoch vorbei, aber dem Steward wurden Hals und Backe vom Pulver verbrannt.

Während der Dianawache, um sechs Glasen, kam eine weitere Überraschung. Als ich an der Brüstung der Kampanje stand und Wache hielt, kam Tom Spink zu mir gestürzt. Seine Stimme zitterte merkbar, als er sagte: »Gott sei mir gnädig, Herr, jetzt sind sie da.«

»Wer?« fragte ich barsch.

»Sie«, stammelte er. »Die Gespenster, die bei Kap Horn an Bord kamen, Herr, die drei toten Seeleute. Sie stehen hier achtern, Herr, die drei, neben dem Ruder.«

»Wo sind sie denn hergekommen?«

»Das ist's ja eben, Herr. Sie sind durch die Luft geflogen, sie sind eben Gespenster.«

Der arme Tom seufzte.

»Aber es sind ja Wanten genug da, so daß sie vom Mittelmast in den Kreuzmast entern konnten«, sagte ich. »Schick mir Wada mal her.«

Als Wada mich abgelöst hatte, ging ich achteraus. Und da standen tatsächlich unsere drei fahlhaarigen Sturmwaisen mit den topasfarbenen Augen. Im Schein der Blendlaterne, die Louis auf sie richtete, glichen ihre Augen mehr als je denen großer Katzen. Und so wahr ich lebe: Sie spannen auch noch wie die Katzen – tatsächlich klangen die dumpfen Laute, die sie hören ließen, ganz wie das Schnurren der Katzen. Es war aber ganz deutlich, daß diese Laute eine freundliche Absicht kundtun sollten. Dann nahmen sie die Mützen ab und legten der Reihe nach meine Hand auf ihre Köpfe. Unzweifelhaft sollte das bedeuten, daß sie mir Gehorsam und Treue schworen und mich als ihren Herrn und Meister anerkannten. Ich nickte mit dem Kopfe. Was konnte ich mit Männern tun, die wie Katzen spannen! Tom Spink knurrte einen leisen Protest, als ich Louis Bescheid gab, sie nach unten zu führen und ihnen die nötigen Bultsäcke zu geben.

Ich bedeutete ihnen durch Zeichen, daß sie schlafen gehen sollten. Sie nickten dankbar, zeigten jedoch zuerst auf ihren Mund und hielten dann die Hand mit vielsagender Miene vor den Leib.

»Ertrunkene Seemänner essen nicht«, sagte ich lachend zu Tom Spink. »Geh mit ihnen hinunter und überwache sie. Und du, Louis, gib ihnen so viel zu essen, wie sie haben wollen. Ihr Hunger ist der beste Beweis, wie es vorn steht.«

Nach einer halben Stunde kam Tom Spink wieder.

»Nun, haben sie gegessen?« neckte ich ihn.

Er ließ sich aber nicht überzeugen. Selbst die ungeheuren Mengen, die sie verzehrt hatten, erschienen ihm verdächtig.
Das dritte Ereignis gab es heute morgen gegen sieben Uhr. Die Meuterer wünschten zu verhandeln. Als Nasen-Murphy, der Malteser-Londoner und der unvermeidliche Charles Davis auf dem Großdeck unter mir standen, sah ich, wie fahl ihre Gesichter waren. Der Hunger war mein bester Verbündeter.
»Nun, was wollt ihr?« fragte ich. »Ich habe nicht viel Zeit für euch, das Frühstück wartet schon.«
Charles Davis wollte sprechen, aber ich unterbrach ihn.
»Mit dir habe ich nichts zu tun, Davis. Vielleicht später, vor dem Gericht, von dem du immer geredet hast.«
Er wollte wieder sprechen, wurde aber von Nasen-Murphy unterbrochen.
»Halt die Fresse, Davis«, knurrte der Bandit, »oder ich stopfe sie dir gründlich.« Er sah zu mir empor. »Wir wollen wieder arbeiten, das ist es, was wir wollen.«
»So bittet man nicht darum«, antwortete ich.
»Herr«, fügte er schnell hinzu.
»Das klingt schon besser«, meinte ich.
»Um Gottes willen, Herr, lassen Sie die Meuterer nicht achteraus kommen«, flüsterte Tom Spink mir schnell ins Ohr. »Dann ist es aus mit uns.«
Ich tat, als hörte ich nichts und wandte mich wieder zu den Banditen.
»Nichts ist so gut wie Arbeit, wenn ihr es ebenso eifrig wünscht, wie ihr schlecht ausseht. Ich denke, ihr werdet alle Segel setzen, um mir zu zeigen, daß ihr es ehrlich meint.«
»Wir möchten gern zuerst was zu essen haben, Herr«, wandte er ein.
»Und ich möchte euch zuerst mal die Segel setzen sehen«, lautete meine Antwort. »Außerdem ist es gut, wenn ihr gleich einseht, daß ihr hier auf dem Schiff immer tun müßt, was ich wünsche.«
Nasen-Murphy zögerte und sah den Malteser-Londoner an, um einen Rat von ihm zu erhalten. Der überlegte, indem er prüfend nach oben sah und die Arbeit abschätzte. Schließlich nickte er.
»Jawoll, Herr«, erklärte der Bandit. »Dann werden wir das tun . . . aber könnten sie nicht unterdessen kochen lassen?«
»Ich denke nicht daran. Wenn alle Segel gesetzt und alle Rahen gebraßt und der ganze Dreck ordentlich getrimmt ist, sollt ihr euer Futter kriegen. Den Besan und die Kreuzmastbrassen könnt ihr lassen . . . das ist immerhin eine Erleichterung.«
Als sie aufenterten, sah man, wie entkräftet sie waren. Der arme Sundry Buyers hielt sich immerfort den Bauch, während er um den Achterkaapstand herumlief. Nie hatte das Gesicht Nancys so verzweifelt

und hoffnungslos ausgesehen wie jetzt, als er auf Befehl des Malteser-Londoners aufenterte, um das Mittelobermarssegel loszumachen.
Da ich gerade dabei bin, muß ich von einem herrlichen Wunder berichten, das sich vor unseren Augen abspielte. Sie waren im Begriff, mit dem einen Patentspill die Mitteloberbramrahe aufzuholen. Obgleich es ein Doppelspill war, so daß die Kraft, die sie benötigten, um die Hälfte herabgesetzt wurde, schien es doch eine schwere Arbeit für sie zu sein. Lars Jacobsen humpelte mit seinem gebrochenen Bein herum, und Sundry Buyers, der Griechen-Tony, Bombini und Mulligan Jacobs halfen ihm. Murphy nahm den Törn. Als sie vor Überanstrengung eine Pause machen mußten, fiel Murphys Blick zufällig auf Davis . . . den einzigen, der seit den ersten Tagen der Reise keine Hand zur Arbeit gerührt hatte und es auch jetzt nicht tat.
»Faß mit an, Davis«, rief der Bandit.
Der Seerechtsverdreher guckte den anderen verblüfft an, ehe er antwortete.
»Fällt mir gar nicht ein.«
Murphy gab Sundry Buyers ein Zeichen, daß er einspringen sollte, reckte sich, trat dicht an Charles Davis heran und wiederholte dann ganz ruhig. »Na, wird's bald?«
Das war alles. Keiner von ihnen sagte sonst etwas. Es schien, als ob Charles Davis sich die Sache einen Augenblick vom rein juristischen Standpunkt aus überlegte. Die anderen sahen keuchend zu . . . alle mit Ausnahme Bombinis, der sich über das Deck schlich, bis er dicht neben Murphy stand.
Unter diesen Umständen war der Entschluß, den Davis faßte, der einzig richtige.
»Also schön«, sagte er.
»Du kannst Erlaubnis kriegen, mit einem Spaaken herumzugondeln«, sagte Murphy.
Der Seerechtsverdreher war zu schlau, um eine Dummheit zu machen. Er wußte genau, daß es Leben und Tod galt, er humpelte zum Kaapstand hinüber und nahm seinen Platz ein. Unsere Leute traten an die Kampanjebrüstung, um das herrliche Schauspiel, Davis arbeiten zu sehen, zu genießen.
All das schien Nasen-Murphy Spaß gemacht zu haben, denn während er die Klinken ausdrehte, faßte er Davis kritisch ins Auge.
»Mehr Knochenfett!« herrschte er ihn an.
Davis nahm sich sichtlich zusammen.
Das war indessen zuviel für unsere Leute, und alle, selbst die Asiaten, begannen zu lachen und Beifall zu klatschen. Was konnte ich dagegen tun? Es war eben ein Festtag für uns, und unsere Getreuen hatten sich das bißchen Unterhaltung wahrlich verdient. Ich tat deshalb, als ob ich

diesen Bruch der Disziplin gar nicht bemerkt hätte, und schlenderte mit Margaret achteraus. Am Steuer stand eine unserer Sturmwaisen. Ich ließ ihn den Kurs auf Valparaiso nehmen und schickte dann den Steward in die Kajüte, um Proviant für eine ordentliche Mahlzeit für die Meuterer zu holen.

»Wann kriegen wir wieder was zu essen, Herr?« fragte Nasen-Murphy, als der Steward ihm den Proviant von der Kampanje herab übergab.

»Zu Mittag«, antwortete ich. »Solange ihr, du und deine Bande, eure Arbeit tut, kriegt ihr dreimal täglich was. Aber die Schiffsarbeit muß gemacht werden, und willig! Verstanden? Und jetzt macht, daß ihr voraus kommt.«

»Noch eins, Herr«, sagte er schnell. »Es geht Bert Rhine verflucht drekkig. Er kann nicht sehn, Herr. Sein Gesicht wird ganz aufgefressen von der Säure. Er winselt immerfort.«

Ich wählte verschiedene Medikamente aus der Schiffsapotheke. Als ich hörte, daß Murphy mit einer Morphiumspritze umzugehen verstand, überließ ich ihm eine.

Dann arbeitete ich mit dem Sextanten, und ich glaube, es gelang mir ganz gut, gegen Mittag die Sonne zu nehmen und die Observation auszuarbeiten. Den ganzen Nachmittag schob eine leichte nördliche Brise die Elsinore mit einer Fahrt von fünf Knoten durch die See. Wir hielten östlichen Kurs, um Land anzusegeln, wo Gesetz und Ordnung herrschten. Hatten wir erst den Hafen von Valparaiso erreicht, so nahmen sich die Behörden an Land schon der Meuterer an.

Gestern habe ich die drei Topasäugigen auf eine schwere Probe gestellt. Margaret und ich hatten die Sache eingehend besprochen. Sie ist fest überzeugt, daß die Leute vor dem Mast gar nicht daran denken, sich ohne weiteres an die Gefängnisse in Valparaiso ausliefern zu lassen. Wir nehmen an, daß sie die Absicht haben, die Elsinore, sobald Land in Sicht ist, in den Booten zu verlassen. Und wenn man bedenkt, welche verrückten und verbitterten Leute wir vor dem Mast haben, ist es durchaus nicht undenkbar, daß sie, bevor sie das tun, die stählernen Seiten der Elsinore unter der Wasserlinie anbohren. Um ein Uhr morgens purrte ich deshalb unsere Sturmwaisen heraus. Zwei von ihnen nahm ich zu einem kleinen Angriff auf die Boote mit, den dritten ließ ich zur Überwachung der Kampanje bei Margaret zurück. Neben ihm stand der Steward mit seinem großen Hackmesser. Ich gab ihm und seinen beiden Kameraden, die mit mir gehen sollten, durch Zeichen zu verstehen, daß sie bei dem ersten Zeichen eines Verrates niedergemacht würden.

Ferner ließ ich Tom Spink und Buckwheat bei Margaret, während Wada, die japanischen Segelmacher, Louis und die beiden andern

Topasäugigen mich begleiten sollten. Außer den Schießprügeln hatten wir auch Äxte. Wir kamen, ohne bemerkt zu werden, über das Deck, erreichten die Brücke am Mittschiffshaus, zur Decke des Vorderkastells. Hier lagen die Boote, die wir zuerst in Angriff nehmen wollten. Bevor wir begannen, rief ich den Ausguck von dem Galion zu mir. Es war Mulligan Jacobs. Er bahnte sich den Weg durch die Überreste der Laufbrücke und kam furchtlos zu mir heran, so verbittert und unversöhnlich, wie er stets gewesen.

»Jacobs«, flüsterte ich. »Du wirst hier neben mir stehenbleiben, bis wir alle Boote zerschlagen haben. Verstanden?«

»Als ob ich deshalb Angst hätte«, knurrte er. »Meinetwegen könnt ihr machen, was ihr wollt, mir ist es schnuppe. Und ich weiß auch, was die Scheißkerle da unten ausgeheckt haben: Sie wollen sich in den Booten dünne machen. Und jetzt wollen Sie die Boote zerschlagen und die ganze Bande ins Kittchen bringen.«

»Scht ...« Ich suchte ihn vergeblich zum Schweigen zu bringen.

»Was denn?« fuhr er so laut wie je fort. »Die pennen alle schon, wie die heut gefressen haben. Selbst Rhine schnarcht. Ein paar Stiche mit der schönen Nadel, die sie ihm gaben, haben dem ewigen Gewimmer ein Ende gemacht. Nur los! Schlagen Sie die Boote kaputt! Mir kann's schnuppe sein. Mir ist mein Buckel immer noch mehr wert als alles Gesindel in dieser lausigen Welt.«

»Aber wenn du so denkst, warum hast du nicht zu uns gehalten?« forschte ich.

»Weil ihr mir ebenso ekelhaft seid wie die Bande dort unten. Auf die pfeife ich, aber euch kann ich schon gar nicht vertragen. Ich kümmere mich nur um mich selbst und um meinen Buckel, der mir Beweis ist, daß es keinen Gott gibt.«

»Dann schließ dich uns jetzt an«, sagte ich, um ihm etwas entgegenzukommen. »Später wirst du dann einen leichteren Stand haben.«

»Scheren Sie sich zum Teufel!« sagte er. »Knallt sie meinetwegen zu Mus. Aber mit dem Gesetz könnt ihr mir nicht bange machen. Die Natur hat mich zum Krüppel gemacht, ich bin viel zu schwach, um eine Hand gegen die Meuterer zu erheben.«

»Nun, wie du willst«, sagte ich.

»Das fehlte nur, daß ich nicht tun dürfte, was ich will«, brummte er.

»Mit dem vollen Bauch hast du deine große Schnauze wiederbekommen«, knurrte ich. »Wer hat denn die Sache mit dem Schwefel gemacht?«

»Ich werde den Mann nicht bei Ihnen verpfeifen, aber ich hab' ihn ehrlich beneidet, bis ich sah, daß sein Plan zu Essig wurde. Und wer hat denn die verdammte Idee gehabt, Rhine Schwefelsäure in die Fresse zu schmeißen? Sein ganzes Galion ist für immer verschimpfiert.«

»Das erzähle ich dir nicht«, erklärte ich. »Aber ich freue mich, daß es nicht meine Idee war.«
Erst als wir unsere Arbeit beendet hatten, fand ich Zeit, über dieses geheimnisvolle Geschöpf nachzudenken. Mulligan Jacobs hätte Künstler – ein Dichter und Denker – werden können, wäre er nicht mit einem Buckel zur Welt gekommen!
Wir zertrümmerten also sämtliche Boote. Mit Äxten und Hämmern war die Arbeit leichter, als ich gedacht hatte. Auf den Decken beider Hütten ließen wir die Wracks der zerschlagenen Boote liegen. Die Leute im Mannschaftslogis wurden natürlich durch den Lärm aus dem Schlaf gepurrt, aber sie machten keinen Versuch, uns an der Arbeit zu hindern.
Und hier muß ich Kritik an den Verfassern der üblichen Seemannserzählungen üben. Eine Schar von Männern vor dem Mast, verzweifelte Männer, die eine Reihe von verzweifelten Taten begangen und innerhalb nicht vieler Tage Zuchthaus und Galgen zu erwarten hatten, konnte eigentlich nichts tun als kämpfen. Aber diese Männer rührten keine Hand, als ihre letzte Möglichkeit, diesem Schicksal zu entrinnen, vernichtet wurde.
»Aber wo haben die Kerle eigentlich den Proviant herbekommen?« fragte mich der Steward später.
Diese Frage hat er mir jeden Tag gestellt, seit Pike sich den Kopf damit zu zerbrechen begann. Jedenfalls wird sie ja vor dem Gericht in Valparaiso geklärt werden. Ich bin aber überzeugt, daß der Steward mich inzwischen täglich fragen wird. »Es ist Mord und Meuterei auf hoher See«, sagte ich heute morgen zu den Matrosen, als sie achteraus gekommen waren, um sich über die Vernichtung der Boote zu beschweren und gleichzeitig meine Absichten zu erfahren . . .
Von der Brüstung der Kampanje aus betrachtete ich die jämmerlichen Wracks. Seit wir Baltimore verließen, hatten schon drei Männer diesen Platz eingenommen, alle drei starke Männer, die dennoch längst dahingegangen waren – der Kapitän, Pike und Mellaire. Jetzt stand als vierter ich selber da. Und die Aufgabe der Elsinore in dieser Welt wurde weiter vollbracht wie bisher.
Dort unten stand Bert Rhine – sein Gesicht war in Verbände gehüllt, und ich gestehe offen, daß ich unwillkürlich eine gewisse Achtung vor ihm hegte. Auf seine Art war auch er ein Herrscher. Nasen-Murphy und Bub Twist standen dicht neben ihrem schwer getroffenen Anführer. Er wollte lieber sein Gerichtsurteil hinnehmen, statt an Bord zu verrecken oder bestenfalls zu erblinden.
Die Mannschaft war unter sich uneinig. Soviel ich sehen konnte, war es Chantz, der verwundete Jude, der die Revolte gegen den Banditenführer leitete. Seine Wunde genügte, ihn in den Augen eines jeden

Gerichts in der Welt schuldig erscheinen zu lassen, und das wußte er. Ihm schlossen sich der Malteser-Londoner, Andy Fay, Arthur Deacon, Fitzgibbon, Richard Giller und John Hackey an. Eine weitere Gruppe, die immer noch zu den Banditen hielt, bestand aus Leuten wie Shorty, Lars Jacobsen, Sörensen und Larry. Das bedeutendste Mitglied dieser Gruppe war Charles Davis. Eine dritte Gruppe bestand aus Sundry Buyers, Nancy und dem Griechen-Tony. Sie verhielt sich neutral. Mulligan Jacobs endlich bildete eine Gruppe ganz für sich, ohne Verbindung mit der einen oder anderen Partei.

»Was wollen Sie mit uns machen, Herr?« fragte Chantz, ohne sich um die Banditen zu kümmern, die gedacht hatten, wie bisher das Wort zu führen.

Bert Rhine drehte sich zornig nach dem Klang der Stimme um. Chantz' Anhänger schlossen sich enger um ihn zusammen.

»Euch einsperren lassen«, antwortete ich. »Und ich werde dafür sorgen, daß ihr gehörig bestraft werdet.«

»Vielleicht, vielleicht auch nicht«, gab Chantz zurück.

»Halt das Maul, Chantz«, befahl Bert Rhine.

»Du wirst schon deinen Teil kriegen, du verfluchter Bandit«, fauchte Chantz, »und wenn ich selbst es dir geben sollte.«

Ich fürchte, daß ich doch nicht so ganz der Mann der Tat bin, der zu sein ich mir einbildete. Denn ich wurde von dem spannenden Drama, das sich hier unter mir entrollte, mitgerissen und übersah anfangs ganz, daß es sich in eine Tragödie zu verwandeln drohte.

»Bombini!« rief Bert Rhine.

Seine Stimme war gebieterisch. Es war der Herr, der den Hund rief, welcher ihm »bei Fuß« folgt. Und Bombini gehorchte. Er zog sein Messer und näherte sich Chantz. Aber dessen Anhänger ließen ein tiefes, tierisches, drohendes Knurren hören. Bombini zögerte und blickte den Führer an, dessen Gesicht er infolge der Verbände nicht sehen konnte und der auch ihn nicht sah.

»Da tust du mal was Gutes«, ermunterte ihn Charles Davis.

»Halt die Schnauze, Davis!« ertönte aus den Verbänden Bert Rhines Stimme.

Bub Twist zog seinen Revolver, stieß Bombini damit in die Seite und richtete ihn dann auf Chantz. Tatsächlich empfand ich einen Augenblick Mitleid mit dem Messerstecher, der zweifellos wie eine Laus zwischen zwei Nägeln saß.

»Bombini, stich den Kerl nieder«, befahl Bert Rhine. Der Meuchelmörder machte wieder einen Schritt vorwärts, und Schulter an Schulter mit ihm rückten Nasen-Murphy und Bub Twist vor.

»Ich kann den Burschen nicht sehen«, fuhr Bert Rhine fort, »aber beim Teufel, ich will ihn sehen.«

Und mit einer einzigen, männlich tapferen Bewegung riß er sich den Verband vom Gesicht. Die Qualen, die er empfand, mußten unbeschreiblich sein. Ich sah, wie grauenhaft entstellt sein Gesicht war, aber die Sprache besitzt keine Worte, es zu beschreiben. Ich merkte, daß Margaret, die dicht neben mir stand, schauderte, daß sie nach Luft rang, als sie ihn sah.

»Bombini – stich ihn nieder«, wiederholte der Bandit. »Und stich jeden nieder, der zu mucksen wagt! Murphy, sorg dafür, daß Bombini tut, was er soll.«

Murphy hatte seinen Dolch gezogen und die Spitze dem Bravo auf den Rücken gesetzt. Bub Twist hielt die anderen mit seinem Revolver in Schach. Und alle drei rückten wieder vor. Jetzt aber raffte ich mich auf und ging vom Träumen zur Tat über.

»Bombini«, sagte ich barsch.

Er blieb stehen und sah zu mir auf.

»Bleib stehen, wo du bist«, befahl ich. »Ich habe einige Worte zu sagen. Chantz! Mach keine Dummheiten. Rhine führt das Kommando vor dem Mast. Du hast seinen Befehlen zu gehorchen, bis wir Valparaiso erreicht haben, dann kannst du mit ihm ins Kittchen spazieren. Inzwischen hast du zu tun, was er befiehlt. Verstanden? Also richte dich danach! Ich stehe hinter Rhine, bis die Polizei an Bord kommt. Bombini, du hast alles zu tun, was Rhine von dir verlangt! Ich knalle den Mann nieder, der sich dir in den Weg stellt. Deacon, fort von Chantz! Hinüber zur Nagelbank!«

Alle kannten den Strom von Blei, den mein Stutzen ausspeien konnte, auch Arthur Deacon. Er zögerte nur eine Sekunde, dann gehorchte er.

»Fitzgibbon, Giller, Hackey!« rief ich. Wieder gehorchten alle. »Fay!« Ich mußte zweimal rufen, ehe er antwortete.

Jetzt stand Chantz allein, und Bombinis Mut wuchs.

»Chantz«, sagte ich, »überleg dir, ob es nicht gesünder für dich wäre, Vernunft anzunehmen und zu den andern an die Nagelbank zu gehen.«

Er überlegte nur wenige Sekunden, dann steckte er sein Messer ein und tat, wie ich befahl.

»Rhine . . .«, sagte ich.

Er wandte mir sein verbranntes Gesicht zu.

»Solange Chantz deinen Befehlen gehorcht, läßt du ihn in Ruhe. Wir haben jetzt alle Hände nötig, um das Schiff manövrieren zu können. Dann kannst du Murphy zu mir schicken – ich werde ihm das Beste, was wir in der Apotheke haben, für dich geben. Das ist alles . . . jetzt alle Mann voraus!«

Und sie trollten sich, geknechtet und mutlos.

Es ist nicht viel mehr zu schreiben. Die Meuterei an Bord der Elsinore ist vorbei. Der erste Abschnitt der Reise der Elsinore nähert sich seinem Ende. In höchstens zwei Tagen laufen wir in Valparaiso ein. Und dann wird die Elsinore nach Seattle weitersegeln, als ob eine ganz neue Reise begänne.

Nur noch eines habe ich zu berichten, und dann wird dies seltsame Logbuch einer seltsamen Fahrt beendet sein. Erst gestern geschah es. Ich bin noch ganz berauscht davon und von der Freude über die Verheißung, die es enthielt.

Margaret und ich verbrachten heute die letzte Stunde der Plattfußwache miteinander auf der Kampanje. Es war ein wunderbares Gefühl, wieder zu spüren, wie die Elsinore unter dem leisen Druck des Windes auf ihre Segel ruhig durch die glatte See glitt. Im Schutz der Dunkelheit hielten wir uns eng umschlungen und sprachen von Liebe und Liebesplänen. Ich schäme mich durchaus nicht, offen zu gestehen, daß ich mich für schnelle Erledigung aller Formalitäten einsetzte. Ich war dafür, daß wir, sobald wir in Valparaiso eingelaufen waren, eine neue Mannschaft und neue Offiziere für die Elsinore heuern sollten. Uns selbst sollten Schnelldampfer und Schnellzüge so rasch wie möglich nach Hause bringen. Außerdem gab es auch in Valparaiso Trauscheine und Pfarrer, so daß wir, ehe wir weiterreisten, heiraten konnten.

Aber Margaret war unerschütterlich. Die Wests hätten immer treu zu ihren Schiffen gehalten, sagte sie. Sie hätten stets ihre Schiffe entweder in den Bestimmungshafen gebracht oder wären mit ihnen zugrunde gegangen. Die Elsinore sei von Baltimore nach Seattle mit einem West als Kommandant gechartert. Die Elsinore müsse folglich in Valparaiso neue Besetzung heuern und mit einem West an Bord nach Seattle weiterfahren.

»Aber bedenke doch, Liebling«, wandte ich ein, »die Reise wird noch Monate dauern! So denk doch an all die langen, langweiligen Monate«, klagte ich.

»Du süßer Dummkopf«, lachte sie. »Verstehst du denn nicht . . .«

»Ich verstehe nur, daß es noch viele tausend Meilen von Valparaiso nach Seattle sind«, antwortete ich.

»Du willst einfach nicht verstehen«, erklärte sie herausfordernd.

»Ich bin ein Dummkopf«, gab ich zu. »Ich weiß nur eines, ich begehre dich, Margaret. Ich begehre dich.«

»Du bist sehr, sehr lieb, aber du bist auch furchtbar dumm.«

Sie nahm meine Hand und hielt sie an ihre Wange.

»Was merkst du jetzt?« fragte sie.

»Eine heiße Wange, eine sehr heiße Wange.«

»Sie ist heiß, weil ich mich schäme zu sagen, was du mich durch deine Dummheit zu sagen zwingst«, erklärte sie. »Du hast ja selbst schon gesagt, daß man in Valparaiso Trauscheine und Pfarrer bekommen kann . . . und dann . . . dann . . .«

»Du meinst also . . .«, stotterte ich.

»Ja eben, das meine ich«, bestätigte sie.

»Und die Fahrt von Valparaiso nach Seattle, an Bord der Elsinore, soll also unsere Hochzeitsreise sein?« fuhr ich fort.

»Die vielen tausend Meilen, die langen langweiligen Monate . . .«, wiederholte sie mit meiner eigenen Betonung, bis ich ihren weichen Mund mit meinen Lippen schloß.

Die Insel Berande

Etwas muß geschehen

Er war ein sehr kranker weißer Mann. Er ritt huckepack auf einem wollköpfigen, schwarzhäutigen Wilden, dessen Ohrläppchen so durchbohrt und aufgeweitet waren, daß das eine ganz zerrissen war, während in dem anderen ein runder, geschnitzter Holzpflock von drei Zoll Durchmesser steckte. Das zerrissene Ohrläppchen war von neuem durchbohrt, konnte aber jetzt nur noch eine kurze Tonpfeife aufnehmen. Das zweibeinige Pferd war schmierig und bis auf einen äußerst schmalen, schmutzigen Lendenschurz nackt, der Weiße aber klammerte sich verzweifelt an ihm fest. Hin und wieder sank sein Kopf vor Schwäche auf den Wollschädel herab. Dann wieder hob er ihn und starrte mit verschwimmenden Augen auf die Kokospalmen, die in der flimmernden Hitze schwankten und schaukelten. Er trug ein dünnes Hemd und hatte um den Leib einen Streifen Baumwollstoff geschlungen, der bis zu den Knien reichte. Auf dem Kopfe trug er einen abgenutzten breitrandigen Cowboyhut. Um die Hüfte hatte er einen Gurt geschnallt, in dem eine großkalibrige automatische Pistole und mehrere gefüllte Ladestreifen gebrauchsfertig steckten.

Den Zug beschloß ein vierzehn- bis fünfzehnjähriger schwarzer Junge, der Medizinflaschen, einen Eimer mit heißem Wasser und verschiedene andre Krankenhausutensilien trug. Sie verließen den Hof durch eine schmale, aus Rohr geflochtene Pforte und schritten weiter unter der glühenden Sonne, zwischen neugepflanzten Kokospalmen hindurch, die keinen Schatten gewährten. Kein Lüftchen regte sich, und die drückende Atmosphäre war mit Krankheitskeimen geschwängert. Vor ihnen ertönte ein wildes Geschrei, wie von jammernden verlorenen Seelen oder gefolterten Menschen. Ein langer, niedriger Schuppen mit Graswänden und Grasdach zeigte sich, und von ihm ging der Lärm aus: Geschrei und Gejammer, das Kummer und unerträglichen Schmerz verkündete. Als der Weiße sich näherte, konnte er ein schwaches, anhaltendes Wimmern und Stöhnen hören. Ihn schauderte bei dem Gedanken, daß er dort hinein sollte, und einen Augenblick glaubte er, ohnmächtig zu werden. Denn die gefürchtete Geißel der Salomoninseln, die Dysenterie, hatte die Berande-Plantage heimgesucht, und obgleich er selbst von ihr befallen war, mußte er doch ganz allein den Kampf mit ihr aufnehmen. Indem er sich tief auf die Schultern seines Trägers bückte, gelangte er durch den niedrigen Eingang. Er nahm dem ihm folgenden Jungen eine Flasche ab und atmete das starke Ammoniak ein, um sich den Kopf für den kommenden Auftritt klar zu machen. Dann rief er: »Ruhe!«, und der Lärm verstummte. Eine sechs Fuß breite, leicht geneigte Plattform aus Bambusstäben erstreckte sich über die ganze Länge des Schuppens. Vor ihr lief ein Gang, der kaum einen Schritt breit war. Auf der Plattform lagen, eng nebeneinander ausgestreckt, etwa zwanzig Schwarze. Daß sie einer tiefstehenden Rasse angehörten, sah man auf den ersten Blick. Es waren Menschenfresser. Ihre Gesichter waren unsymmetrisch und tierisch, ihre Körper garstig und affenartig. Sie trugen Nasenringe aus den Schalen der Venusmuschel und aus Schildpatt, und aus den ebenfalls durchbohrten Nasenflügeln ragten Hörner hervor, die aus auf Draht gereihten Perlen gebildet wurden. Ihre Ohrläppchen waren durchbohrt und ausgeweitet, um hölzerne Pflöcke und Stäbe, Pfeifen und allerlei barbarischen Zierat aufzunehmen. Ihre Körper waren in scheußlichen Mustern tätowiert und genarbt. Während ihrer Krankheit trugen sie keinerlei Kleidung, nicht einmal einen Lendenschurz, sie hatten nur ihre Muschelarmspangen, Perlenhalsbänder und Ledergurte behalten, in denen blanke Messer steckten. Die Körper vieler von ihnen waren mit schrecklichen Wunden bedeckt. Fliegenschwärme hoben sich und ließen sich wieder nieder oder flogen in dichten Wolken durch den Raum.

Der Weiße ging die Reihen entlang und gab jedem Manne Medizin. Einigen gab er Chlor. Er mußte alle Willenskraft zusammennehmen, um sich zu erinnern, wer von ihnen Brechwurz vertragen konnte und wer zu schwach dafür war.

Einen Toten ließ er hinaustragen. Er sprach scharf und bestimmt wie ein Mann, der keinen Spaß versteht, und die gesunden Männer, denen er seine Befehle erteilte, runzelten böse die Stirn. Einer murrte, als er die Leiche bei den Füßen packte. Da brach der Weiße los. Es war ihm eine schmerzhafte Anstrengung, aber seine Faust schoß vor und traf den Schwarzen auf den Mund.

»Was Name du, Angara?« brüllte er. »Was für Rede du machen, wie? Ich läuten dir sieben Glocken, zuviel, los!« Mit der mechanischen Schnelligkeit eines wilden Tieres setzte der Schwarze zum Sprunge an. Die Wut einer Bestie glühte in seinen Augen, aber er sah die Hand des Weißen nach der Pistole im Gürtel greifen. Der Sprung unterblieb. Der Körper entspannte sich, und der Schwarze beugte sich über den Leichnam und half ihn hinaustragen. Jetzt ohne Murren.

»Schweine!« knirschte der Weiße.

Er war sehr krank, dieser Weiße, geradeso krank wie die Schwarzen, die hilflos vor ihm lagen und die er pflegte. Wenn er diesen pestgeschwängerten Schuppen betrat, wußte er nie, ob er imstande war, den Rundgang zu beenden. Aber das wußte er sicher, daß, wenn er je inmitten dieser Schwarzen ohnmächtig werden sollte, alle, die dazu imstande waren, sich wie reißende Wölfe ihm an die Kehle stürzen würden. Ungefähr in der Mitte lag ein Mann im Sterben. Er gab Befehl, ihn, sobald er seinen letzten Atemzug getan, hinauszuschaffen. Ein Schwarzer streckte den Kopf zur Tür herein und sagte: »Vier fella krank zuviel.«

Neue Kranke, die noch gehen konnten, drängten sich um den Sprechenden. Der Weiße suchte den Schwächsten heraus und wies ihm den Platz an, von dem soeben der Leichnam entfernt worden war. Einem zweiten bedeutete er zu warten, bis der nächste gestorben wäre. Dann befahl er einem der gesunden Leute, aus den Plantagenarbeitern eine Hilfsabteilung für das Hospital zu bilden, und schritt weiter die Reihe entlang, indem er Medizin austeilte und auf Trepang-Englisch Witze riß, um die Kranken aufzuheitern. Hin und wieder ertönte vom anderen Ende ein seltsames Wimmern. Als er hinkam, sah er, daß es von einem Burschen herrührte, der gar nicht krank war. Der Weiße geriet in Zorn.

»Was Name du schreien alle Zeit?«

»Ein fella mein Bruder gehören mir«, lautete die Antwort. »Ein fella sterben zuviel.«

»Du schreien, ein fella Bruder gehören dir sterben zuviel«, sagte der Weiße drohend, »ich werde cross zuviel auf dich. Was Name du schreien? He? Du Dummkopf machen Bruder gehören dir sterben viel schneller. Du fella hören auf mit Schreien, savvee? Du fella nicht hören auf mit Schreien, ich machen dich fertig verdammt schnell.« Er drohte dem Burschen mit der Faust, und der Schwarze kauerte nieder, ihn mürrisch anstarrend.

»Schreien nicht gut kleinstes bißchen«, fuhr der Weiße ruhiger fort. »Du nicht schreien. Du jagen fella Fliegen weg. Zuviel groß fella Fliegen. Du holen Wasser. Washee Bruder gehören dir, washee Menge zuviel, dann Bruder gehören dir all right. – Marsch!« schrie er schließlich wütend, und sein Wille wirkte auf den stumpfsinnigen Schwarzen mit solcher Kraft, daß er aufsprang, um die widerlichen Fliegenschwärme zu vertreiben.

Dann ritt er wieder in die dunstige Hitze hinaus. Er umklammerte den Hals des Schwarzen und schöpfte tief Atem. Aber die totenstille Luft schien seine Lungen zusammenzupressen, er ließ den Kopf sinken und stierte halbschlafend vor sich hin, bis das Haus erreicht war. Jede Willensanstrengung war eine Pein für ihn, und doch wurde sie dauernd von ihm verlangt. Er gab dem Schwarzen, der ihn getragen hatte, einen Schluck Genever. Viaburi, der Hausboy, brachte ihm Sublimat und Wasser, und er wusch sich gründlich. Er nahm selbst eine Dosis Chlor, fühlte sich den Puls, nahm ein Thermometer in den Mund und legte sich mit unterdrücktem Stöhnen auf das Ruhebett. Es war Nachmittag, und er hatte heute seinen dritten Rundgang hinter sich. Er rief den Hausboy.

»Nimm groß fella Gucker nach Jessie!« befahl er.

Der Boy ging mit dem langen Fernrohr auf die Veranda und suchte die See ab.

»Ein fella Schoner weit weg bißchen«, meldete er. »Ein fella Jessie.« Ein Freudenschimmer ging über das Gesicht des Weißen.

»Du machen Jessie aus, du bekommen fünf Stück Tabak«, sagte er.

Eine Weile herrschte Schweigen, und er wartete voller Ungeduld.

»Vielleicht Jessie, vielleicht anderer fella Schoner«, lautete das stockende Eingeständnis.

Der Mann wand sich bis zum Rand des Ruhebettes und glitt auf den Boden, er sank in die Knie. Mit Hilfe eines Stuhles kam er auf die Füße. Sich an dem Stuhl festhaltend und ihn als Stütze benutzend, schob er ihn durch die Tür auf die Veranda. Der Schweiß lief ihm in Strömen über das Gesicht und durchnäßte das Hemd an den Schultern. Es gelang ihm, auf den Stuhl zu kommen, wo er, völlig zusammengebrochen, nach Luft schnappte. Nach einigen Minuten richtete er sich auf. Der Boy hielt das Ende des Fernrohres an einen Pfosten der Veranda, und der Mann starrte durch das Glas auf die See. Endlich erblickte er die weißen Segel des Schoners und beobachtete sie.

»Nicht Jessie«, sagte er sehr ruhig, »das die Malakula.« Er vertauschte seinen Sitz mit einem Deckstuhl. In einer Entfernung von dreihundert Fuß brach sich die See in schwacher Brandung am Strande. Zur Linken konnte er die weiße Linie der Brecher, die die Barre des Balesuna bezeichneten, und darüber hinaus die zackigen Umrisse der Savoinsel sehen. Gerade vor ihm, jenseits des Zwölfmeilenkanals, lag die Floridainsel, und weiter rechts erschienen undeutlich Teile Malaitas, der wilden Insel, wo Mord, Raub und Menschenfresserei herrschten und wo seine eigenen zweihundert Plantagenarbeiter angeworben waren. Zwischen ihm und dem Strande lag der Bambuszaun seines Gartens. Die Tür stand halb offen, und er schickte den Hausboy hin, um sie zu schließen. Innerhalb des Zaunes wuchs eine Anzahl Kokospalmen. Zu jeder Seite des Weges, der hinausführte, standen zwei hohe Flaggenmaste. Sie waren auf zehn Fuß hohen künstlichen Hügeln errichtet. Am unteren Ende stand jeder Mast zwischen kurzen Pfosten, die weiß gestrichen und durch schwere Ketten verbunden waren. Die Masten selbst waren wie Schiffsmasten mit Stengen, Wanten, Gaffeln und Leinen versehen. Von der Gaffel des einen hingen zwei bunte Flaggen schlaff herunter, die eine ein Schachbrett aus blauen und weißen Quadraten, die andere ein weißer Wimpel mit rotem Ball in der Mitte: das internationale Notsignal. In der gegenüberliegenden Ecke der Umzäunung brütete ein Habicht. Der Mann beobachtete ihn und sah, daß er krank war. Er dachte, ob der Vogel sich wohl ebenso schlecht fühlte wie er selbst, und belustigte sich leise über den Gedanken an die Ähnlichkeit zwischen ihnen. Er stand auf, um die große Glocke läuten zu lassen, als Zeichen, daß die Plantagenarbeiter Feierabend machen und in die Baracken gehen sollten. Dann bestieg er sein zweibeiniges Pferd und machte die letzte Runde des Tages. Im Hospital gab es zwei neue Fälle. Er reichte den Kranken Rizinusöl. Er wünschte sich Glück, es war ein leichter Tag gewesen, nur drei waren gestorben. Dann inspizierte er das Kopratrocknen, das nicht unterbrochen worden war, und ging durch die Baracken, um zu sehen, ob sich nicht ein Kranker seinen Vorschriften entgegen dort versteckt hatte. Nach Hause zurückgekehrt, empfing er die Berichte der Aufseher und gab Anweisung für die Arbeit des nächsten Tages. Den Vormann der Bootsleute hatte er ebenfalls hinbestellt, um sich, wie jeden Abend, zu vergewissern, daß die Walboote eingeholt und angeschlossen waren. Es war dies eine sehr notwendige Vorsichtsmaßregel, denn die Schwarzen befanden sich in großer Angst, und ein Boot abends am Strande liegenzulassen hätte einen Verlust von zwanzig Schwarzen am nächsten Morgen bedeutet. Da die Schwarzen bis zu dreißig Dollar das Stück wert waren, je nachdem, wieviel sie von ihrer Zeit abgearbeitet hatten, durfte sich die Berande-Plantage einen solchen Verlust kaum erlauben. Außerdem waren die Walboote im Salomon-Archipel nicht billig, und die Todesfälle reduzierten täglich das arbeitende Kapital. Sieben Schwarze waren in der vergangenen Woche in den Busch geflohen, vier von ihnen hatten sich, hilflos vor Fieber, mit der Nachricht zurückgeschleppt, daß zwei von den gastfreundlichen Buschleuten getötet und gefressen worden waren. Von dem siebenten Mann, der noch in Freiheit war, erzählten sie, daß er an der Küste ein Kanu stehlen wollte, um nach seiner Heimatinsel zu entkommen. Viaburi brachte dem Weißen zwei brennende Laternen. Er sah, daß sie hell, mit klaren, breiten Flammen brannten, und nickte mit dem Kopf. Die eine wurde an die Gaffel des Flaggenmastes geheißt, die andere auf die Veranda gestellt. Dies waren die Richtungslichter für den Ankerplatz von Berande. Und das ganze Jahr hindurch wurden sie allabendlich in dieser Weise untersucht und ausgehängt. Mit einem Seufzer der Erleichterung ließ er sich wieder auf sein Ruhebett fallen. Das Tagewerk war beendet. Eine Büchse lag neben ihm. Sein Revolver befand sich in Reichweite. Eine Stunde verging, ohne daß er sich regte. Im Halbschlummer, in halber Bewußtlosigkeit lag er da. Plötzlich wurde er munter. Auf der hinteren Veranda hatte etwas geknarrt. Der Raum hatte die Form eines L, die Ecke, in der das Ruhebett stand, war finster, aber die Lampe, die im Hauptraum über dem Billardtisch so aufgehängt war, daß ihr Schein nicht auf ihn fiel, brannte hell. Die Veranden waren ebenfalls hell erleuchtet. Er wartete, ohne sich zu regen. Das Knarren wiederholte sich, und er wußte, daß mehrere Leute auf der Veranda lauerten.

»Was Name?« rief er scharf.

Das Haus, das zwölf Fuß hoch über dem Boden errichtet war, erzitterte auf seinen Grundpfeilern unter den sich entfernenden Schritten.

»Sie werden dreist«, murmelte er. »Etwas muß geschehen.«

Der Vollmond ging über Malaita auf und schien auf Berande herab. Nichts regte sich in der stillen Luft. Vom Hospital her erklang noch das Stöhnen der Kranken. Unter den Grasdächern der Baracken schliefen zweihundert wollköpfige Menschenfresser nach der ermüdenden Tagesarbeit, und nur ein paar beugten die Köpfe, um zuzuhören, wie einer den Weißen, der nie schlief, verfluchte. Auf den vier Veranden des Hauses brannten die Laternen. Drinnen zwischen Büchse und Revolver stöhnte der Weiße und wälzte sich in unruhigem Schlummer.

Etwas geschieht

Am nächsten Morgen stellte David Scheldon fest, daß es ihm schlechter ging. Kein Zweifel, er war merklich schwächer, und zudem machten sich weitere ungünstige Anzeichen bemerkbar. Auf Ärger wartend, begann er seinen Rundgang. Er brauchte Ärger. Wenn er gesund gewesen wäre, würde die gespannte Lage ernst genug gewesen sein, wie die Dinge aber lagen, und bei seiner zunehmenden Hilflosigkeit mußte etwas geschehen. Die Schwarzen wurden immer mürrischer und herausfordernder. Das Erscheinen der Leute in der Nacht auf der Veranda – eines der schwersten Vergehen auf Berande – war von übler Vorbedeutung. Früher oder später mußten sie ihn kriegen, wenn er sie nicht zuerst kriegte, wenn er ihren schwarzen Seelen nicht wieder einmal die überlegene Herrschaft des weißen Mannes klarmachte.
Enttäuscht kehrte er nach Hause zurück. Es hatte sich keine Gelegenheit geboten, einen Fall von Frechheit oder Ungehorsam festzustellen, wie sie bisher jeden Tag vorgekommen, seit die Krankheit Berande ergriffen hatte. Diese Ruhe war an und für sich schon verdächtig. Sie wurden immer tückischer. Es tat ihm leid, daß er in der Nacht nicht gewartet hatte, bis die Leute hereingeschlichen waren. Dann hätte er einen der zwei niederknallen können, was den anderen eine neue, mit Blut geschriebene Lehre gewesen wäre. Er war einer gegen zweihundert, und er fürchtete am meisten, daß die Krankheit ihn überwältigen und ihn in ihre Gewalt bringen könne. Im Geist sah er schon, wie die Schwarzen die Plantage überfielen, das Lager plünderten, die Häuser in Brand steckten und nach Malaita flohen. Und er sah seinen eigenen Kopf, gedörrt und geräuchert das Kanuhaus eines Kannibalendorfes zieren. Wenn die Jessie nicht kam, mußte er etwas tun.
Die Glocke, die die Arbeiter an die Arbeit rief, hatte kaum geläutet, als Scheldon Besuch erhielt. Er hatte sich sein Ruhebett auf die Veranda stellen lassen und lag dort, als Kanus ankamen und auf den Strand geschoben wurden. Vierzig mit Speeren, Bogen, Pfeilen und Kriegskeulen bewaffnete Männer sammelten sich vor der Pforte, aber nur einer trat ein. Sie kannten die Gesetze von Berande, wie jeder Eingeborene das Gesetz auf den Besitzungen aller Weißen in dem auf Tausende von Meilen

verstreuten Salomon-Archipel kannte. In dem Manne, der den Weg heraufkam, erkannte Scheldon Seelee, den Häuptling des Dorfes Balesuna. Der Wilde stieg nicht die Stufen empor, sondern blieb unten stehen und sprach zu dem weißen Herrn oben.
Seelee war intelligenter als die meisten seines Stammes. Seine eng beieinanderstehenden kleinen Augen zeugten von Grausamkeit und List. Eine G-Saite und ein Patronengürtel machten seine ganze Kleidung aus. Die geschnitzte Perlmutterschale, die ihm von der Nase bis zum Kinn hing und ihn am Sprechen hinderte, diente nur als Zierat, und die Löcher in seinen Ohren hatten nur den Zweck, Pfeife und Tabak zu tragen. Die Stümpfe seiner ausgebrochenen Schneidezähne waren schwarz gefärbt vom Betelsaft, den er hin und wieder ausspie.
Wenn er sprach oder zuhörte, schnitt er Grimassen wie ein Affe. Er sagte »ja«, indem er die Augenlider senkte und das Kinn vorschob. Die kindische Arroganz seiner Sprache stand in krassem Widerspruch zu der unterwürfigen Haltung, die er vor der Veranda einnahm. Er hatte viele Anhänger und war Herr und Meister des Dorfes Balesuna. Aber der Weiße, der keine Anhänger hatte, war Herr und Meister von Berande – ja, er, der einzelne, hatte sich gelegentlich sogar zum Herrn und Meister des Dorfes Balesuna gemacht. Seelee erinnerte sich nicht gern dieses Vorfalls. Damals hatte er die Natur der Weißen kennen- und verabscheuen gelernt. Er hatte sich strafbar gemacht, indem er drei Durchbrennern aus Berande Unterschlupf gewährte. Sie hatten ihm alles, was sie besaßen, für das Obdach und die für das Entkommen nach Malaita versprochene Hilfe gegeben. Das hatte ihm die Aussicht auf eine einträgliche Zukunft verschafft, in der das Dorf zu einer Station der Untergrundbahn zwischen Berande und Malaita werden konnte.
Unglücklicherweise kannte er das Wesen der Weißen nicht. Dieser merkwürdige Weiße belehrte ihn, als er bei Tagesanbruch vor seinem Grashause erschien, eines Besseren. Im ersten Augenblick hatte es ihn belustigt, er fühlte sich so vollkommen sicher inmitten seines Dorfes. Aber im nächsten Augenblick hatten ihn, ehe er schreien konnte, ein paar Handfesseln, die der Weiße in der Hand hielt, auf den Mund getroffen und das Hilfegeschrei in seiner Kehle erstickt. Gleichzeitig hatte ihn die andere Faust des Weißen hinter dem Ohr getroffen, so daß er von dem folgenden nichts mehr wußte. Als er wieder zu sich kam, lag er in dem Boot des Weißen, das nach Berande fuhr. Auf Berande war er wie ein gewöhnlicher Nigger behandelt, war in Ketten gelegt und mit Handschellen an Händen und Füßen gefesselt worden. Nachdem sein Stamm die drei Durchbrenner wiedergebracht, wurde er freigelassen. Aber dann hatte der furchtbare Weiße ihn und Balesuna noch mit einer Strafe

von zehntausend Kokosnüssen belegt. Nie wieder hatte er den Malaita-Leuten Unterschlupf gewährt. Statt dessen machte er sich nun ein Geschäft daraus, sie einzufangen. Das war sicherer. Zudem bekam er eine Kiste Tabak für jeden. Sollte dieser Weiße ihm aber je eine Gelegenheit bieten – daß er ihm krank in die Hände fiele, daß er, Seelee, ihm in den Rücken käme, wenn der Weiße im Busch stolperte und fiel –, nun, dann gab es einen Kopf, der in Malaita etwas wert war.

Scheldon war über das, was Seelee ihm sagte, erfreut. Der siebente von den letzten Ausreißern war gefaßt worden. Er wurde hereingeschleppt. Es war ein kräftiger Mann, dessen Arme mit Kokosfaserstricken gebunden waren, das geronnene Blut vom Kampf mit seinen Überwältigern klebte ihm noch am Körper. »Mich savvee du gut fella, Seelee«, sagte Scheldon, während der Häuptling ein viertel Wasserglas voll starkem Genever hinuntergoß. »Fella Boy gehören mir kurze Zeit klein bißchen. Dies fella Boy stark fella zuviel. Ich geben dir fella eine Kiste Tabak – mein Wort, eine Kiste Tabak. Dann, du gut fella, ich geben dir drei Faden Kaliko, ein fella Messer groß fella zuviel.«

Der Tabak und die andern Gegenstände wurden von zwei Hausboys aus dem Lager gebracht und dem Häuptling von Balesuna ausgehändigt, der die Zusatzbelohnung mit einem verbindlichen Grunzen entgegennahm und zu seinen Kanus zurückging. Auf Scheldons Anweisung legten die Hausboys dem Gefangenen Hand- und Fußschellen an und fesselten ihn an einen Pfosten des Hauses. Als die Arbeiter um elf Uhr von der Plantage kamen, ließ Scheldon sie vor der Veranda zusammentreten. Alle gesunden, einschließlich derer, die im Hospital helfen mußten, waren zur Stelle. Selbst die Frauen und Kinder der Plantage waren mit den übrigen in zwei Reihen angetreten – eine Horde von kaum weniger als zweihundert nackten Wilden. Außer dem Zierat aus Perlen, Muscheln und Knochen trugen ihre durchbohrten Ohren und Nasenflügel Sicherheitsnadeln, Nägel, Haarnadeln, rostige Pfannenstiele und Büchsenöffner. Einige hatten sich Federmesser in die krausen Locken geklemmt. Auf der Brust des einen hing ein Porzellantürknauf, auf der eines andern ein Messingrad aus einer Weckuhr. Ihnen gegenüber, aufs Verandageländer gestützt, stand der Weiße. Jeder einzelne von ihnen hätte ihn mit dem kleinen Finger umwerfen können. Trotz seiner Feuerwaffen wäre es für die Horde eine Kleinigkeit gewesen, ihn über den Haufen zu rennen, und dann hätten sein Kopf und die Plantage ihnen gehört. Haß, Mordgier und Rachedurst besaßen sie im Übermaß. Aber eines fehlte ihnen, eben das, was er besaß: der Zorn des Herrschenden, der nicht zu löschen war, der immer noch in diesem von Krankheit zermürbten Körper glimmte und jederzeit bereit war, aufzulodern und sie zu vernichten.

»Narada! Billy!« rief Scheldon scharf.
Zwei Mann schoben sich unwillig vor und warteten. Scheldon gab einem Hausboy den Schlüssel zu den Handschellen, und der Gefangene wurde losgemacht.
»Du fella Narada, du fella Billy, nehmen dies fella Boy und machen ihn an Beinen fest, Hände ganz hoch!« befahl Scheldon. Während dies langsam und unter dem Murren der Zuschauer geschah, brachte einer der Hausboys eine schwere Peitsche.
Scheldon hielt eine Ansprache:
»Dies fella Arunga mich machen cross auf ihn zuviel. Ich nicht bestehlen dies fella Arunga, ich nicht betrügen. Ich sagen ›all right, du kommen zu mir Berande, arbeiten drei fella Jahre‹. Er sagen ›all right, mich kommen zu dir drei fella Jahre‹. Er kommen. Er kriegen viel gut fella Kai-kai, viel gut fella Geld. Was Name er laufen weg. Mich zuviel cross auf ihn. Ich zeigen was Name dies fella. Ich bezahlen Seelee, groß fella Herr in Balesuna, eine Kiste Tabak, weil fangen dies fella Arunga. Schön. Arunga bezahlen dies fella Kiste Tabak. Sechs Pfund dies fella Arunga bezahlen. Das heißen ein Jahr mehr dies fella Arunga arbeiten Berande. Schön. Jetzt er kriegen zehn fella Hiebe dreimal. Du fella Billy geben Hiebe, geben dies fella Arunga zehn fella dreimal. Alle fella Jungen zusehen, alle fella Marys zusehen; sie jemals möchten weglaufen, sie denken stark fella zuviel, nicht weglaufen. Billy, stark fella zuviel zehn fella dreimal.«
Der Hausboy reichte Billy die Peitsche, aber der nahm sie nicht. Scheldon wartete ruhig.
Die Augen aller Kannibalen waren in Zweifel, Furcht und Gier auf ihn gerichtet.
In diesem Augenblick handelte es sich für den einsamen Weißen um Sein oder Nichtsein.
»Zehn fella dreimal, Billy«, sagte Scheldon ermunternd, aber es lag ein gewisser metallischer Klang in seiner Stimme.
Billy runzelte die Stirn, hob den Blick und senkte ihn wieder, regte sich aber nicht.
»Billy!« Scheldons Stimme explodierte wie ein Pistolenschuß. Der Wilde erschrak sichtlich.
Ein Grinsen lief über die grotesken Züge der Zuschauer, und ein leises Kichern war zu hören.
»Meinen, du wollen zuviel Hiebe das fella Arunga, du schicken ihn fella Tulagi?« sagte Billy. »Ein fella Regierungsagent befehlen Prügel. Das fella Gesetz. Mich savvee fella Gesetz.«
Es war Gesetz, und Scheldon wußte das. Aber er wollte heute und mor-

gen am Leben bleiben und nicht sterben in der Erwartung, daß das Gesetz nächste oder übernächste Woche in Kraft träte.
»Zuviel sprechen du!« schrie er wütend. »Was Name, he? Was Name?«
»Mich savvee Gesetz«, wiederholte der Wilde hartnäckig.
»Astoa!« Ein anderer Mann sprang vor und blickte ihn unverschämt an. Scheldon suchte sich die schlimmsten Kerle für diese Lehre aus.
»Du fella Astoa, du fella Narada, binden dies fella Billy neben anderen fella auf selbe fella Art. Fest fella binden«, warnte er sie.
»Du fella Astoa nehmen das fella Peitsche. Tüchtig groß fella zuviel zehn fella dreimal. Savvee!«
»Nein«, grunzte Astoa.
Scheldon griff nach der Büchse, die er an das Geländer gelehnt hatte, und spannte sie.
»Ich kennen dich, Astoa«, sagte er ruhig. »Du arbeiten Queensland sechs Jahre.«
»Mich fella Mission«, unterbrach ihn der Schwarze mit wohlberechneter Frechheit.
»Queensland du bleiben Gefängnis ein fella Jahr. Weiß fella Herr verdammter Narr dich nicht aufhängen. Du zuviel schlimm fella. Queensland du bleiben Gefängnis sechs Monate zweimal. Zwei fella Mal du stehlen. Du Mission? Schön. Du savvee ein fella Gebet?«
»Ja, mich savvee Gebet«, lautete die Antwort.
»Schön. Dann du beten kurze Zeit klein bißchen. Du sagen ein fella Gebet verdammt schnell, dann mich töten dich.«
Scheldon richtete die Büchse auf ihn und wartete. Der Schwarze blickte sich nach seinen Genossen um, aber keiner rührte sich, um ihm zu helfen. Sie waren gespannt, was da kommen sollte, und starrten regungslos auf den Weißen, der, den Tod in der Hand, vor ihnen auf der großen Veranda stand.
Scheldon hatte gewonnen, und das wußte er. Astoa trat unschlüssig von einem Fuß auf den andern. Er blickte den Weißen an und sah über das Visier hinweg in seine Augen.
»Astoa!« sagte Scheldon, den psychologischen Moment wahrnehmend. »Ich zähle drei fella Mal. Dann ich schießen dich fella tot, gute Nacht, alles aus.«
Und Scheldon wußte, daß er ihn auf der Stelle erschießen mußte, wenn er drei gezählt hatte. Der Schwarze wußte es ebenfalls, und das war der Grund, warum Scheldon es nicht zu tun brauchte, denn als er eins gezählt hatte, streckte Astoa die Hand nach der Peitsche aus. Und recht kräftig handhabte er sie, aufgebracht darüber, daß seine Genossen ihn im Stich gelassen hatten. Mit jedem Hiebe machte er seiner Wut Luft.

Von der Veranda aus trieb Scheldon ihn an, kräftig zu schlagen, bis die beiden gepeitschten Wilden schrien und heulten und das Blut ihnen vom Rücken troff. Es war ein tüchtiger Denkzettel.

Als der letzte von der Bande mit den beiden heulenden Übeltätern durch die Pforte verschwunden war, sank Scheldon halb ohnmächtig auf sein Ruhebett.

»Ich bin ein kranker Mann«, murmelte er. »Ein kranker Mann.«

»Aber ich kann heute nacht ruhig schlafen«, fügte er eine halbe Stunde später hinzu.

Die Jessie

Zwei Tage vergingen, und Scheldon, der immer schwächer wurde, fühlte, daß es mit ihm zu Ende ging und daß er nicht mehr lange seine täglichen vier Hospitalbesuche machen könnte. Es gab durchschnittlich vier Todesfälle täglich, und die Krankheit griff immer mehr um sich. Die Schwarzen befanden sich in großer Angst. Jeder schien sich, krank geworden, die größte Mühe zu geben, zu sterben. Waren sie einmal von der Krankheit gepackt, so fehlte ihnen der Mut, sich gegen sie zu wehren. Sie glaubten, daß sie sterben mußten, und taten ihr Bestes, diesen Glauben zu rechtfertigen. Selbst die Gesunden waren überzeugt, daß es nur eine Frage von Tagen war, bis die Krankheit auch sie packte und hinwegraffte. Aber so fest sie es auch glaubten, fehlte ihnen doch der Mut, den weißen Mann, der dem Tod so nahe war, über den Haufen zu rennen und dem Hause des Grauens in den Booten zu entfliehen. Sie blieben lieber und warteten auf den schleichenden Tod, der ihrer, wie sie bestimmt wußten, wartete, als daß sie den sofortigen Tod wählten, der sie ereilen mußte, wenn sie sich gegen ihren Gebieter auflehnten. Daß er nie schlief, wußten sie. Daß er nicht totgezaubert werden konnte, wußten sie ebenso sicher – sie hatten es versucht, und selbst die Krankheit, die sie alle hinwegraffte, konnte ihn nicht töten.

Seit der Auspeitschung hatte sich die Disziplin gehoben. Die Schwarzen krümmten sich unter der eisernen Faust des Weißen. Sie zeigten ihre finsteren, bösen Blicke nur mit abgewandten Gesichtern oder hinter seinem Rücken. Sie warteten mit ihrem Murren bis zur Nacht in der Baracke, wo er sie nicht hören konnte. Und es gab keinen einzigen Ausreißer mehr und natürlich auch keine nächtlichen Lauscher auf der Veranda.

In der Morgendämmerung des dritten Tages nach der Auspeitschung erschienen die Segel der Jessie. Sie war acht Meilen entfernt, und es dauerte bis zwei Uhr nachmittags, ehe die schwache Brise ihr ermöglichte, eine Viertelmeile vor der Küste zu ankern. Ihr Anblick verlieh Scheldon neuen Mut, und die ermüdenden Stunden des Wartens verdrossen ihn nicht. Er erteilte den Vorarbeitern seine Befehle und machte seine regelmäßigen Hospitalbesuche. Jetzt war alles gut. Er hatte es überstanden. Er konnte sich niederlegen und sich gesund pflegen. Die Jessie war da.

Sein Teilhaber war an Bord, gesund und frisch vom sechswöchigen Rekrutieren in Malaita. Der konnte jetzt den Betrieb leiten, und alles auf Berande wurde gut.
Scheldon lag auf dem Deckstuhl und beobachtete das zum Strande rudernde Boot der Jessie. Er wunderte sich, daß nur mit drei Riemen gepullt wurde, und wunderte sich noch mehr, daß nach der Landung das Aussteigen so lange dauerte. Dann verstand er. Die drei Schwarzen, die gepullt hatten, kamen mit einer Tragbahre auf den Schultern über den Strand. Ein Weißer, in dem er den Kapitän der Jessie erkannte, schritt voran, öffnete die Pforte und ließ sie vorbei. Scheldon wußte, daß der, der auf der Bahre lag, Hughie Drummond war, und ein Schleier legte sich über seine Augen. Er spürte ein überwältigendes Verlangen zu sterben. Die Enttäuschung war zu groß. In seinem eigenen, entsetzlich schwachen Zustand fühlte er, daß es ihm unmöglich war, seine Aufgabe, die Berande-Plantage fest in der Hand zu halten, weiter zu erfüllen. Dann aber erwachte seine Willenskraft wieder, und er wies die Schwarzen an, die Tragbahre neben ihn auf den Boden zu setzen. Hughie Drummond, den er zuletzt vor Gesundheit strotzend gesehen hatte, war ein abgezehrtes Skelett. Die geschlossenen Augen waren tief eingesunken. Die eingeschrumpften Lippen entblößten die Zähne, und die Backenknochen schienen die Haut durchstechen zu wollen. Scheldon schickte einen Boy nach dem Thermometer und blickte fragend den Kapitän an.
»Schwarzwasserfieber«, sagte der Kapitän. »Er ist seit sechs Tagen bewußtlos. Und dazu haben wir Dysenterie an Bord. Was ist mit Ihnen los?«
»Ich begrabe vier Mann täglich«, erwiderte Scheldon, indem er sich von seinem Liegestuhl hinabbeugte und seinem Partner das Thermometer unter die Zunge steckte. Kapitän Olson fluchte und schickte einen Hausboy nach Whisky. – Scheldon sah auf das Thermometer. »Hundertsieben«, sagte er. »Armer Hughie.« Kapitän Olson bot ihm Whisky an.
»Das hat gerade noch gefehlt«, sagte Scheldon.
Er ließ einen Aufseher holen und befahl, ein Grab zu schaufeln und aus ein paar Kisten einen Sarg zu zimmern. Die Schwarzen bekamen keinen Sarg. Sie wurden begraben, wie sie starben, indem sie nackt, wie sie waren, auf einem Stück Wellblech vom Hospital zur Grube gefahren wurden. Nachdem er seine Befehle erteilt hatte, legte sich Scheldon mit geschlossenen Augen auf seinem Stuhl zurück. »Es war die reine Hölle, Herr Scheldon«, begann Kapitän Olson, er brach ab, um einen Schluck Whisky zu nehmen. »Die reine Hölle, Herr Scheldon, sage ich Ihnen. Widrige Winde oder überhaupt keine. Zehn Tage sind wir getrieben.

Zehntausende von Haien folgten uns zehn Tage lang, weil wir sie fütterten. Als wir an Land pullten, schnappten sie nach den Riemen. Ich wünschte, ein Nordwest wäre gekommen und hätte die ganzen Salomons in die Hölle geweht.
Wir kriegten es vom Wasser – Wasser vom Owgabach. Füllten die Fässer damit. Konnten es ja nicht ahnen. Ich hatte früher Wasser dort eingenommen, und es war immer gut gewesen. Wir hatten sechzig Rekruten – genau sechzig – und fünfzehn Mann Besatzung. Tag und Nacht mußten wir sie über Bord schmeißen. Die Kerls wollten nicht leben, verdammt sollen sie sein! Aus reiner Bosheit starben sie. Nur drei von meiner Mannschaft stehen noch auf den Füßen. Fünf liegen. Sieben sind tot. Verfluchte Kiste! Was sollen wir weiter darüber reden!«
»Wieviel Rekruten sind noch übrig?« fragte Scheldon.
»Die Hälfte ist weg. Dreißig sind noch übrig, davon liegen zwanzig, und die letzten zehn schwanken noch eben herum.«
Scheldon seufzte. »Das bedeutet wieder Erweiterung meines Hospitals. Sie müssen irgendwie an Land geschafft werden. Viaburi! He, du, Viaburi, läuten groß fella Glocke stark fella zuviel.«
Die Leute, zu so ungewöhnlicher Zeit von der Arbeit gerufen, wurden in Gruppen abgeteilt. Einige wurden in den Busch geschickt, um Holz für die Häusergerüste zu schlagen, andere mußten Gras zur Bedachung schneiden, und vierzig Mann hoben das Walboot über ihre Köpfe und trugen es zum Strand hinunter. Scheldon hatte mit den Zähnen geknirscht, den sinkenden Mut zusammengerafft und Berande wieder in seine Faust genommen.
»Haben Sie das Barometer beobachtet?« fragte Kapitän Olson, der am Fuße der Treppe stehengeblieben war, um die Ausschiffung der Kranken zu beobachten.
»Nein«, antwortete Scheldon. »Steht es niedrig?«
»Es fällt.«
»Dann schlafen Sie heute nacht lieber an Bord«, meinte Scheldon. »Kümmern Sie sich nicht um das Begräbnis. Ich werde nach dem armen Hughie sehen.«
»Ein Schwarzer biß ins Gras, als ich vor Anker ging.«
Der Kapitän sagte dies ganz beiläufig, wartete aber offenbar auf einen Vorschlag.
Den andern überkam plötzlich der Zorn.
»Schmeißen Sie ihn über Bord!« schrie er. »Großer Gott, Mann, glauben Sie nicht, daß ich genug Gräber an Land habe?«
»Ich meinte ja nur«, antwortete der Kapitän, durchaus nicht gekränkt.
Scheldon tat sein kindisches Benehmen leid.

»Ach, Kapitän Olson«, rief er. »Wenn Sie Rat wissen, kommen Sie morgen an Land, und helfen Sie mir. Wenn Sie nicht selber können, schicken Sie mir den Steuermann.«

»Ich komme selbst. Johnsson ist tot. Ich vergaß, es Ihnen zu erzählen – vor drei Tagen.«

Scheldon sah dem Kapitän der Jessie nach, wie er, die Arme schwingend und Gott und die Salomoninseln verfluchend, den Weg hinunterging. Seine Blicke fielen auf die Jessie, die draußen in der glasigen Dünung rollte, und schweiften weiter nach Nordosten, wo, hoch über der Floridainsel, eine hohe dunkle Wolkenbank lagerte. Dann dachte er an seinen Partner. Er rief nach Leuten, um ihn ins Haus tragen zu lassen. Aber mit Hughie Drummond ging es zu Ende. Sein Atem war kaum noch zu spüren. Durch bloße Berührung konnte Scheldon feststellen, daß die Temperatur des Sterbenden sank. Sie mußte schon im Sinken gewesen sein, als das Thermometer hundertsieben zeigte. Er hatte ausgelitten. Scheldon kniete neben ihm nieder, und die Hausboys stellten sich herum. Ihre weißen Hemden und Lendentücher bildeten einen merkwürdigen Kontrast zu ihrer schwarzen Haut, ihrem wilden Aussehen und ihren großen Ohrpflöckchen und glänzenden, geschnitzten Nasenringen. Mit Anstrengung kam Scheldon wieder auf die Füße und ließ sich auf den Liegestuhl fallen. So schwül es auch vorher gewesen, jetzt wurde es noch drückender. Man konnte kaum atmen. Er rang nach Luft. Die Gesichter und die bloßen Arme der Hausboys waren mit Schweißperlen bedeckt.

»Herr«, wagte einer von ihnen zu sagen, »groß fella Wind er kommen stark fella zuviel.« Scheldon nickte, sah aber nicht auf. So nahe ihm Hughie Drummond auch gestanden hatte, sein Tod und das sich daraus ergebende Begräbnis schienen ihm eine unerträgliche Last aufzubürden zu der, unter der er bereits zusammenbrach. Er hatte das Gefühl – nein, die Gewißheit –, daß er nur die Augen schließen und alles gehen lassen sollte, wie es wollte, und daß er dann sterben, in einer Unermeßlichkeit von Ruhe versinken dürfte. Er wußte, daß es so war. Es war sehr einfach. Er brauchte nur die Augen zu schließen, denn er war jetzt so weit, daß er nur noch durch seinen Willen lebte. Sein ausgezehrter Körper schien von der aufsteigenden Angst vor der Auflösung zerrissen. Er war ein Narr, daß er sich ans Leben klammerte. Zwanzig Tode war er schon gestorben, und welchen Zweck hatte es, das Leben nochmals um zwanzig Tode zu verlängern, ehe er wirklich starb? Er hatte nicht nur keine Furcht vor dem Tode, er wünschte ihn herbei. Sein zermarteter Körper und sein Geist wünschten es, und warum sollte seine Lebensflamme nicht ganz erlöschen? Aber sein Wille, der Leben und Tod meisterte, war noch wach. Er sah die beiden Boote am Strande landen und sah die

Kranken auf Tragbahren oder huckepack in trauriger Prozession vorbeiziehen. Er sah die Anzeichen des aufsteigenden Windes am bewölkten Horizont und dachte an die Kranken im Hospital. Hier wartete seiner etwas, was geschafft werden mußte, und es lag nicht in seiner Natur, sich schlafen zu legen oder zu sterben, wenn es noch eine Aufgabe zu erfüllen galt.

Die Aufseher wurden gerufen und erhielten den Befehl, das Hospital mit den beiden Anbauten festzulaschen. Er erinnerte sich der Reserveankerkette, die, neu gestrichen, unter den Deckenbalken des Hauses aufgehängt war, und befahl, sie gleichfalls beim Hospitalbau zu verwenden. Der Sarg wurde gebracht, grotesk aus Kistenholz zusammengezimmert, und nach seiner Anweisung wurde Hughie Drummond hineingelegt. Ein halbes Dutzend Leute trugen ihn zum Strand hinunter, und er ritt auf den Schultern eines Schwarzen, die Arme um seinen Hals geklammert, ein Gebetbuch in der Hand, hinterher.

Während er das Gebet las, starrten die Schwarzen furchtsam auf die schwarze Linie, über der die Wolken, sich überstürzend, daherjagten. Als er die Andacht beendet hatte, wehte der erste Hauch schwach, zärtlich und erfrischend durch seinen ausgedörrten Körper. Während dann die Schaufeln schnell das Grab mit Sand füllten, kam der zweite Windstoß. So heftig war er, daß Scheldon, der noch auf dem Boden stand, sich, um nicht fortgeweht zu werden, an seinen Träger klammerte. Die Jessie war nicht mehr zu sehen, und ein merkwürdiges, unheilverkündendes Geräusch erhob sich, während Unmengen kleiner Wellen schäumend auf den Strand rollten. Es war wie das Aufwallen eines mächtigen Kessels. Überallher ertönte das dumpfe Gräusch fallender Kokosnüsse. Die hohen, zierlichen Stämme wanden sich und klatschten wie Peitschenschläge. Die Luft schien angefüllt mit ihren fliegenden Wedeln, deren jeder mit seiner Schneide den Kopf eines Mannes hätte zerschmettern können. Dann kam der Regen, eine Sintflut, eine horizontale Masse, die, allen Gesetzen der Schwere hohnsprechend, wie ein Strom daherschoß. Der Schwarze, auf dem Scheldon ritt, stürzte sich mitten in das Unwetter hinein, indem er sich weit vorbeugte, um nicht rücklings niedergeworfen zu werden. »Er kann sich heute nacht ausschlafen«, fuhr es Scheldon durch den Kopf, als er an den toten Mann im Sande und an das auf den kalten Lehm rieselnde Regenwasser dachte.

So kämpften sie sich den Strand hinauf. Die andern Schwarzen packten seinen Träger und schleiften, zerrten ihn vorwärts. Manche von ihnen hätten nichts lieber getan, als den Reiter in den Sand zu werfen, auf ihn zu springen und ihn zu einem widerlichen Nichts zu zerstampfen. Aber die automatische Pistole mit ihrem schnell ratternden Tod in seinem

Gürtel und der automatische, todesverachtende Geist in dem Manne selbst hielten sie zurück und trieben sie, ihn mit Aufgebot ihrer ganzen Kräfte durch den Sturm in Sicherheit zu bringen.
Durchnäßt und erschöpft, wie er war, mußte er sich über die Leichtigkeit wundern, mit der er die Kleider wechseln konnte. Obwohl er furchtbar schwach war, fühlte er sich doch tatsächlich besser. Die Krankheit hatte ausgetobt, und die Genesung begann.
»Jetzt nur kein Fieber«, sagte er laut und entschloß sich im selben Augenblick, zum Chinin überzugehen, sobald er stark genug war, es wagen zu können.
Er kroch auf die Veranda. Der Regen hatte aufgehört, aber der Wind war schon zum halben Sturm geworden und wuchs immer noch. Die See toste, und meilenlange Brecher überstürzten sich zweihundert Meter vor dem Strande und krachten auf den Sand. Die Jessie, die jetzt wieder zu sehen war, stampfte wild vor zwei Ankern, und jede zweite oder dritte See brach über ihren Bug hinweg. Zwei Flaggen flatterten steif an der Flaggleine wie Vierecke aus biegsamem Eisenblech. Die eine war blau, die andere rot. Er kannte ihre Bedeutung aus dem Privatcode von Berande: »Was wünschen Sie? Soll ich versuchen, ein Boot zu landen?«
An der Wand, zwischen Flaggenmast und Billardregeln, hing der Code, mit dessen Hilfe er das Signal entziffert hatte und jetzt antwortete. An der Gaffel des Flaggenmastes ging eine weiße Flagge über einer roten hoch, was bedeutete: »Gehen Sie in Schutz der Nealinsel.«
Daß Kapitän Olson dies Signal erwartet hatte, erkannte er an der Schnelligkeit, mit der die Schäkel aus beiden Ankerketten geschlagen wurden. Er slippte die Anker, nachdem er sie mit Bojen versehen hatte, um sie bei besserem Wetter aufzunehmen. Die Jessie wendete unter vollem Stagsegel, dann wurde das doppelt gereffte Toppsegel gehißt. Sie schoß fort wie ein Rennpferd und kam auf eine halbe Kabellänge vom Balesunariff frei. Eben bevor sie die Spitzen rundete, wurde sie von einer furchtbaren Bö getroffen, die weit heftiger als die erste war. Diese ganze Nacht hindurch schlief Scheldon, während Bö auf Bö über Berande hinwegfegte, Bäume entwurzelte, Kopraschuppen umstürzte und das Haus auf seinen hohen Pfosten wankte. Er merkte nichts von dem Aufruhr. Er schlief fest, ohne sich zu rühren, ohne zu träumen. Wie neugeboren erwachte er. Er war hungrig. Es war über eine Woche her, seit Nahrung über seine Lippen gekommen war. Er trank ein Glas mit Wasser verdünnter kondensierter Milch, und gegen zehn Uhr getraute er sich, eine Tasse Brühe zu trinken. Auch die Lage im Hospital hatte sich gebessert. Trotz des Sturmes war nur ein Mann gestorben und ein neuer Kranker eingeliefert, während ein halbes Dutzend Leute schwach nach den Ba-

racken schlich. Er hätte gern gewußt, ob es der Wind gewesen war, der die Krankheit fortgeblasen und das verseuchte Land gereinigt hatte. Gegen elf Uhr traf ein Boot von Seelee aus Balesuna ein. Die Jessie war halbwegs zwischen dem Dorfe und der Nealinsel gestrandet. Erst gegen Abend brachten zwei Mann von der Besatzung die Nachricht, daß Kapitän Olson und der dritte Mann ertrunken waren. Aus dem, was sie sagten, konnte Scheldon nur schließen, daß die Jessie total verloren war. Um seine Laune noch zu verbessern, wurde er von Schüttelfrost gepackt und hatte eine halbe Stunde später hohes Fieber. Und er wußte, daß er wenigstens noch einen Tag warten mußte, ehe er auch nur die kleinste Dosis Chinin nehmen konnte. Er kroch unter einen Haufen von Decken und überraschte sich kurz darauf dabei, wie er laut lachte. Er hatte die Grenze seines Unglücks erreicht. Von Erdbeben und Flutwellen abgesehen, konnte ihm nichts mehr geschehen. Die Flibberty-Gibbet lag wohl sicher in der Mbolipassage. Da nichts Schlimmeres geschehen konnte, mußte es wohl besser werden. Und so kam es, daß er, unter seinen Decken frierend, lachte, daß die Hausboys die Köpfe zusammensteckten und sich über die Teufel in ihm wunderten.

Joan Lackland

Am zweiten Tage des Nordweststurmes brach Scheldon unter dem Fieber zusammen. Er hatte sich in seiner Schwäche zuviel zugemutet, und wenn es auch nur ein gewöhnlicher Malaria-Anfall war, so hatte er ihn doch nach achtundzwanzig Stunden so weit heruntergebracht wie sonst, wenn er in Form gewesen; dennoch bedeutete der Anfall zehn Tage Fieber.

Aber die Dysenterie hatte Berande verlassen. Einige Rekonvaleszenten lungerten noch im Hospital herum, doch ihr Zustand besserte sich stündlich. Nur einer war noch gestorben – der Mann, den sein Bruder bejammert hatte, statt die Fliegen zu vertreiben. Am Morgen seines vierten Fiebertages lag Scheldon auf der Veranda und blickte müde über das wütende Meer. Der Sturm hatte nachgelassen, aber die Wellen donnerten noch gegen den Strand von Berande, der Gischt spritzte bis an den Fuß des Flaggenmastes, und die schäumenden Ausläufer brandeten gegen die Türpfosten. Er hatte eine starke Dosis Chinin genommen, und das Medikament summte wie ein Wespennest in seinen Ohren, ließ seine Hände und Knie zittern und verursachte einen widerwärtigen Aufruhr in seinem Magen. Plötzlich sah er, die Augen öffnend, etwas, was er für eine Halluzination hielt. Nicht weit draußen sah er die Spitze eines Bootes, das sich dem Ankerplatz der Jessie näherte, auf den stäubenden Kamm einer Woge gen Himmel zeigen und in ganz natürlicher Weise wieder verschwinden, wie es die Spitze eines wirklichen Bootes tun kann, wenn es in ein Wellental hinabgleitet. Er wußte, daß kein Boot draußen sein konnte, und er war dazu ganz sicher, daß kein Mensch auf den Salomoninseln so verrückt war, bei diesem Sturm draußen zu sein. Aber die Halluzination blieb. Als er nach einer Minute wieder die Augen öffnete, sah er das Boot wieder, diesmal in seiner ganzen Länge, da es sich oben auf einer Woge befand. Er sah sechs Riemen pullen und, am Heck, sich scharf von dem überhängenden weißen Wall abhebend, einen aufrecht stehenden riesigen Mann, der mit seinem Gewicht das Steuerruder lenkte. Dazu sah er noch einen achten Mann, der zum Bug kroch und nach dem Lande starrte. Was Scheldon aber am meisten überraschte, war ein weibliches Wesen achtern im Boot zwischen dem Mann am

Schlagriemen und dem Rudergast. Daß es ein weibliches Wesen war, erkannte er an einer Haarflechte, die im Winde flatterte und die sie jetzt einfing und unter ihren Hut steckte, einen Hut, der ganz seinem eigenen Cowboyhut glich. Das Boot verschwand hinter der Welle und kam auf der nächsten wieder zum Vorschein. Wieder blickte er hin. Der Mann war schwarz und größer als die Salomoninsulaner, die Frau aber, wie er jetzt deutlich sehen konnte, weiß. Wirre Gedanken, wer sie sein mochte und was sie hier zu suchen hatte, schossen ihm durch den Kopf. Er war zu krank, um wirklich neugierig zu sein, und zudem glaubte er immer noch, daß alles nur ein Traum sei. Jetzt sah er, wie die Leute sich auf den Riemen ausruhten, während die Frau und der Rudergast aufmerksam auf die Wogen hinter sich blickten.

»Tüchtige Bootsleute«, entschied Scheldon, als er sah, wie das Boot vor einem gewaltigen Brecher einherschoß, während die Riemen schwirrten, um es vor dem anstürmenden Wasserberg zu halten, der wie toll landeinwärts raste. Halb voll Wasser wurde das Boot auf den Strand geschleudert, die Leute sprangen heraus und zogen das Boot mit der Spitze voran nach dem Türpfosten. Scheldon rief vergebens nach den Hausboys, die jetzt gerade die letzten Kranken im Hospital versorgten. Er wußte, daß er unfähig war, sich zu erheben und den Weg hinabzugehen, um die Besucher zu begrüßen, daher legte er sich in seinem Liegestuhl zurück und wartete eine Ewigkeit, während die Leute mit ihrem Boot beschäftigt waren. Die Frau stand daneben und stützte sich mit dem Arm gegen die Pforte, hin und wieder spülte die See über ihre Füße, die, wie er sehen konnte, in Gummi-Seestiefeln steckten. Sie blickte forschend nach dem Haus und sah ihn eine Weile fest an. Schließlich wandte sie sich an zwei der Männer, die sich umdrehten und ihr den Weg zum Haus hinauf folgten. Scheldon versuchte aufzustehen, erhob sich halb und sank hilflos zurück. Er war erstaunt über die Größe der Männer, die hinter ihr wie Riesen aussahen. Sie waren wenigstens sechs Fuß hoch und entsprechend kräftig. Noch nie hatte er Insulaner wie diese gesehen. Sie waren nicht schwarz wie die Salomoninsulaner, sondern hellbraun, und ihre Züge waren breiter, regelmäßiger, beinahe schön.

Die Frau – oder eher das junge Mädchen, wie er entschied – hatte jetzt die Veranda erstiegen und trat auf ihn zu. Die beiden Männer warteten gespannt auf der obersten Treppenstufe. Das Mädchen war ärgerlich, das konnte er sehen. Ihre grauen Augen blitzten, und ihre Lippen zuckten. Sie hat Temperament, dachte er. Ihre Augen überraschten ihn. Er sah, daß sie eigentlich gar nicht grau, wenigstens nicht ganz grau waren. Sie standen weit auseinander und blickten ihn groß unter geraden Brauen an. Ihre Züge waren so rein geschnitten, daß sie kameenartig wirkten. Es war noch mehr Auffallendes an ihr: der Cowboyhut, die schweren Flechten ihres braunen Haares und der langläufige 38-Colt-Revolver, der ihr an der Hüfte hing.

»Schöne Gastfreundschaft, das muß ich sagen«, lautete ihr Gruß. »Besucher im Vorgarten versinken und schwimmen zu lassen.«

»Ich – ich bitte um Verzeihung«, stammelte er und kam mit äußerster Anstrengung auf die Beine.

Die Füße schlotterten ihm, und mit einem Gefühl des Erstickens sank er langsam zu Boden. Er fühlte eine schwache Befriedigung, als er ihre besorgten Blicke auf sich gerichtet sah, dann wurde ihm schwarz vor den Augen, und im selben Augenblick dachte er, daß er jetzt zum erstenmal in seinem Leben ohnmächtig würde.

Das Läuten der großen Glocke brachte ihn zu sich. Er öffnete die Augen und sah, daß er auf dem Ruhebett lag. Ein Blick auf die Uhr zeigte ihm, daß es sechs Uhr, und die Richtung der Sonnenstrahlen, die ins Zimmer fielen, daß es Morgen war. Im ersten Augenblick dachte er nach, was ihm Unangenehmes zugestoßen sein mochte. Dann sah er an der Wand einen Cowboyhut und darunter einen gefüllten Patronengürtel und einen langläufigen 38-Colt-Revolver hängen. Da erinnerte er sich des Bootes vom Tage zuvor und der grauen Augen, die ihn unter geraden Brauen angeblitzt hatten. Sie mußte es sein, die soeben die Glocke geläutet hatte. Die Sorge um die Plantage überkam ihn, und er richtete sich halb im Bett auf, indem er nach einem Halt an der Wand tastete. Aber das Moskitonetz umtaumelte ihn schwindelerregend. Mit geschlossenen Augen hielt er sich fest und bemühte sich, das Schwindelgefühl zu überwinden, als er ihre Stimme hörte.

»Sie werden sich sofort wieder hinlegen, mein Herr«, sagte sie.

Es war der scharfe Befehl einer Stimme, die gewohnt ist, zu kommandieren. Gleichzeitig drückte ihn eine Hand in die Kissen zurück, während eine andere ihm den Rücken stützte.

»Sie sind jetzt vierundzwanzig Stunden ohne Besinnung gewesen«, fuhr sie fort. »Ich habe die Pflege übernommen, und Sie werden aufstehen, wenn ich es erlaube. Nun sagen Sie, was für Medizin Sie nehmen? – Chinin? Bitte. So ist es recht. Sie werden ein braver Patient sein.«

»Meine Gnädige«, begann er.

»Sie dürfen nicht sprechen«, unterbrach sie ihn. »Das heißt widersprechen. Sonst dürfen Sie es.«

»Aber die Plantage –«

»Ein toter Mann kann einer Plantage nichts nützen. Wollen Sie gar nichts über mich wissen? Sie kränken meine Eitelkeit. Jetzt stehe ich hier, gerade nach meinem ersten Schiffbruch, und da sind Sie nicht im

geringsten neugierig und reden von Ihrer Plantage. Können Sie denn nicht sehen, daß ich darauf brenne, endlich jemandem von meinem Schiffbruch erzählen zu können?«
Er lächelte zum erstenmal seit Wochen. Und nicht so sehr über das, was sie sagte, wie über ihre Art, es zu sagen – den launischen Ausdruck ihres Gesichtes, ihre lachenden Augen und die winzigen Lachfältchen in ihren Augenwinkeln. Er hätte gern gewußt, wie alt sie war. Aber laut sagte er: »Ja, bitte, erzählen Sie.«
»Das tue ich nicht – jetzt nicht«, erwiderte sie, indem sie den Kopf zurückwarf. »Ich werde schon jemand finden, dem ich meine Geschichte erzählen kann, ohne daß ich ihn zu bitten brauche. Im übrigen wünsche ich auch einige Auskünfte. Ich habe herausgebracht, wann die große Glocke geläutet werden muß, um die Leute an die Arbeit zu schicken. Das ist aber auch alles. Ich verstehe die lächerliche Sprache Ihrer Leute nicht. Wann hören sie mit der Arbeit auf?«
»Um elf Uhr – und um ein Uhr fangen sie wieder an.«
»Das genügt. Danke. Und jetzt sagen Sie mir, wo Sie den Schlüssel zu den Vorräten verwahren. Ich will meinen Leuten zu essen geben.«
»Ihren Leuten!« Er schnappte nach Luft. »Konserven! Nein, nein. Lassen Sie sie draußen mit meinen Leuten essen.«
Ihre Augen blitzten wie am Tage zuvor, und wieder sah er den gebieterischen Ausdruck in ihrem Gesicht.
»Das will ich nicht. Meine Leute sind Menschen. Ich war draußen bei Ihren elenden Baracken und habe die Kerle essen sehen. Pfui! Kartoffeln! Kein Salz! Nichts als Kartoffeln. Ich mag falsch gefragt haben, aber jedenfalls habe ich verstanden, daß das alles sei, was sie zu essen bekämen. Zwei Mahlzeiten täglich, und das alle Tage der Woche?«
Er nickte.
»Nun, meine Leute würden dabei nicht einen Tag bleiben, viel weniger eine ganze Woche. Wo ist der Schlüssel?«
»Er hängt am Kleiderhaken dort unter der Uhr.«
Er erhob keinen Widerspruch. Als sie den Schlüssel herunternahm, murmelte er: »Nigger und Konserven.« Diesmal war sie wirklich zornig. Das Blut schoß ihr in die Wangen, und sie wandte sich zu ihm:
»Meine Leute sind keine Nigger. Je schneller Sie das verstehen, desto besser ist es für unsere Bekanntschaft. Und was die Konserven betrifft, so werde ich bezahlen, was sie essen. Bitte, machen Sie sich deshalb keine Sorgen. Sorgen sind nicht gut für Sie, bei Ihrem Zustand. Und ich bleibe nicht länger, als ich muß – gerade so lange, bis ich Sie wieder auf die Beine gebracht habe und weggehen kann mit dem Gefühl, einen Weißen nicht im Stich gelassen zu haben.«

»Sie sind Amerikanerin, nicht wahr?« fragte er ruhig. Die Frage brachte sie für einen Augenblick aus der Fassung.

»Ja«, gab sie mit herausforderndem Blick zu. »Warum?«

»Nichts. Ich meine nur.«

»Sonst etwas?«

Er schüttelte den Kopf. »Wieso?«

»Oh, nichts. Ich dachte nur, Sie wollten mir etwas Angenehmes sagen.«

»Mein Name ist Scheldon, David Scheldon«, sagte er mit Nachdruck und streckte seine abgezehrte Hand aus. Sie streckte unwillkürlich die ihre aus, hielt sie aber zurück.

»Mein Name ist Lackland, Joan Lackland.«

Jetzt umschloß ihre Hand die seine. »Wollen wir Freunde sein?«

»Wie könnte es anders sein –«, begann er stockend.

»Und ich darf meinen Leuten so viel Konserven geben, wie ich will?« forschte sie.

»Bis die Kühe heimkommen«, antwortete er ihr, indem er auf ihren leichten Ton einging.

Sie prüfte ihn mit einem kühlen Blick.

»Soll das ein Witz sein?« fragte sie.

»Ich weiß wirklich nicht – ich – ich hielt es dafür, aber, Sie sehen, daß ich krank bin.«

»Sie sind Engländer, nicht wahr?« lautete ihre nächste Frage.

»Na, das ist aber zuviel, selbst für einen Kranken«, rief er. »Sie wissen ganz genau, daß ich einer bin.«

»Ach«, sagte sie geistesabwesend, »wirklich?«

Er runzelte die Stirn, kniff die Lippen zusammen und brach dann in ein Lachen aus, in das sie einstimmte.

»Ich habe selbst schuld«, gestand er. »Ich hätte Sie nicht reizen sollen. In Zukunft werde ich vorsichtiger sein.«

»Lachen Sie nur ruhig weiter, ich werde unterdessen nach dem Frühstück sehen. Haben Sie besondere Wünsche?«

Er schüttelte den Kopf.

»Es wird Ihnen gut tun, etwas zu essen. Ihr Fieber ist vorbei, und Sie sind nur noch schwach. Warten Sie einen Augenblick.«

Sie eilte hinaus, um sich in die Küche zu begeben, trat in der Tür in ein Paar Sandalen, in denen ihre Füße vollkommen ertranken, und verschwand dann in rosiger Verwirrung.

Himmel, das sind meine Sandalen! dachte er. Sie hat nichts anzuziehen außer dem Zeug, in dem sie landete, und da hatte sie bestimmt Seestiefel an.

Sie will Pflanzer werden

Scheldon erholte sich zusehends. Das Fieber hatte sich inzwischen ausgetobt, und er brauchte nichts weiter zu tun, als Kräfte zu sammeln. Joan hatte den Koch in die Mache genommen, und zum erstenmal war die Küche in Berande, wie Scheldon bemerkte, die Küche eines Weißen. Eigenhändig bereitete Joan die Speisen für den Kranken, und das und ihre Heiterkeit brachten ihn so weit, daß er nach zwei Tagen, wenn auch noch unsicher, auf der Veranda herumgehen konnte. Die Situation erschien ihm seltsam, noch seltsamer aber die Tatsache, daß sie dem Mädchen offenbar natürlich erschien. Sie hatte sich hier eingenistet und den Haushalt übernommen, als ob er ihr Vater, Bruder oder als ob sie ein Mann gleich ihm wäre.

»Es ist herrlich«, versicherte sie ihm. »Es ist wie eine Seite aus einem Roman. Da komme ich vom Meere und finde einen kranken Mann ganz allein mit zweihundert Sklaven...«

»Rekruten«, verbesserte er. »Kontraktarbeiter. Sie haben nur drei Jahre zu dienen und schließen ihren Kontrakt als freie Männer.«

»Ja, ja«, rief sie hastig, »also einen kranken Mann allein mit zweihundert Rekruten auf einer Kannibaleninsel – Es sind doch Kannibalen, nicht wahr? Oder ist das nur Gerede?«

»Gerede!« lächelte er. »Es ist schon ein bißchen mehr. Die meisten von meinen Leuten sind aus dem Busch, und alle Buschleute sind Menschenfresser.«

»Aber doch nicht, wenn sie Rekruten geworden sind! Die Leute, die Sie hier haben, würden es doch nicht tun.«

»Wenn sie Gelegenheit dazu fänden, würden sie Sie fressen.«

»Ist das nur Theorie, oder wissen Sie das wirklich?« fragte sie.

»Ich weiß es.«

»Woher? Was bringt Sie zu diesem Glauben? Ihre eigenen Leute hier?«

»Ja, meine eigenen Leute hier, selbst die Hausboys, der Koch, der in diesem Augenblick dank Ihnen noch schmackhafte Brötchen backt. Es ist keine drei Monate her, da machten sich elf von ihnen auf einem Boot davon. Fuhren nach Malaita. Neun davon waren Malaitaner, zwei Buschleute aus San Christoval. Sie waren Narren, die aus Christoval. Und das

wären auch zwei Malaitaner, die sich einem Boot mit neun Mann aus Christoval anvertrauen wollten.«
»Und?« fragte sie gespannt. »Was geschah dann?«
»Die neun von Malaita fraßen die beiden von Christoval, bis auf die Köpfe, die zu wertvoll zum Fressen sind. Die verstauten sie bis zu ihrer Landung achtern im Boot. Und jetzt befinden sich die beiden Köpfe in irgendeinem Buschdorf im Innern von Langa-Langa.«
Sie klatschte in die Hände, und ihre Augen strahlten. »Es sind wirklich und wahrhaftig Menschenfresser! Und das im zwanzigsten Jahrhundert! Und da dachte ich, Romantik und Abenteuer seien ausgestorben.«
Er blickte sie leicht belustigt an.
»Was ist jetzt los?« fragte sie.
»Ach nichts, ich finde es nur nicht im geringsten romantisch, von einer Bande schmutziger Nigger gefressen zu werden.«
»Nein, das natürlich nicht«, gab sie zu, »aber unter ihnen leben, zweihundert von ihnen zu gebieten und zu verhüten, daß man von ihnen gefressen wird – das ist, wenn nicht romantisch, so doch sicher das herrlichste aller Abenteuer. Und Abenteuer und Romantik sind nicht zu trennen, wie Sie wissen.«
»Dann müßte es also das herrlichste aller Abenteuer sein, in den Magen eines Niggers zu wandern«, erwiderte er.
»Ich glaube, Sie haben nicht die geringste Romantik im Leibe«, rief sie. »Sie sind genauso blöd und schwerfällig und langweilig wie die Geschäftsleute daheim. Ich weiß nicht, warum Sie überhaupt hier sind. Sie hätten lieber zu Hause bleiben sollen als Bankbeamter oder – oder–«
»Als Krämergehilfe, besten Dank.«
»Ja, so was. Was, um Himmels willen, tun Sie hier am Ende der Welt?«
»Ich versuche, mir mein Brot zu verdienen, in der Welt vorwärtszukommen.«
»Den steinigen Weg muß der jüngere Sohn wandeln, ehe er sich selbst Herd und Sattel verdient«, zitierte sie. »Nun, wenn das nicht romantisch ist, dann gibt es überhaupt keine Romantik. Denken Sie an all die jüngeren Söhne draußen, die sich in unzähligen Abenteuern Sättel und Herde gewinnen. Und einer davon sind Sie – und ich auch.«
»Ich – ja, verzeihen Sie –«, sagte er gedehnt.
»Nun ja, ich bin eine jüngere Tochter, und ich habe weder Herd noch Sattel – ich habe niemand und nichts, und ich bin gerade so weit wie Sie.«
»Dann ist Ihr Fall, wie ich zugebe, ein wenig romantisch«, gestand er. Unwillkürlich mußte er an die letzte Nacht denken, die sie in der Hängematte auf der Veranda unter dem Moskitonetz geschlafen hatte, wäh-

rend ihre Tahitianerleibwache in Rufweite in der entgegengesetzten Ecke der Veranda gelegen hatte. Er war zu schwach gewesen, um sich zu widersetzen, aber jetzt beschloß er, daß sie sein Bett drinnen haben sollte, während er mit der Hängematte vorliebnahm.

»Sehen Sie, mein ganzes Leben habe ich von Romantik gelesen und geträumt«, sagte sie. »Aber ich hätte nie geglaubt, daß ich sie je selbst erleben sollte. Es kam alles so unerwartet. Vor zwei Jahren dachte ich, daß mir nichts übrigbliebe, als –« sie stockte und machte eine Gebärde des Abscheus – »nun, das einzige, was mir übrigzubleiben schien, war heiraten.«

»Und da zogen Sie eine Kannibaleninsel und einen Patronengürtel vor?« fragte er.

»An die Kannibaleninsel dachte ich nicht, aber der Patronengürtel erwies sich als äußerst praktisch.«

»Sie würden doch nicht wagen, den Revolver zu gebrauchen, wenn es sein müßte. Oder –« er bemerkte einen Schimmer in ihren Augen – »oder, wenn Sie ihn doch gebrauchen sollten, etwa – nun, etwa zu treffen.«

Sie stand plötzlich auf und schickte sich an, ins Haus zu gehen. Er wußte, daß sie den Revolver holen wollte. »Lassen Sie«, sagte er. »Hier ist meiner. Was wollen Sie damit?«

»Den Block von Ihrer Flaggenleine herunterschießen.«

Er lächelte ungläubig.

»Ich kenne die Waffe nicht«, sagte sie unsicher.

»Sie geht sehr leicht, und Sie brauchen nicht darunter zu halten. Nehmen Sie gestrichenes Korn!«

»Ja, ja«, sagte sie ungeduldig. »Ich kenne automatische Pistolen, sie verklemmen sich, wenn sie heiß werden – ich kenne nur Ihre nicht.«

Sie betrachtete die Waffe einen Augenblick.

»Sie ist gespannt. Ist eine Patrone im Magazin?«

Sie schoß, und der Block blieb heil.

»Der Abstand ist sehr groß«, sagte er in der Absicht, ihren Ärger zu mildern. Aber sie biß sich auf die Lippen und schoß wieder. Die Kugel schlug auf und prallte mit einem scharfen Ton ab. Der eiserne Block schwang hin und her. Immer wieder schoß sie, bis der Ladestreifen seine acht Patronen hergegeben hatte. Sechsmal hatte sie getroffen. Der Block schwankte immer noch an der Gaffel, war aber vollkommen zerschossen. Scheldon war überrascht. Besser hätten selbst er und Hughie Drummond es nicht machen können. Hatte er sonst Frauen ein Gewehr oder einen Revolver abfeuern sehen, so hatten sie meistens geschrien, die Augen geschlossen und aufs Geratewohl abgedrückt.

»Das war wirklich gut geschossen – für eine Frau«, sagte er. »Sie haben nur zweimal vorbeigeschossen, und dabei war es eine fremde Waffe.«

»Aber ich kann mir die beiden Fehlschüsse nicht erklären«, klagte sie. »Die Pistole arbeitete wunderbar. Geben Sie mir noch einen Ladestreifen, und diesmal werden alle acht Schüsse sicher treffen.«

»Ich zweifle nicht. Jetzt muß ich aber einen neuen Block haben. Viaburi! Hier du fella, holen ein fella Block vom Lager.«

»Ich wette, daß Sie bei acht Schüssen nicht acht Treffer machen«, forderte sie ihn heraus.

»Sie brauchen nicht zu fürchten, daß ich die Wette annehme«, lautete seine Antwort. »Wer hat Sie schießen gelehrt?«

»Ach, zuerst mein Vater, dann Von und seine Cowboys. Das war ein Schütze! Mein Vater, meine ich, obgleich Von auch glänzend schoß.«

Scheldon zerbrach sich den Kopf, wer Von sein mochte, und dachte, ob es wohl Von gewesen, der sie vor zwei Jahren zu dem Glauben gebracht hatte, daß ihr nichts anderes übrigblieb als die Ehe.

»Aus welchem Teil der Vereinigten Staaten stammen Sie?« fragte er. »Aus Chicago oder Wyoming? Oder woher sonst? Sie haben mir ja noch nichts über sich erzählt. Alles, was ich weiß, ist, daß Sie Joan Lackland heißen.«

»Sie müssen weiter nach Westen gehen, wenn Sie meinen Geburtsort finden wollen.«

»So! Also warten Sie! Nevada?«

Sie schüttelte den Kopf.

»Kalifornien?«

»Noch weiter westlich.«

»Das ist doch nicht möglich, wenn ich meine Geographie nicht ganz vergessen habe.«

»Nicht Geographie – Politik!« lachte sie. »Denken Sie an die Annexionen.«

»Philippinen!« rief er triumphierend.

»Nein. Hawaii. Dort bin ich geboren. Ein herrliches Land! Ach, ich habe schon beinahe Heimweh. Nicht, daß ich nie fortgewesen wäre. Als der große Krach kam, war ich in New York. Aber es ist doch das schönste Fleckchen Erde – Hawaii meine ich.«

»Aber was in aller Welt tun Sie denn in dieser gottverlassenen Gegend?« fragte er. »Nur Narren kommen hierher«, fügte er bitter hinzu.

»Neilson war doch wohl kein Narr«, meinte sie. »Wenn ich recht verstanden habe, hat er drei Millionen hier verdient.«

»Das ist leider nur zu wahr und der Grund, daß ich hier bin.«

»Und auch, daß ich hier bin«, sagte sie. »Vater hörte von ihm in den

Marquesas, und deshalb fuhren wir her. Aber mein armer Vater kam nicht bis hierher.«

»Er – Ihr Vater starb?« stammelte er.

Sie nickte, und ihre Augen wurden feucht und weich. »Ich kann Ihnen ebensogut alles erzählen.« Sie schüttelte ihre Traurigkeit ab und hob den Kopf mit der stolzen Miene einer Frau, die einen Cowboyhut und einen langläufigen Revolver tragen kann. »Ich bin in Hilo geboren. Das ist auf der Insel Hawaii – der größten und schönsten der ganzen Gruppe. Ich wurde erzogen wie die meisten Mädchen in Hawaii. Sie leben stets im Freien und können reiten und schwimmen, ehe sie wissen, was sechs mal sechs macht. Ich kann mich nicht erinnern, wann ich zum erstenmal ein Pferd bestieg und wann ich schwimmen lernte. Aber es war jedenfalls vor dem Abc. Vater besaß Viehranches auf Hawaii und Maui, und für die dortigen Verhältnisse waren sie groß. Hokuna allein war zweitausend Morgen groß. Es lag zwischen Mauna Kea und Mauna Loa, und dort lernte ich Ziegen und Büffel schießen. Auf Molokai gibt es großes geflecktes Rotwild. Von war der Manager von Hokuna. Er hatte zwei Töchter, etwa in meinem Alter, und ich verbrachte stets die heißeste Jahreszeit dort und blieb einmal ein ganzes Jahr. Wir drei waren die reinen Indianer. Nicht, daß wir geradezu wild aufwuchsen, aber wir waren wild. Wir hatten aber eine Erzieherin, wissen Sie, und Unterricht in Sprachen, Nähen und Kochen. Aber ich fürchte, daß man uns nur durch die Aussicht auf Reiten und Viehtreiben zum Arbeiten bringen konnte. Von war Soldat gewesen, Vater war alter Seemann, und beide hielten streng auf Disziplin. Aber sie waren letzten Endes eben Männer, und weder die beiden Mädchen noch ich hatten eine Mutter. Unsere Väter verzogen uns schrecklich. Sie hatten keine Frauen und behandelten uns, wenn unsere Arbeit getan war, als Kameraden. Alles im Haushalt mußten wir doppelt so gut lernen wie die Dienerschaft, um eines Tages selbst wirtschaften zu können. Und wir bereiteten stets die Cocktails, was ein zu heiliges Ritual für einen Diener gewesen wäre. Ferner wurde uns nie etwas erlaubt, was wir nicht selbst schaffen konnten. Natürlich holten die Cowboys unsere Pferde ein und sattelten sie. Aber wir mußten selbst dazu imstande sein –.«

»Was meinen Sie mit dem Einholen?« fragte Scheldon.

»Mit dem Lasso fangen. Und das Satteln ließen uns Vater und Von gehörig üben, und dann mußten wir eine gründliche Prüfung ablegen. Ebenso ging es mit unsern Revolvern und Gewehren. Die Hausboys reinigten und ölten sie, aber wir mußten es selbst verstehen, um sie dabei überwachen zu können. Mehr als einmal wurde einer von uns im Anfang das Gewehr nur wegen eines kleinen Rostfleckchens weggenommen.

Wir mußten verstehen, bei strömendem Regen, und noch dazu mit nassem Holz, ein Feuer im Freien anzumachen, was, glaube ich, das Allerschönste war außer Grammatik. Wir lernten mehr von Vater und Von als von den Erzieherinnen, Vater lehrte uns Französisch und Von Deutsch. Wir lernten beide Sprachen recht gut, und zwar ausschließlich im Sattel und im Lager.

In der kühlen Jahreszeit pflegten die Mädchen mich in Hilo zu besuchen, wo Vater zwei Häuser besaß, das eine am Strand, oder wir gingen alle drei nach unserm Grundstück in Puna hinunter, und das hieß: Kanus, Boote, Fischen und Schwimmen. Vater gehörte auch dem Königlich Hawaiischen Yachtclub an und nahm uns stets auf Regatten und andern Segelfahrten mit. Vater konnte die See nicht lassen, wissen Sie. Mit vierzehn Jahren war ich Vaters richtige Wirtschafterin, mit voller Gewalt über die Dienerschaft, und ich bin sehr stolz auf diese Zeit meines Lebens. Mit sechzehn Jahren wurden wir drei Mädchen in das sehr vornehme Seminar von Mills in Kalifornien geschickt. Wie sehnten wir uns heim! Wir befreundeten uns nicht mit den andern Mädchen, die uns kleine Kannibalen nannten, nur weil wir von den Sandwichinseln kamen, und die uns damit neckten, daß unsere Vorfahren Kapitän Cook gefressen hätten – eine geschichtliche Unwahrheit, abgesehen davon, daß unsere Vorfahren gar nicht in Hawaii gelebt hatten.

Drei Jahre war ich in Mills' Seminar, einschließlich der Reisen nach Hause natürlich, und zwei Jahre in New York, und dann machte Vater mit einer Zuckerplantage auf Maui Bankrott. Die Berichte der Ingenieure waren falsch gewesen. Vater hatte eine Eisenbahn gebaut, die man ›Lacklands Narrheit‹ nannte – sie hätte sich schließlich trotz allem gelohnt, trug aber jetzt mit zu dem Bankrott bei. Und es wäre doch nichts geschehen, wenn nicht gerade die große Panik in Wallstreet gekommen wäre. Mein lieber, guter Vater! Er schrieb mir nichts davon. Aber ich las von dem Krach in der Zeitung und reiste sofort nach Hause. Früher hatten mir die Leute in den Ohren gelegen, daß Heiraten das höchste Ziel im Leben für ein Mädchen sei und daß es damit heiße von der Romantik Abschied nehmen. Jetzt, mit Vaters Fehlschlag, fing für mich die Romantik erst richtig an.«

»Wann war das?« fragte Scheldon.

»Voriges Jahr – das Jahr der großen Panik.«

»Warten Sie –«, Scheldon sann mit ernster Miene nach.

»Sechzehn plus fünf plus eins macht zweiundzwanzig. Sie sind siebenundachtzig geboren?«

»Ja – aber das ist nicht nett von Ihnen.«

»Es tut mir leid, aber die Rechnung lag so auf der Hand.«

»Können Sie mir nicht etwas Angenehmes sagen? Oder sind die Engländer so?« Ihre grauen Augen flackerten, und ihre Lippen bebten einen Augenblick. »Ich habe die Engländer überhaupt nie gemocht. Der letzte, den ich kannte, war ein Aufseher. Vater mußte ihn entlassen.«

»Das beweist wenig.«

»Aber dieser Engländer machte eine Menge Schwierigkeiten. Aber bitte, machen Sie sich nicht über mich lustig.«

»Ich werde es versuchen.«

»Oh, was das betrifft –« Sie warf den Kopf zurück und öffnete den Mund, um den Satz zu vollenden, änderte dann aber ihre Absicht. »Ich werde weitererzählen. Vater hatte tatsächlich nichts übrigbehalten und beschloß, wieder zur See zu gehen. Er hatte sie immer geliebt, und ich glaube fast, er freute sich, daß es so gekommen war. Er war wieder ein Knabe, von morgens bis abends mit Vorbereitungen und Plänen beschäftigt. Die halbe Nacht saß er mit mir auf und besprach alles mit mir, als ich ihm erst gezeigt hatte, daß ich wirklich entschlossen war, mitzumachen. Er hatte, wie Sie wissen, in der Südsee angefangen – mit Perlen und Muschelschalen – und glaubte auch jetzt fest, dort irgendwie wieder ein Vermögen machen zu können. In der Hauptsache dachte er daran, Kokospalmen zu pflanzen, daneben wollte er Handel und vielleicht Perlenfischerei betreiben, bis die Plantage ertragsfähig war. Er vertauschte seine Jacht gegen einen Schoner, die Miélé, und wir fuhren los. Ich sorgte für ihn und lernte Navigation. Er war sein eigener Schiffer. Wir hatten einen dänischen Steuermann, Herrn Erikson, und eine Mannschaft aus Japanern und Hawaiianern. Zunächst fuhren wir die Inseln am Äquator ab, aber Vater war tief enttäuscht. Alles hatte sich verändert. Sie waren von den Großmächten annektiert oder aufgeteilt worden, große Handelsgesellschaften hatten ihren Einzug gehalten und Land, Handelsrechte, Fischereigerechtsame, alles verschlungen. Dann segelten wir nach den Marquesas. Es ist schön dort, aber die Eingeborenen sind fast ausgestorben. Vater war aufgebracht, als er hörte, daß die Franzosen einen Einfuhrzoll auf Kopra legten – er nannte es mittelalterlich –, aber das Land gefiel ihm. Er verliebte sich in ein Tal von fünfzehntausend Morgen auf Nuku-Hiva, das einen vorzüglichen Ankerplatz bot, und kaufte es für zwölfhundert Chile-Dollar. Aber die französischen Steuern waren übertrieben hoch (deshalb war das Land so billig), und das schlimmste war, daß wir keine Arbeiter bekommen konnten. Die Kanaken, die es gab, wollten nicht arbeiten, und die Beamten schienen nachts aufzubleiben und sich die Köpfe darüber zu zerbrechen, welche neuen Hindernisse sie uns in den Weg legen könnten. Nach sechs Monaten hatte Vater genug. Es war aussichtslos. ›Wir wollen nach den Salomons gehen und es mit der englischen Regierung versuchen‹, sagte er, ›und wenn es dort keine Möglichkeit gibt, gehen wir nach dem Bismarck-Archipel. Ich möchte wetten, daß die Admiralitätsinseln noch nicht zivilisiert sind.‹ Alle Vorbereitungen wurden getroffen, unsere Habseligkeiten an Bord verstaut, und eine neue Mannschaft aus Marquesas- und Tahiti-Leuten wurde angemustert. Wir wollten gerade nach Tahiti abfahren, wo die Miélé überholt werden sollte, als mein armer Vater krank wurde und starb.«

»Und nun standen Sie ganz allein?«

Joan nickte. »Ganz allein. Ich hatte weder Brüder noch Schwestern, und alle Verwandten Vaters waren bei einem Wolkenbruch in Kansas umgekommen. Das geschah, als er noch ein kleiner Junge war. Ich hätte zwar wieder zu Von gehen können. Dort wartete stets ein Heim auf mich. Aber was sollte ich da? Zudem fühlte ich, daß ich die Pflicht hatte, Vaters Pläne zur Ausführung zu bringen. Das war eine schöne Aufgabe. Ich wollte sie erfüllen. Und da bin ich nun.

Wenn Sie auf meinen Rat hören wollen, so gehen Sie nie nach Tahiti. Es ist ein reizendes Fleckchen Erde, und die Eingeborenen sind prachtvoll. Aber die Weißen! Das sind Diebe, Räuber und Lügner. Die ehrlichen Leute kann man an den Fingern einer Hand aufzählen. Daß ich eine Frau bin, erleichterte es ihnen nur. Sie raubten mich unter jedem Vorwand aus, und wenn sie logen, gebrauchten sie nicht einmal einen Vorwand.

Der arme Herr Erikson wurde bestochen. Er stellte sich auf die Seite der Räuber und erkannte alle ihre Forderungen an, selbst die unverschämtesten. Von zehn Franken, die sie mir wegnahmen, bekam er drei. Eine Rechnung über fünfzehnhundert Franken, die ich bezahlen mußte, brachte ihm fünfhundert ein. Das erfuhr ich natürlich erst hinterher. Aber die Miélé war alt, die Überholung war notwendig, und mir wurden nicht dreifache, sondern siebenfache Preise berechnet.

Wieviel Erikson dabei verdiente, werde ich wohl nie erfahren. Er wohnte an Land in einem schön möblierten Hause, das ihm die Werft mietefrei überlassen hatte. Obst, Gemüse, Fisch, Fleisch und Eis wurden ihm täglich ins Haus geliefert, ohne daß er etwas zu bezahlen brauchte. Er erhielt es als einen Teil seiner Provision von den verschiedenen Lieferanten. Und dabei jammerte er mit Tränen in den Augen über die Behandlung, die ich von der Bande erfuhr. Nein, ich war nicht in die Hände von Räubern gefallen, ich war nur nach Tahiti gekommen.

Erst als die Räuber anfingen, sich gegenseitig zu betrügen, erhielt ich Einblick in die Dinge. Einer der betrogenen Betrüger brachte mir in der Dunkelheit Tatsachen, Zahlen und Behauptungen. Ich wußte, daß das

Gericht in Anspruch nehmen den Ruin für mich bedeutet hätte. Die Richter waren ebenso schlimm wie alle andern. Aber ich tat etwas anderes. Mitten in der Nacht ging ich in Eriksons Haus. Ich hatte meinen Revolver bei mir und zwang ihn, im Bett zu bleiben, während ich seine Sachen durchsuchte. Einige neunzehnhundert Franken nahm ich mit. Er zeigte mich nie an und kam nie wieder an Bord. Aber die andern Banditen lachten mich einfach aus. Zwei Amerikaner, die am Orte lebten, rieten mir ab, irgendwelche gerichtlichen Schritte zu unternehmen, wenn ich nicht auch noch die Miélé verlieren wollte.

Da ließ ich mir von Neuseeland einen deutschen Steuermann kommen. Er besaß das Schifferpatent und war in den Schiffspapieren als Kapitän bezeichnet, aber ich verstand mehr davon als er und war in Wirklichkeit selbst der Schiffer. Ich habe zwar das Schiff verloren, aber das hatte andere Gründe. Vier Tage trieben wir in völliger Windstille. Dann packte uns der Nordwest und trieb uns an die Küste. Als wir Segel setzten, um freizukommen, offenbarte sich die elende Arbeit der Schiffsbauer auf Tahiti. Klüverbaum und alle Stags gingen über Bord. Unsere einzige Hoffnung war, daß es uns gelingen würde, zu wenden und in die Passage zwischen Florida und Ysabel zu gelangen. Als wir sie glücklich hinter uns hatten, strandeten wir in der Dämmerung auf einem Korallenriff an einer Stelle, wo die Karte als geringste Tiefe vierzehn Faden angab. Die arme, alte Miélé stieß nur einmal auf und kam dann wieder frei; aber das war schon zuviel für sie gewesen, und wir hatten gerade noch Zeit, ins Boot zu gehen, ehe sie unterging. Der deutsche Steuermann ertrank. Wir trieben die ganze Nacht vor Sturmanker, bis wir am nächsten Morgen Ihre Plantage sichteten.«

»Ich vermute, daß Sie jetzt zu Von zurückkehren werden?« fragte Scheldon.

»Keineswegs. Vater wollte nach den Salomons gehen. Ich werde mich hier nach Land umsehen und eine kleine Plantage gründen. Wissen Sie etwas gutes Land hier in der Gegend? Billig?«

»Donnerwetter! Ihr Amerikaner seid fabelhaft! Wirklich fabelhaft!« sagte Scheldon. »Mir wäre ein solches Wagnis nie in den Sinn gekommen.«

»Abenteuer«, verbesserte ihn Joan.

»Das stimmt – ein Abenteuer ist es. Und wenn Sie auf Guadalcanar oder Malaita gelandet wären, dann hätte man Sie schon längst samt ihren vornehmen Tahitianern aufgefressen.«

Joan schauderte.

»Um die Wahrheit zu gestehen«, sagte sie, »hatten wir große Angst, auf Guadalcanar zu landen. Im Seefahrts-Lexikon las ich, daß die Eingeborenen verräterisch und feindlich seien. Aber ich möchte doch gern einmal nach Malaita gehen. Gibt es dort Plantagen?«

»Keine einzige! Nicht einmal einen weißen Händler!«

»Dann werde ich einmal auf einem Werberschiff hinfahren.«

»Unmöglich!« rief Scheldon. »Dort kann eine Frau nicht allein hingehen!«

»Ich werde trotzdem hingehen«, wiederholte sie.

»Aber eine Frau mit Selbstachtung –«

»Hüten Sie sich«, warnte sie ihn. »Eines Tages gehe ich doch, und dann wird es Ihnen leid tun, wie Sie von mir gesprochen haben.«

Sturm

Es war das erstemal, daß Scheldon in nähere Berührung mit einer jungen Amerikanerin kam, und er wäre wohl neugierig gewesen, ob alle amerikanischen Mädchen wie Joan Lackland seien, hätte er nicht Verstand genug besessen, um sich klarzumachen, daß sie keineswegs einen Typ darstellte. Ihre schnelle Auffassungsgabe und ihre wechselnden Launen verwirrten ihn, und ihre Anschauungen waren so verschieden von dem, was er sich unter den Anschauungen einer Frau vorgestellt hatte, daß er oft ganz ratlos war. Er wußte nie, was sie im nächsten Augenblick sagen oder tun würde. Nur eines wußte er: daß was sie auch sagte oder tat, etwas Unvorhergesehenes, Unerwartetes war. Ihr Wesen mutete ihn fast hysterisch an. Ihr Temperament war rasch und stürmisch, sie baute zuviel auf sich und zuwenig auf ihn, was er als Benehmen einer Frau, namentlich in Gegenwart eines Mannes, keineswegs besonders schätzte. Sie verlangte Gleichberechtigung, und das beunruhigte ihn, und zuweilen verletzte ihn halb unbewußt ihre Dreistigkeit und ihr Selbstbewußtsein, mit denen sie, nachdem sie soeben erst Erikson ihren Revolver unter die Nase gehalten, im Schutz einer Bande riesiger polynesischer Seeleute in einem heulenden Nordwest über die See gekommen war und sich wie ein schiffbrüchiger Seemann in Berande eingenistet hatte. Aber es paßte zu ihrem Cowboyhut und ihrem langen Colt. Und dabei sah sie gar nicht so aus. Und gerade das konnte er ihr nicht verzeihen. Hätte sie kurze Haare und derbe Backenknochen gehabt, wäre sie verwittert und reizlos gewesen, dann würde es noch gegangen sein. Statt dessen war sie von einer berückenden lieblichen Weiblichkeit. Ihr Haar peinigte ihn – es war so wunderschön. Und sie war eine schlanke, hübsche Frau – ein Mädchen vielmehr –, daß es ihm wie ein Messer durch die Seele schnitt, wenn er sie vor sich sah, wie sie mit ihren schnellen, durchdringenden Augen, ihrer scharfen, befehlenden Stimme das Boot durch die Brandung dirigierte. Im Geiste konnte er sich vorstellen, wie sie ein Pferd mit dem Lasso fing, und das verursachte ihm stets einen Schauder. Auch war sie zu vielseitig. Es überraschte ihn, wieviel sie von Literatur und Kunst wußte, und er hatte das Gefühl, daß ein Mädchen, das solche Dinge kannte, nicht wissen dürfte, wie man Taljen aufbrachte, Anker hievte und mit einem Schoner in der Südsee kreuzte. Solche Dinge in ihrem Kopf waren wie ebenso viele Flüche auf ihren Lippen. Und daß sie darauf bestand, nach Malaita zu gehen, war eine direkte Selbstentweihung.

Aber immer wieder beunruhigte ihn ihre Weiblichkeit. Sie spielte viel besser und mit viel feinerem Verständnis Klavier als seine Schwestern daheim – das Klavier, das der arme Hughie so tapfer bearbeitet hatte, um es in gutem Zustand zu erhalten. Und wenn sie Gitarre spielte und sanfte, weiche hawaiische Hulas sang, war er entzückt. Dann war sie ganz Weib, und der Zauber ihrer Weiblichkeit ließ ihn den großen Revolver, den Cowboyhut und alles andere vergessen. Aber, und das war sein nächster Gedanke, wie darf ein solches Mädchen wie ein Mann prahlen und frohlocken, daß die Abenteuer noch nicht ausgestorben sind? Frauen, die auf Abenteuer ausgehen, sind Abenteuerinnen, und das ist kein schöner Name. Zudem schätzte er Abenteuer nicht. Seit seiner Kindheit hatten sie ihn nicht mehr gelockt – wenn es ihm auch schwer geworden wäre, zu erklären, was ihn von England nach den Salomons geführt hatte, wenn nicht Abenteuerlust.

Scheldon war durchaus nicht zufrieden. Die ungewohnte Situation war zuviel für seine konservative Veranlagung und Erziehung. Das von einem einsamen Weißen bewohnte Berande war kein Aufenthalt für Joan Lackland. Er zermartete sich das Hirn nach einem Ausweg und sprach sogar mit ihr darüber. Aber der Dampfer aus Australien war erst in drei Wochen fällig.

»Eins ist klar: Sie wollen mich nicht hierbehalten«, sagte sie. »Ich mache morgen das Boot klar und fahre nach Tulagi hinüber.«

»Aber ich sagte Ihnen ja schon, daß das unmöglich ist«, rief er aus. »Es ist niemand dort. Der Gouverneur ist nach Australien gereist. Es ist nur ein Weißer da, ein früherer Seemann, ein gewöhnlicher Matrose. Der vertritt die Regierung der Salomoninseln, abgesehen von etwa hundert Schwarzen – Sträflingen. Dazu ist er ein solcher Narr, daß er Ihnen eine Geldstrafe von fünfhundert Pfund Sterling auferlegen würde, weil Sie Tulagi, den Eingangshafen, nicht zuerst angelaufen haben. Er ist kein angenehmer Mensch, und ich wiederhole Ihnen: Es ist unmöglich.«

»Dann käme noch Guvutu in Frage«, schlug sie vor. Er schüttelte den Kopf.

»Dort gibt es nichts als Fieber und fünf Weiße, die sich zu Tode trinken. Das könnte ich nicht erlauben.«

»Danke sehr«, sagte sie ruhig. »Ich gedenke heute aufzubrechen – Viaburi! Du gehen bei Noah-Noah, sagen ihm, kommen zu mir.«

Noah-Noah war ihr Bootsmann von der Miélé.

»Wo wollen Sie hin?« fragte Scheldon überrascht. – »Viaburi! Du bleiben.«
»Nach Guvutu – sofort«, lautete ihre Antwort.
»Aber ich erlaube es nicht.«
»Deshalb gehe ich eben. Sie sagten es schon einmal, und das kann ich mir nicht gefallen lassen.«
»Was?« Ihr plötzlicher Zorn verwirrte ihn. »Wenn ich Sie irgendwie verletzt habe –«
»Viaburi, du holen ein fella Noah-Noah zu mir!« befahl sie. Der Schwarze schickte sich an, zu gehorchen.
»Viaburi! Du nicht bleiben, ich dir schlagen Schädel ein. – Und jetzt Fräulein Lackland, bestehe ich auf einer Erklärung. Was habe ich gesagt oder getan, daß ich das verdient hätte?«
»Sie haben sich erkühnt – Sie haben gewagt –« Sie würgte und schluckte und konnte nicht weitersprechen.
Scheldon sah dies Bild der Verzweiflung.
»Ich gestehe, daß ich ganz wirr im Kopfe bin«, sagte er. »Wenn Sie nur deutlich sein wollten.«
»Ebenso deutlich wie Sie, als Sie mir sagten, daß Sie mir nicht erlauben würden, nach Guvutu zu gehen?«
»Aber was ist denn dabei?«
»Sie haben kein Recht – kein Mann hat das Recht –, mir zu sagen, was er erlauben will oder nicht. Ich bin alt genug, um keinen Vormund mehr zu gebrauchen, und ich bin auch nicht den weiten Weg nach den Salomons gekommen, um einen zu finden.«
»Für jede Frau ist der Mann der gegebene Vormund.«
»Ich bin nicht ›jede Frau‹ – das ist es eben. Wollen Sie mir jetzt erlauben, Ihren Boy zu Noah-Noah zu schicken. Ich wünsche, daß er das Boot zu Wasser bringt. Oder soll ich selbst gehen?«
Beide hatten sich erhoben. Sie mit geröteten Wangen und zornigen Blikken, er verwirrt und erschrocken. Der Schwarze stand wie eine Statue – eine kohlschwarze Statue – daneben und nahm keinen Anteil an den Verhandlungen dieser unverständlichen Weißen, sondern träumte mit ruhigen Blicken von einem Buschdorf hoch in den bewaldeten Hängen von Malaita, wo der blaue Rauch vor dem grauen Hintergrund einer heraufziehenden Wolkenwand von den Grashütten aufsteigt.
»Aber Sie werden doch nicht etwas so Törichtes tun«, begann er.
»Nun fangen Sie schon wieder an!« rief sie.
»Ich meinte es nicht so, und das wissen Sie auch.« Er sprach langsam und ernst. »Und was das ›nicht erlauben‹ betrifft, so ist das doch nur eine Redensart. Gewiß bin ich nicht Ihr Vormund. Sie wissen, daß Sie

nach Guvutu fahren können, wenn Sie es wünschen. Aber ich würde es tief bedauern. Und es tut mir sehr leid, wenn ich etwas gesagt habe, das Sie verletzt hat, vergessen Sie nicht, daß ich Engländer bin.«
Joan lächelte und setzte sich wieder.
»Vielleicht war ich zu heftig«, gab sie zu. »Sehen Sie, ich kann keinen Zwang vertragen. Wenn Sie wüßten, wie ich mir meine Freiheit habe erkämpfen müssen! Es ist mein wunder Punkt, wenn ihr selbstgeschaffenen Herren der Schöpfung mir sagen wollt, was ich tun und lassen soll. – Viaburi, du bleiben in Küche. Nicht bringen Noah-Noah. – Und jetzt, Mister Scheldon, sagen Sie mir, was ich tun soll. Hier wollen Sie mich nicht behalten, und es scheint keinen anderen Ort zu geben, wo ich hingehen könnte.«
»Das ist nicht richtig. Ihre Strandung an meiner Insel bedeutet für mich eine Gottesfügung. Ich war sehr einsam und sehr krank. Ich bin durchaus nicht sicher, ob ich die Krankheit überstanden hätte, wenn Sie nicht gekommen wären. Aber darum handelt es sich jetzt nicht. Mir persönlich würde es sehr leid tun, wenn Sie wieder fortgingen. Aber ich komme nicht in Frage. Ich denke nur an Sie, und für Sie ist es hier kaum der richtige Ort, wie Sie selbst einsehen werden. Wäre ich verheiratet, gäbe es hier irgendeine Frau Ihrer Rasse – aber so –«
Sie rang die Hände in gespielter Verzweiflung.
»Ich kenne mich nicht mehr aus. In einem Atemzug erzählen Sie mir, daß ich gehen soll, daß es keinen Ort gibt, wohin ich gehen könnte, und daß Sie mir nicht erlauben würden zu gehen. Was soll ich armes Mädchen denn nur tun?«
»Das ist es ja eben«, sagte er ratlos.
»Und diese Situation ist Ihnen peinlich?«
»Nur Ihretwegen.«
»Dann möchte ich Ihre Bedenken beseitigen, indem ich Ihnen sage, daß sie mir keineswegs peinlich wäre – wenn Sie nur nicht soviel Aufhebens davon machen wollten. Ich lasse mich nie durch Dinge stören, die sich nicht ändern lassen. Es hat keinen Zweck, sich gegen das Unvermeidliche aufzulehnen. Und so steht es hier. Sie sind hier, und ich bin hier. Wie Sie selbst sagen, kann ich nirgends hingehen, und Sie können es sicher auch nicht und mich hier allein lassen mit einer ganzen Plantage und zweihundert krausköpfigen Kannibalen. Und deshalb bleiben Sie, und deshalb bleibe ich, das ist ganz einfach. Außerdem ist es ein Abenteuer. Und Sie brauchen keine Angst zu haben: Ich bin nicht für die Ehe geschaffen. Ich kam nach den Salomons, um eine Plantage, und nicht, um einen Mann zu bekommen.«
Scheldon errötete, schwieg jedoch.

»Ich weiß, was Sie denken«, lachte sie heiter. »Wenn ich ein Mann wäre, würden Sie mir jetzt den Hals umdrehen. Und wirklich, ich verdiente es. Es tut mir leid. Ich wollte Ihr Gefühl nicht noch mehr verletzen.«

»Ich fürchte fast, daß ich selbst schuld habe«, sagte er erleichtert, als er merkte, daß der Sturm abflaute.

»Jetzt hab' ich's!« erklärte sie. »Geben Sie mir eine Abteilung Ihrer Leute. Ich will mir drüben in der Ecke des Grundstücks ein Grashaus bauen, natürlich auf Pfählen. Ich kann heute nacht noch einziehen und werde mich dort wohl und sicher fühlen. Die Tahitianer können, ganz wie an Bord, Wache halten. Und dann werden Sie mich lehren, Kokosnüsse zu pflanzen. Dafür werde ich Ihren Haushalt leiten und für ordentliches Essen sorgen. Und nun ein für allemal: Alle Ihre Einwände werden an mir abprallen. Ich weiß alles, was Sie sagen wollen. – Sie wollen mir Ihren Bungalow überlassen und sich selbst ein Grashaus bauen, aber das will ich nicht. Die Sache ist erledigt. Wenn Sie aber nicht einverstanden sind, dann gehe ich über den Fluß, baue drüben für mich und meine Leute ein Dorf und lasse Lebensmittel im Boot von Guvutu holen. Und jetzt können Sie mir das Billardspielen beibringen.«

Ein schwerer Kampf

Joan nahm die Leitung des Haushalts mit sicherem Griff in die Hand und kehrte das Unterste zuoberst, bis Scheldon das Haus kaum wiedererkannte. Zum erstenmal war der Bungalow sauber und ordentlich. Die Hausboys lungerten nicht mehr faul herum, und der Koch jammerte, daß von dem gründlichen Kochkurs, den sie ihm erteilte, »Kopf gehören ihm gehen herum zuviel«. Und Scheldon selbst wurde ein Rüffel nicht erspart, weil er nichts als Konserven hatte. Sie schalt ihn nachlässig und schlapp, weil er nicht auf gesunde Kost achtete. Zwanzigmal schickte sie ihr Boot nach Zitronen und Apfelsinen die Küste entlang, wollte durchaus wissen, warum diese Früchte nicht längst auf Berande angepflanzt waren, und machte ihm Vorwürfe, weil er keinen Gemüsegarten angelegt hatte. Mumienäpfel, die er für Unkraut gehalten hatte, erwiesen sich, von ihr zubereitet, als appetitanregende Frühstücksmarmelade und wurden beim Mittagessen als Puddings aufgetischt, die seine unbegrenzte Bewunderung erregten. Bananen wurden aus dem Busch geholt und auf dutzenderlei Arten zubereitet, von denen eine immer besser als die andere schmeckte. Sie oder ihre Seeleute fischten täglich mit Dynamit, und die Eingeborenen Balesunas wurden mit Tabak belohnt, wenn sie Austern aus den Mangrovensümpfen brachten. Was sie alles aus Kokosnüssen bereiten konnte, war direkt eine Offenbarung für ihn. Sie zeigte dem Koch, wie er aus der Milch Hefe und daraus wieder ein leichtes, lockeres Brot bereiten konnte. Das Herzblatt ergab einen wohlschmeckenden Salat, aus Milch und Fleisch zusammen stellte sie verschiedene süße und saure Soßen her, die je nach ihrer Art zu den verschiedensten Gerichten, von Fisch bis zu Pudding, aufgetragen wurden. Sie machte Scheldon auf die Vorzüge der Kokossahne gegenüber der kondensierten Milch zum Kaffee aufmerksam. Aus dem schwammigen Kern bereits keimender Nüsse machte sie Salat. Das schien überhaupt ihre Stärke zu sein, und einmal überraschte sie ihn mit einem äußerst wohlschmeckenden Salat aus Bambussprossen. Wilde Tomaten, die früher ins Kraut geschossen oder bei der Anlage von Berande rücksichtslos umgehackt worden waren, wurden für Salate, Suppen und Soßen gesammelt. Den Hühnern, die stets in den Busch gelaufen waren

und dort gelegt hatten, wurden Legekästen hingestellt, und Joan selbst schoß wilde Enten und Tauben. »Nicht etwa, daß ich diese Arbeit besonders liebte«, erklärte sie einmal, »aber ich kann von Vaters Erziehung nicht loskommen.«
Das verpestete Hospital brannte sie nieder, und als Scheldon sie deswegen auszankte, ließ sie aus Ärger von ihren Seeleuten ein neues bauen, das sie ein anständiges Krankenhaus nannte. Sie riß die Musselingardinen von den Fenstern und ersetzte sie durch farbige Baumwollstoffe vom Lager, aus denen sie sich selbst mehrere Kleider verfertigte. Als sie eine Liste der Kleidungsstücke und anderer Gegenstände zusammenstellte, die sie sich mit dem nächsten Dampfer von Sydney schicken lassen wollte, dachte Scheldon, wie lange sie wohl eigentlich bleiben wollte.
Sicher hatte er noch nie zuvor eine solche Frau gekannt oder sich ihre Existenz auch nur träumen lassen. Seiner Auffassung nach war sie überhaupt keine Frau. Sie kannte weder Schwäche noch Zärtlichkeit. Kein weibliches Gefühl kam ihm gegenüber zum Ausdruck. Sie hätten Brüder sein können, sowenig hatte das Geschlecht mit diesem seltsamen Verhältnis zu tun. Jedes höfliche Entgegenkommen von seiner Seite wurde übersehen oder abgelehnt, und er gab es sehr bald auf, ihr die Hand zu bieten, wenn sie ins Boot oder über einen Baumstamm kletterte, er mußte zugeben, daß sie durchaus imstande war, selbst für sich zu sorgen. Trotz seiner Warnung vor Krokodilen und Haien bestand sie darauf, in dem tiefen Wasser vor der Küste zu schwimmen. Er konnte sie auch nicht überreden, beim Dynamitfischen vom Boot aus einen ihrer Leute die Patrone werfen zu lassen; als Grund gab sie an, daß sie zum mindesten etwas intelligenter wäre als die Kanaken und daß daher ein Unglücksfall weniger zu befürchten sei, wenn sie selbst es täte. Sie war in seinen Augen die männlichste und doch die weiblichste Frau, die er je getroffen hatte. Andauernde Meinungsverschiedenheiten bestanden zwischen ihnen über die Behandlung der Schwarzen. Sie behandelte sie stets mit freundlichem Ernst, lobte selten, strafte nie, und er mußte zugeben, daß ihre eigenen Leute sie vergötterten und daß seine Hausboys ihr sklavisch ergeben waren und jetzt dreimal soviel leisteten, als er je aus ihnen herausgeholt hatte. Sie erkannte schnell die Unruhe unter den Kontraktarbeitern und war nicht blind gegen die Gefahr, die ihr und Scheldon stets drohte. Weder sie noch er gingen je ohne Revolver aus, und die Seeleute, die nachts bei Joans Grashaus wachten, waren mit Gewehren bewaffnet. Aber Joan betonte, daß diese Vorsichtsmaßregeln nur durch die Gewaltherrschaft bedingt worden seien, die der Weiße ausgeübt hatte. Sie war unter ruhigen Hawaiianern aufgewachsen, die keine schlechte oder rohe Behandlung kannten, und daraus schloß sie,

daß auch die Salomoninsulaner bei freundlicher Behandlung sanftmütig werden müßten.
Eines Abends erhob sich in den Baracken ein furchtbarer Lärm, und Scheldon gelang es, mit Hilfe von Joans Seeleuten, zwei Weiber zu befreien, die von den Schwarzen zu Tode geprügelt werden sollten. Um sie vor der Rache ihrer Landsleute zu schützen, wurden sie diese Nacht im Küchenhaus bewacht. Es waren die Frauen, die für die Arbeiter kochten, und ihr Vergehen bestand darin, daß die eine von ihnen in dem großen Kessel, in dem die Kartoffeln gekocht wurden, ein Bad genommen hatte. Die Schwarzen waren nicht etwa aus Reinlichkeit wütend – sie badeten oft selbst in den Kesseln –, der Grund war, daß die Badende ein verachtetes Weib war. Bei den Salomoninsulanern gilt jedes weibliches Wesen als niedrig und verächtlich.
Am nächsten Morgen wurden Joan und Scheldon beim Frühstück durch ein immer lauter werdendes aufgeregtes Gemurmel aufgeschreckt. Das oberste Gesetz von Berande war gebrochen. Das Grundstück war ohne Erlaubnis oder Befehl betreten worden, und alle zweihundert Arbeiter mit Ausnahme der Aufseher hatten sich dieses Vergehens schuldig gemacht. Sie drängten sich drohend und schreiend um die vordere Veranda. Scheldon lehnte sich über das Geländer, während Joan hinter ihm stehenblieb. Der Lärm legte sich etwas, und zwei Brüder, große, muskulöse Männer mit Gesichtern, die selbst für Salomoninsulaner ungewöhnlich wild waren, traten vor. Der eine war Carin-Jama oder der Stille, der andere Bellin-Jama, der Prahlhans. Beide hatten vor Jahren auf Plantagen in Queensland gearbeitet und waren unter allen Weißen als üble Gesellen bekannt.
»Wir fella Jungen, wir wollen die zwei schwarzen fella Marys«, sagte Bellin-Jama.
»Was du wollen mit fella Mary?« fragte Scheldon.
»Sie totschlagen«, sagte Bellin-Jama.
»Was Name du fella Junge reden mit mir?« fragte Scheldon in steigendem Zorn. »Große Glocke sie läuten. Du nicht bleiben hier. Du bleiben auf Feld. Nachher, groß fella Glocke sie läuten, du aufhören und kai-kai, du kommen und reden mit mir über zwei fella Marys. Jetzt alle ihr Jungen machen fort von hier.«
Die Bande wartete, was Bellin-Jama tun würde. Bellin-Jama blieb stehen.
»Mich nicht gehen«, sagte er.
»Du passen auf, Bellin-Jama«, sagte Scheldon scharf, »oder ich schicken dich Tulagi für ein dick fella Prügel. Mein Wort, du bekommen tüchtig.«

Bellin-Jama starrte ihn kriegerisch an.
»Du wollen Kampf«, sagte er wie ein echter Queensländer.
In den Salomons, wo wenige Weiße und viele Schwarze leben und die Weißen herrschen, ist eine solche Herausforderung zum Kampf die tödlichste Beleidigung. Die Schwarzen dürfen nie so weit gehen, einem Weißen den Kampf anzubieten. Das wenigste, was sie dafür bekommen, ist eine Tracht Hiebe.
Ein beifälliges Gemurmel erhob sich bei Bellin-Jamas tapferen Worten in den Reihen der zuhörenden Schwarzen. Aber die Worte waren noch nicht verklungen, und das Gemurmel hatte eben erst begonnen, als Scheldon schon mit einem Satz über das Geländer sprang. Es war ein Sprung von fünfzehn Fuß, und Bellin-Jama stand gerade unter dem Geländer.
Scheldon traf ihn mit der ganzen Wucht seines Körpers und schmetterte ihn zu Boden. Ein Schlag war nicht mehr nötig. Der Schwarze war hilflos zusammengebrochen. Joan, die durch den unerwarteten Sprung völlig überrascht war, sah jetzt, wie Carin-Jama, der Stille, sich auf Scheldon stürzte, der gerade wieder auf die Füße kam, und ihn an der Gurgel packte, während sich die zweihundert Schwarzen mordlustig vordrängten. Ihr Revolver fuhr heraus, und Carin-Jama taumelte mit einer Kugel in der Schulter zurück. Sie hatte ihn in den Arm schießen wollen, was bei der geringen Entfernung ein leichtes gewesen wäre, aber die Woge der vordrängenden Wilden hatte den Schuß abgelenkt. Es war ein Augenblick, in dem alles auf dem Spiel stand. Sobald Scheldon seine Kehle frei fühlte, holte er mit der Faust aus, und Carin-Jama lag neben seinem Bruder auf dem Boden. Die Meuterei war unterdrückt, und fünf Minuten später wurden die Brüder zum Hospital geschafft und die Meuterer von den Aufsehern an die Arbeit geführt.
Als Scheldon wieder auf die Veranda kam, fand er Joan in Tränen aufgelöst auf dem Liegestuhl zusammengebrochen. Dieser Anblick regte ihn mehr auf, als der ganze Auftritt es getan. Eine Frau in Tränen war etwas Schreckliches für ihn, und daß diese Frau Joan Lackland war, von der er alles eher als Tränen erwartet hätte, machte ihn geradezu ängstlich. Er blickte hilflos auf sie nieder und befeuchtete sich die Lippen.
»Ich möchte Ihnen danken«, begann er, »Sie haben mir zweifellos das Leben gerettet, und ich muß sagen –«
Sie nahm plötzlich die Hände vom Gesicht und zeigte ihm ein zorniges, tränenüberströmtes Gesicht.
»Sie gräßlicher Mensch, Sie Feigling«, rief sie. »Sie haben mich gezwungen, einen Menschen zu erschießen, zum erstenmal in meinem Leben.«

»Es ist nur eine Fleischwunde, und er wird nicht daran sterben«, versuchte Scheldon einzuwerfen.
»Was heißt das. Geschossen habe ich doch. Es war durchaus nicht nötig, daß Sie auf ihn hinuntersprangen, das war roh und feige.«
»Darf ich –«, begann er besänftigend.
»Gehen Sie weg! Fühlen Sie nicht, daß ich Sie hasse, hasse! Wollen Sie nicht gehen?«
Scheldon wurde blaß vor Zorn.
»Warum haben Sie denn geschossen?« fragte er.
»Weil Sie ein Weißer sind«, schluchzte sie, »und Vater hätte nie einen Weißen im Stich gelassen. Aber es war Ihre Schuld. Sie hatten kein Recht, sich in diese Lage zu bringen, und zudem war es gar nicht nötig.«
»Ich bedaure, aber ich verstehe Sie nicht«, sagte er kurz und wandte sich ab. »Wir wollen später darüber reden.«
»Sie sehen doch, wie ich mit den Leuten fertig werde«, sagte sie, während er mit erzwungener Höflichkeit an der Tür stehenblieb. »Denken Sie zum Beispiel an die beiden Kranken, die ich pflege. Wenn sie wieder gesund sind, werden sie alles für mich tun, ohne daß ich sie immer um ihr Leben fürchten lassen muß. Diese Roheiten und Grausamkeiten sind gar nicht nötig, sage ich Ihnen. Was heißt das schon, daß sie Kannibalen sind? Es sind doch Menschen, genau wie Sie und ich, und Vernunftsgründen zugänglich. Gerade das ist es ja, was uns alle von den niedrigen Lebewesen unterscheidet.«
Er nickte und ging.
»Ich glaube, ich bin unverzeihlich albern gewesen«, begrüßte sie ihn, als er mehrere Stunden später von einem Rundgang zurückkehrte. »Ich war im Hospital, und es geht dem Mann ganz gut. Es ist keine ernste Verletzung.«
Scheldon fühlte sich seltsam zufrieden und glücklich über ihre veränderte Stimmung.
»Sehen Sie, Sie können die Lage nicht richtig beurteilen«, begann er, »diese Schwarzen müssen mit Strenge behandelt werden. Freundlichkeit ist gut und schön, aber Sie können sie nicht allein damit regieren. Ich erkenne alles an, was Sie über Hawaiianer und Tahitianer sagen. Ich glaube Ihnen gern, daß sie so behandelt werden können. Ich habe keine Erfahrung mit ihnen, aber Sie haben keine Erfahrung mit den Schwarzen hier, und ich bitte Sie, mir zu glauben: Die sind anders als Ihre Eingeborenen. Sie haben mit Polynesiern zu tun gehabt, die Leute hier sind Melanesier. Sie sind schwarz, Neger – sehen Sie ihr krauses Haar. Sie stehen bedeutend tiefer als die afrikanischen Neger. Es ist wirklich ein gewaltiger Unterschied.

Die Leute kennen keine Dankbarkeit, keine Sympathie, keine Freundlichkeit. Wenn Sie freundlich zu Ihnen sind, halten sie Sie für dumm. Wenn Sie milde mit ihnen sind, glauben sie, Sie hätten Angst. Und wenn die Kerle erst glauben, daß Sie Angst haben, dann müssen Sie sich hüten, denn dann werden Sie doch schließlich von ihnen gefaßt. Nur um Ihnen das zu beweisen, möchte ich Ihnen beschreiben, was unbedingt im Kopf eines Schwarzen vorgeht, wenn er auf seinem Grund und Boden einem Fremden begegnet. Sein erster Gedanke ist Furcht: ›Wird der Fremde mich töten?‹ Wenn er sieht, daß er nicht getötet wird, so ist sein nächster Gedanke: ›Kann ich den Fremden töten?‹ Zwölf Meilen dieser Küste abwärts lebte ein Händler namens Packard. Er rühmte sich, mit Güte zu regieren und nie zu schlagen. Das Ergebnis war, daß er überhaupt nicht regierte. Er pflegte in seinem Boot heraufzukommen, um Hughie und mich zu besuchen. Wenn seine Bootsmannschaft beschloß, heimzufahren, mußte er seinen Besuch abbrechen, um überhaupt mitgenommen zu werden. Ich erinnere mich, wie Packard eines Sonntags unsere Einladung zum Essen angenommen hatte. Die Suppe war gerade aufgetragen, als Hughie einen Nigger durch die Tür gucken sah. Er ging hinaus, denn es war dies eine Verletzung der Gebräuche auf Berande. Jeder Nigger hatte, wenn er etwas wollte, durch den Hausboy Bescheid zu schicken und vor dem Grundstück zu bleiben. Der Mann, der zu Packards Bootsmannschaft gehörte, stand auf der Veranda, obgleich er wußte, daß er es nicht durfte. ›Was Name?‹ fragte Hughie. ›Du sagen dies weißer Mann aufbrechen, wir fella Bootsmannschaft gehen weg. Er nicht kommen jetzt, wir fella Jungen nicht warten. Wir gehen.‹ Im selben Augenblick versetzte Hughie ihm eine solche Ohrfeige, daß er glatt die Verandatreppe hinunterflog.«

»Aber das war eine unnötige Grausamkeit«, warf Joan ein, »einen Weißen würden Sie doch nicht so behandeln.«

»Das ist eben der Haken. Er war kein Weißer. Er war ein gewöhnlicher schwarzer Nigger, und er beleidigte bewußt nicht nur den eigenen weißen Herrn, sondern alle Weißen in den Salomons überhaupt, er beleidigte mich, er beleidigte Hughie, er beleidigte Berande.«

»Selbstverständlich, nach Ihrer Ansicht, Ihrer Auffassung vom Recht des Stärkeren.«

»Ja«, unterbrach Sheldon sie, »aber Packard regierte eben nach seiner Auffassung vom Recht des Schwächeren. Und das Ergebnis: Ich lebe noch, und Packard ist tot. Er war unentwegt freundlich und sanft zu seinen Leuten, und die warteten nur, bis er eines Tages am Fieber darniederlag. Jetzt ist sein Kopf drüben auf Malaita. Dazu nahmen sie noch zwei Boote mit, die sie bis an den Rand aus dem Lager füllten. – Oder

Kapitän Mackenzie von der Jacht Minota. Er glaubte auch an die Macht der Freundlichkeit. Er war überzeugt, Vertrauen erwecken zu können, wenn er keine Waffen trug. Auf seiner zweiten Werbefahrt lief er Binu in der Nähe von Langa-Langa an. Die Büchsen, mit denen die Bootsbesatzung hätte bewaffnet sein sollen, waren in der Kajüte eingeschlossen. Als das Boot an Land ging, spazierte er selbst ohne Revolver an Deck herum. Er wurde mit einem Beil erschlagen. Sein Kopf befindet sich auf Malaita. Es war der reine Selbstmord, und dasselbe kann man von Packards Ende sagen.«

»Ich gebe zu, daß in Ihrer Lage Vorsicht am Platze ist«, sagte Joan. »Aber ich glaube, daß man viel weiter käme, wenn man sie mit Verständnis, Freundlichkeit und Milde behandelte.«

»Da bin ich ganz Ihrer Meinung. Aber Sie dürfen eines nicht vergessen: Berande ist, was die Arbeitskräfte betrifft, weitaus die schlechteste Plantage in den ganzen Salomons. Und wie das gekommen ist, beweist die Richtigkeit Ihres Standpunktes. Die früheren Besitzer von Berande waren durchaus nicht freundlich. Es waren ein paar rohe Kerle, der eine ein heruntergekommener Amerikaner, der andere ein versoffener Deutscher. Es waren richtige Sklaventreiber. Sie bezogen ihre Arbeiter vom ›Henkerjohnny‹, dem berüchtigtsten Werber in den Salomons. Er verbüßt jetzt eine zehnjährige Gefängnisstrafe auf den Fidschiinseln, weil er einen Schwarzen erschlagen hat. Zuletzt hatte er sich so verhaßt gemacht, daß die Eingeborenen von Malaita nichts mehr mit ihm zu tun haben wollten. Er konnte nur noch Arbeiter bekommen, wenn er schleunigst dort hinging, wo gerade ein Mord oder eine Anzahl von Morden begangen war. Die Mörder waren meistens bereit zu unterschreiben, um der Rache zu entgehen. Am Strande erhebt sich Lärm, und ein Nigger läuft, von Speeren und Pfeilen bedroht, ans Wasser hinunter. Natürlich liegt ›Henkerjohnnys‹ Boot bereit, ihn aufzunehmen. Wie gesagt, zuletzt bekam Johnny nur noch derartige Leute. Und die früheren Besitzer von Berande kauften ihm die Arbeiter ab – eine schlimme Bande von Mördern. Sie waren alle auf fünf Jahre verpflichtet. Sie sehen, daß der Werber noch besondere Vorteile erzielt, wenn er solche Leute nimmt. Wenn das Gesetz es erlaubte, würden sie sich auf zehn Jahre anwerben lassen. Nun, und die Leute, die wir jetzt hier haben, sind eben diese Mörderbande. Einige sind zwar gestorben, andere ermordet, und wieder andere verbüßen Strafen in Tulagi. Die ersten Besitzer rodeten sehr wenig und pflanzten noch weniger. Es war ein andauernder Kriegszustand. Ein Verwalter wurde ermordet. Einem der Teilhaber wurde fast die Schulter mit einem großen Buschmesser abgeschlagen. Der andere wurde zweimal durch Speere verwundet. Beide waren Raufbolde, dabei aber doch feige, und schließlich konnten sie nicht weiter. Sie wurden weggejagt – buchstäblich weggejagt – von ihren eigenen Niggern. Und dann kamen der arme Hughie und ich, zwei Neulinge, und mußten diese üble Bande übernehmen. Wir hatten Berande gekauft, ohne die Verhältnisse zu kennen, es blieb uns nichts übrig, als zu bleiben und zu sehen, wie wir durchkamen.

Zuerst begingen wir den Fehler, es mit unkluger Güte zu versuchen. Wir bemühten uns, durch friedliches Zureden und gerechte Behandlung zum Ziel zu kommen. Die Nigger schlossen daraus, daß wir Angst hätten. Ich schäme mich, wenn ich daran denke, was für Narren wir in der ersten Zeit waren. Wir wurden betrogen, bedroht und beleidigt, und wir ließen es uns gefallen, in der Hoffnung, daß unsere gerechte Behandlung bald Besserung schaffen würde. Statt dessen wurde es immer schlimmer. Dann kam ein Tag, an dem Hughie, als er einen von den Leuten zurechtwies, beinahe von der Bande getötet wäre. Was ihn rettete, war einzig und allein der Umstand, daß der ganze Haufen über ihm lag, dadurch wurde es mir möglich, ihm noch rechtzeitig zu Hilfe zu kommen.

Und dann begann die Herrschaft der starken Hand. Das war die einzige Möglichkeit, wenn wir die Geschichte nicht ganz aufgeben wollten. Und da wir unser ganzes Kapital in das Unternehmen gesteckt hatten, konnten wir sie nicht aufgeben. Außerdem stand unser Stolz auf dem Spiel. Wir waren ausgezogen, um etwas zu unternehmen, und was wir einmal angefangen hatten, mußten wir auch durchführen. Es war ein harter Kampf, denn, wie gesagt, Berande hat die schlimmsten Arbeiter in den ganzen Salomons. Wir waren nicht imstande, Weiße zu bekommen. Einem halben Dutzend haben wir den Verwalterposten angeboten. Ich will nicht sagen, daß sie Angst hatten, das war nicht der Fall. Sie hielten die Stellung für ungesund – das gab wenigstens der letzte, der unser Angebot ausschlug, als Grund an. Daher mußten Hughie und ich die Plantage selbst verwalten.«

»Und als er starb, wollten Sie ganz allein weiterarbeiten?« rief Joan mit glänzenden Augen.

»Ich glaubte, schon durchkommen zu können. Und nun, Fräulein Lackland, verargen Sie es mir nicht, wenn ich etwas rauh erscheine, und berücksichtigen Sie, daß ich mich hier in einer einzigartigen Lage befinde. Wir haben nun einmal sehr schlimme Arbeiter und müssen sie zur Arbeit zwingen. Sie haben die Plantage gesehen und sollten das wissen. Ich versichere Ihnen, daß die drei- und vierjährigen Palmen auf keiner Plantage in den Salomons besser sind als hier. Wir haben beständig an der Verbesserung der Plantage gearbeitet. Ganz allmählich haben wir auch neue Arbeitskräfte bekommen. Und deshalb haben wir uns auch die Jessie gekauft. Wir wollten uns unsere Arbeiter selbst aussuchen. Noch ein Jahr, und die Zeit der meisten Arbeiter von früher ist abgelaufen. Sie waren im ersten Jahr des Bestehens von Berande angeworben, und ihre Kontrakte laufen in verschiedenen Monaten ab. Natürlich haben sie die neuen Leute bis zu einem gewissen Grade verdorben, aber das werde ich denen schon austreiben, und dann wird Berande ein gute Plantage sein.«

Joan nickte, sagte aber nichts. Sie sah den einsamen Weißen vor sich, wie sie ihn zuerst gesehen hatte: hilflos, im Fieber auf dem Liegestuhl, durch eine Eigentümlichkeit seiner Rasse bis zum letzen Atemzug verpflichtet, die Herrschaft in der Hand zu behalten.

»Es ist traurig«, sagte sie schließlich, »aber ich vermute, daß der Weiße nun einmal herrschen muß.«

»Ich weiß nicht«, versicherte Scheldon. »Und wenn es mein Leben gälte, könnte ich nicht sagen, wie ich hierhergekommen bin. Aber nun bin ich einmal hier, und weglaufen kann ich auch nicht.«

»Blindes Schicksal unserer Rasse«, sagte sie mit schwachem Lächeln. »Wir Weißen sind seit Urzeiten Land- und Seeräuber gewesen. Ich vermute, daß es uns im Blute liegt und daß wir nicht davon loskommen können.«

»Darüber habe ich noch nicht so genau nachgedacht«, gestand er. »Ich hatte zuviel zu tun, als daß ich mir den Kopf zerbrochen hätte, aus welchen Gründen ich nun eigentlich hierhergekommen bin.«

Lokalkolorit

Bei Sonnenuntergang lief eine kleine Jacht langsam ein, und kurz darauf kam der Kapitän an Land. Er war ein junger Mann von zwanzig Jahren mit sanfter Stimme, aber er hatte Joans Bewunderung sofort gewonnen, als Scheldon ihr erzählte, daß er ganz allein die Besatzung der Jacht befehligte, die ausschließlich aus schwarzen Malaitanern bestand. Die Romantik lockte und winkte, als Joan erfuhr, daß es Christian Young, ein geborener Norfolker, aber direkter Nachkomme John Youngs, eines der Meuterer von der Bounty, war. Der Mischung von tahitischem und englischem Blute zeigte sich in seinen sanften blauen Augen und der dunklen Hautfarbe, und die englische Energie, die auf den ersten Blick verschwunden zu sein schien, lebte in ihm, denn sie allein ermöglichte es ihm, seine Jacht mit den kriegerischen Salomoninsulanern zu bemannen und sich seinen Lebensunterhalt zu verdienen. Die unerwartete Gegenwart Joans machte ihn verlegen, aber seine Verlegenheit schwand durch die freie, kameradschaftliche Art, die Scheldon unweiblich erschien und die seine Gefühle verletzt hatte. Neuigkeiten von der Außenwelt brachte Young nicht, wohl aber eine ganze Masse von den Salomons. Fünfzehn Leute von der Lunga-Plantage, die weiter östlich an der Guadalcanarer Küste lag, hatten Gewehre gestohlen und waren in den Busch entwichen. Dann hatten sie Nachricht gesandt, daß sie zurückkehren und die drei Weißen ermorden würden. Unterdessen hatten sich zwei von diesen dreien an ihre Verfolgung gemacht. Es wäre sehr leicht möglich, so folgerte Young, daß die Schwarzen, wenn sie nicht gefangen würden, bei Berande an die Küste kämen, um ein Boot zu stehlen. »Ich vergaß zu erzählen, daß Ihr Händler auf Ugi ermordet ist«, sagte er zu Scheldon. »Fünf große Kanus kamen von Port Adams herunter. Sie landeten nachts und überfielen Oskar im Schlaf. Was sie nicht mitnehmen konnten, verbrannten sie. Die Flibberty-Gibbet erhielt Nachricht in der Mbolipassage und fuhr nach Ugi hinunter. Ich war gerade in Mboli, als die Nachricht eintraf.«

»Ich fürchte, ich muß Ugi aufgeben«, bemerkte Scheldon.

»Das ist der zweite Händler, der dort in einem Jahre ermordet wurde«, stimmte Young ihm bei. »Es müssen wenigstens zwei Weiße dort sein.

Diese Malaitakanus unternehmen stets derartige Raubzüge, und Sie wissen ja, was für ein Pack die Port-Adams-Leute sind. Ich habe Ihnen einen Hund mitgebracht. Tommy Jones schickt ihn von der Nealinsel. Er sagt, er hätte ihn Ihnen versprochen. Er ist ein erstklassiger Niggerjäger. Er war noch keine zwei Minuten an Bord, als er schon meine ganze Mannschaft in die Wanten gehetzt hatte. Tommy nennt ihn Satan.«
»Ich habe mich immer schon gewundert, warum Sie keine Hunde hierhaben«, sagte Joan zu Scheldon.
»Es ist so schwer, sie zu halten. Sie werden stets von den Krokodilen gefressen.«
»Jack Hanley ist vor zwei Monaten in der Marovolagune ermordet worden«, verkündete Young mit seiner sanften Stimme. »Die Apostel brachte die Nachricht.«
»Wo liegt die Marovolagune?« fragte Joan.
»In Neu-Georgien, einige hundert Meilen westlich. Gerade gegenüber von Bougainville.«
»Seine eigenen Hausboys taten es«, fuhr Young fort, »aber die Eingeborenen von Marovo hatten sie angestiftet. Seine Santa-Cruz-Bootsmannschaft entkam nach Choiseul, und später segelte Mather mit der Lily nach Marovo hinüber. Er steckte ein Dorf in Brand und holte Hanleys Kopf. Er fand ihn in einer Hütte, wo die Nigger ihn dörrten. Das sind alle meine Neuigkeiten, abgesehen davon, daß eine Menge neue Lee-Enfield-Gewehre auf dem östlichen Teil von Ysabel im Umlauf sind; niemand weiß, wie die Eingeborenen sie bekommen haben. Die Regierung müßte die Angelegenheit untersuchen. Ach ja – ein Kriegsschiff ist im Archipel. Die Cambrian. Sie hat auf Binu drei Dörfer niedergebrannt – wegen der Minota, Sie wissen – und den Busch beschossen. Dann ging das Schiff nach Sio, um dort Ordnung zu schaffen.«
Sie sprachen von anderen Dingen, und als Young aufstand, um sich an Bord zu begeben, fragte Joan:
»Wie können Sie so gut allein fertig werden, Herr Young?«
Seine großen, fast mädchenhaften Augen ruhten einen Augenblick auf ihr, dann antwortete er mit seiner ruhigsten und sanftesten Stimme:
»Ach, ich komme ganz gut mit ihnen aus; natürlich gibt es hin und wieder Schwierigkeiten, aber darauf muß man gefaßt sein. Man darf sie nie auf den Gedanken kommen lassen, daß man sich fürchtet. Ich habe mich machmal gefürchtet, es mir aber nie merken lassen.«
»Sie würden kaum glauben, daß er einen Moskito totschlagen könnte, der ihn sticht«, sagte Scheldon, als Young sich entfernt hatte. »Alle Norfolker Leute, die von der Besatzung der Bounty abstammen, sind so. Aber sehen Sie diesen Young. Vor kaum drei Jahren, als er gerade die

Minerva bekommen hatte, lag er vor Su'u auf Malaita. Es gibt dort sehr viele Leute, die früher auf Queensland gearbeitet haben – eine rohe Bande. Sie gedachten, sich seinen Kopf zu verschaffen. Der Sohn ihres Häuptlings, des alten einäugigen Billys, war auf Lunga, wo er Arbeiter geworben hatte, an Dysenterie gestorben, das hieß, daß Su'u den Kopf eines Weißen haben mußte – irgendeines Weißen, wenn es nur der Kopf eines Weißen war. Young war noch ganz unerfahren, und sie glaubten, seinen Kopf mit Leichtigkeit bekommen zu können. Durch das Versprechen, ihm Arbeiter zu geben, lockten sie sein Boot an den Strand und töteten die ganze Besatzung, und im selben Augenblick stürzten sich die Su'uleute, die an Bord der Minerva waren, auf Young. Der war gerade dabei, eine Dynamitpatrone zum Fischen fertigzumachen. Er zündete die Lunte an und warf sie zwischen die Schwarzen. Man kann ihn nicht dazu kriegen, die Geschichte zu erzählen, aber die Lunte war kurz, und was am Leben blieb, sprang über Bord, während er den Anker kappte und wegfuhr. Sie haben hundert Faden Muschelgeld auf seinen Kopf gesetzt, was in englischer Münze hundert Pfund Sterling bedeutet. Und trotzdem geht er immer wieder nach Su'u. Erst kürzlich war er dort, um dreißig Leute von Cape Marsh – der Plantage der Brüder Fulcurm – zurückzubringen.«

»Jedenfalls habe ich heute durch ihn einen besseren Einblick in das Leben hier erhalten«, sagte Joan. »Es ist – gelinde gesagt – recht abwechslungsreich. Die Salomons sollten auf den Karten mit roter Farbe eingezeichnet werden – und dazu noch gelb, wegen der Krankheiten.«

»Es geht nicht immer so zu auf den Salomons«, erwiderte Scheldon. »Berande ist allerdings die schlimmste Plantage, und hier geschieht immer gerade das Schlimmste. Ich glaube kaum, daß sonst irgendwo eine so schwere Epidemie vorgekommen ist, wie sie bei Ihrem Eintreffen geherrscht hat. Und dazu wollte es das Schicksal, daß die Jessie auch von der Krankheit befallen wurde. Berande hat sehr viel durchgemacht. Alle alten Südseeleute schütteln den Kopf und spucken aus, wenn sie den Namen hören.«

»Berande wird aufblühen«, sagte Joan bestimmt. »Ich lache über allen Aberglauben. Sie werden sich schon durcharbeiten. Das Unglück kann nicht ewig dauern. Aber ich fürchte, daß das Klima im Salomon-Archipel nichts für einen Weißen ist.«

»Das wird sich ändern. Warten Sie noch fünfzig Jahre, bis der Busch bis zu den Bergen hinauf abgeholzt ist. Dann werden wir das Fieber ausgerottet haben, und es wird hier viel gesünder sein. Kleine und große Ansiedlungen werden entstehen, denn es gibt hier ungeheure Strecken guten Bodens, die jetzt brachliegen.«

»Und doch wird das Klima nie für einen Weißen taugen«, beharrte Joan. »Der Weiße wird nie imstande sein, hier körperliche Arbeit zu verrichten.«

»Das stimmt.«

»Und das bedeutet Sklaverei«, meinte sie.

»Ja, wie überall in den Tropen. Die Schwarzen, die Braunen und die Gelben müssen die Arbeit unter Aufsicht der Weißen verrichten. Die Arbeit der Schwarzen ist jedoch zu unergiebig, und wir werden bald chinesische und indische Kulis einführen müssen. Die Frage ist bereits von den Pflanzern erwogen worden. Ich meinerseits habe die Schwarzen herzlich satt.«

Am nächsten Morgen wurde Joan durch einen starken Lärm geweckt. Ihr erster Griff war nach dem Revolver. Als sie aber Noah-Noah, der Wache hielt, draußen lachen hörte, wußte sie, daß keine Gefahr bestand, und ging hinaus, um zu sehen, was es gäbe. Kapitän Young hatte Satan an Land gebracht, und zwar gerade in dem Augenblick, als die Brückenbauabteilung am Strand vorbeigekommen war. Satan war ein großer schwarzer Hund, kurzhaarig, muskulös und mochte gut siebzig Pfund wiegen. Er liebte die Schwarzen nicht. Tommy Jones hatte ihn gut dressiert. Er hatte ihn mehrere Stunden täglich angebunden und einigen Schwarzen befohlen, daß sie ihn necken sollten. Daher hatte Satan eine schreckliche Wut auf die ganze schwarze Rasse, und einen Augenblick nachdem er an Land gesetzt war, jagte die Brückenbauabteilung in wilder Flucht über den Zaun und kletterte in die Kokospalmen.

»Guten Morgen«, rief Scheldon ihr von der Veranda aus zu. »Was sagen Sie zu diesem Niggerjäger?«

»Wir werden ihm wohl beibringen müssen, sich an die Hausboys zu gewöhnen«, rief sie zurück.

»Und auch an Ihre Tahitianer. Paß auf, Noah! Lauf!« Satan, der sich überzeugt hatte, daß die Schwarzen in den Palmen unerreichbar waren, ging jetzt geradewegs auf den großen Tahitianer los. Noah aber blieb, wenn auch etwas unentschlossen, stehen, und zu allgemeiner Überraschung tanzte und hüpfte Satan mit lachenden Sehern und wedelnder Rute um ihn herum. »Das nenne ich einen vernünftigen Hund!« meinte Joan. »Er ist vernünftiger als Sie, Herr Scheldon. Er braucht keine Belehrung, um den Unterschied zwischen einem Tahitianer und einem Schwarzen kennenzulernen. Was meinst du, Noah, warum beißt er dich nicht? Er weiß, daß du Tahitianer bist, nicht wahr?«

Noah schüttelte den Kopf und grinste.

»Er nicht savvee mich Tahitianer«, erklärte er. »Er savvee mich tragen Hosen wie weiße Männer.«

Scheldon lachte, kam herunter und begann sich mit Satan zu befreunden.
In diesem Augenblick betraten Adamu-Adam und Matauare, zwei von Joans Seeleuten, auf der entgegengesetzten Seite das Grundstück. Sie waren in Balesuna gewesen, um eine Alligatorenfalle zu bauen, und trugen statt der Hosen Lendentücher, die sich ihren kräftigen Gliedern gefällig anschmiegten. Kaum hatte Satan sie gesehen, als er sich von Scheldons Hand losriß und zum Angriff ansetzte.
»Nicht tragen Hosen«, bemerkte Noah mit einem Grinsen, das sich noch verstärkte, als Adamu-Adam die Flucht ergriff. Er erkletterte das Gerüst, das den eisernen Wassertank trug, der das vom Dach abfließende Regenwasser auffing. Satan, der hier seinen Angriff vereitelt sah, wandte sich gegen Matauare.
»Lauf, Matauare! Lauf!« rief Joan. Der aber blieb stehen und erwartete den Hund.
»Er ist der furchtloseste von allen – das besagt auch sein Name«, erklärte Joan Scheldon.
Kaltblütig beabachtete der Tahitianer den Hund, und als das blutdürstige Tier auf ihn lossprang, streckte er blitzschnell die Hand aus. Mit einem geschickten Griff packte er den Unterkiefer. Satan wurde in einem Halbkreis hintenübergeschleudert, er überschlug sich in der Luft und fiel schwer auf den Rücken. Dreimal sprang er zu, und dreimal warf ihn derselbe Griff zurück. Da gab er es auf und trabte hinter Matauare her, indem er ihn beäugte und argwöhnisch beschnüffelte.
»So ist es recht, Satan, so ist es recht«, versicherte ihm Scheldon, »das gut fella gehören zu mir.«
Aber Satan verfolgte die Bewegungen Matauares noch eine volle Stunde, ehe er sich vergewissert hatte, daß der Mann zum Hause gehörte. Dann wandte er sein Interesse den drei Hausboys zu, drängte Ornfiri in der Küche gegen den heißen Herd, riß Lalaperu, der in der Aufregung einen Verandapfosten erklimmen wollte, das Lendentuch vom Leibe, und sprang Viaburi auf das Billard nach, wo der Kampf tobte, bis Joan dem Schwarzen zu Hilfe kam.

Kampf zwischen den Geschlechtern

Die unerschöpfliche Energie und gute Laune Satans waren beispiellos. Immer schienen seine Zähne Arbeit zu suchen, und in Ermangelung schwarzer Beine machte er sich an die Kokosnüsse, die innerhalb des Grundstücks von den Palmen fielen, hielt den Garten von eindringenden Hühnern frei und versetzte die Vorarbeiter, die etwas zu berichten hatten, in Schrecken. Er konnte die Quälereien seiner Jugend nicht vergessen, sie hatten seinem Bewußtsein einen unauslöschlichen Haß gegen die Schwarzen eingeätzt. Ein solcher Schrecken wurde er für den ganzen Ort, daß Scheldon zuletzt gezwungen war, ihn im Wohnzimmer einzuschließen, sobald er fremden Eingeborenen aus irgendeinem Grunde den Zutritt zum Grundstück gewähren mußte. Das aber verletzte Satans Gefühle und fachte seinen Zorn so an, daß selbst die Hausboys sich vor ihm hüten mußten, wenn er wieder losgelassen war.

Christian Young segelte mit der Minerva ab und nahm eine Gott weiß wann abzuliefernde Einladung an Tommy Jones mit, das nächste Mal, wenn er vorbeikäme, in Berande vorzusprechen.

»Was für Pläne haben Sie, wenn Sie nach Sydney kommen?« fragte Scheldon an diesem Abend beim Essen.

»Das ist das erste, was ich davon höre, daß ich nach Sydney gehe«, erwiderte Joan. »Ich vermute, Sie haben durch den Buschtelegrafen Nachricht erhalten, daß dieser dritte Assistent und Exmatrose in Tulagi die Absicht hat, mich als unerwünschten Einwanderer abzuschieben.«

»O nein, durchaus nicht, versichere ich Ihnen«, stammelte Scheldon unbeholfen, aus Furcht, sie verletzt zu haben, obgleich er nicht wußte, wieso. »Ich fragte nur so. Sehen Sie, der Verlust Ihres Schoners und – und alles sonst – Sie verstehen – ich dachte, daß, wenn – wenn – nun, kurz, bis Sie sich mit Ihren Freunden in Verbindung gesetzt haben, könnten meine Agenten in Sydney Ihnen ja ein Darlehen geben – vorübergehend natürlich – kurz, ich würde mich nur freuen, und – Sie wissen, die eigentliche –«

Aber plötzlich brach er ab und betrachtete sie gereizt und besorgt.

»Was ist denn?« fragte er mit einer gewissen Erregung. »Was habe ich nun wieder getan?«

Joans Augen funkelten kampflustig. Ihre Lippen kräuselten sich spöttisch.
»Durchaus nichts Unerwartetes«, sagte sie ruhig. »Sie haben mich in Ihrer gewohnten selbstgefälligen, überlegenen Art einfach übergangen. Natürlich ist meine Erklärung, daß ich gar nicht die Absicht habe, nach Sydney zu gehen, für Sie ganz bedeutungslos. Nach Sydney soll ich nur, weil Sie es in Ihrer höheren Weisheit so beschlossen haben.«
Sie machte eine Pause und betrachtete ihn neugierig, als wenn er irgendein fremdartiges Geschöpf gewesen wäre.
»Natürlich bin ich Ihnen dankbar, weil Sie mir Ihre Hilfe anbieten, aber selbst das ist kein Pflaster für verletzten Stolz. Im übrigen ist es nicht mehr, als jeder Weiße vom andern erwarten kann. Schiffbrüchigen Seeleuten hilft man stets. Nur dieser eine Seemann braucht keine Hilfe. Außerdem geht dieser eine Seemann gar nicht nach Sydney, also besten Dank.«
»Aber was gedenken Sie denn zu tun?«
»Ich will einen Ort ausfindig machen, wo ich der Schande entgehen kann, vom starken Geschlecht unter Zwang und Vormundschaft gehalten zu werden.«
»Halt, jetzt gehen Sie wohl etwas zu weit.« Scheldon lachte, aber der offensichtliche Zwang, den er sich antat, strafte ihn Lügen. »Sie wissen selbst, wie unmöglich die Situation ist.«
»Das weiß ich gar nicht, mein Herr. Und wenn sie unmöglich war, nun ja, dann habe ich sie eben möglich gemacht.«
»Aber es kann doch nicht so weitergehen, wirklich –«
»Doch! Wenn ich es bis jetzt ermöglicht habe, so werde ich es auch weiterhin ermöglichen. Ich gedenke in den Salomons zu bleiben, aber nicht auf Berande. Morgen fahre ich mit dem Boot nach Pari-Sulay. Ich habe mit Kapitän Young darüber gesprochen. Er sagt, daß es dort mindestens vierhundert Morgen gutes Brachland gibt. Da es eine Insel ist, sagt er, brauchte ich nicht zu fürchten, daß die jungen Palmen von den Wildschweinen vernichtet würden. Ich hätte nichts zu tun, als das Unkraut niederzuhalten, bis die Palmen tragfähig sind. Ich werde zunächst die Insel kaufen, dann vierzig bis fünfzig Leute anwerben und mit dem Roden und Pflanzen beginnen; und gleichzeitig werde ich mir einen Bungalow bauen, und dann sind Sie von meiner Gegenwart erlöst – nun, bitte, widersprechen Sie mir.«
»Das tue ich auch«, sagte er scharf. »Sie wollen eben meinen Standpunkt nicht anerkennen, und deshalb hat es gar keinen Zweck, daß wir weiter darüber reden. Und nun bitte ich Sie, vergessen Sie alles andere, und verfügen Sie ganz über mich bei diesen – diesen Ihren Plänen. Ich ver-

stehe etwas mehr vom Kokosnußpflanzen als Sie. Sie reden wie ein Kapitalist. Ich weiß nicht, wieviel Kapital Sie besitzen, aber ich kann mir nicht denken, daß Sie übermäßig reich sind. Und ich weiß, was es kostet, ein Stück Boden zu roden. Nehmen wir an, die Regierung verkauft Ihnen Pari-Sulay zu einem Pfund Sterling den Morgen, das Roden kostet Sie mindestens noch vier, das macht zusammen fünf, also für vierhundert Morgen rund zwanzigtausend Dollar, haben Sie die?«

Sie zeigte starkes Interesse, und er konnte sehen, daß sie den vorangegangenen Streit schon fast vergessen hatte.

Mit offensichtlicher Enttäuschung gab sie zu: »Nein, ich habe nicht ganz achttausend Dollar.«

»Noch etwas müssen Sie bedenken. Wie Sie selbst sagten, brauchen Sie wenigstens fünfzig Leute. Außer der Prämie beträgt der Lohn dreißig Dollar jährlich.«

»Ich gebe meinen Tahitianern fünfzehn Dollar monatlich, also hundertachtzig jährlich«, warf sie ein.

»Die würden sich nicht für regelmäßige Plantagenarbeit eignen. Aber weiter: Der Lohn für fünfzig Leute macht dreihundert Pfund jährlich, also eintausendfünfhundert Dollar. Schön. Sieben Jahre dauert es, ehe die Palmen zu tragen beginnen. Siebenmal eintausendfünfhundert macht zehntausendfünfhundert – mehr, als Sie haben, und das würde nur der Leutelohn ausmachen, und Sie behielten nichts für den Bungalow, die anderen Gebäude, die Geräte, Chinin, die Reisen nach Sydney und so weiter.«

Scheldon schüttelte ernst den Kopf. »Diesen Gedanken werden Sie aufgeben müssen.«

»Aber ich will nicht nach Sydney, ich will einfach nicht. Dann beteilige ich mich mit meinem Geld an irgendeiner Pflanzung. Ich möchte mich an Berande beteiligen.«

»Gott behüte!« rief er in so natürlichem Entsetzen aus, daß sie in herzliches Lachen ausbrach.

»Nun, ich will Sie nicht länger quälen. Ich pflege meine Gegenwart wirklich nicht aufzudrängen, wo sie nicht erwünscht ist. Ja, ja, ich weiß schon. Sie suchen jetzt nach Worten, um mir klarzumachen, daß ich mich Ihnen seit meiner Landung aufgedrängt habe; Sie sind nur zu höflich, um es mir direkt zu sagen. Aber wie Sie wissen, war es mir nicht möglich fortzugehen, und ich mußte eben bleiben. Nach Tulagi wollten Sie mich auch nicht fahren lassen. Sie haben mich also gezwungen, mich Ihnen aufzudrängen. Aber ich würde nie einen passenden Teilhaber finden. Ich werde Pari-Sulay kaufen, aber nur zehn Leute beschäftigen und langsam roden. Dann werde ich etwas Geld in eine alte Jacht stecken und mir eine Handelslizenz verschaffen. Und dann fahre ich als Werber nach Malaita.«

Sie hatte Scheldons Protest erwartet und fand ihn wirklich in seinen zusammengepreßten Händen und in jeder Linie seines scharfgeschnittenen Gesichts.

»Sagen Sie nur ruhig Ihre Meinung«, forderte sie ihn auf. »Nehmen Sie keine Rücksicht auf mich. Ich gewöhne mich allmählich daran, wirklich.«

»Ich wünschte, ich wäre eine Frau, dann könnte ich Ihnen sagen, wie unnatürlich, ungesund und unmöglich das sein würde«, platzte er heraus.

Sie beobachtete ihn und sagte:

»Es ist schon besser, daß Sie ein Mann sind. Auch dann kann Sie nichts davon abhalten, mir alles zu sagen, denn ich verlange, als Mann angesehen zu werden. Ich bin nicht hergekommen, um auf den Salomons die Dame zu spielen. Vergessen Sie bitte, daß ich zufällig etwas anderes als ein Mann bin, ich wünsche, wie ein Mann zu leben.«

Innerlich ärgerte sich Scheldon. Spielte sie mit ihm? Oder steckte eine geheime, eine ungesunde Unweiblichkeit in ihr? Oder war es nur die reine, dumme starrköpfige, sentimentale Unschuld?

»Ich habe Ihnen schon gesagt«, begann er förmlich, »daß das Arbeiterwerben auf Malaita für eine Frau unmöglich ist. Und mehr will und kann ich Ihnen nicht sagen.«

»Und ich erwidere Ihnen, daß dem nicht so ist. Ich habe die Miélé als Schiffer den ganzen Weg von Tahiti hierhergeführt, wenn Sie nichts dagegen haben, und ich habe sie zwar verloren, aber daran sind Ihre Admiralitätskarten schuld. Ich bin Seemann, und das ist mehr, als man von den meisten Ihrer Salomonskapitäne sagen kann. Kapitän Young hat mir davon erzählt. Ich bin Seemann, ein besserer Seemann als Sie, wenn es darauf ankommt, und das wissen Sie. Ich kann schießen, ich bin kein Narr, ich kann selbst für mich sorgen, und ich werde mir ganz bestimmt eine Jacht kaufen, sie selbst fahren und auf Malaita werben.«

Scheldon machte eine hoffnungslose Gebärde.

»So ist's recht«, rief sie, »geben Sie mich nur auf. Aber wie Von zu sagen pflegte: ›Jetzt erst recht!‹ «

»Es hat ja doch keinen Zweck, darüber zu reden. Lassen Sie uns etwas Musik hören.« Er stand auf und trat an das Grammophon. Während er aber noch das Werk aufzog, hörte er sie sagen:

»Sie haben sicher Ihr ganzes Leben noch nie etwas anderes als Zuckerpüppchen kennengelernt; darum verstehen Sie mich nicht. Komm, Satan, lassen wir ihn bei seiner alten Musik.«

Er blickte ihr verdrießlich nach und sagte nichts, bis er sah, wie sie ein Gewehr aus dem Ständer nahm, das Magazin untersuchte und zur Tür schritt.

»Wo wollen Sie hin?« fragte er geradezu.

»Es würde für Sie als Mann schrecklich – oder unschicklich sein«, antwortete sie, »mir als Frau die Gründe sagen zu müssen, warum ich nicht Alligatoren schießen dürfte. Gute Nacht, schlafen Sie wohl.«

Er hielt das Grammophon unvermittelt an, ging ihr bis zur Tür nach, als wollte er ihr folgen, und warf sich dann plötzlich auf einen Stuhl.

»Sie hoffen, daß ein Alligator mich packt, nicht wahr?« rief sie ihm von der Veranda aus zu, und als sie die Stufen hinabschritt, drang ihr spöttisches Lachen peinigend durch die breite Tür zu ihm herein.

Eine Nachricht von Boucher

Am nächsten Tage war Scheldon sich selbst überlassen. Joan war ausgezogen, um Pari-Sulay zu erforschen, und konnte erst spät am Nachmittag zurückkommen. Scheldon fühlte sich durch die Einsamkeit bedrückt, und am Nachmittag veranlaßten ihn mehrere Böen, häufig mit dem Glas in der Hand auf die Veranda zu treten, um die See ängstlich nach dem Boot abzusuchen. Dazwischen brütete er finster über seinen Abrechnungsbüchern, nahm oberflächliche Schätzungen vor, addierte und subtrahierte und brütete nur um so finsterer. Der Verlust der Jessie hatte Berande schwer getroffen. Es handelte sich nicht allein um das Kapital, sondern auch um die mit dem Schiff erzielten Einnahmen, denn sie waren es gerade gewesen, die in der Hauptsache die laufenden Ausgaben der Pflanzung gedeckt hatten.

»Armer alter Hughie«, murmelte er plötzlich. »Ich freue mich, daß du das nicht mehr erlebst, alter Freund, dies Elend, dies Elend!«

Unter Böen lief die Flibberty-Gibbet ein, und ihr Schiffer, Peter Olson (ein Bruder des Kapitäns von der Jessie), schleppte, alt, zusammengefallen, aufgeregt, vom Fieber gezeichnet, seinen müden Körper die Treppe herauf und ließ sich in einen Liegestuhl fallen. Whisky und Soda belebten ihn so weit, daß er Bericht abstatten und seine Abrechnungen vorlegen konnte.

»Das Fieber hat Sie ja vollkommen heruntergebracht«, sagte Scheldon. »Warum gehen Sie nicht nach Sydney, damit Sie wieder in ein vernünftiges Klima kommen?« Der alte Kapitän schüttelte den Kopf.

»Ich kann nicht, ich bin schon zu lange im Archipel; ich würde sterben. Da unten würde das Fieber viel schlimmer zum Ausbruch kommen.«

»Sterben oder gesund werden«, meine Scheldon.

»Es ist der sichere Tod für mich. Vor drei Jahren habe ich es versucht. Das kalte Wetter warf mich nieder, ehe ich noch an Land gekommen war. Man trug mich in ein Hospital. Volle zwei Wochen war ich ununterbrochen bewußtlos. Dann schickten die Ärzte mich wieder in die Südsee zurück. Sie sagten, das wäre die einzige Rettung für mich. Nun, noch bin ich am Leben, aber ich bin völlig vom Fieber durchseucht. Ein Monat Australien würde mir den Rest geben.«

»Aber was wollen Sie jetzt tun?« erkundigte sich Scheldon. »Sie können doch nicht bis zu Ihrem Tode hierbleiben.«
»Was bleibt mir sonst übrig? Ich würde sehr gern in meine Heimat zurückkehren, aber ich könnte es nicht vertragen. Ich muß eben hier aushalten und bis zu meinem Ende bleiben; aber ich wünschte, ich hätte die Salomons nie gesehen.«
Er weigerte sich, an Land zu schlafen, nahm seine Aufträge entgegen und begab sich an Bord des Kutters.
Ein düsterer Sonnenuntergang wurde durch die schwerste Bö dieses Tages ausgelöscht, und da sah Scheldon das Walboot auftauchen. Das Sprietsegel wurde eingeholt, das Boot hielt auf den Strand zu, und er empfand ein gewisses Unbehagen, als er sah, wie Joan, aufrecht stehend, sich mit ihrer ganzen Kraft auf das Steuerruder legte, um den Druck zu überwinden, der das Boot quer in die See zu werfen drohte. Ihre Tahitianer sprangen über Bord und schoben das Boot schnell auf den Strand, und sie führte ihre seltsame Gesellschaft zur Pforte herein.
Die Regentropfen fielen schwer wie Hagenschloßen, die hohen Kokospalmen bogen sich unter der Gewalt des Windes, während die dichten Wolkenmassen der Böen die kurze Tropendämmerung unvermittelt in Nacht verwandelten.
Ganz unbemerkt verlor sich die Angst, die Scheldon den ganzen Nachmittag bedrückt hatte, und er fühlte sich merkwürdig angeregt durch ihren Anblick, wie sie mit lachendem, gerötetem Gesicht, wehenden Haaren und vor Anstrengung wogender Brust die Stufen heraufsprang.
»Wundervoll, wirklich wundervoll, dieses Pari-Sulay«, keuchte sie. »Ich kaufe es, noch heute abend schreibe ich an den Kommissar. Der Platz für den Bungalow – ich habe ihn schon ausgesucht – ist herrlich. Sie müssen einmal mit hinüberkommen und mir Ratschläge erteilen. Sie haben doch nichts dagegen, daß ich hierbleibe, bis alles erledigt ist? War die Bö nicht prächtig? Vermutlich komme ich zu spät zum Essen, ich mache mich schnell etwas zurecht und bin in einer Minute wieder hier.«
Während der kurzen Zeit ihrer Abwesenheit ging er in dem großen Wohnzimmer auf und nieder und erwartete mit Ungeduld und Sehnsucht ihre Wiederkehr.
»Hören Sie, ich werde mich nicht wieder mit Ihnen zanken«, verkündete er, als sie sich gesetzt hatten.
»Zanken«, lautete die Antwort, »das ist ein häßliches Wort. Sagen wir, ehrlich streiten.«
»Nennen Sie es, wie Sie wollen, aber jedenfalls wollen wir es nicht wieder tun.«
Er räusperte sich nervös, denn ihre Augen verkündeten, daß die Eröff-

nung der Feindseligkeiten unmittelbar bevorstand. »Entschuldigen Sie«, warf er schnell ein. »Ich hätte das für mich behalten sollen. Ich wollte nur sagen, daß ich meinerseits nicht mehr streiten will. Sie haben eine schreckliche Art, mich ohne ein Wort abzufertigen. Ich begann mit den besten Absichten, und jetzt mache ich –«

»Unpassende Bemerkungen«, beendete sie den Satz.

»Das ist Ihre Art, mich hereinzulegen«, klagte er.

»Wieso? Ich habe kein Wort gesagt. Ich saß ruhig hier und träumte von Frieden auf Erden und so weiter, und da fangen sie plötzlich an, mich zu beschimpfen.«

»Das wohl kaum.«

»Nun, Sie sagten, ich wäre schrecklich, oder ich hätte eine schreckliche Art, was ja auf dasselbe herauskommt. Ich wollte nur, mein Bungalow wäre fertig, dann würde ich morgen schon ziehen.«

Aber ihre zuckenden Lippen straften ihre Worte Lügen, und im nächsten Augenblick war dem Manne noch ungemütlicher zumute, denn sie lachte laut.

»Ich wollte Sie nur necken. Und wenn Sie nicht lachen, muß ich glauben, daß Sie mir böse sind. So ist's recht, lachen Sie. Aber wenn es Ihnen Mühe macht«, fügte sie schnell hinzu, »dann lassen Sie's bleiben. Sie sehen aus, als ob Sie Zahnschmerzen hätten. Schon gut, sagen Sie nichts. Sie haben versprochen, nicht zu streiten, während ich das Recht habe, weiter so streitbar zu sein, wie es mir beliebt. Zunächst: Da liegt die Flibberty-Gibbet. Ich wußte nicht, daß sie ein so großer Kutter ist, aber sie befindet sich in einer traurigen Verfassung. Ihre Takelung ist etwas merkwürdig, und bei der nächsten starken Bö wird der obere Teil weggerissen. Ich habe Noah-Noahs Gesicht beobachtet, als wir vorbeifuhren, er sagte nichts, lächelte nur höhnisch, und ich kann es ihm nicht verdenken.«

»Der Kapitän hat schweres Fieber«, erklärte Scheldon. »Er mußte seinen Steuermann abgeben, der in Ugi blieb – das ist die Plantage, wo ich meinen Händler Oskar verloren habe. Und Sie wissen, was für Seeleute Nigger sind.«

Sie nickte zustimmend, und während sie ernsthaft nachzudenken schien, bat er sie um ein zweites Stück Büchsenfleisch. Nicht weil er hungrig war, sondern weil er gern ihre schlanken, festen, ganz schmucklosen Finger beobachten wollte, während er sich gleichzeitig an der Rundung ihres Unterarms erfreute. Der kam aus dem Ärmel hervor und ging in das glatte, runde Handgelenk über, das noch nicht durch das Adernnetz verunstaltet war, welches sich mit dem Alter einzustellen pflegt. Die Finger waren von der Sonne gebräunt und sahen wie die eines Knaben aus. Da kam ihm plötzlich das Verständnis für sie. Ja, das war es, er hatte die Lösung zu ihrer rätselhaften Persönlichkeit gefunden. Die sonnenverbrannten, knabenhaften Finger gaben sie ihm. Kein Wunder, daß sie ihn so oft bis aufs Blut gereizt hatte. Er hatte sie als Frau behandeln wollen, und sie war gar keine Frau. Sie war eben nur ein Mädel – und ein halber Junge dazu – mit sonnenverbrannten Fingern, die mit Vorliebe knabenhafte Dinge taten; ein Mädel, das Schwimmen und Anstrengungen aller Art liebte, das von kühnem Wagemut beseelt war, sich aber nicht weiter als bis zu knabenhaften Abenteuern verstieg und seine Freude hatte an Gewehren und Revolvern, Cowboyhüten und einer geschlechtslosen Kameradschaft mit Männern.

Beobachtete er sie jetzt sinnend, so war es ihm, als ob er daheim in der Kirche säße und dem Gesang der Chorknaben lauschte. Sie erinnerte ihn an diese Knaben oder doch wenigstens an deren Stimmen. Es war dieselbe geschlechtslose Art. Körperlich war sie zwar eine Frau, aber geistig war sie nicht dazu erzogen. Ihr hatte der weibliche Einfluß gefehlt. Sie hatte keine Mutter gehabt. Von, der Vater, eingeborene Diener und das rauhe Inselleben hatten sie erzogen, Pferde und Gewehre waren ihr Spielzeug gewesen, Lager und Wald ihre Kinderstube. Nach dem, was sie erzählt hatte, waren ihre Schultage nur eine Verbannung gewesen, die sie neben dem Studium der unablässigen Sehnsucht nach dem wilden Reiten und Schwimmen auf Tahiti gewidmet hatte. Die Erziehung und die Ansichten eines Knaben. Das erklärte ihre Abneigung gegen Weiberröcke, ihre Empörung über Dinge, die doch nur schicklich waren. Eines Tages mußte sie wohl erwachsen sein. Jetzt aber war sie noch in der Entwicklung begriffen.

Ihm blieb eben nur übrig, sich mit ihrem knabenhaften Wesen abzufinden und nicht den Fehler zu begehen, sie als Frau zu behandeln. Er fragte sich, ob er die Frau, zu der sie sich entwickeln würde, und ob er sie gerade so, wie sie war, lieben könnte. Wie dem auch sein mochte, so nahm sie doch jedenfalls einen ziemlich großen Raum in seinem Leben ein, das hatte er an diesem Nachmittag empfunden, als er die See nach ihr absuchte. Dann fiel ihm wieder die finanzielle Lage von Berande und der unvermeidliche Zusammenbruch ein, und er runzelte die Stirn.

Jetzt wurde er gewahr, daß sie sprach.

»Verzeihen Sie«, sagte er. »Was meinten Sie?«

»Sie haben auch nicht ein einziges Wort gehört, ich wußte es«, schalt sie. »Ich sagte, daß die Flibberty-Gibbet sich in einer traurigen Verfassung befindet und daß ich morgen, sobald Sie es dem Kapitän gesagt haben und wenn er es nicht übelnimmt, mit meinen Leuten an Bord gehen und das Schiff überholen werde. Wir werden auch den Boden abschrapen, der Kupferbeschlag ist fast vier Zoll dick bewachsen. Ich sah es, als sie rollte. Vergessen Sie nicht, daß ich eines Tages mit diesem Schiff fahren werde, und wenn ich mit ihr durchbrennen müßte.«

Als sie auf der Veranda Kaffee tranken, hörten sie Satan in der Nähe der Pforte anschlagen, und Scheldon mußte schließlich einen zerzausten, verängstigten Schwarzen befreien, den er zum Verhör auf die Veranda brachte.

»Was fella Herr du gehören?« fragte er. »Was Name du kommen dies fella Platz, Sonne er gehen unter?«

»Mich gehören Boucher. Zuviel Jungen gehören Port Adams bleiben bei mein fella Herrn. Zuviel machen Lärm.«

Der Schwarze zog ein Stück Papier aus dem Gürtel und reichte es ihm. Scheldon überflog es hastig.

»Es ist von Boucher«, erklärte er, »dem Mann, der Packards Stelle übernommen hat. Packard wurde, wie ich Ihnen erzählte, von seiner Bootsmannschaft getötet. Boucher schreibt, daß fünfzig Port-Adams-Leute in großen Kanus an seinem Strand gelandet sind und sich häuslich niedergelassen haben. Sie haben schon ein halbes Dutzend Schweine getötet und scheinen Streit zu suchen. Er fürchtet, daß sie sich mit den fünfzehn Ausreißern aus Lunga vereinigen könnten.«

»Und dann?« fragte sie.

»Dann würde Billy Pape genötigt sein, einen Nachfolger für Boucher zu senden. Es ist Papes Station. Ich weiß nicht, was ich tun soll. Ich möchte Sie nicht allein hierlassen.«

»Nehmen Sie mich mit.«

Er schüttelte lächelnd den Kopf.

»Dann nehmen Sie wenigstens meine Leute mit. Es sind brave Jungens, die nichts fürchten – außer Utami, der sich vor Geistern fürchtet.«

Die große Glocke wurde geläutet, und fünfzig Schwarze trugen das Boot zum Wasser hinunter. Die Bootsbesatzung nahm ihre Plätze ein. Matauare und drei andere Tahitianer setzten sich mit Patronengürteln und Gewehren bewaffnet ans Heck, und Scheldon selbst übernahm das Ruder.

»Ach, ich wollte, ich könnte mit Ihnen fahren«, sagte Joan sehnsüchtig, als das Boot absetzte.

Scheldon schüttelte den Kopf.

»Ich bin so gut wie ein Mann«, drängte sie.

»Sie sind wirklich jetzt hier nötig«, erwiderte er. »Diese Lunga-Bande könnte gerade, wenn wir beide abwesend sind, hier landen und die Pflanzung überfallen. Leben Sie wohl! Wir werden morgen früh zurückkommen. Es sind nur zwölf Meilen.«

Als Joan ins Haus zurückkehrte, mußte sie zwischen den Bootsträgern hindurchgehen, die sich am Strande herumtrieben und in wunderlicher, affenartiger Weise über die Ereignisse des Tages schwatzten. Sie machten ihr Platz. Als sie aber mitten zwischen ihnen war, überkam sie ein Gefühl ihrer eigenen Hilflosigkeit. Es waren ihrer so viele, was hinderte sie, sie niederzumachen, wenn sie wollten? Dann fiel ihr ein, daß ein Schrei von ihr Noah-Noah und ihre andern Leute herbeirufen würde und daß jeder von ihnen im Kampfe gut ein Dutzend der Schwarzen aufwog. Als sie das Tor öffnete, trat ein Schwarzer auf sie zu. In der Dunkelheit konnte sie ihn nicht erkennen.

»Was Name?« fragte sie scharf. »Was Name gehören dir?«

»Mich Aroa«, sagte er.

Sie erkannte in ihm einen der beiden Kranken, die sie im Hospital gepflegt hatte; der andere war gestorben.

»Mich nehmen Masse fella Medizin zuviel«, sagte Aroa.

»Ja, und du all right jetzt«, antwortete sie.

»Mich wollen Tabak, viel fella Tabak; mich wollen Kaliko; mich wollen Schweinsfischzähne; mich wollen ein fella Gürtel.«

Sie blickte ihn an, in der Erwartung, ein Lächeln oder wenigstens sein Grinsen auf seinem Gesicht zu sehen. Aber das blieb völlig ausdruckslos. Mit Ausnahme eines Schurzes um die Lenden, zweier Ohrenpflöcke und eines Kranzes aus weißen Kaurimuscheln in seinem wolligen Haar war er nackt. Sein Körper war frisch geölt und glänzend, seine Augen leuchteten im Sternenlicht wie die eines Raubtieres. Die anderen Leute hatten sich hinter ihm zu einer richtigen Mauer zusammengedrängt. Die einen kicherten, aber die anderen beobachteten sie mit mürrischem, gespanntem Schweigen.

»Schön«, sagte sie, »wozu brauchen diese vielen fella Sachen?«

»Mich nehmen Medizin«, sagte Aroa. »Du bezahlen mich dafür.«

Das ist der Dank, dachte sie – Scheldon schien schließlich doch recht zu haben. Aroa wartete stumpfsinnig. Ein springender Fisch klatschte draußen aufs Wasser. Eine kleine Welle murmelte schläfrig am Strande. Der Schatten eines fliegenden Hundes huschte schweigend über sie hinweg. Ein leichter Wind fächelte kühlend ihre Wangen. Es war die Landbrise, die zu wehen begann.

»Ihr gehen in die Baracken«, sagte sie, im Begriff, die Pforte zu durchschreiten.

»Du bezahlen mich«, sagte der Schwarze.

»Aroa, du sein ein großer Narr. Ich nicht bezahlen dich, jetzt du gehen.«

Aber der Schwarze blieb stehen. Sie fühlte, daß er sie fast unverschämt ansah, als er wiederholte:

»Ich nehmen Medizin. Du bezahlen mich. Du bezahlen mich jetzt.«
Da verlor sie die Geduld und gab ihm eine so kräftige Ohrfeige, daß er zwischen seine Genossen taumelte. Aber die ließen sich nicht vertreiben. Ein anderer trat vor.
»Du bezahlen mich«, sagte er. Seine Augen hatten einen mürrischen, unruhigen Blick, wie sie ihn bei Affen gesehen hatte. Aber er hielt ihrem unbehaglich prüfenden Blick geduldig stand, und seine dicken Lippen preßten sich in mürrischer Entschlossenheit zusammen.
»Wofür?« fragte sie.
»Mich Gogoomy«, sagte er, »Bawo Bruder gehören mir.«
Sie entsann sich, daß Bawo der Kranke war, der gestorben war.
»Geh weg«, befahl sie.
»Bawo nehmen Medizin. Bawo fertig. Bawo mein Bruder. Du bezahlen mich. Vater gehören mir ein groß fella Häuptling auf Port Adams. Du bezahlen mich.«
Joan lachte.
»Gogoomy, du gerade wie Aroa, ein großer Narr. Mein Wort, wer bezahlen mir Medizin?«
Sie wollte die Sache beenden, indem sie durch die Pforte schritt und sie hinter sich verschloß. Aber Gogoomy drängte sich dagegen und sagte in unverschämtem Tone:
»Vater gehören mir ein groß fella Häuptling. Du nicht schlagen Kopf gehören mir. Mein Wort, du bange zuviel.«
»Mich bange?« fragte sie, während der Zorn sie übermannte.
»Du zuviel bange, schlagen Kopf gehören mir«, sagte Gogoomy überlegen.
Da langte sie über die Pforte hinüber und versetzte ihm einen so kräftigen Schlag, daß er zur Seite taumelte und beinahe hingestürzt wäre. Er sprang auf die Pforte zu, als wollte er sie mit Gewalt öffnen, während sich die Menge gegen den Zaun drängte. Joan überlegte blitzschnell. Ihr Revolver hing an der Wand im Grashause, doch ein Schrei von ihr mußte ihre Leute herbeirufen, und sie wußte, daß sie dann in Sicherheit war. Aber sie rief nicht um Hilfe. Statt dessen pfiff sie Satan und rief seinen Namen. Sie wußte, daß er im Schlafzimmer eingesperrt war, aber die Schwarzen warteten gar nicht erst, sondern flohen unter wildem Geschrei in die Nacht hinaus, während Gogoomy nur zögernd folgte.
Als sie den Bungalow betrat, lachte sie, dann aber traten ihr vor Ärger Tränen in die Augen. Eine ganze Nacht hatte sie bei dem Verstorbenen gewacht, und jetzt verlangte sein Bruder Bezahlung für sein Leben.
»Oh, diese undankbaren Gechöpfe!« murmelte sie, während sie überlegte, ob sie den Vorfall Scheldon berichten sollte oder nicht.

Die Port-Adams-Bande

»Und so ging die Geschichte ganz einfach«, sagte Scheldon. Er saß auf der Veranda und trank Kaffee, während das Boot in den Schuppen gebracht wurde. »Boucher war zuerst etwas zaghaft und wollte nicht mit starker Hand eingreifen. Als aber einmal der Anfang gemacht war, machte er sich sehr gut. Wir hielten zum Schein eine Gerichtssitzung ab, und Telepasse, der alte Schuft, nahm das Urteil an. Er ist ein Port-Adams-Häuptling, ein schmieriger Halunke. Er mußte den zehnfachen Wert der Schweine erlegen und mit seiner Bande abziehen. Oh, ich sage Ihnen, das ist eine feine Gesellschaft! Mindestens sechzig Mann in fünf Kanus, die Streit suchen. Sie haben sich auch ein Dutzend Gewehre verschafft, die man ihnen wegnehmen müßte.«

»Warum haben Sie es denn nicht getan?« fragte Joan.

»Soll ich mich mit dem Kommissar einlassen? Er ist schrecklich empfindlich in bezug auf seine schwarzen ›Mündel‹, wie er sie nennt. Na, also, wir schoben sie ab, aber einige Meilen weiter am Strande landeten sie doch wieder, um abzukochen. Sie müßten eigentlich heute hier vorbeikommen.«

Zwei Stunden später waren die Kanus da. Niemand hatte sie kommen sehen. Die Hausboys waren in der Küche, die Plantagenarbeiter in ihren Baracken, alle aßen. Satan schlief fest, auf dem Rücken liegend, unter dem Billard und schüttelte im Schlaf die lästigen Fliegen ab. Joan kramte im Lager umher, und Scheldon hielt seinen Mittagsschlaf in der Hängematte auf der Veranda. Da wachte er auf. Eine Warnung, daß etwas nicht in Ordnung sei, hatte seinen Schlaf auf geheimnisvolle, unerklärliche Weise unterbrochen. Ohne sich zu regen, sah er hinunter. Der Platz wimmelte von bewaffneten Wilden. Es waren dieselben, mit denen er am Morgen zu tun gehabt, aber er bemerkte, daß sich ihre Zahl vermehrt hatte. Es waren Männer darunter, die er vorher nicht gesehen. Er ließ sich aus der Hängematte gleiten und schlenderte mit absichtlicher Langsamkeit ans Geländer, wo er, verschlafen gähnend, auf sie hinabsah. Er hatte das eigentümliche Gefühl, daß es seine Bestimmung sei, immer auf diesem erhöhten Platz zu stehen und hinabzuschauen auf endlose Horden von aufrührerischen Schwarzen, die Aufsicht, Einschüchterung und Beruhigung brauchten. Während er aber scheinbar sorglos über sie hinblickte, ging er ernsthaft mit sich zu Rate. Die neu Hinzugekommenen waren nämlich mit modernen Gewehren bewaffnet. Aha! Er hatte es sich gedacht. Es waren fünfzehn, zweifellos die Ausreißer aus Lunga. Außerdem befand sich ein Dutzend alter Gewehre in den Händen der ihm schon bekannten Leute. Die übrigen waren mit Speeren, Keulen, Bogen und Pfeilen und langstieligen Äxten bewaffnet. Am Strande konnte er die an Land gezogenen großen Kriegskanus mit phantastisch geschnitztem Bug und Heck sehen, die mit Schnörkeln und Schnüren aus weißen Kaurimuscheln verziert waren. Es waren die Leute, die seinen Händler Oskar in Ugi ermordet hatten.

»Was Name ihr gehen auf diesen Platz?« fragte er. Gleichzeitig warf er einen verstohlenen Blick auf das Meer, wo die Flibberty-Gibbet sich auf der spiegelglatten See wiegte. Nicht eine Seele zeigte sich unter ihrem Sonnensegel, und er sah, daß das Boot an ihrer Seite fehlte. Die Tahitianer waren vermutlich den Balesuna hinauf zum Fischfang gefahren. Er stand ganz allein dieser Gefahr gegenüber, während seine Welt an diesem windstillen, tropischen Mittag friedlich schlummerte.

Keiner antwortete, und er wiederholte seine Frage, diesmal herrischer und mit wachsendem Zorn. Die Schwarzen drängten sich beim Klange seiner Stimme unbehaglich hin und her wie eine Viehherde. Aber keiner sprach. Alle Augen starrten ihn abwartend an. Etwas mußte geschehen, und darauf warteten sie, warteten mit schwankendem, doch einmütigem Masseninstinkt auf den unter ihnen, der den ersten Schritt unternähme, um sie alle zu gemeinsamem Vorgehen zu veranlassen.

Auch Scheldon sah sich nach ihm um, denn es war der, den er zu fürchten hatte. Gerade unter sich erblickte er die Mündung eines Gewehres, die sich, zwischen zwei schwarzen Körpern kaum hervorlugend, langsam gegen ihn erhob; es wurde von einem Mann in der zweiten Reihe an der Hüfte gehalten.

»Was Name du?« rief Scheldon plötzlich, indem er auf den Mann zeigte, der das Gewehr hielt; der zuckte zusammen und senkte die Mündung.

Noch hielt Scheldon das Heft in der Hand, und er war entschlossen, es zu behalten.

»Fort hier, alle ihr fella Jungens,« befahl er. »Fort hier und gehen zu Salzwasser. Savvee!«

»Mich sprechen«, rief ein dicker, schmutziger Wilder, dessen behaarte Brust von einer jahrealten Schmutzkruste bedeckt war.

»Oh, du bist es, Telepasse?« sagte der Weiße heiter. »Du sagen den Jungen fortgehen, und du bleiben und reden mit mir.«

»Ihr gut fella Jungens«, lautete die Antwort. »Ihr bleiben.«

»Schön, was wünschest du?« fragte Scheldon, der seine Schwäche unter Sorglosigkeit zu verbergen trachtete.
»Das fella Junge gehören mir.« Der alte Häuptling zeigte auf Gogoomy, den Scheldon erkannte. »Weiße Mary gehören dir zuviel nicht gut«, fuhr Telepasse fort. »Schlagen Kopf gehören Gogoomy. Gogoomy wie Häuptling. Wenn mich tot, Gogoomy groß fella Häuptling. Weiße Mary schlagen ihn Kopf. Nicht gut. Du zahlen mir viel Tabak, viel Pulver, viel Kaliko.«
»Du alter Halunke!« sagte Scheldon. Vor einer Stunde hatte er noch über Joans Bericht gelächelt, und jetzt kam Telepasse schon selbst, um die Forderung einzutreiben.
»Gogoomy«, rief Scheldon, »was Name du gehen hier? Du gehen Baracke viel schnell.«
»Mich bleiben«, lautete die herausfordernde Antwort.
»Weiße Mary gehören dir, schlagen ihn Kopf«, begann der alte Telepasse wieder, »mein Wort, viel groß fella Ärger, du nicht bezahlen.«
»Du reden mit Jungens«, sagte Scheldon mit wachsender Erregung. »Du sagen ihnen, gehen zu Hölle an Strand, dann ich sprechen mit dir.«
Scheldon spürte eine leichte Erschütterung der Veranda und wußte, daß Joan herausgetreten war und neben ihm stand, aber er wagte nicht hinzusehen. Es gab zu viele Gewehre, dort unten, und diese Gewehre hatten die Eigentümlichkeit, von der Hüfte aus loszugehen.
Wieder erbebte die Veranda unter ihren Schritten, und er wußte, daß Joan ins Haus zurücktrat. Gleich darauf stand sie wieder neben ihm. Er hatte sie nie rauchen gesehen, und es berührte ihn eigentümlich, daß sie es gerade jetzt tat. Dann ahnte er den Grund. Ein schneller Blick belehrte ihn, daß sie in der Hand die wohlbekannte, in Papier gewickelte Dynamitpatrone hielt. Dazu bemerkte er noch das Ende der ordnungsgemäß gespaltenen und mit dem Kopf eines Wachsstreichholzes versehenen Zündschnur.
»Telepasse, du alter Schuft, sagen Jungens gehen weg nach Strand. Mein Wort, ich warten nicht mehr.«
»Mich nicht warten«, sagte der Häuptling. »Mich wollen, du bezahlen, weiße Mary schlagen Kopf gehören Gogoomy.«
»Ich kommen runter und schlagen Kopf gehören dir«, erwiderte Scheldon, indem er sich an das Geländer lehnte, als ob er gleich hinüberspringen wollte.
Ein drohendes Gemurmel erhob sich, und die Schwarzen wurden unruhig. Da hielt Joan das brennende Ende der Zigarette an die Zündschnur. Ein Gewehr ging mit dem Krach eines Böllerschusses los, und Scheldon hörte, wie eine Fensterscheibe hinter ihm zertrümmert wurde. Im selben

Augenblick schleuderte Joan die Dynamitpatrone in das dichte Gedränge der Schwarzen; die Zündschnur zischte und sprühte. Die Schwarzen drängten sich in zu großer Hast zurück, als daß sie noch einmal hätten schießen können. Satan, durch den Schuß geweckt, knurrte und kratzte an der Tür, um herausgelassen zu werden. Joan hörte es und öffnete die Tür. Und damit endete die Tragödie, und die Komödie begann.

Gewehre und Speere wurden zu Boden geworfen, und in wilder Flucht ging es in die schützenden Kokospalmen. Satan schien überall gleichzeitig zu sein. Noch nie hatte er Gelegenheit gehabt, sich auf eine solche Menge schwarzen Fleisches zu stürzen, und er biß und schnappte nach den fliehenden schwarzen Beinen, bis das letzte Paar über seinem Kopf verschwunden war. Alle waren in die Palmen geklettert, mit Ausnahme Telepasses, der zu alt und zu dick war. Er lag regungslos mit dem Gesicht auf der Erde, wo er hingefallen war. Satan, der zu gutmütig war, um einen bewegungslosen Feind anzugreifen, jagte wütend bellend von Baum zu Baum und sprang nach denen, die am niedrigsten hingen.

»Ich glaube, Sie brauchen noch etwas Unterricht, wie man Zündschnüre befestigt«, sagte Scheldon zu Joan.

Joans Augen richteten sich spöttisch auf ihn.

»Es war kein Zündhütchen darauf«, sagte sie. »Und außerdem ist das Zündhütchen noch nicht erfunden, das diese Ladung zur Explosion bringen könnte. Es war eine Medizinflasche.«

Sie steckte die Finger in den Mund, und Scheldon zuckte zusammen, als er sie einen scharfen, durchdringenden Pfiff wie ein Junge ausstoßen hörte, einen Pfiff, den sie stets für ihre Seeleute gebrauchte und der ihn jedesmal zusammenzucken ließ.

»Sie sind zum Balesuna hinaufgegangen, um Fische zu schießen«, erklärte er. »Aber dort kommt Olson mit seiner Bootsbesatzung. Er ist ein alter Raufbold. Sehen Sie nur, wie er auf die Leute einschlägt; sie rudern ihm nicht schnell genug.«

»Und was soll jetzt geschehen?« fragte sie. »Sie haben Ihr Wild auf die Bäume gehetzt, aber Sie können es doch nicht dort oben lassen.«

»Nein, das nicht, aber ich werde ihnen jetzt eine gute Lehre erteilen.«

Scheldon ging zu der großen Glocke hinüber.

»Lassen Sie nur«, erwiderte er auf ihre abwehrende Bewegung. »Meine Leute sind fast alle aus dem Busch, während diese Kerle Salzwasserleute sind. Sie lieben sich nicht. Passen Sie auf, es gibt einen guten Spaß.«

Er läutete die Glocke, und nach und nach versammelten sich die zweihundert Arbeiter vor dem Hause. Satan war wieder im Wohnzimmer eingesperrt und jammerte in den höchsten Tönen über die abscheuliche

Behandlung. Die Plantagenarbeiter tanzten ihre Kriegstänze unter lauten Beschimpfungen ihrer Erbfeinde um den Fuß jeder Palme. Im lautesten Getöse kam der Kapitän der Flibberty-Gibbet an; das wiederkehrende Fieber ließ ihn schwanken und heftig zittern, so daß er kaum sein Gewehr festhalten konnte. Sein Gesicht war geisterhaft blau, seine Zähne klapperten, und nicht einmal der starke Sonnenschein, durch den er schritt, konnte ihn erwärmen.

»Ich werde mich hinsetzen und auf sie aufpassen«, stammelte er. »Zu dumm, jedesmal, wenn etwas los ist, bekomme ich das Fieber. Was wollen Sie tun?«

»Vor allem zunächst einmal die Gewehre auflesen.«

Auf Scheldons Anweisung sammelten die Hausboys und Vorarbeiter die verstreuten Waffen auf und legten sie in einem Haufen bei der Veranda nieder. Die modernen Gewehre stellte Scheldon beiseite; die alten zerschlug er, und den ganzen Haufen von Speeren, Keulen und Äxten schenkte er Joan.

»Eine wirklich einzigartige Bereicherung Ihrer Sammlung, direkt vom Schlachtfeld aufgelesen«, lächelte er. Am Strand ließ er mit dem Inhalt der Kanus ein Freudenfeuer anzünden, während seine Schwarzen alles, was ihnen in die Finger kam, zerschmetterten, zerbrachen und plünderten. Die Kanus wurden mit Sand und Korallenblöcken gefüllt, auf zehn Faden Tiefe geschleppt und dort versenkt.

»Zehn Faden werden ihnen genug Arbeit machen«, sagte Scheldon, als sie zum Haus zurückgingen.

Hier war unterdessen ein böser Tanz ausgebrochen. Die Kriegsgesänge und Tänze waren immer zügelloser geworden, und die Schwarzen der Pflanzung waren vom Schimpfen dazu übergegangen, ihre Feinde mit Holzpflöcken, Steinen und Korallenblöcken zu bewerfen. Die fünfundsiebzig stämmigen Kannibalen klammerten sich an die Bäume, ließen den Geschoßhagel stoisch über sich ergehen und schworen Rache.

»Das gibt Grund zu vierzigjährigen Feindseligkeiten auf Malaita. Aber ich glaube, der alte Telepasse wird nie wieder versuchen, eine Plantage zu überfallen.«

»He, du alter Schuft«, lachte er, indem er sich an den alten Häuptling wandte, der am Fuße der Treppe saß und in ohnmächtiger Wut vor sich hin redete.

»Jetzt Kopf gehören dir schlagen ihn. Kommen Sie, Fräulein Lackland. Langen Sie ihm eine herunter. Das setzt dem Schimpf die Krone auf!«

»Hu, der ist mir zu schmutzig! Lieber verabreiche ich ihm ein Bad. Hier, du Adamu-Adam, geben diesem Teufel-Teufel eine Wäsche, Seife und Wasser! Füll den Waschtrog. Ornfiri, lauf und hole den Schrubber.«

Die Tahitianer, die vom Fischen zurückgekehrt waren und über den Betrieb vor dem Hause lachten, gingen auf den Spaß ein.
»Tambo! Tambo (*Tabu*)!« schrien die Kannibalen aus den Palmen, erschrocken über die furchtbare Entweihung, als sie sahen, wie ihr Häuptling in den Waschtrog gesteckt und der heilige Schmutz von seinem Körper gerieben wurde. Joan, die in den Bungalow gegangen war, warf ihnen einen Streifen weißen Kalikos hinunter, in den der alte Telepasse unverzüglich eingewickelt wurde, und jetzt stand er vor Sauberkeit glänzend da und spuckte und würgte den Seifenschaum, den Noah-Noah ihm in den Hals gespritzt hatte.
Die Hausboys mußten Handschellen holen, und die Ausreißer aus Lunga wurden einer nach dem andern von den Palmen heruntergeholt und gefesselt. Scheldon fesselte sie paarweise und befestigte die Handschellen an einer stählernen Kette. Gogoomy erhielt für sein aufrührerisches Verhalten eine Lektion und wurde für den Rest des Tages eingesperrt. Dann belohnte Scheldon die Plantagenarbeiter mit einem freien Nachmittag, und als sie sein Grundstück verlassen hatten, erlaubte er den Port-Adams-Leuten, von den Palmen herunterzuklettern. Den ganzen Nachmittag blieben er und Joan auf der kühlen Veranda und beobachteten die Schwarzen, wie sie tauchten und ihre versenkten Kanus entleerten. Der Tag ging bereits zur Neige, als sie sich einschifften und mit ein paar zerbrochenen Paddeln davonruderten. Eine Brise war aufgesprungen, und die Flibberty-Gibbet war schon nach Lunga unterwegs, um die Ausreißer zurückzubringen.

Herr Morgan und Herr Raff

Scheldon war auf der Plantage und beaufsichtigte den Bau einer Brücke, als der Schoner Malakula einlief und ankerte. Joan beobachtete das Einholen der Segel und das Einschwingen des Bootes mit seemännischem Interesse und begrüßte die beiden Männer, die an Land kamen. Während einer der Hausboys lief, um Scheldon zu holen, bewirtete sie die Besucher mit Whisky-Soda und plauderte mit ihnen. Joans Anwesenheit schien die Männer verlegen und befangen zu machen, und sie merkte, wie beide sie mit heimlicher Neugier betrachteten. Sie fühlte, daß sie sich Gedanken über sie machten, und zum erstenmal kam ihr die eigentümliche Stellung, die sie auf Berande einnahm, klar zum Bewußtsein. Andererseits gaben auch die Männer ihr zu denken. Es waren weder Händler noch Seeleute von einer ihr bekannten Art, und sie redeten nicht wie gebildete Menschen, wenn auch nichts Verletzendes in ihrem Benehmen lag und sie die äußeren Formen gesellschaftlicher Höflichkeit wahrten. Zweifellos waren es Geschäftsleute, aber was für Geschäfte konnten sie nach den Salomons und namentlich nach Berande führen? Der ältere, Morgan, war ein hochgewachsener, wettergebräunter Mann mit Schnurrbart, tiefer Baßstimme und einer Sprache, die ganz aus der Kehle zu kommen schien; der andere, Raff, war klein und verweichlicht, mit nervösen Händen und Augen von einem wäßrigen, verwaschenen Grau; er sprach mit einem leichten, nicht festzustellenden Akzent, der irgendwie an London erinnerte, aber doch kein Cockney war, wie sie es kannte. Was sie auch sein mochten, so waren sie nach Joans Meinung Selfmademen, und es schauerte sie bei dem Gedanken, mit ihnen Geschäfte zu machen. Dann mußten sie erbarmungslos sein. Als Scheldon kam, beobachtete sie ihn scharf und erriet, daß er nicht sonderlich erfreut über den Besuch war. Aber sprechen mußte er sie, und zwar so dringend, daß er die beiden nach einer kurzen Unterhaltung über allgemeine Dinge in sein dumpfes Arbeitszimmer führte.

Im Laufe des Nachmittags fragte Joan Lalaperu, wohin die weißen Männer gegangen wären.

»Mein Wort«, erklärte Lalaperu. »Viel gehen herum, viel sehen. Sehen Bäume; sehen Grund gehören Bäume; sehen alle fella Brücken; sehen

Koprahäuser; sehen Grasland; sehen Fluß; sehen Walboot – mein Wort, viel groß fella sehen zuviel.«
»Was fella Männer die zwei fella?« forschte sie.
»Groß fella Herren bei weißen Männern« war seine ganze Erklärung.
Aber Joan folgerte, daß die Leute von Bedeutung in den Salomons sein mußten und daß die Besichtigung der Plantage und die Prüfung der Abschlüsse ein schlimmes Anzeichen sein mußten.
Beim Essen fiel kein Wort, das ihr Aufschluß gegeben hätte. Die Unterhaltung drehte sich lediglich um allgemeine Dinge; aber Joan bemerkte unwillkürlich den unruhigen zerstreuten Ausdruck, der sich hin und wieder in Scheldons Augen zeigte. Nach dem Kaffee ließ sie die Männer allein, und noch um Mitternacht konnte sie in ihrem Grashause das leise Gemurmel ihrer Gespräche hören und ihre Zigarren glimmen sehen. Als sie am nächsten Morgen aufstand, erfuhr sie, daß die Männer schon zu einem neuen Rundgang durch die Plantage aufgebrochen waren.
»Was du denken?« fragte sie Viaburi.
»Scheldon Herr er fertig, kurze Zeit klein bißchen«, war die Antwort.
»Was du denken?« fragte sie Ornfiri.
»Scheldon Herr groß fella gehen nach Sydney. Ja, mich denken so. Er fertig mit Berande.«
Der ganze Tag verging mit der Besichtigung der Plantage und den Besprechungen, und den ganzen Tag schickte der Kapitän der Malakula dringende Aufforderungen an Land, daß die beiden Männer sich beeilen möchten. Aber erst gegen Sonnenuntergang gingen sie an den Strand hinunter, und selbst dort wurden die letzten Besprechungen noch fast eine Stunde weitergeführt. Scheldon stritt mit ihnen – das konnte sie deutlich sehen –, und seine beiden Besucher gaben nicht nach.
»Was gibt's?« fragte sie leichthin, als Scheldon sich zum Essen niedersetzte. Er sah sie an und lächelte, aber es war ein sehr mattes, nachdenkliches Lächeln.
»Das waren ja endlose Verhandlungen«, fuhr sie fort. »Verhandlungen bei Sonnenuntergang, Verhandlungen bei Sonnenaufgang. Nichts als Verhandlungen den ganzen Tag. Was bedeutet das?«
»Ach, nicht viel«, er zuckte die Achseln. »Sie möchten Berande kaufen, das ist alles.«
Sie blickte ihn herausfordernd an.
»Es muß mehr gewesen sein. Sie möchten verkaufen!«
»Wirklich nicht, Fräulein Lackland. Ich versichere Ihnen, daß ich nicht daran denke, zu verkaufen.«
»Machen Sie keine Ausflüchte«, drängte sie. »Lassen Sie uns offen darüber reden. Sie befinden sich in Schwierigkeiten. Ich bin kein Narr. Er-

zählen Sie. Vielleicht kann ich Ihnen helfen – Ihnen einen Vorschlag machen.«

Er schwieg und schien zu überlegen, nicht, ob er überhaupt erzählen, sondern wie er beginnen sollte.

»Sehen Sie, ich bin Amerikanerin«, fuhr sie fort. »Und das bedeutet ein gut Teil Geschäftssinn. Wenn ich ihn auch nicht schätze, so weiß ich doch, daß ich ihn besitze – zum mindesten habe ich etwas mehr davon als Sie. Also lassen Sie uns über die Sache reden und einen Ausweg suchen. Wie hoch belaufen sich Ihre Schulden?«

»Etwas über tausend Pfund – kleine Rechnungen, wissen Sie. Ferner laufen nächste Woche die Kontrakte für dreißig Leute ab, deren Guthaben sich durchschnittlich auf je zehn Pfund belaufen. Aber warum wollen Sie sich darüber Kopfschmerzen machen? Wirklich, Sie wissen –«

»Was ist Berande wert – augenblicklich?«

»Soviel, wie Morgan und Raff dafür geben wollen.«

Ein Blick auf ihr gekränktes Gesicht brachte ihn zum Entschluß.

»Hughie und ich haben achttausend Pfund hineingesteckt, außer unserer Zeit. Es ist eine gute Besitzung und mehr wert als das. Aber es vergehen wohl noch drei Jahre, bis sie ertragsfähig ist. Deshalb hatten Hughie und ich uns auf Handel und Werben gelegt. Die Jessie und unsere Handelsstationen deckten fast die laufenden Ausgaben für Berande.«

»Und was haben Morgan und Raff Ihnen geboten?«

»Tausend Pfund bar nach Bezahlung aller Schulden.«

»Diese Spitzbuben!« rief sie aus.

»Nein, es sind ehrliche Geschäftsleute. Sie haben mir offen erklärt, daß eine Sache nicht mehr wert ist, als der eine dafür geben und der andere dafür nehmen will.«

»Und wieviel brauchen Sie, um Berande noch drei Jahre weiterzuführen?« fiel Joan hastig ein.

»Zweihundert Leute zu je sechs Pfund jährlich macht dreitausendsechshundert Pfund. Das ist die Hauptsache.«

»Mein Gott! Wie die billigen Arbeitskräfte doch ins Geld gehen! Dreitausendsechshundert Pfund oder achtzehntausend Dollar nur für einen Haufen Kannibalen! Aber die Plantage bietet doch Sicherheit. Sie können nach Sydney fahren und dort das Geld aufnehmen.«

Er schüttelte den Kopf.

»Man interessiert sich dort nicht für Plantagen hier unten. Man ist zu oft hereingefallen. Aber ich möchte den Platz nicht gern aufgeben – weniger meinetwegen als in Erinnerung an Hughie. Es war seine Lebensaufgabe. Er war ein hartnäckiger Mensch und wollte nie eine Niederlage zugeben. Es – es ist mir selbst unangenehm, daran zu denken. Wir ka-

men nicht so recht vorwärts, aber wir hofften immer noch, uns mit der Jessie irgendwie durchzuarbeiten.«
»Sie waren beide zweifellos schlechte Geschäftsleute. Aber Sie brauchen die Plantage nicht an Morgan und Raff zu verkaufen. Ich werde mit dem nächsten Schiff nach Sydney fahren und mit einem Schoner wiederkommen. Für fünf- bis sechstausend Dollar werde ich wohl einen alten kaufen können.«
Er hob abwehrend die Hände, aber sie ließ sich nicht unterbrechen.
»Vielleicht glückt es mir, für die Rückfahrt eine Fracht zu bekommen. Jedenfalls wird der Schoner die Aufgabe der Jessie übernehmen. Sie können entsprechende Vorbereitungen treffen und haben dann, wenn ich zurückkomme, Arbeit für das Schiff. Ich beteilige mich jetzt, soweit es mein Geld zuläßt, an Berande – wie Sie wissen, besitze ich fünfzehnhundert Sovereigns. Wir setzen gleich einen Vertrag auf, das heißt, wenn Sie einwilligen und ich weiß, daß Sie es tun werden.«
Er blickte sie gutmütig belustigt an.
»Sie wissen, daß ich aus Tahiti hergekommen bin, um Pflanzer zu werden. Sie kennen meine Pläne. Jetzt habe ich sie geändert, das ist alles. Ich will mich lieber an Berande beteiligen und nach drei Jahren verdienen als auf Pari-Sulay anfangen und sieben Jahre warten müssen.«
»Und der – der Schoner –« Scheldon hielt inne.
»Ja, was denn?«
»Sie werden mir nicht böse sein?« fragte er.
»Nein, nein, Geschäft ist Geschäft. Reden Sie weiter.«
»Sie – Sie wollen ihn selbst führen? - Als Schiffer, kurz gesagt – und nach Malaita zum Werben fahren?«
»Gewiß! Einen Kapitän können wir uns sparen. Wir schließen einfach einen Vertrag, der Ihnen das Gehalt eines Verwalters und mir das eines Kapitäns sichert. Im übrigen: Wenn sie mich nicht zum Teilhaber wollen, so würde ich Pari-Sulay kaufen, mir ein viel kleineres Fahrzeug anschaffen und alles allein machen. Was ist das für ein Unterschied?«
»Der größte, den man sich überhaupt denken kann. Wenn Sie Pari-Sulay kauften, würden Sie ganz unabhängig sein. Sie könnten Kannibalin werden, ohne daß ich etwas dabei tun könnte. Auf Berande aber würden Sie meine Teilhaberin sein, und dann wäre ich verantwortlich. Natürlich könnte ich Ihnen als meiner Teilhaberin nicht erlauben, Kapitän eines Werbeschiffes zu werden. Das ist etwas, das ich weder meiner Schwester noch meiner Frau erlauben könnte.«
»Aber ich werde ja, Gott sei Dank, nicht Ihre Frau, sondern nur Ihr Teilhaber.«
»Ach, das ist ja alles Unsinn«, fuhr er hartnäckig fort. »Stellen Sie sich

doch die Situation vor: ein Mann und eine Frau, beide jung, als Teilhaber auf einer entlegenen Plantage! Es gäbe nur einen Ausweg, daß ich Sie heirate.«

»Ich habe Ihnen einen geschäftlichen Vorschlag gemacht und keinen Heiratsantrag«, unterbrach sie ihn kühl und ärgerlich, »ich möchte nur wissen, ob es irgendwo in der Welt einen Mann gibt, der mich als Kameraden ansehen würde.«

»Aber Sie sind und bleiben doch eine Frau«, begann er, »und da gibt es eben gewisse Gesetze, gewisse Gefühle für –«

Sie sprang auf und stampfte mit dem Fuß. »Wissen Sie, was ich jetzt am liebsten sagen möchte?«

»Ja«, lächelte er. »Am liebsten möchten Sie sagen: Verwünschte Weiberröcke.«

Sie nickte. »Gerade das wollte ich sagen. Aber aus Ihrem Munde klingt es so anders, so, als ob Sie selbst davon überzeugt wären und als ob Sie es auch in bezug auf mich so meinen. Schön! Jetzt gehe ich schlafen; aber bitte, denken Sie über meinen Vorschlag nach, und geben Sie mir morgen früh Bescheid. Es hat jetzt keinen Zweck, noch weiter darüber zu reden. Sie ärgern mich. Wissen Sie, daß Sie feige und selbstsüchtig sind? Sie fürchten sich vor dem, was andere Narren sagen könnten. So triftig Ihre Gründe auch sein mögen, wenn andere Ihre Handlungsweise kritisieren, sind Ihre Gefühle verletzt. Sie denken eben mehr an Ihre eigenen Empfindungen als an die meinen. Und obendrein, da Sie nun einmal ein Feigling sind – alle Männer sind im Herzen Feiglinge –, bemänteln Sie Ihre Feigheit noch damit, daß Sie sie Ritterlichkeit nennen. Ich danke dem Himmel, daß ich nicht als Mann geboren bin! Gute Nacht! Denken Sie über die Sache nach, und seien Sie kein Narr. Was Berande not tut, ist amerikanischer Schwung. Sie wissen nicht, was das heißt. Sie sind ein schlechter Geschäftsmann. Dazu sind Sie auch entkräftet, während ich mit frischen Kräften den Kampf mit dem Klima aufnehmen kann. Nehmen Sie mich zum Teilhaber, und Sie sollen sehen, wie ich die Salomons auf den Kopf stellen werde. Gestehen Sie nur, daß ich Sie schon ein bißchen aufgerüttelt habe.«

»Das will ich meinen. Das haben sie wirklich getan. Noch nie in meinem Leben habe ich eine solche Zurechtweisung erfahren. Wenn mir jemand erzählt hätte, daß ich je in eine solche Lage kommen würde – ja, ich gebe zu, daß Sie mir schon ganz gehörig zugesetzt haben.«

»Aber das ist doch gar nichts gegen das, was noch kommen wird«, versicherte sie ihm, als er aufstand und ihr die Hand reichte.

»Gute Nacht, und bitte, bitte, geben Sie mir morgen früh einen vernünftigen Bescheid.«

Die Logik der Jugend

»Ich möchte nur wissen, ob Sie einfach eigensinnig sind oder ob Sie tatsächlich gedenken, Pflanzer auf den Salomons zu werden«, sagte Scheldon am nächsten Morgen beim Frühstück.

»Ich wünschte, Sie könnten sich besser in meine Lage versetzen«, sagte Joan. »Sie haben mehr Vorurteile, als ich je bei einem Manne gefunden habe. Warum können Sie bei allem gesunden Menschenverstand und guten Willen nicht in Ihren Kopf bekommen, daß ich anders denke als die Frauen, die Sie kennen, und daß Sie mich demgemäß behandeln müssen. Sie sollten es eigentlich wissen. Ich habe meinen eigenen Schoner hierhergefahren, und zwar als Schiffer, wenn ich bitten darf! Ich kam hierher, um mir meinen Lebensunterhalt zu verdienen. Das wissen Sie. Ich habe es Ihnen oft genug erzählt. Es war der Plan meines Vaters, und ich führe ihn aus, gerade wie Sie versuchen, den Plan Ihres Hughie auszuführen. Mein Vater gedachte so lange zu segeln, bis er eine für seine Pflanzung geeignete Insel fand. Er starb, und ich segelte und segelte, bis ich hier landete. Jetzt –« sie zuckte die Achseln – »liegt der Schoner auf dem Meeresgrunde. Ich kann nicht weitersegeln, und deshalb bleibe ich hier. Und Pflanzer werde ich bestimmt.«

»Sehen Sie –«, begann er.

»Ich bin noch nicht beim Kern der Sache angelangt«, unterbrach sie ihn. »Wenn ich daran denke, wie ich mich von dem Augenblick an, als ich meinen Fuß auf Ihren Strand setzte, benommen habe, kann ich nicht sehen, daß ich Ihnen irgendwelche falschen Angaben über mich oder meine Absichten gemacht hätte. Vom ersten Augenblick an habe ich mich gegeben, wie ich bin, und Ihnen meine Absichten offen mitgeteilt. Und da erzählen Sie mir jetzt ganz ruhig, Sie wüßten nicht, ob ich wirklich Pflanzer werden wolle oder ob alles nur Eigensinn sei. Ich versichere Ihnen jetzt zum letztenmal, daß ich Pflanzer werden will, ob Sie Ihre Einwilligung dazu geben oder nicht. Wollen Sie mich zum Teilhaber?«

»Bedenken Sie aber auch, daß man mich für den närrischsten Kauz in der ganzen Südsee halten würde, wenn ich ein junges Mädchen wie Sie in Berande aufnähme?« fragte er.

»Nein, bestimmt nicht. Aber jetzt machen Sie sich schon wieder Sorgen,

was die Idioten und die Leute, die hinter allem etwas Schlechtes suchen, denken werden. Ich sollte meinen, Sie hätten auf Berande Selbstvertrauen gelernt, statt der moralischen Stütze eines jeden whiskysaufenden, belanglosen Südseevagabunden zu bedürfen.«
Er lächelte und sagte: »Ja, das ist das schlimmste. Man kann Ihnen nicht beikommen. Sie haben die Logik der Jugend, und die kann kein Mensch widerlegen. Die Erfahrungen des Lebens könnten es, aber für die hat die Logik der Jugend keinen Raum. Die Jugend muß eben versuchen, nach ihrer Logik zu leben. Das ist die einzige Möglichkeit, zu lernen und es besser zu machen.«
»Schaden könnte der Versuch doch nicht!« warf sie ein.
»Doch. Das ist es eben. Die Tatsachen werfen die Logik der Jugend stets über den Haufen und brechen ihr auch meistens das Herz. Es geht damit wie mit platonischer Freundschaft... und all solchen Dingen; in der Theorie sind sie schön und gut, aber verwirklichen lassen sie sich nicht. Ich habe auch einmal an diese Dinge geglaubt. Das ist der Grund, weshalb ich jetzt in den Salomons bin.«
Joan war ungeduldig. Er sah ein, daß sie ihn nicht verstehen konnte. Sie nahm das Leben so einfach. Es war nur die Jugend, die mit ihm stritt, die Jugend mit ihrer unbezwinglichen klaren Beweisführung. Sie besaß die Seele eines Knaben im Körper eines Weibes. Er blickte in ihr gerötetes, erregtes Gesicht, auf die dicken, um ihren Kopf gelegten Flechten, die sanfte Linie ihrer Gestalt, die deutlich durch das selbstverfertigte Kleid hindurchschimmerte, und in die Augen – knabenhafte Augen unter ruhigen, geraden Brauen. Er wunderte sich, warum ein Geschöpf, das so viele weibliche Reize besaß, durchaus nicht Weib sein wollte. Warum in aller Welt war sie nicht rothaarig, warum schielte sie nicht, warum hatte sie keine Hasenscharte?
»Angenommen, wir würden Teilhaber auf Berande«, sagte er und hatte bei dieser Aussicht ein Gefühl von Angst und Freude zugleich, »entweder würde ich mich in Sie verlieben oder Sie sich in mich. Das enge Zusammenleben ist gefährlich. Gerade das ist es meistens, was die Logik der Jugend über den Haufen wirft.«
»Wenn Sie glauben, daß ich in die Salomons gekommen sei, um zu heiraten –«, begann sie wütend. »In Hawaii gibt es bessere Männer. Wissen Sie, daß die Art, wie Sie andauernd auf demselben Gegenstand herumreiten, einen vorurteilslosen Zuhörer zu dem Glauben bringen könnte, daß Sie schmutzige Gedanken haben –«
Erschrocken hielt sie inne. Sein Gesicht war erst rot und dann blaß geworden, und zwar so plötzlich, daß sie erschrak. Er war offenbar höchst gereizt. Sie schlürfte den Rest ihres Kaffees, stand auf und sagte:

»Ich werde warten, bis Sie besserer Laune sind, ehe ich die Unterhaltung wieder aufnehme. So sind Sie nun. Sie werden immer gleich böse. Wollen Sie mitkommen zum Schwimmen? Wir haben gerade Flut.«
Wenn sie ein Mann wäre, würde ich sie nebst ihrem Boot, ihren Tahitianern, ihren Sovereigns und allem übrigen zum Teufel jagen – sagte er sich, als sie den Raum verlassen hatte. Aber das war es ja gerade: Sie war kein Mann, wohin sollte sie gehen, und was konnte ihr zustoßen?
Er sprang auf und zündete sich eine Zigarette an. Sein Blick fiel auf den Cowboyhut, der über ihrem Revolvergürtel an der Wand hing. Der ist auch mit schuld daran. Er wünschte nicht, daß sie fortginge. Alles in allem war sie ja noch nicht erwachsen. Deshalb war ihre Logik auch so verletzend. Es war zwar nur die Logik der Jugend, aber sie konnte zuzeiten recht unangenehm sein. Jedenfalls nahm er sich eines vor: sich nie wieder von ihr aus der Ruhe bringen zu lassen. Sie war ein Kind, und das mußte er berücksichtigen. Er seufzte schwer, aber warum mußte dieses Kind auch die Gestalt dieses Weibes haben!
Und während er noch auf ihren Hut starrte und grübelte, vergaß er die ihm angetane Kränkung und ertappte sich dabei, wie er sich selbst den Kopf zerbrach, um einen Ausweg zu finden, sie auf Berande behalten zu können. Eine Anstandsdame! Warum nicht? Mit dem nächsten Dampfer könnte er sie von Sydney kommen lassen. Er könnte – Ihr schallendes Gelächter scheuchte ihn aus seinen Träumen auf, und er trat in die Tür. Er sah sie den Weg zum Strande hinablaufen; zwei ihrer Seeleute, Papehara und Mahemémé, folgten ihr auf den Fersen mit scharlachroten Lendentüchern und mit Messern, deren bloße Klingen in ihren Gürteln blitzten. Das war wieder ein Beispiel ihres Eigensinns. Trotz seiner dringenden Bitten, Befehle und Warnungen vor Haifischen bestand sie darauf, zu jeder beliebigen Zeit zu schwimmen, und mit ganz besonderer Vorliebe, wie ihm schien, unmittelbar nach dem Essen. Er beobachtete sie, wie sie ins Wasser ging: wie ein Knabe mit einem Kopfsprung vom Ende der kleinen Anlegebrücke; und er beobachtete ferner, wie sie weit mit den Armen ausgriff und wie ihre Leibdiener je drei Meter von ihr entfernt neben ihr schwammen. Er hatte nicht viel Vertrauen zu der Fähigkeit der Leute, einen hungrigen Hai abzuwehren, wenn er auch überzeugt war, daß sie im Falle eines Angriffs tapfer ihr Leben für sie geben würden. Sie schwammen gerade hinaus, und ihre Köpfe wurden immer kleiner. Eine leichte, unruhige Dünung stand, und die drei Köpfe verschwanden immer häufiger dahinter. Er strengte die Augen an, um sie in Sicht zu behalten, und holte sich schließlich das Fernrohr auf die Veranda. Eine Bö kam von Florida herüber, aber sie und ihre Leute pflegten ja Böen und die durch sie verursachte weiße, hohe See zu verlachen.

Schwimmen konnte sie wirklich, das hatte er längst gemerkt. Sie hatte es in Hawaii gelernt. Aber Haie waren Haie, und er wußte von mehr als einem guten Schwimmer, der in einer Flutwelle ertrunken war.
Die Bö verdunkelte den Himmel, peitschte dort, wo er zuletzt die drei Köpfe gesehen, den Ozean zu weißem Schaum und vermengte Meer und Himmel durch einen wolkenbruchartigen Regen.
Die Bö schoß vorüber, und Berande tauchte in hellem Sonnenschein auf, zugleich mit den drei Schwimmern aus der See. Scheldon ging mit dem Glas ins Haus und beobachtete durch die Tür, wie sie den Weg zum Süßwasserschuppen heraufkam und ihr Haar herunterschüttelte.
Nachmittags brachte er auf der Veranda das Gespräch so vorsichtig wie möglich auf seinen Plan mit der Anstandsdame, indem er auf die Notwendigkeit hinwies, daß Berande eine Wirtschafterin brauche, um den Hausboys und dem Lager vorzustehen. Als er geendet hatte, wartete er ängstlich, was Joan dazu sagen würde.
»Sie sind also mit meiner Leitung des Haushaltes unzufrieden« war ihr erster Einwurf; dann winkte sie seinem Versuch einer Erklärung mit folgenden Worten ab: »Die Folge wäre entweder, daß ich unseren Teilhabervertrag für ungültig erklärte, fortginge und es Ihnen überließe, sich eine zweite Anstandsdame kommen zu lassen, um die erste zu bemuttern, oder ich würde die alte Henne im Boot hinausfahren und ersäufen. Bilden Sie sich wirklich ein, daß ich meinen Schoner bis zu diesem unzivilisierten Ende der Welt gefahren habe, um mich hier von einer Anstandsdame kuschen zu lassen?«
»Aber wirklich, wissen Sie, eine Anstandsdame ist ein notwendiges Übel«, entgegnete er.
»Wir sind bis jetzt ganz gut ohne sie ausgekommen. Hatte ich etwa auf der Miélé eine? Und doch war ich die einzige Frau an Bord. Es gibt dreierlei auf der Welt, vor dem ich Angst habe: Hummeln, Scharlach und Anstandsdamen. Ach, diese ewige bemutternden, bösartigen Ungeheuer, die überall ein Unrecht wittern, in der unschuldigsten Handlung eine Sünde sehen und dabei selbst zur Sünde verleiten, ja, zur Sünde verleiten durch ihre krankhafte Phantasie.«
»Puh!« Scheldon rückte in erheuchelter Furcht vom Tisch ab. »Sie brauchen sich keine Sorge um Ihre Existenz zu machen; wenn Sie kein Glück als Pflanzer haben, können Sie es als Schriftsteller versuchen und Tendenzromane schreiben.«
»Ich glaube nicht, daß ich in den Salomons Leser finden würde«, gab sie zurück. »Höchstens Ihre Tugendwächterin.«
Er zuckte zusammen, aber Joan sprach weiter mit der offenen Rücksichtslosigkeit der Jugend.

»Als ob etwas nur gut wäre, wenn es bewacht und an Händen und Füßen gefesselt werden müßte, um sich gut zu erhalten. Sie scheinen mich ja so einzuschätzen, das beweist Ihr Wunsch nach einer Anstandsdame. Ich ziehe es vor, aus eigenem Antrieb gut zu sein und nicht, weil eine alte Schachtel mit Argusaugen mir keine Gelegenheit gibt, schlecht zu werden.«

»Aber das – das ist es ja nicht«, warf er ein. »Es handelt sich darum, was andere denken.«

»Die mögen denken, was sie wollen, diese Mucker. Aber das kommt daher, daß Männer wie Sie gerade diese Mucker fürchten, ihnen die Macht zugestehen, Ihre Handlungen zu beurteilen.«

»Ich fürchte, Sie sind ein weiblicher Shelley«, erwiderte er, »und als solcher bringen Sie mich wirklich dazu, Sie als Teilhaber zu nehmen, nur um Sie zu beschützen.«

»Wenn Sie es nur darum tun wollen, will ich überhaupt nicht Ihr Teilhaber werden. Dann zwingen Sie mich, Pari-Sulay doch zu kaufen.«

»Um so mehr Grund –«, versuchte er einzuwerfen.

»Wissen Sie, was ich tun werde?« fragte sie. »Ich werde einen Mann in den Salomons suchen, der nicht den Wunsch hat, mich zu beschützen.«

Scheldon konnte den Schrecken, den ihre Worte in ihm hervorriefen, nicht verbergen.

»Das meinen Sie doch nicht so, nicht wahr?« fragte er.

»Doch, wirklich. Ich habe das Gerede von Beschützung herzlich satt. Vergessen Sie doch nicht, daß ich ganz allein imstande bin, für mich zu sorgen. Und dazu habe ich acht der besten Beschützer der Welt – meine Seeleute.«

»Sie hätten tausend Jahre früher leben sollen«, lachte er, »oder tausend Jahre später. Sie sind sehr primitiv und hypermodern dazu. Das zwanzigste Jahrhundert hat keinen Raum für Sie.«

»Aber die Salomons. Als ich herkam, lebten Sie wie ein Wilder – Sie aßen nur Büchsenfleisch und Brot, das den Magen eines Kamels ruiniert hätte. Schön. Das habe ich auch geändert, und da wir Teilhaber sein werden, bleibt es dabei. Sie werden nicht an Unterernährung zugrunde gehen, dessen können Sie sicher sein.«

»Wenn wir eine Teilhaberschaft eingehen«, erklärte er, »müssen Sie sich vollkommen klar darüber sein, daß Sie den Schoner nicht führen dürfen. Sie können nach Sydney fahren und dort einen Schoner kaufen, aber einen Kapitän müssen wir haben.«

»Und mehr Kosten. Und höchstwahrscheinlich einen whiskysaufenden, unfähigen, unzurechnungsfähigen Menschen obendrein. Zudem werde ich mehr Geschäftsinteresse haben als ein Mann, den wir anstellen. Ich

wiederhole Ihnen, daß ich es mit jedem heruntergekommenen Kapitän oder hochgekommenen Matrosen in der Südsee aufnehmen kann.«
»Aber wenn Sie auch mein Teilhaber sind«, sagte er kühl, »so bleiben Sie dennoch eine Dame.«
»Sie wollen mir also erzählen, daß meine Pläne sich nicht für eine Dame schicken – vielen Dank!«
Mit Tränen in den Augen vor Ärger stand sie auf und trat zum Grammophon. »Ich möchte nur wissen, ob alle Männer sich so lächerlich benehmen wie Sie«, sagte sie. Er zuckte die Achseln und lächelte. Erörterungen waren zwecklos – das hatte er schon gelernt; und er war entschlossen, sich nicht aus der Ruhe bringen zu lassen. Und ehe der Tag zur Neige ging, hatte sie nachgegeben. Sie sollte mit dem nächsten Dampfer nach Sydney fahren, einen Schoner kaufen und mit einem Kapitän wiederkommen. Sie entlockte Scheldon noch die Zustimmung, daß sie selbst gelegentliche Fahrten zwischen den Inseln unternehmen könnte, als aber die Rede auf eine Werbefahrt nach Malaita kam, war er hart wie Diamant. Das war und blieb verboten.
Und als alles vorüber und – auf ihr Drängen – ein kurzer, geschäftsmäßiger Vertrag aufgesetzt und unterzeichnet war, lief Scheldon eine volle Stunde auf und ab und dachte darüber nach, was für eine Dummheit er gemacht hatte. Die Situation war unmöglich und doch nicht mehr als die bisherige und auch nicht mehr als die, welche eingetreten wäre, wenn sie auf eigene Faust losgezogen wäre und Pari-Sulay gekauft hätte. Nie hatte er eine selbständigere Frau gesehen, die einen Beschützer so nötig gehabt hätte wie dieses knabenhafte Mädchen, das mit acht malerischen Wilden, einem langläufigen Revolver, einem Sack voll Geld und einem ganzen Ballen von Romantik und Abenteuern auf einer Insel gelandet war. Nie hatte er etwas Derartiges gelesen. Die Romanschreiber wurden, wie gewöhnlich, durch die Wirklichkeit übertrumpft. Die ganze Geschichte war zu unsinnig, um wirklich wahr zu sein.
Scheldon nagte nervös an seinem Schnurrbart und rauchte eine Zigarette nach der andern. Satan, der von einem Streifzug durch das Grundstück zurückgekehrt war, lief auf ihn zu und berührte mit der kalten feuchten Nase seine Hand. Scheldon streichelte dem Tier die Ohren, warf sich dann auf einen Stuhl und lachte herzlich. Was würde der Regierungskommissar der Salomons denken? Und dabei freute er sich, daß die Teilhaberschaft zustande gekommen war, und bedauerte im selben Augenblick wieder, daß Joan Lackland überhaupt ihren Weg nach dem Salomons gelenkt hatte.
Dann ging er hinein und betrachtete sich in einem Handspiegel. Lange studierte er sinnend und verwundert sein Spiegelbild.

Die Martha

Am nächsten Morgen waren sie nach dem Frühstück in eine Partie Billard vertieft, als Viaburi hereintrat und verkündete: »Großer fella Schoner ganz nahe.«

Er hatte noch nicht ganz ausgesprochen, als sie schon das Rasseln der Ankerkette durch das Klüsgatt hörten und von der Veranda aus einen großen, schwarz gestrichenen Schoner sahen, der um den Anker, der gerade gefaßt hatte, schwojte.

»Das ist ein Yankee. Sehen Sie den Bug, den ovalen Spiegel! – Hab' ich's nicht gesagt!« rief Joan, als das Sternenbanner zur Mastspitze emporstieg.

Auf Scheldons Anweisung hißte Noah-Noah den Union Jack am Flaggenmast.

»Was will denn ein amerikanisches Schiff hier unten?« fragte Joan. »Es ist keine Jacht, aber ich wette, daß sie segeln kann. Halt! Sehen Sie den Namen? Wie heißt sie?«

»Martha, San Franzisko«, las Scheldon durch das Glas. »Das ist der erste Yankee, von dem ich je in den Salomons gehört habe. Nun, wer sie auch sein mögen, so kommen sie doch jedenfalls an Land. Und wahrhaftig, sehen Sie die Leute an den Riemen. Es ist eine ganz weiße Besatzung. Was mag die hierherführen?«

»Das sind keine richtigen Seeleute. Ich würde mich schämen, wenn meine Schwarzen so ruderten. Sehen Sie den Burschen im Bug – ich glaube, der fühlt sich auf einem Pferd mehr zu Hause.«

Die Bootsbesatzung zerstreute sich, neugierig umherblickend, am Strand, während die beiden Männer, die achtern gesesen hatten, die Pforte öffneten und den Weg zum Bungalow heraufschritten. Der eine, ein hochgewachsener schlanker Mann, trug einen weißen Anzug, der fast wie eine Uniform aussah; der andere war in einem unbeschreiblichen Aufzug, der sich ebensogut für die See wie für das Land geeignet hätte, jetzt aber unangenehm warm sein mußte; er watschelte und schlenkerte wie ein übernatürlich großer Affe. Um die Ähnlichkeit noch größer zu machen, war sein Gesicht mit dichten, roten Haarstoppeln übersät, und die kleinen Augen blickten scharf und unruhig.

Scheldon, der ihnen bis zur Treppe entgegengegangen war, stellte sie Joan vor. Der Bärtige, der wie ein Schotte aussah, trug den deutschen Namen von Blix und sprach mit stark amerikanischem Akzent. Der große Mann in dem gut sitzenden Anzug, der sich unter dem englischen Namen Tudor – John Tudor – vorstellte, sprach, abgesehen vielleicht von einem kaum merklichen deutschen Akzent, ein reines Englisch, wie jeder gebildete Amerikaner es spricht. Joan dachte, daß der kurze, deutsch aussehende Schnurrbart, der den Mund und die vollen roten Lippen nicht verbarg, dazu beitragen mochte, daß man seinen Akzent bemerkte. Seinem Gesicht verliehen eine gewisse Härte und Strenge einen kühnen Zug.

Von Blix war derb und bäurisch, Tudor jedoch war gewandt in Bewegungen, Blicken und Worten. Seine blauen Augen funkelten und blitzten, seine scharf geschnittenen Züge spiegelten seine innersten Empfindungen, er sprudelte vor Leben, und sein leisestes Lachen schien natürlich und echt zu sein. Aber zunächst sprach er nur wenig, denn von Blix erzählte ihre Geschichte und ihr Vorhaben. Sie waren auf der Suche nach Gold. Er war der Leiter und Tudor seine rechte Hand. Alle andern – im ganzen achtundzwanzig – waren in verschiedener Höhe an dem Unternehmen beteiligt, einige waren Seeleute, die meisten aber Goldgräber, aus allen Minen von Mexiko bis zum Eismeer zusammengetrommelt. Es war die alte, nie sterbende Sucht nach Gold, die sie nach den Salomons getrieben hatte. Ein Teil von ihnen sollte unter Führung Tudors den Balesuna hinaufgehen und in das gebirgige Innere von Guadalcanar eindringen, während die Martha unter von Blix nach Malaita segelte, um dort eine ähnliche Expedition zu unternehmen. »Und dazu«, sagte von Blix, »brauchen wir einige Schwarze. Können Sie uns welche geben?«

»Wir zahlen natürlich dafür«, fiel Tudor ein. »Sie brauchen nur zu sagen, was Sie haben wollen. Sie selbst zahlen ihnen sechs Pfund jährlich, nicht wahr?«

»Vor allem können wir keinen Schwarzen entbehren«, antwortete Scheldon. »Wir haben selbst nicht genug für die Pflanzung.«

»Wir?« fragte Tudor schnell. »Dann sind Sie eine Firma oder eine Handelsgesellschaft. Ich verstand in Guvutu, daß Sie allein wären und Ihren Teilhaber verloren hätten.«

Scheldon wies mit dem Kopf auf Joan, und als er jetzt sprach, fühlte sie, daß er etwas förmlicher geworden war.

»Fräulein Lackland hat sich an der Plantage beteiligt. Um aber auf die Leute zurückzukommen: Wir können keinen entbehren, und außerdem würden sie Ihnen nur von geringem Nutzen sein. Sie würden sie nicht dazu bringen können, Sie über Binu hinaus zu begleiten, das keinen halben Tag Bootsfahrt von hier entfernt ist. Es sind Malaitaner, und sie fürchten, gefressen zu werden. Sie würden Sie bei der ersten Gelegenheit im Stich lassen. Sie könnten zwar für einen weiteren Weg durch das Grasland Binu-Leute bekommen, aber die würden an der ersten Hügelkette auch umkehren. Die haben ebenfalls keine Neigung, sich fressen zu lassen.«

»Ist es denn wirklich so schlimm?« fragte von Blix.

»Das Innere von Guadalcanar ist noch gänzlich unerforscht«, erklärte Scheldon, »die Buschleute sind so wild, wie man es heute auf der ganzen Welt nicht mehr findet. Ich selbst habe noch keinen gesehen. Ich kenne auch keinen Menschen, der je einen gesehen hätte. Sie kommen nie an die Küste herunter, und nur gelegentlich wird ein Eingeborener von der Küste, der sich zu weit ins Innere gewagt hat, von einer umherstreifenden Bande aufgefressen. Niemand weiß etwas von ihnen. Sie kennen nicht einmal Tabak. Die österreichische Expedition – Gelehrte – drang teilweise bis in Innere vor, ehe sie aufgerieben wurde. Das Denkmal steht einige Meilen vom Strand entfernt. Nur einer kam zur Küste zurück und erzählte die Geschichte. Und das ist alles, was ich oder sonst jemand vom Innern von Guadalcanar weiß.«

»Aber Gold – haben Sie je etwas von Gold gehört?« fragte Tudor ungeduldig. »Wissen Sie etwas über das Vorkommen von Gold?«

Scheldon lächelte, während seine beiden Besucher gespannt an seinen Lippen hingen.

»Wenn Sie den Balesuna zwei Meilen weit hinaufgehen, können Sie aus dem Kies Gold waschen. Ich habe es oft getan. Zweifellos gibt es in den Bergen Gold.«

Tudor und von Blix sahen sich triumphierend an. »Dann war also die Erzählung des alten Wheatsheaf doch wahr«, sagte Tudor, und von Blix nickte. »Und wenn es mit Malaita ebenso ist –« Tudor brach ab und blickte auf Joan.

»Die Erzählung dieses alten Bummlers hat uns hergebracht, von Blix befreundete sich mit ihm und erfuhr das Geheimnis.« Er wandte sich zu Scheldon. »Ich glaube beweisen zu können, daß lange vor der österreichischen Expedition Weiße in das Innere von Guadalcanar gedrungen sind.« Scheldon zuckte die Achseln.

»Hier haben wir nie etwas davon gehört«, sagte er einfach. Dann wandte er sich zu von Blix: »Wie gesagt, die Leute von hier können Sie nicht weiter als bis nach Binu gebrauchen. Ich will Ihnen so viele, wie Sie wünschen, bis dort zur Verfügung stellen. Wie viele sind Sie, und wann wollen Sie aufbrechen?«

»Zehn«, sagte Tudor. »Neun Mann und ich selbst.«
»Und sie sollen möglichst übermorgen aufbrechen«, sagte von Blix. »Die Boote könnten schon heute nachmittag zusammengesetzt, morgen könnte die Ausrüstung verteilt und verpackt werden. Und was die Martha betrifft, Herr Scheldon, so würde ich heute nachmittag die Sachen an Land schaffen und bei Sonnenuntergang abfahren.«
Als die beiden Männer wieder zu ihren Booten hinabgingen, blickte Scheldon Joan spöttisch an.
»Da haben Sie Romantik«, sagte er, »und Abenteuer – Goldjagd unter Kannibalen.«
»Das wäre ein Titel für ein Buch«, rief sie aus. »Oder noch besser ›Goldjagd unter Kopfjägern‹, oh, das würde Absatz finden.«
»Tut es Ihnen nicht leid, daß Sie Pflanzer geworden sind?« sagte er. »Stellen Sie sich vor, daß Sie an einem solchen Abenteuer teilnähmen.«
»Von Blix würde jedenfalls nicht so viel Aufhebens davon machen, wenn ich mich ihm auf der Fahrt nach Malaita anschlösse«, erwiderte sie.
»Er würde sicher sofort darauf eingehen.«
»Was halten Sie von ihm?« fragte sie.
»Nun, gegen den alten Blix habe ich nichts einzuwenden. Er ist in seiner Art schon vertrauenswürdig; aber Tudor ist mir zu flatterhaft – zu oberflächlich, wissen Sie. Wenn ich je auf einer verlassenen Insel scheitern sollte, dann würde ich es lieber in von Blix' Gesellschaft tun.«
»Das verstehe ich nicht ganz, was haben Sie gegen Tudor?«
»Erinnern Sie sich an Brownings ›Letzte Herzogin‹?«
Sie nickte.
»Nun, bei Tudor muß ich an sie denken.«
»Aber sie ist doch entzückend.«
»Das ist sie. Aber sie ist eine Frau, und von einem Mann erwartet man etwas anderes, mehr Selbstbewußtsein, wissen Sie, Zurückhaltung und Überlegung. Ein Mann muß gründlicher sein, gesetzter und weniger unbeständig. Ein Mann von der Art Tudors fällt mir auf die Nerven. Ich verlange von einem Mann mehr Ruhe.«
Joan fühlte, daß sie diesem Urteil nicht ganz beipflichten konnte; und irgendwie begriff Scheldon ihre Empfindung und war bestürzt. Er erinnerte sich, wie ihre Augen geglänzt, als sie mit den Gästen geplaudert hatten – Donnerwetter! Werde ich etwa eifersüchtig? fragte er sich. Überhaupt, warum sollen ihre Augen nicht glänzen? Was geht es mich an?
Ein zweites Boot war ausgesetzt worden, und die Ausrüstung für die Landabteilung wurde eiligst ausgeschifft. Ein Dutzend Mann von der Besatzung setzte die Faltboote am Strand zusammen. Sie hatten fünf

dieser Fahrzeuge, schlank und schmal, mit ausgebuchteten Seitenwänden und merkwürdig lang. Jedes von ihnen war mit drei Paddeln und mehreren eisenbeschlagenen Stangen ausgerüstet.
»Ihr scheint auf Flüssen Bescheid zu wissen«, sagte Scheldon zu einem der Leute.
Der Mann spie seinen Tabaksaft auf den weißen Sand und erwiderte: »Wir benützen sie in Alaska. Sie sind nach dem Muster der Yukon-Stechboote gebaut und sind einzig in ihrer Art, darauf können Sie sich verlassen. Der Bach hier ist eine Kleinigkeit im Vergleich mit den Strömen im Norden. Jedes dieser Boote kann fünfhundert Pfund laden, und zwei Mann können es so schnell vorwärts bringen, daß Sie sich wundern würden.«
Bei Sonnenuntergang lichtete die Martha die Anker und ging in See, wobei sie die Flagge hißte und mit einer Signalkanone salutierte. Am Flaggenmast ging der Union Jack auf und nieder, und Scheldon erwiderte den Gruß mit seiner Bronzesignalkanone. Die Goldsucher schlugen ihre Zelte auf dem Grundstück auf und kochten am Strande ab, während Tudor mit Joan und Scheldon das Abendessen einnahm.
Ihr Gast schien überall gewesen zu sein, alles gesehen und alle getroffen zu haben. Und ermuntert durch Joan, sprach er hauptsächlich von seinen eigenen Abenteuern. Er war ein Abenteurer von reinstem Wasser und seinen eigenen Angaben nach von Geburt an zu Abenteuern bestimmt. Er stammte aus einer alten Neu-England-Familie, sein Vater war Generalkonsul in Deutschland gewesen, und dort war er geboren und hatte seine erste Erziehung sowie seinen Akzent erhalten. Dann hatte er, noch ein Knabe, seinen Vater nach der Türkei und später nach Persien begleitet, wo sein Vater Gesandter geworden war.
Tudor war sein ganzes Leben unterwegs gewesen, und mit viel Humor und lebendiger Darstellungskraft sprang er von einer Episode zur andern, von einem Ort zum andern. Er erzählte seine Erlebnisse nicht, weil es die seinen waren, sondern wegen ihrer besonderen Eigenart, wegen eines ungewöhnlichen Vorfalls, einer lächerlichen Situation. Er hatte südamerikanische Revolutionen mitgemacht, war Reiter auf Kuba gewesen, Kundschafter in Südafrika, Kriegsberichterstatter im Russisch-Japanischen Krieg. Er war mit Hundeschlitten über den gefrorenen Klondike gezogen, hatte aus dem Sand in Nome Gold gewaschen und in San Franzisko eine Zeitung herausgegeben. Der Präsident der Vereinigten Staaten war sein Freund. Er war überall zu Hause, in den Klubs von London und auf dem Kontinent, im Grand Hotel in Yokohama wie in jedem andern Ort auf der ganzen Welt. Er hatte Großwild in Siam gejagt, Perlen in den Paumotus gefischt, Tolstoi besucht, die Passions-

spiele gesehen, die Anden auf Maultieren überquert; dazu war er ein lebendiges Adreßbuch der Fieberlöcher in Westafrika.
Scheldon lehnte sich auf seinem Stuhl auf der Veranda zurück, schlürfte seinen Kaffee und hörte zu. Unwillkürlich wurde er durch den Zauber dieses Mannes, der ein so wechselreiches Leben hinter sich hatte, eingesponnen und fühlte sich doch nicht recht behaglich. Es schien ihm, als ob der Mann sich ganz besonders an Joan wandte. Seine Worte und sein Lächeln waren gleicherweise an sie beide gerichtet, und doch war Scheldon sicher, daß sich die Unterhaltung, wenn Joan nicht dabeigewesen wäre, um andere Dinge gedreht hätte. Tudor hatte die Wirkung seiner Worte auf Joan beobachtet, packte absichtlich seine Erinnerungen aus und verstrickte sie in den Zauber der Romantik. Scheldon bemerkte ihre gespannte Aufmerksamkeit, hörte ihr natürliches Lachen, ihre schnellen Fragen und treffenden Bemerkungen, und er spürte innerlich das erwachende Bewußtsein, daß er sie liebte.
Aus diesem Grunde war er sehr schweigsam und beinahe traurig und empfand zeitweilig eine gewisse Gereiztheit gegen seinen Gast; er überlegte sogar, inwieweit die Erzählungen Tudors wahr sein mochten und ob sie erwiesen oder widerlegt werden könnten. In diesem Augenblick erschien, als hätte ein geschickter Regisseur die Szene vorbereitet, Utami auf der Veranda, um Joan zu melden, daß sich in der Falle, die ihre Leute kürzlich für sie gebaut hatten, ein Krokodil gefangen hätte. Tudor zündete sich gerade eine Zigarette an, und sein Gesicht, das von dem Streichholz beleuchtet wurde, lenkte die Aufmerksamkeit Utamis auf sich. Der Tahitianer vergaß seinen Bericht.
»Hallo, Tudor«, sagte er mit einer Vertraulichkeit, die Scheldon überraschte. Die Hand des Polynesiers streckte sich aus, und Tudor schüttelte sie, ihm ins Gesicht sehend.
»Wer bist du?« fragte er. »Ich erkenne dich nicht.«
»Utami.«
»Und wer, zum Kuckuck, ist Utami? Wo habe ich dich je getroffen, Mann?«
»Du nicht vergessen die Huahine?« sagte Utami vorwurfsvoll. »Letztes Mal segeln.«
Jetzt ergriff Tudor die Hand des Tahitianers zum zweitenmal und schüttelte sie herzlich.
»Von der letzten Fahrt der Huahine kam nur ein Knabe zurück, und der hieß Joe. Hol mich der Teufel, Mann, ich freue mich, dich wiederzusehen, wenn ich deinen neuen Namen auch noch nie gehört habe.«
»Ja, jedermann sprechen mich Joe auf der Huahine. Utami mein Name, alle Zeit derselbe.«

»Aber was treibst du hier?« fragte Tudor, die Hand des Seemanns loslassend und sich neugierig vorbeugend.

»Mich segeln auf Missie Lackalanna ihr Schoner Miélé. Wir gehen Tahiti, Raiatea, Tahaa, Bora-Bora, Manua, Tutuila, Apia, Savaii und Fidschiinseln. Viel Fidschiinseln. Mich bleiben bei Missie Lakalanna in Salomons. Sehr bald holen ander Schoner.«

»Wir beide waren die einzigen Überlebenden beim Schiffbruch der Huahine«, erklärte Tudor den andern. »Als wir von Huapa abfuhren, waren wir siebenundfünfzig an Bord, und Joe und ich sind die einzigen, die je wieder den Fuß ans Land gesetzt haben. Das war zu der Zeit, als ich Perlen fischte.«

»Und das hast du mir nie erzählt, Utami, daß du in einem Orkan Schiffbruch erlitten hast«, sagte Joan vorwurfsvoll.

Der große Tahitianer wandte sich ihr mit einem gewinnenden Lächeln zu.

»Mich denken nicht das alles«, sagte er.

Er machte eine halbe Wendung, um anzudeuten, daß es Zeit für ihn zum Gehen war, wenn er auch gern noch geblieben wäre.

»Schon gut, Utami«, sagte Tudor, »ich werde dich morgen früh aufsuchen, um mit dir zu plaudern.«

»Er rettete mir das Leben, der Bengel«, erklärte Tudor, als der Tahitianer mit wuchtigen, aber doch elastischen Schritten die Stufen hinunterschritt.

»Schwimmen kann der, nie in meinem Leben habe ich einen besseren Schwimmer gesehen.«

Dann erzählte Tudor auf Joans dringenden Wunsch von dem Schiffbruch der Huahine, während Scheldon rauchte und sann und schließlich zu dem Schluß kam, daß dieser Mann, welche Fehler er auch haben mochte, zum mindesten kein Lügner war.

Eine Frage der Erziehung

Ein Tag nach dem andern verging, ohne daß Tudor Neigung zu verspüren schien, das gastfreundliche Berande zu verlassen. Alles war für die Abreise bereit, aber er blieb immer noch und widmete seine ganze Zeit Joan, was die Abneigung, die Scheldon gegen ihn empfand, noch vermehrte.

Er ging mit ihr täglich schwimmen und übertraf sie noch an Unbesonnenheit; er schoß mit ihr die Fische, tauchte dabei zwischen die hungrigen Grundhaie und kämpfte mit ihnen um den Besitz der betäubten Beute, bis er die Anerkennung aller Tahitianer erntete. Arahu forderte ihn heraus, einen Fisch aus den Kiefern eines Haies zu reißen, wobei er diesem eine Hälfte lassen und die andere selbst an die Oberfläche bringen sollte; und Tudor vollbrachte diese Heldentat, bei der ein leichter Schlag von der rauhen Haut des erstaunten Haies mehrere Zoll von seiner Schulterhaut abriß. Jaon war entzückt, während Scheldon, der zusah, sich klarmachte, daß hier der Held ihrer Abenteuerträume zur Wirklichkeit geworden war. Zwar machte sie sich nichts aus Liebe, aber wenn sie je lieben sollte, das fühlte er, so mußte es ein solcher Mann sein – »ein Mann, der etwas aus sich zu machen verstand«, wie er sich sagte.

Er fühlte sich in den Hintergrund gedrängt von Tudor, der die Gabe hatte, alle seine Eigenschaften ins rechte Licht zu stellen. Scheldon war selbst ein tapferer Mann, ohne daß er es jedoch für nötig befunden hätte, dies zu erwähnen. Er wußte, daß er genau wie der andere zwischen die Grundhaie tauchen würde, wenn es ein Leben zu retten gälte, aber das rechtfertigte für ihn nicht das tollkühne Tauchen zwischen die Haie, nur wegen der Hälfte eines Fisches. Der Unterschied zwischen ihnen war, daß er sein Schaufenster verhängt hatte. Das Leben pulste stetig und still in ihm, und es lag nicht in seiner Art, auf der Oberfläche Schaum aufzuwirbeln, daß die Welt es bemerkte, und die erstaunlichen Darstellungen des anderen übten auf ihn nur die Wirkung aus, daß er sich noch mehr in sich selbst zurückzog und dichter als je in die matte, stoische Ruhe seiner Rasse hüllte.

»Sie sind so stumpfsinnig seit ein paar Tagen«, beklagte sich Joan. »Man möchte fast glauben, Sie wären krank, böse oder sonst etwas. Sie scheinen nichts im Kopfe zu haben als schwarze Arbeiter und Kokosnüsse. Was ist denn los?«

Scheldon lächelte nur und wurde noch stiller, während er zuhörte, wie Joan und Tudor die Theorie der starken Hand erörterten, durch die der Weiße das Leben der niederen Rassen lenkte. Beim Zuhören wurde es Scheldon wie durch eine Offenbarung klar, daß es gerade das war, was er tat. Die beiden philosophierten darüber, er aber erlebte es, indem er die starke Hand seiner Rasse fest auf die Schulter der Niederen legte, die auf Berande arbeiteten oder die Plantage von außen bedrohten. Aber weshalb darüber sprechen? fragte er sich. Es genügte, es zu tun, und damit fertig.

Er äußerte dies trocken und ruhig und wurde sofort in einen Wortwechsel verwickelt, bei dem Joan und Tudor geschlossen gegen ihn standen und so erstaunliche Vorwürfe gegen die englische Selbstbeherrschung und Zurückhaltung, auf die er im geheimen stolz war, erhoben, wie er es nie für möglich gehalten hatte.

»Der Yankee redet viel über das, was er tut oder getan hat«, sagte Tudor, »und wird deshalb von dem Engländer von oben herab als Prahlhans angesehen. Aber der Yankee ist das reine Kind. Er versteht gar nicht, wirkungsvoll zu prahlen. Er redet von seinen Taten, das ist richtig, aber der Engländer übertrumpft ihn, indem er nicht darüber redet. Wenn es heißt, daß der Engländer nicht prahlt, so ist das schließlich weiter nichts als nur eine feinere Form der Prahlerei. Es ist wirklich komisch, wie Sie zugeben werden.«

»Ich habe noch nie darüber nachgedacht«, fiel Joan ein.

»Gewiß – ein Engländer kann schreckliche Heldentaten ausführen und ist hinterher bescheiden und zurückhaltend, lehnt es ab, überhaupt darüber zu sprechen, und durch dieses Schweigen deutet er eben an: Solche Sachen mache ich jeden Tag, das ist ebenso leicht wie das Abrollen einer Logleine. Sie sollten erst sehen, welche wahren Heldentaten ich vollbringen könnte, wenn ich nur Gelegenheit dazu hätte. Aber diese Kleinigkeit – an der kann ich wirklich nichts Bemerkenswertes oder Ungewöhnliches sehen. Ich wünschte nur, alle meine und Ihre Freunde würden einmal davon hören, daß ich bei einer Pulverexplosion in die Luft flog oder hundert Menschenleben rettete. Dann würde ich stolzer als Luzifer sein. Gestehen Sie, Herr Scheldon, haben Sie nicht auch innerlich ein stolzes Gefühl, wenn Sie etwas Kühnes oder Nützliches getan haben?«

Scheldon nickte.

»Nun«, drängte sie weiter, »Sie verbergen diesen Stolz unter einer Maske sorgloser Gleichgültigkeit – ist das nicht gleichbedeutend mit einer Lüge?«

»Ja, das ist es«, gab er zu. »Aber wir sagen doch täglich solche Lügen. Es ist eine Frage der Erziehung, und die Engländer sind eben besser erzogen, das ist alles. Mit der Zeit werden Ihre Landsleute eine ebenso gute Erziehung besitzen; der Yankee ist, wie Tudor sagte, noch jung.«
»Gott sei Dank!« rief Joan. »Bis zu diesen Lügen haben wir es noch nicht gebracht.«
»O doch«, sagte Scheldon schnell. »Erst vor wenigen Tagen taten Sie es. Erinnern Sie sich, wie Sie am Laternenpfahl hochkletterten? Ihr Gesicht war die verkörperte Lüge.«
»Das war etwas ganz anderes.«
»Gestatten Sie einen Augenblick«, fuhr er fort. »Ihr Gesicht war so ruhig und friedlich, als wenn Sie in einem Liegestuhl ruhten; sah man Ihr Gesicht an, so konnte man folgern, daß es etwas ganz Alltägliches für Sie wäre, das Gewicht Ihres Körpers Hand um Hand an einem Tau hochzuziehen, etwas, das ebenso leicht wäre wie das Abrollen einer Logleine. Und erzählen Sie mir nicht, Fräulein Lackland, daß Sie keine Gesichter geschnitten haben, als Sie das erstemal versuchten, an einem Tau hochzuklettern. Aber Sie haben diese Periode wie jeder Zirkusakrobat durch Übung überwunden. Sie haben Ihr Gesicht dazu erzogen, Ihre Empfindungen und die gewaltigen Anstrengungen, die Ihre Muskeln vollbrachten, zu verbergen. Es war, um mit Herrn Tudor zu sprechen, eine feinere Äußerung körperlicher Tapferkeit. Und darauf beruht eben unsere englische Selbstbeherrschung – sie ist lediglich eine Frage der Erziehung. Gewiß, wir sind innerlich stolz auf die Dinge, die wir tun oder getan haben – stolz wie Luzifer, ja noch stolzer. Aber wir sind erwachsen und reden nicht mehr darüber.«
»Ich ergebe mich«, rief Joan. »Schließlich sind Sie doch nicht so stumpfsinnig.«
»Ja, Sie haben uns geschlagen«, gab Tudor zu. »Aber Sie würden es nicht dahin gebracht haben, wenn Sie nicht Ihre Erziehungsregeln durchbrochen hätten.«
»Wie meinen Sie das?«
»Indem Sie darüber sprachen.«
Joan klatschte zustimmend in die Hände. Tudor zündete sich eine Zigarette an, während Scheldon in unerschütterlicher Ruhe sitzen blieb.
»Jetzt haben wir's gekriegt«, hetzte Joan. »Warum geben Sie es ihm nicht wieder?«
»Ich wüßte wirklich nicht, was ich sagen sollte«, erwiderte Scheldon. »Ich habe das Bewußtsein, daß meine Ansichten gesund sind, und das genügt mir.«
»Sie könnten erwidern«, meinte Joan, »daß ein Erwachsener, der sich mit

Kindern abgibt, in ihrer Sprache reden muß, um sich ihnen verständlich zu machen.«

»In der Hitze des Gefechtes sind Sie desertiert und zum Feinde übergegangen, Fräulein Lackland«, sagte Tudor vorwurfsvoll.

Aber sie hörte ihn nicht. Sie blickte gespannt über das Grundstück hinweg nach der See. Die beiden Männer folgten ihrem Blick und sahen ein grünes Licht und die Umrisse eines Segels.

»Ich bin gespannt, ob das die Martha ist, die zurückkommt«, bemerkte Tudor.

»Nein, das Seitenlicht steht zu niedrig«, antwortete Joan. »Außerdem haben sie Riemen ausgelegt. Hören Sie es nicht? Ein so großes Schiff wie die Martha würde man nicht rudern.«

»Das stimmt, und dazu hat die Martha noch einen Motor – fünfundzwanzig Pferdekräfte –«, fügte Tudor hinzu.

»Das wäre ein Schiff für uns«, sagte Joan sehnsüchtig zu Scheldon. »Ich muß wirklich sehen, ob ich nicht einen Schoner mit Motor bekommen kann. Vielleicht könnte ich einen gebrauchten einbauen lassen.«

»Das würde wieder Ausgaben für einen Maschinisten bedeuten«, wandte er ein.

»Aber es würde sich durch schnelle Fahrt bezahlt machen«, widersprach sie. »Ein guter Motor ist so gut wie eine Versicherung. Ich weiß Bescheid. Ich habe mich selbst zwischen den Riffen herumgetrieben. Außerdem könnte ich ja, wenn Sie nicht so mittelalterlich wären, selbst das Schiff führen und mehr als das Gehalt des Maschinisten sparen.«

Er antwortete nicht auf ihren Stich, und sie blickte ihn an. Er sah über das Wasser hinaus, und im Lampenschein waren die Linien seines Gesichts stark, ernst und eigensinnig, der Mund beinahe keusch, aber fester und mit dünneren Lippen als der Tudors. Zum ersten Male wurde sie sich seiner Stärke bewußt, die in seiner Ruhe, seiner einfachen Redlichkeit und besonnenen Entschlossenheit lag. Sie warf einen schnellen Blick auf Tudor. Dessen Gesicht war hübscher, berührte im ersten Augenblick angenehmer. Aber der Mund gefiel ihr nicht. Er war wie zum Küssen bestimmt, und sie verabscheute Küsse. Für den Augenblick war sie sich über den Mann nicht klar. Vielleicht hatte Scheldon recht mit seinem Urteil. Sie wußte es nicht, und außerdem berührte es sie wenig. Schiffe und See und alles, was damit zusammenhing, interessierte sie bedeutend mehr als Männer, und im nächsten Augenblick sah sie wieder durch die warme tropische Dunkelheit nach den Umrissen des Segels und dem ruhigen Grün des sich nahenden Seitenlichtes und horchte gespannt auf den kurzen Schlag der Riemen in den Dollen. Im Geiste sah sie die nackten, gespannten Körper der Schwarzen, wie sie sich rhythmisch bei der Arbeit bogen und streckten, und sie wußte, daß irgendwo auf diesem fremden Deck der unvermeidliche Herrenmensch stand, der das Fahrzeug zu seinem Ankerplatz leitete, indem er scharf nach dem undeutlichen Waldstreifen der Küste spähte, um die in der Nacht trügerische Entfernung abzuschätzen; der auf seinen Wangen den ersten Hauch der Landbrise spürte, die gerade zu wehen begann, und der wägend, messend, schätzend die zwanzig oder mehr sich immer ändernden Kräfte lenkte, mit deren Hilfe er seinen Weg machte. Sie wußte das, weil sie es liebte und miterlebte, wie nur ein Seemann es kann.

Zweimal hörte sie das Plätschern des Lotes und horchte gespannt auf den Ruf, der folgte. Das eine Mal sprach eine Männerstimme, tief, befehlend. Sie bebte vor Freude darüber. Es war nur eine Anweisung für den Rudergast, das Ruder nach Backbord umzulegen. Sie beobachtete die geringe Änderung des Kurses, wußte, daß sie vorgenommen wurde, damit die feststehenden Segel den ersten Hauch der Landbrise auffangen konnten. Und sie wartete nur darauf, daß dieselbe tiefe Stimme das Wort »Stütz« rufen würde. Und wieder bebte sie, als der Ruf erklang. Noch einmal fiel das Lot, und »elf Faden« lautete der Ruf. »Fall Anker« klang die tiefe Stimme durch die Dunkelheit, und es folgte das ungestüme Rasseln der Ankerkette. Das Kreischen der Scheiben in den Blökken, als die Segel heruntergefiert wurden, war Musik für sie; sie bemerkte sofort, daß ein Klüverfall klemmte, und sah beinahe den ungeduldigen Ruck, mit dem der Seemann es klarmachte. Die beiden Männer neben ihr existierten für sie so lange nicht mehr, bis der Anker gefaßt hatte und beide Lichter, das rote und das grüne, in Sicht gekommen waren.

Scheldon war gespannt, was für ein Schiff es sein mochte, während Tudor immer noch glaubte, daß es die Martha sei.

»Es ist die Minerva«, sagte Joan bestimmt.

»Woher wissen Sie das?« fragte Scheldon zweifelnd.

»Erstens ist es eine Jacht. Und zweitens würde ich sie immer an dem Klappern ihrer Groß-Pieck-Blöcke erkennen – sie sind zu groß für das Fall.«

Eine dunkle Gestalt, die bis jetzt das Schiff beobachtet hatte, näherte sich jetzt vom Strande her dem Hause.

»Bist du es, Utami?« rief Joan.

»Nein, Missie, mich Matapuu«, lautete die Antwort.

»Was Schiff ist es?«

»Mich glauben, Minerva.«

Joan blickte triumphierend auf Scheldon, der sich anerkennend verneigte.

»Wenn Matapuu es sagt, muß es wohl stimmen«, murmelte er.
»Aber wenn Joan Lackland es sagt, bezweifeln Sie es«, rief sie. »Genauso, wie Sie ihre Fähigkeit als Schiffer bezweifeln. Aber das macht nichts, eines Tages wird Ihnen Ihre Ungefälligkeit schon leid tun. – Da wird das Boot zu Wasser gefiert, und in fünf Minuten werden wir Christian Young die Hand schütteln.«
Lalaperu brachte Gläser, Zigarren und den unvermeidlichen Whisky, und ehe noch fünf Minuten vergangen waren, klappte schon die Pforte, und Christian Young kam, braun, golden und sanft wie immer, die Bungalowtreppe zu ihnen herauf.

Die Unverbesserliche

Christian Young brachte, wie gewöhnlich, Neuigkeiten mit, vom Trinken in Guvutu, wo die Männer sich brüsteten, daß sie zwischen je zwei Gläsern ein drittes trinken, von Gewehren, die auf Ysabel im Umlauf sein sollten, von den letzten Morden auf Malaita, von Tom Butlers Krankheit auf Santa Anna; und schließlich als Wichtigstes, daß die Matambo in den Shortlands auf ein Riff gelaufen war und zur Reparatur aufgelegt werden mußte.

»Das heißt, daß Sie Ihre Reise nach Sydney um fünf Wochen aufschieben müssen«, sagte Scheldon zu Joan.

»Und daß wir kostbare Zeit verlieren«, fügte sie traurig hinzu.

»Wenn Sie nach Sydney wollen – die Upolu fährt morgen nachmittag von Tulagi ab«, sagte Young.

»Aber ich denke, sie bringt den Deutschen in Samoa Arbeiter«, wandte sie ein. »Ich könnte sie jedenfalls bis Samoa benutzen und von Apia aus auf einem Frachtdampfer der Weir-Linie weiterfahren. Es ist zwar ein großer Umweg, aber ich würde dennoch Zeit sparen.«

»Diesmal fährt die Upolu direkt nach Sydney«, erklärte Young. »Sie geht ins Dock, und Sie können sie bis morgen nachmittag um fünf Uhr erreichen. Das sagte mir wenigstens der Erste Offizier.«

»Aber ich muß erst nach Guvutu.« Joan blickte die Männer mit einem eifrigen Ausdruck an. »Ich habe einige Einkäufe dort zu machen. Ich kann doch nicht in diesem Berandefähnchen nach Sydney reisen. Ich muß mir Stoff in Guvutu kaufen und mir unterwegs ein Kleid nähen. Ich fahre gleich – in einer Stunde. Lalaperu, du bringen mir ein fella Adamu-Adam. Sagen ihn, daß fella Ornfiri machen kai-kai, nehmen mit Walboot.«

Sie erhob sich und blickte Scheldon an. »Und Sie lassen bitte das Boot zu Wasser bringen – mein Boot, nicht wahr? Ich fahre in einer Stunde.«

Scheldon und Tudor sahen beide auf ihre Uhren.

»Die Fahrt dauert die ganze Nacht«, sagte Scheldon. »Sie sollten lieber bis morgen früh warten.«

»Und meine ganzen Einkäufe fahren lassen? Nein, danke. Außerdem ist die Upolu kein regelrechter Passagierdampfer und kann ebensogut früher als zur angegebenen Zeit abfahren. Und nach allem, was ich von diesen Sybariten in Guvutu gehört habe, läßt sich morgens am besten einkaufen. Aber jetzt entschuldigen Sie mich bitte, ich muß packen.«

»Ich fahre mit hinüber«, verkündete Scheldon.

»Ich werde Sie auf der Minerva hinbringen«, sagte Young.

Sie schüttelte lächelnd den Kopf.

»Ich fahre in meinem Boot. Sie sind so besorgt, als ob ich noch nie von zu Hause fort gewesen wäre. Ihnen, Herr Scheldon, kann ich als meinem Teilhaber nicht erlauben, Berande und Ihre Arbeit aus falsch verstandener Höflichkeit zu verlassen. Wenn Sie mir nicht erlauben, Kapitän zu sein, erlaube ich Ihnen nicht, sich als Beschützer junger Damen, die keinen Schutz nötig haben, auf See herumzutreiben. Und Sie, Kapitän Young, wissen selbst, daß Sie Guvutu erst heute morgen verlassen haben, daß Sie nach Marau wollen und, wie Sie selbst gesagt haben, in zwei Stunden wieder in See gehen müssen.«

»Aber darf ich Sie nicht begleiten?« fragte Tudor mit einem bittenden Ton in seiner Stimme, der Scheldon auf die Nerven fiel.

»Nein, nein und nochmals nein«, rief sie. »Sie haben alle Ihre Arbeit und ich auch. Ich bin in die Salomons gekommen, um zu arbeiten, und nicht, um wie ein Püppchen herumgeführt zu werden. Im übrigen steht hier meine Eskorte, und ich habe noch sieben ebensolche.«

Adamu-Adam stand neben ihr und überragte sie und auch die drei Männer. Das enganliegende Hemd konnte seine Muskeln nicht verbergen.

»Sehen Sie seine Faust«, sagte Tudor. »Ich möchte keinen Schlag damit bekommen.«

»Das glaube ich«, lachte Joan. »Ich habe gesehen, wie er dem Kapitän einer schwedischen Jacht am Strande von Levuka auf den Fidschiinseln eins versetzte. Der Kapitän hatte angefangen. Ich sah alles, es war prachtvoll. Adamu schlug nur einmal zu und brach dem Manne den Arm. Weißt du noch, Adamu?«

Der große Tahitianer nickte lächelnd. Seine sanften schwarzen Rehaugen schienen einer so kriegerischen Natur zu widersprechen.

»In einer Stunde brechen wir mit dem Boot nach Guvutu auf«, sagte Joan zu ihm. »Sag deinen Brüdern allen, daß sie sich fertigmachen. Wir fahren mit der Upolu nach Sydney. Ihr kommt alle mit und segelt dann mit dem neuen Schoner nach den Salomons zurück. Nehmt eure Extrahemden mit, es ist kalt dort unten. Nun lauf und sag ihnen, daß sie sich beeilen. Laßt die Gewehre hier, gebt sie Herrn Scheldon, wir brauchen sie nicht.«

»Wenn Sie wirklich entschlossen sind zu fahren –«, begann Scheldon.

»Das ist längst entschieden«, erwiderte sie kurz. »Ich gehe jetzt packen. Aber ich will Ihnen sagen, was Sie für mich tun können – geben Sie meinen Leuten etwas Tabak und was sie sonst wollen.«

Eine Stunde später hatten die drei Männer Joan am Strand die Hand gedrückt. Sie gab das Zeichen, und das Boot setzte ab, sechs Mann an den Riemen, der siebente vorn, und Adamu-Adam am Steuerruder. Joan stand aufrecht im Stern des Bootes und winkte – eine leichte Frauengestalt in der enganliegenden Jacke, die sie getragen hatte, als sie nach dem Schiffbruch gelandet war –, den langläufigen Revolver im Gürtel über ihrer Hüfte hängend, und das scharfgeschnittene Knabengesicht unter dem Cowboyhut, der die schwere Masse ihres langen Haares nicht verbergen konnte.

»Gehen Sie lieber unter Dach«, rief sie ihnen zu. »Dort kommt eine schwere Bö. Ich hoffe, Sie haben genügend Kette aus, Kapitän Young. Auf Wiedersehen!« Die letzten Worte drangen aus der Dunkelheit, die sich dicht um das Boot legte. Trotzdem starrten sie weiter in die Finsternis, dorthin, wo das Boot verschwunden war, und horchten auf den gleichmäßigen Schlag der Riemen in den Dollen, bis er schwächer wurde und schließlich erstarb.

»Sie ist nur ein Mädchen«, sagte Christian Young fast feierlich, »sie ist nur ein Mädchen«, wiederholte er noch feierlicher.

»Und ein verteufelt hübsches dazu«, lachte Tudor.

»Sie hat Mut, was, Scheldon?«

»Ja, sie ist tapfer«, lautete die zögernde Antwort; Scheldon hatte keine Lust, sich über sie auszusprechen.

»Das ist das Amerikanische an ihr«, fuhr Tudor fort. »Energie und Unabhängigkeit, was meinen Sie, Kapitän?«

»Ich meine, daß sie jung ist, sehr jung, ein Kind noch«, erwiderte der Kapitän der Minerva, indem er weiter in die Dunkelheit starrte, die sie verbarg.

Die Finsternis schien plötzlich an Dichte zuzunehmen, und sie stolperten den Strand hinauf, um die Pforte zu erreichen.

»Hüten Sie sich vor fallenden Nüssen«, warnte Scheldon, als der erste Stoß der Bö durch die Palmen fuhr. Sie faßten sich an den Händen und tasteten sich vorwärts, während die reifen Kokosnüsse in einem heftigen Regenschauer um sie niederprasselten. Sie erreichten die Veranda, setzten sich schweigend zu ihrem Whisky und blickten starr nach der See, wo in den Pausen des strömenden Regens das wild schwankende Ankerlicht der Minerva zu sehen war. Irgendwo dort draußen, dachte Scheldon, fährt Joan Lackland, das Mädchen, das noch nicht erwachsen ist, das schöne Weib mit den Sinnen und Wünschen eines Knaben, die

Berande fast ebenso verlassen hat, wie sie gekommen ist: im Stern ihres Bootes, Adamu-Adam am Steuer und ihre wilde Besatzung über die Riemen gekrümmt. Und sie hat ihren Cowboyhut, ihren Patronengürtel und den langläufigen Revolver mitgenommen – er entdeckte plötzlich eine große Vorliebe für diese Dinge, über die er, als er sie das erstemal gesehen, heimlich gelacht hatte. Er fühlte, daß er sich in sentimentale Phantasien verlor, und spürte fast Lust zu lachen. Aber er lachte nicht. Im nächsten Augenblick dachte er wieder an den Hut, den Gürtel und den Revolver. Zweifellos ist das Liebe, dachte er und empfand einen gewissen Stolz darüber, daß die Salomons noch nicht alle Gefühle in ihm getötet hatten.
Eine Stunde später stand Christian Young auf, klopfte seine Pfeife aus und machte sich bereit, an Bord zu gehen.
»Sie ist all right«, sagte er, obgleich keiner ein Wort gesagt hatte, aber dennoch drückte er den Gedanken aller aus. »Sie hat eine gute Bootsbesatzung und versteht die Sache. Gute Nacht, Herr Scheldon; kann ich in Marau etwas für Sie tun?«
Er wandte sich um und zeigte auf ein sichtbar werdendes Stück Sternenhimmel. »Es ist doch noch eine schöne Nacht geworden. Bei dieser günstigen Brise kann sie sicher schon Segel setzen und wird Guvutu bei Tagesanbruch erreichen. Gute Nacht!«
»Ich denke, ich gehe auch schlafen«, sagte Tudor, indem er aufstand und sein Glas auf den Tisch stellte.
»Ich breche morgen ganz früh auf, es ist eine Schande, wie lange ich hier herumgelungert habe. Gute Nacht.«
Scheldon blieb allein sitzen und grübelte, ob der andere sich wohl auch entschlossen hätte, am nächsten Morgen abzufahren, wenn Joan nicht fortgesegelt wäre. Nun, einen schwachen Trost hatte er: Joan hatte sich auf Berande um keinen Mann gekümmert, nicht einmal um Tudor. »Ich fahre in einer Stunde.« Diese ihre Worte klangen noch in seinen Ohren, und mit geschlossenen Augen konnte er sie sehen, wie sie aufgestanden war, als sie gesprochen hatte. Er lächelte. In demselben Augenblick, als sie die Nachricht gehört hatte, war sie auch schon zur Reise entschlossen gewesen. Es war zwar nicht sehr schmeichelhaft für die Männer. Aber was galt ihr ein Mann, wenn es möglich war, nach Sydney zu fahren und einen Schoner zu kaufen?
In den nächsten Tagen fühlte sich Scheldon auf Berande sehr einsam. Am Morgen nach Joans Abreise hatte er die Expedition Tudors den Balesuna hinauffahren sehen; spät am Nachmittag hatte er durch das Glas den Rauch der Upolu gesehen, die Joan nach Sydney brachte, und am Abend saß er einsam bei Tische. Aber statt zu essen, verwandte er seine

Zeit darauf, auf ihren leeren Stuhl zu starren. Er trat nie auf die Veranda hinaus, ohne zuerst einen Blick nach ihrem Grashaus in der Ecke des Grundstücks zu werfen, und als er eines Abends ziellos die Bälle auf dem Billard herumstieß, überraschte er sich dabei, wie er auf den Nagel starrte, an den sie vom ersten Tage an ihren Cowboyhut und ihren Gürtel gehängt hatte. Was geht sie mich an? fragte er sich ärgerlich. Sie war sicher die letzte Frau auf der Welt, die er sich erwählt haben würde. Nie hatte er jemand getroffen, der ihn so geärgert, seine Gefühle so verletzt, so alles Herkömmliche über den Haufen geworfen und alles, was ihm das Ideal einer Frau ausmachte, für sich abgelehnt hatte. War er schon zu lange von der Außenwelt abgeschlossen? Hatte er vergessen, wie das weibliche Geschlecht war? War es vielleicht nur ein Fall von Seelenverwandtschaft? – Und sie war doch gar keine richtige Frau. Sie war eine Komödiantin. Trotz ihres weiblichen Aussehens war sie ein Knabe, der knabenhafte Streiche machte, zwischen den Haien nach Fischen tauchte, einen Revolver handhabte, sich nach Abenteuern sehnte und, was noch mehr war, in ihrem Boot mit ihren wilden Insulanern und ihrem Sack voll Goldstücken auf Abenteuer ausging. Aber er liebte sie, das war der Kernpunkt des Ganzen; und er versuchte gar nicht, sich etwas vorzumachen. Er bedauerte es auch nicht. Er liebte sie eben – das war die überwältigende, erstaunliche Tatsache.

Von neuem entdeckte er seine große Begeisterung für Berande. Alle Illusionen, die er sich über das Leben eines Tropenpflanzers gemacht hatte, waren durch die ernsten Verhältnisse auf den Salomons zunichte geworden. Nach Hughies Tod hatte er beschlossen, sich irgendwie mit der Plantage durchzuringen; aber dieser Entschluß hatte nur auf seiner angeborenen Hartnäckigkeit und seiner Abneigung dagegen beruht, eine begonnene Arbeit aufzugeben. Jetzt aber war es anders. Berande bedeutete ihm alles. Er mußte Erfolg haben – nicht allein, weil Joan seine Teilhaberin geworden war, sondern weil er diese Teilhaberschaft zu einer dauernden gestalten wollte. Noch drei Jahre, und die Plantage stellte eine glänzende Kapitalanlage dar. Dann konnten sie alljährlich oder noch öfter nach Sydney fahren, gelegentlich eine Reise nach England – oder nach Hawaii – machen.

Er verbrachte seine Abende damit, daß er über Berechungnen brütete oder endlose Kalkulationen über billigere Koprafrachten und etwaige Maximal- und Minimalpreise für diesen Handelsartikel aufstellte. Tagsüber war er draußen auf der Plantage. Er begann, mehr Busch zu roden, und das Roden und Pflanzen ging unter seiner persönlichen Aufsicht schneller als je. Er versuchte es mit Prämien für Extraarbeiten. Er sah, daß er mehr Schwarze brauchte. Aber er konnte sie erst bekommen, wenn Joan mit dem Schoner zurückkehrte. Denn die gewerbsmäßigen Werber hatten sämtlich langjährige Kontrakte mit Gebrüder Fulcrum, Morgan & Raff und Fires, Philp & Co., während die Flibberty-Gibbet genug zu tun hatte mit ihren Fahrten zwischen ihren weit verstreuten Stationen, die sich von der Küste Neu-Georgiens einerseits bis Sikiani andererseits erstreckten. Schwarze brauchte er auf jeden Fall. Aber selbst wenn Joan Glück hatte und einen Schoner fand, vergingen mindestens drei Monate, ehe die ersten nach Berande gebracht werden konnten.

Eine Woche nach der Abfahrt der Upolu ankerte die Malakula vor Berande. Der Kapitän kam an Land, um eine Partie Billard zu spielen und zu plaudern, bis die Landbrise aufkam. Außerdem mußte er, wie er seinem Superkargo sagte, an Land, um ein großes Paket mit Samen nebst genauer Gebrauchsanweisung von Joan abzugeben und um Scheldon mit den Neuigkeiten, die er brachte, eine kleine Überraschung zu bereiten.

Kapitän Aukland spielte zunächst seine Partie Billard, und erst, als er bequem, sein zweites Glas Whisky in der Hand, in einem Korbsessel saß, ließ er die Bombe platzen.

»Ein Hauptkerl, dies Fräulein Lackland«, erklärte er. »Behauptet, sie sei an Berande beteiligt! Sagt, sie sei Ihr Teilhaber! Stimmt das?«

Scheldon nickte kühl.

»Tatsächlich? Das ist eine Überraschung! Nun, in Guvutu und Tulagi hat man ihr nicht geglaubt. Man ist dort wahrhaftig allerhand gewöhnt, aber – haha! –« Er hielt inne, um zu lachen und sich den kahlen Kopf mit einem Kanakentaschentuch abzuwischen. »Aber diese Teilhabergeschichte war den Leuten doch zuviel, wenn sie ihnen auch einen Grund gab, ein bißchen mehr zu trinken.«

»Es ist durchaus nichts Merkwürdiges daran, es ist eine ganz einfache geschäftliche Angelegenheit.«

Scheldon bemühte sich, es so darzustellen, als ob derartige Geschäfte etwas ganz Alltägliches auf den Plantagen der Salomoninseln seien. »Sie hat etwa fünfzehnhundert Pfund in Berande angelegt.«

»Ja, das sagte sie.«

»Sie ist in Geschäften für die Plantage nach Sydney gefahren.«

»Nein, das ist sie nicht.«

»Wie bitte?«

»Ich sagte, daß sie das nicht ist! Weiter nichts!«

»Ist denn die Upolu nicht abgefahren? Ich möchte schwören, daß ich Dienstag nachmittag ihren Rauch gesehen habe, als sie Savo passierte.«

»Die Upolu ist abgefahren –« Kapitän Aukland schlürfte seinen Whisky mit herausfordernder Langsamkeit – »aber Fräulein Lackland war nicht an Bord.«

»Wo ist sie denn?«

»In Guvutu. Dort habe ich sie zuletzt gesehen. Sie wollte doch nach Sydney, um einen Schoner zu kaufen?«

»Ja, ja.«

»Das sagte sie. Nun, sie hat einen gekauft, aber ich möchte keine zehn Schilling dafür geben, wenn ein Nordwest aufkommt; es ist Zeit, daß wir einen kriegen. Das gute Wetter hat zu lange gedauert, als daß es noch weiter anhalten könnte.«

»Wenn Sie hergekommen sind, um mich neugierig zu machen«, sagte Scheldon, »dann haben Sie Ihren Zweck erreicht. Nun legen Sie schon los, was ist geschehen? Was ist das für ein Schoner? Wo ist er? Wie kam sie dazu, ihn zu kaufen?«

»Erstens: Es ist die Martha«, antwortete der Kapitän, indem er seine Antworten an den Fingern herzählte. »Zweitens: Die Martha sitzt auf dem Außenriff von Punga-Punga, hat alles verloren, was nicht niet- und nagelfest war, und steht im Begriff, bei der ersten unruhigen See auseinanderzubrechen. Und drittens: Fräulein Lackland hat sie auf der Auktion gekauft. Sie bekam den Zuschlag für fünfundfünfzig Pfund. Ich weiß es genau, da ich selbst für Morgan & Raff fünfzig geboten hatte. Die wurden mächtig wütend! Ich sagte ihnen, sie sollten sich zum Teufel scheren, und es sei ihr eigener Fehler, daß sie mich bei einem Höchstangebot von fünfzig Pfund festgelegt hätten, wenn sie dachten, daß die Martha mehr wert sei. Sie hatten eben nicht mit einer Konkurrenz gerechnet. Fulcrum hatte keinen Vertreter geschickt, ebensowenig Fires, Philp & Co., und der einzige, den sie zu fürchten hatten, war Nielsens Agent, Squires, und den hatten sie so betrunken gemacht, daß er in Guvutu fest schlief.

›Zwanzig‹, bot ich. ›Fünfundzwanzig‹, sagte die Kleine. ›Dreißig‹, sagte ich. ›Vierzig‹, sagte sie. ›Fünfzig‹ ich. ›Fünfundfünfzig‹ sie. Und da konnte ich nicht mehr mit. ›Warten Sie, bis ich mit meinen Auftraggebern gesprochen habe.‹ ›Nein, das tue ich nicht‹, sagte sie. ›Es ist so üblich‹, sagte ich. ›Nirgends in der Welt‹, sagte sie. ›Aber die Höflichkeit in den Salomons verlangt es‹, sagte ich. Und wahrhaftig, ich glaube, Burnett hätte es getan, aber sie flötete süß und schnippisch: ›Herr Auktionator, wollen Sie gefälligst in der üblichen Weise mit der Versteigerung fortfahren? Ich habe noch andere Geschäfte zu erledigen und kann es mir nicht leisten, die ganze Nacht auf Leute zu warten, die nicht wissen, was sie wollen.‹ Und dann lächelte sie Burnett zu, wie, nun, Sie wissen, ein gewinnendes Lächeln, und, hol's der Teufel, Burnett schrie: ›Zum ersten, zum zweiten – letztes Gebot – zum zweiten, zum zweiten für fünfundfünfzig Pfund – zum zweiten – – und – – zum – dritten – für Sie, Fräulein – äh – wie ist Ihr Name bitte?‹ ›Joan Lackland‹, sagte sie und lächelte mir zu. So bekam sie die Martha.«

Scheldon durchfuhr eine jähe Freude. Die Martha! Ein besserer Schoner als die Malakula und somit der beste in den Salomons. Das war das richtige Schiff zum Werben, und obendrein hatten sie ihn an Ort und Stelle. Dann aber machte er sich klar, daß die Aussicht auf die Bergung des Schoners nur gering sein konnte, wenn er auf der Auktion für fünfundfünfzig Pfund weggegangen war.

»Wie kam es denn eigentlich?« fragte er. »War es nicht etwas voreilig, die Martha zu verkaufen?«

»Sie mußten. Sie kennen doch das Riff von Punga-Punga. Das Schiff ist keine zwei Groschen wert, wenn auch nur der geringste Seegang aufkommt. Und ein Nordwest kann jeden Augenblick aufspringen. Die Besatzung hatte den Schoner gänzlich aufgegeben. Dachte nicht einmal im Traum an eine Auktion. Morgan & Raff überredeten sie erst dazu. Es ist ein genossenschaftliches Unternehmen, wie Sie wissen, alle Mann, einschließlich Koch, sind beteiligt. Sie hielten eine Versammlung ab und stimmten für den Verkauf.«

»Warum blieben die Leute nicht dort und versuchten das Schiff zu retten?«

»Warum sie nicht dort blieben? Sie kennen doch Malaita, und Sie kennen Punga-Punga. Es ist dort, wo sie die Scottish Chiefs abschnitten und alle Mann ermordeten. Es gab keine andere Möglichkeit, als in die Boote zu gehen. Das Ruder versagte. Nach fünf Minuten saß die Martha auf dem Riff und wurde von den Eingeborenen überfallen. Die trieben die Besatzung einfach in die Boote. Ich sprach mit einigen von den Leuten. Sie schworen, daß innerhalb einer Stunde zweihundert Kriegskanus um sie herum gewesen wären und fünfhundert Buschleute am Strande gewartet hätten und daß man vor lauter Rauch von den Signalfeuern überhaupt nichts von Malaita hätte sehen können. Sie flohen nach Tulagi.«

»Aber leisteten sie denn gar keinen Widerstand?« fragte Scheldon.

»Ja, es ist merkwürdig, daß sie es nicht taten. Aber sie wurden getrennt. Sehen Sie, zwei Drittel waren waffenlos in den Booten, um die Anker auszufahren, und dachten nicht im geringsten an einen Angriff der Eingeborenen. Sie erkannten ihren Irrtum erst zu spät. Die Eingeborenen hatten die Oberhand. Das kommt, weil sie Neulinge sind. Ihnen oder mir oder sonst einem alten Südseemann wäre das nie passiert.«

»Und was gedenkt Fräulein Lackland jetzt zu tun?«
Kapitän Aukland grinste.
»Sie wird wohl versuchen, die Martha wieder flottzumachen; warum hätte sie sonst fünfundfünfzig Pfund dafür bezahlt? Und wenn ihr das nicht gelingt, wird sie versuchen, zu ihrem Gelde zu kommen, indem sie die Spieren, das Patent-Ruder-Geschirr und die Winschen birgt. Ich wenigstens würde das tun, wenn ich an ihrer Stelle wäre. Als ich abfuhr, hatte das Mädel in Guvutu gerade die Emily gechartert. –
›Ich muß zum Werben fahren‹, sagte Munster – der ist jetzt Kapitän und Eigner. – ›Und wieviel verdienen Sie auf der Reise?‹ fragte sie. ›Ach, fünfzig Pfund‹, sagte er. ›Schön‹, sagte sie, ›Sie fahren mit Ihrer Emily für mich und bekommen fünfundsiebzig Pfund.‹ Erinnern Sie sich an den großen Anker und die Kette, die hinter dem Kohlenschuppen liegen? Die kaufte sie gerade, als ich abfuhr. Sie ist ein richtiger kleiner Teufel, Ihr Mädel.«
»Sie ist mein Teilhaber«, verbesserte Scheldon.
»Nun, dann aber jedenfalls ein guter und praktischer! Mein Wort! Eine weiße Frau auf Malaita und noch dazu auf Punga-Punga! Ach, ich vergaß, Ihnen zu erzählen – sie beschwatzte Burnett, ihr acht Gewehre für ihre Leute und drei Kisten Dynamit zu leihen. Sie würden gelacht haben, wenn Sie gesehen hätten, wie sie diese Guvutu-Gesellschaft in Staunen setzte, als man höflich versuchte, ihr gute Ratschläge zu erteilen. Das Mädel ist ein Wunder, etwas Unnatürliches, eine Katastrophe. Wahrhaftig – ein Katastrophe! Sie hat Guvutu und Tulagi wie ein Sturmwind aufgerüttelt; bis zum letzten verkommenen Kerl sind alle in sie verliebt. Mit Ausnahme von Raff. Der ist böse wegen der Auktion und hielt ihr seinen Vertrag mit Munster vor. Sie tat weiter nichts, als daß sie ihm dankte, den Vertrag durchlas und darauf hinwies, daß Munster zwar verpflichtet sei, alle geworbenen Arbeiter an Morgan & Raff abzuliefern, daß das Dokoment aber keine Klauseln enthielte, die ihm verböte, die Emily zu verchartern.
›Hier ist Ihr Kontrakt‹, sagte sie, indem sie ihn zurückgab. ›Ein sehr guter Vertrag. Aber wenn Sie wieder einmal einen aufsetzen, dann fügen Sie eine Klausel hinzu, die solche unerwarteten Ereignisse wie dieses vorsieht.‹ Und, bei Gott, da hatte sie auch ihn eingewickelt.
Aber da ist die Brise, und ich muß weg. Leben Sie wohl, ich hoffe, das Mädel hat Erfolg. Die Martha ist ein Prachtschiff und könnte die Jessie ersetzen.«

»Ihr« Fräulein Lackland

Als Scheldon am nächsten Morgen von der Plantage kam, um zu frühstücken, lag die Missionsjacht Apostel vor Anker, und die Mannschaft ließ gerade zwei Stuten und ein Fohlen an Land schwimmen. Er kannte die Tiere, sie gehörten dem Kommissar, und er dachte sofort, ob Joan sie etwa gekauft hätte. Sie machte offenbar ihre Drohung wahr, die Salomons in Erstaunen zu setzen, und er war auf alles gefaßt.

»Fräulein Lackland schickt sie«, sagte Welshmere, der Missionsarzt, als er an Land kam und ihm die Hand drückte. »Es ist auch eine Kiste mit Sätteln an Bord, dieser Brief von ihr und der Kapitän der Flibberty-Gibbet.«

Im nächsten Augenblick war Olson, ehe Scheldon ihn begrüßen konnte, aus dem Boot gestiegen und begann: »Sie hat die Flibberty-Gibbet gestohlen, Herr Scheldon. Einfach damit weggesegelt. Das ist ja ein ganz tolles Frauenzimmer! Sie hat mir durch die Aufregung das Fieber verschafft. Und betrunken hat sie mich auch gemacht – glatt besoffen!«

Doktor Welshmere lachte herzlich.

»Immerhin ist sie kein schlimmer Teufel, Ihr Fräulein Lackland. Drei Leuten hat sie das Trinken abgewöhnt oder, was auf dasselbe herauskommt, ihnen den Whisky weggenommen. Sie kennen sie: Brahms, Curtis und Fowler. Sie hat sie mit auf die Flibberty-Gibbet genommen.«

»Jetzt ist sie Schiffer von der Flibberty-Gibbet«, warf Olson ein. »Und so wahr, wie die Salomons nicht vom lieben Gott gemacht sind, wird sie scheitern.«

Doktor Welshmere bemühte sich, ein empörtes Gesicht zu machen, lachte aber doch wieder.

»Sie hat ihren eigenen Kopf«, sagte er. »Ich habe versucht, ihr auszureden, die Pferde herzuschaffen, indem ich ihr sagte, daß ich keine Fracht berechnen dürfte, weil die Apostel als Lustjacht eingetragen sei, und daß ich um Savo und oben um Guadalcanar herumführe. Aber es nützte nichts. ›Kümmern Sie sich nicht um die Fracht‹, sagte sie. ›Sie nehmen eben die Pferde aus Gefälligkeit mit, und wenn ich die Martha flottbekommen habe, werde ich Ihnen auch gelegentlich gefällig sein.‹«

»›Kümmern Sie sich nicht um Ihre Orders‹, sagte sie zu mir«, rief Olson. »›Ich bin jetzt Ihr Reeder, und Sie bekommen Ihre Befehle von mir.‹ ›Sehen Sie sich doch die Ladung von Elfenbeinnüssen an‹, sagte ich. ›Kümmern Sie sich nicht um die‹, sagte sie. ›Jetzt geht es um etwas mehr als um Elfenbeinnüsse! Sobald Sie in See gegangen sind, werfen Sie sie über Bord.‹ «

Scheldon hielt sich die Ohren zu.

»Ich weiß ja noch gar nicht, was überhaupt passiert ist, und Sie wollen mir die Geschichte von hinten erzählen. Kommen Sie mit ins Haus und in den Schatten, und fangen Sie von vorn an.«

»Ich möchte nur eines wissen«, begann Olson, als sie Platz genommen hatten. »Ist sie Ihr Teilhaber oder nicht?«

»Das ist sie«, versicherte ihm Scheldon.

»Wer hätte das geglaubt!« Olson blickte hilfesuchend auf Doktor Welshmere und wieder auf Scheldon. »Ich habe ja schon manches Unglaubliche auf den Salomons gesehen – zwei Fuß lange Ratten, Schmetterlinge, die der Kommissar mit dem Gewehr schießt, Ohrgehänge, die den Teufel beschämt hätten, und Kopfjäger, neben denen der Teufel wie ein Engel aussieht. Das alles habe ich gesehen und mich daran gewöhnt, aber Ihr Fräulein Lackland –«

»Fräulein Lackland ist mein Partner und Teilhaber von Berande«, unterbrach ihn Scheldon.

»Das hat sie gesagt«, polterte der Kapitän ärgerlich. »Aber sie hatte keine Papiere, um es zu beweisen. Wie sollte ich es wissen? Und dann hatten wir doch die Ladung Elfenbeinnüsse! Acht Tonnen!«

»Beginnen Sie doch mit dem –«, versuchte Scheldon einzuwerfen.

»Und dann hat sie diese Trunkenbolde angestellt, drei von den schlimmsten Kerlen, die je die Salomons unsicher gemacht haben – fünfzehn Pfund pro Kopf und Monat –, was sagen Sie dazu! Ist noch dazu mit ihnen weggesegelt! Ach – geben Sie mir einen Schluck zu trinken. Der Missionar wird nichts dagegen haben. Ich bin jetzt vier Tage auf einem Abstinenzschiff gefahren und pfeife auf dem letzten Loch.«

Doktor Welshmere nickte als Antwort auf Scheldons fragenden Blick. Viaburi wurde geschickt, um Whisky und Sodawasser zu holen.

»Es steht also fest, Kapitän Olson«, sagte Scheldon, als der Seemann sich gestärkt hatte, »daß Fräulein Lackland mit Ihrem Schiff ausgerückt ist. Also jetzt erzählen Sie mir bitte mal ganz klar, was geschehen ist.«

»Schön: Also ich war gerade mit der Flibberty-Gibbet eingelaufen. Ehe der Anker unten war, war sie schon an Bord – in ihrem Boot mit ihrer Bande von Tahitianern, diesem großen Adamu-Adam und den andern. ›Ankern Sie nicht, Kapitän Olson‹, rief sie. ›Sie müsen nach Punga-

Punga gehen.‹ Ich sah sie an, ob sie vielleicht zuviel getrunken hätte. Was sollte ich davon halten? Ich drehte gerade neben der Untiefe – einer kritischen Stelle –, indem ich die Toppsegel einholte und die Fahrt verminderte, und daher sagte ich: ›Entschuldigen Sie, Fräulein Lackland‹ und rief nach vorn: ›Laßt fallen!‹ ›Wenn Sie auf mich gehört hätten, würden Sie sich die Mühe gespart haben‹, sagte sie, während sie über die Reling kletterte. Dabei sah sie vorn den ersten Schäkel auslaufen und stoppen. ›Fünfzehn Faden‹, sagte sie, ›jetzt können Sie den Anker wieder aufhieven lassen.‹ Und dann gerieten wir aneinander. Ich glaubte ihr nicht. Ich glaubte nicht, daß sie Ihr Teilhaber sei, sagte ihr das und verlangte Beweise. Sie wurde laut und heftig, und ich sagte zu ihr, ich sei alt genug, um ihr Großvater zu sein, und ließe mir von solch einem kleinen Ding wie ihr nichts vormachen. Und dann befahl ich ihr, die Flibberty zu verlassen. ›Kapitän Olson‹, sagte sie mit ihrer süßesten Stimme, ›ich habe ein paar Minuten Zeit für Sie. Und ich habe einen guten Whisky drüben auf der Emily. Kommen sie mit. Ich möchte gern Ihren Rat wegen der Bergung der Martha hören. Alle sagen, daß Sie ein glänzender Seemann sind‹ – das hat sie gesagt: glänzend! Und ich ging in ihrem Boot mit, das Adamu-Adam steuerte, wobei er so ernst aussah wie bei einem Begräbnis. Unterwegs erzählte sie mir, daß sie die Martha gekauft hätte und das Schiff abbringen wollte; daß sie die Emily gechartert und, sobald ich die Flibberty klar hätte, in See gehen würde. Was sie sagte, schien mir ganz vernünftig zu sein, und ich erklärte mich bereit, nach Berande zu fahren und Order von Ihnen zu holen, nach Punga-Punga zu segeln. Aber sie sagte, daß sie keine Sekunde mit solchem Unsinn verlieren könne, daß ich direkt nach Punga-Punga segeln und daß sie sich, wenn ich nicht an die Teilhaberschaft glauben wolle, eben ohne mich und die Flibberty behelfen müsse.
In der Kajüte der Emily waren die drei Säufer – Sie kennen sie auch, Fowler, Curtis und dieser Brahms. ›Trinken Sie ein Gläschen‹, sagte sie. Die Leute schienen überrascht zu sein, als sie den Whiskyschrank aufschloß und einen Nigger nach Gläsern und Wasser schickte. Aber sie mußte sie heimlich eingeweiht haben, denn sie wußten genau, was sie zu tun hatten. ›Sie müssen mich entschuldigen‹, sagte sie, ›ich muß für eine Minute an Deck.‹ Nun, die Minute wurde zu einer halben Stunde. Ich hatte seit zehn Tagen nichts getrunken. Ich bin ein alter Mann, und das Fieber hat mich geschwächt. Außerdem trank ich auf nüchternen Magen, und die drei Säufer gingen mir mit schlechtem Beispiel voran. Sie wollten mich überreden, die Flibberty nach Punga-Punga zu fahren, aber ich erklärte ihnen, daß meine Pflicht mir das nicht erlaubte. Das schlimme war, daß während dieser Auseinandersetzung andauernd ge-

trunken wurde. Und ich bin doch kein Säufer und bin vom Fieber geschwächt...

Nun, einerlei, nach einer halben Stunde kam sie wieder herunter und sah mich scharf an. ›Das genügt völlig‹, sagte sie, wenn ich mich recht entsinne. Damit ergriff sie die Whiskyflasche und warf sie durch die Luke über Bord. ›Das war die letzte‹, sagte sie zu den drei Säufern, ›bis die Martha wieder flott ist und Sie wieder in Guvutu sind. Es wird eine lange Pause im Trinken geben‹, sagte sie. Und dann lachte sie. Sie sah mich an und sagte nicht zu mir, sondern zu den andern: ›Wissen Sie – es wird Zeit, daß dieser würdige Mann an Land geht‹ – ich, würdiger Mann! ›Fowler‹, sagte sie – wissen Sie, es war ein direkter Befehl, und sie nannte ihn nicht einmal ›Herr‹; sie sagte nur ›Fowler‹ –, ›Fowler‹, sagte sie. ›Lassen sie Adamu-Adam das Boot klarmachen und Kapitän Olson an Land schaffen; unterdessen wird Ihr Boot mich auf die Flibberty bringen. Sie drei fahren mit mir; packen Sie Ihre Sachen. Wer von Ihnen sich am anständigsten benimmt, bekommt die Stelle des Steuermanns. Kapitän Olson hat keinen Steuermann, wie Sie wissen.‹

An das, was nun geschah, kann ich mich nur noch dunkel erinnern. Sie hoben mich über Bord, und ich bin wahrscheinlich im Boot eingeschlafen. Als ich aufwachte, sah ich, wie das Großsegel der Flibberty hochging, und hörte das Rasseln der Ankerkette beim Einholen. ›Bring mich auf die Flibberty‹, sagte ich zu Adamu. ›Ich setze Sie am Strande ab‹, sagte er. ›Missis Lackalanna sagen, Strand sehr gut für Sie.‹ Sie sehen, ich tat für die Firma, was ich tun konnte. Aber dieser Adamu schob mich einfach auf den Boden, setzte seinen Fuß auf mich, so daß ich mich nicht rühren konnte, und steuerte ruhig weiter. Das ist alles! Ich habe vor Aufregung das Fieber gekriegt. Und jetzt bin ich gekommen, um zu erfahren, ob ich der Kapitän der Flibberty bin oder dies kleine Ding von Ihnen mit ihrer heidnischen Seeräubermannschaft.«

»Machen Sie sich nichts daraus, Kapitän. Sie können einen Urlaub mit Gehalt nahmen.« Scheldon sprach mit größerer Sicherheit, als er tatsächlich fühlte. »Wenn Fräulein Lackland, die meine Teilhaberin ist, es für richtig gehalten hat, die Flibberty-Gibbet zu übernehmen, dann ist es in Ordnung. Sie werden zugeben, daß keine Zeit zu verlieren war, wenn die Martha abgebracht werden sollte. Es ist ein schlimmes Riff, und jede einigermaßen grobe See würde sie zertrümmern. Bleiben Sie hier, Kapitän, ruhen Sie sich aus, und erholen Sie sich. Wenn die Flibberty zurückkommt, übernehmen Sie sie natürlich wieder.«

Nachdem Doktor Welshmere mit der Apostel abgefahren war und Kapitän Olson sich in einer Hängematte auf der Veranda schlafen gelegt hatte, öffnete Scheldon Joans Brief:

»Lieber Herr Scheldon!
Bitte, verzeihen Sie mir den Diebstahl der Flibberty-Gibbet. Ich mußte es einfach tun. Die Martha bedeutet für uns alles. Bedenken Sie: nur fünfundfünfzig Pfund, nur zweihundertundfünfundsiebzig Dollar! Wenn ich sie nicht bergen kann, bin ich überzeugt, daß ich doch alle Auslagen durch den Verkauf dessen retten kann, was die Eingeborenen nicht fortgeschleppt haben. Und wenn ich sie berge, ist es das beste Geschäft in meinem Leben. Gelingt es mir nicht, so werbe ich mit der Emily und der Flibberty-Gibbet Arbeiter. Arbeiter sind für Berande jetzt nötiger als alles andere.
Bitte, bitte, seien Sie mir nicht böse. Sie sagten, ich dürfte nicht mit der Flibberty-Gibbet werben, und das tue ich auch nicht. Ich werbe mit der Emily.
Heute habe ich zwei Kühe gekauft. Der Händler auf Nogi ist am Fieber gestorben, und ich kaufte sie von seinem Teilhaber, Sam Willis, der sich bereit erklärte, sie zu uns zu schicken – wahrscheinlich mit der Minerva, wenn sie das nächste Mal hinkommt. Berande hat sich lange genug mit Dosenmilch behelfen müssen.
Und Doktor Welshmere ist bereit, mir einige Orangen- und Zitronenbäume von der Missionsstation in Ulava zu besorgen. Er will sie auf der nächsten Fahrt der Apostel bringen. Falls der Sydneyer Dampfer vor meiner Rückkehr ankommt, säen Sie den Mais, den er mitgebracht hat, zwischen den jungen Palmen an dem hohen Ufer des Balesuna. Dieses Ufer wird mit der Zeit von der Strömung weggespült, und wir müssen etwas für die Befestigung tun.
In Sydney habe ich einige Feigenbäume bestellt. Doktor Welshmere will auch Mangosamen mitbringen. Das werden große Bäume, die viel Platz brauchen.
Die Martha ist mit einhundertundzehn Tonnen registriert. Sie ist der größte Schoner in den Salomons und der beste dazu. Ich habe sie mir genau angesehen. Sie wird segeln wie der Teufel. Wenn sie nicht vollgelaufen ist, wird der Motor noch in Ordnung sein. Er war nicht klar, und das war der Grund ihrer Strandung. Der Maschinist hatte das Benzinrohr auseinandergenommen, um es vom Rost zu reinigen. Das war dumm, denn solche Arbeiten sollten nur vor Anker oder auf hoher See vorgenommen werden. Pflanzen Sie alle Bäume innerhalb des Grundstücks, selbst wenn die Palmen später fortmüßten. Und säen Sie nicht den ganzen Mais auf einmal. Lassen Sie zwischen dem Säen immer ein paar Tage verstreichen.

Joan Lackland.«

Er drehte den Brief sinnend zwischen den Fingern und betrachtete die Handschrift genau, was sonst nicht seine Art war. Wie charakteristisch, dachte er, klar zu lesen, unangenehm klar, aber doch knabenhaft. Die Klarheit der Schriftzüge erinnerte ihn an ihr Gesicht, an ihre scharfgezeichneten Brauen, die feingeschnittene Nase, die auffallende Klarheit ihrer Augen, die fest und doch zart geformten Lippen und den Hals, der weder zu zart noch zu kräftig war, sondern – sondern gerade, wie er sein soll, schloß er. Ein würdiger schöner Träger für die schöne Last.

Lange blickte er auf den Namen. Joan Lackland. – Nichts weiter als eine Zusammenstellung von Buchstaben, gewöhnlichen Buchstaben. Aber eine Zusammenstellung, die einen feinen, berauschenden Zauber auf ihn ausübte. Er schlich sich in sein Gehirn und beeinflußte seine Gedanken, bis sich alles, was ihn im Augenblick beherrschte, in Liebe zu dieser hingeworfenen Unterschrift auflöste. Ein paar gewöhnliche Buchstaben – und doch deckten sie in seinem Innern eine Wunde auf, die ihm süßen Schmerz bereitete und ihren Ausdruck in köstlicher Sehnsucht fand. Joan Lackland! Jedesmal, wenn er auf den Namen blickte, erwachte die Erinnerung an sie in hundertfacher Gestalt. Wie sie nach dem Verlust ihres Schoners aus dem Sturm kam, wie sie das Boot zu Wasser brachte, um zu fischen, wie sie, von Wasser triefend, mit aufgelösten Haaren und enganliegendem Kleid zum Trinkwasserschuppen lief, wie sie achtzig Kannibalen mit einer leeren Medizinflasche in Schrecken versetzte, wie sie Ornfiri das Brotbacken beibrachte, wie sie ihren Cowboyhut und den Patronengürtel an den Haken im Wohnzimmer hängte, wie sie ernst davon sprach, selbst für sich sorgen zu wollen, oder mit jugendlichem Eifer, glänzenden Augen und vor Begeisterung gerötetem Gesicht von Romantik und Abenteuern erzählte. Joan Lackland! Er sann über das verborgene Wunder des Namens nach, bis ihm die Geheimnisse der Liebe offenbar wurden und er verstand, wie Liebende ihre Namen in die Rinde der Bäume schnitten oder in den Sand am Strande schrieben.

Dann aber kehrte er zur Wirklichkeit zurück, und sein Gesicht wurde hart. Jetzt war sie an der wilden Küste von Malaita oder auf Punga-Punga, in einer der schlimmsten, gefährlichsten Gegenden der Welt, die von einer furchtbaren Bande von Kopfjägern, Räubern und Mördern bewohnt wurden. Im ersten Augenblick dachte er daran, seine Bootsbesatzung zu rufen und sofort im Boot nach Punga-Punga aufzubrechen. Aber gleich darauf verwarf er die Idee wieder. Was half es, wenn er hinfuhr? Vor allem würde sie es ihm übelnehmen; dann würde sie ihn auslachen und ihn einen Narren nennen, und außerdem würde er nur ein Gewehr mehr bedeuten, und sie hatte viele Gewehre bei sich. Wenn er hinfuhr, konnte er nur dreierlei tun: ihr befehlen, zurückzukommen, ihr die Flibberty-Gibbet wegnehmen oder die Teilhaberschaft auflösen. Er wußte, daß das alles töricht und zwecklos war, und er hörte sie schon im Geiste mit dürren Worten erklären, daß sie mündig sei und daß ihr niemand etwas zu befehlen habe. Nein, sein Stolz erlaubte ihm nicht, nach Punga-Punga zu fahren, wohl aber flüsterte sein Herz, daß ihm nichts willkommener sein könnte als eine Botschaft von ihr, daß sie ihn bäte, zu kommen und zu helfen.

Und er bildete sich ein, daß sie diese Worte eines Tages sprechen würde.

Ihr selbständiges Wesen beunruhigte ihn in vieler Beziehung. Er erschrak bei dem Gedanken, daß sie mit dem betrunkenen Gesindel der Händler und Abenteurer von Guvutu in so nahe Berührung kam. Das war schlimm genug für einen Mann, der etwas auf sich hielt, für ein junges Mädchen aber war es geradezu furchtbar. Der Diebstahl der Flibberty-Gibbet war eher belustigend, wenn ihn auch die Art und Weise, wie sie ihn ausgeführt hatte, verletzte. Aber er fand einen gewissen Trost in der Tatsache, daß sie die Aufgabe, Olson betrunken zu machen, den drei Säufern zugeteilt hatte. Und plötzlich sah er sie wieder im Geiste allein mit diesen drei Kerlen auf der Emily, wie sie in der Abenddämmerung von Guvutu in See gingen. Aber dann dachte er an Adamu-Adam und Noah-Noah und ihr ganzes braunes Tahitianergefolge, und seine Sorge schwand und machte der Aufregung darüber Platz, daß sie überhaupt etwas so Abenteuerliches tun konnte. Und die Erregung steckte ihm noch in den Gliedern, als er aufstand und ins Haus trat, wo er auf den Nagel an der Wand starrte und wünschte, daß der Cowboyhut und der Revolvergürtel noch daran hingen.

Romane werden Wirklichkeit

Mehrere Wochen verstrichen in Ruhe. Nach dem ungewöhnlich starken Besuch von Schiffen vereinsamte Berande wieder. Scheldon setzte seine täglichen Rundgänge fort, rodete Busch, pflanzte Kokosnüsse, trocknete Kopra, baute Brücken und ritt dabei die Pferde, die Joan gekauft hatte. Nachricht bekam er nicht von ihr. Werbeschiffe mieden die Punga-Punga-Küste ängstlich, die Clansman, ein Werbeschiff aus Samoa, das eines Abends um einer Partie Billard und eines Plauderstündchens willen vor Anker ging, erzählte, daß unter den Seeleuten das Gerücht ginge, es sei auf Punga-Punga zu Kämpfen gekommen. Da diese Nachrichten sich aber nicht über die ganze Insel verbreitet hatten, konnte man ihnen nicht viel Glauben schenken. Der Sydneyer Dampfer, die Kammambo, unterbrach die Stille auf Berande eine Stunde lang, um Post, Vorräte sowie Bäume und Samen, die Joan bestellt hatte, auszuschiffen. Die Minerva brachte auf der Fahrt nach Kap Marsh die beiden Kühe aus Nogi. Die Apostel, die schnell nach Tulagi zurück wollte, um den Sydneyer Dampfer zu erreichen, schickte ein Boot mit den Orangen- und Zitronenbäumen aus Ulava an Land. In diesen wenigen Wochen war das Wetter herrlich. Es gab Tage, an denen auf der atemlosen See ununterbrochene Stille herrschte. Und Tage, an denen nur wenige Stunden lang ein schwacher Wind aus irgendeiner Richtung wehte. Nur die nächtliche Landbrise wehte regelmäßig, und deshalb fuhren die Kutter und anderen Segelschiffe, die gelegentlich hierherkamen, nachts vorbei, um lieber die leichte Brise auszunutzen, als für eine Stunde zu ankern.

Dann kam der langerwartete Nordwest. Acht Tage lang tobte er, schlief für ein Weilchen ein, drehte dann ein oder zwei Strich, und raste mit erneuter Heftigkeit. Scheldon achtete sorgsam auf die Gebäude; die Fluten des Balesuna machten so heftige Angriffe auf das hohe Ufer, von dem Joan geschrieben hatte, daß er alle Leute anstellen mußte, um den Kampf mit dem Strom aufzunehmen.

Als dann wieder gutes Wetter folgte, ließ er eines Morgens die Schwarzen allein bei der Arbeit und ritt mit einem Gewehr über dem Sattel auf die Taubenjagd. Zwei Stunden später brachte einer der Hausboys, atemlos und von Dornen zerkratzt, die Nachricht, daß die Martha, die

Flibberty-Gibbet und die Emily den Ankerplatz ansteuerten. Er erreichte das Grundstück, konnte aber nichts sehen, bis er um die Ecke des Bungalows geritten war.

Dann sah er alles zugleich: Auf See, wohin sein Blick zuerst fiel, ragte die Martha hoch auf neben dem Kutter und der Jacht, die sie gebracht hatten, und dann sah er auf dem Platz vor der Verandatreppe eine große Anzahl frisch geworbener Kannibalen. Alle trugen neue, schneeweiße Lendentücher, und Scheldon schloß daraus, daß es Rekruten waren. Einer kam gerade die Treppe herunter, während ein anderer, dessen Namen aufgerufen war, hinaufschritt. Es war Joans Stimme, die gerufen hatte, und Scheldon zügelte sein Pferd und beobachtete. Sie saß zwischen Munster und seinem weißen Steuermann auf der Veranda. Sie hatten lange Listen vor sich liegen, Joan stellte Fragen und trug die Antworten in das große rot gebundene Arbeiterjournal von Berande ein.

»Was Name?« fragte sie den Schwarzen auf der Treppe.

»Tagari«, lautete die von Grinsen und neugierigem Verdrehen der Augen begleitete Antwort; es war das erste Haus eines Weißen, das der Schwarze je gesehen hatte.

»Was Ort gehören du?«

»Bangoora.«

Niemand bemerkte Scheldon, und er blieb auf dem Pferde sitzen und beobachtete weiter. Bevor die Antwort eingetragen war, entstand eine Meinungsverschiedenheit, die Munster schließlich beendete.

»Bangoora?« sagte er. »Das ist das Stückchen Strand am Ende der Bucht von Latta. Er ist als Lattamann eingetragen – sehen Sie hier: Tagari, Latta.«

»Was Platz holen dich weißer Herr?« fragte Joan.

»Bangoora«, erwiderte der Mann, und Joan trug es ein.

»Ogu!« rief Joan.

Der Schwarze ging hinunter, und ein anderer trat vor. Ehe Tagari aber das Ende der Treppe erreicht hatte, erblickte er Scheldon. Es war das erste Pferd, das der Schwarze in seinem Leben sah, und er stieß einen Schreckensruf aus und rannte wie toll wieder hinauf. Gleichzeitig floh die Masse der Schwarzen zusammengedrängt in panischem Schrecken aus Scheldons Nähe. Die grinsenden Hausboys ermutigten sie, und die wilde Flucht kam ins Stocken, wobei die neugeworbenen Kopfjäger dicht zusammengedrängt und unsicher auf die schreckliche Erscheinung starrten.

»Hallo!« rief Joan. »Weshalb erschrecken Sie meine Leute? Kommen Sie herauf!«

»Wie finden Sie sie?« fragte sie, nachdem sie sich begrüßt hatten. »Und was meinen Sie dazu?« fuhr sie fort, indem sie auf die Martha wies. »Ich dachte schon, Sie hätten die Plantage verlassen, und ich müßte die Leute selbst in die Baracken bringen. Und da heißt es, daß Punga-Punga-Leute sich nicht anwerben lassen. Sehen Sie sie an, und wünschen Sie mir Glück. Es sind keine Kinder und halbwüchsigen Burschen darunter. Jeder von ihnen ist ein Mann! Ich habe so viel zu erzählen, daß ich gar nicht weiß, wo anfangen, aber ich fange lieber gar nicht erst an, bis wir hier fertig sind und bis sie mir nicht gesagt haben, daß Sie mir nicht böse sind.«

»Ogu! Was Ort gehören du?« fuhr sie in ihren Fragen fort.

Aber Ogu war ein Buschmann, der das fast allgemein verbreitete Trepang-Englisch nicht verstand, und ein halbes Dutzend seiner Genossen versuchten ihm klarzumachen, um was es sich handelte.

»Es sind nur noch zwei oder drei, dann sind wir fertig. Aber Sie haben noch nicht gesagt, daß Sie mir nicht böse sind.«

Scheldon blickte ihr in die klaren Augen, die ihn jetzt gerade und ruhig ansahen, und er wußte, daß ihr Blick im nächsten Augenblick unangenehm herausfordernd werden konnte. Und dabei kam ihm zum Bewußtsein, daß er nie geahnt hatte, welche Freude ihre Rückkehr ihm bereiten würde.

»Ich war böse«, sagte er bedächtig. »Ich bin noch böse, sehr böse.« – Er bemerkte einen Schimmer von Trotz in ihren Augen und erbebte. »Aber ich habe Ihnen verziehen, und jetzt verzeihe ich Ihnen alles noch einmal. Ich bestehe jedoch darauf –«

»Daß ich einen Vormund bekomme«, unterbrach sie ihn. »Das wird nie geschehen. Ich bin, Gott sei Dank, mündig und imstande, selbständig Geschäfte zu machen. – Da wir gerade von Geschäften sprechen: Was halten Sie von meinen amerikanischen Kraftmethoden?«

»Herr Raff schätzt sie jedenfalls gar nicht, wie ich höre«, sagte er zögernd. »Sie haben für lange Zeit dem Klatsch reiche Nahrung gegeben. Aber ich möchte wissen, ob andere Amerikanerinnen in Geschäftssachen ebenso erfolgreich sind?«

»Es war Glück, fast nichts als Glück«, sagte sie bescheiden, obgleich ihre Augen in plötzlicher Freude aufblitzten, und er wußte, daß sein mäßiges Lob ihrem Knabenstolz geschmeichelt hatte.

»Was, Glück!« platzte Sparrowhawk, der lange Steuermann, heraus, und sein Gesicht strahlte vor Bewunderung. »Schwere Arbeit war es. Ja, wirklich. Wir haben uns unser Geld redlich verdient. Sie ließ uns arbeiten, bis wir umfielen. Die halbe Zeit lagen wir noch dazu am Fieber darnieder. Sie hatte es übrigens auch, nur daß sie sich nicht hinlegte und es uns auch nicht erlauben wollte. Wahrhaftig, sie ist der reine Sklaventreiber – ›Nur noch einmal hieven, Herr Sparrowhawk, und dann können Sie sich eine Woche lang ins Bett legen‹, sagte sie zu mir. Ich taumelte umher wie ein Toter, während gallengrüne Lichter in meinem Kopf sprühten, daß er beinahe platzte. Ich war ganz fertig, aber ich hievte – und dann hieß es: ›Noch einmal hieven, Herr Sparrowhawk, nur noch einmal.‹ Und wie sie dem alten Kina-Kina um den Bart ging!«

Er schüttelte vorwurfsvoll den Kopf, und sein Gelächter erstickte in einem verhaltenen Kichern.

»Er war älter als Telepasse und noch schmutziger«, erklärte sie Scheldon. »Und ich bin überzeugt, viel bösartiger. Aber das nenne ich nicht arbeiten, lassen Sie uns machen, daß wir mit den Listen fertig werden.«

Sie wandte sich an den wartenden Schwarzen auf der Treppe.

»Ogu, du hören auf groß Herr gehören weißer Mann, du gehen Not–Not. – Hier du, Tagari, du sagen dies fella Ogu. Er fertig er gehen Not-Not. Haben Sie's, Herr Munster?«

»Aber Sie haben die Anwerbebestimmungen übertreten«, sagte Scheldon, als die neuen Leute nach den Baracken abmarschierten. »Die Flibberty-Gibbet und die Emily haben keine Lizenz für hundertfünfzig Mann. Was sagt Burnett denn dazu?«

»Er ließ sie alle durch«, antwortete sie. »Kapitän Munster wird Ihnen erzählen, was er gesagt hat. Jetzt muß ich mich erst einmal waschen. Sind die bestellten Sachen aus Sydney gekommen?«

»Es ist alles in Ihrem Zimmer«, sagte Scheldon. »Beeilen Sie sich, das Frühstück wartet. Geben Sie mir Ihren Hut und Gürtel, bitte tun Sie es. Es gibt nur einen Haken dafür, und den kenne ich.«

Sie sah ihn mit einem forschenden, fast frauenhaften Blick an. Dann seufzte sie erleichtert auf, während sie den schweren Gürtel abschnallte und ihm reichte.

»Ich glaube nicht, daß ich je wieder einen Revolver sehen möchte, der hat mich ganz krank gemacht. Ich hätte mir nie träumen lassen, daß ich seiner so überdrüssig werden könnte.«

Scheldon sah ihr nach, bis sie die Treppe hinuntergegangen war. Da drehte sie sich noch einmal um und rief: »Ich kann gar nicht sagen, wie schön es ist, wieder zu Hause zu sein.«

Und als sein Blick ihr folgte, wie sie über das Grundstück zu ihrem kleinen Grashause schritt, kam ihm plötzlich zum Bewußtsein, daß Berande und das kleine Grashaus der einzige Ort auf der ganzen Welt war, den sie ihr Zuhause nennen konnte.

»Also Burnett sagte: ›Verflucht noch mal! – Entschuldigen Sie, Fräulein Lackland, aber Sie haben mutwillig die Anwerbebestimmungen übertreten, und das wissen Sie‹«, berichtete Kapitän Munster, als sie beim

Whisky saßen und auf Joans Rückkehr warteten. »Da sagte sie zu ihm: ›Herr Burnett, können Sie mir eine Bestimmung zeigen, die verbietet, die Passagiere von einem Schiff zu übernehmen, das auf einem Riff festsitzt?‹ ›Darum handelt es sich ja hier nicht.‹ ›Doch, eben darum handelt es sich hier‹, sagte sie. ›Halten Sie sich das bitte vor Augen, und lassen Sie meine Leute durch. Sie können mich, wenn Sie wollen, beim Regierungspräsidenten anzeigen, aber ich habe drei Schiffe hier liegen, die auf Ihre Erlaubnis zum Weiterfahren warten, und wenn das noch lange dauert, dann geht noch ein Bericht an den Regierungspräsidenten ab.‹ ›Ich mache Sie verantwortlich, Kapitän Munster‹, sagte er ganz außer sich zu mir. ›Nein, das tun Sie nicht‹, sagte sie. ›Ich habe die Emily gechartert, und Kapitän Munster hat nach meinem Befehl gehandelt.‹ Was sollte Burnett machen. Er ließ alle hundertfünfzig Mann durch, obgleich die Emily nur eine Lizenz für fünfzig und die Flibberty-Gibbet nur eine für fünfunddreißig hat.«

»Aber ich begreife immer noch nicht«, sagte Scheldon.

»Sie machte es so: Als die Martha flott war, mußten wir sie sofort auf den Strand setzen, und während die Reparaturen ausgeführt, ein neues Ruder angefertigt, Segel und Geschirr von den Schwarzen zurückgeholt wurden, lieh Fräulein Lackland sich Sparrowhawk, um die Flibberty-Gibbet gemeinsam mit Curtis zu führen, lieh mir Brahms, der Curtis' Stelle einnahm, und schickte beide Fahrzeuge zum Werben. Und wirklich, die Schwarzen kamen ohne weiteres. Es war ein jungfräulicher Boden. Seit der Scottish Chiefs hatte sich nie wieder ein Werber an die Küste gewagt; und wir hatten schon die Furcht Gottes in die Herzen der Schwarzen gepflanzt, so daß die ganze Küste ruhig wie ein Lamm war. Als wir aufgefüllt hatten, kamen wir wieder zurück und sahen, wie es mit der Martha ging.«

»Und dachten, daß es jetzt mit unseren Leuten nach Hause gehen würde«, warf Sparrowhawk ein. »Weiß Gott, dieses Fräulein Lackland ist nie zufrieden. ›Ich nehme sie auf die Martha über‹, sagte sie. ›Und Sie können zurückfahren und noch eine Ladung holen.‹«

»Aber ich sagte ihr, das ginge nicht«, fuhr Munster fort. »Ich sagte ihr, daß die Martha keine Werbegenehmigung hätte. ›Oh‹, sagte sie. ›Das geht nicht?‹ Und dachte ein paar Minuten nach.«

»Als sie nachdachte, wußte ich schon Bescheid«, rief Sparrowhawk, »und wußte sofort, daß die Sache so gut wie gemacht war.«

Munster steckte sich eine Zigarette an und fuhr fort: »›Sehen Sie die Landzunge dort‹, sagte sie zu mir, ›mit der schwachen Brandung, der Strom setzt gerade darauf zu? Und sehen Sie die Katzenpfötchen? Es ist schönes Wetter und Ebbe. Kreuzen Sie hinaus, und dann haben Sie nichts zu tun, als dafür zu sorgen, daß die Strömung Sie beim Halsen hübsch auf den Strand setzt.‹ «

» ›Das bißchen Strandung wird nicht mehr als ein bis zwei Kupferplatten kosten‹, sagte sie, als Munster auffuhr«, berichtete Sparrowhawk. »Oh, das Mädel hat sich gewaschen!« » ›Und dann rette ich Ihre Leute und fahre weg. – Ganz einfach, nicht wahr‹, sagte sie«, fuhr Munster fort. » ›Sie sitzen eine Ebbe lang fest‹, sagte sie. ›Dann macht die Flut Sie wieder flott, und Sie gehen los und holen weitere Rekruten. Es gibt keine Bestimmung, die Ihnen verbietet, zu werben, wenn Ihr Schiff leer ist.‹ ›Aber es gibt eine, die verbietet, die Leute verhungern zu lassen‹, sagte ich. ›Sie wissen selbst, daß der Proviant, den wir an Bord haben, nicht der Rede wert ist, und auf der Martha ist auch nicht eine Krume.‹ «

»Wir hatten nichts als einheimisches Kai-kai«, sagte Sparrowhawk.

» ›Machen Sie sich keine Gedanken wegen des Proviants, Herr Munster‹, sagte sie. ›Wenn ich auf der Martha vierundachtzig Mäuler füttern kann, dann können Sie auf Ihren beiden Schiffen dasselbe. Also los, setzen Sie sich auf den Strand, bevor ein stetiger Wind aufkommt und das Manöver vereitelt. Sobald Sie auflaufen, schicke ich Ihnen meine Boote. Nun leben Sie wohl, meine Herren!‹ « »Und wir taten es«, sagte Sparrowhawk feierlich und kicherte dann. »Wir lagen über Steuerbordhalsen, und ich drückte die Emily gegen die Landzunge. ›Gehen Sie über Stag‹, rief Kapitän Munster mir zu. ›Gehen Sie über Stag, sonst setzen Sie mich auf Grund!‹ Er rief noch andere, viel schlimmere Worte. Aber ich kümmerte mich nicht darum. Das Wenden versagte glänzend, die Flibberty-Gibbet trieb auf ihn zu, fuhr ihn an, und wir strandeten beide in dem schönsten Durcheinander, das man sich denken kann. Fräulein Lackland nahm die Rekruten über, und die Sache war gemacht.«

»Aber wo waren Sie während des Nordwests?« fragte Scheldon.

»In Langa-Langa. Als er einsetzte, fuhr ich hin, lag die ganze Woche dort und handelte Lebensmittel von den Eingeborenen ein. Als wir nach Tulagi kamen, wartete sie dort auf uns und stritt sich mit Burnett herum. Ich sage Ihnen, Herr Scheldon, das Mädel ist ein Wunder!« Munster füllte sich sein Glas wieder, und während Scheldon sehnsüchtig nach dem Grashaus hinüberblickte, nahm Sparrowhawk den Faden der Erzählung wieder auf.

»Mut hat sie! Sie ist wirklich das mutigste Geschöpf, Mann oder Weib, das je in die Salomons gekommen ist. Sie hätten Punga-Punga an dem Morgen sehen sollen, als wir ankamen – Gewehre knallten am Strande und in den Mangroven, Kriegstrommeln dröhnten im Busch, und Signalfeuer flammte überall. ›Der Teufel ist los‹, sagte Munster.«

»Ja, das sagte ich«, bestätigte der Seemann. »Der Teufel war auch los.

Das konnte man mit einem halben Auge sehen und mit einem Ohr hören.«

»›Erzählen Sie das Ihrer Großmutter‹, sagte sie zu ihm«, fuhr Sparrowhawk fort. »›Wir sind noch nicht einmal da, geschweige denn haben wir angefangen. Warten Sie wenigstens mit dem Angstkriegen, bis wir geankert haben.‹ «

»Ja, das sagte sie zu mir«, gab Munster zu. »Und ich wurde natürlich so wütend, daß mir alles gleichgültig war. Wir versuchten, ein Boot an Land zu schicken, aber es wurde beschossen, und hin und wieder feuerte auch ein Nigger auf große Entfernung aus den Mangroven.«

»Sie waren nur eine Viertelmeile fort«, erklärte Sparrowhawk. »Und es war verflucht ungemütlich. ›Schießen Sie nur, wenn die Kerle versuchen, an Bord zu kommen‹, befahl Fräulein Lackland; aber die schmutzigen Nigger dachten gar nicht daran zu entern. Sie blieben im Busch liegen und feuerten. In der Nacht hielten wir in der Kajüte der Flibberty Kriegsrat. ›Wir müssen eine Geisel haben‹, sagte Fräulein Lackland.«

»›So etwas liest man in Romanen‹, sagte ich und dachte sie durch einen Scherz von dieser Torheit abzubringen«, fiel Munster ein. »›Das stimmt‹, sagte sie, ›aber haben Sie nie erlebt, daß Romane Wirklichkeit werden?‹ Ich schüttelte den Kopf. ›Dann können Sie es lernen, Sie sind noch nicht zu alt dazu.‹ ›Ich will Ihnen nur eines sagen‹, erwiderte ich, ›und das ist, daß ich verdammt sein will, wenn Sie mich an einem Ort wie diesem Nigger stehlen sehen.‹ «

»›Es verlangt auch niemand von Ihnen, daß Sie an Land gehen sollen‹, antwortete sie schnell«, grinste Sparrowhawk. »Und sie sagte weiter: ›Und wenn ich Sie erwische, daß Sie ohne Befehl an Land gehen, dann können Sie etwas erleben – verstehen Sie mich, Kapitän Munster?‹ «

»Zum Donnerwetter, wer erzählt denn nun eigentlich?« fragte der Kapitän wütend.

»Hat sie das etwa nicht gesagt?« beharrte der Steuermann.

»Ja, das hat sie gesagt, wenn Sie durchaus wollen. Aber dann erzählen Sie gefälligst auch, was sie zu Ihnen sagte, als Sie erklärten, daß Sie nicht für das doppelte Gehalt an der Punga-Punga-Küste rekrutieren würden.« Sparrowhawks sonnenverbranntes Gesicht rötete sich noch mehr, und er versuchte, sich durch Lachen, Kichern und Gesichterschneiden aus der Verlegenheit zu ziehen. »Weiter! Weiter!« drängte Scheldon, und Munster nahm den Faden wieder auf. »›Was wir brauchen‹, sagte sie, ›ist die starke Faust. Das ist die einzige Möglichkeit, mit ihnen fertigzuwerden. Und zwar müssen wir gleich von Anfang an fest zupacken. Ich gehe heute nacht an Land, um Kina-Kina selbst an Bord zu holen, und ich werde nicht erst fragen, wer mitgehen will, denn ich habe schon jedem seine Aufgabe zugeteilt; ich nehme meine Tahitianer und einen Weißen mit!‹ ›Der Weiße bin natürlich ich‹, sagte ich. Ich war damals so verrückt, daß ich mit ihr in die Hölle gegangen wäre. ›Nein, der Weiße sind natürlich nicht Sie‹, sagte sie. ›Sie werden das Sicherungsboot führen. Curtis bleibt beim Landungsboot. Fowler begleitet mich. Brahms übernimmt die Flibberty und Sparrowhawk die Emily. Um ein Uhr brechen wir auf.‹ Weiß Gott, es war eine schwere Aufgabe, in dem Sicherungsboot zu liegen. Ich hätte nie geglaubt, daß Nichtstun so schwer sein könnte. Wir blieben in etwa fünfzig Faden Entfernung liegen und beobachteten das andere Boot, als es hineinfuhr. Es war so dunkel unter den Mangroven, daß wir überhaupt nichts sehen konnten. Kennen Sie den kleinen Nigger auf der Flibberty, der wie ein Affe aussieht, Scheldon? – Den Koch meine ich. Der war vor zwanzig Jahren Kajütsjunge auf der Scottish Chiefs und wurde nach dem Überfall auf das Schiff auf Punga-Punga gefangengehalten. Das hatte Fräulein Lackland herausbekommen und nahm ihn deshalb als Führer mit. Sie gab ihm eine halbe Kiste Tabak dafür –« »– und ängstigte ihn fast zu Tode, ehe sie ihn so weit hatte, daß er mitging«, warf Sparrowhawk ein.

»Ich habe nie etwas so Schwarzes gesehen wie die Mangroven. Ich starrte hin, bis mir die Augen übergingen. Dann blickte ich nach den Sternen und horchte auf die Brandung am Riff. Da bellte ein Hund. Erinnern Sie sich an den Hund, Sparrowhawk? Mir stand fast das Herz still, als das Biest anfing. Nach einer Weile hörte er wieder auf – hatte wohl überhaupt nicht wegen der Landungsabteilung gebellt; und dann wurde die Stille noch intensiver, die Mangroven erschienen noch schwärzer, und ich mußte sehr an mich halten, daß ich Curtis nicht im Landungsboot anrief, nur um mich zu vergewissern, daß ich nicht der einzige Weiße war, der noch lebte.

Natürlich entstand ein Tumult. Es war unvermeidlich, und das wußte ich, aber trotzdem erschrak ich. Nie in meinem Leben habe ich ein solches Schreien und Kreischen gehört. Die Schwarzen schienen direkt in den Busch zu fliehen, ohne zu sehen, was los war, und die Tahitianer trieben sie vorwärts, indem sie schrien und in die Luft schossen. Und dann wurde es plötzlich still – nur ein kleines Kind, das man wohl auf der eiligen Flucht hatte fallen lassen, schrie im Busch nach der Mutter.

Dann hörte ich sie durch die Mangroven zurückkommen, hörte einen Riemen gegen das Dollbord schlagen, hörte Fräulein Lackland lachen und wußte, daß alles in Ordnung war. Wir ruderten an Bord zurück, ohne daß ein Schuß fiel. Und weiß Gott! Sie hatte den Roman wahr gemacht. Denn der alte Kina-Kina war in höchsteigener Person da und wurde zitternd und klappernd wie ein Affe über die Reling geheißt.

Dann ging es sehr einfach. Kina-Kinas Wort war Gesetz, und er hatte eine Todesangst. Wir behielten ihn an Bord und ließen ihn die ganze Zeit, die wir in Punga-Punga blieben, Erlasse ausstellen.
Dies war noch in anderer Beziehung eine gute Idee. Kina-Kina mußte seinen Leuten befehlen, alles, was sie von der Martha geraubt hatten, wiederzubringen. Und es kam alles, Kompaß, Blöcke und Taljen, Segel, Rollen, Tauwerk, Medizinkisten, Flaggen, Signalflaggen – wirklich alles mit Ausnahme der Handelsware und des Proviants, der bereits verzehrt war. Selbstverständlich gab sie ihnen einige Stück Tabak, um sie bei guter Laune zu erhalten.«
»Ja, das tat sie wirklich«, platzte Sparrowhawk heraus, »sie gab den Schurken fünf Faden Kaliko für das Großsegel, zwei Stück Tabak für den Chronometer und ein Messer im Werte von elfeinhalb Pence für hundert Faden ganz neue, fünfzöllige Manila-Trosse. Sie brachte den alten Kina-Kina mit der starken Faust auf den Trab. Sie – aber da kommt sie.«
Scheldon blickte überrascht auf. Während der ganzen Erzählung hatte er sie sich immer so vorgestellt, wie er sie kannte, in dem derben Kleid und dem Rock aus Gardinenstoff, dem zu kleinen Männerhemd als Bluse, Strohsandalen an den Füßen und dazu den Cowboyhut und den unvermeidlichen Revolver. Die Kleider, die sie in Sydney gekauft hatte, verwandelten sie vollkommen. Ein einfacher Rock und eine Bluse verliehen ihrer schlanken Erscheinung eine gewisse Eleganz, die ihm neu war. In braunen Hausschuhen schritt sie über das Grundstück, und er sah die durchbrochenen braunen Strümpfe. Jedenfalls wurde durch diese Kleidung das Weibliche an ihr wesentlich betont. Und die wilden Abenteuer aus Tausendundeiner Nacht, die er soeben gehört hatte, erschienen ihm jetzt noch wundersamer. Als sie zum Frühstück hineingingen, wurde er gewahr, daß es Munster und Sparrowhawk ähnlich gehen mußte. Ihr kameradschaftliches Wesen hatte einem formellen, respektvollen Benehmen Platz gemacht.
»Ich habe ein neues Gebiet erschlossen«, sagte sie, während sie den Kaffee einschenkte. »Der alte Kina-Kina wird mich nie vergessen, das ist sicher, und ich kann dort werben, soviel ich will. In Guvutu sprach ich Morgan. Er ist bereit, einen Kontrakt für tausend Leute zu vierzig Schilling den Kopf abzuschließen. Habe ich Ihnen erzählt, daß ich eine Werbelizenz für die Martha beschafft habe? Die Martha kann jetzt auf jeder Reise achtzig Leute werben.«
Scheldon lächelte etwas bitter in sich hinein. Die bewunderungswürdige Frau, die in ihren Sydneyer Kleidern über das Grundstück gekommen war, war verschwunden, und der Knabe war wiedergekehrt.

Das verlorene Spielzeug

»Ach«, seufzte Joan, »jetzt habe ich Ihnen amerikanische Methoden gezeigt, mit denen man etwas erreichen kann, und da fangen Sie schon wieder an, mir Schwierigkeiten zu machen.«

Fünf Tage waren vergangen, und sie und Scheldon standen auf der Veranda und beobachteten die Martha, die dicht am Winde einen Schlag vor der Küste lag. In diesen fünf Tagen hatte Joan nie etwas von ihrem Herzenswunsch geäußert, wenn Scheldon, der in dieser Beziehung in ihr wie in einem aufgeschlagenen Buche lesen konnte, auch bemerkt hatte, daß sie immer wieder das Gespräch darauf lenkte, in der Hoffnung, daß er selbst darauf kommen würde, ihr den Befehl über die Martha zu übertragen. Sie wollte, daß er davon anfangen sollte. Es war schwer gewesen, einen Schiffer für sie zu finden. In ihrer Eifersucht war ihr keiner, den er vorgeschlagen, recht gewesen.

»Olson?« hatte sie gefragt. »Der ist gut für die Flibberty, die ich mit meinen Leuten überholen kann, wenn sie infolge seiner Schlappheit auseinanderzufallen droht. Aber als Schiffer der Martha unmöglich. Munster? Ja, er ist der einzige von allen, die ich in den Salomons kenne, der es könnte. Aber – er hat die Umbawa verloren – einhundertundvierzig Leute ertranken. Er war Erster Offizier auf der Brücke. Ungehorsam gegen die Instruktion! Kein Wunder, daß er weggejagt wurde. Christian Young hat keine Erfahrung mit größeren Schiffen. Außerdem können wir ihm nicht so viel bezahlen, wie er auf der Minerva verdient. Sparrowhawk ist ganz gut – als Untergebener. Er hat keinen Unternehmungsgeist. Er ist ein tüchtiger Seemann, kann aber nicht befehlen. Ich sage Ihnen, ich war die ganze Zeit nervös, als er die Flibberty vor Punga-Punga kommandierte, während ich auf der Martha bleiben mußte.«

Und so ging es weiter. Kein Name, der vorgeschlagen wurde, befriedigte sie, und dabei mußte Scheldon zugeben, daß ihr Urteil richtig war. Oft stand er beinahe auf dem Punkt, zuzugeben, daß sie von allen Seeleuten in den Salomons der einzige Mensch war, der die Martha führen konnte. Aber er beherrschte sich immer wieder, und ihr selbst verbot ihr Stolz, es vorzuschlagen.

»Gute Bootsleute sind noch lange keine guten Schonerkapitäne«, erwiderte sie auf einen seiner Vorschläge. »Außerdem muß der Kapitän eines Fahrzeuges wie die Martha gesunden Menschenverstand und gute Urteilskraft besitzen; er muß eine schnelle Auffassungsgabe und Unternehmungsgeist haben.«

»Aber mit Ihren Tahitianern an Bord –« Scheldon glaubte eine gute Idee gehabt zu haben.

»Es gibt keine Tahitianer an Bord«, erwiderte sie schlagfertig. »Meine Leute bleiben bei mir. Ich kann nicht wissen, wann ich sie brauche. Wenn ich fahre, fahren sie auch. Wenn ich an Land bleibe, bleiben sie auch. Ich werde hier auf der Plantage genügend Arbeit für sie finden. Sie haben ja gesehen, wie sie rodeten. Jeder von ihnen wiegt ein halbes Dutzend Ihrer Kannibalen auf.«

So kam es, daß Joan jetzt neben Scheldon stand und seufzend die Martha beobachtete, die seewärts kreuzte, mit dem alten Kinroß, der von Savo herübergekommen war, als Kapitän.

»Kinroß ist ein Fossil«, sagte sie mit einem Anklang von Bitterkeit in der Stimme. »Oh, er wird sie nie durch Übereilung zum Scheitern bringen. Aber er ist ängstlich wie ein Kind, und ängstliche Kapitäne verlieren ebensogut Schiffe wie Draufgänger. Eines Tages wird Kinroß die Martha verlieren, weil er nur eine Möglichkeit hatte und zu ängstlich war, sie auszunutzen; ich kenne diese Sorte. Aus Furcht, einen günstigen Wind auszunutzen, der sie in zwanzig Stunden in den Hafen bringen würde, bleibt er lieber in der folgenden Flaute liegen und braucht eine ganze Woche, bis er ankommt. Verdienen wird die Martha mit ihm, das ist sicher; aber nicht annähernd soviel wie mit einem tüchtigen Kapitän.«

Sie schwieg und blickte mit gerötetem Gesicht und blitzenden Augen nach dem Schoner.

»Oh, sie ist ein herrlicher Segler! Sehen Sie nur, wie sie durchs Wasser schießt, und dabei ist der Wind kaum der Rede wert. Sie hat aber auch keinen gewöhnlichen Metallbelag, es ist alles Kriegsschiffkupfer. Ich habe es mit Kokosnußschalen polieren lassen, als der Schoner in Punga-Punga auf der Seite lag. Bevor diese Goldexpedition ihn erwarb, ist die Martha als Robbenfänger gefahren.

Und Robbenfänger müssen segeln können. Sie ist mehr als einmal bei Sibirien russischen Kreuzern davongelaufen. Offen gestanden, wenn ich geahnt hätte, daß in Guvutu die Gelegenheit auf mich wartet, einen Schoner für weniger als dreihundert Dollar zu kaufen, so würde ich nie Ihr Teilhaber geworden sein, und dann würde ich jetzt selber fahren.«

Die Richtigkeit ihrer Behauptung kam Scheldon jetzt plötzlich zum Be-

wußtsein. Was sie getan hatte, würde sie genauso getan haben, wenn sie nicht sein Teilhaber gewesen wäre. Und an der Bergung der Martha hatte er keinen Anteil. Ganz allein, ohne Ratgeber und dem Gelächter von ganz Guvutu und der Konkurrenz von Morgan & Raff zum Trotz, hatte sie das Abenteuer unternommen und zum erfolgreichen Abschluß geführt. »Mir ist zumute wie einem großen Manne, der einem kleinen Kinde sein Spielzeug genommen hat«, sagte er plötzlich zerknirscht.
»Und nun weint das kleine Kind.« Sie sah ihn an, und er bemerkte, daß ihre Lippen leicht zitterten und ihre Augen feucht waren. Jetzt ist sie wieder ganz Knabe, dachte er; der Knabe, der wegen des Bootes, mit dem er spielen wollte, weint. Und doch ist sie auch Weib. Was für ein Labyrinth von Widersprüchen! Und er fragte sich, ob er sie ebenso lieben würde, wenn sie nur Weib gewesen wäre, ohne das Knabenhafte. Und ihm kam zum Bewußtsein, daß er sie so liebte, wie sie war, wegen ihrer Knabenhaftigkeit und wegen ihres ganzen Wesens.
»Aber nun wird das kleine Kind nicht länger weinen«, sagte sie. »Ich weiß, daß Sie den Schoner eines Tages, falls der alte Kinroß ihn nicht vorher verliert, Ihrem Teilhaber übergeben werden. Ich will nicht länger mit Ihnen darüber streiten. Aber ich hoffe, Sie können mir nachfühlen, wie mir zumute ist. Es ist nicht so, als wenn ich die Martha gekauft oder auch gebaut hätte. Ich habe sie gerettet, sie vom Riff abgebracht. Ich habe sie vor ihrem Grabe im Meere bewahrt, als niemand für sie mehr als fünfundfünfzig Pfund geben wollte. Sie gehört mir, ist mein besonderes Eigentum. Ohne mich würde sie nicht mehr existieren. Der schwere Nordwest hätte sie in den ersten drei Stunden erledigt. Und dazu habe ich sie auch selbst geführt. Sie ist ein wundervoller Segler. Denken Sie: Am Wind läßt sie sich nur mit einer halben Spake Drehung nach jeder Seite steuern. Und das Wenden! Man braucht weder mit dem Vorsegel noch durch Steifsetzen des Großsegels oder mit dem Ruder nachzuhelfen. Nur mit dem Ruder bringt man sie herum wie ein Fohlen mit dem Gebiß im Maule. Und Sie können mit ihr rückwärts gehen wie mit einem Dampfer. Ich habe es in Langa-Langa zwischen der Untiefe und dem Küstenriff gemacht. Es war herrlich! Aber Sie lieben das Segeln nicht wie ich, und ich weiß, daß Sie finden, ich hätte mich lächerlich gemacht. Eines Tages werde ich die Martha doch wieder führen. Das weiß ich. Das weiß ich gewiß!«
Als Antwort streckte er ganz impulsiv seine Hand nach der ihrigen aus, die auf dem Geländer lag, und ergriff sie. Aber er wußte ohne den leisesten Zweifel, daß es nur der Knabe in ihr war, der seinen Druck erwiderte, der Knabe, der sich über das verlorene Spielzeug grämte. Dieser Gedanke entmutigte ihn. Noch nie war er ihr so nahe gewesen und doch

noch nie so fern. Sie war sich sicher gar nicht bewußt, daß seine Hand die ihre berührte. In ihrem Kummer über die Abfahrt der Martha war es für sie irgendeine Hand – jedenfalls die eines Freundes.
Er zog seine Hand zurück und wandte sich verwirrt ab.
»Warum hat er nicht das große Stagsegel gesetzt?« fragte sie gereizt. »Damit würde der Schoner bei diesem Winde direkt davonlaufen. Ich kenne die Sorte vom alten Kinroß. Das ist ein Schiffer, der drei Tage unter doppelt gerefften Segeln liegt und auf einen Sturm wartet, der nicht kommt! Vorsichtig? O ja, vorsichtig ist er. Gefährlich vorsichtig.«
Scheldon blieb stehen.
»Also schön«, sagte er. »Sie können auf der Martha fahren, wenn Sie wollen. Auch auf Malaita werben, meinetwegen.«
Es war ein großes Zugeständnis, das er ihr machte, und er fühlte, daß er es gegen seine Überzeugung tat. Aber die Art, wie sie es aufnahm, war eine neue Überraschung für ihn.
»Mit dem alten Kinroß als Schiffer?« fragte sie. »Nein, dafür danke ich. Er würde mich zum Selbstmord bringen. Ich könnte nicht mit ansehen, wie er das Schiff führte. Es würde mich nervös machen. Wenn ich je wieder an Bord der Martha gehe, dann nur, um sie selbst zu übernehmen. Ich bin ein Seeman, wie Vater war, und er konnte es auch nicht ertragen, zu sehen, daß ein Schiff schlecht geführt wurde. Haben Sie gesehen, wie Kinroß in See ging? Es war eine Schande! Welchen Lärm er dabei machte! Der alte Noah hat es mit seiner Arche sicher besser gemacht.«
»Aber schließlich kommt er doch irgendwohin.«
»Das tat Noah auch.«
»Nun, das ist doch die Hauptsache.«
»Für einen vorsintflutlichen Menschen.«
Sie warf noch einen zögernden Blick auf die Martha und wandte sich zu Scheldon:
»Die Schiffer hier sind eine ganz gleichgültige Gesellschaft – die meisten jedenfalls. Christian Young mag noch angehen; Munster hat ein gewisses Können, und der alte Nielsen soll ein tüchtiger Seemann gewesen sein. Aber mit den andern, die ich gesehen habe, ist nicht viel los. Es ist kein Schwung darin, keine Bewegung, kein Geschick, kein richtiger Seemannsstolz. Alles ist verschlafen und langweilig, und sie sind zufrieden, wenn sie nur einmal ankommen, wann, das mag der Himmel wissen! Aber eines Tages werde ich ihnen schon zeigen, wie die Martha geführt werden muß. Ich werde losfahren, daß ihnen der Schädel brummt, und ich werde sie an den Pier von Guvutu bringen, ohne zu ankern oder eine Leine auszubringen.« Sie hielt atemlos inne und brach dann in Lachen aus.

»Jetzt setzt der alte Kinroß das Stagsegel«, bemerkte er ruhig.
»Tatsächlich«, rief sie ungläubig, blickte schnell hin und lief dann ans Fernrohr. Sie beobachtete das Manöver gespannt durch das Glas, und Scheldon, der ihr Gesicht betrachtete, konnte sehen, daß der Kapitän es ihr nicht recht machte.
Schließlich ließ sie das Glas mit einem Seufzer sinken.
»Er hat es nicht klarbekommen und versucht es nun noch einmal. Und ein solcher Mann hat das Kommando über dieses wunderbare Schiff! Nein, ich will es nicht länger sehen, kommen Sie, spielen Sie eine Partie Billard mit mir, und dann sattle ich und schieße Tauben. Kommen Sie mit?«
Als sie eine Stunde später durch die Pforte hinausritten, drehte Joan sich im Sattel um, um einen letzten Blick auf die Martha zu werfen, die sich als ein schwacher Fleck in der Richtung der Floridaküste zeigte.
»Tudor wird schöne Augen machen, wenn er hört, daß die Martha jetzt uns gehört«, lachte sie. »Stellen Sie sich das vor! Er wird sich eine Fahrkarte kaufen müssen, um auf dem Dampfer von den Salomons wegzukommen.«
Noch fröhlich lachend, ritt sie hinaus. Plötzlich aber brach ihr Gelächter ab, und sie zügelte ihr Pferd. Scheldon blickte sie scharf an und sah, wie ihr Gesicht sich verfärbte und grün und gelb wurde.
»Es ist das Fieber«, sagte sie, »ich muß umkehren.«
Als sie wieder vor dem Hause waren, zitterte und bebte sie so, daß er ihr vom Pferde helfen mußte.
»Dumm, was?« sagte sie zähneklappernd. »Wie Seekrankheit – nicht ernst, aber man fühlt sich so gräßlich elend, solange es dauert. Ich gehe gleich zu Bett. Schicken Sie mir Noah-Noah und Viaburi. Sagen Sie Ornfiri, daß er Wasser heiß macht. Ich werde in fünfzehn Minuten besinnungslos sein. Es hat mich tüchtig gepackt. Zu schade, daß wir nicht jagen können. Danke, es geht schon.«
Scheldon befolgte ihre Anweisungen, besorgte ihr die Wärmflaschen und setzte sich dann auf die Veranda, wo er vergebens versuchte, zwei Monate alten Sydneyer Zeitungen Interesse abzugewinnen. Aber immer wieder sah er von der Zeitung auf und blickte über das Grundstück nach dem Grashause hinüber. Ja, dachte er, die Ansicht aller Weißen im Archipel stimmte: Die Salomons waren kein Ort für eine Frau. Er klatschte in die Hände, und Lalaperu kam gelaufen.
»Hier du!« befahl er. »Gehen zu Baracken, bringen schwarze fella Marys, schnell zu viel, alle zusammen.«
Ein paar Minuten später stand das Dutzend schwarzer Frauen von Berande vor ihm. Er betrachtete sie kritisch und wählte schließlich eine, die

jung und nett war und deren Körper kein Anzeichen einer Hautkrankheit aufwies.

»Was Name du?« fragte er. »Sangui?«

»Mich Mahua«, lautete die Antwort.

»Schön, du fella Mahua. Du hören auf kochen bei Jungens. Du bleiben bei weiße Mary. Alle Zeit du bleiben. Du savvy?«

»Mich savvy«, grunzte sie und begab sich auf seinen Wink sofort in das Grashaus.

»Was Name?« fragte er Viaburi, der aus dem Grashaus gekommen war.

»Groß fella krank«, lautete die Antwort. »Weiß fella Mary sprechen zu viel alle Zeit. Alle Zeit sprechen von groß fella Schoner.«

Scheldon nickte. Er wußte Bescheid. Es war die Abfahrt der Martha, die das Fieber verursacht hatte. Es wäre früher oder später zum Ausbruch gekommen, das wußte er. Aber ihre Enttäuschung hatte es beschleunigt. Er zündete sich eine Zigarette an. In dem Rauch erschien ihm das Bild seiner englischen Mutter, und er fragte sich, ob sie es wohl verstehen könnte, daß ihr Sohn eine Frau liebte, die weinte, weil sie nicht Kapitän eines Schoners in den Kannibaleninseln werden durfte.

Männerrede

Der geduldigste Mensch neigt zur Ungeduld, wenn er verliebt ist; und Scheldon war verliebt. Zwanzigmal am Tage nannte er sich einen Esel und versuchte sich zu beherrschen, indem er seinen Gedanken eine andere Richtung gab; aber mehr als zwanzigmal am Tage wanderten seine Gedanken wieder zu Joan zurück. Sie stellte für ihn ein Problem dar, und er sann andauernd darüber nach, wie er sich ihr am besten nähern könnte. Er besaß keine Übung im Courmachen, er hatte nur eine Erfahrung in dieser zarten Kunst gemacht, und bei der Gelegenheit war er mehr umworben worden, als er selbst geworben hatte; und dazu war es eine wenig einträgliche Geschichte gewesen. Jetzt war es etwas ganz anderes, und immer wieder machte er sich die Eigenart und Schwierigkeit der Situation klar. Hier handelte es sich nicht nur um ein Mädchen, das gar keinen Mann haben wollte, sondern um eines, das überhaupt kein Mädchen war, das geradezu erschrocken war bei dem Gedanken an einen Ehemann, das sich an knabenhaften Spielen ergötzte und für Abenteuer schwärmte, das gesund und normal war und dem doch ein Ehemann nichts als ein Hindernis bedeutete. Wie sich ihr nähern? Er kannte ihre fanatische Freiheitsliebe, ihre eingefleischte Abneigung gegen jede Art von Zwang. Kein Mann konnte die Arme um sie legen und sie gewinnen. Sie würde davonflattern wie ein erschreckter Vogel. Durch Berührung – er war sich klar, daß er das nicht durfte. Sein Händedruck mußte bleiben, wie er gewesen, der Ausdruck herzlicher Freundschaft und weiter nichts. Körperlich durfte er seine Empfindungen für sie nicht merken lassen. So blieb nur die Sprache. Aber wie sollte er sprechen? Sich auf ihre Liebe berufen? Aber sie liebte ihn ja gar nicht! Auf ihren Verstand? Aber sie hatte ja offenbar den Verstand eines Knaben. Zwar besaß sie alle Zartheit und Lieblichkeit einer wohlerzogenen Frau, aber ihre geistigen Vorgänge waren seiner Wahrnehmung nach geschlechtslos und knabenhaft. Und doch mußte es mit der Sprache gemacht werden, er mußte einen Anfang machen, irgendwie, irgendwann.

Ihr Geist mußte mit der Idee vertraut gemacht, mußte auf das Heiraten gelenkt werden.

So ritt er durch die Plantage, mit hochgezogenen Brauen, gerunzelter

Stirn, dachte über das Problem nach und stählte sich für die ersten Angriffe. Immer wieder schoß ihm ein Gedanke durch den Kopf, wie er das Eis brechen könnte, aber immer wieder riß ein Glied der Kette, und das Gespräch kam auf unerwartete, gleichgültige Dinge. Aber eines Morgens kam eine günstige Gelegenheit.

»Mein sehnlichster Wunsch ist, daß wir mit Berande Erfolg haben«, hatte Joan gerade in einer Unterhaltung gesagt, die sich auf die Verbilligung der Koprafrachten bezog.

»Darf ich Ihnen den sehnlichsten Wunsch meines Herzens sagen?« fiel er schnell ein. »Es ist etwas, wonach ich mich sehne, wovon ich träume.«

Er hielt inne und blickte sie gespannt an; aber sie dachte offenbar, daß es sich um nichts anderes als um eine vertrauliche Aussprache über allgemeine Fragen handeln könnte.

»Nun, schießen Sie los!« sagte sie, etwas ungeduldig über sein Zögern.

»Ich denke gern an den Erfolg von Berande«, sagte er, »aber das kommt in zweiter Linie. Das ist nichts gegen meinen Herzenswunsch, nämlich, daß Sie eines Tages in einer vollkommeneren Form als nur geschäftlich an Berande beteiligt sein möchten. Das würde an dem Tage geschehen, an dem Sie bereit wären, meine Frau zu werden.«

Sie fuhr zurück, wie von einem Skorpion gestochen. Ihr Gesicht wurde weiß, nicht vor mädchenhafter Verwirrung, sondern vor Zorn, und ihre Augen blitzten.

»Das jetzt – jetzt, da ich gerade fertig bin!« rief sie leidenschaftlich. Dann wurde ihre Stimme plötzlich kühl und ruhig, und sie sprach, als wenn sie mit Morgan & Raff in Guvutu über Geschäfte gesprochen hätte. »Hören Sie mir zu, Herr Scheldon. Ich habe Sie sehr gern, wenn Sie auch ein langweiliger Peter sind; aber ich will Ihnen doch ein für allemal sagen, daß ich nicht in die Salomons gekommen bin, um mich zu verheiraten. Das Unglück hätte ich mir auch zu Hause zuziehen können, ohne daß ich zehntausend Meilen bis hierher gesegelt wäre. Ich muß meinen eigenen Weg in der Welt gehen, dazu kam ich nach den Salomons. Heiraten heißt nicht meinen ›eigenen‹ Weg gehen. Für andere Mädchen mag es richtig sein, für mich nicht. Ich danke. Und wenn ich mich mit Ihnen hersetze, um über Koprafrachten zu sprechen, möchte ich nicht zwischendurch Heiratsanträge bekommen. Außerdem – außerdem –«

Sie brach ab, und als sie fortfuhr, lag ein so bittender Klang in ihrer Stimme, daß er beinahe überzeugt war, ein roher Patron zu sein.

»Sehen Sie das nicht ein? Es verdirbt alles. Es macht die ganze Situation unmöglich – und ich freute mich so über unsere Teilhaberschaft und war so stolz darauf. Sehen Sie das nicht ein? Wenn Sie mir den Hof machen, kann ich nicht länger Ihr Partner sein. Und ich war doch so glücklich.« Tränen der Enttäuschung traten ihr in die Augen, und sie unterdrückte ihr Schluchzen.

»Ich habe Sie gewarnt«, sagte er ernst. »Solche ungewöhnlichen Situationen zwischen Mann und Frau können nicht von Dauer sein, das sagte ich Ihnen gleich anfangs.«

»O ja; mir ist völlig klar, was Sie getan haben.« Sie war wieder zornig, und der sanfte Klang in ihrer Stimme war verschwunden. »Sie waren sehr vorsichtig mit Ihrer Warnung. Sie haben sich Mühe gegeben, mich vor jedem anderen Mann in den Salomons zu warnen, nur nicht vor sich selber.«

Das war für Scheldon ein Schlag ins Gesicht. Mit Schmerz erkannte er, daß es nicht unrichtig war, was sie sagte, und doch war es seiner Überzeugung nach ungerecht. Der Triumph, der in ihren Augen aufleuchtete, als sie sah, daß sie ihn getroffen hatte, brachte ihn zum Entschluß.

»Die Sache ist durchaus nicht so einseitig, wie Sie zu glauben scheinen«, begann er. »Es ging recht gut mit Berande, ehe Sie kamen. Wenigstens war ich nicht solchen Beschimpfungen ausgesetzt wie eben, als Sie mir Feigheit vorwarfen. Bitte, denken Sie daran, daß ich Sie nicht aufgefordert habe, nach Berande zu kommen. Und ich habe Sie nicht aufgefordert, auf Berande zu bleiben. Nur durch Ihr Bleiben haben Sie diese für Sie – unangenehme Situation herbeigeführt. Durch Ihr Bleiben wurden Sie für mich zur Versuchung, und jetzt wollen Sie mir die Schuld geben. Ich wollte ja gar nicht, daß Sie bleiben. Damals liebte ich Sie noch nicht. Ich wünschte, daß Sie nach Sydney zurückgingen oder nach Hawaii. Aber Sie bestanden ja darauf, zu bleiben. Sie haben sich tatsächlich –«

Er hielt inne und suchte nach einem gelinderen Ausdruck als dem, der ihm auf der Zunge lag. Aber sie nahm ihm das Wort aus dem Munde.

»Aufgedrängt – wollen Sie sagen«, rief sie, und ihre Wangen röteten sich kampflustig. »Nur weiter, kümmern Sie sich nicht um meine Gefühle.«

»Nun gut, das werde ich auch nicht«, sagte er entschieden, da er sich klarmachte, daß die Unterredung zu einem schuljungenhaften Schmähen auszuarten drohte. »Sie haben darauf bestanden, als Mann behandelt zu werden; wären Sie konsequent, so würden Sie wie ein Mann reden und wie ein Mann auf Männerrede hören. Und hören sollen Sie! Es ist nicht Ihre Schuld, daß diese unangenehme Situation eingetreten ist. Ich mache Ihnen keine Vorwürfe – beachten Sie das! Aber aus dem Grunde sollten Sie auch mir keine Vorwürfe machen.«

Er bemerkte, wie ihr Busen sich hob und senkte, während sie mit zusammengepreßten Händen dasaß, und er mußte an sich halten, daß er sie

nicht in seine Arme zog, statt in seiner wohlüberlegten Rede fortzufahren. Fast hätte er ihr gesagt, daß sie ein entzückender Knabe sei. Aber er unterdrückte alle derartigen Reden und hielt sich nur an seine sachliche Beweisführung.
»Sie können nichts dafür, daß Sie so sind, wie Sie sind. Sie können nichts dafür, daß Sie für mich ein sehr begehrenswertes Weib sind. Sie haben in mir das Verlangen geweckt. Sie wollten das nicht und haben sich auch nicht darum bemüht. Ihr Wesen war es, das es veranlaßte. Und mein Wesen ist es, das nach Ihnen verlangt. Aber ich kann auch nichts dafür, daß ich so bin, wie ich bin. Ich kann mich ebensowenig zwingen, nach Ihnen zu verlangen, wie Sie sich zwingen können, für mich begehrenswert zu sein.«
»Ach, Wunsch! Verlangen! Verlangen! Verlangen!« begehrte sie auf. »Ich bin doch kein Narr. Ich habe doch auch ein bißchen Verstand. Und die ganze Geschichte ist so albern und sinnlos und – unangenehm. Ich glaube wirklich, es wäre das beste, daß ich Noah-Noah, Adamu-Adam, Lalaperu oder irgendeinen Schwarzen heiratete. Dem könnte ich Befehle erteilen und ihn von mir fernhalten, und dann würden Leute wie Sie mich in Ruhe lassen und nicht von Heirat und Verlangen reden.«
Scheldon lachte gezwungen, aber ihm war keineswegs zum Lachen zumute.
»Sie haben wirklich keine Seele«, sagte er wild.
»Weil meine Seele nicht nach einem Mann als Herrn verlangt?« parierte sie den Einwurf. »Schön, dann habe ich eben keine. Und was wollen Sie nun unternehmen?«
»Ich werde Sie fragen, warum Sie wie eine Frau aussehen, warum Sie die Gestalt einer Frau haben, die Lippen einer Frau, das wundervolle Haar einer Frau. Und ich werde antworten: Weil Sie eine Frau sind, wenn die Frau auch noch in Ihnen schlummert. Eines Tages aber wird sie erwachen.«
»Das verhüte Gott!« rief sie in so plötzlichem, natürlichem Schrecken, daß er lachen mußte und auch ihre Lippen sich zu einem ungewollten Lächeln kräuselten.
»Ich habe Ihnen noch mehr zu sagen«, fuhr Scheldon fort. »Ich habe versucht, Sie vor allen anderen Männern in den Salomons zu beschützen und vor sich selbst ebenfalls. Ich persönlich dachte nicht an eine Gefahr von dieser Seite. Daher habe ich es auch unterlassen, Sie vor mir selber zu schützen. Aber mein Schutz hat überhaupt versagt. Sie gingen Ihre eigenen, selbstbewußten Wege, ganz, als ob ich überhaupt nicht existierte. Sie brachten gestrandete Schoner ein, warben auf Malaita und fuhren Schoner, Sie, ein alleinstehendes, unbeschütztes Mädchen, in der

Gesellschaft einiger der schlimmsten Schurken in den Salomons. Fowler! Brahms! Curtis! Und das ist das Sinnwidrige in der menschlichen Natur – ich bin ganz offen, wie Sie sehen –, daß ich Sie liebe. Ich liebe Sie um Ihrer selbst willen, so wie Sie sind.«
Mit einer Miene, die Widerwillen ausdrückte, hob sie abwehrend die Hand.
»Nein«, sagte er. »Sie haben kein Recht, mir zu verbieten, daß ich von meiner Liebe zu Ihnen spreche. Denken Sie daran: Es ist Männerrede. Bei diesem Gespräch sind Sie ein Mann. Die Frau in Ihnen ist nur Zufall, eine unerhebliche Nebensache. Sie müssen zuhören, selbst wenn ich die Tatsache feststelle, daß ich Sie liebe, so sonderbar es auch sein mag. Ich werde Sie nicht mehr mit meiner Liebe belästigen. Es bleibt alles wie bisher. Sie sind auf Berande besser aufgehoben und sicherer als sonst irgendwo in den Salomons. Trotz der Tatsache, daß ich Sie liebe. Aber eines möchte ich gern – und das ist der letzte Punkt unseres Männergesprächs! Denken sie von Zeit zu Zeit daran, daß es der schönste Tag meines Lebens sein würde, wenn Sie einwilligten, meine Frau zu werden. Denken Sie zuweilen daran. Sie müssen es, und jetzt wollen wir nicht mehr davon reden. Wie unter Männern. Hier meine Hand.«
Er streckte die Hand aus. Sie zögerte, dann aber ergriff sie sie herzhaft und lächelte unter Tränen.
»Ich wollte –«, stammelte sie unter Tränen, »ich wollte, Sie hätten mir statt dieser schwarzen Mary sonst jemand gegeben, der auf mich schwört.«
Und mit dieser rätselhaften Bemerkung wandte sie sich ab.

Scheldon kam nicht wieder auf die Sache zurück und benahm sich wie immer. Es war nichts von einem schmachtenden Liebhaber oder überhaupt von einem Liebhaber an ihm. Und es war auch keine Befangenheit zwischen ihnen zu bemerken. Ihr Verhältnis war so offen und freundschaftlich wie immer. Wenn seine kriegerische Liebeserklärung Joans weibliches Selbstbewußtsein erweckt hatte, so suchte er doch vergeblich nach einem Anzeichen dafür. Sie schien ebenso unverändert wie er selber; während er aber wußte, daß er seine wahren Empfindungen verbarg, war er fest überzeugt, daß sie nichts verbarg. Und doch mußte der Samen, den er gesät, aufgehen, dessen war er sicher, wenn er das Ergebnis auch nicht kannte. Die Entwicklung dieses merkwürdigen Mädchens war nicht vorauszusagen. Sie konnte es sich überlegen, das stimmte; andererseits aber, und mit ebenso großer Wahrscheinlichkeit, konnte es sein, daß er nicht der rechte Mann für sie war und daß seine Liebeserklärung sie nur in ihrer Absicht, das wahre Glück läge im Alleinsein, bestärkt hatte.

Während er sich immer mehr der Plantage widmete, übernahm sie vollkommen den Haushalt mit seinen mannigfachen Forderungen. Und sie nahm ihn fest in ihre Hand und richtete ihn nach ganz neuen Gesichtspunkten ein. Die Arbeitsverhältnisse auf Berande besserten sich. Die Martha hatte fünfzig Schwarze fortgebracht, deren Zeit abgelaufen war, es waren die schlimmsten auf der Plantage gewesen – Arbeiter, die vor fünf Jahren vom Henkerjohnny angeworben waren und noch die frühere Schreckensherrschaft unter den ersten, vertriebenen Besitzern von Berande durchgemacht hatten.

Die anderen, schon zu Scheldons Zeit angelernten Arbeiter versprachen Besseres.

Joan hatte die neuen Leute im Einverständnis mit Scheldon von vornherein mit fester Hand und dabei mit absoluter Gerechtigkeit behandelt, damit sie nicht durch die älteren, die noch dageblieben waren, verdorben wurden.

»Ich glaube, es wäre gut, alle Leute in der Nähe des Hauses arbeiten zu lassen«, schlug Joan eines Tages beim Frühstück vor, »ich habe das

Haus rein gemacht, und jetzt sollten Sie einmal die Baracken säubern lassen. Es wird zuviel gestohlen.«

»Das ist ein guter Gedanke«, stimmte Scheldon bei. »Ich muß ihre Kisten untersuchen. Ich habe gerade ein paar Hemden vermißt, und meine Zahnbürste ist verschwunden.«

»Und zwei von meinen Patronenschachteln«, fügte sie hinzu. »Gar nicht zu reden von den Taschentüchern, Handtüchern, Bettlaken und meinen besten Hausschuhen. Aber was die Leute mit Ihrer Zahnbürste wollen, kann ich mir nicht recht vorstellen. Nächstens stehlen sie noch Billardbälle.«

»Einer ist schon ein paar Wochen vor Ihrer Ankunft verschwunden«, lachte Scheldon, »wir wollen die Kisten heute nachmittag untersuchen.«

Es wurde ein arbeitsreicher Nachmittag. Joan und Scheldon gingen, beide bewaffnet, durch die Baracken, durchsuchten Haus für Haus mit Hilfe der Aufseher, während ein halbes Dutzend Leute eine Kette bildeten und die Namen derjenigen, die verlangt wurden, weitergaben. Jeder mußte den Schlüssel zu seiner Kiste bringen und durfte zusehen, wie der Inhalt von den Aufsehern untersucht wurde.

Die Ausbeute war fabelhaft: ein volles Dutzend Buschmesser – krumme Hacken mit Schneiden wie Rasiermesser, mit denen man einem Menschen mit einem Schlage den Kopf abhauen konnte, Handtücher, Bettlaken, Hemden, Hausschuhe, Zahnbürsten, Besen und Seife, der fehlende Billardball und alle abhanden gekommenen und vergessenen Kleinigkeiten von vielen Monaten kamen zutage. Am allererstaunlichsten aber war die Menge Munition – Patronen für Lee-Metfords, Winchesters und Marlins, für Revolver aller Kaliber, Schrotpatronen, die beiden Schachteln Joans, Patronen riesiger Kaliber für die alten Snidergewehre von Malaita, Flaschen mit Schwarzpulver, Dynamitstangen, meterweise Zündschnur und Schachteln mit Zündhütchen. Der größte Fund aber wurde in dem Hause gemacht, das von Gogoomy und fünf Port-Adams-Leuten bewohnt wurde. Der Umstand, daß in den Kisten nichts gefunden wurde, erregte Scheldons Verdacht, und er gab den Befehl, den Erdboden aufzugraben. In Matten gewickelt, gut geölt, rostfrei und nagelneu, wurden zunächst zwei Winchesterbüchsen ausgegraben. Scheldon wußte nichts von ihnen; sie stammten nicht aus Berande. Ebensowenig die vierzig Flaschen Schwarzpulver, die unter dem Eckpfosten des Hauses gefunden wurden. Auch an den Verlust der acht Schachteln mit Zündhütchen konnte er sich nicht erinnern, wenn er seiner Sache auch nicht ganz sicher war. In einem großen Colt-Revolver erkannte er den von Hughie Drummond wieder, während Joan den Zweiunddreißiger

Iver & Lohnson erkannte, dessen Verlust Matapuu in der ersten Woche nach der Landung in Berande gemeldet hatte. Da er keine Munition fand, bestand Scheldon darauf, den ganzen Fußboden aufzugraben, und fand eine Blechdose, die früher fünfzig Pfund Mehl enthalten hatte. Mit starren Augen sah Gogoomy zu, wie Scheldon zweihundert Winchester-Patronen und ebenso reichliche Munition für die anderen Waffen aus der Büchse nahm. Die Konterbande und das Diebesgut waren, in Haufen sortiert, auf der hinteren Veranda des Bungalows aufgestapelt. Einige Schritte vor der Treppe stand die Gruppe der Schuldigen, einige vierzig Mann, und dahinter, in dichten Reihen, die gesamte Arbeiterschaft der Plantage.

Oben auf der Veranda saßen Joan und Scheldon, während die Aufseher auf den Treppenstufen standen. Die Schuldigen wurden einer nach dem andern aufgerufen und verhört. Es war nichts Bestimmtes aus ihnen herauszubekommen. Sie logen offenbar, blieben aber verstockt und erklärten jede Lüge, bei der sie ertappt wurden, mit einem Dutzend anderer. Einer verkündete selbstzufrieden, elf Stangen Dynamit am Strande gefunden zu haben. Derselbe Mann erklärte auch, daß Matapuus Revolver, der in der Kiste eines gewissen Kapu gefunden worden war, ihm von Lervumie gegeben worden sei. Lervumie, als Zeuge aufgerufen, sagte, er hätte ihn von Noni erhalten. Noni wollte ihn von Sulefatoi, Sulefatoi von Choka, Choka von Ngava bekommen haben, und Ngava schloß den Kreis, indem er angab, daß Kapu ihm die Waffe gegeben hätte. Kapu, der jetzt doppelt beschuldigt war, blieb ruhig dabei, daß Lervumie ihm die Waffe gegeben habe, und Lervumie erzählte ausführlich, wie er ihn von Noni erhalten hatte, und wieder ging es von Noni zu Sulefatoi im Kreise herum. Verschiedene Gegenstände waren zweifellos von den Hausboys gestohlen worden. Aber jeder beteuerte auf das entschiedenste seine Unschuld und verdächtigte seine Genossen.

Der Mann, bei dem der Billardball gefunden war, sagte, er hätte ihn nie im Leben gesehen, und äußerte die Vermutung, daß er auf geheimnisvolle Weise durch einen bösen Geist in seine Kiste gelegt worden sein müsse. Er habe keine Ahnung, wie der Ball dahingekommen sei, und er müsse wohl vom Himmel heruntergefallen sein.

Der Diebstahl der meisten Sachen wurde den Köchen und Mannschaften aller der Fahrzeuge in die Schuhe geschoben, die in den letzten Jahren vor Berande geankert hatten. In keinem Fall ließ sich die Wahrheit ermitteln, wenn auch die nicht identifizierten Waffen und Patronen zweifellos von den besuchenden Schiffen an Land gekommen waren.

»Also, was sagen Sie nun?« meinte Scheldon zu Joan. »Wir haben auf einem Vulkan geschlafen. Sie müßten alle ausgepeitscht werden.«

»Nicht schlagen mich«, schrie Gogoomy von unten. »Vater gehören mir groß fella Häuptling. Mich schlagen, zuviel Lärm bei dir, sehr bald, mein Wort.«

»Was sagen du fella Gogoomy!« rief Scheldon. »Ich läuten sieben Glokken aus dir. Hier du Kwaque legen ihm Eisen an, das fella Gogoomy.«

Kwaque, ein stämmiger Aufseher, griff Gogoomy aus dem Haufen heraus, bog ihm mit Hilfe der anderen Aufseher die Hände auf den Rücken und legte ihm die schweren Handschellen an.

»Mich fertig bei dir, ihr sterben alle zusammen«, bedrohte Gogoomy die Aufseher mit wutverzerrtem Gesicht.

»Bitte, nicht peitschen«, sagte Joan leise. »Wenn das Auspeitschen nötig ist, so schicken Sie die Leute nach Tulagi, und lassen Sie es von der Regierung vornehmen. Lassen Sie ihnen die Wahl zwischen einer Geldstrafe und einer amtlichen Auspeitschung.«

Scheldon nickte und erhob sich, den Blick auf die Schwarzen geheftet.

»Manonmie!« rief er.

Manonmie trat vor und wartete.

»Du fella Junge schlimm fella zu viel«, warf Scheldon ihm vor. »Du stehlen viel. Du stehlen ein fella Handtuch, ein fella Buschmesser, zwei-zehn Patronen. Mein Wort, viel schlimm fella stehlen du. Mich cross auf dich zu viel. Du wollen, mich nehmen ein fella Pfund von dir in dicken Buch. Du nicht wollen, mich auch nehmen ein Pfund, dann mich schicken dich fella nach Tulagi, ein groß fella Regierung peitschen dich. Viel Neu-Georgia-Jungens, viel Ysabel-Jungens bleiben Gefängnis Tulagi. Die fella dort nicht lieben Malaita-Jungens klein bißchen. Mein Wort, sie geben dir stark fella Peitsche. Was du sagen?«

»Du nehmen ein fella Pfund von mir«, lautete die Antwort. Und Manonmie trat erleichtert zurück, während Scheldon die Strafe in das Plantagenjournal eintrug.

Einen nach dem andern rief er die Sünder auf und stellte ihnen die Wahl. Und einer nach dem andern entschied sich, die auferlegte Strafe zu zahlen. Einige Strafen waren niedrig, nur wenige Shilling, während in den schlimmeren Fällen, wie dem Diebstahl von Gewehren und Munition, die Strafen entsprechend schwerer waren.

Gogoomy und seine Stammesgenossen wurden jeder mit drei Pfund bestraft, aber auf Gogoomys gegurgelten Befehl weigerten sie sich, zu zahlen.

»Ihr kommen Tulagi«, warnte Scheldon sie, »ihr kriegen stark fella Peitsche, und ihr bleiben Gefängnis drei fella Jahr. Herr Burnett, er sehen Winchester, sehen Patronen, sehen Revolver, sehen Schwarzpulver, sehen Dynamit – mein Wort, er cross zuviel. Er geben euch drei fella Jahre

Gefängnis. Ihr nicht wollen zahlen drei fella Pfund, ihr bleiben Gefängnis. Savvee?« Gogoomy schwankte.

»Es ist Tatsache, das würde Burnett ihnen geben«, sagte Scheldon leise zu Joan.

»Du nehmen drei fella Pfund von mir«, murrte Gogoomy und warf gehässige, finstere Blicke auf Scheldon, Joan und Kwaque. »Mich fertig bei dir, du kriegen groß fella Lärm, mein Wort, Vater gehören mir, groß fella Häuptling Port Adams.«

»Jetzt genug«, warnte Scheldon. »Du halten Mund gehören dir.«

»Mich nicht Angst«, erwiderte der Sohn des Häuptlings und erhöhte durch diese Unverschämtheit sein Ansehen in den Augen seiner Genossen.

»Sperr ihn ein für heute nacht«, sagte Scheldon zu Kwaque. »Sonne er kommen auf, das fella und fünf fella gehören ihm gehen Grasschneiden. Savvee?«

Kwaque grinste.

»Mich savvee«, sagte er. »Grasschneiden, ngari-ngari *(wörtlich: Kratz-Kratz; ungefährliche Hautvergiftung)* bleiben im Gras. Mein Wort!«

»Wir werden doch noch Schwierigkeiten mit Gogoomy haben«, sagte Scheldon zu Joan, als die Aufseher ihre Gruppen ordneten, um sie an die Arbeit zu führen. »Behalten Sie ihn im Auge, seien Sie vorsichtig, wenn Sie allein durch die Plantage reiten. Der Verlust der Winchesterbüchsen und der Munition hat ihn härter getroffen als Ihr Schlag. Er kann jederzeit ein Unheil anrichten.«

Gogoomy machen Kwaque fertig ganz und gar

»Ich möchte wissen, was aus Tudor geworden ist, es ist zwei Monate her, seit er im Busch verschwand. Seit er Binu verlassen hat, haben wir kein Wort mehr von ihm gehört.«
Joan Lackland saß auf ihrem Pferd am Ufer des Balesuna, dort, wo der Mais gesät worden war, und Scheldon, der zu Fuß vom Haus herübergekommen, lehnte sich an die Schulter des Pferdes.
»Ja, es ist lange her, daß Nachrichten durchgesickert sind«, antwortete er, wobei er sie unter seinem Hutrand hervor scharf beobachtete, um zu sehen, in welchem Maße sie sich um den Goldsucher sorgte. »Aber Tudor wird schon durchkommen. Er hat gleich am Anfang etwas fertiggebracht, das ich weder ihm noch sonst jemand zugetraut hätte. Er hat Binu-Charley überredet, mit ihm zu gehen. Und ich wette, daß kein anderer Binu-Kanake je so weit in den Busch gegangen ist, ohne gefressen zu werden. Was Tudor betrifft –«
»Da! Sehen Sie!« rief Joan leise und zeigte auf einen leichten Wirbel auf der anderen Seite des schmalen Flusses, wo ein großes Krokodil wie ein schwimmender Baumstamm trieb. »Oh, ich wollte, ich hätte mein Gewehr zur Hand.«
Das Krokodil sank unter und verschwand, kaum das Wasser kräuselnd.
»Heute morgen war ein Binu-Mann bei mir, um Medizin zu holen«, bemerkte Scheldon. »Möglicherweise war dieses Biest die Ursache. Eine Anzahl Binu-Frauen war im Wasser, und da trat eine direkt auf ein großes Krokodil. Es war dicht am Ufer, und die Bestie warf sie um und packte sie am Bein. Die anderen Weiber packten sie an den Armen und zogen. Und bei dem Hinundherzerren büßte sie das Bein ein. Unterhalb des Knies, sagte er. Ich gab ihm eine Anzahl antiseptischer Mittel. Ich glaube, sie wird durchkommen.«
»Ach, diese widerlichen Bestien«, stieß Joan schaudernd hervor. »Ich hasse sie! Ich hasse sie!«
»Und doch tauchen Sie zwischen den Haien«, schalt Scheldon.
»Das sind nur Fischhaie. Und solange die genug Fische haben, sind sie ganz ungefährlich. Sie beißen nur, wenn sie ausgehungert sind.«

Scheldon schauderte innerlich, als er sich ihr zartes Fleisch zwischen den Zähnen eines Haies vorstellte.
»Ich möchte trotzdem, daß Sie es nicht täten«, sagte er langsam. »Sie kennen die Gefahr.«
»Aber das ist ja gerade das Schöne dabei«, rief sie.
Eine abgedroschene Redensart, daß er sie nicht verlieren möchte, lag ihm auf der Zunge, aber er unterdrückte sie. Er hatte herausgefunden, daß er sie nicht schelten durfte. Es hätte einen taktischen Fehler von nicht geringer Tragweite bedeutet, wenn er sie dauernd oder auch nur gelegentlich an seine Gefühle erinnerte.
»Etwas fürs Gedichtbuch, etwas fürs tägliche Leben und etwas für den Magen des Haies«, lachte er grimmig. Dann fügte er hinzu: »Ich wünschte aber doch, daß ich so gut schwimmen könnte wie Sie. Vielleicht wäre ich dann ebenso zuversichtlich wie Sie.«
»Wissen Sie, ich stelle es mir eigentlich ganz nett vor, mit einem Mann, wie Sie einer zu sein scheinen, verheiratet zu sein«, bemerkte sie in einer ihrer plötzlichen Anwandlungen, die ihn immer wieder in Erstaunen setzten. »Ich glaube, daß Sie zu einem sehr guten Ehemann erzogen werden könnten – nicht zu einem solchen herrschsüchtigen Tyrannen, sondern zu einem, der bedenkt, daß seine Frau ebensogut ein Mensch und ebenso frei ist wie er selber. Wirklich, ich glaube, Sie bessern sich.«
Sie ritt lachend davon und ließ ihn niedergeschlagen zurück. Würde er gedacht haben, daß in ihren Worten eine leise Sprödigkeit, eine weibliche Unruhe und ein weiblicher Versuch zu absichtlicher Verlockung und Ermunterung gelegen hätte, dann wäre er stolz gewesen. Aber er wußte bestimmt, daß der Knabe und nicht die Frau so verwegen gesprochen hatte.
Joan ritt weiter zwischen den Reihen junger Kokospalmen hindurch, sah einen Hornraben, dessen unstetem Flug sie bis zum Hochwald an der Grenze der Plantage folgte, hörte das Gurren wilder Tauben und entdeckte sie etwas tiefer im Walde, verfolgte die frische Fährte eines Wildschweines auf einige Entfernung, ritt dann im Kreise zurück und schlug den schmalen Pfad zum Bungalow ein, der über zwanzig Morgen unübersichtlichen Graslandes führte. Das Gras reichte ihr bis zur Hüfte und noch höher. Und im Weiterreiten erinnerte sie sich, daß Gogoomy und ein paar andere Leute zum Grasschneiden abgeteilt worden waren. Sie kam an die Stelle, wo sie gearbeitet hatten, sah aber keine Spur von ihnen. Ihr unbeschlagenes Pferd trat geräuschlos auf den weichen, sandigen Boden, und als sie etwas weiter kam, hörte sie Stimmen. Es war Gogoomy, der sprach, und während sie so horchte, packte sie die Zügel fester, und der Zorn wallte in ihr auf.

»Hund er sein im Haus, Nachtzeit er gehen herum«, sagte Gogoomy auf Trepang-Englisch, da er außer zu seinen Stammesgenossen noch zu anderen sprach. »Ihr fella Jungens fangen ein fella Schwein, tun kai-kai gehören ihm an groß fella Fischhaken stecken. Hund er gehen herum, finden kai-kai, ihr fella Jungens fangen Hund genau wie Hai. Hund er gleich fertig. Groß fella Herr schlafen in groß fella Haus. Weiße Mary schlafen außen pickaninny Haus. Ein fella Adamu er bleiben außen um pickaninny Haus. Ihr fella Jungens machen fertig Hund, fertig Adamu, fertig groß fella Herr, fertig weiße Mary, fertig alle zusammen. Viele Musketen er haben, viel Pulver, viel Tomahawks, viel Messer, viel Schweinsfischzähne, viel Tabak, viel Kaliko. Mein Wort, zuviel Massen alles, wir nehmen in Walboot, washee (rudern) wie Hölle. Sonne er kommen auf, wir lang weg zuviel.«

»Mich fangen das Schwein, Sonne er gehen unter«, sagte einer, dessen Fistelstimme Joan als die von Cosse, einem Stammesgenossen Gogoomys, erkannte.

»Mich fangen Hund«, sagte ein anderer.

»Und mich fangen weiße Mary«, rief Gogoomy triumphierend. »Mich fangen Kwaque, er sterben verdammt schnell.« Soviel hörte Joan von dem Mordplan, dann gewann ihr aufsteigender Zorn die Oberhand über ihre Besonnenheit. Sie spornte ihr Pferd an und rief:

»Was Name ihr fella Jungens, he? Was Name?«

Sie sprangen auf, liefen durcheinander, und zu ihrer Überraschung sah Joan, daß sie etwa ein Dutzend vor sich hatte. Als sie die starren Gesichter und die schweren, zwei Fuß langen Hackmesser in ihren Händen erblickte, kam ihr plötzlich zum Bewußtsein, wie unüberlegt sie gehandelt hatte. Wenn sie wenigstens einen Revolver oder ein Gewehr bei sich gehabt hätte, wäre alles gut gewesen. Aber sie war in ihrer Sorglosigkeit unbewaffnet ausgeritten. Sie folgte Gogoomys Blick auf ihre Hüfte und sah das befriedigende Aufblitzen in seinen Augen, als er das Fehlen des schrecklichen männermordenden Revolvers bemerkte. Der erste Artikel im Kodex der Salomoninseln für einen Weißen war, nie vor einem Eingeborenen Furcht zu zeigen, und so versuchte Joan denn, sich auf Reiterart aus der Affäre zu ziehen.

»Zuviel reden ihr fella Jungens«, sagte sie streng. »Zuviel reden, zuwenig arbeiten! Savvee?«

Gogoomy gab keine Antwort, sondern schob sich nur, scheinbar von einem Fuß auf den andern tretend, ein wenig vorwärts. Die andern, die in einem Halbkreis um ihn standen, glitten gleichfalls vorwärts, und die furchtbaren Buschmesser in ihren Händen verrieten ihre Absicht.

»Ihr schneiden Gras!« befahl sie.

Aber Gogoomy schob seinen andern Fuß vor. Joan maß die Entfernung mit den Augen, es war unmöglich, das Pferd herumzuwerfen, wenn sie nicht von hinten niedergemacht werden wollte.
Und in diesem kritischen Augenblick prägte sie ihrem Gedächtnis alle diese Gesichter unvergeßlich ein – einer von ihnen war ein alter Mann mit ausgeweiteten zerrissenen Ohrläppchen, die ihm bis auf die Brust herabhingen, ein anderer hatte die breite platte Nase eines Afrikaners, und seine wilden Augen waren so unter den herunterhängenden Brauen vergraben, daß nichts als das gelbliche, krank aussehende Weiße zu sehen war, ein dritter war da mit dicken Lippen und lockigem Backenbart; und Gogoomy – nie zuvor war ihr aufgefallen, wie schön Gogoomy in seiner wilden Art war. Im Gegensatz zu seinen Gefährten prägte ihn natürliche Vornehmheit. Die Linien seiner Gestalt waren abgerundeter als die ihren, seine Haut war glatt, gut geölt und frei von jeder Krankheit. Auf seiner Brust hing, an einer Schnur von Schweinsfischzähnen um seinen Hals, ein großer, aus opalisierender Muschelschale geschnitzter Halbmond. Eine Reihe weißer Kaurimuscheln umspannte seine Stirn. In seinem Haar steckte eine einzige weiße Feder. Über der Wade des einen Beines trug er, wie ein Strumpfband, eine Schnur aus weißen Perlen. Das wirkte äußerst stutzerhaft. Eine schmale Schnur um die Hüften vervollständigte sein Kostüm. Dann sah sie einen anderen, alt, runzlig, mit gerunzelter Stirn und gerunzeltem Gesicht, das in tierischer Leidenschaft zuckte und arbeitete, wie sie es auf den Gesichtern von Affen beobachtet hatte.
»Gogoomy«, sagte sie scharf. »Du nicht schneiden Gras, mein Wort, ich schlagen Kopf gehören dir.«
Sein Ausdruck wurde eine Spur verächtlicher, aber er antwortete nicht. Statt dessen blickte er verstohlen nach links und nach rechts, um festzustellen, wie weit seine Genossen Joan schon umzingelt hatten, und wieder schob er seinen Fuß, wie zufällig, einige Zoll vor. Joan war sich ihrer verzweifelten Lage voll und ganz bewußt. Es gab nur einen Ausweg: durch! Sie hob drohend die Reitpeitsche, trieb im selben Augenblick beide Sporen ein und lenkte das Pferd direkt auf Gogoomy zu. Das alles war Sache eines Augenblicks. Alle Buschmesser waren erhoben, und alle Schwarzen mit Ausnahme Gogoomys drangen auf sie ein. Gogoomy wich seitwärts aus, um dem Pferd zu entgehen, und schwang sein Buschmesser über sie, das sie, wenn er sie getroffen hätte, in zwei Teile geschnitten haben würde. Sie lehnte sich vornüber, um dem sausenden Messer zu entgehen, das durch ihren Reitrock, die Kante des Sattels und die Satteldecke schnitt und sogar noch in den Rücken des Pferdes drang. Ihre rechte Hand, die sie erhoben hatte, fuhr nieder. Die dünne Peitsche

sauste durch die Luft. Joan sah die weißen Striemen quer über dem boshaften hübschen Gesicht, sah im selben Augenblick, wie der Mann mit dem verrunzelten Gesicht überritten vor ihr niederfiel und hörte sein grunzendes, zorniges Geschrei – ganz ähnlich dem eines wilden Affen. Dann war sie frei und schoß auf das Haus zu.

Bei ihrer seemännischen Erfahrung wußte sie Scheldons Entschlossenheit zu würdigen, als sie mit ihren Neuigkeiten bei ihm eindrang. Er sprang von dem Liegestuhl auf, in dem er auf sein Frühstück gewartet hatte, klatschte in die Hände, um die Hausboys herbeizurufen, und während er ihr zuhörte, schnallte er schon seinen Patronengürtel um und spannte seine automatische Pistole.

»Ornfiri«, stieß er seine Befehle hervor, »du fella läuten groß fella Glocke stark fella zuviel. Du hören auf läuten, du legen Sattel auf Pferd. Viaburi, du gehen schnell Haus gehören Seelee, sagen ihm, viel schwarzes fella laufen weg, zehn fella zwei fella schwarze fella Jungens.«

Er kritzelte etwas auf einen Zettel und gab ihn Lalaperu. »Du gehen schnell Haus gehören weiß fella Herr Boucher. – Auf diese Weise werden sie von zwei Seiten von der Küste zurückgetrieben«, erklärte er Joan, »und der alte Seelee wird sein ganzes Dorf auf ihre Fährte hetzen.«

Dem Ruf der großen Glocke folgend, trafen als erste Joans Tahitianer ein, und ihre glänzenden Körper und ihr kochender Atem zeigte, daß sie den ganzen Weg gelaufen waren. Einige Gruppen, die sehr weit entfernt waren, mußten zu ihrem Eintreffen fast eine Stunde brauchen.

Scheldon bewaffnete zunächst Joans Seeleute und teilte Munition und Handschellen aus. Adamu-Adam ließ er mit geladenem Gewehr bei den Booten Wache halten. Noah-Noah sollte mit Hilfe Matapuus die Arbeitsgruppen bei ihrem Eintreffen in Empfang nehmen, sie hinhalten und darauf achten, daß sie nicht auch vom Aufruhr angesteckt würden. Die andern fünf Tahitianer sollten Joan und Scheldon zu Fuß folgen.

»Ich bin nur froh, daß wir das Arsenal ausgehoben haben«, bemerkte Scheldon, als sie zur Pforte des Grundstücks hinausritten.

Nach etwa hundert Meter stießen sie auf einen Trupp Arbeiter, der hereinkam. Es war die Gruppe Kwaques, aber Scheldon suchte vergeblich nach ihm.

»Was Name das fella Kwaque er nicht bleiben bei euch«, fragte er.

Ein Gewirr aufgeregter Stimmen versuchte die Antwort zu geben.

»Machen Mund zu gehören euch allzusammen«, befahl Scheldon. Er sprach barsch und übernahm wieder die Rolle des Weißen, der stets streng und herrisch sein muß.

»Hier, du fella Babatani, du sprechen Mund gehören dir.« Babatani trat mit der ganzen Würde eines aus seinen Gefährten Erwählten vor.

»Gogoomy, er machen fertig Kwaque ganz und gar«, lautete Babatanis Erklärung. »Er nehmen Kopf gehören ihm laufen wie Hölle.«

Mit kurzen Worten und geringer Einbildungskraft beschrieb er den Mord, und Scheldon und Joan ritten weiter. Im Gras, wo Joan überfallen worden war, fanden sie den kleinen, runzligen Mann, den Joan überritten hatte. Er jammerte und stöhnte noch. Das Pferd war ihm auf den Knöchel getreten und hatte ihn vollständig zerquetscht, und nachdem der Mann hundert Meter weiter gekrochen war, hatte er sich von der Aussichtslosigkeit seiner Flucht überzeugt. Der letzten Arbeitergruppe, die vom äußersten Ende der Plantage kam, wurde der Auftrag erteilt, ihn ins Haus zu tragen.

Eine Meile weiter, an einer Stelle, wo die Fährte der Ausreißer direkt in den Busch führte, fanden sie die Leiche Kwaques. Zwar war der Kopf abgehackt und fehlte, Scheldon nahm aber bestimmt an, daß es Kwaque war.

Es hatte offenbar einen Kampf gegeben, denn eine Blutspur führte von der Leiche in den dichten Busch. Hier mußten sie ihre Pferde zurücklassen. Papehara wurde zu ihrer Beaufsichtigung zurückgelassen, während Joan, Scheldon und die übrigen Tahitianer zu Fuß weiter vordrangen. Der Weg führte durch eine sumpfige Niederung, die gelegentlich vom Berandefluß überflutet wurde, und hier kreuzten sich die roten Fährten der Mörder mit der eines Krokodils. Sie hatten offenbar das Tier in der Sonne schlafend überrascht und ihre Flucht unterbrochen, um es in Stücke zu hacken. Der Verwundete hatte sich niedergesetzt und gewartet, bis die anderen zum Weitergehen bereit gewesen waren.

Eine Stunde später blieben sie plötzlich an einem Schwarzwildwechsel stehen. Die Blutspur hatte aufgehört.

Die Tahitianer drangen auf beiden Seiten in den Busch ein. Da zeigte ein Schrei von Utami an, daß er einen Fund gemacht hatte. Joan wartete, bis Scheldon zurückkam. »Es ist Mauko«, sagte er. »Kwaque hat es ihm tüchtig gegeben, und er ist dort hineingekrochen und gestorben. Meinen Sie nicht auch, daß es jetzt genug für Sie ist?«

»Es ist nicht schön«, sagte sie. »Ich werde umkehren und bei den Pferden auf Sie warten.«

»Aber Sie können nicht allein gehen. Nehmen Sie zwei von den Leuten mit.«

»Dann gehe ich weiter mit. Es wäre töricht, die Verfolger zu schwächen, und ich bin nicht müde.«

Die Fährte bog jetzt rechts ab, als ob die Ausreißer ihre Absicht geändert hätten und dem Balesuna zugestrebt wären. Dann aber ging es wieder nach rechts, bis die Spur eine Schleife bildete, deren Schnittpunkt dort zu sein schien, wo sie, am Ende der Plantage, die Pferde zurückgelassen hatten. Als sie ein stilles Dickicht passierten, wo sich nichts als ein samtartiger Schmetterling von zwölf Zoll Größe regte, hörten sie Schüsse knallen.

»Acht«, zählte Jona. »Es war nur ein Gewehr. Das muß Papehara sein.«

Sie hasteten weiter; als sie aber die Stelle erreichten, waren sie im Zweifel. Die beiden Pferde standen ruhig angebunden da, und Papehara hockte friedlich auf dem Boden.

Als sie auf ihn zuschritten, trat Scheldon auf einen Körper, der im Grase lag, und kaum hatte er sein Gleichgewicht wiedergefunden, als seine Augen auf einen zweiten fielen. Diesen erkannte Joan. Es war Cosse, einer von Gogoomys Stammesgenossen, der, welcher versprochen hatte, bei Sonnenuntergang das Schwein zu fangen, das als Köder für Satan dienen sollte.

»Kein Glück, Missie«, begrüßte Papehara sie, indem er trostlos den Kopf schüttelte. »Treffen nur zwei Jungens. Ich haben gut auf Gogoomy geschossen, aber gefehlt.«

»Aber die hast du getötet«, schalt Joan, »du solltest sie lebendig fangen.«

Der Tahitianer lächelte.

»Wie?« fragte er. »Ich rauchen. Ich denken, Tahiti und Brotfrüchte und hübsche gute Zeit in Bora-Bora. Gerade da, zehn Jungens laufen schnell aus dem Busch vor mir. Jeder Junge haben langes Messer. Gogoomy haben langes Messer eine Hand, Kwaques Kopf andere Hand. Ich nicht warten sie lebendig fangen. Ich schießen wie Hölle. Wie du fangen lebendig zehn Jungens, zehn lange Messer und Kwaques Kopf?«

Die Spuren der Leute, die sich hier nach dem mißglückten Versuch, den Tahitianer zu überraschen, trennten, führten bald wieder zusammen. Die Fährte ging zum Berandefluß, den die Ausreißer offenbar in der Absicht, sich in den Mangrovensümpfen auf dem andren Ufer zu verstekken, überschritten hatten.

»Es hat keinen Zweck, weiterzugehen«, sagte Scheldon. »Seelee wird sie doch mit seinen Leuten herausjagen. Er läßt sie nie durch. Wir brauchen nur die Küste zu bewachen, um zu verhindern, daß sie zur Plantage zurückkommen und Amok laufen. Ah, dacht' ich's nicht!«

Im Schatten des Dickichts am andern Ufer glitt ein kleines Kanu den Fluß herab, so lautlos bewegte es sich, daß es fast einer Erscheinung glich. Drei nackte Schwarze tauchten geräuschlos ihre Paddel ins Wasser. Lange, schlanke, mit knöchernen Widerhaken versehene Wurfspeere lagen auf dem Rande des Kanus, während jedem Manne ein Köcher voll Pfeilen auf dem Rücken hing. Den Augen der Menschenjäger entging nichts. Sie hatten Scheldon und Joan zuerst gesehen, gaben aber kein Zeichen. An der Stelle, wo Gogoomy und seine Leute den Fluß verlassen hatten, hielt das Kanu plötzlich an, drehte sich dann und verschwand im tiefen Dunkel der Mangroven. Ein zweites und drittes Kanu kamen um die Biegung herum, glitten geisterhaft bis an die Stelle, wo die Ausreißer den Fluß überschritten hatten, und verschwanden ebenfalls in den Mangroven.

»Ich hoffe, daß keiner mehr getötet wird«, sagte Joan, als sie ihre Pferde heimwärts lenkten.

»Ich glaube kaum«, versicherte ihr Scheldon. »Der alte Seelee bekommt laut unserem Abkommen nur etwas für lebendige Leute, daher ist er sehr vorsichtig.«

Eine Nachricht aus dem Busch

Noch nie waren Ausreißer aus Berande so eifrig verfolgt worden wie diesmal. Die Taten Gogoomys und seiner Genossen waren ein schlimmes Beispiel für die hundertundfünfzig Neugeworbenen. Es waren Mordtaten geplant gewesen, ein Aufseher getötet worden, und die Mörder hatten durch ihre Flucht in den Busch ihren Kontrakt gebrochen. Scheldon wußte, wie wichtig es war, den frisch eingebrachten Kannibalen zu zeigen, daß es gefährlich sei, den schlechten Beispielen zu folgen, und er drängte Seelee Tag und Nacht, durchstreifte mit den Tahitianern unaufhörlich den Busch und überließ Joan die Leitung der Plantage. Im Norden paßte Boucher auf und trieb die Flüchtlinge bei ihrem Versuch, die Küste zu gewinnen, zweimal zurück.

Einer nach dem anderen wurde gefangen. Auf der ersten Streife durch den Mangrovensumpf fing Seelee zwei. Ein dritter wurde bei einem Durchbruchsversuch im Norden von Boucher an der Lende verwundet. Er schleppte sich auf der Flucht hinter den andern her und wurde dann von Seelees Leuten gefangen. Diese drei wurden täglich, schwer gefesselt, als Warnung auf dem Grundstück ausgestellt, alles zur Belehrung der einhundertundfünfzig halbwilden Punga-Punga-Leute. Dann wurde der Minerva, die auf der Fahrt nach Tulagi vorbeisegelte, signalisiert, ein Boot zu schicken und die drei Gefangenen mitzunehmen, damit sie im Gefängnis ihre Verurteilung abwarteten.

Fünf befanden sich noch in Freiheit, aber ein Entkommen war unmöglich. Sie konnten nicht an die Küste gelangen, und zu weit ins Innere wagten sie sich aus Furcht vor den wilden Buschleuten auch nicht. Da stellte sich einer der fünf freiwillig, und Scheldon erfuhr durch ihn, daß nur noch Gogoomy und zwei andere in Freiheit waren. Es hätte noch ein vierter sein müssen, aber der war nach Angabe des Zurückgekehrten getötet und gefressen worden. Die Furcht vor einem ähnlichen Schicksal hatte ihn wieder hergetrieben. Er war ein Malu-Mann, vom nordwestlichen Teil Malaitas, woher auch der andere, der aufgefressen worden war, stammte. Die beiden anderen Gefährten Gogoomys waren aus Port Adam. Der Schwarze erklärte, daß er es lieber sähe, durch die Regierung bestraft, als von seinen Genossen im Busch aufgefressen zu werden.

»Dicht bei Gogoomy kai-kai mich«, sagt er, »mein Wort, mich nicht mögen, Jungens kai-kai mich.«
Drei Tage später fing Scheldon einen der Leute, der hilflos vom Sumpffieber und unfähig war, zu kämpfen oder wegzulaufen. Am selben Tage fing Seelee einen zweiten in ähnlicher Verfassung. Jetzt war nur noch Gogoomy frei, und als die Verfolger ihm nahe kamen, überwand er seine Furcht vor den Buschleuten und floh geradewegs in die Berge. Scheldon und vier Tahitianer sowie Seelee mit dreißig seiner Leute verfolgten Gogoomys Fährte ein Dutzend Meilen weit in das offene Grasland. Dann verloren Seelee und seine Leute den Mut. Er gestand, daß weder er noch sonst einer von seinem Stamme je so weit ins Innere vorgedrungen sei, und erzählte, um Scheldon zu warnen, die schrecklichsten Geschichten von den furchtbaren Buschleuten. In früheren Zeiten, sagte er, hätten sie das Grasland überquert und die Salzwasserleute angegriffen; seit die Weißen an die Küste gekommen wären, hielten sie sich in ihren Festungen im Innern, und kein Salzwassermann hätte sie je wieder gesehen.
»Gogoomy, er fertig werden durch die fella Buschleute«, versicherte er. »Mein Wort, er fertig werden sehr bald, kai-kai ganz und gar.«
So kehrte die Expedition denn um. Nichts konnte die Küstenbewohner bewegen, weiterzugehen, und Scheldon wußte, daß es Wahnsinn gewesen wäre, mit seinen vier Tahitianern allein weiter vorzudringen. Das Gras reichte ihm bis an die Hüfte, und er blickte mit Bedauern über die Steppe und die sanft ansteigenden Hügel bis zum Löwenkopf, einem hohen Felsmassiv, das mitten auf Guadalcanar gen Himmel ragte, ein Wahrzeichen, das jeder die Küste entlangfahrende Seemann zur Peilung benutzte, ein Gebirge, das noch keines Weißen Fuß je betreten hatte.
Als Scheldon und Joan an diesem Abend nach dem Essen Billard spielten, bellte Satan draußen. Lalaperu wurde geschickt, um nachzusehen, und brachte einen ermüdeten und wegbeschmutzten Eingeborenen, der den weißen Herrn zu sprechen wünschte. Nur durch seine Beharrlichkeit erhielt der Mann zu dieser Stunde Zutritt. Scheldon trat auf die Veranda und erkannte auf den ersten Blick an den ausgemergelten Zügen und dem verkommenen Körper des Mannes, daß er einen wichtigen Auftrag haben müsse. Trotzdem fragte er barsch: »Was Name, du kommen Haus gehören mir, Sonne er gehen unter?«
»Mich Charley«, murmelte der Mann müde und ängstlich, »mich kommen von Binu.«
»Ah, Binu-Charley, he? Schön, was Name du sprechen zu mir? Was Ort groß fella weißer Herr er bleiben?«
Joan und Scheldon hörten zusammen den Bericht an, den Binu-Charley brachte. Er beschrieb die Expedition Tudors den Balesuna hinauf, durch

das Grasland, erzählte wie die Weißen unzählige Male den Kies auf der Suche nach Gold ausgewaschen hätten, wie sie auf der ersten Hügelkette auf Menschenfallen, mit Speeren gefüllte Löcher, gestoßen, wie sie im Dickicht zum erstenmal mit den Buschleuten zusammengetroffen waren, die noch nie Tabak gesehen hatten und die Wirkung des Rauchens nicht kannten, wie die Expedition, die freundlich empfangen worden, immer tiefer um den Löwenkopf herum in das Innere eingedrungen war, trotz der Wunden, die das Dornengestrüpp im Busch ihnen beigebracht hatte, und trotz der Fieberanfälle der Weißen. Wahnsinn, meinte er, sei es gewesen, den Buschleuten zu trauen.

»Alle Zeit ich reden mit weiß fella Herr«, sagte er. »Mich sagen, das fella Buschmann er sehen mit Auge gehören ihm. Er savvee zuviel. Glauben, Muskete er sehen bei dir, das fella Buschmann er zuviel gut Freund mit dir. Allzeit er sehen scharf Augen gehören ihm. Muskete er nicht bleiben bei dir, mein Wort, das fella Buschmann schlagen Köpfe ab gehören euch. Ihr kai-kai alle zusammen.«

Aber die Geduld der Buschleute hatte die der Weißen überdauert. Wochen waren vergangen, ohne daß eine Feindseligkeit vorgekommen war. Die Buschleute kamen in immer größerer Zahl ins Lager und brachten stets Geschenke, Jams und Taro, Schweine und Geflügel, wilde Früchte und Gemüse. Wenn die Goldsucher ihr Lager verlegten, trugen die Buschleute freiwillig das Gepäck. Und die Weißen wurden immer sorgloser. Sie wurden es bald müde, sich bei der Untersuchung des Bodens mit ihren Gewehren und den schweren Patronengürteln abzuschleppen, und schließlich pflegten sie ihre Waffen im Lager zurückzulassen. »Ich sagen viel fella weiß Herr sollen sehen scharf Augen gehören ihm. Und viel fella weiß Herr machen groß Lachen über mich, sagen, Charley, ganz wie pickaninny – mein Wort, sie sprechen zu mir ganz wie pickaninny (*kleines Kind*).«

Dann kam der Morgen, an dem Binu-Charley bemerkte, daß Weiber und Kinder verschwunden waren. Tudor lag mit schwerem Fieber in einem früheren Lager, während das Hauptlager um fünf Meilen verlegt worden war, um eine zutage liegende Ader, die vermutlich Quarz enthielt, zu untersuchen. Binu-Charley befand sich mitten zwischen den beiden Lagern, als ihm die Abwesenheit der Weiber und Kinder auffiel.

»Mein Wort«, sagt er. »Mich denken furchtbar schnell ihr schwarze Mary, ihr Kinder gehen weg, lang Weg klein bißchen. Was Name? Mich savvee, zuviel Lärm dicht bei. Mich Angst wie Hölle. Mich laufen. Mein Wort, mich laufen.«

Binu-Charley hatte Tudor, der bewußtlos war, quer über der Schulter eine Meile den Weg entlang getragen. Dann hatte er ihn, die Fährte hinter sich verwischend, eine Viertelmeile ins tiefste Dickicht geschleppt und ihn in einem großen Banyabaum verborgen. Als er zurückging, um die Gewehre und die übrige Ausrüstung in Sicherheit zu bringen, hatte Binu-Charley eine Horde Buschleute den Weg herabkommen sehen und sich im Busch versteckt. Dann hatte er aus der Richtung des Hauptlagers zwei Büchsenschüsse gehört. Das war alles. Er hatte die Weißen nie wieder zu sehen bekommen und hatte sich auch nicht wieder in die Nähe des Lagers gewagt. Er war zu Tudor zurückgekehrt und hatte sich eine Woche lang mit ihm versteckt gehalten. Während dieser Zeit hatten sie von wilden Früchten und ein paar Tauben und Kakadus, die er mit Pfeil und Bogen erlegen konnte, gelebt. Dann war er nach Berande gegangen, um die Nachricht zu überbringen. Tudor war, wie er sagte, sehr krank, lag seit Tagen ohne Bewußtsein und würde, wenn er zu sich käme, zu schwach sein, um sich selbst zu helfen.

»Was Name du nicht töten das groß fella Herr?« fragte Joan. »Er haben gut fella Muskete, viel Kaliko, viel Tabak, viel Messer, und zwei fella pickaninny Musketen schießen schnell, bang-bang-bang – gerade so.«

Der Schwarze lachte schlau.

»Mich savvee zuviel. Mich töten das groß fella Herr, viel weiße fella Herrn kommen Binu cross wie Hölle. ›Was Name dies Bursche Musket?‹ dies viel fella weiß Herrn reden mit mir. Mein Wort, Binu-Charley fertig ganz und gar. Glauben, mich töten ihn, nicht gut für mich. Viel weiß fella Herrn cross auf mich. Glauben mich nicht töten ihn, vielleicht er geben mir viel Tabak, viel Kaliko, viel alles andere.«

»Es gibt nur eine Möglichkeit«, sagte Scheldon zu Joan. Sie trommelte erwartungsvoll mit den Fingern, während Binu-Charley sie müde anstarrte. »Ich werde morgen früh aufbrechen«, sagte Scheldon.

»Wir werden aufbrechen«, verbesserte sie. »Ich hole doppelt soviel wie Sie aus meinen Tahitianern heraus, und außerdem sollte ein Weißer unter solchen Umständen nie allein sein.«

Er gab durch Achselzucken zu verstehen, daß er nachgäbe, wenn er auch durchaus nicht einverstanden war; aber er wußte, daß es keinen Zweck hatte, sich in einen Streit über diese Frage mit ihr einzulassen, er tröstete sich mit dem Gedanken, daß ihr Gott weiß was für Abenteuer zustoßen konnten, wenn sie eine Woche lang allein auf Berande blieb. Er klatschte in die Hände, und in der nächsten Viertelstunde hatten die Hausboys alle Hände voll zu tun. Befehle wurden nach den Baracken geschickt, ein Mann mußte in das nahe gelegene Dorf Balesuna laufen, um sofort den alten Seelee zu holen. Das Boot wurde geschickt, um Boucher zu holen. An die Tahitianer wurde Munition ausgeteilt, und dem Lager wurden für einige Tage Vorräte entnommen. Viaburi erschrak, als er erfuhr, daß er die Expedition begleiten sollte, und zum allgemeinen Erstaunen erbot Lalaperu sich freiwillig, an seiner Statt zu gehen. Seelee traf ein, stolz auf die Auszeichnung, daß der große Herr von Berande ihn nachts zu einer Besprechung gerufen hatte, und unerschütterlich in seinem Entschluß, keinen Zoll weit in das gefürchtete Gebiet der Buschleute einzudringen. Wäre er um seine Meinung gefragt worden, als die Goldsucher aufbrachen, so hätte er ihnen ihr unglückliches Ende vorausgesagt. Für jeden, der in das Gebiet der Buschleute eindrang, gab es nur ein Schicksal: gefressen zu werden. Und wenn Scheldon in den Busch ginge, dann prophezeite er ihm dieses Schicksal auch. Scheldon ließ die Aufseher holen und sagte ihnen, daß sie zehn der größten, besten und stärksten Punga-Punga-Leute bringen sollten.

»Nicht Salzwasserjungen«, schärfte Scheldon ihnen ein, »sondern Buschjungen – Bein gehören ihnen stark fella Bein. Jungen nicht savvee Muskete nicht gut. Du bringen Jungen können schießen Muskete stark fella.«

Zehn Männer waren es, die beim Scheine der Laterne auf der Veranda antraten. Ihre kräftigen muskulösen Beine zeigten, daß sie Buschleute waren. Jeder von ihnen war im Buschkampf erfahren; die meisten hatten zum Beweis Narben von Schüssen oder Speeren aufzuweisen, und alle brannten darauf, die Einförmigkeit der Plantagenarbeit durch eine kriegerische Expedition zu unterbrechen. Ihr natürlicher Beruf war Kampf, nicht Unkrautjäten, und wenn sie sich auch nicht allein in den Busch von Guadalcanar gewagt hätten, so fühlten sie sich doch sicher mit einem weißen Mann wie Scheldon und einer weißen Frau wie Joan. Außerdem hatte der große Herr ihnen gesagt, daß die acht riesigen Tahitianer mitgingen. Die Punga-Punga-Freiwilligen standen bis auf ihre Lendentücher nackt und barbarisch geschmückt, mit leuchtenden Augen und glühenden Gesichtern da. Jeder trug einen Schildpattring durch die Nase und eine Tonpfeife in dem Ohrläppchen oder in einem Perlenarmband um den Oberarm. Die Brust des einen schmückten zwei prächtige Eberhauer. Auf der Brust eines andern hing eine große Scheibe aus polierter Venusmuschelschale.

»Viel stark fella kämpfen«, warnte Scheldon sie zum Schluß. Sie grinsten und traten vergnügt von einem Fuß auf den andern.

»Möglich, Buschleute kai-kai euch.«

»Kein Furcht«, antwortete ihr Sprecher Kogoo, ein stämmiger Kerl mit Wulstlippen, der wie ein Äthiopier aussah. »Vielleicht Punga-Punga-Jungen kai-kai Buschjungen.«

Scheldon schüttelte lächelnd den Kopf, entließ sie und ging in den Vorratsraum, um ein kleines Schutzzelt für Joan herauszugeben.

Im Busch

Es war wirklich eine furchteinflößende Expedition, die am nächsten Morgen bei Tagesanbruch mit einer Flottille von Kanus und Dinghis von Berande aufbrach. Sie bestand aus Joan, Scheldon, Binu-Charley, Lalaperu, den acht Tahitianern und den zehn Punga-Punga-Leuten, die alle stolz auf ihre schimmernden neuen Gewehre waren. Außerdem nahmen zwei Bootsmannschaften der Plantage von je sechs Mann am Zuge teil. Sie sollten allerdings nur bis Carli mitkommen, wo die Reise zu Wasser zu Ende war und wo sie mit den Booten warten sollten. Boucher blieb zur Beaufsichtigung der Plantage in Berande zurück. Gegen elf Uhr vormittags erreichte die Expedition Binu, ein Dorf von zwanzig Hütten am Flußufer. Hier schlossen sich ihr einige dreißig mit Speeren und Bogen bewaffnete Binuleute an, die vor Freude über den kriegerischen Aufzug außer sich waren. Die weiten ruhigen Strecken des Flusses wichen einer schnelleren Strömung, und das Vorwärtskommen gestaltete sich immer langsamer und schwieriger. Dazu wurde der Balesuna seichter, und immer häufiger stießen die beladenen Boote auf Grund und mußten geschoben werden. An manchen Stellen versperrten gestürzte Bäume den schmalen Fluß, und Boote und Kanus mußten um diese Hindernisse herumgetragen werden. Die Nacht brachte sie nach Carli, und sie hatten die Genugtuung, in einem Tage das geschafft zu haben, wozu Tudors Expedition zwei Tage gebraucht hatte. Hier in Carli, wo sie das Grasland halbwegs durchquert hatten, wurden am nächsten Morgen die Bootsbesatzungen und die Binuleute zurückgelassen; die kühnsten von ihnen gingen zwar noch eine Meile mit, rissen dann aber aus und liefen fort. Binu-Charley hingegen ging voraus und zeigte den Weg zu den ansteigenden Hügelketten, indem er dem Pfade folgte, den Tudor mit seinen Leuten vor Wochen gegangen war. Diese Nacht kampierten sie schon im hügeligen Gelände, tief in dem tropischen Dschungel. Der dritte Tag fand sie auf den Pfaden der Buschleute, Pfaden, die so schmal waren, daß die Leute im Gänsemarsch gehen mußten, und die sich in endlosen Windungen durch das dichte Gestrüpp schlängelten. Es war ein schweigender Wald, üppig und feucht, wo nur gelegentlich eine Holztaube gurrte oder schneeweiße Kakadus im schnellen Fluge rauh krächzten.

Hier ereignete sich eines Vormittags der erste Unglücksfall. Binu-Charley war ein wenig zurückgeblieben, und Kogoo, der Punga-Punga-Mann, der sich gebrüstet hatte, die Buschleute auffressen zu wollen, hatte die Führung. Joan und Scheldon hörten ein Schwirren und sahen, wie Kogoo die Arme in die Höhe warf, das Gewehr fallen ließ, vorwärts stürzte und auf Hände und Knie niederfiel. Links, tief zwischen seinen nackten Schultern, sah die mit knöchernen Widerhaken versehene Spitze eines Pfeiles hervor, der durch und durch gegangen war. Gespannte Büchsen suchten nervös den Busch ab, aber es gab kein Rascheln, keine Bewegung, nichts als die feuchte, drückende Stille.
»Das nicht Buschleute«, rief Binu-Charley, und der Klang seiner Stimme erschreckte die anderen. »Das verdammte Hinterlist. Das fella Kogoo nicht haben auf Auge gehören ihm. Er nicht savvee klein bißchen.«
Kogoo lag mit gekrümmten Armen da, wo er gestürzt war. In dem Augenblick, als Binu-Charly zu ihm trat, stieß der Getroffene seinen letzten Seufzer aus und blieb nach einem letzten konvulsivischen Zucken still liegen. »Mitten durchs Herz«, sagte Scheldon und richtete sich nach der vorgenommenen Untersuchung auf. »Es muß eine Falle sein.«
Er bemerkte Joans blasses, gespanntes Gesicht und die großen Augen, mit denen sie auf das starrte, was vor kaum einer Minute noch ein gesunder Mensch gewesen war. »Ich habe den Mann selbst angeworben«, flüsterte sie. »Er kam aus dem Busch geradewegs auf die Martha und bot sich freiwillig an. Ich war so stolz. Er war mein allererster Rekrut –«
»Mein Wort, seht das fella«, unterbrach Charley sie, indem er die Blätterwand neben dem Pfahl beiseite bog und einen Bogen aufdeckte, der so schwer war, daß kein Buschmann ihn hätte spannen können.
Der Binu-Mann untersuchte den Mechanismus der Falle und deckte in dem Gewirr des Unterholzes die verborgene Schnur auf, die bei Berührung durch Kogoos Fuß den Pfeil abgeschossen hatte.
Sie befanden sich tief im Urwald. Ein schwaches Zwielicht herrschte, denn durch das dichte Dach von Blättern und Schlingpflanzen über ihnen drang nicht einmal ein flüchtiger Sonnenstrahl. Die Tahitianer waren offenbar durch die Stille, die Dunkelheit und das Geheimnisvolle des Ortes und des Vorfalls bedrückt, sie zeigten jedoch keineswegs Furcht, sondern wollten weiter vordringen. Die Punga-Punga-Leute hingegen waren durchaus nicht bedrückt. Sie waren selbst Buschleute, und ein solcher schweigender Kriegszug war ihnen nichts Ungewohntes, wenn die Kunstgriffe sich auch von denen unterschieden, die sie in ihrem eigenen Busch anwandten. Am niedergeschlagensten waren Joan und Scheldon, doch von ihnen als Weißen wurde vorausgesetzt, daß derar-

tige Vorkommnisse sie überhaupt nicht berührten, und ihre Aufgabe war es, mit zäher Tapferkeit die Lage zu meistern, wie es sich für »groß fella Herren« der herrschenden Rasse geziemt.

Sie drangen weiter vor, Binu-Charley übernahm wieder die Führung, und seine scharfen Augen entdeckten eine Falle nach der andern in den verborgensten Schlupfwinkeln. Der Weg war von tausend heimtückischen Dingen übersät, hauptsächlich geschickt verborgenen Dornen, die in die nackten Füße der Angreifer eindringen sollten. Am Nachmittag entging Binu-Charley einmal nur mit knapper Not der Gefahr, in einer mitten auf dem Wege liegenden, mit Speeren gespickten Grube gepfählt zu werden. Hin und wieder machten sie halt und warteten eine halbe Stunde oder noch länger, während Binu-Charley verdächtige Stellen des Weges untersuchte. Zuweilen war er genötigt, den Pfad zu verlassen und durch das Dickicht zu kriechen und zu klettern, um von hinten an die Menschenfallen heranzukommen, und trotz seiner Vorsicht entspannte sich einmal dabei ein Bogen, und der fliegende Pfeil ritzte leicht die Schulter eines wartenden Punga-Punga-Mannes.

An einer Stelle, wo ein schmaler Pfad in den Hauptweg mündete, blieb Scheldon stehen und fragte Binu-Charley, ob er wüßte, wohin der Steig führte.

»Viel Busch fella Pflanzung. Er bleiben dort kurz Weg, klein bißchen«, lautete die Antwort. »Wenn du wollen, wir gehen sehen ihn.«

»Geh langsam«, warnte er einige Minuten später.

»Dicht bei das fella Pflanzung. Glaub, welche Busch fella bleiben, wir fangen sie.«

Binu-Charley kroch voraus, blickte einen Augenblick in die Lichtung und winkte Scheldon dann zu, daß er vorsichtig herankam. Joan kauerte sich neben sie, und so hielten sie Umschau. Die Rodung hatte eine Ausdehnung von gut einem halben Morgen und war sorgsam zum Schutz gegen wilde Schweine umfriedigt. Papayas und Bananen hingen voll von reifen Früchten, und darunter wuchsen Bataten und Jams. Am Rande der Rodung stand ein kleines Grashaus mit offenen Seiten, nicht mehr als ein Schutz vor dem Regen. Davor kauerte am Feuer ein hagerer, bärtiger Buschmann. Das Feuer entwickelte einen außergewöhnlich starken Rauch, und in dem dicken Qualm hing vom Dache herab ein runder, dunkler Gegenstand. Der Buschmann schien in die Betrachtung dieses Gegenstandes vertieft.

Scheldon gab Befehl, nur zu schießen, wenn der Mann fliehen sollte, und winkte die Punga-Punga-Leute heran. Joan lächelte Scheldon beistimmend zu. Kopfjäger gegen Kopfjäger. Die Schwarzen gingen geräuschlos auf ihre Posten, die so gewählt waren, daß sie alle gleichzeitig ins

Freie springen konnten. Ihre Gesichter waren ernst und eifrig, ihre Augen leuchteten vor Begeisterung über das Leben, das sie jetzt führen durften. Denn für sie bedeutete dieses Spiel um Leben und Tod das Leben, und es war ihrer Ansicht nach das einzige eines Mannes würdige Spiel, wenn sie es auch auf hinterlistige und feige Weise spielten, indem sie im Waldesdunkel von hinten töteten und sich nur selten ins Freie wagten.

Scheldon flüsterte den Befehl, und die zehn Mann – Binu-Charley hatte sich ihnen angeschlossen – sprangen vor. Der Buschmann sprang, durch sein scharfes Gehör gewarnt, auf, während er gleichzeitig einen Pfeil in die Kerbe legte und den Bogen spannte. Der Mann, auf den er gezielt hatte, wich dem Pfeil aus, und ehe er einen zweiten auflegen konnte, waren seine Feinde über ihm. Er wurde überwältigt, niedergerissen und entwaffnet.

»Oh«, rief Joan und zeigte auf den Buschmann, »das ist ja ein alter Babylonier! Ein Assyrier! Ein Phönizier! Sehen Sie nur diese gerade Nase, dies schmale Gesicht, diese hohen Backenknochen, diese fliehende ovale Stirn und den Bart und die Augen.«

»Und die sich schlängelnden Locken«, lachte Scheldon. Der Buschmann mußte Todesangst ausstehen, da er allen seinen Erfahrungen nach nur den Tod erwarten konnte; aber dennoch wich er nicht vor ihnen zurück. Im Gegenteil, er erwiderte ihre Blicke mit einem gewissen Selbstbewußtsein und ließ seine Augen schließlich auf Joan ruhen, der ersten weißen Frau, die er je gesehen hatte.

»Mein Wort, das gut fella kai-kai, das fella Junge«, bemerkte Binu-Charley.

So komisch klang dieser Ausruf, daß Joan sich arglos umwandte, um zu sehen, was es gab. Sie stand Auge in Auge mit Gogoomy. Wenigstens war es der Kopf Gogoomys – der dunkle Gegenstand, den sie im Rauch hatte hängen sehen. Er war noch ganz frisch – das Räuchern hatte eben erst begonnen –, und bis auf die geschlossenen Augen zeigte das gräßliche Ding, das in dem wirbelnden Rauch baumelte und sich drehte, die ganze bösartige Schönheit und tierische Männlichkeit Gogoomys, wie Joan ihn gekannt hatte.

Das Verhalten der Punga-Punga-Leute milderte Joans Entsetzen keineswegs. In dem Augenblick, als sie den Kopf erkannten, riefen sie es sich gegenseitig mit schrillen Fistelstimmen zu und erhoben ein wildes, herzliches Gelächter. Gogoomys Ende war für sie ein Witz. Sein Versuch, zu entkommen, war vereitelt worden. Er hatte das Spiel gewagt und hatte verloren. Und konnte es einen größeren Spaß geben, als daß die Buschleute einen auffraßen? Es war das Spaßigste, was sie seit langem erlebt hatten. Und es war gar nichts Außergewöhnliches für sie daran. Mit Gogoomys Tod hatte das Leben eines Buschmannes seinen natürlichen Abschluß gefunden. Er hatte Köpfe gejagt, und jetzt hatte man seinen Kopf genommen. Er hatte Menschen gefressen, und jetzt war er selbst gefressen worden.

Allmählich ließ das Gelächter der Punga-Punga-Leute nach, und sie betrachteten nun das Schauspiel mit funkelnden Augen und gierigem Ausdruck. Die Tahitianer dagegen waren entrüstet; Adamu-Adam schüttelte langsam den Kopf und verlieh grunzend seinem Abscheu Ausdruck. Joan war zornig. Ihr Gesicht war bleich, aber auf jeder Wange zeigte sich ein roter Fleck. Ihr Abscheu war dem Zorn gewichen, und sie sann offensichtlich auf Rache. Scheldon lachte.

»Das ist kein Grund, zornig zu sein«, sagte er. »Sie dürfen nicht vergessen, daß er Kwaques Kopf abgehackt und einen seiner eigenen Genossen, der mit ihm weggelaufen war, aufgefressen hat. Zudem war es seine Bestimmung. Er ist aus dem gleichen Trog verzehrt worden, aus dem er selbst gegessen hat.«

Joan sah ihn an, und ihre Lippen zuckten, als ob sie sprechen wollte.

»Und vergessen Sie nicht«, fügte Scheldon hinzu, »daß er der Sohn eines Häuptlings war und daß seine Stammesgenossen von Port Adam so sicher wie das Schicksal den Kopf eines Weißen dafür nehmen werden.«

»Das ist alles so gräßlich lächerlich«, sagte Joan schließlich.

»Und – romantisch«, flüsterte er ironisch.

Sie antwortete nicht und wandte sich ab; aber Scheldon wußte, daß der Hieb gesessen hatte.

»Das fella Boy er krank, Bauch gehören ihm gehen herum«, sagte Binu-Charley, auf den Punga-Punga-Mann zeigend, dessen Schulter vor einer Stunde von dem Pfeil gestreift worden war.

Der Mann hockte auf dem Boden und stöhnte, die Arme um die Knie geschlungen, während sein Kopf vornübersank und sich qualvoll hin und her bewegte. Aus Furcht vor einer Vergiftung hatte Scheldon die Wunde sofort geschröpft und übermangansaures Kali eingespritzt, aber trotz dieser Vorsichtsmaßregel schwoll die Schulter sehr schnell an.

»Wir nehmen ihn mit dorthin, wo Tudor liegt«, sagte Joan. »Das Gehen wird den Blutumlauf fördern und das Gift verteilen. Adamu-Adam, stütz den Mann. Sollte er einschlafen wollen, so mußt du ihn aufrütteln. Wenn er einschläft, muß er sterben.«

Sie drangen jetzt schneller vor, weil Binu-Charley den gefangenen Buschmann vor sich hergehen und auf die Fallen achten ließ. An einer scharfen Wegbiegung, wo man mit der Schulter unfehlbar das Gestrüpp berührt hätte, zeigte der Buschmann große Vorsicht. Er bog die Zweige beiseite und deckte die Spitze eines Speeres auf, der so angebracht war, daß ein zufällig Vorübergehender eine arge Schramme abbekommen hätte.

»Mein Wort«, sagte Binu-Charley, »das fella Speer alle zusammen Teufel-Teufel.«

Er nahm den Speer und untersuchte ihn, und plötzlich tat er, als wollte er ihn nach dem Buschmann werfen. Es war nicht Ernst, aber der Buschmann sprang in offensichtlicher Furcht beiseite. Die Waffe war zweifellos vergiftet, und Binu-Charley trug sie von jetzt an als Drohung hinter dem Rücken des Gefangenen.

Als die Sonne hinter einem hohen Gipfel im Westen untergegangen war, herrschte eine frühe, unsichere Dämmerung, und die Expedition mühte sich weiter durch den unheilvollen Wald – eine Stätte der Geheimnisse und der Furcht, des schnellen, schleichenden, schrecklichen Todes, tierischen Verlangens und niedriger Naturtriebe sowie eines menschlichen Lebens voll tiefster ungehemmter Wildheit, eines Lebens, das sich noch im Urschlamm wälzte. Nicht das leiseste Lüftchen wehte in der dunklen Stille, und die Luft war dumpf und feucht und atembeklemmend. Der Schweiß strömte unaufhörlich über ihre Körper, und ein Dunst von verwesenden Pflanzen und schwarzer, von fruchtbarem Leben wimmelnder Erde umgab sie. An einer von Binu-Charley angegebenen Stelle verließen sie den Pfad und erreichten schließlich, zeitweise auf Händen und Knien durch den feuchten Schmutz kriechend oder in doppelter Manneshöhe durch das wirre Unterholz kletternd und sich windend, einen riesigen Banyabaum, dessen Krone einen halben Morgen beschattete und der im tiefsten Dickicht selbst noch ein tieferes Dickicht bildete. Und aus der schwarzen Tiefe drang die wahnsinnige, geisterhafte Stimme eines singenden Mannes.

»Mein Wort, das groß fella Herr er nicht sterben!«

Der Gesang brach ab, und die Stimme rief schwach und matt hallo. Joan antwortete, und dann sprach die Stimme: »Ich bin nicht verrückt. Ich sang nur, um meine Lebensgeister aufrechtzuerhalten. Haben Sie etwas zu essen?«

Einige Minuten später lag der Gerettete in Decken, während Feuer gemacht, Wasser geholt und Joans Zelt aufgestellt wurde und Lalaperu Traglasten auspackte und Konservendosen öffnete. Tudor hatte das Fieber überstanden und befand sich auf dem Wege zur Genesung, aber er war noch sehr schwach und sehr ausgehungert. So verschwollen war er von Moskitostichen, daß sein Gesicht nicht zu erkennen war. Sie mußten seine Identität fast auf guten Glauben hinnehmen. Joan hatte ihre eigenen Salben bei sich, vor deren Anwendung sie Tudors Gesicht mit heißen Tüchern behandelte. Scheldon, der mit dem Aufschlagen des Lagers und den Vorbereitungen für die Nacht beschäftigt war, warf hin und wieder einen Blick zu ihr hinüber und empfand Qualen der Eifersucht, sooft ihre Hände Tudors Gesicht oder Körper berührten. Irgendwie erschienen ihm diese Hände in ihrer Heiltätigkeit nicht mehr wie die eines Knaben, diese Hände Joans, die mit blassen Wangen, auf denen die Flamme des Zornes glühte, auf den Kopf Gogoomys gestarrt hatte. Jetzt waren diese Hände die einer Frau.

Scheldon mußte lachen, als er sich vorstellte, daß er wohl eines Nachts ohne den Schutz eines Moskitonetzes liegen müßte, damit diese Frau, damit Joan am nächsten Morgen auch ihm Linderung brachte.

Die Kopfjäger

Die Unternehmungen dieses Morgens waren am Abend zuvor festgesetzt worden. Tudor sollte im Schutz des Banyabaumes zurückbleiben und Kräfte sammeln, während die Expedition weitermarschierte. In der allerdings nur geringen Hoffnung, vielleicht noch einige Überlebende von Tudors Gesellschaft retten zu können, war Joan fest entschlossen, weiter vorzudringen, und weder Scheldon noch Tudor konnten sie überreden, ruhig bei dem Banyabaum zu bleiben, während Scheldon weitersuchte. Adamu-Adam und Arahu sollten bei Tudor bleiben, der zweite Tahitianer wegen eines schlimmen Fußes, der Folge davon, daß er auf einen von den Buschleuten verborgenen Dorn getreten war. Es war offenbar ein langsam wirkendes und nicht sehr kräftiges Gift, das die Buschleute benutzten, denn der verwundete Punga-Punga-Mann lebte noch, und wenn die Schulter auch noch furchtbar angeschwollen war, so ging die Entzündung doch bereits zurück. Er blieb ebenfalls bei Tudor zurück. Binu-Charley führte an, wenn auch nur indirekt, denn er trieb den gefangenen Buschmann mit Hilfe des vergifteten Speeres vor sich her. Der Pfad führte immer noch durch den feuchten, dumpfen Dschungel, und sie wußten, daß sie keine Dörfer antrafen, bis sie die Hügelkette erreicht hatten. Keuchend und schwitzend in der dumpfen, stickigen Luft mühten sie sich weiter ab. Sie waren in ein Meer üppiger Vegetation versunken. Überall wurden ihre Schritte durch riesige Baumwurzeln gehemmt, während verschlungene und knotige Kletterpflanzen von der Dicke eines Mannesarms sich von einem luftigen Ast zum anderen wanden oder in wirren Massen wie gewaltige Schlingen herabhingen. Üppige Pflanzen mit Blättern, die größer waren als der Körper eines Mannes, schwitzten an der Oberfläche eine klebrige Flüssigkeit aus. Hier und dort drängten Banyabäume wie Felseninseln die Flut der Vegetation beiseite, und zwischen den dicht beieinanderstehenden Säulen zeigten sich Portale und Durchgänge, in denen jedes Tageslicht fehlte und mitternächtliches Dunkel herrschte. Baumfarne, Moose und Myriaden anderer Schmarotzerpflanzen kämpften mit grellbunten, schwammigen Gewächsen um Raum zum Leben, und luftige, märchenhafte Schlingpflanzen, leicht und zierlich wie Edelsteinstaub, erfüllten zitternd die Luft mit winzigen Blüten. Mattgoldene und zinnoberrote Orchideen prunkten mit ihren krankhaften Blüten in dem golden funkelnden Sonnenschein, der durch das Blätterdach sickerte. Es war der geheimnisvolle, böse Wald, ein Totenhaus des Schweigens, in dem nichts sich regte als seltsame zierliche Vögel – deren Seltsamkeit die geheimnisvolle Stimmung noch erhöhte, denn sie flatterten mit lautlosen Schwingen, ließen weder Singen noch Zirpen hören – sie schillerten ganz ähnlich wie die Orchideen, die Blüten der Krankheit und Verwesung, in krankhaften Farben.

In der Luft, fünf Meter über dem Boden, in der Astgabel eines vielverzweigten Baumes, wurde er überrascht. Alle sahen ihn, als er sich, nackt wie bei seiner Geburt, schattengleich fallen ließ und den Pfad entlanglief. Sie konnten sich kaum vorstellen, daß es ein Mensch war, er schien eher ein unheimliches Dschungelgespenst, ein Waldkobold zu sein. Nur Binu-Charley zeigte Geistesgegenwart. Er warf seinen vergifteten Speer über den Kopf des Gefangenen hinweg nach der fliehenden Gestalt. Es war ein mächtiger, gut gezielter Wurf, aber der Schatten entging ihm durch einen Sprung, und der Speer fuhr ihm harmlos zwischen den Beinen hindurch. Ehe er jedoch entkommen konnte, war Binu-Charley bei ihm und packte ihn an seinem schneeweißen Haar. Er war ein junger Mann und dazu ein Stutzer; sein Gesicht war mit Holzkohle geschwärzt, sein Haar mit Holzasche weiß gefärbt, während ein frisch abgeschnittener Wildschweinschwanz durch seine durchbohrte Nase und zwei weitere durch seine Ohren gesteckt waren. Sein einziger sonstiger Schmuck bestand in einem Halsband aus menschlichen Fingerknochen. Beim Anblick des anderen Gefangenen schnatterte er mit hoher Fistelstimme, mit gerunzelten Brauen und Augen, die unruhig wie die eines Raubtieres waren. Er wurde in die Mitte genommen und von einem der Punga-Punga-Leute an einer Faserleine geführt.

Der Pfad begann sich aus dem Dschungel zu heben, tauchte hin und wieder in die Sumpflöcher voll ungesunder Vegetation, stieg aber immer mehr an, über unsichtbar sich hebende Hügelhänge, steile Höhenrücken und steinige Strecken, wo der Wald sich lichtete und der blaue Himmel über ihnen sichtbar wurde.

»Dicht bei er bleiben«, warnte Binu-Charley sie flüsternd. Er hatte noch nicht ausgesprochen, als hoch über ihnen der weithallende, tiefe Ton einer Signaltrommel erklang. Aber die Schläge waren langsam, sie drückten keinen Schrecken aus. Sie befanden sich direkt unterhalb des Dorfes und konnten das Krähen der Hähne, zwei Frauenstimmen, die sich unterhielten, und einmal das Schreien eines Kindes hören. Der Pfad wurde jetzt zu einem ausgetretenen Wege und stieg so steil an, daß die Gesellschaft mehrmals stehenbleiben mußte, um Atem zu schöpfen. Der Weg war nicht breiter als zuvor. An manchen Stellen war er durch die Füße von Generationen so ausgetreten und durch den Regen so ausgewaschen, daß er zwanzig Fuß tief in den Boden einschnitt.

»Mit einem Gewehr könnte man den Zugang gegen Tausende halten«, flüsterte Scheldon Joan zu, »und zwanzig Mann könnten ihn mit Speeren und Pfeilen verteidigen.«

Sie erreichten das Dorf, das auf einem kleinen, grasbedeckten und mit einigen Bäumen bestandenen Hochplateau lag. Die Weiber ließen einen wilden Chor warnender Schreie ertönen, eilten nach den Grashütten, flohen wie erschreckte Wachteln nach der entgegengesetzten Seite der Lichtung und lasen im Laufen ihre Kinder auf. Gleichzeitig begannen Speere und Pfeile auf die Eindringlinge herabzuregnen. Auf Scheldons Befehl machten die Tahitianer und Punga-Punga-Leute von ihren Gewehren Gebrauch. Der Regen von Speeren und Pfeilen ließ nach, die letzten Buschleute verschwanden, und der Kampf war vorüber, ehe er recht begonnen hatte. Auf ihrer Seite war kein einziger verwundet, während ein halbes Dutzend Buschleute getötet worden waren. Diese allein blieben zurück, die Verwundeten waren mitgenommen worden. Die Tahitianer und Punga-Punga-Leute waren in Eifer geraten und wollten durchaus den fliehenden Buschleuten nachstürmen, aber Scheldon erlaubte es nicht. Joan stimmte ihm bei, und er war angenehm überrascht, denn als sein Blick während des Schießens einmal auf sie gefallen war, hatte er ihr weißes Gesicht gesehen, das in der Spannung des Kampfes mit geweiteten Augen wie ein funkelndes Schwert aussah.

»Arme Geschöpfe«, sagte sie, »sie handeln nur ihrer Natur gemäß. Ihre Mitmenschen zu fressen und ihnen die Köpfe zu nehmen gehört für sie zum guten Ton.«

»Aber es muß ihnen beigebracht werden, daß sie die Köpfe von Weißen nicht nehmen dürfen«, wandte Scheldon ein.

Sie nickte zustimmend und sagte:

»Wenn wir einen Kopf finden, wollen wir das Dorf niederbrennen. He, du, Charley! Was fella Ort Kopf er bleiben?«

»Vielleicht er bleiben in Teufel-Teufel-Haus«, lautete die Antwort. »Das groß fella Haus, er Teufel-Teufel.«

Es war das größte Haus des Dorfes, reich geschmückt mit phantastisch geflochtenen Matten und Königspfosten, in die monströse und ungeheuerliche halb menschliche und halb tierische Figuren geschnitzt waren. Sie traten ein, stolperten in der Dunkelheit über die Schlafhölzer der jungen Männer des Dorfes und stießen mit dem Kopf gegen geisterhafte Weihopfer, die vertrocknet und runzlig vom Dachbalken herabhingen.

Auf jeder Seite standen roh geschnitzte Götzenbilder, einige mit grotesken Schnitzereien, andere nichts weiter als formlose Pfosten, die in verfaulte und unbeschreiblich schmutzige Matten eingewickelt waren. Die Luft war dumpf und voll Verwesung – und ausgespannte Leinen mit Fischschwänzen und halb gereinigten Schädeln von Hunden und Krokodilen verbesserten die Atmosphäre nicht gerade. In der Mitte kauerte vor einem schwelenden Feuer, das in der Asche vieler früherer Feuer brannte, ein alter Mann, der die Eindringlinge apathisch anblinzelte. Er war außerordentlich alt – so alt, daß seine vertrocknete Haut in losen Falten schlotterte und gar nicht mehr wie Haut aussah. Seine Hände waren knochige Klauen, seine ausgemergelten Züge ein richtiger Totenschädel. Seine Aufgabe schien es zu sein, das Feuer zu hüten, und während er sie anblinzelte, warf er eine Handvoll trockenen, schimmeligen Holzes hinein. Und im Rauch hängend entdeckten sie den Gegenstand ihrer Nachforschungen. Joan wandte sich ab und wankte, todübel, hinaus, taumelte in den Sonnenschein und griff nach einem Halt in der Luft.

»Sehen Sie nach, ob alle da sind«, rief sie schwach zurück und wankte ziellos ein paar Schritte vorwärts, während sie, schwer atmend, versuchte, den Eindruck, den sie soeben gehabt hatte, auszulöschen.

Scheldon fiel die unangenehme Aufgabe zu, die Köpfe zu zählen. Sie waren alle da, neun Köpfe von Weißen, deren Gesichter er aus der Zeit kannte, als ihre Eigentümer in Berande kampiert hatten. Binu-Charley half, stark interessiert, die Köpfe zu ihrer Identifizierung herumzudrehen, und bemerkte die Beilhiebe und die verzerrten Züge. Die Punga-Punga-Leute glotzten wie gewöhnlich, und wie gewöhnlich waren die Tahitianer entrüstet und zornig und fluchten und murmelten leise. Matapuu war so zornig, daß er plötzlich an den Feuerhüter herantrat und ihm einen Stoß in die Rippen versetzte, worauf der alte Wilde in seiner tierischen Angst einen gellenden Schrei wie ein Schwein ausstieß und mit dem Gesicht in die Asche fiel, wo er zitternd, den sofortigen Tod erwartend, liegenblieb. Andere an der Sonne getrocknete und gedörrte Köpfe wurden in größerer Zahl gefunden, aber es waren mit zwei Ausnahmen Köpfe von Schwarzen. Derart ist also die Jagd, die in dem dunklen, bösen Walde getrieben wird, dachte Scheldon, als er sie betrachtete. Die Luft machte ihn krank, aber er konnte sich doch nicht enthalten, vor einem von Binu-Charleys Funden stehenzubleiben.

»Mich savvee schwarz Mary, mich savvee weiß Mary«, meinte Binu-Charley. »Aber mich nicht savvee das fella Mary. Was Name gehören ihr?«

Scheldon sah hin; der Kopf war alt und vertrocknet, geschwärzt vom

Rauch vieler Jahre, und doch war es zweifellos ein eingeschrumpftes, mumienhaftes altes chinesisches Gesicht. Wie es hierhergekommen, war ein Geheimnis. Es war ein Frauenkopf, und er hatte nie gehört, daß je eine chinesische Frau nach den Salomons gekommen war. In den Ohren hingen zwei Zoll lange Ohrringe, und als Binu-Charley auf Scheldons Anweisung die Rauch- und Schmutzschicht abrieb, erschien unter seinen Fingern das polierte Grün von Nephrit, der Schimmer von Perlen und das warme Rot orientalischen Goldes. Der andere, ebenso alte Kopf war der eines Weißen, wie der starke blonde Schnurrbart, der wirr und schief auf der eingeschrumpften Oberlippe saß, zur Genüge bewies. Scheldon dachte, welcher längst vergessene Trepangfischer oder Sandelholzhändler diese gräßliche Trophäe geliefert haben mochte. Nachdem Binu-Charley auf Scheldons Befehl die Ohrringe entfernt und die Punga-Punga-Leute den alten Feuerhüter hinausgebracht hatten, wurde das Teufel-Teufel-Haus geräumt und in Brand gesteckt. Bald loderte ein Haus nach dem andern auf, während der alte Feuerhüter aufrecht im Sonnenschein saß und blinzelnd auf die Zerstörung seines Dorfes blickte. Von den Höhen über ihnen, wo sich offenbar weitere Dörfer befanden, erklang das Dröhnen von Trommeln und das wilde Blasen der Kriegsmuscheln. Aber Scheldon hatte alles getan, was er mit seiner kleinen Schar wagen durfte, und zudem war seine Aufgabe erfüllt. Sie hatten für alle Mitglieder der Expedition Belege gefunden, und es war ein weiter Weg zurück aus dem Lande der Kopfjäger. Sie ließen die beiden Gefangenen laufen, die wie erschrecktes Wild davonsprangen, und stiegen den steilen Pfad hinab in den dampfenden Dschungel. Joan schritt, noch erregt durch das Gesehene und bedrückt, schweigend vor Scheldon. Nach einer halben Stunde wandte sie sich mit einem schwachen Lächeln zu ihm und sagte:

»Ich glaube nicht, daß ich je Lust verspüren werde, noch einmal die Kopfjäger zu besuchen. Es war ein Abenteuer, ich weiß es, aber man kann auch von einer guten Sache zuviel bekommen. In Zukunft wird es mir genügen, über die Plantage zu reiten oder vielleicht auch eine andere Martha zu bergen. Aber die Buschleute von Guadalcanar brauchen nicht zu fürchten, daß ich sie je wieder besuchen werde. Ich weiß, daß ich auf Monate hinaus Alpdrücken haben werde. Oh, diese abscheulichen Bestien!«

Am Abend waren sie wieder im Lager bei Tudor, dessen Zustand sich zwar gebessert hatte, der aber doch noch auf einer Bahre getragen werden mußte. Die Schwellung an der Schulter des Punga-Punga-Mannes ging langsam zurück, aber Arahu humpelte noch auf seinem durch den Dorn vergifteten Fuß.

Zwei Tage später hatten sie die Boote in Carli erreicht, und am Mittag des dritten Tages traf die Expedition, mit der Strömung fahrend und über die Stromschnellen dahinschießend, auf Berande ein. Joan schnallte mit einem Seufzer den Revolvergürtel ab und hängte ihn an den Nagel im Wohnzimmer, wobei Scheldon, der sich in der Nähe aufgehalten hatte, nur um sie diese besondere, für ihn schon fast kultvolle Handlung der Heimkehr ausführen zu sehen, ebenfalls befriedigt seufzte.
Und doch war die Heimkehr keine reine Freude für ihn, denn jetzt pflegte Joan Tudor und verbrachte viel Zeit auf der Veranda, auf der er in der Hängematte unter dem Moskitonetz lag.

Sonnenglut

Die zehn Tage bis zu Tudors Genesung waren friedliche Tage für Berande. Die Plantagenarbeit lief wie ein Uhrwerk. Mit der Unterdrükkung der verfrühten Revolte Gogoomys und seiner Genossen schien jeder Ungehorsam verschwunden. Von den alten Arbeitern hatte die Martha wieder zwanzig, deren Zeit um war, fortgebracht, und die neuen Arbeiter bewährten sich bei der gerechten Behandlung, die ihnen zuteil wurde, außerordentlich. Bei einem Ritt über die Plantage, bei der er sich die Annehmlichkeit und Bequemlichkeit eines Pferdes klarmachte und sich wunderte, daß er nicht selbst längst auf den Gedanken gekommen war, eines anzuschaffen, dachte Scheldon über die Verbesserungen nach, die Joan eingeführt hatte: die prächtigen Punga-Punga-Leute, das Obst, das Gemüse und schließlich die Martha, die für ein Butterbrot dem Meere abgerungen war und trotz der langsamen und vorsichtigen Art und Weise, mit der der alte Kinroß sie handhabte, viel Geld einbrachte. Und Berande, das wieder einmal finanziell gesichert war, näherte sich mit jedem Tage mehr dem Zeitpunkt, an dem es Einkünfte bringen mußte, und wuchs von Tag zu Tag, während die schwarzen Arbeiter Busch rodeten, Gras schnitten und immer mehr Kokosnüsse pflanzten.

Diese und viele andere Tatsachen machten es Scheldon klar, wieviel Dank er für das Gedeihen der Plantage Joan schuldete, diesem schlanken Mädel, aus dessen grauen Augen die Romantik blickte, dessen langläufiger Revolver an der Hüfte von Abenteuern erzählte, das in einem tosenden Sturm von den Tahitianern auf die Insel gebracht worden, seinen Bungalow betreten und mit Knabenhänden den Revolvergürtel und den Cowboyhut an den Nagel neben dem Billard gehängt hatte. Er hatte alle frühere Erbitterung vergessen, erinnerte sich nur ihres Reizes und ihrer Anmut und liebte jetzt die Eigenschaften, die ihm zuerst am meisten mißfallen hatten: ihre Knabenhaftigkeit und Abenteuerlust, ihre Freude am Schwimmen und ihre Wagnisse mit den Haien, ihren Wunsch, Arbeiter zu werben, ihre Liebe für die See und für Schiffe, ihre scharfen Befehle, wenn sie das Boot zu Wasser bringen ließ oder wenn sie, die Streichhölzer in der einen, Dynamit in der andern Hand, mit ihrer malerischen Bootsbesatzung abfuhr, um im Balesuna zu fischen, ihre mehr als unschuldige Verachtung für alles Herkömmliche, ihre jugendliche Streitsucht, ihre Freiheitsliebe und ihre fast krankhafte Leidenschaft für Unabhängigkeit. Alles das liebte er jetzt und hatte nicht mehr den Wunsch, sie zu zähmen und zu halten, wenn es auch wahnsinnig schien, sie ohne Zähmen und Halten gewinnen zu wollen. Zeitweise schwindelte ihm bei dem Gedanken an sie und seine Liebe zu ihr. Er hielt sein Pferd an und stellte sie sich mit geschlossenen Augen vor, wie er sie am ersten Tage gesehen hatte: am Ruder ihres Bootes, in wilder Fahrt auf den Strand schießend, wie sie streitlustig auf die Veranda getreten war und gesagt hatte, daß es eine schöne Gastfreundschaft sei, Fremde vor seinem Garten versinken oder schwimmen zu lassen. Und wenn er dann die Augen öffnete und sein Pferd antrieb, grübelte er zum tausendsten Male darüber nach, ob es ihm gelingen würde, sie festzuhalten, die wie ein wilder Vogel war und ihm unter der Hand zu entflattern drohte.

Es war Scheldon klar, daß Tudor sich für Joan interessierte. Der Gast lebte ausschließlich auf der Veranda, wenn er auch, obgleich er noch sehr schwach auf den Beinen stand, darauf bestand, zu den Mahlzeiten hereinzukommen und sich zu ihnen zu setzen. Das erste Anzeichen dieses wachsenden Interesses für das Mädchen war für Scheldon, daß Tudor allmählich unterließ, ihn mit seinem gewohnten Spott und seinen spitzen Redensarten zu sticheln.

Das Aufhören dieser Sticheleien ähnelte dem Abbruch der diplomatischen Beziehungen zwischen zwei Nationen vor Kriegsbeginn, und als Scheldons Argwohn erst einmal geweckt war, dauerte es nicht lange, bis er weitere Nahrung fand. Die Gesellschaft Joans gefiel Tudor offensichtlich, zu augenfällig legte er es darauf an, sie durch seine eigene hervorragende und abenteuerliche Persönlichkeit zu unterhalten und zu fesseln. Oft fand Scheldon das Paar, wenn er von seinen Morgenritten durch die Plantage, vom Lager oder von der Besichtigung der Koprabereitung kam, auf der Veranda, Joan gespannt und erregt zuhörend, Tudor in die Schilderung irgendeines persönlichen Abenteuers vom anderen Ende der Welt vertieft.

Scheldon beobachtete auch, wie Tudor sie ansah und mit den Augen verfolgte, und er bemerkte in diesen Augen einen gewissen gierigen Blick und auf dem Gesicht einen gewissen sehnsüchtigen Ausdruck; und er fragte sich, ob sein eigenes Gesicht seine Gefühle wohl in ähnlicher Weise verriete. Er war davon überzeugt, daß Tudor nicht der rechte Mann für Joan war und sie wohl kaum dauernd glücklich machen konnte, ferner auch, daß Joan ein zu verständiges Mädchen war, um sich wirklich in einen so oberflächlichen Mann zu verlieben, und schließlich, daß Tudor in seiner Hofmacherei einmal einen Schnitzer machen würde.

Aber gleichzeitig fürchtete er, Scheldon, doch mit der Angst des ehrlich Liebenden, daß der andere keinen Schnitzer machen und das Mädchen ganz zufällig durch erfolgreiche Verführung gewinnen könnte. Aber eines wußte Scheldon dennoch bestimmt: Tudor kannte sie nicht so genau wie er und ahnte nicht, in welchem Maße die Wildheit und Liebe zur Unabhängigkeit in ihr entwickelt war. Hier mußte er bei seinem Versuch, sie zu gewinnen und zu halten, den Schnitzer machen, und trotzdem mußte sich Scheldon trotz seiner Sicherheit immer wieder fragen, ob seine Theorie nicht doch falsch war und ob Tudor nicht doch den richtigen Weg eingeschlagen hatte.

Die Situation war höchst unbefriedigend und verwirrend. Scheldon spielte die schwere Rolle des Abwartenden und Zusehenden, während sein Nebenbuhler energisch auf sein Ziel losging. Dazu hatte Tudors Wesen etwas Aufrührerisches an sich. Es war zwar seit Abbruch der diplomatischen Beziehungen fast unfühlbar, aber Scheldon empfand es doch als wachsende Gegnerschaft und vergrößerte es unwillkürlich durch die Eifersucht des Liebenden. Der andere war ein Eindringling, er gehörte nicht nach Berande, und jetzt, da er seine Gesundheit und Kraft wiedergewonnen hatte, war es Zeit für ihn, zu gehen. Aber obwohl der Postdampfer nach Sydney fällig war, richtete sich Tudor häuslich ein, nahm das Schießen wieder auf, ging mit Joan zum Fischen und verbrachte lange Stunden mit ihr beim Taubenschießen, Krokodilfang und Scheibenschießen mit Gewehr und Revolver. Aber gewisse Überlieferungen der Gastfreundschaft hielten Scheldon vor Andeutungen zurück, daß es für seinen Gast Zeit sei, zu gehen. Aus ähnlichen Gründen kämpfte er auch die Versuchung nieder, Joan zu warnen. Selbst wenn er irgend etwas, nicht zu Ernstes, zu Tudors Nachteil gewußt hätte, wäre er unfähig gewesen, es auszusprechen; das schlimmste aber war, daß er überhaupt nichts gegen den Mann sagen konnte.

Das war das Verwünschte an der Sache. Und zuzeiten übermannten ihn seine Gefühle derart, daß er ungewöhnlich ruhig wurde: Dann machte er sich klar, daß seine Abneigung gegen Tudor nur auf einem kleinlichen Vorurteil und auf Eifersucht beruhte.

Äußerlich zeigte er sich ruhig und heiter. Die Plantagenarbeit ging ihren Gang. Die Martha und die Flibberty-Gibbet kamen und gingen und ebenso alle die anderen Küstenschiffe, deren Kapitäne die Insel anliefen, um auf Wind zu warten, zu plaudern, ein Gläschen zu trinken oder eine Partie Billard zu spielen. Satan hielt das Grundstück frei von Schwarzen. Boucher kam regelmäßig im Boot, um den Sonntag auf Berande zu verbringen. Zweimal täglich, zum Frühstück und zum Mittagessen, trafen Joan, Scheldon und Tudor sich freundschaftlich bei Tische, und die

Abende wurden ebenso freundschaftlich auf der Veranda verbracht. Aber da geschah es: Tudor machte seinen Schnitzer. Ohne eine Ahnung von Joans Wildheit, ihrem blinden Haß gegen jeden Zwang, ihrem Abscheu vor der Bevormundung durch andere und indem er irrig die durch seine letzte Erzählung in ihren Augen hervorgerufene Wärme und Begeisterung für Zärtlichkeit und Fügsamkeit hielt, zog er sie an sich, legte seinen Arm um ihre Hüfte und mißverstand ihre wahnsinnige Empörung als mädchenhafte Scheu. Dies geschah nach dem Frühstück auf der Veranda, und Scheldon, der drinnen über einem Sydneyer Katalog saß und seine Bestellungen für den nächsten Dampfertag zusammenstellte, hörte einen scharfen Ausruf von Joan und gleich darauf den ebenso scharfen Schlag einer flachen Hand gegen eine Backe. Joan hatte sich mit zornigem Widerwillen von Tudors Armen frei gemacht und ihm mehrere Schläge ins Gesicht gegeben, und zwar mit mehr Wucht und Kraft als damals, als sie Gogoomy geschlagen hatte.
Scheldon war aufgesprungen, beherrschte sich dann aber, ließ sich wieder auf den Stuhl fallen und hatte, als Joan eintrat, seine Fassung wiedergewonnen. Sie hielt das rechte Handgelenk mit der linken Hand, und ihre blassen Wangen mit den brennendroten Flecken erinnerten ihn daran, wie er sie das erstemal zornig gesehen.
»Er hat mir den Arm verletzt«, platzte sie als Antwort auf seinen fragenden Blick heraus.
Unwillkürlich mußte er lächeln. Das war wieder so ganz die alte Joan, ganz der Knabe in ihr, daß sie zu ihm gelaufen kam, um sich über eine ihr zugefügte tätliche Beleidigung zu beklagen. Sicher war sie keine Frau, die die Männer kannte und wußte, wie sie zu behandeln waren. Der Schlag, den sie Tudor gegeben hatte, klang noch in Scheldons Ohren nach, und als das Mädchen jetzt vor ihm stand und sich beklagte, daß ihr Arm verletzt sei, mußte er noch mehr lächeln.
Dieses Lächeln, das Joan selbst von der Lächerlichkeit ihres Benehmens überzeugte, ließ sie so heftig erröten, wie Scheldon es noch nie gesehen hatte. Hals, Wangen und Stirn erglühten vor Scham.
»Er – er –«, versuchte sie ihren Zorn zu verteidigen, und dann lief sie plötzlich davon, zur Hintertür hinaus und die Treppe hinunter.
Scheldon blieb sitzen und sann nach. Er war ärgerlich, und je mehr er über den Vorfall nachdachte, desto ärgerlicher wurde er. Wenn es irgendeine andere Frau als gerade Joan gewesen wäre, so würde es ihn belustigt haben. Aber Joan war die letzte, die man mit Gewalt zu nehmen versuchen durfte. Die ganze Sache schmeckte ein bißchen nach Hintertreppe – vielleicht war es nur eine kleine schmutzige Komödie, aber gerade bei Joan war es nicht weniger als eine Entweihung. Der Mann hätte

vernünftiger sein müssen. Zudem war Scheldon persönlich gekränkt. Etwas, das er fast als sein Eigentum betrachtet hatte, war ihm entwendet worden, und bei dem Gedanken an diese plumpe Vertraulichkeit stieg seine Eifersucht noch.

Während er noch in dieser Stimmung war, knallte plötzlich die Moskitotür laut hinter Tudor zu, der ins Zimmer trat und hinter ihm stehenblieb. Scheldon war nicht auf sein Kommen vorbereitet, aber der andere war augenscheinlich wütend.

»Nun?!« fragte Tudor herausfordernd.

Im selben Augenblick sprudelte Scheldon hervor:

»Ich hoffe, daß Sie sich etwas Derartiges nicht wieder erlauben werden – im übrigen steht Ihnen mein Boot jederzeit zur Verfügung. Es wird Sie in einigen Stunden nach Tulagi bringen.«

»Als ob die Geschichte damit erledigt wäre«, lautete die Entgegnung.

»Ich verstehe Sie nicht«, sagte Scheldon einfach.

»Weil Sie mich nicht verstehen wollen.«

»Ich verstehe Sie immer noch nicht«, sagte Scheldon in ruhigem, gleichmäßigem Ton. »Nur eines ist mir klar, nämlich, daß Sie Ihr eigenes Verschulden übertreiben und zu etwas Ernsthaftem machen.«

»Mir scheint eher, daß Sie es übertreiben, indem Sie mich auffordern, mit Ihrem Boot abzufahren. Das beweist mir, daß Berande nicht Raum für uns beide bietet. Und ich sage Ihnen jetzt, daß nicht einmal die ganzen Salomons groß genug für uns beide sind. Die Sache muß zwischen uns erledigt werden, und das kann sie ebensogut gleich hier.«

»Ich verstehe Ihr wildes Benehmen, denn ich weiß, daß es Ihrer Natur entspricht«, fuhr Scheldon gelangweilt fort, »aber ich kann wirklich nicht begreifen, warum Sie Ihre Wut gerade an mir auslassen wollen, denn Sie wollen sich doch nicht mit mir streiten.«

»Aber gewiß will ich das!«

»Aber warum denn, um Himmels willen?«

Tudor betrachtete ihn mit vernichtender Verachtung.

»Sie haben nicht einmal die Seele einer Laus! Ich glaube, jeder Mann könnte Ihrer Frau den Hof machen –«

»Aber ich habe ja gar keine Frau«, unterbrach ihn Scheldon.

»Dann machen Sie sie doch dazu. Die Situation ist schimpflich. Heiraten Sie sie wenigstens, wie ich es in allen Ehren tun wollte.«

Zum ersten Male kochte in Scheldon der Zorn über.

»Sie –«, begann er heftig, beherrschte sich aber und fuhr beschwichtigend fort: »Sie sollten lieber einen Whisky trinken und sich die Geschichte noch mal überlegen. Das rate ich Ihnen. Wenn Sie sich beruhigt haben, werden Sie, nachdem Sie so zu mir gesprochen haben, natürlich nicht länger hierbleiben wollen. Und deshalb werde ich, während Sie Ihren Whisky trinken, die Bootsbesatzung rufen und ein Boot zu Wasser bringen lassen. Heute abend gegen acht Uhr werden Sie in Tulagi sein.«

Er wandte sich zur Tür, um seine Worte in die Tat umzusetzen, aber der andere packte ihn an der Schulter und drehte ihn schnell herum.

»Hören Sie, Scheldon, ich sagte Ihnen schon, daß die Salomons zu klein für uns beide sind, und dabei bleibe ich.«

»Ist das ein Angebot, Berande, wie es geht und liegt, zu kaufen?« fragte Scheldon.

»Nein, das ist es nicht! Es ist eine Herausforderung zum Kampf!«

»Aber, Donnerwetter, warum wollen Sie denn mit mir kämpfen?« Scheldons Erregung steigerte sich bei der Hartnäckigkeit des andern. »Ich habe nichts gegen Sie. Und was können Sie gegen mich haben? Ich habe mich nie in Ihre Angelegenheiten gemischt. Sie waren mein Gast. Fräulein Lackland ist meine Teilhaberin. Sie haben es für richtig gehalten, ihr den Hof zu machen, und haben aus irgendeinem Grunde keinen Erfolg gehabt – aber warum sollten Sie deshalb mit mir kämpfen? Wir leben im zwanzigsten Jahrhundert, mein Lieber, und das Duell war schon aus der Mode, ehe Sie und ich geboren wurden.«

»Sie haben Streit mit mir angefangen«, beharrte Tudor. »Sie haben mir zu verstehen gegeben, daß es Zeit für mich sei, zu gehen. Sie haben mich, kurz gesagt, aus Ihrem Hause herausgeworfen. Und jetzt haben Sie die Unverschämtheit, mich zu fragen, warum ich anfange. Ich habe es nicht getan. Sie haben den Streit angefangen, und ich werde ihn zu Ende führen!«

Scheldon lächelte nachsichtig und zündete sich eine Zigarette an. Aber Tudor ließ sich nicht ablenken.

»Sie haben den Streit angefangen«, blieb er dabei.

»Es gibt ja gar keinen Streit. Zu einem Streit gehören zwei. Und ich für meine Person lehne es ab, mit solchen Narrheiten etwas zu tun zu haben.«

»Sie haben angefangen, und ich will Ihnen sagen, warum.«

»Ich glaube, Sie haben viel getrunken«, warf Scheldon ein. »Das ist die einzige Erklärung, die ich für Ihre Unvernunft finden kann.«

»Und ich werde Ihnen sagen, warum Sie angefangen haben. Es war eine Albernheit von Ihnen, aus dieser kleinen Courmacherei etwas Ernsthaftes zu machen. Ich habe in Ihrem Revier gewildert, und jetzt wollen Sie mich los sein. Es war hier alles sehr schön und angenehm, bis ich kam. Und jetzt sind Sie eifersüchtig – das ist es – Eifersucht –, und Sie wollen mich fort haben. Aber ich gehe nicht!«

»Dann bleiben Sie in Gottes Namen. Ich will mich nicht darüber mit Ihnen streiten. Machen Sie es sich bequem. Bleiben Sie ein Jahr, wenn Sie wollen.«

»Sie ist nicht Ihre Frau«, fuhr Tudor fort, als ob der andere überhaupt nichts gesagt hätte. »Jeder hat das Recht, ihr den Hof zu machen, falls Sie – oder vielleicht war es doch ein Irrtum von mir, aus Unkenntnis völlig entschuldbar. Ich hätte es allerdings mit geschlossenen Augen merken können, auch wenn ich nicht auf den Küstenklatsch gehört hätte. Ganz Guvutu und Tulagi haben ja darüber gelacht. Ich war ein Narr und beging den Irrtum, die Situation nach ihrem unschuldigen Aussehen zu beurteilen.«

Scheldon wurde so zornig, daß Gesicht und Gestalt des andern vor seinen Augen zu zittern und zu tanzen begannen. Äußerlich bewahrte er jedoch seine Ruhe und war scheinbar nur der Unterhaltung überdrüssig.

»Bitte, lassen Sie sie aus dem Spiel!« sagte er.

»Warum sollte ich? Sie haben mich gleichsam in eine Falle gelockt, so daß ich mich lächerlich gemacht habe. Woher sollte ich wissen, daß nicht alles stimmte? Sie taten beide genauso, als ob alles stimmte. Aber jetzt sind mir die Augen geöffnet. Sie spielte das beleidigte Weib vollendet, schlug den Beleidiger und floh zu Ihnen. Der beste Beweis für die Wahrheit dessen, was die Küste erzählt. Teilhaberin, was? Geschäftliche Teilhaberin? Unsinn, ich weiß Bescheid.«

Da schlug Scheldon zu. Mit kühler Überlegung und mit der ganzen Kraft seines Armes, und Tudor fiel, ans Kinn getroffen, seitwärts nieder und zerschlug unter dem Gewicht seines Körpers einen Stuhl in tausend Stücke. Langsam erhob er sich wieder, blieb aber stehen.

»Wollen Sie jetzt kämpfen?« fragte er grimmig.

Scheldon lachte, und zwar jetzt zum ersten Male ungezwungen. Die Lächerlichkeit der Situation überwältigte ihn. Er schickte sich an, noch einmal zuzuschlagen, aber Tudor, der mit blassem Gesicht und herabhängenden Armen dastand, versuchte nicht sich zu verteidigen. »Ich meine keinen Kampf mit Fäusten«, sagte er langsam. »Ich meine einen Kampf bis zur letzten Entscheidung. Bis zum Tode. Sie sind ein guter Schütze mit Revolver und Gewehr, ich auch. Auf diese Weise wollen wir die Sache erledigen.«

»Sie sind vollkommen verrückt geworden.«

»Nein, das bin ich nicht«, erwiderte Tudor. »Ich bin verliebt, und ich fordere Sie nochmals auf, mit hinauszukommen und die Sache auszutragen. Die Wahl der Waffe überlasse ich Ihnen.«

Jetzt betrachtete Scheldon ihn zum ersten Male ernsthaft und dachte,

was für merkwürdige Dinge wohl im Kopfe des andern vorgehen mochten, um ihn zu diesem ungewöhnlichen Verhalten zu bewegen.
»Aber so etwas tut man doch nicht im wirklichen Leben«, meinte Scheldon.
»Ehe Sie mit mir fertig sind, werden Sie schon noch bemerken, daß ich wirklich bin. Ich werde Sie heute töten.«
»Unsinn, Mann.« Jetzt begann Scheldon seine Ruhe zu verlieren. »Das ist ja Unsinn. Man duelliert sich nicht mehr im zwanzigsten Jahrhundert. Das ist – das ist vorsintflutlich, sage ich Ihnen.«
»Was Joan betrifft –«
»Bitte, lassen Sie ihren Namen aus dem Spiel«, warnte Scheldon.
»Das werde ich tun, wenn Sie kämpfen wollen.«
Scheldon hob verzweifelt die Arme.
»Was Joan betrifft –«
»Hüten Sie sich!« warnte Scheldon ihn zum zweiten Male.
»Nur zu, schlagen Sie mich nieder, aber das würde mir den Mund nicht verschließen. Sie können mich den ganzen Tag lang niederschlagen, aber sobald ich wieder aufstehe, werde ich von Joan sprechen. Wollen Sie jetzt kämpfen?«
»Hören Sie, Tudor«, begann Scheldon, und seine Stimme klang entschlossen. »Ich bin nicht gewohnt, mir von irgend jemand auch nur den zehnten Teil von dem gefallen zu lassen, was Sie mir bereits geboten haben.«
»Sie werden sich noch viel mehr gefallen lassen, ehe der Tag zu Ende ist«, lautete die Antwort. »Ich sage Ihnen, Sie müssen einfach kämpfen. Ich will Ihnen eine ehrliche Gelegenheit geben, mich zu töten. Aber ehe der Tag zu Ende ist, werde ich Sie getötet haben. Hier gibt es keine Zivilisation. Wir sind hier auf den Salomons, und daher ist mein Vorschlag auch ziemlich primitiv. König, Gesetz und Ordnung werden durch den Kommissar in Tulagi und durch ein gelegentlich herkommendes Kriegsschiff vertreten. Zwei Männer und eine Frau sind eine ebenso primitive Sache. Wir werden sie auf gute, alte, primitive Art und Weise austragen.«
Scheldon sah ihn an, und der Gedanke stieg in ihm auf, daß doch an den wilden Abenteuern des andern an allen Enden der Welt etwas sein konnte. Dazu gehörte ein Mann von dieser Beschaffenheit, ein Mann, der es fertigbrachte, im geordneten Leben des zwanzigsten Jahrhunderts einem andern ein Duell aufzuzwingen, um solche wilden Abenteuer zu erleben.
»Es gibt nur eine Möglichkeit, mich zum Schweigen zu bringen«, fuhr Tudor fort, »ich kann Sie nicht direkt beleidigen, das weiß ich. Sie sind

zu ruhig oder zu feige oder beides. Aber ich kann Ihnen den Küstenklatsch erzählen – ha, jetzt habe ich Sie getroffen, nicht wahr? Ich kann Ihnen sagen, was die Küste von Ihnen und diesem jungen Mädchen erzählt, das mit Ihnen zusammen als Teilhaberin eine Plantage bewirtschaftet.«

»Halt!« rief Scheldon, denn der andere fing wieder an, vor seinen Augen zu tanzen. »Sie wollen ein Duell, Sie sollen es haben.«

Dann lehnten sich sein gesunder Menschenverstand und seine Abneigung gegen das Lächerliche wieder dagegen auf, und er fügte hinzu: »Aber es ist ja albern, unmöglich!«

»Joan und David Teilhaber, was? Joan und David – Teilhaber«, begann Tudor immer wieder in boshaftem, spöttischem Ton zu wiederholen.

»Um Gottes willen, seien Sie nur still, ich werde Ihnen Ihren Willen lassen!« schrie Scheldon. »Ich habe noch nie einen Narren gesehen, der sich so in eine Narrheit verrannt hätte. Was für ein Duell soll es denn sein? Sekundanten sind nicht da! Was für Waffen werden wir gebrauchen?«

Sofort ließ Tudor sein albernes Benehmen fallen und war wieder der kühle, beherrschte Weltmann.

»Ich habe oft gedacht, daß das ideale Duell von dem herkömmlichen abweichen müsse«, sagte er. »Von der Art habe ich mehrere ausgefochten, wie Sie wissen.«

»Französische«, unterbrach Scheldon ihn.

»Nennen Sie es so. Um aber auf dieses ideale Duell zurückzukommen, so ist es folgendermaßen: natürlich kein Sekundant. Kein Zuschauer. Nur die beiden Teilnehmer sind nötig. Sie können jede Waffe gebrauchen, die Sie wünschen. Von Revolver und Gewehr bis zu Maschinengewehr und Bumerang. Sie beginnen das Spiel aus der Ferne und nähern sich einander, wobei sie jede Deckung benutzen, sich zurückziehen, umgehen und Finten benutzen können – alles ist erlaubt. Kurz: Die Teilnehmer machen Jagd aufeinander.«

»Wie zwei Indianer?«

»Genauso!« rief Tudor. »Sie haben es erfaßt. Und Berande ist gerade der rechte Ort, und jetzt ist gerade die rechte Zeit dafür. Fräulein Lackland wird jetzt ihren Mittagsschlaf halten und denken, daß wir dasselbe tun. Bis sie aufwacht, haben wir zwei Stunden zu unserer Verfügung. Also kommen Sie. Sie fangen am Balesuna an und ich am Berande. Die beiden Flüsse sind doch die Grenze der Plantage? Ausgezeichnet. Das Duell wird auf der Plantage ausgefochten. Keiner der Teilnehmer darf über ihre Grenzen hinausgehen. Sind Sie einverstanden?«

»Vollkommen. Aber haben Sie etwas dagegen, daß ich einige Befehle hinterlasse?«

»Durchaus nicht«, willigte Tudor ein, der jetzt, als sein Wunsch in Erfüllung gegangen war, die Höflichkeit selbst war.

Scheldon klatschte in die Hände und ließ durch den erscheinenden Hausboy Adamu-Adam und Noah-Noah holen.

»Hört«, sagte Scheldon zu ihnen. »Dies Mann und mich haben einen großen Kampf heute. Vielleicht er sterben. Vielleicht ich sterben. Wenn er sterben, schön. Wenn ich sterben, ihr zwei sehen nach Missie Lackalanna. Ihr nehmen Büchsen, und ihr sehen nach ihr Tagzeit und Nachtzeit. Wenn sie sprechen wünschen mit Herrn Tudor, schön. Wenn sie nicht sprechen wünschen, ihr machen ihn halten fort. Savvee?«

Sie grunzten und nickten. Sie hatten viel mit Weißen zu tun gehabt und sich daran gewöhnt, sich nicht um das merkwürdige Tun dieser merkwürdigen Rasse zu kümmern. Wenn die beiden es für richtig hielten, sich gegenseitig zu töten, so war es ihre Sache und nicht die der Insulaner, die Befehle von ihnen erhielten. Sie traten an den Gewehrständer und nahmen jeder ein Gewehr heraus.

»Besser alle tahitianischen Männer haben Büchsen«, schlug Adamu-Adam vor. »Vielleicht groß Lärm kommen.«

»Schön, ihr nehmen sie«, antwortete Scheldon, der dabei war, Munition herauszunehmen.

Sie schritten durch die Tür und die Treppe hinab, um die Gewehre in ihr Quartier zu bringen. Tudor hatte sich einen Patronengürtel für Gewehr und Pistole umgeschnallt, hielt das Gewehr in der Hand und wartete ungeduldig.

»Kommen Sie, machen Sie schnell, wir vergeuden das Tageslicht«, drängte er, als Scheldon nach Reservestreifen für seine automatische Pistole suchte. Dann stiegen sie die Treppe hinunter und begaben sich an den Strand, wo sie sich den Rücken zukehrten und jeder, das Gewehr im Arm, seinem Bestimmungsort zuschritt. Tudor nach dem Berande und Scheldon nach dem Balesuna.

Ein zeitgemäßes Duell

Kaum hatte Scheldon den Balesuna erreicht, als er den schwachen Knall eines Gewehres in der Ferne hörte. Es war, wie er wußte, das Signal Tudors, daß er den Berande erreicht hatte, umgekehrt war und ihm jetzt entgegenkam. Zur Antwort feuerte Scheldon ebenfalls sein Gewehr in die Luft ab und begann vorzugehen. Er bewegte sich wie im Traum und hielt sich, ohne in seiner Geistesabwesenheit auf das Abgesprochene zu achten, am freien Strande.

Die Geschichte war so albern, daß er sich zwingen mußte, sie für Wirklichkeit zu halten. Er dachte über die Unterredung mit Tudor nach und bemühte sich, das, was er jetzt tat, mit seinem gesunden Menschenverstand in Einklang zu bringen.

Er wollte Tudor nicht töten. Daß dieser Mann bei seiner Courmacherei einen Fehler begangen hatte, war kein Grund, daß er, Scheldon, ihm das Leben nehmen sollte. Denn um was handelte es sich überhaupt? Es war richtig: Der Mensch hatte Joan durch seine letzte Bemerkung beleidigt und war dafür zu Boden geschlagen worden. Aber das war doch kein Grund, sich gegenseitig zu töten.

Während er so sann, legte er ein Viertel der Entfernung zwischen den beiden Flüssen zurück, bis ihm klar wurde, daß Tudor gar nicht am Strande war. Natürlich nicht. Er ging, den vereinbarten Bedingungen gemäß, im Schutze der Palmen vor. Scheldon schwenkte schnell nach links ab, um eine nahe Deckung zu suchen, als der schwache Knall eines Gewehrs an sein Ohr schlug und fast unmittelbar darauf eine Kugel hundert Fuß vor ihm auf den harten Sand schlug, abprallte, weitersauste und ihn davon überzeugte, daß dies alles, so lächerlich und unnatürlich es an sich auch sein mochte, doch nüchterne Wirklichkeit war. Das war auf ihn gemünzt. Und doch war es kaum glaubhaft. Er blickte über die ihm vertraute Landschaft nach dem Meere, das sich in der leichten, gleichmäßigen Brise kräuselte. In der Richtung von Tulagi konnte er die weißen Segel eines Schoners erkennen, der, einen Schlag entfernt, auf Berande zulag. Am Strande graste ein Pferd, und er fragte sich sinnlos, wo wohl die andern sein mochten. Sein Blick fiel auf den Rauch der Kopra-Darre, schweifte weiter über die Baracken, die Geräteschuppen, die

Bootshäuser und den Bungalow und blieb schließlich auf Joans kleinem Grashause in der Ecke des Grundstücks haften.
Im Schutze der Palmen ging er jetzt eine weitere Viertelmeile vor. Würde Tudor sich mit derselben Schnelligkeit bewegt haben, so hätten sie jetzt an diesem Punkte zusammentreffen müssen, und Scheldon schloß daher, daß der andere im Kreise ging. Die Schwierigkeit war, ihn zu finden. Die Palmen, die sich im rechten Winkel trafen, ermöglichten es ihm nur, eine einzige schmale Palmenreihe entlangzusehen. Sein Feind konnte die nächste Reihe entlang, die übernächste, rechts oder links kommen. Er konnte fünfzig Schritt oder eine halbe Meile entfernt sein. Scheldon schritt weiter, überzeugt, daß das hergebrachte Duell bei weitem einfacher und leichter war als dies Versteckspielen. Er ging ebenfalls im Kreise, in der Hoffnung, den Kreis des andern zu schneiden, kam aber schließlich, ohne etwas von ihm gesehen zu haben, zu einer neuen Pflanzung, wo die jungen, nur bis zur Hüfte reichenden Palmen wenig Schutz und noch weniger Versteck boten. Gerade, als er die Lichtung betrat, krachte rechts von ihm ein Schuß, und wenn er auch nicht das Pfeifen der Kugel hörte, so vernahm er doch den dumpfen Schlag, mit dem sie in geringer Entfernung in den Palmenstamm schlug. Er sprang in den Schutz der größeren Palmen zurück. Zweimal hatte er sich bloßgestellt, und zweimal war auf ihn geschossen worden, während es ihm bisher nicht einmal gelungen war, seinen Gegner auch nur zu Gesicht zu bekommen. Allmählich packte ihn die Wut. Es war verdammt unangenehm, wenn so auf einen losgeballert wurde, und so sinnlos es auch an und für sich war, so war es nichtsdestoweniger tödlicher Ernst. Hier gab es kein Ausweichen, kein In-die-Luft-Feuern, die Sache zu erledigen wie beim hergebrachten Duell. Diese gegenseitige Menschenjagd mußte fortgesetzt werden, bis einer den andern erledigt hatte, und wenn der eine eine Möglichkeit, den andern zu erledigen, verpaßte, so erhöhte sich die Möglichkeit für den andern. Es gab keinen Ausweg. Tudor war ein listiger Teufel, als er diese Art von Duell vorschlug, schloß Scheldon seine Betrachtungen und begann dann, vorsichtig in der Richtung des letzten Schusses vorzudringen.
Als er die Stelle erreicht hatte, war Tudor verschwunden, und nur seine Fußspur zeigte die Richtung an, in der er tiefer in die Plantage hineingeschritten war. Zehn Minuten später erblickte Scheldon plötzlich Tudor flüchtig, hundert Schritt entfernt, als er dieselbe Reihe wie er, jedoch in entgegengesetzter Richtung kreuzte. Er hatte das Gewehr noch nicht halb an der Schulter, als der andere schon wieder verschwunden war. Mehr einer Laune folgend als sich einen Erfolg versprechend, hob Scheldon seine automatische Pistole und feuerte in zwei Sekunden acht

Schüsse durch die Bäume in der Richtung, in der Tudor verschwunden war. Scheldon bedauerte, daß er keine Schrotflinte hatte. Es setzte sich hinter einen Baum auf den Boden, schob einen neuen Ladestreifen in den Hohlgriff der Pistole, ließ eine Patrone in den Lauf gleiten und füllte den leeren Streifen wieder. Kurz darauf versuchte Tudor denselben Trick bei ihm, wobei die Kugeln wie ein bösartiger Regen um ihn spritzten, in die Palmenstämme einschlugen oder pfeifend abprallten. Die letzte Kugel schlug, nachdem sie zweimal von verschiedenen Stämmen abgeprallt war und alle Kraft verloren hatte, gegen Scheldons Stirn und fiel zu seinen Füßen nieder. Einen Augenblick war er halb betäubt, als er aber nachfühlte, stellte er keinen größeren Schaden fest als eine arge Beule, die bald zur Größe eines Taubeneies anschwoll.

Die Jagd nahm ihren Fortgang. Als er einmal in die Nähe des Bungalows, an den Rand der Pflanzung kam, sah er die Hausboys und den Koch auf der hinteren Veranda stehen und neugierig zwischen den Palmen hindurchlugen, während sie mit ihren sonderbaren Fistelstimmen schwatzten und lachten. Ein andermal stieß er auf eine Gruppe von unkrautjätenden Arbeitern. Sie beachteten ihn kaum, obgleich sie genau wußten, was vorging. Es war nicht ihre Sache, wenn die rätselhaften Weißen versuchten, sich gegenseitig zu töten; und wie sehr sie sich auch für den Vorgang interessierten, so ließen sie sich vor Scheldon doch nichts merken. Er befahl ihnen, an einer anderen Stelle zu jäten, und setzte die Verfolgung Tudors fort.

Des andauernden Kreisganges überdrüssig, versuchte Scheldon noch einmal, direkt auf seinen Feind loszugehen. Aber der war zu schlau, benutzte nur den Vorteil, den Scheldons Kühnheit gewährte, um ein paar Schüsse auf ihn abzufeuern, und entschlüpfte in anderer, stets wechselnder Richtung. Eine Stunde lang wichen sie sich aus und wandten sich hierhin und dorthin, gingen im Kreise und jagten einander zwischen den schnurgeraden Palmenreihen. Dann wieder sahen sie sich flüchtig und beschossen sich erfolglos. An einer durch Gras geschützten Stelle, hinter einem Baum, stieß Scheldon auf einen Fleck, wo Tudor geruht und eine Zigarette geraucht hatte. Das zerdrückte Gras zeigte an, wo er gesessen hatte. Neben dem Zigarettenstummel und dem abgebrannten Streichholz lagen glänzende Metallspäne. Scheldon erkannte ihre Bedeutung. Tudor kerbte seine Stahlgeschosse ein oder stumpfte sie ab, so daß sie beim Aufschlag zerreißen mußten – mit anderen Worten, er stellte die niederträchtigen, in der modernen Kriegführung verbotenen Dumdumgeschosse her. Scheldon wußte jetzt, was ihm bevorstand, wenn er getroffen wurde. Der Einschuß würde ein winziges Loch sein, der Ausschuß jedoch die Größe einer Untertasse haben. Er beschloß, die

Verfolgung aufzugeben und sich, von beiden Seiten durch die Palmenreihe geschützt, ins Gras zu legen. Von hier aus konnte er beobachten. Auf diese Weise mußte Tudor zu ihm kommen, oder es kam nie zu einem Ende.

Er wischte sich den Schweiß vom Gesicht und band sich sein Taschentuch um den Hals, um die im Grase lauernden Steckmücken abzuhalten. Noch nie hatte er einen so großen Widerwillen gegen das empfunden, was man »Abenteuer« nannte. Joan war schon schlimm genug gewesen mit ihrem Cowboyhut und ihrem langläufigen Colt, und nun war noch dieser Mann gekommen, der Abenteuer suchte und sie auf keine andere Weise finden konnte, als daß er einen friedlichen Pflanzer in ein unsinniges, lächerliches Duell verwickelte. Wenn je ein Mensch die Abenteuer verflucht hatte, dann war es Scheldon, wie er jetzt in dem windstillen Grase schwitzte, gegen die Mücken kämpfte und dabei die Palmenreihe scharf beobachtete.

Da erschien Tudor. Scheldon sah gerade in dem Augenblick, als er in Sicht kam, in die Richtung. Der andere blickte, ehe er ins Freie trat, schnell die Palmenreihe entlang. Mittwegs blieb er stehen, als ob er überlegte, welche Richtung er einschlagen sollte. Wie er in zweihundert Schritt Entfernung seinem verborgenen Feind das Gesicht zukehrte, bot er ein vorzügliches Ziel. Scheldon zielte auf die Mitte der Brust, hielt dann jedoch absichtlich auf die rechte Schulter und drückte mit dem Gedanken »das wird ihn kampfunfähig machen« ab. Die Kugel, die genug Kraft gehabt hätte, auf eine Meile den Körper eines Menschen zu durchbohren, traf Tudor mit solcher Wucht, daß sie ihn durch den Anprall herumwirbelte und halb niederwarf. »Hoffentlich habe ich den Kerl nicht getötet«, murmelte Scheldon hörbar, sprang auf und lief auf Tudor zu.

Fünfzig Schritt weiter wurde seine Besorgnis in dieser Beziehung durch Tudor beseitigt, der ihm mit der linken Hand aus einer automatischen Pistole einen Hagel von Geschossen entgegensandte. Scheldon duckte sich hinter einem Palmenstamm, zählte die Schüsse und eilte, als der achte Schuß abgefeuert war, zu dem Verwundeten. Er schlug ihm die Pistole aus der Hand und setzte sich dann auf ihn, um ihn niederzuhalten.

»Bleiben Sie ruhig. Ich habe Sie erledigt, sich wehren hat also keinen Zweck.«

Tudor versuchte sich zu wehren und ihn abzuschütteln.

»Verhalten Sie sich ruhig, sage ich«, befahl Scheldon. »Mir genügt das Ergebnis. Und Ihnen hat es auch zu genügen. Sie können jetzt ruhig nachgeben und die Angelegenheit als erledigt betrachten.«

Tudor gab zögernd nach.

»Ziemlich komisch, diese modernen Duelle, nicht wahr?« Scheldon blickte lächelnd auf ihn herab, während er aufstand. »Gar nicht würdevoll. Würden Sie sich noch länger gewehrt haben, dann hätte ich Ihr Gesicht gegen die Erde gerieben. Ich hätte große Lust, es jetzt noch zu tun, um Ihnen beizubringen, daß Duelle aus der Mode gekommen sind. Jetzt wollen wir nach Ihrer Wunde sehen.«

»Sie haben mich nur zur Strecke gebracht«, brummte Tudor, »weil Sie im Hinterhalt lagen, wie – –«

»Wie ein wilder Indianer, genauso. Sie haben es erfaßt.« Scheldon schwieg und stand auf. »Sie bleiben ruhig hier liegen, bis ich ein paar Leute schicke, um Sie hineinzutragen. Sie sind nicht ernstlich verletzt, und es ist ein Glück für Sie, daß ich Ihrem Beispiel nicht gefolgt bin. Wenn Sie von einer Ihrer eigenen Kugeln getroffen wären, könnte Ihnen ein Wagen mit zwei Pferden durch das Loch hindurchfahren. Jetzt sind Sie glatt durchbohrt. Eine hübsche kleine Durchlöcherung. Sie brauchen nichts als eine antiseptische Waschung und einen Verband, um in einem Monat wieder auf dem Posten zu sein. Jetzt machen Sie sich keine Gedanken mehr. Ich werde Ihnen eine Trage schicken.«

Kapitulation

Als Scheldon zwischen den Palmen hervorkam, wartete Joan an der Pforte zum Grundstück, und er konnte ihr ansehen, daß sie sich bei seinem Anblick freute.

»Ich kann Ihnen gar nicht sagen, wie ich mich freue, Sie zu sehen«, begrüßte sie ihn. »Was ist aus Tudor geworden? Das letzte Pistolengeknatter war nicht schön anzuhören. Wer war das, Sie oder Tudor?«

»Sie wissen also alles«, erwiderte er kühl. »Nun ja, es war Tudor, aber mit der linken Hand. Er liegt da mit einem Loch in der Schulter.«

Er beobachtete sie scharf. »Das ist eine Enttäuschung, nicht wahr?« fragte er gedehnt.

»Wie meinen Sie das?«

»Nun, daß ich ihn nicht getötet habe.«

»Aber ich wollte ja gar nicht, daß er getötet wurde, nur weil er mich geküßt hat«, rief sie.

»Ach, er hat Sie geküßt!« wiederholte Scheldon mit offensichtlicher Überraschung. »Mir war doch, Sie hätten gesagt, daß er Ihren Arm verletzt hätte.«

»Man kann es einen Kuß nennen, wenn er auch nur die Nasenspitze traf.« Sie lachte bei der Erinnerung.

»Aber ich habe es ihm selbst heimgezahlt. Ich habe ihm ins Gesicht geschlagen. Und meinen Arm hat er auch verletzt. Er ist braun und blau. Sehen sie.«

Sie streifte den Ärmel ihrer Bluse hoch, und er sah die Druckstellen zweier Finger. In diesem Augenblick kam ein Trupp Schwarzer zwischen den Palmen hervor; sie trugen den Verwundeten auf einer roh gezimmerten Trage.

»Romantisch, nicht wahr?« spöttelte Scheldon, indem er Joans bestürztem Blick folgte. »Und jetzt muß ich noch dazu den Doktor spielen und ihn verarzten. Komisch, dies Duell des zwanzigsten Jahrhunderts. Erst macht man in einen Menschen ein Loch, und dann bemüht man sich, es zu stopfen.«

Sie waren beiseite getreten, um die Trage vorbeizulassen, und Tudor, der die letzte Bemerkung gehört hatte, richtete sich auf dem Ellbogen seines gesunden Armes auf und sagte mit herausforderndem Lächeln: »Würden Sie eine meiner Kugeln abbekommen haben, dann hätten Sie sich das Loch mit einem Teller stopfen müssen.«

»Oh, Sie Schurke!« rief Joan. »Sie haben Ihre Kugeln gekerbt!«

»Es war der Verabredung gemäß«, erwiderte Tudor. »Alles war erlaubt. Wenn wir wollten, konnten wir Dynamit gebrauchen.«

»Er hat recht«, versicherte Scheldon. »Jede Waffe war erlaubt. Ich lag im Grase an einer Stelle, wo er mich nicht sehen konnte, und erledigte ihn wirklich auf anständige Art und Weise. Das kommt davon, wenn man eine Frau auf der Plantage hat. Und jetzt gilt es, Antiseptika mit Wasser anzusetzen, denke ich. Es ist eine schlimme Sache. Ich werde im Buch nachlesen müssen, ehe ich darangehe.«

»Ich kann nicht einsehen, daß ich die Schuld haben sollte«, begann sie. »Ich kann doch nichts dafür, daß er mich küßte. Ich dachte nicht im Traum daran, daß er es je versuchen würde.«

»Deshalb habe ich nicht gekämpft. Aber jetzt ist keine Zeit für Erklärungen. Wenn Sie Bandagen und Binden vorbereiten wollen, werde ich unter ›Schußwunden‹ nachsehen, was zu tun ist.«

»Blutet es stark?« fragte sie.

»Nein, die Kugel scheint keine Arterie getroffen zu haben. Das wäre schlimm gewesen.«

»Dann brauchen wir uns nicht erst mit Nachlesen abzugeben«, sagte Joan. »Ich sterbe vor Neugier, alles zu erfahren. Die Apostel liegt ohne Wind vor der Landspitze und wird von ihren Booten geschleppt. In fünf Minuten wird sie vor Anker liegen, sicher ist Doktor Welshmere an Bord. Wir haben nichts zu tun, als es Tudor bequem zu machen. Wir bringen ihn am besten in Ihr Zimmer unter das Moskitonetz und schikken ein Boot, um Doktor Welshmere zu bestellen, daß er seine Instrumente mitbringen soll.«

Eine Stunde später hatte Doktor Welshmere den Patienten wohl versorgt und schritt zum Strande, um sich an Bord zu begeben, wobei er versprach, zum Essen wiederzukommen. Joan und Scheldon standen auf der Veranda und sahen ihn abfahren.

»Ich werde nie wieder etwas gegen die Missionare haben, seit ich sie hier auf den Salomons gesehen habe«, sagte sie, indem sie sich auf einem Liegestuhl niederließ. Sie blickte Scheldon an und begann zu lachen.

»So ist's recht«, sagte er. »Mir ist auch zumute, als wäre ich ein rechter Narr gewesen und hätte versucht, einen Gast zu ermorden.«

»Aber Sie haben mir ja noch gar nicht erzählt, um was es sich handelte.«

»Um Sie«, erwiderte er kurz.

»Um mich? Aber Sie haben doch eben gesagt, daß es sich nicht um mich gehandelt hätte.«
»Oh, nicht wegen des Kusses.« Er trat ans Geländer, lehnte sich dagegen und blickte sie an. »Aber es betrifft Sie trotzdem, ich kann es Ihnen ja ruhig erzählen. Sie erinnern sich wohl, daß ich Sie vor längerer Zeit davor warnte, was geschehen würde, wenn Sie Teilhaberin von Berande würden. Und richtig, jetzt klatscht die ganze Küste darüber, und Tudor bestand darauf, mir den Klatsch zu erzählen. Sie sehen also, daß es unter diesen Umständen nicht angeht, daß Sie hierbleiben. Es wäre besser, wenn Sie fortgingen.«
»Aber ich will nicht fortgehen«, widersprach sie mit kläglicher Miene.
»Dann eine Anstandsdame –«
»Nein, auch keine Anstandsdame.«
»Aber Sie erwarten doch wohl nicht von mir, daß ich herumlaufe, um jeden Verleumder in den Salomons, der seinen Mund auftut, niederzuschießen?« fragte er verdrießlich.
»Nein, das auch nicht«, antwortete sie impulsiv. »Ich will Ihnen sagen, was wir tun. Wir heiraten uns und bringen dadurch alle zum Schweigen. – So!«
Er betrachtete sie erstaunt und würde geglaubt haben, daß sie ihn zum Narren hielte, hätte nicht eine plötzliche Glut ihre Wangen überzogen.
»Ist das Ihr Ernst?« fragte er unsicher. »Warum?«
»Um diesen ekelhaften Küstenklatsch zum Schweigen zu bringen. Das ist doch ein triftiger Grund, nicht wahr?«
Die Versuchung war stark genug, um ihn schwanken zu lassen, aber der ganze Ekel, der ihn gepackt hatte, als er, die Mücken abwehrend und alle Abenteuer verfluchend, im Grase lag, überkam ihn wieder, und er antwortete: »Nein, das ist schlimmer als gar kein Grund. Ich lege keinen Wert darauf, Sie aus Gründen der Schicklichkeit zu heiraten –«
»Sie sind der lächerlichste Mensch, der mir je vorgekommen ist«, platzte sie mit einem Anflug ihres früheren Zornes heraus. »Sehr gegen meinen Wunsch reden Sie mir von Liebe und Heirat, gehen wochenlang maulend durch die Plantage, weil Sie mich nicht haben können, sehen mich, wenn Sie denken, daß ich es nicht merke, mit so hungrigen Blicken an, daß ich mich frage, wann Sie das letztemal etwas zu essen bekommen haben, verdrehen die Augen nach meinem Revolvergurt am Nagel, fechten meinetwegen Duelle aus und so weiter – und – und jetzt, da ich Ihnen sage, daß ich Sie heiraten will, erlauben Sie sich, mir einen Korb zu geben.«
»Sie können mich nicht lächerlicher machen, als ich mich sowieso schon fühle«, antwortete er und rieb sich nachdenklich die Beule auf seiner Stirn. »Und wenn das mit zu dem romantischen Programm gehört – ein

Duell um ein Mädchen, das hierauf in die Arme des Siegers eilt –, nun, dann werde ich mich jedenfalls nicht noch mehr blamieren, indem ich darauf eingehe.«

»Ich glaubte, Sie würden mit Freuden zugreifen«, gestand sie mit einer Unbefangenheit, die ihm um so echter erschien, als er einen schelmischen Schimmer in ihren Augen zu gewahren meinte.

»Dann muß ich eine andere Auffassung von der Liebe haben als Sie«, sagte er. »Ich möchte, daß ein Mädchen mich aus Liebe heiratet und nicht aus romantischer Bewunderung, weil ich das Glück hatte, mit rauchlosem Pulver ein Loch in die Schulter eines Mannes zu schießen. Ich sage Ihnen, ich habe einen Widerwillen gegen diese abenteuerlichen Narreteien. Das ist nichts für mich. Sehen Sie sich Tudor an, das ist ein solcher Abenteurer. Bricht einen Streit mit mir vom Zaun und benimmt sich wie ein Affe, indem er darauf besteht, mit mir ›bis zum Tode‹ zu kämpfen, wie er sagt. Es war einfach fürchterlich.«

Sie biß sich auf die Lippen, und wenn ihre Augen auch so kühl und ruhig wie gewöhnlich blickten, so stieg doch das verräterische Rot des Zornes in ihre Wangen.

»Natürlich, wenn Sie mich nicht heiraten wollen –«

»Aber ich will ja –«

»Ach, Sie wollen –«

»Aber sehen Sie, Sie Mädelchen, ich möchte, daß Sie mich liebhaben«, fügte er schnell hinzu, »sonst wäre es nur eine halbe Ehe. Ich möchte nicht, daß Sie mich nur heiraten, um den Küstenklatsch zum Schweigen zu bringen oder aus sonst einer dummen romantischen Neigung. Dann möchte ich Sie lieber nicht zur Frau haben.«

»Oh«, sagte sie mit gespielter Vorsicht, und jetzt hätte er auf den schelmischen Schimmer schwören mögen. »Wenn es so steht, wenn Sie gewillt sind, mein Angebot in Erwägung zu ziehen, so gestatten Sie mir wohl ein paar Bemerkungen. Zunächst haben Sie gar keinen Grund, über Abenteuer zu spotten, denn Sie selbst erleben sie ja andauernd. Ganz bestimmt jedenfalls, als ich Sie zuerst antraf: fieberkrank auf einer einsamen Plantage mit zweihundert wilden Kannibalen, die Ihnen nach dem Leben trachteten. Dann kam ich –«

»Und was war Ihre Ankunft im Sturm?« brach er los. »Direkt nach dem Schiffbruch Ihres Schoners landeten Sie in einem Boot voll malerischer, tahitianischer Seeleute am Strande und marschierten mit einem Cowboyhut auf dem Kopf, Seestiefeln an den Füßen und einem langläufigen Colt an der Hüfte nach dem Bungalow – nun, ich gebe gern zu, daß Sie die Quintessenz aller Abenteuer waren.«

»Ausgezeichnet«, rief sie frohlockend. »Es ist ein einfaches Rechen-

exempel – wir brauchen nur Ihre und meine Abenteuer gegeneinander aufzurechnen. Dann ist es erledigt, und Sie haben keinen Grund, noch länger über meine Abenteuer zu spotten. Zudem finde ich nicht, daß etwas Romantisches in Tudors Versuch, mich zu küssen, oder etwas Abenteuerliches an diesem unsinnigen Duell war. Dagegen ist es meiner Ansicht nach romantisch, daß Sie sich in mich verliebt haben, und endlich, und daß heißt wohl Romantik zur Romantik fügen, endlich – glaube ich, daß – ich dich liebhabe, David – ach, David!«
Das letzte war ein leiser Seufzer, während er sie in seine Arme schloß und an sich preßte.
»Aber ich habe dich nicht lieb, weil du heute den Narren gespielt hast«, flüsterte sie an seiner Schulter. »Weiße Männer sollten nicht herumlaufen, um sich gegenseitig totzuschlagen.«
»Aber warum liebst du mich denn?« stellte er wie alle Liebenden die ewige Frage, die nie beantwortet werden wird.
»Ich weiß nicht – eben, weil ich dich liebe, denke ich. Und das ist alle Genugtuung, die du mir gabst, als wir das Männergespräch hatten. Aber ich liebe dich seit Wochen – die ganze Zeit schon, da du so köstlich eifersüchtig auf Tudor warst.«
»Ja, ja, weiter«, drängte er atemlos, als sie schwieg.
»Ich war gespannt, wann du dich erklären würdest, und liebte dich um so mehr, weil du es nicht tatest. Du warst wie Vater und Von. Du konntest dich beherrschen. Du machtest dich nicht lächerlich.«
»Nein, erst heute«, sagte er.
»Ja, und auch deshalb liebe ich dich. Es wurde Zeit. Ich fing schon an zu glauben, daß du nie wieder das Gespräch auf diese Angelegenheit bringen würdest. Und selbst jetzt, nachdem ich mich dir angeboten habe, hast du es nicht einmal angenommen.«
Beide Hände auf ihre Schultern gelegt, hielt er sie auf Armeslänge von sich ab und sah ihr lange in die Augen, die nicht mehr kühl blickten, sondern wie von einem goldenen Schimmer erfüllt waren.
Sie senkte schnell die Lider, hob aber tapfer den Kopf, um seinem Blick zu begegnen. Da zog er sie ernst und zärtlich an sich.
»Und wie steht es mit deinem eigenen Herd und Sattel?« fragte er einen Augenblick später.
»Ich habe sie ja beinahe gewonnen. Das Grashaus ist mein Herd, die Martha mein Sattel, und – sieh alle die Bäume, die ich gepflanzt habe, vom Getreide ganz zu schweigen. Aber du bist doch an allem schuld. Vielleicht hätte ich dich nie geliebt, wenn du mich nicht auf den Gedanken gebracht hättest.«
»Dort kommt die Nongassla um die Spitze und setzt ihre Boote aus«,

bemerkte Scheldon beiläufig. »Der Kommissar ist an Bord. Er fährt nach San Christoval, um den Mord an dem Missionar zu untersuchen. Wir haben Glück, das muß ich sagen.«
»Ich verstehe nicht, wieso ist das ein Glück?« fragte sie kläglich. »Wir hätten diesen Abend ganz für uns allein haben sollen, um alles zu besprechen. Ich habe tausend Fragen an dich. – Und es wäre kein Männergespräch geworden«, fügte sie hinzu.
»Aber mein Plan ist doch noch besser.«
Er überlegte einen Augenblick.
»Sieh mal, der Kommissar ist der einzige Beamte, der uns einen Trauschein ausstellen kann. Und – das ist das beste an der Sache – Doktor Welshmere ist auch hier, um die Trauung sofort vorzunehmen. Wir heiraten heute abend.«
Joan prallte zurück, machte sich aus seinen Armen los und trat einige Schritte zurück. Er konnte sehen, daß sie wirklich erschrocken war.
»Ich – ich dachte –«, stammelte sie.
Dann ging langsam eine Veränderung mit ihr vor, und ihr Gesicht wurde so seltsam mit Glut übergossen, wie er es heute schon einmal gesehen hatte. Ihre sonst so kühlen, gleichgültigen Augen glänzten voller Wärme und waren nicht fähig, den seinen zu begegnen. Dann trat sie zu ihm, schmiegte sich in seine Arme und flüsterte leise:
»Ich bin bereit, David.«

Der Seewolf

Erster Teil

Ich weiß kaum, wo beginnen, wenn ich zuweilen auch im Scherz Charley Furuseth alle Schuld gebe. Er besaß ein Sommerhaus in Mill Vallay, bezog es aber nur, wenn er sich die Wintermonate vertreiben und Nietzsche und Schopenhauer lesen wollte. Kam der Sommer, so zog er ein heißes, staubiges Dasein in der Stadt mit unablässiger Arbeit vor. Wäre es nicht meine Gewohnheit gewesen, ihn allwöchentlich zum Weekend zu besuchen, so hätte mich eben dieser Januar-Montagmorgen nicht auf den Wassern der Bucht von San Francisco gesehen.

Das Schiff, auf dem ich mich befand, bot alle Sicherheit. Die ›Martinez‹ war eine Dampffähre, die ihre vierte oder fünfte Fahrt auf der Route Sausalito–San Francisco zurücklegte. Aber der dichte Nebel, der die Bucht wie mit einer Decke überzog, war gefahrdrohend. In der Tat erinnere ich mich noch der sanften Erregung, mit der ich meinen Platz auf dem Oberdeck gerade unterhalb des Lotsenhauses eingenommen hatte, während die Geheimnisse des Nebels meine Phantasie umspannten.

Ich dachte daran, wie bequem die Arbeitsteilung war, die mich der Mühe enthob, Nebel, Winde, Gezeiten und Schiffahrtskunde zu studieren, und mir doch erlaubte, meinen Freund jenseits der Bucht zu besuchen. Ich stellte Betrachtungen über den Vorteil der Spezialisierung des Menschen an. Das Sonderwissen eines Lotsen und eines Kapitäns genügte für viele Tausende, die ebensowenig von See und Schiffahrt verstanden wie ich. Und ich wiederum hatte es nicht nötig, meine Kräfte auf das Studium unzähliger Dinge zu verschwenden, sondern konnte mich auf einige wenige konzentrieren, wie augenblicklich auf eine Untersuchung der Stellung E. A. Poes zu der übrigen

amerikanischen Literatur – worüber ich, nebenbei bemerkt, gerade einen Aufsatz in der Zeitschrift ›Atlantic‹ geschrieben hatte. Als ich an Bord gekommen war, hatte ich beim Durchschreiten der Kajüte einen starken Herrn mit den Augen verschlungen, der in die ›Atlantic‹ und offenbar gerade in meinen Aufsatz vertieft war.
Ein Mann mit rotem Gesicht unterbrach meine Betrachtungen. Er warf geräuschvoll die Kajütentür hinter sich zu und stapfte schwerfällig aufs Deck. Er warf einen raschen Blick auf das Lotsenhaus, betrachtete den Nebel, stapfte hin und her (es sah aus, als hätte er künstliche Beine) und blieb endlich spreizbeinig und mit einem Ausdruck herber Freude im Gesicht neben mir stehen. Ich ging wohl nicht fehl in meiner Vermutung, daß er seine Tage auf dem Meere verbracht hatte.
»Scheußliches Wetter. Ein Wetter, das einem vorzeitig graue Haare verschafft!« rief er und nickte in der Richtung des Lotsenhauses.
»Ich hätte nicht geglaubt, daß hier besondere Kunst nötig sei!« antwortete ich. »Es sieht so einfach aus wie das Abc. Der Kompaß gibt die Richtung an. Entfernung und Fahrgeschwindigkeit sind bekannt. Ich sollte meinen, daß alles mit mathematischer Genauigkeit zu berechnen wäre!«
»Kunst!« schnaubte er. »Einfach wie das Abc! Mathematische Genauigkeit!« Er schien sich zu recken, stemmte sich nach hinten gegen den Wind und starrte mich an: »Wie steht es zum Beispiel mit Ebbe und Flut hier im ›Goldenen Tor‹?« fragte oder brüllte er vielmehr. »Welche Fahrt macht die Ebbe? Wie läuft die Strömung, he? Bitte, horchen Sie mal! Die Glocke einer Ankerboje. Wir sind gerade darüber! Merken Sie, wie wir den Kurs ändern?«
Aus dem Nebel erklang das klagende Stöhnen einer Schiffsglocke, und ich sah, wie der Lotse das Steuerrad mit großer Schnelligkeit drehte. Das Läuten, das eben noch vor uns zu tönen schien, kam jetzt von der Seite. Unsere eigene Schiffspfeife fauchte heiser, und eine schrille kleine Pfeife, die wie verrückt pfiff, war gerade vor uns und anscheinend sehr nahe. Auf der ›Martinez‹ wurden Gongs angeschlagen. Unsere Schaufelräder hielten an, ihr Pulsschlag starb, setzte dann wieder ein. Die schrille kleine Pfeife voraus klang wie das Zirpen einer Grille in dem Geschrei großer Tiere, schoß seitwärts durch den Nebel und wurde schnell schwach und immer schwächer.
»Den sticht der Haber«, sagte er. »Ich wünschte fast, wir hätten den kleinen Hammel in den Grund gebohrt!«
Sein unberechtigter Wutausbruch belustigte mich, und während er in

seiner Empörung auf und ab stapfte, überließ ich mich wieder der Romantik des Nebels. Und wahrlich: Romantisch war dieser Nebel, wie der graue Schatten unendlicher Mysterien, die über diesem dahingleitenden Fleckchen Erde brüteten, während die Menschen, winzige Sonnenstäubchen und -fünkchen, zu krankhaftem Wohlgefallen an der Arbeit verdammt, ihre Holz- und Stahlmechanismen durch das Herz dieses Mysteriums zu jagen suchten, sich blindlings ihren Weg durchs Unsichtbare bahnten und sich Worte der Zuversicht zuschrien, obgleich ihnen das Herz vor Ungewißheit und Furcht zitterte. Das Lachen meines Gefährten brachte mich wieder zu mir. Auch ich hatte getastet und gezappelt, während ich mir einbildete, scharfsichtig das Mysterium zu durchschauen.

»Holla! Da kommt uns jemand ins Gehege!« sagte er. »Hören Sie? Er kommt schnell. Gerade voraus! Ich wette, er hört uns noch nicht. Es weht in der falschen Richtung.«

Die frische Brise kam uns gerade entgegen, und ich hörte deutlich die Schiffspfeife ein wenig seitwärts und dabei dicht vor uns.

»Dampffähre?« fragte ich.

Er nickte und fügte dann hinzu: »Würde sonst nicht so wie nach der Richtschnur laufen!« Er lachte unterdrückt. »Da oben werden sie unruhig.«

Ich blickte hinauf. Der Kapitän hatte Kopf und Schultern zum Lotsenhaus herausgesteckt und starrte gespannt in den Nebel, als könnte er ihn durch bloße Willensanstrengung durchdringen. Sein Gesicht war unruhig, wie jetzt auch das meines Gefährten, der an die Reling gestapft war und ebenso gespannt in die Richtung starrte, aus der er die unmittelbare Gefahr vermutete.

Dann kam es. Es geschah mit unfaßbarer Schnelligkeit. Der Nebel wich, wie von einem Keil gespalten. Der Bug eines Dampfschiffes tauchte auf, zu beiden Seiten Nebelfetzen mitziehend wie Seegras auf der Schnauze des Leviathans. Ich konnte das Lotsenhaus sehen und bemerkte einen weißbärtigen Mann, der sich, auf die Ellbogen gestützt, weit hinauslehnte. Er trug eine blaue Uniform, und ich entsinne mich noch, wie sauber und freundlich er aussah. Seine Ruhe wirkte unter diesen Umständen furchtbar. Er beugte sich dem Geschick, marschierte Schulter an Schulter mit ihm und berechnete kühl den Schlag. Wie er so dalehnte, warf er uns einen ruhigen und nachdenklichen Blick zu, als berechne er genau den Punkt des Zusammenstoßes, und nahm nicht die geringste Notiz von unserm Lotsen, der, blaß vor Wut, schrie: »Nun habt ihr's fertiggebracht!«

Als ich mich umsah, nahm ich wahr, daß die Bemerkung zu einleuchtend war, um noch einer Erläuterung zu bedürfen.

»Halten Sie sich an irgend etwas fest«, sagte der Mann mit dem roten Gesicht zu mir. Er polterte nicht mehr. Es schien, als wäre er von der übernatürlichen Ruhe des andern angesteckt.

Ehe ich noch seinen Rat befolgen konnte, war der Zusammenstoß schon erfolgt. Wir mußten wohl gerade mittschiffs getroffen worden sein. Ich sah nichts, und der fremde Dampfer war schon aus meinem Gesichtskreis geglitten.

Die ›Martinez‹ krengte stark, das Holzwerk krachte und splitterte. Ich wurde auf das feuchte Deck geschleudert, und bevor ich mich aufrichten konnte, hörte ich auch schon das Kreischen der Frauen. Es waren die unbeschreiblichsten, haarsträubendsten Töne, die ich je gehört, mich packte ein panischer Schrecken. Mir fiel ein, daß in der Kajüte ein Haufen Rettungsgürtel lag, ich wurde aber von der wildstürmenden Menge Männer und Frauen an der Tür aufgehalten und zurückgedrängt. Ich weiß nicht mehr, was in den nächsten Minuten geschah, wenn ich auch die deutliche Vorstellung habe, daß ich von den Gestellen an Deck Rettungsgürtel herunterriß, die der Mann mit dem roten Gesicht den hysterischen Frauen umlegte. Dieses Bild ist meinem Gedächtnis so scharf und deutlich eingeprägt wie ein wirkliches Bild. Es ist ein Gemälde, das ich immer noch vor mir sehe: die zackigen Ränder des Loches in der Kajütenwand, durch das der graue Nebel hereinwirbelte und kreiste; die leeren Sitze, auf denen alles herumlag, was den Eindruck plötzlicher wilder Flucht erweckte: Pakete, Handtäschchen, Schirme, Überzieher; der starke Herr, der meinen Aufsatz studiert hatte und jetzt, in Kork und Segelleinen eingeschlossen, die Zeitschrift noch in der Hand hielt und mich mit eintöniger Dringlichkeit fragte, ob ich an eine Gefahr glaube; der Mann mit dem roten Gesicht, der schwerfällig auf seinen künstlichen Beinen stapfte und tapfer einer Frau nach der andern den Rettungsgürtel umschnallte, und schließlich das Tollhaus kreischender Weiber.

Das Entsetzen trieb mich an Deck hinaus. Ich fühlte mich krank, elend und voller Ekel. Ich setzte mich auf eine Bank. Schemenhaft sah und hörte ich, wie Männer umherliefen und versuchten, die Boote hinabzulassen. Die Szene war genauso, wie ich sie aus Beschreibungen in Büchern kannte. Das Tauwerk klemmte sich fest. Nichts klappe. Ein Boot mit Frauen und Kindern wurde an den Davits hinuntergefiert. Es füllte sich mit Wasser und kenterte. Ein anderes hing noch mit einem Ende oben, während das andere schon unten war, und so blieb es hängen. Der fremde Dampfer, der unser Unglück verschuldet hatte, ließ nichts von sich hören, obwohl man meinte, daß er uns zweifellos Boote zu Hilfe schicken würde.

Ich stieg zum unteren Deck hinunter. Anscheinend sank die ›Martinez‹ sehr schnell, denn ich sah das Wasser jetzt dicht unter mir. Viele Passagiere sprangen über Bord. Die im Wasser waren, schrien, man solle sie wieder an Bord holen. Aber kein Mensch kümmerte sich um sie. Ein Schrei ertönte: »Wir sinken!« Ich wurde von der jetzt eintretenden Panik angesteckt und stürzte mich in einer Flut von Körpern über Bord.

Wie ich ins Wasser kam, weiß ich nicht mehr, was ich aber sofort begriff, war, warum alle, die drinnen schwammen, sich so sehnsüchtig auf den Dampfer zurückwünschten. Das Wasser war kalt – so kalt, daß es schmerzte. Als ich hineinsprang, hatte ich ein Gefühl, als wäre ich in Feuer geraten. Die Kälte drang bis ins Mark, sie war wie der Griff des Todes. Vor Angst und Schrecken schnappte ich nach Luft, versuchte zu atmen, bevor mich noch der Rettungsgürtel an die Oberfläche getrieben hatte. Der Salzgeschmack brannte mir im Munde, und ich erstickte fast an der beißenden Lauge, die mir Kehle und Lungen füllte.

Aber das Furchtbarste war die Kälte. Ich fühlte, daß ich nur wenige Minuten aushalten konnte. Rings um mich im Wasser rangen und zappelten Menschen. Ich hörte, wie sie sich gegenseitig anriefen. Daneben hörte ich das Plätschern von Riemen; offenbar hatte der fremde Dampfer seine Rettungsboote herabgelassen. Die Sekunden flogen, und ich wunderte mich, daß ich immer noch lebte. Meine unteren Gliedmaßen waren ganz empfindungslos, eine eisige Starre krallte sich mir ums Herz und durchdrang es. Kleine Wellen brachen unausgesetzt mit boshaft schäumenden Kronen über meinen Kopf hinweg und in meinen Mund und drohten mich immer wieder zu ersticken.

Der Lärm wurde undeutlich. Das letzte, was ich noch hörte, war ein Chor von verzweifelten Schreien in der Ferne, der mir sagte, daß die ›Martinez‹ untergegangen war. Dann – wieviel Zeit verstrichen war, weiß ich nicht – kam ich in einem plötzlichen Anfall überwältigender Angst zu mir. Ich war allein. Ich hörte weder rufen noch schreien nur das Plätschern der Wellen, das gespensterhaft von der Nebelwand widerhallte. Eine allgemeine Massenpanik ist nicht so furchtbar wie die, die einen einzelnen Menschen packen kann, und die Beute einer solchen Panik war ich. Wo trieb ich hin? Der Mann mit dem roten

Gesicht hatte gesagt, daß die Ebbe durch das ›Goldene Tor‹ hinausströmte. Dann wurde ich also auf die hohe See hinausgetrieben! Und der Rettungsgürtel, der mich trug, konnte er nicht jeden Augenblick in Stücke gehen? Ich hatte gehört, daß diese Dinger oft aus Papier und Binsen gemacht waren, die sich schnell vollsogen und alle Tragfähigkeit verloren. Und dabei hatte ich nicht die geringste Ahnung vom Schwimmen! Ganz allein trieb ich, offenbar mit der Strömung, in die graue, chaotische Unendlichkeit hinaus.

Wie lange das dauerte, weiß ich nicht. Ich wurde ohnmächtig, und als ich erwachte, erblickte ich, fast über meinem Kopfe, den Bug eines Fahrzeuges, das langsam aus dem Nebel auftauchte, und darüber dicht hintereinander drei dreieckige, prall vom Wind geblähte Segel. Wo der Bug das Wasser durchschnitt, schäumte und gurgelte es heftig, es schien geradeswegs auf mich loszukommen. Plötzlich tauchte der Bug nieder und überschüttete mich klatschend mit einem mächtigen Wasserschwall. Dann glitt die lange, schwarze Schiffswand so nahe vorbei, daß ich sie mit den Händen hätte greifen können. Ich versuchte es, mit einem wahnsinnigen Entschluß, meine Nägel ins Holz zu krallen, aber meine Arme waren schwer und leblos. Wieder wollte ich rufen, brachte aber keinen Ton heraus.

Das Heck des Schiffes schoß vorbei, sank in ein Wellental. Ich sah flüchtig den Mann am Ruder und einen andern, der nichts zu tun schien, als eine Zigarre zu rauchen. Ich sah den Rauch, der sich von seinen Lippen löste, als er langsam den Kopf wandte und in meiner Richtung über das Wasser blickte. Es war ein gleichgültiges, unüberlegtes Schauen, etwas ganz Zufälliges, Zielloses.

Für mich aber bedeutete dieser Blick Leben oder Tod. Ich sah, wie das Schiff vom Nebel verschlungen wurde, ich sah den Rücken des Rudergastes und sah, wie der Kopf des andern Mannes sich wandte, sich ganz langsam wandte, wie sein Blick das Wasser traf und zu mir hinschweifte. Er schien in tiefe Gedanken versunken, und mich packte die Furcht, daß seine Augen mich, selbst wenn sie mich träfen, nicht sehen würden. Aber sie sahen mich, blickten gerade in die meinen. Er sprang ans Ruder, schob den andern beiseite und drehte fieberhaft das Rad, während er gleichzeitig irgendwelche Befehle schrie. Aber das Schiff schien seinen Kurs fortzusetzen und war fast im selben Augenblick im Nebel verschwunden.

Ich fühlte, wie ich in eine Ohnmacht glitt, und versuchte mit aller Willenskraft gegen die erstickende Leere und Dunkelheit, die mich zu überwältigen drohte, anzukämpfen. Kurz darauf hörte ich Ruder-

schläge, die immer näher kamen, und die Stimme eines Mannes. Als er ganz nahe war, hörte ich ihn ärgerlich sagen: »Zum Donnerwetter, warum rufst du nicht?«
›Er meinte mich.‹ Mit diesem Gedanken versank ich in Leere und Finsternis.

Ich schien in einem mächtigen Rhythmus durch ungeheure Räume zu schwingen. Flimmernde Funken sprühten und schossen an meinen Augen vorbei. Ich wußte, es waren Sterne und schimmernde Kometen, die mich auf meinem Fluge von Sonne zu Sonne umgaben. Als ich die äußerste Grenze meines Schwunges erreicht hatte und gerade zurückschwingen wollte, ertönte donnernd ein Riesengong. In einer unermeßlichen Zeitspanne hatte ich, eingelullt von dem Säuseln sanfter Jahrhunderte, ein Gefühl großer Freude und überdachte meinen ungeheuren Flug.
Aber mein Traum wandtelte sich, denn daß es ein Traum war, sagte ich mir selber. Der Rhythmus meines Fluges wurde immer kürzer. Schwung und Rückschwung wechselten mit verwirrender Hast. Kaum konnte ich Atem schöpfen, so ungestüm wurde ich durch den Himmelsraum geschleudert. Immer häufiger und schrecklicher donnerte der Gong, auf dessen Klang ich jedesmal mit namenlosem Entsetzen wartete. Dann war mir, als würde ich über rauhe Sandflächen geschleift, die weiß in der Sonne glühten. Ein unerträgliches Angstgefühl packte mich. Meine Haut wurde ausgedörrt in der Pein des Feuers. Der Gong dröhnte und toste. Die flimmernden Lichtpunkte schossen in unendlichem Strom an meinen Augen vorbei, als ergösse sich das ganze Sternensystem in den leeren Raum. Ich rang nach Luft, atmete schmerzhaft und öffnete die Augen. Zwei Männer knieten neben mir und beschäftigten sich mit mir. Der mächtige Rhythmus, den ich empfunden hatte, war das Rollen des Schiffes im Seegang. Der entsetzliche Gong war eine Bratpfanne, die bei jeder Bewegung des Schiffes klirrte und rasselte. Der scheuernde, sengende Sand waren harte Männerhände, die meine bloße Brust rieben. Ich krümmte mich vor Schmerz und hob den Kopf ein wenig. Meine Brust war rot und wund, und ich konnte winzige Blutstropfen aus der zerrissenen, entzündeten Haut hervorquellen sehen.
»Jetzt ist's genug, Yonson«, sagte der eine der Männer. »Kannst du nicht sehen, wir schrubben ihm ja die ganze Haut ab!«
Der Yonson Angeredete, ein Mann von schwerem skandinavischem Typ, hörte auf, mich zu reiben, und erhob sich verlegen. Der Mann,

der gesprochen hatte, war offenbar ein ›Cockney‹ (geborener Londoner), zartgliedrig und mit hübschen, fast weiblichen Zügen, der sicher das Glockengeläut Londons mit der Muttermilch eingesogen hatte. Eine schmutzige Leinenmütze und ein ebenso schmutziger Leinenschurz um die Hüften verrieten, daß er der Koch des Schiffes war, auf dem ich mich befand.

»Na, wie fühlen Sie sich jetzt, Herr?« fragte er mit der gezierten Untertänigkeit, die auf Generationen trinkgeldbeflissener Ahnen schließen ließ.

Als Antwort versuchte ich mich zu erheben. Yonson half mir auf die Füße. Das Rasseln und Klirren der Bratpfanne zerrte entsetzlich an meinen Nerven. Ich konnte meine Gedanken nicht sammeln und griff über den heißen Küchenherd hinweg nach dem scheußlichen Gegenstand, holte ihn vom Nagel herunter und verkeilte ihn sicher im Kohlenkasten.

Der Koch lächelte über meine Nervosität und drückte mir mit den Worten: »Das wird Ihnen guttun«, einen dampfenden Becher in die Hand. Es war ein widerliches Gesöff – Schiffskaffee –, aber die Wärme belebte mich doch. Während ich langsam das Getränk schlürfte, warf ich hin und wieder einen Blick auf meine wundgeriebene, blutende Brust. Dann wandte ich mich an den Skandinavier.

»Vielen Dank, Herr Yonson.«

»Ich heiße Johnson, nicht Yonson«, sagte er in ausgezeichnetem, wenn auch etwas langsamem und eine Spur fremdländischem Englisch.

In seinen blaßblauen Augen erschien ein milder Protest, aber dazu eine schüchterne Offenheit und Männlichkeit, die mich ganz für ihn einnahmen.

»Vielen Dank, Herr Johnson«, verbesserte ich mich und streckte ihm meine Hand hin.

Scheu und schüchtern zögerte er, trat von einem Bein auf das andere, faßte schließlich linkisch meine Hand und schüttelte sie herzlich.

»Haben Sie etwas trockenes Zeug für mich?« fragte ich den Koch.

»Ja, Herr«, erwiderte er diensteifrig. »Ich werde in meinem Vorrat nachsehen, wenn Sie nichts dagegen haben, Herr, meine Sachen anzuziehen.«

Er schlüpfte oder glitt vielmehr zur Küchentür hinaus mit einer Schnelligkeit und Geschmeidigkeit, die mir weniger katzenartig als ölig erschienen. In der Tat, diese Schlüpfrigkeit war, wie ich später erfahren sollte, wahrscheinlich seine hervorstechendste Eigenschaft.

»Und wo bin ich?« fragte ich Johnson, den ich mit Recht für einen von den Matrosen hielt. »Was für ein Fahrzeug ist dies, und wo geht es hin?«

»Von den Farallonen nach Südwest«, erwiderte er langsam und planmäßig, als bemühte er sich, sein bestes Englisch zu sprechen. »Schoner ›Ghost‹ auf Robbenfang nach Japan.«

»Und wo ist der Kapitän? Ich muß ihn sprechen, sobald ich mich umgekleidet habe.«

Johnson blickte verlegen und verwirrt drein. Zögernd suchte er in seinem Wortschatz nach einer treffenden Antwort. »Der Käptn ist Wolf Larsen, wenigstens nennen die Leute ihn so. Ob er in Wirklichkeit anders heißt, weiß ich nicht. Aber es ist am besten, wenn Sie vorsichtig mit ihm reden. Er ist verrückt heut morgen. Der Steuermann – –«

Aber er vollendete den Satz nicht. Der Koch war wieder hereingeglitten. »Es ist besser, du machst, daß du wegkommst, Yonson«, sagte er. »Der Alte sucht dich an Deck, und heut ist es am besten, ihm nicht in die Quere zu kommen.«

Über den Arm des Kochs hingen einige zerknüllte, häßliche Kleidungsstücke, die einen säuerlichen Geruch ausströmten.

»Sie sind feucht gewesen, Herr«, erklärte er, »aber Sie werden sie schon tragen müssen, bis ich Ihre am Feuer getrocknet habe.« War er mir schon auf den ersten Blick unsympathisch gewesen, so wuchs mein Unbehagen noch, als er mir jetzt beim Ankleiden half. Seine Berührung allein war mir widerlich. Ich wich vor seiner Hand zurück, mein Fleisch widersetzte sich. Dazu kam der nicht gerade angenehme Duft aus den verschiedenen Kochtöpfen auf dem Herde, so daß ich mich beeilte, um an die frische Luft zu kommen. Überdies war es notwendig, daß ich mit dem Kapitän sprach, um zu hören, wie ich an Land kommen könnte.

Ein billiges Baumwollhemd mit ausgefranstem Kragen und verblichener Hemdbrust mit Flecken, die ich für Blutspritzer hielt, wurde mir unter einem Strom von Entschuldigungen übergezogen. Ein Paar schwerer Seestiefel umschloß meine Füße, und dazu wurde ich mit hellblauen, ausgewaschenen Überzughosen ausstaffiert, deren eines Bein ungefähr zehn Zoll kürzer war als das andere.

»Und wem habe ich für all diese Herrlichkeiten zu danken?« fragte ich, als ich voll ausstaffiert dastand, eine winzige Knabenmütze auf dem Kopf und als Rock eine schmutzige gestreifte Baumwolljacke, die mir gerade bis ans Kreuz ging und deren Ärmel mir bis zu den Ellbogen reichten.

Der Koch richtete sich in seiner kriecherischen Art auf, und sein geziertes Lächeln schien um Entschuldigung zu bitten.

»Mugridge, Herr«, sagte er kriecherisch, und über sein weibisches Gesicht legte sich ein fettiges Lächeln. »Thomas Mugridge, Herr, zu Diensten.«

»Gut, Thomas«, sagte ich. »Ich werde Sie nicht vergessen, wenn meine Kleider wieder trocken sind.«

»Danke, Herr«, sagte er wirklich sehr dankbar und demütig.

Genau wie eine Schiebetür glitt er beiseite, und ich trat aufs Deck. Ich war noch schwach von dem langen Aufenthalt im Wasser. Ein Windstoß packte mich, und ich wankte über das schlingernde Deck, einer Ecke der Kajüte zu, an der ich mich festhielt. Der Schoner krengte stark, hob und senkte sich in der langen Dünung des Ozeans.

Wenn der Schoner, wie Johnson gesagt hatte, nach Südwest segelte, mußte der Wind meiner Berechnung nach fast genau von Süden her kommen. Der Nebel hatte sich verzogen, und jetzt spielten die Sonnenstrahlen auf dem Meeresspiegel. Ich wandte mich nach Osten, wo, wie ich wußte, Kalifornien liegen mußte, konnte aber nichts sehen als niedrige Nebelbänke – es war dies zweifellos derselbe Nebel, der das Unglück der ›Martinez‹ und meine jetzige Lage verschuldet hatte. Nach Norden, nicht weit fort, war eine Gruppe nackter Felsen über die See gestreut, und auf einem davon sah ich einen Leuchtturm. Nach Südwesten, fast genau in unserm Kurs, erblickte ich den pyramidenförmigen, noch dunklen Umriß eines Segels.

Als ich meine Umschau am Horizont beendet hatte, wandte ich mich meiner näheren Umgebung zu. Mein erster Gedanke war, daß ein Mensch, der einen Schiffbruch überlebt und Auge in Auge mit dem Tode gestanden hatte, eigentlich mehr Aufmerksamkeit verdient hätte, als mir zuteil wurde. Außer einem Matrosen am Rad, der neugierig nach der Kajütendecke guckte, schenkte mir niemand irgendwelche Beachtung. Jedermann schien sich nur für das zu interessieren, was mittschiffs vorging. Dort lag ein großer Mann auf einem Lukendeckel. Er war ganz angekleidet, sein Hemd jedoch aufgerissen; seine Augen waren geschlossen. Er schien bewußtlos zu sein, aber der Mund stand weit offen, und die Brust keuchte, als ob er am Ersticken war und heftig nach Atem rang. Ein Matrose, der daneben stand, hatte eine Segeltuchpütze an einer Leine festgemacht, ließ sie von Zeit zu Zeit ganz gewohnheitsmäßig ins Meer hinab, holte sie wieder herauf und goß den Inhalt über den Liegenden.

Auf und nieder an Deck schritt ein anderer Mann und kaute wütend auf seinem Zigarrenstummel. Es war der, dessen zufälliger Blick mich vor dem Ertrinken bewahrt hatte. Er mochte wohl fünf Fuß und zehn oder zehneinhalb Zoll messen, aber mein erster Eindruck von ihm, oder vielmehr mein Gefühl, war nicht das der Größe, sondern der Stärke. Dabei konnte ich ihn jedoch, obgleich er gedrungen und breitschultrig war und eine mächtige Brust hatte, nicht ungewöhnlich schwer nennen. Er hatte etwas von der sehnigen, knorrigen Kraft magerer starker Menschen, sein Körperbau aber ließ an einen Gorilla denken. Nicht daß er in seinem Aussehen etwas Gorillaartiges gehabt hätte. Was ich auszudrücken suche, ist die Stärke selbst als etwas für sich, ganz abgesehen von ihrer körperlichen Erscheinung. Es war eine Stärke, wie wir sie gewohnt sind, in Gedanken mit primitiven Dingen, mit wilden Tieren zu verbinden – die wilde, reißende, lebendige Stärke an sich, die letzte Urkraft des Lebens, die Gewalt der Bewegung, der Grundstoff selbst, aus dem die wilden Lebensformen gestaltet wurden.

Der Koch steckte den Kopf zur Kombüsentür heraus und grinste mir ermutigend zu, gleichzeitig wies er mit dem Daumen nach dem Manne, der an der Luke auf und nieder schritt. So gab er mir zu verstehen, daß dies der Kapitän war, die Persönlichkeit, die ich bemühen mußte, daß sie mich an Land setzte.

Ich war gerade im Begriff, zu ihm zu gehen, um gleich die sicher unangenehme Geschichte überstanden zu haben, als der Unglückliche, der auf dem Lukendeckel lag, einen noch stärkeren Erstickungsanfall bekam. Krampfartig verrenkte er sich. Das Kinn mit dem nassen schwarzen Bart streckte sich in die Luft, während die Rückenmuskeln steif wurden und die Brust mit einer instinktiven, unbewußten Anstrengung nach Luft rang.

Der Kapitän oder Wolf Larsen, wie die Leute ihn nannten, hielt auf seinem Wege inne und blickte auf den Sterbenden hinab. So furchtbar war dieser letzte Kampf, daß der Matrose die Segeltuchpütze sinken ließ und den Inhalt auf das Deck verschüttete. Der Sterbende trommelte mit den Fersen auf den Lukendeckel, streckte die Beine aus, erstarrte in einer einzigen mächtigen Anstrengung und rollte den Kopf von einer Seite zur andern. Dann wurden die Muskeln schlaff, der Kopf still, und ein Seufzer, ein Seufzer tiefster Erleichterung entfloh seinen Lippen. Das Kinn fiel herab, die Oberlippe hob sich, und zwei Reihen tabakgebräunter Zähne wurden sichtbar. Seine Züge schienen in einem teuflischen Grinsen über die Welt, die er verlassen und überlistet hatte, erstarrt zu sein. Aber da geschah etwas ganz Überraschendes: Wie ein Donnerschlag fuhr der Kapitän über den Toten her. Flüche prasselten in unaufhaltsamem Strom von seinen Lippen, und es waren nicht etwa gewöhnliche Flüche oder unziemliche Redensarten. Jedes seiner Worte war eine Gotteslästerung, und der Worte waren viele. Sie knisterten und krachten wie elektrische Funken. Nie im Leben habe ich ähnliches gehört oder auch nur für möglich gehalten. Bei meinen literarischen Neigungen und meinem Ohr für kräftige Bilder genoß ich, das muß ich gestehen, wie kein anderer Zuhörer die prachtvolle Lebendigkeit und Kraft seiner gotteslästerlichen Ergüsse. Ihre Ursache war, wenn ich recht verstand, daß der Mann, der der Steuermann war, vor der Abreise aus San Francisco an einem Gelage teilgenommen und dann die Rücksichtslosigkeit besessen hatte, gleich zu Beginn der Reise zu sterben und Wolf Larsen kurzerhand zu verlassen.

Ich brauche, meinen Freunden wenigstens, nicht zu sagen, daß ich empört war. Fluchen und Schimpfen hatten mich stets abgestoßen. Ich fühlte Mattigkeit, Schwäche oder eher Schwindel. Für mich war immer etwas Feierliches, Würdevolles mit dem Tode verbunden gewesen, etwas Friedvolles, Heiliges. In dieser schrecklichen Gestalt war ich ihm noch nie begegnet. Wie gesagt: während ich die Kraft der erschreckenden Entladung aus Wolf Larsens Munde genoß, war ich gleichzeitig unsagbar abgestoßen. Der versengende Strom genügte, das Antlitz der Leiche welken zu lassen. Ich wäre nicht überrascht gewesen, wenn der schwarze Bart sich gekräuselt hätte und in hellen Flammen aufgegangen wäre. Aber der Tote blieb unangefochten. Er grinste weiter sein höhnisches Lächeln, zynisch und verächtlich. Er war Herr der Lage.

Ebenso plötzlich, wie er begonnen, hörte Wolf Larsen auf zu fluchen. Er zündete sich wieder seine Zigarre an und sah sich um. Seine Augen fielen auf den Koch. »Na, Köchlein?« fragte er mit einer merkwürdigen, kalten und stählernen Leutseligkeit.

»Jawohl, Herr«, schaltete der Koch beflissen und entschuldigend ein.

»Meinst du nicht, daß du jetzt lange genug den Kopf herausgesteckt hast? Das ist nicht gesund. Der Steuermann ist tot, und dich kann ich nicht auch noch entbehren. Du mußt sehr, sehr vorsichtig mit deiner Gesundheit umgehen, Köchlein. Verstanden?«

Das letzte Wort traf im Gegensatz zu der früheren Freundlichkeit wie ein Peitschenhieb, und der Koch erzitterte. »Jawohl, Herr«, antwortete er schüchtern, und der beanstandete Kopf verschwand.

Nach dieser Abfuhr schien die Mannschaft das Interesse an den Vorgängen an Deck verloren zu haben und machte sich wieder an die Arbeit. Mehrere Leute jedoch, die zwischen der Kajüte und der Kombüse herumlungerten – sie schienen keine Seeleute zu sein, sprachen leise weiter miteinander. Wie ich später erfuhr, waren es die Robbenjäger, die sich hoch erhaben über die gewöhnlichen Matrosen fühlten.

»Johansen!« rief Wolf Larsen. Ein Matrose gehorchte. »Hol dir Nadel und Garn und näh den Schuft ein. Altes Leinen findest du in der Schiffstruhe. Los!«

»Was sollen wir ihm an die Füße hängen?« fragte der Mann nach dem üblichen ›Jawohl, Herr!‹

»Wird sich schon finden«, sagte Wolf Larsen. Dann hob er die Stimme und rief: »Köchlein!«

Thomas Mugridge sprang wie ein Stehaufmännchen aus seiner Kombüse.

»Geh nach unten und füll einen Sack mit Kohlen.«

»Hat einer von euch eine Bibel oder ein Gebetbuch, Leute?« lautete die nächste Frage, die der Kapitän diesmal an die bei der Luke herumlungernden Jäger richtete.

Sie schüttelten die Köpfe, und einer von ihnen machte einen Witz, den ich nicht verstand, der aber allgemeines Gelächter hervorrief. Wolf Larsen stellte die gleiche Frage an die Matrosen. Bibeln und Gebetbücher schienen ein seltener Artikel an Bord zu sein. Keines von beiden war vorhanden.

Der Kapitän zuckte die Achseln. »Dann lassen wir ihn ohne Geschwätz verschwinden, wenn unser schiffbrüchiger Pastor nicht den Begräbnisgottesdienst auf See auswendig weiß.«

Bei diesen Worten wandte er sich um und sah mich an. »Sie sind doch Pastor, nicht wahr?« fragte er.

Die Jäger drehten sich wie ein Mann um und betrachteten mich. Ich hatte das peinliche Gefühl, einer Vogelscheuche zu gleichen. Mein Aussehen verursachte ein schallendes Gelächter, das der Anblick des Toten, der grinsend an Deck ausgestreckt lag, in keiner Weise dämpfte, ein Gelächter, so rauh und barsch wie das Meer selber, aus der Kehle von Männern, die weder Schliff noch Zartgefühl kannten.

Wolf Larsen lachte nicht, wenn seine grauen Augen auch leicht aufleuchteten. Ich war dicht an ihn herangetreten, und jetzt erhielt ich, abgesehen von seiner äußeren Erscheinung und seinem Strom von Flüchen, den ersten Eindruck von dem Manne. Die bedeutenden, festen Züge verliehen seinem Gesicht trotz der Vierschrötigkeit gute Formen. Wirkte das Gesicht auf den ersten Blick ebenso massiv wie sein Körper, so gewann man doch bei näherer Betrachtung die Überzeugung, daß in der Tiefe seines Wesens eine ungeheure, entsetzliche Kraft schlummerte. Mund, Kinn, die hohe Stirn, die sich schwer über den Augen wölbte, alles dies, jedes für sich schon ungewöhnliche Stärke verratend, zeugte zusammen von einer unsagbaren Männlichkeit.

Eine solche Seele ließ sich nicht ausloten, nicht ermessen; sie duldete keinen Vergleich.

Die Augen – sie betrachtete ich besonders eingehend – waren groß und schön, weit offen wie die eines wirklichen Künstlers und von dichten schwarzen Brauen überwölbt. Sie waren von jenem veränderlichen Grau, das nie gleichbleibt, das wie Seide in der Sonne spielt und zahllose Schattierungen annimmt, die dunkel- und hellgrau und graugrün und manchmal azurblau wie die Tiefsee sein können. Es waren Augen, die die Seele hinter tausend Verkleidungen bargen und die sich nur selten öffneten, um sie unverschleiert auf wunderbare Abenteuer in die Welt fahren zu lassen – Augen, die mit der hoffnungslosen Düsterkeit eines bleiernen Himmels brüten und wieder Feuerfunken wie von einem geschwungenen Schwert sprühen, die frostig wie eine arktische Landschaft werden und wieder sanft wärmen konnten und die, intensiv und männlich – lockend und bittend – in feuriger Liebe blitzend, Frauen bezaubern und zugleich beherrschen mochten, daß sie sich in einem Schauer von Freude und Erleichterung ergaben.

Doch zurück zu meinem Bericht: Ich erklärte, daß ich kein Geistlicher sei, also den Gottesdienst bei dem Begräbnis leider nicht übernehmen könne.

»Was für einen Beruf haben Sie denn?«

Ich gestehe, daß man noch nie eine solche Frage an mich gerichtet und daß auch ich selbst noch nie darüber nachgedacht hatte. Ich war wie vor den Kopf geschlagen, und ehe ich mich besonnen hatte, stotterte ich: »Ich bin ein Gentleman.«

Seine Lippen kräuselten sich zu einem verächtlichen Lächeln.

»Ich habe gearbeitet, ich arbeite wirklich«, rief ich eifrig, als wäre er mein Richter, der Rechenschaft von mir forderte, während ich mir gleichzeitig ganz klar darüber wurde, wie dumm ich war, überhaupt auf die Frage einzugehen.

»Leben Sie davon?«

So herrisch und gebieterisch wirkte er, daß ich ›klappernd‹ wie ein zitterndes Kind vor dem gestrengen Lehrer dastand.
»Wer unterhält Sie?« lautete seine nächste Frage.
»Ich bin vermögend«, antwortete ich keck und hätte mir im nächsten Augenblick die Zunge abbeißen mögen. »Aber das hat doch alles nichts mit der Angelegenheit zu tun, über die ich mit Ihnen zu sprechen habe.«
»Wer hat das Vermögen verdient? Nun? Dacht' ich's doch. Ihr Vater. Sie stehen auf den Füßen eines toten Mannes. Sie selbst haben nie etwas gehabt. Sie wären nicht imstande, Ihrem hungrigen Magen von einem Sonnenaufgang zum anderen drei Mahlzeiten zu verschaffen. Zeigen Sie mal Ihre Hände!«
Seine entsetzliche schlummernde Kraft muß sich in diesem Augenblick geregt, oder ich muß geschlafen haben, denn ehe ich es wußte, war er zwei Schritt vorgetreten, hatte meine rechte Hand gepackt und untersuchte sie. Ich wollte sie zurückziehen, aber seine Finger umschlossen sie ohne sichtbare Anstrengung so fest, daß ich glaubte, er zermalme sie. Unter solchen Umständen ist es schwer, Würde zu bewahren. Ich konnte doch nicht wie ein Schuljunge mich winden und zappeln. Und ich konnte auch ein Geschöpf nicht angreifen, das meinen Arm mit einem einzigen Druck zu zerbrechen imstande war. So blieb mir nichts übrig, als stillzuhalten und die Schmach hinzunehmen. Ich hatte Zeit zu beobachten, daß die Taschen des Toten entleert und sein Körper und sein Grinsen dem Blick durch ein Stück Segeltuch entzogen worden waren, dessen Falten Johansen, der Matrose, mit grobem Bindfaden zusammennähte, indem er die Nadel mit einem in seiner Handfläche befestigten Lederwerkzeug durchtrieb.
Wolf Larsen schleuderte meine Hand verächtlich von sich. »Die Hände eines Toten haben die Ihren weich erhalten. Zu nichts nütze als zum Aufwaschen und Küchenjungendienst.«
»Ich wünsche an Land gesetzt zu werden«, sagte ich fest, denn ich hatte mich wieder in der Gewalt. »Ich werde Ihnen zahlen, was Sie für Ihre Verspätung und Ihre Mühe verlangen.«
Er sah mich mit einem seltsamen Blick an. Seine Augen leuchteten spöttisch.
»Ich habe Ihnen einen Gegenvorschlag zu machen. Mein Steuermann ist tot, und es sind daher einige Beförderungen vorzunehmen. Ein Matrose wird den Platz des Steuermanns einnehmen, der Kajütsjunge wird Matrose, und Sie rücken an seine Stelle, unterschreiben einen Kontrakt für die Fahrt und bekommen zwanzig Dollar monatlich und

freie Verpflegung. Was meinen Sie dazu? Denken Sie daran, daß es zu Ihrem eigenen Besten ist. Es wird etwas aus Ihnen. Sie lernen vielleicht, auf eigenen Füßen zu stehen und sogar ein bißchen auf ihnen zu laufen.«

Aber ich achtete nicht auf seine Worte. Die Segel des Fahrzeuges, das ich in Südwest gesehen hatte, waren immer größer und deutlicher geworden. Es war ein schöner Anblick, wie es jetzt mit ausgebreiteten Flügeln auf uns zuflog und augenscheinlich seinen Kurs ganz dicht an uns vorbei nahm. Der Wind hatte plötzlich zugenommen.

Wir fuhren schneller und krengten stärker über. Eine Bö tauchte die Reling ganz unter Wasser, so daß es das Deck überspülte und ein paar von den Jägern veranlaßte, schnell die Beine hochzuziehen.

»Das Schiff fährt bald an uns vorbei«, sagte ich nach einer kleinen Pause. »Da es uns entgegenkommt, ist anzunehmen, daß es nach San Francisco will.«

»Sehr wahrscheinlich«, lautete Wolf Larsens Antwort. Dann wandte er sich halb um und rief: »Köchlein, he, Köchlein!« Der Koch fuhr aus der Kombüse.

»Wo ist der Junge? Sag ihm, daß ich ihn brauche.«

»Jawohl, Herr«, und Thomas Mugridge eilte nach achtern und verschwand über eine Treppe in der Nähe des Rades. Gleich darauf tauchte er wieder auf, gefolgt von einem kräftigen, finsterblickenden Burschen von achtzehn bis neunzehn Jahren.

Aber Wolf Larsen ignorierte den Ehrenmann und wandte sich sofort an den Kajütsjungen.

»Wie heißt du, Junge?«

»George Leach, Herr«, lautete die verdrossene Antwort, und die Haltung des Jungen verriet deutlich, daß er wußte, warum er herbefohlen war.

»Das ist kein irischer Name«, schnappte der Kapitän scharf. »O'Toole oder McCarthy würden besser zu dir passen. Sonst hat jedenfalls ein Ire bei deiner Mutter im Bett gelegen.«

Ich sah, wie sich die Hände des Burschen bei dieser Beleidigung ballten und das Blut ihm zu Kopfe stieg.

»Aber lassen wir das!« fuhr Wolf Larsen fort. »Du wirst wohl deine Gründe haben, deinen Namen zu vergessen, und deshalb können wir doch Freunde bleiben, solange du deine Pflicht tust. Du stammst natürlich aus Telegraph Hill. Das verrät deine Fratze auf zehn Meilen. Richtige Raufbolde. Ich kenne die Sorte. Na, das wollen wir dir schon austreiben. Verstanden? Wer hat dich geheuert?«

»McCready & Swanson.«

»Herr!« donnerte Wolf Larsen.

»McCready & Swanson, Herr«, verbesserte sich der Junge, und seine Augen schossen Blitze.

»Wer hat den Vorschuß gekriegt?«

»Die Leute, Herr.«

»Hab' ich mir gedacht. Und du hast dich verflucht gefreut darüber. Konntest gar nicht schnell genug machen, denn es waren wohl verschiedene Herren hinter dir her.«

Jetzt verlor der Junge die Besinnung. Sein Körper krümmte sich wie zum Sprunge, und sein Gesicht glich dem eines knurrenden wilden Tieres. »Das ist . . .«

»Was?« fragte Wolf Larsen mit merkwürdig sanfter Stimme, als wäre er ungeheuer neugierig auf das nicht ausgesprochene Wort. Der Junge schwieg und beherrschte sich. »Nichts, Herr, ich nehme es zurück.«

»Ich wußte ja, daß ich recht hatte!« Dies mit belustigtem Lächeln. »Wie alt bist du?«

»Sechzehn, Herr.«

»Du lügst. Du bist wenigstens achtzehn und noch dazu groß für dein Alter. Muskeln wie ein Pferd. Pack dein Zeug zusammen und geh nach vorn in die Back. Du bist zum Jungmann befördert. Verstanden?« Ohne eine Antwort des Jungen abzuwarten, wandte sich der Kapitän zu dem Matrosen, der gerade die schauerliche Aufgabe, die Leiche einzunähen, beendet hatte. »Johansen, verstehst du was von Navigation?«

»Nein, Herr.«

»Na, schadet nichts, du bist zum Steuermann befördert. Bring deine Siebensachen nach achtern in die Steuermannskabine.«

»Jawohl, Herr«, lautete die frohe Antwort, und Johansen ging. Der Junge hatte sich unterdessen nicht vom Fleck gerührt.

»Worauf wartest du noch?« fragte Wolf Larsen.

»Ich hab' mich nicht als Jungmann eintragen lassen, Herr«, lautete die Antwort. »Ich bin als Kajütsjunge geheuert und wünsche keine andere Beschäftigung.«

»Pack deine Sachen zusammen und mach, daß du nach vorn kommst.« Diesmal war Wolf Larsens Befehl herrisch und durchdringend. Der Junge blickte finster vor sich hin, gehorchte aber nicht. Da erfolgte wieder ein Ausbruch von Wolf Larsens entsetzlicher Kraft. Ganz unerwartet und von nicht zwei Sekunden Dauer. Er sprang volle sechs Fuß weit über das Deck und jagte seine Faust dem andern in den

Magen. Mir wurde übel, als wäre ich selbst in den Leib getroffen. Ich erwähne dies, um zu zeigen, in welchem Zustand sich meine Nerven damals befanden und wie ungewohnt ich derartiger roher Auftritte war. Der Kajütsjunge – er wog mindestens hundertfünfzig Pfund – klappte zusammen. Sein Körper wurde hochgehoben, beschrieb eine kurze Kurve und fiel kopfüber neben der Leiche auf das Deck, wo er liegenblieb und sich in Schmerzen wand.

»Nun?« fragte Wolf Larsen mich. »Haben Sie sich's überlegt?« Ich warf einen Blick nach dem sich nähernden Schoner, der jetzt, nur wenige hundert Meter entfernt, dicht vor uns war. Es war ein schmuckes kleines Fahrzeug. Auf einem der Segel konnte ich eine große schwarze Zahl erkennen, wie ich sie auf Bildern von Lotsenschiffen gesehen hatte.

»Was ist das für ein Schiff?« fragte ich.

»Lotsenschoner ›Lady Mine‹«, erwiderte Wolf Larsen mit grausamem Lächeln. »Hat den Lotsen abgesetzt und geht jetzt nach San Francisco. Wird bei diesem Wind in fünf bis sechs Stunden dort sein.«

»Wollen Sie ihn bitte anrufen, daß er mich an Land bringt?«

»Tut mir leid, aber mein Signalbuch ist über Bord gefallen«, meinte er, und die Jäger grinsten.

Ich blickte ihn scharf an, und die Gedanken wirbelten mir durch den Kopf. Ich hatte die schreckliche Behandlung des Kajütsjungen mit angesehen und wußte, daß mir höchstwahrscheinlich das gleiche, wenn nicht Schrecklicheres blühte. Wie gesagt: die Gedanken wirbelten mir durch den Kopf, und dann tat ich, was ich heute noch für die tapferste Tat meines Lebens halte. Ich lief an die Reling, schwenkte die Arme und schrie: »›Lady Mine‹, ahoi! Bringt mich an Land! Tausend Dollar, wenn ihr mich an Land bringt!«

Ich wartete und beobachtete am Rad zwei Männer, von denen der eine steuerte. Der andere hob ein Sprachrohr an die Lippen. Ich wandte nicht den Kopf, obgleich ich jeden Augenblick den tödlichen Schlag von der menschlichen Bestie hinter mir erwartete. Schließlich konnte ich die Spannung nicht länger ertragen. Ich sah mich um. Er hatte sich nicht vom Fleck gerührt. Er stand noch in derselben Stellung da, schwankte leicht im Rollen des Schiffes und zündete sich eine neue Zigarre an.

»Was gibt es? Ist etwas geschehen?« So rief der Mann auf der ›Lady Mine‹.

»Ja«, schrie ich mit der vollen Kraft meiner Lungen. »Leben oder Tod! Tausend Dollar, wenn ihr mich an Land bringt!«

»Die Gegend bekommt meiner Mannschaft nicht gut«, rief Wolf Larsen jetzt hinüber. »Der« – er wies mit dem Daumen auf mich – »glaubt überall Seeschlangen und Affen zu sehen.«

Der Mann auf der ›Lady Mine‹ lachte durchs Megaphon. Das Lotsenschiff setzte seinen Kurs fort.

»Schickt ihn zum Teufel!« ertönte der letzte Ruf, und die beiden Männer winkten zum Abschied.

Verzweifelt lehnte ich mich über die Reling und starrte dem kleinen Schoner nach; die wogende Wüste wuchs rasch zwischen ihm und uns. Er war in sechs Stunden vermutlich in San Francisco! Mir war, als sollte mir der Kopf zerspringen. Der Hals schnürte sich mir zusammen. Eine Sturzsee schlug über die Reling und besprühte mir die Lippen mit Salzwasser. Der Wind war aufgefrischt, und die ›Ghost‹ krengte so stark, daß die Reling auf Lee ganz unter Wasser begraben war. Ich konnte hören, wie es über das Deck spülte.

Als ich mich kurz darauf umwandte, sah ich, wie der Junge schwankend wieder auf die Beine kam. Sein Gesicht war geisterhaft weiß und von unterdrücktem Schmerz verzerrt. Er sah sehr elend aus.

»Na, Leach, gehst du nun nach vorn?« fragte Wolf Larsen.

»Jawohl, Herr«, antwortete die geduckte Seele.

»Und Sie?« fragte er mich.

»Ich gebe Ihnen tausend . . .«

Aber er unterbrach mich: »Lassen wir das. Wollen Sie den Posten des Kajütsjungen übernehmen? Oder soll ich Sie erst in die Mache nehmen?«

Was sollte ich tun? Wenn ich mich brutal prügeln, vielleicht totschlagen ließ, nützte es mir auch nichts. Ich starrte in die grausamen Augen. Sie hätten aus Granit sein können, so wenig Licht und Wärme einer menschlichen Seele leuchtete aus ihnen. In den Augen mancher Menschen kann man die Regung ihrer Seele lesen, aber die seinen waren leer, kalt und grau wie das Meer selbst. »Nun?«

»Ja«, sagte ich.

»Sagen Sie: Jawohl, Herr!«

»Jawohl, Herr!« verbesserte ich mich.

»Wie heißen Sie?«

»Van Weyden, Herr.«

»Vorname?«

»Humphrey, Herr; Humphrey van Weyden, Herr.«

»Alter?«

»Fünfunddreißig, Herr.«

»Das genügt. Gehen Sie zum Koch und lassen Sie sich in Ihren Pflichten unterweisen.«

Und so geschah es, daß ich in ein unfreiwilliges Dienstverhältnis zu Wolf Larsen trat. Er war stärker als ich, das war alles. Aber ich habe es weder damals noch später je begriffen. Es wird mir immer als etwas Ungeheuerliches, Unverständliches, als ein furchtbarer Alp erscheinen.

»Halt, warten Sie noch!«

Folgsam blieb ich stehen.

»Johansen, rufen Sie die ganze Mannschaft zusammen. Jetzt ist alles im reinen, und da ist es am besten, wenn wir gleich das Begräbnis vornehmen.«

Während Johansen die Wache heraufrief, legten ein paar Matrosen die eingenähte Leiche nach Anweisung des Kapitäns auf einen Lukendeckel. Zu beiden Seiten des Decks hingen kleine Boote über die Reling. Einige Mann hoben den Lukendeckel mit seiner Last und trugen ihn nach Lee hinüber, wo sie die Leiche, die Beine außenbords, auf eines der Boote legten. Der Kohlensack, den der Koch geholt hatte, wurde ans Fußende gebunden.

Unter einem Begräbnis auf See hatte ich mir immer etwas sehr Feierliches vorgestellt, aber bei diesem Begräbnis schwanden meine Illusionen schnell und gründlich. Einer von den Jägern, ein kleiner schwarzäugiger Mann, den seine Kameraden Smoke nannten, erzählte stark mit Flüchen und Zoten gespickte Geschichten, und jeden Augenblick brach die ganze Jägergruppe in ein Gelächter aus, das in meinen Ohren wie ein Chor von Wölfen oder das Gekläff der Höllenhunde klang. Die Matrosen versammelten sich geräuschvoll achtern, einige von der Mannschaft rieben sich den Schlaf aus den Augen und unterhielten sich leise. Auf ihren Zügen lag ein unheilverkündender, mürrischer Ausdruck. Es war deutlich zu sehen, daß die Aussicht auf eine Fahrt unter diesem Kapitän, die dazu noch unter so üblen Vorbedeutungen begonnen hatte, sie durchaus nicht lockte. Hin und wieder warfen sie verstohlene Blicke auf Wolf Larsen, und ich konnte merken, daß sie den Mann fürchteten.

Er schritt zum Lukendeckel, und alle Mützen wurden abgenommen. Ich ließ meinen Blick über sie schweifen – es waren zwanzig Mann, zweiundzwanzig mit dem Mann am Ruder und mir. Es ist wohl begreiflich, daß ich sie neugierig musterte, sollte es doch nun mein Schicksal sein, ihr Los, eingepfercht in diese schwimmende Miniaturwelt, wer weiß wie viele Wochen und Monate zu teilen. Die Matrosen bestanden hauptsächlich aus Engländern und Skandinaviern mit groben, ausdruckslosen Gesichtern. Die Jäger hingegen hatten scharfe, harte, von zügelloser Leidenschaft geprägte Züge. Merkwürdigerweise sah ich sofort, daß Wolf Larsens Gesicht nicht diesen Ausdruck von Verderbtheit hatte. Gewiß, es hatte auch scharfe Linien, aber nur Linien, die von Entschlossenheit und Festigkeit sprachen. Seine Miene war von einem Freimut und einer Offenheit, die durch seine Bartlosigkeit noch verstärkt wurden. Ich konnte – bis zum nächsten Zwischenfall – kaum glauben, daß dies derselbe Mann war, der den Kajütsjungen so behandelt hatte.

Er öffnete den Mund, um zu sprechen, aber in diesem Augenblick traf ein Windstoß nach dem andern den Schoner und preßte ihn auf die Seite. Der Wind heulte ein wildes Lied durch die Takelung. Einige von den Jägern warfen ängstliche Blicke nach oben. Die Reling auf Lee, wo der Tote lag, tauchte tief ins Wasser, und als der Schoner sich aufrichtete, wurden unsere Füße überspült. Ein Regenschauer ergoß sich über uns, und jeder Tropfen traf wie ein Hagelkorn. Als er vorüber war, begann Wolf Larsen zu sprechen, während die Leute im Takt des stampfenden Schiffes schwankten. »Ich erinnere mich nur an eine Stelle des Gottesdienstes«, sagte er, »nämlich: ›Und deine Leiche soll in die See geworfen werden.‹ – Darum werft ihn hinein.«

Er schwieg. Die Leute, die den Lukendeckel hielten, waren verdutzt, verwirrt durch die Kürze der Zeremonie. Wütend fuhr er auf sie los:

»Hoch das Ende, zum Donnerwetter! Was ist in euch gefahren, zum Teufel?«

Sie hoben schleunigst den Lukendeckel am oberen Ende. Und wie ein über Bord geworfener Hund flog der Tote, die Füße voran, ins Meer. Der Kohlensack an seinen Füßen zog ihn hinunter. Er war fort.

»Johansen«, sagte Wolf Larsen kurz zu dem neuen Steuermann, »lassen Sie alle Mann, da sie gerade hier sind, an Deck bleiben. Holen Sie die Toppsegel und den Klüver ein, aber ein bißchen schnell. Wir bekommen einen tüchtigen Südwest. Reffen Sie lieber auch das Großsegel, wenn Sie schon mal dabei sind.«

In einem Augenblick war das ganze Deck in Bewegung. Johansen brüllte seine Befehle, und die Leute hahlten und fierten an allen möglichen Stricken und Tauen – für mich als Landratte natürlich ein wirres Chaos. Was mich aber besonders packte, war die Herzlosigkeit, die in seinem Tun lag. Der Tote war vergessen. Er war mit einem Kohlensack an den Füßen versenkt worden, das Schiff setzte seine Reise fort, und die Arbeit ging ihren Gang. Keiner war auch nur im geringsten ergriffen. Die Jäger lachten über eine neue Geschichte, die ›Smoke‹ erzählte, die Leute hahlten und fierten, und zwei von ihnen kletterten nach oben. Wolf Larsen musterte den sich überziehenden Himmel in Luv. Und der Tote, der so elend gestorben und so jämmerlich begraben war, sank rascher tiefer und tiefer. Da überwältigte mich die Grausamkeit des Meeres, seine Unbarmherzigkeit und Gewalt. Das Leben war billig, etwas Sinnloses und Tierisches, eine seelenlose Bewegung von Schlamm und Schleim. Ich stellte mich an die Reling in Luv, neben den Wanten, und starrte über die trostlosen, schäumenden Wogen hinweg auf die niedrigen Nebelbänke. Hin und wieder trieb eine Regenbö dazwischen und entzog den Nebel meinen Blicken. Und dieses seltsame Schiff zog mit seiner schrecklichen Besatzung unter vollen Segeln nach Südwest, über den großen und einsamen Raum des Stillen Oezans.

Meine ersten Erlebnisse auf dem Robbenschoner ›Ghost‹ in der Zeit, während der ich mich meiner neuen Umgebung anzupassen suchte, waren eine Kette von Demütigungen und Leiden. Der Koch, von der Besatzung ›Doktor‹, von den Jägern ›Tommy‹ und von Wolf Larsen ›Köchlein‹ genannt, war wie ausgewechselt. Die Veränderung in meiner Stellung zog eine entsprechende Veränderung in seiner Art, mich zu behandeln, nach sich. So sklavisch und unterwürfig er vorher gewesen, so herrisch und streitsüchtig war er jetzt. War ich doch nicht mehr der feine Herr, sondern ein ganz gewöhnlicher und sehr unbrauchbarer Kajütsjunge.

In seiner Dummheit bestand er darauf, daß ich ihn Herr Mugridge nennen sollte, und als er mich in meinen Pflichten unterwies, waren sein Benehmen und sein ganzes Getue unerträglich. Außer meiner Arbeit in der Kajüte mit den vier kleinen Kojen sollte ich ihm in der Kombüse helfen, und meine ungeheure Unwissenheit in bezug auf Kartoffelschälen und das Auswaschen fettiger Kochtöpfe bildete für ihn eine Quelle unaufhörlicher spöttischer Verwunderung. Er nahm nicht die geringste Rücksicht auf meine Lage oder vielmehr auf meine bisherigen Gewohnheiten. Ich gestehe, daß ich ihn, ehe der Tag zu Ende war, mehr haßte, als ich je im Leben einen Menschen gehaßt hatte.

Dieser erste Tag wurde mir noch dadurch erschwert, daß die ›Ghost‹ unter gerefften Segeln durch einen ›brüllenden Südost‹ stampfte, wie Herr Mugridge sich ausdrückte. Um halb fünf deckte ich unter seiner Anleitung den Tisch in der Kajüte. Ich befestigte das Schlingerbrett und holte dann Essen und Tee aus der Kombüse. Ich kann bei dieser Gelegenheit nicht umhin, mein erstes Abenteuer bei hohem Seegang zu berichten.

»Sieh dich vor, sonst kriegst du einen Guß ab«, schärfte Herr Mugridge mir ein, als ich die Kombüse verließ, in der Hand einen ungeheuren Teekessel und unter dem andern Arm mehrere frisch gebackene Brote. Einer der Jäger, ein großer, gelenkiger Bursche namens Henderson, kam gerade in diesem Augenblick aus dem ›Zwischendeck‹ (mit diesem Namen bezeichneten die Jäger witzig ihre mittschiffs gelegenen Schlafquartiere). Wolf Larsen stand auf der Hütte und rauchte seine ewige Zigarre.

»Siehst du! Futsch ist er«, schrie der Koch.

Ich blieb stehen, denn ich wußte nicht, was geschah. Ich sah nur, wie die Kombüsentür mit einem Knall zuflog. Dann sah ich Henderson wie einen Verrückten zum Goßmast springen und hoch über meinem Kopf in die Takelung klettern. Ich sah auch noch eine riesige Woge, die schäumend hoch über der Reling stand. Ich befand mich direkt unter ihr. Meine Gedanken arbeiteten nur langsam; alles war so neu und fremd für mich. Ich wußte nichts, als daß Gefahr drohte. Bestürzt stand ich still. Da schrie Wolf Larsen von der Hütte: »Festhalten, Sie – Hump!«

Aber es war zu spät. Ehe ich mich an die Takelung angeklammert hatte, wurde ich von dem stürzenden Wasserschwall getroffen. Was dann geschah, weiß ich nicht recht. Ich befand mich unter Wasser, erstickte, ertrank. Die Füße glitten unter mir fort, ich wurde herumgewirbelt und Gott weiß wohin gefegt. Ich schlug gegen verschiedene harte Gegenstände, und einmal stieß ich mir mein rechtes Knie schrecklich. Dann schien das Wasser plötzlich zu verschwinden, und ich atmete wieder frische Luft. Ich war gegen die Kombüse geschleudert und dann rings um die Ruff bis gegen die Speigatten in Lee geschwemmt worden. Der Schmerz in meinem Knie war furchtbar. Ich glaubte nicht auftreten zu können und war sicher, das Bein gebrochen zu haben. Aber der Koch hielt Umschau nach mir und schrie durch die Kombüsentür:

»Na du! Bleib nicht die ganze Nacht unterwegs! Wo ist der Teetopf? Über Bord? Dir wäre recht geschehen, wenn du dir den Hals gebrochen hättest!«

Ich versuchte auf die Füße zu kommen. Den großen Teetopf hielt ich noch in der Hand. Ich humpelte zur Kombüse und reichte ihn ihm. Aber er schäumte vor wirklicher und vorgeblicher Wut.

»Gott straf' mich, wenn du nicht ein elender Waschlappen bist. Wozu bist du überhaupt nütze? Wie? Wozu taugst du? Kannst nicht mal ein bißchen Tee tragen, ohne ihn zu verschütten. Nun kann ich noch mal aufgießen.

Und was greinst du?« fuhr er mich mit erneuter Wut an. »Hat seinem armen Beinchen weh getan, Mutters armer Liebling.«

Ich greinte gar nicht, wenn mein Gesicht auch vor Schmerz zucken mochte. Aber ich bot meine ganze Energie auf, biß die Zähne zusammen und hinkte ohne weiteren Zwischenfall von der Kombüse nach der Kajüte und wieder zurück. Zweierlei aber hatte mir mein Unfall eingetragen: eine verletzte Kniescheibe, an der ich monatelang zu leiden hatte, und den Namen ›Hump‹, den Wolf Larsen mir von der Hütte aus zugerufen hatte. Von jetzt an wurde ich vorn und achtern nicht anders als Hump genannt, bis der Name so in mein Bewußtsein überging, daß ich selbst in meinen Gedanken Hump war, als ob ich nie anders geheißen hätte.

Es war keine leichte Aufgabe, am Kajütentisch zu bedienen, an dem Wolf Larsen, Johansen und die sechs Jäger aßen. Die Kajüte selbst war sehr eng, und es war nicht leicht, sich bei dem heftigen Rollen und Stampfen des Schoners darin zu bewegen. Was mich am meisten wurmte, war der vollkommene Mangel an Mitgefühl seitens der Männer, die ich bediente. Ich spürte durch die Kleidung hindurch, wie mein Knie immer mehr anschwoll, und ich war schwach und krank. Im Kajütenspiegel sah ich flüchtig mein Gesicht, das weiß, geisterhaft und vom Schmerz verzerrt war. Alle müssen meinen Zustand bemerkt haben, aber keiner verlor ein Wort darüber oder nahm auch nur die geringste Notiz von mir. Ich fühlte beinahe etwas wie Dankbarkeit, als Wolf Larsen später, als ich die Teller abwusch, zu mir sagte:

»Machen Sie sich nichts aus solcher Kleinigkeit. An so etwas werden Sie sich schnell gewöhnen. Sie werden vielleicht ein bißchen weniger leichtfüßig sein, dafür aber auch gehen lernen. Das nennt man ja wohl ein Paradoxon, nicht wahr?« fügte er hinzu.

Er schien sich zu freuen, als ich mit einem mir schon zur Gewohnheit gewordenen »Jawohl, Herr« nickte.

»Ich nehme an, daß Sie ein bißchen Bescheid wissen in literarischen Dingen. Was? Na, wir werden gelegentlich mal drüber reden.«

Und dann kehrte er mir, ohne weiter Notiz von mir zu nehmen, den Rücken und ging an Deck.

Als ich spätabends ein tüchtiges Stück Arbeit hinter mir hatte, wurde ich zum Schlafen ins Zwischendeck geschickt, wo ich eine einfache

Koje erhielt. Ich war froh, von der verhaßten Gegenwart des Kochs befreit zu sein und mich endlich niederlegen zu können. Zu meiner Überraschung waren mir die Kleider am Körper getrocknet, ohne daß ich Anzeichen einer Erkältung von dem letzten Sturzbad oder dem langen Schwimmbad nach dem Sinken der ›Martinez‹ gespürt hätte. Unter gewöhnlichen Umständen wäre ich nach allem, was ich durchgemacht hatte, reif fürs Bett und eine Krankenschwester gewesen. Aber mein Knie schmerzte furchtbar. Soweit ich feststellen konnte, hatte ich mir die Kniescheibe ausgesetzt. Als ich auf dem Rand meiner Koje saß und das Bein untersuchte (die Jäger befanden sich alle im Zwischendeck, rauchten und schwatzten), warf Henderson einen Blick auf mein Knie. »Sieht bös aus«, bemerkte er. »Bind dir 'n Lappen rum, dann wird's besser.«

Bei aller Müdigkeit – ich war wirklich erschöpft – hinderte mich der Schmerz im Knie am Schlafen. Alles, was ich tun konnte, war, daß ich mich mit aller Gewalt beherrschte, um nicht laut zu stöhnen. Daheim würde ich zweifellos meinen Qualen Luft gemacht haben, aber diese mir neue, primitive Umgebung schien die Abhärtung eines Wilden von mir zu fordern. Diese Männer benahmen sich wie Naturvölker: stoisch in großen und kindlich reizbar in kleinen Dingen. Ich weiß noch, wie Kerfoot, einem der Jäger, später auf der Fahrt ein Finger zu Mus zerquetscht wurde, ohne daß er auch nur einen Laut von sich gab oder eine Miene verzog. Und derselbe Mann konnte bei der geringsten Kleinigkeit in zügellose Wut geraten.

Gerade jetzt war das der Fall. Er schrie und brüllte, schwenkte die Arme und fluchte wie der Teufel, nur weil er sich mit einem andern Jäger nicht über die Frage einigen konnte, ob ein Robbenjunges instinktiv schwimmen könne oder nicht. Seiner Ansicht nach schwamm es gleich nach der Geburt. Der andere Jäger, Latimer, ein magerer Bursche mit boshaften Schlitzaugen, der wie ein Yankee aussah, glaubte wiederum, die Robbenjungen würden lediglich auf dem Lande geboren, weil sie nicht schwimmen könnten, und ihre Mütter müßten es ihnen beibringen wie die Vögel ihren Nestlingen das Fliegen.

Unterdessen lagen die andern vier Jäger über dem Tisch oder saßen in ihren Kojen und überließen die beiden Widersacher ihrem Streit. Aber die Sache interessierte sie doch stark, hin und wieder ergriff einer von ihnen stürmisch Partei, und manchmal redeten sie alle durcheinander, bis die Worte wie Donnergrollen durch den Raum hallten. War der Gegenstand ihres Streits kindisch und lächerlich, so war es die Art ihrer Beweisführung noch mehr. Von Vernunftgrün-

den war nicht die Rede, es gab nur Behauptungen und Schimpfen. Daß ein Robbenjunges bei der Geburt schwimmen konnte oder nicht, bewiesen sie durch kriegerische Behauptungen und Angriffe auf Urteilskraft, Verstand, Nationalität oder Vorleben des Gegners. Die Widerlegung war entsprechend. Ich erzähle dies nur, um die geistige Beschaffenheit der Männer zu zeigen, auf deren Umgang ich jetzt angewiesen war. In geistiger Beziehung waren sie Kinder, in körperlicher ausgewachsene Männer. Und sie rauchten, rauchten unaufhörlich, und noch dazu einen billigen, stinkenden Tabak. Die Luft war dick und trübe vor Rauch. Dies und die heftigen Bewegungen des Schiffes im Sturm würden mich sicher seekrank gemacht haben, wenn ich dazu geneigt hätte. So hatte ich nur eine Art Schwindelgefühl, das aber vielleicht auch von dem Schmerz in meinem Knie und meiner Erschöpfung herrührte.
Wie ich so dalag, machte ich mir natürlich Gedanken über meine Lage. Es war sicher einzig in seiner Art, kaum im Traum auszudenken, daß ich, Humphrey van Weyden, ein Mann von akademischer Bildung, der sich schon nicht ganz ohne Erfolg als Kunstbetrachter in der Literatur versucht hatte, mich hier auf der Fahrt mit einem Robbenfänger zur Beringsee befand. Mein ganzes Leben lang hatte ich keine schwere körperliche Arbeit getan. Ich hatte ein ruhiges, ereignisloses Leben, das Dasein eines Einsiedlers geführt, mich mit Büchern beschäftigt und mein sicheres, behagliches Auskommen gehabt. Sport und Athletik hatten mich nie gereizt. Ich war stets ein Bücherwurm gewesen, so hatten Vater und Geschwister mich schon in meiner Kindheit genannt. Nur ein einziges Mal in meinem Leben hatte ich unter freiem Himmel kampiert, und da hätte ich beinahe die Gesellschaft zu Beginn des Ausfluges verlassen, um zu der Gemütlichkeit und Behaglichkeit eines Daches zurückzukehren. Und nun hatte ich die trostlose Aussicht auf endloses Tischdecken, Kartoffelschälen und Geschirraufwaschen. Und dabei war ich nicht sehr kräftig. Zwar hatten die Ärzte gesagt, daß ich eine vorzügliche Konstitution besäße, aber ich hatte sie nie durch Übung entwickelt. Und nun saß ich hier in einer keineswegs geeigneten Verfassung für das rauhe Leben, das jetzt meiner harrte. Das waren einige der Gedanken. Daneben gedachte ich aber auch meiner Mutter und meiner Geschwister und malte mir ihren Schmerz aus. Ich gehörte zu den vermißten Toten der ›Martinez‹-Katastrophe, zu den nicht gefundenen Leichen. Ich sah die Überschriften in den Zeitungen vor mir, sah das Kopfschütteln der Kameraden im Klub und hörte sie sagen: »Armer Kerl!«

Inzwischen erkämpfte sich der Schoner ›Ghost‹ seinen Weg, rollend und stampfend, hinauf auf die wogenden Berge und hinab in die schäumenden Täler, immer weiter hinein ins Herz des Pazifiks. Ich konnte den Wind hören. Wie ein gedämpftes Brausen drang er mir ans Ohr. Ab und zu stampften Füße über meinem Kopf. Von allen Seiten erklang ein unaufhörliches Knarren, das Holzwerk ächzte, quiekte und stöhnte in tausend Tonarten. Die Jäger stritten immer noch und brüllten wie eine halbmenschliche Amphibienbrut. Die Luft schwirrte von Flüchen und Zoten. Ich konnte ihre zornigen, erhitzten Gesichter sehen, ins Riesenhafte verzerrt durch das krankhafte Gelb der Schiffslampen, die mit dem Schiffe hin und her schwankten. In dem trüben Tabakdunst wirkten die Kojen wie die Käfige in einer Menagerie. Ölzeug und Seestiefel hingen an den Wänden, und hie und dort waren Gestelle mit Flinten und Büchsen angebracht. Es gemahnte an die Ausrüstung von Freibeutern und Piraten in vergangenen Zeiten. Ich ließ meiner Phantasie freien Lauf und konnte nicht schlafen. Es war eine lange, lange Nacht, ermüdend, unheimlich und endlos.

Aber meine erste Nacht im Zwischendeck war auch die letzte. Am nächsten Tage wurde Johansen, der neue Steuermann, von Wolf Larsen zum Schlafen ins Zwischendeck geschickt, während ich die Koje in der winzigen Kajüte erhielt. Den Grund des Wechsels erfuhren die Jäger bald, und er erweckte ziemlich viel Unbehagen unter ihnen. Johansen schien jede Nacht im Schlaf die Ereignisse des Tages noch einmal zu durchleben. Sein unaufhörliches Reden, Schreien und Kommandieren war Wolf Larsen zuviel gewesen, und er hatte den lästigen Schlafgenossen deshalb zu seinen Jägern abgeschoben.
Nach einer schlaflosen Nacht erhob ich mich, müde und leidend, um meinen zweiten Tag auf der ›Ghost‹ zu beginnen. Um halb sechs purrte Thomas Mugridge mich heraus, ungefähr so, wie ein roher Mann seinen Hund hinausgejagt haben würde; aber seine Roheit gegen mich wurde Herrn Mugridge in gleicher Münze zurückgezahlt. Der unnötige Lärm, den er schlug, mußte einen von den Jägern geweckt haben, denn ein schwerer Schuh sauste durchs Halbdunkel, und ich hörte, wie Herr Mugridge vor Schmerz aufheulte und demütig um Entschuldigung bat. Später bemerkte ich, daß sein eines Ohr gequetscht und angeschwollen war. Es bekam seine frühere Form nie ganz wieder und wurde von den Matrosen von jetzt an ›Blumenkohlohr‹ genannt.

Der Tag wurde eine Kette von Verdrießlichkeiten verschiedenster Art. Ich hatte am Abend meine getrockneten Kleider vom Kombüsendach heruntergeholt und wollte sie nun zunächst wieder mit dem Zeug des Kochs vertauschen. Ich sah nach meiner Börse. Außer einigem Kleingeld (ich habe ein gutes Gedächtnis für derlei) hatte sie 185 Dollar in Gold und Scheinen enthalten. Die Börse fand ich, aber bis auf das Kleingeld war sie leer. Ich fragte den Koch danach, und wenn ich auch eine schroffe Antwort erwartet hatte, so überstieg ihre Niedertracht doch alle Grenzen.

»Sag mal, Hump«, begann er knurrend, und seine Augen leuchteten vor Bosheit, »was willst du eigentlich? Wenn du meinst, daß ich ein Dieb bin, dann hast du dich geirrt. Ich will blind sein, wenn das nicht der schwärzeste Undank ist, den ich je erlebt habe. Da kommt so ein elendes Gestell von Mensch, ich nehme es in meine Kombüse, behandle es gut, und das hab' ich nun davon! Das nächste Mal kannst du meinetwegen zum Teufel gehen, ich werde schon dafür sorgen!«

Damit hob er die Fäuste und ging auf mich los. Zu meiner Schande sei gesagt, daß ich dem Schlage feige auswich und zur Kombüse hinauslief. Was hätte ich tun sollen? Gewalt, nichts als rohe Gewalt herrschte auf diesem Schiffe. Moralische Begriffe galten hier nicht. Meine Flucht aus der Kombüse verursachte qualvolle Schmerzen in meinem Knie, und hilflos sank ich neben der Kajütentür zu Boden. Aber der gewalttätige Koch hatte mich nicht verfolgt.

»Sieh mal, wie er laufen kann!« hörte ich ihn rufen. »Und mit dem Bein! Komm nur wieder her, Mamas Liebling. Ich tue dir ja nichts, wirklich nicht.«

Ich kam zurück und nahm meine Arbeit wieder auf. Für diesmal war von der Sache nicht mehr die Rede, wenn sich auch später weitere Verwicklungen daraus ergeben sollten. Ich deckte den Frühstückstisch in der Kajüte, und um sieben Uhr wartete ich Jägern und Offizieren auf. Der Sturm hatte sich im Laufe der Nacht etwas gelegt, wenn die See auch noch hoch ging und immer noch ein steifer Wind wehte. Die Segel waren wieder gehißt worden, so daß die ›Ghost‹ jetzt unter voller Leinwand bis auf die beiden Toppsegel und den Außenklüver dahinschoß. Diese drei Segel sollten, wie ich der Unterhaltung entnahm, gleich nach dem Frühstück gesetzt werden. Ich erfuhr auch, daß Wolf Larsen bedacht war, soviel wie möglich aus dem Sturm herauszuholen, der ihn nach Südwest, der Gegend zutrieb, wo er erwarten konnte, in den Nordostpassat zu kommen. Mit diesem stetigen Winde hoffte er den größten Teil der schnellen Fahrt nach Japan zurücklegen zu können, und deshalb schlug er jetzt einen Bogen nach Süden in die Tropen, um dann, wenn er sich der asiatischen Küste näherte, wieder nach Norden umzubiegen.

Nach dem Frühstück hatte ich wieder ein recht unangenehmes Erlebnis. Als ich das Geschirr abgewaschen und den Herd gereinigt hatte, trug ich die Asche an Deck, um sie über Bord zu schütten. Wolf Larsen und Henderson standen, in ein Gespräch vertieft, in der Nähe des Ruders. Johansen steuerte. Als ich nach Luv ging, sah ich, wie er eine Bewegung mit dem Kopfe machte, die ich aber mißverstand und für einen Gutenmorgengruß hielt. In Wirklichkeit war es ein Versuch, mich zu warnen, die Asche in Luv über Bord zu werfen. Ohne zu ahnen, was ich anrichtete, ging ich an Wolf Larsen und dem Jäger vorbei und warf die Asche gegen den Wind über Bord. Der Wind aber wehte sie zurück und überschüttete nicht nur mich, sondern auch Wolf Larsen und Henderson damit. Im nächsten Augenblick hatte mir der Kapitän einen Stoß versetzt, als wäre ich ein Hund, einen Stoß, der so heftig war, daß ich gegen die Hütte taumelte, wo ich mich halb ohnmächtig gegen die Wand lehnte. Alles schwamm mir vor den Augen, und mir wurde übel. Mit Mühe gelang es mir, an die Reling zu kriechen. Wolf Larsen folgte mir nicht. Er klopfte sich die Asche von der Kleidung und nahm seine Unterhaltung mit Henderson wieder auf. Johansen, der den ganzen Auftritt mit angesehen hatte, schickte ein paar Matrosen nach achtern, um das Deck zu säubern.

Später am Morgen erlebte ich eine Überraschung ganz anderer Art. Nach Anweisung des Kochs war ich in Wolf Larsens Kajüte gegangen, um aufzuräumen. An der Wand, dicht neben dem Kopfende der Koje, befand sich ein volles Büchergestell. Ich warf einen Blick darauf und sah zu meinem Erstaunen Namen wie Shakespeare, Tennyson und Poe. Auch wissenschaftliche Werke gab es, darunter Bücher von Darwin. Astronomie und Naturwissenschaften waren vertreten, und ich bemerkte Bulfinchs ›Zeitalter der Fabel‹, Shaws ›Geschichte der englischen und amerikanischen Literatur‹ und Johnsons Naturgeschichte in zwei dicken Bänden. Ferner eine Anzahl Grammatiken. Und ich mußte lächeln, als ich ein Exemplar von Deans ›Die englische Sprache‹ sah. Ich konnte diese Bücher nicht mit dem Manne, wie ich ihn bisher kennengelernt hatte, in Einklang bringen. Ob er sie wirklich las? Als ich aber das Bett machte, fand ich zwischen den Decken die Cambridge-Ausgabe von Browning, die ihm offenbar beim Einschlafen aus der Hand geglitten war. In dem Buche war ›Auf einem Balkon‹ aufgeschlagen, und ich sah, daß er mehrere Stellen mit einem Bleistift an-

gestrichen hatte. Als ich bei einer heftigen Bewegung des Schiffes den Band fallen ließ, fiel ein Blatt Papier heraus. Es war über und über mit geometrischen Figuren und Berechnungen bekritzelt.
Es war klar, daß dieser furchtbare Mensch kein Dummkopf sein konnte. Er wurde mir plötzlich ein Rätsel. Ich hatte schon bemerkt, daß seine Sprache ausgezeichnet war, nur gelegentlich konnte sich ein kleiner Fehler einschleichen. In der Unterhaltung mit Seeleuten und Jägern strotzte sie natürlich von Slang-Ausdrücken, aber die wenigen Worte, die er bisher mit mir gewechselt hatte, waren klar und korrekt gewesen.
Der Schimmer, den ich von der andern Seite seines Wesens erblickt hatte, muß mich ermutigt haben, denn ich entschloß mich, über den Verlust meines Geldes mit ihm zu sprechen.
»Ich bin bestohlen worden«, sagte ich zu ihm, als ich ihn bald darauf traf, wie er allein auf dem Hinterdeck auf und ab schritt.
»Herr«, verbesserte er mich, nicht rauh, aber ernst.
»Ich bin bestohlen worden, Herr«, machte ich meinen Fehler wieder gut.
»Wie ist das zugegangen?« fragte er.
Da erzählte ich ihm die ganze Geschichte. Er lächelte bei meinem Bericht. »Nebeneinnahmen«, schloß er. »Köchleins Nebeneinnahmen. Finden Sie nicht, daß Ihr Leben den Preis wert war? – Nebenbei: Betrachten Sie es als eine Lehre. Lernen Sie, selbst auf Ihr Geld zu achten. Ich denke mir, daß das bis jetzt ein Rechtsanwalt oder Geschäftsmann für Sie besorgt hat.«
Ich konnte einen heimlichen Spott aus seinen Worten heraushören, fragte jedoch: »Was kann ich tun, um es wiederzubekommen?«
»Das ist Ihre Sache. Jetzt haben Sie keinen Rechtsanwalt oder geschäftlichen Berater, und da müssen Sie schon selbst für sich sorgen. Wenn Sie einen Dollar bekommen, so halten Sie ihn fest. Wer Geld herumliegen läßt, wie Sie es getan, der verdient es nicht besser, als daß er es verliert. Überdies haben Sie gesündigt. Sie haben kein Recht, Ihre Mitmenschen solchen Versuchungen auszusetzen. Sie haben Köchlein in Versuchung geführt, und er fiel. Sie haben seine unsterbliche Seele in Gefahr gebracht. Nebenbei: Glauben Sie an die Unsterblichkeit der Seele?«
Seine Lider hoben sich langsam, als er die Frage stellte, und in der Tiefe seiner Augen, in die ich blickte, schien sich mir die Seele zu öffnen. Aber es war eine Täuschung. Kein Mensch hat je wirklich die Tiefe von Wolf Larsens Seele ergründet – davon bin ich überzeugt.

Es war eine sehr einsame Seele, wie ich erfahren sollte, die sich nie ganz entschleierte, wenn sie es auch in seltenen Augenblicken zu tun vorgab.
»Ich lese Unsterblichkeit in Ihren Augen«, antwortete ich, indem ich das ›Herr‹ unterließ – ein Wagnis, das ich mit Hinblick auf die vertrauliche Unterhaltung versuchte.
Er achtete nicht darauf. »Sie sehen also etwas, das lebt, aber es ist nicht gegeben, daß es ewig leben wird.«
»Ich sehe mehr als das«, sagte ich kühn.
»Dann sehen Sie Bewußtsein. Bewußtsein des Lebens, das jetzt ist – aber immer noch kein künftiges Leben, keine Endlosigkeit des Seins.«
Wie klar er dachte und wie gut er seine Gedanken auszusprechen vermochte! Nach einem forschenden Blick auf mich wandte er den Kopf und schaute über das bleifarbene Meer in Luv. Kälte trat in seine Augen, und der Zug um seinen Mund wurde streng und herb. Offenbar war seine Stimmung pessimistisch geworden.
»Und zu welchem Zweck?« fragte er plötzlich und wandte sich mir wieder zu. »Wenn ich eine unsterbliche Seele hätte – wozu?« Ich zögerte. Wie sollte ich diesem Manne meinen Idealismus verständlich machen? Wie sollte ich ein reines Gefühl ausdrücken, etwas wie im Schlafe gehörte Musik, etwas, das überzeugend und doch unaussprechlich war?
»Was glauben Sie denn?« lautete meine Gegenfrage.
»Ich glaube, daß das Leben ein wirres Durcheinander ist«, erwiderte er. »Es ist wie Hefe, wie ein Ferment, etwas, das sich bewegt und sich vielleicht eine Minute, eine Stunde, ein Jahr oder hundert Jahre bewegen mag, das aber schließlich doch aufhören wird, sich zu bewegen. Die Großen fressen die Kleinen, um sich die Kraft zur Bewegung zu bewahren. Wer Glück hat, frißt am meisten und bewegt sich am längsten, das ist alles. Was halten Sie davon?«
Er machte eine ungeduldige Armbewegung in der Richtung der Matrosen, die mittschiffs an irgendwelchem Tauwerk arbeiteten. »Die bewegen sich, aber das tut die Qualle auch. Sie bewegen sich, um zu essen und sich weiter bewegen zu können. Da haben Sie's. Sie leben um ihres Bauches willen und ihr Bauch um ihretwillen. Es ist ein Kreislauf. Es gibt kein Ziel, weder für sie noch für die andern. Am Ende steht alles still. Alle Bewegung hört auf. Sie sind tot.«
»Sie haben Träume«, unterbrach ich ihn, »strahlende, lichte Träume – – –«

»Vom Essen«, erklärte er kurz und bündig.
»Und von ...«
»Mehr Essen. Von gutem Appetit und dem Glück, ihn zu befriedigen.« Seine Stimme klang rauh und schwer. »Denn, sehen Sie, die Leute träumen von glücklichen Reisen, die ihnen mehr Geld einbringen sollen, träumen davon, Steuermann zu werden und Reichtümer zu sammeln – kurz: besser imstande zu sein, ihre Mitgeschöpfe auszunutzen, gute Nachtruhe zu haben, gutes Essen zu bekommen und die andern die schmutzige Arbeit für sich tun zu lassen. Sie und ich, wir sind genauso. Der einzige Unterschied ist, daß wir mehr und besser gegessen haben. Jetzt bin ich es, der die andern verzehrt und Sie dazu. Aber bis jetzt haben Sie mehr gegessen als ich. Sie haben in weichen Betten geschlafen, feine Kleider getragen und gute Mahlzeiten gegessen. Wer hat diese Betten, diese Kleider und Mahlzeiten geschaffen! Sie nicht. Sie haben nie etwas im Schweiße Ihres Angesichts getan. Sie lebten von Einnahmen, die Ihr Vater Ihnen geschaffen hatte. Sie glichen dem Fregattvogel, der auf den Tölpel niederstößt und ihm den gefangenen Fisch entreißt. Sie gehören zu denen, die sich zu Herren über die andern aufgeworfen haben und die Nahrung verzehren, die andere erzeugen und selber essen möchten. Sie tragen warme Kleidung. Andere haben diese Kleidung gemacht, aber die zittern in Lumpen und bitten Sie, Ihren Rechtsanwalt oder Geschäftsführer, ihnen etwas zu verdienen zu geben.«
»Aber das hat doch nichts mit der Sache zu tun«, rief ich.
»Aber sehr!« Er sprach jetzt sehr schnell, und seine Augen blitzten. »Das ist Gemeinheit, und das ist Leben. Welchen Nutzen hätte die Unsterblichkeit wohl von der Gemeinheit, und welchen Sinn hätte das? Wie endet es? Wozu ist das alles? Sie haben keine Nahrung erzeugt. Und doch hätte die Nahrung, die Sie verzehrt und vergeudet haben, zahlreiche Elende retten können, die sie erzeugen, aber nicht essen konnten. Welchem unsterblichen Ziel haben Sie gedient? Oder die andern? Sehen Sie uns beide. Was nützt Ihnen Ihre gepriesene Unsterblichkeit, wenn Ihr Leben mit dem meinen zusammenstößt? Sie möchten gern an Land zurück, um Ihren Gemeinheiten zu frönen. Ich habe den scherzhaften Einfall, Sie hier an Bord meines Schiffes zu behalten, wo meine Gemeinheit blüht. Und ich will Sie behalten. Ich will etwas aus Ihnen machen oder Sie zum Teufel gehen lassen. Sie könnten heute noch sterben, diese Woche, nächsten Monat. Ich könnte Sie auf der Stelle mit einem Faustschlag töten, denn Sie sind ein elender Schwächling. Sind wir aber unsterblich, wozu dann das

alles? Gemein zu sein, wie Sie und ich unser ganzes Leben, scheint mir nicht recht zur Unsterblichkeit zu passen. Also sagen Sie: Wozu das alles? Warum habe ich Sie hierbehalten?«
»Weil Sie stärker sind«, vermochte ich einzuschieben.
»Aber warum stärker?« fragte er weiter. »Weil ich ein größeres Stück Ferment bin als Sie, sagen Sie? Verstehen Sie das nicht?«
»Aber das wäre hoffnungslos«, protestierte ich.
»Da stimme ich Ihnen zu«, erwiderte er. »Warum sich überhaupt bewegen, wenn Bewegung Leben ist? Bewegte man sich nicht, wäre man nicht ein Teil der Hefe, so gäbe es keine Hoffnungslosigkeit. Aber wir wollen eben leben und uns bewegen, weil Sichbewegen zufällig das Wesen des Lebens ausmacht. Wäre dem nicht so, würde Leben Tod sein. Und dieses Leben in Ihnen gibt Ihnen den Traum von der Unsterblichkeit ein. Das Leben in Ihnen ist lebendig und wünscht in alle Ewigkeit weiterzuleben. Pah! Die verewigte Gemeinheit!«
Er drehte sich kurz um und entfernte sich. Bei der Kajütstreppe blieb er stehen und rief mich zu sich.
»Wieviel hat Köchlein Ihnen gemopst?« fragte er.
»Hundertfünfundachtzig Dollar, Herr«, erwiderte ich. Er nickte. Als ich einen Augenblick später hinunterging, um zum Mittagessen zu decken, hörte ich ihn mittschiffs ein paar Leute laut ausschelten.

Am nächsten Morgen hatte sich der Sturm gelegt, und die ›Ghost‹ wiegte sich leicht auf einer ruhigen See. Nur hin und wieder war ein leichter Hauch zu spüren, und Wolf Larsen machte andauernd die Runde auf dem Achterdeck, während seine Augen unausgesetzt das Meer in Nordost absuchten, von wo der Passat wehen mußte.
Alle Mann sind auf Deck beschäftigt, die verschiedenen Boote für die Jagd instand zu setzen. Sieben Boote befinden sich an Bord, die kleine Jolle des Kapitäns und die sechs für die Jäger. Je drei Mann, ein Jäger, ein Ruderer und ein Steuermann, bilden eine Bootsmannschaft. An Bord des Schoners gehören Ruderer und Steuermänner zur Besatzung. Auch die Jäger müssen sich an den Wachen beteiligen und unterstehen im übrigen immer den Befehlen Wolf Larsens. Alles dies und noch mehr habe ich gelernt. Die ›Ghost‹ gilt als der schnellste Schoner der Flotten von San Francisco und Victoria. Sie war ursprünglich eine Privatjacht und besonders als Schnellsegler gebaut. Ihre Linien und die ganze Einrichtung – wenn ich auch nichts davon verstehe – sprechen für sich selber.
Johnson erzählte mir davon in einer kurzen Unterhaltung, die ich ge-

stern während der zweiten Hundewache mit ihm hatte. Er sprach von dem schönen Fahrzeug mit derselben Liebe und Begeisterung, wie manche Menschen sie für Pferde haben.
Wie Johnson mir erzählte, ist die ›Ghost‹ ein Achtzigtonnenschoner von einem besonders feinen Typ. Ihre größte Breite beträgt 23, ihre Länge etwas über 90 Fuß. Ein Bleikiel von unbekanntem, aber bedeutendem Gewicht macht sie sehr stabil, und sie trägt eine ungeheure Segelfläche. Vom Deck bis zum Großmasttopp mißt sie reichlich 100 Fuß, während der Fockmast mit seiner Marsstange acht bis zehn Fuß kürzer ist. Ich berichte diese Einzelheiten, um einen Begriff von der Größe dieser kleinen schwimmenden Welt mit ihren 22 Seelen zu geben. Es ist eine Miniaturwelt, ein Splitterchen, ein Punkt, und immer wieder wundere ich mich, daß die Menschen es gewagt haben, die See mit einem so gebrechlichen kleinen Ding zu versuchen.
Wolf Larsen gilt als verwegener Seemann. Ich hörte Henderson und Standish, einen kalifornischen Jäger, darüber reden. Vor zwei Jahren hatte er in einem Orkan in der Beringsee die Masten der ›Ghost‹ kappen lassen, worauf die jetzigen eingesetzt wurden, die in jeder Beziehung stärker und schwerer sind. Damals soll er gesagt haben, er wolle lieber kentern, als die neuen Hölzer verlieren.
Jedermann an Bord, mit Ausnahme Johansens, dem seine Beförderung zu Kopfe gestiegen ist, scheint eine Entschuldigung dafür zu haben, daß er sich an Bord der ›Ghost‹ befindet. Fast die Hälfte der Leute im Vorschiff sind Tiefseematrosen, und sie entschuldigen sich damit, nichts von dem Schiff und seinem Kapitän gewußt zu haben. Von den Jägern wird gemunkelt, daß sie, so ausgezeichnete Schützen sie seien, wegen ihrer Streitsucht und verbrecherischen Neigungen keine Heuer auf einem anständigen Fahrzeug hätten finden können.
Ich habe die Bekanntschaft eines andern Mannes von der Besatzung gemacht – Louis', eines Iren aus Neuschottland, eines freundlichen, gutmütigen und sehr verträglichen Burschen, der stets zu einer Unterhaltung bereit ist, sobald er nur einen Zuhörer finden kann. Am Nachmittag, wenn der Koch unten sein Mittagsschläfchen hält und ich meine ewigen Kartoffeln schäle, kommt Louis zu einem langen Plausch in die Kombüse. Er entschuldigt seine Anwesenheit an Bord damit, daß er betrunken war, als er sich anheuern ließ. Immer wieder versichert er mir, daß er es nicht im Traum getan hätte, wenn er nüchtern gewesen wäre. Er scheint seit einem Dutzend Jahren regelmäßig mit auf die Robbenjagd zu gehen und gilt als bester oder zweitbester Bootssteuermann in beiden Flotten.

»Ach, mein Junge«, er schüttelte unheilverkündend den Kopf, »du hast dir gerade den schlimmsten Schoner ausgesucht, und dabei warst du nicht einmal besoffen wie ich. Auf jedem Schiff ist die Robbenjagd ein Fest für die Matrosen. Der Steuermann war der erste, aber denk an mich: Es wird noch mehr Tote geben, ehe die Fahrt zu Ende ist. Es bleibt zwischen uns: dieser Wolf Larsen ist der Teufel selber, und seit er die ›Ghost‹ bekommen hat, ist sie ein Höllenschiff.
Ich weiß noch gut, wie er vor zwei Jahren in Hakodate einen Anfall kriegte und vier von seinen Leuten niederschoß. Ich war ja keine 300 Meter davon auf der ›Emma‹. Und im selben Jahre erschlug er einen Mann mit der bloßen Faust. Ja, schlug ihn tot, zerquetschte ihm den Kopf wie eine Eierschale. Als ob ich das nicht wüßte! Ein Tier ist dieser Wolf Larsen – die große Bestie in der Offenbarung Johannis! Es wird ein Ende mit Schrecken nehmen! Aber ich habe nichts gesagt, denk daran. Nicht einen Ton hab' ich geflüstert, denn der alte dicke Louis möchte gern die Reise überleben, und wenn der letzte von euch zu den Fischen geht. – Wolf Larsen«, sprudelte er einen Augenblick später heraus. »Beachte das Wort, hörst du: – Wolf – ein Wolf ist er. Er hat nicht ein schwarzes Herz wie manche Menschen. Er hat überhaupt kein Herz. Ein richtiger Wolf ist er. Er trägt seinen Namen mit Recht!«
»Aber wenn er so berüchtigt ist«, fragte ich, »wie ist es dann möglich, daß er immer noch Leute bekommt!«
»Wie ist es möglich, daß man überhaupt Leute bekommt, um irgend etwas auf Gottes Welt zu tun?« fragte Louis mit keltischem Feuer. »Würde ich an Bord sein, wenn ich nicht viehisch besoffen gewesen wäre, als ich unterschrieb? Manche, wie die Jäger, können keinen bessern Schiffer finden, und manche, wie die armen Teufel vorn, wußten es nicht besser. Aber sie werden schon darauf kommen und werden den Tag verfluchen, an dem sie geboren sind. Ich könnte weinen über die armen Menschen, hätte ich nicht genug an den armen alten Louis und die Unannehmlichkeiten zu denken, die seiner noch warten. Aber ich habe keinen Ton gesagt, denk daran, keinen Ton! – Die Jäger sind schlechte Kerle«, brach er wieder los, denn wenn er einmal im Reden war, konnte er so bald nicht aufhören. »Aber wart's nur ab! Wenn sie betrunken sind und aus reinem Vergnügen zu streiten anfangen – er wird mit ihnen fertig. Er wird sie schon Gottesfurcht lehren! Sieh mal meinen Jäger, Horner. ›Mord‹-Horner nennen sie ihn, und er sieht so ruhig und umgänglich aus und spricht so sanft wie ein Mädchen, daß man glaubt, die Butter könne ihm nicht im Munde schmel-

zen. Und hat er nicht letztes Jahr seinen Bootssteuermann getötet? Unglücksfall, sagte man, aber ich traf den Bootspuller in Yokohama, und der hat mir die Wahrheit erzählt. Und ›Smoke‹, der schwarze kleine Kerl – steckten ihn die Russen nicht drei Jahre in die sibirischen Salzminen, weil er auf Copper Island Fische gestochen hatte – ein Privileg der Russen? Mit Händen und Rüßen war er an seinen Kameraden gefesselt. Und kamen sie nicht doch ins Raufen? Und kam der andere nicht stückweise im Eimer oder zur Mine heraus: heute ein Bein, morgen ein Arm, am nächsten Tag der Kopf und so weiter?«

»Aber das ist doch nicht möglich!« schrie ich voller Entsetzen.

»Nicht möglich?« fuhr er blitzschnell fort. »Ich habe nichts gesagt. Ich bin taub und stumm, und wenn du deine Mutter liebhast, bist du's auch. Nie hab' ich den Mund aufgemacht, um etwas anderes als Gutes und Schönes über ihn und die andern zu sagen. Gott verdamm' seine Seele! Möge er zehntausend Jahre im Fegefeuer schmoren und dann in die allertiefste Hölle kommen.«

Johnson, der Mann, der mir die Haut abgerieben hatte, als ich an Bord kam, schien mir von allen Leuten, vorn und achtern, der am wenigsten zweifelhafte. Es war tatsächlich gar nichts Zweifelhaftes an ihm. Seine Offenheit und Männlichkeit war auf den ersten Blick überzeugend, und dazu kam eine Bescheidenheit, die man leicht für Schüchternheit halten konnte. Aber schüchtern war er nicht. Er hatte vielmehr den Mut der Überzeugung, die Sicherheit seiner Männlichkeit. Das war es, was ihn gleich zu Beginn unserer Bekanntschaft gegen die falsche Aussprache seines Namens hatte protestieren lassen. Louis sprach über ihn und prophezeite. »Das ist ein Prachtkerl, dieser Johnson«, sagte er. »Unser bester Seemann und mein Puller. Aber er und Wolf Larsen werden aneinandergeraten, so sicher wie zwei mal zwei vier ist. Das weiß ich. Ich kann den Sturm schon aufziehen sehen. Der Wolf ist stark, und es ist die Art des Wolfes, Stärke bei andern zu hassen. Und Stärke findet er bei Johnson – kein Kriechen, kein ›Jawohl, Herr, ergebensten Dank, Herr‹ für ein Schimpfwort oder einen Faustschlag. – Ja, es kommt, es kommt! Und Gott weiß, wo ich einen andern Puller hernehmen soll! Was tut der Narr, als der ›Alte‹ ihn Yonson nennt? ›Ich heiße Johnson, Herr‹, und buchstabiert ihm den Namen vor. Du hättest das Gesicht des ›Alten‹ sehen sollen! Ich dachte schon, er würde auf der Stelle über ihn herfallen. Er tat es nicht, aber er wird es tun, und er wird diesem Hartschädel das Licht ausblasen, oder ich kenne meine Leute nicht.« –

Thomas Mugridge wird unerträglich. Bei jeder Anrede muß ich ›Herr‹ zu ihm sagen. Es dürfte mitsprechen, daß Wolf Larsen eine Vorliebe für ihn gefaßt hat. Es ist wohl unerhört, daß ein Kapitän auf vertrautem Fuß mit seinem Koch steht, aber Wolf Larsen tut es. Zwei- oder dreimal hat er schon den Kopf zur Kombüse hereinsteckt und Mugridge gutmütig geneckt, und heute nachmittag standen sie eine volle Viertelstunde auf dem Achterdeck und unterhielten sich. Als der Koch wieder in die Kombüse trat, glänzte sein Gesicht, als wäre es mit Fett eingeschmiert, und er sang zu seiner Arbeit so falsch, daß es herzzerreißend war.

Er war tatsächlich der ekelhafteste, widerwärtigste Mensch, den ich je getroffen habe. Seine Kocherei war eine unbeschreibliche Schweinerei, und da er alles kochte, was an Bord gegessen wurde, mußte ich mir mit allergrößter Vorsicht das am wenigsten Schmutzige aus dem Fraß heraussuchen.

Ich war nicht gewohnt, zu arbeiten, und meine Hände schmerzten mich sehr. Die Nägel wurden schwarz und die Haut so schmutzig, daß selbst eine Scheuerbürste sie nicht mehr reinigen konnte. Immer neue Blasen schmerzten, und dazu hatte ich eine große Brandwunde am Unterarm, die ich mir zugezogen hatte, als ich einmal beim Rollen des Schiffes das Gleichgewicht verlor und gegen den Herd geschleudert wurde. Mein Knie hatte sich noch nicht gebessert. Es war immer noch geschwollen. Das Herumhumpeln von früh bis in die Nacht war nicht dazu angetan, es zu heilen. Wenn es überhaupt besser werden sollte, mußte ich Ruhe habe.

Ruhe! Nie zuvor hatte ich den Sinn dieses Wortes verstanden. Ohne es zu wissen, hatte ich mein ganzes Leben geruht. Aber jetzt! Hätte ich nur eine halbe Stunde stillsitzen können, ohne etwas zu tun, ja, ohne zu denken – es wäre das Schönste von der Welt für mich gewesen. Aber es war doch eine Offenbarung für mich. Jetzt wäre ich besser imstande, das Leben eines Arbeiters zu würdigen.

Es gibt Anzeichen von zunehmender Mißstimmung im ›Zwischendeck‹, und es heißt, daß schon eine Prügelei zwischen ›Smoke‹ und Henderson stattgefunden habe. Henderson scheint der beste von den Jägern zu sein, ein besonnener Bursche, der schwer aus seiner Ruhe kommt. Diesmal muß er aber sehr erbost gewesen sein, denn als ›Smoke‹ zum Abendbrot in die Kajüte kam, hatte er ein blaues Auge und sah bös aus.

Gerade vor dem Abendbrot hatte sich auf Deck etwas ereignet, das für die Gefühllosigkeit und Roheit dieser Männer bezeichnend ist. Unter der Mannschaft befindet sich ein junger Mensch namens Harrison, ein plump aussehender Bauernbursche, der, vermutlich von Abenteuerlust getrieben, seine erste Seereise macht. In dem leichten, veränderlichen Wind laviert der Schoner ziemlich viel, und dann muß jedesmal ein Mann nach oben gehen, um das vordere Gaffeltoppsegel umzulegen. Irgendwie hatte sich nun, als Harrison oben war, die Schot im Block am Ende der Gaffel festgeklemmt. Soviel ich verstand, gab es zwei Möglichkeiten, sie loszubekommen – erstens, das Segel herunterzufieren, was verhältnismäßig leicht und gefahrlos war, zweitens auf der Piek bis zum Ende der Gaffel hinauszuklettern, ein gewagtes Unternehmen. Johansen rief Harrison zu, er solle hinausklettern. Alle sahen, daß der Junge Angst hatte, und dazu hatte er alle Ursache: achtzig Fuß über dem Deck und nichts, um sich festzuhalten, als dies dünne, ruckweise hin und her geschleuderte Tau! Hätte ein stetiger Wind geweht, so würde es nicht so schlimm gewesen sein, aber die ›Ghost‹ rollte ohne Ladung in der Dünung, und bei jedem Überholen gerieten die Segel in schwingende Bewegung und schlugen, und die Falle wurden schlaff und dann mit einem Ruck wieder straff. Sie vermochten einen Mann hinunterzufegen wie ein Peitschenschmitz eine Fliege.

Harrison hörte den Befehl und verstand, was man von ihm verlangte, zögerte jedoch. Vermutlich war er das erstemal in seinem Leben in der Takelung. Johansen, von Wolf Larsens Herrschsucht angesteckt, brach in einen Strom von Flüchen aus.

»Genug, Johansen«, sagte der Kapitän schroff, »das Fluchen auf dem Schiff besorge ich selbst, daß Sie und alle es wissen. Wenn ich Ihre Hilfe brauche, werde ich Sie rufen.«

»Jawohl, Herr«, antwortete der Steuermann unterwürfig.

Unterdessen war Harrison auf das Fall hinausgeklettert. Ich blickte durch die Kombüsentür hinauf und konnte sehen, wie er zitterte, als wären ihm alle Glieder vom Schüttelfrost gepackt. Er kroch ganz langsam und vorsichtig, Zoll für Zoll. Von dem klaren Blau des Himmels hob er sich ab wie eine Riesenspinne, die an ihrem Netzwerk entlangkriecht.

Er mußte leicht aufwärts klettern, denn das Segel stand nach oben. Das Fall, das durch verschiedene Blöcke am Gaffel und Mast lief, gab ihm einige Stützpunkte für Hände und Füße. Aber das schlimmste war, daß der Wind nicht kräftig und stetig genug wehte, um das Segel zu blähen. Als er sich etwa in der Mitte befand, machte die ›Ghost‹ eine Schlingerbewegung nach Luv und wieder zurück in ein Wellental. Harrison hielt inne und klammerte sich fest. Achtzig Fuß unter ihm konnte ich seine krampfhaften Muskelbewegungen sehen: er kämpfte um sein Leben. Das Segel wurde schlaff und schwang mittschiffs. Das Fall gab nach, und obgleich sich das alles mit großer Schnelligkeit abspielte, konnte ich doch sehen, wie es durch sein Körpergewicht sackte. Dann schwang die Gaffel mit einem Ruck zur Seite, das große Segel schwoll wie aus der Kanone geschossen, und die dreifache Reihe von Reffseisingen klatschte wie eine Gewehrsalve gegen die Leinwand. Harrison sauste, immer noch festgeklammert, durch die Luft, aber das Fall straffte sich wieder mit einem scharfen Ruck. Es war wie ein Peitschenhieb. Da verlor er den Halt. Die eine Hand wurde losgerissen, die andere krampfte sich einen Augenblick verzweifelt fest, dann folgte auch sie. Der Körper sauste hinunter, aber glücklicherweise blieb er mit den Füßen hängen. Durch eine schnelle Bewegung gelang es ihm, das Fall zu packen, aber es dauerte lange, bis er sich wieder hochgeschwungen hatte. Da hing er – ein kläglicher Anblick.

»Wetten, daß ihm heute das Abendbrot nicht schmecken wird«, hörte ich Wolf Larsen sagen, dessen Stimme um die Ecke der Kombüse zu mir drang. »Johansen, abhalten! Passen Sie auf! Jetzt kommt die Bö!«

Harrison mußte sich sehr elend fühlen. Lange klammerte er sich an seinen schwankenden Halt, ohne auch nur einen Versuch zu machen, sich zu bewegen. Aber Johansen trieb ihn an, seine Aufgabe zu vollenden. »Es ist eine Schande!« hörte ich Johnson in langsamem, aber korrektem Englisch knurren. Er stand beim Großmast, ganz nahe bei mir. »Der Junge hat guten Willen. Mit der Zeit wird er es schon lernen. Aber das ist . . .« Er machte eine Atempause und beendete dann sein Urteil: »Mord!«

»Willst du still sein!« flüsterte Louis ihm zu. »Wenn dir dein Leben lieb ist, so halt den Mund.« Aber Johnson knurrte weiter.

Der Jäger Standish sagte zu Wolf Larsen: »Er ist mein Puller, und ich möchte ihn nicht verlieren.«

»Stimmt, Standish«, lautete die Antwort. »Wenn du ihn im Boot hast, ist er dein Puller, solange ich ihn aber hier an Bord habe, ist er mein Matrose, und da mache ich mit ihm, was mir gefällt.«

»Aber das ist doch kein Grund . . .«, begann Standish erregt.

»Es ist gut«, unterbrach ihn Wolf Larsen. »Ich habe meine Meinung gesagt, und damit genug. Der Mann gehört mir, und wenn es mir paßt, kann ich Suppe aus ihm kochen und sie essen.«

Die Augen des Jägers funkelten zornig, aber er drehte sich um und ging die Treppe zum Zwischendeck hinab, wo er stehenblieb und hinaufsah. Alle Mann befanden sich an Deck, und alle Augen waren nach oben gerichtet, wo ein menschliches Wesen mit dem Tode rang. Die Gefühllosigkeit dieser Menschen war entsetzenerregend. Ich, der ich abseits vom Trubel der Welt gelebt hatte, hätte mir nie träumen lassen, daß es draußen so zuging. Das Leben war mir stets als etwas besonders Heiliges erschienen, und hier galt es nichts, war nur eine Ziffer in einer geschäftlichen Berechnung. Ich muß gestehen, daß manche der Matrosen doch Mitgefühl empfanden, wie Johnson zum Beispiel, aber die Vorgesetzten – die Jäger und der Kapitän – waren ganz herzlos. Selbst der Einspruch Standishs war nur dem Wunsche entsprungen, seinen Bootspuller nicht zu verlieren. Hätte es sich um den Ruderer eines andern Jägers gehandelt, so würde er sich wie sie darüber belustigt haben. Doch zurück zu Harrison! Johansen schmähte und beleidigte den armen Kerl, aber es dauerte volle zehn Minuten, bis er ihn wieder in Bewegung gebracht hatte. Kurz darauf hatte er das Ende der Gaffel erreicht, wo er sich, auf der Spiere reitend, besser festhalten konnte. Er machte das Schot klar und hätte nun am Fall entlang zum Mast zurückklettern können. Aber er hatte den Kopf verloren. So unsicher seine jetzige Lage war, wollte er sie doch nicht mit der noch unsichereren auf dem Fall vertauschen.

Er blickte auf den luftigen Weg, den er passieren sollte, und dann hinunter aufs Deck. Noch nie hatte ich so viel Furcht auf dem Gesicht eines Menschen ausgeprägt gesehen. Vergebens rief Johansen, daß er herunterkommen solle. Jeden Augenblick konnte er von der Gaffel geschleudert werden, aber er war hilflos vor Angst. Wolf Larsen, der, in eine Unterhaltung mit Smoke vertieft, auf und nieder schritt, nahm keine Notiz von ihm, nur rief er dem Mann am Rad einmal scharf zu: Du bist aus dem Kurs, Mann! Paß auf, daß du dir keine Unannehmlichkeiten zuziehst!«

»Jawohl, Herr«, erwiderte der Rudergast und drehte das Rad.

Er hatte die ›Ghost‹ ein paar Strich aus dem Kurs gebracht, damit das bißchen Wind das Vorsegel füllen und prall halten konnte. Er hatte dem unglückseligen Harrison helfen wollen, auf die Gefahr hin, Wolf Larsens Zorn heraufzubeschwören.

Die Zeit verging, und meine Spannung war furchtbar. Thomas Mugridge hingegen fand die Geschichte außerordentlich lustig, er steckte fortwährend den Kopf zur Kombüse heraus, um scherzhafte Bemerkungen zu machen. Wie ich ihn haßte! Und wie mein Haß in diesen bangen Minuten ins Riesenhafte wuchs! Zum erstenmal in meinem Leben verspürte ich die Lust zu morden. Mochte Leben im allgemeinen etwas Heiliges sein – für Thomas Mugridge galt mir dies nicht mehr. Ich war entsetzt, als ich mir darüber klar wurde, und durch mein Hirn fuhr der Gedanke: War ich auch von der Roheit meiner Umgebung angesteckt? Ich, der ich selbst für die abscheulichsten Verbrechen die Berechtigung der Todesstrafe geleugnet hatte?

Wohl eine halbe Stunde verging. Da sah ich Johnson in einem Wortwechsel mit Louis. Er endete damit, daß Johnson den Arm des andern, der ihn halten wollte, beiseite schob und nach vorn ging. Er überquerte das Deck, sprang in die Takelung und begann zu klettern. Aber das schnelle Auge Wolf Larsens hatte ihn erfaßt. »Hallo, Mann, wohin?« rief er.

Johnson hielt im Klettern inne. Er blickte seinem Kapitän in die Augen und sagte langsam: »Ich will den Jungen herunterholen.«

»Du wirst herunterkommen, und das ein bißchen plötzlich. Verstanden? Runter!«

Johnson zögerte, aber der langjährige unbedingte Gehorsam gegen den Herrn des Schiffes übermannte ihn, er glitt aufs Deck herab und ging nach vorn.

Um halb sechs ging ich hinunter, um den Kajütentisch zu decken, aber ich wußte kaum, was ich tat, denn immer sah ich den totenbleichen, zitternden Menschen vor mir, der sich wie ein Käfer an die Gaffel klammerte. Als ich um sechs Uhr an Deck kam, um das Abendbrot aufzutragen, sah ich Harrison immer noch in derselben Lage. Die Unterhaltung bei Tisch drehte sich um andere Dinge. Kein einziger schien sich für das so grundlos gefährdete Leben zu interessieren. Als ich aber noch einmal nach der Kombüse mußte, sah ich zu meiner Freude Harrison nach der Back wanken. Er hatte endlich den Mut zum Herunterklettern gefunden.

Ehe ich diesen Gegenstand verlasse, muß ich eine Unterhaltung berichten, die ich mit Wolf Larsen in der Kajüte hatte, als ich das Geschirr aufwusch.

»Sie sahen sehr schlecht aus heute nachmittag«, begann er. »Was fehlte Ihnen?«

Er wußte natürlich gut, was mich beinahe so elend wie Harrison gemacht hatte, er wollte mich nur reizen. Ich antwortete: »Es war die rohe Behandlung des Jungen.«

Er lachte kurz: »Wohl eher Seekrankheit. Mancher kriegt sie, mancher nicht.«

»Nein, das war es nicht«, antwortete ich.
»Doch gewiß«, fuhr er fort. »Die Erde ist so voller Roheit wie das Meer voller Bewegung. Manchen macht dies krank, manchen jenes. Das ist alles.«
»Aber Sie, der Sie Spott mit Menschenleben treiben, legen Sie dem Leben gar keinen Wert bei?« fragte ich.
»Wert? Was für Wert?« Er sah mich an, und obwohl seine Augen ruhig und unbeweglich waren, erschien doch ein zynisches Lächeln in ihnen. »Was für einen Wert? Wie ermessen Sie es? Wer schätzt es?«
»Ich selbst«, gab ich zur Antwort.
»Wieviel ist es Ihnen denn wert? Das Leben eines andern, meine ich. Nun, heraus damit! Was ist es wert?«
Der Wert des Lebens? Wie konnte ich dem Leben einen greifbaren Wert beilegen? Merkwürdig: Irgendwie fehlte mir, der ich sonst nie um Worte verlegen war, der Ausdruck, wenn ich mit Wolf Larsen verhandelte. Ich bin später zu der Erkenntnis gelangt, daß teilweise die Persönlichkeit des Mannes, zum größten Teil aber seine völlig andere Einstellung schuld daran war. Im Gegensatz zu andern Materialisten, die ich getroffen habe und mit denen ich doch denselben Ausgangspunkt teilen konnte, hatte ich mit ihm nichts gemein. Vielleicht war es auch die elementare Einfachheit seines Denkens, die mich verwirrte. So direkt ging er stets auf den Kern einer Sache los, entblößte eine Frage von allem überflüssigen Beiwerk, und das mit solcher Entschiedenheit, daß ich mir vorkam, als kämpfte ich in tiefem Wasser, ohne Grund unter den Füßen. Der Wert des Lebens? Wie sollte ich eine solche Frage stehenden Fußes beantworten? Die Heiligkeit des Lebens war für mich immer etwas Gegebenes gewesen. Daß es einen Wert besaß, war eine Wahrheit, die ich nie bezweifelt hatte. Und als er diese offenbare Wahrheit jetzt anfocht, war ich ratlos.
»Wir sprachen gestern davon«, sagte er. »Ich behauptete, das Leben sei ein Gärstoff, ein Ferment, das Leben fräße, um selbst leben zu können, und das Leben sei nichts als erfolgreichste Gemeinheit. Nun, wenn es auf Angebot und Nachfrage ankommt, so ist das Leben das Billigste auf der Welt. Es gibt soundso viel Wasser, soundso viel Erde, soundso viel Luft, aber Leben, das geboren werden möchte, gibt es zur Unendlichkeit. Die Natur ist eine Verschwenderin. Denken Sie an die Fische und ihre Millionen von Eiern. Denken Sie an mich oder sich. In unsern Lenden ruhen Möglichkeiten für Millionen von Leben. Hätten wir nur Zeit und Gelegenheit, um jedes bißchen ungeborenen Lebens in uns auszunutzen, wir würden die Väter von Nationen wer-

den und Kontinente bevölkern. Leben? Pah! Es hat keinen Wert. Von allem, was billig ist, ist Leben das Billigste. Überall geht es betteln. Die Natur streut es verschwenderisch aus. Wo Raum für ein Leben ist, sät sie tausend, und Leben frißt Leben, bis nur das stärkste und gemeinste übrigbleibt.«

»Sie haben Darwin gelesen«, sagte ich, »aber Sie haben ihn mißverstanden, wenn Sie den Schluß ziehen, daß der Kampf ums Dasein Ihr mutwilliges Vernichten von Leben rechtfertigt.«

Er zuckte die Achseln. »Sie wissen wohl, daß Sie dabei nur an das menschliche Leben denken, denn auf Fleisch, auf Geflügel und Fische verzichten Sie sowenig wie ich oder sonst jemand. Und menschliches Leben unterscheidet sich in keiner Beziehung von tierischem. Warum sollte ich sparsam sein mit diesem Leben, das so billig und wertlos ist? Es gibt mehr Matrosen als Schiffe für sie auf dem Meere, mehr Arbeiter als Maschinen für sie.«

Er schritt nach der Kajütstreppe, drehte aber nochmals den Kopf, um ein letztes Wort zu sagen. »Wissen Sie, welches der einzige Wert des Lebens ist? Den es sich selbst zulegt. Und das ist natürlich eine Überschätzung, eine Bewertung in eigener Sache. Nehmen Sie den Mann, den ich nach oben gehen ließ. Er klammerte sich an, als wäre er etwas überaus Wertvolles, ein Schatz, wertvoller als Diamanten und Rubinen. Für Sie? Nein. Für mich? Keinewegs. Für ihn selbst? Ja. Aber ich mache seine Schätzung nicht mit. Er überschätzt sich maßlos. Es gibt unendlich viel Leben, das geboren werden möchte. Wäre er heruntergestürzt und wäre sein Hirn wie Honig aus einer Wabe aufs Deck getropft, die Welt würde keinen Verlust erlitten haben. Der Welt galt er nichts. Das Angebot ist zu groß. Lediglich für sich selbst besaß er einen Wert. Er allein schätzt sich höher ein als Diamanten und Rubinen. Die Diamanten und Rubinen sind fort, auf Deck verschüttet, um von einem Eimer Seewasser weggespült zu werden – und er weiß nicht einmal, daß Diamanten und Rubinen fort sind. Er verliert nichts, denn mit dem Verlust seiner selbst verliert er das Bewußtsein seines Verlustes. Nicht wahr? Nun, was sagen Sie dazu?«

»Daß Sie jedenfalls folgerichtig handeln«, war alles, was ich sagen konnte, und dann machte ich mich wieder ans Aufwaschen.

Nach drei Tagen wechselnden Windes waren wir endlich in den Nordostpassat gekommen. Trotz meinem Knie hatte ich gut geschlafen, und als ich jetzt das Deck betrat, fand ich die ›Ghost‹ mit vollen Segeln außer den Klüvern vor einem frischen Winde vorwärtsjagend. O dieser wunderbare, mächtige Passat! Den ganzen Tag segelten wir, die ganze Nacht, den nächsten Tag und die nächste Nacht und wieder Tag um Tag, immer vor demselben stetigen, starken Winde. Der Schoner segelte ganz von selbst. Es gab kein Heißen und Hahlen von Leinen und Schoten, kein Umlegen der Toppsegel, keine andere Arbeit für die Matrosen, als zu steuern. Nachts, wenn die Sonne untergegangen war, wurden die Segel gelockert, wenn morgens dann der Tau verdampfte, wurden sie wieder angezogen – das war alles. Abwechselnd zehn, zwölf, elf Knoten ist die Geschwindigkeit, mit der wir fahren. Und immer aus Nordost bläst der brave Wind, der uns von Morgengrauen bis Morgengrauen an zweihundertundfünfzig Meilen weit auf unserm Kurs treibt. Sie stimmt mich trübe und wieder froh, diese Eile, mit der wir San Francisco hinter uns lassen und hinab in die Tropen schäumen. Mit jedem Tag wird es fühlbar wärmer. In der zweiten Hundewache kommen die Matrosen nackt an Deck und begießen sich eimerweise mit Wasser. Fliegende Fische zeigen sich schon, und nachts versucht die Wache, die auf Deck gefallenen zu fangen. Thomas Mugridge hat seine obligate Bestechung bekommen. So steigt aus der Kombüse der herrliche Duft von gebratenen fliegenden Fischen, während vorn und achtern Delphinfleisch aufgetischt wird. Johnson hat die schimmernden schönen Tiere von der Spitze des Bugspriets aus gespeert. Johnson verbringt fast die ganze Zeit dort oder hoch oben auf den Dwarssalingen und beobachtet die ›Ghost‹, wie sie das Wasser unter dem Druck ihrer Segel durchschneidet. Leidenschaft und Bewunderung leuchten aus seinen Augen, und in einer Art Verzückung starrt er auf die schwellenden Segel, das schäumende Kielwasser und das Heben und Senken über die nassen Berge, die majestätisch unserer Bahn folgen.

Tage und Nächte sind ein Wunder und wildes Entzücken, und obgleich meine traurige Arbeit mir nur wenig Zeit läßt, stehle ich mir doch hie und da einen Augenblick, um immer wieder auf die unendliche Pracht zu schauen, die in der Welt zu finden ich mir nicht hätte träumen lassen. Der Himmel droben ist fleckenlos blau – blau wie das Meer selbst, das unter dem Bug wie azurfarbener Atlas schimmert. Auf allen Seiten stehen am Horizont blasse Wolkenlämmer, unbeweglich, unveränderlich, wie eine Silberfassung um den makellosen Himmelstürkis.

Eine Nacht werde ich nie vergessen. Ich hätte schlafen sollen, lag jedoch auf der Back und blickte hinab auf das geisterhafte Schaumgekräusel, das der Bug der ›Ghost‹ beiseite schob. Es klang wie das Rieseln eines Bächleins über bemooste Steine in einem stillen Tal, und das leise Murmeln verzauberte mich und ließ mich vergessen, daß ich ›Hump‹, der Kajütsjunge, daß ich van Weyden war, der Mann, der fünfunddreißig Jahre zwischen Büchern verträumt hatte. Aber eine Stimme hinter mir rief mich in die Wirklichkeit zurück. Es war die wohlbekannte Stimme Wolf Larsens, stark wie die unüberwindliche Sicherheit des Mannes und doch weich wie die Worte, die er sprach:

O die Tropennacht! Sie glüht, und das Meer von Funken sprüht
Und den Himmel kühlt.
Stetig zieht der Bug voran seine sternbesäte Bahn,
Wo der Wal, der wilde, spielt.
Zernarbt von der Sonne dein Rumpf ist, mein Schiff,
Deine Falle sind straff vor Tau.
Denn wir fahren unseren alten Kurs, unseren eigenen Kurs,
Fern von den andern.
Denn wir fahren, denn wir wandern, unsern großen Kurs,
Den südlichen Kurs in das ewige Blau.

»Na, Hump? Wie gefällt Ihnen das?« fragte er nach einer angemessenen, durch Worte und Situation bedingten Pause.

Ich sah ihm ins Gesicht. Es glühte von Licht wie das Meer selbst, und seine Augen schimmerten im Sternenschein.

»Ich bin, offen gestanden, ganz erstaunt über Ihre Begeisterung«, erwiderte ich kalt.

»Ja, Mann, das ist das Leben! Das Leben selbst!« rief er.

»Das eine billige Ware ohne Wert ist«, gab ich ihm mit seinen eigenen Worten zurück. Er lachte, und es war das erstemal, daß ich eine ehrliche Lustigkeit in seiner Stimme hörte.

»Sie wollen also nicht verstehen, was Leben heißt; ich kann es Ihnen nicht in den Schädel hämmern! Natürlich ist das Leben wertlos, nur nicht für einen selber. Und ich kann Ihnen sagen, daß mein Leben jetzt gerade recht wertvoll ist – für mich. Es ist um keinen Preis zu kaufen, was Sie sicher für maßlose Überschätzung halten werden. Aber ich kann nichts dafür, denn es ist eben das Leben in mir, das den Wert bestimmt.«

Er schien nach Worten zu suchen, um seine Gedanken auszudrücken, und fuhr dann fort:

»Wissen Sie, ich bin seltsam gehoben. Die ganze Zeit fühle ich einen Widerhall in mir, als wäre alle Macht der Welt mein. Ich erkenne die Wahrheit, ich kann göttlich Gutes von Bösem, Recht von Unrecht unterscheiden. Ich sehe weit und klar. Fast könnte ich an Gott glauben.

Aber – und seine Stimme veränderte sich, und das Licht erlosch auf seinem Antlitz – was ist das für ein Zustand, in dem ich mich befinde? Diese Lebensfreude? Dieser Triumph des Lebens? Diese Inspiration, wie ich es wohl nennen darf? Das ist etwas, das kommt, wenn die Verdauung nicht gestört, wenn der Magen in Ordnung, der Appetit gut ist und der ganze Organismus richtig funktioniert. Es ist eine Bestechung des Lebens, Champagner des Blutes, das Aufwallen des Ferments – manchen gibt es heilige Gedanken ein, andere läßt es Gott sehen oder, wenn sie ihn nicht sehen, erschaffen. Das ist alles – der Rausch des Lebens, das Aufbrausen des Gärstoffes, das Murmeln des Lebens, das trunken ist von dem Bewußtsein, zu leben. Und – pah! Morgen muß ich dafür zahlen, wie der Säufer zahlen muß. Morgen weiß ich, daß ich sterben muß, höchstwahrscheinlich auf dem Meere, daß ich nicht mehr selbsttätig kriechen, daß ich mich nur noch in Fäulnis bewegen werde mit den Bewegungen der See, daß ich gefressen werde, um alle Kraft und Beweglichkeit meiner Muskeln zu verwandeln in die Kraft und Beweglichkeit von Flossen, Schuppen und Eingeweiden der Fische. Pah! Schon ist der Champagner schal geworden. Das Funkeln und Prickeln ist vorbei, und es ist ein fades Gesöff.«
Er verließ mich ebenso plötzlich, wie er gekommen, lautlos mit der Wucht und Leichtigkeit eines Tigers. Die ›Ghost‹ pflügte sich ihren Weg. Das Gurgeln am Bug tönte wie Schnarchen, und als ich darauf lauschte, da verließ mich allmählich der Eindruck, den Wolf Larsens rascher Wechsel von hoher Begeisterung zu tiefer Verzweiflung auf mich gemacht hatte. Dann erklang mittschiffs der kräftige Tenor eines Matrosen, der das ›Lied des Passats‹ sang:

> Ich bin der Wind, den der Seemann liebt –
> Ich bin die Stärke und Treue,
> Er folgt meiner Spur in den Wolken hoch,
> Über die unergründliche Bläue.
>
> Durch Licht und Dunkel folg' ich der Spur
> Des Schiffes wie ein Hund,
> Morgens und mittags und mitternachts
> Blas' ich die Segel ihm rund.

Manchmal glaube ich, daß Wolf Larsen verrückt oder doch wenigstens nicht ganz richtig ist wegen seiner seltsamen Launen und Grillen. Dann wieder halte ich ihn für einen großen Menschen, für ein Genie, das sein Ziel verfehlt hat. Und schließlich bin ich überzeugt, daß er der Urtyp des primitiven Menschen ist, Jahrtausende zu spät geboren. Sicherlich ist er ein ausgesprochener Ideenmensch. Und dazu ist er sehr einsam. Seine gewaltige Männlichkeit und Geisteskraft verleihen ihm eine Sonderstellung. Es besteht keine geistige Gemeinschaft zwischen ihm und den anderen Männern an Bord.

Um einen seiner Einfälle zu zeigen, will ich erzählen, was Thomas Mugridge in der Kajüte zustieß. Ich vervollständige damit gleichzeitig den Bericht über die Angelegenheit, die ich schon zweimal berührt habe. Eines Tages, gleich nach dem Essen, als ich eben mit dem Aufwaschen fertig war, kamen Wolf Larsen und Thomas Mugridge die Treppe herunter. Sonst wagte sich der Koch nicht in die Kajüte. War er dazu gezwungen, um zu seiner Koje zu gelangen, so flitzte er wie ein furchtsames Gespenst hindurch.

»So, du kannst ›Nap‹ spielen!« sagte Wolf Larsen vergnügt. »Ich hätte mir denken können, daß ein Engländer das Spiel kennt. Ich hab' es selbst auf englischen Schiffen gelernt.«

Thomas Mugridge war außer sich vor Freude, daß er sich an einen Tisch mit dem Kapitän setzen durfte. Sein Dünkel und seine peinlichen Anstrengungen, sich die ungezwungene Haltung eines Mannes zu geben, der von Geburt für einen würdigen Platz im Leben ausersehen ist, würden ekelerregend gewesen sein, hätten sie nicht so lächerlich gewirkt. Meine Gegenwart ignorierte er völlig, wobei ich ihm jedoch zugute halten will, daß er einfach nicht imstande war, mich zu sehen. Seine blassen, wässerigen Augen schwammen in Verzückung, wenn mir auch unerfindlich war, was für selige Visionen er haben mochte.

»Hol die Karten, Hump«, befahl Wolf Larsen, als sie am Tische Platz nahmen. »Und bring Zigarren und Whisky aus meiner Koje.«

Als ich wiederkam, hörte ich gerade, wie der Cockney sich in Andeutungen erging, daß irgendein Geheimnis über ihm läge: Er sei sicher der Sohn eines vornehmen Herrn, und er bekäme Geld, wogegen er sich hätte verpflichten müssen, England nicht wieder zu betreten – – »schönes Geld, Herr«, drückte er sich aus, »schönes Geld, damit ich mich packe und wegbleibe.« Ich hatte die gewohnten Schnapsgläser gebracht, aber Wolf Larsen runzelte die Stirn, schüttelte den Kopf und gab mir einen Wink, daß ich Wassergläser bringen sollte. Ich füllte sie zu zwei Drittel mit unvermischtem Whisky – »ein Gentlemangetränk«, sagte Thomas Mugridge –, sie stießen auf gutes Spiel an, steckten sich Zigarren an und begannen dann, die Karten zu mischen und auszuteilen. Sie spielten um Geld. Sie erhöhten die Einsätze. Sie tranken Whisky und leerten die Gläser, und ich holte mehr. Ich weiß nicht, ob Wolf Larsen betrog oder nicht – er wäre sicher fähig dazu gewesen –, aber jedenfalls gewann er andauernd. Der Koch machte wiederholt einen Abstecher nach seiner Koje, um Geld zu holen. Jedesmal schwankte er mehr, brachte aber immer nur einige wenige Dollar auf einmal. Er wurde sentimental, vertraulich, konnte kaum noch die Karten sehen und aufrecht sitzen. Als er den nächsten Ausflug nach seiner Koje antrat, hakte er Wolf Larsen seinen fettigen Zeigefinger ins Knopfloch und wiederholte mehrmals ausdruckslos: »Ich kriege Geld, ich kriege Geld, sag' ich Ihnen. Ich bin der Sohn eines feinen Herrn.«

Schließlich setzte der Koch unter der Beteuerung, er könne verlieren wie ein Gentleman, sein letztes Geld und verlor. Worauf er den Kopf auf die Hände sinken ließ und weinte. Wolf Larsen betrachtete ihn neugierig, als dächte er daran, ihn zu vivisezieren, änderte jedoch seine Absicht, nachdem er zu der Erkenntnis gekommen, daß eine Untersuchung hier ergebnislos bleiben müsse. »Hump«, sagte er mit vollendeter Höflichkeit zu mir, »wollen Sie die Freundlichkeit haben, Herrn Mugridges Arm zu nehmen und ihm an Deck zu helfen. Er fühlt sich nicht ganz wohl. – Und sagen Sie Johansen, daß er ihn mit ein paar Pützen Seewasser duschen soll«, fügte er leise hinzu, so daß nur ich es hören konnte. Ich überließ Herrn Mugridge an Deck den Händen einiger grinsender Matrosen, die Johansen zu diesem Zwecke gerufen hatte. Herr Mugridge faselte immer noch davon, daß er der Sohn eines vornehmen Herrn sei. Als ich jedoch die Kajütstreppe hinabstieg, um den Tisch abzuräumen, hörte ich ihn kreischen; der erste Guß hatte ihn getroffen.

Wolf Larsen zählte seinen Gewinn.

»Genau hundertfünfundachtzig Dollar!« sagte er laut. »Gerade wie ich mir dachte. Der Lump kam ohne einen Pfennig an Bord.«

»Und Ihr Gewinn gehört mir, Herr«, sagte ich beherzt.

Er beehrte mich mit einem spöttischen Lächeln. »Ich habe mich seinerzeit ein wenig mit Grammatik beschäftigt, Hump, und ich glaube, Sie bringen die Zeiten durcheinander. ›Hat mir gehört‹, hätten Sie sagen sollen.«

»Hier ist nicht die Rede von Grammatik, sondern von Moral«, erwiderte ich.

Er ließ eine Weile verstreichen, ehe er sprach.

»Wissen Sie, Hump«, sagte er bedächtig und mit einem rätselhaften

Klang von Traurigkeit in der Stimme, »wissen Sie, daß dies das erstemal ist, daß ich auf diesem Schiffe das Wort Moral aus dem Munde eines Mannes höre. Und Sie und ich sind die einzigen an Bord, die die Bedeutung dieses Wortes kennen. – Es gab eine Zeit in meinem Leben«, fuhr er nach einer Pause fort, »da ich davon träumte, mit Männern sprechen zu dürfen, die eine solche Sprache redeten, mich aus der Lebensstellung, in der ich geboren, emporzuheben und Umgang zu pflegen mit Menschen, die über Dinge wie Moral sprachen. Es ist das erstemal, daß ich dies Wort aussprechen höre. – Aber das nur nebenbei! Sie haben unrecht. Dies hat weder etwas mit Grammatik noch mit Moral zu tun, es handelt sich einfach um eine Tatsache.«

»Ich verstehe«, sagte ich. »Um die Tatsache, daß Sie jetzt das Geld haben.«

Seine Züge erhellten sich. Meine schnelle Auffassung schien ihm zu gefallen.

»Aber wir umgehen die eigentliche Frage«, fuhr ich fort, »die des Rechtes.«

»Ach!« bemerkte er und zog den Mund schief. »Ich sehe, Sie glauben noch an so etwas wie Recht und Unrecht.«

»Glauben Sie denn nicht daran? – Gar nicht? –« fragte ich.

»Nicht die Spur. Macht ist Recht, das ist alles, was darüber zu sagen ist. Schwäche ist Unrecht. Es ist gut für einen Menschen, wenn er stark, schlecht für ihn, wenn er schwach ist – – oder noch besser: es ist angenehm, stark zu sein, weil man Vorteil davon hat, es ist peinlich, schwach zu sein, weil es Verlust bedeutet. Der Besitz dieses Geldes ist etwas Schönes. Sein Besitz ist angenehm. Und da ich die Möglichkeit habe, es zu besitzen, wäre es ein Unrecht gegen mich selbst, wenn ich es Ihnen gäbe und mich des Vergnügens, es zu besitzen, beraubte.«

»Aber Sie begehen ein Unrecht gegen mich, wenn Sie es behalten«, wandte ich ein.

»Keineswegs. Ein Mensch kann kein Unrecht gegen den andern begehen. Nur gegen sich selbst. Von meinem Standpunkt aus tue ich stets ein Unrecht, wenn ich die Interessen anderer beachte. Verstehen Sie? Wie kann ein Stückchen Ferment dem andern unrecht tun, wenn es dasselbe zu verschlingen sucht? Der Drang, zu verschlingen und sich selbst gegen das Verschlungenwerden zu wehren, ist ihm angeboren. Unterdrücken Sie diesen Drang, so sündigen Sie.«

»Sie glauben also nicht an Altruismus?« fragte ich.

Er sann einen Augenblick nach, als hätte das Wort für ihn einen fremden, aber doch nicht ganz fremden Klang.
»Warten Sie mal, heißt das nicht so etwas wie Zusammenarbeit?«
»Nun ja, so etwas Ähnliches«, erwiderte ich, diesmal nicht überrascht durch eine solche Lücke in seinem Wortschatz, da er ja reiner Autodidakt war, ein Mann, der viel gedacht und wenig, vielleicht gar nicht gesprochen hatte. »Eine uneigennützige Handlung ist eine solche, die man zum Wohle anderer vollbringt. Sie ist uneigennützig, im Gegensatz zu der eigennützigen Handlung, die man zu seinem eigenen Vorteil begeht.«
Er nickte. »O ja, jetzt erinnere ich mich. Ich habe bei Spencer darüber gelesen.«
»Spencer!« rief ich. »Sie haben Spencer gelesen?«
»Nicht sehr viel«, räumte er ein. »Ich verstand allerhand von seinen ›Grundprinzipien‹, aber seine ›Biologie‹ hat mir doch den Wind aus den Segeln genommen, und seine ›Psychologie‹ hat mich lange in der Flaute treiben lassen. Ich konnte mit dem besten Willen nicht verstehen, worauf er hinauswollte. Ich habe damals die Ursache in meiner geistigen Unvollkommenheit gesucht, bin aber später zu der Überzeugung gelangt, daß mir die Voraussetzungen fehlten. Ich hatte nicht die richtige Grundlage. Nur Spencer und ich wissen, wie ich gebüffelt habe. Aber von seinen ›Ethischen Daten‹ habe ich doch etwas gehabt. Und darin fand ich eine Abhandlung über Altruismus und weiß jetzt auch, in welcher Bedeutung er das Wort anwandte.«
Ich hätte gern gewußt, was der Mann von diesem Werke gehabt hatte. Ich erinnerte mich genügend an Spencer, um zu wissen, daß der Altruismus für ihn das höchste sittliche Ideal war. Wolf Larsen hatte offenbar unter der Lehre des großen Philosophen Auslese gehalten und seinen eigenen Bedürfnissen und Wünschen gemäß gewählt und verworfen. »Was haben Sie sonst noch darin gefunden?« fragte ich. Er runzelte leicht die Stirn vor Anstrengung, einen treffenden Ausdruck für Gedanken zu finden, denen er noch nie Worte verliehen hatte. Ich spürte in mir einen geistigen Hochmut. Jetzt tastete ich seine Seele ab, wie er die anderer abzutasten pflegte. Ich befand mich auf jungfräulichem Gebiet. Eine fremdartige, eine unheimlich fremdartige Gegend entrollte sich hier vor meinen Augen.
»Mit so wenigen Worten wie möglich«, begann er, »sagt Spencer etwa folgendes: Zunächst muß ein Mensch zu seinem eigenen Besten handeln – das ist moralisch und gut. Dann muß er zum Besten seiner Kinder handeln. Und drittens zum Besten seiner Familie.«

»Und die höchste, vornehmste und einzig richtige Handlungsweise«, warf ich ein, »ist die, die gleichzeitig ihm selbst, seinen Kindern und seiner ganzen Familie frommt.«
»Das unterschreibe ich nicht ganz«, erwiderte er. »Ich kann weder die Notwendigkeit noch die Vernunft davon einsehen. Ich nehme Familie und Kinder aus. Für sie würde ich nichts opfern. Das ist nichts als Gefühlsduselei, wenigstens für einen Mann, der nicht an ein ewiges Leben glaubt. Gäbe es Unsterblichkeit, so wäre Altruismus ein Geschäft, das sich bezahlt machte. Dann könnte sich meine Seele vielleicht zu den höchsten Höhen aufschwingen. Aber ohne Aussicht auf etwas anderes Ewiges als den Tod und nur die kleine Spanne dieses Leben genannten Gärungsprozesses vor mir würde mir eine Handlung, die mir ein Opfer auferlegt, unmoralisch erscheinen. Jedes Opfer, durch das ich auch nur das Geringste dieses Gärungsprozesses verlöre, wäre Torheit, ja nicht nur Torheit, sondern ein Unrecht gegen mich selbst und daher etwas Schlechtes.«
»Dann sind Sie ein reiner Ichmensch. Und«, fuhr ich fort, »dazu sind Sie ein Mann, dem man alles zutrauen kann, sobald man seinem Eigennutz in die Quere kommt.«
»Jetzt fangen Sie an zu begreifen«, sagte er lebhaft.
»Sie sind ein Mensch, völlig bar alles dessen, was man Moral nennt.«
»Stimmt.«
»Ein Mensch, den man immer fürchten muß – –«
»Richtig.«
»Wie man eine Schlange, einen Tiger, einen Hai fürchtet.«
»Jetzt kennen Sie mich. Und Sie kennen mich so, wie ich allgemein bekannt bin. Andere nennen mich ›Wolf‹.«
»Sie sind eine Art Ungeheuer«, fügte ich kühn hinzu, »ein Kaliban, der gegrübelt hat und in müßigen Augenblicken nach Einfall und Laune handelt.«
Seine Stirn umwölkte sich bei dieser Anspielung. Er verstand sie nicht, und ich sah sofort, daß er die Dichtung nicht kannte.
»Ich lese jetzt gerade Browning«, gestand er, »und er ist recht trocken. Ich bin noch nicht weit gekommen und habe so ungefähr die Richtung verloren.«
Um den Leser nicht zu ermüden, will ich nur berichten, daß ich das Buch aus seiner Kabine holte und ihm vorlas. Er war entzückt. Immer wieder unterbrach er mich mit Erklärungen und kritischen Bemerkungen.
Die Zeit verstrich. Das Abendbrot näherte sich, und noch war der

Tisch nicht gedeckt. Ich wurde unruhig und ängstlich, und als Thomas Mugridge, krank und grämlich, die Treppe herunterkam, schickte ich mich an, meinen Pflichten nachzukommen. Aber Wolf Larsen rief ihm zu:
»Köchlein, du mußt heute allein das Essen besorgen. Hump hat für mich zu tun, und du mußt sehen, allein fertig zu werden.«
Und wieder wurde das Unerwartete Ereignis. Diesen Abend saß ich mit dem Kapitän und den Jägern bei Tische, während Thomas Mugridge uns bediente und hinterher das Geschirr aufwusch – eine Grille, eine Kalibanslaune Wolf Larsens, für die ich, wie ich voraussah, büßen sollte. Jetzt aber sprachen und sprachen wir, zum großen Ärger der Jäger, die nicht ein Wort davon verstanden.

Drei Ruhetage, drei gesegnete Ruhetage hatte ich bei Wolf Larsen. Ich saß in der Kajüte und tat nichts, als über Leben, Literatur und Weltall mit ihm zu disputieren, während Thomas Mugridge schäumend und wütend meine Arbeit neben der seinen verrichtete.
»Sei auf deiner Hut – weiter sage ich nichts«, warnte Louis mich, als ich zufällig mal auf eine halbe Stunde auf Deck war und Wolf Larsen einen Streit zwischen den Jägern schlichtete.
»Was geschehen wird, weiß ich nicht«, erwiderte Louis auf meine Bitte, sich deutlicher auszudrücken. »Der Mann ist so unberechenbar wie die Strömung in See und Luft. Du weißt nie, was er will. Wenn du meinst, du kennst ihn und segelst vor günstigem Wind mit ihm, so schlägt er um und liegt still, um dann plötzlich wie ein Wirbelsturm über dich herzufahren, daß all deine Schönwettersegel in Fetzen reißen.«
Es war daher keine völlige Überrachung für mich, als das von Louis prophezeite Wetter kam. Wir hatten einen hitzigen Streit – über das Leben natürlich – und, übermütig geworden, zeichnete ich einen zu scharfen Riß von Wolf Larsen und seinem Leben. Tatsächlich zergliederte ich ihn bei lebendigem Leibe und wühlte in seiner Seele genau so scharf und unerbittlich, wie er es bei den andern zu tun pflegte. Ich mag vielleicht die Schwäche einer zu großen Konsequenz in der Beweisführung haben, jedenfalls ließ ich alle Zurückhaltung fahren und schnitt und schlitzte an dem Mann herum, bis er knurrte. Sein sonnengebräuntes Gesicht wurde schwarz vor Wut, seine Augen funkelten. Sie drückten nicht Klarheit oder gesunden Verstand mehr aus, sondern nichts als die entsetzliche Raserei eines Wahnsinnigen. Jetzt sah ich den Wolf in ihm und noch dazu einen tollen.

Mit Gebrüll sprang er auf mich los und packte meinen Arm. Ich hatte mich ermannt und wollte standhalten, obgleich ich innerlich zitterte, aber die riesige Kraft dieses Mannes war zuviel für meine Standhaftigkeit. Seine Hand hatte mich am Oberarm gefaßt, und als er zupackte, sank ich zusammen und schrie laut. Meine Füße verweigerten mir den Dienst. Ich konnte einfach nicht mehr aufrecht stehen und den Schmerz ertragen. Ich hatte das Gefühl, als wäre mein Oberarm zu Brei gequetscht.

Was er möglicherweise hätte tun können, ging mir erst am nächsten Tag auf, als er den Kopf zur Kombüse hereinsteckte und mit erneuter Freundlichkeit fragte, wie es meinem Arm ginge.

»Es hätte schlimmer werden können«, lächelte er.

Ich schälte Kartoffeln. Er nahm eine aus dem Eimer. Sie war ungewöhnlich groß, fest und ungeschält. Er umschloß sie mit der Hand, preßte sie zusammen, und die Kartoffel spritzte zwischen seinen Fingern hervor. Die breiigen Überreste warf er wieder in den Eimer und ging, aber ich bekam eine deutliche Vorstellung davon, wie es mir ergangen wäre, wenn das Ungeheuer wirklich mit aller Kraft zugepackt hätte.

Trotz alledem hatte die dreitägige Ruhe mir gutgetan, denn mein Knie war wieder gebrauchsfähig geworden. Es hatte sich bedeutend gebessert, die Schwellung war sichtlich zurückgegangen, und die Kniescheibe befand sich wieder an ihrem Platze. Aber die Ruhezeit brachte mir noch eine Unannehmlichkeit, die ich vorausgesehen hatte. Offenbar hatte Thomas Mugridge im Sinne, mich für diese drei Tage büßen zu lassen. Er behandelte mich niederträchtig, verfluchte mich unausgesetzt und wälzte seine eigene Arbeit auf mich ab. Er wagte es sogar, die Faust gegen mich zu erheben, aber ich war selbst wie ein wildes Tier geworden und fauchte ihm so grimmig ins Gesicht, daß er ängstlich zurückfuhr. Er starrte mich ebenso bösartig und haßerfüllt an wie ich ihn. Ein paar wilde Tiere waren wir, zusammen eingesperrt und zähnefletschend. Er war ein Feigling, fürchtete sich, mich zu schlagen, weil meine Furcht nicht groß genug war, und so suchte er einen neuen Weg, mich einzuschüchtern. Es gab nur ein Küchenmesser, das zur Waffe taugte. Viele Jahre Gebrauch und Abnutzung hatten die Klinge dünn und biegsam geschliffen. Es sah gräßlich aus, mich hatte es jedesmal geschaudert, wenn ich es benutzen mußte. Der Koch lieh sich einen Wetzstein von Johansen und begann das Messer zu schärfen. Er tat es mit großer Umständlichkeit, indem er mich während der ganzen Prozedur bedeutsam anblickte. Einen ganzen Tag lang wetzte er es. Sobald er einen freien Augenblick hatte, saß er mit Stein und Messer da und wetzte und wetzte, bis ich hätte lachen mögen, so unsagbar lächerlich war es.

Und doch war es ernst genug, denn ich sollte erfahren, daß er wohl imstande war, das Messer zu gebrauchen, daß unter seiner Feigheit ein Mut der Feigheit steckte.

»Der Doktor schärft sein Messer für Hump«, begann man unter den Matrosen zu flüstern, und manche neckten ihn damit. Er aber legte das günstig aus, freute sich und nickte mit furchteinflößender Geheimnistuerei, bis George Leach, der frühere Kajütsjunge, einen rohen Scherz über den Gegenstand machte. Nun hatte sich Leach zufällig unter den Matrosen befunden, die Mugridge nach seinem Kartenspiel mit dem Kapitän hatten duschen müssen. Leach war seiner Aufgabe offenbar mit einer Gründlichkeit nachgekommen, die Mugridge nicht verziehen hatte, denn jetzt gab ein Wort das andere, und die Beleidigungen auf die gegenseitigen Vorfahren schwirrten durch die Luft. Schließlich drohte Mugridge ihm mit dem Messer, das er für mich schärfte. Leach lachte und überschüttete ihn noch mehr mit Gemeinheiten. Aber ehe ich wußte, was geschah, war sein rechter Arm durch einen raschen Schnitt mit dem Messer aufgeschlitzt. Der Koch fuhr zurück, ein teuflisches Grinsen auf seinem Gesicht und das Messer in Verteidigungsstellung vorgehalten. Aber Leach blieb ganz ruhig, obgleich das Blut wie ein Springbrunnen auf das Deck spritzte.

»Ich krieg' dich schon noch, Köchlein«, sagte er, »und dann wird's dir nicht glimpflich gehen. Ich hab' keine Eile. Du wirst kein Messer zur Hand haben, wenn ich mit dir abrechne.«

Mit diesen Worten drehte er sich um und entfernte sich gelassen. Mugridges Gesicht war fahl vor Angst. Er sah, was er getan, und ahnte, was er von dem Verwundeten früher oder später zu erwarten hatte. Aber mir gegenüber benahm er sich schlimmer als je. Mehrere Tage vergingen, immer noch schäumte die ›Ghost‹ vor dem Passat dahin, und ich hätte schwören können, daß ich den Wahnsinn in Thomas Mugridges Augen wachsen sah. Ich gestehe, daß ich mich sehr, sehr fürchtete. Er wetzte, wetzte, wetzte. Ich fürchtete, ihm den Rükken zu kehren, und wenn ich die Kombüse verließ, ging ich rücklings, zum Ergötzen der Matrosen und Jäger, die sich in Gruppen versammelten, um Zeugen meiner Flucht zu sein. Die Spannung war zu groß. Ich fürchtete zuweilen, den Verstand darüber zu verlieren, übrigens ein passender Zustand auf diesem Schiff voll von Verrückten und Bestien. Jede Stunde, jede Minute stand mein Leben auf dem Spiel.

Ich war eine Menschenseele in Not, und doch war vorn und achtern keine Seele, die Mitgefühl genug besaß, um mir zu Hilfe zu kommen. Zuweilen dachte ich daran, die Barmherzigkeit Wolf Larsens anzurufen, aber der spöttische Teufel in seinen Augen, der das Leben höhnte, erschien vor mir und hielt mich zurück. Dann wieder erwog ich ernsthaft den Gedanken an Selbstmord und mußte die ganze Kraft meiner hoffnungsfrohen Philosophie aufbieten, um nicht in der Dunkelheit der Nacht über Bord zu springen.

Mehrmals suchte Wolf Larsen mich in eine Unterhaltung zu ziehen, aber ich gab nur kurze Antworten und wich ihm geschickt aus. Zuletzt befahl er mir, meinen Platz am Kajütentisch wieder einzunehmen und den Koch meine Arbeit verrichten zu lassen. Da sprach ich offen mit ihm, erzählte ihm, was ich von Thomas Mugridge wegen seiner dreitägigen Gunst zu leiden hatte. Wolf Larsen betrachtete mich lächelnd.

»So, und jetzt haben Sie Angst, was?« höhnte er.

»Ja«, sagte ich trotzig und ehrlich, »ich fürchte mich.«

»So seid ihr Kerle«, rief er halb ärgerlich, »schwelgt in Gefühlen über eure unsterbliche Seele und fürchtet euch vor dem Tode. Beim Anblick eines scharfen Messers und eines feigen Cockneys denkt ihr an nichts anderes, als euch ans Leben zu klammern. Nun ja, mein Lieber, warum sich fürchten? Sie haben ja ein ewiges Leben vor sich. Köchlein kann Ihnen gar nichts anhaben. Er kann Sie nur auf den Weg befördern, den Sie für die Ewigkeit wandern sollen. Hegen Sie aber nicht den Wunsch, gerade jetzt befördert zu werden, warum befördern Sie dann nicht Köchlein? Wenn Ihre Anschauung richtig ist, muß ja auch er unsterblich sein. Sie können ihn nicht zum Konkurs bringen. Seine Papiere werden immer pari stehen. Sie können sein Leben nicht verkürzen, wenn Sie ihn töten, denn es ist ohne Anfang und ohne Ende. Also befördern Sie ihn doch! Stechen Sie ihm ein Messer in den Leib und erlösen Sie seinen Geist. Der lebt jetzt doch in einem elenden Gefängnis, und Sie erweisen ihm nur einen Freundschaftsdienst. Befördern Sie ihn, und ich befördere Sie an seinen Platz mit fünfundvierzig Dollar den Monat.«

Es war klar, daß ich von Wolf Larsen weder Hilfe noch Mitgefühl zu erwarten hatte. Ich mußte allein handeln, und mit dem Mute des Feiglings beschloß ich, Thomas Mugridge mit seinen eigenen Waffen zu bekämpfen. Ich lieh mir von Johansen einen Schleifstein. Louis, der Bootssteurer, hatte mich um kondensierte Milch und Zucker angebettelt. Der Vorratsraum lag unter dem Fußboden der Kajüte. Ich nahm eine Gelegenheit wahr und stahl fünf Dosen Milch, und als

Louis' Wache am Abend begann, erstand ich dafür einen Dolch, der ebenso dünn und gefährlich war wie Thomas Mugridges Küchenmesser. Er war rostig und stumpf, aber ich drehte den Schleifstein, und Louis schliff die Klinge. Diese Nacht schlief ich viel besser als sonst.

Am nächsten Morgen, nach dem Frühstück, begann Thomas Mugridge wieder sein unaufhörliches Wetzen. Ich sah mich nach ihm um, denn ich kniete vor dem Herd, um die Asche herauszuholen. Als ich sie über Bord geschüttet hatte, setzte ich mich ruhig auf den Kohlenkasten und sah ihm zu. Er beehrte mich mit einem bösartigen Blick. Äußerlich ruhig, wenn auch mit Herzklopfen, zog ich Louis' Dolch heraus und begann ihn auf dem Stein zu wetzen. Ich war auf irgend etwas von seiten des Cockneys gefaßt gewesen, aber zu meiner Überraschung schien er gar nicht zu bemerken, was ich tat. Er wetzte weiter sein Messer. Und ich tat dasselbe. Und zwei Stunden lang saßen wir da. Angesicht zu Angesicht und wetzten, wetzten, wetzten, bis die Neuigkeit sich an Bord verbreitete und die halbe Schiffsbesatzung sich vor der Kombüsentür scharte, um den Anblick zu genießen. Anfeuerungen und Ratschläge wurden freigebig erteilt. Jack Horner, der stille Jäger, der aussah, als könnte er keiner Maus etwas zuleide tun, riet mir, ihm die Klinge von unten in den Bauch zu jagen und ihr dann die ›spanische Drehung‹ zu geben. Leach, der den Arm in der Binde auffällig vorstreckte, bat mich, ein paar Reste vom Koch für ihn übrigzulassen, und Wolf Larsen blieb ein paarmal neben der Hütte stehen und betrachtete neugierig, was ihm als ein Gärungsprozeß erscheinen mußte, wie er das Leben nannte.

Und ich muß gestehen, daß ich das Leben jetzt ebenso niedrig einschätzte. Es hatte nichts Schönes, nichts Göttliches mehr – hier gab es nur zwei feige Geschöpfe, die Stahl auf Stein wetzten, und eine Gruppe weiterer Geschöpfe, die zusahen. Die Hälfte von ihnen, davon bin ich überzeugt, wartete begierig, daß wir gegenseitig unser Blut vergossen. Es wäre ihnen eine Unterhaltung gewesen.

Andererseits war das alles wiederum lächerlich und kindisch. Wetzen, wetzen, wetzen. – Daß ich, Humphrey van Weyden, solcher Dinge fähig war, bedeutete eine Offenbarung für mich, und ich wußte nicht, ob ich stolz sein oder mich schämen sollte. Aber nichts geschah. Nach zwei Stunden legte Thomas Mugridge Messer und Stein fort und streckte mir die Hand entgegen. »Was hat es für einen Sinn, sich den Viechern zur Schau zu stellen?« fragte er. »Sie würden sich verdammt freuen, wenn wir uns gegenseitig die Kehle abschnitten. Du bist nicht der Schlimmste, Hump! Du hast Mut, und ich nab' dich im Grunde gern. Komm, gib mir die Flosse.«

So feige ich auch sein mochte, war ich es doch weniger als er. Es war ein unbedingter Sieg, den ich errungen hatte, und ich wollte nichts davon verscherzen, indem ich die verhaßte Hand schüttelte. »Schön«, sagte er, »nimm sie oder laß es bleiben, deshalb gefällst du mir nicht weniger.« Und hierauf wandte er sich heftig gegen die Zuschauer: »Macht, daß ihr von der Kombüsentür wegkommt, ihr elenden Lümmel!«

Diesem Befehl verlieh er Nachdruck durch einen Kessel kochenden Wassers, bei dessen Anblick die Matrosen Hals über Kopf fortstürzten. Das war eine Art Sieg für Thomas Mugridge, der ihn die Niederlage, die ich ihm zugefügt hatte, mit mehr Anstand tragen ließ. Die Jäger versuchte er allerdings nicht zu vertreiben.

»Köchlein ist fertig«, hörte ich Smoke zu Horner sagen.

»Ja, darauf kannst du wetten«, sagte Horner. »Jetzt ist Hump Herr in der Kombüse, und Tommy muß die Hörner einziehen.«

Mugridge hörte es und warf mir einen schnellen Blick zu, aber ich tat, als hätte ich nichts gemerkt. Ich hätte nicht geglaubt, daß mein Sieg so vollständig und weittragend sei, war aber entschlossen, nicht ein Tüpfelchen davon preiszugeben. Die Tage vergingen, und die Prophezeiung Smokes bewahrheitete sich. Der Cockney wurde demütiger und sklavischer vor mir als selbst vor Wolf Larsen. Ich redete ihn nicht mehr ›Herr Mugridge‹ an, wusch nicht mehr die fettigen Töpfe aus und schälte nicht mehr Kartoffeln. Ich verrichtete meine Arbeit, aber nur meine eigene, wann und wie ich es für richtig hielt. Ich trug auch nach Matrosenart meinen Dolch in einer Scheide an der Hüfte und nahm von jetzt an Thomas Mugridge gegenüber eine Haltung ein, die aus Herrentum, Hohn und Verachtung gemischt war.

Die Vertraulichkeit zwischen Wolf Larsen und mir nimmt zu – wenn man mit Vertraulichkeit Beziehungen zwischen Herrn und Diener oder besser noch zwischen König und Hofnarr bezeichnen kann. Ich bin ihm nichts als ein Spielzeug, und er schätzt mich nicht mehr als ein Kind das seine. Meine Aufgabe ist, ihn zu unterhalten, und solange ich das tue, ist alles gut; langweile ich ihn aber oder überkommt ihn eine seiner düsteren Launen, so werde ich sofort wieder vom Kajütentisch in die Kombüse gejagt und muß mich noch glücklich preisen, wenn ich mit dem Leben und mit heilen Gliedern davonkomme.

Allmählich erkenne ich immer mehr die Einsamkeit des Mannes. Nicht einer an Bord, der ihn nicht haßt und fürchtet, nicht einer, den er nicht verachtet. Die ungeheure Kraft, die in ihm ruht und nie eine würdige Verwendung gefunden hat, scheint ihn zu verzehren. So würde Luzifer sein, wäre der stolze Geist zur Gesellschaft seelenloser, langweiliger Geister verbannt.

Wäre er nicht ein so entsetzlicher Mensch, ich könnte zuweilen Mitleid mit ihm haben, wie zum Beispiel vor drei Tagen, als ich morgens überraschend in seine Kajüte trat, um die Wasserflasche zu füllen. Er sah mich nicht. Sein Kopf war in den Händen vergraben, seine Schultern zuckten krampfhaft, und als ich mich leise zurückzog, hörte ich ihn stöhnen: »Gott! Ach Gott!« Nicht etwa, daß er Gott angerufen hätte, es war ein Wort, das an niemand gerichtet war, ihm aber aus tiefster Seele kam.

Bei Tisch fragte er die Jäger nach einem Mittel gegen Kopfschmerzen, und abends taumelte er halblind in der Kajüte herum. »Ich bin nie in meinem Leben krank gewesen, Hump«, sagte er, als ich ihm in seine Koje half. »Und ich habe auch noch nie Kopfschmerzen gehabt, außer in der Zeit, als mein Kopf heilte, nachdem ich mir aus Unvorsichtigkeit ein sechs Zoll großes Loch mit dem Ankerspill hineingeschlagen hatte.«

Drei Tage dauerten die entsetzlichen Kopfschmerzen, und er litt, wie ein wildes Tier leidet und wie man auf diesem Schiffe zu leiden scheint: klaglos, mitleidlos, ganz allein.

Als ich aber heute morgen seine Kajüte betrat, um sein Bett zu machen und aufzuräumen, fand ich ihn wohlauf und mitten in der Arbeit. Tisch und Koje waren mit Plänen und Berechnungen übersät. Mit Zirkel und Winkel zeichnete er eine große Skala auf einen großen Bogen Pauspapier.

»Hallo, Hump!« begrüßte er mich heiter. »Ich mache gerade die letzten Striche. Wollen Sie sehen?«

»Was ist das?« fragte ich.

»Eine Anleitung für Seeleute, die Zeit erspart und Navigieren zu einem Kinderspiel macht«, antwortete er heiter. »Von heute an ist jedes Kind imstande, ein Schiff zu steuern. Keine verwickelten Berechnungen mehr! Alles, was man braucht, ist ein Stern am Himmel in dunkler Nacht, um sofort zu wissen, wo man ist. Sehen Sie, ich lege die Pauspapierskala auf diese Sternenkarte und lasse sie sich um den Nordpol drehen. Auf der Skala habe ich die absoluten Höhenkreise und die Peilungslinien verzeichnet. Ich habe nichts weiter zu tun, als

sie auf einen bestimmten Stern einzustellen, die Skala zu drehen, bis sie sich den Zahlen unten auf der Karte gerade gegenüber befindet, und: Eins, zwei, drei! Da haben wir die genaue Lage des Schiffes!«
In seiner Stimme war ein triumphierender Klang, und seine Augen, die an diesem Morgen klar und blau wie die See waren, funkelten. »Sie müssen viel von Mathematik verstehen«, sagte ich. »Wo sind Sie zur Schule gegangen?«
»Ich hab' nie eine Schule von innen gesehen – leider. Hab' alles selbst ausgraben müssen.
Und warum, glauben Sie, hab' ich die Sache hier gemacht?« fragte er unvermittelt. »In der Hoffnung, meine Spur im Sande der Zeit zu hinterlassen?« Er lachte sein schreckliches, höhnisches Lachen. »Keineswegs. Ich will es mir patentieren lassen und Geld damit verdienen, um die Nächte zu durchprassen, während andere arbeiten. Das ist meine Absicht. Aber die Geschichte hat mir auch Freude gemacht.«
»Schaffensfreude«, bemerkte ich.
»So müßte es wohl heißen. Wieder eine Ausdrucksweise für die Freude des Lebens, weil es lebt und wirkt, für den Triumph der Bewegung über die Materie, des Lebendigen über das Tote, für den Stolz der Hefe, weil sie Hefe ist und kriecht.«
Ich hob die Hände in hilflosem Protest gegen seinen eingewurzelten Materialismus und machte mich daran, die Koje in Ordnung zu bringen. Er fuhr fort, Linien und Ziffern auf die transparente Skala zu zeichnen. Es war eine Aufgabe, die äußerste Genauigkeit erforderte, und ich mußte bewundern, wie er seine Kraft zügelte und der nötigen Feinheit und Aufmerksamkeit anpaßte.
Als ich das Bett gemacht hatte, überraschte ich mich dabei, wie ich ihn fasziniert ansah. Er war sicher schön – schön als Mann. Und immer wieder wunderte ich mich, daß sein Antlitz nicht die Spur von Verderbnis oder Lasterhaftigkeit zeigte. Es war das Gesicht eines Mannes, der kein Unrecht tat. Ich möchte nicht mißverstanden werden: Ich meine, es war das Gesicht eines Mannes, der nichts tat, was er nicht vor seinem Gewissen verantworten konnte, oder – der überhaupt kein Gewissen hatte. Ich neige dazu, letzteres zu glauben. Er war ein prachtvoller Atavismus, ein Mensch, so primitiv, wie die Welt ihn vor Entwicklung der Moral gesehen. Er war nicht unmoralisch, sondern ganz morallos.
Wie gesagt, er war schön als Mann. Sein glattrasiertes Gesicht ließ jeden Zug hervortreten, und es war rein und scharf geschnitten wie eine Kamee. Sonne und Meer hatten die ursprünglich helle Haut zu

einem dunklen Bronzeton gebräunt, der von Kampf und Streit zeugte und sowohl Wildheit wie Schönheit noch erhöhte. Seine Lippen waren voll, aber doch von der Herbheit, die sonst dünnen Lippen eigen ist. Mund, Kinn und Kinnbacken zeugten ebenfalls von Festigkeit und Härte, gepaart mit männlicher Wildheit und Unbezähmbarkeit – ebenso die Nase. Es war die Nase eines Menschen, der geboren war, zu erobern und zu herrschen. Sie erinnerte an einen Adlerschnabel. Sie wäre fast griechisch oder römisch gewesen, war aber einen Schatten zu massig für das eine und eine Spur zu zart für das andere. Und während das alles die verkörperte Wildheit und Stärke war, schienen die Linien von Augen und Brauen gleichsam veredelt durch die Schwermut in der Tiefe seiner Seele, und die Züge erhielten dadurch eine Größe und Vollkommenheit, die ihnen sonst gefehlt hätten.

Wie sehr der Mann mich doch interessierte! Wer war er? Was war er? Wie war er zu dem geworden, der er war?

Meine Neugier mußte sich Luft machen.

»Warum haben Sie nichts Großes auf dieser Welt vollbracht? Mit Ihrer ungeheuren Kraft hätten Sie jede Höhe erklimmen können. Ohne Gewissen oder moralische Instinkte, wie Sie sind, hätten Sie die Welt unterjochen und beherrschen können. Und statt dessen sind Sie, auf der Höhe des Lebens, in einem Alter, da der Abstieg schon beginnt, der Führer eines Schoners und jagen Robben, um die Eitelkeit und Putzsucht der Weiber zu befriedigen, schwelgen, um Ihre eigenen Worte zu gebrauchen, in einer Gemeinheit, die alles andere eher als herrlich ist. Mit all Ihrer wunderbaren Kraft haben Sie nichts vollbracht? Gab es nichts, das Sie hielt, das Sie halten konnte? Warum? Besaßen Sie keinen Ehrgeiz? Sind Sie Versuchungen erlegen? Warum?«

Bei Beginn meines Ausbruchs hatte er die Augen erhoben und folgte mir willig, bis ich fertig war und nun, atemlos und erschrocken, vor ihm stand. Er wartete einen Augenblick, als suchte er nach Worten, und sagte dann:

»Hump, kennen Sie das Gleichnis vom Sämann, der ausging, um zu säen? Sie werden sich erinnern, daß einige Samenkörner auf steinigen Boden fielen, wo es nur wenig Erde gab, und sogleich keimten, weil sie so dicht unter der Oberfläche lagen. Als aber die Sonne kam, verdorrten sie und welkten dahin, weil sie keine Wurzeln hatten. Und einige Körner fielen zwischen Dornensträucher, und die erstickten sie.«

»Nun?« fragte ich.

»Nun?« fragte er, ein wenig gekränkt. »Ich war ein solches Samenkorn.«
Er senkte den Kopf auf die Zeichnung und setzte seine Arbeit fort. Ich beendete die meine und hatte schon die Tür geöffnet, um zu gehen, als er mich wieder ansprach: »Hump, wenn Sie eine Karte von Norwegen nehmen, werden Sie an der Westküste einen Einschnitt finden, der Romsdalsfjord genannt wird. Im Bannkreise dieser Bucht wurde ich geboren. Aber nicht als Noweger. Ich bin Däne. Mein Vater und meine Mutter waren Dänen, und wie sie in dies rauhe Fleckchen Erde gekommen waren, weiß ich nicht. Ich habe nie etwas darüber gehört. Hiervon abgesehen, ist nichts Geheimnisvolles an der Geschichte. Sie waren arme, unwissende Leute. Alle ihre Vorfahren waren so gewesen – Küstenbauern, die ihre Söhne seit undenklichen Zeiten auf die Wogen zu säen pflegten. Mehr ist nicht zu berichten.«
»Doch«, wandte ich ein. »Es ist mir immer noch rätselhaft.«
»Was soll ich Ihnen noch erzählen?« fragte er mit einem neuen Klang von Wildheit in der Stimme. »Von dem kümmerlichen Leben eines Kindes? Von dem kargen Dasein der Fischer? Daß ich aufs Meer hinausfuhr, als ich kaum kriechen konnte? Von meinen Brüdern, die, einer nach dem andern, zur See gingen und nie wiederkehrten? Von mir selber, der ich im reifen Alter von zehn Jahren Kajütsjunge auf Küstenfahrern war und weder lesen noch schreiben konnte? Von schlechter Kost und noch schlechterer Behandlung – Püffe und Schläge waren mir Bett und Frühstück, ersetzten Worte, und Furcht, Haß und Schmerz waren meine einzigen Seelenregungen. Ich erinnere mich nicht gern daran. Selbst jetzt noch werde ich toll, wenn ich daran denke. Aber es gab Schiffer, die ich hätte töten können, als ich meine Manneskraft erlangt hatte, wenn das Schicksal mich nicht in andere Meere geführt hätte. Als ich wiederkehrte, waren diese Schiffer leider tot, nur einen traf ich – er war seinerzeit Steuermann gewesen; als ich ihn jetzt wiedertraf, war er Schiffer; als ich ihn verließ, ein Krüppel, der nie wieder gehen wird.«
»Aber Sie lesen Spencer und Darwin und haben dabei nie eine Schule von innen gesehen – wo haben Sie lesen und schreiben gelernt?« fragte ich.
»In der englischen Handelsmarine. Kajütsjunge mit zwölf, Schiffsjunge mit vierzehn, Leichtmatrose mit sechzehn, Vollmatrose und Koch mit siebzehn, unendlicher Ehrgeiz und unendliche Einsamkeit, ohne Hilfe, ohne Verständnis. Ich tat alles aus eigener Kraft, lernte selbst Navigation, Mathematik, Naturwissenschaft, Literatur, und ich

weiß nicht, was alles. Und wozu? Herr und Besitzer eines Robbenschoners auf der Höhe meines Lebens, wo, wie Sie sagen, der Abstieg beginnt. Jammervoll, nicht wahr? Als die Sonne kam, war ich verdorrt, und weil ich keine Wurzeln geschlagen hatte, welkte ich hin.«

»Aber die Geschichte berichtet von Sklaven, die sich zum Purpur emporschwangen«, schaltete ich ein.

»Und die Geschichte berichtet von günstigen Gelegenheiten, durch welche diese Sklaven sich emporschwangen«, entgegnete er bitter. »Kein Mensch kann eine günstige Gelegenheit schaffen. Alles, was die großen Männer taten, war, daß sie Gelegenheit erkannten, wenn sie kam. Der Korse erkannte sie. Ich habe ebenso große Träume geträumt wie der Korse. Ich würde die Gelegenheit erkannt haben, aber sie kam nie. Die Dornen schossen hoch und erstickten mich. Und ich kann Ihnen sagen, Hump, daß Sie mehr von mir wissen, als sonst irgendein Lebender außer meinem Bruder.«

»Und was ist der? Wo ist er?«

»Kapitän des Dampfers ›Macedonia‹, Robbenfänger«, lautete die Antwort. »Wir werden ihn aller Wahrscheinlichkeit nach an der japanischen Küste treffen. Die Leute nennen ihn Tod Larsen.«

»Tod Larsen!« rief ich unwillkürlich. »Gleicht er Ihnen?«

»Kaum. Er ist ein Stück Vieh ohne Kopf. Er hat all meine – – meine – –«

»Tierheit!« schob ich ein.

»Ja – Dank für das Wort –, all meine Tierheit, aber er kann weder lesen noch schreiben.«

»Und hat nie über das Leben philosophiert«, fügte ich hinzu.

»Nein«, antwortete Wolf Larsen mit einem Ausdruck unbeschreiblicher Traurigkeit. »Und er ist glücklich, da er sich nicht um das Leben kümmert. Er hat zuviel damit zu tun, es zu leben, als daß er darüber grübeln könnte. Mein Fehler war, daß ich je ein Buch aufgeschlagen habe.«

Die ›Ghost‹ hat den südlichsten Punkt des Bogens erreicht, den sie durch den Stillen Ozean beschreibt, und beginnt jetzt, den Kurs nach Norden, dem Gerücht nach, auf eine einsame Insel zu setzen, um die Wasserfässer zu füllen. Dann geht es die japanische Küste entlang, und die Jagd beginnt. Die Jäger haben ihre Büchsen und Schrotflinten nachgesehen und schießen sich jetzt ein, bis sie mit ihren Leistungen zufrieden sind; Puller und Bootssteurer haben Sprietsegel verfertigt, Riemen und Dollen mit Leder und Strohgeflecht umwunden, damit

sie geräuschlos an die Robben herankommen können; die Boote sind gebrauchsfertig.
Nebenbei: Leachs Arm ist gut verheilt, wenn er auch die Narbe sein ganzes Leben behalten wird. Thomas Mugridge lebt in Todesangst vor ihm und wagt kaum, nach Eintritt der Dunkelheit das Deck zu betreten.
Louis hat mir mehr von Tod Larsen berichtet, und was er erzählt, stimmt mit der kurzen Beschreibung des Kapitäns überein. Wir werden Tod Larsen vermutlich an der japanischen Küste treffen. »Und da kannst du dich auf ein Unwetter gefaßt machen«, prophezeite Louis, »denn sie hassen sich wie die Wolfsbrut, die sie ja auch sind.« Tod Larsen befehligt den einzigen Robbendampfer der ganzen Flotte, die ›Macedonia‹, die vierzehn Boote trägt, während die übrigen Fahrzeuge nur je sechs haben. Es heißt, sie habe Kanonen an Bord, und es laufen wilde Gerüchte um über seltsame Beutezüge und Expeditionen des Schiffes, von Opiumschmuggel nach den Staaten und Waffenschmuggel nach China bis zu Sklavenhandel und offener Seeräuberei. Und ich muß Louis glauben, denn ich habe ihn noch nie auf einer Lüge ertappt, und er ist ein lebendiges Lexikon in bezug auf alles, was mit Robbenjagd und Robbenjägern zusammenhängt.
Wie auf dem Vorschiff und in der Kombüse, so geht es auch im ›Zwischendeck‹ und auf dem Achterdeck dieses wahren Höllenschiffes zu. Die Leute kämpfen wie wilde Tiere. Die Jäger erwarten jeden Augenblick eine Schießerei zwischen Smoke und Henderson, deren alter Streit noch nicht beigelegt ist, während Wolf Larsen sagt, daß er, wenn es dazu käme, den Überlebenden töten würde. Er sagt ohne Umschweife, daß seine Stellungnahme in dieser Sache nichts mit Moral zu tun habe und daß die Jäger sich seinetwegen gern alle gegenseitig totschlagen und auffressen könnten, wenn er sie nicht so nötig zur Jagd brauchte. So gefährliche Burschen sie auch sind: ihn fürchten sie. Thomas Mugridge bezeigt mir eine hündische Unterwürfigkeit, aber meine geheime Furcht vor ihm schläft nie. Mit meinem Knie geht es viel besser, wenn es auch zuweilen noch länger schmerzt, und mein Arm, den Wolf Larsen gepackt hatte, wird nach und nach wieder gebrauchsfähig. Im übrigen befinde ich mich in glänzender körperlicher Verfassung und fühle das. Meine Muskeln werden fester und nehmen an Umfang zu. Meine Hände jedoch bieten einen jämmerlichen Anblick. Sie sind mit Brandblasen übersät. Niednägel haben sich gebildet, und die Nägel sind abgebrochen, schmutzig und von wildem Fleisch überwuchert. Dazu leide ich an Furunkeln,

wohl eine Folge der Kost, denn ich habe noch nie etwas mit dieser Plage zu tun gehabt.

Die letzten vierundzwanzig Stunden sind Zeugen eines reinen Karnevals von Roheit gewesen. Von der Kajüte bis zur Back verbreitete es sich wie eine ansteckende Krankheit. Ich weiß kaum, wo beginnen. Wolf Larsen war der eigentliche Urheber. Das Verhältnis zwischen der Besatzung war gespannt und feindselig infolge von Groll und Streitigkeiten. Bis jetzt war das Gleichgewicht gewahrt worden, aber nun flammten die bösen Leidenschaften auf und loderten wie ein Präriebrand.

Thomas Mugridge ist ein Duckmäuser, ein Spion und Hinterträger. Er hat versucht, sich beim Kapitän wieder lieb Kind zu machen, indem er die Mannschaft verklatschte. Ich weiß, daß er Wolf Larsen einige voreilige Worte Johnsons hinterbrachte. Johnson soll sich Ölzeug aus der Schiffskleiderkiste gekauft haben, das von sehr zweifelhafter Güte war. Er hielt mit dieser Tatsache nicht hinter dem Berge. Die Schiffskleiderkiste ist eine Art Miniaturwarenlager, das ein Robbenschoner an Bord hat und das den Ansprüchen der Matrosen gemäß zusammengestellt ist. Was ein Matrose kauft, wird später von seinem Verdienst am Robbenfang abgezogen, denn Puller und Bootssteurer erhalten, ebenso wie die Jäger, statt der Heuer einen Anteil am Gewinn, nämlich einen gewissen Betrag für jedes von ihrem Boot erbeutete Fell.

Von Johnsons Unzufriedenheit mit dem Ölzeug wußte ich jedoch nichts, und was ich erlebte, kam daher wie ein Blitz aus heiterem Himmel für mich. Ich war gerade mit dem Aufräumen der Kajüte fertig, als Johansen von Johnson gefolgt die Kajütstreppe herunterkam. Johnson nahm nach Seemannsart die Mütze ab, stand ehrerbietig, schwer im Rollen des Schoners schwankend, mitten in der Kajüte und blickte dem Kapitän offen in die Augen.

»Schließen Sie die Tür und riegeln Sie ab«, sagte Wolf Larsen zu mir.

Als ich gehorchte, bemerkte ich einen ängstlichen Ausdruck in Johnsons Augen, aber die Ursache ließ ich mir nicht träumen. Ich ahnte nicht, was kommen sollte, bis es geschah, er aber wußte vom ersten Augenblick an, was seiner wartete, und sah seinem Schicksal tapfer in die Augen. Und seine Handlungsweise war für mich die völlige Widerlegung von Wolf Larsens ganzem Materialismus. Der Matrose Johnson war im Recht, und er wußte das und war furchtlos. Er würde im Notfall für dieses Recht gestorben sein. Er blieb sich und seiner Seele treu. Und das kennzeichnete den Sieg des Geistes über das

Fleisch, die Unbestechlichkeit und Größe seiner Seele, die sich nicht unterjochen ließ, sondern sich über Zeit, Raum und Stoff erhob mit einer Sicherheit und Unüberwindlichkeit, die nichts anderm entspringt als Ewigkeit und Unsterblichkeit. Ich bemerkte zwar den ängstlichen Ausdruck in seinen Augen, hielt ihn jedoch irrtümlich für die angeborene Schüchternheit und Verlegenheit des Mannes. Johansen, der Steuermann, stand einige Fuß entfernt neben ihm, und gut drei Meter ihm gegenüber saß Wolf Larsen auf einem Kajütendrehstuhl. Als ich die Tür geschlossen und abgeriegelt hatte, trat eine merkbare Pause ein, eine Pause, die eine ganze Minute dauern mochte. Sie wurde von Wolf Larsen beendet. »Yonson«, begann er.

»Ich heiße Johnson, Herr«, verbesserte ihn der Matrose kühn.

»Schön, also Johnson, in Teufels Namen! Kannst du erraten, warum ich dich rufen ließ?«

»Ja und nein, Herr«, antwortete er langsam. »Meine Arbeit tue ich gut. Das weiß der Steuermann, und das wissen Sie, Herr. Es kann also keinen Grund zur Klage über mich geben.«

»Und das ist alles?« fragte Wolf Larsen; seine Stimme war sanft und leise, er schnurrte fast wie eine Katze.

»Ich weiß, daß Sie es auf mich abgesehen haben«, fuhr Johnson mit unerschütterlicher, schwerfälliger Langsamkeit fort. »Sie können mich nicht leiden. Sie – Sie –«

»Weiter«, trieb ihn Wolf Larsen an. »Hab nur keine Angst vor meinen Gefühlen.«

»Ich habe keine Angst«, entgegnete der Matrose rasch, und eine leichte Zornesröte wurde unter seiner sonnenverbrannten Haut sichtbar. »Wenn ich langsam spreche, so kommt es daher, daß ich meine Heimat noch nicht so lange verlassen habe wie Sie. Sie können mich nicht leiden, weil ich zu sehr Mann bin, das ist der Grund, Herr.«

»Du bist zu sehr Mann, um dich der Schiffsdisziplin zu fügen, wenn du das meinst und wenn du verstehst, was ich meine«, erwiderte Wolf Larsen.

»Ich verstehe Englisch, und ich weiß, was Sie meinen, Herr«, antwortete Johnson und errötete noch mehr bei der Anspielung auf seine Sprachkenntnisse.

»Johnson«, sagte Wolf Larsen mit einem Ausdruck, der erkennen ließ, daß er alles Bisherige nur als Einleitung angesehen hatte und jetzt auf die Hauptsache kommen wollte, »ich höre, daß du nicht zufrieden mit dem Ölzeug bist?«

»Nein, ich bin nicht zufrieden. Es taugt nichts, Herr.«
»Und du hast große Töne darüber geredet.«
»Ich sage, was ich denke, Herr«, antwortete der Matrose mutig, ohne die an Bord des Schiffes herrschende Etikette zu vergessen. In diesem Augenblick fielen meine Augen zufällig auf Johansen. Seine großen Fäuste ballten und öffneten sich wieder, und sein Gesicht hatte einen geradezu teuflischen Ausdruck, so furchtbar blickte er Johnson an. Ich sah, daß Johansen noch ein blaues Auge hatte, ein Denkzettel von den ihm von Johnson vor einigen Nächten erteilten Prügeln. Jetzt erst begann ich zu ahnen, daß sich etwas Schreckliches abspielen sollte, wenn ich mir auch nicht denken konnte, was.
»Weißt du, was dem geschieht, der sagt, was du über mich und meine Waren gesagt hast?« fragte Wolf Larsen.
»Ich weiß es, Herr.«
»Was denn?« fragte Wolf Larsen scharf und gebieterisch.
»Was Sie und der Steuermann im Begriff sind, mit mir zu tun, Herr.«
»Sehen Sie ihn sich an, Hump«, sagte Wolf Larsen zu mir. »Sehen Sie sich das bißchen beseelten Staub an, dies Häufchen Materie, das sich bewegt und atmet und mir Trotz zu bieten wagt und das fest davon überzeugt ist, aus etwas Gutem zu bestehen, das von gewissen menschlichen Phantastereien von Gerechtigkeit und Ehrlichkeit durchdrungen ist und an ihnen festhält trotz aller persönlichen Unannehmlichkeiten und Drohungen. Was halten Sie von ihm, Hump? Nun, was halten Sie von ihm?«
»Ich finde, er ist ein besserer Mensch als Sie«, antwortete ich, wohl von dem Wunsche getrieben, einen Teil des Zornes abzulenken, der sich, wie ich fühlte, über das Haupt des Matrosen entladen mußte. »Seine menschlichen Phantastereien, wie Sie es zu nennen belieben, schaffen Edelmut und Männlichkeit.«
Er nickte mit wilder Lust. »Ganz recht, Hump, ganz recht. Mit dem Prediger sage ich, daß ein lebender Hund besser ist als ein toter Löwe. Ich kenne nur eine Lehre: die der Selbstsucht und des Lebenswillens. – Wissen Sie, was ich tun werde?« fragte er.
Ich schüttelte den Kopf.
»Nun, ich werde Ihnen das Recht des Stärkeren demonstrieren und Ihnen zeigen, wohin Edelmut führt. Passen Sie auf.«
Drei Meter saß er von Johnson entfernt. Neun Fuß! Und doch machte er geradeswegs aus seiner sitzenden Stellung einen Satz wie ein Tiger, und wie ein Tiger durchschoß er den Raum zwischen sich und dem

Matrosen. Es war eine Lawine von Wut, die Johnson vergebens abzuwehren versuchte.
Ich bin nicht imstande, alle Einzelheiten der grauenvollen Szene, die jetzt folgte, wiederzugeben. Es war empörend. Selbst jetzt noch werde ich krank, wenn ich daran denke. Johnson leistete tapferen Widerstand, aber einem Wolf Larsen war er nicht gewachsen und noch weniger Wolf Larsen und dem Steuermann zusammen. Es war furchtbar. Ich hatte nie gedacht, daß ein menschliches Wesen so viel ertragen und dabei noch leben und kämpfen könnte. Und Johnson kämpfte. Natürlich hatte er keine Hoffnung, nicht die leiseste Hoffnung, und das wußte er ebensogut wie ich, aber seine Mannheit erlaubte ihm nicht, den Kampf aufzugeben.
Es wurde zuviel für mich, ich konnte es nicht mehr mit ansehen. Ich fühlte, daß ich im Begriff war, den Verstand zu verlieren, und stürzte die Kajütstreppe hinauf, um die Tür zu öffnen und an Deck zu fliehen. Aber Wolf Larsen ließ einen Augenblick von seinem Opfer ab, erwischte mich mit einem seiner ungeheuren Sprünge und schleuderte mich zurück in die fernste Ecke der Kajüte.
»Die Lebenserscheinungen, Hump«, höhnte er. »Bleiben Sie stehen und beobachten Sie. Sie können Material über die Unsterblichkeit der Seele sammeln. Im übrigen können wir Johnsons Seele ja gar nicht verletzen. Wir können höchstens ihre vergängliche Form zerstören.«
Jahrhunderte schienen vergangen – obwohl die Mißhandlung in Wirklichkeit wohl nicht mehr als zehn Minuten dauerte. Wolf Larsen und Johansen waren ganz von ihrem Tun in Anspruch genommen. Sie trafen ihn mit ihren Fäusten, stießen ihn mit ihren schweren Schuhen, schlugen ihn zu Boden und rissen ihn wieder hoch, um ihn von neuem hinzuschleudern. Seine Augen waren geblendet, und er konnte nichts sehen. Das Blut rann ihm aus Ohren, Nase und Mund und verwandelte die Kajüte in ein Schlachthaus. Und als er sich nicht mehr erheben konnte, schlugen sie weiter auf den am Boden Liegenden ein.
»Sachte, Johansen, sachte, es ist genug!« sagte Wolf Larsen endlich.
»Tür auf, Hump!« wurde mir befohlen.
Ich gehorchte, und die beiden Unmenschen hoben den Ohnmächtigen wie einen Sack Lumpen auf und zwängten ihn die Treppe hinauf und durch die enge Türöffnung an Deck.
Während ich die Kajüte säuberte, hatte Leach sich Johnsons angenommen. Ich kam an Deck, um frische Luft zu schöpfen und zu versuchen, meine erregten Nerven ein wenig zur Ruhe zu bringen. Wolf

Larsen rauchte seine Zigarre und untersuchte das Patentlog, das gewöhnlich achtern nachschleppte, aber jetzt aus irgendeinem Grunde eingeholt war.

Plötzlich drang Leachs Stimme an mein Ohr. Sie war angestrengt und heiser vor verhaltener Wut. Ich drehte mich um und sah ihn gerade an der Backbordseite der Kombüse neben der Hütte stehen. Sein Gesicht war weiß und verzerrt, seine Augen blitzten, und er hob die geballten Fäuste gegen Wolf Larsen.

»Gott verdamme deine Seele in die Hölle, Wolf Larsen! Die Hölle ist noch zu gut für dich, Feigling, Mörder, Schweinehund!« Mit diesem Gruß begann er. Ich war wie vom Donner gerührt. Ich erwartete seine augenblickliche Vernichtung. Aber Wolf Larsen war nicht in der Laune, ihn zu vernichten. Er schlenderte langsam die Ruff hinab, stützte die Ellbogen auf das Kajütendach und blickte nachdenklich und neugierig den aufgeregten Jungen an.

Die Matrosen und Jäger drängten sich heraus, und als Leach auch jetzt noch nicht schwieg, blickten sie besorgt herüber. Ich selbst war erschüttert, so bewunderte ich den Jungen, in dem ich jetzt die herrliche seelische Unüberwindlichkeit sah, die sich über das Fleisch und die Furchtsamkeit des Fleisches erhob, um die Ungerechtigkeit zu verfluchen.

Leach wütete, und während dieser ganzen Zeit stand Wolf Larsen ruhig und untätig, auf die Ellbogen gestützt, da und blickte, wie in tiefe Neugier versunken, hinunter. Jeden Augenblick erwartete ich – und alle mit mir –, daß er sich auf den Jungen stürzen und ihn vernichten würde. Aber in der Laune war er nicht. Seine Zigarre ging aus, und er blickte weiter, stumm und prüfend. Leach hatte sich in eine wahre Ekstase ohnmächtiger Wut verrannt.

In diesem Augenblick betrat Thomas Mugridge, von seiner ruhelosen Seele getrieben, den Schauplatz. Er hatte an der Kombüsentür gelauscht, kam aber jetzt heraus, vorgeblich, um Abfall über Bord zu werfen, in Wirklichkeit aber, um zu sehen, wie Leach getötet würde, was er bestimmt erwartete. Er schmunzelte in seiner fettigen Art Wolf Larsen zu, der ihn jedoch nicht zu sehen schien. Aber das störte den Cockney nicht. Er wandte sich an Leach:

»Welche Sprache! Pfui Teufel!«

Leachs Wut war nicht mehr ohnmächtig. Hier war ein Gegenstand, an dem er sie auslassen konnte. Und dazu war es das erstemal, daß der Koch ohne sein Messer an Deck erschien, seit er Leach angefallen hatte. Kaum hatte er ausgesprochen, als Leach ihn auch schon zu

Boden schlug. Dreimal sprang Mugridge auf und versuchte, die Kombüse zu erreichen, und jedesmal wurde er wieder niedergeschmettert.

»O Gott!« schrie er. »Hilfe! Hilfe! Haltet ihn, hört ihr, haltet ihn!«

Die Jäger lachten aus reiner Erleichterung. Die Tragödie war vorbei, jetzt begann der Schwank. Die Matrosen rotteten sich achtern kühn zusammen, grinsten und schoben sich immer näher, um zu sehen, wie mit dem verhaßten Cockney abgerechnet wurde. Und selbst ich fühlte eine große Freude in mir aufsteigen. Ich gestehe, daß ich mich über die Prügel, die Thomas Mugridge von Leach bekam, freute, obgleich sie schrecklich, fast ebenso schrecklich war wie die, die Mugridge Johnson verschafft hatte. Aber in Wolf Larsens Gesicht änderte sich nicht eine Miene. Er änderte nicht einmal seine Stellung, sondern blickte weiter mit großer Neugier herab. Trotz all seiner unfehlbaren Gewißheit schien er Spiel und Bewegung des Lebens in der Hoffnung zu beobachten, etwas Neues zu erfahren und in seinen tollsten Zukkungen etwas zu finden, das ihm bisher entgangen war – vielleicht den Schlüssel zu dem Geheimnis, der alles offenbarte. Aber die Prügelei! Sie war ähnlich der, der ich in der Kajüte beigewohnt hatte. Vergebens suchte der Koch sich gegen den rasenden Jungen zu wehren. Und vergebens suchte er die schützende Kombüse zu erreichen. Er rollte, kroch, fiel zu ihr hin, wenn er zu Boden geschlagen wurde. Aber ein Schlag folgte dem andern mit verwirrender Schnelligkeit, bis er endlich, hilflos auf dem Deck liegend, wie Johnson geschlagen und gestoßen wurde. Und keiner legte sich dazwischen. Leach hätte ihn töten können, aber da das Maß seiner Rache offenbar voll war, zog er sich von seinem niedergestreckten Feinde zurück, der winselte und jammerte wie ein Hund, und schritt nach der Back.

Aber diese beiden Scharmützel waren nur die einleitenden Ereignisse des Tagesprogramms. Am Nachmittag fielen Smoke und Henderson übereinander her. Schuß auf Schuß knallte im Zwischendeck, gefolgt von einer wilden Flucht der übrigen vier Jäger an Deck. Eine Säule dichten, scharfen Schwarzpulverrauches erhob sich an der Treppe, und über sie sprang Wolf Larsen hinunter. Beide Männer waren verwundet, und jetzt wurden sie noch dazu von Wolf Larsen verprügelt, weil sie sein Verbot übertreten und sich noch vor Beginn der Jagd kampfunfähig gemacht hatten. Sie waren in der Tat recht erheblich verwundet, und als Wolf Larsen sie verprügelt hatte, ging er als rauher Wundarzt daran, sie zu behandeln und zu verbinden. Ich diente ihm als Assistent, während er die Kugelkanäle sondierte und reinigte, und ich sah, wie die beiden Männer seine rohe Behandlung ohne Betäubungsmittel ertrugen und sich nur durch ein Glas reinen Whiskys aufrecht hielten.

In der ersten Hundewache kam es zu einer Schlägerei in der Back. Ursache war die Angeberei, die die Veranlassung zu Johnsons Schlägen geworden war, und aus dem Lärm, den wir hörten, und den verprügelten Leuten, die wir am nächsten Tage sahen, erkannten wir, daß offenbar die eine Hälfte der Besatzung die andere gründlich vermöbelt hatte.

In der zweiten Hundewache wurde der Tag mit einer Schlacht zwischen Johansen und dem mageren, wie ein Yankee aussehenden Jäger Latimer beendet. Sie wurde herbeigeführt durch einige Bemerkungen Latimers über das Schnarchen des Steuermanns im Schlafe, und obwohl Johansen Prügel bekam, hielt er doch wieder die Back für den Rest der Nacht wach, während er selbst, selig schlummernd, im Traum den Kampf immer wieder ausfocht.

Ich selbst wurde von einem Alp geplagt. Der ganze Tag hatte einem schrecklichen Traum geglichen. Eine Roheit war der andern gefolgt, flammende Leidenschaft und kaltblütige Grausamkeit hatten die Leute getrieben und sie zu Beleidigung, Mord und Totschlag angefacht. Meine Nerven waren zerrüttet, ja, meine Seele war erschüttert. Daß ein Mensch seine Wut an einem andern auslassen konnte, indem er ihn zuschanden schlug und ihm das Blut abzapfte, das war etwas seltsam und furchtbar Neues für mich. Und mir schien, daß ich keine Ahnung von dem wirklichen Leben gehabt hatte. Ich lachte bitter und glaubte in Wolf Larsens unheilverkündender Philosophie eine viel treffendere Erklärung für das Leben finden zu können als in meiner eigenen.

Und ich erschrak, als ich mir der Richtung meiner Gedanken bewußt wurde. Die Vernunft sagte mir, daß die Prügel, die Thomas Mugridge erhalten, etwas Böses war, und dennoch mußte ich mich bei dem Gedanken daran freuen.

Ich war eben nicht mehr Humphrey van Weyden. Ich war Hump, der Kajütsjunge auf dem Schoner ›Ghost‹. Wolf Larsen war mein Kapitän, Thomas Mugridge und die übrigen meine Kameraden, und der Stempel, der ihnen allen aufgeprägt war, hatte auch mich gezeichnet.

Drei Tage lang verrichtete ich neben meiner eigenen Arbeit auch die von Thomas Mugridge, und ich schmeichle mir, daß ich sie gut tat. Ich weiß, daß sie Wolf Larsens Beifall fand, während die Matrosen in der kurzen Zeit meines Regiments vor Zufriedenheit strahlten. »Der erste saubere Bissen, seit ich an Bord bin«, sagte Harrison zu mir, als er mir die Töpfe und Pfannen von der Back wieder an die Kombüsentür brachte. »Tommys Essen schmeckt immer nach ranzigem Fett, und ich wette, er hat, seit wir Frisco verließen, das Hemd nicht gewechselt.«

»Ich weiß, daß er es nicht getan hat«, sagte ich.

»Und ich wette, er schläft sogar darin«, fügte Harrison hinzu.

»Die Wette verlierst du nicht«, stimmte ich ihm lebhaft bei.

»Er hat das Hemd in der ganzen Zeit noch nicht ein einziges Mal vom Leibe gehabt.«

Aber drei Tage waren alles, was Wolf Larsen dem Koch zugestand, um sich von den Wirkungen der erhaltenen Prügel zu erholen. Am vierten wurde er, noch lahm und wund und kaum imstande, die Augen zu öffnen, beim Kragen gepackt und aus seiner Koje zur Arbeit geschleppt. Er jammerte und weinte, aber Wolf Larsen hatte kein Mitleid.

»Und sieh zu, daß du uns keinen solchen Fraß mehr auftischst«, schärfte er ihm zum Schluß ein. »Kein Fett und keinen Dreck, vergiß das nicht, und hin und wieder ein reines Hemd, oder du wirst gekielholt. Verstanden?«

Thomas Mugridge kroch über den Fußboden der Kombüse, und ein kurzer Stoß der ›Ghost‹ brachte ihn aus dem Gleichgewicht. Bei dem Versuch, es wieder zu erlangen, faßte er nach der eisernen Stange um den Herd, die die Töpfe am Herunterrutschen hindern sollte, griff aber daneben, und seine Hand landete mit ihrer ganzen Fläche auf der heißen Herdplatte. Es zischte, der Geruch von verbranntem Fleisch verbreitete sich, und er stieß ein Schmerzensgeheul aus. »O Gott, o Gott, was hab' ich getan?« wimmerte er, indem er sich auf den Kohlenkasten setzte und vor Schmerz hin und her rückte. »Warum muß ich so schwer geprüft werden, ich, der keiner Fliege je etwas zuleide getan hat?« Die Tränen rannen über seine geschwollenen, verfärbten Wangen, und sein Gesicht war vor Schmerz verzogen. Ein wilder Ausdruck fuhr darüber hin. »Oh, wie ich ihn hasse! Wie ich ihn hasse!« knirschte er.

»Wen?« fragte ich, aber der arme Wicht weinte wieder über sein Mißgeschick.

»Ich hab' nie Glück gehabt, nie auch nur das kleinste bißchen Glück! Wer war da, um mich in die Schule zu schicken, mir ein Stück Brot in den hungrigen Schnabel zu stecken oder die blutige Nase zu wischen, als ich noch ein kleiner Junge war? Wer hat je was für mich getan, he? Wer? frage ich.«

»Mach dir nichts daraus, Tommy«, sagte ich und legte ihm beruhigend die Hand auf die Schulter. »Faß Mut. Ende gut, alles gut. Du hast noch ein langes Leben vor dir und kannst aus dir machen, was du willst.«

»Das ist Lüge! Verdammte Lüge!« schrie er mir ins Gesicht und schleuderte meine Hand fort. »Es ist Lüge, und das weißt du. Ich bin aus Resten und Abfall gemacht. Für dich ist es nicht schwer, Hump. Du bist als feiner Herr geboren. Du hast nie erfahren, was es heißt, sich hungrig in Schlaf zu weinen, während dein Magen knurrt, als ob eine Ratte darin säße. Es kann nicht gut werden. Und wenn ich morgen Präsident der Vereinigten Staaten würde, wie könnte das den Hunger stillen, den ich früher gelitten habe? Wie könnte es wohl? frage ich. Ich bin für Leiden und Sorgen geboren. Ich habe mehr durchgemacht als zehn andere zusammen, jawohl! Ich habe mein halbes Leben im Krankenhaus gelegen. Ich hatte Fieber in Aspinwall in Havanna, in New Orleans. Ich wäre fast an Skorbut gestorben und faulte sechs Monate daran in Barbados, Pocken in Honolulu, beide Beine gebrochen in Schanghai, Lungenentzündung in Alaska, drei gebrochene Rippen und eine innere Quetschung in Frisco. Und jetzt bin ich hier. Schau mich an! Schau mich an! Meine Rippen wieder vom Rücken losgeprügelt. Ich werde Blut spucken, ehe die Sonne wieder aufgeht. Wie sollte das anders für mich werden? frage ich. Wer sollte es gutmachen? Gott? Ach, Gott muß mich gehaßt haben, als er meinen Heuerkontrakt für die Reise durch seine blühende Welt unterschrieb!« Seine Diagnose war indessen richtig gewesen, denn er wurde von Anfällen gepackt, in denen er Blut brach und starke Schmerzen hatte. Und er schien recht zu haben: Gott haßte ihn zu sehr, um ihn sterben zu lassen, denn er wurde schließlich wieder gesund und war boshafter als je.

Es vergingen noch mehrere Tage, ehe Johnson an Deck kroch und mutlos an seine Arbeit ging. Er war noch krank, und mehr als einmal beobachtete ich, wie schmerzhaft es für ihn war, zu einem Toppsegel hinaufzuklettern, und wie er zusammenfiel, wenn er am Steuerrad stand. Aber das schlimmste war: Sein Mut schien gebrochen. Er kroch vor Wolf Larsen und lag vor Johansen beinahe auf dem Bauche vor Furcht. Anders Leach. Der ging an Deck umher wie ein Tigerjunges und schleuderte offen seine haßerfüllten Blicke auf Wolf Larsen und Johansen.

»Ich werde schon mit dir fertig werden, du plattfüßiger Schwede!« hörte ich ihn eines Nachts auf Deck zu Johansen sagen.
Der Steuermann verfluchte ihn in der Dunkelheit, und im nächsten Augenblick traf irgendein Wurfgeschoß mit scharfem Stoß die Kombüse. Noch einige Flüche ertönten, ein hönisches Lachen, dann war alles still. Ich stahl mich hinaus und fand ein schweres Messer, das über einen Zoll tief in dem festen Holze steckte. Einige Minuten später kam der Steuermann, tappte herum und suchte es. Aber ich gab es Leach heimlich am nächsten Tage wieder. Er grinste, als ich es ihm reichte, aber in diesem Grinsen lag mehr wahre Dankbarkeit als in dem ganzen Strom schöner Worte von einem meiner eigenen Gesellschaftsschicht.
Als einziger von der ganzen Besatzung lebte ich mit allen auf gutem Fuße und stand in aller Gunst. Die Jäger duldeten mich möglicherweise nur, obgleich mich keiner von ihnen haßte. Smoke und Henderson, die als Genesende in Hängematten unter einem über Deck gespannten Sonnensegel lagen, versicherten mir jedoch, ich sei besser als eine Krankenschwester, und sie würden an mich denken, wenn sie am Ende der Reise ihre Löhnung ausbezahlt erhielten. (Als ob ich ihres Geldes bedurft hätte! Ich, der ich den ganzen Schoner mit allem, was an Bord war, hätte kaufen und zwanzigfach bezahlen können!) Aber mir war die Aufgabe zugefallen, ihre Wunden zu pflegen und sie durchzubringen, und ich tat mein Bestes.
Wolf Larsen hatte wieder einen zweitägigen Anfall von Kopfschmerzen. Er mußte schrecklich leiden, denn er rief mich zu sich und gehorchte meinen Anweisungen wie ein krankes Kind. Aber ich konnte nichts tun, um ihm Erleichterung zu schaffen. Auf meine Ermahnung rauchte und trank er jedoch nicht. Wieso ein so prachtvolles Tier wie er überhaupt Kopfschmerzen haben konnte, war mir rätselhaft.
»Es ist Gottes Hand, sage ich dir.« Das war Louis' Auffassung. »Es ist eine Heimsuchung zur Strafe für seine schwarzen Taten, und es wird noch ganz anders kommen, oder – –«
»Oder – –«, forschte ich.
»Oder Gott schläft und versäumt seine Pflicht.«

Endlich ist mir ein Licht aufgegangen, daß ich die Frauen nie richtig eingeschätzt habe. Obwohl ich nicht in besonderem Maße erotisch veranlagt bin, hatte ich doch nie in einer völlig frauenleeren Atmosphäre gelebt. Mutter und Schwestern waren immer um mich gewesen, und ich hatte ihnen stets zu entrinnen gesucht, denn sie quälten mich bis zur Verzweiflung mit ihrer Sorge um meine Gesundheit und ihren periodischen Einfällen in mein Zimmer, die mein »geordnetes« Durcheinander, auf das ich nicht wenig stolz war, in ein noch größeres, wenn auch dem Auge wohlgefälliges Durcheinander von Unordnung verwandelten. Ich konnte nie etwas wiederfinden, wenn sie mich verlassen hatten. Aber ach, wie willkommen wäre mir jetzt ihre Gegenwart, das Rascheln ihrer Kleider gewesen, das ich so von Herzen verabscheut hatte!

So vieles wundert mich. Wo sind die Mütter dieser zwanzig zusammengewürfelten Männer auf der ›Ghost‹? Es erscheint mir unnatürlich und ungesund, daß sich Männer völlig getrennt von Frauen herdenweise allein durch die Welt treiben sollen. Roheit und Wildheit sind die unvermeidlichen Folgen. Hätten diese Männer Frauen, Schwestern und Töchter um sich, sie würden imstande sein, Sanftmut, Zärtlichkeit und Mitgefühl zu bekunden. Tatsächlich ist nicht einer von ihnen verheiratet.

Diese Gedanken beschäftigten mich, und so sprach ich vergangene Nacht mit Johansen. Es waren die ersten überflüssigen Worte, mit denen er mich seit Beginn der Reise beehrte. Mit 18 Jahren hatte er Schweden verlassen, jetzt ist er 38, und die ganze Zeit war er nicht ein einziges Mal zu Hause. Vor einigen Jahren traf er in einem Seemannsheim in Chile einen Landsmann, und von ihm erfuhr er, daß seine Mutter noch lebte.

»Sie muß jetzt schon eine alte Frau sein«, sagte er, indem er nachdenklich ins Kompaßhaus starrte und dann einen scharfen Blick auf Harrison warf, der einen Strich aus dem Kurs gekommen war. »Wann haben Sie ihr zuletzt geschrieben?«

Er rechnete laut: »Einundachtzig, nein – – zweiundachtzig, nicht? Nein – – dreiundachtzig – ja, dreiundachtzig. Vor zehn Jahren. Aus einem kleinen Hafen in Madagaskar. Ich fuhr auf einem Handelsschiff. Sehen Sie«, fuhr er fort, als ob er sich über den halben Erdkreis hinweg an seine vernachlässigte Mutter wandte, »jedes Jahr wollte ich heimfahren. Was hatte es da für einen Sinn zu schreiben? Es dauerte ja nur noch ein Jahr. Und jedes Jahr kam etwas dazwischen, und ich kam nicht nach Hause. Aber jetzt bin ich Steuermann, und wenn ich meine Schulden in Frisco – vielleicht 500 Dollar – abbezahlt habe, dann fahre ich auf einem Segler um Kap Horn nach Liverpool. Damit verdiene ich dann genug für die Überfahrt nach Hause. Dann braucht sie nicht mehr zu arbeiten.«

»Arbeitet sie denn jetzt? Wie alt ist sie denn?«

»Um die siebzig«, erwiderte er. Und dann rühmte er sich: »Bei mir zu Hause arbeiten wir von der Geburt bis zum Tode. Daher werden wir so alt. Ich werde hundert.«

Ich werde diese Unterhaltung nie vergessen. Es waren die letzten Worte, die ich ihn sprechen hörte. Vielleicht waren es die letzten, die er überhaupt sprach.

Als ich die Kajüte betrat, war es mir zu stickig, um schlafen zu können. Es war eine stille Nacht. Wir befanden uns außerhalb des Bereiches des Passats, und die ›Ghost‹ kam kaum einen Knoten in der Stunde vorwärts. So nahm ich denn eine Decke und ein Kissen unter den Arm und stieg wieder an Deck.

Als ich zwischen Harrison und dem oben auf dem Kajütendach angebrachten Kompaßhaus hindurchschritt, bemerkte ich, daß wir volle drei Strich vom Kurse abgewichen waren. Da ich glaubte, daß der Rudergast schliefe und ich ihm einen Verweis ersparen wollte, sprach ich ihn an. Aber er schlief nicht. Mit weit aufgerissenen Augen starrte er vor sich hin. Er schien verwirrt und außerstande zu sein zu antworten. »Was ist denn?« fragte ich. »Bist du krank?« Er schüttelte den Kopf, und als ob er erwachte, schöpfte er mit einem tiefen Seufzer Atem.

»Du tätest besser, den Kurs zu halten«, schalt ich.

Er griff in die Speichen des Rades, und ich sah, wie sich die Kompaßnadel langsam nach NNW drehte und nach einigen leichten Schwingungen zur Ruhe kam.

Ich nahm mein Bettzeug wieder auf und wollte gerade weitergehen, als eine Bewegung mein Auge fesselte und zurückzwang. Eine sehnige, triefende Hand packte die Reling. Neben ihr tauchte eine zweite Hand aus der Finsternis auf. Wie verzaubert stand ich da. Was für einen Gast aus der dunklen Tiefe sollte ich sehen? Was für ein Wesen es aber auch sein mochte, so wurde mir jedenfalls klar, daß es mit Hilfe der Logleine an Bord kletterte. Ich sah einen Kopf mit triefendem Haar, dann erschien ein Körper, und nun erkannte ich Augen und Gesicht Wolf Larsens. Seine rechte Backe war rot von Blut, das aus einer Kopfwunde herabfloß.

Mit einer plötzlichen Anstrengung zog er sich an Bord und stand auf den Füßen. Dann warf er einen schnellen Blick auf den Mann am Rade, als wolle er sich überzeugen, wer er sei, und daß von ihm keine Gefahr drohe. Das Seewasser troff von ihm herab mit einem leisen Rieseln, das mich beunruhigte. Als er auf mich zuschritt, wich ich instinktiv zurück, denn ich sah in seinen Augen etwas, das Tod hieß.

»Gut, Hump«, sagte er mit leiser Stimme. »Wo ist der Steuermann?«
Ich schüttelte den Kopf.
»Johansen!« rief er leise. »Johansen!«
»Wo ist er?« fragte er Harrison.
Der junge Mann schien seine Fassung wiedererlangt zu haben, denn er antwortete ganz ruhig: »Ich weiß es nicht, Herr. Vor kurzem sah ich ihn nach vorn gehen.«
»Ich war auch vorn. Aber hast du bemerkt, daß ich nicht denselben Weg, den ich ging, wieder zurückkam? Kannst du dir das erklären?«
»Sie müssen über Bord gewesen sein, Herr.«
»Soll ich im Zwischendeck nach ihm sehen, Herr?« fragte ich.
Wolf Larsen schüttelte den Kopf. »Sie würden ihn nicht finden, Hump. Aber gehen Sie meinetwegen. Kommen Sie. Lassen Sie Ihr Bettzeug liegen.«
Ich folgte ihm. Nichts regte sich mittschiffs.
»Die verdammten Jäger!« bemerkte er. »Zu dick und zu faul, um vier Stunden Wache durchzuhalten.«
Auf der Back fanden wir jedoch drei schlafende Matrosen.
Er drehte sie auf den Rücken und blickte ihnen ins Gesicht. Sie bildeten die Deckwache, die Wache selbst pflegte man bei gutem Wetter schlafen zu lassen mit Ausnahme des Offiziers, des Rudergastes und des Mannes im Ausguck.
»Wer hat den Ausguck?« fragte der Kapitän.
»Ich, Herr«, antwortete Holoyak, einer der Vollmatrosen, mit einem leichten Zittern in der Stimme. »Ich bin diese Minute eingeschlafen, Herr. Es tut mir leid, Herr. Es soll nicht wieder vorkommen.«
»Hast du irgend etwas an Deck gehört?«
»Nein, Herr, ich – –«
Aber Wolf Larsen hatte sich mit einem unzufriedenen Knurren abgewandt, und der Matrose rieb sich die Augen, erstaunt, so leichten Kaufs davongekommen zu sein.
»Still jetzt!« ermahnte mich Wolf Larsen flüsternd, indem er sich bückte und sich anschickte, durch die Luke hinunterzusteigen. Ich folgte ihm bebenden Herzens. Was geschehen sollte, wußte ich ebensowenig wie, was geschehen war. Aber Blut war geflossen, und Wolf Larsen war nicht selbst auf den Einfall gekommen, mit einem Loch im Kopf über Bord zu klettern. Außerdem fehlte Johansen.
Es war das erstemal, daß ich in die Back hinunterstieg, und ich werde nicht sobald den Eindruck vergessen, den ich empfing, als ich den Fuß auf die Treppe gesetzt hatte. Direkt in den Schiffsraum eingebaut,

hatte die Back die Form eines Dreiecks, an dessen Schenkeln die zwölf Kojen in zwei Reihen übereinander angebracht waren. Sie war nicht größer als eine kleine Bodenkammer, und doch mußten zwölf Mann darin essen, schlafen und atmen. Mein Schlafzimmer daheim war nicht groß, aber es hätte gut ein Dutzend derartiger Vorderkastelle, ja, wenn man die Höhe berücksichtigte, das Doppelte fassen können.
Es roch schal und säuerlich, und im Lichte der trüben, hin und her schwingenden Schiffslampe sah ich, daß jeder verfügbare Platz bis ins kleinste Eckchen ausgefüllt war mit Seestiefeln, Ölzeug und sauberen und schmutzigen Kleidungsstücken aller Art. Mit jedem Rollen des Schiffes schwang das alles hin und zurück und brachte ein scheuerndes Geräusch hervor, als ob ein Baum sich gegen ein Dach oder eine Wand rieb. Irgendwo stieß ein Stiefel regelmäßig mit lautem Krachen gegen die Wand. Und obgleich es eine ruhige Nacht war, ertönte doch unausgesetzt ein Chor von knarrendem Holz, knirschenden Spanten und unergründlichen Geräuschen unter den Dielen.
Die Schläfer ließen sich nicht stören. Es waren ihrer acht – die beiden unten befindlichen Wachen – die Luft war dick vor Wärme und stinkendem Atem, und das Ohr erfüllte der Lärm ihres Schnarchens, Seufzens und Grunzens. Aber schliefen sie? Alle? Oder hatten sie geschlafen. Das wollte Wolf Larsen offenbar feststellen; er wollte den finden, der sich nur schlafend stellte oder erst vor kurzem eingeschlafen war. Und er begann die Untersuchung in einer Art, die mich an eine Erzählung des Boccaccio erinnerte.
Er nahm die Lampe aus ihrem schwingenden Halter und reichte sie mir. Bei den beiden ersten Kojen steuerbord begann er. In der oberen lag der Kanake Oofty-Oofty, ein ausgezeichneter Seemann. Er lag auf dem Rücken, schlief fest und atmete so sanft wie eine Frau. Den einen Arm hatte er unter seinen Kopf gelegt, während der andere auf der Decke lag. Wolf Larsen faßte mit Daumen und Zeigefinger sein Handgelenk und fühlte ihm den Puls. Da erwachte der Kanake. Er erwachte ebenso leicht, wie er schlief, ohne eine einzige Bewegung seines Körpers. Nur die Augen regten sich. Sie öffneten sich plötzlich ganz weit, groß und schwarz und starrten uns, ohne zu zwinkern, an. Wolf Larsen legte ihm zum Zeichen, daß er schweigen sollte, den Finger auf den Mund, und die Augen schlossen sich wieder.
In der unteren Koje lag Louis, dick, warm und verschwitzt, und schlief einen unverstellbaren, schweren Schlaf. Als Wolf Larsen sein Handgelenk faßte, bewegte er sich unbehaglich und krümmte seinen Körper so, daß er einen Augenblick nur auf Schultern und Fersen ruhte.

Seine Lippen bewegten sich, und er murmelte folgende rätselhaften Worte:
»Ein Viertel für einen Schilling, aber biete die Lampen für drei Pence das Stück aus. Sonst hängt sie dir der Wirt für sechs Pence auf.«
Dann drehte er sich mit einem schweren Seufzer auf die Seite.
Befriedigt schritt Wolf Larsen weiter zu den beiden nächsten Kojen an der Steuerbordseite, in denen, wie wir beim Schein der Lampe sahen, oben Leach und unten Johnson lagen.
Als Wolf Larsen sich zur unteren Koje niederbeugte, um Johnson den Puls zu fühlen, sah ich, der ich aufrecht stand und die Lampe hielt, wie Leach verstohlen den Kopf hob und über den Rand der Koje herabblickte, um zu sehen, was vorging. Er mußte wohl die Absicht Wolf Larsens durchschaut und erkannt haben, daß eine Entdeckung unumgänglich war, denn im selben Augenblick wurde mir die Lampe aus der Hand geschleudert, und das Vorderkastell war in Finsternis gehüllt. Gleichzeitig mußte er auf Wolf Larsen heruntergesprungen sein.
Das erste nun folgende Geräusch war wie das eines Kampfes zwischen einem Stier und einem Wolfe. Ich hörte ein wütendes Gebrüll von Wolf Larsen und ein Knurren von Leach, das verzweifelt und haarsträubend klang. Johnson muß ihm sofort zu Hilfe gekommen sein, so daß sein untertäniges, kriecherisches Wesen in den letzten Tagen nichts als Verstellung gewesen war. Ich war so entsetzt über diesen Kampf im Dunkeln, daß ich mich zitternd gegen die Treppe lehnte und nicht imstande war hinaufzugehen. Ich hatte wieder das alte Gefühl in der Magengrube, das mich stets beim Anblick von Gewalttätigkeiten überkam. In diesem Falle konnte ich zwar nichts sehen, aber ich hörte das dumpfe Geräusch der Schläge.
Es mußten sich wohl noch andere an der Verschwörung gegen Kapitän und Steuermann beteiligen, denn aus den verschiedenen Geräuschen erkannte ich, daß Leach und Johnson schnell Verstärkung von ihren Kameraden erhalten hatten.
»Ein Messer her!« schrie Leach.
»Zerschlag ihm den Kopf! Zerquetsch ihm das Gehirn!« rief Johnson.
Aber nach dem ersten Gebrüll machte Wolf Larsen keinen Lärm mehr. Grimmig und stumm kämpfte er um sein Leben. Er war arg in der Klemme. Im ersten Augenblick war er zu Boden geworfen, und es war ihm nicht möglich, wieder auf die Beine zu kommen. Ich fühlte, daß er trotz seiner ungeheuren Kraft keine Hoffnung hatte.

Ich erhielt selbst einen deutlichen Begriff von der Gewalt des Kampfes, denn ich wurde von den umherwirbelnden Körpern zu Boden geschleudert und bös gequetscht. Aber es gelang mir, in der Verwirrung in eine leere Unterkoje zu kriechen, wo ich in Sicherheit war.

»Alle her! Wir haben ihn! Wir haben ihn!« konnte ich Leach rufen hören.

»Wen?« fragten die, welche wirklich geschlafen hatten und jetzt, sie wußten nicht wie, geweckt worden waren. »Den blutigen Steuermann«, antwortete Leach listig. Diese Auskunft wurde mit einem Freudengeheul begrüßt, und jetzt waren sieben starke Männer über Wolf Larsen. Ich glaube, Louis beteiligte sich nicht am Kampfe. Die Back glich einem Bienenstock, dessen wütende Insassen durch einen Eindringling aufgescheucht waren.

»Was ist denn los da unten?« hörte ich Latimer durch die Luke heruntерrufen. Er war zu vorsichtig, um in diese Hölle der Leidenschaften herabzusteigen, die er in der Finsternis toben hörte.

»Kann denn niemand ein Messer finden? Ein Messer, ein Messer!« flehte Leach in einem Augenblick verhältnismäßiger Ruhe.

Die große Zahl der Angreifer verursachte Verwirrung. Sie hinderten sich gegenseitig, ihre Kräfte zu entfalten, während Wolf Larsen, der nur ein Ziel kannte, dadurch gewann. Dieses Ziel war, sich bis zur Luke durchzuschlagen. Obgleich völlige Finsternis herrschte, konnte ich durch das Geräusch seine Fortschritte verfolgen. Endlich hatte er die Treppe erreicht, und was er jetzt tat, vermochte nur ein Riese zu tun. Zoll für Zoll zog er sich, allein durch die Kraft seiner Arme, aus dem Haufen von Männern heraus, die ihn umklammert hielten, und richtete sich auf, bis er auf den Füßen stand. Dann arbeitete er sich, Stufe um Stufe, mit Händen und Füßen die Treppe hinauf.

Das allerletzte sah ich. Denn Latimer, der endlich eine Laterne geholt hatte, hielt sie so, daß sie die Treppe hinableuchtete. Wolf Larsen mußte beinahe oben sein, wenn ich ihn auch nicht sehen konnte. Allein sichtbar war der Klumpen von Männern, die sich an ihn klammerten. Der Klumpen zappelte wie eine ungeheure Spinne mit vielen Beinen und schwankte hin und her mit dem Rollen des Schiffes. Aber Zoll um Zoll, mit langen Pausen dazwischen, hob sich der Klumpen. Einmal taumelte er und schien herabzustürzen, aber er gewann den verlorenen Halt wieder und kroch weiter.

»Wer ist da?« rief Latimer.

Im Schein der Laterne konnte ich sein bestürztes Gesicht herabblicken sehen.

»Larsen«, hörte ich eine gedämpfte Stimme inmitten des Klumpens. Latimer streckte die freie Hand herab. Ich sah eine andere Hand emporschnellen und die seine packen. Latimer zog, und die nächsten Stufen wurden im Sturm genommen. Dann streckte sich die andere Hand Wolf Larsens empor und umklammerte den Rand der Luke. Der Klumpen pendelte zurück, und die Treppe war frei, während die Männer noch an dem fliehenden Feinde hingen. Sie begannen abzufallen, einige wurden von dem scharfen Lukenrand abgefegt, andere mit den Füßen fortgestoßen. Leach war der letzte, der losließ. Er fiel kopfüber auf seine am Boden krabbelnden Kameraden. Wolf Larsen und die Laterne verschwanden, und wir blieben im Dunkeln zurück.

Fluchen und Jammern ertönten, als die Männer am Fuße der Treppe wieder auf die Füße zu kommen versuchten.
»Kann nicht jemand ein Streichholz anzünden, mein Daumen ist ausgerenkt«, rief einer der Leute, namens Parsons, ein dunkelhäutiger, melancholischer Mann, Standishs Steuerer – in demselben Boot, dessen Puller Harrison war.
»Die liegen irgendwo am Mastfuß herum«, sagte Leach und setzte sich auf den Rand seiner Koje, in der ich mich verkrochen hatte. Man suchte nach Streichhölzern, dann wurde eines angezündet, und die Lampe flackerte auf, trübe und rauchig. In ihrem geisterhaften Schein bewegten sich barfüßige Männer und sahen nach ihren Wunden. Oofty-Oofty packte Parsons Daumen, zog daran und ließ ihn wieder ins Gelenk schnappen. Dabei bemerkte ich, daß der Knöchel des Kanaken aufgeschlitzt und der Knochen bloßgelegt war. Er zeigte die Wunde und erklärte mit einem Grinsen, das seine prachtvollen Zähne zeigte, er hätte sie bekommen, als er Larsen auf den Mund schlug.
»Also du warst es, du schwarzer Schurke?« fragte Kelly kriegerisch. Er war ein geborener Irländer, ein Leichtmatrose, der seine erste größere Reise machte und Kerfoots Puller war.
Bei dieser Frage spuckte er eine Handvoll Blut und Zähne aus und drängte sich mit streitsüchtiger Miene an Oofty-Oofty heran. Der Kanake sprang in seine Koje, war mit einem zweiten Satz wieder da und schwang ein langes Messer.
»Ach, leg dich nieder, sonst setzt es was«, mischte Leach sich hinein. Trotz seiner Jugend und Unerfahrenheit gab er offenbar in der Back den Ton an.
»Geh, Kelly, laß Oofty in Ruhe. Wie sollte er denn im Dunkeln erkennen, daß du es warst?«

Kelly murmelte noch etwas und beruhigte sich dann, während der Kanake dankbar lächelnd die weißen Zähne fletschte. Er war ein schönes Geschöpf und wirkte beinahe weiblich durch die angenehmen Linien seiner Gestalt. Sanftmut und Verträumtheit lagen in seinen großen Augen, die seinen wohlverdienten Ruf für Streit- und Rauflust Lügen zu strafen schienen.

»Wie ist er entwischt?« fragte Johnson.

Er saß auf dem Rande seiner Koje, seine ganze Stellung drückte äußerste Niedergeschlagenheit und Hoffnungslosigkeit aus. Er atmete noch schwer von der Anstrengung. Das Hemd war ihm im Kampfe völlig vom Leibe gerissen, und das Blut troff ihm aus einer klaffenden Wunde in der Backe auf die nackte Brust herab, zeichnete eine rote Bahn auf seinem weißen Schenkel und tropfte auf den Boden.

»Weil er der Teufel selber ist, wie ich immer gesagt habe«, meinte Leach, dann sprang er, wütend über die Enttäuschung und mit Tränen in den Augen, auf.

»Und nicht einer von euch konnte ein Messer bringen!« klagte er immer wieder.

Aber die andern hatten große Furcht vor den zu erwartenden Folgen und achteten nicht auf ihn.

»Wie kann er wissen, wer's war?« fragte Kelly und sah sich mit einem blutgierigen Blick um, »es sei denn, daß einer von euch aus der Schule schwatzte.«

»Er braucht euch ja nur anzusehen«, entgegnete Parsons, »ein Blick genügt ihm.«

»Erzähl ihm, daß das Deck hochprellte und dir die Zähne aus dem Munde schlug«, grinste Louis. Er war der einzige, der nicht aus seiner Koje herausgekommen war, und er freute sich, weil er keine Wunden hatte, die verraten konnten, daß er bei dieser Nachtarbeit beteiligt gewesen. »Wartet nur, bis er eure Fratzen morgen gesehn hat«, gluckste er.

»Wir sagen, daß wir ihn für den Steuermann hielten«, meinte einer. Und ein andrer: »Ich weiß, was ich sagen werde: daß ich Lärm hörte, aus der Koje sprang, zum Dank für meine Mühe eins aufs Maul kriegte und so in die Geschichte hineingezerrt wurde. Ich konnte nicht sehen, was und wer es war, und schlug um mich.«

»Und da hast du mich natürlich getroffen«, fiel Kelly ein, und sein Gesicht hellte sich einen Augenblick auf. Leach und Johnson beteiligten sich nicht an der Unterhaltung, es war klar, daß ihre Kameraden sie als Leute ansahen, für die das Schlimmste unvermeidlich, ja, deren Lage ganz hoffnungslos war und die bereits als tot zu betrachten waren. Eine Weile hörte Leach ihre Befürchtungen und Vorwürfe mit an. Dann aber brach er los: »Ihr langweilt mich! Schöne Genossen seid ihr! Wenn ihr etwas weniger geschwatzt und etwas mehr getan hättet, dann wäre es jetzt geschafft. Warum konnte mir nicht einer, nur ein einziger, ein Messer geben, als ich danach rief? Jetzt jammert und klagt ihr, als ob er euch totschlagen würde, wenn er euch erwischte. Ihr wißt verdammt gut, daß er das nicht tun wird. Er kann es gar nicht. Hier gibt es keinen Heuerbas, und er braucht euch bei seinem Geschäft, ihr seid ihm unentbehrlich. Wer sollte pullen und steuern und Segel setzen, wenn er euch verlöre? Ich und Johnson werden die Suppe auszulöffeln haben. Jetzt geht in eure Kojen und haltet den Mund, ich möchte ein bißchen schlafen.«

»Das ist schon richtig, ganz richtig«, meinte Parsons. »Mag sein, daß er uns nichts tut, aber denkt an meine Worte: Von heute an wird dieses Schiff ein Zuchthaus sein.«

Die ganze Zeit war ich mir über meine eigene schwierige Lage klar gewesen. Was geschah, wenn die Leute meine Gegenwart entdeckten? Ich konnte mich nicht durchschlagen wie Wolf Larsen. Und in diesem Augenblick rief Latimer durch die Luke herab: »Hump! Der Alte braucht dich!«

»Hier ist er nicht!« rief Parsons zurück.

»Doch ist er hier!« sagte ich und bemühte mich, meine Stimme fest erklingen zu lassen.

Die Matrosen blickten mich bestürzt an. Starke Furcht prägte sich auf ihren Zügen aus und daneben die Folge der Furcht: Teufelei.

»Ich komme!« rief ich Latimer zu.

»Nein, das wirst du nicht!« rief Kelly und trat zwischen mich und die Treppe, während seine Rechte sich in eine Klaue verwandelte, die bereit war, mich zu erwürgen. »Du verdammter kleiner Duckmäuser! Ich werde dir das Maul stopfen.«

»Laß ihn gehen!« befahl Leach.

»Nein, und wenn es das Leben gälte«, lautete die zornige Erwiderung.

Leach blieb unverändert auf dem Rande seiner Koje sitzen. »Laß ihn gehen, sage ich!« wiederholte er; aber diesmal war seine Stimme kernig und metallisch.

Der Ire schwankte. Ich machte Miene, vorbeizuschreiten, und er trat beiseite. Als ich die Treppe erreicht hatte, wandte ich mich gegen diesen Kreis brutaler und bösartiger Gesichter, die mich im Halbdunkel anstarrten. Ein plötzliches tiefes Mitgefühl wallte in mir auf. Ich erinnerte mich der Anschauung des Cockney: Wie mußte Gott sie hassen, daß sie so gepeinigt wurden!

»Ich habe nichts gesehen oder gehört, glaubt mir!« sagte ich ruhig.

»Ich sage euch, er ist in Ordnung«, hörte ich Leachs Stimme, als ich die Treppe hinaufstieg. »Er liebt den Alten nicht mehr als ihr und ich.«

Ich fand Wolf Larsen in der Kajüte, entkleidet und blutig. Er wartete auf mich und begrüßte mich mit seinem seltsamen Lächeln.

»Kommen Sie und machen Sie sich an die Arbeit, Doktor. Sie scheinen die besten Aussichten für eine ausgedehnte Praxis auf dieser Reise zu haben. Ich weiß nicht, was ohne Sie aus der ›Ghost‹ geworden wäre, und wenn ich sogenannter edler Gefühle fähig wäre, würde ich Ihnen versichern, daß Ihr Kapitän Ihnen außerordentlich dankbar sei.«

Ich kannte den einfachen Arzneikasten der ›Ghost‹, und während ich Wasser auf dem Kajütofen wärmte und alles für die Behandlung der Wunden Nötige bereitmachte, ging er lachend und plaudernd auf und ab und betrachtete prüfend seine Verletzungen. Ich hatte ihn noch nie entblößt gesehen, und der Anblick seines Körpers benahm mir fast den Atem. Es war nie meine Schwäche gewesen, das Fleisch zu sehr zu preisen – weit entfernt. Aber es steckte genug von einem Künstler in mir, um seine Wunderwerke anzuerkennen.

Wolf Larsen war der Mann in seiner Vollkommenheit, beinahe ein Gott. Wenn er sich bewegte oder die Arme hob, sprangen und regten sich die starken Muskeln unter der feinen glatten Haut. Ich vergaß zu bemerken, daß das Braun sich auf sein Gesicht und seinen Hals beschränkte. Sein Körper war, dank seiner skandinavischen Herkunft, weiß. Ich weiß noch, wie er die Hand hob, um seine Kopfwunde zu befühlen, und wie der Bizeps sich wie ein lebendiges Wesen unter einer weißen Hülle bewegte. Dieser Bizeps war es, der mir kürzlich beinahe das Leben herausgepreßt, den ich so viele tödliche Schläge hatte austeilen sehen. Ich konnte die Augen nicht von ihm lassen. Reglos stand ich da und ließ ein Päckchen Watte, das ich in der Hand hielt, sich aufrollen und zu Boden fallen.

Er sah sich nach mir um, und ich wurde mir bewußt, daß ich dastand und ihn anstarrte.

»Gott hat Sie schön geschaffen«, sagte ich.

»Wirklich?« antwortete er. »Ich habe oft dasselbe gedacht und mir den Kopf zerbrochen, warum?«

»Absicht –«, begann ich.
»Zweckmäßigkeit«, unterbrach er mich. Dieser Körper ist zum Gebrauch geschaffen. Diese Muskeln sind gemacht, um zuzupacken, um zu zerreißen und zu vernichten, was sich zwischen mich und das Leben stellt. Aber haben Sie an andre Lebewesen gedacht? Auch sie haben Muskeln irgendwelcher Art, um zu packen, zu zerreißen und zu vernichten. Wenn sie aber zwischen mich und das Leben treten, so übertreffe ich sie im Packen, Zerreißen und Vernichten. Eine Absicht erklärt dies nicht, wohl aber die Zweckmäßigkeit.«
»Das ist nicht schön«, wandte ich ein.
»Das Leben ist nicht schön, meinen Sie«, lächelte er. »Und doch sagen Sie, ich sei schön geschaffen. Sehen Sie her!«
Er spreizte die Beine und preßte die Zehen gegen den Kajütsboden, als wolle er ihn damit packen. Knoten, Klüfte und Berge von Muskeln spielten unter seiner Haut. »Fühlen Sie!« befahl er. Sie waren hart wie Stahl. Sein ganzer Körper hatte sich, straff und geschmeidig, unbewußt zusammengezogen, die Muskeln streckten sich sanft über Lenden, Rücken und Schultern, die Arme waren leicht erhoben, ihre Muskeln zogen sich zusammen, die Finger krümmten sich, daß die Hände Klauen glichen, und selbst die Augen hatten ihren Ausdruck gewechselt, und die Schärfe und Wachsamkeit eines Raubtieres leuchtete aus ihnen.
»Festigkeit und Gleichgewicht«, sagte er und entspannte seinen Körper wieder. »Füße, um sich am Boden zu halten, Beine, um fest zu stehen und Widerstand zu leisten, wenn ich mit Armen, Händen, Zähnen und Nägeln zu töten versuche, um nicht selbst getötet zu werden. Absicht? Zweckmäßigkeit ist ein besseres Wort.«
Ich widersprach ihm nicht. Ich hatte den Mechanismus einer primitiven kämpfenden Bestie gesehen, und er machte einen Eindruck auf mich wie die Maschinen eines großen Kriegsschiffes oder eines Ozeandampfers. Wenn ich an den heißen Kampf im Vorderkastell dachte, war ich überrascht von der Oberflächlickeit seiner Verletzungen, und ich glaube sagen zu dürfen, daß ich sie gut pflegte. Mit Ausnahme einiger häßlicher Wunden waren es nur tüchtige Beulen und Schrammen. Der Schlag, den er auf den Kopf erhalten hatte, ehe er über Bord flog, hatte seine Schädeldecke mehrere Zoll breit bloßgelegt. Ich reinigte die Wunde und nähte sie nach seiner Anweisung zusammen, nachdem ich die Wundränder rasiert hatte. Dann hatte er einen schlimmen Riß in der Wade, der aussah, als hätte sich eine Bulldogge hinein verbissen.

»Ja, wie gesagt, Hump, Sie sind ein brauchbarer Mensch«, begann Wolf Larsen, als ich mit meiner Arbeit fertig war. »Wie Sie wissen, fehlt uns ein Steuermann. Von jetzt an übernehmen Sie die Wache, erhalten fünfundsiebzig Dollar monatlich und werden vorn und achtern Herr van Weyden angeredet.«

»Ich – verstehe nichts von Navigation, das wissen Sie doch«, keuchte ich.

»Gar nicht nötig.«

»Ich mache mir wirklich nichts aus einer solchen Beförderung«, wandte ich ein. »Ich finde das Leben schwer genug in meiner jetzigen bescheidenen Stellung. Ich habe keine Erfahrung. Alle Mittelmäßigkeit hat ihre Grenzen.«

Er lächelte, als wäre die Sache abgemacht.

»Ich will nicht Steuermann auf diesem Höllenschiff sein!« rief ich trotzig.

Ich sah sein Gesicht hart werden und den unbarmherzigen Schimmer in seine Augen treten. Er ging in seinen Schlafraum, indem er sagte:

»Und jetzt, Herr van Weyden, gute Nacht.«

»Gute Nacht, Herr Larsen«, antwortete ich schwach.

Ich kann nicht behaupten, daß die Stellung als Steuermann mir einen andern Vorteil gebracht hätte, als daß ich nicht mehr Geschirr aufzuwaschen brauchte. Ich wußte nicht das geringste von den elementarsten Pflichten eines Steuermanns, und es würde mir schlecht ergangen sein, hätte ich nicht die Zuneigung der Matrosen besessen. Die Männer bemühten sich, mich anzuweisen – namentlich Louis war ein tüchtiger Lehrer –, und meine Untergebenen machten mir keine Schwierigkeiten.

Anders die Jäger. Mehr oder minder mit dem Leben zur See vertraut, nahmen sie mich für eine Art Spaß. Zwar konnte ich es selbst nicht ernst nehmen, daß ich, die ausgemachteste Landratte, das Amt des Steuermanns bekleiden sollte, wenn aber andere einen nicht ernst nehmen, ist das etwas anderes. Ich beklagte mich nicht, aber Wolf Larsen forderte die pünktliche Innehaltung der Schiffsgesetze in bezug auf mich – in weit höherem Maße, als er es bei dem armen Johansen getan, und nachdem er ein paar von ihnen verprügelt und sie eindringlich ermahnt und bedroht hatte, kamen die Jäger zur Vernunft. Ich war vorn und achtern Herr van Weyden, und nur inoffiziell geschah es wohl, daß Wolf Larsen mich noch Hump nannte.

Es war ganz unterhaltend. Während wir bei Tische saßen, schlug zum

Beispiel der Wind um, und wenn ich dann aufstand, sagte er: »Herr van Weyden, würden Sie die Güte haben, nach backbord umzulegen.« Und ich ging an Deck, rief Louis zu mir und ließ mir von ihm sagen, was zu tun war. Wenn ich dann seine Anweisungen verdaut und das Manöver verstanden hatte, ging ich daran, meine Befehle auszuteilen. Ich erinnere mich eines der ersten Fälle dieser Art. Als ich gerade meine Befehle erteilen wollte, erschien Wolf Larsen auf der Szene. Er rauchte seine Zigarre und schaute ruhig zu, dann kam er nach achtern und stellte sich neben mich an die Ruff.

»Hump«, sagte er, »Verzeihung: Herr van Weyden, ich gratuliere. Jetzt können Sie Ihrem Vater die Beine ins Grab zurückschicken. Sie haben Ihre eigenen entdeckt und gelernt, auf ihnen zu stehen. Noch ein bißchen Arbeit in den Tauen, einige Übung im Segelsetzen und etwas Erfahrung bei Sturm, und Sie können am Ende der Reise auf jedem Küstenfahrer anheuern.«

In dieser Zeit, zwischen Johansens Tod und der Ankunft in den Robbengründen, verlebte ich meine angenehmsten Tage auf der ›Ghost‹. Wolf Larsen war rücksichtsvoll, die Matrosen halfen mir, und ich kam nicht in eine aufreizende Berührung mit Thomas Mugridge. Und ich muß offen gestehen, daß ich, wie die Tage schwanden, einen gewissen heimlichen Stolz zu fühlen begann. In dieser phantastischen Lage – eine Landratte als Nächstkommandierender – hielt ich mich doch ganz gut, und ich wurde bald selbstbewußt und gewann das Heben und Senken der ›Ghost‹ lieb, die sich unter meinen Füßen ihren Weg durch die tropische See nach der kleinen Insel im Nordwesten bahnte, wo wir unsere Wasserfässer füllen sollten.

Aber mein Glück war nicht ungemischt. Es war nur eine verhältnismäßig weniger unglückliche Periode, die sich zwischen das große Elend von Vergangenheit und Zukunft eingeschlichen hatte. Denn die ›Ghost‹ war für die Matrosen ein Höllenschiff schlimmster Art geworden. Sie hatten nie einen Augenblick Ruhe oder Frieden. Wolf Larsen bezahlte sie für ihren Überfall und die Prügel, die ihm in der Back zuteil geworden war. Und morgens, mittags, abends und nachts widmete er sich der Aufgabe, ihnen das Leben unerträglich zu machen. Er kannte die Psychologie der Kleinigkeiten nur zu gut, und mit Kleinigkeiten trieb er die Mannschaft bis an den Rand des Wahnsinns. Ich war Zeuge, wie Harrison aus der Koje geholt wurde, um einen an den falschen Platz gelegten Pinsel richtig hinzulegen, und zwei von der Wachmannschaft aus dem Schlaf geweckt wurden, um mitzugehen und zu sehen, ob er es richtig machte. Eine Kleinigkeit, wohl wahr, wenn aber ein so erfinderischer Kopf tausenderlei erdenkt, so kann man sich den Geisteszustand der Leute in der Back leicht vorstellen.

Natürlich wurde beständig gemurrt, und immer fanden kleine Ausbrüche statt. Schläge wurden ausgeteilt, und zwei bis drei Mann mußten stets die Verletzungen pflegen, die ihnen von der Hand ihres Herren, dieser menschlichen Bestie, zugefügt worden waren. Offene Meuterei war nicht möglich angesichts des bedeutenden Waffenarsenals im Zwischendeck und in der Kajüte. Leach und Johnson waren die auserwählten Opfer der teuflischen Einfälle Wolf Larsens, und der Ausdruck tiefster Schwermut, der sich auf Johnsons Gesicht und in seinen Augen zeigte, ließ mein Herz bluten.

Anders Leach. In ihm steckte zuviel von einem kämpferischen Raubtier. Er schien von einer unersättlichen Wut besessen, die ihm nicht die Zeit ließ, sich seinem Kummer hinzugeben. Seine Lippen waren zu einem beständigen Knurren verzerrt, das sich beim bloßen Anblick Wolf Larsens zu einem furchtbaren, drohenden und, ich glaube, ihm ganz unbewußten Ton verstärkte. Ich habe beobachtet, wie er Wolf Larsen mit den Augen folgte, wie ein wildes Tier seinem Wächter, während das tierische Knurren tief aus seiner Kehle kam und zwischen den Zähnen zitterte.

Er sowohl wie Johnson würden Wolf Larsen bei der ersten Gelegenheit getötet haben, aber die Gelegenheit kam nie. Wolf Larsen war zu klug, und außerdem hatten sie keine entsprechenden Waffen. Mit ihren Fäusten hatten sie keine Gelegenheit. Der Teufel in Leach forderte den Teufel in Wolf Larsen heraus. Sie brauchten nur gleichzeitig an Deck zu erscheinen, so waren sie auch schon fluchend, knurrend und kämpfend aneinander, und ich habe Leach gesehen, wie er sich ohne Warnung und ohne Anlaß auf Wolf Larsen stürzte. Einmal schleuderte er sein schweres griffestes Messer und verfehlte Wolf Larsens Kehle nur um einen Zoll. Ein andermal ließ er einen stählernen Marlpfriem vom Besanmast herunterfallen, auf einem rollenden Schiff ein schwerer Wurf, aber die scharfe Spitze, die aus einer Höhe von 75 Fuß durch die Luft sauste, verfehlte den Kopf Wolf Larsens, der gerade von der Kajütstreppe kam, um nur zwei Zoll und bohrte sich tief in die feste Deckplanke ein. Ein drittes Mal stahl er sich ins Zwischendeck, setzte sich in den Besitz eines geladenen Gewehrs und schlich sich damit auf Deck, wurde aber von Kerfoot überrascht und entwaffnet.

Ich wunderte mich oft, daß Wolf Larsen ihn nicht tötete und der Sache damit ein Ende machte. Aber er lachte nur, und es schien ihn zu belustigen.

»Es kitzelt«, erklärte er mir, »wenn das Leben nur an einem Haar hängt. Der Mensch ist von Natur aus Spieler, und das Leben ist der höchste Einsatz, den man hat. Je größer die Gefahr, desto mehr kitzelt es. Warum sollte ich mir die Freude rauben, Leachs Seele bis zur Fieberglut zu erhitzen? Übrigens erweise ich ihm damit einen Freundschaftsdienst. Das Gefühl ist gegenseitig. Er führt ein königlicheres Dasein als irgendeiner von der Mannschaft, wenn er es auch nicht weiß. Denn er hat, was die andern nicht haben, ein Ziel, eine Aufgabe, die ihn ganz erfüllt: den Wunsch, mich zu töten, und die Hoffnung, daß ihm dies glücken werde. Wirklich, Hump, er lebt auf den Höhen des Lebens. Ich zweifle, daß er je so frisch und mutig gelebt hat, und beneide ihn zuweilen ehrlich, wenn ich ihn auf dem Gipfel der Leidenschaft und des Gefühls rasen sehe.«

»Ach, das ist feige, feige«, rief ich. »Sie haben ja das Übergewicht.«

»Wer ist der größere Feigling von uns beiden, Sie oder ich?« fragte er ernsthaft. »Die Situation ist unerfreulich, und da schließen Sie ein Kompromiß mit Ihrem Gewissen. Wenn Sie wirklich groß, wenn Sie wahr gegen sich selbst wären, so würden Sie gemeinsame Sache mit Leach und Johnson machen. Aber Sie fürchten sich. Sie wollen leben. Das Leben in Ihnen schreit heraus, daß es leben muß, koste es, was es wolle. Und daher leben Sie unwürdig, werden Ihren besten Träumen untreu, versündigen sich gegen all Ihre jämmerlichen Lehren und schicken Ihre Seele schnurstracks in die Hölle, falls es eine geben sollte. Pah! Ich spiele ein tapferes Spiel. Ich sündige nicht, denn ich bleibe meinen Lebensanschauungen treu.«

Was er sagte, traf mich. Vielleicht war ich wirklich feige, und je mehr ich darüber nachdachte, desto mehr erschien es mir als meine Pflicht, zu tun, was er mir geraten hatte: gemeinsame Sache mit Leach und Johnson zu machen, um ihn zu beseitigen. Der Gedanke ließ mich nicht los. Es mußte eine gute Tat sein, die Welt von diesem Ungeheuer zu befreien. Die Menschheit würde besser und glücklicher, das Leben schöner und lieblicher dadurch werden. Ich erwog es lange, lag wach in meiner Koje und ließ die Tatsachen nochmals in endloser Prozession an mir vorbeiziehen. Während der Nachtwachen, wenn Wolf Larsen unten war, sprach ich mit Johnson und Leach. Beide hatten die Hoffnung aufgegeben – Johnson aus Mutlosigkeit, Leach, weil er sich in dem vergeblichen Ringen erschöpft hatte. Aber eines Nachts ergriff er leidenschaftlich meine Hand und sagte:

»Sie sind ein anständiger Kerl, Herr van Weyden. Aber bleiben Sie, wo Sie sind, und halten Sie den Mund. Wir beide, Johnson und ich, sind verloren, ich weiß es – aber vielleicht wird es Ihnen doch eines Tages möglich sein, uns einen Dienst zu erweisen, wenn wir es verdammt nötig haben.«

Ich hatte die Hoffnung gehegt, daß seine Opfer eine Gelegenheit zur Flucht finden würden, wenn wir die Wasserfässer füllten, aber Wolf Larsen hatte seine Maßregeln getroffen. Die ›Ghost‹ lag eine halbe Meile vor der Brandung, und dahinter war öder Strand, den eine wilde Bergschlucht mit steilen, vulkanischen, unersteigbaren Wänden abschloß. Und hier, unter seiner eigenen Aufsicht – denn er ging selbst mit an Land –, füllten Leach und Johnson die kleinen Fässer und rollten sie zum Wasser hinab. Sie hatten keine Gelegenheit, mit Hilfe eines Bootes ihre Freiheit zu gewinnen.

Harrison und Kelly jedoch machten einen Fluchtversuch. Sie befanden sich in einem der Boote und hatten die Aufgabe, mit je einem Faß zwischen Strand und Schoner hin und her zu rudern. Gerade vor dem Mittagessen, als sie mit einem leeren Faß an Land fuhren, änderten sie plötzlich den Kurs nach links, um hinter das Vorgebirge zu kommen, das sich zwischen ihnen und der Freiheit aus dem Meere erhob. Jenseits der schäumenden Fläche lagen die hübschen Dörfer der japanischen Kolonisten und lächelnde Täler, die sich weit ins Innere erstreckten. Waren sie erst dort, so konnte sich Wolf Larsen den Mund nach ihnen wischen.

Ich hatte bemerkt, daß Henderson und Smoke den ganzen Morgen auf Deck herumlungerten, und jetzt erfuhr ich den Zweck. Sie nahmen ihre Büchsen und eröffneten lässig ein Feuer auf die Flüchtlinge. Es war eine kalte Darbietung ihrer Schießkunst. Zuerst hüpften ihre Kugeln harmlos über den Wasserspiegel zu beiden Seiten des Bootes, als aber die Leute weiter ruderten, trafen sie immer näher.

»Paß auf, jetzt nehme ich Kellys rechten Riemen«, sagte Smoke, indem er sorgfältig zielte.

Ich sah durch das Glas, wie das Ruderblatt durch seinen Schuß zersplittert wurde. Henderson wählte sich Harrisons rechten Riemen zum Ziel. Das Boot drehte sich. Einen Augenblick später waren auch die beiden anderen Riemen zerschossen. Die Leute versuchten mit den Stümpfen zu rudern, aber sie wurden ihnen aus den Händen geschossen. Kelly brach eine Bodenplanke los und begann damit zu paddeln, ließ sie aber mit einem Schmerzensruf fallen, als die Splitter ihm in die Hand drangen. Jetzt gaben sie es auf und ließen das Boot treiben, bis ein zweites Boot, das Wolf Larsen vom Strande schickte, sie ins Schlepptau nahm und an Bord brachte.

Spät am Nachmittag lichteten wir die Anker und fuhren weiter. Vor uns lagen drei bis vier Monate Jagd in den Robbengründen. Diese Aussicht war in der Tat trübe, und ich ging schweren Herzens an meine Arbeit. Eine Art Grabesstimmung schien sich auf die ›Ghost‹ herabgesenkt zu haben. Wolf Larsen hatte sich, von seinen merkwürdigen, betäubenden Kopfschmerzen gepackt, in seine Koje zurückgezogen. Harrison stand teilnahmslos am Rad, halb darauf gestützt, als drücke ihn sein eigenes Gewicht zu Boden. Die übrige Mannschaft war mürrisch und schweigsam.

Die allgemeine Finsternis hatte auch mich eingehüllt. Das Schlimmste schien unvermeidlich. Und wie ich Stunde auf Stunde an Deck auf und ab schritt, war mir, als hätten mich die abstoßenden Gedanken Wolf Larsens angesteckt. Wozu das alles? Wo war die Größe des Lebens, wenn es eine so maßlose Vernichtung menschlicher Seelen zulassen konnte? Alles in allem war dieses Leben etwas Billiges, Nichtiges, und je eher es vorbei war, desto besser. Auch ich lehnte mich über die Reling und starrte sehnsüchtig ins Meer hinab, sicher, daß ich früher oder später versinken mußte in dieser kühlen, grünen Tiefe der Vergessenheit.

Merkwürdigerweise ereignete sich trotz der allgemeinen Ahnungen nichts Besonderes auf der ›Ghost‹. Wir liefen weiter nach Norden und Westen, bis wir die japanische Küste erreichten und die großen Robbenherden fanden. Sie kamen durch den unendlichen Ozean – niemand wußte woher – auf ihren alljährlichen Wanderungen nach den Paarungsplätzen an der Beringsee. Und nach Norden fuhren wir, mordend und vernichtend, indem wir die geschundenen Körper den Haien überließen und die Häute einsalzten, damit sie später die schönen Schultern der Städterinnen schmücken konnten. Es war Massenmord. Niemand aß das Fleisch oder gebrauchte den Tran. Nach einem guten Jagdtage war das ganze Deck mit Fellen und Körpern übersät und schlüpfrig von Fett und Blut, durch die Speigatten floß ein roter Strom, und Masten, Tauwerk und Reling waren blutbespritzt. Die Männer verrichteten ihr Handwerk wie Schlächter, mit bloßen, roten Armen und großen Messern in den Händen, um die schönen Seetiere, die sie getötet hatten, ihrer Felle zu berauben.

Ich hatte die Aufgabe, die Felle nachzuzählen, wenn sie von den Booten an Deck geschafft wurden, das Häuten und später die Säuberung des Decks zu beaufsichtigen. Es war keine erfreuliche Arbeit. Seele und Magen empörten sich dagegen. Und doch tat mir diese Arbeitsleistung und der Befehl über viele Männer gut. Meine Entschlossenheit entwickelte sich, und ich merkte, daß ich ausdauernd und abgehärtet wurde. Eines begann ich zu fühlen, daß ich nie wieder derselbe werden konnte, der ich gewesen war. Überlebten auch meine Hoffnung und mein Glaube an das menschliche Leben immer noch Wolf Larsens vernichtende Kritik, so hatte er dennoch Veränderungen in weniger wichtigen Dingen bei mir verursacht. Er hatte mir die Welt der Wirklichkeit geöffnet, von der ich bisher tatsächlich nichts gewußt und die ich immer gescheut hatte. Ich hatte gelernt, das Leben, wie es wirklich war, näher zu betrachten, zu erkennen, daß es etwas auf der Welt gab, das Tatsachen hieß, sich zu befreien von der Herrschaft des Geistes, der Gedanken und einen gewissen Wert zu legen auf die greifbaren, gegenständlichen Seiten des Daseins.

Als wir die Jagdgründe erreicht hatten, sah ich Wolf Larsen öfter denn je. Denn wenn das Wetter schön war und wir uns inmitten einer Herde befanden, waren alle Mann in den Booten, und nur er und ich sowie Thomas Mugridge, der nicht zählte, blieben an Bord. Aber das war keine Erholung für mich. Die sechs Boote zerstreuten sich fächerförmig vom Schoner, bis das äußerste Luv- und Leeboot zehn bis zwanzig Meilen voneinander entfernt waren, dann kreuzten sie und jagten, bis die Nacht hereinbrach oder schlechtes Wetter sie zur Umkehr zwang. Unsere Aufgabe war es, die ›Ghost‹ in Lee des letzten Leebootes zu steuern, so daß alle Boote günstigen Wind hatten, wenn sie uns bei drohendem Unwetter erreichen wollten.

Es ist keine Kleinigkeit für zwei Mann, namentlich bei steifem Wind, ein Fahrzeug wie die ›Ghost‹ zu führen, zu steuern, Ausschau nach den Booten zu halten und Segel zu setzen und zu streichen. Daher galt es für mich, zu lernen, und schnell zu lernen. Das Steuern erfaßte ich leicht, aber in die Takelung zu klettern und nur durch die Kraft meiner Arme mein ganzes Gewicht hinaufzuschwingen, wenn ich die Wanten verließ, um noch höher zu gehen, war schon viel schwerer. Aber auch das lernte ich rasch, denn ich spürte in mir den heißen Wunsch, vor Wolf Larsen zu bestehen und mein Recht am Leben auf andern Wegen als denen des Geistes zu beweisen. Ja, es kam die Zeit, da es mir geradezu eine Freude machte, die Bewegung der Mastspitze zu fühlen und mich mit den Beinen festzuklammern, während ich durch das Glas das Meer nach den Booten absuchte.

Ich erinnere mich eines Tages, als die Boote früh ausfuhren, wie das

Knallen der Büchsen immer ferner und schwächer klang und schließlich ganz erstarb, je weiter sie sich über das Meer zerstreuten. Es wehte ganz schwach aus Westen, aber der Wind schlief völlig ein, gerade als wir in Lee der Boote angelangt waren. Eines nach dem andern – ich sah es von der Mastspitze aus – verschwanden die sechs Boote hinter der Rundung der Erde, indem sie die Robben westwärts verfolgten. Wir lagen, nur ganz schwach in der stillen See rollend und außerstande, die Boote einzuholen. Wolf Larsen war ernst. Das Barometer fiel, und der Himmel im Osten gefiel ihm nicht. Er studierte ihn mit ununterbrochener Wachsamkeit.

»Wenn es dort«, sagte er, »plötzlich losbricht und uns in Luv von den Booten treibt, kann es leicht leere Kojen in Zwischendeck und Back geben.«

Gegen elf Uhr war die See blank wie Glas geworden. Um Mittag war die Hitze, obwohl wir uns hoch im Norden befanden, erstickend. Nicht ein Lüftchen wehte. Es war schwül und drückend, und ich erinnerte mich des kalifornischen Ausdrucks ›Erdbebenwetter‹. Etwas Unheilverkündendes war darin, und man hatte das unerklärliche Gefühl, daß das Schlimmste bevorstand. Langsam füllte sich der östliche Himmel mit Wolken, die uns wie ein schwarzes Gebirge der Höllenregion überragten. So deutlich konnte man Schlünde, Schluchten und Abgründe mit ihren Schatten unterscheiden, daß man unwillkürlich nach der weißen Brandungslinie ausschaute und auf ihr Brüllen lauschte. Und immer noch schaukelten wir sanft in der Windstille.

»Das ist keine Bö«, sagte Wolf Larsen. »Die alte Mutter Natur ist daran, sich auf die Hinterbeine zu stellen und loszulegen, und wir können froh sein, Hump, wenn die Hälfte unserer Boote durchkommt. Sie täten am besten, nach oben zu gehen und die Toppsegel loszumachen.«

»Aber wenn es losbricht, und wir sind nur zwei hier?« fragte ich mit einem Klang von Protest in der Stimme. »Na, wir wollen tun, was wir können, und den ersten Anprall benutzen, um unsere Boote zu erreichen, ehe unsere Leinwand in Fetzen geht. Was dann geschieht, dafür gebe ich keinen Deut. Die Hölzer werden schon halten, und das werden wir beide auch, wenn es auch eine harte Nuß für uns wird.«

Immer noch hielt die Stille an. Wir aßen zu Mittag. Es war eine hastige, ängstliche Mahlzeit mit dem Gedanken an die achtzehn Mann draußen auf See hinter dem Horizont und die himmelhohen Wolkenberge, die langsam näher zogen. Wolf Larsen schien indessen ganz unbekümmert, er schien sich zu freuen auf den bevorstehenden Kampf, gehoben zu werden durch das Bewußtsein, daß einer der großen Augenblicke bevorstand, in denen die Ebbe des Lebens zur Flut schwillt.

Ohne zu ahnen, daß er es tat oder daß ich es sah, lachte er einmal laut, spöttisch und herausfordernd dem nahenden Sturm entgegen. Er trotzte dem Schicksal und fürchtete sich nicht.

Er schritt nach der Kombüse. »Köchlein, wenn du fertig bist mit deinen Töpfen und Pfannen, wirst du auf Deck gebraucht. Halt dich bereit, wenn du gerufen wirst.«

Der westliche Himmel war unterdessen finster geworden. Die Sonne war verdunkelt und unsern Blicken entzogen. Es war zwei Uhr nachmittags, und ein geisterhaftes Zwielicht hatte sich, hier und dort von purpurnen Strahlen durchschossen, auf uns herabgesenkt. Wir lagen inmitten einer unirdischen Stille, während alles um uns Töne und Bewegung verkündete. Die drückende Hitze war unerträglich geworden. Der Schweiß stand mir auf der Stirn, und ich fühlte ihn an meiner Nase herabträufeln. Mir war, als sollte ich ohnmächtig werden, und ich griff nach der Reling, um einen Halt zu finden. Und gerade da kam ein ganz, ganz schwaches Lüftchen. Es kam von Osten, kam wie ein leises Säuseln und ging wieder. Die schlaffen Segel bewegten sich nicht, und doch hatte mein Gesicht den Luftzug gespürt und eine Kühlung empfunden.

»Köchlein«, rief Wolf Larsen mit leiser Stimme. Thomas Mugridge erschien mit einer erbarmenswert kläglichen Miene. »Nimm die Focktalje und halt sie quer, und wenn die Schot glatt geht, dann ist es gut, und du kommst hübsch mit der Talje her. Und wenn du Unsinn machst, dann wird es der letzte sein, den du je gemacht hast. Verstanden?«

»Herr van Weyden, halten Sie sich fertig, die Vorsegel übergehen zu lassen. Dann springen Sie nach oben und breiten die Toppsegel aus, so schnell es mit Gottes Hilfe geschehen kann – je schneller Sie machen, desto leichter geht es. Und wenn der Koch nicht fix macht, dann geben Sie ihm eins zwischen die Augen.« Ich verstand das Kompliment und war froh, daß keine Drohungen meine Unterweisungen begleiteten. Wir lagen hart nach Nordwest, und es war seine Absicht, beim ersten Windstoß zu halsen.

»Wir kriegen die Brise in die Dillen«, erklärte er mir. »Nach den letzten Schüssen müssen die Boote sich südwärts gewandt haben.« Er drehte sich um und schritt nach achtern ans Rad. Ich ging nach vorn

und stellte mich an den Klüver. Ein zweites Lüftchen kam und ging und noch eines. Die Leinwand schwang sich träge.
»Gott sei Dank, es kommt nicht auf einmal, Herr van Weyden!« lautete der inbrünstige Stoßseufzer des Cockneys.
Und ich war in der Tat dankbar, denn ich hatte inzwischen genug gelernt, um zu wissen, was für ein Unglück geschehen konnte, wenn in einem solchen Falle alle Segel gesetzt waren. Das Säuseln wurde zu Windstößen, die Segel blähten sich, die ›Ghost‹ bewegte ich. Wolf Larsen packte das Rad, drehte es hart nach backbard, und wir begannen abzufallen.
Der Wind kam jetzt direkt von achtern, knurrend und mit immer stärkeren Stößen, so daß meine Toppsegel lustig flatterten. Ich sah nicht, was anderswo vorging, wenn ich auch an dem plötzlichen Rollen und Überkrengen des Schoners und an dem Umstand, daß der Wind jetzt von der andern Seite kam, merkte, daß Fock- und Großsegel herumgeschwungen waren. Ich hatte alle Hände voll zu tun mit Klüver und Stagsegel, und als dieser Teil meiner Aufgabe gelöst war, sprang die ›Ghost‹ nach Südwest, den Wind in den Dillen, und alle Schote steuerbord. Ohne Atem zu schöpfen – obwohl mein Herz vor Anstrengung wie ein Hammerwerk schlug –, sprang ich zu dem Toppsegel hinauf, und ehe der Wind zu stark geworden war, hatten wir sie gesetzt und standen wieder auf Deck. Dann ging ich nach achtern, um weitere Befehle entgegenzunehmen. Wolf Larsen nickte beifällig und überließ mir das Rad. Der Wind nahm beständig zu, und die See stieg. Eine Stunde lang steuerte ich, und in dieser Stunde wurde es mit jedem Augenblick schwerer. Ich hatte keine Übung, bei der Schnelligkeit, mit der wir jetzt fuhren, und mit dem Wind in den Dillen, zu steuern. »Jetzt gehen Sie mit dem Glas nach oben und sehen Sie, einige von den Booten zu finden. Wir haben wenigstens zehn Knoten gemacht und machen jetzt zwölf bis dreizehn. Das alte Mädel weiß, was es zu tun hat.« Ich kletterte auf die vordere Dwarssalinge, einige siebzig Fuß über dem Deck. Wie ich über die weite Fläche vor mir blickte, wurde mir die Notwendigkeit klar, daß wir eilen mußten, wenn wir überhaupt noch jemand von der Mannschaft finden wollten. Beim Anblick der schweren See, die wir durchfuhren, zweifelte ich tatsächlich, daß sich noch ein Boot auf dem Meere befand. Es schien mir unmöglich, daß ein so gebrechliches Fahrzeug diesem Ansturm von Wind und Wogen widerstehen könnte.
Ich konnte die volle Gewalt des Sturmes nicht fühlen, denn wir liefen mit ihm; aber von meinem luftigen Sitze sah ich auf die ›Ghost‹ hin-

unter und sah ihre Form sich im Fahren scharf von der schäumenden See abheben. Zuweilen hob sie sich und durchschnitt eine schwere Woge, daß die Steuerbordreling verschwand und das Deck bis zu den Luken von dem kochenden Ozean bedeckt war. Dann konnte ich infolge des Rollens nach Luv plötzlich mit schwindelerregender Schnelligkeit durch die Luft sausen, als ob ich am Ende eines ungeheuren, umgekehrten Pendels hing, dessen Schwingungen siebzig Fuß oder noch mehr betrugen.

Einmal überwältigte mich das Entsetzen über dies schwindelnde Kreisen, und sekundenlang klammerte ich mich mit Händen und Füßen an, schwach und zitternd, unfähig, das Meer nach den vermißten Booten abzusuchen und ohne etwas anderes von ihm zu wissen, als daß es brüllend unter mir die ›Ghost‹ zu überwältigen suchte.

Aber der Gedanke an die Männer dort draußen rüttelte mich auf, und in der Suche nach ihnen vergaß ich mich selber. Eine Stunde lang sah ich nichts als das öde, trostlose Meer. Da erblickte ich an einer Stelle, wo ein unsteter Lichtstrahl den Ozean traf und die Oberfläche in schäumendes Silber verwandelte, einen kleinen schwarzen Punkt, der in einem Augenblick himmelwärts geschleudert wurde und dann verschwand. Ich wartete geduldig. Wieder tauchte der schwarze Punkt in dem silbernen Gischt, ein paar Striche backbord vorm Bug, auf. Ich versuchte nicht erst zu rufen, sondern übermittelte Wolf Larsen die Nachricht durch Schwingen der Arme. Er änderte den Kurs, und als der Punkt sich jetzt gerade voraus zeigte, signalisierte ich, daß es stimmte.

Der Punkt wuchs, und zwar so schnell, daß ich erst jetzt unserer eigenen Schnelligkeit ganz inne wurde. Wolf Larsen machte mir Zeichen, hinunterzukommen, und als ich neben ihm am Rade stand, unterwies er mich, wie ich brackbassen sollte.

»Machen Sie sich darauf gefaßt, daß die ganze Hölle losbricht«, warnte er mich, »aber kümmern Sie sich nicht darum. Sie haben Ihre Arbeit zu tun und lassen Köchlein an der Fockschot stehen.«

Ich bahnte mir meinen Weg nach vorn, aber es war kein großer Unterschied, welche Seite ich benutzte, da die Luvreling genau wie die Leeseite unter Wasser begraben wurde. Nachdem ich Thomas Mugridge angewiesen hatte, was er tun sollte, kletterte ich einige Fuß hoch in die vordere Takelung. Das Boot war jetzt ganz nahe, und ich konnte genau sehen, wie es mit dem Bug gerade im Winde lag und Mast und Segel über Bord geworfen hatte und treiben ließ, um sie als Seeanker zu benutzen. Die drei Männer schöpften das Wasser aus.

Jede Woge entzog sie dem Blick, und ich wartete erregt und von der Furcht gepackt, sie nie wieder auftauchen zu sehen. Das Boot konnte plötzlich auf einem schäumenden Wellenkamm in die Luft schießen, daß der Bug himmelwärts zeigte und ich den ganzen Boden sah, bis es auf dem Heck zu stehen schien. Dann sah ich einen Augenblick die mit wahnsinniger Hast schöpfenden Männer. In der nächsten Sekunde stürzte das Boot vornüber in das gähnende Tal, und die ganze Seite mit dem Achterende stand senkrecht in der Luft. Jedesmal, wenn es wieder zum Vorschein kam, erschien es mir wie ein Wunder.

Die ›Ghost‹ änderte plötzlich ihren Kurs und hielt ab, und mich durchfuhr der Gedanke, Wolf Larsen könne die Rettung als unmöglich aufgegeben haben. Dann aber sah ich, daß er sich fertig machte, beizudrehen, und sprang aufs Deck, um bereit zu sein. Wir lagen jetzt gerade vor dem Wind, und das Boot befand sich in der gleichen Höhe wie wir. Ich fühlte, wie wir plötzlich stillstanden, eine schnelle, drehende Bewegung, und wir fuhren gerade in den Wind hinein. Als wir im rechten Winkel lagen, packte uns der Wind (dem wir bisher weggelaufen waren) mit voller Gewalt. Unglücklicherweise kehrte ich ihm zufällig das Gesicht zu. Wie eine Mauer prallte er gegen mich an und füllte mir die Lunge mit Luft, die ich nicht imstande war, auszuatmen. Ich wollte ersticken – da krengte die ›Ghost‹ nach vorn über, und in diesem Augenblick sah ich, wie eine ungeheure See sich hoch über meinem Kopfe erhob. Ich wandte mich seitwärts, schöpfte tief Atem und blickte wieder hin. Die Woge überragte die ›Ghost‹, und ich blickte gerade zu ihr empor. Ein Sonnenstrahl streifte den brechenden Rand, und ich sah einen halb durchsichtigen, grünen Schimmer mit milchiger Schaumkante.

Dann kam sie herab. Die Hölle brach los – alles geschah auf einmal. Ich erhielt einen zermalmenden, betäubenden Schlag, der mich jedoch nicht an einer bestimmten Stelle, sondern am ganzen Körper traf. Ich verlor den Halt, ich war unter Wasser, und mir fuhr der Gedanke durch den Kopf, daß jetzt das Furchtbare kam: ich sollte über Bord gespült werden! Mein Körper wurde hilflos hin und her, um und um geschleudert, gestoßen und zerhämmert, und als ich den Atem nicht länger anhalten konnte, drang mir das beißende Salzwasser in die Lunge. Aber bei allem hatte ich nur einen Gedanken: den Klüver nach Luv bringen. Ich hatte keine Furcht vor dem Tode. Ich zweifelte nicht, daß ich irgendwie durchkommen mußte.

Ich stieß hart gegen etwas, das ich für die Reling hielt, und atmete wieder frische Luft. Ich versuchte, mich zu erheben, stieß mir aber heftig den Kopf und wurde auf Hände und Füße zurückgeschleudert. Durch einen glücklichen Zufall war ich unter den Backkopf und in eine Tauschlinge gefegt worden. Als ich auf allen vieren herauskroch, stieß ich auf Thomas Mugridge, der als ein stöhnendes Häufchen Elend dalag. Aber ich hatte keine Zeit zu verlieren, ich mußte den Klüver nach Luv bringen.

Als ich wieder nach vorn kam, schien das Ende gekommen. Auf allen Seiten ertönte ein Knirschen und Krachen von Holz, Eisen und Leinwand. Die ›Ghost‹ wurde zerrissen und zerfetzt. Fock und Toppsegel, die bei dem Manöver aus dem Wind gekommen waren und aus Mangel an Leuten nicht rechtzeitig geborgen werden konnten, rissen mit Donnerkrachen in Fetzen, während der schwere Baum von Reling zu Reling schlug und zersplitterte. Die Luft war schwarz von Schiffstrümmern; losgerissene Taue und Stags zischten und wanden sich wie Schlangen, und mitten in das Gewirr krachte die Fockgaffel.

Der Baum konnte mich nur um wenige Zoll verfehlt haben, und das brachte mich wieder zur Besinnung. Vielleicht war die Lage doch noch nicht hoffnungslos. Ich erinnerte mich der Worte Wolf Larsens. Er hatte erwartet, daß die Hölle losbrechen würde, und nun war es soweit. Aber wo war er? Ich erblickte ihn, wie er das Großsegel mit seinen entsetzlichen Muskeln einholte. Das Heck des Schoners hob sich hoch in die Luft, und ich sah seinen Körper sich gegen eine weiße Sturzwelle abzeichnen, die schnell vorbeischoß. Alles dies und vielleicht noch mehr – eine ganze Welt von Chaos und Trümmern – sah, hörte und begriff ich in vielleicht fünfzehn Sekunden.

Ich hielt mich nicht damit auf, zu sehen, was aus dem kleinen Boot geworden war, sondern sprang an den Klüver. Der begann zu flattern, straffte sich und erschlaffte mit scharfem Knattern. Aber durch Anziehen der Schot und mit Aufbietung aller meiner Kräfte brachte ich ihn langsam zurück, indem ich immer einen Augenblick benutzte, wenn er schlaff war. Das weiß ich: Ich tat mein Bestes. Ich zog, daß mir das Blut unter den Nägeln herausspritzte, und während ich arbeitete, rissen Außenklüver und Stagsegel donnernd in Fetzen.

Immer weiter hahlte ich, das Gewonnene mit einer Doppelschlinge haltend, bis ich beim nächsten Schlaffwerden weiterzog. Dann gab der Klüver plötzlich leichter nach; Wolf Larsen stand neben mir und hahlte allein weiter, während ich das Segel festmachte.

»Machen Sie schnell!« rief er laut, »und kommen Sie!« Ich folgte ihm und bemerkte, daß trotz Vernichtung und Verderben noch eine gewisse Ordnung herrschte. Die ›Ghost‹ drehte bei. Sie war immer noch

seetüchtig. Waren auch die andern Segel fort, so hielt sich das Schiff, da der Klüver nach Luv gebracht und das Großsegel flach niedergeholt war, doch noch mit dem Bug gegen die wütende See.
Ich blickte mich nach dem Boote um, und während Wolf Larsen die Bootstalje klarmachte, sah ich, wie es sich in Lee, keine zwanzig Fuß entfernt, auf einer großen Woge hob. Und so genau hatte Wolf Larsen seine Maßnahmen berechnet, daß wir gerade darauf zutrieben, so daß wir nichts zu tun hatten, als die Taljen an jedem Ende einzuhaken und das Boot an Bord zu heißen. Aber das war leichter gesagt, als getan. Im Bug stand Kerfoot, während Oofty-Oofty am Heck und Kelly mittschiffs standen. Als wir näher trieben, wurde das Boot von einer Woge gehoben, und wir sanken in das Wellental, bis ich gerade vor mir die drei Männer die Köpfe beugen und nach uns auslugen sah. Im nächsten Augenblick wurden wir gehoben und emporgeschwungen, während sie tief hinabsanken. Es mußte fast ein Wunder geschehen, wenn die nächste See nicht die ›Ghost‹ auf die winzige Eierschale niederschmettern sollte.
Aber da warf ich dem Kanaken, Wolf Larsen vorn Kerfoot das Tau zu. Beide Taue waren in einem Nu eingehakt, und die drei Männer nahmen gewandt den richtigen Augenblick und sprangen gleichzeitig an Bord des Schoners. Als die ›Ghost‹ sich jetzt seitwärts überlegte, wurde das Boot an der Schiffswand aus dem Wasser gehoben, und ehe wir wieder hinüberkrengten, hatten wir es schon an Bord geheißt und kieloben auf das Deck gelegt. Ich bemerkte, daß Kerfoots linke Hand von Blut troff. Sein Mittelfinger war zu Brei zerquetscht worden. Aber er gab kein Zeichen des Schmerzes und half uns mit der rechten Hand, das Boot auf seinem Platz festzumachen.
»Bring den Klüver rüber, Oofty!« befahl Wolf Larsen, als wir eben mit dem Boot fertig waren. »Kelly, komm nach achtern und laß das Großsegel locker! Und du, Kerfoot, geh nach vorn und sieh, was aus Köchlein geworden ist! Herr van Weyden, gehen Sie nach oben und schneiden Sie alles lose Zeug weg, was Ihnen in die Quere kommt!«
Und nachdem er seine Befehle erteilt hatte, sprang er in seiner eigentümlichen, tigerhaften Weise nach achtern zum Rade. Während ich mühsam die Wanten zum Fockmast hinaufkletterte, setzte sich die ›Ghost‹ langsam in Bewegung. Als wir diesmal ins Wellental sanken und von Sturm und See herumgeschleudert wurden, konnten keine Segel mehr eingeholt werden, und auf halbem Wege zu den Dwarssalingen wurde ich durch die Gewalt des Windes so gegen die Takelung gepreßt, daß es mir unmöglich gewesen wäre, zu fallen. Die ›Ghost‹

lag fast ganz auf der Seite, und die Masten standen parallel zum Wasser, so daß ich, wenn ich das Deck der ›Ghost‹ sehen wollte, nicht hinunter, sondern beinahe im rechten Winkel blicken mußte. Aber ich sah das Deck gar nicht, denn dort, wo es hätte sein sollen, war nichts als kochendes Wasser, aus dem nur zwei Masten herausragten; das war alles. Einen Augenblick war die ›Ghost‹ ganz unter dem Meere begraben. Als sie jetzt allmählich vor den Wind ging und der seitliche Druck geringer wurde, richtete sie sich langsam auf, und ihr Deck durchbrach wie ein Walrücken die Meeresfläche.

Dann rasten wir über die wilde, stürmische See, während ich wie eine Fliege in den Salingen hing und nach den anderen Booten ausspähte. Nach einer halben Stunde sichtete ich das zweite. Es trieb kieloben, und Jack Horner, der dicke Louis und Johnson klammerten sich verzweifelt daran fest. Diesmal blieb ich in der Takelung, und es gelang Wolf Larsen, beizudrehen, ohne den Halt zu verlieren. Wie zuvor trieben wir hin. Taljen wurden festgemacht und Taue den Männern zugeworfen, die wie Affen an Bord kletterten. Das Boot selbst wurde, als es an Bord gezogen wurde, an der Schiffswand zerschmettert, aber das Wrack befestigten wir sicher, denn es konnte ausgebessert und wieder seeklar gemacht werden.

Wieder drehte sich die ›Ghost‹ in den Wind, und diesmal tauchte sie so tief ins Meer, daß ich einige Sekunden dachte, sie würde nie wieder zum Vorschein kommen. Selbst das Steuerrad, das ein ganz Teil höher als das Mitteldeck angebracht war, verschwand immer wieder unter den Wellen. In solchen Augenblicken hatte ich ein seltsames Gefühl, allein mit Gott zu sein, allein mit ihm und dem Chaos, das sein Zorn verursacht hatte. Dann tauchte das Rad wieder auf, und dahinter die breiten Schultern Wolf Larsens, seine Hände, die in die Spaken griffen und den Schoner in den Kurs zwangen, den er wollte! Daß Menschen leben, atmen, schaffen und ein so gebrechliches Ding aus Holz und Leinwand durch diesen furchtbaren Kampf der Elemente führen konnten! Ein Wunder!

Wie zuvor schwang sich die ›Ghost‹ aus dem Schlund heraus, hob ihr Deck über das Wasser und jagte vor dem heulenden Sturm dahin. Es war jetzt halb sechs, und eine halbe Stunde später, als das letzte Tageslicht einem unheimlichen, trüben Zwielicht wich, sah ich das dritte Boot. Es trieb kieloben, und von der Mannschaft war nichts zu sehen. Wolf Larsen wiederholte sein Manöver, hielt ab, drehte dann nach Luv und ließ sich hintreiben. Aber diesmal verfehlte er das Boot um vierzig Fuß, und es trieb vorbei. »Boot vier«, rief Oofty-Oofty,

dessen scharfe Augen in der Sekunde, als es, kieloben, aus dem Gischt auftauchte, die Nummer erspäht hatten.
Es war Hendersons Boot, und zugleich mit ihm hatten wir Holoyak und Williams, einen der Vollmatrosen, verloren. Über ihr Schicksal konnte kein Zweifel herrschen, aber das Boot schwamm hier, und Wolf Larsen wollte noch einen verwegenen Versuch machen, es wiederzuerlangen. Ich war aufs Deck heruntergekommen und sah, wie Horner und Kerfoot vergebens gegen den Versuch protestierten.
»Bei Gott! Ich lasse mir mein Boot nicht stehlen – und wenn die ganze Hölle los wäre!« rief er laut, und obgleich wir alle vier die Köpfe zusammensteckten, um besser zu hören, klang seine Stimme nur schwach und wie aus ungeheurer Ferne.
»Herr van Weyden!« rief er, und ich hörte seine Stimme wie ein schwaches Flüstern, »bleiben Sie mit Johnson und Oofty am Klüver. Die andern achtern an die Großschot! Los, oder ich fahre geradeswegs mit euch in die andere Welt! Verstanden?«
Und da er das Ruder hart umlegte und die ›Ghost‹ sich drehte, blieb den Jägern nichts übrig, als zu gehorchen und zu helfen, das kühne Wagnis nach Möglichkeit zu einem guten Abschluß zu bringen. Wie groß die Gefahr war, kam mir zum Bewußtsein, als ich nochmals unter den zermalmenden Seen begraben wurde und mich, mit dem Tode ringend, an die Nagelbank am Fuße des Großmastes klammerte. Meine Finger verloren ihren Halt, und ich wurde über Bord ins Meer gefegt. Schwimmen war unmöglich, aber ehe ich sinken konnte, war ich schon wieder zurückgeschwemmt. Eine starke Hand packte mich, und als die ›Ghost‹ endlich wieder auftauchte, sah ich, daß ich mein Leben Johnson verdankte. Er spähte ängstlich umher, und ich bemerkte, daß Kelly, der im letzten Augenblick nach vorn gekommen war, fehlte.
Wolf Larsen hatte das Boot verfehlt.
Es war jetzt so dunkel, daß nichts mehr zu sehen war. Wolf Larsen aber führte, wie durch einen unfehlbaren Instinkt geleitet, das Ruder. Obwohl wir immer halb unter Wasser waren, wurden wir diesmal in kein Wellental heruntergeschwemmt, sondern trieben geradeswegs auf das Boot zu, das, freilich arg beschädigt, an Bord geheißt wurde.
Es folgten zwei Stunden furchtbarer Anstrengung. Wir alle an Bord – zwei Jäger, drei Matrosen, Wolf Larsen und ich – refften zuerst den Klüver, dann das Großsegel. Beigedreht und mit so wenig Leinwand war das Deck einigermaßen trocken, und die ›Ghost‹ wippte wie ein Kork auf den Seen.

Ich hatte mir gleich im Anfang die Haut von den Fingern gerissen, und beim Reffen hatte ich vor Schmerz kaum die Tränen zurückhalten können. Als jetzt alles getan war, ließ ich mich wie ein Weib gehen und warf mich, jammernd vor Schmerz und Erschöpfung, aufs Deck. Unterdessen war Thomas Mugridge wie eine ertrunkene Ratte unter dem Backkopf hervorgezogen worden, wo er sich feige verkrochen hatte. Als er achtern nach der Kajüte geschleppt wurde, sah ich plötzlich zu meinem Schrecken, daß die Kombüse verschwunden war. Wo sie gestanden hatte, war klar Deck.

In der Kajüte fand ich alle Mann, auch die Matrosen, versammelt, und während der Kaffee auf dem kleinen Ofen gekocht wurde, tranken wir Whisky und kauten Zwiebacke. Nie im Leben war mir Essen so willkommen gewesen, und nie hatte mir heißer Kaffee so geschmeckt. So gewaltig rollte und stieß die ›Ghost‹, daß selbst die Matrosen sich nicht bewegen konnten, ohne sich festzuhalten, und daß wir mehrmals unter allgemeinem Geschrei nach backbord an die Wand geschleudert wurden, als hätten wir uns an Deck befunden.

»Zum Teufel mit dem Ausguck!« hörte ich Wolf Larsen sagen, als wir uns satt gegessen und getrunken hatte. »An Deck kann doch nichts mehr gemacht werden. Wenn jemand uns überrennen will, können wir ihm doch nicht ausweichen. Alle Mann in die Kojen, und versucht ein bißchen zu schlafen!«

Die Matrosen kämpften sich nach vorn und setzten unterwegs die Seitenlichter, während die beiden Jäger zum Schlafen in der Kajüte blieben, da es nicht ratsam war, die Zwischendecksluke zu öffnen. Wolf Larsen und ich amputierten gemeinsam Kerfoots zerschmetterten Finger und vernähten die Wunde. Mugridge, der die ganze Zeit, während er Kaffee machen und aufwarten mußte, über innere Schmerzen geklagt hatte, schwor jetzt, daß er zwei oder drei Rippen gebrochen hätte. Aber er mußte bis zum nächsten Tage warten, zumal ich nichts von gebrochenen Rippen verstand und erst darüber nachlesen mußte.

»Ich finde nicht, daß es das wert war«, sagte ich zu Wolf Larsen, »ein zersplittertes Boot für Kellys Leben!«

»Kelly war nicht viel wert«, lautete die Antwort. »Gute Nacht!«

Nach allem, was sich ereignet hatte, bei fast unerträglichen Schmerzen in den Fingerspitzen und den Gedanken an die drei vermißten Boote, gar nicht zu reden von den wilden Sprüngen, die die ›Ghost‹ machte, hätte ich nicht geglaubt, daß es möglich gewesen wäre, zu schlafen. Aber meine Augen müssen sich in demselben Augenblick geschlossen haben, als mein Kopf das Kissen berührte, und in äußerster Erschöpfung schlief ich die ganze Nacht, während sich die ›Ghost‹, einsam und ungeleitet, ihren Weg durch den Sturm erkämpfte.

Am nächsten Tage paukten Wolf Larsen und ich, während der Sturm sich austobte, schnell Anatomie und Chirurgie und setzten Mugridges Rippen wieder zurecht. Als dann die Gewalt des Orkans gebrochen war, kreuzte Wolf Larsen über die Stelle, wo er uns überrascht hatte, zurück, und fuhr dann, während die Boote ausgebessert und neue Segel gemacht wurden, etwas weiter nach Westen. Ein Robbenschoner nach dem andern wurde gesichtet und gepreit; die meisten hatten Boote und Mannschaften an Bord, die sie aufgelesen hatten und die ihnen nicht gehörten. Der größte Teil der Flotte hatte sich westlich von uns befunden, und die weit verstreuten Boote hatten in wilder Flucht den ersten besten Zufluchtsort aufgesucht.

Zwei unserer Boote mit wohlbehaltener Mannschaft nahmen wir von der ›Cisco‹ über, und zu Wolf Larsens großer Freude und meinem Schmerz las er Smoke, Nilson und Leach von der ›San Diego‹ auf. So waren wir nach fünf Tagen, nun um vier Mann ärmer – Henderson, Holoyak, Williams und Kelly –, wieder hinter den Herden her.

Wir verfolgten sie weiter nordwärts, und nun trafen wir auf die gefürchteten Seenebel. Tag auf Tag wurden die Boote hinuntergefiert und verschwanden, fast ehe sie noch das Wasser berührt hatten. Wir an Bord stießen in regelmäßigen Zwischenräumen ins Horn und gaben alle fünfzehn Minuten Signalschüsse ab. Beständig wurden Boote verloren und wiedergefunden, und es war üblich, mit dem ersten besten fremden Schoner zu jagen, der das Boot aufnahm, bis der eigene Schoner gefunden war. Da Wolf Larsen jedoch ein Boot fehlte, ergriff er Besitz von dem ersten fremden, das uns in die Quere kam, zwang die Mannschaft, auf der ›Ghost‹ zu bleiben, und erlaubte ihnen nicht, zurückzukehren, als wir ihren eigenen Schoner sichteten. Ich weiß noch, wie er dem Jäger und seinen beiden Leuten das Gewehr auf die Brust setzte und sie nach unten trieb, als ihr Kapitän uns passierte und praite, um nach ihnen zu fragen.

Thomas Mugridge, der sich so seltsam und hartnäckig ans Leben klammerte, humpelte wieder herum und kam seinen zweifachen Pflichten als Koch und Kajütsjunge nach. Johnson und Leach wurden schlimmer behandelt als je, und sie erwarteten, daß mit der Jagdzeit auch ihr Leben zu Ende sein würde. Aber auch die übrige Mannschaft lebte ein wahres Hundeleben unter ihrem erbarmungslosen Herrn. Ich selbst kam ganz gut mit Wolf Larsen aus, obgleich ich nie den Gedanken loswerden konnte, daß ich am richtigsten handeln würde, wenn ich ihn tötete.

Eine seiner Zerstreuungen war, wenn wir mitten in einer Robbenherde lagen und die See zu hoch ging, um die Boote niederzulassen, selbst mit zwei Pullern und einem Steurer hinauszugehen. Er war ein guter Schütze und erbeutete viele Felle unter Verhältnissen, die die Jäger einfach unmöglich nannten. Aber er schien gerade seine Freude daran zu finden, sein Leben auf diese Weise aufs Spiel zu setzen und gegen fast unüberwindliche Schwierigkeiten anzukämpfen.

Ich lernte immer mehr von der Navigation, und an einem schönen Tage – etwas, was uns jetzt selten begegnete – erlebte ich die Befriedigung, selbst die ›Ghost‹ führen, steuern und die Boote auflesen zu dürfen.

Wolf Larsen war von seinen Kopfschmerzen befallen, und so stand ich nun von morgens bis abends am Rade, kreuzte über das Meer nach dem letzten Leeboot, legte bei und nahm dieses und die anderen fünf auf, und das alles ohne Kommando oder Anweisung des Schiffers.

Hin und wieder wehte es steif, denn wir waren in eine stürmische Breite gekommen, und Mitte Juni erlebten wir einen Taifun, der sehr denkwürdig für mich und bedeutungsvoll für meine ganze Zukunft werden sollte. Wir wären fast von dem Zentrum des Wirbelsturms gepackt worden, und Wolf Larsen lief nach Süden davon, zuerst mit doppelt gerefftem Klüver und zuletzt mit gänzlich gestrichenen Segeln. Nie hatte ich gedacht, daß es so ungeheure Wogen geben könnte! Die Wellen, denen wir bisher begegnet waren, erschienen im Vergleich zu ihnen wie sanftes Gekräusel. Von Kamm zu Kamm maßen sie wohl eine halbe Meile, und ich bin fest überzeugt, daß sie unsern Topp überragten. So gewaltig waren sie, daß selbst Wolf Larsen nicht beizudrehen wagte, obgleich wir Gefahr liefen, weit nach Süden und aus den Robbengründen getrieben zu werden.

Wir mußten etwa bis in die Route der Transpazifik-Linie gekommen sein, und als der Taifun nachließ, befanden wir uns zur Überraschung der Jäger inmitten einer großen Robbenherde – einer Art Nachhut, wie sie erklärten, etwas sehr Seltenes. Und die Folge war, daß den ganzen Tag die Büchsen knallten und die Tiere mitleidslos abgeschlachtet wurden.

Gegen Abend näherte Leach sich mir. Ich war gerade damit fertig, die Häute zu zählen, die das letzte Boot an Bord gebracht hatte, als er in

der Dunkelheit neben mich trat und leise fragte: »Herr van Weyden, können Sie mir sagen, wie weit wir von der Küste entfernt sind und in welcher Richtung Yokohama liegt?«
Mein Herz hüpfte vor Freude, denn ich wußte, was er vorhatte, und ich gab ihm die Richtung an: »500 Meilen West-Nord-West.«
»Danke!« Mehr sagte er nicht, und dann schlüpfte er wieder ins Dunkel zurück
Am nächsten Morgen wurde Boot 3 mit Johnson und Leach vermißt. Gleichzeitig fehlten die Wasserfässer und Eßkisten aller anderen Boote und Bettzeug und Seesäcke der beiden Männer. Wolf Larsen raste. Er setzte Segel und fuhr nach West-Nord-West, immer zwei Jäger im Ausguck, während er selbst wie ein zorniger Löwe auf Deck auf und ab schritt. Er kannte meine Sympathie für die Flüchtlinge zu gut, als daß er mich in den Ausguck geschickt hätte.
Der Wind war günstig, wenn auch unbeständig, aber mir schien, daß man ebensogut eine Stecknadel in einem Heuschober wie das winzige Boot in dieser blauen Unendlichkeit hätte suchen können. Er holte jedoch alles aus der ›Ghost‹ heraus, um die Flüchtlinge vom Land abzuschneiden, und als er das erreicht zu haben meinte, kreuzte er hin und her in der Überzeugung, irgendwo auf sie zu stoßen.
Am dritten Morgen, kurz vor acht, rief Smoke vom Mast herab, daß das Boot in Sicht sei. Alles stürzte an die Reling. Eine scharfe Brise wehte aus West, und es schien noch mehr Wind aufzukommen. Und dort, in Lee, in dem bewegten Silberschein der aufgehenden Sonne, kam und ging ein schwarzer Fleck.
Wir braßten vierkant und fuhren auf ihn zu. Mein Herz war schwer wie Blei. Schlimme Ahnungen machten mich krank, und als ich den Triumph in Wolf Larsens Augen schimmern sah, drehte sich alles vor mir, und ich fühlte den fast unwiderstehlichen Drang, mich auf ihn zu stürzen. Ich weiß, daß ich in halber Betäubung ins Zwischendeck schlüpfte und gerade mit einer geladenen Büchse in der Hand wieder hinaufsteigen wollte, als ich den erstaunten Ruf hörte:
»Es sind fünf Mann im Boot!«
Da versagten mir die Knie, und ich sank zu Boden. Ich war wieder zu mir gekommen, aber mich erschütterte das Bewußtsein dessen, was ich fast getan hätte. Mit großer Erleichterung stellte ich das Gewehr wieder an seinen Platz und schlich mich an Deck zurück. Niemand hatte meine Abwesenheit bemerkt. Das Boot war jetzt nahe genug, um uns erkennen zu lassen, daß es größer als die üblichen Robbenfängerboote und von einem andern Typ war. Als wir uns näherten, wurde

das Segel eingeholt und der Mast umgelegt. Riemen kamen zum Vorschein, und die Leute warteten offenbar, daß wir beidrehen und sie an Bord nehmen sollten.
Smoke, der auf das Deck herabgestiegen war und jetzt neben mir stand, begann bedeutungsvoll zu kichern. Ich blickte ihn fragend an.
»Bunte Gesellschaft«, gluckste er.
»Was ist los?« fragte ich.
Er gluckste wieder. »Sehen Sie nicht, dort im Stern am Boden? Ich will nie wieder eine Robbe schießen, wenn das nicht eine Frau ist!«
Ich blickte näher hin, konnte jedoch nichts Genaues erkennen. Da ertönten von allen Seiten erstaunte Ausrufe. Im Boot befanden sich vier Männer, der fünfte Insasse aber war zweifellos eine Frau. Wir befanden uns in einer ungeheuren Aufregung – wir alle, außer Wolf Larsen, der offensichtlich enttäuscht war, daß er nicht sein eigenes Boot vor sich hatte.
Nach einigen Schlägen war das Boot längsseits. Jetzt erblickte ich die Frau zum erstenmal. Sie war in einen langen Überzieher gehüllt, denn der Morgen war rauh, und ich konnte nichts von ihr sehen als ihr Gesicht und eine Fülle hellbraunen Haares, das unter dem Südwester, den sie auf dem Kopfe trug, hervorquoll. Die Augen waren groß, braun und strahlend, der Mund voll und das Antlitz selbst ein zartes Oval, das die Sonne und der salzige Wind jetzt allerdings rot gebrannt hatten.
Sie erschien mir wie ein Wesen aus einer anderen Welt. Ich spürte, daß mich nach ihr verlangte wie den Hungernden nach Brot. Hatte ich doch so lange, lange keine Frau mehr gesehen! Ich weiß, ich verlor mich so sehr in Bewunderung, fast in Betäubung, daß ich mich selbst und meine Pflichten als Steuermann vergaß und mich nicht daran beteiligte, den Bootsinsassen an Bord zu helfen. Als einer der Matrosen sie in die herabgestreckten Arme Wolf Larsens hob, blickte sie in unsere neugierigen Gesichter und lächelte, wie nur eine Frau lächeln kann und wie ich so lange niemand hatte lächeln sehen.
»Herr van Weyden!«
Die scharfe Stimme Wolf Larsens brachte mich wieder zu mir.
»Wollen Sie die Dame nach unten bringen und für ihre Bequemlichkeit sorgen. Setzen Sie die freie Backbordkajüte instand. Lassen Sie es Köchlein tun. Und sehen Sie, was Sie für ihr Gesicht tun können. Es ist arg verbrannt.«
Er machte kurz kehrt und begann die Männer zu verhören.
Ich fühlte eine seltsame Befangenheit dieser Frau gegenüber, die ich

jetzt nach achtern brachte. Ich war feige. Zum erstenmal wurde ich gewahr, was für ein zartes, gebrechliches Geschöpf eine Frau ist, und als ich ihren Arm faßte, um ihr die Kajütstreppe hinunterzuhelfen, erschrak ich über ihre Zierlichkeit und Zartheit. Sie war in der Tat eine besonders schlanke, zarte Frau, mir erschien sie jedenfalls so ätherisch, daß ich fast erwartete, ihren Arm unter meinem Griff zerbrechen zu fühlen. Dies ist nach so langer Zeit ein offenes Bekenntnis meines ersten Eindrucks von der Frau im allgemeinen und Maud Brewster im besonderen.

»Sie brauchen sich wirklich nicht so zu bemühen«, protestierte sie, als ich sie in Wolf Larsens Lehnstuhl setzte, den ich schnell aus seiner Kajüte geholt hatte. »Die Leute haben schon die ganze Zeit nach Land ausgeschaut, und wir müssen es ja noch vor Einbruch der Nacht erreichen. Meinen Sie nicht?«

Ihre Zuversicht schreckte mich. Wie sollte ich ihr die Situation und den seltsamen Mann erklären, der wie das Schicksal das Meer abschritt – all das, was zu begreifen mich Monate gekostet hatte? Aber ich antwortete ihr ehrlich:

»Wäre es ein anderer Kapitän, so würde ich sagen, daß Sie morgen in Yokohama wären. Unser Kapitän aber ist ein merkwürdiger Mann, und ich bitte Sie, auf alles vorbereitet zu sein – – verstehen Sie mich? Auf alles!«

»Ich – ich gestehe, daß ich nicht recht begreife«, sagte sie zögernd, mit einem unruhigen, aber nicht ängstlichen Ausdruck in den Augen. »Oder irre ich mich, daß Schiffbrüchige stets auf das größte Entgegenkommen rechnen können? Es handelt sich ja nur um eine Kleinigkeit, da wir so nahe an Land sind.«

»Offen gestanden, ich weiß es nicht«, brachte ich mit einiger Mühe hervor. »Aber ich möchte Sie auf das Schlimmste vorbereiten für den Fall, daß das Schlimmste kommen sollte. Dieser Mann, der Kapitän, ist ein Scheusal, ein Dämon, und man kann nie wissen, welche phantastische Handlung er im nächsten Augenblick begeht.« Ich hatte mich warm geredet, aber sie unterbrach mich mit einem: »Oh, ich verstehe«, und ihre Stimme klang müde, und sie war nahe daran, zusammenzubrechen.

Sie stellte keine weiteren Fragen, und ich hielt mich nur an Wolf Larsens Befehl, für ihre Bequemlichkeit zu sorgen, und wies Thomas Mugridge an, die Koje in der freien Kajüte instand zu setzen. Der Wind wuchs schnell, die ›Ghost‹ krengte stark, und als wir die Kajüte in Ordnung gebracht hatten, schossen wir vor einer steifen Brise dahin. Ich hatte ganz die Existenz von Leach und Johnson vergessen, als plötzlich wie ein Donnerschlag der Ruf »Boot ahoi!« die Kajütstreppe herunterhallte. Es war unverkennbar die Stimme Smokes vom Mast. Ich warf einen Blick auf die Frau, die sich jedoch mit geschlossenen Augen und unaussprechlich müde im Stuhl zurücklehnte. Sie war müde. Sehr gut. Sie sollte schlafen.

Als ich an Deck kam, sah ich, daß die ›Ghost‹ backbord halste und hart am Winde in Luv eines wohlbekannten Sprietsegels vor uns ging. Alle Mann waren an Deck, denn sie wußten, daß etwas geschehen würde, wenn Leach und Johnson an Bord geholt wurden. Es war vier Glasen. Louis kam zur Ablösung nach achtern ans Rad. Es lag Feuchtigkeit in der Luft, und ich bemerkte, daß er sein Ölzeug angezogen hatte.
»Was gibt es jetzt?« fragte ich ihn.
»Eine gesunde Regenbö, gerade genügend, um uns den Kragen naß zu machen, weiter nichts«, antwortete er.
»Zu dumm, daß wir sie sichten mußten!« sagte ich, während der Bug der ›Ghost‹ von einer schweren See ein paar Strich aus dem Kurs geworfen wurde und das Boot einen Augenblick hinter dem Klüver zum Vorschein kam.
Louis drehte das Rad und antwortete ausweichend. »Sie hätten das Land doch nicht erreicht, das weiß ich.«
»Glaubst du nicht?«
»Nein, Herr van Weyden. In der nächsten Stunde kann sich keine solche Eierschale auf See halten, und es ist ein Glück für sie, daß wir hier sind, um sie aufzufischen.«
Wolf Larsen, der mittschiffs mit den Geretteten gesprochen hatte, kam jetzt mit langen Schritten nach achtern. Das katzenartig Sprunghafte in seinem Gang war jetzt noch ausgeprägter als gewöhnlich, und seine Augen leuchteten hell.
»Drei Heizer und ein vierter Maschinist«, begrüßte er mich. »Aber wir werden schon Matrosen oder doch wenigstens Bootspuller aus ihnen machen. Und wie steht's mit der Dame?«
Ich weiß nicht warum, doch ich antwortete nur mit einem Achselzucken.
Wolf Larsen spitzte die Lippen zu einem langen höhnischen Pfeifen.
»Wie heißt sie denn?« fragte er.
»Ich weiß nicht«, erwiderte ich. »Sie schläft. Sie war sehr müde. Eigentlich hätte ich gedacht, von Ihnen etwas zu hören. Was für ein Schiff war es denn?«

»Postdampfer«, antwortete er kurz. »›City of Tokio‹ von Frisco nach Yokohama. Im Taifun außer Dienst gesetzt. Alter Kasten. Wurde leck wie ein Sieb. Sie sind vier Tage umhergetrieben. – Und Sie wissen nicht, wer oder was sie ist, wie? – Mädchen, Frau oder Witwe? – – Na schön.«
Er schüttelte neckend den Kopf und sah mich mit lachenden Augen an.
»Wollen Sie – –«, begann ich. Es lag mir auf der Zunge, ihn zu fragen, ob er die Schiffbrüchigen nach Yokohama bringen würde.
»Ob ich was will?« fragte er.
»Was wollen Sie mit Leach und Johnson machen?«
Er schüttelte den Kopf. »Wirklich, Hump, ich weiß es nicht. Sie sehen doch, daß wir mit den Leuten, die wir vorhin an Bord genommen haben, genügend Mannschaft besitzen.«
»Die beiden haben sicher genug vom Desertieren«, meinte ich. »Nehmen Sie sie an Bord und seien Sie anständig gegen sie. Was sie auch getan haben: sie sind dazu getrieben worden.«
»Durch mich?«
»Durch Sie«, entgegnete ich fest. »Und ich warne Sie, Wolf Larsen, ich könnte meine Liebe zum Leben vergessen über dem Wunsche, Sie zu töten, wenn Sie in Ihrer Rache an diesen Unglücklichen zu weit gehen.«
»Bravo!« rief er. »Sie machen mir wirklich Ehre, Hump! Sie machen sich, und darum habe ich Sie gern.«
Er änderte Stimme und Ausdruck. Sein Gesicht wurde ernst. »Glauben Sie an Versprechungen?«
»Natürlich«, erwiderte ich.
»Dann schließen wir einen Pakt«, fuhr er fort, dieser vollendete Schauspieler. »Wenn ich verspreche, keine Hand an Leach und Johnson zu legen, versprechen Sie mir dann, nicht zu versuchen, mich zu töten? – Oh, ich fürchte mich nicht vor Ihnen, das nicht«, beeilte er sich hinzuzufügen.
Ich wollte kaum meinen Ohren trauen. Was ging in dem Manne vor?
»Abgemacht?« fragte er ungeduldig.
»Abgemacht«, antwortete ich.
Er streckte mir die Hand entgegen, aber als ich sie herzlich schüttelte, hätte ich schwören mögen, seine Augen höhnisch aufblitzen zu sehen.
Wir schlenderten über die Ruff nach Lee. Das Boot war jetzt fast zum Greifen nahe und befand sich in einem elenden Zustande. Johnson

steuerte, während Leach schöpfte. Wolf Larsen bedeutete Louis, etwas seitwärts zu halten, und wir schossen, keine zwanzig Fuß in Luv, an dem Boot vorbei. Die ›Ghost‹ narrte sie. Das Sprietsegel flatterte schlaff, und das Boot richtete sich auf, was die beiden Männer schleunigst veranlaßte, die Plätze zu wechseln. Das Boot stampfte, und während wir uns jetzt auf einer hohen Woge hoben, stürzte es tief hinab.

In diesem Augenblick sahen Leach und Johnson in die Gesichter ihrer Kameraden, die mittschiffs über die Reling lehnten. Keiner grüßte. In den Augen der andern waren sie Tote, und zwischen ihnen lag der Abgrund, der Lebendige und Tote scheidet.

Gleich darauf befanden sie sich der Ruff gegenüber, auf der Wolf Larsen und ich standen. Wir sanken in das Wellental, während sie sich auf den Kamm erhoben. Johnson blickte mich mit einem unsagbar zerquälten Ausdruck an. Ich winkte ihm zu, und er erwiderte meinen Gruß, aber mit einem Winken, das hoffnungslos und verzweifelt war. Es war, als nehme er Abschied.

Dann waren sie achteraus gekommen. Plötzlich füllte sich das Sprietsegel mit Wind, und das offene Fahrzeug krengte so, daß es aussah, als sollte es kentern. Eine Sturzsee schäumte darüber hinweg und begrub es unter schneeweißem Gischt. Dann hob sich das Boot wieder. Es war halb voll Wasser, und Leach schöpfte wie wahnsinnig, während Johnson sich an die Ruderpinne klammerte. Wolf Larsen lachte kurz und spöttisch und schritt nach der Achterhütte. Ich erwartete, daß er befehlen würde, beizudrehen, aber die ›Ghost‹ hielt ihren Kurs, und er gab kein Zeichen, Louis stand unbeweglich am Steuerrad, aber ich bemerkte, daß die vorn in Gruppen stehenden Matrosen uns bestürzt anblickten. Immer weiter schoß die ›Ghost‹, bis das Boot nur noch ein kleiner Punkt war. Da ertönte Wolf Larsens Stimme, die befahl, steuerbord zu halsen.

Wir gingen zurück, zwei Meilen oder mehr in Luv der mit den Wellen ringenden Nußschale, dann wurde der Außenklüver niedergeholt, und wir drehten bei.

Robbenboote sind nicht dafür eingerichtet, gegen den Wind zu gehen. Sie sind darauf angewiesen, sich in Luv zu halten, um, wenn der Schoner anfährt, vor dem Winde laufen zu können. In dieser ganzen wilden Einöde gab es jedoch keine Zuflucht für Leach und Johnson außer der ›Ghost‹, und so begannen sie entschlossen gegen den Wind anzukämpfen. Es ging nur langsam in der schweren See. Jeden Augenblick konnten sie unter den schäumenden Sturzseen begraben

werden. Immer wieder, unzählige Male, sahen wir das Boot luven und wie ein Kork wieder zurückgeschleudert werden.
Johnson war ein ausgezeichneter Seemann. Nach anderhalb Stunden befand er sich fast Seite an Seite mit uns und dachte uns beim nächsten Halsen zu erreichen.
»So, ihr habt's euch überlegt?« hörte ich Wolf Larsen murmeln, als ob sie ihn hätten hören können. »Ihr wollt an Bord, was? Na schön, dann versucht's doch. Hart steuerbord!« befahl er Oofty-Oofty, dem Kanaken, der unterdessen Louis am Rad abgelöst hatte. Ein Befehl folgte dem andern. Der Schoner ging in den Wind, und Fockschot und Großschot wurden gelockert. Und vor dem Winde liefen wir und hüpften über die Wogen, während Johnson unter Lebensgefahr seine Schot nachließ und, hundert Fuß hinter uns, unser Kielwasser kreuzte. Wieder lachte Wolf Larsen, und diesmal machte er ihnen Zeichen, uns zu folgen. Er hatte offenbar die Absicht, mit ihnen zu spielen, ihnen statt der Prügel, wie ich annahm, eine Lehre zu erteilen, allerdings eine gefährliche Lehre. Denn das leichte Fahrzeug konnte jeden Augenblick kentern. Johnson braßte sofort vierkant und folgte uns. Es blieb ihm nichts anderes übrig. Wohin sie sich auch wandten, sie sahen sich dem Tode preisgegeben, und es war nur eine Frage der Zeit, daß eine der ungeheuren Sturzseen das Boot treffen, darüber hinweg und weiter rollen würde.
»Der Tod sitzt ihnen im Nacken«, murmelte Louis mir ins Ohr, als ich nach vorn ging, um dafür zu sorgen, daß Außenklüver und Stagsegel eingeholt wurden.
»Ach, er wird wohl bald beidrehen und sie aufnehmen«, ermunterte ich ihn, »er will ihnen nur eine Lehre erteilen, das ist alles.« Louis sah mich von der Seite an. »Glauben Sie das wirklich?« fragte er.
»Natürlich«, erwiderte ich. »Du nicht?«
»Ich denke nur an meine eigen Haut«, lautete seine Antwort. »Und ich bin gespannt, wie alles ausläuft. Eine schöne Bescherung hat der Whisky angerichtet, den ich in Frisco trank, und das Mädchen achtern wird noch eine schöne Bescherung für Sie anrichten. Aber eins weiß ich: Sie sind ein rechter Narr!«
»Wie meinst du das?« fragte ich Louis, der sich, nachdem er seinen Pfeil abgeschossen hatte, abwandte.
»Wie ich das meine?« rief er. »Das fragen Sie noch? Auf meine Meinung kommt es nicht an, nur auf die vom Wolf. Vom Wolf, sage ich, vom Wolf!«
»Würdest du mir beistehen, wenn es not täte?« fragte ich unwillkür-

lich, denn er hatte nur meiner eigenen Besorgnis Ausdruck verliehen.
»Ihnen beistehen? Ich stehe nur dem alten dicken Louis bei, und damit hab' ich schon genug zu tun. Wir sind erst am Anfang, sage ich Ihnen, ganz am Anfang.«
»Ich hätte dich nicht für einen solchen Feigling gehalten«, höhnte ich.
Er warf mir einen geringschätzigen Blick zu. »Ich hab' nie einen Finger für den armen Narren gerührt«, er wies auf das winzige Segel achtern, »und da meinen Sie, ich sei verrückt, mir den Hals für eine Frau zu brechen, die ich bis zum heutigen Tage noch nie gesehen habe?«
Verächtlich wandte ich mich ab und ging nach achtern.
»Es ist am besten, wenn Sie das Toppsegel einholen lassen, Herr van Weyden«, sagte Wolf Larsen, als ich zur Ruff kam.
Ich spürte eine Erleichterung, wenigstens bezüglich der beiden Männer. Es war klar, daß er ihnen nicht zu weit weglaufen wollte. Bei diesem Gedanken schöpfte ich wieder Hoffnung und führte den Befehl rasch aus. Ich hatte kaum den Mund geöffnet, als die Leute auch schon eifrig an die Falle und in die Takelung sprangen. Wolf Larsen sah ihren Eifer und lächelte grimmig.
Das Boot kam immer näher und wurde wie ein lebendes Wesen durch die wallende grüne Masse gewirbelt. Es hob und senkte sich, erschien auf den ungeheuren Rücken der Wogen und verschwand hinter ihnen, um kurz darauf wieder zum Vorschein zu kommen und himmelan zu schießen. Es schien unmöglich, durchkommen zu können, aber immer wieder vollbrachte er das Unmögliche mit schwindelerregender Fahrt. Ein Regenschauer trieb vorbei, und aus dem Dunkel tauchte das Boot dicht neben uns auf.
»Hart steuerbord!« rief Wolf Larsen und sprang selbst ans Rad, um es herumzuwerfen.
Wieder jagte die ›Ghost‹ mit dem Wind um die Wette dahin, und zwei Stunden lang folgten Johnson und Leach uns. Wir drehten bei und liefen fort, drehten bei und liefen fort, und immer noch stieg das kämpfende Segel himmelwärts und stürzte in die vorbeischießenden Täler.
Eine Viertelmeile von uns entzog eine dichte Regenbö das Boot unsern Blicken. Es kam nie wieder zum Vorschein. Der Wind verwehte den Regen, aber kein Segel zeigte sich auf der bewegten Fläche. Einen Augenblick glaubte ich, den schwarzen Boden des Bootes sich von dem

Gischt einer brechenden Welle abheben zu sehen. Das war alles. Für Johnson und Leach war der Kampf ums Dasein beendet.

Die Mannschaft blieb in einer Gruppe mittschiffs stehen. Keiner ging nach unten, und keiner sprach ein Wort. Nicht einmal Blicke wurden getauscht. Alle schienen wie betäubt – sie standen in Betrachtungen versunken da und versuchten, sich das Geschehene klarzumachen. Wolf Larsen ließ ihnen indessen nicht viel Zeit zum Nachdenken. Er setzte die ›Ghost‹ in den Kurs auf die Robbenherden und nicht nach Yokohama. Aber die Leute hatten ihren Eifer beim Hahlen und Fieren verloren, und ich hörte manchen Fluch, der ihren Lippen entschlüpfte, schwer und dumpf wie sie selbst. Nicht so die Jäger. Smoke, der Unbezähmbare, erzählte eine Geschichte, und unter schallendem Gelächter begaben sie sich ins Zwischendeck.

Als ich auf der Leeseite nach achtern ging, näherte sich mir der Maschinist, den wir gerettet hatten. Sein Gesicht war weiß, und seine Lippen zitterten.

»Großer Gott, was ist das für ein Fahrzeug?« rief er.

»Sie haben ja selbst Augen im Kopf«, antwortete ich fast brutal, so sehr schnürten Schmerz und Furcht mir das Herz zusammen. »Ihr Versprechen?« fragte ich Wolf Larsen.

»Ich dachte gar nicht daran, sie an Bord zu nehmen, als ich es gab«, erwiderte er. »Und was auch geschehen ist, so werden Sie mir jedenfalls zugeben, daß ich nicht Hand an sie gelegt habe . . . Im Gegenteil, im Gegenteil«, lachte er einen Augenblick später.

Ich antwortete nicht. Ich war unfähig, zu sprechen, mein Geist war verwirrt. Ich wußte, daß ich Zeit brauchte, um über das Geschehene nachzudenken. Die Frau, die jetzt unten in der Kajüte schlief, bürdete mir eine Verantwortung auf, die mir schwer aufs Herz fiel, und der einzige vernünftige Gedanke, der mir durchs Hirn flackerte, war, daß ich nichts übereilen durfte, wenn ich ihr überhaupt eine Hilfe sein wollte.

Zweiter Teil

Der Rest des Tages verging, ohne daß sich etwas ereignet hätte. Der frische Wind mit seinen Regenschauern legte sich. Der vierte Maschinist und die drei Heizer wurden nach einer heftigen Auseinandersetzung mit Wolf Larsen neu eingekleidet, erhielten ihre Plätze unter den Jägern in verschiedenen Booten und in den Schiffswachen angewiesen und wurden dann in die Back geschickt. Sie wagten nicht zu protestieren. Was sie von Wolf Larsen gesehen, hatte sie eingeschüchtert, und was sie in der Back über ihn hörten, benahm ihnen die letzte Lust zur Auflehnung. Miß Brewster – ich hatte ihren Namen von dem Maschinisten erfahren – schlief immer noch.

Aber ihr Erscheinen bei Tisch am nächsten Morgen hatte eine seltsame Wirkung. Die Jäger wurden stumm wie die Fische. Nur Horner und Smoke ließen sich nicht einschüchtern, warfen verstohlene Blicke auf sie und beteiligten sich selbst an der Unterhaltung. Die vier anderen hoben nicht die Augen von ihren Tellern. Auch Wolf Larsen sagte anfangs nicht viel; er antwortete nur, wenn man sich an ihn wandte. Nicht etwa, daß er verlegen gewesen wäre. Weit entfernt! Diese Frau war für ihn nur ein neuer Typ, völlig verschieden von dem Schlage, den er bisher kennengelernt hatte, und er war neugierig. Er studierte sie, seine Augen ließen kaum von ihrem Gesicht, es geschah denn, um die Bewegungen ihrer Hände und Schultern zu beobachten. Ich selbst studierte sie ebenfalls, und obwohl ich die Kosten der Unterhaltung trug, war ich doch ein wenig schüchtern.

»Und wann sind wir in Yokohama?« wandte sie sich an ihn und blickte ihm gerade in die Augen.

Das war die klare Frage. Die Kinnladen hörten zu arbeiten auf, die Ohren bewegten sich nicht mehr, und wenn auch die Augen weiter auf den Tellern haftenblieben, lauschte doch jeder begierig auf die Antwort.

»In vier Monaten, vielleicht auch in dreien, wenn die Jagdzeit früh vorüber ist«, sagte Wolf Larsen.

Sie schnappte nach Luft und stammelte: »Ich – ich dachte – man ließ mich in dem Glauben, daß Yokohama nur eine Tagesreise entfernt sei. Das . . .« Sie machte eine Pause und blickte von einem auf das andere dieser unsympathischen Gesichter im Kreise, die fest auf ihre Teller starrten. »Das kann nicht richtig sein«, schloß sie.

»Das ist eine Frage, die Sie mit Herrn van Weyden abmachen müssen«, erwiderte er, indem er mir augenzwinkernd zunickte. »Herr van Weyden ist so etwas wie eine Autorität in Fragen des Rechtes. Ich bin nur ein einfacher Seemann und sehe die Situation daher etwas anders an. Für Sie mag es vielleicht ein Unglück sein, daß Sie hierbleiben müssen, aber für uns ist es sicher ein Glück.« Er sah sie lächelnd an. Ihre Augen senkten sich vor seinem Blick, aber sie hob sie wieder trotzig zu den meinen. »Was meinen Sie?« fragte sie.

»Daß es schlimm wäre, namentlich wenn Sie Verpflichtungen für die nächsten Monate übernommen hätten. Da Sie aber, wie Sie sagen, lediglich aus Gesundheitsrücksichten nach Japan reisen wollten, kann ich Ihnen versichern, daß Sie sich nirgends besser erholen können als an Bord der ›Ghost‹.«

Ich sah ihre Augen unwillig aufblitzen, und diesmal senkte ich den Blick und fühlte, daß ich unter dem ihren errötete. Ich war feige, aber was hätte ich tun sollen.

»Herr van Weyden ist eine Autorität auf diesem Gebiete«, lachte Wolf Larsen.

Ich nickte, und sie blickte mich, jetzt wieder beherrscht, erwartungsvoll an.

»Nicht, daß er gerade schon damit prahlen könnte« fuhr Wolf Larsen fort, »aber er hat sich prachtvoll erholt. Sie hätten ihn sehen sollen, als er an Bord kam. Ein jämmerlicheres Exemplar der Gattung Mensch hätte man schwerlich finden können. Stimmt das, Kerfoot?«

Kerfoot war bei dieser direkten Anrede so bestürzt, daß er das Messer zu Boden fallen ließ, aber es gelang ihm, zustimmend zu grunzen.

»Hat sich herausgemacht durch Kartoffelschälen und Tellerwaschen, was, Kerfoot?«

Wieder grunzte der Würdige.

»Und schauen Sie ihn sich jetzt an! Er ist zwar nicht das, was man muskulös nennt, aber er hat doch Muskeln, und das konnte man nicht von ihm sagen, als er an Bord kam. Und dazu hat er gelernt, auf eigenen Füßen zu stehen. Wenn Sie ihn jetzt sehen, glauben Sie es vielleicht nicht, aber im Anfang war er ganz außerstande dazu.«

Ich war zornig auf Wolf Larsen. Mit seinen geringschätzigen Bemerkungen forderte er meine Männlichkeit, forderte er die Selbständigkeit heraus, die er mir verschafft hatte.

»Ich habe vielleicht gelernt, auf eigenen Füßen zu stehen«, entgegnete ich, »aber noch nicht, auf die anderer zu treten.«

Er warf mir einen höhnischen Blick zu. »Dann ist Ihre Erziehung erst halb vollendet«, sagte er trocken und wandte sich wieder an sie.

»Wir sind sehr gastfreundlich auf der ›Ghost‹. Herr van Weyden kann das bestätigen. Wir tun alles, um es unseren Gästen so angenehm wie möglich zu machen, nicht wahr, Herr van Weyden?«

»Ja, bis zu Kartoffelschälen und Tellerwaschen«, antwortete ich, »gar nicht davon zu reden, daß einem aus lauter Freundschaft der Hals umgedreht wird.«

»Ich bitte Sie, sich durch Herrn van Weyden keine falschen Vorstellungen zu machen«, legte er sich mit angenommener Ängstlichkeit dazwischen. »Sie werden bemerkt haben, Miß Brewster, daß er ein Messer im Gürtel trägt, etwas – hm– etwas Ungewöhnliches für einen Schiffsoffizier. Herr van Weyden ist zwar sehr ehrenwert, aber, wie soll ich sagen, ein wenig streitsüchtig und gebraucht scharfe Mittel. In ruhigen Augenblicken ist er ganz vernünftig und umgänglich, und da er jetzt ruhig ist, wird er nicht leugnen, daß er mir gestern an den Kragen wollte.«

Ich wollte vor Wut ersticken, und meine Augen schossen Blitze. Er fuhr fort:

»Schauen Sie ihn jetzt an. Er kann sich kaum in Ihrer Gegenwart beherrschen. Er dürfte nicht gewohnt sein, sich in Gesellschaft von Damen zu bewegen. Ich werde mich bewaffnen müssen, ehe ich wagen kann, mit ihm an Deck zu gehen.«

Er schüttelte traurig den Kopf und murmelte: »Schlimm, schlimm!«, während die Jäger in schallendes Gelächter ausbrachen.

Die rauhen Stimmen dieser Seebären hallten polternd und brüllend in dem engen Raum wider und hatten eine merkwürdige Wirkung. Die ganze Umgebung war wild und unheimlich, und als ich nun diese fremde Frau betrachtete und mir vorstellte, wie wenig sie hier hereinpaßte, wurde mir zum erstenmal klar, wie sehr ich ihr selbst schon angehörte. Ich kannte diese Männer und ihr Seelenleben, ich war einer der ihren, lebte das Leben, aß die Kost und dachte die Gedanken der Robbenfänger. Für mich war nichts Merkwürdiges mehr an ihren rauhen Kleidern, ihren gemeinen Gesichtern, dem wilden Gelächter, an den schwankenden Kajütenwänden oder den schwingenden Schiffslampen. Als ich mir ein Stück Butterbrot schmierte, fiel mein Blick zufällig auf meine Hände. Die Knöchel waren hautlos und entzündet, die Finger geschwollen, die Nägel schwarzrandig. Ich fühlte die dichten Bartstoppeln auf meinem Halse und wußte, daß ein Ärmel meiner Jacke zerrissen war und ein Knopf an meinem blauen Hemde fehlte. Das Messer, das Wolf Larsen erwähnt hatte, hing in einer Scheide an meiner Hüfte. Es war sehr natürlich, daß es dort hing – wie natürlich, war mir nicht eingefallen, bis ich es jetzt mit ihren Augen ansah und mir bewußt wurde, wie seltsam ihr dies und alles andere vorkommen mußte.

Aber sie erriet den Spott in Wolf Larsens Worten und sandte mir einen mitleidigen Blick. Gleichzeitig las ich jedoch Bestürzung in ihren Augen. Seine Neckereien machten die Situation nur noch verwirrender für sie.

»Ein vorbeifahrendes Schiff kann mich vielleicht aufnehmen«, schlug sie vor.

»Es gibt keine vorbeifahrenden Schiffe außer anderen Robbenschonern«, gab Wolf Larsen zur Antwort.

»Ich habe keine Kleider, nichts«, wandte sie ein. »Sie denken sicher nicht daran, daß ich kein Mann und das unstete Leben, das Sie und Ihre Leute führen, nicht gewohnt bin.«

»Je eher Sie sich daran gewöhnen, desto besser«, sagte er.

»Ich werde Sie mit Stoff, Nadel und Faden versehen«, fügte er hinzu. »Ich hoffe, es wird Ihnen nicht allzuviel Mühe machen, sich ein oder zwei Kleider zu nähen.«

Sie verzog den Mund, um ihre Unerfahrenheit im Schneidern kundzutun. Daß sie ängstlich und verwirrt war und tapfer versuchte, es zu verbergen, war mir ganz klar.

»Ich nehme an, daß Sie ebenso wie Herr van Weyden dort gewohnt sind, alles durch andere für sich tun zu lassen. Nun, ich denke, Ihnen wird kein Stein aus der Krone fallen, wenn Sie einmal selbst etwas für sich tun müssen. Womit erwerben Sie sich übrigens Ihren Unterhalt?«

Sie sah ihn mit unverhohlenem Erstaunen an.

»Ich will Sie nicht beleidigen, glauben Sie mir. Man ißt, daher muß man arbeiten. Diese Männer hier schießen Robben, um zu leben; aus demselben Grunde führe ich diesen Schoner, und Herr van Weyden verdient sich, wenigstens jetzt, sein Brot, indem er mir hilft. Nun, und was tun Sie?«

Sie zuckte die Achseln.

»Ernähren Sie sich selbst, oder werden Sie durch andere ernährt?«

»Ich fürchte, den größten Teil meines Lebens hat mich ein anderer ernährt«, lachte sie, indem sie einen tapferen Versuch machte, auf den neckischen Ton von Wolf Larsen einzugehen, obgleich ich wachsendes Entsetzen in ihren Augen aufsteigen sah.

»Ich nehme an, daß ein anderer auch das Bett für Sie macht?«

»Ich habe mir mein Bett gemacht«, erwiderte sie.

»Oft?«

Sie schüttelte den Kopf mit verstellter Reue.

»Wissen Sie, was man in den Staaten mit Armen tut, die wie Sie nicht für ihren Unterhalt arbeiten?«

»Ich bin sehr unwissend«, erwiderte sie, »was tut man mit meinesgleichen?«

»Man sperrt sie ein. Das Verbrechen, seinen Lebensunterhalt nicht zu verdienen, wird Landstreicherei genannt. Wäre ich Herr van Weyden, der sich andauernd mit der Frage beschäftigt, was Recht und Unrecht ist, so würde ich fragen, mit welchem Recht Sie leben, wenn Sie nichts tun, um Ihren Unterhalt zu verdienen?«

»Da Sie aber nicht Herr van Weyden sind, brauche ich Ihnen nicht zu antworten, nicht wahr?«

Sie sandte ihm aus ihren angstvollen Augen einen strahlenden Blick, der so rührend war, daß es mir ins Herz schnitt. Ich mußte irgendwie versuchen, dem Gespräch eine andere Wendung zu geben.

»Haben Sie je einen Dollar durch eigene Arbeit verdient?« fragte er triumphierend, im voraus seiner Sache sicher.

»Ja, das habe ich«, antwortete sie langsam, und ich hätte fast über sein verlegenes Gesicht lachen können.

»Ich erinnere mich, daß mein Vater mir einmal, als ich ein kleines Mädchen war, einen Dollar gab, damit ich fünf Minuten lang still war.«

Er lächelte nachsichtig.

»Aber das ist lange her«, fuhr sie fort. »Und Sie werden wohl kaum verlangen, daß ein neunjähriges Mädchen sich seinen Lebensunterhalt selbst verdient.«

»Gegenwärtig aber«, fuhr sie nach einer kurzen Pause fort, »verdiene ich ungefähr achtzehnhundert Dollar jährlich.«

Alle Augen hoben sich auf einmal von den Tellern und hefteten sich auf sie. Eine Frau, die achtzehnhundert Dollar jährlich verdiente, war wert, angeschaut zu werden. Wolf Larsen verhehlte seine Bewunderung nicht.

»Gehalt oder Akkordarbeit?«

»Akkordarbeit«, antwortete sie rasch.

»Achtzehnhundert«, rechnete er. »Das macht hundertundfünfzig monatlich. Nun, Fräulein Brewster, wir sind nicht kleinlich auf der ›Ghost‹. Betrachten Sie sich für die Dauer Ihres Aufenthalts mit demselben Gehalt angestellt.«

Sie sagte nichts. Sie war seine Einfälle noch nicht so gewohnt, daß sie sie mit Gleichmut hingenommen hätte.

»Ich vergaß zu fragen«, fuhr er liebenswürdig fort, »welcher Art Ihre Beschäftigung ist. Was für Werkzeuge und Material brauchen Sie?«

»Papier und Tinte«, lachte sie. »Ach, und auch eine Schreibmaschine.«

»Sie sind Fräulein Maud Brewster«, sagte ich langsam und sicher, als beschuldigte ich sie eines Verbrechens. Ihre Augen hoben sich neugierig zu den meinen: »Woher wissen Sie das?«

»Stimmt es nicht?« fragte ich.

Sie nickte zustimmend. Jetzt war die Reihe, verblüfft zu sein, an Wolf Larsen. Ihm bedeutete der Name nichts. Ich war stolz darauf, daß er mir etwas bedeutete, und zum erstenmal seit langer Zeit wurde ich mir meiner Überlegenheit über ihn bewußt.

»Ich erinnere mich, eine Besprechung über ein kleines Buch geschrieben zu haben – –«, begann ich, aber sie unterbrach mich. »Sie!« rief sie. »Sie sind – –«

Jetzt nickte ich meinerseits zustimmend.

»Humphrey van Weyden!« schloß sie – dann fügte sie mit einem Seufzer der Erleichterung hinzu, ohne daran zu denken, daß Wolf Larsen ihn bemerken mußte: »Wie mich das freut!«

»Ich entsinne mich recht wohl der Besprechung«, fuhr sie fort, als sie sich bewußt wurde, wie seltsam ihre Bemerkung wirken mußte. »Sie war wirklich zu schmeichelhaft.«

»Keineswegs«, verneinte ich schnell. »Sie setzen meine nüchterne Urteilskraft herab und entwerten meine Kritik. Im übrigen stimmen alle Kritiker mit mir überein. Hat Lang nicht ein Gedicht von Ihnen zu den vier größten Sonetten gezählt, die von Frauen in englischer Sprache geschrieben worden sind?«

»Sie sind sehr freundlich«, murmelte sie, und gerade das Konventionelle ihrer Worte und der ganze Schwarm von Vorstellungen des frü-

heren Lebens auf der andern Seite der Welt durchzuckten mich – reich an Erinnerungen, aber auch stechend vor Heimweh. »Also Sie sind Maud Brewster«, sagte ich feierlich und blickte sie an.
»Und Sie sind Humphrey van Weyden«, sagte sie und erwiderte meinen Blick ebenso feierlich und furchtsam. »Wie seltsam! Es ist mir alles ganz unverständlich. Wir haben sicherlich eine wildromantische Seegeschichte von Ihnen zu erwarten.«
»Nein, ich sammle keinen Stoff, das versichere ich Ihnen«, lautete meine Antwort. »Ich habe weder Geschick noch Neigung für phantastische Literatur.«
Und dann vergaßen wir ganz, wo wir waren, und ließen Wolf Larsen stumm und wie ein gescheitertes Schiff inmitten der Brandung unserer Unterhaltung. Die Jäger standen auf und gingen an Deck, und wir sprachen immer noch. Nur Wolf Larsen blieb. Plötzlich wurde ich seiner Anwesenheit inne, er saß zurückgelehnt am Tisch und lauschte neugierig unsern fremdartigen Reden über eine Welt, die er nicht kannte.
Ich brach mitten im Satze ab. Die Gegenwart mit all ihren Gefahren und Schrecken lähmte mich. Fräulein Brewster mußte es ähnlich gehen, ein unbestimmtes namenloses Entsetzen trat in ihre Augen, die jetzt auf Wolf Larsen fielen.
Er erhob sich und lachte verlegen mit einem seltsamen, metallischen Klang.
»Oh, kümmern Sie sich nicht um mich«, sagte er mit einer Handbewegung, als wolle er seine eigene Unterwürfigkeit kundgeben. »Ich zähle nicht mit. Bitte, fahren Sie nur fort.«
Aber die Tore der Beredsamkeit waren geschlossen. Auch wir erhoben uns und lachten verlegen.

Der Verdruß, den Wolf Larsen empfand, weil Maud Brewster und ich ihn in unserer Unterhaltung bei Tisch übersehen hatten, mußte sich irgendwie Luft machen, und Thomas Mugridge sollte der Sündenbock sein. Trotz seiner gegenteiligen Behauptung hatte er weder sein Benehmen noch sein Hemd gewechselt. Dieses Kleidungsstück widerlegte ihn ebensosehr wie die Fettablagerungen auf Ofen, Töpfen und Pfannen, die aller Begriffe von Reinlichkeit spotteten.
»Ich habe dich gewarnt, Köchlein«, sagte Wolf Larsen, »und jetzt hilft dir nichts mehr, jetzt kriegst du deine Medizin.«
Mugridge wurde kreideweiß unter der Rußschicht, und als Wolf Larsen nach einem Tau und ein paar Mann rief, schoß der verzweifelte

Cockney in wilder Flucht aus der Kombüse, machte weite Sätze über das Deck und duckte sich, um der Verfolgung der grinsenden Mannschaft zu entgehen. Der hätte kaum etwas größeres Vergnügen machen können, als ihn ein bißchen ins Schlepptau zu nehmen, denn was er der Mannschaft an Essen und Trinken vorgesetzt hatte, war einfach scheußlich gewesen. Auch die äußeren Verhältnisse begünstigten das Unternehmen. Die ›Ghost‹ glitt mit nur drei Meilen Fahrt durch das Wasser, und die See war ziemlich ruhig. Aber Mugridge verspürte nur geringe Neigung, untergetaucht zu werden. Höchstwahrscheinlich hatte er schon früher mitgemacht, wie Leute ins Schlepptau genommen wurden. Zudem war das Wasser furchtbar kalt, und er war alles andere als abgehärtet.

Wie gewöhnlich, wenn Aussicht auf eine Belustigung war, kamen die andere Wache und die Jäger an Deck. Mugridge schien eine verzweifelte Angst vor dem Wasser zu haben und zeigte eine Gewandtheit und Schnelligkeit, die niemand ihm zugetraut hätte. So groß war seine Schnelligkeit, daß er, als er um die Kajüte bog, ausrutschte. Im Fallen traf er die Beine Nilsons, der am Rade stand. Sie stürzten übereinander, doch nur Mugridge erhob sich wieder. Durch eine Laune des Schicksals hatte sein schwächlicher Körper das Bein des starken Mannes wie ein Pfeifenrohr geknickt.

Parsons ergriff das Rad, und die Verfolgung wurde wiederaufgenommen. Immer ums Deck herum ging es. Erst Mugridge, vor Angst fast von Sinnen, und hinterdrein die Matrosen, die sich schreiend die Richtung angaben, und die Jäger, die sie mit brüllendem Gelächter anfeuerten. Auf der Vorderluke fiel dann Mugridge mit drei Mann über sich. Aber er wand sich wie ein Aal heraus und sprang zur Haupttakelung, während ihm das Blut aus dem Munde troff und das anstoßerregende Hemd in Fetzen riß. Hinauf ging es, geradeswegs hinauf, unter den Püttingswanten zum Großmasttopp.

Ein halbes Dutzend Matrosen setzte ihm nach, mußte aber an den Dwarssalingen zurückbleiben bis auf zwei, Oofty-Oofty und Black, den Bootssteurer Latimers, die ihn weiter die dünnen, stählernen Stags hinauf verfolgten und sich mit den Armen immer höher schwangen.

Es war ein gefährliches Unternehmen, denn in einer Höhe von über hundert Fuß über Deck und nur an den Händen hängend, konnten sie sich nur schwer vor Mugridges Füßen schützen. Und Mugridge trat um sich wie ein Wilder, bis der Kanake, der sich mit der einen Hand festhielt, mit der andern den Fuß des Cockneys packte. Black tat dasselbe mit dem andern Fuß. Eine Weile hingen alle drei und wanden sich in einem unentwirrbaren Klumpen, bis sie, immer noch kämpfend, hinunterrrutschten und in die Arme ihrer Kameraden auf den Dwarssalingen fielen.

Die Schlacht in der Luft war vorbei, und Thomas Mugridge wurde aufs Deck geschleppt. Wolf Larsen steckte eine Bugleine durch eine Tauschlinge, die er ihm unter den Armen um den Leib legte. Dann wurde er nach achtern geschleppt und ins Wasser geworfen. Vierzig – fünfzig – sechzig Fuß Leine waren bereits abgelaufen, als Wolf Larsen »Festmachen!« rief. Oofty-Oofty legte eine Schlinge um einen Pöller, die Leine straffte sich, und durch die andauernde Fahrt der ›Ghost‹ wurde der Koch an die Oberfläche gerissen.

Es war ein mitleiderregender Anblick. Wenn er auch nicht ertrinken konnte und dazu zäh wie eine Katze war, erlitt er doch die Qualen eines Ertrinkenden. Die ›Ghost‹ fuhr sehr langsam, und wenn ihr Heck sich auf einer Welle hob und sie vorwärts glitt, zog sie den Unglücklichen an die Oberfläche, daß er einen Augenblick Atem schöpfen konnte. Wenn aber das Heck sank und der Bug träge die nächste Woge erklomm, wurde die Leine wieder schlaff, und er sank unter. Ich hatte ganz Maud Brewsters Existenz vergessen und fuhr daher erschrocken zusammen, als sie mit leichten Schritten neben mich trat. Seit sie an Bord gekommen war, befand sie sich das erstemal an Deck. Totenstille begrüßte ihr Erscheinen. »Worüber freuen sich alle so?« fragte sie.

»Fragen Sie Kapitän Larsen«, antwortete ich gefaßt und kühl, obwohl mir das Blut bei dem Gedanken kochte, daß sie Zeuge einer solchen Roheit werden sollte.

Sie wollte meinem Rat folgen und wandte sich um, als ihr Blick auf Oofty-Oofty fiel, der mit anmutig gestrafftem Körper vor ihr stand und die Tauschlinge hielt.

»Fischen Sie?« fragte sie.

Er antwortete nicht. In seine Augen, die sich fest auf die See achtern hefteten, trat plötzlich ein Schimmer.

»Hai ahoi, Herr!« schrie er.

»Hiv ein! Schnell alle Mann!« rief Wolf Larsen und sprang selbst vor allen andern an die Leine.

Mugridge hatte den Warnruf des Kanaken gehört und schrie wie ein Besessener. Ich konnte eine schwarze Flosse sehen, die das Wasser durchschnitt, und zwar mit größerer Schnelligkeit, als er eingehahlt wurde. Ein Wettrennen zwischen dem Hai und uns begann, aber alles vollzog sich in wenigen Augenblicken. Als Mugridge gerade unter uns war, sank das Heck in ein Wellental, wodurch der Hai einen Vorsprung gewann. Beinahe ebenso, aber nicht ganz so schnell war Wolf Larsen. Seine ganze Kraft äußerte sich in einem gewaltigen Ruck. Der Körper des Kochs schoß aus dem Wasser, der Hai hinterdrein. Mugridge zog die Füße hoch, deren einen der Menschenfresser nur eben zu berühren schien. Dann sank er klatschend ins Wasser zurück. Aber bei der Berührung stieß Thomas Mugridge einen lauten Schrei aus. Dann wurde er wie ein Fisch an der Angel hochgezogen, streifte leicht die Reling und stürzte kopfüber aufs Deck. Doch ein Strom von Blut ergoß sich über die Planken. Der rechte Fuß fehlte, fast am Knöchel amputiert. Ich blickte Maud Brewster an. Sie war leichenblaß, ihre Augen weiteten sich vor Entsetzen. Sie sah nicht Thomas Mugridge, sondern Wolf Larsen an. Und er bemerkte es, denn er sagte mit kurzem Lachen:

»Männerspiel, Fräulein Brewster. Wohl etwas rauher, als Sie es gewöhnt sein mögen, aber immerhin – Männerspiel. Der Hai war nicht mit in der Rechnung. Es –« Bei diesen Worten hatte Thomas Mugridge den Kopf gehoben und war sich über den Verlust, den er erlitten hatte, klargeworden. Jetzt kroch er über das Deck und schlug plötzlich seine Zähne in Wolf Larsens Bein. Der aber bückte sich ruhig zum Cockney nieder und preßte mit Daumen und Zeigefinger von hinten die Kinnladen des Mannes unterhalb der Ohren zusammen. Die Kiefer öffneten sich widerstrebend, und Wolf Larsen war frei.

»Wie gesagt«, fuhr er fort, als ob nichts Besonderes geschehen sei: »Der Hai war nicht mit in der Rechnung. Es war – hm – sagen wir, göttliche Vorsehung.«

Sie gab kein Zeichen, daß sie ihn gehört hatte, aber die Angst in ihren Augen wich unaussprechlichem Ekel, und sie wandte sich, um zu gehen. Sie hatte indessen kaum einen Schritt getan, als sie wankte und die Hand schwach nach mir ausstreckte. Ich fing sie gerade noch rechtzeitig auf und half ihr, sich auf die Kajütstreppe zu setzen. Ich glaubte, sie würde sofort in Ohnmacht fallen, aber sie beherrschte sich.

»Herr van Weyden, wollen Sie eine Aderpresse holen«, rief Wolf Larsen mir zu, und mir blieb nichts übrig, als zu gehorchen.

Ich hatte allmählich solche Geschicklichkeit als Chirurg erlangt, daß Wolf Larsen mir nach kurzer Beratung die Behandlung überlassen konnte, wobei mir ein paar Matrosen halfen. Für seinen Teil wählte er sich die Rache an dem Hai. Ein schwerer Wirbelhaken, an dem als

Köder ein Stück Pökelfleisch hing, wurde über Bord geworfen, und als ich gerade damit fertig war, die gefährdeten Venen und Arterien zusammenzupressen, holten die Matrosen singend das Ungeheuer ein. Ich sah es nicht selbst, aber meine Assistenten verließen mich abwechselnd, um mittschiffs zu laufen und zu sehen, was vorging. Der 16 Fuß lange Hai wurde in die Haupttakelung geheißt. Sein Rachen war weit aufgerissen, und jetzt wurde eine an beiden Seiten zugespitzte Eisenstange hineingestellt, so daß sie sich in die Kiefer, wenn sie sich schließen wollten, einbohren und sie festhalten mußte. Als dies vollbracht war, wurde der Haken herausgeschnitten. Der Hai sank ins Meer zurück, hilflos und doch im Besitz seiner vollen Kraft, zu langsamem Hungertode verurteilt, den weniger er verdiente als der Mann, der ihm diese Strafe zuerteilte.

Als ich sie auf mich zukommen sah, wußte ich, was sie wollte. Ich hatte sie zehn Minuten lang ernst mit dem Maschinisten sprechen sehen, und jetzt zog ich sie außer Hörweite des Rudergastes. Ihr Antlitz war blaß und entschlossen, ihre großen Augen, die die Entschlossenheit noch größer machte, sahen fest in die meinen. Mir war nicht sehr wohl zumute, denn sie kam, um meine Seele zu erforschen, und ich besaß, seit ich auf die ›Ghost‹ gekommen war, nichts mehr, auf das ich besonders stolz hätte sein können. Wir gingen zum Rande der Achterhütte, wo sie sich umwandte und mir ins Gesicht blickte. Ich sah mich um, um mich zu vergewissern, daß niemand in Hörweite war. »Was gibt es?« fragte ich sanft, aber der entschlossene Ausdruck wich nicht von ihrem Gesicht.

»Ich kann begreifen, daß das, was heute morgen geschah, in der Hauptsache ein Unglückfall war, aber ich habe mit Herrn Haskins gesprochen, und er erzählte mir, daß an dem Tage, als wir gerettet wurden, während ich in der Kajüte war, zwei Menschen ertränkt, mit Vorbedacht ertränkt – ermordet wurden.«

In ihrer Stimme lag eine Frage, und sie sah mich anklagend an, als ob ich schuldig oder doch wenigstens mitschuldig an der Tat wäre.

»Das ist ganz richtig«, antwortete ich. »Die beiden Männer wurden ermordet.«

»Und das haben Sie zugelassen?« rief sie.

»Ich war nicht imstande, es zu verhindern, so muß es wohl heißen«, entgegnete ich, immer noch sanft.

»Aber haben Sie wenigstens den Versuch gemacht, es zu verhindern?«

Sie legte den Ton auf das Wort ›Versuch‹, und ein flehender Klang war in ihrer Stimme. »Ach, Sie haben es nicht getan«, fuhr sie fort, da sie meine Antwort erriet . . . »Aber warum nicht?«

Ich zuckte die Achseln. »Sie dürfen nicht vergessen, Fräulein Brewster, daß Sie ein neuer Bewohner dieser kleinen Welt sind und noch nicht die Gesetze, die hier herrschen, verstehen. Sie haben gewiß edle Begriffe von Menschlichkeit, Männlichkeit, Benehmen und ähnlichem mitgebracht, aber Sie werden bald erkennen, daß das alles hier keine Geltung hat. Mir ging es ebenso«, fügte ich, unwillkürlich seufzend, hinzu. Ungläubig schüttelte sie den Kopf.

»Was würden Sie mir denn raten?« fragte ich. »Soll ich ein Messer, ein Gewehr oder eine Axt nehmen und diesen Mann töten?« Sie wich zurück. »Nein, das nicht!«

»Was sollte ich sonst tun? Mich selbst töten?«

»Sie betrachten die Dinge von einem rein materiellen Standpunkt«, hielt sie mir entgegen. »Es gibt einen sittlichen Mut, und ein solcher sittlicher Mut ist nie wirkungslos.«

»Ach«, lächelte ich, »ich soll weder ihn noch mich töten, sondern mich von ihm töten lassen.« Sie wollte sprechen, aber ich hob die Hand. »Sittlicher Mut ist etwas ganz Wertloses auf dieser schwimmenden kleinen Welt. Leach, der eine der beiden Ermordeten, besaß sittlichen Mut in außergewöhnlich hohem Maße. Ebenso der andere, Johnson. Er hat ihnen nicht nur nichts genützt, er hat sie sogar vernichtet. Und so würde es mir auch geschehen, wenn ich das bißchen sittlichen Mut, das ich besitze, gebrauchen wollte.«

Sie schwieg, wartete offenbar, daß ich fortfahren sollte.

»Was soll ich noch sagen? Mir ist die Rolle des Schwachen zugeteilt. Ich schweige und erdulde die Schmach, wie auch Sie schweigen und dulden werden. Das ist das Beste, was wir tun können, wenn wir am Leben bleiben wollen. Der Kampf entscheidet sich nicht stets für den Starken. Wir haben nicht die Kraft, mit diesem Manne zu kämpfen. Wir müssen heucheln, und wenn wir gewinnen, tun wir es durch Verschlagenheit. Wenn Sie sich von mir raten lassen wollen, so richten Sie sich hiernach.«

Sie strich sich mit der Hand über die Stirn und sagte verwirrt: »Es ist mir immer noch unverständlich.«

»Sie müssen tun, wie ich sage«, unterbrach ich sie gebieterisch, denn ich sah, wie Wolf Larsens Blick uns traf, während er mit Latimer mittschiffs auf und ab wanderte. »Tun Sie, wie ich sage, und Sie werden bald sehen, daß ich recht habe.«

»Was soll ich denn tun?« fragte sie durchdrungen von dem Ernst meiner Worte.

»Lassen Sie alle Ihre Begriffe von sittlichem Mut fahren«, sagte ich rasch. »Reizen Sie nicht den Zorn dieses Mannes. Seien Sie ganz freundlich zu ihm, sprechen Sie mit ihm, streiten Sie sich mit ihm über Literatur und Kunst – er liebt diese Dinge. Sie werden in ihm einen aufmerksamen, verständnisvollen Zuhörer finden.«

»Ich soll also lügen«, sagte sie fest und mit Empörung in der Stimme. »Lügen in Wort und Tat.«

Wolf Larsen hatte Latimer stehenlassen und kam auf uns zu. Ich erschrak tief.

»Bitte, bitte, mißverstehen Sie mich nicht«, sagte ich rasch, indem ich die Stimme senkte. »Alle Ihre Menschenkenntnis, alle Ihre Erfahrungen sind hier wertlos. Sie müssen ganz umlernen.«

In diesem Augenblick trat Wolf Larsen zu uns auf die Achterhütte. »Herr van Weyden, Sie sollten sich nach Köchlein umsehen. Er klagt und ist unruhig.«

So wurde ich auf recht derbe Weise von der Achterhütte weggeschickt, und nur, um Mugridge in tiefem Schlummer zu finden nach dem Morphium, das ich ihm gegeben hatte. Ich beeilte mich nicht, wieder an Deck zu kommen, als ich es aber schließlich tat, sah ich zu meiner Freude Fräulein Brewster in angeregter Unterhaltung mit Wolf Larsen. Wie gesagt, freute ich mich über diesen Anblick. Sie befolgte also meinen Rat. Und doch durchzuckte mich ein leichter Schmerz, als ich sah, daß sie tat, um was ich sie gebeten und was sie vorhin mit Abscheu von sich gewiesen hatte.

Günstige Winde trieben die ›Ghost‹ schnell nordwärts in die Robbengründe. Wir trafen die Herden auf dem 44. Breitengrad in einer rauhen, stürmischen See, über die der Wind die Nebelbänke in wilder Flucht hetzte. Tagelang konnten wir nicht die Sonne sehen und Beobachtungen machen. Dann aber fegte der Wind die Oberfläche des Ozeans rein, die Wellen kräuselten sich schimmernd, und wir konnten feststellen, wo wir waren. Ein klarer Tag, auch drei oder vier konnten folgen, dann senkte sich der Nebel wieder auf uns herab, anscheinend dichter als je. Die Jagd war gefährlich, aber dennoch wurden die Boote Tag für Tag hinuntergelassen, von der grauen Finsternis verschlungen und erst bei herabsinkender Nacht, ja oft erst viel später wiedergesehen. Wie Seegespenster huschten sie dann eines nach dem andern aus dem Grau hervor. Wainwright – der Jäger, den Wolf Larsen mit Boot und Mannschaft gestohlen hatte – benutzte den Nebel, um zu entwischen. Er verschwand eines Morgens mit seinen beiden Leuten in den kreisenden Schwaden, und wir sahen sie nie wieder. Nach einigen Tagen erfuhren wir jedoch, daß sie von einem Schoner zum andern gegangen waren, bis sie endlich ihren eigenen widergefunden hatte. Das hatte ich selbst schon längst tun wollen, aber es bot sich mir nie eine Gelegenheit. Es war nicht Sache des Steuermanns, mit in die Boote zu gehen, und welche List ich auch anwandte, gab Wolf Larsen mir doch nie die Erlaubnis dazu. Hätte er es getan, so würde ich irgendwie versucht haben, Fräulein Brewster mitzunehmen. Näherten sich die Dinge doch einem Stadium, an das zu denken mir Grauen einflößte.

Ich hatte früher Seegeschichten gelesen, in denen die einsame Frau unter einer Schar von Männern als das Natürlichste von der Welt vorkam; jetzt aber erfuhr ich, daß ich nie die tiefere Bedeutung dieser Situation erfaßt hatte. Und hier stand ich dieser Situation nun von Angesicht zu Angesicht gegenüber. Um sie so lebendig wie möglich zu gestalten, brauchte es nur, daß die Frau Maud Brewster war.

Kein größerer Gegensatz als der zwischen ihr und ihrer Umgebung hätte je ersonnen werden können. Sie war zart und ätherisch, geschmeidig und mit leichten, anmutigen Bewegungen. Ich hatte nie das Gefühl, als ob sie schritte oder es doch wenigstens nach Art gewöhnlicher Sterblicher täte. Eine seltene Leichtigkeit lag über ihr, und sie bewegte sich mit einer unbeschreiblichen Anmut. Sie war wie ein Gegenstand aus Meißener Porzellan, und ich wurde immer wieder betroffen von einem Eindruck von Zerbrechlichkeit, den sie auf mich machte. Ihr Körper schien ein Teil ihrer Seele zu sein, schien die gleichen Eigenschaften zu besitzen und an das Leben nur durch die zartesten Ketten gefesselt zu sein. In der Tat: sie trat leicht über diese Erde, und nur ein Geringes von grobem Sande haftete ihr an.

Wolf Larsen bildete einen schreienden Gegensatz zu ihr. Ich beobachtete sie, wie sie eines Morgens zusammen über das Deck schritten, und ich verglich sie als die äußersten Endpunkte der menschlichen Entwicklung – er der Höhepunkt aller Barbarei, sie das vollendetste Produkt höchster Zivilisation.

Sie kamen in die Nähe der Kajütskappe, wo ich stand. Obgleich sie es durch kein äußeres Zeichen verriet, spürte ich doch, daß sie sich in großer Erregung befand. Sie machte irgendeine nichtssagende Bemerkung, blickte mich an und lachte unbekümmert, dann aber sah ich, wie ihre Augen unwillkürlich, wie fasziniert, die seinen suchten;

sie senkte sie wieder, aber doch nicht schnell genug, um das Entsetzen, das in ihnen geschrieben stand, zu verbergen.

In seinen Augen sah ich die Ursache ihrer Erregung. Sonst grau, kalt und hart, waren sie jetzt warm, sanft und golden, und es tanzten in ihnen winzige Lichter, die erloschen und schwanden, aber wieder aufflammten, bis sie die Augen ganz mit einem glühenden Leuchten erfüllten. Vielleicht verursachten sie den goldenen Schein: verführerisch und herrisch, lockend und zwingend, kein Weib, am wenigsten Maud Brewster, konnte ihn mißverstehen.

Ihre Angst steckte mich an, und in diesem Augenblick der Furcht wußte ich, daß sie mir unsäglich teuer war. Das Bewußtsein, daß ich sie liebte, überkam mich gleichzeitig mit der Angst, und beide Gefühle umkrallten mein Herz und ließen mein Blut gefrieren und zugleich verführerisch wallen. Ich fühlte mich von einer fremden Macht bezwungen und wandte mich wider Willen, um in Wolf Larsens Augen zu blicken. Aber jetzt hatte er seine Selbstbeherrschung wiedergefunden. Die goldene Farbe und das schimmernde Licht waren erloschen. Seine Augen funkelten kalt und grau, als er sich jetzt plötzlich mit einer unbeholfenen Bewegung abwandte.

»Ich fürchte mich«, flüsterte sie schaudernd, »ich fürchte mich so.«

Auch ich fürchtete mich und befand mich in starker Erregung über die Entdeckung, die ich gemacht hatte, aber es gelang mir, gelassen zu antworten:

»Es wird schon alles wieder gut werden, Fräulein Brewster. Glauben Sie mir, es wird alles gut werden.«

Sie antwortete mit einem kleinen dankbaren Lächeln, das mein Herz klopfen ließ, und ging dann die Kajütstreppe hinunter.

Lange blieb ich dort stehen, wo sie mich verlassen hatte. Es war eine zwingende Notwendigkeit für mich, mich zu besinnen und mir klar darüber zu werden, welche Wendung die Dinge genommen hatten. Jetzt endlich war sie gekommen, die Liebe, war zu mir gekommen, nun, da ich es am wenigsten erwartet hatte, und unter den schwierigsten Verhältnissen.

Maud Brewster! Meine Erinnerung flog zurück zu dem ersten dünnen Bändchen auf meinem Schreibtisch, und ich sah zum Greifen deutlich die ganze Reihe schmaler Bändchen auf meinem Bücherbrett vor mir. Mit welcher Freude hatte ich jedes von ihnen begrüßt! Alljährlich war eines von ihnen erschienen, und jedesmal war es das Ereignis des Jahres für mich gewesen. Sie hatte eine verwandte Saite in meinem Geiste angeschlagen, und in diesem Sinne hatte ich sie kamerad-

schaftlich begrüßt; aber jetzt hatten sie ihren Platz in meinem Herzen gefunden.
Und dann kehrte mein Geist – ungereimt und sinnlos – zu einer kleinen biographischen Bemerkung in dem roten Bande ›Wer ist's?‹ zurück. ›Sie ist in Cambridge geboren und 27 Jahre alt.‹ Und ich sagte mir: ›27 Jahre alt und doch noch frei?‹ Wie konnte ich wissen, ob sie noch frei war? Und der Stich neugeborener Eifersucht jagte allen Zweifel in die Flucht. Nein, es war sicher. Ich war eifersüchtig, also war ich verliebt. In einer Art Ekstase verließ ich meinen Platz an der Kajütskappe und schritt über das Deck, indem ich die wundervollen Verse Elisabeth Brownings murmelte:

»Traumbilder waren viel Jahre lang
Genossen statt der Frau'n und Männer mir;
Die besten Kameraden seid doch ihr,
Kein süßer Lied ein andrer je mir sang.«

Jetzt aber erklang das süßere Lied in meinen Ohren, und ich war blind und taub für alles um mich her. Die scharfe Stimme Wolf Larsens rüttelte mich auf. »Zum Donnerwetter, was treiben Sie?« Ich war nach vorn geschritten, wo die Matrosen mit Anstreichen beschäftigt waren, und bemerkte jetzt, daß ich mit dem Fuße fast einen Farbentopf umgestoßen hätte.
»Schlafwandeln, Sonnenstich – wie?« brummte er.
»Nein, Verdauungsstörung«, erwiderte ich und ging weiter, als ob mir nichts Ungewöhnliches begegnet wäre.

Zu den stärksten Eindrücken meines Lebens gehören die Ereignisse auf der ›Ghost‹ in den vierzig Stunden, die der Entdeckung meiner Liebe zu Maud Brewster folgten. Nach einem stillen, geruhigen Leben war ich mit 35 Jahren in eine Reihe der unwahrscheinlichsten Abenteuer verwickelt worden, die ich mir je hätte träumen lassen, aber nie habe ich so viele und so spannende Erlebnisse gehabt wie in diesen vierzig Stunden. Und auch heute noch kann ich meine Ohren nicht ganz der leisen Stimme des Stolzes verschließen, die mir zuflüstert, daß ich, alles in allem, nicht übel dabei abgeschnitten habe.
Das erste war, daß Wolf Larsen den Jägern beim Mittagessen mitteilte, sie sollten in Zukunft im Zwischendeck essen. Das war etwas ganz Unerhörtes auf Robbenschonern, wo die Jäger stets Offiziersrang bekleiden. Er gab keine Gründe an, sie waren aber klar genug. Horner und Smoke hatten angefangen, Maud Brewster den Hof zu machen; es war dies an und für sich nur lächerlich und durchaus nicht

beleidigend für Fräulein Brewster, aber es störte Wolf Larsen offenbar.

Die Ankündigung war eine Herausforderung, und ich fürchtete, daß es zum Kampfe kommen sollte, aber da ertönte ein Ruf vom Rudergast, der die Situation rettete.

»Rauch ahoi!« klang es die Kajütstreppe herab.

»Welche Richtung?« rief Wolf Larsen hinauf.

»Gerade achtern.«

»Vielleicht ein Russe«, meinte Latimer.

Bei seinen Worten zeigte sich Schrecken auf den Gesichtern der andern Jäger. Ein Russe konnte nur eins bedeuten: einen Kreuzer. Die Jäger hatten zwar nur eine annähernde Vorstellung, wo wir uns befanden, aber sie wußten doch, daß wir nicht weit von der Grenze des verbotenen Territoriums sein konnten, und alle kannten Wolf Larsens Ruf als Wilderer. Alle Augen richteten sich auf ihn.

»Wir sind vollkommen sicher«, beruhigte er sie lachend. »Diesmal gibt's keine Salzminen, Smoke. Aber ich will euch etwas sagen: Ich will fünf gegen eins wetten, daß es die ›Macedonia‹ ist.«

Wir standen von Tische auf und gingen an Deck, denn ein Dampfer war eine willkommene Unterbrechung des eintönigen Lebens auf See, und die Überzeugung, daß es Tod Larsen und die ›Macedonia‹ waren, vermehrte unsere Aufregung, zudem dachten wir an die Ankündigung der Jäger, daß es Scherereien mit dem Dampfer geben würde. Die steife Brise und die schwere See vom vergangenen Nachmittage hatten sich am Morgen etwas beruhigt, so daß es jetzt möglich war, die Boote hinabzulassen und zu jagen. Die Jagd versprach gut zu werden. Wir waren den ganzen Vormittag zwischen vereinzelten Robben hindurchgesegelt und liefen jetzt mitten in die Herde hinein.

Der Rauch war noch mehrere Meilen achternaus, näherte sich aber schnell, als wir die Boote hinabließen. Sie trennten sich und fuhren in nördlicher Richtung über das Meer. Hin und wieder sahen wir ein Segel niedergehen, hörten die Büchsen knallen und sahen die Segel wieder hochgehen. Es wimmelte von Robben. Der Wind legte sich ganz; alles schien einen großen Fang zu verkünden. Als wir ausliefen, um in Lee der Boote zu kommen, sahen wir, daß das Meer mit schlafenden Robben bedeckt war. Sie lagen da zu zweit, zu dritt, in ganzen Haufen, dichter, als ich sie je vorher gesehen, der Länge nach auf der Oberfläche ausgestreckt und fest schlafend, so sicher wie eine Schar träger junger Hunde.

Unter dem näher kommenden Rauche wurden jetzt Rumpf und Auf-

bau des Dampfers sichtbar. Es war die ›Macedonia‹. Ich las den Namen durch das Glas, als das Schiff uns, kaum eine Meile steuerbord, passierte. Wolf Larsen warf wilde Blicke auf den Dampfer, und Maud Brewster wurde neugierig.
»Was für Scherereien denken Sie zu bekommen, Kapitän?« fragte sie heiter.
Er blickte sie an, und ein freundlicher Blick huschte über seine Züge. »Ja, was meinen Sie? Daß sie an Bord kommen und uns die Kehlen abschneiden?«
»Ja, etwas Derartiges«, gestand sie. »Die Robbenjäger sind ja etwas so Fremdes für mich, daß ich beinahe auf alles gefaßt bin.« Er nickte. »Ganz recht, ganz recht. Sie haben sich nur geirrt, wenn Sie nicht das Schlimmste erwarteten.«
»Was kann denn noch schlimmer sein sein, als wenn einem die Kehle abgeschnitten wird?« fragte sie überrascht und mit kleidsamer Naivität.
»Wenn einem der Geldbeutel abgeschnitten wird«, antwortete er. »Die Menschen sind heutzutage so eingerichtet, daß ihre Lebensfähigkeit durch den Inhalt ihres Geldbeutels bestimmt wird.«
»Wer mir den Geldbeutel stiehlt, stiehlt wertlosen Plunder«, zitierte sie.
»Wer mir den Geldbeutel stiehlt, stiehlt mir das Recht zu leben«, lautete seine Antwort. »Trotz aller Sprichwörter! Denn wer mir mein Geld stiehlt, stiehlt mir mein Brot, mein Fleisch, mein Bett und gefährdet daher mein Leben.«
»Aber ich kann nicht einsehen, wieso der Dampfer irgendwelche Absichten auf Ihren Geldbeutel haben sollte.«
»Warten Sie nur ab, dann werden Sie es schon sehen«, erwiderte er grimmig.
Wir brauchten nicht lange zu warten. Als die ›Macedonia‹ mehrere Meilen jenseits unserer Bootslinie war, begann sie, Boote auszusetzen. Wir wußten, daß sie vierzehn gegen unsere fünf hatte (eines war uns durch die Flucht Wainwrights abhanden gekommen), und sie begann damit weit in Lee unseres äußersten Bootes, kreuzte unsern Kurs und endete weit in Luv unseres ersten Luvbootes. Damit war die Jagd für uns verdorben. Hinter uns gab es keine Robben, und vor uns fegte die Linie der vierzehn Boote wie ein ungeheurer Besen die Herde vor sich hin.
Unsere Boote jagten über die paar Meilen zwischen der ›Macedonia‹ und ihren Booten und gingen dann zurück. Der Wind flüsterte nur

noch leise, das Meer wurde immer ruhiger, und alles dies im Verein mit der großen Robbenherde machte den Tag zur Jagd wie geschaffen – es war einer der zwei oder drei ganz besonders bevorzugten Tage, die man in einer glücklichen Jagdsaison erwarten darf. Eine Schar zorniger Menschen, Puller, Steurer und Jäger, kletterte über die Reling. Jeder einzelne fühlte sich beraubt, und die Boote wurden unter Flüchen eingeholt, die Tod Larsen in alle Ewigkeit abgetan haben würde, wenn Flüche wirkliche Macht besäßen. »Tod und Verdammnis für ein Dutzend Ewigkeiten«, erklärte Louis und zwinkerte mir zu, als er sein Boot hochgeheißt und festgezurrt hatte.

»Hören Sie sie an und sagen Sie selbst, ob es schwer ist, den Lebensnerv ihrer Seele herauszufinden«, sagte Wolf Larsen. »Treue und Liebe? Hohe Ideale? Das Gute? Das Schöne? Das Wahre?«

»Ihr angeborener Rechtssinn ist gekränkt«, mischte Maud Brewster sich in die Unterhaltung.

»Sie sind sentimental«, höhnte er, »ebenso sentimental wie Herr van Weyden. Die Leute fluchen, weil ihre Wünsche durchkreuzt sind. Das ist alles. Was sie wünschen? Gutes Essen und weiche Betten, wenn sie an Land kommen, und eine gute Löhnung.«

»Sie benehmen sich doch nicht so, als ob es Ihren Beutel betroffen hätte«, meinte sie lächelnd.

»Kann sein, daß ich mich anders benehme, denn es hat sowohl meinen Beutel wie meine Seele betroffen. Bei den derzeitigen Fellpreisen auf dem Londoner Markt und einer ungefähren Schätzung, was wir heute nachmittag gefangen hätten, wenn die ›Macedonia‹ es uns nicht weggeschnappt hätte, hat die ›Ghost‹ etwa 1500 Dollar eingebüßt.«

»Und das sagen Sie so ruhig –«, begann sie.

»Aber ich bin nicht ruhig; ich könnte den Mann töten, der mich beraubt hat«, unterbrach er sie. »Ja, ja, ich weiß, dieser Mann ist mein Bruder – wieder die alte Sentimentalität! Pah!«

Sein Gesicht veränderte sich plötzlich. Seine Stimme klang weniger barsch und ganz aufrichtig, als er jetzt sagte:

»Ihr müßt glücklich sein mit eurer Sentimentalität, wahrhaft glücklich, weil ihr vom Guten träumt und das Gute findet und deshalb selbst gut seid. Aber sagt, ihr beiden, findet ihr mich gut?«

»Sie sind gewissermaßen gut anzuschauen«, urteilte ich. »In Ihnen liegen alle Kräfte für das Gute«, lautete die Antwort Maud Brewsters.

»Da haben wir's!« rief er ärgerlich. »Leere Worte! Euer Gedanke, den ihr da aussprecht, ist unklar, unscharf und unbestimmt! Es ist in

Wirklichkeit gar kein Gedanke. Es ist ein Gefühl, eine Empfindung, auf Illusionen aufgebaut, und entspringt nicht im geringsten eurem Intellekt.«

Während er sprach, wurde seine Stimme wieder sanfter, und ein vertraulicher Klang kam in sie. »Wissen Sie, daß ich mich manchmal über dem Wunsch ertappe, auch blind für die Tatsachen des Lebens zu sein und nur seine Phantasien und Illusionen zu kennen? Die sind natürlich falsch, alle falsch und vernunftswidrig; aber jedesmal, wenn ich Angesicht zu Angesicht mit Ihnen stehe, sagt mir meine Vernunft, daß es doch die größte Freude sein muß, zu träumen und in Illusionen zu leben, und wenn sie noch so falsch sind! Und alles in allem ist die Freude ja doch der Lohn des Lebens. Ohne Freude ist das Leben wertloses Tun. Arbeiten und leben ohne Lohn ist schlimmer als tot sein. Wer der größten Freude fähig ist, lebt am stärksten, und eure Träume und Illusionen bereiten euch weniger Unruhe und befriedigen euch mehr als meine Tatsachen.«

Er schüttelte nachdenklich den Kopf.

»Ich zweifle oft, zweifle an dem Werte der Vernunft. Träume müssen wirklicher und befriedigender sein. Gefühlsmäßige Freude erfüllt mehr und währt länger als verstandesmäßige. Ich beneide Sie, beneide Sie!« Er schwieg, und sein Blick wanderte abwesend über sie hin und verlor sich auf dem ruhigen Meere. Die alte eingefleischte Schwermut senkte sich wieder über ihn, und er überließ sich ihr widerstandslos. Er hatte sich in eine Art Katzenjammer hineingeredet, und wir konnten sicher sein, daß in wenigen Stunden der Teufel in ihm wach wurde.

»Sie waren an Deck, Herr van Weyden«, sagte Larsen am nächsten Morgen beim Frühstück. »Wie sieht es aus?«

»Schön Wetter«, antwortete ich und blickte auf den Sonnenschein, der in die Kajüte hineinströmte. »Frische Brise aus West mit der Aussicht auf steifen Wind, wenn man Louis glauben kann.«

Er nickte vergnügt. »Anzeichen von Nebel?«

»Dichte Bänke in Nord und Nordwest.«

Er nickte wieder, anscheinend mit noch größerer Befriedigung als zuvor. »Was Neues von der ›Macedonia‹?«

»Sie ist nicht zu sehen«, antwortete ich.

Ich hätte schwören mögen, daß sein Gesicht sich bei dieser Nachricht verdüsterte, aber den Grund seiner Enttäuschung konnte ich nicht erraten.

Ich sollte ihn indessen bald erfahren.
»Rauch ahoi!« ertönte es von Deck, und seine Züge erhellten sich wieder.
»Schön!« rief er aus und stand sofort auf, um sich an Deck und ins Zwischendeck zu begeben, wo die Jäger gerade ihr erstes Frühstück seit ihrer Vertreibung aus der Kajüte einnahmen.
Maud Brewster und ich berührten kaum die vor uns stehenden Speisen, wir starrten uns in stiller Besorgnis an und lauschten auf die Stimme Wolf Larsens, die gleich darauf das Schott zwischen Zwischendeck und Kajüte durchdrang. Er sprach lange, und seine Schlußworte wurden mit wildem Jubel begrüßt. Das Schott war zu dick, als daß wir ihn hätten verstehen können, was er aber auch gesagt haben mochte, so mußte es doch recht etwas nach dem Herzen der Jäger gewesen sein.
Aus dem Gespräch an Deck entnahm ich, daß die Matrosen herausgepurrt und im Begriff waren, die Boote hinabzulassen. Maud Brewster begleitete mich an Deck, aber ich ließ sie an der Achterhütte, von wo sie die Szene beobachten konnte, ohne selbst mitzuspielen. Die Matrosen mußten erfahren haben, was bevorstand, denn die Rührigkeit und Arbeitsfreudigkeit, die sie an den Tag legten, zeugten von Begeisterung. Die Jäger erschienen an Deck mit ihren Gewehren und Munitionskästen und – was ganz ungewöhnlich war – ihren Kugelbüchsen. Diese wurden sehr selten mit in die Boote genommen, denn wenn eine Robbe auf weite Entfernung mit der Büchse geschossen wurde, sank sie unweigerlich, ehe das Boot sie erreichen konnte. Aber heute nahm jeder Jäger seine Büchse und einen großen Vorrat an Patronen mit. Ich bemerkte, wie sie vergnügt grinsten, als sie den Rauch der ›Macedonia‹ erblickten, der immer höher stieg, je mehr sie sich von Westen näherte.
Die fünf Boote gingen wie der Wind über Bord, breiteten sich fächerförmig aus und setzten, wie am vergangenen Nachmittag, den Kurs nach Norden. Ich beobachtete sie eine Zeitlang gespannt, aber es war nichts Ungewöhnliches an ihnen zu bemerken. Sie ließen die Segel nieder, schossen Robben, heißten die Segel wieder und setzten ihren Weg fort, wie ich es immer hatte tun sehen. Die ›Macedonia‹ wiederholte ihr gestriges Manöver, indem sie ihre Boote vor den unseren und quer über unserm Kurs aussetzte. Vierzehn Boote erfordern ein ausgedehntes Gebiet, um bequem jagen zu können, und als die ›Macedonia‹ uns vollkommen abgeschlossen hatte, fuhr sie weiter nordwestlich, indem sie immer noch Boote aussetzte.

»Was haben Sie vor?« fragte ich Wolf Larsen, ganz unfähig, meine Neugier noch länger im Zaum halten zu können.

»Lassen Sie das meine Sorge sein«, antwortete er barsch. »Es wird keine tausend Jahre dauern, bis Sie es wissen. Beten Sie nur, daß wir guten Wind bekommen.«

»Übrigens kann ich es Ihnen auch gern erzählen«, sagte er einen Augenblick später. »Ich will meinem Bruder eine Dosis seiner eigenen Medizin verabreichen. Kurz, ich will ihm selbst mal den Fang ausspannen, und nicht nur für einen Tag, sondern für den ganzen Rest der Fangzeit – wenn wir Glück haben.«

»Und wenn wir keines haben?« fragte ich.

»Gar nicht auszudenken!« lachte er. »Wir müssen einfach Glück haben, sonst sind wir glatt geliefert.« Er stand am Rad, und ich ging nach meinem Lazarett in der Back, wo die beiden zu Schaden Gekommenen, Nilson und Mugridge, lagen. Nilson fühlte sich so wohl, wie man nur erwarten konnte, denn sein gebrochenes Bein heilte ausgezeichnet; der Cockney aber war niedergeschlagen und verzweifelt, und ich hatte das größte Mitleid mit dem unglücklichen Menschen. Es war ein reines Wunder, daß er noch lebte und am Leben hing.

»Mit einem künstlichen Fuß – man verfertigt jetzt ganz ausgezeichnete – kannst du bis ans Ende der Zeiten in Schiffskombüsen herumlaufen«, versicherte ich ihm freundlich.

Aber seine Antwort war ernst, ja fast feierlich. »Ich weiß nicht, ob es stimmt, was Sie sagen, Herr van Weyden, aber eines weiß ich: Ich werde keine glückliche Stunde haben, bis dieser Höllenhund tot zu meinen Füßen liegt. Er kann nicht so lange leben wie ich. Er hat kein Recht zu leben, und wenn das alte Wort sagt, daß er sicher sterben muß, so sage ich ›Amen‹ und ›möglichst bald!‹ dazu.«

Als ich wieder an Deck zurückkehrte, fand ich Wolf Larsen mit einer Hand steuernd und mit der andern ein Seeglas haltend und die Lage der Boote studierend, wobei er der ›Macedonia‹ besondere Aufmerksamkeit schenkte. Die einzige Veränderung an unsern Booten war, daß sie jetzt dicht am Winde lagen und mehrere Striche West zu Nord vorgerückt waren. Ich konnte aber noch nicht die Zweckmäßigkeit dieses Manövers einsehen, denn sie waren immer noch durch die fünf Luvboote der ›Macedonia‹, die sich ebenfalls dicht an den Wind gelegt hatten, vom offenen Meere abgeschnitten. Die zogen auf diese Weise langsam nach Westen und legten einen immer größeren Abstand zwischen sich und die übrigen Boote in der Linie. Auf unsern Booten wurden neben den Segeln auch die Riemen gebraucht. Selbst die Jäger pullten, und so überholten sie bald den – ich kann es wohl so nennen – Feind. Der Rauch der ›Macedonia‹ war zu einem trüben Fleck am nordöstlichen Horizont eingeschrumpft. Vom Dampfer selbst war nichts zu sehen. Wir hatten uns bis jetzt, teilweise mit im Winde schlagenden Segeln, treiben lassen; zweimal hatten wir, mit kurzem Zwischenraum, beigelegt. Jetzt aber wurde es anders. Die Segel wurden getrimmt, und bald hatte Wolf Larsen die ›Ghost‹ in volle Fahrt gebracht. Wir liefen an unsern Booten vorbei und hielten auf das erste Luvboot der andern Linie.

»Runter mit dem Außenklüver, Herr van Weyden«, befahl Wolf Larsen. »Und halten Sie sich bereit, den Klüver herüberzuholen!« Ich lief nach vorn und hatte den Außenklüver eben eingeholt, als wir einige hundert Fuß in Lee an dem Boot vorbeischossen. Die drei Insassen betrachteten uns mißtrauisch. Sie wußten, daß sie uns die Jagd verdorben hatten, und sie kannten Wolf Larsen jedenfalls dem Namen nach. Ich bemerkte, wie der Jäger, ein mächtiger Skandinavier, der im Bug saß, das Gewehr schußbereit über den Knien hielt – es hätte eigentlich an der Nagelbank hängen müssen. Als wir sie gerade hinter unserm Achtersteven hatten, winkte Wolf Larsen ihnen mit der Hand zu und rief:

»Kommt zu einem Schwätzchen an Bord.«

›Schwätzchen‹ bedeutet unter Robbenjägern soviel wie ›Besuch‹, ›Unterhaltung‹. Es bezeichnet die Schwatzlust der Seeleute und ist eine angenehme Unterbrechung des einförmigen Lebens auf diesen Schiffen. Die ›Ghost‹ drehte sich in den Wind, und da ich gerade meine Arbeit vorn beendet hatte, lief ich nach achtern, um bei der Großschot zu helfen.

»Sie sind wohl so freundlich, an Deck zu bleiben, Fräulein Brewster«, sagte Wolf Larsen, indem er nach vorn schritt, um seine Gäste zu begrüßen. »Und Sie auch, Herr van Weyden.«

Das Boot hatte seine Segel eingeholt und legte sich neben uns. Der Jäger, goldbärtig wie ein alter Seekönig, kletterte über die Reling an Deck. Aber trotz seinem riesigen Wuchse konnte er offenbar seine Furcht kaum verbergen. Zweifel und Mißtrauen zeigten sich deutlich auf seinen Zügen. Es war trotz seinem behaarten Schild ein offenes Gesicht, dem man sofort die Erleichterung ansah, als er Wolf Larsen und mich sah und sich klar wurde, daß er es nur mit zweien zu tun hatte. Unterdessen waren auch seine beiden Leute an Bord gekommen, und nun hatte er kaum Grund, sich zu fürchten. Er überragte Wolf Larsen wie ein Goliath. Er mußte wenigstens sechs Fuß und

neun Zoll messen und wog – wie ich später erfuhr – zweihundertundvierzig Pfund. Und es war kein Fett an ihm. Alles nur Knochen und Muskeln!
Sein Argwohn erwachte indessen wieder, als Wolf Larsen ihn einlud, mit in die Kajüte zu kommen. Aber ein Blick auf seinen Wirt beruhigte ihn wieder. War der auch gewiß ein starker Mann, so erschien er doch neben diesem Riesen wie ein Zwerg. So schwanden denn seine Bedenken, und die beiden stiegen miteinander in die Kajüte hinab. Seine beiden Leute waren unterdessen nach Seemannsbrauch in die Back gegangen, um dort einen Besuch abzustatten.
Plötzlich ertönte ein entsetzliches Gebrüll aus der Kajüte, gefolgt von dem Getöse eines wütenden Kampfes. Der Leopard und der Löwe kämpften miteinander. Wolf Larsen war der Leopard.
»Da sehen Sie, wie heilig die Gastfreundschaft hier gehalten wird«, sagte ich bitter zu Maud Brewster. »Wäre es nicht besser, wenn Sie nach vorn gingen – etwa zur Zwischendeckskappe – bis es vorbei ist?« schlug ich ihr vor.
Sie schüttelte den Kopf und sah mich mit einem mitleiderregenden Blick an. Sie fürchtete sich nicht, war aber entsetzt über diese menschliche Bestialität.
»Sie werden begreifen«, nahm ich die Gelegenheit wahr, »daß ich nur geringen Anteil an den Vorgängen an Bord nehme. – Es ist nicht schön für mich«, fügte ich hinzu.
»Ich verstehe Sie«, sagte sie mit schwacher Stimme, die klang, als käme sie aus weiter Ferne, und ihre Augen zeigten mir, daß sie mich verstand.
Das Getöse unten erstarb bald. Kurz darauf kam Wolf Larsen allein an Deck. Sein braunes Gesicht war leicht gerötet, sonst aber hatte der Kampf keine Spuren bei ihm hinterlassen.
»Schicken Sie die beiden Leute nach achtern, Herr van Weyden«, sagte er.
Ich gehorchte, und wenige Minuten später standen sie vor ihm.
»Holt euer Boot ein«, sagte er zu ihnen, »euer Jäger hat sich entschlossen, eine Weile an Bord zu bleiben, und möchte nicht, daß es längsseits zerstoßen wird. – Holt euer Boot herein, sage ich«, wiederholte er schärfer, als sie zögerten, seinem Befehl Folge zu leisten.
»Wer weiß? Vielleicht werdet ihr eine Zeitlang mit mir fahren«, sagte er ganz freundlich, aber mit einem leisen, drohenden Klang, der seine Freundlichkeit Lügen strafte, als sie sich langsam in Bewegung setzten, um zu gehorchen. »Es ist schon am besten, wenn wir uns gleich

freundschaftlich verständigen. Ein bißchen flink nun! Tod Larsen läßt euch ganz anders springen, das wißt ihr gut!«

Unter seiner Anleitung wurden die Bewegungen merklich schneller, und als dann das Boot über Bord schwang, wurde ich nach vorn geschickt, um den Klüver hochgehen zu lassen. Wolf Larsen stand am Rade und steuerte die ›Ghost‹ auf das zweite Luvboot der ›Macedonia‹.

Vorläufig gab es nichts für mich zu tun, und so wandte ich meine Aufmerksamkeit den Booten zu. Das dritte Luvboot der ›Macedonia‹ wurde von zweien der unsrigen angegriffen, das vierte von unsern andern drei, während das fünfte kehrtgemacht hatte, um seinen nächsten Gefährten zu Hilfe zu kommen. Die Schlacht war auf weite Entfernung eröffnet, und die Büchsen knallten unaufhörlich. Kurze, kräftige Seen, vom Winde aufgepeitscht, hinderten ein sicheres Schießen, und hin und wieder sahen wir beim Näherkommen die Kugeln von Welle zu Welle tanzen.

Das Boot, das wir verfolgten, hatte sich vor den Wind gelegt und versuchte, uns zu entwischen. Es nahm die Richtung auf die anderen Boote, um ihnen zu helfen, den allgemeinen Angriff zurückzuschlagen.

Da ich Segel und Schote bediente, blieb mir wenig Zeit zu sehen, was vorging, als ich aber zufällig auf der Achternhütte war, hörte ich, wie Wolf Larsen den beiden fremden Matrosen befahl, sich nach vorn in die Back zu begeben. Sie gingen widerstrebend, aber sie gingen. Dann schickte er Fräulein Brewster hinunter und lächelte, als er den erschrockenen Ausdruck in ihren Augen sah.

»Sie werden nichts Schauerliches unten finden«, sagte er, »nur einen Mann, der sicher am Ringbolzen festgemacht, sonst aber unverletzt ist. Es ist möglich, daß Kugeln an Bord fliegen, und ich möchte nicht, daß Sie getötet werden.«

Er hatte noch nicht ausgesprochen, als eine Kugel zwischen seinen Händen hindurch gegen eine Messingspake des Steuerrades schlug und luvwärts durch die Luft pfiff.

»Da sehen Sie!« sagte er zu ihr, dann wandte er sich zu mir: »Herr van Weyden, wollen Sie das Ruder nehmen.«

Maud Brewster war auf die Laufbrücke getreten, so daß nur ihr Kopf ausgesetzt war. Wolf Larsen hatte sich eine Büchse geholt und schob jetzt eine Patrone in den Lauf. Ich bat sie durch einen Blick, nach unten zu gehen, aber sie lächelte und sagte:

»Wir mögen ja schwache Landratten sein, die kaum auf eigenen

Füßen zu stehen vermögen, aber wir können Kapitän Larsen wenigstens zeigen, daß wir tapfer sind.«
Er warf ihr einen schnellen bewundernden Blick zu. »Dafür gefallen Sie mir um hundert Prozent besser«, sagte er. »Bücher, Verstand und Mut. Sie sind wirklich vollkommen, trotz Ihrer Gelehrsamkeit, wert, das Weib eines Seeräuberhäuptlings zu sein. Na, darüber werden wir später reden«, lächelte er, als eine Kugel in die Kajütswand schlug.
Er ließ sich aufs Deck nieder und legte seine Büchse auf die Reling. Die Kugeln, die wir bisher erhielten, hatten fast eine halbe Meile zurückzulegen gehabt, inzwischen hatte sich aber der Abstand auf die Hälfte verkürzt. Er zielte sorgsam und schoß dreimal. Der erste Schuß ging fünfzig Fuß in Luv des Bootes vorbei, der zweite dicht daneben, und beim dritten ließ der Bootssteurer das Ruder los und sank auf dem Boden des Bootes zusammen.
»Ich wette, das genügt«, sagte Wolf Larsen, indem er sich erhob. »Ich kann es mir nicht leisten, den Jäger zu treffen, und ich rechne damit, daß der Puller nicht steuern kann. Der Jäger kann nicht steuern und schießen zugleich.«
Seine Berechnung erwies sich als richtig, denn das Boot drehte sich sofort in den Wind, und der Jäger sprang nach achtern, um den Platz am Ruder einzunehmen. Wir merkten nichts mehr von der Schießerei, wenn auch die Büchsen von den andern Booten noch munter knallten.
Es war dem Jäger geglückt, das Boot wieder in den Wind zu bringen, aber wir machten ungefähr doppelt soviel Fahrt. Als wir noch etwa hundert Schritt entfernt waren, sah ich, wie der Puller dem Jäger eine Büchse reichte. Wolf Larsen begab sich mittschiffs und nahm eine Rolle Tauwerk vom Bolzen des Klaufalls. Dann lugte er mit erhobener Büchse über die Reling. Zweimal sah ich den Jäger mit einer Hand das Ruder loslassen und zur Büchse greifen – aber jedesmal bedachte er sich wieder. Dann waren wir neben ihnen und schossen schäumend vorbei.
»Hier!« rief Wolf Larsen plötzlich dem Puller zu. »Fang das Ende!« Gleichzeitig warf er das Tau. Er traf so gut, daß es den Mann beinahe zu Boden riß, der aber gehorchte nicht, sondern blickte den Jäger an, um dessen Befehle abzuwarten. Der Jäger seinerseits bedachte sich einen Augenblick. Er hatte die Büchse zwischen den Knien, wenn er aber das Ruder losließ, um zu schießen, mußte das Boot herumgeworfen werden und mit dem Schoner zusammenstoßen. Dazu sah er die Büchse Wolf Larsens auf sich gerichtet und wußte, daß jener

schießen würde, ehe er selbst auch nur das Gewehr an die Backe gebracht hätte. »Nimm es«, sagte er zu dem Puller.

Der gehorchte, indem er das Tau um die vordere Ducht wand. Es straffte sich, das Boot gierte plötzlich, und der Jäger brachte es, einige zwanzig Fuß entfernt, parallel zur ›Ghost‹.

Er behielt die Büchse in der Hand und ließ die Takel mit der andern hinab. Als Bug und Steven festgemacht waren und die beiden Männer sich anschickten, an Bord zu kommen, nahm der Jäger seine Büchse, als ob er sie an einen sichern Platz stellen wollte.

»Fallen lassen!« rief Wolf Larsen, und der Jäger gehorchte, als ob sie glühend wäre.

Einmal an Bord, holten die beiden Gefangenen das Boot ein und trugen auf Wolf Larsens Anweisung den verwundeten Bootssteurer in die Back.

»Wenn unsere fünf Boote ebenso tüchtig sind wie Sie und ich, werden wir eine hübsche Mannschaft zusammenbekommen«, sagte Wolf Larsen zu mir.

»Der Mann, den Sie getroffen haben – ich hoffe, er ist – –«, sagte Maud Brewster zitternd.

»Schulterschuß!« antwortete er. »Nichts Ernstes. Herr van Weyden wird ihn in drei bis vier Wochen wieder auf die Beine bringen. Aber die da drüben wird er allem Anschein nach kaum durchbringen«, fügte er hinzu und wies auf das dritte Boot der ›Macedonia‹, auf das ich jetzt lossteuerte und das sich beinahe auf der gleichen Höhe wie wir befand. »Das ist Horners und Smokes Arbeit. Ich habe ihnen gesagt, daß ich lebendige Männer brauche und keine Leichen. Aber die Freude am Treffen ist eine zu große Versuchung, wenn man erst einmal Schießen gelernt hat. Haben Sie es je versucht, Herr van Weyden?«

Ich schüttelte den Kopf und betrachtete ihr Werk. Es war in der Tat blutig gewesen, und jetzt waren sie einfach weitergefahren und hatten sich unsern andern drei Booten bei ihrem Angriff auf die übrigen Feinde angeschlossen. Das sich selbst überlassene Boot lag in einem Wellental und rollte wie trunken über den Schaum, während das lose Sprietsegel im rechten Winkel herausstak und im Winde flatterte. Jäger und Puller lagen hilflos auf dem Boden, der Steurer jedoch lag quer über dem Schandeckel, halb über der Reling, seine Arme schleiften das Wasser, und sein Kopf rollte von einer Seite zur andern.

»Halten Sie gerade auf den Haufen los, Herr van Weyden!« befahl Wolf Larsen.

Als wir näher kamen, hatte das Feuer aufgehört, und wir sahen, daß der Kampf vorbei war. Die beiden letzten Boote waren von unsern fünf erbeutet worden, und alle sieben lagen jetzt zusammengedrängt da und warteten darauf, von uns aufgenommen zu werden.

»Sehen Sie dort!« rief ich unwillkürlich, indem ich nach Nordwest wies.

»Ja, ich hab' es gesehen«, erwiderte Wolf Larsen ruhig. Er maß die Entfernung zur Nebelbank und blieb einen Augenblick stehen, um die Stärke des Windes an seiner Backe zu fühlen. »Ich denke, wir schaffen es. Aber Sie können sich darauf verlassen, daß mein teurer Bruder uns auf die Sprünge gekommen ist und gerade auf uns losgeht. Schauen Sie nur!«

Der Rauchfleck wuchs plötzlich und war sehr schwarz.

»Ich werde schon noch mit dir fertig, und wenn du zehnmal mein Bruder bist!« frohlockte er. »Du kannst froh sein, wenn deine alte Maschine nicht in tausend Stücke springt.«

Als wir beilegten, löste sich der scheinbare Wirrwarr. Die Boote verteilten sich auf beide Seiten, und die Leute kamen gleichzeitig an Bord. Sobald die Gefangenen über die Reling geklettert waren, wurden sie von unsern Jägern in die Back geschafft, während unsere Matrosen die Boote einholten, sie in wirrem Durcheinander auf Deck fallen ließen und sich nicht einmal Zeit nahmen, sie festzuzurren. Wir waren schon in voller Fahrt; als das letzte Boot aus dem Wasser gehoben wurde und über die Reling schwang, waren bereits alle Segel gesetzt.

Eile tat denn auch not. Die ›Macedonia‹, deren Schlot schwärzesten Rauch ausstieß, kam aus Nordwest herangejagt. Ohne die Boote, die ihr geblieben waren, zu beachten, hatte sie ihren Kurs so gesetzt, daß sie uns überholen mußte. Sie fuhr nicht gerade auf uns los, sondern ihr Kurs bildete einen spitzen Winkel zu dem unsern, und wir mußten uns gerade am Rande der Nebelbank treffen. Dort oder nirgends konnte die ›Macedonia‹ hoffen, uns zu fangen. Die einzige Rettung der ›Ghost‹ wiederum war, diesen Punkt vor der ›Macedonia‹ zu erreichen.

Wolf Larsen steuerte. Seine Augen funkelten und blitzten, während sie von einem zum andern sprangen. Bald durchforschte er die See in Luv nach Anzeichen, ob der Wind sich legte oder auffrischte, bald blickte er nach der ›Macedonia‹, dann wieder schweiften seine Augen über die Segel, und er gab Befehl, hier eine Leine zu lockern, dort eine anzuziehen, bis er aus der ›Ghost‹ alles herausholte, was sie zu leisten vermochte. Aller Streit, aller Groll war vergessen, und ich war erstaunt über die Bereitwilligkeit, mit der die Mannschaft, die solange seine Brutalität erduldet hatte, jetzt seine Befehle ausführte. Seltsam: Ich mußte an den unglücklichen Johnson denken, und als wir uns so über die Wellen hoben und ganz auf die Seite legten, wurde ich mir eines Bedauerns bewußt, daß er jetzt nicht am Leben und mit dabei war. Er hatte die ›Ghost‹ so geliebt, und ihre Manövrierfähigkeit hatte ihn so begeistert.

»Holt lieber eure Gewehre, Jungens«, rief Wolf Larsen unsern Jägern zu, und die fünf Mann stellten sich, die Büchsen in der Hand, an die Leereling und warteten.

Die ›Macedonia‹ war jetzt nur noch eine Meile entfernt, der schwarze Rauch wälzte sich im rechten Winkel aus ihrem Schornstein, so wahnsinnig durchpflügte sie mit ihrer Fahrt von siebzehn Knoten die Wogen. – – »Heulend durchs Meer!« zitierte Wolf Larsen, während er auf sie blickte. Wir schafften nicht mehr als neun Knoten, aber die Nebelbank war jetzt ganz nahe. Ein Rauchballen löste sich vom Deck der ›Macedonia‹. Wir hörten einen schweren Knall, und in unserm Großsegel zeigte sich ein rundes Loch. Sie schossen auf uns mit einer der kleinen Kanonen, die sie dem Gerücht nach an Bord hatten. Unsere Leute, die mittschiffs in einem Haufen zusammenstanden, schwangen die Mützen und erhoben ein Hohngeschrei. Wieder ein großer Rauchballen und ein lauter Knall. Diesmal ging die Kugel nicht mehr als zwanzig Fuß achtern vorbei und tanzte zweimal in Luv von Welle zu Welle, ehe sie versank.

Mit Gewehren wurde nicht geschossen aus dem einfachen Grunde, weil alle Jäger der ›Macedonia‹ entweder in den Booten oder unsere Gefangenen waren. Als der Abstand zwischen den beiden Fahrzeugen noch eine halbe Meile betrug, riß ein dritter Schuß ein zweites Loch in unser Großsegel. Dann verschwanden wir im Nebel. Er legte sich um uns und verbarg uns mit dichten, feuchten Schleiern.

Der plötzliche Übergang wirkte erschreckend. Eben noch waren wir in dem klaren Sonnenschein, mit dem blauen Himmel über uns, gesegelt, während die Wogen weit bis zum Horizont rollten und sich brachen und ein Schiff sich, Rauch, Feuer und eiserne Geschosse speiend, wie toll auf uns losstürzte. Und auf einmal, nur den Bruchteil einer Sekunde später, war die Sonne ausgelöscht, es gab keinen Himmel mehr, selbst unsere Mastspitzen waren dem Blick entzogen, und unser Horizont war so, wie ihn tränenverschleierte Augen sehen mögen. Der graue Nebel trieb wie feiner Sprühregen an uns vorbei. Jedes Wollfäserchen an unsern Kleidern, jedes Härchen auf unserm Kopfe und in unserm Gesicht war mit kristallenen Kügelchen wie mit Juwelen besetzt. Die Wanten troffen vor Nässe; es tropfte von dem Tauwerk über uns, und an der Unterseite der Spieren nahmen die Tropfen die Form langer fließender Reihen an, die sich bei jedem Überholen des Schoners loslösten und wie ein Sturzregen auf das Deck geschleudert wurden. Ich hatte ein Gefühl des Eingesperrtseins und Erstickens. Wie das Geräusch, das das Schiff bei seinem Stampfen durch die Wogen machte, von dem Nebel zurückgeworfen wurde, so auch die Gedanken. Der Geist bebte zurück vor der Betrachtung einer Welt, jenseits der Schleier, die uns umschlossen, dies war die Welt, das Universum selbst, seine Grenzen waren so eng, daß es einen verlangte, beide Arme auszustrecken und sie zurückzustoßen. Alles andere war nur ein Traum, ja nichts als Erinnerung an einen Traum.

Es war unheimlich, geisterhaft. Ich sah Maud Brewster an und fühlte, daß es ihr ähnlich ging. Dann sah ich auf Wolf Larsen, aber auf ihn schien es keinen Eindruck zu machen. Sein ganzes Interesse galt lediglich der Gegenwart und ihren Erfordernissen. Er stand immer noch am Steuerrade, und ich fühlte, daß er die Zeit maß, den Lauf der Minuten nach jeder Bewegung, jedem Überkrengen der ›Ghost‹ nach Lee berechnete.

»Gehen Sie nach vorn und halten Sie hart an den Wind, aber ohne Lärm«, sagte er leise zu mir. »Holen Sie zuerst die Toppsegel ein. Stellen Sie an alle Schote Leute. Aber kein Rasseln von Blöcken, kein lautes Wort. Keinen Lärm, hören Sie, keinen Lärm!« Als alles bereit war, wurde der Befehl »Hart an den Wind!« von Mann zu Mann weitergegeben, bis er mich erreichte; und die ›Ghost‹ schwang sich wirklich fast geräuschlos um die Backbord-Halsen herum. Das einzige, was man hörte – einige Seisinge, die im Winde flatterten, ein paar Böcke, die knarrten, eine Rolle, die kreischte –, wurde geisterhaft von der schweren Decke, die uns einhüllte, zurückgeworfen.

Wir waren kaum mit dem Manöver fertig, als der Nebel sich plötzlich zu verdünnen schien, wir uns wieder im Sonnenschein befanden, und das Meer bis zum Horizont ausgebreitet vor uns lag. Aber der Ozean war leer. Keine zornige ›Macedonia‹ durchbrach die Fläche oder verdunkelte den Himmel mit ihrem Rauch. Wolf Larsen braßte sofort vierkant und lief am Rande der Nebelbank entlang. Seine Absicht war einleuchtend. Er war in Luv des Dampfers in den Nebel gegangen, und während die ›Macedonia‹, um ihn zu fangen, blind hineingestoßen war, hatte er jetzt sein Versteck verlassen, um es auf der Leeseite wieder aufzusuchen. Glückt sein Plan, so wäre das alte Gleichnis von der

Stecknadel im Heuschober schwach gewesen neben der Aussicht seines Bruders, ihn zu finden. Es sollte jedoch nicht lange dauern. Wir hatten Fock und Großsegel gejibbt, jetzt setzten wir die Toppsegel und fuhren wieder in den Nebel hinein. Während wir hineintauchten, hätte ich darauf schwören mögen, in Luv einen schwarzen Rumpf gesehen zu haben. Ich warf einen raschen Blick auf Wolf Larsen. Schon waren wir im Nebel begraben, aber er nickte. Auch er hatte es gesehen – die ›Macedonia‹ hatte sein Manöver erraten, und auf ein Haar hätte sie uns überrumpelt. Es war das Werk eines Augenblicks gewesen, aber kein Zweifel: Wir waren ungesehen entwischt.

»Das kann er so nicht weitermachen«, sagte Wolf Larsen. »Er muß umkehren, schon seiner Boote wegen. Schicken Sie einen Mann ans Rad, Herr van Weyden, halten Sie vorläufig diesen Kurs, und dann können Sie die Wachen verteilen. Wir werden uns diese Nacht nicht viel Ruhe gönnen können.

Aber ich hätte doch fünfhundert Dollar gegeben«, fügte er hinzu, »um nur fünf Minuten an Bord der ›Macedonia‹ zu sein und meinen Bruder fluchen zu hören.«

»Und nun, Herr van Weyden«, sagte er zu mir, als er beim Rad abgelöst war, »müssen wir unsere neuen Leute bewillkommnen! Geben Sie den Jägern recht viel Whisky und sorgen Sie dafür, daß auch einige Flaschen nach vorn kommen. Ich möchte wetten, daß morgen alle bis auf den letzten Mann umgestimmt sind und ebenso gern für Wolf Larsen jagen wie bisher für Tod Larsen.«

»Aber werden sie nicht durchbrennen, wie Wainwright?« fragte ich.

Er lachte verschmitzt. »Nicht, solange unsere alten Jäger ein Wörtchen mitzureden haben. Für jedes Fell, das die neuen Jäger schießen, gebe ich ihnen einen Dollar zur Teilung. Wenigstens die Hälfte ihres Jubels heute morgen ist auf das Konto dieses Versprechens zu schreiben. Oh, wenn es auf sie ankommt, wird niemand durchbrennen. Und nun wäre es am besten, wenn Sie nach vorn gingen und Ihren Lazarettdienst verrichteten. Eine stattliche Anzahl Patienten wartet auf Sie.«

Wolf Larsen entschloß sich, die Verteilung des Whiskys selbst vorzunehmen. Ich hatte schon in meinem Leben Whisky trinken sehen, aber nie, wie diese Männer ihn tranken: aus Konservendosen, aus Krügen und Flaschen in unendlichen Zügen. Und sie begnügten sich nicht mit einem oder zweien. Sie tranken und tranken, und immer mehr Flaschen wanderten nach vorn, und immer mehr tranken sie.

Alle tranken. Die Verwundeten tranken; Oofty-Oofty, der mir beim Verbinden half, trank. Nur Louis hielt sich zurück, er befeuchtete sich die Lippen nur ganz vorsichtig, stimmte aber in den allgemeinen Lärm mit ein wie der Schlimmste von ihnen. Es war eine zügellose Schwelgerei. Mit lauter Stimme erörterten sie die Kämpfe des Tages, stritten sich über Einzelheiten oder wurden zärtlich und schlossen Freundschaft mit denen, gegen die sie gekämpft hatten, Gefangene wie Sieger sanken sich in die Arme und schworen sich schluckend mit mächtigen Flüchen gegenseitig ihre Hochachtung und Wertschätzung.

Es war ein seltsamer und schrecklicher Anblick, der kleine, von Kojen eingerahmte Raum, dessen Boden und Wände hüpften und schwankten, das trübe Licht, in dem die schwingenden Schatten sich ungeheuerlich verlängerten und verkürzten, die rauchgeschwängerte Luft, der Geruch der Körper und des Jodoforms und der Anblick der erregten Menschen. Ich beobachtete Oofty-Oofty, der das Ende einer Bandage hielt und auf das Schauspiel blickte. Seine samtenen, strahlenden Augen glitzerten wie die eines Rehs, und doch wußte ich, daß ein barbarischer Teufel in seiner Brust schlummerte, der alle Sanftheit und die fast frauenhafte Weichheit in seinen Zügen und seiner Gestalt Lügen strafte. Und ich bemerkte das knabenhafte Gesicht Harrisons – sonst ein gutes Gesicht, jetzt aber das eines Teufels, verkrampft von Leidenschaft, als er den neuen Kameraden von dem Höllenschiff erzählte, auf dem sie sich befanden, und Flüche auf das Haupt Wolf Larsens herabregnen ließ. –

Wolf Larsen war es, immer Wolf Larsen, der seine Mitmenschen unterjochte und peinigte. Ich knirschte vor Wut mit den Zähnen, bis der Mann, den ich verband, unter meiner Hand zusammenzuckte und Oofty-Oofty mich neugierig anblickte. Ich fühlte mich plötzlich von mächtiger Kraft beseelt. Etwas in meiner neuentdeckten Liebe machte mich zum Riesen. Ich fürchtete nichts mehr. Ich mußte meinen Willen durchsetzen können trotz meinen fünfunddreißig, hinter Büchern verbrachten Jahren. Und so, außer mir, hochgehoben von einem starken Machtgefühl, stieg ich an Deck, wo der Nebel geisterhaft durch die Nacht trieb und die Luft süß, rein und still war.

Das Zwischendeck, wo die beiden verwundeten Jäger lagen, war eine Wiederholung der Back, nur, daß hier nicht auf Wolf Larsen geflucht wurde, und mit großer Erleichterung erschien ich wieder an Deck und ging nach achtern in die Kajüte. Das Abendbrot war bereit, und Wolf Larsen und Maud warteten auf mich.

Während Wolf Larsens Mannschaft sich so schnell und gründlich wie möglich betrank, blieb er selbst nüchtern. Nicht ein Tropfen Schnaps kam über seine Lippen. Unter den jetzigen Umständen wagte er es nicht, und er hatte niemand, auf den er sich verlassen konnte, außer Louis und mir, und Louis stand am Rade. Wir segelten weiter durch den Nebel, ohne Ausguck und ohne Lichter. Daß Wolf Larsen den Whisky auf seine Leute losgelassen hatte, wunderte mich, aber er kannte sie und das Geheimnis, in Freundschaft zusammenzukitten, was mit Blutvergießen begonnen hatte.

Sein Sieg über Tod Larsen schien eine merkwürdige Wirkung auf ihn auszuüben. Am Abend zuvor hatte er sich in einen Katzenjammer hineingeredet, und ich hatte einen seiner charakteristischen Ausbrüche erwartet. Aber nichts war geschehen, und jetzt war er in glänzender Stimmung. Vermutlich hatte sein Erfolg beim Kapern so vieler Boote und Jäger der gewöhnlichen Reaktion entgegengewirkt.

Wie gesagt, er war scheinbar in glänzender Stimmung, als ich die Kajüte betrat. Er hatte wochenlang keine Kopfschmerzen gehabt, seine Augen waren so klar wie der Himmel, seine dunkle Gesichtsfarbe strahlte vor Gesundheit.

Er war so unterhaltsam, wie ich ihn noch nie gesehen hatte. Es war, als ob er vor innerer Energie beinahe barst. Fast im selben Augenblick begann er eine Diskussion über die Liebe. Wie gewöhnlich vertrat er die rein materialistische, Maud die idealistische Seite. Ich selbst beteiligte mich außer einigen kurzen Bemerkungen und Einwänden nicht an der Unterhaltung.

In diesem Augenblick steckte Louis den Kopf in die Kajüte und flüsterte: »Leise! Der Nebel geht hoch, und vorn ist die Backbordlaterne eines Dampfers.«

Wolf Larsen sprang an Deck, und zwar so rasch, daß er, als wir ihm nachgekommen waren, schon die Zwischendecksluke über dem trunkenen Lärm geschlossen hatte und jetzt nach vorn eilte, um auch die Backluke zu schließen. Obwohl der Nebel sich etwas gelichtet hatte, hing er noch über uns und verdunkelte die Sterne, so daß die Nacht ganz schwarz war. Gerade voraus konnte ich ein rotes und ein weißes Licht sehen und eine Maschine arbeiten hören: zweifellos die ›Macedonia‹.

Wolf Larsen war zur Ruff zurückgekehrt, und wir standen schweigend zusammen und beobachteten die Lichter, die schnell vor unserm Bug vorbeiglitten.

»Ein Glück, daß sie keine Scheinwerfer hat«, sagte Wolf Larsen.

»Wenn ich nun laut riefe?« fragte ich flüsternd.

»Dann wären wir erledigt«, antwortete er. »Aber haben Sie auch daran gedacht, was sofort geschehen würde?«
Ehe ich Zeit hatte, meinem Wunsche, es zu erfahren, Ausdruck zu verleihen, hatte er mich mit dem Griff eines Gorillas an der Kehle gepackt und gab mir einen Begriff davon, wie er mir ohne weiteres das Genick brechen würde. Im nächsten Augenblick ließ er mich los, und wir starrten wieder auf die Lichter der ›Macedonia‹.
»Und wenn *ich* rufen würde?« fragte Maud.
»Sie sind mir zu teuer, als daß ich Ihnen etwas tun würde«, sagte er sanft – ja, es lag eine Zärtlichkeit, fast eine Liebkosung in seiner Stimme, die mich zusammenzucken ließ –, »aber tun Sie es doch lieber nicht, denn ich würde prompt Herrn van Weyden das Genick brechen.«
»Dann darf sie meinetwegen gern rufen«, sagte ich trotzig.
»Ich glaube kaum, daß sie den großen amerikanischen Kritiker Humphrey van Weyden opfern würde!« lachte er spöttisch.
Wir schwiegen, und wir hatten uns schon so aneinander gewöhnt, daß das Schweigen uns nicht verlegen machte; und als das rote und weiße Licht verschwunden waren, gingen wir wieder in die Kajüte, um das unterbrochene Abendbrot zu beenden.
Wenn Wolf Larsen je den Gipfel des Lebens erreichte, so tat er es jetzt. Immer wieder vergaß ich meine eigenen Gedanken, um ihm zu folgen, und ich folgte ihm mit Erstaunen, unmittelbar bezwungen durch seinen wunderbaren Verstand, durch den Zauber seiner Leidenschaft, denn er predigte die Leidenschaft des Aufruhrs.
Natürlich wurde dann Miltons Lucifer angeführt, und die Kühnheit, mit der Wolf Larsen diesen Charakter zergliederte, war eine Offenbarung seines unterdrückten Genies.
»Er vertrat eine verlorene Sache, und er fürchtete sich nicht vor Gottes Donnerkeilen«, sagte Wolf Larsen. »Wenn er auch in die Hölle gestürzt wurde, so blieb er doch unbesiegt. Ein Drittel der Engel Gottes hatte er mitgebracht, und sofort reizte er die Menschen auf, sich gegen Gott zu empören, und gewann den größten Teil aller menschlichen Generationen für sich und die Hölle. Warum er von Himmel herabgeschleudert wurde? Weil er weniger tapfer als Gott war? Weniger stolz? Weniger ehrgeizig? Nein! Tausendmal nein! Gott war der Stärkere. Ihm verlieh der Donner größere Macht. Lucifer aber war ein freier Geist. Dienen hieß für ihn ersticken. Er zog Leiden in Freiheit aller Glückseligkeit einer bequemen Knechtschaft vor. Er machte sich nichts daraus, Gott zu dienen. Er wollte niemand dienen. Er war

keine Gallionsfigur. Er stand auf eigenen Füßen. Er war eine Persönlichkeit.« Dann zitierte er:

»Hier endlich
Winkt uns die Freiheit, hat der Allmächtige
Die Zelte seines Neides nicht gebaut
Und wird uns nicht vertreiben. Unsre Herrschaft
Ist sicher hier; und herrschen, wie man will,
Ist schon den Ehrgeiz wert auch in der Hölle:
Dort lieber Herrscher, als im Himmel Knecht!«

Es war der trotzige Ruf eines mächtigen Geistes. Die Kajüte hallte wider von seiner Stimme, wie er so, hin und her schwankend, das sonnenverbrannte Gesicht leuchtend und mit stolz zurückgeworfenem Kopfe dastand und die Augen golden und männlich, fest und unwiderstehlich auf Maud heftete, die in der Tür stand. Wieder lag dies unsagbare Entsetzen in ihrem Blick, und, beinahe flüsternd, sagte sie: »Sie sind Lucifer.«

Die Tür schloß sich, und sie war fort. Er starrte ihr eine Weile nach, dann kam er wieder zu sich und wandte sich zu mir:

»Ich will Louis am Rad ablösen«, sagte er kurz. »Um Mitternacht werden Sie mich ablösen. Jetzt legen Sie sich am besten nieder und schlafen ein bißchen.«

Er zog ein Paar Fausthandschuhe an, setzte seine Mütze auf und stieg die Treppe hinauf, während ich seiner Aufforderung, mich niederzulegen, Folge leistete. Ohne einen mir bewußten Grund, nur einer geheimnisvollen Eingebung folgend, entkleidete ich mich nicht, sondern legte mich völlig angekleidet in die Koje. Eine Zeitlang lauschte ich auf den Lärm im Zwischendeck und stellte Betrachtungen an über die Liebe, die zu mir gekommen war, aber mein Schlaf war auf der ›Ghost‹ gesund und natürlich geworden, und bald erstarben Singen und Schreien, meine Augen schlossen sich, und mein Bewußtsein sank in den Halbtod des Schlummers. Ich weiß nicht, was mich weckte, aber ich stand ganz wach vor meiner Koje, und meine Seele zitterte wie in Gefahr, als hätte mich Trompetenschall gerufen. Ich riß die Tür auf. Die Kajütslampe war tief herabgebrannt. Und ich sah Maud, meine Maud, die sich aus den Armen Wolf Larsens zu befreien suchte. Ich konnte ihre verzweifelten Anstrengungn sehen, sie preßte ihr Gesicht gegen seine Brust, um ihm zu entkommen. Alles dies sah ich in einem Nu, und schon sprang ich in die Kajüte.

Ich schlug ihm mit der Faust mitten ins Gesicht, aber der Schlag hatte keine Kraft. Er brüllte wie ein wildes Tier und schleuderte mich mit der Hand weg. Ich stieß gegen die Tür des Raumes, in dem Thomas Mugridge früher geschläfen hatte, und das Paneel zersplitterte unter der Wucht meines Körpers. Schwankend richtete ich mich wieder auf und befreite mich mit Mühe aus den Trümmern der Tür. Einen Schmerz fühlte ich nicht, ich war nur von einer grenzenlosen Wut beherrscht. Ich glaube, daß ich laut schrie, als ich zum zweitenmal mit gezücktem Messer ansprang.
Aber es mußte etwas geschehen sein. Sie taumelten auseinander. Ich war schon mit dem Messer über ihm, aber ich hielt den Stoß zurück. Ich war verwirrt. Maud lehnte sich mit ausgestreckter Hand gegen das Schott. Wolf Larsen aber schwankte, die Linke gegen die Stirn gepreßt und die Augen bedeckend, während er halb betäubt mit der Rechten nach einem Halt suchte. Er stieß gegen die Wand, sein Körper schien bei der Berührung eine physische Erleichterung zu spüren, die Muskeln erschlafften, es war, als hätte er den verlorenen Kurs wiedergefunden, als wisse er wieder, wo er sich befand, als habe er wieder einen Halt.
Dann übermannte mich wieder die Wut. Alles Unrecht, alle Demütigungen, alles, was ich und andere durch ihn erlitten, die Ungeheuerlichkeit, die allein in der Existenz dieses Mannes lag, stand in blendender Helle vor mir. Blind, wahnsinnig, sprang ich von neuem auf ihn los und stieß ihm das Messer in die Schulter. Mir war sofort klar, daß es nichts als eine Fleischwunde war – ich hatte den Stahl in seinem Schulterblatt knirschen hören – und ich hob nochmals das Messer, um ein Ende zu machen. Aber Maud hatte meinen ersten Stoß gesehen und schrie: »Nicht! Bitte nicht!«
Ich ließ einen Augenblick den Arm sinken – nur einen Augenblick. Dann erhob ich das Messer wieder, und es wäre sicher aus gewesen mit Wolf Larsen, wäre sie nicht dazwischengetreten.
»Um meinetwillen!« flehte sie.
»Um Ihretwillen will ich ihn töten!« rief ich und versuchte, meinen Arm frei zu machen, ohne sie zu verletzen.
»Still!« sagte sie und legte mir die Hand sanft auf die Lippen. Ich hätte sie küssen können, wenn ich es nur gewagt hätte, denn inmitten meiner Wut wirkte ihre Berührung so süß, so unsagbar süß. »Bitte, bitte«, flehte sie, und sie entwaffnete mich mit diesen Worten, wie sie mich – das habe ich später erfahren – stets mit ihnen entwaffnen wird.

Ich trat zurück und steckte das Messer in die Scheide. Ich blickte auf Wolf Larsen. Er preßte die Linke immer noch gegen die Stirn und bedeckte seine Augen. Sein Kopf war gebeugt. Er schien plötzlich gelähmt zu sein. Sein Körper brach in den Hüften zusammen, seine mächtigen Schultern sackten nach vorn.

»Van Weyden!« rief er heiser und mit einem Klang von Angst in der Stimme. »Van Weyden, wo sind Sie?« Ich blickte Maud an. Sie sagte nichts, nickte nur.

»Hier«, antwortete ich und trat zu ihm. »Was ist mit Ihnen?«

»Helfen Sie mir auf einen Stuhl«, sagte er mit derselben furchtsamen Stimme.

»Ich bin ein kranker Mann, ein sehr kranker Mann, Hump«, sagte er, als meine stützenden Arme ihn losließen und er auf den Stuhl sank. Sein Kopf fiel vornüber auf den Tisch und wurde in seinen Händen begraben. Ab und zu schwankte er wie vor Schmerz hin und her. Als er einmal aufblickte, sah ich den Schweiß in schweren Tropfen unter den Haarwurzeln auf seiner Stirn stehen.

»Ich bin ein kranker Mann, ein sehr kranker Mann«, wiederholte er immer wieder.

»Was ist Ihnen denn?« fragte ich, indem ich ihm meine Hand auf die Schulter legte. »Kann ich etwas für Sie tun?«

Aber er schüttelte meine Hand mit einer ungeduldigen Bewegung ab, und eine Weile stand ich schweigend neben ihm. Maud starrte ihn mit einem Ausdruck von Furcht und Schrecken an. Wir hatten keine Ahnung, was ihm geschehen war.

»Hump«, sagte er endlich, »ich muß in die Koje. Reichen Sie mir Ihre Hand. Es wird gleich vorübergehen. Ich glaube, es sind die verfluchten Kopfschmerzen. Ich hatte es schon gefürchtet. Ich hatte ein Gefühl – nein, ich weiß nicht, was ich rede. Helfen Sie mir in meine Koje!«

Als ich ihn aber in die Koje gebracht hatte, vergrub er wieder sein Gesicht in den Händen, bedeckte die Augen, und, als ich mich zum Gehen wandte, hörte ich ihn murmeln: »Ich bin ein kranker Mann, ein sehr kranker Mann.«

Als ich herauskam, sah Maud mich fragend an. Ich schüttelte den Kopf und sagte:

»Es ist ihm etwas zugestoßen. Was, weiß ich nicht. Er ist hilflos und furchtsam – sicher das erstemal in seinem Leben. Es muß geschehen sein, noch ehe er den Messerstich erhielt, denn der hat ihn nur ganz oberflächlich getroffen. Sie müssen doch gesehen haben, was es war.«

Sie schüttelte den Kopf. »Ich habe nichts gesehen. Es ist mir genau so rätselhaft. Er ließ mich plötzlich los und taumelte. Aber was tun wir? Was soll ich tun?«

»Warten Sie bitte, bis ich wiederkomme«, antwortete ich kurz.

Ich ging an Deck. Louis stand am Rade.

»Du kannst nach vorn gehen und dich hinlegen«, sagte ich und nahm selbst das Ruder.

Er gehorchte ohne Zögern, und ich befand mich allein an Deck der ›Ghost‹. So leise wie möglich geite ich die Toppsegel auf, fierte Außenklüver und Stagsegel, holte den Klüver nach backbord und legte das Großsegel hart an den Wind. Dann ging ich zu Maud hinunter. Zum Zeichen des Schweigens legte ich den Finger auf die Lippen und trat in Wolf Larsens Raum. Er befand sich noch in demselben Zustand, wie ich ihn verlassen hatte, und bewegte den Kopf – fast schlangenartig – hin und her.

»Kann ich etwas für Sie tun?« fragte ich.

Er gab zuerst keine Antwort, als ich aber meine Frage wiederholte, sagte er: »Nein, nein, es ist gut. Lassen Sie mich allein bis morgen früh.«

Als ich mich aber zum Gehen wandte, bemerkte ich, daß sein Kopf die schaukelnde Bewegung wiederaufgenommen hatte. Maud wartete geduldig auf mich, und mit einem freudigen Gefühl bemerkte ich die königliche Haltung ihres frei erhobenen Kopfes und ihre schönen ruhigen Augen. Ruhig und zuversichtlich waren sie wie ihr Gemüt.

»Wollen Sie sich mir für eine Seereise von etwa sechshundert Meilen anvertrauen?« fragte ich.

»Sie wollen –?« sagte sie, und ich wußte, daß sie meine Absicht erraten hatte.

»Ja, eben das«, antwortete ich. »Uns bleibt keine Wahl als das offene Boot.«

»Um meinetwillen, meinen Sie?« sagte sie. »Sie selbst sind doch gewiß hier ebenso sicher wie bisher.«

»Nein, wir haben beide keine andere Möglichkeit als das offene Boot«, wiederholte ich tapfer. »Wollen Sie sich bitte so warm wie möglich ankleiden und alles, was Sie mitnehmen wollen, zusammenpacken. – Und machen Sie so schnell wie möglich«, fügte ich hinzu, als sie sich umwandte, um ihre Kajüte aufzusuchen. Die Vorratskammer befand sich gerade unter der Kajüte, ich öffnete die Falltür, nahm ein Licht und stieg hinunter, um mich mit Proviant zu versorgen. Ich wählte hauptsächlich Konserven, und als ich fertig war, streckten sich mir

von oben ein Paar Hände willig entgegen, um in Empfang zu nehmen, was ich ihnen zureichte.
Wir arbeiteten schweigend. Ich verschaffte mir auch Decken, Fausthandschuhe, Ölzeug, Mützen und ähnliches aus der Vorratskiste. Es war keine Kleinigkeit, sich in einem kleinen Boot der rauhen, stürmischen See anzuvertrauen, und es war durchaus notwendig, sich gegen Kälte und Nässe zu schützen.
Wir schafften fieberhaft, um unsern Raub an Deck zu bringen und mittschiffs zu schleppen, ja wir strengten uns so an, daß Maud, die nicht über große Körperkräfte verfügte, erschöpft aufgab. Ich war mir auch bewußt, daß es nicht unwichtig für uns war, Waffen zu besitzen, und so ging ich in Wolf Larsens Kabine, um sein Gewehr und seine Büchse zu holen. Ich sprach ihn an, aber er gab keine Antwort, obgleich sein Kopf hin und her schwankte und er nicht schlief.
»Leb wohl, Lucifer!« flüsterte ich bei mir, während ich leise die Tür schloß.
Das nächste, was ich mir verschaffen mußte, war Munition – ein leichtes, obwohl ich dazu auf die Laufbrücke mußte. Hier bewahrten die Jäger die Munitionsvorräte auf, die sie mit in die Boote nahmen, und hier, nur wenige Schritte von ihrem wüsten Gelage, nahm ich zwei Kisten.
Dann mußte ein Boot hinabgelassen werden. Dies war keine Kleinigkeit für einen einzelnen Mann. Als ich die Zurringe entfernt hatte, heißte ich es zuerst am Vordertakel und dann achtern, bis es klar von der Reling kam. Dann ließ ich es immer abwechselnd an den beiden Takeln hinunter, bis es an der Schiffsseite dicht über dem Wasser hing. Ich vergewisserte mich, daß es richtig mit Riemen, Klampen und Segel versehen war. Das Wichtigste war Trinkwasser, und ich nahm daher sämtliche Fässer aus den andern Booten. Da es alles in allem neun Boote waren, hatten wir nun Wasser in Hülle und Fülle und zugleich Ballast, obwohl wir jetzt Gefahr liefen, das Boot zu überlasten, wenn wir den ganzen Proviant übernahmen.
Während Maud ihn mir reichte und ich ihn im Boot verstaute, kam ein Matrose aus der Back an Deck. Er blieb eine Weile an der Luvreling stehen (wir waren an der Leereling beschäftigt) und schlenderte dann langsam mittschiffs, wo er wieder haltmachte und, mit dem Rücken gegen uns, in die Windrichtung blickte. Ich konnte mein Herz schlagen hören, während ich mich im Boot verkroch. Maud hatte sich aufs Deck gleiten lassen und lag, wie ich wußte, regungslos im Schatten der Reling. Aber der Mann wandte sich nicht ein einziges Mal um,

er reckte die Arme, gähnte, schritt wieder zur Back und verschwand.
Nach einigen Minuten waren wir mit dem Verladen fertig, und ich ließ das Boot zu Wasser. Als ich Maud über die Reling half und ihren Körper dicht an dem meinen fühlte, konnte ich nur mit Mühe den Ruf ›Ich liebe Sie! Ich liebe Sie!‹ unterdrücken.
Ich hielt mich mit der einen Hand an der Reling fest und stützte sie mit der andern, und mich durchzuckte einen Augenblick ein Gefühl von Stolz. Ich besaß Kräfte, wie ich sie noch vor wenigen Monaten nicht gehabt – an dem Tage, als ich mich von Charley Furuseth verabschiedet hatte, um mit der unglückseligen ›Martinez‹ nach San Francisco zu fahren.
Das Boot hob sich auf einer Woge, Mauds Füße berührten den Boden, und ich ließ ihre Hände los. Dann warf ich die Takel los und sprang ihr nach. Ich hatte noch nie im Leben gerudert, aber ich legte die Riemen aus und bekam mit großer Anstrengung das Boot klar von der ›Ghost‹. Dann versuchte ich, das Segel zu setzen. Ich hatte beobachtet, wie die Bootssteurer und Jäger ihre Sprietsegel setzten, aber es war doch mein erster Versuch. Ich brauchte zwanzig Minuten, um zu machen, was sie in vielleicht zweien schafften, aber schließlich war es getan, und, die Ruderpinne in der Hand, ging ich in den Wind.
»Dort liegt Japan«, bemerkte ich, »gerade vor uns.«
»Humphrey van Weyden, Sie sind ein mutiger Mann!« sagte sie.
»Nein«, antwortete ich, »aber Sie sind eine mutige Frau.«
Wie auf eine gemeinsame Eingebung wandten wir den Kopf, um noch einen letzten Blick auf die ›Ghost‹ zu werfen. Ihr niedriger Rumpf hob sich und rollte auf der Woge, ihre Segel schimmerten undeutlich in der Nacht, das festgemachte Rad kreischte, dann entschwand sie unsern Blicken, und wir waren allein auf dem dunklen Meer.

Grau und frostig brach der Tag an. Das Boot lag scharf an dem frischen Winde, und der Kompaß zeigte, daß wir genau den Kurs nahmen, der uns nach Japan führte. Trotz der Fausthandschuhe waren meine Finger kalt und klamm vom Halten des Steuerruders. Meine Füße brannten vor Frost, und ich hoffte nur, daß die Sonne scheinen sollte.
Vor mir, auf dem Boden des Bootes, lag Maud. Sie wenigstens war warm, denn sie war in dicke Decken eingehüllt.
Lange blickte ich auf sie, ließ meine Augen auf dem wenigen ruhen, das von ihr sichtbar war, wie ein Mann das betrachtet, das ihm das Teuerste auf der Welt ist. So hartnäckig war mein Blick, daß sie sich

schließlich unter den Decken regte. Der oberste Zipfel wurde zurückgeschlagen, und sie lächelte mich mit Augen an, die noch schwer vom Schlafe waren.

»Guten Morgen, Herr van Weyden«, sagte sie. »Haben Sie schon Land gesichtet?«

»Nein«, antwortete ich, »aber wir nähern uns ihm mit einer Geschwindigkeit von sechs Meilen die Stunde.«

Sie blickte mich erschrocken an.

»Aber das sind ja hundertvierundvierzig Meilen in vierundzwanzig Stunden«, fügte ich beruhigend hinzu.

Ihre Züge erhellten sich. »Und wie weit ist es?«

»In dieser Richtung liegt Sibirien«, sagte ich und wies nach Westen. »Aber etwa sechshundert Meilen westwärts liegt Japan. Wenn der Wind anhält, werden wir es in fünf Tagen schaffen.«

»Und wenn Sturm kommt? Dann kann sich das Boot wohl nicht halten?«

Sie hatte eine eigene Art, einem in die Augen zu blicken und die Wahrheit zu fordern, und so blickte sie mich auch jetzt an, als sie die Frage stellte.

»Dann müßte es schon sehr stürmen«, sagte ich zögernd.

»Und wenn es sehr stürmt?«

Ich nickte. »Aber es kann auch jederzeit geschehen, daß wir von einem Robbenschoner aufgenommen werden. Dieser Teil des Ozeans wird sehr viel von ihnen befahren.«

»Gott, Sie sind ja ganz durchgefroren!« rief sie aus. »Sehen Sie: Sie zittern ja. Sagen Sie nicht nein; Sie zittern. Und ich lag hier warm und sicher wie in Abrahams Schoß!«

»Ich kann nicht einsehen, was es an der Sache geändert hätte, wenn Sie auch durchfroren wären«, lachte ich.

»Ich werde es ja doch, sobald ich steuern gelernt habe, was ja hoffentlich bald der Fall sein wird.«

Sie setzte sich auf und begann ihre einfache Toilette zu machen. Sie schüttelte ihr Haar auf, daß es ihr in einer braunen Wolke um Gesicht und Schultern fiel. Ihr herrliches braunes Haar! Ich hätte es küssen, es durch meine Finger gleiten lassen, mein Gesicht darin vergraben mögen! Wie verzaubert starrte ich sie an und vergaß das Ruder, bis das Boot in den Wind lief und das flatternde Segel mich an meine Pflicht mahnte.

Ich war überrascht und froh, als ich sah, wie weiblich sie war, denn in meiner Vorstellung hatte ich fast ein göttliches, gänzlich unnahbares Wesen aus ihr gemacht. So begrüßte ich auch mit Freuden die kleinen Züge, die sie doch alles in allem als echtes Weib offenbarten. Ich versuchte, das Ruder mit Hilfe eines Keils festzumachen, und das Boot hielt seinen Kurs ganz gut ohne meine Hilfe. Nur gelegentlich kam es zu dicht an den Wind oder fiel etwas ab, aber jedesmal richtete es sich von selber wieder und benahm sich überhaupt recht befriedigend.

»Und nun wollen wir frühstücken«, sagte ich. »Zunächst aber müssen Sie sich etwas wärmer kleiden.«

Ich suchte ein neues Hemd hervor, das aus demselben Stoff wie die Decken gemacht war. Ich kannte das Gewebe und wußte, daß es wasserdicht war und selbst bei stundenlangem Regen keine Feuchtigkeit durchließ. Als sie es übergestreift hatte, vertauschte ich ihre Knabenmütze gegen eine Männerkappe, die groß genug war, ihr Haar zu bedecken, und die, wenn die Klappen heruntergeschlagen wurden, ihr ganz über Ohren und Hals ging. Die Wirkung war bezaubernd. Nichts vermochte das köstliche Oval, die fast klassischen Linien, die wie mit dem Pinsel gezogenen Brauen, die großen braunen Augen mit ihrem klaren, ruhigen Blick zu zerstören.

Ein etwas stärkerer Stoß traf uns, als wir gerade einen Wogenkamm passierten. Das Boot legte sich so viel über, daß der Rand der Reling die Oberfläche streifte und wir etwa eine Pütze Wasser übernahmen. Ich war gerade dabei, eine Dose mit Zunge zu öffnen. Ich ließ sie fallen, sprang an die Schot und warf sie gerade noch im rechten Augenblick hinüber. Das Segel schlug und flatterte, und das Boot kam klar. Wenige Minuten später hatte ich es wieder in den Kurs gebracht und konnte die Vorbereitungen zum Frühstück wiederaufnehmen.

»Es funktioniert, wie es scheint, sehr gut, wenn ich auch in seemännischen Fragen nicht sehr erfahren bin«, sagte sie und nickte beifällig mit dem Kopfe nach meiner Steuervorrichtung.

»Aber es geht nur, solange wir mit dem Winde segeln«, erklärte ich. »Wenn wir den Wind dwars haben oder kreuzen müssen, muß ich doch steuern.«

»Ich muß gestehen, daß mir Ihre technischen Ausdrücke fremd sind«, sagte sie. »Aber ich verstehe Ihre Schlußfolgerung und bin nicht gerade froh darüber. Sie können doch nicht ununterbrochen Tag und Nacht steuern. Sie werden mir also nach dem Frühstück meine erste Unterrichtsstunde erteilen. Und dann werden Sie sich hinlegen und schlafen. Wir werden Wachen bilden wie auf einem Schiff.«

»Ich weiß nicht, wie ich es Ihnen beibringen soll«, wandte ich ein. »Ich bin ja selbst erst Schüler. Als Sie sich mir anvertrauten, haben Sie wohl kaum bedacht, daß ich keine Erfahrung habe. Es ist das erstemal, daß ich mich überhaupt in einem kleinen Boot befinde.«

»Dann müssen wir es gemeinsam lernen, Käptn. Und da Sie einen Vorsprung von einer Nacht haben, werden Sie mich lehren, was Sie unterdessen gelernt haben. Und nun das Frühstück! Die Luft macht hungrig!«

»Kaffee gibt es nicht!« sagte ich bedauernd und reichte ihr mit Butter bestrichenen Zwieback und eine Scheibe Zunge. »Und es wird keinen Tee, keine Suppe und überhaupt nichts Warmes geben, bis wir irgendwo an Land gekommen sind.«

Nach einem einfachen Frühstück, das durch eine Tasse kalten Wassers gekrönt wurde, erhielt Maud ihre erste Unterrichtsstunde im Steuern. Während ich sie unterwies, lernte ich selbst ein gut Teil; ich wandte die Kenntnisse an, die ich mir durch das Segeln der ›Ghost‹ und das Beobachten der Bootssteurer angeeignet hatte. Maud war eine gelehrige Schülerin und lernte bald, den Kurs zu halten, vor den Windstößen zu luven und im Notfall die Schot hinüberzuwerfen.

Als sie von der Arbeit offenbar übermüdet war, überließ sie mir wieder das Ruder. Ich hatte die Decken zusammengelegt, aber sie breitete sie jetzt wieder auf dem Boden aus. Als das geschehen war, sagte sie:

»So, Käptn, jetzt gehen Sie in die Koje. Und Sie werden bis zum zweiten Frühstück schlafen – bis zum Mittagessen«, verbesserte sie sich, indem sie an die Zeiteinteilung auf der ›Ghost‹ dachte.

Was sollte ich tun! Sie bestand darauf und sagte »Bitte, bitte!«, worauf ich ihr das Ruder überließ und gehorchte. Ich hatte ein wundersames Gefühl, als ich in das Bett kroch, das sie mir mit ihren Händen bereitet hatte. Die Ruhe und Selbstbeherrschung, die einen so bedeutsamen Teil ihres Wesens ausmachten, schienen sich den Decken mitgeteilt zu haben. Ich sank in eine sanfte Schläfrigkeit und Zufriedenheit. Das feine Oval mit den braunen Augen in dem Rahmen der Fischermütze wiegte sich vor dem Hintergrund bald grauer Wolken und bald grauer Wogen – dann wußte ich, daß ich geschlafen hatte.

Ich sah auf meine Uhr. Ich hatte sieben Stunden geschlafen. Und sie hatte sieben gesteuert! Als ich das Ruder nahm, mußte ich ihr die verkrampften Finger öffnen. All ihr bißchen Kraft war erschöpft, und sie war nicht einmal imstande, sich von ihrem Platz zu bewegen. Ich mußte die Schot fahrenlassen, um ihr in das warme Nest von Decken zu helfen und ihre Hände und Arme zu reiben.

»Ich bin so müde!« sagte sie; ihr Atem ging schnell, und sie ließ ihren Kopf mit einem Seufzer sinken. Aber im nächsten Augenblick richtete sie sich wieder auf. »Jetzt schelten Sie aber nicht, wagen Sie nicht zu schelten«, rief sie in lustigem Trotz.

»Ich hoffe, daß ich kein böses Gesicht mache«, sagte ich ernst, »denn ich versichere Ihnen, daß ich nicht im geringsten ärgerlich bin.«

»Nein«, meinte sie nachdenklich. »Es sieht nur vorwurfsvoll aus.«

»Dann ist es ein ehrliches Gesicht und drückt nur aus, was ich fühle. Sie haben unrecht sowohl gegen sich selbst wie gegen mich gehandelt. Wie soll ich in Zukunft Vertrauen zu Ihnen haben.«

Sie sah ganz reuevoll aus. »Ich werde brav sein«, sagte sie wie ein unartiges Kind. »Ich verspreche –«

»Zu gehorchen, wie ein Matrose seinem Kapitän gehorcht?«

»Ja«, sagte sie. »Es war dumm von mir, ich weiß.«

»Dann müssen Sie mir noch etwas versprechen«, meinte ich.

»Gern.«

»Sie dürfen nicht zu oft ›Bitte, bitte!‹ sagen, denn sonst untergraben Sie meine Autorität.«

Sie lachte belustigt. Auch sie hatte die Macht ihres ›Bitte, bitte!‹ bemerkt.

»Das Wort ist schön – –«, begann ich.

»Aber ich darf es nicht ausnutzen«, unterbrach sie mich.

Dann lachte sie müde und ließ den Kopf wieder zurücksinken. Ich überließ das Ruder sich selbst, um ihre Füße in die Decken zu wickeln und ihr einen Zipfel über das Gesicht zu ziehen. Ach, sie war nicht kräftig! Ich sah mit Besorgnis nach Südwest und dachte an die sechshundert Meilen, die mit ihrer Mühsal vor uns lagen – –, ach, wenn es nur nichts Schlimmeres als Mühsal werden sollte! Auf diesem Meere konnte jederzeit ein vernichtender Sturm aufkommen. Und doch fürchtete ich mich nicht. Ich setzte nicht viel Vertrauen auf die Zukunft, war sogar sehr im Zweifel, und doch wurde ich nicht von Furcht übermannt. »Es muß gutgehen, es muß gutgehen!« – Das wiederholte ich mir immer wieder.

Am Nachmittag frischte der Wind wieder auf, die See wurde unruhiger und stellte mich und das Boot auf eine harte Probe. Aber der Proviant und die neun Wasserfässer waren ein guter Ballast, der das Boot in den Stand setzte, See und Wind zu trotzen, und ich hielt das Segel, solange ich es wagte. Dann holte ich es ein, beschlug es, und wir liefen weiter.

Einige Stunden später sichtete ich den Rauch eines Dampfers am

Horizont in Lee. Es mußte meiner Ansicht nach entweder ein russischer Kreuzer oder, wahrscheinlicher, die ›Macedonia‹ sein, die noch auf der Suche nach der ›Ghost‹ war. Die Sonne war den ganzen Tag nicht zum Vorschein gekommen, und es war bitterkalt gewesen. Als die Nacht sich herabsenkte, wurden die Wolken dunkler, und der Wind frischte noch mehr auf, so daß Maud und ich mit Fausthandschuhen Abendbrot aßen und ich am Ruder blieb und nur hin und wieder zwischen den Windstößen einen Bissen zu mir nahm.

Inzwischen war es ganz dunkel geworden, Wind und Wogen wurden zuviel für das kleine Fahrzeug, und so holte ich das Segel ein und versuchte, einen Treib- oder Seeanker zu machen. Ich hatte diese Kunst durch Gespräche mit den Jägern erfahren, und es war eine ganz einfache Sache. Ich legte das Segel zusammen, zurrte es gehörig an Mast, Baum, Spriet und zwei Paar Reserveriemen fest und warf es über Bord. Eine Leine verband es mit dem Bug, und da es tief im Wasser lag und dem Winde keinen Widerstand bot, trieb es langsamer als das Boot. Infolgedessen hielt es den Bug in See und Wind – die sicherste Lage, um sich gegen das Kentern zu schützen, wenn Sturzseen kamen.

»Und jetzt?« fragte Maud fröhlich, als die Arbeit vollbracht war und ich mir die Fausthandschuhe wieder anzog.

»Jetzt fahren wir nicht mehr nach Japan«, sagte ich. »Wir treiben in der Richtung nach Südost oder Südsüdost mit einer Schnelligkeit von mindestens zwei Meilen die Stunde.«

»Das sind vierundzwanzig Meilen«, meinte sie, »wenn der Wind die ganze Nacht weht. «

»Und hundertundvierzig, wenn er drei Tage und Nächte anhält.«

»Aber er wird nicht anhalten!« sagte sie zuversichtlich. »Er wird sich drehen und wenden, wie wir ihn brauchen.«

»Das Meer ist der große Treulose.«

»Aber nicht der Wind?« erwiderte sie. Sie wurde ganz beredt, wenn sie auf den prächtigen Passat zu sprechen kam.

»Wenn ich nur daran gedacht hätte, Wolf Larsens Chronometer und Sextanten mitzunehmen«, sagte ich niedergeschlagen. »In einer Richtung segeln und in der andern treiben, gar nicht zu reden von der Strömung, die einen in einer dritten entführen kann – was dabei herauskommt, kann der größte Rechenkünstler nicht finden. Ehe wir es ahnen, können wir fünfhundert Meilen aus dem Kurs sein.«

Dann bat ich sie um Verzeihung und versprach, nie wieder den Mut zu verlieren. Auf ihren eindringlichen Wunsch überließ ich ihr die

Wache bis Mitternacht – es war jetzt neun Uhr –, aber ich hüllte sie in Decken und Ölzeug ein, ehe ich mich niederlegte. Ich schlief nur auf einem Auge. Das Boot hüpfte und stieß, wenn es über die Wellenkämme ging; ich konnte die Seen vorbeischießen hören, und immer wieder spritzte der Schaum ins Boot. Und doch erschien mir die Nacht nicht schlimm, war sie doch nichts im Vergleich mit den Nächten, die ich auf der ›Ghost‹ erlebt hatte, und vielleicht auch nichts im Vergleich mit denen, die wir in dieser Nußschale noch zu überstehen hatten. Ihre Planken waren dreiviertel Zoll stark. Zwischen uns und der Meerestiefe war weniger als ein Zoll Holz.

Und doch – das kann ich immer wieder versichern –, doch fürchtete ich mich nicht. Den Tod, vor dem Wolf Larsen und selbst Thomas Mugridge mir Furcht gemacht hatten, fürchtete ich nicht mehr. Maud Brewster war in mein Leben getreten, und das schien mich verwandelt zu haben. Alles in allem, dachte ich, mußte es besser sein, zu lieben, als geliebt zu werden, wenn die Liebe uns etwas so teuer machen konnte, daß wir den Tod nicht mehr fürchteten. Ich konnte mein eigenes Leben über dem anderen vergessen, und ach – so paradox es auch klingen mag –, nie hatte ich so gewünscht zu leben wie gerade jetzt, da ich meinem Leben weniger Wert beimaß als je zuvor. Nie war mein Leben so begründet gewesen – das war mein letzter Gedanke, und dann, im Einschlafen, gab ich mich zufrieden mit dem Versuch, die Nacht zu durchdringen, die den Steven einhüllte, wo, wie ich wußte, Maud zusammengekauert saß und über die schäumende See hinausblickte – jeden Augenblick bereit, mich zu rufen, wenn es not tun sollte.

Es ist unnötig, alle Leiden eingehend zu schildern, welche wir während der vielen Tage zu erdulden hatten, die wir in dem winzigen Boot hierhin und dorthin über den Ozean getrieben wurden. Der schwere Nordwest wehte vierundzwanzig Stunden lang. Dann legte er sich, und nachts sprang er nach Südwest um. Das war uns gerade entgegen; aber ich holte den Seeanker ein, setzte das Segel und nahm einen Kurs, der uns nach Südsüdost führte. Es war kein großer Unterschied, ob wir diese Richtung oder die nach Nordnordwest wählten, die der Wind ebenfalls zuließ, aber die Aussicht auf wärmere Luft im Süden bestimmte meinen Entschluß.

Nach drei Stunden – es war Mitternacht, wie ich noch weiß, und so dunkel, wie ich es auf See noch nie gesehen hatte – wuchs der Südwest zum Sturm, und ich war wieder genötigt, den Seeanker zu werfen.

Der Tag brach an und fand mich erschöpft auf dem weißschäumenden Meere, während das Boot mit der Spitze fast senkrecht gegen den Himmel zeigte. Wir liefen große Gefahr, von den Sturzseen zum Kentern gebracht zu werden. Gischt und Schaum kamen derart über, daß ich unausgesetzt schöpfen mußte. Die Decken trieften vor Nässe. Außer Maud war alles naß, sie trug Ölzeug, Gummistiefel und Südwester und war trocken bis auf Gesicht und Hände und ein paar verirrte Locken. Sie löste mich hin und wieder beim Schöpfen ab, arbeitete tapfer und trotzte dem Sturm. Aber alles ist relativ. Es war nichts als ein steifer Wind, aber für uns, die wir in einem kleinen zerbrechlichen Boot ums Leben kämpften, war es ein Sturm.
Kalt und trostlos peitschte der Wind uns das Gesicht, die weißen Seen jagten heulend vorbei, und wir kämpften den ganzen Tag. Die Nacht kam, aber keiner von uns schlief. Der Tag kam, und immer noch peitschte der Wind unsere Gesichter, jagten die weißen Wogen brüllend an uns vorbei. In der zweiten Nacht schlief Maud vor Erschöpfung ein. Ich deckte sie mit Ölzeug und einer Persenning zu. Sie war verhältnismäßig trocken, aber starr vor Kälte. Ich fürchtete, daß sie die Nacht nicht überleben würde, aber wieder brach der Tag an, kalt und trostlos, mit demselben bewölkten Himmel, schneidenden Winde und brüllenden Meere.
Ich hatte achtundvierzig Stunden lang kein Auge geschlossen. Ich war bis aufs Mark durchnäßt und durchfroren und mehr tot als lebendig. Mein Körper war steif vor Anstrengung und Kälte, und meine Muskeln schmerzten fürchterlich, bei jeder Bewegung litt ich die schrecklichsten Qualen, und ich mußte mich unaufhörlich bewegen. Und dabei wurden wir immer weiter nach Nordosten getrieben, immer weiter fort von Japan und nach der öden Beringsee.
Aber noch lebten wir und hatten unser Boot, obwohl der Wind andauernd mit unverminderter Stärke wehte. Am Abend des dritten Tages nahm er sogar noch etwas zu. Der Bug tauchte in einen Wogenkamm, und das Boot füllte sich zu einem Viertel mit Wasser. Ich schöpfte wie wahnsinnig. Die Gefahr, noch eine See überzubekommen, wurde außerordentlich erhöht durch den Umstand, daß das Wasser das Boot niederpreßte und seine Schwimmfähigkeit verminderte. Und noch eine solche See hieß das Ende. Als ich das Boot wieder trocken hatte, sah ich mich genötigt, Maud die Persenning wegzunehmen und sie quer über dem Bug zu befestigen. Es war ein Glück, daß ich es tat, und obgleich wir in den nächsten Stunden dreimal mit dem Bug tauchten, nahmen wir kein Wasser über.

Maud befand sich in einem kläglichen Zustand. Sie saß zusammengekauert auf dem Boden des Bootes, ihre Lippen waren blau, ihr graues Gesicht zeigte deutlich, welche Qualen sie litt. Aber ihre Augen sahen mich beständig mit ihrem tapferen Blick an, und kein Wort der Entmutigung kam über ihre Lippen.

In dieser Nacht muß der Sturm seinen Höhepunkt erreicht haben, aber ich achtete seiner nicht. Auf dem Achtersitz übermannten mich Müdigkeit und Schmerzen, und ich schlief ein.

Am Morgen des vierten Tages war der Sturm zu einem leisen Hauch gesunken. Die See beruhigte sich, und die Sonne schien auf uns herab. Oh, diese gesegnete Sonne! Wie wir unsere armseligen Körper in ihrer köstlichen Wärme badeten! Wir lebten auf wie Käfer und Gewürm nach einem Sturm. Wir lächelten wieder, sagten lustige Dinge und erörterten hoffnungsvoll unsere Lage. Tatsächlich war sie schlimmer als je. Wir waren weiter von Japan entfernt als in der Nacht, da wir die ›Ghost‹ verlassen hatten. Dazu konnte ich Längen- und Breitengrade nur ganz ungefähr erraten. Wenn ich annahm, daß wir in den siebzig Stunden, die der Sturm gedauert hatte, zwei Meilen in der Stunde gemacht hatten, mußten wir mindestens hundertfünfzig Meilen nach Nordost getrieben sein. Stimmte diese Berechnung aber? Es konnten ebensogut vier wie zwei Meilen in der Stunde gewesen sein! Dann waren wir noch hundertundfünfzig Meilen weiter in der falschen Richtung gekommen.

Wo wir uns befanden, wußte ich nicht, sehr wahrscheinlich aber in der Nähe der ›Ghost‹. Rings um uns her gab es Robben, und ich erwartete jeden Augenblick, einen Robbenschoner auftauchen zu sehen.

Am Nachmittag, als der Nordwest wieder aufgekommen war, sichteten wir einen. Aber das fremde Fahrzeug verlor sich bald hinter dem Horizont, und wir waren wieder allein auf dem weiten Meere.

Es kamen Nebeltage, an denen selbst Maud den Mut verlor und keine frohen Worte mehr über ihre Lippen kamen, Tage mit Windstille, da wir auf der unermeßlichen Meeresfläche dahintrieben, bedrückt von ihrer Größe und voller Staunen über das Wunder, daß wir in unserem winzigen Boot noch lebten und um unser Leben kämpften; Tage mit Hagel, Wind und Schneegestöber, an denen nichts uns warmzuhalten vermochte; Tage mit feinem Sprühregen, an denen wir unsere Wasserfässer von dem tropfenden Segel zu füllen versuchten.

Und immer mehr lobte ich Maud. Obwohl ich mich tausendmal bezwingen mußte, um ihr nicht meine Liebe zu erklären, wußte ich doch, daß dies nicht der Zeitpunkt für eine solche Erklärung war.

Wenn aus keinem anderen Grunde, so schon allein deshalb, weil die Frau, die ich liebte, sich unter meinem Schutz befand. So schwierig die ganze Lage auch war, schmeichelte ich mir doch, meine Liebe durch kein Zeichen zu verraten. Wir waren gute Kameraden und wurden es mit jedem Tage mehr.

Eines überraschte mich an ihr: ihr unerschütterlicher Mut. Das furchtbare Meer, das zerbrechliche Boot, Stürme, Leiden und Einsamkeit – alles das würde genügt haben, eine kräftigere Frau zu erschrecken, aber es schien keinen Eindruck zu machen auf sie, die das Leben nur von seiner lichtesten Seite kennengelernt hatte und die trotz ihrer hohen Künstlerschaft, ihrem feurigen Temperament und ihrem erhabenen Geiste doch sanft und zart war. Und doch stimmte das nicht ganz. Sie fürchtete sich wohl, aber sie überwand ihre Furcht durch ihren moralischen Mut. Wohl war ihr Fleisch schwach. Aber ihr Geist, diese ätherische Lebensflamme, ruhig wie ihre Augen und sicher seiner Fortdauer im Universum, beherrschte das Fleisch.

Wieder kamen Sturmtage, Tage und Nächte des Sturmes, an denen uns der Ozean mit seinen brüllenden weißen Schaumwipfeln bedrohte und der Wind unser ringendes Boot mit Titanenfäusten packte. Und immer weiter wurden wir geschleudert, immer weiter nach Nordosten. In einem solchen Sturm, dem schlimmsten, den wir überhaupt erlebt hatten, warf ich zufällig einen Blick nach Lee. Was ich sah, konnte ich zunächst kaum glauben. Diese schreckensvollen, schlaflosen Nächte hatten mich zweifellos wirr gemacht. Ich blickte auf Maud, um mich von der Wirklichkeit von Zeit und Raum zu überzeugen. Der Anblick ihrer lieben, feuchten Wangen, ihres fliegenden Haares und ihrer tapferen braunen Augen bewies mir, daß meine Augen gesund waren. Wieder wandte ich den Blick leewärts, und wieder sah ich den vorspringenden Felsen, schwarz, hoch und nackt, die rasende Brandung, die sich an seinem Fuße brach und ihren Gischt hoch hinaufschleuderte, und die schwarze, unheilverkündende Küstenlinie, die, von einem mächtigen Gürtel umgeben, nach Südwesten lief.

»Maud«, sagte ich, »Maud!«

Sie wandte den Kopf und schaute.

»Es kann doch nicht Alaska sein!« rief sie.

»Ach nein«, antwortete ich und fragte: »Können Sie schwimmen?«

Sie schüttelte den Kopf.

»Ich auch nicht«, sagte ich. »Dann müssen wir eben an Land, ohne zu schwimmen. Es muß ja irgendwo eine Lücke zwischen den Klippen

sein, durch die wir mit dem Boot hinein können. Aber es gilt, schnell zu sein, sehr schnell – und aufzupassen.«
Ich sprach mit einer Zuversicht, die ich, wie sie wohl wußte, nicht besaß, denn sie blickte mich mit ihrem ruhigen Blick an und sagte: »Ich habe Ihnen noch nicht gedankt für all das, was Sie für mich getan haben, aber . . .« Sie zögerte, als wäre sie im Zweifel, wie sie ihre Dankbarkeit am besten in Worte kleiden sollte.
»Nun?« sagte ich hart, denn es war mir nicht recht, daß sie mir danken wollte.
»Sie könnten mir gern ein wenig helfen«, lächelte sie.
»Ihre Verpflichtungen anzuerkennen, ehe Sie sterben? Sicher nicht. Wir werden nicht sterben. Wir werden auf dieser Insel landen und es warm und gemütlich haben, ehe der Tag vergeht.«
Ich sprach fest, glaubte aber selbst kein Wort davon. Aber es war nicht die Furcht, die mich lügen ließ. Ich fühlte keine Furcht, obgleich ich sicher war, den Tod in der kochenden Brandung zwischen diesen Felsen zu finden, denen wir uns rasch näherten. Es war unmöglich, Segel zu setzen und von der Küste abzukommen. Der Wind hätte das Boot sofort zum Kentern gebracht, es würde vollgeschlagen sein, sobald wir in ein Wellental gesunken wären; zudem schwamm das Segel, an die Reserveriemen gezurrt, als Seeanker vor uns.
Instinktiv rückten wir auf dem Boden des Bootes enger zusammen. Ich fühlte, wie sich ihre Hand nach der meinen ausstreckte. Und so erwarteten wir wortlos das Ende. Wir waren nicht weit von der Linie, die der Wind mit der westlichen Ecke des Vorgebirges bildete, und ich beobachtete sie in der Hoffnung, daß irgendeine Strömung uns packen und vorbeiführen sollte, ehe wir die Brandung erreichten.
»Wir werden schon klar kommen«, sagte ich mit einer Zuversicht, die aber weder mich noch sie täuschte.
»Bei Gott, wir kommen klar!« rief ich fünf Minuten später.
Ich hatte hinter dem Vorgebirge eine Landzunge gesichtet, und als wir weit genug waren, konnten wir deutlich die Umrisse einer Bucht sehen, die tief ins Land hineinschnitt. Gleichzeitig hörten wir ein andauerndes, ohrenbetäubendes Gebrüll. Es glich fernem Donner und kam aus Lee, übertönte das Brausen der Brandung und fuhr dem Sturm geradewegs in die Zähne.
Als wir dann in Höhe des Vorgebirges waren, kam die ganze Bucht zum Vorschein – eine halbmondförmige, weißsandige Küste, an der sich die Brandung brach und die mit Myriaden von Seehunden bedeckt war. Sie waren die Urheber des Gebrülls.

»Eine Robbenkolonie!« rief ich. »Jetzt sind wir wirklich gerettet. Hier muß es Menschen geben und Kreuzer, die die Robben vor den Jägern schützen. Wahrscheinlich ist hier sogar eine Station.« Als ich aber die gegen die Küste schlagende Brandung beobachtete, sagte ich: »Schön ist das nicht gerade. Aber wenn die Götter uns freundlich sind, werden wir die Landzunge entlangtreiben und an eine Stelle kommen, wo wir trockenen Fußes das Land erreichen können.«

Und die Götter waren uns freundlich. Die beiden ersten Landzungen liefen genau in der Windrichtung, als wir aber die zweite umfahren hatten – und wir kamen ihr gefährlich nahe –, erblickten wir eine dritte, die parallel zu ihnen lief. Und dazwischen lag die Bucht. Sie schnitt tief ins Land ein, und die jetzt einsetzende Flut trieb uns hinter die Landzunge. Hier war die See ruhig, außer einer schweren, aber sanften Grunddünung; ich holte den Seeanker ein und begann zu rudern. Von der Spitze aus wandte sich das Gestade in einer Kurve nach Südwesten, bis sich zuletzt eine Bucht in der Bucht zeigte, ein kleiner, vom Lande umschlossener Hafen, dessen Oberfläche wie ein Teich war und nur leicht gekräuselt wurde, wenn sich ein Hauch des Sturmes hereinverirrte und zurückprallte von den dräuenden Felswänden, die im Hintergrunde hundert Fuß landeinwärts lagen.

Hier waren keine Robben. Der Bootssteven scheuerte gegen das harte Geröll. Ich sprang heraus und reichte Maud die Hand. Im nächsten Augenblick stand sie neben mir. Als meine Hand sie losließ, faßte sie hastig meinen Arm. Da wankte ich selbst und wäre fast in den Sand gestürzt. Es war die überraschende Wirkung des Umstandes, daß alle Bewegung aufgehört hatte. Wir waren so lange auf dem wogenden Meere gewesen, daß das feste Land eine Erschütterung für uns bedeutete. Wir erwarteten, die Küste auf und nieder schwanken, die Felswände sich wie Schiffsseiten hin und her schwingen zu sehen, und als wir uns automatisch anschickten, diesen erwarteten Bewegungen zu widerstehen, brachte uns ihr Nichteintreffen aus dem Gleichgewicht.

»Ich muß mich wirklich setzen«, sagte Maud mit nervösem Lachen und einer schwindligen Bewegung, und dann setzte sie sich in den Sand.

Ich machte das Boot fest und setzte mich dann neben sie. So landeten wir auf der Mühsalinsel ›landkrank‹ durch unsern langen Aufenthalt auf dem Meere.

»Narr!« rief ich laut vor Ärger.

Ich hatte das Boot ausgeladen, seinen Inhalt hoch auf den Strand geschleppt und war nun dabei, ein Feldlager aufzuschlagen. Am Strande gab es ein wenig Treibholz, und der Anblick einer Dose Kaffee, die ich aus der Speisekammer der ›Ghost‹ mitgenommen, hatte mich an Feuer denken lassen.

»Esel!« fuhr ich fort.

Aber Maud sagte mit sanftem Vorwurf »Scht, scht«, und dann fragte sie, warum ich ein Esel sei.

»Wir haben keine Streichhölzer«, stöhnte ich. »Nicht ein Streichholz habe ich mitgebracht. Und nun gibt es weder heißen Kaffee noch Suppe, Tee oder sonst was.«

»War es nicht – hm – Robinson Crusoe, der zwei Hölzer gegeneinanderrieb?« meinte sie bedächtig.

»Aber ich habe Dutzende von Berichten Schiffbrüchiger gelesen, die es vergebens versuchten«, antwortete ich. »Ich erinnere mich an Winters, einen Journalisten, der bekannt wurde durch seine Schilderungen aus Alaska und Sibirien. Ich traf ihn einmal in Bibilot, und er erzählte mir, wie er versucht hatte, mit ein paar Hölzern Feuer zu machen. Es war sehr lustig, denn er erzählte glänzend, aber der Versuch mißglückte. Ich entsinne mich namentlich des Schlusses. Seine schwarzen Augen funkelten beim Erzählen: ›Meine Herren, die Südseeinsulaner können es vielleicht, die Malayen mögen es tun, aber Sie können mir glauben: für einen Weißen ist es unmöglich!‹«

»Nun gut«, sagte Maud fröhlich, »wir sind so lange ohne Feuer ausgekommen, daß ich nicht einsehe, warum wir es nicht noch länger könnten.«

»Aber denken Sie an den Kaffee!« rief ich. »Und es ist sogar guter Kaffee. Ich habe ihn Wolf Larsens Privatproviant entnommen. Und sehen Sie all das schöne Holz!«

Ich gestehe, daß mir eine Tasse Kaffee sehr not tat, und später sollte ich erfahren, daß Maud auch eine kleine Schwäche für dieses Getränk hatte. Außerdem hatten wir uns so lange mit kalter Kost begnügen müssen, daß wir innerlich wie äußerlich ganz erstarrt waren. Etwas Warmes wäre uns höchst willkommen gewesen. Aber Jammern half nichts, und so begann ich, aus dem Segel ein Zelt für Maud zu machen.

Ich hatte gedacht, daß es ein leichtes wäre, da ich Riemen, Mast, Baum, Bugspriet und eine Menge Leinen hatte. Da ich aber nicht die geringste Erfahrung besaß und jede Einzelheit erst ausprobieren mußte, verging ein ganzer Tag, ehe das Zelt bereitstand, sie aufzunehmen. Und in der Nacht mußte es auch noch regnen, so daß das Wasser hineinlief und Maud gezwungen war, wieder im Boot Schutz zu suchen.

Am nächsten Morgen grub ich eine Rinne um das Zelt. Eine Stunde später fuhr plötzlich ein starker Windstoß von der Felswand hinter uns herab, riß das Zelt um und fegte es dreißig Schritt weit über den Sand. Maud lachte über mein bestürztes Gesicht, und ich sagte: »Sobald sich der Wind gelegt hat, gedenke ich das Boot zu nehmen und die Insel zu erforschen. Es muß irgendwo eine Station mit Leuten geben. Und die Station muß von Schiffen besucht werden. Irgendeine Regierung muß die Robben beschützen. Aber ehe ich aufbreche, muß ich die Überzeugung haben, daß Sie es ein bißchen bequem haben.«

»Ich möchte Sie gern begleiten«, war alles, was sie sagte.

»Es wäre besser, wenn Sie blieben. Sie haben wahrhaftig genug durchgemacht. Es ist ein reines Wunder, daß Sie es überstanden haben. Und es wird nicht angenehm sein, bei diesem regnerischen Wetter zu rudern und zu segeln. Sie brauchen Ruhe, und ich möchte, daß Sie blieben und sich ausruhten.«

»Ich möchte Sie doch lieber begleiten«, sagte sie leise, mit bittender Stimme.

»Vielleicht könnte ich Ihnen ein –« ihre Stimme zitterte – »ein wenig helfen. Und denken Sie, wenn Ihnen etwas zustieße und ich allein hier zurückbliebe!«

»Oh, ich werde sehr vorsichtig sein«, erwiderte ich. »Und ich fahre nicht weit – nicht weiter, als daß ich zur Nacht zurück sein kann. Ja, wenn ich ganz offen sein soll, so hielte ich es für das beste, wenn Sie hierblieben und nichts täten, als sich auszuschlafen.«

Sie wandte sich zu mir und sah mir in die Augen. Ihr Blick war fest, aber doch so sanft. »Bitte, bitte«, sagte sie weich.

Ich zwang mich, hart zu bleiben, und schüttelte den Kopf. Sie sah mich immer noch erwartungsvoll an. Ich versuchte, meine Weigerung in Worte zu kleiden, aber es war unmöglich. Ich sah ihre Augen vor Freude leuchten und wußte, daß ich verloren hatte. Jetzt war es mir unmöglich, nein zu sagen.

Am Nachmittag ließ der Wind nach, und wir trafen unsere Vorbereitungen, um am nächsten Morgen aufzubrechen. Über Land konnte man von unserer Bucht aus nicht in das Innere der Insel gelangen, denn die Felsen erhoben sich senkrecht, schlossen den ganzen Strand ein und traten zu beiden Seiten der Bucht in das tiefe Wasser.

Der Morgen brach trüb und grau, aber still an, und ich war früh auf und setzte das Boot instand.
»Narr! Esel! Schafskopf!« rief ich, als ich dachte, daß es Zeit wäre, Maud zu wecken, aber diesmal rief ich es froh und tanzte in scheinbarer Verzweiflung barhaupt auf dem Strand herum.
Ihr Kopf kam unter einem Zipfel des Segels zum Vorschein.
»Was gibt es?« rief sie verschlafen, aber doch neugierig.
»Kaffee!« rief ich. »Was meinen Sie zu einer Tasse Kaffee? Heißen Kaffee? Brühheiß?«
»Du liebe Zeit«, murmelte sie, »Sie haben mir einen tüchtigen Schrecken eingejagt, und das ist recht schlecht von Ihnen. Jetzt hatte ich mich schon damit abgefunden, daß es keinen gäbe, und da regen Sie mich mit solchen Vorspiegelungen auf!«
»Passen Sie auf!« sagte ich.
In einer Kluft in den Felsen sammelte ich etwas trockenes Holz, riß Streifen aus meinem Notizbuch und nahm aus der Munitionskiste eine Schrotpatrone. Ich entfernte mit meinem Messer den Ladepfropfen und streute das Pulver auf ein flaches Felsstück. Dann nahm ich das Zündhütchen heraus und legte es in die Mitte des ausgestreuten Pulvers.
Jetzt war alles bereit. Maud sah vom Zelt aus zu. Das Papier in der Linken haltend, schlug ich mit einem Stein, den ich in der Rechten hielt, auf das Zündhütchen. Ein Rauchwölkchen puffte hoch, eine Flamme, und der Rand des Papiers brannte.
Maud klatschte vor Freude in die Hände. »Prometheus!« rief sie. Ich war jedoch zu beschäftigt, um ihre Freude zu beachten. Das schwache Flämmchen mußte liebevoll gehegt werden, wenn es Kräfte sammeln und leben sollte. Ich nährte es mit einem Spänchen nach dem andern, dann kamen kleine Ästchen an die Reihe, bis das Feuer schließlich knisternd die größeren Kloben erfaßte. Daß wir auf eine öde Insel verschlagen würden, hatte ich nicht mit in meine Berechnung gezogen, und nun hatten wir weder Kessel noch irgendwelche Kochgeräte. Ich behalf mich mit der Konservenbüchse, die ich zum Ausschöpfen des Bootes gebraucht hatte, und als sich unser Vorrat an leeren Konservendosen später vermehrte, hatten wir eine ganz stattliche Reihe von Kochtöpfen aufzuweisen. Ich kochte das Wasser, aber Maud bereitete den Kaffee. Und wie der schmeckte! Ich steuerte gebratenes Dosenfleisch, aufgeweichten Schiffszwieback und Wasser bei. Das Frühstück gelang glänzend, und wir blieben viel länger am Feuer sitzen, als sich für unternehmungslustige Forschungsreisende strengge-

nommen geziemt hätte, schlürften den heißen schwarzen Kaffee und erörterten unsere Lage.

Ich war ganz sicher, daß wir in einer der Buchten eine Station finden würden, denn ich wußte, daß die Robbeninseln an der Beringsee in dieser Weise geschützt wurden, aber Maud stellte – ich glaube, um uns vor Enttäuschungen zu bewahren – die Theorie auf, daß wir eine ganz unbekannte Robbeninsel entdeckt hätten. Sie war jedoch gut gelaunt und wollte nichts davon hören, daß unsere Lage Anlaß zu ernsten Besorgnissen geben könnte.

»Wenn Sie recht haben«, sagte ich, »dann müssen wir uns darauf vorbereiten, hier zu überwintern. Unsere Lebensmittel würden nicht reichen, aber wir hätten ja die Robben. Sie verschwinden im Herbst, und ich müßte bald beginnen, uns einen Vorrat an Fleisch anzulegen. Dann müßten wir Hütten bauen und Treibholz sammeln. Wir müßten auch Robbentran auslassen, um Leuchtmaterial zu haben. Überhaupt hätten wir alle Hände voll zu tun, wenn wir wirklich die Insel unbewohnt fänden. Aber das werden wir nicht, denke ich.«

Doch sie hatte recht. Wir segelten am Winde die Küste entlang, suchten sie mit unseren Gläsern ab und landeten hier und dort, ohne eine Spur menschlichen Lebens zu finden. Wir erfuhren jedoch, daß wir nicht die ersten auf der Mühsalinsel waren. Hoch auf dem Strande der zweiten Bucht, von der unseren gerechnet, entdeckten wir das zersplitterte Wrack eines Bootes – eines Robbenfängerbootes, denn die Dollen waren mit geflochtenem Stroh umwunden, an Steuerbord vorn befand sich ein Gewehrgestell, und mit weißen Buchstaben stand da – kaum noch leserlich – ›Gazelle No. 2‹. Das Boot mußte lange hier gelegen haben, denn es war halb mit Sand gefüllt, und das zersplitterte Holz war so verwittert, wie es nur wird, wenn es lange Wind und Wetter ausgesetzt ist. Am Achtersitz fand ich eine glatte Schrotflinte und ein abgebrochenes Matrosenmesser, das so verrostet war, daß man kaum noch erkennen konnte, aus welchem Material es bestand.

»Die sind jedenfalls von hier weggekommen!« sagte ich fröhlich, aber ich fühlte, wie mir das Herz sank, und ich hatte das unangenehme Gefühl, daß irgendwo auf diesem Strande gebleichte Knochen liegen mußten. Ich wollte nicht, daß Mauds Stimmung durch einen solchen Fund bedrückt würde, und so wandte ich unser Boot wieder seewärts und lief um die Nordspitze der Insel. Die Südküste wies keinen Strand auf, und früh am Nachmittage umsegelten wir das schwarze Vorgebirge und beendeten damit die Umsegelung der Insel. Ich schätzte ihren Umfang auf fünfundzwanzig Meilen, ihre Breite mochte zwischen zwei und fünf Meilen schwanken, während ich die Zahl der Robben an ihrer Küste bei vorsichtiger Schätzung auf zweihunderttausend veranschlagte. Im Südwesten war die Insel am höchsten, die Vorgebirge und das Innere fielen allmählich nach Nordosten ab, wo sie sich nur wenige Fuß über den Meeresspiegel erhob. Mit Ausnahme unserer kleinen Bucht stieg die Küste von den Schären sanft an und bildete eine Felsenwiese, wie ich es nennen möchte, die stellenweise mit Moos und Tundrengras bewachsen war. Hier tummelten sich die Robben, die alten Bullen mit ihren Harems, während die jungen Bullen unter sich blieben.

Mehr als diese kurze Beschreibung verdient die Mühsalinsel nicht. Wo es keine Felsen gab, war sie feucht und sumpfig. Stürme und Meer peitschten sie, und die Luft erdröhnte unaufhörlich von dem Brüllen der zweihunderttausend Seetiere. Es war ein trauriger, elender Aufenthalt. Maud, die mich auf die Enttäuschung vorbereitet hatte und den ganzen Tag lebhaft und munter gewesen, war am Ende ihrer Selbstbeherrschung, als wir wieder in unserer kleinen Bucht landeten. Sie bemühte sich tapfer, es mir zu verbergen, als ich aber ein neues Feuer anzündete, wußte ich, daß sie ihr Schluchzen unter den Decken in ihrem Zelt zu ersticken suchte.

Jetzt war die Reihe, den Kopf hochzuhalten, an mir.

Ich schlief immer noch im Boot, und ich lag diese Nacht lange wach, starrte zu den ersten Sternen empor, die ich seit vielen Nächten sah, und überdachte unsere Lage. Ein Verantwortungsgefühl dieser Art war mir etwas ganz Neues.

Wolf Larsen hatte recht gehabt. Ich hatte auf den Füßen meines Vaters gestanden. Meine Rechtsbeistände und geschäftlichen Berater hatten meine Interessen wahrgenommen. Ich selbst hatte keinerlei Verantwortung gekannt. Erst auf der ›Ghost‹ hatte ich gelernt, die Verantwortung für mich selbst zu tragen. Und jetzt befand ich mich zum erstenmal in meinem Leben in der Lage, für einen andern Menschen verantwortlich sein zu müssen. Und es sollte die schwerste Verantwortung sein, die es für einen Menschen überhaupt gibt, denn sie war die einzige Frau auf der Welt – – das einzige kleine Mädchen, wie ich sie in Gedanken zu nennen pflegte.

Kein Wunder, daß wir unser Eiland die Mühsalinsel nannten. Zwei Wochen mühten wir uns ab, um eine Hütte zu bauen. Maud sammelte viele der Steine, die ich zum Bau der Mauer gebrauchte, und wollte nicht hören, wenn ich sie beschwor, sich auszuruhen. Schließlich ging sie jedoch einen Vergleich mit mir ein und übernahm die leichten Arbeiten: das Kochen und das Sammeln von Treibholz und Moos für unsern nötigen Winterbedarf.

Die Wände der Hütte erhoben sich ohne Schwierigkeiten, und alles ging leicht von der Hand, bis ich vor der Frage stand, wie ich das Dach verfertigen sollte. Welchen Zweck hatten die vier Wände ohne Dach? Und woraus sollten wir das Dach machen? Wir hatten allerdings die überzähligen Riemen. Sie konnten als Sparren dienen. Aber womit sollte ich sie decken? Moos hatte keinen Zweck. Tundragras war nicht zu gebrauchen. Das Segel brauchten wir für das Boot, und die Persenning ließ schon Wasser durch.

»Winters hat Walroßhäute für seine Hütte benutzt«, sagte ich.

»Wir haben ja Robben«, rief sie.

So begann am nächsten Tage die Jagd. Ich konnte nicht schießen und machte mich daran, es zu lernen. Als ich aber einige dreißig Patronen auf drei Robben verschwendet hatte, sah ich ein, daß unsere Munition erschöpft sein mußte, ehe ich genügende Übung im Schießen erlangt hatte. Ich hatte acht Patronen zum Feueranmachen gebraucht, bis ich auf den Einfall kam, die glimmende Asche mit feuchtem Moos zu bedecken, denn wir hatten kaum noch hundert Patronen.

»Wir müssen die Robben mit Knüppeln erschlagen«, verkündete ich Maud, als ich mich von meiner Unmöglichkeit als Schütze überzeugt hatte. »Ich habe die Robbenjäger von dieser Art, die Tiere zu töten, reden hören.«

»Die Tiere sind so hübsch«, hielt sie mir entgegen. »Das ist nicht auszudenken. Es ist so furchtbar brutal, so ganz anders als Schießen.«

»Das Dach muß gemacht werden«, sagte ich grimmig. »Der Winter steht vor der Tür. Es handelt sich einfach darum: wir oder sie? Es ist ein Unglück, daß wir nicht mehr Munition haben, aber ich glaube übrigens, daß sie weniger leiden, wenn sie mit dem Knüppel niedergeschlagen, als wenn sie zusammengeschossen werden.«

Ich ruderte an die anstoßende Bucht und ganz an das Ufer, wo die brüllenden Robben zu Tausenden lagen – wir mußten förmlich schreien, um uns einander verständlich zu machen.

»Ich weiß, daß man sie mit Knüppeln erschlägt«, sagte ich mit einem Versuch, mich anzufeuern, indem ich zweifelnd auf einen großen Bullen blickte, der, keine dreißig Fuß entfernt, sich auf die Vorderflossen erhob und mich aufmerksam betrachtete. »Aber die Frage ist, wie?«

»Lassen Sie uns Tundragras sammeln und das Dach damit decken«, sagte Maud.

Sie war ebenso ängstlich wie ich bei dieser Aussicht auf den bevorstehenden Kampf, und daß wir Grund genug dazu hatten, mußten wir uns selber sagen, als wir jetzt aus der Nähe die schimmernden Zahnreihen und die hundeähnlichen Mäuler sahen.

»Ich dachte immer, daß sie sich vor dem Menschen fürchteten«, sagte sie.

»Das tun sie wohl auch«, meinte ich einen Augenblick später, als ich das Boot einige Ruderschläge näher an Land gebracht hatte. »Wenn ich kühn an Land ginge, würden sie sich vielleicht aus dem Staube machen.« Aber ich zögerte doch.

»Ich habe einmal von einem Manne gehört, der in eine Brutstätte wilder Gänse eindrang«, sagte Maud, »sie töteten ihn.«

»Die Gänse?«

»Ja, die Gänse. Mein Bruder hat mir davon erzählt.«

»Aber ich weiß, daß man sie mit Knüppeln erschlägt«, sagte ich hartnäckig.

»Ich glaube, Tundragras würde ein ebenso gutes Dach abgeben«, meinte sie.

Ihre Worte verfehlten ihre Wirkung und trieben mich erst recht an. Ich konnte unmöglich vor ihren Augen feige sein.

»Los!« sagte ich, indem ich den Riemen durchs Wasser zog und den Bug auf den Strand laufen ließ.

Ich stieg aus und rückte tapfer einem langmähnigen Bullen entgegen, der dort inmitten seiner Frauen lag.

Ich war mit dem gewöhnlichen Knüppel bewaffnet, mit dem die Bootspuller die angeschossenen Robben erschlagen, die dann durch die Jäger mit einem Haken an Bord gezogen werden. Der Knüppel war nur anderthalb Fuß lang, und in meiner prachtvollen Unwissenheit ließ ich mir nicht träumen, daß der Knüppel, der zum Robbenschlagen an Land gebraucht wird, vier bis fünf Fuß mißt. Die Kühe watschelten mir aus dem Wege, und die Entfernung zwischen mir und dem Bullen verringerte sich. Er erhob sich auf seine Flossen und schien sehr beleidigt zu sein. Es waren jetzt noch einige Meter zwischen uns, aber ich rückte immer weiter vor in der Erwartung, daß er kehrtmachen und davonlaufen sollte.

Als ich noch zwei Meter entfernt war, überkam mich plötzlich ein furchtbarer Schrecken. Was geschah, wenn er nicht davonlief? Nun, dann würde ich ihn eben niederschlagen, antwortete ich mir. In meiner Angst hatte ich ganz vergessen, daß ich nicht gekommen war, um den Bullen in die Flucht zu jagen, sondern um ihn zu töten. Und in diesem Augenblick schnaubte er und stürzte sich knurrend auf mich. Seine Augen flammten, sein Maul stand weit offen, die Zähne leuchteten grausam weiß. Ich gestehe ohne Scham, daß ich meinerseits kehrtmachte und das Hasenpanier ergriff. Er lief ungeschickt, aber doch schnell hinter mir her. Nur zwei Schritte trennten mich noch von ihm, als ich ins Boot taumelte. Ich wehrte ihn mit dem Riemen ab, und seine Zähne gruben sich tief ins Blatt. Das feste Holz zersplitterte wie eine Eierschale. Maud und ich waren bestürzt. Im nächsten Augenblick war er unter dem Boote, packte mit seinen Zähnen den Kiel und schüttelte uns heftig.

»Nein, nein!« rief Maud. »Lassen Sie uns umkehren.«

Ich schüttelte den Kopf. »Was andere Männer können, kann ich auch, und ich weiß, daß andere Männer Robben niedergeschlagen haben. Aber ich glaube, das nächste Mal werde ich die Bullen in Ruhe lassen.«

»Ich ruderte einige hundert Fuß den Strand entlang, um meine Nerven zu beruhigen, und ging dann wieder an Land. »Nur vorsichtig sein!« rief sie mir nach.

Ich nickte und schritt weiter, um einen Flankenangriff auf den nächsten Harem zu machen. Es ging auch alles gut, bis ich einen Schlag auf den Kopf einer Kuh richtete und zu kurz schlug. Sie schnaufte und watschelte schwerfällig fort. Ich lief hinterher und schlug wieder, traf aber statt des Kopfes die Schulter.

»Aufgepaßt!« hörte ich Maud rufen.

In meiner Aufregung hatte ich auf nichts sonst geachtet, und als ich jetzt aufblickte, sah ich den Herrn des Harems hinter mir hersetzen. Wieder floh ich nach dem Boot, aber diesmal machte Maud nicht den Vorschlag, daß wir umkehren sollten.

»Ich denke, es wäre besser, die Harems in Ruhe zu lassen und es mit den einzelnen, harmlosen Robben zu versuchen«, sagte sie.

»Mir scheint, Ihre kriegerischen Instinkte sind erwacht«, lachte ich.

Sie errötete tief: »Ich gebe zu, daß ich mich ebenso ungern wie Sie als überwunden erklären möchte. Aber Ihnen fehlt die Perspektive. Ja, wenn Sie nicht so nahe an sie heranzugehen brauchten –«

»Das ist es ja«, rief ich. »Ich brauche einen längeren Knüppel. Und da ist der zerbrochene Riemen gerade recht.«

Ich zeigte auf einen jungen Bullen im Wasser. »Wir wollen ihn beobachten und ihm folgen, wenn er an Land geht.«

Das Tier schwamm direkt an den Strand und kletterte in eine kleine

Lücke zwischen zwei Harems, deren Herren Warnrufe ertönen ließen, ihn jedoch nicht angriffen. Wir sahen, wie er sich mühsam auf einem offenbar vorgezeichneten Wege zwischen den Harems hindurchwand.

»Also los jetzt!« sagte ich und trat an Land, aber ich gestehe, daß mir das Herz bis an den Hals schlug bei dem Gedanken, daß ich mitten durch diese ungeheure Herde schreiten sollte.

»Ich glaube, es wäre klug, das Boot festzumachen«, sagte Maud. Sie war mit mir ausgestiegen, und ich betrachtete sie mit Verwunderung.

Sie nickte entschieden. »Ja, ich begleite Sie, es ist also am besten, Sie sichern das Boot und bewaffnen mich auch mit einem Knüppel.«

»Lassen Sie uns umkehren«, sagte ich mutlos. »Ich denke, Tundragras wird es auch tun.«

»Sie wissen gut, daß es nicht geht«, lautete ihre Antwort. »Soll ich vorausgehen?«

Achselzuckend, aber auch mit wärmster Bewunderung für diese Frau gab ich ihr den zerbrochenen Riemen und nahm selbst einen anderen. Die ersten Schritte unserer Wanderung machten wir mit großer Angst. Einmal schrie Maud laut, als eine Kuh neugierig ihren Schuh beschnüffelte, und ich beschleunigte meine Schritte aus demselben Grunde. Aber außer einigen warnenden Kläfflauten von beiden Seiten wiesen sich keine Zeichen von Feindseligkeit. Es war ein Robbenbrutplatz, der noch nie einen Jäger gesehen hatte, die Robben waren daher friedlich und furchtlos zugleich.

Mitten in der Herde war der Lärm entsetzlich, fast schwindelerregend. Ich blieb stehen und lächelte Maud ermutigend zu, denn ich hatte mein Gleichgewicht rascher als sie wiedergefunden. Ich konnte sehen, daß sie sich sehr fürchtete. Sie trat ganz nahe an mich heran und rief: »Ich fürchte mich schrecklich.«

Aber ich hatte meine Furcht überwunden. Das friedliche Benehmen der Robben hatte mich ermutigt. Maud dagegen zitterte vor Angst. Eine Viertelstunde landeinwärts stießen wir auf die Holluschickis, gewandte junge Bullen, die sich hier in der Einsamkeit ihres Junggesellenlebens austobten und Kraft sammelten für die Tage, da sie sich die Würde von Ehemännern erkämpfen sollten.

Jetzt ging alles glatt. Ich wußte genau, was ich zu tun hatte. Ich schrie, machte drohende Bewegungen mit dem Knüppel und stieß die Faulsten sogar mit dem Riemen, und auf diese Weise schnitt ich schnell einige zwanzig der jungen Burschen von ihren Kameraden ab. Sobald einer von ihnen den Versuch machte, zum Wasser durchzubrechen, stellte ich mich ihm in den Weg. Maud beteiligte sich eifrig am Treiben, und ihr Schreien und Schwingen mit dem abgebrochenen Riemen bedeutete eine große Hilfe für mich. Ich bemerkte aber, daß sie hin und wieder ein Tier durchschlüpfen ließ, wenn es besonders matt und mitgenommen aussah. Versuchte jedoch eines, sich kriegerisch zu widersetzen, dann sah ich, wie ihre Augen leuchteten und sie keck mit dem Knüppel zuschlug.

Ich trieb die kleine Herde – es war jetzt noch ein Dutzend, den übrigen hatte sie die Flucht erlaubt – einige hundert Schritte weiter landeinwärts, und als sie mich einholte, hatte ich bereits das Abschlachten beendet und war dabei, die Tiere abzuhäuten. Eine Stunde später machten wir uns stolz auf den Rückweg, den Pfad zwischen den Harems entlang. Zweimal machten wir noch den Weg und kehrten mit Häuten beladen zurück, dann glaubte ich genug für unser Dach zu haben. Ich setzte das Segel, machte einen Schlag aus der Bucht heraus und fuhr mit dem nächsten Schlage in unseren kleinen Schlupfhafen hinein.

»Es ist gerade wie eine Heimkehr«, sagte Maud, als ich das Boot auf den Strand laufen ließ.

Ihre Worte weckten ein zitterndes Echo in meiner Seele, alles war mir so lieb und vertraut, und ich sagte: »Mir ist, als hätte ich stets dieses Leben gelebt. Die Welt der Bücher und Buchgelehrten ist so unwirklich, eher Traum als Tatsache. Es ist sicher, daß ich all meine Tage gejagt und gekämpft habe. Und Sie scheinen auch ein Teil davon zu sein. Sie sind – –« ich war nahe daran, ›meine Frau, meine Gefährtin‹ zu sagen, besann mich aber noch und sagte schnell: »Sie haben die Prüfung gut bestanden.«

Aber ihr Ohr hatte mein Stocken bemerkt, und sie warf mir einen raschen Blick zu.

»Das wollten Sie nicht sagen.«

»Nein, sondern daß die große Dichterin Maud Brewster jetzt das Leben einer Wilden führt und sich glänzend damit abfindet«, sagte ich leichthin.

»Oh!« war alles, was sie antwortete. Aber ich hätte schwören mögen, einen Klang von Enttäuschung in ihrer Stimme zu hören.

Doch ›meine Frau, meine Gefährtin‹ hallte in mir den Rest des Tages und noch manchen andern Tag nach, nie aber lauter als an diesem Abend.

»Es wird riechen«, sagte ich, »aber es wird uns jedenfalls vor Regen und Schnee schützen.«
Wir musterten das fertige Dach aus Robbenfellen.
»Es ist ziemlich plump, aber es erfüllt seinen Zweck, und das ist die Hauptsache«, fuhr ich fort in der Hoffnung, ein Lob aus ihrem Munde zu hören.
Und sie klatschte in die Hände und erklärte, daß sie außerordentlich zufrieden sei.
»Aber es ist dunkel hier drinnen«, sagte sie einen Augenblick später, und ihre Schultern zuckten in einem unwillkürlichen Schauder.
»Sie hätten mich daran erinnern sollen, ein Fenster zu machen, als wir die Wände bauten«, sagte ich. »Das war Ihre Sache, und Sie hätten die Notwendigkeit eines Fensters einsehen müssen.«
»Ich sehe nie, was am nächsten liegt«, erwiderte sie lachend. »Außerdem brauchen Sie ja aber nur ein Loch in die Wand zu hauen.«
»Das stimmt schon. Daran hatte ich auch schon gedacht«, antwortete ich, das weise Haupt wiegend. »Aber haben Sie Fensterglas bestellt? Rufen Sie beim Glaser an – 4451 ist, glaube ich, die Nummer, und geben Sie ihm Größe und Art der Scheibe an.«
»Das heißt – –«, begann sie.
»Kein Fenster.«
Die Hütte war natürlich finster und häßlich und wäre in einem zivilisierten Lande kaum gut genug als Schweinekoben gewesen, uns aber, die wir alle Leiden in einem offenen Boot erlebt hatten, erschien sie als ein gemütliches kleines Haus. Wir sorgten für Licht und Wärme mit Hilfe von Robbentran und einem aus Baumwolle gedrehten Docht, dann begann die Jagd, um uns Fleisch für den Winter zu verschaffen, sowie der Bau einer zweiten Hütte. Jetzt war es eine Kleinigkeit, morgens auszuziehen und gegen Mittag mit einer ganzen Bootsladung Robben heimzukehren. Und während ich an der zweiten Hütte baute, briet Maud den Speck zu Tran aus und unterhielt ein langsames Feuer unter dem Fleisch. Ich hatte gehört, wie man auf der Prärie Büffelfleisch in Streifen schneidet und an der Luft trocknet, und nun schnitten wir unser Robbenfleisch in Streifen, hängten es in den Rauch, und es wurde prachtvoll geräuchert.
Der Bau der zweiten Hütte ging leichter vonstatten, denn ich ließ sie direkt an die erste stoßen, so daß sie nur drei Wände brauchte. Aber alles bedeutete doch Arbeit. Maud und ich schafften vom frühen Morgen bis zum Einbruch der Dunkelheit, wir arbeiteten bis an die Grenze unserer Kraft, so daß wir, wenn die Nacht kam, steif vor

Müdigkeit ins Bett krochen und den Schlaf der Erschöpfung wie die Tiere schliefen. Und doch erklärte Maud, daß sie sich in ihrem Leben nie besser und gesünder gefühlt hätte. Bei mir war dasselbe der Fall, aber sie war so zart, daß ich fürchtete, sie würde zusammenbrechen. Immer wieder sah ich, wie sie sich, nach Erschöpfung ihrer letzten Kräfte, lang auf den Boden legte – ihre Art, sich auszuruhen und wieder zu Kräften zu kommen. Und dann stand sie auf und arbeitete wie nur je. Woher sie die Kraft dazu nahm, war mir ein Rätsel.

»Denken Sie an die lange Winterruhe«, erwiderte sie auf meine Ermahnungen. »Dann werden wir noch nach Arbeit schreien!«

An dem Abend, als das Dach meiner Hütte fertig war, hielten wir eine Art Einzugsschmaus. Es war am Ende eines dreitägigen heftigen Sturmes, der von Südost ganz nach Nordost herumgeschwungen war und nun direkt in der Richtung auf unsere Insel wehte. In der Außenbucht donnerte die Brandung gegen die Küste, und selbst in unserm ganz von Land umschlossenen Innenhafen befand sich das Wasser in starker Bewegung. Die Bergseite der Insel schützte uns nicht vor dem Winde, und er pfiff und heulte um die Hütte, daß ich zeitweise fürchtete, die Mauern würden nicht standhalten. Das Dach, das ich wie ein Trommelfell gespannt und für ganz dicht gehalten hatte, bauschte sich bei jedem Windstoß und ließ Wasserspritzer durch, und in den Mauern zeigten sich unzählige Lücken, trotz aller Mühe, die Maud sich gegeben hatte, um sie mit Moos abzudichten. Aber der Tran brannte hell, und wir fühlten uns trotz alledem warm und behaglich.

Es war in der Tat ein angenehmer Abend, und wir kamen zu dem Ergebnis, daß es noch Geselligkeit auf der Mühsalinsel gab. Wir fühlten uns wohl und sicher. Wir hatten uns nicht allein mit dem Gedanken vertraut gemacht, hier überwintern zu müssen, wir hatten auch bereits unsere Vorbereitungen getroffen. Jetzt konnten uns die Robben gern verlassen, um ihre rätselhafte Reise nach dem Süden anzutreten: wir hatten vorgesorgt. Und auch der Sturm hatte seine Schrecken für uns verloren. Wir waren nicht nur warm und trocken und vorm Winde geschützt, wir hatten auch die weichsten, kostbarsten Betten, die aus Moos gemacht werden konnten.

Als sie sich erhob, um zu gehen, wandte sie sich mit einem rätselhaften Ausdruck zu mir und sagte:

»Es wird etwas geschehen, etwas, das uns betrifft. Ich fühle es. Es kommt etwas, kommt zu uns. Jetzt. Ich weiß nicht, was es ist, aber es kommt.«

»Etwas Gutes oder Schlechtes?« fragte ich.

Sie schüttelte den Kopf. »Das weiß ich nicht, aber es ist irgendwo dort.« Sie wies in der Richtung von See und Wind.

»Wir sind an einer geschützten Küste«, lachte ich, »und ich muß sagen, daß es besser ist, hier zu sein, als an einem solchen Abend anzukommen.«

»Sie fürchten sich doch nicht?« fragte ich, während ich zur Tür schritt, um sie ihr zu öffnen.

Ihre Augen blickten tapfer in die meinen.

»Und Sie fühlen sich wohl? Völlig wohl?«

»Ich habe mich noch nie wohler gefühlt«, lautete ihre Antwort.

Wir sprachen noch ein Weilchen miteinander, bis sie ging.

»Gute Nacht, Maud«, sagte ich.

»Gute Nacht, Humphrey«, sagte sie.

Ohne daß wir darüber gesprochen hätten, nannten wir uns, wie etwas ganz Selbstverständliches, beim Vornamen. Ich hätte sie in diesem Augenblick in meine Arme reißen und an mich pressen können. Draußen in der Welt, der wir angehörten, würden wir es sicher getan haben. Hier aber hemmte mich die merkwürdige Situation, in der wir uns befanden.

Als ich dann aber allein in meiner kleinen Hütte war, durchglühte mich ein schönes Gefühl von Zufriedenheit. Und ich wußte, daß es ein Band zwischen uns gab, ein schweigendes Etwas, das früher nicht gewesen war.

Ich erwachte mit einem drückenden, geheimnisvollen Gefühl. Etwas in meiner Umgebung schien mir zu fehlen. Aber das Geheimnisvolle und Drückende verschwand, als ich einige Augenblicke wach gelegen hatte und mir darüber klargeworden war, was mir fehlte: Es war der Wind. Ich war in einem Zustand der Nervenanspannung eingeschlafen, wie man ihn beim Vernehmen andauernder Geräusche oder Bewegungen bekommt, und erwacht war ich noch gespannt und vorbereitet auf einen Druck, der nun nicht mehr auf mir lastete.

Es war seit Monaten die erste Nacht, die ich unter Dach verbracht hatte, und einige Minuten lang genoß ich das herrliche Gefühl, mollig unter meinen Decken zu liegen, ohne Nebel und Spritzern ausgesetzt zu sein. Als ich mich angekleidet hatte und die Tür öffnete, hörte ich noch die Wellen gegen den Strand schlagen und vom Sturm der vergangenen Nacht schwatzen. Es war ein klarer Tag, und die Sonne schien. Ich hatte lange geschlafen und trat nun mit plötzlich erwachter

Energie aus meiner Hütte, entschlossen, die verlorene Zeit einzuholen, wie es sich für einen Bewohner der Mühsalinsel ziemte.

Draußen aber blieb ich plötzlich stehen. Ich mußte wohl meinen Augen trauen, und doch war ich einen Augenblick betäubt von dem, was sich mir offenbarte. Dort am Strande, keine fünfzig Fuß entfernt, lag ein entmastetes Schiff. Masten und Spieren, Wanten, Schote, Leinen und zerfetzte Segel hingen in einem Gewirr über Bord. Ich rieb mir die Augen. Es war die Kombüse, die wir gezimmert hatten, es waren die mir so vertraute Achterhütte und die niedrige Kajüte, die sich kaum über die Reling erhob. Es war die ›Ghost‹.

Welche Laune des Schicksals hatte sie hierhergeführt – gerade hierher? Welcher Zufall oder welche Zufälle? Ich blickte auf die finstere, unübersteigbare Wand hinter mir und fühlte tiefe Verzweiflung. Entrinnen war hoffnungslos, ganz unmöglich. Ich dachte an Maud, die in der Hütte schlief, welche wir erbaut hatten. Dann wurde mir schwarz vor Augen.

Wahrscheinlich war es nur der Bruchteil einer Sekunde, aber mir erschien es wie eine Ewigkeit, bis ich wieder zu mir kam. Dort lag die ›Ghost‹, den Bug gegen die Küste. Ihr zersplitterter Bugspriet ragte über den Strand, das Gewirr ihrer Spieren schlug gegen die dunkle Schiffsseite, wenn die Wellen sie hoben.

Plötzlich fiel mir der seltsame Umstand auf, daß sich nichts an Bord regte. Müde vom nächtlichen Kampf mit der See, mochten alle noch schlafen. Mein nächster Gedanke war, daß Maud und ich doch noch entkommen könnten. Wenn wir das Boot erreichten und um die Landzunge fuhren, ehe jemand erwachte? Ich wollte sie rufen und sofort mit ihr aufbrechen, als ich mich entsann, wie klein die Insel war. Wir konnten uns nicht auf ihr verstecken. Uns blieb nichts als das unermeßliche, mitleidlose Meer. Ich dachte an unsere gemütlichen kleinen Hütten, an unsere Vorräte an Fleisch, Tran, Moos und Holz, und mir war klar, daß wir die winterliche See und die schweren Stürme, die kommen mußten, nie überstehen konnten.

So stand ich zögernd vor ihrer Tür. Es war unmöglich, unmöglich! Ein wilder Gedanke fuhr mir durch den Kopf: sie töten, während sie schlief. Aber dann faßte ich, wie in einer Erleichterung, einen besseren Entschluß.

Alle schliefen. Warum nicht jetzt an Bord der ›Ghost‹ kriechen – ich kannte ja den Weg zu Wolf Larsens Koje – und ihn töten, ehe er erwachte? Dann – nun, dann würden wir ja sehen. War er erst tot, dann war Zeit, an alles andere zu denken. Und außerdem: Wie die Lage sich

auch gestalten mochte – schlechter, als sie jetzt war, konnte sie kaum werden.
Mein Messer hing mir an der Hüfte. Ich ging wieder in die Hütte, um die Büchse zu holen, vergewisserte mich, daß sie geladen war, und schritt zur ›Ghost‹ hinab. Mit einiger Schwierigkeit und nicht, ohne mich bis auf die Haut zu durchnässen, kletterte ich an Bord. Die Backluke stand offen. Ich blieb stehen, um den Atemzügen der Mannschaft zu lauschen, aber nichts regte sich. Ich mußte keuchen bei dem Gedanken, der mir plötzlich durch den Kopf fuhr: Wenn die ›Ghost‹ verlassen war! Wieder lauschte ich. Nichts. Vorsichtig stieg ich die Schiffstreppe hinab. Der Raum strömte den muffigen, kalten Geruch aus, der einer leerstehenden Wohnung anhaftet. Rings über den Fußboden verstreut lagen abgelegte Kleidungsstücke, alte Seestiefel, zerlöchertes Ölzeug – all die wertlosen Dinge, die sich während einer langen Fahrt in der Back ansammeln.
»In größter Hast verlassen!« war meine Schlußfolgerung, als ich wieder an Deck stieg. Die Hoffnung wurde wieder lebendig in meiner Brust, und ich sah mich mit größter Kaltblütigkeit um. Ich bemerkte, daß die Boote fehlten. Das Zwischendeck erzählte dieselbe Geschichte wie die Back. Auch die Jäger hatten eiligst ihre Habseligkeiten zusammengepackt. Die ›Ghost‹ war verlassen. Sie gehörte Maud und mir. Ich dachte an die Vorräte und an die Apotheke unter der Kajüte, und mir kam der Einfall, Maud mit etwas Gutem zum Frühstück zu überraschen.
Die Reaktion und das Bewußtsein, daß ich die schreckliche Tat, deretwegen ich gekommen war, nicht auszuführen brauchte, beseelten mich mit kindlichem Eifer. Ich ging auf die Laufbrücke, indem ich zwei Stufen auf einmal nahm, und dachte an nichts Bestimmtes, fühlte nichts außer der Freude und der Hoffnung, daß Maud schlafen würde, bis meine Frühstücksüberraschung fertig war. Als ich um die Kombüse bog, dachte ich mit neuer Freude und Befriedigung an die prächtigen Kochgeräte drinnen. Ich sprang auf den Rand der Achterhütte und sah – – Wolf Larsen. So überwältigt, so betäubt war ich vor Überraschung, daß ich noch drei oder vier Schritte weiterging, ohne anhalten zu können. Er stand auf der Laufbrücke – nur Kopf und Schultern sichtbar – und starrte mir gerade ins Gesicht. Seine Arme ruhten auf der halbgeöffneten Schiebeluke. Er machte keine Bewegung – er stand nur da und starrte mich an.
Ich begann zu zittern. Das alte Gefühl von Übelkeit überkam mich. Ich legte die Hand auf den Rand der Hütte, um mich zu stützen. Meine

Lippen schienen plötzlich ausgetrocknet zu sein, und ich befeuchtete sie für den Fall, daß ich sprechen sollte. Meine Augen wichen nicht eine Sekunde von ihm. Keiner von uns beiden sprach. In seinem Schweigen, seiner Unbeweglichkeit lag etwas Unheilverkündendes. All meine alte Furcht kehrte zurück, und dazu kam eine neue, die hundertmal größer war. Und so standen wir da und starrten uns an.

Ich wurde mir der Notwendigkeit bewußt, zu handeln. Aber meine alte Hilflosigkeit hatte mich wieder gepackt, und so wartete ich, daß er die Initiative ergreifen sollte. Die Augenblicke schwanden, und ich sah plötzlich, daß meine Lage dieselbe war wie damals, als ich mich dem großen Robbenbullen genähert hatte: Die Absicht, ihn zu töten, wurde verdrängt von dem Wunsche, ihn fortlaufen zu sehen. Aber endlich dachte ich doch daran, daß ich gekommen war, um selbst zu handeln, nicht, um Wolf Larsen das Heft in die Hand zu geben.

Ich spannte beide Hähne der Büchse und richtete den Lauf auf ihn. Hätte er sich bewegt oder versucht, sich von der Laufbrücke auf mich zu stürzen, ich würde ihn niedergeschossen haben. Aber er blieb unbeweglich stehen und starrte mich weiter an. Und wie ich ihm, die erhobene Büchse in den Händen, ins Gesicht blickte, hatte ich Zeit zu sehen, wie verstört und abgezehrt er aussah. Es war, als hätte eine furchtbare Gemütsbewegung es verwüstet. Die Wangen waren eingesunken, die Stirn war gerunzelt und sorgenvoll. Seltsam erschienen mir seine Augen, und zwar nicht nur im Ausdruck, sondern in ihrer physischen Beschaffenheit, als ob Sehnerven und Bewegungsmuskeln irgendwie beschädigt wären und die Augäpfel sich verrückt hätten.

Alles dies sah ich, denn da mein Hirn jetzt mit ungeheurer Schnelligkeit arbeitete, fuhren mir tausend Gedanken durch den Kopf, und doch konnte ich nicht abdrücken. Ich senkte die Büchse und trat an die Ecke der Kajüte, hauptsächlich um meine Nerven zu beruhigen und dann wieder zu zielen, aber auch, um näher an ihn heranzukommen. Wieder hob ich die Waffe. Ich war jetzt kaum mehr als Armeslänge von ihm entfernt. Es gab keine Hoffnung mehr für ihn. Ich hatte meinen Entschluß gefaßt. Es war unmöglich, ihn zu fehlen, ein so schlechter Schütze ich auch sein mochte. Und doch kämpfte ich mit mir und konnte nicht abdrücken.

»Nun?« fragte er ungeduldig.

Ich versuchte vergebens, meinen Finger zu krümmen, und ebenso vergebens versuchte ich, ein Wort herauszubringen.

»Warum schießen Sie nicht?« fragte er.

Ich räusperte mich, konnte aber nicht sprechen.

»Hump«, sagte er langsam. »Sie können es nicht. Sie sind ohnmächtig. Ihre Gesellschaftsmoral ist stärker als Sie. Sie sind ein Sklave Ihrer alten Anschauungen, der Gesetze, die Ihrem Schädel eingehämmert worden sind, seit Sie die ersten Worte stammelten, und all Ihrer Philosophie und meinen Lehren zum Trotz können Sie einen unbewaffneten, widerstandslosen Menschen nicht töten.«

»Das weiß ich«, sagte ich heiser.

»Und Sie wissen auch, daß ich einen Unbewaffneten ebenso leicht töten würde, wie ich eine Zigarre rauche«, fuhr er fort. »Sie kennen mich und schätzen mich von Ihrem Standpunkt aus ein. Schlange, Tiger, Hai, Ungeheuer und Kaliban haben Sie mich genannt. Und doch können Sie mich nicht töten, Sie Waschlappen, wie Sie eine Schlange oder einen Hai töten würden, weil ich Hände, Füße und einen Körper habe, der dem Ihren ähnlich geformt ist. Ich hätte mehr von Ihnen erwartet, Hump!«

Er überschritt die Laufbrücke und trat zu mir.

»Nehmen Sie das Gewehr herunter. Ich möchte einige Fragen an Sie richten. Ich habe noch keine Gelegenheit gehabt, mich umzuschauen. Was für ein Ort ist dies? Wo liegt die ›Ghost‹? Wieso sind Sie so naß? Wo ist Maud – Verzeihung, Fräulein Brewster –, oder muß ich Frau van Weyden sagen?«

Ich war zurückgetreten und hätte weinen mögen, daß ich unfähig war, ihn niederzuschießen, aber ich war doch nicht so töricht, die Büchse abzusetzen. In meiner Verzweiflung hoffte ich, daß er eine Feindseligkeit begehen, den Versuch machen würde, mich zu schlagen oder zu würgen, denn ich wußte: nur dann war ich imstande zu schießen.

»Dies ist die Mühsalinsel«, sagte ich.

»Nie den Namen gehört«, unterbrach er mich.

»So nennen wir sie wenigstens«, berichtete ich.

»Wir?« fragte er. »Wer ist ›wir‹?«

»Fräulein Brewster und ich. Und die ›Ghost‹ liegt, wie Sie selbst sehen können, mit dem Bug gegen den Strand.«

»Es sind Robben hier«, sagte er. »Sie haben mich mit ihrem Gebell geweckt, sonst würde ich noch schlafen. Ich hörte sie schon, als ich gestern abend hier hereintrieb. Sie zeigten mir an, daß eine Küste in Lee war. Es ist eine Robbeninsel, so etwas, wie ich es seit Jahren gesucht habe. Dank meinem Bruder Tod bin ich hier auf ein Vermögen gestoßen. Es ist eine Goldgrube. Wie ist die Lage der Insel?«

»Keine Ahnung«, sagte ich. »Aber Sie müssen es doch wissen. Was haben Ihre letzten Beobachtungen ergeben?«

Er lächelte unergründlich, antwortete aber nicht.

»Und wo sind all Ihre Leute?« fragte ich. »Wie kommt es, daß Sie allein sind?«

Ich war darauf vorbereitet, daß er auch diese Frage unbeachtet lassen würde, und seine willige Antwort überraschte mich.

»Ehe achtundvierzig Stunden vergangen waren, hatte mein Bruder mich gekriegt, aber es war, weiß Gott, nicht meine Schuld. Er enterte mein Schiff nachts, als nur ein Wachtposten an Deck war. Die Jäger ließen mich im Stich. Er bot ihnen mehr. Ich hörte es mit an. Er tat es vor meinen Augen. Die Mannschaft ging natürlich auch. Das konnte ich nicht anders erwarten. Alle Mann verließen mich, und da stand ich – ausgesetzt auf meinem eigenen Schiff. Diesmal hatte mein Bruder Tod gesiegt.«

»Aber wie haben Sie denn die Masten verloren?« fragte ich.

»Gehen Sie hin und sehen Sie sich die Taljenreeps an«, sagte er und wies nach der Stelle, wo die Besantakelung hätte sein müssen.

»Mit dem Messer durchgeschnitten!« rief ich aus.

»Nicht ganz«, lachte er. »Viel feinere Arbeit. Sehen Sie sich's noch einmal an.«

Ich sah: Die Taljenreeps waren so weit durchgeschnitten, daß sie die Wanten gerade noch halten konnten, bis eine besondere Anforderung an sie gestellt wurde.

»Das ist Köchleins Werk«, lachte er wieder. »Ich weiß es, obgleich ich ihn nicht dabei erwischt habe. So ein bißchen Abrechnung.«

»Das hat Mugridge nicht schlecht gemacht!« rief ich.

»Ja, das dachte ich auch, als die ganze Geschichte über Bord ging.«

»Aber was haben Sie denn getan, als dies alles geschah?« fragte ich.

»Was ich tun konnte. Aber es war unter diesen Umständen nicht viel, das können Sie mir glauben.«

Ich wandte mich um, um Mugridges Werk noch einmal zu betrachten.

»Ich glaube, ich will mich ein bißchen in die Sonne setzen«, hörte ich Wolf Larsen sagen.

Es war ein Anflug, ein ganz leiser Anflug von körperlicher Schwäche in seiner Stimme, und das wirkte so eigentümlich, daß ich einen raschen Blick auf ihn warf. Er fuhr sich mit der Hand nervös über das Gesicht, als ob er ein Spinngewebe fortwischte. Ich war bestürzt. Das alles war so unähnlich dem Wolf Larsen, den ich kannte.

»Wie steht es mit Ihren Kopfschmerzen?« fragte ich.

»Die plagen mich immer noch«, lautete die Antwort. »Ich glaube, es geht jetzt gerade wieder los.« Er ließ sich ganz zu Boden gleiten. Dann rollte er sich auf die Seite, stützte den Kopf auf den Unterarm, während er mit dem Oberarm seine Augen vor der Sonne schützte. Ich blickte ihn verwundert an.

»Jetzt ist Ihre Gelegenheit gekommen, Hump«, sagte er.

»Ich verstehe Sie nicht«, log ich, denn ich verstand ihn gut.

»Ach, nichts«, setzte er gleichsam schläfrig hinzu.

»Sie haben mich jetzt da, wo Sie mich haben wollten.«

»Nein, das stimmt nicht«, erwiderte ich, »ich wünschte Sie tausend Meilen fort von hier.«

Er lachte, sagte aber nichts weiter. Als ich an ihm vorbeischritt, um in die Kajüte hinunterzusteigen, bewegte er sich nicht. Ich hob die Falltür im Fußboden und blickte eine Weile unschlüssig in die Apotheke hinunter. Ich zögerte. Wie, wenn er sich nur verstellte? Das wäre in der Tat hübsch, dann saß ich hier wie die Ratte in der Falle! Ich schlich mich leise auf die Laufbrücke und blickte verstohlen auf ihn hinab. Er lag noch da, wie ich ihn verlassen hatte. Wieder stieg ich hinunter; ehe ich mich jedoch in die Apotheke gleiten ließ, beobachtete ich die Vorsicht, die Klappe herunterzulassen. So konnte die Falle jedenfalls nicht zuschnappen. Aber meine Vorsicht erwies sich als überflüssig. Ich kam in die Kajüte mit einem Vorrat von allerlei Eingemachtem, Schiffszwieback, Büchsenfleisch und ähnlichem – so viel ich zu tragen vermochte – und schloß die Falltür wieder.

Ein Blick auf Wolf Larsen zeigte mir, daß er sich nicht geregt hatte. Ein neuer Gedanke kam mir. Ich stahl mich in seine Kabine und eignete mir seine Revolver an. Andere Waffen fand ich nicht, obwohl ich die drei andern Kabinen gründlich untersuchte. Um ganz sicher zu sein, ging ich noch einmal durch Zwischendeck und Back und nahm alle Messer an mich. Dann fiel mir das große Klappmesser ein, das er stets in der Tasche trug. Ich trat zu ihm und sprach ihn zuerst leise, dann lauter an. Er regte sich nicht. Ich beugte mich über ihn und zog ihm das Messer aus der Tasche.

Jetzt atmete ich freier. Er hatte keine Waffe mehr, um mich von weitem anzugreifen, während ich – jetzt bewaffnet – imstande war, ihm zuvorzukommen, wenn er den Versuch machen sollte, mich mit seinen furchtbaren Gorillaarmen zu packen.

Ich füllte eine Kaffeekanne und eine Bratpfanne mit einem Teil meiner Beute, nahm etwas Geschirr aus der Anrichte in der Kajüte, überließ Wolf Larsen sich selbst und ging an Land.

Maud schlief noch. Ich fachte die glimmende Asche an und machte mich in fieberhafter Hast daran, das Frühstück zu bereiten. Als ich beinahe fertig war, hörte ich Schritte aus der andern Hütte. Ich hatte gerade den Kaffee eingegossen, da öffnete sich die Tür, und sie trat ein. »Das ist nicht recht von Ihnen!« Mit diesen Worten begrüßte sie mich. »Sie haben meine Vorrechte verletzt. Sie wissen doch, daß das Kochen meine Sache ist und –«

»Nur dies eine Mal«, bat ich.

»Wenn Sie versprechen, es nicht wieder zu tun«, lächelte sie. »Es sei denn, daß Sie meiner geringen Leistungen müde geworden wären.«

Zu meiner großen Freude hielt sie nicht ein einziges Mal Ausschau nach dem Strande, und ich konnte den Erfolg verzeichnen, daß sie, ohne etwas zu merken, ihren Kaffee aus der Porzellantasse trank und sich Marmelade auf einen Zwieback strich. Aber das dauerte natürlich nicht lange. Ich sah ihre Überraschung. Sie hatte gemerkt, daß sie von einem Porzellanteller aß. Ihre Augen fielen auf das Frühstück, und nun sah sie eines nach dem andern. Dann blickte sie mich an und wandte das Gesicht langsam nach dem Strande. »Humphrey!« rief sie.

Der alte, unsagbare Schrecken stieg in ihre Augen.

»Ist – – er – –?« fragte sie zitternd. Ich nickte.

Wir warteten den ganzen Tag, daß Wolf Larsen an Land käme. Wir befanden uns in unerträglicher Spannung. Bald sah der eine, bald der andere angstvoll nach der ›Ghost‹. Aber er kam nicht. Er zeigte sich nicht einmal an Deck.

»Vielleicht hat er seine Kopfschmerzen«, sagte ich. »Als ich ihn verließ, lag er auf der Achterhütte. Dort mag er die ganze Nacht gelegen haben. Ich glaube, ich werde einmal hinübergehen und nachsehen.«

Maud sah mich flehend an.

»Es ist ganz gefahrlos«, versicherte ich ihr. »Ich nehme die Revolver mit. Sie wissen, daß ich alle Waffen genommen habe, die es an Bord gab.«

»Aber seine Arme, seine Hände, seine entsetzlichen Hände!« erwiderte sie. Und dann rief sie laut: »Ach, Humphrey, ich fürchte mich so vor ihm! Gehen Sie nicht – bitte, gehen Sie nicht!«

Sie legte ihre Hand bittend auf die meine, und mein Puls flog. In diesem Augenblick verrieten meine Augen sicher, was ich fühlte. Ich wollte meinen Arm um sie legen, wie damals in der Robbenherde, aber bedachte mich und hielt mich zurück.

»Es ist nicht gefährlich für mich«, sagte ich. »Ich werde nur über den Bug lugen.«
Sie drückte mir innig die Hand und ließ mich gehen. Aber die Stelle an Deck, wo ich ihn hatte liegenlassen, war leer. Er war offenbar nach unten gegangen. Diese Nacht wachten wir abwechselnd. Denn niemand konnte wissen, was Wolf Larsen einfallen konnte. Er war zu allem fähig.
Wir warteten sowohl den nächsten Tag wie den darauffolgenden, ohne daß er ein Lebenszeichen gegeben hätte.
»Es sind wohl wieder die Kopfschmerzen«, sagte Maud am Nachmittag des vierten Tages, »vielleicht ist er krank, sehr krank, oder gar tot.«
»Oder er liegt im Sterben«, fügte sie hinzu, nachdem sie einen Augenblick auf meine Antwort gewartet hatte.
»Um so besser!« erwiderte ich.
»Aber denken Sie, Humphrey, ein Mitmensch in seiner letzten einsamen Stunde!«
»Vielleicht«, meinte ich.
»Ja, vielleicht«, räumte sie ein. »Wir wissen es nicht. Aber wenn, dann wäre es schrecklich. Ich würde es mir nie verzeihen. Wir müssen etwas tun.«
»Vielleicht«, meinte ich wieder.
»Sie müssen an Bord gehen und einmal nachsehen, Humphrey«, sagte sie. »Und wenn Sie mich auslachen wollen, so haben Sie meine Einwilligung und meine Verzeihung dazu.«
Ich erhob mich gehorsam und schritt zum Strande hinab.
»Aber seien Sie vorsichtig!« rief sie mir nach.
Ich winkte ihr von der Back aus und ließ mich auf das Deck gleiten. Dann ging ich nach achtern auf die Laufbrücke und rief Wolf Larsen. Er antwortete und schickte sich an, die Treppe heraufzusteigen, und ich spannte meinen Revolver. Ich tat es ganz offen, aber er nahm keine Notiz davon. Er machte körperlich denselben Eindruck wie das letztemal, als ich ihn gesehen hatte, aber er war finster und schweigsam. Die wenigen Worte, die wir wechselten, konnten kaum eine Unterhaltung genannt werden. Ich fragte ihn nicht, warum er nicht an Land, und er mich nicht, warum ich nicht an Bord gekommen war. Seine Kopfschmerzen waren, wie er sagte, besser, und so verließ ich ihn ohne weiteres Parlamentieren. Maud hörte meinen Bericht mit sichtbarer Erleichterung, und der Anblick des Rauches, der sich etwas später aus der Kombüse erhob, versetzte sie in bessere Stimmung. Am

nächsten und übernächsten Tage sahen wir wieder den Rauch aufsteigen, und hin und wieder ließ Wolf Larsen sich auf der Achterhütte sehen. Aber das war auch alles. Er machte keinen Versuch, an Land zu kommen. Das wußten wir, denn wir hielten weiter unsere Nachtwachen. Seine Untätigkeit ängstigte und beunruhigte uns.

Auf diese Weise verging eine ganze Woche. Wir hatten keinen andern Gedanken als Wolf Larsen, und der Druck, den seine Anwesenheit auf uns ausübte, hinderte uns, uns irgendwie mit den Dingen, die wir geplant hatten, zu befassen.

Aber am Ende der Woche hörte der Rauch auf, aus dem Kombüsenschornstein zu steigen, und Wolf Larsen zeigte sich nicht mehr auf der Achterhütte. Auch mir war nicht wohl zumute bei dem Gedanken, daß dieser Mann, den ich zu töten versucht hatte, so nahe seinen Mitmenschen allein sterben sollte. Er hatte recht: Die Tatsache, daß er Hände, Füße und Körper hatte wie ich, bedeutete eine Forderung, die ich nicht außer acht lassen konnte. Das zweitemal wartete ich daher nicht, bis Maud mich schickte.

Als ich bei der Back war, zog ich mir die Schuhe aus und ging auf Strümpfen geräuschlos nach achtern. Diesmal rief ich auch nicht von der Laufbrücke. Ich stieg vorsichtig hinunter und fand die Kajüte leer. Die Tür zu seiner Kabine war verschlossen. Ich dachte zuerst daran, anzuklopfen, erinnerte mich dann aber meiner vorgeschobenen Absicht und entschloß mich, sie auszuführen. Sorgfältig jedes Geräusch vermeidend, hob ich die Falltür im Boden und legte sie um. In der Apotheke wurden sowohl Kleidungsstücke wie Lebensmittel aufbewahrt, und ich nahm die Gelegenheit wahr, um mich mit Unterwäsche zu versehen.

Als ich wieder heraufkam, hörte ich ein Geräusch aus Wolf Larsens Kabine. Ich duckte mich und lauschte. Der Türgriff knarrte. Instinktiv schlich ich mich hinter den Tisch zurück und spannte meinen Revolver. Die Tür öffnete sich, und er erschien. Nie hatte ich eine so tiefe Verzweiflung gesehen wie die, welche sich auf seinem Gesicht – dem Gesicht Wolf Larsens, des Kämpfers, des starken Mannes, des Unbezwinglichen – ausprägte. Wie ein Weib, das die Hände ringt, hob er die geballten Fäuste und stöhnte. Dann ließ er die eine Hand sinken und fuhr sich mit der Handfläche langsam über die Augen, als wischte er Spinnweben beiseite. »Gott, Gott!« stöhnte er, und wieder hob er die Fäuste in der unendlichen Verzweiflung, die in seiner Kehle zitterte.

Es war gräßlich. Ich zitterte am ganzen Körper und konnte fühlen, wie mir der Schauder den Rücken entlangrann und der Schweiß auf die Stirn trat. Es gibt sicher wenige Dinge in der Welt, die furchtbarer sein können als der Anblick eines Starken in dem Augenblick seiner äußersten Schwäche, seines völligen Zusammenbruchs.

Aber durch die Anspannung seines unbezwinglichen Willens gewann Wolf Larsen seine Selbstbeherrschung wieder. Es war eine mächtige Anspannung. Seine ganze Gestalt wurde von dem Kampfe geschüttelt. Es sah aus, als sollte er im nächsten Augenblick bewußtlos niederstürzen. Sein Gesicht zuckte und verzerrte sich vor Schmerz, bis er wieder zusammenbrach. Und wieder hob er die Fäuste und stöhnte. Ein-, zweimal schöpfte er tief Atem und seufzte. Dann gelang es. Ich hätte fast glauben können, daß es der alte Wolf Larsen war, und doch lag in seinen Bewegungen eine Andeutung von Schwäche und Unentschlossenheit.

Ich war beunruhigt und begann mich zu fürchten. Er mußte auf seinem Wege auf die offene Falltür stoßen, und das hieß, daß er mich entdeckte. Ich war wütend auf mich selbst bei dem Gedanken, in dieser feigen Stellung, auf dem Boden kriechend, gefaßt zu werden. Noch war es Zeit. Ich sprang auf und nahm ganz unbewußt eine trotzige Haltung ein. Aber er beachtete mich gar nicht. Auch die offene Falltür schien er nicht zu beachten. Ehe ich noch die Situation richtig verstanden hatte, war er in die Öffnung getreten. Der eine Fuß glitt hinein, während der andere gerade im Begriff war, sich zu heben. Als er aber den festen Boden unter sich vermißte und die Leere spürte, war er im selben Augenblick wieder der alte Wolf Larsen mit seinen Tigermuskeln. Im Fallen schleuderte er seinen Oberkörper hinüber, so daß er mit ausgestreckten Armen auf Brust und Bauch drüben landete. Im nächsten Augenblick hatte er die Beine hochgezogen und war aus dem Loch heraus. Aber er rollte in meine Marmelade und mein Unterzeug. Sein Gesichtsausdruck zeigte, daß er wußte, was hier vorging. Bevor ich jedoch seine Gedanken erraten konnte, hatte er schon die Falltür über der Apotheke geschlossen. Da verstand ich. Er dachte, er hätte mich gefangen. Er war blind, stockblind. Mit zurückgehaltenem Atem, um mich nicht zu verraten, beobachtete ich ihn. Er trat schnell in seine Kabine. Ich sah, wie seine Hand den Türgriff verfehlte, tastete, ihn aber nicht fand. Das war eine günstige Gelegenheit. Ich lief auf Zehenspitzen durch die Kajüte und die Treppe hinauf. Er kam zurück und schleppte eine schwere Seekiste hinter sich her, die er auf die Falltür stellte. Dann nahm er die Marmelade und das Unterzeug und legte alles auf den Tisch. Als er dann nach oben ging, zog ich mich schnell zurück und kletterte geräuschlos auf die Hütte.

Er schob die Schiebetür ein wenig beiseite und stützte die Arme darauf, blieb aber auf der Laufbrücke stehen. Es hatte den Anschein, als blicke oder starre er vielmehr das Deck des Schoners entlang, denn seine Augen waren ganz starr und blinzelten nicht. Ich stand nur fünf Fuß entfernt von ihm – gerade vor seinen Augen. Es war unheimlich. Ich kam mir wie ein unsichtbarer Geist vor. Ich winkte mit der Hand, natürlich ohne jede Wirkung. Als aber der flackernde Schatten einmal sein Gesicht traf, sah ich sofort, daß er etwas gemerkt hatte. Sein Gesicht drückte höchste Erwartung und Spannung aus, als versuche er, sich über den erhaltenen Eindruck klarzuwerden. Er wußte, daß er auf irgend etwas, das draußen geschah, reagierte, daß irgend etwas in seiner Umgebung vorging, aber was es war, darüber konnte er sich nicht klarwerden. Ich hörte auf, die Hand zu schwenken, so daß auch der Schatten sich nicht mehr bewegte. Er wandte langsam den Kopf von einer Seite zur andern, hin und zurück, jetzt in die Sonne, dann wieder in den Schatten, indem er sich durch das Gefühl zu orientieren versuchte.

Ich bemühte mich ebenso eifrig wie er, die Ursache zu entdecken, daß man etwas so Unfühlbares wie einen Schatten fühlen konnte. Wenn nur die Augäpfel beschädigt und die Sehnerven nicht ganz zerstört waren, war die Erklärung einfach. Sonst konnte ich mir nur denken, daß die empfindliche Haut den Temperaturunterschied zwischen Schatten und Sonnenschein spürte. Oder vielleicht – wer könnte es sagen? – war es der so viel umstrittene sechste Sinn, der ihm ein Gefühl des Wechsels von Licht und Schatten übermittelte.

Er gab jedoch bald den Versuch auf, sich über dieses Phänomen klarzuwerden, und schritt mit einer Schnelligkeit und Sicherheit, die mich überraschten, über das Deck. Und doch lag in seinem Gang diese Andeutung von Schwäche, wie sie Blinden eigen ist. Jetzt kannte ich ihre Ursache.

Zu meinem Ärger – aber ich mußte doch darüber lachen – entdeckte er meine Schuhe auf der Back und nahm sie mit in die Kombüse. Ich beobachtete ihn, wie er Feuer machte und daranging, sich sein Essen zu kochen. Dann stahl ich mich in die Kajüte, um Marmelade und Unterzeug zu holen, schlüpfte an der Kombüse vorbei und kletterte auf den Strand, um barfuß Bericht zu erstatten.

Schade, daß die ›Ghost‹ ihre Masten verloren hat, sonst könnten wir jetzt so schön auf ihr fortsegeln. Meinen Sie nicht auch, Humphrey?«

Ich sprang erregt auf.

»Ja, wirklich, wirklich!« rief ich und schritt auf und ab.

Mauds Augen, die mir folgten, leuchteten hoffnungsfroh. Sie glaubte so fest an mich! Und dieses Bewußtsein verdoppelte meine Kraft. Mir fiel ein, was Michelet sagt: »Die Frau ist dem Manne, was die Erde ihrem sagenhaften Sohne ist; er braucht nur niederzufallen und ihre Brust zu küssen, um wieder stark zu sein.« Zum ersten Male erkannte ich die wunderbare Wahrheit dieser Worte: erlebte ich sie doch an mir selbst! Das war Maud für mich: eine unversiegbare Quelle der Kraft und des Mutes. Ich brauchte sie nur anzusehen, nur an sie zu denken, und ich fühlte mich wieder stark.

»Es ist möglich, es ist möglich«, dachte ich und wiederholte es laut. »Was andere Männer vollbracht haben, kann ich auch vollbringen, und wenn niemand es je getan hat, so werde ich es tun.«

»Was, um Gottes willen?« fragte Maud. »Seien Sie barmherzig. Was werden Sie tun?«

»Wir werden es tun«, verbesserte ich mich. »Nun, nichts anderes, als die Masten der ›Ghost‹ wieder einsetzen und fortsegeln.«

»Humphrey!« rief sie.

Und ich fühlte mich so stolz über meine Absicht, als wäre sie schon ausgeführt gewesen.

»Aber wie sollten wir das machen?« fragte sie.

»Das weiß ich nicht«, lautete meine Antwort. »Das einzige, was ich weiß, ist, daß ich in diesen Tagen imstande bin zu tun, was es auch sei.«

Stolz lächelte ich ihr zu – zu stolz, denn sie senkte die Augen und schwieg einen Augenblick.

»Aber Kapitän Larsen«, wandte sie ein.

Wir lachten beide. Dann gingen wir ernstlich daran, einen Plan zu entwerfen, wie wir die Masten wieder in die ›Ghost‹ einsetzen und in die Welt zurückkehren sollten. Ich erinnerte mich dunkel des Physikunterrichts in meiner Schulzeit; dazu hatten mir die letzten Monate praktische Unterweisung in mancherlei technischen Handgriffen erteilt. Ich muß jedoch gestehen, daß ich, als wir zur ›Ghost‹ hinuntergingen, um eine Besichtigung vorzunehmen, beim Anblick der großen, im Wasser liegenden Masten fast den Mut verlor. Wo sollten wir beginnen? Hätte nur ein Mast gestanden, daß wir Blöcke und Taue hätten befestigen können, um ihn als Kran zu benutzen! Aber es gab nichts. Ich mußte an das Problem denken, sich selbst an den Haaren hochzuziehen. Ich verstand genügend von der Mechanik des Hebels; wo aber fand ich einen Stützpunkt?

Da war der Großmast, der an seinem jetzigen Ende einen Durchmesser von 15 Zoll hatte, noch 65 Fuß lang war und, wie ich überschläglich berechnete, wenigstens 3000 Pfund wog. Dann der Fockmast, dessen Durchmesser noch größer war und der sicherlich 3500 Pfund wog. Wo beginnen? Maud stand schweigend neben mir, während ich überlegte, wie ich die sogenannte ›Schere‹ der Seeleute herstellen sollte. Was jedem Matrosen bekannt war, mußte ich auf der Mühsalinsel erst erfinden. Ich mußte die Enden zweier Spieren kreuzweise zusammenbinden und sie wie ein umgekehrtes V an Deck aufstellen. Hieran konnte ich dann eine Talje und, wenn nötig, noch eine zweite befestigen. Und außerdem hatte ich ja das Ankerspill. Maud sah, daß ich zu einem Ergebnis gekommen war, und ihre Augen leuchteten verständnisvoll.

»Was haben Sie vor?« fragte sie.

»Das Gerümpel klarzubringen!« antwortete ich und wies auf das wirr durcheinander liegende Wrackgut im Wasser.

Ach, welch eine Entschlossenheit lag allein in diesen Worten. »Das Gerümpel klarzubringen!« Ein so echter seemännischer Ausdruck von den Lippen Humphrey van Weydens – wer hätte das vor wenigen Monaten für möglich gehalten!

Und wir machten uns an die Arbeit.

Ihre Aufgabe war es, auf das Boot zu achten, während ich daranging, den Wirrwarr zu ordnen. Und welch einen Wirrwarr! Falle, Schote, Leinen, Stags – alles war von den Wellen hin und her geworfen, verwickelt und verfilzt. Ich gebrauchte das Messer nicht mehr, als durchaus notwendig war, und bald war ich bis auf die Haut durchnäßt vom Durchziehen der langen Taue unter Spieren und Masten, dem Ausscheren der Leinen und dem Aufwickeln im Boote.

Die Segel mußten an verschiedenen Stellen durchgeschnitten werden, und die vom Wasser schwere Leinwand stellte hohe Anforderungen an meine Kraft; aber bei Einbruch der Nacht war es mir doch gelungen, alles auf den Strand zu schaffen und dort zum Trocknen auszubreiten. Als wir aufhörten, um Abendbrot zu essen, waren wir beide sehr müde, aber wir hatten ein tüchtiges Stück Arbeit verrichtet, wenn es auch nicht nach viel aussah.

Am nächsten Morgen stieg ich mit Maud, deren Hilfe sich als ausgezeichnet erwiesen hatte, in den Raum der ›Ghost‹ hinab, um die alten Maststümpfe zu entfernen. Wir hatten kaum mit der Arbeit begonnen, als das Klopfen und Hämmern auch schon Wolf Larsen herbeirief.

»He, da unten!« rief er durch die offene Luke herunter.

Bei dem Klang seiner Stimme preßte Maud sich schutzsuchend an mich, und bei der jetzt folgenden Unterhaltung lag ihre Hand auf meinem Arm.

»He da oben«, erwiderte ich. »Guten Morgen!«

»Was machen Sie da«, fragte er. »Versuchen Sie, mein Schiff in den Grund zu bohren?«

»Im Gegenteil, ich setze es wieder instand«, antwortete ich.

»Aber was setzen Sie denn instand, zum Donnerwetter?« Seine Stimme klang verwundert.

»Ich will die Masten wieder einsetzen«, entgegnete ich leichthin, als wäre es die einfachste Sache von der Welt.

»Mir scheint, Sie haben endlich gelernt, auf eigenen Füßen zu stehen, Hump«, hörten wir ihn sagen, und dann schwieg er eine Weile.

»Aber ich sage es Ihnen, Hump«, rief er wieder. »Sie bringen es nicht fertig.«

»O doch, ich bringe es fertig«, gab ich zurück. »Ich bin schon dabei.«

»Aber dies ist mein Schiff, mein Eigentum. Wenn ich es Ihnen nun verbiete.«

»Sie vergessen«, erwiderte ich, »daß Sie nicht mehr das stärkste Teilchen Ferment sind. Sie waren es einmal; damals hätten Sie mich fressen können, wie Sie sich auszudrücken beliebten. Jetzt aber ist es anders geworden, und jetzt könnte ich Sie fressen. Die Hefe ist ausgegoren.«

Er lachte kurz und unbehaglich auf. »Ich sehe, Sie geben mir meine Philosophie in ihrem vollen Werte wieder. Aber machen Sie nicht den Fehler, mich zu unterschätzen. Ich warne Sie zu Ihrem eigenen Besten.«

»Seit wann sind Sie denn Menschenfreund geworden?« fragte ich. »Sie müssen gestehen, daß Sie äußerst inkonsequent sind, wenn Sie mich jetzt zu meinem Besten warnen.«

Er beachtete den Spott in meinen Worten nicht und sagte: »Gesetzt, ich schlösse jetzt die Luke über Ihnen. Hier können Sie mich nicht zum Besten halten wie in der Apotheke.«

»Wolf Larsen«, sagte ich streng und redete ihn zum ersten Male bei dem Namen an, unter dem er bekannt war, »ich bin nicht imstande, einen Wehrlosen, der keinen Widerstand leistet, niederzuschießen. Das haben Sie zu meiner eigenen wie zu Ihrer Befriedigung festgestellt. Aber jetzt warne ich Sie, nicht so sehr um Ihret- wie um meinetwillen: In dem Augenblick, in dem Sie die geringste Feindseligkeit gegen mich begehen, knalle ich Sie nieder. Ich kann es bequem von hier aus; wenn Ihnen danach der Sinn steht, so versuchen Sie, die Luke zu schließen.«

»Nichtsdestoweniger verbiete ich Ihnen, verbiete es Ihnen ausdrücklich, an meinem Schiff herumzupfuschen.«

»Aber Mann«, sagte ich vorwurfsvoll, »Sie stellen die Tatsache, daß dies Ihr Schiff ist, fest, als sei das ein moralisches Recht. Haben Sie denn jemals bei Ihrer Handlungsweise andern gegenüber moralische Rechte gelten lassen? Sie können doch nicht im Ernst glauben, daß ich solche Rücksichten nehme!«

Ich war unter die offene Luke getreten, so daß ich ihn sehen konnte. Die völlige Ausdruckslosigkeit seines Gesichtes, das ich jetzt ungesehen beobachtete, war im Verein mit den starren Augen kein angenehmer Anblick.

»Und daß irgend jemand – und sei es selbst Hump – so armselig wäre, ihm Achtung zu zollen«, höhnte er. Der Hohn kam ausschließlich durch seine Stimme zum Ausdruck. Sein Gesicht blieb so ausdruckslos wie zuvor. »Wie geht es Ihnen, Fräulein Brewster?« fragte er plötzlich nach einer Pause.

Ich erschrak. Sie hatte nicht das leiseste Geräusch gemacht, hatte sich nicht einmal bewegt. War es möglich, daß er noch einen Schimmer des Augenlichtes behalten hatte? Oder daß ihm die Sehkraft wiederkehrte?

»Was machen Sie, Kapitän Larsen?« fragte sie ihrerseits. »Wieso wissen Sie denn, daß ich hier bin?«

»Ich habe Sie natürlich atmen gehört. Mir scheint, Hump macht Fortschritte, finden Sie nicht?«

»Ich weiß nicht«, antwortete sie und lächelte mir zu. »Ich kenne ihn nicht anders.«

»Dann hätten Sie ihn früher sehen sollen.«

»Wolf Larsen in bitteren Pillen«, murmelte ich, »vor und nach dem Einnehmen.«

»Ich sage Ihnen nochmals, Hump«, drohte er, »lassen Sie lieber die Finger davon.«

»Aber liegt Ihnen denn nicht genausoviel wie uns daran, von hier wegzukommen?« fragte ich verwundert.

»Nein«, lautete seine Antwort. »Ich gedenke hier zu sterben.«
»Wir aber nicht«, beendete ich das Gespräch trotzig und nahm mein Klopfen und Hämmern wieder auf.

Am nächsten Tage – wir hatten alles soweit, um die Masten einsetzen zu können – machten wir uns daran, die beiden Marsstengen an Bord zu nehmen. Es war ein schweres Stück Arbeit. Ich befestigte das eine Ende der schweren Talje am Ankerspill, das andere am unteren Ende der Vormarsstenge und begann zu winden. Maud hielt den Törn auf dem Spill und ließ die Leine auslaufen.
Wir waren ganz erstaunt, wie leicht die Spiere sich heben ließ. Es war ein verbessertes Krüppelspill und besaß eine ungeheure Hubkraft. Die Talje zog schwer über die Reling, ihr Zug verstärkte sich, je mehr die Spiere sich aus dem Wasser hob, und der Druck auf das Spill wurde gewaltig.
Als jedoch das untere Ende der Marsstenge in Höhe der Reling war, saßen wir fest.
»Ich hätte es voraussehen können«, sagte ich ungeduldig. »Nun müssen wir wieder von vorn anfangen.«
»Warum machen wir nicht die Talje mehr nach der Mitte der Stange hin fest?« schlug Maud vor.
»Das hätte ich eben tun müssen«, erwiderte ich, äußerst unzufrieden mit mir.
Ich ließ einen Törn nach, daß der Baum wieder ins Wasser zurückfiel, und machte die Talje etwa zehn Fuß oberhalb des Endes fest. Nach einer Stunde mühsamster, nur durch kurze Pausen unterbrochener Arbeit hatte ich ihn so hoch, wie es ging. Acht Fuß des Baumes hingen über der Reling, aber es war weniger als je daran zu denken, daß ich ihn an Deck bekam. Ich setzte mich hin und dachte über das Problem nach. Aber es dauerte nicht lange, dann sprang ich jubelnd auf.
»Jetzt hab' ich's!« rief ich. »Ich muß die Talje am Schwerpunkt festmachen. Und die Lehre, die wir hieraus ziehen, wird uns für alle künftige Arbeit zugute kommen.«
Als ich gerade damit beschäftigt war, die Taschentalje zwischen der Spitze der Spiere und der Reling anzubringen, erschien Wolf Larsen auf dem Schauplatz. Wir wechselten nur einen Gutenmorgengruß, und dann setzte er sich, obgleich er nichts sehen konnte, ein Stückchen weiterhin auf die Reling und versuchte, aus dem Geräusch zu entnehmen, was wir taten.
Wieder gab ich Maud Anweisung, auf mein Kommando Leine auslau-

fen zu lassen, und dann begann ich mit Hilfe der Taschentalje zu hieven. Langsam schwang sich der Baum herüber, bis er über die Reling balancierte; da bemerkte ich zu meinem Erstaunen, daß Maud keine Leine auszulassen brauchte. Gerade das Gegenteil war der Fall. Ich machte die Taschentalje fest, drehte das Spill und brachte den Baum Zoll für Zoll herein, bis seine Spitze sich herabneigte und er schließlich in seiner ganzen Länge auf dem Deck lag. Ich sah auf die Uhr. Es war zwölf. Mein Rücken schmerzte heftig, und ich war äußerst müde und hungrig. Und hier auf dem Deck lag ein einziges Stück Holz, das Ergebnis der Arbeit eines ganzen Vormittags. Zum erstenmal wurde mir die Größe der Aufgabe klar, die wir zu erfüllen hatten. Aber ich hatte schon viel gelernt. Am Nachmittage mußte es besser gehen. Und so geschah es! Um ein Uhr kehrten wir zurück, ausgeruht und durch ein herzhaftes Mittagessen gestärkt.
In weniger als einer Stunde hatte ich die Großmarsstenge an Deck und begann jetzt, die ›Schere‹ zu bauen. Ich zurrte die beiden Bäume zusammen, wobei ich darauf achtete, daß die Schenkel des Geräts gleich lang wurden, und dann befestigte ich am Schnittpunkt den doppelten Block des Haupt-Klaufalls. Dies ergab in Verbindung mit dem einzelnen Block und dem Klaufall selbst ein Heißtakelwerk. Um die Enden der Bäume am Gleiten zu verhindern, nagelte ich einige Klampen an Deck fest. Als alles fertig war, machte ich am Schnittpunkt der ›Schere‹ eine Leine fest, die ich direkt zum Spill laufen ließ. Mein Vertrauen zu dem Spill wuchs immer mehr, denn es gab Kräfte her, die alles Erwarten überstiegen. Wie gewöhnlich hielt Maud den Törn, während ich wand. Die ›Schere‹ erhob sich.
Da entdeckte ich, daß ich die Bardunen vergessen hatte. Die Folge war, daß ich zweimal auf die ›Schere‹ hinaufklettern mußte, um die Bardunen an beiden Seiten anzubringen. Ehe ich hiermit fertig war, war es Abend geworden. Wolf Larsen, der den ganzen Nachmittag dagesessen und gelauscht hatte, ohne auch nur ein einziges Mal den Mund zu öffnen, war in die Kombüse gegangen, um sich sein Abendbrot zu bereiten. Mir war das Kreuz so steif, daß ich mich nur mit Mühe und Schmerzen aufrichten konnte. Aber ich blickte mit Stolz auf meine Arbeit. Sie konnte sich sehen lassen. Wie ein Kind, das ein neues Spielzeug bekommen hat, sehnte ich mich danach, die ›Schere‹ in Gebrauch zu nehmen.
»Schade, daß es schon so spät ist«, sagte ich. »Ich hätte sie so gern schon arbeiten gesehen.«
»Seien Sie kein Vielfraß, Humphrey«, schalt Maud, »denken Sie

daran, daß morgen auch noch ein Tag ist. Sie sind so müde, daß Sie kaum noch auf den Beinen stehen können.«

»Und Sie?« fragte ich mit plötzlicher Besorgnis. »Sie müssen doch schrecklich müde sein. Sie haben tüchtig und tapfer zugepackt. Ich bin stolz auf Sie, Maud.«

»Nicht halb so stolz, wie ich es auf Sie bin, und mit nicht halb soviel Grund«, antwortete sie und sah mir sekundenlang in die Augen, während die ihren mit einem flackernden Licht leuchteten, das ich noch nie in ihnen gesehen hatte, und das mir – ich wußte nicht, warum – eine Welle heißen Entzückens durch die Adern jagte. Dann senkte ich den Blick, um ihn gleich darauf wieder lachend zu heben.

»Wenn unsere Freunde uns jetzt sehen könnten!« sagte sie. »Sehen Sie uns an. Haben Sie sich nie einen Augenblick Zeit gegönnt, um uns zu betrachten?«

»Doch, ich habe Sie oft betrachtet«, erwiderte ich, verwirrt über das, was ich in ihren Augen gesehen hatte, und verwundert, daß sie so plötzlich den Gegenstand wechselte.

»Du lieber Gott!« rief sie. »Und wie sehe ich aus, wenn ich fragen darf?«

»Wie eine Vogelscheuche – wir brauchen uns nichts vorzumachen«, erwiderte ich. »Sehen Sie nur Ihren schmutzigen Rock und die vielen Risse. Und die Bluse! Hier bedürfte es keines Sherlock Holmes, um zu beweisen, daß Sie über einem Lagerfeuer abgekocht haben, ganz zu schweigen von unserem Robbentran. Und um allem die Krone aufzusetzen: die Mütze! Ist das wirklich eine Frau, die Gedichte schreibt?«

Sie machte mir einen eleganten kleinen Knicks und sagte: »Und was Sie betrifft, mein Herr – –«

Wir scherzten einige Minuten in dieser Weise, und doch hatten unsere Scherze einen Unterton von Ernst, den ich ganz unwillkürlich mit dem seltsamen Ausdruck in ihren Augen in Verbindung brachte. Was war das? War es möglich, daß unsere Augen ausplauderten, was unser Mund verschwieg?

»Es ist eine Schande, daß wir nach dem schweren Tagewerk nicht einmal unsere Nachtruhe ungestört haben sollen!« klagte ich nach dem Abendbrot.

»Was für eine Gefahr könnte uns drohen? Von einem Blinden?« fragte sie.

»Ich traue ihm nicht«, beharrte ich, »und jetzt, da er blind ist, weniger als je. Aller Wahrscheinlichkeit nach wird seine teilweise Hilflosigkeit ihn nur noch boshafter machen. Das weiß ich: das erste, was ich morgen früh tun werde, ist, den Schoner ein kleines Stück vom Strande abzulegen und zu verankern. Dann bleibt Wolf Larsen jeden Abend, wenn wir an Land rudern, als Gefangener an Bord zurück. Dies wird daher die letzte Nacht sein, in der wir Wache zu halten brauchen, und darum wird es leichter gehen.« Wir waren zeitig auf und hatten gerade unser Frühstück eingenommen, als es hell wurde.

»Ach, Humphrey!« hörte ich plötzlich Maud bestürzt rufen.

Ich sah sie an. Sie starrte auf die ›Ghost‹. Ich folgte ihrem Blick, konnte jedoch nichts Ungewöhnliches bemerken.

»Die Schere«, sagte sie mit bebender Stimme.

Ich hatte unser Werk ganz vergessen. Jetzt schaute ich wieder hin und sah die ›Schere‹ nicht.

»Wenn er –«, knirschte ich.

Sie legte beruhigend ihre Hand auf die meine und sagte: »Dann müssen wir wieder von vorne anfangen.«

»Oh, glauben Sie mir, mein Zorn hat nichts zu bedeuten, ich könnte keiner Fliege etwas zuleide tun«, lächelte ich bitter. »Und das Schlimmste ist, daß er das weiß. Sie haben recht: wenn er die ›Schere‹ zerstört hat, bleibt mir nichts anderes übrig, als wieder von vorne anzufangen.«

»Aber in Zukunft werde ich nachts an Bord bleiben«, machte ich mir einen Augenblick später Luft. »Und wenn er mir wieder in den Weg tritt – –«

»Aber ich wage es nicht, nachts allein an Land zu bleiben«, sagte Maud, als ich mich wieder beruhigt hatte. »Es wäre doch zehnmal schöner, wenn er sich freundschaftlich zu uns stellte und uns hülfe. Dann könnten wir alle so gut an Bord wohnen.«

»Das werden wir auch«, sagte ich, immer noch erregt, denn die Zerstörung der ›Schere‹ hatte mich schwer getroffen. »Das heißt: wir beide werden an Bord wohnen, mit oder ohne Wolf Larsens Freundschaft.«

»Es ist kindisch«, lachte ich kurz darauf, »kindisch von ihm, etwas Derartiges zu tun, und von mir, sich darüber aufzuregen.«

Aber ich konnte mich doch nur mühsam beherrschen, als ich an Bord kletterte und die Verwüstung sah, die Wolf Larsen angerichtet hatte. Die ›Schere‹ war verschwunden. Die Bardunen waren rechts und links durchgeschnitten. Mit allem Tauwerk hatte er es ebenso gemacht. Und er wußte, daß ich nicht spleißen konnte. Ein Gedanke schoß mir durch den Kopf. Ich eilte zum Spill. Es arbeitete nicht. Er hatte es zerbrochen. Bestürzt sahen wir uns an. Dann lief ich an die Reling. Alle Masten, Spieren und Gaffeln, die ich klargemacht hatte, waren fort. Er hatte die Leinen gefunden, durch die sie gehalten worden waren, hatte sie gekappt und alles Wind und Wellen preisgegeben. Maud hatte Tränen in den Augen, und ich glaube, sie galten mir. Ich selbst hätte weinen mögen. Was wurde jetzt aus unserm Plan, die ›Ghost‹ wieder seetüchtig zu machen. Wolf Larsen hatte ganze Arbeit getan. Ich setzte mich auf den Lukenrahmen und ließ in tiefster Verzweiflung den Kopf in die Hände sinken.

»Er verdient den Tod!« rief ich, »und Gott verzeihe mir, daß ich nicht Manns genug bin, den Henker zu spielen.«

Aber Maud saß neben mir, ließ ihre Hand besänftigend durch mein Haar gleiten, als ob ich ein Kind wäre, und sagte: »Still, still, es wird schon alles gut werden. Wir haben das Recht auf unserer Seite, und der liebe Gott wird uns nicht im Stich lassen.«

Ich lehnte meinen Kopf an ihre Schulter und fühlte meine Kraft zurückkehren. Was tat es? Es war nur eine Verspätung, ein Aufschub! Die Ebbe konnte die Masten nicht weit in See getrieben haben, und es war die ganze Zeit windstill gewesen. Es bedeutete nur etwas mehr Arbeit, sie zu finden und zurückzuholen. Und zudem war es eine gute Lehre für uns. Jetzt wußten wir, was wir zu erwarten hatten. Wenn er sein Zerstörungswerk erst später getan hätte, wäre es bedeutend schlimmer für uns gewesen. Und als ich in Mauds klare, braune Augen blickte, vergaß ich alles Böse, das er uns angetan hatte, und wußte nur, daß ich sie liebte und daß ich aus dieser Liebe die Kräfte schöpfen würde, den Weg zurückzufinden.

Zwei Tage lang durchstreiften Maud und ich See und Küste auf der Suche nach den verlorenen Masten. Aber erst am dritten fanden wir sie, auch die ›Schere‹, zwischen den gefährlichen Riffen, mitten in der tosenden Brandung am südwestlichen Vorgebirge. Wie wir arbeiteten! Am ersten Tage kehrten wir bei Einbruch der Dunkelheit mit dem Großmast im Schlepp vollkommen erschöpft in unsern kleinen Schlupfhafen zurück. Es war völlige Windstille, und wir mußten uns Zoll für Zoll mit den Riemen vorwärtsarbeiten. Nach einem zweiten Tage mühseligster Arbeit hatten wir die beiden Marsstengen geborgen. Am dritten Tage machte ich eine verzweifelte Anstrengung. Ich band Fockmast, Vorder- und Hauptspiere und Vorder- und Hauptgaffel zu einem Floß zusammen. Der Wind war günstig, und ich hoffte, sie unter Segel zurückbugsieren zu können; aber nach einigen

Böen legte sich der Wind, und wir mußten wieder rudern. Es ging im Schneckentempo, und mein Mut sank. Seine ganze Kraft einzulegen, sich mit der Wucht des ganzen Körpers in die Riemen zu werfen und doch zu fühlen, wie das Boot durch das schwere Gewicht, das daran hing, zurückgehalten wurde, das war nicht gerade sehr erheiternd.

Die Nacht brach herein, und um die Situation noch zu verschlimmern, erhob sich ein Gegenwind. Jetzt kamen wir nicht nur nicht weiter, wir wurden auf das offene Meer zurückgetrieben. Ich kämpfte mit den Riemen, bis ich nicht mehr konnte. Die arme Maud, der ich die harte Arbeit nicht hatte ersparen können, lehnte sich erschöpft gegen den Achtersteven. Meine geschwollenen Hände vermochten sich nicht mehr um die Riemen zu schließen. Handgelenke und Arme schmerzten mich unerträglich, und obgleich ich um zwölf Uhr tüchtig gegessen hatte, war ich nach der harten Arbeit schwach vor Hunger.

Ich zog die Riemen ein und beugte mich hinüber zu der Leine, die das Floß hielt. Aber Mauds Hände streckten sich abwehrend nach den meinen aus.

»Was wollen Sie tun?« fragte sie mit erhobener Stimme.

»Es loswerfen«, antwortete ich, indem ich einen Törn von der Leine ausließ.

Aber ihre Finger umschlossen die meinen.

»Bitte, tun Sie es nicht«, bat sie.

»Es hat keinen Zweck«, erwiderte ich. »Es ist schon Nacht, und der Wind treibt uns vom Land ab ins Meer hinaus.«

»Aber denken Sie daran, Humphrey, wenn wir nicht auf der ›Ghost‹ fortsegeln, können wir jahrelang auf der Insel bleiben – vielleicht das ganze Leben? Ist sie bis heute nicht entdeckt worden, so wird sie es vielleicht nie.«

»Sie vergessen das Boot, das wir auf dem Strande fanden«, erinnerte ich sie.

»Das war ein Robbenfängerboot«, entgegnete sie, »und Sie wissen gut, daß die Männer, wenn sie entkommen wären, zurückgekehrt sein würden, um auf der Robbeninsel ihr Glück zu machen. Sie wissen, daß sie nicht entkommen sind.«

»Lieber Jahre auf der Insel, als heute nacht oder morgen oder einen der nächsten Tage in dem offenen Boot umzukommen. Wir sind nicht in der Lage, dem Meere standzuhalten. Wir haben weder Nahrung noch Wasser, noch Decken – gar nichts. Sie werden die Nacht nicht ohne Decke überleben. Ich kenne Ihre Kräfte. Sie zittern jetzt schon.«

»Nur aus Nervosität. Ich fürchte, daß Sie die Masten trotz meiner Bitte loswerfen. – Ach bitte, bitte, Humphrey, tun Sie es nicht!« rief sie.

Und so endete es mit den Worten, die, wie sie wußte, eine solche Macht über mich besaßen, daß ich nicht widerstehen konnte. Wir litten furchtbar die ganze Nacht. Hin und wieder schlief ich ein, aber immer wieder weckte mich die schmerzhafte Kälte. Wie Maud es aushielt, ist mir unbegreiflich. Ich war zu müde, um die Arme zusammenzuschlagen und mich selbst warm zu halten, aber ich fand hin und wieder die Kraft, ihre Hände und Füße zu reiben, um ihr Blut wieder kreisen zu lassen. Und trotzdem bat sie mich immer noch, nicht die Masten im Stich zu lassen. Gegen drei Uhr morgens wurde sie von einem Krampf befallen, und als ich sie durch Reiben wieder zu sich gebracht hatte, lag sie eine Zeitlang ganz still da. Ich war tief erschrokken. Ich legte die Riemen aus und ließ sie rudern, obgleich sie so schwach war, daß ich bei jedem Schlage befürchten mußte, sie in Ohnmacht fallen zu sehen.

Der Morgen brach an, und in dem wachsenden Licht hielten wir lange Ausschau nach unserer Insel. Schließlich zeigte sich ein kleiner schwarzer Punkt, volle fünfzehn Meilen entfernt, am Horizont. Ich sah mit dem Glase über das Meer. Ganz in der Ferne, in Südwest, konnte ich einen dunklen Strich auf dem Wasser sehen, der sich immer mehr vergrößerte.

»Günstiger Wind!« rief ich, aber so heiser, daß ich meine eigene Stimme kaum erkannte.

Maud versuchte zu antworten, konnte jedoch keinen Ton hervorbringen. Ihre Lippen waren blau vor Kälte – aber ach, wie tapfer blickten ihre braunen Augen mich an!

Wieder begann ich, ihr Hände und Füße zu reiben und die Arme auf und nieder zu schwingen, bis sie es selbst vermochte.

Dann kam der Wind, ein frischer, günstiger Wind, und bald arbeitete sich das Boot durch eine schwere See der Insel zu. Um halb vier Uhr nachmittags passierten wir das südwestliche Vorgebirge. Wir waren jetzt nicht nur hungrig, sondern litten auch Durst. Unsere Lippen waren ausgetrocknet und aufgesprungen, und wir konnten sie nicht mehr mit der Zunge befeuchten. Da legte sich der Wind. Gegen Abend herrschte völlige Windstille, und ich arbeitete wieder mit den Riemen – aber schwach, sehr schwach. Um zwei Uhr morgens stieß der Bug unseres Bootes gegen den Strand der inneren Bucht, und ich wankte an Land, um die Fangleine festzumachen. Maud konnte nicht mehr auf den Füßen stehen, und ich hatte nicht die Kraft, sie zu tragen. Ich fiel mit ihr in den Sand, und als ich wieder hochkam, begnügte ich mich, sie unter die Schulter zu fassen und den Strand hinauf nach der Hütte zu ziehen.

Am nächsten Tage arbeiteten wir nicht. Wir schliefen bis drei Uhr nachmittags, oder wenigstens ich tat es, denn als ich erwachte, war Maud schon dabei, das Mittagessen zu bereiten. Es war wunderbar, wie schnell sie sich erholte. Ihrem zarten Körper wohnte eine Kraft inne, die man ihm nicht zugetraut hätte.

»Sie wissen doch, daß ich meiner Gesundheit wegen nach Japan reiste«, sagte sie, als wir nach dem Essen am Feuer lagerten und uns dem süßen Nichtstun hingaben. »Ich war nicht sehr kräftig, bin es nie gewesen. Die Ärzte rieten mir eine Seereise, und ich habe mir die allerlängste ausgesucht.«

»Sie ahnten nicht, was Sie sich aussuchten«, lachte ich.

»Aber ich bin eine ganz andere geworden, und kräftiger auch«, erwiderte sie, »und ich hoffe, auch besser. Wenigstens werde ich jetzt ein ganz Teil mehr vom Leben verstehen.«

Als dann der kurze Tag verschwand, kamen wir auf Wolf Larsens Blindheit zu sprechen. Sie war uns unerklärlich. Daß es Ernst war, darauf ließ seine Erklärung schließen, daß er auf der Mühsalinsel bleiben und sterben wollte.

Wenn dieser starke Mann, der das Leben so liebte, an sein nahes Ende glaubte, so war es klar, daß seine Blindheit nicht alles war, was ihn plagte. Er litt an seinen furchtbaren Kopfschmerzen, und wir wurden uns einig, daß es sich um ein Versagen seines Gehirns handeln mußte und daß er in seinen Anfällen größere Qualen zu erdulden hatte, als wir uns vorstellen konnten.

Während wir über seinen Zustand sprachen, beobachtete ich, wie Mauds Mitleid mit ihm immer mehr wuchs; ich konnte nicht anders, ich mußte sie um so mehr lieben deshalb, so echt weiblich war es! Auch lag in ihrem Gefühl nicht die geringste Sentimentalität. Sie stimmte mir bei, daß wir mit der größten Härte vorgehen mußten, wenn wir von hier fortkommen wollten, obgleich sie vor dem Gedanken zurückschauderte, daß ich, um uns zu retten, vielleicht gezwungen war, ihn zu töten.

Am nächsten Morgen frühstückten wir, und als der Tag anbrach, waren wir schon an der Arbeit. Vorn im Raum fand ich unter allerlei Gerümpel einen leichten Wurfanker, und mit einiger Mühe schaffte ich ihn an Deck und ins Boot. Ich befestigte ihn im Stern, ruderte ein gutes Stück in unsere Bucht hinaus und ließ den Anker hinab. Kein Lüftchen regte sich, die Flut war hoch, und der Schoner schwamm frei. Mit großer Anstrengung – das Spill war ja zerbrochen – brachte ich die ›Ghost‹ dann durch Handkraft an den Anker heran, der zu klein gewesen wäre, um sie auch nur bei einer leichten Brise zu halten. Dann ließ ich den großen Steuerbordanker hinab; und am Nachmittag arbeitete ich am Spill.

Drei Tage hatte ich damit zu tun. Es gab wohl nichts, wozu ich mich weniger geeignet hätte als zum Mechaniker – ein einfacher Maschinist hätte das, wozu ich diese drei Tage brauchte, in ebensoviel Stunden geschafft. Ich mußte erst mit dem Werkzeug umgehen und die einfachsten Grundregeln der Mechanik kennenlernen, die für den Fachmann eine Selbstverständlichkeit waren. Aber am Ende der drei Tage hatte ich ein Ankerspill, das, wenn auch schwerfällig, arbeitete. Es funktionierte nie so gut wie das alte, aber es ging jedenfalls und ermöglichte mir die Arbeit.

Im Laufe eines halben Tages bekam ich die beiden Marsstengen an Bord, hatte die ›Schere‹ aufgetakelt und wie zuvor mit Bardunen versehen. Und diese Nacht schlief ich an Bord neben meinem Werke. Maud, die sich geweigert hatte, an Land zu bleiben, schlief in der Back. Während ich am Spill arbeitete, hatte Wolf Larsen daneben gesessen, gelauscht und sich mit Maud und mir über unwichtige Dinge unterhalten. Von keiner Seite wurden Andeutungen über die Zerstörung der ›Schere‹ gemacht; ebensowenig sagte er wieder etwas davon, daß ich sein Schiff in Ruhe lassen sollte. Aber immer wieder fürchtete ich ihn, der, blind und hilflos, lauschte, immer lauschte, und ich hütete mich, während der Arbeit in die Reichweite seiner starken Arme zu kommen.

Als ich nachts unter meiner ›Schere‹ schlief, wurde ich durch seine Schritte an Deck geweckt. Es war eine sternenklare Nacht, und ich konnte ihn undeutlich umhertappen sehen. Ich wickelte mich aus meinen Decken und schlich geräuschlos auf Strümpfen hinter ihm her. Er hatte sich mit einer Ziehklinge aus dem Werkzeugkasten versehen und wollte sich nun daranmachen, die Falle, die ich wieder an der ›Schere‹ befestigt hatte, zu durchschneiden. Er betastete die Falle und merkte, daß sie nicht straffgezogen waren. Hier nutzte die Ziehklinge nichts. Er zog die Leinen daher an und machte sie fest. Dann schickte er sich an, zu schneiden.

»An Ihrer Stelle würde ich es nicht tun«, sagte ich ruhig.

Er hörte das Klicken meiner Pistole und lachte.

»Hallo, Hump!« sagte er. »Ich wußte gut, daß Sie da waren. Sie können meine Ohren nicht täuschen.«

»Das ist nicht wahr, Wolf Larsen«, erwiderte ich ebenso ruhig wie zuvor. »Ich warte aber auf eine Gelegenheit, Sie zu töten. Also schneiden Sie nur weiter.«

»Die Gelegenheit haben Sie immer«, sagte er.

»Los, schneiden Sie!« drohte ich bedeutungsvoll.

»Das Vergnügen gönne ich Ihnen doch nicht«, lachte er, wandte sich um und ging nach achtern.

»Es muß etwas geschehen, Humphrey«, sagte Maud am nächsten Morgen, als ich ihr den nächtlichen Zwischenfall erzählt hatte. »Solange er seine Freiheit hat, ist er zu allem fähig. Er kann das Schiff in den Grund bohren oder in Brand stecken. Man kann gar nicht wissen, worauf er verfällt. Wir müssen ihn festnehmen.«

»Aber wie?« fragte ich und zuckte hilflos die Achsel. »Ich wage mich nicht in die Reichweite seiner Arme, und er weiß gut, daß ich ihn nicht erschießen kann, solange er sich auf passiven Widerstand beschränkt.«

»Es muß eine Möglichkeit geben«, beharrte sie. »Lassen Sie mich nachdenken.«

»Es gibt eine Möglichkeit«, sagte ich grimmig.

Sie sah mich erwartungsvoll an.

Ich hob einen Robbenknüppel.

»Töten werde ich ihn nicht«, sagte ich. »Und ehe er sich erholt hat, habe ich ihn gut und sicher gebunden.«

Sie schüttelte schaudernd den Kopf. »Nein, so nicht. Es muß ein weniger brutales Mittel geben. Lassen Sie uns noch warten.«

Aber wir sollten nicht lange warten, bis die Frage von selbst gelöst wurde. Als Wolf Larsen an Deck kam, bemerkten wir sofort etwas Seltsames an ihm. Sein Gang war noch unsicherer als sonst. Als er die Kajüte an backbord passierte, schwankte er geradezu. Bei der Ruff taumelte er, hob die Hand, um die gewohnte Bewegung des Wegwischens zu machen, und fiel die Treppe hinunter auf das Hauptdeck. Er kam auf die Füße, stolperte aber und schlug mit den Armen um sich, um das Gleichgewicht zu bewahren. Auf der Laufbrücke blieb er eine Weile benommen stehen, dann krümmte er sich plötzlich und brach zusammen. Die Füße glitten ihm fort, und er stürzte aufs Deck.

Wir traten zu ihm, aber er schien das Bewußtsein verloren zu haben und atmete nur keuchend. Sie hockte neben ihm nieder, hob ihm den

Kopf, um den Blutandrang zu vermindern, und schickte mich in die Kajüte, um ein Kissen zu holen. Ich brachte auch Decken, und wir betteten ihn. Ich fühlte ihm den Puls. Der schlug regelmäßig und kräftig und war ganz normal. Das war merkwürdig, und ich wurde mißtrauisch.
»Wie, wenn er sich nur verstellt?« sagte ich, noch sein Handgelenk haltend.
Maud schüttelte den Kopf mit einem vorwurfsvollen Ausdruck. Aber im selben Augenblick entriß er mir sein Handgelenk und umklammerte das meine wie ein Tellereisen. In Todesangst stieß ich einen wilden unartikulierten Schrei aus. Ein Blick zeigte mir sein boshaftes, triumphierendes Gesicht, dann legte sich sein anderer Arm um meinen Leib und zob mich in einer furchtbaren Umarmung nieder.
Er ließ mein Handgelenk los, sein anderer Arm legte sich um meinen Rücken, umschloß meine beiden Arme, so daß ich mich nicht rühren konnte. Seine freie Hand tastete nach meiner Kehle, und dank meiner eigenen Dummheit hatte ich in diesem Augenblick den bitteren Vorgeschmack des Todes. Ich fühlte andere Hände an meiner Kehle. Es war Maud, sie sich vergebens bemühte, die Hand, die mich würgte, loszureißen. Sie gab den Versuch auf, und jetzt hörte ich sie herzzerreißend schreien – wie ein Weib in Angst und tiefster Verzweiflung schreit. Ich kannte dies Schreien vom Untergang der ›Martinez‹.
Mein Gesicht war gegen seine Brust gepreßt, und ich konnte nichts sehen, aber ich hörte Maud schnell über das Deck laufen. Alles geschah in einem Nu. Ich war noch bei vollem Bewußtsein, und es kam mir wie eine Ewigkeit vor, bis ich sie wiederkehren hörte. Aber gerade in diesem Augenblick spürte ich, wie der Mann unter mir zusammensank. Die Hand an meiner Kehle löste sich. Ich atmete wieder. Noch einmal wurde sein Griff wieder fester. Aber selbst sein ungeheurer Wille konnte die Schwäche nicht überwinden und versagte. Dann verlor Wolf Larsen das Bewußtsein.
Ich wälzte mich fort und lag, nach Luft schnappend und im Sonnenschein blinzelnd, auf dem Rücken. Maud – meine Augen hatten sofort ihr Antlitz gesucht – Maud war blaß, aber beherrscht, und sie blickte mich erregt und erleichtert an. Ich sah einen mächtigen Robbenknüppel in ihrer Hand, und im selben Augenblick bemerkte sie die Richtung meiner Augen. Sie ließ den Knüppel fallen, als ob sie sich die Finger verbrannt hätte, und im nächsten Augenblick lag sie in meinen Armen und weinte krampfhaft an meiner Schulter, während ich sie fest umschlang. Ich sah hinab auf den braunen Schein ihres Haares,

das für mich ein im Sonnenschein glitzernder Juwelenschmuck war, wertvoller, als sie je in der Schatzkammer eines Königs aufgehäuft gewesen. Und ich küßte leise ihr Haar, so leise, daß sie es nicht merkte.
Dann aber überkamen mich wieder nüchterne Gedanken. Alles in allem war sie ja nur ein Weib, das jetzt, da sie nach überstandener Gefahr in den Armen ihres Beschützers ruhte, vor Freude weinte. Wäre ich ihr Vater oder Bruder gewesen, nichts hätte anders ausgesehen. Zudem waren Zeit und Ort nicht dazu angetan, mir ein Recht zu geben, meine Liebe zu gestehen. So küßte ich denn noch einmal leise ihr Haar und fühlte dann, wie sie sich aus meiner Unarmung löste.
»Jetzt, da er hilflos ist, soll er es auch bleiben«, sagte ich. »Von heute an wohnen wir in der Kajüte, und Wolf Larsen wird mit dem Zwischendeck vorliebnehmen.«
Ich faßte ihn unter der Schulter und schleppte ihn nach der Laufbrücke. Auf meine Anweisung holte Maud einen Strick. Ich zog ihn ihm unter den Armen hindurch, brachte ihn über die Schwelle und ließ ihn über die Stufen auf den Boden hinab. Ich konnte ihn nicht in die Koje heben, aber mit Mauds Hilfe hob ich zuerst Kopf und Schultern über den Rand, schob dann den Körper nach und hatte ihn nun in einer Unterkoje.
Aber das genügte mir noch nicht. Ich erinnerte mich, daß er in seiner Kajüte Handeisen hatte, die er zuweilen bei seinen Matrosen benutzt hatte. Und als wir ihn dann verließen, lag er an Händen und Füßen gefesselt da. Zum erstenmal seit vielen Tagen atmete ich auf. Als ich an Deck kam, fühlte ich mich so erleichtert, als wäre eine schwere Last von meinen Schultern genommen.

Wir zogen sofort an Bord der ›Ghost‹, nahmen unsere alte Kajüte in Besitz und kochten in der Kombüse. Die Gefangennahme Wolf Larsens war zu einem äußerst günstigen Zeitpunkt erfolgt, denn der Nachsommer war vorbei, und es hatte regnerisches und stürmisches Wetter eingesetzt. Wir fühlten uns sehr behaglich auf dem Schoner, dem die ungleiche ›Schere‹ und der an ihm hängende Fockmast ein gewisses geschäftiges Aussehen verliehen, das baldige Abreise zu verkünden schien.
Wir hatten Wolf Larsen in Eisen, aber wie unnötig war es jetzt! Wie dem ersten, so war auch dem zweiten Anfall eine ernste Lähmung gefolgt. Maud machte diese Entdeckung, als sie am Nachmittag ver-

suchte, ihm etwas zu essen zu geben. Er schien noch bewußtlos zu sein, und als wir ihn ansprachen, antwortete er nicht. Er lag diesmal auf der linken Seite und litt offenbar starke Schmerzen. In ewiger Unruhe warf er den Kopf hin und her. Dabei hob er das Ohr von dem Kissen, gegen das es gepreßt gewesen war, und sofort hörte er, was sie sagte, und antwortete.

Maud wandte sich zu mir. Ich preßte ihm wieder das Kissen gegen das linke Ohr und fragte ihn, ob er mich hörte, aber er regte sich nicht. Dann nahm ich das Kissen fort, wiederholte die Frage, und sofort erwiderte er, daß er mich verstände.

»Wissen Sie, daß Sie auf dem rechten Ohr taub sind?« fragte ich.

»Ja«, antwortete er mit leiser, aber fester Stimme, »und schlimmer als das: meine ganze rechte Seite ist wie gelähmt. Ich kann weder Arm noch Bein bewegen.«

»Verstellen Sie sich nun wieder?« fragte ich ärgerlich. Er schüttelte den Kopf, und sein trotziger Mund verzog sich zu einem seltsamen, verzerrten Lächeln, wirklich, verzerrt, denn nur die Muskeln der linken Gesichtshälfte bewegten sich, während die rechte Seite starr blieb.

»Das war das letzte Spiel des Wolfes«, sagte er. »Ich bin gelähmt. Ich werde nie wieder gehen. Oh, nur die andere Seite«, fügte er hinzu, als erriete er den mißtrauischen Blick, den ich auf sein linkes Bein warf, dessen Knie sich soeben unter der Decke gekrümmt hatte.

»Es ist auch wirklich Pech«, fuhr er fort. »Ich würde mich gefreut haben, wenn ich Ihnen wenigstens den Garaus gemacht hätte. Dazu, dachte ich, würden meine Kräfte noch reichen.«

»Aber warum denn?« fragte ich entsetzt, aber doch neugierig.

Wieder verzog sich sein trotziger Mund zu dem verzerrten Lächeln, und er sagte: »Ach nur, um lebendig zu sein, zu leben und zu handeln, um das größere Stück Gärstoff zu sein, um Sie zu fressen. Aber auf diese Weise zu sterben . . .«

Er zuckte die Achseln oder versuchte es vielmehr, denn nur die linke Schulter bewegte sich. Sein Achselzucken war ebenso verzerrt wie sein Lächeln.

»Aber haben Sie eine Erklärung für Ihre Krankheit?« fragte ich. »Wo sitzt sie?«

»Im Gehirn«, erwiderte er sofort. »Die verfluchten Kopfschmerzen sind die Ursache.«

»Symptome«, meinte ich.

Er nickte. »Es gibt keine Erklärung. Ich bin nie in meinem Leben krank gewesen. Irgend etwas ist mit meinem Gehirn los. Ein Geschwür, ein Tumor oder etwas Derartiges – etwas, das frißt und zerstört. Es greift mein Nervenzentrum an, frißt es Stück auf Stück, Zelle auf Zelle. Ich kann nicht mehr sehen, Gehör und Gefühl verlassen mich, und bald werde ich auch nicht mehr sprechen können. Und doch werde ich hier sein, lebendig und ohnmächtig.«

»Und wie denken Sie nun über die Unsterblichkeit der Seele?« fragte ich ihn.

»Quatsch!« lautete die Antwort. »Die Sache ist einfach die, daß meine höheren physischen Zentren unberührt sind. Ich besitze noch mein Gedächtnis, ich kann denken und Schlüsse ziehen. Wenn das vorbei ist, bin ich fertig. Bin nicht mehr. Die Seele –?«

Er lachte höhnisch. Dann drehte er sein linkes Ohr wieder gegen das Kissen, zum Zeichen, daß er die Unterhaltung nicht fortzusetzen wünschte.

Maud und ich machten uns an unsere Arbeit, bedrückt durch den Gedanken an das furchtbare Geschick, das ihn betroffen hatte – wie furchtbar es war, sollten wir erst später ganz erfahren. Es lag etwas von dem Schrecken der Vergeltung darin. Unsere Gedanken waren ernst und feierlich, und wir sprachen anfangs nur flüsternd miteinander.

»Sie könnten mir gern die Handeisen abnehmen«, sagte er abends, als wir neben ihm standen und über seinen Zustand sprachen. »Ganz sicher, ich bin unheilbar. Ich habe mich schon auf das Wundliegen gefaßt gemacht.« Er lächelte sein verzerrtes Lächeln. Mauds Augen waren starr vor Entsetzen, und sie mußte sich abwenden.

Innerlich war er ganz unverändert. Er war immer noch der alte, unbezwingliche, furchtbare Wolf Larsen, nur jetzt gefangen in diesem Fleische, das einst so unbesiegbar und prachtvoll gewesen. Jetzt band es ihn mit unfühlbaren Fesseln, hüllte seine Seele in Finsternis und Schweigen und schloß ihn aus von der Welt, die für ihn der Inbegriff aufrührerischer Tatkraft gewesen war.

Wir nahmen ihm die Handeisen ab, konnten uns aber doch nicht mit seinem Zustand vertraut machen. Unser Gefühl lehnte sich dagegen auf. Was hatten wir noch von ihm zu erwarten? Wir wußten es nicht; aber vielleicht Furchtbares. Sein Geist konnte sich gegen das Fleisch erheben, konnte ausbrechen, wer wußte es? Unsere Erfahrung machte uns unsicher, und nur mit einem Gefühl von Angst gingen wir wieder an unsere Arbeit.

Mit der ›Schere‹ hievte ich den Großbaum an Bord. Seine vierzig Fuß mußten genügen, um den Mast hereinzubringen. Mit einer an der ›Schere‹ festgemachten Leine schwang ich den Baum hoch, daß er im Gleichgewicht pendelte, dann ließ ich das Ende auf das Deck herab, wo ich, um ihn vor dem Rutschen zu bewahren, große Klampen befestigt hatte. Den Einzelblock meiner ›Schere‹ hatte ich am Ende des Baumes festgemacht. Mit dem Spill konnte ich nun die Spitze des Baumes nach Belieben heben und senken, während das Ende seinen festen Halt behielt. Dazu konnte ich ihn mit Hilfe von Fallen seitwärts schwingen. An der Spitze befestigte ich einen Flaschenzug, und als die ganze Einrichtung fertig war, hatte ich meine helle Freude an der Kraft und Leichtigkeit, mit der sie arbeitete.

Natürlich nahm mich dieser Teil der Arbeit zwei volle Tage in Anspruch, und erst am Morgen des dritten waren wir fertig. Ich hatte mich besonders ungeschickt dabei angestellt. Ich hatte gesägt, gehackt und gestemmt, bis das verwitterte Holz aussah, als wäre es von Mäusen angeknabbert. Aber jetzt ging es auch.

Ein neuer Schlag hatte Wolf Larsen getroffen. Er hatte die Stimme verloren oder war jedenfalls daran, sie zu verlieren. Nur hin und wieder konnte er noch Gebrauch von ihr machen. Aber plötzlich konnte die Stimme mitten im Satze versagen, und dann mußten wir zuweilen stundenlang warten, bis die Verbindung wiederhergestellt war. Er klagte über starke Kopfschmerzen. In dieser Periode dachte er sich ein System aus, um sich mit uns verständigen zu können, wenn er überhaupt nicht mehr sprechen konnte: ein einfacher Händedruck bedeutete ja, ein doppelter nein. Es war gut, daß wir diese Vereinbarung trafen, denn schon am Abend versagte die Sprache ganz. Jetzt beantwortete er unsre Fragen durch Händedrücken, und wenn er zu sprechen wünschte, kritzelte er seine Gedanken mit der Linken, kaum lesbar, auf ein Blatt Papier.

Der strenge Winter war im Anmarsch. Ein Sturm folgte dem andern mit Schnee, Hagel und Regen. Die Robben hatten ihre große Wanderung nach dem Süden angetreten, und die Robbeninsel war so gut wie verlassen. Ich arbeitete fieberhaft. Trotz Wind und Wetter war ich vom frühen Morgen bis zum späten Abend an Deck und machte tüchtige Fortschritte.

Meine Erfahrungen beim Einrichten der ›Schere‹ und des Fockmastes kamen mir jetzt zugute. Ich brachte Takelung, Stags und Falle an. Wie gewöhnlich, hatte ich die Arbeit unterschätzt: ich brauchte zwei Tage dazu. Und dabei war noch so vieles zu tun, wie zum Beispiel das Einrichten der Segel, die gänzlich umgearbeitet werden mußten.

Während ich am Fockmast arbeitete, nähte Maud an den Segeln, immer bereit, ihre Arbeit aus der Hand zu legen, wenn es galt, mir zu helfen, wo meine beiden Hände nicht ausreichten. Das Segelleinen war hart und schwer, und sie nähte nach Matrosenart mit der ganzen Handfläche und einer dreikantigen Segelnadel. Ihre armen Hände waren bald von Blasen bedeckt, aber sie kämpfte tapfer weiter, und dazu kochte sie und pflegte den Kranken.

»Nun, was sagen Sie dazu?« sagte ich am Freitagmorgen. »Heut kommt der Großmast an die Reihe!«

Alles war bereit. Mit Hilfe des Ankerspills holte ich den Mast beinahe klar über die Reling. Kurz darauf pendelte er frei über Deck.

Maud klatschte in die Hände, als sie einen Augenblick nicht den Törn zu halten brauchte. Dann aber wurde ihr Gesicht plötzlich traurig. »Er ist nicht über dem Loche«, sagte sie. »Müssen Sie nun wieder ganz von vorn anfangen?«

Ich lächelte überlegen, dann ließ ich eine Talje nach, zog die andere an, und der Mast schwang sich mitten über das Deck.

Gerade zu der viereckigen Öffnung der Staffel senkte sich das Ende herab, aber da drehte sich der Mast, so daß das eine Viereck nicht in das andere paßte. Doch ich war mir nicht eine Sekunde lang unklar, was ich zu tun hatte. Beim Schein der Lampe sah ich, wie sich das Mastende langsam drehte, bis seine Ränder parallel zu denen der Staffel standen. Maud kehrte wieder zum Ankerspill zurück. Langsam senkte sich der Mast Zoll für Zoll, drehte sich aber wieder leicht dabei. Wieder richtete Maud die Lage mit der Taschentalje, und wieder ließ sie den Mast herab, bis Viereck in Viereck paßte. Der Mast war eingesetzt.

Ich rief, und sie kam schnell herunter, um zu sehen. Im gelben Schein der Laterne betrachteten wir unser Werk. Dann sahen wir uns an und klatschten in die Hände. Ich glaube, wir hatten beide feuchte Augen vor Freude über unsern Erfolg.

»Schließlich ging es doch ganz leicht«, meinte ich.

»Und doch ist es das reine Wunder, daß es vollbracht ist«, sagte Maud. »Ich vermag es kaum zu glauben, daß der große Mast wirklich steht; daß Sie ihn aus dem Wasser gehoben, durch die Luft geschwungen und an seinen Platz gebracht haben. Es war eine Titanenarbeit.«

»Wir sind wahre Erfinder«, rief ich fröhlich, hielt aber inne und zog die Luft ein.

Ich warf einen hastigen Blick auf die Laterne. Sie rauchte nicht. Wieder zog ich die Luft ein.

»Es brennt!« sagte Maud plötzlich in überzeugtem Ton. Wir sprangen zur Treppe, aber ich kam ihr zuvor und war zuerst an Deck. Aus dem Zwischendeck stieg eine dichte Rauchwolke empor. »Der Wolf ist noch nicht tot«, murmelte ich, als ich durch den Rauch hindurchsprang.

Der Rauch war so dicht in dem engen Raum, daß ich mich vorwärts tasten mußte; und solche Macht hatte die Persönlichkeit Wolf Larsens über meine Einbildungskraft, daß ich darauf vorbereitet war, den würgenden Griff des hilflosen Riesen um meinen Hals zu fühlen. Ich zauderte; da dachte ich an Maud und wußte, daß ich nicht umkehren konnte.

Keuchend und fast erstickend erreichte ich Wolf Larsens Koje. Ich streckte die Hand aus und tastete nach der seinen. Er lag regungslos da, bewegte sich aber leicht bei meiner Berührung. Ich fühlte über und unter seine Decken. Hier war keine Wärme, kein Anzeichen von Feuer zu spüren. Aber der Rauch, der mich blendete, husten und nach Luft schnappen ließ, mußte doch seine Ursache haben! Ich verlor einen Augenblick den Kopf und rannte verwirrt im Zwischendeck herum.

Ein heftiger Zusammenstoß mit dem Tische brachte mich wieder zu mir. Ich überlegte mir, daß ein hilfloser Mann das Feuer nur dort, wo er lag, hatte anzünden können. So lief ich denn wieder zu Wolf Larsens Koje. Dort stieß ich auf Maud. Wie lange sie sich schon in dieser erstickenden Luft befand, wußte ich nicht.

»Schnell an Deck!« befahl ich entschieden.

Die reine Luft wirkte wie Nektar. Maud war nur schwach und benommen, und ich ließ sie an Deck liegen, während ich zum zweiten Male nach unten ging.

Die Rauchwolke mußte ganz dicht bei Wolf Larsen sein – diesen Gedanken hielt ich fest, als ich gerade auf seine Koje zuging. Während ich unter seinen Decken herumtastete, fiel mir etwas Heißes auf den Handrücken. Es brannte, und ich zog die Hand schnell zurück. Jetzt begriff ich: Durch die Öffnung hindurch hatte er die Matratze der Oberkoje in Brand gesteckt. Seine Linke war noch imstande gewesen, es zu tun. Bei dem Mangel an Luftzug hatte das feuchte Stroh der Matratze nur schwelen können.

Als ich sie aus der Koje riß, schlugen sofort die hellen Flammen heraus. Ich löschte die brennenden Strohreste und stürzte dann an Deck, um Luft zu schöpfen. Einige Eimer Wasser genügten, um den Brand zu löschen. Zehn Minuten später hatte sich der Rauch genügend verzogen. Wolf Larsen war bewußtlos, aber die frische Luft brachte ihn bald wieder zu sich. Während wir noch mit ihm beschäftigt waren, machte er uns durch Zeichen verständlich, daß er Papier und Bleistift wünschte.

»Bitte, stören Sie mich nicht«, schrieb er, »ich lächle.«

»Sie sehen, daß ich immer noch ein Stückchen Hefe bin«, schrieb er kurz darauf.

»Aber nur ein sehr kleines Stückchen, Gott sei Dank!« sagte ich.

»Danke«, schrieb er. »Und doch bin ich noch voll und ganz hier, Hump. Ich vermag schärfer zu denken als je zuvor in meinem Leben. Nichts stört mich mehr. Die Konzentration ist vollkommen. Ich bin voll und ganz hier, ja mehr als das!«

Es war wie eine Botschaft aus der Nacht des Grabes, denn der Körper dieses Mannes war sein Mausoleum geworden. Und hier, in diesem seltsamen Grabe, flatterte sein Geist und lebte. Er sollte flattern und leben, bis die letzte Verbindung abgebrochen war, und dann – wer wußte, wieviel länger sie noch flattern und leben konnte?

»Ich glaube, meine linke Seite wird auch lahm«, schrieb Wolf Larsen am Morgen nach seinem Versuch, das Schiff in Brand zu stecken. »Die Gefühllosigkeit nimmt zu. Ich kann kaum die Hand bewegen. Sie müssen lauter sprechen. Die letzten Leinen sind bald gekappt.«

»Haben Sie Schmerzen?« fragte ich.

Ich mußte meine Frage laut wiederholen, ehe er antwortete: »Nicht immer.«

Seine Linke tastete langsam und mühevoll über das Papier, und mit größter Schwierigkeit entzifferten wir das Gekritzel. Es war wie eine Geisterschrift.

»Aber ich bin noch hier, voll und ganz hier«, kritzelte die Hand langsamer und mühseliger als je.

Der Bleistift entfiel ihr, und wir mußten ihn wieder zwischen seine Finger stecken.

»Wenn ich keine Schmerzen spüre, habe ich ganz Ruhe und Frieden. Ich habe nie so klar gedacht. Ich kann über das Leben nachdenken wie ein weiser Hindu.«

»Und die Unsterblichkeit?« rief ihm Maud ins Ohr.

Dreimal versuchte die Hand zu schreiben, tappte verzweifelt. Der Bleistift fiel. Vergebens wollten wir ihn ihm wieder reichen. Die Finger vermochten sich nicht mehr zu schließen. Da umschloß Maud seine Hand mit der ihren und drückte sie zusammen, und er schrieb

mit großen Buchstaben und so langsam, daß zwischen jedem einzelnen Minuten vergingen:
»U-ns-inn.«
Dies war Wolf Larsens letztes Wort: Unsinn, eisern und unbezwinglich bis zuletzt. Arm und Hand sanken nieder. Ein leichtes Zucken durchfuhr seinen Körper. Dann regte er sich nicht mehr. Maud ließ seine Hände los. Die Finger öffneten sich durch ihr eigenes Gewicht, und der Bleistift fiel zu Boden.
»Können Sie noch hören?« rief ich, indem ich seine Hand faßte und auf den einmaligen Druck wartete, der ›ja‹ bedeutete. Es erfolgte keine Antwort. Die Hand war tot.
»Ich habe bemerkt, daß die Lippen sich leicht bewegten«, sagte Maud.
Ich wiederholte die Frage. Die Lippen bewegten sich wirklich. Maud legte die Fingerspitzen darauf. Nochmals wiederholte ich die Frage. »Ja«, verkündete Maud. Wir blickten uns erwartungsvoll an.
»Was nun?« fragte ich. »Was sollen wir ihn fragen?«
»Ach fragen Sie ihn – –«
Sie zögerte.
»Fragen Sie ihn etwas, das ein Nein als Antwort erfordert«, schlug ich vor. »Dann werden wir Gewißheit haben.«
»Sind Sie hungrig?« rief sie.
Seine Lippen bewegten sich unter ihrem Finger, und sie meldete: »Ja.«
»Wollen Sie etwas Fleisch haben?« lautete die nächste Frage.
»Nein«, verkündete sie.
»Brühe?«
»Ja, er möchte etwas Brühe haben«, sagte sie und blickte zu mir auf. »Bis sein Gehör völlig versagt, werden wir uns mit ihm verständigen können. Dann –« Sie sah mich mit einem seltsamen Blick an. Ich sah, wie ihre Lippen zitterten und ihr die Tränen in die Augen stiegen. Sie wankte, und ich fing sie in meinen Armen auf.
»Ach, Humphrey«, schluchzte sie, »wann wird dies alles ein Ende haben? Ich bin so müde, so müde.«
Sie barg ihren Kopf an meiner Schulter, ihre zarte Gestalt wurde von heftigem Weinen erschüttert. Wie eine Feder lag sie mir im Arm, so leicht und ätherisch.
»Jetzt ist sie doch zusammengebrochen!« dachte ich. »Was kann ich ohne ihre Hilfe tun?«
Aber ich beruhigte und tröstete sie, bis sie sich zusammenriß und ihr

Gleichgewicht ebenso schnell wiedergewann, wie sie sich körperlich zu erholen pflegte.
Als der Fockmast stand, machte die Arbeit sichtliche Fortschritte. Fast ehe ich es wußte und ohne daß ich mich besonders angestrengt hätte, war der Großmast eingesetzt. Dann wurde die Piek am Fockmast angebracht, und einige Tage später befanden sich alle Stags und Wanten an ihren Plätzen. Toppsegel wären für eine nur aus zwei Köpfen bestehende Mannschaft nur gefährlich gewesen, und so heißte ich die Marsstengen an Deck und machte sie fest.
Noch einige Tage brauchten wir, um die Segel fertigzustellen und festzumachen. Wir hatten nur drei: Klüver-, Fock- und Großsegel, und geflickt, verkleinert und formlos, wie sie waren, paßten sie nur schlecht zu einem so schön gebauten Fahrzeug wie die ›Ghost‹. Von meinen vielen neuen Berufen eignete ich mich sicher am wenigsten zu dem eines Segelmachers. Ich wußte besser mit den Segeln umzugehen, als sie zu verfertigen, und ich zweifelte nicht, daß es mir gelingen würde, den Schoner in irgendeinen japanischen Hafen zu bringen. Ich hatte wirklich ein gut Teil Navigation aus den an Bord befindlichen Büchern gelernt, und zudem hatte ich Wolf Larsens Sternenskala, nach der ein Kind sich hätte orientieren können.
Was ihren Erfinder betraf, so hatte sich sein Befinden wenig geändert, außer der Tatsache, daß seine Taubheit zunahm und die Bewegungen seiner Lippen immer schwächer wurden. An dem Tage aber, als wir mit den Segeln fertig wurden, vernahm ich das letzte Wort, und die letzte Bewegung seiner Lippen hörte auf – aber nicht, ehe er auf meine Frage: »Sind Sie voll und ganz da?« noch einmal »Ja« geantwortet hatte. Die letzte Leine war gekappt. Irgendwo in der Grabkammer des Fleisches weilte noch die Seele des Mannes. Umschlossen vom lebendigen Lehm, brannte diese starke Intelligenz, die wir gekannt hatten, aber sie brannte in Schweigen und Finsternis. Und sie war körperlos geworden. Sie wußte nichts mehr von ihrem Körper. Sie kannte keinen Körper. Sie kannte nur sich selbst und die Weite und Tiefe von Ruhe und Dunkelheit.

Der Tag unserer Abreise kam. Es gab nichts mehr, das uns auf der Mühsalinsel zurückgehalten hätte. Die verkürzten Masten der ›Ghost‹ waren an ihrem Platze und die Segel festgemacht. Alles, was ich geschaffen, war stark, nichts davon war schön, aber ich wußte, daß es leisten würde, was es sollte, und wenn ich es anblickte, fühlte ich mich stark.

»Das habe ich gemacht! Mit meinen eigenen Händen!«

Das hätte ich am liebsten hinausgeschrien.

Aber Maud und ich hatten die wundersame Fähigkeit, einer die Gedanken des andern auszusprechen, und als wir nun darangingen, das Großsegel zu setzen, sagte sie:

»Und daß Sie das allein mit Ihren eigenen Händen gemacht haben, Humphrey!«

»Aber es waren noch zwei Hände da«, antwortete ich, und sie hielt mir lachend ihre Hände entgegen.

»Ich werde sie nie wieder sauber bekommen«, klagte sie, »und sonnenverbrannt werden sie wohl mein ganzes Leben bleiben.«

»Dann werden der Schmutz und die sonnenverbrannte Haut Ihr Ehrenzeichen sein«, sagte ich und nahm ihre Hände in die meinen, und trotz allen, selbst guten Vorsätzen würde ich die beiden teuren Hände geküßt haben, hätte sie sie nicht schnell zurückgezogen.

Unsere Kameradschaft stand auf schwachen Füßen. Ich hatte meine Liebe lange und gut beherrscht, aber jetzt drohte sie mich zu überwältigen. Gegen meinen Willen hatte sie eigenmächtig meine Augen zum Sprechen gebracht. Ich war in diesem Augenblick wie von Sinnen. In meinem Innern tönte es, als riefen mich Jagdhörner zu ihr. Und mich wehte ein Wind an, dem ich nicht widerstehen konnte, der meinen ganzen Körper ins Schwanken brachte, bis ich mich, ganz unbewußt, niederbeugte, ihre Hände zu küssen. Und sie wußte es. Sie mußte es wissen, als sie schnell ihre Hände fortzog und es doch nicht lassen konnte, mir einen hastig forschenden Blick zu senden, ehe sie die Augen senkte. –

Mit Hilfe der Deckstaljen hatte ich die Falle nach vorn zum Spill geschafft, und jetzt setzte ich gleichzeitig Großsegel und Piek. Es war nicht leicht, aber es ging, und bald war die Fock oben und flatterte im Winde. »Wir bekommen den Anker hier nie herauf, es ist zu eng«, sagte ich. »Wir müssen erst aus den Schären heraus sein.«

»Was machen wir da?« fragte sie.

»Wir kappen ihn«, lautete meine Antwort, »und während ich es tue, müssen Sie Ihre erste Arbeit am Spill verrichten. Ich muß sofort ans Rad, und gleichzeitig müssen Sie den Klüver setzen.«

Dies Manöver hatte ich mindestens zwanzigmal durchdacht, und ich wußte, daß Maud imstande war, das unentbehrliche Segel zu setzen. Ein frischer Wind wehte gerade in die Bucht herein, und wenn auch das Wasser ruhig war, so mußten wir doch mit äußerster Schnelligkeit arbeiten, um sicher herauszukommen.

Sobald ich den Schäkelbolzen herausgeschlagen hatte, rasselte die Kette durch das Klüsgat ins Meer. Ich stürzte nach achtern und legte das Ruder um. Die ›Ghost‹ schien lebendig zu werden, als ihre Segel sich zum erstenmal blähten. Der Klüver ging hoch. Als er in den Wind kam, schwang sich der Bug der ›Ghost‹ herum, und ich mußte das Rad einige Spaken zurückdrehen, um das Schiff wieder in den Kurs zu bringen. Ich hatte mir eine automatische Klüverschot erdacht, die den Klüver von selbst herüberbrachte, so daß Maud ihn nicht zu bedienen brauchte; sie hatte aber kaum den Klüver hoch, als ich das Ruder hart umlegte. Es war ein gefährlicher Augenblick, denn die ›Ghost‹ lief bis auf Steinwurfweite geradeswegs auf den Strand zu. Aber gehorsam drehte sie sich in den Wind. Die Segel schlugen heftig – ein Geräusch, das meine Ohren mit Entzücken hörten –, und dann standen sie wieder prall auf der andern Seite.

Maud hatte ihre Aufgabe vollbracht und kam nach achtern, wo sie neben mir stehenblieb, eine kleine Mütze auf dem vom Winde zerzausten Haar, die Wangen von der Anstrengung gerötet, die Augen weit und hell vor Erregung, die Nasenflügel zitternd in der frischen salzigen Luft. Ihre braunen Augen glichen denen eines aufgescheuchten Rehs. Ihr Blick war wach und unruhig, wie ich ihn nie gesehen, ihre Lippen öffneten sich, und ihr Atem stockte, als die ›Ghost‹ gegen das Felsenriff an der Ausfahrt der inneren Bucht anstürmte, dann in den Wind ging und unter vollen Segeln in das sichere Fahrwasser hinausfuhr.

Meine Dienstzeit als Steuermann in den Robbengründen kam mir jetzt ausgezeichnet zustatten. Ich brachte das Schiff gut aus der inneren Bucht heraus und ging in einem weiten Bogen in die äußere hinein. Noch ein Schlag, und die ›Ghost‹ hatte die offene See erreicht. Nun hatte sie den Hauch des Ozeans gespürt und atmete selbst im gleichen Rhythmus, indem sie die breitrückigen Wogen sanft hinauf- und hinabglitt. Es war trübe und wolkig gewesen, jetzt aber brach die Sonne hindurch – ein verheißungsvolles Vorzeichen – und schien über die geschweifte Küste. Die ganze Mühsalinsel erstrahlte im Sonnenschein. Selbst das unheimliche südwestliche Vorgebirge sah weniger unheimlich aus, und hie und da, wo der Gischt hoch emporsprang, glänzte und funkelte es in der blendenden Sonne.

»Ich werde stets mit Stolz daran denken«, sagte ich zu Maud.

Sie warf mit einer königlichen Gebärde den Kopf zurück und sagte: »Du liebe Mühsalinsel! Ich werde dich immer lieben.«

»Und ich auch«, sagte ich rasch.

Unsere Blicke wollten sich treffen, und doch zwangen wir sie aneinander vorbei.
Einen Augenblick schwiegen wir fast unbeholfen, dann aber sagte ich: »Sehen Sie die schwarzen Wolken in Luv. Sie werden sich erinnern, daß ich Ihnen gestern abend sagte, das Barometer fiele.«
»Und die Sonne ist verschwunden«, sagte sie, den Blick immer noch auf unsere Insel gerichtet.
»Die Fahrt geht nach Japan«, rief ich heiter. »Ein günstiger Wind und volle Segel, was wollen wir mehr?«
Ich verließ das Rad und lief nach vorn, warf Fock- und Großschot los und machte alles zum Empfang des Windes bereit. Es war Sturm, ein tüchtiger Sturm, aber ich entschloß mich, so lange wie möglich die Segel oben zu behalten. Leider war es unter diesen Umständen nicht möglich, das Ruder festzumachen, und so mußte ich darauf gefaßt sein, die ganze Nacht am Rade zu stehen. Maud bestand darauf, mich abzulösen, es zeigte sich aber doch, daß sie nicht Kraft genug hatte, in schwerer See zu steuern. Sie war ganz niedergeschlagen, fand aber bald genug zu tun: Falle und Leinen mußten gestrafft, das Essen in der Kombüse gekocht, Betten gemacht und Wolf Larsen gepflegt werden, und sie beendete ihr Tagewerk, indem sie in der Kajüte und im Zwischendeck gründlich aufräumte.
Ich steuerte die ganze Nacht ohne Ablösung, der Wind wuchs langsam und beständig und die See mit ihm. Um fünf Uhr morgens brachte Maud mir heißen Kaffee und Kuchen, den sie gebacken hatte, und um sieben flößte mir ein tüchtiges, kochendheißes Frühstück neues Leben ein.
Den ganzen Tag wuchs der Wind. Und immer noch schäumte die ›Ghost‹ dahin, raste Meile auf Meile mit einer Geschwindigkeit, die ich auf mindestens elf Knoten die Stunde schätzte. Ich mußte die Gelegenheit wahrnehmen, aber bei Einbruch der Nacht war ich völlig erschöpft. Obgleich ich in glänzender körperlicher Verfassung war, hatte ich jetzt doch die Grenze meiner Kraft erreicht. Dazu flehte Maud mich an, beizudrehen, und ich wußte, daß das, wenn Wind und See weiter so wuchsen, bald nicht mehr möglich war. So traf ich denn bei Dunkelwerden meine Vorbereitungen.
Aber ich hatte nicht mit den ungeheuren Schwierigkeiten gerechnet, die das Reffen dreier Segel für einen einzigen Mann bedeutete. Immer wieder machte der Sturm meine Anstrengungen zunichte, riß mir die Leinwand aus den Händen und zerstörte in einem Augenblick, was ich in zehn Minuten schwersten Kampfes erreicht hatte. Um acht Uhr

hatte ich erst das zweite Reff in die Fock geschlagen. Um elf war ich noch nicht viel weiter gekommen. Meine Fingerspitzen bluteten, und alle Nägel waren abgebrochen. Vor Schmerz und Erschöpfung weinte ich heimlich im Dunkeln, wenn Maud es nicht sah.

Verzweifelt gab ich es auf, das Großsegel zu reffen, und entschloß mich, den Versuch zu machen, unter gereffter Fock beizudrehen. Noch drei Stunden brauchte ich, um Großsegel und Klüver zu beschlagen, und um zwei Uhr morgens konnte ich, mehr tot als lebendig, feststellen, daß mein Versuch geglückt war. Die gereffte Fock tat ihren Dienst. Die ›Ghost‹ hielt sich am Winde, sie zeigte keine Neigung, sich quer in den Seegang zu legen. Ich war ganz ausgehungert, aber Maud versuchte vergebens, mir etwas einzuflößen. Mit vollem Munde schlief ich auf dem Stuhl ein.

Wie ich aus der Kombüse in die Kajüte kam, weiß ich nicht. Ich wurde von Maud geführt und gestützt. Als ich lange darauf erwachte, lag ich in meiner Koje. Maud hatte mich hingelegt und mir die Schuhe ausgezogen. Ich war ganz steif und zerschlagen und schrie vor Schmerz auf, als ich mit meinen wunden Fingerspitzen das Bettzeug berührte.

Es war offenbar noch nicht Morgen, und so schloß ich die Augen und schlief wieder ein.

Wieder erwachte ich, verwirrt, daß ich nicht besser schlief. Ich zündete ein Streichholz an und sah auf die Uhr. Sie zeigte Mitternacht. Und ich hatte das Deck um drei Uhr nachts verlassen! Nach einigem Nachdenken fand ich die Lösung: Ich hatte einundzwanzig Stunden geschlafen. Ich lauschte eine Weile auf das Stampfen der ›Ghost‹, das Rauschen der See und das gedämpfte Tosen des Windes, dann drehte ich mich auf die andere Seite und schlief friedlich weiter bis zum Morgen.

Als ich um sieben Uhr aufstand, sah ich nichts von Maud und schloß daher, daß sie in der Kombüse sei, um das Frühstück zu bereiten. Ich begab mich an Deck und fand, daß die ›Ghost‹ sich prächtig hielt. In der Kombüse brannte zwar das Feuer, und das Wasser kochte, aber ich fand keine Maud.

Ich entdeckte sie schließlich im Zwischendeck neben Wolf Larsens Koje. Ich betrachtete ihn, den Mann, der von der höchsten Zinne des Lebens herabgeschleudert war in dies furchtbare Lebendigbegrabensein. Sein stilles, ruhiges Gesicht zeigte eine Milde, die ich nie zuvor gesehen. Maud blickte mich an, und ich verstand. »Sein Leben ist im Sturm erloschen«, sagte ich.

»Aber er lebt noch«, antwortete sie mit unendlicher Zuversicht in ihrer Stimme.

»Er hatte zuviel Kräfte.«

»Ja«, sagte sie. »Aber jetzt binden sie ihn nicht mehr. Er ist ein freier Geist.«

»In Wahrheit: Er ist ein freier Geist«, entgegnete ich; dann faßte ich ihre Hand und führte sie an Deck.

Die Gewalt des Sturmes brach sich in dieser Nacht, das heißt: er legte sich ebenso langsam und allmählich, wie er aufgekommen war. Als ich am nächsten Morgen nach dem Frühstück Wolf Larsens Leiche zum Begräbnis an Deck schaffte, wehte es noch stark, und die See ging hoch. Das Wasser spülte immer wieder über das Deck hinweg und lief durch die Speigatten ab. Eine heftige Bö traf plötzlich den Schoner, der sich überlegte, daß die Leereling völlig begraben war, und das Pfeifen in der Takelung wuchs zu einem wilden Kreischen. Wir standen bis zu den Knien im Wasser. Ich entblößte den Kopf.

»Ich erinnere mich nur an eine Stelle des Gottesdienstes«, sagte ich, »nämlich: ›Und dein Leib soll in die See geworfen werden.‹« Maud sah mich an, überrascht und entsetzt. Aber die Erinnerung an etwas, das ich einst gesehen, wurde lebendig in mir und ließ mich Wolf Larsen begraben, wie Wolf Larsen einen anderen begraben hatte. Ich hob das Ende des Lukendeckels, und der in Segelleinen eingenähte Körper glitt, die Füße voran, ins Meer. Das eiserne Gewicht zog ihn nieder. Er war verschwunden. »Leb wohl, Luzifer, du stolzer Geist«, flüsterte Maud, so leise, daß ihre Worte vom Heulen des Windes übertönt wurden; aber ich sah ihre Lippen sich bewegen und verstand.

Uns an der Reling haltend, arbeiteten wir uns nach achtern durch. Da blickte ich aufs Meer hinaus. Die ›Ghost‹ hob sich in diesem Augenblick auf einer Woge, und ich sah deutlich, zwei bis drei Meilen entfernt, einen kleinen Dampfer, der, rollend und stampfend, gerade auf uns zukam. Er war schwarz gestrichen, und nach der Beschreibung der Jäger erkannte ich ihn als einen Zollkutter der Vereinigten Staaten. Ich zeigte ihn Maud und führte sie schnell auf die Ruff. Dann stürzte ich nach vorn an die Flaggenkiste, aber in diesem Augenblick fiel mir ein, daß ich vergessen hatte, für ein Flaggenfall zu sorgen.

»Wir brauchen kein Notsignal«, meinte Maud, »wenn sie uns nur sehen.«

»Wir sind gerettet«, sagte ich ernst und feierlich. Und dann in überströmendem Glück: »Ich weiß kaum, ob ich mich freuen soll oder nicht.«

Ich sah sie an, unsere Blicke begegneten sich. Wir lehnten uns aneinander, und ehe ich es wußte, hatte ich sie in meine Arme geschlossen, und unsere Lippen trafen sich. – –

»Mein Weib!« sagte ich und streichelte mit der freien Hand ihre Schulter, wie alle Liebenden tun, obwohl sie es in keiner Schule gelernt haben.

»Mein Mann!« sagte sie, und ihre Lider zitterten und ihre Augen verschleierten sich, als sie mich anblickte und ihren Kopf mit einem glücklichen kleinen Seufzer an meine Brust schmiegte.

Ich sah nach dem Kutter. Er war ganz nahe. Ein Boot wurde gerade herabgelassen.

»Einen Kuß, Liebste«, flüsterte ich. »Noch einen Kuß, ehe sie kommen –«

»Und uns vor uns selber retten«, vollendete sie mit einem bezaubernden Lächeln, so rätselhaft, wie ich es noch nie gesehen, denn es barg alle Rätsel der Liebe.

Ruf der Wildnis

In die Wildnis

Die alte Wandersehnsucht sprengt
der langgewohnten Kette Zwang,
aus seinem Winterschlaf erwacht
des wilden Blutes Freiheitsdrang.

Buck gehörte nicht zu denen, die täglich ihre Zeitung lesen, sonst hätte er gewußt, daß Unheil im Gange war, nicht nur für ihn selbst, sondern für jeden Hund, der starke Knochen und langes dichtes Haar hatte. Da oben im hohen Norden hatten die Menschen ein gelbes Metall gefunden, und seitdem die Schiffs- und Eisenbahngesellschaften sich abmühten, auch in diese rauhe Gegend Verkehr zu bringen, zog es Tausende von Menschen mit wilder Gewalt dorthin. Und diese Menschen brauchten für ihre Arbeit Hunde mit starken Knochen und dichtem Haar. Denn da oben war es bitter kalt. Ein großes Haus im sonnenhellen Tale von Santa Clara war Bucks Heimat. Etwas abseits von der Landstraße lag es, halb versteckt hinter mächtigen Bäumen, die die luftige Veranda beschatteten, die rings um das stattliche Gebäude lief. Ein breiter Kiesweg, von hohen Pappeln umsäumt, führte durch grüne Rasenflächen grade darauf zu. Und hinter dem Hause lagen die großen Stallungen, die grünumrankten Wohnungen der Dienerschaft, Treibhäuser, die langen Weinlaubengänge, Obstgärten und daran anschließend unendliche Weidestrecken. Da war auch der große Brunnen und der Teich, in dem die Söhne des Pflanzers ihr Morgenbad nahmen und auch an heißen Nachmittagen Kühlung suchten.
Über dieses ganze Reich herrschte Buck. Hier war er geboren, und hier hatte er die vier Jahre seines Lebens verbracht. Natürlich gab es noch mehr Hunde auf Millers Farm, wie das für solch großen Besitz notwendig ist, aber die zählten eigentlich nicht mit. Sie kamen und gingen, trieben sich hier und da herum, wohnten in Ställen oder auch im Hause, wie Tutt, der dicke Mops und Bella, der weiße Zwergpinscher. Millers hatten auch noch Terrier, eine ganz freche Bande, die gemeine Schimpfwörter brauchten, wenn Tutt und Bella an den Fenstern saßen. So schlecht betrugen sie sich, daß oft die Dienstmädchen herauskommen mußten, um mit dem Besenstiele Ruhe zu stiften.
Zu dieser Gesellschaft rechnete sich Buck durchaus nicht; er war weder Stuben- noch Hofhund. Sein war das ganze Reich, und alles war ihm untertan. Er schwamm, wenn es ihm beliebte, mit des Pflanzers Söhnen in den klaren Fluten des Teiches, ging zur Jagd mit ihnen oder begleitete

Mollie und Alice, die beiden Töchter, durch Wald und Feld. An den langen Winterabenden lag er vor dem lodernden Kaminfeuer zu Füßen seines Herrn, ließ dessen Enkel auf seinem breiten Rücken reiten, rollte sich mit ihnen auf dem weichen Rasen oder behütete ihre kurzen Schritte auf den Entdeckungsreisen durch den Stall, den Park und den Obstgarten. Mit der Miene eines Königs schritt er durch die Rotte der anderen Hunde; Tutt und Bella beachtete er überhaupt nicht, er, der Herrscher über alles.

Sein Vater Elmo, ein riesenhafter Bernhardiner, war schon der unzertrennliche Jugendfreund des Pflanzers gewesen, und Buck war nun in seine Stelle aufgerückt. So groß wie sein Vater war er allerdings nicht, denn seine Mutter Flocke war eine schottische Schäferhündin. Aber zu seinen hundertzwanzig Pfund Gewicht hatte er auch ein gutes Teil würdevollen Benehmens in die Waagschale zu legen, und wenn er erhobenen Hauptes auf den weißen Kieswegen dahinschritt, war jeder Zoll an ihm adelig. Und wie ein Edelmann hatte er auch die vier Jahre seiner Jugend verlebt; sogar ein wenig Eigenliebe, wenn nicht gar Hochmut haftete ihm an, wie das die Stellung eines begüterten Landedelmannes so leicht mit sich bringt. Daß er trotz des Lebens im Überfluß kein verweichlichter Haushund wurde, dafür sorgte die Jagd und andere Leibesübung, die ihm auch zu seinem kräftigen Körper und den starken Muskeln verholfen hatte.

So stand es mit Buck im Jahre 1897, als die großen Funde in Klondike die Menschen aus allen Gegenden der Welt nordwärts riefen. Aber Buck las, wie gesagt, keine Zeitungen und wußte von alledem nichts. Er wußte auch nicht, daß Manuel, der Gärtnergehilfe, eine wenig wünschenswerte Bekanntschaft für ihn war. Eine böse Leidenschaft hatte dieser Manuel: er spielte nämlich. Und zum Spiel gehört Geld, viel Geld sogar manchmal, so daß der Lohn eines Gärtnergehilfen dafür nicht ausreicht.

An dem Abend, der für Buck verhängnisvoll werden sollte, war sein Herr zu einer Winzer-Versammlung gegangen, und die Knaben berieten eifrig die Gründung eines Turnvereins. Niemand hörte es, als Manuel Buck zu sich rief, und niemand sah es, als er durch die Felder mit ihm davonging, um einen kurzen Abendspaziergang mit ihm zu machen. Das wenigstens dachte sich Buck. Niemand sah es auch, daß aus dem Schatten des kleinen Bahnhofsgebäudes ein Mann heraustrat und einige Worte mit Manuel wechselte, und niemand hörte es, daß gleich darauf Geld in seiner Hand klapperte.

»Du kannst die Ware aber wohl verpacken, ehe du sie ablieferst«, meinte der Mann brummig, und Manuel nickte. Er zog einen dicken Strick aus der Tasche und legte ihn als Schlinge um den Hals des Hundes.

»Brauchst nur ein bißchen anzuziehen, dann wird ihm die Puste schon ausgehen«, riet Manuel und lachte.
Mit ruhiger Würde hatte Buck bisher alles über sich ergehen lassen. Angenehm war es ihm ja gerade nicht, daß man einen Strick um seinen Hals legte, aber er wußte aus Erfahrung, daß alles, was die Menschen tun, einen Zweck hat, wenn er ihm auch nicht immer gleich klar war. Als aber Manuel die Enden des Strickes in die Hand des Fremden legte, glaubte er doch, seinem Unmut Ausdruck geben zu müssen und knurrte. Er hatte lediglich damit andeuten wollen, daß er eigentlich mit fremden Leuten nichts zu tun zu haben wünschte, aber zu seiner Überraschung fühlte er nun einen Druck am Halse, der ihm fast den Atem nahm. Mit einem Wutlaut stürzte er sich auf den Fremden, aber ein Ruck an der Leine ließ seine Zähne scharf über der Zunge zusammenschlagen, und ein weiterer Ruck warf ihn zu Boden. Er zog und zerrte vergebens; immer fester legte sich die Schlinge um seinen Hals. Nie in seinem Leben war er so behandelt worden, nie in seinem Leben hatte er solch eine Wut in sich gefühlt. Vor seinen Augen begann es zu tanzen, vor seinen Ohren brauste es, und seine Sinne schwanden. Er merkte nicht, daß etwas Dunkles über ihn geworfen wurde und man ihn in den Gepäckwagen des Zuges schob.
Das erste, was ihm zum Bewußtsein kam, war ein Gefühl des Schmerzes an seiner Zunge und ein Rütteln, das ihm durch den Körper ging. Der schrille Pfiff einer Lokomotive aber belehrte ihn bald darüber, wo er sich befand, denn er war oft genug mit seinem Herrn gereist und kannte das Eisenbahnfahren. Langsam öffnete er seine Augen, und mit dem Blicke eines gefangenen Königssohnes sah er um sich. In diesem Augenblick griff der Mann, der neben ihm stand, nach den Enden des Strickes, aber nicht schnell genug, um zu verhindern, daß sich die Zähne des Hundes tief in seine ausgestreckte Hand eingruben. Dann aber verließen Buck wieder die Sinne.
»Er hat mal wieder Krämpfe«, sagte der Mann zu dem Gepäckmeister, der infolge des Lärms herankam. »Soll ihn gerade zu einem Tierarzt bringen, der so was heilen kann. Es ist ein schönes Stück Arbeit, und was habe ich davon? Dreißig Mark außer der Fahrt! Für dreihundert machte ich das nicht noch einmal.«
Er wickelte ein schmutziges Taschentuch um die verwundete Hand. »Wenn ich nur nicht die Tollwut kriege«, meinte er ängstlich.
»Ach was«, lachte der Schaffner. »Aber nun mal angefaßt und das Frachtstück besser verpackt.«
Halb betäubt durch die Schmerzen an Hals und Zunge wurde Buck hervorgezogen und in einen käfigartigen Verschlag gestoßen und dann der Strick von seinem Halse gelöst.

So lag er nun Stunde für Stunde, die ganze lange Nacht mit stillem Zorn und schwer verletzter Ehre. Er konnte sich nicht denken, was das alles zu bedeuten hatte. Was wollten die fremden Leute nur von ihm? Was sollte er hier in diesem Käfig? Jedesmal, wenn die große Schiebetür des Wagens kreischte, sprang er auf. Immer dachte er, daß nun sein Herr hereinkommen würde oder wenigstens die Kinder. Aber immer war es nur das stumpfsinnige Gesicht des Schaffners, das er bei dem trüben Schein der schaukelnden Laterne sah, und das Freudengeheul verwandelte sich in seinem Halse zu einem immer erbitterterem Knurren.

Erst als der Morgen graute, hielt der Zug, und es kamen vier Männer herbei, roh und verwildert aussehende Kerle. Er bellte sie wütend an, aber sie lachten nur, steckten Stöcke durch den Holzverschlag und stießen und schlugen ihn damit, bis er die Knüppel mit den Zähnen erfaßte und in Stücke gebissen hatte. Bald aber merkte er, daß es gerade das war, was sie ergötzte. Da legte er sich still hin und schloß die Augen. Jetzt faßten sie den Verschlag, hoben ihn auf und trugen ihn in einen anderen Zug, der dann wieder Stunde auf Stunde dahinsauste. Wieder wurde es Abend, und man brachte ihn auf ein Fährboot, das über einen Fluß fuhr, und dann noch einmal in den Gepäckwagen eines Schnellzuges. Das Unglück wollte, daß er, schlecht gelaunt wie er war, die ersten freundlichen Annäherungsversuche der Beamten mit Knurren beantwortet hatte, und nun mußte er dafür büßen. Das Necken und Zerren nahm kein Ende. Sie miauten wie die elenden Katzen, die sich immer auf den Kornböden und in den Pferdeställen herumtrieben, und bellten wie die gewöhnlichsten Köter, klatschten in die Hände und pfiffen in den höchsten Tönen. Er wußte wohl, daß es eigentlich alles zu dumm war, als daß er sich darüber hätte ärgern sollen, aber gerade durch diese Albernheiten fühlte er sich in seiner Ehre gekränkt, und seine Wut stieg von Stunde zu Stunde mehr.
Sein einziger Trost war, daß man ihm doch wenigstens den Strick vom Halse genommen hatte; und er wollte wohl dafür sorgen, daß ihm keiner wieder umgelegt wurde. Der Strick war es, der ihnen damals die Übermacht gegeben hatte; jetzt würde er sich seiner Haut schon wehren. Wehe dem, der ihm als nächster in den Weg kommen würde.
Zwei Tage hatte er nun schon keinen Bissen genossen. Er machte sich nichts aus dem Hunger, der Durst aber bereitete ihm Pein, denn feinfühlig wie er war, wurde er durch den steten Ärger fieberhaft erregt, und auch die Schmerzen an Zunge und Hals wurden immer stärker. Seine Augen waren blutunterlaufen, und er sah so verändert aus, daß selbst sein Herr ihn nicht wiedererkannt hätte.

Die Beamten waren froh, als auf einer Station am Morgen des dritten Tages der Holzverschlag ausgeladen wurde. Es war in Seattle.
Vier Leute setzten ihn auf einen Rollwagen, fuhren ihn durch enge Straßen bis auf einen kleinen, von hohen Mauern umgebenen Hof. Ein dicker Mann mit roter Jacke, die am Halse ein gutes Teil zu weit war, kam ihnen entgegen, nahm den Leuten den Frachtschein ab und bestätigte den Empfang. Das war also derjenige, der ihn zunächst peinigen würde, dachte Buck, und sein Rückenhaar sträubte sich vor Wut, und mit aller Kraft rüttelte er an den Latten seines Käfigs. Der Mann lachte höhnisch und holte ein Beil und einen Knüppel herbei.
»Er soll doch nicht etwa jetzt raus?« fragte einer der Leute, die ihn gebracht hatten.
»Natürlich«, antwortete der Rote und hieb mit der Axt auf das Lattenwerk.
Nach allen Seiten stoben die Männer auseinander, flüchteten auf die hohe Mauer und warteten neugierig auf das kommende Schauspiel.
Fast wahnsinnig von langverhaltenem Grimme schlug der Hund seine Zähne in das absplitternde Holz. Laut aufheulend, sobald die Axt eine Latte gelöst hatte, versuchte er sich auf den Mann zu stürzen, der mit größter Ruhe weiterarbeitete. Endlich erschien ihm die Öffnung groß genug, den Körper des Hundes hindurchzulassen.
»Nun komm nur, du rotäugiger Satan!« rief er, warf die Axt fort und ergriff den Stock.
Und wahrlich, wie ein Satan sah der Hund aus, der sich mit blutunterlaufenen Augen und schäumendem Maule mit aller Macht durch den schmalen Spalt drängte und sich mit seiner ganzen in zwei furchtbaren Tagen und Nächten genährten Wut auf seinen Widersacher stürzte. Mitten im Sprunge, grade als er die mächtigen Zähne in den Hals des Mannes schlagen wollte, traf ihn ein Schlag, wie er ihn nie gefühlt hatte. Er taumelte zurück, fiel hintenüber, daß sein Rücken den Boden berührte. Er begriff nicht, wie das kam. Mit einem Geheul, das mehr dem Schrei eines Raubtieres als dem Bellen eines Hundes glich, sprang er wieder auf die Füße, um mit einem Satz erneut auf den Mann loszugehen. Nochmals traf ihn ein Schlag, und dieses Mal merkte er, daß es der Knüppel war, der ihm den Schmerz zufügte. Aber seine Wut ließ ihn jede Vorsicht vergessen. Wohl ein dutzendmal sprang er auf, und ebenso oft schmetterte der Knüppel ihn zu Boden.
Nach einem besonders harten Schlag aber sprang er nicht mehr auf; mühsam nur erhob er sich auf die Vorderpfoten. Er zitterte am ganzen Körper, das Blut kam ihm aus Nase und Mund; über und über war sein prachtvolles Fell besudelt mit Schmutz und Blut. Und wieder erhob der

Rote den Knüppel, um ihn mit furchtbarer Wucht auf die Nase des Tieres fallen zu lassen. Alles, was er bislang ertragen, war nichts gegen diesen Moment der entsetzlichsten Pein. Er sah nichts mehr, und doch raffte er alle seine Kraft zusammen, um sich mit einem löwenartigen Gebrüll gegen seinen Feind zu werfen. Doch mit einer schnellen Bewegung hatte dieser den Knüppel fortgeworfen, erfaßte den Hund mit beiden Händen am Unterkiefer, schleuderte ihn hin und her, bis er ihn mit einem Krach zu Boden warf, wo er bewußtlos liegen blieb.

Ein Gejohle der Bewunderung erhob sich auf der Mauer! »Donnerwetter, der versteht es!« rief der eine begeistert, und der andere meinte: »Ja, bei dem heißt es auch: biegen oder brechen!«

Die Besinnung kam Buck bald wieder, nicht aber die Kraft. Regungslos, wie er hingestürzt war, blieb er liegen, nur seine Augen folgten dem Mann mit der roten Jacke.

Dieser hatte einen Brief in der Hand und las ihn langsam durch. »Hört auf den Namen Buck«, murmelte er halblaut, faltete ihn zusammen und steckte ihn in die Tasche.

»Also, Buck, alter Junge«, sagte er dann freundlich, »einen kleinen Tanz haben wir nun zusammen gemacht, und ich denke, wir lassen es damit genug sein. Du weißt jetzt, woran du bist!«

Dann strich er furchtlos über den Kopf des Hundes, auf den er eben noch so unbarmherzig losgeschlagen hatte. Obgleich sich seine Haare unwillkürlich unter der Berührung sträubten, blieb der Hund still liegen, als aber der Mann einen Napf voll Wasser brachte, hob er den Kopf und trank das Wasser bis zum letzten Tropfen gierig leer; auch eine Mahlzeit Fleisch nahm er dankbar aus der Hand seines Peinigers entgegen.

Sein Stolz war geknickt, das wußte er wohl, aber gebrochen war er nicht. Das aber hatte er gelernt, daß gegen einen Mann mit einem Knüppel nichts auszurichten ist. Das Leben schien jetzt ernster für ihn zu werden, und er machte sich mit aller seiner Klugheit darauf gefaßt, es mutig mit ihm aufzunehmen.

Die Tage kamen und gingen, und immer mehr Hunde erschienen in dem kleinen ummauerten Hof. Einige wurden in Käfigen gebracht wie er, andere an Leinen oder Ketten geführt, manche kamen gutwillig, andere widerstrebend. Und alle sah er unter der Behandlung des roten Mannes, und mit jeder Lehre, die einem anderen erteilt wurde, prägte es sich bei ihm fester ein, daß der Knüppel der allmächtige Herr, der Gesetzgeber ist, gegen den man nichts ausrichten kann, dem man zu gehorchen hat, dem man aber trotzdem nicht zu schmeicheln braucht. Dieser Charakterschwäche machte sich Buck nicht schuldig, aber er sah wohl, daß es

Hunde gab, die die Hand leckten, die sie geschlagen hatte, Hunde, die es fertigbrachten, sogar freundlich mit dem Schweif zu wedeln. Aber er sah auch Hunde, die die Herrschaft des Knüppels nicht anerkennen wollten und tot vom Hofe geschafft wurden.

Dann und wann kamen auch einmal fremde Leute, die laut und erregt mit dem Manne in der roten Jacke sprachen. Jedesmal klapperte nach einer Weile Geld, und einer von den Hunden wurde fortgeführt. Es wunderte Buck, wo sie wohl hingingen, aber er freute sich doch jedesmal, daß die Reihe noch nicht an ihn gekommen war, denn von der Zukunft versprach er sich nichts Gutes.

Aber auch seine Zeit kam und mit ihr ein kleiner untersetzter Mann mit verschrumpftem Gesicht, der eine fast unverständliche Sprache redete und Ausdrücke gebrauchte, die der Hund noch nie gehört hatte.

»Teifel, Teifel!« rief er erregt, als seine Augen auf Buck fielen. »Das ist eine verflucht feine Tier. He? Was kostet das?«

»Dreihundert und ein Trinkgeld«, war die Antwort des Roten. »Ihr bezahlt ja nicht aus eigener Tasche, Perrault«, meinte er überredend, »da braucht Ihr doch wahrhaftig nicht zu knausern.«

Perrault lachte. Wenn er bedachte, daß die Preise für Hunde so erheblich gestiegen waren und durch die starke Nachfrage noch immer höher getrieben wurden, so war das immerhin eine nicht zu hohe Summe für einen so vorzüglichen Hund. Die kanadische Regierung stand sich ja nur gut dabei, wenn ihre Boten recht schnell von der Stelle kamen. Perrault verstand sich auf Hunde, und als er diesen sah, da wußte er, daß seinesgleichen nicht unter Tausenden zu finden war.

Dann klapperte wieder Geld, und Buck wunderte sich nun nicht mehr, als er und Zottel, ein gutmütiger Neufundländer, von dem kleinen Mann hinausgeführt wurden. Jetzt hatte er den Mann in der roten Jacke zum letzten Male gesehen, und als er nachher vom Verdeck des großen Dampfers auf den in der Ferne verschwindenden Landstreifen blickte, da war es auch das letzte Mal, daß er den sonnigen Süden sah.

Dann führte Perrault Zottel und ihn hinunter ins Zwischendeck, wo ein schwarzhaariger Riese sie in Empfang nahm. War Buck die Hautfarbe Perraults, der ein Kanadier war, schon dunkel vorgekommen, so war die von François, einem Mulatten, wohl doppelt so dunkel, fast schwarz. Überhaupt waren die Menschen von einer Art, wie Buck sie nie gesehen hatte, und wenn er ihnen auch keine besondere Vorliebe entgegenbrachte, so lernte er sie doch im Laufe der Zeit von Herzen achten, denn es waren gerechte Herren, ruhig und bestimmt in allem, was sie taten und anordneten, und es wäre keinem der Hunde so leicht gelungen, sie hinter das Licht zu führen.

Es waren nämlich außer Zottel und Buck noch mehr Hunde an Bord, unter anderen ein großer schneeweißer Hund aus Spitzbergen, der von Walfischfängern einst mitgebracht worden war und den ganzen hohen Norden bereist und auch schon einmal an einer geologischen Expedition teilgenommen hatte. Obwohl er sehr freundlich tat, erkannte ihn Buck bald als Verräter schlimmster Art, und gerade, wenn er am liebenswürdigsten war, überlegte er die größten Gaunereien. Einmal zum Beispiel, gleich bei der ersten Mahlzeit, stahl er aus Bucks Napf den größten Fleischknochen. Ehe Buck aber hinzuspringen konnte, ihm den verdienten Denkzettel zu geben, fuhr François' Peitsche sausend über den Rükken des Übeltäters, so daß Buck sein Eigentum ruhig wieder hinnehmen konnte. Das war eine anständige Handlung von François, und Buck war ihm dankbar dafür.

Der andere Hund, der da war, bekümmerte sich überhaupt nicht um die Ankömmlinge. Er war ein mürrischer, in sich gekehrter Bursche, der es am liebsten sah, wenn man ihn in Ruhe ließ. Das zeigte er Zottel gleich deutlich, als der versuchte, sich bei ihm anzubiedern. Dasch hieß er. Er tat den ganzen Tag nichts als schlafen und fressen, höchstens gähnte er dann und wann gelangweilt, ehe er sich auf die andere Seite rollte und weiterschlief. Selbst als der Dampfer sich unter gewaltigem Stoßen und Stampfen durch die schmale Wasserstraße zwischen dem Festlande und der Insel Queen Charlotte hindurcharbeitete, daß Buck und Zottel sich vor Angst und Schrecken nicht zu helfen wußten, hob er nur ein bißchen mürrisch den Kopf, gähnte und schlief wieder ein.

Tag und Nacht arbeiteten die Maschinen in gleichmäßigem Takt; ein Tag verging wie der andere, aber es kam Buck doch so vor, als ob die Luft allmählich kälter und rauher würde. Eines Morgens verstummte der Lärm der Maschinen, die Schrauben standen still, und eine merkwürdige Aufregung machte sich im ganzen Schiffe bemerkbar. Eine Ahnung sagte den Hunden, daß nun die Einförmigkeit ein Ende hatte. François kam, koppelte sie an und führte sie an Deck. Beim ersten Schritt auf die kalte Oberfläche fühlte Buck, daß seine Füße in einer weißen, lockeren Masse versanken, die ihm unbekannt war. Erschrocken sprang er zurück. Auch vom Himmel fiel solch weißes Zeug herab, und wenn er sich auch schüttelte, so fiel immer mehr davon auf sein dichtes Fell. Er schnupperte neugierig darin herum und steckte vorsichtig die Zunge hinein. Es biß wie Feuer, aber im nächsten Augenblick schon war es fort. Verblüfft sah er sich um. Das konnte er nicht begreifen. Die Leute aber lachten, und er schämte sich. Woher sollte er aber wohl wissen, daß es Schnee war?

Das Recht des Stärkeren

Der erste Tag am Golf von Dyea erschien Buck wie ein böser Traum. Jede Stunde brachte neue Schrecken. Mitten aus dem Herzen der Zivilisation hatte man ihn herausgerissen und hineingeschleudert in die Wildnis. Es war vorbei mit seinem Leben in Sonnenschein und Üppigkeit; hier gab es nicht Ruhe noch Rast, ja nicht einmal einen Augenblick persönlicher Sicherheit. Jetzt galt es, auf der Hut zu sein bei Tag und Nacht, Reißzahn herrschte hier.

Solche Hunde hatte er noch nie gesehen, wie sie hier in Scharen umherliefen. Er begriff es kaum, daß es Hunde waren und nicht wilde Tiere. Nie hätte er einen Kampf für möglich gehalten, wie er ihn hier sah. Unvergeßlich blieb ihm der Tag, als er zum ersten Male Zeuge eines solchen Kampfes war; Zottel war es, der ihm zum Opfer fiel.

Sie lagen alle zusammen am Außenrande des Lagers im Schutze der großen Holzhaufen, als Zottel in seiner freundlichen Art an einem der fremden Hunde herumschnupperte. Ganz plötzlich, ohne warnendes Knurren, wie es sonst doch üblich war, sprang der Köter auf, und ein Biß der großen Zähne hatte Zottel eine Wunde gerissen vom Auge bis zum Kiefer.

So war es Wolfsart, und wie unter Wölfen war auch der weitere Verlauf des Streites. Von allen Seiten kamen sie zusammengelaufen, die rauhhaarigen Köter; wohl vierzig an der Zahl, stellten sie sich im Kreise um die Kämpfer auf, lautlos, aber mit brennender Gier in den flackernden Augen. Nur ab und zu konnte man ein Schmatzen hören, wenn einer von ihnen gar zu eifrig mit der langen Zunge um das Maul leckte. Buck begriff nicht, was dies zu bedeuten hatte. Zottel war in heller Wut auf seinen Gegner losgesprungen, der mit geschickter Wendung auswich, gleichzeitig aber um sich biß und Zottel noch einen Schmiß beibrachte. Wieder sprang Zottel auf ihn zu, aber in so merkwürdiger Weise verstand es der fremde Hund, sich zu decken und ihm einen Stoß zu versetzen, daß er das Gleichgewicht verlor und zu Boden stürzte. Er stand nicht wieder auf. Als ob sie nur auf diesen Augenblick gewartet hätten, so stürzten sich blitzschnell die anderen Köter mit furchtbarem Geheul darüber her und begruben den sich heftig Sträubenden unter sich.

So schnell war alles gekommen, daß Buck wie versteinert dastand. Er sah nur, daß ein teuflischer Zug von Schadenfreude über das Gesicht von Spitz ging, er sah François, der zu einem Beil griff und sich zwischen die heulende Rotte stürzte, und drei andere Männer mit Stöcken, die ihm folgten. Es dauerte nicht lange, bis die Hunde auseinandergetrieben waren, höchstens zwei Minuten, seitdem Zottel fiel, aber schon lag er da, schlaff und leblos, eine blutige Masse auf dem weißen zertrampelten Schnee. Förmlich in Stücke gerissen hatten sie ihn.
Diesen Augenblick vergaß Buck nie wieder; selbst im Traume erschien ihm das grausige Bild. So also ging es zu; ehrliches Spiel gab es nicht. Wer einmal von den Füßen kam, der stand nicht wieder auf. Er mußte zusehen, daß ihm das nicht einmal passierte. Noch immer stand Spitz abseits, und die Schadenfreude leuchtete aus seinen Augen. In diesem Augenblick zog der Haß in Bucks Herzen ein; Spitz hatte sich einen Todfeind erworben.
Und ehe Buck sich von diesem Schrecken erholt hatte, traf ihn ein neuer. François kam mit Riemen und Seilen, so wie die Pferde sie trugen. Und so wie diese schirrte man auch ihn an und spannte ihn mit anderen Hunden vor einen Schlitten. So war aus ihm also ein Arbeitstier geworden, das Holz vom Walde holen mußte. Es kränkte ihn im tiefsten Herzen, aber die Klugheit sagte ihm, daß es nichts nützen würde, sich dagegen aufzulehnen, denn François war ein strenger Herr, der unbedingten Gehorsam verlangte. So tat er denn die neue, ungewohnte Arbeit nach besten Kräften. Dasch, der hinter ihm ging, rügte jeden Fehler durch einen Kniff seiner scharfen Zähne, während Spitz, der als Leithund vorn an der Spitze ging, sich damit begnügen mußte, bei jeder Störung ein drohendes Knurren auszustoßen.
Buck lernte leicht, und ehe seine erste Fahrt beendet war, hatte er begriffen, daß man bei »brr!« zu halten hatte und anziehen müsse, sobald François »hü!« rief, und daß man, wenn es bergab ging, sich wohl hüten mußte, zu nahe an die schweren Schlittenkufen zu kommen.
»Drei gute Hünd«, erzählte François nachher den anderen, »ßer gute Hünd. Das Buck, das zieht wie Teifel.«
Am Nachmittag kam Perrault, der es eilig mit der Abreise hatte, mit noch zwei Hunden. Bill und Jeß hießen sie und waren Brüder, zwei echte Eskimohunde. Obwohl sie beide von derselben Mutter stammten, waren sie so verschieden wie Tag und Nacht. Bills größter Fehler war seine Gutmütigkeit, während Jeß gerade das Gegenteil von ihm war, unfreundlich und verschlossen, mit einem höhnischen Zug um den Mund und boshaften Augen. Buck begrüßte sie freundlich als neue Kameraden. Dasch beachtete sie gar nicht, während Spitz sich bemühte, durch

einen gehörigen Biß erst dem einen und dann dem andern die nötige Achtung beizubringen. Bill war versöhnlich mit dem langen Schwanz wedelnd herangekommen. Er sah aber bald, daß mit Friedfertigkeit nichts auszurichten war, und als das scharfe Gebiß von Spitz in seine Schenkel schlug, schrie er nur laut auf und lief davon. Bei Jeß war nicht so leichte Arbeit zu machen. Wie sehr sich Spitz auch bemühte, hinterrücks an ihn heranzukommen, stets fand er ihn kampfbereit mit gesträubtem Haar, zurückgelegten Ohren, teuflisch leuchtenden Augen und hechelnd vor Erregung. So gefährlich sah er aus, daß Spitz es aufgab, ihm den beabsichtigten Willkomm zu geben. Um seinem Ärger Luft zu machen, trieb er dann den unschuldigen, kläglich heulenden Billy bis an die Grenzen des Lagers vor sich her.

Gegen Abend brachte Perrault noch einen Hund heran, einen alten, mageren, ruppig aussehenden, mit Narben bedeckten, einäugigen Gesellen. Solleks hieß er, was in der Landessprache soviel wie Brummkopf bedeutete. Und brummig war er auch. Ebenso wie Dasch verlangte er, daß man ihn in Ruhe lasse, und als er langsam und bedächtig in ihrer Mitte sich niederlegte, wagte selbst Spitz sich nicht an ihn heran. Eine Eigentümlichkeit hatte er an sich, und Buck hatte das Pech, damit zuerst Bekanntschaft zu machen. Er konnte es nicht leiden, wenn jemand an seiner blinden Seite auf ihn zukam; diese Beleidigung hatte sich Buck unwissentlich zuschulden kommen lassen. Ein scharfer Biß und eine Wunde an der Schulter, die bis auf den Knochen ging, erinnerte Buck noch lange daran, und er sowohl wie die anderen sahen sich in Zukunft besser vor. Sonst aber war er ein guter Kamerad. Sein einziger Wunsch war, wie bei Dasch, er wollte seine Ruhe haben. Später allerdings erfuhren die Hunde, daß es auch etwas anderes, nicht minder Wünschenswertes für die beiden gab.

In dieser Nacht litt Buck zum ersten Male an Schlaflosigkeit. Das Zelt, von einem Feuer matt erleuchtet, lag friedlich und einladend mitten in der weißen Ebene; als aber Buck, wie er das für selbstverständlich hielt, sich dort zur Nachtruhe gemütlich niederlassen wollte, wurde er von Perrault und François mit Flüchen und Schimpfworten hinausgetrieben. Ein scharfer Wind blies vom Wasser herüber, die Kälte brannte in der frischen Wunde; er wußte nicht, wo er bleiben sollte. Still legte er sich in den Schnee und versuchte zu schlafen, aber die Kälte war zu groß. Zitternd vor Frost, elend und müde schlich er an den anderen Zelten vorüber, die er nicht wieder zu betreten wagte. Dann und wann fuhr einer von den fremden Hunden wütend auf ihn los, aber er sträubte sein Rükkenhaar und knurrte so grimmig, daß er unbehelligt blieb.

Endlich fiel ihm ein, daß er einmal zusehen könnte, wie seine Kameraden sich für die Nacht eingerichtet hatten. Er fand sie nirgends. In den Zelten konnten sie doch nicht sein, sonst würde man auch ihm erlaubt haben, dort zu bleiben. Ruhelos wanderte er hin und her; trostlos war ihm zumute. Da gab der Schnee ganz plötzlich unter seinen Füßen nach, und etwas Dunkles rührte sich. Knurrend sträubte er sein Rückenhaar und machte sich zum Kampf bereit, aber nur ein freundlicher Ton kam als Antwort, und neugierig ging er näher heran. Ein warmer Hauch traf seine Nase, und das schwarze Ding, das da im Schnee eingegraben lag, entpuppte sich als Billy, der vergnügt wedelte und ihm mit seiner warmen, feuchten Zunge quer über das Gesicht leckte.

Und wieder hatte Buck etwas Neues gelernt. So also machte man es! Mit Eifer ging er an die Arbeit, ein tiefes Loch zu graben, schlüpfte hinein, rollte sich eng zusammen, und als die Wärme seines Körpers den kleinen Raum ausgefüllt hatte, schlief er fest ein; nur ab und zu knurrte und bellte er halblaut, wenn die Erlebnisse des langen, ereignisvollen Tages sich in seine Träume stahlen.

So schlief er bis in den hellen Morgen, als im Lager schon längst alles munter war. Er mußte sich erst besinnen, wo er eigentlich war, denn es hatte die ganze Nacht geschneit, und er war unter dem Schnee vollständig begraben. Über und neben sich fühlte er etwas Unbekanntes. Eine große Angst überfiel ihn plötzlich, die Furcht, in eine Falle geraten zu sein.

Es war ein merkwürdiger Fall von Atavismus, dieser Beweis der Vererbung aus der Erfahrung seiner Voreltern, denn er selbst war als zivilisierter Hund nie in die Lage gekommen, eine Falle kennenzulernen. Unwillkürlich sträubten sich seine Haare, seine Muskeln spannten sich, und mit einem wilden Geheul sprang er hinein in den hellen Tag, daß der Schnee emporstob. Aber noch ehe er wieder auf den Füßen stand, wußte er, wo er war. Wie ein Blitz war die Erinnerung gekommen an alles, was er erlebt hatte von dem Augenblick, als er mit Manuel durch die Felder ging, bis zu der Nacht, als er das Loch im Schnee grub.

Ein Ruf von François brachte ihn vollends zu sich. »Weiß die Teifel, dieses Hünd lernen schneller als eine andere.«

Perrault nickte. Als Bote der kanadischen Regierung, der immer wichtige Nachrichten zu übermitteln hatte, freute er sich, wenn gute Hunde ihm den Dienst erleichterten, und von allen seinen Erwerbungen war es Buck, an dem er seine besondere Freude hatte.

Noch drei neue Hunde kamen im Laufe der nächsten Stunde dazu, so daß nun neun Stück zu dem Schlittengespann gehörten, dem Buck zugeteilt war. Ehe eine Stunde vergangen war, standen sie angeschirrt, und fort ging die Fahrt gegen Dyea Cañon zu. Buck war froh, aus dem Hafenlager fortzukommen, und wenn auch die Arbeit schwer war, so tat er sie doch willig, ja sogar gern. Der Eifer, der über sie alle gekommen war und der auch ihn angesteckt hatte, überraschte ihn nicht wenig, mehr aber noch die große Veränderung, die mit Dasch und Solleks vorgegangen war. Es waren andere Hunde, sobald sie in den Sielen standen, alle Schläfrigkeit und alle Gleichgültigkeit waren verschwunden; frisch und munter waren sie bei der Arbeit, und ihr höchstes Bestreben war, alles zu vermeiden, was die Fahrt hindern konnte; gegen nichts waren sie so empfindlich wie gegen irgendeinen Aufenthalt ihres Schlittens. Die Arbeit in den Sielen war ihre höchste Lust, für die sie lebten, und außer ihr schien ihnen nichts erstrebenswert. Dasch ging gleich vor dem langen Steuer, vor ihm Buck, und dann kam Solleks und die übrigen, alle voreinander angeseilt; Leithund war Spitz.

Buck war zwischen Dasch und Solleks eingespannt, um von ihnen zu lernen, und wie er ein guter, gelehriger Schüler war, so erwiesen sich die beiden als vorzügliche Lehrmeister. Manch kleiner Biß belehrte ihn über das, was er zu tun oder zu lassen hatte, und seitdem die Peitsche von François ihm einmal recht fühlbar zu verstehen gegeben hatte, daß es in diesem Falle besser war, nicht an Vergeltung zu denken, ging er ruhig seines Weges weiter. Als er einmal während eines kurzen Aufenthaltes sich in die Stränge verwickelt hatte und dadurch die Abfahrt verzögerte, bekam er einen gehörigen Denkzettel von seinen beiden Lehrern. Die Verwicklung wurde dadurch natürlich noch viel schlimmer, aber Buck bemühte sich fortan, die Leinen straff zu halten, und als der Tag zur Neige ging, kam es nicht mehr vor, daß Dasch und Solleks Veranlassung hatten, an ihrem Schüler etwas zu rügen. François hatte seine Peitsche nicht wieder gebraucht, und Perrault klopfte ihm freundlich den Rücken, als er am Abend die Füße der Hunde untersuchte.

Es war ein langer Weg gewesen. Über vereiste Steine und über lockeren Schnee hatte er geführt bis hierher zum Lager am Bennetsee, wo Hunderte von Goldsuchern mit ihren Booten warteten, bis die Frühlingssonne die dicke Eisdecke geschmolzen haben würde. Zum zweiten Male wühlte Buck sein Loch in den Schnee und schlief den Schlaf des Gerechten.

Am nächsten Tag ging es flott über vierzig englische Meilen, aber am folgenden und an manchem anderen Tage kamen sie nur langsam von der Stelle. Meist ging Perrault dann voraus, mit großen, sehr breiten Schneeschuhen den lockeren Schnee ein wenig feststampfend, um ihnen die Arbeit nach Möglichkeit zu erleichtern, während François danebenhergehend den Schlitten steuerte.

Tag für Tag war Buck in den Strängen. Und immer dasselbe Tagewerk in endloser Reihenfolge. Noch ehe der Morgen graute, wurde das Zelt abgebrochen und soundso viele Meilen weiter nordwärts bei anbrechender Nacht wieder aufgeschlagen, Feuer angezündet, die Mahlzeit bereitet und Rast gemacht. Buck war stets halb ausgehungert. Die anderthalb Pfund Fisch, seine Tagesmahlzeit, verzehrte er wie nichts; er merkte kaum, daß er gefressen hatte, und steter Hunger quälte ihn. Die anderen Hunde bekamen sogar noch weniger als er, nur ein Pfund von dem getrockneten Fisch, aber sie waren auch nicht so groß wie er, waren auch dieses Leben gewöhnt, und so fühlten sie sich wohl dabei.

Es dauerte nur kurze Zeit, und Buck hatte seinen ganzen Stolz verloren. Er, der sich sonst so gut zu benehmen wußte, tat es den anderen gleich. Er merkte bald, daß die Kameraden stets schneller mit der Mahlzeit fertig waren als er und daß sie ihn dann bestahlen. Und es half nichts, sich dagegen zu wehren. Wenn er ein kleines Stück verteidigte, konnte er sicher sein, daß ihm inzwischen ein großes genommen wurde. Es blieb ihm nichts anderes übrig, als ebenso gierig zu schlingen wie die übrigen. Und so groß war sein Hunger, daß er sogar eines Tages sich an dem Eigentum der anderen vergriff. Er lernte, was er andere tun sah. Einmal sah er, daß Peik, einer von den zuletzt gekommenen Hunden, ein Stück Speck aus dem Zelte stahl, und er versuchte am nächsten Abend denselben Streich. Eine ganze Speckseite fiel ihm anheim, und trotz des großen Aufruhrs, der deshalb im Lager entstand, gelang es ihm, unbemerkt damit zu entkommen. Nicht der Schatten eines Verdachtes fiel auf ihn, und Dub, ein rechter Dummkopf, der gerade in der Nähe war, bekam die Prügel für die Missetat.

Soweit war es also mit ihm gekommen. Er bewies, daß er sich den Verhältnissen anzupassen verstand, aber auch zugleich den Niedergang seines moralischen Empfindens, einer Sache, die ihm jetzt auch entbehrlich, ja sogar hinderlich war. Moral taugte wohl im Süden; wo Sitte und Anstand herrschten, da war es angebracht, das Eigentum und die Gefühle anderer zu achten; hier aber im Norden, wo die Knüppel und das Recht des Reißzahnes herrschten, da fuhr man schlecht dabei.

Nicht als ob Buck diese philosophischen Betrachtungen angestellt hätte; aber er fühlte es unbewußt und instinktiv. Im Land der Zivilisation hätte er sein Leben gelassen für irgendeine gute Sache, zum Beispiel bei der Verteidigung der Reitpeitsche seines Herrn, hier aber waren dergleichen Gefühle nicht am Platze. Er stahl ja nicht aus Freude am Diebstahl, sondern weil sein Magen es gebieterisch forderte, und er stahl auch nicht offen und frech, sondern heimlich und schlau; alles aus Achtung vor dem Knüppel und dem Zahn, die hier die Herrschaft führten. Kurz und gut, er tat nicht, was er wollte, sondern er handelte nur, wie er mußte.

Seine Entwicklung oder, besser gesagt, seine Rückentwicklung ging schnell. Seine Muskeln wurden hart wie Eisen und unempfindlich gegen Schmerzen. Er konnte alles fressen, wie ekelhaft unverdaulich es ihm auch früher vorgekommen wäre, sein Magensaft zersetzte alles und zog das geringste bißchen Nährwert aus allem, und sein Blut trug es in die entferntesten Teile seines Körpers und machte ihn knorrig und widerstandsfähig. Gehör und Gesicht bildeten sich immer mehr aus, sogar im Schlafe konnte er beim geringsten Geräusch unterscheiden, ob es etwas Gutes oder Böses bedeute. Er lernte geschickt den Schnee zu entfernen, der sich zwischen seinen Zehen zusammengeballt hatte, lernte mit den Vorderpfoten die Eisschicht zerstampfen, die sich über dem Trinkwasser gebildet hatte, aber sein höchster Ehrgeiz war, mit Hilfe seiner Nase die Windrichtung im voraus zu bestimmen. Wie still auch immer die Luft sein mochte, wenn er abends sein Schlafloch grub, der Wind, der sich nach Stunden erst erhob, streifte ihn gewiß nicht, denn sicher und geschützt lag er stets dort, wo ihn kein Sturmwind stören konnte.

Und nicht nur aus Erfahrung lernte er; alte Instinkte, die lange versteckt in ihm geschlummert hatten, wurden wieder wach. Über viele Geschlechter griff es zurück. Es war ihm nicht schwer geworden, nach Art der Wölfe kämpfen zu lernen, auch gelang es ihm, wie die wilden Hunde lange vergangener Tage, sein Stück Wild zu Tode zu hetzen. Alle diese Kenntnisse kamen über ihn ohne all sein Zutun, als ob er sie stets gehabt hätte. Und wenn er in stillen, dunklen Nächten den Kopf gen Himmel gerichtet in dumpfen Tönen heulte, so war es nicht seine Stimme, sondern die Stimme seiner Vorfahren, die aus ihm tönte, eine Stimme, die die Angst ausdrückte vor der Stille der Nacht, der Kälte und der Dunkelheit.

Und dies war geschehen, weil die Menschen da oben im hohen Norden ein gelbes Metall gefunden hatten und weil Manuel, der Gärtnergehilfe, eine böse Leidenschaft an sich hatte, zu der Geld gehörte, so viel Geld sogar, daß der Lohn eines Gärtnergehilfen dafür nicht ausreichte.

Das wilde Tier

Bei diesem Leben wurde das Raubtier in Buck immer stärker. Aber nur ganz im geheimen wuchs es. Die Schlauheit und Verschlagenheit, die er sich hier im Norden erworben hatte, halfen ihm, es im Zaume zu halten. Er hatte überhaupt noch keine Zeit gehabt, sich darüber klarzuwerden, daß eine Veränderung mit ihm vorgegangen war. Er hatte auch zuviel damit zu tun, sich in die neuen Verhältnisse einzuleben. Deshalb bemühte er sich auch vorläufig nicht nur, keinerlei Streitigkeiten heraufzubeschwören, sondern er ging ihnen sogar nach Möglichkeit aus dem Wege; er war vorsichtig und bedachtsam geworden in all seinem Tun. Keine unbesonnene oder übereilte Handlung ließ er sich zuschulden kommen, und selbst der bittere Haß, den er auf Spitz geworfen hatte, verleitete ihn nicht zu einem Angriff irgendwelcher Art. Spitz dagegen, der in Buck einen gefährlichen Nebenbuhler erkannt hatte, versäumte keine Gelegenheit, ihm seine Zähne zu zeigen. Er reizte ihn, wo er nur konnte, und forderte ihn zu dem Kampfe heraus, der nur mit dem Tode des einen von ihnen sein Ende finden konnte. Das wußten sie beide. Einmal wäre es beinah so weit gekommen, wenn nicht etwas ganz Unvorhergesehenes dazwischengekommen wäre.

Es war am Abend eines Tages, an dem sie nur einen ganz elenden Platz zum Nachtlager hatten finden können, unmittelbar am See Le Barge. Treibschnee und Wind, der wie ein glühendes Messer schnitt, hatten sie gezwungen, die Reise früher als gewöhnlich einzustellen. Einen schlechteren Lagerplatz hätten sie wohl schwerlich finden können: vor ihnen die Eisfläche des Sees und hinter ihnen nur schroffe Felswände. Die beiden Männer hatten keinen anderen Ruheplatz als das blanke Eis, auf dem sie ihre Schlafsäcke ausbreiteten und ein kleines Feuer von mitgebrachtem Holz anzündeten. Das Zelt hatten sie schon lange zurückgelassen, um die Ladung leichter zu machen. Die glimmenden Holzscheite aber tauten das Eis auf, und das feuchte Holz verlöschte bald.

Im Dunkeln mußte das kärgliche Mahl verzehrt werden. Ganz nahe an dem schützenden Felsen, hinter einem großen Block, hatte Buck sein Nest gemacht. So gemütlich und geschützt war es dort, daß es ihm schwer wurde aufzustehen, um sein von François am Feuer etwas aufgetautes Fischstück zu holen. Als er zurückkam, war seine Schlafstelle besetzt, und das ihm entgegenschallende Knurren sagte ihm, daß Spitz es war, der sich den Platz angeeignet hatte. Bis jetzt hatte Buck wirklich mit bestem Willen den Frieden aufrechtzuerhalten gesucht, aber dies war doch mehr, als er sich gefallen lassen durfte. Mit einem Wutgeheul stürzte er sich auf Spitz. Mit solcher Wucht sprang er auf den Missetäter, daß er selbst erstaunt darüber war, mehr aber noch Spitz, der Buck stets für einen etwas feigen Kerl gehalten hatte, den die anderen Hunde nur seiner Größe wegen in Ruhe ließen.

Auch François war erstaunt, als sich die beiden als dunkle Masse daherwälzten. Er übersah die Sachlage sofort und ermutigte Buck durch Zuruf. »Faß ihn, Buck, faß den elenden Kerl, den schlechten Dieb, faß ihn fest!« schrie er.

Spitz hatte keinen leichten Standpunkt. Von allen Seiten versuchte er vergeblich an Buck heranzukommen. Knurrend und zähnefletschend standen sie einander gegenüber, und gerade waren sie im Begriff, nochmals aufeinander loszustürzen, als das Unvorhergesehene geschah und den Austrag des Streites auf die Zukunft verschob.

Ein lauter Fluch Perraults, der Ton eines dröhnenden Knüppelhiebes und ein schriller Schmerzensschrei übertönten auch den Lärm des Zweikampfes. Ganz plötzlich wimmelte es im Lager von wüst aussehenden, ruppigen Kötern. Es war eine ganze Rotte, die, wohl von einem Indianerdorfe kommend, auf ihrem Streifzuge auf das Lager gestoßen war. Während Buck und Spitz die Aufmerksamkeit der anderen auf sich lenkten, waren sie herangekommen, und als Perrault, der sie bei der Vorratskiste bemerkt hatte, mit dem Knüppel dazwischensprang, setzten sie sich zur Wehr. Die Kiste fiel polternd zu Boden, und die ausgehungerte Schar fiel über den Inhalt her. Wie dicht auch die Knüppelhiebe fielen, die Köter jaulten wohl vor Schmerz laut auf, doch von ihrer Beute ließen sie nicht, bis auch das letzte Krümchen verzehrt war.

Inzwischen waren auch die bestürzten Schlittenhunde herangekommen, aber gegen die frechen Eindringlinge war nichts auszurichten. Noch niemals hatte Buck solche Biester gesehen. Es schien, als ob die Knochen durch die Haut hindurchkommen müßten; die reinen Gerippe waren es, um die der ruppige Pelzbalg nur so schlotterte, aus dem nur die blendend weißen Zähne und die blitzenden Augen hervorleuchteten. Der Hungerwahnsinn sah aus ihnen heraus; es war ein entsetzlicher Anblick. Gegen diese Rotte war nichts zu machen.

Schon beim ersten Ansturm wurden die Schlittenhunde gegen den Felsen zu gedrängt, drei Köter fielen allein über Buck her, und im Handumdrehen hatten sie ein Loch quer über seinen Rücken gerissen. Es war ein furchtbares Durcheinander. Billy schrie wie gewöhnlich in den höchsten Tönen, Dasch und Solleks kämpften tapfer Seite an Seite, wenn auch das Blut aus ihren Wunden floß, Jeß schnappte um sich wie besessen. Dem einen wilden Hunde biß er mit einem Schlage seiner Kiefer das Vorderbein bis auf den Knochen durch, worauf Peik hinzusprang und dem Verwundeten die Kehle durchbiß. Auch Buck hatte einen seiner Widersacher am Halse. Als seine Zähne sich tief in die Gurgel gruben und der Geschmack des warmen Blutes seine Zunge berührte, wurde er vollends rasend. Auch auf den zweiten sprang er zu, ihn ebenso abzukehlen, als er einen Biß am eigenen Halse fühlte. Es war Spitz, der Verräter, der ihn von der Seite angriff.

Da aber sprangen Perrault und François zu, die sich eben mit Mühe der Bestien entledigt hatten. Aber nur einen Augenblick konnten sie ihren Hunden helfen, dann mußten sie von neuem den Proviant verteidigen. Billy, dem die Todesangst ungewöhnliche Kraft verliehen hatte, sprang plötzlich in hohem Satze über den ihn umgebenden dichten Knäuel und floh auf die Eisfläche des Sees hinaus. Peik und Dub folgten nach, und auch die übrigen Schlittenhunde suchten ihr Heil in der Flucht. Buck rüstete sich eben zum Sprunge, sah aber in demselben Augenblicke, daß Spitz von der Seite her auf ihn zustürmte. Geschickt wich er aus, denn er war sicher, wenn er hier inmitten dieses Gesindels auch nur einmal strauchelte, so war es um ihn geschehen. Dann setzte er über die Köpfe der fremden Hunde und folgte den anderen auf den gefrorenen See.

Als sich endlich die neun Hunde zusammengefunden hatten, suchten sie Schutz im nahen Walde. Wenn sie auch nicht mehr verfolgt wurden, so ging es ihnen doch noch schlecht genug. Nicht einer war unter ihnen, der nicht tiefe Wunden davongetragen hatte. Dub hinkte auf beiden Vorderbeinen. Dolly, die zuletzt gekommene Eskimohündin, trug eine klaffende Wunde am Halse; Jeß hatte ein Auge verloren, und dem gutmütigen Billy hingen die Ohren in Fetzen um den Kopf; er wimmerte und jaulte erbärmlich. Kaum daß der Tag zu dämmern begann, waren sie wieder beim Lagerplatz, wo die beiden Männer sie erwarteten. Die Räuber waren, als kein Fraß mehr zu finden war, abgezogen. Fast sämtliche Eßvorräte waren fort und auch manche anderen Dinge. Die Schlittenriemen waren zerkaut, ebenso wie die Leinwand, die über den Schlitten gelegen hatte, Perraults pelzverbrämte Mokkasins und sogar die Schnur von François' Peitsche. Beim Anblick der unglücklichen Hunde fing er laut zu jammern an.

»Ach, gute Kerle, alle von euch«, rief er, »und kein Mann kann wissen, ob sie nicht toll waren, die Biester verdammte. Kann sein, daß toll werdet ihr alle meine Freunde. Teifel, Teifel, alle toll, meine schöne Hünde!«

Auch Perrault schüttelte bedenklich den Kopf. Noch vierhundert Meilen waren es bis Dawson; was sollte er anfangen, wenn Tollwut ausbrach. Nach zwei Stunden harter Arbeit, unter Fluchen und Stöhnen, waren endlich die Stricke zusammengeknotet, die Riemen ausgebessert und die Hunde angeschirrt. Und gerade jetzt hatten sie mit den wunden Gliedern und den steifen Knochen das schwerste Stück des Weges vor sich.

Der Dreißigmeilenfluß gab keine Bahn ab, denn das schnellfließende Wasser fror nicht, und nur auf ganz vereinzelten Strecken stand etwas Eis. Nun mußten sie hart am Flußufer entlangfahren, dreißig schreckliche Meilen in sechs furchtbaren Tagen. Jeder Schritt brachte Lebensgefahr für Menschen und Hunde. Wohl ein dutzendmal brach Perrault, der als Pfadfinder voranlief, durch das trügerische Lufteis. Nur die lange Stange, die er quer vor sich her trug, verhinderte, daß er untersank, weil sie sich stets quer über das Loch legte, das sein Körper brach. Aber ein eisiges Bad war es immer, denn das Thermometer zeigte fünfzig Grad unter Null. Und jedesmal, wenn er eingebrochen war, mußte Rast gemacht und Feuer angezündet werden, denn es wäre sein Tod gewesen, hätte er nicht sofort die frosterstarrten Glieder erwärmt und die steifgefrorenen Kleider aufgetaut und getrocknet.

Perrault aber verlor den Mut nicht. Sein kleines, runzeliges Gesicht trotzte jeder Gefahr, jedem Wind und jedem Wetter; vom Morgen bis zum Abend kämpfte er sich tapfer durch; nichts war ihm zu schwer und zu anstrengend, und gerade deshalb hatte die Regierung ihn für die wichtigsten Meldungen zum Boten erwählt. Einmal brach auch der Schlitten ein und zog Buck und Dasch mit sich. Halb erfroren und fast ertrunken wurden sie herausgezogen, und auch für sie wurde ein Feuer angemacht. Sie waren ganz mit Eis bedeckt, aber die beiden Männer führten sie im Kreis so lange und so nahe um das Feuer, bis ihr Fell wieder trocken und warm war; etwas versengt war es allerdings auch.

Ein anderes Mal brach Spitz ein und zog die anderen Hunde hinter sich her. Nur Buck gelang es mit aller Kraft, sich durch Aufstemmen der Vorderpfoten zurückzuhalten, und dann schob auch Dasch zurück, und François konnte den Schlitten halten. Und wieder ein anderes Mal brach das Eis vor und hinter ihnen. Es war ein wahres Wunder, daß Perrault sich noch auf einen Felsen retten konnte. Mit Aufbietung aller Kraft zog er die Hunde hinter sich her, und mit Hilfe aller Vorräte an Stricken und Riemen konnte der Schlitten verankert und schließlich auch nach oben gebracht werden. Aber was nun? An einer anderen Stelle wieder hinunterzukommen war fast noch schlimmer, und es wurde Nacht, bis sie wieder auf einer dickeren Eisstelle auf dem Fluß standen.

Eine viertel Meile nur waren sie an diesem Tage vorwärts gekommen.

Als sie endlich am Hootalinqua ankamen, der gute Bahn bot, war Buck mit seiner Kraft zu Ende, und den anderen Hunden ging es fast ebenso. Aber Perrault, der die verlorene Zeit wieder einholen wollte, trieb sie vorwärts von früh bis spät. An einem Tage brachten sie dann auch fünfunddreißig Meilen hinter sich bis zum Großen Lachs und noch einmal fünfunddreißig am folgenden Tage bis zum Kleinen Lachs, und als sie am dritten Tage sogar vierzig Meilen zurücklegten, waren sie endlich am Fünffingergebirge angelangt.

Bucks Füße waren nicht so hart und widerstandsfähig wie die der Nordlandhunde. Die Geschlechter, die vor ihm auf der Welt waren seit den Tagen, in denen sein Ahnherr einst der Begleiter eines Höhlenmenschen gewesen sein mochte, hatten weichere Füße bekommen. Er konnte vor Schmerzen kaum auftreten, und wenn abends Rast gemacht wurde, fiel er hin wie tot. Selbst der Hunger konnte ihn nicht dazu bringen, aufzustehen und sein Fleisch zu holen; François mußte es ihm bringen. Jeden Abend nach der Mahlzeit rieb einer der Männer Bucks Füße eine halbe Stunde lang, und Perrault hatte von einem seiner Mokkasins vier kleine Schuhe für den Hund gemacht. Das war eine sehr große Erleichterung für ihn, und selbst Perraults ernstes Gesicht verzog sich zu einem Lächeln, als Buck eines Morgens, als François vergessen hatte, ihm die Schuhe anzuziehen, zu ihm kam, sich auf den Rücken legte und bittend seine vier Pfoten in die Höhe streckte.

Eines Tages aber wurde Dolly, die damals den bösen Biß in die Kehle bekommen hatte, sehr merkwürdig. Bei Tagesanbruch brach sie in ein entsetzliches Geheul aus, daß allen Hunden unwillkürlich die Haare zu Berge standen. Dann stürzte sie auf Buck zu, der ihr am nächsten stand. Er hatte nie vorher einen tollen Hund gesehen und konnte ihn als solchen also auch nicht fürchten. Seine Ahnung aber sagte ihm, daß dies etwas Entsetzliches sei, wogegen es keine Verteidigung gab. Er konnte nur sein Heil in der Flucht suchen. Er flog nur so über das Schneefeld, aber Dolly blieb immer dicht hinter ihm; trotz aller Anstrengung gewann er keinen Vorsprung. Über Felsentrümmer und dicht verschneite Büsche, über glattes Eis und durch Treibschnee ging es. Er konnte kaum sehen, wohin er lief, geschweige darüber nachdenken, denn immer hörte er das wilde Hecheln Dollys dicht hinter sich. Ein lauter Ruf von François gellte durch die Luft, und er folgte ihm. Wenn ihm nicht geholfen wurde, dann war er verloren. Mit der Axt in der Hand stand der Mann bereit, und hart an ihm vorüber sauste Buck. In demselben Augenblick erhielt Dolly den Todeshieb, während Buck im vollen Laufe gegen den Schlitten stieß. Nach Luft schnappend, halb bewußtlos lag er da.

Eine bessere Gelegenheit konnte sich Spitz nicht wünschen. Mit einem Satz war er bei dem Erschöpften; seine Zähne schlugen tief in das Fleisch und rissen Bucks Schulter bis auf den Knochen auf. Da fuhr François' Peitsche durch die Luft. So hatte der kleine Mann noch niemals einen Hund geschlagen wie jetzt den Spitz.

»Ein Teifel, dieses Spitz«, fluchte Perrault. »Er bringt ihn um, den Buck.«

»Aber zwei Teifel ist Buck«, meinte François ruhig. »Verdammt will ick sein, wenn er das nicht zeigt bei nächste Gelegenheit. Er wird ihn fressen wie ein altes Fisch, und nichts bleibt übrig von ihm. Zwei Teifel ist das Buck, das ist, was ick sagen.«

Jetzt war der Krieg öffentlich erklärt zwischen den beiden Hunden. Spitz, als Leithund, fühlte sich gedemütigt, und die Ursache dazu war dieser Buck gewesen, dieser elende Südlandshund. Ein Südlandshund war in seinen Augen schon an sich etwas Minderwertiges, denn bis jetzt war keiner von ihnen lange vor dem Schlitten gegangen; sie waren alle verweichlicht und schlapp. Buck war bis jetzt die einzige Ausnahme. Er allein hatte ausgehalten und war den Nordlandshunden gleich an Stärke, Ausdauer und Schlauheit. Niemals ließ er sich Ungehorsam oder gar Widersetzlichkeit zuschulden kommen; die hatte der Mann in der roten Jacke ihm ausgetrieben. Solche Geduld aber reizte Spitz geradezu. Und noch etwas anderes kam hinzu: er fühlte es, daß es Bucks Ehrgeiz war, Leithund zu werden.

Und so war es auch. Ein eigentümliches Gefühl von Stolz, das so manche seinesgleichen bei der schweren Arbeit aufrechterhält, hatte auch ihn ergriffen. Es war diese Art Ehrgeiz, die Dasch beherrschte und Solleks antrieb, bis an die äußersten Grenzen seiner Kraft zu gehen, die aus den schläfrigen, gleichgültigen Geschöpfen feurige und lebhafte Tiere gemacht hatte. Dieser Ehrgeiz war es, der Spitz veranlaßte, jeden Hund, der seiner Pflicht nicht nachkam oder der sich nicht pünktlich zum Anschirren einfand, zu strafen. Jetzt aber fing Buck an, ihm dies Recht streitig zu machen.

Eines Nachts hatte es heftig geschneit, und am andern Morgen fehlte einer der Hunde; es war Peik, der schon öfters versucht hatte, sich zu drücken. Im sicheren Versteck lag er, tief unter dem Schnee. François rief und suchte ihn vergebens. Spitz war wütend, denn die Abfahrt verzögerte sich. Er rannte hin und her, schnüffelte und grub allerwärts, wo der Missetäter möglicherweise verborgen sein konnte. So drohend klang sein Knurren, daß Peik in seinem Versteck sich zitternd noch enger zusammenrollte.

Als er endlich doch entdeckt wurde, sprang Spitz in hellem Zorn auf ihn zu, aber auch Buck war zur Stelle, um den Faulpelz zu strafen. So plötzlich warf er sich zwischen die beiden, daß Spitz das Gleichgewicht verlor und hintenüberstürzte. Diese Gelegenheit benutzte der boshafte Peik, um über den Leithund herzufallen. François aber, der mit der Peitsche herbeilief, machte dem Streit bald ein Ende. Mit aller Kraft schlug er auf Buck los, so daß dieser schleunigst vom Kampfplatz verschwand, wo Spitz dem Übeltäter die wohlverdiente Strafe zuteilte.

Zum Glück ging die Fahrt ihrem Ende entgegen; Dawson war nicht mehr weit. Es war auch die höchste Zeit, denn das Verhältnis zwischen Spitz und Buck wurde immer gespannter. Buck machte nämlich Spitz nach wie vor seine Rechte streitig, nur in Gegenwart von François hütete er sich wohl. Die heimliche Aufsässigkeit Bucks aber steckte die anderen Hunde an, und fast kam es zu offener Meuterei. Es gab fortgesetzt Beißerei und Zänkerei, und die Ursache war stets Buck. François hatte alle Hände voll zu tun, um wenigstens äußerlich den Frieden aufrechtzuerhalten, besonders zwischen Spitz und Buck, wenn er auch wußte, daß er früher oder später doch einmal zum Ende führen mußte. Nur vorläufig mußte er das noch verhüten, und mehr als einmal fuhr er aus seinem Schlafsack auf, wenn er ein verdächtiges Geräusch hörte.

Endlich, an einem grauen, stürmischen Nachmittag fuhren sie in Dawson ein. Viele Menschen gab es da und unzählige Hunde, und alle waren bei der Arbeit. Es schien hier ganz selbstverständlich zu sein, daß Hunde hier die Arbeit taten, die anderwärts Pferde leisteten. Sie zogen Bauholz, Erz und Steine die Straßen entlang. Den ganzen Tag rollten die Wagen, und selbst nachts schien keine Pause einzutreten. Buck traf hier auch einige Südlandshunde, aber die meisten anderen waren auch hier vom Geschlecht der Eskimohunde. Jede Nacht, regelmäßig um neun, zwölf und um drei Uhr fingen sie ein betäubendes Geheul an, und es war Bucks größtes Vergnügen, darin einzustimmen.

Beim matten Scheine der Mitternachtssonne, wenn die Sterne vor Kälte zitterten, saßen sie da und sangen das alte Lied, das so alt war, wie das Geschlecht der Hunde selbst, das Lied von dem Leid der Welt, das Buck so seltsam berührte. Und als er einstimmte in den Nachtgesang, da war er es nicht selbst, sondern der Geist seiner Vorfahren, der aus ihm ertönte, die Furcht vor dem Unbekannten, Geheimnisvollen der kalten, dunklen Nacht.

Sieben Tage nach ihrer Ankunft verließen sie Dawson wieder und waren auf der Fahrt nach dem Meeresstrande, nach Dyea. Perrault hatte wieder Depeschen, womöglich noch wichtigere als die eben besorgten, bei sich. Er hatte im ganzen eine gute Hinreise gemacht, und der Ehrgeiz ergriff ihn, die Rückreise noch schneller zu bewerkstelligen; er wollte den Rekord des Jahres aufstellen. Die äußeren Umstände waren günstig. Die Woche Rast hatte die Hunde wieder in vorzügliche Form gebracht. Die Bahn, die sie als erste getreten hatten, war von nachkommenden Schlitten noch fester gestampft, und Neuschnee war wenig gefallen. Außerdem war die Ladung ganz leicht, denn es waren auf der Strecke Proviantniederlagen errichtet, und es brauchte nicht viel Vorrat geschleppt zu werden.

So legten sie gleich am ersten Tage sechzig Meilen zurück, und schon am zweiten Tage waren sie auf dem Yukon. François aber hatte seine Last, denn es war keine Einigkeit im Gespann zu erreichen. Auch Spitz hatte bei den anderen Hunden keinen Einfluß mehr; offene Aufsässigkeit war überall. Peik stahl ihm sogar einmal den halben Fisch und verzehrte ihn gemächlich unter Bucks Schutz. Ein anderes Mal lehnten sich Dub und Joe gegen eine wohlverdiente Strafe auf, und sogar der gutmütige Billy widersetzte sich. Niemals ging Buck ohne Zähnefletschen und Knurren an Spitz vorbei. Auch untereinander hielten die Hunde keinen Frieden, stets war irgendeine Beißerei im Gange. Nur Dasch und Solleks gingen ruhig ihrer Wege.

François kam aus dem Fluchen gar nicht heraus; seine Peitsche sauste fortwährend durch die Luft, aber ohne Erfolg. Er wußte wohl, daß alles Bucks Schuld war, aber er konnte ihm nichts anhaben, denn auf frischer Tat konnte er ihn nie ertappen. Treulich zog er ja nach wie vor seinen Schlitten, denn die Arbeit machte ihm Freude, aber noch mehr freute es ihn, wenn er hinterrücks einen Streit anzetteln oder die Stränge heimlich in Unordnung bringen konnte.

Eines Abends, als sie an der Mündung des Tahkeena dicht neben dem Lager eines Gendarmeriepostens Halt machten, trat Dub einen Schneehasen heraus, der vor ihm das Weite suchte. In demselben Augenblick erhob sich ein Geschrei und Geheul, sämtliche Hunde nahmen die Verfolgung auf. Die Hunde der Polizeibeamten, wohl fünfzig an der Zahl, schlossen sich natürlich an, und dahin ging die wilde Jagd mit Buck an der Spitze. Der Hase hatte den Weg über den Fluß genommen und wandte sich dann rechts in den verschneiten Wald. Leicht, kaum eine Spur in dem weichen Schnee hinterlassend, flog er über die weiße Fläche, während die Hunde bei jedem Sprunge tief einsanken.

Der Jagdeifer längst vergangener Tage wurde in Buck lebendig. Er fühlte schon seine Zähne in dem weichen Felle des Tieres und das warme Blut, das um seine Lefzen rinnen würde.

Aber Spitz, selbst in heller Aufregung, blieb dennoch kalt und berechnend. Er wußte, daß der enge Paß dort oben einen Bogen machte, und versuchte dem Hasen den Weg abzuschneiden. Buck kannte die Gegend nicht, und gerade als er um eine Ecke kam und mit seinen Augen das weiße Wild verfolgte, sah er etwas anderes Weißes auf dem Wege. Es war Spitz. Zurück konnte der Hase nicht; einen Augenblick später faßten scharfe Zähne sein Nackenfell, und sein Todesschrei erfüllte die Luft.

Das war zuviel für Buck. Er konnte sich nicht mehr beherrschen. Wie ein Wahnsinniger fuhr er auf Spitz los. Mit solcher Gewalt rannte er gegen ihn an, daß sie beide hinten herüberfielen, so daß der lose Schnee umherstob. Spitz war der erste, der wieder auf die Füße kam, und ein Biß seiner scharfen Zähne riß Bucks Schulter auf. Und zum zweiten Male schlossen sich seine Zähne wie die stählernen Bügel einer Raubtierfalle.

Wie ein Blitz kam Buck die Überzeugung: jetzt oder nie, auf Leben und Tod mußte es gehen. Zähnefletschend und knurrend, mit zurückgelegten Ohren, gesträubtem Rückenhaar und blitzenden Augen gingen sie umeinander herum. Wer würde den nächsten Sprung tun? Kein Auge ließen sie voneinander, und doch wußte Buck, wie es um ihn herum aussah. Nicht das geringste Geräusch war jetzt zu hören, kein Lüftchen wehte, kein Blatt regte sich. Unhörbar, ganz leise und vorsichtig, kamen die anderen Hunde heran, jetzt hatten sie den Kreis um die beiden Kämpfer geschlossen, diese riesigen struppigen Hunde, die eigentlich nichts weiter waren als mangelhaft gezähmte Wölfe. Ganz unbeweglich standen sie, nur ihr Atem war in der kalten Luft sichtbar, ebenso das Blitzen ihrer gierigen Augen. Das alles wußte Buck, wenn er auch nicht hinsah.

Spitz war ein geübter Fechter. Von Spitzbergen durch das Eisgebiet und quer durch Kanada war er gekommen, und alle möglichen Hunde hatte er kennengelernt, sich mit ihnen gemessen und von ihnen gelernt. Grimme Wut kannte er wohl, aber nicht blinde Wut. In Stücke reißen, töten wollte er seinen Gegner; aber keinen Augenblick vergaß er, daß auch der andere dasselbe wollte. Niemals wagte er einen Angriff, ohne zugleich an Verteidigung zu denken.

Vergeblich versuchte Buck einen Angriffspunkt zu finden, immer hatte er den offenen Rachen seines Feindes vor sich. Immer wieder versuchte er an die Kehle des weißen Hundes zu kommen, aber immer verbiß sich Rachen in Rachen, und hoch aufgerichtet standen sie einander gegenüber.

Immer und immer wieder wiederholte sich das. Auf einmal sprang er gegen seinen Feind und versuchte ihm seitwärts an die Kehle zu kommen, aber auch das war vergeblich, Spitz hatte ihm wieder einen Biß versetzt, daß das Blut nur so strömte. Die Schlacht war auf der Höhe. Und wäh-

renddessen stand der Kreis der Hunde unbeweglich, darauf wartend, wer es sein würde, der ihnen zum Opfer fiel. Was eben Buck versucht hatte, gelang nun Spitz. So hart faßte er Buck, daß er taumelte. Schon reckten sich lüstern die sechzig Köpfe hoch, aber noch war es zu früh.
Jetzt galt nur List. Mit gewaltigem Anlauf sprang er wieder gegen die Kehle des weißen Hundes, duckte sich aber im letzten Augenblick bis hinunter in den Schnee. Ein Krachen von brechenden Knochen, ein gräßlicher Schrei. Spitz hatte nur noch drei gesunde Pfoten. Aber immer noch stand er sicher genug darauf, kein noch so heftiger Angriff brachte ihn auch nur zum Straucheln. Da aber gelang es Buck noch einmal, an die Pfoten seines Gegners zu kommen. Der dunkle Kreis wurde immer kleiner. Spitz sah es und wußte, was es zu bedeuten hatte. Jetzt gab es keine Hoffnung mehr für ihn. Schon fühlte er den Atem der Köter, hörte das Hecheln rund um sich herum. Jetzt standen sie still, wie zu Stein erstarrt, denn noch hatte Buck sein Werk nicht ganz getan. Nun aber sprang er von der Seite auf sein Opfer zu, und diesmal konnte Spitz dem Sprunge weder ausweichen noch ihm Widerstand bieten.
Der schwarze Kreis wurde zu einem schwarzen Punkte auf der mondbeschienenen weißen Fläche. Etwas abseits war ein kleiner schwarzer Punkt. Das war Buck. Das wilde Tier in ihm war zufrieden; er hatte die Schlacht gewonnen.

Der Sieger

»Eh? Was ist zu sagen? Ick sprecken nix als Wahrheit, wenn ick sagen, Buck ist sich zwei Teifel.«
Es war François, der so sprach, als Spitz am anderen Morgen nicht zur Stelle war und Buck über und über mit Wunden bedeckt heranhinkte. Er zog ihn näher an das Feuer, um zu sehen, wo zu helfen war.
»Das Spitz beißt doch wie Teifel«, meinte Perrault kopfschüttelnd.
»Und das Buck wie zwei Teifel. Das ist, was ick sagen immer«, war François' Antwort. »Aber kein mehr Spitz, kein mehr Ärger.«
Während Perrault den Schlitten packte, rieb François den Hund. Als eingeschirrt wurde, hinkte Buck auf den Platz, den sonst Spitz als Leithund eingenommen hatte. Aber François bemerkte es nicht und stellte Solleks in die von Buck ersehnte Stelle. Wie eine Furie aber fuhr Buck auf Solleks los, warf ihn zur Seite und nahm den Platz ein.
»Nun?« François rief es verwundert. »Was sehen ick? Das Buck töten Spitz und nehmen seine Stelle. Weg da, ick sagen.«
Aber Buck ging nicht. Da nahm er ihn am Nackenfell, stieß ihn zur Seite und brachte Solleks wieder an die Spitze. Der alte Hund gehorchte nicht gern und zeigte deutlich, daß er sich vor Buck fürchtete, doch François achtete nicht darauf. Aber als er den Rücken drehte, war Solleks wieder zur Seite geschoben, und Buck stand an seiner Stelle.

François war wütend. »Bei die Himmel, ick werde dir zeigen«, rief er und griff nach einem Stock. Aber Buck, der den Mann in der roten Jacke in gar zu guter Erinnerung hatte, wich schnell zurück. Als Solleks wieder auf seinem Platze stand, wurde er nicht verdrängt. So nahe heran kam Buck nicht mehr. Er sah wohl zu, aus dem Bereiche des Knüppels zu bleiben, auch achtete er gut darauf, daß er ihm nicht etwa unversehens an den Kopf flog. Mit Knüppeln hatte er seine Erfahrungen gemacht.
François fuhr fort, die Hunde einzuschirren, doch als die Reihe an Buck kam, war alles Rufen vergeblich. Selbst als der Knüppel fortgeworfen war, kam er nicht näher. Als Leithund wollte er vor dem Schlitten gehen oder überhaupt nicht.
Auch Perrault hatte kein Glück mit ihm. Wohl eine Stunde dauerte das

Schauspiel. Warfen sie Stöcke nach ihm oder Eisstücke, dann wußte er sich geschickt zu decken. Sie schrien und fluchten, verwünschten ihn und seine Kindeskinder. Er aber knurrte nur und fletschte die Zähne dicht vor ihnen, nur knapp aus dem Bereich von Stock und Peitsche, hetzte sie rund um den Lagerplatz.

François war der erste, der die Geduld verlor. Er kratzte sich nachdenklich hinter dem Ohr. Perrault sah nach der Uhr und fluchte. Die Zeit verging, und eine Stunde hätten sie schon unterwegs sein müssen. François fuhr sich mit seinen fünf Fingern durch das Haar, schüttelte den Kopf und sah seinen Genossen fragend an. Der zuckte nur mit den Achseln. Da ging er hin, nahm Solleks die Stränge ab und rief Buck. Buck lachte, wie Hunde eben lachen können, blieb aber, wo er war. Das Gespann stand fertig da, kein anderer Platz für Buck war da, als nur der an der Spitze. Noch einmal rief er, aber Buck kam nicht.

»Wirf den Stock weg«, befahl Perrault. Es geschah. Langsam und würdevoll schritt Buck daher, warf einen stolzen Blick auf die anderen Hunde und stellte sich an die Spitze des Gespannes. François legte ihm die Stränge an, und in demselben Augenblick sauste das Gespann über die glatte Bahn des Flusses dahin, daß die beiden Männer kaum zu folgen vermochten.

Waren die beiden Männer sich eben einig darüber geworden, daß zwei Teufel in Buck steckten, so merkten sie bald, daß auch etwas anderes in ihm steckte, nämlich ein vorzüglicher Leithund. Wo es auf Vorsicht ankam, auf überlegenes, schnelles Denken, da übertraf er sogar Spitz, den François bislang als den besten Führer kennengelernt hatte.

Dasch und Solleks hatten nichts gegen Bucks Leitung einzuwenden; ihre Arbeit war zu ziehen, mit allen ihren Kräften zu ziehen, und alles andere war ihnen gleich; sogar Billy hätte ihretwegen Leithund sein können. Die anderen aber waren in der letzten Zeit oft aufsässig geworden und hatten von Buck nichts weniger als so eine strenge Herrschaft erwartet.

Peik, der hinter Buck ging, strengte sich nie mehr an, als durchaus notwendig war, um die Stränge stramm zu halten. Jetzt aber konnte er sich nicht mehr von der Arbeit drücken, dafür sorgten Bucks scharfe Zähne gründlich, und ehe der Tag zu Ende ging, hatte Peik ziehen gelernt wie nie in seinem Leben. Am ersten Abend gleich bekam auch Jeß seinen Denkzettel. Was Spitz nie gelungen war, das brachte Buck schon allein durch das Gewicht seines Körpers fertig. Er bearbeitete ihn so unbarmherzig, daß er ein für allemal den Widerstand aufgab.

Der ganze Ton in dem Gespann war besser geworden; die alten Zeiten der Einigkeit und des Friedens waren wieder eingezogen. In Rink Rapids kamen wieder zwei neue Hunde dazu, ganz rohe, ungearbeitete Wolfsspitze, und die Geschwindigkeit, mit der Buck sie zu bändigen verstand, rief die helle Begeisterung von François hervor.

»Nimmermehr is da solch eine Hünd als das Buck, nimmermehr! Er ist sick wert eintausend Dollars, is sick mehr wert als das; das is, was ick sagen!«

Und Perrault nickte. Er hatte jetzt schon den Rekord gebrochen und gewann von Tag zu Tag noch mehr. Die Bahn war in ausgezeichneter Verfassung, festgetreten und nicht zu glatt; Neuschnee war nicht zu befürchten, und auch zu kalt war es nicht. Einer der Männer saß jetzt wohl auch einmal auf dem Schlitten, während der andere auf Schneeschuhen nebenherlief und steuerte.

Seit sieben Tagen hatten sie nun täglich vierzig Meilen zurückgelegt und waren schon auf der Hauptstraße nach Skaguai. Allerwärts fanden die beiden Männer jetzt Gelegenheit zu einem tüchtigen Trunk, und überall war das Gespann der Mittelpunkt der Anteilnahme. Am vierzehnten Tage sahen sie die Lichter der Zeltstadt und der Schiffe im Hafen. Sie wurden mit Jubel begrüßt. Es war eine Fahrt, wie sie noch keiner gemacht hatte. Waren sie doch den Dreißigmeilenfluß in einem Tage hinuntergefahren, wozu sie auf dem Hinweg zehn gebraucht hatten.

Dann kam ein neuer Auftrag für Perrault und François. Zum letzten Male rief der kleine Mulatte die Hunde zu sich, drückte sein schwarzes Gesicht in Bucks zottiges Fell und weinte. Buck sah weder Perrault noch François wieder; sie verschwanden aus seinem Leben wie schon so viele Menschen.

Es war wieder ein Mulatte, der ihn und elf andere Hunde auf der nächsten Reise führte. Die Fahrt ging wieder nach Dawson. Es war dieses Mal aber kein Eilschlitten, sondern der gewöhnliche Postschlitten, dem er zugeteilt war. Sie hatten Nachrichten aus aller Welt an die Leute zu befördern, die da oben im hohen Norden nach einem gelben Metall suchten, das die Menschen Gold nannten.

Es war schwere Arbeit, und Buck tat sie nicht gern, aber willig, und er sorgte auch dafür, daß die anderen ihrer Pflicht nachkamen. Es war ein eintöniges Leben; ein Tag verging wie der andere, obwohl viel mehr Hunde, Schlitten und Menschen zusammen waren als bei seiner ersten Fahrt. Jeden Morgen wurde ein Feuer angezündet und Frühstück gekocht; dann wurden die Zelte aufgerollt, die Hunde angeschirrt und fort ging es, bis die Dämmerung hereinbrach. Dann wurde wieder das Lager aufgeschlagen. Einige Leute holten Feuerholz, andere trugen dem Koch Eis oder Wasser zu, hackten Fichtenzweige klein und breiteten die Schlafsäcke darauf aus.

Auch die Hunde bekamen dann ihre Mahlzeit. Das war das einzige, was etwas Abwechslung in das Dasein brachte. Es waren auch wieder einige Raufbolde unter den Hunden, aber nach drei größeren Balgereien, aus denen Buck als Sieger hervorging, fand es keiner mehr lohnend, einen Streit anzufangen. Er brauchte nur das Rückenhaar zu sträuben und die Zähne zu zeigen, so gingen sie ihm aus dem Wege.

Am besten gefiel es ihm, wenn er am Feuer liegen durfte. Die Hinterbeine zog er unter den Körper, streckte die Vorderbeine weit von sich und legte den Kopf darauf.

So blinzelte er schläfrig in die Flammen. Manchmal wanderten die Gedanken zurück in seine Heimat, und er sah das weiße Haus vor sich, die klaren Fluten des Sees, Tutt, den dicken Mops, und Bella, die kleine Pinscherhündin. Öfter aber auch dachte er an den Mann in der roten Jacke, an den Tod von Zottel und an Spitz, seinen Todfeind. Heimweh hatte er nicht. Der sonnige Süden lag zu weit hinter ihm, und zu viel war inzwischen geschehen, als daß sein Bild anders als nur ganz verschwommen hätte in seinem Gedächtnis auftauchen können. Viel klarer sah er dagegen ein anderes vor sich. Und das war merkwürdigerweise nicht einmal aus der Erinnerung an ein eigenes Erlebnis. Und doch war ihm alles so bekannt. Es war das Erbe seiner Vorfahren, deren Erinnerung, die so lange in ihm geschlafen hatte und nun erwachte.

Manchmal, wenn er so dalag und in die Flammen starrte, dann war es ihm, als ob es die eines anderen Feuers waren, und der Mann, der neben ihm war, ein anderer. Er hatte kürzere Beine und längere Arme, stärkere Sehnen und dickere Muskeln. Das Haar hing lang und wirr um den Kopf, kleine geschlitzte Augen blickten darunter hervor. Es waren unverständliche, nie vernommene Laute, die Buck hörte. Und der Mann hatte Angst vor der Dunkelheit, in die er sah; seine Hand umspannte einen Stock, an dessen Spitze ein Stein befestigt war. Er war ganz nackt, nur ein zerrissenes Fell hing über seinen Schultern, und sein Leib war behaart. Er stand nicht aufrecht, sondern sein Körper bewegte sich nach vorn, und seine Haltung war die eines Wesens, das immer in Angst lebt und das auf der Flucht vor etwas ist, das es nicht hören und nicht sehen kann. Katzenartig waren seine Bewegungen.

Ein anderes Mal war es ihm, als ob der haarige Mann neben ihm am Feuer säße mit hochgezogenen Knien, die seine Hände umspannt hielten. Und hinter dem Feuer sah er glühende Kohlen, immer zwei und zwei zusammen. Aber Kohlen waren es nicht, das wußte er wohl, sondern die glänzenden Augen von Raubtieren. So träumte er an den Ufern des Yukon von einer anderen Welt. Seine Rückenhaare sträubten sich, er

fletschte die Zähne, knurrte und bellte, bis der Mulatte ihn anrief: »He, aufgewacht, Buck, alter Kerl. Wach auf!«
Dann war seine Welt verschwunden, und die wirkliche lag wieder vor ihm, und er stand auf, streckte sich, gähnte, als ob er geschlafen hätte.
Es war eine lange Reise mit schwerer Ladung, und in jämmerlichem Zustande kamen sie in Dawson an. Sie hätten mindestens einer zehntägigen Ruhe bedurft, um wieder frisch und munter zu werden, aber schon nach zwei Tagen mußte die Rückfahrt angetreten werden, um die Menge der Briefe und Pakete der Leute aus Alaska hinauszuschaffen in die zivilisierte Welt. Die Hunde waren noch immer erschöpft, die Führer nicht minder; dazu schneite es Tag und Nacht. Die Bahn war weich, und die Kufen sanken tief ein. Die Arbeit war schwerer als je zuvor, aber die Leute taten für die Hunde, was sie nur konnten.
Jeden Abend rieben sie die Tiere ab, ehe sie an Ruhe für sich dachten. Erst bekamen die Hunde ihre Mahlzeit, dann aßen die Männer. Und doch nahm die Kraft der Tiere immer mehr ab. Einige von ihnen hatten schon achtzehnhundert Meilen in diesem Winter vor dem Schlitten gemacht, eine Arbeit, die auch den Stärksten zerbricht. Buck aber ertrug sie, und er hielt auch die anderen in guter Ordnung. Mit Billy ging es schlecht; er winselte selbst im Schlaf. Jeß war schlechter gelaunt als je zuvor, und Solleks war gänzlich unzugänglich; auf der blinden Seite wie auch auf der anderen durfte sich keiner in seine Nähe wagen.
Dasch aber war es, der am meisten zu leiden hatte. Er hatte sich wohl innerlich durch die Überanstrengung verletzt und wurde jeden Tag elender. Manchmal, wenn der Schlitten auf einen Stein oder sonst ein Hindernis stieß und mit einem plötzlichen Ruck zum Stillstand kam, schrie er laut auf vor Schmerzen, und abends, wenn das Geschirr ihm abgenommen wurde, fiel er hin, wo er stand. Dann kamen die Leute, fütterten ihn und deckten ihn zu. Keiner wußte, was ihm fehlte, und sie berieten bei jeder Mahlzeit, was wohl zu tun wäre, und auch abends bei der letzten Pfeife sprachen sie davon. Manchmal holten sie ihn dann her, legten ihn ans Feuer, rieben und strichen an ihm herum, aber keiner fand, wo es ihm fehlte.
Als sie Cassiar Bar erreicht hatten, war es so schlimm geworden, daß Dasch nicht mehr eingeschirrt werden sollte. Er sollte ausruhen und nur frei hinter dem Schlitten herlaufen. Er aber heulte und winselte, als Solleks seinen Platz einnahm, und lief anstatt hinter dem Schlitten auf fester Bahn nebenher im lockeren Schnee. Alle Augenblicke war er neben Solleks, versuchte ihn zur Seite zu drängen und biß ihn in die Beine. Und immer winselte er und schrie zum Erbarmen. Der Mulatte trieb ihn mit der Peitsche fort, aber es half nichts; fest schlagen mochte er nicht, denn

der Hund tat ihm zu leid. Es war aber zu anstrengend auf die Dauer, im Schnee zu laufen, und immer weiter blieb er zurück. Als dann die ganze Reihe der Schlitten ihn überholt hatte, heulte er so jämmerlich, daß der Führer seines Gespannes hielt, um auf ihn zu warten. Ein Weilchen dauerte es bis zur Weiterfahrt, da der Mulatte seine Pfeife stopfte und die eines anderen Mannes anzündete. Dann sollte es weitergehen. Die Hunde zogen an, aber im nächsten Augenblick schon standen sie und wandten die Köpfe. Der Führer wunderte sich, denn der Schlitten hatte sich nicht von der Stelle gerührt. Dann rief er die anderen, damit sie sehen sollten, was geschehen war. Dasch hatte Solleks beide Stränge durchgebissen und stand nun auf seinem alten Platze vor dem Steuer.
Mit den Augen redete er eine so deutliche Sprache, daß der Führer wußte, was er wollte. Sie waren erst alle sprachlos, dann aber wußte jeder etwas von einem ähnlichen Fall zu erzählen von Hunden, denen das Herz gebrochen war, weil sie ihre Arbeit nicht mehr tun konnten und andere an ihrer Stelle sahen. Sie meinten, es wäre am besten, dem Hunde den Willen zu tun, es sei barmherziger, ihn in den Sielen sterben zu lassen, als ihm die letzte Freude zu versagen. So schirrten sie ihn wieder an, und mit stolz erhobenem Kopfe und glänzenden Augen schritt er in der Reihe der anderen und zog mit allen seinen Kräften. Nur dann und wann, wenn er gar zu große Schmerzen fühlte, heulte er auf. Einmal stolperte er auch, und die Schlittenkufen gingen ihm über die Hinterbeine, so daß er fortan hinkte.

Bis zum Abend hielt er aus, und die Leute machten ihm ein warmes Lager am Feuer. Am anderen Morgen aber war er zu schwach, sich aufzurichten. Als die anderen eingeschirrt wurden, kroch er näher heran, bald aber verließ ihn die Kraft ganz. Als ihn die Kameraden zum letzten Male sahen, lag er lang ausgestreckt im Schnee, und jämmerlich hörten sie ihn noch winseln, als der Schlitten um eine Felsenecke bog. Da ließ der Mulatte halten und ging zurück. Auch die anderen Schlitten standen still, und die Leute hörten auf zu sprechen. Ein Revolverschuß peitschte durch die Stille. Dann kam der Mann zurück, die Peitsche knallte, und die Schlittenglocken klangen hell. Buck aber und die anderen Hunde wußten, was geschehen war, da hinten auf dem Schneefeld hinter dem grauen Felsen.

Schwere Arbeit

Dreißig Tage nachdem sie Dawson verlassen hatten, kamen sie mit ihrem Postschlitten wieder in Skaguai an. Die Hunde waren in einem jämmerlichen Zustand. Bucks Gewicht war von hundertundvierzig auf hundertundfünfzehn Pfund zurückgegangen. Die anderen Hunde hatten verhältnismäßig noch mehr zugesetzt. Peik, der Heuchler, der so manches Mal in seinem Leben schon ein lahmes Bein vorgeschützt hatte, um sich von der Arbeit zu drücken, hinkte jetzt wirklich. Solleks lahmte auch, und Dub hatte sich das Schulterblatt ausgerenkt.

Wunde Füße hatten sie alle; Lebensmut war in keinem von ihnen mehr. Kaum konnten ihre Füße den Körper noch tragen; sie waren todmüde. Monatelang hatten sie bis an die Grenzen ihrer Kraft gearbeitet; jeder Muskel, jede Sehne, jeder Tropfen Blut in ihnen verlangte nach Ruhe. In fünf Monaten hatten sie nicht weniger als zweitausendfünfhundert Meilen zurückgelegt, und nur fünf Tage Rast hatten sie machen können während der letzten zweitausend. Als sie im Ort einfuhren, waren sie gerade am Ende mit ihrer Kraft. Sie konnten kaum mehr die Stränge stramm halten, und sie hatten schon Mühe genug, nicht unter die Kufen zu kommen, wenn es bergab ging.

»Hü, ihr armen Schelme, hü!« rief der Mulatte alle Augenblicke ihnen ermunternd zu. »Gleich sind wir da, und dann könnt ihr schlafen. Nichts wie schlafen und fressen sollt ihr, ihr armen Kerle. Gleich sind wir da!«

Die Leute glaubten auch, daß nun eine lange Rast gemacht werden könnte. Sie selbst waren ja auch die letzten zwölfhundert Meilen im Schnee neben dem Schlitten hergelaufen und hätten Ruhe bitter nötig gehabt. Es gab aber zu viele Menschen da oben in Klondike und in Dawson, die Freunde, Weib und Kinder daheim zurückgelassen hatten, und der Berg der Briefe und Pakete wuchs und wuchs, auch amtliche Nachrichten waren zu befördern. Die alten Hunde aber waren ausgepumpt, waren unbrauchbar für die nächste Reise, und andere mußten deshalb an ihre Stelle treten. Und weil doch die Hunde nicht so viel wert sind wie Geld, so sollten sie verkauft werden.

Drei Tage waren vergangen, und den Hunden kam jetzt erst zum Bewußtsein, wie schwach und elend sie waren. Am Morgen des vierten Tages kamen zwei Männer und kauften sie mit Geschirr und allem anderen für ein Spottgeld. Sie nannten einander Charles und Hal und kamen aus den Vereinigten Staaten. Charles war etwa vierzig Jahre alt, von heller Gesichtsfarbe, hatte kalte, wasserblaue Augen und einen Schnurrbart, dessen Enden kühn nach oben standen. Hal war jünger, etwa zwanzig Jahre alt. Er hatte einen großen Revolver und ein Jagdmesser im Gürtel. Dieser Gürtel war eigentlich das einzig bemerkenswerte an ihm. Beide Männer waren hier fremd und hätten besser getan, dem Norden überhaupt fernzubleiben.

Buck hörte das Handeln, er sah, daß Geld bezahlt wurde, und er wußte, daß nun der Mulatte und die anderen Postschlittenleute aus seinem Leben verschwinden würden wie damals Perrault und François und die anderen. Als er mit den übrigen Hunden in das Zelt seiner neuen Herren kam, fand er dort mehr Unordnung, als er je gesehen hatte. Auch eine Frau sah er dort; Mercedes wurde sie genannt und war Charles' Frau und Hals Schwester.

Buck sah aufmerksam zu, wie sie das Zelt abbrachen und den Schlitten beluden. Sie gaben sich viel Mühe, aber nichts machten sie ordentlich. Das Zelt war ganz ungeschickt aufgerollt und nahm doppelt soviel Platz ein, wie nötig war. Das Geschirr wurde schmutzig mitgenommen. Mercedes war den Männern überall im Wege, rannte hin und her und tat doch nichts. Wenn die Männer ein Bündel vorn aufgeschnürt hatten, dann fand sie sicher, daß es besser hinten aufgehoben wäre, und wenn sie es dann hinten aufgepackt hatten und noch soundso viel oben darauf, dann fiel es ihr gewiß ein, daß sie gerade aus diesem Sack noch etwas herauszunehmen vergessen hatte, was sie notwendig brauchte.

Die Leute aus den Nachbarzelten sahen zu und lachten.

»Da habt ihr ja 'ne feine Ladung«, meinte der eine, »das muß ich sagen. Mich geht es ja nichts an, aber ich würde vor allen Dingen das Zelt hierlassen.«

»Unmöglich«, schrie Mercedes auf und rang die Hände. »Wie kann ich ohne Zelt fertig werden?«

»Wird schon gehen«, antwortete der Mann, »es ist doch Frühjahr und nicht mehr kalt.«

»Glaubt ihr denn wirklich, daß ihr damit vorwärts kommt?« fragte ein anderer.

»Warum denn nicht?« war die kurze Gegenfrage.

»Schon gut, schon gut«, beschwichtigte der andere, »ich darf doch wohl fragen. Mir schien die Ladung nur mindestens zehnmal zu schwer.«

Charles zog nun die Riemen fest, so gut er konnte, und schlecht genug war das auch noch.

»Und das sollen die Hunde ziehen?« fragte ein Mann, der eben hinzutrat.

»Natürlich, wer denn sonst«, antwortete Hal von oben herab, nahm das Steuer in die eine Hand und die Peitsche in die andere. »Hü!« rief er. »Hü!«

Die Hunde legten sich in die Riemen, zogen, so fest sie konnten, hielten aber gleich wieder ermattet inne. Der Schlitten hatte sich nicht gerührt.

»Ihr faulen Luder!« schimpfte Hal und schwang die Peitsche.

Aber Mercedes fiel ihm in den Arm. »Nicht schlagen, Hal, nicht schlagen«, rief sie. »Die armen, lieben Tiere. Du mußt mir versprechen, daß du sie nie schlagen willst, sonst gehe ich nicht mit; ganz gewiß nicht.«

»Was verstehst du denn von Hundebehandlung«, brummte ihr Bruder, »laß mich zufrieden. Faule Kröten sind es, die ohne Prügel überhaupt nichts tun. Da kannst du fragen, wen du willst!«

»Ja, weil sie so schwach sind wie eine Fliege«, rief einer der Umstehenden. »Ruhe brauchen die armen Viecher, nichts als Ruhe.«

»Geh zum Teufel mit deiner Ruhe«, rief Hal erbost, und Mercedes seufzte schmerzlich. Ob sie es aus Mitleid mit den Hunden tat oder aus Kummer über des Bruders Fluchen, blieb ungeklärt. Jedenfalls aber wollte sie nicht, daß andere Leute etwas an ihrem Bruder zu tadeln fanden.

»Höre nur nicht darauf, was die Leute sagen«, meinte sie spitz. »Du wirst wohl selbst wissen, was du zu tun und zu lassen hast. Jedenfalls sind es unsere Hunde, und es geht niemanden etwas an, was wir damit machen!«

Hals Peitsche fuhr sausend durch die Luft und über die Rücken der Hunde. Sie machten verzweifelte Anstrengungen, den Schlitten vorwärts zu bringen, aber ihre Füße glitten immer wieder auf dem glatten, festgetretenen Schnee aus. Der Schlitten saß wie verankert. Alle Mühe war vergebens; keuchend und zitternd standen sie da. Wieder sauste die Peitsche durch die Luft. Nun konnte es Mercedes nicht mehr ansehen. Sie warf sich auf die Knie vor Buck, legte ihre Arme um seinen Hals und drückte ihn an sich. Tränen standen in ihren Augen.

»Ihr armen, armen Geschöpfe«, rief sie weinend. »Warum wollt ihr auch nicht ziehen? So gebt euch doch Mühe, denn wir müssen doch fort.«

Buck wußte nicht, was das nun wieder bedeuten sollte. Angenehm war ihm diese stürmische Zärtlichkeit nicht, aber er fühlte sich zu elend, um sie abzuschütteln.

Einer der Zuschauer, der schon eine Weile zähneknirschend dabeigestanden hatte, trat jetzt an den Schlitten heran.

»Euretwegen ist es wahrlich nicht, ihr Schafsköpfe, wenn ich mich noch einmal in die Sache mische, aber die Hunde dauern mich. Siehst du denn nicht, daß die Kufen eingefroren sind, du Esel?«

Zum dritten Male mußten die Hunde anziehen, und nun bewegte sich der Schlitten wenigstens, denn die Männer hatten ihn kräftig losgerüttelt. Aber nur ganz langsam ging es voran; die hohe schwere Ladung schwankte, und die Hunde mußten ziehen, daß ihre Körper fast den Boden berührten, während die Peitschenhiebe hageldicht fielen. Hundert Schritt weiter fiel die Straße ab. Ein erfahrener Mann hätte schon seine Last gehabt, einen Schlitten, so hoch beladen wie dieser, so zu steuern, daß er das Gleichgewicht behielt, und Hal hatte nichts weniger als Erfahrung im Schlittenführen. Schon als sie scharf um die Ecke bogen, kam das Gepäck ins Schwanken, und an allen Enden rollten Sachen in den Schnee. Die Hunde merkten es wohl, aber sie hielten nicht an, denn sie waren zu wütend über die ungerechte Behandlung. Buck war es, der das Lauftempo einschlug, und die anderen folgten. Alles »halt!« und »brr« half nichts; Hal wurde einfach mitgeschleift. Dazu stürzte nach kurzer Fahrt der Schlitten vollends um und schleifte nun, leicht wie er war, zur Freude der Zuschauer hinter den Hunden her, die abschüssige Straße von Skaguai hinunter.

Ein paar gutmütige Leute fingen endlich die Hunde ein und sammelten die verstreuten Sachen auf. Dann redeten sie ein ernstes Wort mit den drei Fremden. Also doppelt so viele Hunde und halb soviel Ladung, wenn sie überhaupt jemals nach Dawson kommen wollten. Nun ging es ans Auspacken, und die Nordländer wollten sich fast ausschütten vor Lachen über das unnütze Zeug, das die drei bei sich hatten.

»Bettücher, ein Dutzend weiße Bettücher!« schrie einer der Männer lachend. »Wollt ihr ein Hotel unterwegs aufmachen? Wozu die vielen Teller und Töpfe? Weg damit. Himmel, die Leute denken wohl, sie fahren im Salonwagen des Eilzuges!«

Und so mußte ein Stück nach dem anderen beiseite gelegt werden. Mercedes weinte und zeterte und rang bei jedem Stück die Hände. Immer wieder erklärte sie, sie ginge nicht mit, denn ohne Komfort könne sie nicht leben.

Als sie aber bei niemandem Mitleid erregen konnte, wurde sie eigensinnig und warf alles fort, was ihr gehörte, und sogar notwendige Sachen der beiden Männer.

Jetzt war die Ladung halb so groß, aber immerhin noch schwer genug. Dann gingen Charles und Hal fort, um Hunde zu kaufen. Sechs Stück brachten sie mit, so daß es nun vierzehn im ganzen waren. Aber alle waren ganz unerfahren und in der Arbeit unbrauchbar. Es waren drei kurzhaarige Pinscher, ein Neufundländer und zwei Fixköter von unbestimm-

ter Abstammung. Buck hatte seine Last damit, sie zu lehren, was sie nicht tun durften; was sie aber tun mußten, das war ihnen nicht beizubringen. Sie hatten alle den Kopf verloren und waren voller Angst, denn sie waren fremd im Land, und alles war ihnen neu.
Das waren trostlose Aussichten für die Reise. Die beiden Männer aber waren anderer Ansicht; sie waren stolz auf ihr Gespann. Sie hatten schon manchen Schlitten aus dem Ort fahren sehen, aber vierzehn Hunde hatte keiner vorgespannt. Daß aber alle die Männer, die hier im Eisgebiet fuhren, wohl einen Grund haben könnten, nicht vierzehn Hunde vor einen Schlitten zu spannen, daran dachten die drei Leute nicht, und daß sie auf einem Schlitten nicht einmal genügend Futter für sich selbst hätten mitnehmen können, davon hatte das kluge Kleeblatt keine Ahnung. Sie wußten eben alles besser als andere Leute, denn sie hatten ja alles schwarz auf weiß ausgerechnet. So viele Hunde, so viele Tagereisen und je mehr Hunde, desto schneller die Fahrt. Das war doch klar. Die beiden Männer hatten das genau berechnet, und Mercedes, die ihnen über die Schulter sah, nickte verständnisvoll.

Am nächsten Morgen endlich waren sie so weit fertig, daß Buck den Zug aus dem Orte führen konnte. Es war kein Leben und kein Mut in der ganzen Gesellschaft und in ihm auch nicht. Viermal hatte er nun schon diesen Weg gemacht, und er wußte, was ihm bevorstand. Und dieses Mal war er noch dazu todmüde schon von Anfang an.
Dabei konnte er sich in diesem Falle nicht einmal auf die Menschen verlassen, die ihn führten. Daß sie nichts konnten, das hatte er gleich bemerkt, daß sie aber auch nichts lernen würden, begriff er auch zu bald. Es wurde immer späte Nacht, bis sie es fertiggebracht hatten, das Zelt aufzuschlagen, und bis Mittag dauerte es stets, bis sie es wieder aufgepackt hatten, und zwar so nachlässig, daß es wohl ein dutzendmal am Tage vom Schlitten fiel; und immer gab es dann unnützen Aufenthalt. Manchmal wurde es morgens sogar so spät, daß es sich überhaupt nicht mehr verlohnte aufzubrechen, und dann war der ganze Tag verloren. Nicht die Hälfte des Weges wurde in der üblichen Weise zurückgelegt.
So war es unausbleiblich, daß der Mangel an Eßvorräten sich schon bald fühlbar machte. Die neuen Hunde, deren Magen noch nicht an die mageren Bissen gewöhnt waren, hatten fortwährend Hunger. Dabei war schon gleich in den ersten Tagen, als die müden Hunde nicht nach Wunsch ziehen wollten, die vorher berechnete Portion verdoppelt worden, weil Hal glaubte, das würde die Tiere kräftigen. Nach Mercedes' Ansicht aber bekamen sie noch zu wenig, und da sie den Bruder nicht überreden konnte, ihnen mehr zu geben, so stahl sie einfach Futter aus

den Säcken und fütterte sie heimlich. Aber es fehlte ihnen ja nicht Futter, sondern nur Ruhe, nichts als Ruhe.
Auf die Tage der Überfütterung folgten dann die des Hungers. Eines Tages machte Hal die Entdeckung, daß der größte Teil des Hundefutters fehlte, und erst ein Viertel des Weges war zurückgelegt. Unterwegs war weder für Geld noch für gute Worte etwas zu kaufen, und so wurden die Rationen bedeutend verkleinert und die Ansprüche an die Schnelligkeit der Hunde verdoppelt. Das erstere war leicht gemacht, aber das andere gelang nicht. Ebensowenig wie es möglich war, die Hunde zu schnellerer Gangart zu bringen, ebensowenig war es diesen drei Leuten möglich, morgens zu rechter Zeit aufzubrechen. Sie verstanden nichts von der Arbeit der Hunde, noch weniger aber von ihrer eigenen.
Das erste Opfer war Dub. Der arme Kerl, der immer das Pech hatte, für andere büßen zu müssen, hatte bis zuletzt noch so wacker und treu gearbeitet, aber die ausgerenkte Schulter, auf die niemand geachtet hatte, wurde bei dem schweren Tagewerk immer schlimmer, und eines Morgens wurde er von Hal erschossen.
Wenn es heißt, daß ungearbeitete Hunde das Doppelte an Futter brauchen wie alte Hunde, so war es nicht zu verwundern, daß die sechs neuen Hunde bei der Hälfte der üblichen Futtermenge bald mit ihrer Kraft am Ende waren. Der erste, der eines Morgens tot dalag, war der Neufundländer, und bald darauf folgten die drei Pinscher, die beiden anderen waren nur noch Haut und Knochen.

Mit den Menschen war auch eine Veränderung vorgegangen. Sie hatten sich eine Nordlandsfahrt doch anders vorgestellt, und die Enttäuschungen hatten ihre Laune völlig verdorben. Mercedes hatte aufgehört über die Hunde zu weinen, denn sie hatte genug zu tun, über sich selbst zu weinen und in den Pausen mit Mann und Bruder zu zanken. Zum Zanken waren die drei überhaupt nie zu müde. Wenn Mercedes nicht mit den beiden Männern zankte, dann benutzten sie die Zeit, um sich gegenseitig die größten Grobheiten zu sagen. Jeder von den beiden glaubte nämlich, daß er mehr täte, als es seine Pflicht war, und er warf das dem anderen bei jeder Gelegenheit vor. Mercedes nahm dann manchmal die Partei des Mannes, manchmal die des Bruders, und das Ende davon war jedesmal eine allgemeine Zankerei. Und wenn es sich auch nur darum handelte, wer Feuerholz hacken sollte, so ging es doch gleich vom Hundertsten ins Tausendste. Die ganze Familie wurde hineingezogen, Vater, Mutter, Onkel und Tanten und selbst die verstorbenen Urgroßväter. Wenn auch Charles' Ansicht über Liebhabertheater durchaus nichts mit Holzhacken zu tun hatte, so war sie doch ein willkommener Anlaß zum

Weiterspinnen der sonst vielleicht zu schnell beendigten Schimpferei. Inzwischen wurde natürlich überhaupt kein Feuer angemacht, und die Hunde wurden vergessen.

Mercedes fühlte sich fortgesetzt beleidigt und gekränkt. Sie war eine hübsche, etwas rundliche kleine Person, und stets war sie mit größter Zuvorkommenheit von allen Männern behandelt worden, aber das Benehmen ihres Mannes und ihres Bruders ließen jetzt manchmal viel zu wünschen übrig. Sie hatte bislang immer gefunden, daß es ihr gut stand, sich etwas hilflos und unselbständig zu benehmen, aber die beiden Männer hatten jetzt wenig Sinn dafür. Sie hatte schon lange aufgegeben, mit den Hunden Mitleid zu haben, sondern hatte es nun mit sich selbst, und weil sie wunde und müde Füße hatte, bestand sie darauf, auf dem Schlitten zu sitzen. Diese hübsche rundliche Person wog aber hundertzwanzig Pfund. Wenn das an sich auch nicht viel war, so war es doch zuviel für die Hunde. Charles und Hal baten sie vergeblich, abzusitzen und zu gehen. Sie weinte und schrie und rief Himmel und Erde zu Hilfe gegen solche Grausamkeit. Mit Gewalt war bei ihr auch nichts auszurichten. Einmal hatten sie es auch damit versucht und sie einfach heruntergenommen, aber zum zweiten Male taten sie es nicht. Sie hatte damals ein Schippchen gezogen wie ein unartiges Kind und hatte sich in den Schnee gesetzt. Die beiden Männer waren ruhig weitergefahren und glaubten, daß sie wohl zur Vernunft kommen würde. Als sie aber drei Meilen gefahren waren und nichts mehr von ihr zu sehen war, hatten sie den Schlitten abgeladen und waren zurückgefahren, um sie zu holen. Sie hatte noch an derselben Stelle gesessen.

Ihr eigenes Leid machte sie ganz empfindungslos gegen das ihrer Hunde. Hals Theorie, die er allerdings nur bei anderen anwendete, hieß: nur kein unnötiges Mitleid! Und diese Theorie übte er praktisch an den Hunden. Am Fünffingerfelsen wurde das letzte Hundefutter verteilt. Zum Glück begegnete ihnen aber ein altes Indianerweib, das sich bereit erklärte, gegen den Revolver in Hals Gürtel ihnen eine gefrorene Pferdehaut zu verkaufen. Die alte Haut, die vor einem halben Jahre vielleicht einem verhungerten Gaule abgezogen worden war, gab aber nur schlechten Ersatz für Futter. Wenn die Hunde das harte, in Stücke gehackte Zeug verschlungen hatten, lag es ihnen schwer wie Eisen im Magen, und war es dann aufgetaut, so ballte es sich zu einer ledernen, haarigen Masse zusammen.

Buck ging nur noch wie im Traume an der Spitze des elenden Hundegespannes. Er zog so lange, bis er hinfiel, und erst wenn die Peitschenschläge hageldicht fielen, raffte er sich wieder auf. Sein Fell war nur noch eine schmutzige, struppige Masse; da wo der Peitschenstiel gar zu hart getroffen hatte, hing das geronnene Blut. Seine Muskeln waren schlaff und knotig geworden, und jede Rippe war zu sehen. Es war zum Herzbrechen, Bucks Herz aber brach nicht. Das hatte der Mann in der roten Jacke gestählt.

Und wie Buck so ging es auch den anderen Hunden; sie waren wandelnde Gerippe. Sieben waren es noch im ganzen. Den Schlag der Peitsche fühlten sie nicht mehr; nur schwach und verschwommen kam ihnen der Schmerz zum Bewußtsein, gerade wie die Außenwelt ihren Augen und jedes Geräusch ihren Ohren. Sie lebten ja kaum mehr.

Und eines Tages fiel Billy, der Gutmütige, und konnte nicht mehr hochkommen. Da nahm Hal, der nun keinen Revolver mehr hatte, das Beil und schlug ihn auf den Kopf. Dann schnitt er die Stränge durch und warf ihn mitsamt seinem Sattelzeug seitwärts in den Schnee. Buck sah es und auch die anderen, und jeder wußte, daß es ihm auch bald so gehen würde.

Am nächsten Tage kam die Reihe an Krona. Jetzt waren sie nur noch fünf. Der hinkende Peik, der viel zu elend war, um sein schlechtes Gemüt zu zeigen, Jeß der einäugige Solleks und Teek, der in diesem Jahre noch keine so große Fahrt gemacht hatte und noch am frischesten war, dafür aber die meisten Prügel bekam. Buck war noch immer Leithund; halb blind vor Schwäche setzte er langsam einen Fuß vor den anderen.

Es war herrliches Frühlingswetter, aber weder Mensch noch Tier achtete darauf. Jeden Morgen ging die Sonne früher auf, und jeden Abend ging sie später unter. Schon um drei Uhr fing es an zu dämmern, und vor elf Uhr abends war es nie dunkel. Die Sonne schien den ganzen Tag. Das Leben rührte sich überall in der Natur; der Saft stieg in die Bäume, die Weidenknospen brachen auf. Die Heuschrecken fingen an zu zirpen, allerhand Gewürm kam aus der Erde, und in den Wäldern fing der Specht an zu hämmern; die Eichhörnchen kletterten in den Bäumen umher, und die wilden Gänse kamen vom Süden.

Von jedem Felsen tropfte es, und die Quellen fingen an zu rieseln. Das Eis des Flusses krachte und hatte stellenweise schon große Risse. Und durch all diese Frühlingsherrlichkeit kroch in brennender Sonnenglut langsam der Schlitten mit den beiden Männern, der Frau und den Hunden bis zu John Thorntens Lager am Ufer des Milchflusses.

Als der Schlitten hielt, fielen die Hunde hin wie tot. Mercedes hatte ihre Tränen getrocknet und lächelte John Thornten an. Charles setzte sich auf eine Matte, ganz langsam und vorsichtig, denn jedes Glied tat ihm weh. Hal führte die Unterhandlung. John Thornten arbeitete ruhig weiter an einem neuen Stiel zu seiner Axt, nur ab und zu warf er ein Wort ein oder gab einen kurzen Rat, wenn er nach etwas gefragt wurde. Viel sprach er nicht, denn er kannte diese Art Leute und wußte, daß sie doch nicht tun würden, was er ihnen riet.

»Die Leute da unten hatten uns gesagt, daß man zu dieser Jahreszeit nicht mehr die Bahn auf dem Fluß benutzen könnte, das Eis hielte nicht mehr, aber wie du siehst, sind wir trotzdem hier«, prahlte Hal.

»Narren haben eben manchmal mehr Glück als vernünftige Leute«, meinte John Thornten ruhig. »Ich würde jedenfalls nicht für alles Gold in Alaska wagen, jetzt noch auf dem Eise zu fahren.«

»Aber wir.« Eigensinnig warf Hal den Kopf in den Nacken und schwang die Peitsche. »He, Buck, marsch.«

Thornten arbeitete ruhig weiter. Wem nicht zu raten war, dem war auch nicht zu helfen.

Die Hunde rührten sich trotz aller Zurufe nicht. Sie waren schon lange in einem Traumzustande, aus dem nur Prügel sie wecken konnten. Und die Peitsche sauste ohne Unterlaß durch die Luft. John Thornten biß die Zähne aufeinander. Solleks war der erste, der auf die Füße kroch; Teek folgte und dann Jeß, der dabei vor Schmerzen schrie. Zweimal fiel er wieder hin, aber schließlich blieb er doch stehen; Buck aber erhob sich nicht; er versuchte es auch gar nicht. Er lag ruhig da, wo er hingefallen war. Die Peitschenhiebe fielen unaufhörlich, aber er winselte nicht einmal. Es war das erste Mal, daß Buck den Dienst versagte, und das genügte für Hal, um ihn in helle Wut zu bringen. Jetzt schlug er mit dem Peitschenstiel, aber Buck rührte sich nicht, wie dicht auch immer die Schläge fielen. So viel hatte er schon erduldet, daß er nichts mehr fühlte. Er hörte höchstens ganz dumpf ein Geräusch, wenn der Stock auf seine Knochen fiel. Aber es waren ja nicht die seinen, es war ja nicht sein Körper, der da lag.

Plötzlich stürzte John Thornten hinzu. Einen Schrei stieß er aus, der nicht aus einer Menschenkehle, sondern aus der eines Raubtieres zu kommen schien. Im nächsten Augenblick taumelte Hal und fiel um wie ein gefällter Baum. Mercedes schrie; Charles zwinkerte mit den kleinen wäßrigen Augen, aber er stand nicht auf, denn dazu war er zu steif.

John Thornten hatte sich über Buck gebeugt. Er war kreidebleich und zitterte vor Aufregung und Zorn.

»Schlägst du den Hund noch einmal, dann schlage ich dich tot!« stieß er endlich hervor.

»Es ist mein Hund«, rief Hal, der aufgestanden war und sich das Blut von der Nase wischte. »Weg da, ich kann machen, was ich will.«

Aber Thornten stellte sich zwischen ihn und den Hund und machte durchaus keine Miene, zur Seite zu treten. Mercedes schrie, weinte und lachte in einem Anfall von Hysterie. Hal zog das Messer, aber der neue

Stiel von John Thorntens Axt fiel auf seine Hand, daß es klirrend zu Boden flog. Er wollte sich danach bücken, aber wieder traf ihn ein Schlag, nach dem ihm die Lust verging, das Messer aufzuheben. Nun griff John Thornten selbst danach, und mit einem kräftigen Schnitt hatte er Bucks Stränge abgetrennt.

Hal gab es auf, sich zu widersetzen. Er hatte genug mit seiner Schwester zu tun, die ohnmächtig in seinen Armen lag. Außerdem ging es ja doch mit dem Hunde zu Ende, und zu gebrauchen war er nicht mehr.

Gleich darauf fuhr der Schlitten ab und wieder dem Fluß zu. Buck hörte es und hob den Kopf. Peik hatte die Leitung. Solleks ging vor dem Steuer, die Mittelplätze nahmen Jeß und Teek jetzt ein. Mercedes saß oben auf dem Schlitten, Hal ging neben dem Steuer, und Charles stolperte auf der anderen Seite dahin.

Während Buck dem Zuge nachsah, untersuchte John Thornten ihn mit sanfter Hand. Die Knochen waren nicht gebrochen, aber keine Handbreit des Körpers war ohne Beulen und Wunden. Inzwischen war der Schlitten über das Ufer gefahren und wieder mitten auf dem Fluß. Plötzlich schwebte das Steuer hoch in der Luft, und daran geklammert hing Hal; das Ende des Schlittens war durch das Eis gebrochen. Ein Schrei der Frau klang schrill herüber. Charles wandte sich um und lief zurück. Da brach mehr Eis nach, und Menschen und Hunde verschwanden. Ein schwarzes Loch in der weißen Fläche war alles, was noch zu sehen war.

John Thornten und Buck sahen einander in die Augen. »Armer Kerl!« sagte der Mann leise. Langsam und müde leckte ihm der Hund die Hand.

Um der Liebe willen

Als John Thornten sich im Dezember die Füße erfroren hatte, mußten seine Kameraden ihn hier zurücklassen. Sie schlugen ihm ein Zelt auf und machten es ihm so gemütlich wie möglich. Dann fuhren sie weiter, um Holz für eine Sägemühle in Dawson zu beschaffen. Zur Zeit als John dem Hunde das Leben rettete, hinkte er noch immer ein wenig, aber als die warmen Tage kamen, wurden seine Füße viel besser. Am Ufer im Sonnenschein lag nun Buck und horchte auf das Geriesel des Wassers und den Gesang der Vögel vom frühen Morgen bis zum späten Abend. Die Ruhe bekam ihm gut nach einer Reise von fast dreitausend Meilen. Langsam kam er wieder zu Kräften; seine Wunden waren geheilt, seine Muskeln wurden wieder stramm, und auch ein wenig Fleisch bedeckte seine Knochen. So warteten sie alle, Buck, John Thornten, Skeet und Moor, auf das Floß, das den Strom heraufkommen sollte, um sie nach Dawson zu bringen. Skeet war eine kleine irische Setterhündin, die gleich am ersten Tage Buck freundlich entgegengekommen war und seine Pflege übernommen hatte. Wie eine Katzenmutter ihre Jungen leckt, so wusch und striegelte sie sein Fell und reinigte seine Wunden. Jeden Morgen gleich nach dem Frühstück begann sie ihr Liebeswerk, und Buck, der es anfangs nur aus Schwäche geduldet hatte, freute sich nun daran und ließ es sich gern gefallen. Moor war ihm auch freundlich gesinnt, wenn er es auch nicht so auffällig zeigte. Er war ein großer, schwarzer Hund von unbestimmter Art, dem die Gutmütigkeit aus den großen braunen Augen sah.

Buck war erstaunt, daß die Hunde gar nicht eifersüchtig waren. Sie schienen gerade so großherzig zu sein wie ihr Herr. Als Buck stärker wurde, balgten sie sich mit ihm herum und trieben mit ihm allerhand närrische Spiele, an denen auch John Thornten teilnahm. So verging die Zeit schnell, und unversehens war Buck in einem neuen Leben. Er konnte es kaum begreifen, daß alles jetzt wieder so anders war als vordem. Liebe, wahre leidenschaftliche Liebe war zum ersten Male in sein Herz eingezogen. Die hatte er früher auch im Tale von Santa Clara nicht kennengelernt. Mit den Söhnen des Pflanzers hatte ihn damals so eine Art Kameradschaft verbunden, den Enkeln war er Beschützer und Wächter

gewesen, und für seinen Herrn hatte er eine stille, treue Freundschaft empfunden. Aber das Gefühl für John Thornten war etwas ganz anderes, das war Liebe, bewundernde, begeisterte, heiße Liebe.
Dieser Mann hatte ihm das Leben gerettet, und das schätzte er gewiß nicht gering ein, was ihn aber mehr als alles andere im Leben beglückte, das war die Art und Weise, wie John Thornten mit ihm umzugehen pflegte. Es gab ja wohl noch mehr Leute, die ihre Hunde gut behandelten, aber so wie John Thornten war doch niemand. Wie ein Vater für seine Kinder, so sorgte er für seine Hunde. Nie vergaß er, ihnen ein freundliches Wort zuzurufen, wenn er an ihnen vorbeiging, und wenn er sich gar zu ihnen setzte und mit ihnen sprach, dann leuchtete das Glück hell aus ihren Augen.
Keine größere Freude gab es für Buck, als wenn John Thorntens Hände sein Fell zausten, wenn er ihn an den Ohren nahm und hin und her schüttelte oder wenn er seinen großen zottigen Kopf zwischen seine beiden Hände nahm und auf den Kopf des Hundes dann den seinen legte. Merkwürdige Schimpfworte waren es, die dann die Lippen des Mannes murmelten: »Alter Esel, Lump, Dummkopf, verfluchter Kerl!« Dem Hunde aber klangen sie wie lauter Kosenamen.
Auch Buck hatte seine eigene Art für Zärtlichkeiten. Er nahm die Hand seines Herrn in sein großes Maul und preßte die Zähne so fest aufeinander, daß die Male noch lange danach tief im Fleische blieben. Aber wie Buck die Schimpfworte hinnahm, als was sie gelten sollten, so verstand auch John Thornten den Liebesbeweis seines Hundes.
Aber wenn Bucks Herz auch fast brach vor übergroßem Glück bei jeder Berührung durch seinen Herrn, so suchte er doch keine Zärtlichkeit wie zum Beispiel Skeet, die ihre feuchte schwarze Nase so lange unter Thorntens Hand schob, bis sie gestreichelt und geklopft wurde. Und auch wie Moor machte er es nicht, der keine Gelegenheit vorbeigehen ließ, um seinen großen Kopf zärtlich an Thornten zu reiben. Ihm war es genug, wenn er seinen Herrn nur sehen konnte. Stundenlang konnte er still zu seinen Füßen liegen, ihm ins Gesicht sehen, um jede seiner Mienen zu beobachten. Stand er auf, so folgten ihm die Augen seines Hundes, wohin er ging. So stark empfand er manchmal diesen Blick, daß er von der Arbeit aufsah und ihm zunickte.

In der ersten Zeit konnte Buck es kaum ertragen, allein zu sein. Wenn Thornten das Zelt verließ, so folgte er ihm auf Schritt und Tritt, denn stets hatte er Angst, daß dieser Herr aus seinem Leben auch verschwinden könnte wie François, Perrault und die anderen. Selbst im Traum kam ihm die Furcht; dann stand er auf, schlich an das Lager des Mannes, und erst wenn er die regelmäßigen Atemzüge hörte, war er beruhigt und zufrieden.

Aber trotz seiner Liebe zu John Thornten, der alle guten Eigenschaften früherer Tage in ihm wieder erweckt hatte, war er nicht derselbe Hund wie ehedem. Treue und Anhänglichkeit, Eigenschaften des Haustieres, waren wieder in ihm aufgelebt, aber daneben lebte auch das Raubtier, das der Norden in ihm großgezogen hatte. Wenn er auch um seiner Liebe willen nicht John Thornten bestahl, so tat er es doch ohne Besinnen, wo immer sich sonst bei Fremden Gelegenheit dazu bot, und so schlau fing er es an, daß er nie dabei ertappt wurde.

Sein Körper war bedeckt mit Narben, die ihm Beißereien mit anderen Hunden eingetragen hatten, denn er war rauflustiger als je zuvor und hinterlistig dazu. Skeet und Moor waren zu gutmütig, als daß er mit ihnen Händel angefangen hätte, und außerdem gehörten sie John Thornten. Aber andere Hunde, die nicht sofort seine Oberherrschaft anerkannten, hatten es mit dem Leben zu büßen. Erbarmen kannte er nicht mehr. Er hatte von Spitz und den Hunden der Gendarmerielager und der Schlittenposten gelernt und wußte, daß es hier kein Mittelding gab. Töten oder Getötetwerden hieß es, alles andere galt als Feigheit. Und diesem Naturgesetz lange vergangener Tage gehorchte er.

Er war ja auch älter als die Tage, die er selbst gesehen hatte. Er war ja nur ein Glied, das die Gegenwart mit der Vergangenheit verband, und die Ewigkeit ging durch ihn hindurch in die Zukunft. Wohl saß er als braunhaariger, zottiger Hund an John Thorntens Feuer, aber hinter ihm standen die Schatten aller möglichen Hunde, ja sogar die von Halbwölfen und Wölfen; sie lebten mit ihm und beeinflußten ihn, lehrten ihn Dinge und Laute verstehen, die er nie gekannt hatte; sie legten sich mit ihm zur Ruhe und lebten weiter in seinen Träumen.

So gebieterisch rief die Stimme seiner wilden Vorfahren, daß er manchmal die Menschen ganz vergaß. Tief aus dem Walde klangen ihre Rufe, und wenn er sie hörte, so überlief ihn ein geheimnisvoller Schauder, und die Versuchung kam über ihn, alles im Stiche zu lassen und ihnen zu folgen, einerlei wohin. Aber sobald die Stille des Waldes ihn umfing, erwachte seine Liebe zu John Thornten wieder und führte ihn zurück.

Thornten allein hielt ihn; alle anderen Menschen galten ihm nichts. Ob Reisende, die vorbeikamen, ihn lobten und streichelten, es war ihm gleich. Wurde einer einmal gar zu lebhaft dabei, dann stand er ruhig auf und ging davon. Als Thorntens Freunde Hans und Peter ankamen, wollte Buck erst nichts mit ihnen zu tun haben, bis er merkte, daß sie seinem Herrn nahestanden; dann duldete er es, daß sie ihn klopften, aber er tat immer, als ob er ihnen eine Gnade erwies. Sie waren von derselben

Art wie Thornten, einfach und gut, und ehe noch ihr Floß in Dawson angekommen war, wußten Menschen und Hund, was sie voneinander zu halten hatten, und die Männer versuchten nicht mehr, Buck zu behandeln wie ihre anderen Hunde.

Bucks Liebe zu Thornten aber wuchs noch mehr von Tag zu Tag. Er allein durfte es wagen, ihm etwas zu tragen zu geben, wenn sie auf Reisen waren, und nichts wäre ihm zu schwer gewesen. Eines Tages saßen sie frühstückend nicht weit von einem Abhange, der wohl sechshundert Fuß steil abfiel. John Thornten saß dem Rande am nächsten und Buck neben ihm. Da durchfuhr ihn die Laune, Bucks Gehorsam zu prüfen. Ohne über die Folgen nachzudenken, streckte er die Hand über die gähnende Tiefe und rief: »Hopp!« Mit Mühe nur gelang es ihm, den Hund im letzten Augenblicke noch zu ergreifen und festzuhalten, bis Hans und Peter sie beide wieder in Sicherheit brachten.

»Der Hund ist mir unheimlich«, meinte Peter, als sie wieder zu Atem gekommen waren.

Thornten schüttelte den Kopf. »Nein«, antwortete er, »unheimlich nicht, großartig ist er.«

»Na, ich möchte nicht derjenige sein, der einmal Händel mit dir anfängt, wenn der dabei ist«, sagte Peter und nickte dem Hunde zu.

»Den Teufel auch«, meinte Hans, »ich wollte es keinem raten, dir zu nahe zu kommen.«

Es war nicht lange danach, in Cercle City, als der besprochene Fall eintrat. Der schwarze Berten, ein übelbeleumdeter Bursche, hatte in einem Gasthaus Streit angefangen, der zu Handgreiflichkeiten ausartete. Thornten wollte Frieden stiften und trennte die beiden Kämpfenden. Da wandte sich Berten gegen Thornten, und er schlug derartig auf ihn ein, daß dieser gegen den Schanktisch taumelte.

Da erklang plötzlich ein furchtbares Geheul, wie es noch keiner gehört hatte. Es war Buck, der still in einer Ecke gelegen und kein Auge von seinem Herrn gelassen hatte. Mit einem Satze war er auf Berten zugesprungen, und nur eine unwillkürliche Armbewegung verhinderte es, daß Buck ihm die Kehle durchbiß. So schlug er seine Zähne tief in das Armfleisch des Mannes, aber ehe die Zuschauer ihn zurückreißen konnten, hatte er den Mann furchtbar zugerichtet. Die Goldgräber riefen sogleich eine Versammlung zusammen, die entschied, daß der Hund ein Recht gehabt habe, seinen Herrn zu verteidigen. Von diesem Tage an war Bucks Name bekannt in ganz Alaska.

Im Laufe der Zeit fand sich noch einmal eine Gelegenheit für den Hund, seinem Herrn das Leben zu retten. Die drei Freunde treidelten ein Boot durch ein sehr wildes Wasser. Hans und Peter gingen am Ufer entlang und zogen. Thornten stand im Boot und steuerte es mit einer langen Stange um die vielen Felskanten herum. Dann und wann rief er den beiden anderen eine Anweisung zu. Buck ging unruhig und aufgeregt hoch am Uferrand entlang und beobachtete jede Bewegung seines Herrn. An einer besonders schlechten Stelle wollte Thornten mehr in die Mitte des Flusses und verlangte mehr Leine. Hans trat dicht an das Ufer, um das Boot zu beobachten. Gegen das reißende Wasser war wenig auszurichten, und trotz aller Gegenwehr Thorntens glitt es blitzschnell stromabwärts. Hans zog mit aller Kraft den Strick zurück, aber der plötzliche Ruck ließ das Boot umkippen. Mit dem Boden nach oben blieb es an einem Felsstück hängen, während Thornten weit hinausflog und weiter stromabwärts getrieben wurde, den bösen Stromschnellen zu, die auch dem geschicktesten Schwimmer gefährlich werden mußten.

Buck war ohne Besinnen ins Wasser gesprungen und überholte, nachdem er etwa sechshundert Fuß getrieben war, endlich John Thornten, der ihn am Schwanz ergriff. Sofort wendete er und ruderte mit aller Macht dem Ufer zu. Aber es war beschwerlich gegen den Strom zu schwimmen, das Wasser war zu reißend, und er wurde immer weiter abwärts getrieben. Schon wurde ein gefährliches Rauschen hörbar; es war die Stelle, wo das Wasser sich durch die Felsen Bahn brach wie durch die Zähne eines Riesenkammes. Der Zug nach unten war zu stark, und unmöglich war es, das Ufer zu erreichen, das merkte Thornten wohl. Vergeblich versuchte er, sich an einem Felsen zu klammern; er wurde immer hart an ihnen vorbeigetrieben, ohne sie erreichen zu können. Endlich umklammerte er mit beiden Armen eine hervorspringende Ecke und rief durch das Rauschen des Wassers Buck zu, weiterzuschwimmen. Beim Klange der Stimme hob der Hund den Kopf, warf einen langen Blick auf seinen Herrn und wandte sich dann gehorsam dem Ufer zu. Allein kam er besser vorwärts und wurde von Hans und Peter ganz erschöpft an das Ufer gezogen.

Sie wußten aber, daß Thornten in seiner gefährlichen Lage nicht lange ohne Hilfe bleiben durfte. So schnell sie konnten, rannten sie den Fluß hinauf, bis weit über die Stelle, wo Thornten hing. Sie schnitten ein Stück von dem Seil, befestigten es an Bucks Leib, ohne daß es ihn am Schwimmen hindern konnte und ließen ihn in das Wasser. Er schwamm mit mächtigen Stößen, kam aber nicht grade hinüber. Er merkte es erst, als es zu spät war und die Strömung ihn etwa sechs Fuß weiter unten vorbeitrug.

Hans zog ihn sofort zurück, aber das strömende Wasser ging über des Hundes Körper fort, und die Leine lag so, daß auch sein Kopf unter Wasser kam. Er war bewußtlos, als Hans und Peter ihn über den Uferrand zogen. Sie rieben und schüttelten, machten künstliche Atembewegungen und versuchten ihn auf alle mögliche Art zum Leben zu bringen. Da tönte ein schwacher Ruf Thorntens durch das Geräusch des Wassers zu ihnen herüber. Wie ein elektrischer Schlag wirkte er auf den Hund. Er sprang auf die Füße und lief zur Uferstelle, von wo er vorher auch abgeschwommen war.

Einmal hatte er sich in der Entfernung verrechnet, ein zweites Mal sollte es nicht mißglücken. Hans ließ das Seil durch die Hand gleiten, und Peter hielt es stramm. Geradeaus schwamm Buck bis genau über die Stelle, wo sein Herr hing, und ließ sich dann treiben. Thornten sah den Hund herankommen, und gerade als er bei ihm war, warf er die Arme um den Leib des Tieres. Hans wickelte den Strick um einen Baum und zog dann mit Peter die beiden an das Land. Manchmal war der Hund, dann wieder der Mann ganz unter Wasser, dann stießen sie gegen scharfe Felsen und dann trieben sie gegen vorstehende Äste; endlich lagen sie im Ufergras.

Thornten kam erst zum Bewußtsein, als Hans und Peter ihn lange geschüttelt, auf den Rücken geschlagen und hin und her gerollt hatten. Sein erster Blick galt Buck, neben dessen leblosem Körper Moor saß und ein jämmerliches Geheul ausstieß, während Skeet Bucks Gesicht und besonders die Augenlider leckte. Es dauerte lange, bis der Hund wieder zu sich kam. Drei Rippen waren gebrochen. Thornten war auch übel genug zugerichtet.

»Hier muß gelagert werden«, entschied er. Und so geschah es, und sie blieben dort, bis Buck wieder ganz hergestellt war.

Als sie im nächsten Winter wieder in Dawson waren, konnte Buck seinem Herrn auch einen Dienst erweisen, der, wenn er auch nicht ganz so groß wie der letzte war, doch seinen Namen berühmter machte in Alaska als den irgendeines Menschen. Und dieser Dienst kam allen drei Freunden zugute.

Sie hätten schon lange gern die Mittel zu einer Reise in den jungfräulichen Osten gehabt, wo Goldgräber noch nicht alles um und um gewühlt hatten. Es kam eines Tages im Eldoradogasthaus die Rede auf Hunde, und jeder hatte von den seinen allerlei zu prahlen. Buck natürlich, um den jeder John Thornten beneidete, war immer der Gegenstand des Vergleichs mit einem anderen, und jeder versuchte, doch irgendeinen Fehler an ihm zu finden. Da meinte einer der Männer, daß sein Hund einen Schlitten mit einer Ladung von fünfhundert Pfund ziehen könnte; ein anderer traute seinem Hunde sechshundert Pfund zu und ein dritter dem seinen sogar siebenhundert.

»Ach«, rief John Thornten wegwerfend, »was sind denn siebenhundert Pfund. Buck kann tausend ziehen.«
»Allein anziehen und hundert Meter weiterbringen?« fragte Mathiessen, der Bonanza-König.
»Jawohl«, antwortete Thornten ruhig, »hundert Meter.«
»Gut«, sagte Mathiessen kühl und etwas spöttisch. »Hier lege ich tausend Dollars zum Pfande hin, daß das nicht wahr ist.« Er warf einen Sack Goldkörner auf den Tisch, daß es dröhnte.
Niemand sagte ein Wort.
Das weckte Thorntens Widerspruchsgeist. Er fühlte, wie ihm das Blut zu Kopfe stieg. Er wußte ja nicht, ob Buck es konnte, aber er traute seiner Kraft viel zu. Er hatte ja auch keine tausend Dollars, die er dagegen hätte wetten können. Aber die Augen von einem Dutzend Männer hingen gespannt an ihm
»Draußen steht ein Schlitten von mir mit zehn Zentnersäcken Mehl«, ließ sich Mathiessens spöttische Stimme plötzlich wieder hören. »Die Sache ist also ganz einfach.«

Thornten antwortete nicht. Er wußte nicht, was er machen sollte. Er sah von einem zum anderen wie ein Mensch, der seiner Sinne nicht ganz mächtig ist. Da trafen seine Augen das Gesicht von Jim O'Brien, der ein alter Freund und Schulkamerad von ihm war und fabelhafte Erfolge in Klondike gehabt hatte. Da wußte John Thornten, was er zu tun hatte.
»Kannst du mir tausend Dollar leihen?« flüsterte er ihm zu.
»Natürlich«, antwortete O'Brien freundlich und schob einen ebenso großen Sack wie den von Mathiessen auf den Tisch. »Ich glaube aber nicht, John, alter Junge, daß der beste Hund das fertigbrächte.«
Im Handumdrehen war die Gaststube leer; jeder wollte zusehen, wie die Wette verlief. Es waren wohl zweihundert Mann, die sich um den Schlitten sammelten. Es war bitter kalt, sechzig Grad unter Null, und der schwere Schlitten hatte schon mehrere Stunden dort im Schnee gestanden, so daß die Kufen fest saßen. Die Leute wetteten untereinander, ob Buck den Schlitten wohl flottmachen könnte oder nicht, und es entstand eine Meinungsverschiedenheit, ob unter »allein anziehen« wohl auch das Herausziehen von festgefrorenen Kufen zu verstehen sei. O'Brien meinte, daß Thornten jedenfalls losrütteln dürfte, aber Mathiessen wollte es nicht zugeben. Jeder wollte drei gegen eins wetten, daß der Hund das nicht könnte. Keiner glaubte, daß es möglich sei. Thornten selbst hatte ja nicht grade fest daran geglaubt, als er aber jetzt die zehn Hunde sah, die den Schlitten gezogen hatten, da erschien ihm seine Sache auch hoffnungslos.

Mathiessen merkte es und höhnte:
»Ich wette auch noch mehr, wieviel soll es sein?«
Das weckte wieder Thorntens Widerspruchsgeist und machte ihn blind gegen jede bessere Einsicht. Er rief Hans und Peter herbei. Sie hatten nicht über viel Geld zu verfügen, so daß sie nur noch zweihundert Dollars zusammenlegen konnten. Es war ihr ganzes Vermögen, aber sie setzten es freudig gegen Mathiessens sechshundert Dollars ein.
Die Hunde wurden abgeschirrt und Buck in seinem eigenen Geschirr vor den Schlitten gespannt. Er fühlte, daß etwas Aufregendes vor sich ging und daß es etwas Großes war, das er jetzt leisten sollte. Ein Gemurmel der Bewunderung ging durch die Menge, als er daherkam. Er war vorzüglich in Form; sein Fell glänzte wie Seide, und er hatte nicht ein Gramm Fleisch zuviel oder zuwenig. Die Haare auf dem Rücken und am Halse sträubten sich ein wenig von der Aufregung, und alle seine Muskeln schienen zu beben.
»Donnerwetter!« schrie einer der reichsten Ansiedler, den sie König von Skokum nannten, begeistert. »Donnerwetter! Thornten, ich gebe achthundert Dollars für den Hund, hier auf der Stelle, achthundert Dollars, wie er da steht.«
Thornten schüttelte den Kopf und trat an Bucks Seite.
»Weg da«, rief Mathiessen, »ganz weit weg alle zusammen.«
Die Menge wich zurück. Es wurde ganz still, nur ab und zu hörte man die ganz vom Spielteufel Besessenen noch Wetten anbieten, die keiner halten wollte. Jeder gab es ja zu, daß Buck ein wundervolles Tier war, aber zehn Zentnersäcke Mehl konnte er doch nicht vom Fleck bringen.
Thornten kniete noch einmal neben Buck nieder. Er nahm seinen Kopf in die Hand und legte sein Gesicht darauf. Er wollte ihm wie sonst das lange Fell zausen, war aber nicht dazu imstande; auch die gewohnten Schimpfworte wollten nicht über seine Lippen. Er legte nun seinen Mund an des Hundes Ohr und flüsterte heiser: »Wenn du mich lieb hast, Buck, wenn du mich lieb hast...«
Buck winselte vor Erregung.
Die Leute sahen dem sonderbaren Schauspiel neugierig zu. Es war so geheimnisvoll, wie Zauberformeln hörte es sich an. Da stand Thornten auf, und Buck nahm seine Hand zwischen die Zähne und biß darauf. Das war seine Antwort. Thornten trat zurück.
»Nun zu, Buck!« sagte er ruhig.
Da zog der Hund die Stränge straff, ging dann ein paar Schritt zurück, wie er es gelernt hatte, und mit kurzem Anlauf scharf nach rechts, bis ein plötzlicher Ruck ihn zum Stehen brachte. Die Ladung zitterte ein wenig, und ein Krachen wurde hörbar.

Und wieder folgte dasselbe Anziehen scharf nach links. Wieder kam das Krachen. Die Kufen bewegten sich; der Schlitten war losgebrochen. Die Leute hielten unwillkürlich den Atem an.

»Hü!«

Wie ein Pistolenschuß klang der Ruf durch die Stille.

Buck warf sich mit aller Macht in die Riemen. Sein ganzer Körper zitterte, jeder Muskel schwoll unter dem seidigen Fell. Seine Brust berührte fast den Schnee, und sein Kopf lag auf den Vorderpfoten, die wie rasend auf der harten Schneedecke kratzten, um Halt zu gewinnen. Der Schlitten zitterte und bebte und rührte sich ein wenig von der Stelle, glitt vorwärts, langsam, langsam, ganz langsam, aber immer stetig. Ein Zentimeter, zehn, zwanzig, dreißig; zum Stillstehen kam er nicht wieder.

Ein tiefes Aufatmen ging durch die Reihen der enggedrängt stehenden Menschen. Thornten lief nun hinter dem Schlitten her und rief Buck ermunternde Worte zu. Die Entfernung war vorher abgemessen, und als der Schlitten in die Nähe des Holzstoßes kam, der als Ziel ausersehen war, begann ein Schreien und Heulen, das geradezu betäubend wurde, als es erreicht war und der Befehl zum Halten erklang. Jeder lief hinzu, sogar Mathiessen. Hüte und Handschuhe flogen in die Luft. Ganz unbeteiligte Leute schüttelten einander die Hände, als ob ihnen wer weiß was für ein Glück widerfahren wäre.

John Thornten war neben Buck in die Knie gestürzt und zauste ihn und schüttelte ihn hin und her. »Du Schafskopf, du Dummkopf, du verfluchter Kerl« und ähnliche Worte rief er mit so liebevoller Stimme, daß sich alle verwundert ansahen.

»Donnerwetter! Donnerwetter!« fluchte der Skokum-König. »Tausend Dollar für den Hund, zwölfhundert Dollars, Herr; den Hund muß ich haben.«

Thornten sprang auf die Füße. Seine Augen waren feucht, und die Tränen liefen ihm über die Backen. »Der Teufel soll Sie holen mitsamt Ihrem dreckigen Gelde«, rief er wütend.

Buck nahm Thorntens Hand zwischen die Zähne und biß darauf, und sein Herr zauste ihn wieder und schüttelte ihn hin und her. Da fühlten die Leute, daß sie hier nichts zu suchen hatten, und gingen schweigend davon.

Der Ruf

Als Buck damals seinem Herrn in wenigen Minuten sechzehnhundert Dollar verdient hatte, stand der lang ersehnten Reise nach dem Osten nichts mehr entgegen. Es gingen über eine gewisse Gegend allerhand Gerüchte von einer fabelhaft wertvollen Mine. Viele waren schon ausgezogen, sie zu suchen, aber nur wenige hatten sie gefunden; die meisten waren überhaupt nicht mehr zurückgekommen. Die geheimnisvolle Mine hatte manchen Mannes Leben gekostet. Keiner wußte, wer sie entdeckt hatte. Die ältesten Überlieferungen reichten nicht so weit zurück. Aber ihr Dasein hatten noch manche im Sterben beschworen und ihre Worte mit Goldklümpchen bewiesen, wie sie sonst nie und nirgends gefunden wurden. Es sollte auch eine Hütte in der Gegend liegen, aber keines Lebenden Auge hatte sie gesehen, und die Toten waren tot; von ihnen war keine Auskunft zu holen.

Da galt es also nun, auf gut Glück auf die Suche zu gehen, und das taten John Thornten, Hans, Peter, Buck und noch ein halbes Dutzend anderer Hunde. Erst fuhren sie mit ihrem Schlitten siebzig Meilen den Yukon hinauf, wandten sich dann rechts auf den Stewartfluß und verfolgten ihn bis hinauf zu seiner Quelle.

John Thornten lag wenig an anderen Menschen, und er fürchtete die Wildnis nicht. Mit einer Handvoll Salz und einem Gewehr hätte er sich überall hingewagt. Eile hatte er ja nicht, und wie es die Gelegenheit so mit sich brachte, reisten oder rasteten sie und jagten ihr Wild je nach Bedarf. Neben Waffen, Schießbedarf und Handwerkszeug hatten sie nicht allzuviel Gepäck bei sich.

Das war ein Leben so recht nach Bucks Herzen; jagen, fischen und umherrennen, das war seine Lust. Wochenlang ging er manchmal Tag für Tag vor dem Schlitten, um dafür auch wochenlang im Lager auszuruhen. Die Hunde liefen dann umher, während die drei Männer Feuer machten und das hartgefrorene Erdreich auftauten, es in ihre Pfannen brachten und auswuschen. Die Mühe war aber stets vergeblich; es fand sich kein Gold. Manchmal mußten sie alle hungrig zur Ruhe gehen, ein anderes Mal wieder gab es Wild und Fische im Überfluß.

Als der Sommer in das Land kam, war es mit dem Schlittenfahren zu

Ende, und jeder hatte sein Päckchen auf dem Rücken zu tragen, über blaue Berge, in sonnige Täler und durch finstere Wälder, über blinkende Seen, in Gegenden, die keines Menschen Fußspur trugen und wo doch Menschen gewesen sein mußten, wenn die Geschichte wahr war von der verlassenen Hütte bei der fabelhaften Goldmine. So hatten sie die Gewitter des Hochsommers erlebt und beim matten Schein der Mitternachtssonne gefroren; sie hatten Landstriche getroffen, wo sie kaum vor Fliegen und Mücken leben konnten, hatten im Schatten vom ewigen Eise Erdbeeren gepflückt, so süß und reif, wie der Süden sie kaum hervorbrachte, und hatten Blumen gebrochen, wie sie nicht schöner dort zu finden waren.

Die Monate kamen und gingen. Einmal stießen sie auch auf menschliche Spuren. Es war auf einem Weg mitten im Urwald, und sie dachten, daß die Hütte nun wohl nicht weit sei. Aber der Weg fing nirgendwo an und hörte nirgendwo auf und blieb geheimnisvoll wie der Mann, der ihn angelegt hatte, und der Grund, warum es geschehen war. Dann trafen sie eine verlassene Jagdhütte, und zwischen den verfaulten Decken eines Lagers lag eine langschäftige Flinte. John Thornten kannte das Fabrikat aus seiner Jugend, als diese Waffen noch mit Gold aufgewogen wurden. Das war alles, sonst war nirgends eine Spur von dem ehemaligen Bewohner zu finden.

Als der Frühling wieder in das Land zog, fanden sie zwar nicht die gesuchte Hütte, aber in einem weiten Tale ein flaches Becken, auf dessen Grunde das reine Gold zwischen dem Sande glänzte.

Nun hatte die Reise ein Ende. Jeden Tag arbeiteten die drei, und jeden Tag fanden sie wohl tausend Dollars Wert in kleinen Goldkörnchen. Sie wurden in Säcke von Elchfellen gefüllt, fünfzig Pfund in jeden. Diese stapelten sie neben dem Zelte auf wie zu Hause das Feuerholz. Tag für Tag arbeiteten sie, und die Tage flogen dahin, so schnell wie die Träume einer Nacht.

Für die Hunde war nichts zu tun; höchstens halfen sie Thornten bei der Beschaffung des Fleisches. Buck hatte nun wieder Zeit zum Träumen, und stundenlang konnte er am Feuer liegen. Dann erschien ihm auch wieder der kleine, kurzbeinige, behaarte Mann, und er folgte ihm in eine andere Welt.

Wenn er ihn beobachtete, wie er am Feuer saß, den Kopf zwischen die Knie gedrückt, die er mit den Armen umschloß, dann sah er ihn oft im höchsten Schrecken auffahren. Er schien in beständiger Angst zu leben, starrte spähend in das Dunkel des Waldes und warf dann frisches Holz auf das glimmende Feuer. Wenn er am Ufer des Sees entlangging, wo er fischte und die Beute gleich verzehrte, so blickten seine Augen angsterfüllt nach allen Seiten, als ob er stets bereit sei zu flüchten. Geräuschlos kroch er durch den Wald dahin und Buck immer dicht hinter ihm; stets waren sie auf der Hut, stets wachsam auf jedes Geräusch und aufmerksam auf jeden Geruch. Der haarige Mensch konnte so scharf hören und riechen wie der Hund. Er konnte auch auf die Bäume springen und sich von Zweig zu Zweig, von Baum zu Baum schwingen; niemals fiel er, niemals tat er einen falschen Griff. Er war sogar geschickter in den Bäumen als auf dem Boden, und Buck erinnerte sich an Nächte, wo er am Stamme eines mächtigen Baumes lag und wachte, während der haarige Mann oben im Baume hing und schlief. Ganz frei hing er da, und auch im Schlaf fiel er nicht herunter.

Und ebenso deutlich wie an diese merkwürdige Menschenerscheinung erinnerte er sich an einen Ton, einen Ruf. Er hörte ihn, deutlich klang er noch in seinen Ohren. Ein eigenartiges Glücksgefühl überkam ihn dann und eine Sehnsucht nach irgend etwas, worüber er sich selbst keine Rechenschaft geben konnte. Manchmal sprang er dann auf und lief dem Rufe nach, als ob er nicht im Traum, in seiner Erinnerung, sondern in Wirklichkeit erklungen wäre. Wenn er dann so durch den Wald strich, dann bellte er laut oder winselte leise vor sich hin, je nachdem ihm zumute war. Er steckte die Nase in das kühle Moos und sog glückselig den Geruch der frischen Erde ein. Halbe Tage lang lag er oft im Walde hinter dicken Stämmen oder im hohen Grase versteckt, ganz Auge und ganz Ohr, damit ihm nichts entgehen konnte. Er wollte den Ruf belauschen, der immer erscholl und von dem er nicht wußte, woher er kam.

Manchmal, wenn er in der Mittagsglut schlummernd vor dem Zelte lag, warf er plötzlich den Kopf hoch, seine Ohren spitzten sich, und er horchte in die Ferne. Dann raste er davon, weiter und weiter, stundenlang, tagelang. In trockenen Bachbetten lief er entlang, kroch vorsichtig und lautlos über das weiche Moos und belauschte die Vögel; ganz reglos konnte er daliegen, um ein Volk Waldhühner zu beobachten, das in dem hohen Grase hin und her lief. Am liebsten aber wanderte er leise in der Dämmerung der Hochsommernächte und horchte auf die tausendfachen Stimmen der Wildnis und suchte doch nur die eine Stimme, die Stimme, die ihn gerufen hatte.

Eines Nachts sprang er mitten aus dem Schlafe auf; er zitterte am ganzen Körper, jedes Haar seines Felles sträubte sich. Er hatte ihn wieder gehört, den Ruf, und dieses Mal so deutlich wie nie zuvor; ein lang anhaltendes Heulen war es gewesen, ähnlich dem eines Hundes, aber doch anders. Und er kannte die Stimme; er hatte sie schon früher gehört. Wie gehetzt rannte er dahin, und erst als er ganz nahe gekommen war, schlich er langsam und vorsichtig vorwärts, bis zu einem offenen Platz unter hohen Bäumen. Da sah er, aufrecht sitzend, die lange spitze Schnauze dem Nachthimmel zuwendend, einen großen, mageren Wolf. Buck war ganz geräuschlos gekommen, aber der Wolf hatte ihn doch bemerkt und hörte auf zu heulen. Buck schlich näher, den Körper eng an die Erde gedrückt, mit weitausgestreckter Rute, einen Fuß vorsichtig vor den anderen setzend. Jede Bewegung sprach eine Drohung aus, untermischt mit Freundlichkeit. Es war die Versicherung des Waffenstillstandes, wie Raubtiere ihn gegenseitig auszudrücken pflegen, aber der Wolf sprang auf und suchte das Weite. Buck folgte ihm in großen Sätzen. Er hetzte ihn in einen Hohlweg und versperrte ihm den Rückzug. Da wandte der Wolf sich um, erhob sich auf die Hinterbeine wie Jeß und alle die anderen halbwilden Eskimohunde, knurrte, fletschte die Zähne und biß um sich, genau wie diese.

Buck aber nahm den Kampf nicht auf. Er ging mit freundlichem Knurren ganz nahe um ihn herum. Der Wolf aber war argwöhnisch und bange, denn Buck war wohl dreimal so groß wie er; sein Kopf reichte kaum an Bucks Schulter. Mit aller List suchte er zu entschlüpfen. Endlich gelang es, und die Jagd begann wieder, bis er von neuem gestellt wurde. Endlich merkte er aber doch, daß Buck ihm freundlich gesinnt war, beschnüffelte ihn und balgte sich spielend mit ihm herum. Nach einer Weile setzte sich der Wolf in Trab, zeigte deutlich, daß er irgendeinem Ziel zustrebe, und forderte Buck auf mitzukommen. So liefen sie Seite an Seite im dämmrigen Lichte der Nacht, weit hinaus bis an die Quelle des Flusses und weiter noch.

Die Sonne stieg hoch und höher, und der Tag wurde warm. Sie kamen in flaches Land mit tiefen Wäldern und glitzernden Strömen. Buck war glückselig, denn jetzt wußte er, daß er dem Rufe folgte, den er so oft gehört hatte; sein wilder Bruder führte ihn dahin, woher er erklang. Alte Erinnerungen drangen auf ihn ein; es war ihm, als habe er alles schon einmal erlebt vor ewigen Zeiten in einer anderen Welt.

Als sie an einem der Flüsse stillstanden, um sich zu erfrischen, da erst fand Buck Zeit, an John Thornten zu denken. Er setzte sich und stierte vor sich hin. Der Wolf aber lief weiter. An den Ruf, dem er folgen wollte, dachte er jetzt nicht mehr. Da kam der Wolf zurück, beschnüffelte ihn und forderte ihn auf mitzukommen. Doch Buck drehte um und trabte langsam zurück. Wohl eine Stunde lang lief sein wilder Bruder winselnd hinter ihm her. Dann setzte er sich hin, streckte seine Nase gegen den Abendhimmel aus und heulte. Es war ein klägliches Geheul, und Buck hörte es noch lange, bis es sich endlich in der Ferne verlor.

John Thornten war gerade beim Mittagessen im Zelt, als Buck heranstürmte und mit solcher Wucht gegen ihn sprang, ihn so ungestüm lieb-

koste, daß er hintenüberfiel. Er leckte ihm quer über das Gesicht, stieß kurze schrille Freudenschreie aus und spielte, wie Hans und Peter sich ausdrückten, den richtigen Hansnarren.
Zwei Tage und zwei Nächte ließ Buck seinen Herrn nicht aus den Augen, folgte ihm auf Schritt und Tritt bei der Arbeit, sah ihm zu, wenn er aß, setzte sich vor sein Nachtlager und schaute ihn an bis zum anderen Morgen. Am dritten Tage aber erklang wieder der Ruf aus dem Walde. Eine Unruhe kam über ihn, deren er nicht Herr werden konnte; er dachte an den wilden Bruder und das sonnige Land hinter den dunklen Bäumen. Und wieder rannte er fort, aber dieses Mal fand er den Wolf nicht, und hörte auch seine Stimme nicht, sosehr er auch lauschte.
Nun blieb er oft tagelang fort und kam auch einmal wieder in das Land, in dem der glitzernde Strom floß. Dort suchte er wohl eine Woche lang herum, fischte nach Lachsen und jagte das Wild. Einmal tötete er einen Bären, den die Moskitos geblendet hatten, als er fischte, und der nun hilflos durch die Wälder lief. Es war ein harter Kampf, aber er erfüllte Buck mit Genugtuung. Zwei Tage, nachdem er ihn erlegt hatte, fand er wohl ein Dutzend Wölfinnen, die sich um den Rest seiner Beute zankten. Er blies das Rudel auseinander wie Kaff, und die beiden, die auf dem Kampfplatz blieben, mußten wohl Frieden halten.
Nun wurde er blutdürstiger als je zuvor. Er war ein Raubtier, und ihm gehörte alles, was lebte, das Gesetz des Stärkeren schrieb es ihm zu. Es lebte ein Stolz, ein Hochmut in ihm auf, der sich in jeder seiner Mienen, in jeder seiner Bewegungen ausdrückte und seinem prachtvollen, glänzenden Fell womöglich einen noch glänzenderen Schimmer verlieh. Hätte er nicht die weiße Schnauze gehabt und die schneeweißen Locken auf der Brust, man hätte ihn für einen riesigen Wolf halten können. Von seinem Bernhardiner-Vater hatte er die Größe und das Gewicht geerbt, und seine Schäferhund-Mutter hatte ihm die Leichtigkeit und die Schönheit vermacht. Seine Schnauze war lang wie die eines Wolfes, und sein Kopf, wenn auch breiter, hatte viel Ähnlichkeit mit dem eines Wolfes.
Auch Wolfsschlauheit hatte er, dazu die Klugheit von Vater und Mutter und außerdem alle die Erfahrungen seiner harten Lebensschule; das alles machte ihn zu einem furchtbaren Gegner. Er hatte Wildbret im Überfluß und war daher so vorzüglich bei Kräften wie nur irgend möglich. Wenn Thorntens Hand ihm liebevoll über das Haupt strich, dann knirschte und knackte es, jedes Haar entlud seine Elektrizität.

Seine Gedanken gingen blitzschnell bei allem, was Überlegung verlangte. Er war doppelt so schnell in jeder Bewegung wie die Polarhunde.

Er sah eine Bewegung, hörte ein Geräusch und richtete sich danach, ehe ein anderer Hund nur deren Bedeutung begriffen hätte. Seine Muskeln waren fest und zugleich leicht beweglich wie die besten Federn. Das volle Leben durchströmte ihn.

»Solch einen Hund gibt es nicht zum zweiten Male«, sagte John Thornten eines Tages, als er Buck nachsah, der auf den Wald zuging.

»Nein«, meinte Peter, »als er gegossen wurde, ging die Form entzwei.«

»Ja wahrhaftig, das ist so«, bestätigte Hans.

Sie sahen ihn auf den Wald zuschreiten, sahen aber nicht die furchtbare Veränderung in ihm, als des Waldes Dunkel ihn umfing. Jetzt schritt er nicht mehr. Jetzt war er ganz Raubtier, das auf leisen Sohlen wie ein Schatten dahinglitt. Er verstand in Deckung zu bleiben, wo er nur konnte; er kroch wie eine Schlange und starrte wie diese auf sein Opfer. Er konnte ein Kaninchen töten, wenn es noch schlief, und einen Truthahn im Fluge fangen, wenn er auch nur eine Sekunde zu spät an Rettung dachte. Er fing die Fische im fließenden Wasser und wußte den Biber auf seinem Damm zu belauern. Er tötete aber nur, um Nahrung zu haben, nicht aus Lust am Morden. Ein Vergnügen aber hatte er daran, sich an Eichhörnchen heranzupirschen. Wenn er sie gefangen hatte, dann ließ er sie wieder laufen und freute sich, wenn sie dann laut schimpfend in die höchsten Spitzen der Bäume flüchteten.

Im Laufe des Jahres, mit dem kälteren Wetter zogen sich auch die Elche tiefer in das Land. Schon einmal hatte Buck ein Schmaltier gerissen, aber er wünschte sich würdigere Gegner. Am liebsten hätte er ein starkes Stück gehabt, und das trat ihm in der Morgendämmerung einst in den Weg. Ein Sprung von zwanzig Elchen kam aus der Flußgegend herauf und unter ihnen ein starker Schaufler. Er war entsetzlich aufgeregt, und als das wohl sechs Fuß hohe Tier dem Hunde gegenüberstand, war das wohl ein so würdiger Gegner, wie er ihn sich nur wünschen konnte. Nach allen Seiten stieß das mächtige Tier seine Schaufeln, die wohl sieben Fuß Durchmesser hatten; die kleinen Augen blickten scharf und drohend, und es schnaubte vor Wut beim Anblick des Hundes.

Aus einer Flanke stand der Schaft eines Pfeiles hervor, der bunte Federn trug, wie die Indianer sie zu gebrauchen pflegten. Von dem Instinkt aus uralten Jagdtagen geleitet, versuchte Buck nun zunächst den Elch von den übrigen abzuschneiden. Das war kein leichtes Werk. Er bellte und sprang vor ihm her, stets dicht davor, doch immer gerade noch aus dem Bereich der schweren Schaufeln und der mächtigen Hufe, von denen ein Tritt genügt hätte, ihn zu zermalmen. Es war dem Elch nicht möglich voranzukommen, und seine Wut steigerte sich immer mehr. In solchen Augenblicken ging er zum Angriff über, doch Buck wich aus und griff von der Seite an. Oftmals, wenn er den Elch von den übrigen getrennt zu haben glaubte, kamen drei oder vier der jüngeren Stücke zurück und machten sich mit Buck zu schaffen, bis der alte Schaufler wieder bei dem Sprung angelangt war.

Aber die Geduld, mit der die Spinne endlose Stunden lang regungslos im Netz sitzt und der Panther im Hinterhalte lauert, die Geduld, die all den Tieren eigen ist, die ihre Nahrung lebend jagen, die bewies auch Buck in der Verfolgung des Elches. Er reizte die jungen Tiere, plagte die älteren mit seinem Gekläff und versetzte die Kälber in Angst und Schrecken. Einen halben Tag lang ging das so. Von allen Seiten griff Buck an, so daß die Elche überhaupt nicht zur Ruhe kamen, und immer wieder schnitt er dem alten Elch den Weg ab, bis er schließlich vor Wut schnaubte.

Der Tag ging bald zu Ende, und die Sonne sank im Nordwesten. Die Dunkelheit kam schon früh, und die Nächte begannen lang zu werden. Die jungen Elche mußten dem alten immer häufiger zu Hilfe kommen, und der Weg, den sie an diesem Tage zurückgelegt hatten, war kurz. Und doch mußten sie, ehe der Winter hereinbrach, noch weit wandern, aber es schien ihnen, als ob sie der lästige Quälgeist so bald nicht freigeben würde. Und all sein Tun galt immer nur dem einen von ihnen. Nur er, nicht der ganze Sprung war in Gefahr. Nur sein Leben wurde gefordert, und es galt doch nicht so viel wie das von all den anderen.

Als die Schatten der Bäume lang und schräg fielen, stand der alte Elch allein und sah dem abziehenden Sprunge nach. Da gingen sie hin, die Tiere, die er so lange geführt hatte, die er beschützt und beherrscht hatte. Er sah ihnen nach, bis sie im dämmerigen Licht verschwanden. Er konnte ihnen nicht folgen, denn vor ihm her hüpfte und bellte ein erbarmungsloser Feind, der es ihm verbot und der doch so klein war, daß einer seiner Hufe ihn hätte zertreten können. Er hatte ein langes, langes Leben hinter sich, ein Leben voll mutiger Kämpfe; dieses war nun sein Ende: der Tod von den Zähnen eines Geschöpfes, das ihm kaum bis an die Knie reichte.

Nun hatte er Tag und Nacht keine Ruhe; Buck ließ ihn nie zufrieden, ließ ihn kein Blättchen vom Strauch pflücken, keinen Tropfen Wasser aus dem Bach schöpfen. Er durfte seinen brennenden Durst nicht stillen und hörte doch das Wasser oft unter seinen Füßen rauschen. In heller Verzweiflung flog er oft in langen Fluchten davon. Dann war es Bucks Ehrgeiz durchaus nicht, ihm hart auf den Fersen zu bleiben; er ließ sich Zeit, denn er holte ihn doch, wenn es sein mußte, in wenigen leichten Sprüngen ein. Er ließ den Elch auch ruhig lange Zeit stehen und legte

sich still daneben und griff erst an, wenn er sich äsen oder tränken wollte.
Der schwere Kopf unter den großen Schaufeln sank immer tiefer zur Erde, der Gang wurde unsicherer von Stunde zu Stunde. Der Elch verhoffte jetzt oft und lange, die Muffel berührte fast das weiche Moos, die Lauscher hingen schlaff nach vorn, und Buck fand Zeit genug, für sich selbst Nahrung zu suchen.
Wenn er so still dalag und den Elch im Auge hatte, dann war es Buck manchmal, als ob etwas vorging im Lande. Als die Elche einzogen, schien auch etwas anderes gekommen zu sein, aber er wußte nicht, was es war. Er konnte es nicht sehen, nicht hören und nicht riechen, aber mit einem anderen namenlosen Sinn vernahm er es doch. Es gingen seltsame Dinge vor, und wenn er die Sache mit dem Elch erledigt hatte, wurde es Zeit, danach zu sehen.
Endlich am Abend des vierten Tages zog er den alten Schaufler nieder. Einen Tag und eine Nacht schenkte er sich Ruhe und fraß sich satt. Dann trat er erfrischt den Rückweg an. Im kurzen, gleichmäßigen Trab ging es voran, immer geradeaus, ohne Zeitverlust, ohne auch nur eine unnötige Schleife zu machen, geradezu auf das Lager; keine Magnetnadel hätte genauer die Richtung zeigen können.
Und immer sicherer wurde er, daß etwas im Lande geschehen sei, von dem er nichts wußte. Er hörte die Vögel davon reden, die Eichhörnchen darüber schelten, und der Wind flüsterte geheimnisvoll davon. Dann und wann blieb er stehen, sog die frische Morgenluft in langen Zügen ein, aber mit ihr auch etwas, das ihn zu einem eiligeren Laufe antrieb. Erst als er in das Tal einbog, wo das Zelt stand, gebrauchte er Vorsicht.
Er kam auf eine Fährte, und diese Fährte führte geradeaus in das Lager, wo John Thornten war. Die Rückenhaare sträubten sich, seine Augen glühten, jeder Nerv an ihm bebte. Er wußte jetzt alles, nur das Ende noch nicht. Seine Nase hatte es ihm gesagt, in wessen Fußspuren er trat. Er empfand eine Stille des Waldes, die er nie empfunden; alles Vogelleben war tot; kein Eichhörnchen rührte sich. Nur eins sah er, ein kleines graues Kerlchen, das sich dicht an einen rauhen grauen Stamm drückte.
Wie ein Schatten glitt Buck dahin, aber plötzlich war es ihm, als würde er mit eisernem Griff zur Seite gezogen. Er folgte der Weisung seiner Nase und fand im Dickicht Moor. Da lag er lang ausgestreckt, tot, von Pfeilen durchbohrt, deren befederte Enden aus seinem Körper heraussahen.
Hundert Schritt weiter stieß Buck auf einen der neuen Schlittenhunde, die Thornten in Dawson gekauft hatte. Er lag im letzten Todeskampf.

Vom Lagerplatz kam das Geräusch vieler Stimmen und ein eintöniger Singsang. Auf dem Gesicht liegend fand er Hans, mit Pfeilen bedeckt wie ein Stachelschwein mit Stacheln. In demselben Augenblick konnte er den Platz vor dem Zelt übersehen, und vor seinen Augen glänzte es blutigrot. Es war die Welle der Wut, die ihn überlief. Er wußte es selbst nicht, daß er es war, der das Geheul ausstieß, das jetzt die Luft erschütterte. Es war das letzte Mal in seinem Leben, daß die Leidenschaft bei ihm Herr wurde über den Verstand. Es war die Liebe zu John Thornten, die ihn den Kopf verlieren ließ.

Es waren Yeehats-Indianer, die dort auf dem freien Platze vor dem Zelte ihre Tänze aufführten und dazu sangen. Plötzlich hörten sie ein furchtbares Geheul und sahen ein Tier, wie sie noch keins gesehen hatten. Es war Buck, der sich zwischen sie stürzte. Er sprang auf den ersten zu, es war gerade der Häuptling, warf ihn zu Boden und riß ihm die Gurgel auf, daß das Blut weit umherspritzte. In der nächsten Minute hatte er es mit dem zweiten geradeso gemacht, und auch über den dritten fiel er schon her. Er quälte seine Opfer nicht, dazu ließ er sich nicht Zeit. Von rechts nach links, nach hinten, nach vorn sprang er, zerriß, zerbiß und zermalmte, was ihm in den Weg kam. So schnell ging alles, und so eng hatten die Indianer zusammengesessen, daß sie nicht einmal ihre Pfeile gebrauchen konnten. Ein junger Krieger, der mit dem Speer nach Buck warf, traf einen anderen Indianer mit solcher Macht durch die Brust, daß das Speerende zum Rücken wieder herauskam. Eine Panik entstand, und ein Todesschrei durchgellte die Luft. Alle flohen in den Wald, als ob der böse Geist hinter ihnen her wäre.

Und wie der leibhaftige Satan gebärdete sich Buck in seiner Wut. Es war ein Schicksalstag für die Yeehats. Weit über das Land wurden sie zerstreut, und erst eine Woche später sammelten sie sich in einem entlegenen Tale; es waren ihrer aber nicht mehr viele. Als Buck von ihrer Verfolgung zurückkam, fand er zunächst Peter, der schon auf seinem Lager im Schlafe erschlagen worden war. Thorntens verzweifelten Kampf las er aus den Fußspuren im Sand und verfolgte sie bis hinunter an den tiefen dunklen See. Am Ufer, die Vorderfüße im Wasser, lag Skeet, treu bis in den Tod. Der See aber war trübe und schlammig, und was er enthielt, war nicht zu sehen. Buck aber wußte es. John Thorntens Fußspuren führten hinein, aber nicht wieder heraus.

Den ganzen Tag lag der Hund dort oder wanderte ruhelos um das Zelt. Der Tod war ein Aufhören jeder Bewegung, jedes Lebens; das hatte er oft beobachtet, und er wußte, daß John Thornten tot war. Er fühlte eine große Leere in sich und ein Gefühl des Schmerzes wie Hunger. Aber es war ein Hunger, der nie gestillt werden konnte. Zu Zeiten, wenn er den

Spuren der Yeehats nachjagte und wieder ein paar zu Tode brachte, dann vergaß er den Schmerz wohl auf Augenblicke, und Stolz erfüllte sein Herz. Er hatte das edelste Wild gehetzt, Menschen gejagt, Menschen getötet, und zwar nach dem Gesetz des Reißzahnes, mit dem Rechte des Stärkeren war es geschehen. Er beschnüffelte die Toten neugierig. Sie waren so leicht zu töten; mit einem Polarhund gab es einen viel härteren Kampf. Menschen waren keine würdigen Gegner, wenn sie nicht Knüppel oder Speere hatten; er würde sie nie mehr fürchten, höchstens die Waffen in ihrer Hand.
Die Nacht kam, und der Vollmond stand still am Himmel über den dunklen Bäumen. Buck lag traurig am Ufer des Sees. Da tönte ein Laut zu ihm herüber, den er kannte. Er klang so nah und klang doch fern. Es war der Ton, den er schon oft gehört hatte in einer anderen Welt, der Ton, den seine Erinnerung ihm bewahrt hatte. John Thornten war tot; jetzt wollte er dem Rufe folgen, denn das letzte Band war zerrissen, das ihn an die Menschheit band.
Auf ihren Jagdzügen waren die Wölfe durch das Land der Ströme und Seen gezogen bis hier in das Tal. Im Mondschein kamen sie daher wie ein Silberstreifen, und Buck stand hoch aufgerichtet, sie zu erwarten. Sie standen starr vor Schrecken, als sie ihn plötzlich sahen, und es dauerte lange, bis der kühnste unter ihnen zum Angriff vorsprang. Buck faßte ihn gut und brach ihm das Genick. Dann stand er wieder da, regungslos und still. Drei andere versuchten ihr Heil und zogen sich blutüberströmt zurück.

Plötzlich fielen alle zusammen über ihn her, und nur seine fabelhafte Gewandtheit konnte ihn retten. Er schnappte nach rechts und nach links, war hier und dort zu gleicher Zeit, allerwärts und nirgends. Er mußte sich nur vorsehen, daß er sich den Rücken freihielt. Langsam ging er rückwärts bis an die Bucht am See. Dort hatten sie beim Goldwaschen einen Haufen Sand und Steinchen aufgeworfen. Sich rückwärts schiebend, drängte er sich hinein, so daß er von drei Seiten geschützt war und sich nur nach vorne zu verteidigen brauchte.
Und so gut verstand er es, daß die Wölfe sich nach einer halben Stunde mißmutig zurückzogen. Sie schnaubten vor Wut, und ihre weißen Zähne leuchteten unheimlich vor Mordlust. Sie wußten aber nicht, was sie zunächst tun sollten; einige legten sich mit gespitzten Ohren nicht weit von Buck hin, andere standen und beobachteten ihn scharf, während einige zum Wasser hinuntergingen und tranken. Endlich kam ein Wolf näher. Es war ein alter, magerer, halb lahmer Geselle; er hob die Nase schnuppernd in die Luft und kam dann freundlich knurrend näher. Da erkannte

Buck in ihm seinen wilden Bruder, mit dem er eine ganze Nacht und einen Tag durch die Wildnis gezogen war.
Dann trat ein alter, mit Narben bedeckter Wolf herzu, der anscheinend auch freundlich gesinnt war. Buck aber fletschte die Zähne und knurrte grimmig. Da setzte sich der Wolf, richtete die Nase empor zum Mond und stieß ein jämmerliches Geheul aus. Buck horchte auf. Das war der Ruf, jetzt erkannte er ihn genau, und eine unbestimmte Macht zwang ihn hervorzukommen, sich neben den Alten zu setzen und einzustimmen. Dann kam einer nach dem anderen heran, beschnupperte ihn und schloß sich dem Geheul an. Plötzlich sprang der Wolf auf und lief dem Walde zu, die anderen Wölfe folgten. An der Seite des wilden Bruders stürmte Buck laut bellend davon.
Es dauerte nicht lange, bis die Yeehats bemerkten, daß die Wölfe ihr Aussehen änderten. Einige hatten tiefbraune Flecken am Kopfe und ein weißes Mal vor der Brust. Und immer, wenn sie die Wölfe sahen, bemerkten sie an der Spitze des Rudels einen ungeheuer großen Wolf. Sie nannten ihn den Geisterwolf und fürchteten ihn mehr als alle anderen. Sie wußten wohl, daß er es war, der ihr Lager bestahl und ihre Fallen beraubte, aber er tat es mit solcher Schlauheit, daß sie ihm nichts anhaben konnten. Sie gaben es auch auf, sich gegen ihn zu wehren, denn er zerriß alle ihre Hunde und fürchtete selbst ihre tapfersten Krieger nicht. Es waren viele, die sie schon mit aufgerissenem Halse gefunden hatten, und stets waren Spuren in der Nähe, die größer waren als die eines gewöhnlichen Wolfes.
Jedes Jahr bei Beginn des Winters, wenn die Elche in die wärmeren Gegenden ziehen und die Yeehats ihnen folgen, dann vermeiden sie ein gewisses Tal. Viele Frauen verhüllten ihr Gesicht, wenn am Lagerfeuer davon gesprochen wurde, was einstmals geschehen ist, als der böse Geist dort zum ersten Male gesehen wurde.
Dieses stille Tal hat aber einen Bewohner, und das ist ein großer Wolf mit seidenglänzendem, prächtigen Fell. Da, wo aus verrotteten Säcken von Elchhaut ein glänzender gelber Strom zwischen die langen Grashalme fließt, liegt er oft stundenlang und starrt still vor sich hin; manchmal geht er auch hinunter und sieht in das dunkle Wasser des stillen Sees, und ein Geheul, schrill und jämmerlich, erfüllt die Luft.
Er ist nicht immer hier. Wenn die Wölfe vor den langen Winternächten des Nordens fliehen und ihren Beutetieren zum Süden folgen, dann läuft Buck in langen Sätzen an der Spitze des Rudels und stimmt beim bleichen Scheine der Mitternachtssonne mit ein in den uralten Sang der Wölfe.

Inhalt